HEYNE

DAS BUCH

Seit Jahrtausenden bereisen die Menschen die Milchstraße; obwohl sie zahlreiche Planeten besiedelt und mit der Liga Freier Terraner ein erfolgreiches interstellares Bündnis gegründet haben, sind sie mit der Erde und ihrem heimatlichen Solsystem stets verbunden geblieben.
Als Perry Rhodan zu einem Besuch auf Ganymed, einem der Monde des Riesenplaneten Jupiter, aufbricht, ahnt er noch nicht, dass diese Reise das Schicksal der Menschheit entscheidend verändern wird: Ein uraltes Relikt ist zum Leben erwacht, und unheimliche Erscheinungen verändern die Jupiter-Atmosphäre.
Während Perry Rhodan auf einer Raumstation um sein eigenes Überleben kämpfen muss, erkennt er, dass diese unnatürlichen Phänomene erst der Anfang sind: Sollte sich Jupiter verändern und womöglich zu einer »kleinen Sonne« mutieren, ist die Menschheit und mit ihr das gesamte Sonnensystem in allerhöchster Gefahr ...

DIE AUTOREN

PERRY RHODAN – Jupiter ist ein gigantisches Weltraum-Abenteuer im Herzen des PERRY RHODAN-Universums, verfasst von drei der beliebtesten PERRY RHODAN-Autoren: Wim Vandemaan, Hubert Haensel und Christian Montillon.

DER UMSCHLAGILLUSTRATOR

Oliver Scholl, Jahrgang 1964, arbeitete als Designer für zahlreiche Film- und Fernsehproduktionen, darunter die Science-Fiction-Filme *Independence Day*, *Godzilla* und *The Time Machine*. Er lebt in Los Angeles, Kalifornien.

Perry Rhodan

JUPITER

Ein Roman von
Wim Vandemaan,
Christian Montillon
und
Hubert Haensel

Originalausgabe

WILHELM HEYNE VERLAG
MÜNCHEN

Verlagsgruppe Random House FSC-DEU-0100
Das für dieses Buch verwendete
FSC®-zertifizierte Papier *Holmen Book Cream*
liefert Holmen Paper, Hallstavik, Schweden.

Originalausgabe 02/2011
Redaktion: Dr. Rainer Nagel
Exposés: Hartmut Kasper
Copyright © 2010 by Pabel-Moewig Verlag GmbH, Rastatt
Copyright © 2010 dieser Ausgabe by
Wilhelm Heyne Verlag, München,
in der Verlagsgruppe Random House GmbH
Printed in Germany 2010
Umschlagbild: Oliver Scholl
Umschlaggestaltung: Nele Schütz Design, München
Satz: C. Schaber Datentechnik, Wels
Druck und Bindung: GGP Media GmbH, Pößneck

ISBN 978-3-453-52774-4

www.heyne-magische-bestseller.de

Inhalt

Prolog · Stadt der Engel 7

1   Das Artefakt von Ganymed 41

2   Das Syndikat der Kristallfischer 183

3   Jupiteranische Havarie 277

4   Gravo-Schock 379

5   DANAES größtes Spiel 499

6   Wie man Sterne programmiert 613

7   Ganymeds Sturz 713

8   Gravo-Fraß 793

9   Der Wegbereiter 885

Epilog · Wir werden Welten bauen 995

Perry Rhodan

JUPITER

PROLOG

Stadt der Engel

WIM VANDEMAAN

»Öffne die Augen«, sagte die Stimme.

Er lächelte beschwingt. Eine sanfte Helligkeit lag auf seinen geschlossenen Lidern. Es roch nach Gras und nach frischem Sauerstoff, ganz so, als läge er unter einer großen, alten Eiche im Sommer. Oder mochte es eine Ulme sein? Schmeckte der Sauerstoff einer Ulme anders als der einer Eiche?

Wie auch immer: Er lag weder unter einer Eiche noch unter einer Ulme. Die Stimme klang, wie Stimmen in geschlossenen Zimmern klangen.

In eher kleinen Zimmern.

Obwohl er rücklings lag, fühlte sich sein Rücken kühl an. Er schien wie von einem Luftpolster getragen – das typische Empfinden, wenn man auf einer Pneumoliege ruhte.

»Öffne die Augen«, wiederholte die Stimme. Was hatte sie ihm schon zu sagen? Niemand hatte ihm noch etwas zu sagen.

»Ich bin Reginald Bull«, sagte die Stimme. »Ich will mit dir sprechen.«

Da hatte die Stimme also einen Namen. Einen prominenten Namen. Sie sprach vor bei ihm.

Sein Lächeln vertiefte sich. *Reginald Bull.* Er meinte, ihn vor sich zu sehen: ein kleiner, eher stämmiger Mann. Das etwas fleischige Gesicht. Das rote Haar, das wie ein Moos den kantigen Schädel überzog. Die fast durchsichtigen, wasserblauen Augen. Die Signatur seiner Narben in seinem Gesicht. Sein Gesicht – ihre Gesichter hatten sich den Terranern eingeprägt. Wie Ikonen im kollektiven Gedächtnis der Menschheit. Mit welchem Recht eigentlich?

»Spiros«, sagte die Stimme. Sie bemühte sich hörbar, eindringlich zu klingen. »Ich muss mit dir reden. Sieh mich an, Spiros Schimkos.«

Die Stimme kannte also seinen Namen. Sie glaubte deswegen wohl, ihm Befehle geben zu können. Was für ein Irrglaube.

Er hielt die Augen geschlossen. Er sah auch so genug. Er sah alles, was er sehen musste. Was er sehen wollte. Das große Licht. Den Vaterstern.

»Warum hast du das getan, Spiros?«, fragte die Stimme.

Warum hatte er *was* getan? Er hatte so vieles getan.

Als hätte die Stimme seine Gedanken notiert, fragte sie: »Warum hast du Basil Mooy getötet?«

Mooy – er hatte nicht einmal gewusst, dass Basil *Mooy* hieß. Was für ein pompöser Name für diese menschliche Bagatelle.

Die Stimme schwieg eine Weile. »Ich bin Residenz-Minister für Liga-Verteidigung«, sagte sie dann. »Vielleicht fragst du dich, was der Residenz-Minister für Liga-Verteidigung mit dieser Angelegenheit zu tun hat.«

Das fragte er sich durchaus nicht. Überhaupt *fragte* er sich nichts. Wer hatte schon Fragen?

Wieder das Schweigen, erholsam und gut nach all dem Geplärr des Ministers. Spiros Schimkos richtete alle Aufmerksamkeit auf den Vaterstern, der ihm durch die Lider, durch Wand und Mauerwerk ins Bewusstsein strahlte.

Die Stimme sagte: »Ich bin hier, weil ich sicher bin, dass du in etwas verwickelt bist, das weit über Los Angeles hinausreicht. Weit über Terra hinaus. Habe ich Recht?«

Schimkos lächelte mit geschlossenen Augen.

»Es hat mit den Kristallfischern zu tun. Diese Frau – sie pendelte monatelang zwischen Terra und Ganymed. Weißt du, wo sie sich zurzeit aufhält?«

Er schwieg.

»Es hat mit dem Tau-acht zu tun. Sagt dir Tau-acht etwas?«

Er schwieg.

Die Stimme seufzte leise. »Wir werden der Sache auf den Grund gehen«, sagte sie. »Da kannst du sicher sein.«

»Manches hat keinen Grund«, sagte Schimkos leise, ohne die Augen zu öffnen. »Hat keinen, braucht keinen.«

»So?«, fragte Bull. »Wie das?«

»Manches hält sich selbst in der Schwebe«, versuchte Schimkos zu erklären.

»Wir werden sehen«, sagte Bull.

Warum er Basil Mooy getötet hatte?

Menschen wie Bull würden es nie verstehen. Selbst wenn man ihnen eine gewisse Einsicht, ein rudimentäres Verständnis nicht absprechen konnte. Reginald Bull, Perry Rhodan und die anderen Ur-Menschen der Liga – sie machten einiges, das ihren Geist überstieg, durch ihre unmenschlich lange Lebenserfahrung wett.

Einiges. Aber nicht alles.

Ganymed. Die Kristallfischer. Der Tau. Sie waren, das ließ sich nicht leugnen, der Sache auf der Spur. Ihr Instinkt warnte sie. Dass etwas anders war, anders wurde. Dass es sie betraf, auf eine ihnen ganz unbegreifliche Art.

Sie *ahnten*.

Aber sie *wussten* nichts. Was wirklich vorging, was sich tatsächlich tat, musste ihr Fassungsvermögen übersteigen. Ebenso gut hätte er versuchen können, Ameisen über die Prinzipien eines Lineartriebwerks zu belehren.

Vielleicht hätte Schimkos Bull damit trösten können, dass die Dinge längst im Fluss waren, ja, dass ihr Lauf längst unumkehrbar war. Dass sich alles bald, in allernächster Zukunft, erweisen würde, dass es selbst Menschen mit einem beschränkten Wesenshorizont wie Bull offenbar werden würde.

Doch das hätte den Residenz-Minister weniger getröstet denn besorgt.

Spiros Schimkos aber wollte, dass alles blieb, wie es war: unbeschwert, schwerelos, grundlos und leicht.

Hieß es nicht, dass Jupiter so leicht war, dass er, hätte man ihn auf einen Ozean der Erde gesetzt, schwimmen würde? Oder war das Saturn? Uranus? Wie auch immer: leicht wie Kork – so leicht fühlte er sich auch.

Leicht.

Von allem erleichtert.
Und das hatte begonnen ...

... sieben Tage zuvor:
20. Januar 1461 NGZ, Los Angeles, Terra

Perry Rhodan saß in der kleinen Raststätte dicht an der Straße zum Flughafen. Auf seinem Teller lag ein ausgewachsenes Steak, das er ruhig und systematisch aß. Daneben eine Schüssel mit Salat, eine Flasche Samuel Adams und ein halbvolles Glas Bier.

Spiros Schimkos lächelte. Er wusste, dass Rhodan eben drei Verhandlungen mit den Direktoren großer Industrieunternehmen hinter sich gebracht hatte. Er hatte eine Deckadresse in Hongkong angegeben.

Schimkos warf einen Blick durch das Fenster. Draußen auf dem Parkplatz wartete ein Taxi mit Fahrer. Der Fahrer blätterte in einem Magazin mit dürftig bekleideten Mädchen. Hin und wieder hob er fachmännisch den Blick und nickte; dann wippte die Zigarette, die er im Mundwinkel hielt.

Rhodan wirkte auf unbestimmte Art jung, erwartungsvoll, sehr selbstsicher.

Er ist zu jung, dachte Schimkos. *Fünf Jahre zu jung. Wie alt? Fünfunddreißig?*

Der echte Rhodan – der *ewige* Rhodan – war neununddreißig Jahre alt.

An seinem Nebentisch hatte sich ein Herr niedergelassen. Die dunklen Haare straff zurückgekämmt, machte er einen überaus gepflegten Eindruck, fast ein wenig zu gepflegt. Eine breitrandige Sonnenbrille verbarg seine Augen. Er zog eine Zeitung aus der Tasche und vertiefte sich in die Meldungen des Wirtschaftsteils. Geistesabwesend gab er eine Bestellung auf.

Dabei war die Bedienung durchaus ansehnlich, und Schimkos wusste, dass der Mann sonst hübschen Bedienungen nicht abgeneigt war.

Zumal, wenn sie ihm so vielversprechende Blicke zuwarfen wie diese Frau. Schimkos musterte ihr schwarzes Haar, das wie eine Wolke um ihren Kopf lag, ihre schlanken, nackten Arme mit dem dunklen Teint.

Kannte man ihren Namen? Schimkos tippte kurz auf das Holoinfo in seinem Tisch, aber wie es schien, war der Name der Frau unbekannt. Er hob die schwere, irdene Schale und schlürfte von seinem Kaffee. Ein wenig erinnerte sie ihn immerhin an Pao.

Allerdings hatte sie nicht Paos – ja, wie sollte er es nennen? *Ihre Aura? Ihr Aroma?*

Pao.

Er schaute zur Uhr. Nein, sie war noch nicht zu spät.

Schimkos sah, wie Rhodan seine Aufmerksamkeit wieder dem Steak zuwandte. Er schnitt, warf einen Blick auf das rosa Innere des Stückes, aß. Schnitt und aß.

Schimkos grinste. *Ein Wahnsinnsprogramm,* dachte er. Und konnte sich doch der Spannung nicht ganz erwehren. *Gleich passiert es.*

Es passierte. Der Herr am Nebentisch hatte die Zeitung beiseitegelegt. Auf seiner Stirn standen einige steile Falten. Seine Aufmerksamkeit konzentrierte sich offensichtlich auf den Nachbarn, der soeben den geleerten Teller von sich schob. Mehrmals machte er Anstalten, sich zu erheben, aber er schien sich nicht sicher zu sein.

Nur Mut, dachte Schimkos in Richtung des Mannes mit dem schlichten, aber ordentlichen Jackett, als könnte der tatsächlich seine Gedanken lesen.

Und als hätte der Mann in der Tat seine Gedanken gelesen, gab der Mann sich einen Ruck, stand auf und schritt zum Nebentisch. Er blieb vor Rhodan stehen, sah ihn fragend an und murmelte dann: »Sie gestatten? Ich möchte Sie etwas fragen.«

»Im Original spricht er Englisch mit einem leichten australischen Akzent«, informierte der Tisch Schimkos leise. »Wünschst du nähere Information?«

»Nur nicht«, sagte Schimkos und lachte. Er nahm noch einen kleinen Schluck Kaffee. Es gab englische Fremdwörter im Terranischen, Relikte, eingelagert wie in Bernstein. Aber wer wollte so etwas wissen?

Schimkos sah Rhodan nicken. Angst hatte er selbstverständlich nicht – ein kleiner Druck auf den Gürtel des Anzugs, den er unter der Straßenkleidung trug, und er wäre von einer Energieglocke umgeben. Er sagte: »Bitte.«

Der andere Mann setzte sich und erwiderte: »Sie sind Perry Rhodan – nein, fürchten Sie nichts. Es liegt mir fern, Sie zu verraten. Aber – ich weiß nicht, wie ich es Ihnen beibringen soll, Mr. Rhodan. Lesen Sie Zeitungen?«

Rhodan schüttelte den Kopf. »Im Augenblick nur wenig. Sicher, in den letzten Tagen ...«

»Vor knapp einer Woche stand allerhand über mich darin, wenigstens in Brisbane. Niemand glaubte es, aber es ist wahr. Ich bin John Marshall, wenn Ihnen das etwas sagt.«

Rhodan nickte. Er entsann sich offenbar, dass er die kleine Notiz gelesen hatte. Er hob die Augenbrauen. »Sie sind der Gedankenleser, Mr. Marshall? Sie saßen neben mir am Tisch und fingen meine Gedanken auf. Es ist schon gefährlich, seine Gedanken frei spazieren gehen zu lassen.« Rhodan schüttelte den Kopf. »Wie lange können Sie das schon?«

»Seit meiner Kindheit, wenn auch nur unbewusst. Erst vor einer Woche wurde mir klar, dass ich Telepath bin. Aber ich weiß nicht warum.«

»Wann wurden Sie geboren?«

»Ende 1945.«

1945 – das klang wie ferne Zukunft, und Schimkos musste sich in Erinnerung rufen, dass Marshall nicht das Jahr 1945 Neuer Galaktischer Zeitrechnung meinte, sondern ein Jahr der prä-galaktischen Zeit – Unendlichkeiten tief in der Vergangenheit.

Lange vor der Terminalen Kolonne TRAITOR.

Lange vor Monos.

Jahrzehnte noch, bevor Rhodan mit einem steinzeitlichen Raumschiff zum Mond geflogen war.

Spiros Schimkos lächelte, wie man über die törichten Gedanken lächelt, die man als Kinder gehegt hatte. Vergangenheit. Er hätte in keiner anderen Zeit leben wollen als in seiner Gegenwart. Die Vergangenheit erschien ihm als ein grauenvoller Ort – eine Region, in der Menschen endlos gelitten hatten, als harmlose Befindlichkeitsstörungen wie Karzinome den Tod bedeuten konnten, als überall Schmerz sein konnte, im Kopf, an den Zähnen – und als die Zähne, wenn sie denn verloren waren, nicht zum Nachwachsen angeregt werden konnten. *Der Körper als Wildnis.* Er schüttelte sich leicht.

Kurz erschien ihm Paos Gesicht vor dem inneren Auge, und er glaubte den Klang ihres sonderbar leisen, wie aus weiter Ferne herüberhallenden Lachens zu hören. Ihren eigenartigen Duft zu riechen: Eis, Limette und Blut.

Ohne sie wäre er nicht hier. Nicht in diesem geisterhaften Gasthaus mit der Holoschleife der Perry-Rhodan-und-John-Marshall-Fabel.

Wo wäre er sonst? Irgendwo. Sein Leben, das ließ sich nicht leugnen, litt an einer gewissen Richtungslosigkeit. Als hätte er sich verpuppt und hing nun im Geäst der Zivilisation, ohne rechten Anlass, zu schlüpfen und loszufliegen.

Wohin auch? Die Welt war uniform.

Er hatte nichts gegen Uniformität. Sie garantierte Sicherheit. Und doch ... manchmal war ihm, als müsste noch etwas geschehen, etwas Entscheidendes.

Etwas wie Pao?

Er war sich nicht sicher.

Jedenfalls: Er war hier. Wohin sie ihn eingeladen hatte. Oder sollte er besser sagen: Wohin sie ihn beordert hatte?

Er wartete auf sie. Und da sie noch nicht eingetroffen war, wandte Schimkos seine Aufmerksamkeit wieder der musealen, holografischen Szene zu, die in einer Endlosschleife den Gästen des *John's* vorgeführt wurde:

»Hiroshima«, sagte Rhodan sachlich. »Die Strahlung! Es muss also noch mehr Mutanten geben!«

Spiros Schimkos lachte in den Kaffee. *Die Strahlung!* So einfach hatte man es sich damals vorgestellt. Natürlich, die Strahlung. Das erklärte ja alles. Wer oder was strahlte denn da? Man hatte förmlich nichts gewusst.

»Mutanten?« Marshall gab Rhodan das Stichwort.

»Veränderung der Erbmasse, meist erblich. Der Strahlungseinfluss wirkte auf Ihr embryonales Gehirn, bevor Sie geboren wurden.«

Die Szenerie veränderte sich. Rhodan erhob sich wie schwerelos von seinem Stuhl, wandte sich den Zuschauern zu. Sein Tisch mit dem leeren Teller, dem Salat, dem Bier verblasste. Die Züge von John Marshall verfeinerten, verklärten sich zugleich, er wirkte geradezu entrückt.

Rhodan sagte – und schaute dabei jedermann ins Auge, der sich im Raum aufhielt: »Das war meine Zukunftsvision: Mutanten. Eine völlig neue Perspektive. Wenn es mir gelang, die fähigsten natürlichen Mutanten der Erde zu finden und für mich zu verpflichten, konnte ich eine Truppe aufstellen, die nicht zu schlagen war.«

Dann standen Rhodan und Marshall plötzlich nebeneinander, beide in schlichte lindgrüne Uniformen gekleidet. Auf der Brust von Marshall sah Schimkos das Symbol des Mutantenkorps: ein von einem goldenen Lichtkranz umgebenes Gehirn.

Das Multikom an Schimkos' Handgelenk pochte leise. Es war Paos Takt. »Ja?«, sagte er leise.

»Wo bist du?«, fragte Pao – oder die positronische Zofe mit Paos Stimme. Schimkos hatte schon einige Male mit der künstlichen Sekretärin verhandelt, bevor er bemerkt hatte, dass es nicht Pao war, mit der er sprach. *Das sollte verboten werden,* dachte er. Keine Zofe sollte die Stimme ihrer Inhaberin nachahmen dürfen.

»Bist du es?«, wollte er wissen.

Er hörte ihr Lachen. »Ich bin es. Wer sollte ich sonst sein?«

»Ich bin im *John's*«, sagte er. »Wie verabredet.«

»Natürlich«, gab die Stimme zurück. »Aber ich brauche noch eine Weile. Ich will uns noch etwas besorgen. Du wirst sehen.«

Etwas besorgen? Was? Wozu? Er war nicht in dieses Kaff gekommen, um irgendwem ein Souvenir mitzubringen. »Bist du schon in der Stadt?«, fragte er. Seine Stimme klang härter, drängender, als er gewollt hatte.

»Natürlich«, antwortete sie. Dann schwieg sie. Schimkos hasste es, wenn sie ihn so hängen ließ. Er sagte seinerseits kein Wort. Wartete. Bis er es nicht mehr aushielt: »Bist du noch da?«

»Ja.«

»Wie lange brauchst du?«

»Eine Stunde. Vielleicht.«

Wobei das *vielleicht* zweifellos die Lizenz für eine weitere Stunde war.

»Gut«, sagte er, ein wenig verstimmt. »Was soll ich inzwischen tun?«

Die Stimme lachte. »Du bist schon groß. Das musst du selbst wissen. Sieh dir die Show an.«

Schimkos schaute sich um. Die beiden Tische, an denen eben noch Rhodan und Marshall gesessen hatten, waren frei. Rhodan trat gerade durch die Tür, sah sich suchend um, setzte sich, griff nach der Karte. Gleich würde die Bedienung kommen, Rhodan würde ein Steak und ein Bier bestellen.

»Ich habe die Show schon gesehen«, sagte er. Er tippte seine Legitimation in die Zahlmulde des Tisches, überwachte die Abbuchung und stand auf. »Wo treffen wir uns?«

»Im *John's*«, sagte Pao. »Bleib, wo du bist.«

Spiros Schimkos seufzte. »Na schön. In einer Stunde also.« Er ärgerte sich. Er war erst einige Stunden in Los Angeles und hasste die Stadt schon jetzt; er versuchte, ein wenig von diesem frischen Hass für Pao abzuzweigen. Das würde ihn vielleicht aus ihrem Bann lösen. Dem Bann ihres merkwürdigen, verschollenen Lachens.

Er warf noch einen Blick auf die Zuschauer, die sich die Rhodan-Marshall-Szene ansahen, dann verließ er die Gaststätte.

Die Düfte und die Farben der Stadt. Minze im Wind, Orangen, ein Hauch von Salz, der vom nahen Pazifik herüberwehte. Das Aroma von sonnenbeschienenem, erhitztem Metallplastik. Hatte er Geruchsreizen immer so viel Aufmerksamkeit gewidmet? Oder hatte ihm erst die Begegnung diese merkwürdig atavistische Dimension der Sinne aufgeschlossen?

Er stieß die Luft aus der Nase aus und sah sich um: viel nackte, in der Hitze glänzende Menschenhaut. Viel schlichte Eleganz, viel schreiende Kostümierung.

Schimkos besuchte Los Angeles zum ersten Mal. Er war ein Weltbürger, aber nicht unbedingt ein Bürger dieser Welt. Terra – das war für ihn wesensgleich mit seiner Heimatstadt Terrania. Die anderen Städte der Erde waren für ihn bloße Vororte, schiere Provinz, seiner Lebenszeit – und einer Visite – nicht wert.

Er hatte auch den Städten der anderen großen Welten eine Chance gegeben. Er hatte das Squedon-Kont-Viertel auf Arkon gesehen und dafür die längste Reise seines Lebens hinter sich gebracht. Nett, aber nicht berauschend. Er hatte einige Monate versucht, in Thorta zu wohnen, in Sichtweite des Roten Palastes, aber das Klima auf Ferrol nicht vertragen, die feuchtheißen Schwaden, die wie ein Dunst waren aus den Dschungeln der Vorzeit.

Zwei Jahre immerhin hatte er auf Topsid zugebracht, in der Hauptstadt Kerh-Onf, unter dem violetten Nebel der Echsenwelt.

Er hatte festgestellt, dass die Stadt der Echsen von einer eigenartigen Modernität war, leicht, beinahe schwebend, eher die Luftspiegelung einer Stadt als eine materielle Wohnung. Die Nebel von Topsid waren wie kühle Gaze, und sie lagen leicht auf seiner Haut und auf seinem Gemüt. Nur dass die Dunklen Winde vom Omzrak-Massiv ihm die schweren Träume beschieden hatten, unter denen viele Lemuroide auf Topsid litten, Träume, in denen alle Uhren rückwärts liefen und ein untergründiges, beinahe verständliches Wispern aus den Sümpfen klang, das nach Opfern rief und nach Beistand gegen eine namenlose Gefahr – Träume, aus denen man erschüttert und erschöpft erwachte wie nach vielen entbehrungsreichen Tagen Arbeit.

Nicht dass er aus Kerh-Onf geflohen wäre. Aber auf die Dauer hatte die Echsenstadt Terrania nicht ersetzen können, und es hatte ihn heimgezogen in die weiße Stadt am Goshun-See.

Natürlich hatte er auch Pao in Terrania kennengelernt, im *Raumkapitän Nelson*, einer der angesagtesten Bars des Garbus-Distriktes. Schimkos hätte sich von seinem Gehalt allein – er arbeitete derzeit beinahe drei Stunden täglich als Robotrestaurator im Whistler-Museum – seine Wohnung dort nicht leisten können. Aber die Apanage, die ihm seine Mutter ausgesetzt hatte, half aus.

Pao, überirdisch schlank, leicht und lodernd wie eine Flamme, hatte sich eines Tages zu der Crew gesetzt, zu der sich auch Schimkos zählte, sie hatte vom Bourbon getrunken, der hier überreichlich floss, vom Mankai-Spezial-blau, vom Vurguzz und vom Absinth, vom Met und Neo-Liquitiv.

Schimkos hatte ihr zugeschaut, ihren Lippen, die sich an die Gläser legten, ihrem Hals, wenn sie trank.

Aber vor allem hatte er ihren Duft eingeatmet. Ihr dichtes Aroma, das ihren Leib wie ein durchsichtiges Gewebe einhüllte. Roch nur er das, diese Legierung aus Limette, dampfendem Eis und Blut?

Er blickte sich um. Waren die anderen aus der Crew so benommen, so gebannt von diesem Duft wie er?

»Ich kann nicht klagen«, sagte Dunjeeboy eben.

»Dann frag Severin«, riet Allu ihm. »Er hat das Klagen zu einer beispiellosen Kunst entwickelt.«

Nein. Sie waren es nicht. Sie taten, als hätte sich nichts getan, plauderten über ihre alltäglichen Nichtigkeiten, der Zeitvertreib einer goldenen Generation, ihre Gier nach leistungssteigernden Präparaten, obwohl sie, wie ihm gerade aufging, gar nichts leisteten. Schlagartig hörte die Crew auf, ihn zu interessieren. Dunjeeboy, Allu, Severin und die anderen – er gab sie auf, tauschte alle ein gegen Pao.

Pao hatte zu reden begonnen, hatte von dem *Zeug* erzählt, das *bei ihnen* im Umlauf war.

»Bei euch? Wo?«, hatte er die Frau mit den überschlanken Armen gefragt, mit dem dunklen Teint und den schwarz verschleierten Augen, die in Begleitung eines hageren, schweigsamen Mannes gekommen war, der sich ab und an über die weißen, kurz geschorenen Haare strich.

Ihr schlanker, fast fragiler Körperbau, die fast feenhafte Schmalheit ihrer Erscheinung – sie hätte eine Ganymedanerin sein können, oder eine genetische Mixtur aus Terraner und Ebar-Doschonin. Terrania war so etwas wie ein genetischer Schmelztiegel. Nicht wenige Reproduktionskliniken verdienten ihr Vermögen damit, in Sachen Erbsubstanz nicht miteinander kompatiblen Partnern bei der Fortpflanzung zu assistieren.

»Ich wohne in Los Angeles«, hatte sie gesagt.

»Ach«, hatte Schimkos geantwortet und vor lauter Enttäuschung gelacht. »Und da hat man besseres *Zeug* als hier?«

»Anderes. Willst du probieren?«

»Gib her«, hatte er gesagt, und sie hatte gelächelt: »Da müsstest du zu mir kommen. In Terrania ...« Sie machte eine ungewisse Geste, und er hatte genickt, ohne zu wissen warum.

»Los Angeles – das ist ein verschlafenes Nest, oder?«

Sie hatte ihm die Zunge herausgestreckt, lachsfarben und schimmernd, sich zu ihm gebeugt und seinen Arm fast gewichtslos mit den Fingerkuppen ihrer Hand gestreift. »Los Angeles ist alles andere als das. Du wirst sehen«

»Werde ich das?«

Sie hatte genickt, und so hatte er sie angenommen: die Einladung nach Los Angeles.

Warum auch nicht.

Pao Ghyss.

Seinem ersten Engel war Schimkos noch am LAX begegnet, dem putzigen Raumhafen der Stadt. Dieser Parodie eines Space Ports. Hier landete keines der großen Schiffe, allenfalls kleinere Handelsfrachter oder Raumfähren, die von der Venus oder vom Mars herüberhüpften, der provinzielle Verkehr einer provinziellen Stadt eben. Von einem der zahllosen Monde des Systems. Oder aus einem der ausgehöhlten Trojaner, von Hektor etwa, in dem die Amasii Umbrae hausten, mit offenen Schnittstellen für ihre Positroniken im ausrasierten Nacken.

Schimkos schüttelte sich. Schon außerhalb Terranias war das Leben eine Zumutung. Was aber in den Tiefen des Solsystems brütete, bereitete ihm nur noch Unbehagen.

Er hatte sich umgeschaut nach blassblauhäutigen Venusiern, nach Marsianern und nach den mathematischen Zombies von Hektor.

Dann war ihm der Engel erschienen.

Der Engel mit dem alabasterweißen Leib eines Hermaphroditen und den großen gläsernen Fledermausflügeln war um ihn herumgeflattert und hatte ihn betören wollen, eine Nacht im *Standard of All Stars* zu verbringen – zu einem eher horrenden denn engelsgleichen Preis.

Schimkos hatte ihn mit einer mürrischen Handbewegung verscheucht.

Kaum war er nun aus dem *John's* getreten, gesellte sich ein neuer Engel zu ihm. Er ähnelte dem Skelett eines mannsgroßen Vogels, der Schnabel weiß und spitz, die Augenhöhlen wie von einem schwarzen Lack gefüllt, spiegelnde Pfützen.

Die Schwingen schlugen träge wie in einem ausgelaugten Traum.

»Ich heiße Schneeweiß«, sagte der Engel mit einer leicht gutturalen Stimme. »Ich habe dich noch nie gesehen. Du bist zum ersten Mal in meiner Stadt?«

»Ja.« Spiros Schimkos schaute den Engel nicht an und versuchte, sich an ihm vorbeizudrängen. Mehr als lästig, wie man hier mit Touristen umging.

»Wo willst du hin?«, fragte der Engel.

»Nirgendwohin.«

»Ich bin ein Engel« sagte der Engel. »Ich zeige dir meine Stadt.«

Schimkos seufzte. »Für wen arbeitest du?«, fragte er. »Mach es kurz. Was wollt ihr Jungens mir verkaufen?«

»Ich brauche kein Geld«, antwortete der Skelett-Engel mit dem Vogelschnabel. »Ich brauche gar nichts.«

Schimkos lachte. »Du arbeitest demnach für Gotteslohn. So genügsam bist du also. Sind alle Engel so genügsam hier in Los Angeles?«

Wahrscheinlich nichts als eine kleine technische Spielerei.

»Genügsam sind wir allemal, wir wahren Engel. Ist nicht die Stadt Los Angeles eine Stadt, die mit sich selbst zufrieden sein sollte?«

»Das glaube ich gern«, sagte Schimkos verächtlich. Mit sich selbst zufrieden sein, das war bloß ein anderer Ausdruck für diese Lethargie und Schläfrigkeit, die er in fast allen Städten außer in Terrania gespürt hatte. »Ich werde niemals zufrieden sein«, behauptete er mit einer Überzeugung, von der er nicht wusste, woher er sie nahm.

Der Engel nickte mit dem nackten, weißen Schädel. »O ja«, sagte er, und Schimkos verstand nicht, ob der Engel ihm damit zustimmen wollte oder ihm widersprach.

Schimkos zögerte. Pao ließ ihn warten. Warum die Zeit nicht nutzen und ein wenig Umschau halten in dieser Stadt, in die er nicht wiederkehren würde? Dieses Nest für Engel am Gestade des Pazifischen Ozeans. »Was würdest du mir zeigen, wenn ich es mir von dir zeigen ließe?«

»Den Boulevard der Dämmerung«, erwiderte der Engel, ohne zu zögern.

»Gut«, stimmte Schimkos zu, nachdem er einen Blick auf sein Kom geworfen hatte. Noch immer fast eine Stunde Zeit. Wenn nicht sogar mehr. »Zeig ihn mir.«

Der Engel trat hinter ihn, griff ihm unter die Arme und flog los. Die mächtigen Schwingen flappten; aus den Augenwinkeln meinte Schimkos, Schatten über die Innenseite der Flügel huschen zu sehen, skizzenhafte Zeichnungen. *Wahrscheinlich Reste von Reklamefilmen,* dachte Schimkos. Vielleicht war der Engel seinem Auftraggeber entlaufen und arbeitete jetzt als Tourismusunternehmer auf eigene Rechnung. Schimkos grinste. Und wer ausgerechnet musste diesem Propagandapiraten in die Fänge geraten? Er, Spiros Schimkos.

Er schaute hinab. Sie überflogen eben das Gelände der Universität mit dem Institut für Lemurische Technologiegeschichte, bald darauf West-Hollywood und die Teergruben von La Brea, deren süßer Duft Schimkos in die Nase stach. Zur Linken sah er die Palmen von Beverly Hills im weißen Licht der Sonne, zur rechten Ganymed-Town, wo sich – der Teufel mochte wissen, wieso – die größte ganymedanische Kolonie auf Terra befand.

Unwillkürlich musste er lächeln, als er die fragil wirkenden Türme des Viertels sah – erinnerten sie nicht tatsächlich an den himmlisch schlanken Körperbau der Ganymedaner? An die jenseitig schöne Statur Paos?

Einige Flügelschläge später setzte der Engel ihn am Ziel ab. Der Boulevard der Dämmerung führte in etwa zwanzig Metern Höhe durch die Stadt, ein fast fünfzig Meter breites Band aus bläulich schimmerndem Terkonit.

»Im Nordwesten liegt San Fernando, der Boulevard führt nach Südosten. Unter uns fließt der Los Angeles River.«

Schimkos schaute durch ein transparentes Auge im Stahl hinab. Der Fluss war von einem durchsichtigen, smaragdenen Grün. Flamingos schritten im Uferschlamm und seihten Krebse aus dem Wasser; zwei oder drei ghandarische Opalfische irrlichterten knapp unterhalb der Wasseroberfläche dahin und lockten mit ihren hypnotischen Leuchtmustern Insekten an.

Spiros Schimkos wandte den Blick ab und schaute zum Horizont des Boulevards. Die Sonne stand an einem fernen Horizont. Ging man Richtung Westen, dem Pazifik zu, schien die Sonne beinahe untergegangen, ein müdes, langsam einschlafendes Auge.

Bewegte man sich dagegen Richtung Osten, dann hatte sich die Sonne eben knapp über den Horizont erhoben, eine kühle Lohe, bereit, ihre Intensität zu entfalten, Licht und Wärme.

Tatsächlich musste es später Nachmittag sein, von Sonnenunter- oder -aufgang über Los Angeles keine Rede. Die wirkliche Sol war am dämmerfarbenen Himmel über dem Boulevard nicht zu sehen. Irgendeine undurchsichtige optische Finesse blendete den wahren Himmel aus und ersetzte ihn durch eine Fläche von unbestimmbarer Färbung, nicht Tag, nicht Nacht. Ein sternenlos leeres Firmament, das in weit geschwungenen Bögen mäandrierte.

»Wie lange währt die Dämmerung hier?«, fragte Spiros Schimkos.

»Ewig«, sagte der Engel.

Spiros Schimkos lachte. *Ewig, natürlich. Was sonst.*

Sie gingen ostwärts. Schimkos schaute sich um. Tatsächlich war der Boulevard wie die ganze Stadt voller Engel – etliche von ihnen holografische Projektionen, andere Gebilde aus fester Materie, Androiden und Roboter. Manche flogen, schwebten, manche wandelten über die Erde wie Pilger.

Die meisten Engel trugen Werbebotschaften vor, andere verkündeten das Seelenheil dieser oder jener Religion.

Das alles war profan und dumm, und doch übte es mittlerweile eine eigentümliche Faszination auf Schimkos aus. Sie waren auf Terra, ja, aber an einem ganz und gar entlegenen Ort der Erde. Unwillig gegen sich selbst bemerkte Schimkos, dass etwas in ihm das billige Spektakel zu genießen begann, als wäre der Boulevard eine Schnittstelle, an der sich Erde und Himmel, Diesseits und Jenseits trafen und eigentümlich mischten, eine Lagune zwischen den Realitäten.

Nicht nur dass es von den künstlichen Engeln wimmelte. Auch die Einheimischen, die Bewohner der Stadt, erschienen ihm auf dem Boulevard in einem neuen Licht. Es lag eine besondere Aufmerksamkeit in ihren Augen – nicht in den Augen aller, das nicht. Aber doch hier und da und häufig genug, um eine untergründige Stimmung hervorzurufen. Er sah Menschen, die Hyänen bei sich führten, schwere Stöcke in der Hand. Zwei Trommler gingen ihnen voran, sie trugen bunte Röcke, Arme und Beine mit Metallreifen und Medaillons geschmückt; einer von ihnen griff in einen Kübel, schöpfte mit der hohlen Hand Wasser daraus und besprengte die Tiere. Sie boten Pulver, Tränke und Amulette an.

War auch das eine Holografie? Eine Show für Touristen? War er in einen Maskenball geraten, einen Karneval?

Schimkos ließ sich von dem Engel führen, ostwärts.

Merkwürdige Stadt. Merkwürdige Menschen in dieser Stadt. Er sah Pärchen, jung und nackt und von einer brennenden Schönheit, von der Art, mit der man nicht geboren wird, die man von Leibdesignern erwirbt. Er sah Männer in der Uniform der Solaren Flotte aus den vergangenen Zeiten des Imperiums, Stumpen rauchend, eine Flasche Vurguzz in der Hand, wie eben aus dem Feldzug gegen die Meister der Insel heimkehrend. Und er sah Engel über Engel.

Aber was immer er sah, es schien ihm wie mit einem beinahe unsichtbaren Schleier überzogen, so, als läge dahinter eine ganz andere Wirklichkeit, die sich ihm noch nicht offenbaren wollte.

In der Ferne stachen die Laserfinger der Gipfelstadt des Mount San Antonio in den Himmel wie Wegweiser. Meinten sie ihn? Ambulante Aras boten dem Vernehmen nach wundertätige Präparate an oder den kleinen chirurgischen Schnitt für ein markanteres Gesicht oder ebenmäßigere Züge. Eine gatasische Garküche versprach Naschereien, einige Naats musizierten auf erstaunlich filigranen Instrumenten.

Sein Engel, der sich Schneeweiß nannte, sah Schimkos, wie ihm schien, aufmerksam an.

Schimkos schüttelte den Kopf, als könnte er sich so aus Schneeweiß' Blick lösen. Er spürte es deutlich: Etwas ging vor in dieser Stadt. Aber was? Sollte er den Engel fragen? Wartete der Engel vielleicht nur darauf, dass er ihn fragte? Würde er ihm antworten, alle Geheimnisse von Los Angeles anvertrauen?

Er hätte sich vielleicht besser in ein Hotel begeben und dort auf Pao gewartet. Er war müde. Genau, das war des Rätsels Lösung – einfach und entzaubernd: Er war nichts als müde, übermüdet, und die ewige Dämmerung des Boulevards forcierte diese Müdigkeit.

Dennoch folgte er dem Engel weiter über den Boulevard.

Endlich meldete sich Pao; sie war im *John's* eingetroffen und wartete dort auf ihn.

»Ich muss zurück«, teilte er Schneeweiß mit.

»Gewiss«, sagte der Engel und hob seinen beinernen Schnabel, als ob er witterte. »Du musst zurück. Also werde ich dich tragen.«

»Nein«, antwortete Schimkos »Ich kann selbst gehen.«

»Ich werde dich tragen«, wiederholte der Engel, trat hinter ihn und griff ihm unter die Arme. Schimkos ließ ihn gewähren. *Da ich müde bin,* dachte er, *ist es vielleicht gut.*

Und der Engel trug ihn den Boulevard der Dämmerung entlang zurück Richtung Westen.

Er setzte Spiros Schimkos vor der Tür des *John's* ab. »Wir sind also da«, sagte Schimkos. »Bin ich dir etwas schuldig?«

»Nein«, antwortete der Engel. »Ich arbeite, wenn ich dir glauben darf, für Gotteslohn.«

Schimkos lachte und ließ den Engel stehen. Für einen Moment hatte er das verrückte Gefühl, dadurch seinem irgendwie richtungslosen Leben eine besondere Wendung zu geben. Er hielt inne, schaute über die Schulter zurück; der Engel, der sich Schneeweiß nannte, war schon fort.

Schimkos betrat das Gasthaus. Der Saal war voller als bei seinem ersten Besuch vor – ja, vor wie lange? Einer halben Stunde vielleicht? Er schaute auf seine Uhr. Nein. Über drei Stunden waren vergangen. Über drei Stunden hatte Pao ihn warten lassen. Über drei Stunden war er mit dem Engel über den Boulevard der Dämmerung flaniert.

Wie die Zeit verflogen war.

Wie herzlos lange sie ihn hatte warten lassen.

Er wäre gerne wütend geworden, aber das misslang. Denn dort saß sie. Sie hatte die Füße, die wieder nur in der Gazefolie steckten, auf den Tisch gelegt und winkte ihm. Er sah den Mann erst, als er ihren Tisch erreicht hatte. Es war der Hagere mit dem Bürstenhaarschnitt, der sie schon in Terrania begleitet hatte und der nun neben ihr saß.

»Wer ist das?«, fragte Schimkos ohne jede Höflichkeit und wies mit dem Kinn auf Paos Begleiter. *Ihren Paladin.*

»Basil«, stellte sie ihn vor. Schimkos fand im Klang ihrer Stimme keinen Anhaltspunkt, wie sie tatsächlich zu diesem Mann stand.

»Belästigt er dich?«, fragte er.

»Niemand belästigt mich.« Sie lachte und versank für einige Augenblicke in die Betrachtung ihrer Zehen, die sie in der durchsichtigen Lauffolie spreizte.

Schimkos sah ihr zu. Es war ein merkwürdig inniger Moment. Wie ein gemeinsames Aufwachen nach einer Nacht voller einander verschwiegener animalischer Träume. Träume, in denen es keine Raumschiffe gab und keine Städte, keine Zivilisation, nur Hunger und Haut und Begehren. Er spürte, wie ihre Aura wieder von ihm Besitz ergriff, ihr Duft nach Eis und Blut und frischer Limette.

»Geh weg«, forderte Schimkos den Mann auf.

Zu seiner Überraschung stand der Hagere auf und entfernte sich grußlos.

Schimkos setzte sich. »Ich bin also nach Los Angeles gekommen«, sagte er überflüssigerweise.

»Natürlich. Warum auch nicht«, erwiderte Pao. »Wie gefällt dir die Stadt?«

»Etwas stimmt nicht mit ihr.«

»Was stimmt nicht mit ihr, deiner Meinung nach?«

»Ich weiß es noch nicht.«

Pao wandte sich von ihm ab und richtete ihre Aufmerksamkeit auf die Holoszene, für die das Gasthaus berühmt war. Rhodan sagte soeben zu John Marshall: »Sie sind der Gedankenleser, Mr. Marshall? Sie saßen neben mir am Tisch und fingen meine Gedanken auf. Es ist schon gefährlich, seine Gedanken frei spazieren gehen zu lassen.«

Pao stieß verächtlich die Luft aus. »Das ist alles geschönt. Weißt du, dass der echte Rhodan damals maskiert war? Er war ja in geheimer Mission unterwegs, ein Deserteur und Staatsfeind. Ein gefährlicher Krimineller. Er hatte Homer G. Adams die Flucht aus dem Gefängnis ermöglicht, einem verurteilten Wirtschaftsverbrecher.«

Schimkos nickte desinteressiert. »Mag sein. Freust du dich, dass ich gekommen bin?«

Die Frau betrachtete ihn eine Weile. Dann schaute sie wieder Richtung Rhodan. Dieser sagte: »Veränderung der Erbmasse, meist erblich. Der Strahlungseinfluss wirkte auf Ihr embryonales Gehirn, bevor Sie geboren wurden.«

»Findest du das wirklich spannend?«, fragte Schimkos und spürte etwas wie Eifersucht – *Eifersucht auf ein Hologramm von Perry Rhodan!*

»Spannend? Sehr sogar.« Pao legte den Zeigefinger über die Lippen. »Hör jetzt genau zu!«

Die Szenerie hatte sich bereits wieder verändert. Rhodan saß neben dem wie entrückt wirkenden Marshall und sagte ins Off der Szene, als könnte er über Zeit und Raum hinaussehen, hinausdenken: »Das war meine Zukunftsvision: Mutanten. Eine völlig neue

Perspektive. Wenn es mir gelang, die fähigsten natürlichen Mutanten der Erde zu finden und für mich zu verpflichten, konnte ich eine Truppe aufstellen, die nicht zu schlagen war.«

Pao seufzte. »Was meinst du?«

»Was ich meine? Worüber?«

»Über diese Zukunftsvision natürlich.«

»Was soll das? Sind wir hier, um über Perry Rhodan zu sprechen? Über das Mutantenkorps des alten Solaren Imperiums?«

»Was hältst du von Perry Rhodan? Nicht von diesem Holo natürlich, sondern von dem leibhaftigen.«

Schimkos zuckte mit der Achsel. »Er ist eben da. Immer da gewesen. Unvermeidlich.«

»Und seine Zukunftsvision? Das, was er Marshall gesagt hat?«

»Das hat er eben gesagt. Ein Einfall. Wie ein Kick vom Vurguzz. Solche Einfälle gehen eben unter im Alltag.«

»Oder sie werden verraten, nicht wahr?«

»Mag sein«, gab er ohne jede Begeisterung zu und fragte sich, was er hier tat. Was tat er in diesem Gasthaus, was hatte er überhaupt in Los Angeles verloren?

Widerwillig blies er die Luft durch die Nase aus, als könnte er damit die ganze Pao aus sich austreiben. Es funktionierte nicht. Sofort war eine Lücke in seiner Wahrnehmung, ein Riss. Er atmete sie tief ein, Limette und Eis und den Beigeschmack einer blutenden Wunde.

Pao musterte ihn amüsiert. »Du willst mich lieber küssen?«

Er lachte. »Das wäre besser, als noch einmal das Holo zu sehen.« Rhodan und Marshall waren eben verschwunden und es würde nicht lange dauern, da würde Rhodan wieder durch die Tür treten, und das Spiel würde von vorn beginnen.

Pao erhob sich, ging um den Tisch, zog einen anderen Stuhl herbei und setzte sich eng neben Schimkos. Sie legte ihren Kopf schräg und küsste ihn eine Weile lang.

Dann nahm sie ihren Kopf zurück und betrachtete sein Gesicht. »So ist das«, sagte sie.

Er nickte. Was sollte er sagen.

»Warte«, bat sie. »Ich habe dir doch von dem Zeug erzählt, das wir hier haben, ja? Dem Tau-acht.«

»Du hast nicht erzählt, dass es Tau-acht heißt.«

»Hab ich das nicht?«, murmelte sie geistesabwesend. »Doch, Tau-acht. So heißt es.« Sie öffnete ihre Hand, die sie zur Faust geballt hatte. In der Hand hielt sie eine schmale Dose. Sie tippte den Deckel an, der sich daraufhin mit einem ganz leisen Geräusch hob und dann leicht zur Seite drehte. Schimkos sah, dass die Dose eine winzige Menge eines feinen, kristallinen Pulvers enthielt. Die Pulverstäubchen opalisierten vom Blauen ins Grüne.

Mädchenkram, dachte Schimkos.

Pao benetzte mit der Zungenspitze ihren Zeigefinger und stippte ihn behutsam in den unwirklich feinen Stoff. Dann fuhr sie sich mit der Kuppe des Zeigefingers über die Lippen. »Küss mich noch einmal«, sagte sie.

Sie schmeckte anders als eben. Ein wenig bitter, aber auf sonderbare Weise belebend. Ihm war, als gingen ihm die Augen auf – für ihre unsägliche Schönheit, für die alles andere ausblendende Vitalität ihres Leibes, für den berauschenden Hauch ihres Atems.

Als sie ihren Kopf zurückbog, griff er mit den Händen nach ihren Wangen, um sie zurückzuziehen, aber sie entwand sich ihm lachend. »Gehen wir spazieren.«

»Wozu?«, fragte er.

»Ich mag den Sternenhimmel sehen.«

Er wehrte ab. »Ich komme nicht mit. Es sei denn, du ...«

Sie lachte, beugte sich über ihn und küsste ihn wieder. Jeder Widerstand brannte nieder. »Was bist du?«, fragte er.

»Honovin«, sagte sie.

Er schüttelte den Kopf und folgte ihr. Er verstand sie nicht. Und dennoch hatte sie sich ihm ins Leben gesenkt wie ein Findling, unverrückbar.

Draußen vor dem *John's*. Der Duft der Nacht.

Die Sterne standen über der Stadt, aber so, wie sie dort standen, hatte er sie noch nie gesehen. Er spürte, wie er die Augen aufriss, wie sich sein Mund öffnete. Ihm war, als hätten sich ihm die Gestirne geöffnet, als wären sie ihm unsäglich nahe gerückt, als müssten sie jeden Augenblick in ihn eindringen wie sanfte Geschosse und in ihm versinken.

Ihr Licht überflutete ihn, doch blendete es ihn nicht. Im Gegenteil: Es erleuchtete ihn. Er sah das Band der Milchstraße, in die Milliarden Einzelstücke zerlegt; er sah die Venus und meinte, die Hitze zu spüren, die aus ihren Dschungeln stieg; und er sah – und diesen vor allem – den Jupiter, diese gewaltige, übermächtige Welt. Schon dem bloßen Auge erschien Jupiter normalerweise als eigenartiger Planet, eine goldgelbe Welt inmitten der weißen Gestirne. Aber nun sah Schimkos ihn genauer. Er sah den Wirbel des Roten Sturms, sah die belebten Bälle seiner Trabanten, die feuerspeiende Io, den ozeanbergenden Mond Europa, aus Eisen und Stein Kallisto, und Ganymed mit den Atmosphärenkuppeln seiner Städte, diesen Hemisphären voller Sauerstoff.

Feuer, Wasser, Erde, Luft – warum habe ich das nie bemerkt?

»Jetzt«, flüsterte Pao ganz nah bei seinem Ohr, »wirst du doch manches bemerken.«

»Hast du meine Gedanken gelesen?«, fragte er.

»Nein«, sagte sie. »Ich habe sie vorausgeahnt.« Er spürte: Das war kein Scherz. »Willst du nicht, dass ich deine Gedanken *ahne?*«

»Tu's«, erwiderte er leise. Was sollte das heißen? War sie eine präkognitive Person? Sein Interesse verlor sie, als er sich in den Anblick Jupiters vertiefte. Er sah die Mäntel seiner Wolkenbänder und erkannte, dass sie Schleier waren, und das war gut so.

Denn in seinem Inneren war etwas, bereitete sich etwas vor, etwas Großes, alles Umwälzendes.

Etwas, das – wie er mit einem Anflug von Scham erkannte – nur Eingeweihten anvertraut gehörte.

»Eingeweihten wie dir«, sagte Pao.

Die Präkog.

Sie hatte die Dose wieder geöffnet, benetzte ihren Finger und führte den Finger an seine Lippen. »Aufmachen«, sagte sie.

Er öffnete seinen Mund. Sie strich mit der Kuppe des Zeigefingers über seine Zunge.

Es dauerte nur einen Wimpernschlag. Dann erlebte er etwas wie eine Explosion der Sinne, eine schrankenlose Entfaltung seiner selbst. Er rang nach Atem.

Jupiter stand am Nachthimmel wie ein Regent. Der Planet war ihm so gegenwärtig, dass er durch seine Wolkenbänder zu schauen meinte. Meinte? Nein, er *schaute* hindurch. Er entdeckte, was in den Tiefen der Jupiteratmosphäre trieb:

Er sah einen gewaltigen Körper, einer Schildkröte nicht unähnlich, aber von den Ausmaßen eines terranischen Ultraschlachtschiffes. Der Leib aus Stahl bewegte sich allmählich durch die Etagen des jupiteranischen Gasozeans, aufmerksam und forschend. Seine vier Beine, jedes von ihnen etliche Hundert Meter lang, trieben durch den Gasozean, die Fluten aus Wasserstoff und Helium, dem Urstoff der Schöpfung. Die Auswüchse des Gebildes tasteten, suchten und fanden. Sein kugelrunder Kopf saß auf einem eisernen Hals, starr wie die Galionsfigur eines archaischen Wasserschiffes.

Vage kam ihm der Riesenleib bekannt vor. War das nicht eine der Faktoreien, wie sie das Syndikat der Kristallfischer betrieb? Wie hießen sie noch? Der Name war ihm entfallen. Aber auf der Hülle des halbkugeligen Leibes konnte er die fast verwitterten Buchstaben lesen:

MERLIN

Die neueste und die größte der Faktoreien.

»Siehst du den Sturm?«, fragte Pao.

»Was?«, sagte er, ein wenig ärgerlich über die Ablenkung. Die Faktorei versank. Der Sturm? Er schaute sich um. Ja, er sah den Sturm nicht bloß, ihm war, als wanderten seine Blicke durch die endlose Landschaft des Zyklons.

Er hatte sich um dieses Phänomen nie gekümmert und wusste nichts über seine Maße.

»Er misst fast fünfundzwanzigtausend Kilometer der Länge nach, er ist fast vierzehntausend Kilometer breit«, erläuterte Pao. »Größer ist der Große Rote Fleck noch nie gewesen. Und roter ist er auch noch nie gewesen.«

»Er verändert seine Farbe?«

»Ja, natürlich.«

Er versenkte sich in den Großen Roten Fleck, den Jahrtausendsturm.

»Wusstest du, dass der Sturm sich vor einigen Jahrhunderten begonnen hatte zu legen, bis die Liga des Jupitersystems – also die Terraner, die auf den Monden des Jupiters wohnten und in der Atmosphäre des Riesenplaneten – ihn wieder entfachte, als Wahrzeichen ihrer gemeinsamen Welt?«

Schimkos machte eine unbestimmte Geste. Nein, er hatte es nicht gewusst. Die Planeten des Solsystems erschienen ihm exotischer als die Welten, die er hin und wieder besucht hatte, als Ferrol, als Topsid, sogar als Arkon.

Nun hatte er das Gefühl, Jupiter schriebe sich ein in seine Gedanken, eine allmähliche, aber sehr nachdrückliche Gravur. Wie mit neuen Augen gewann Schimkos Einblick in die thermische Struktur des Zyklons, seine kühle Peripherie, seinen um einige Grad wärmeren Kern. Er sah die heißen Gase aufsteigen, die abgekühlten Gase über die Ränder des Wirbels treten wie eine überkochende Milch aus einer Schale und dann in die tieferen Schichten der Atmosphäre absinken.

»Sehe ich das wirklich?«, fragte er. »Oder spinne ich?«

»Was meinst du?«

Er prüfte sich. War er berauscht? Hatte er eine Halluzination?

Nein. Alles war zu real, zu gegenständlich.

Gerade als er begann, sich seiner Sache sicher zu sein, entzog sich Jupiter, entrückte der Sternenhimmel seinen Augen. Er sah die Sterne wieder als unbedeutende Lichterscheinungen. Warum? Was hatte er getan?

Er sah Pao fragend an. Wie war es jetzt mit ihren präkognitiven Fähigkeiten bestellt? Hatte sie vorausgeahnt, was mit ihm geschehen würde?

Er sah sie von der Seite her an, küsste probeweise ihre Wange. Sie schmeckte wächsern und abweisend, wie eine Bananenschale. Sie schien seinen Kuss nicht zu bemerken.

Sie schien ihn selbst nicht zu bemerken.

Einen furchtbar bodenlosen Augenblick zweifelte er selbst an seiner Existenz, so als gäbe es ihn nur in ihrem Bewusstsein. Eine fahle Spiegelung ihrer Tagträume.

»Wir gehen in meine Wohnung«, entschied sie.

Es hätte ihn nicht gewundert, wenn sie einen Engel herbeigerufen hätte, sie und ihn fortzutragen.

Sie nahmen ein Gleitertaxi. Das Taxi unternahm einen erfolglosen Versuch, seine beiden Gäste in eine Konversation zu verstricken. Es flog sie auf Paos Anordnung hin Richtung Südosten. Schimkos schaute aus der Kanzel; das Firmament weit und unzugänglich.

Einmal glaubte er, einen Schwarm Vögel zu sehen, doch als der Gleiter dem Schwarm näher kam, sah er, dass es Engel waren, die sich mit sparsamen Schlägen ihrer Fittiche durch die Nacht bewegten.

Wohin? Was hatten sie hier verloren, hoch oben in der Nachtluft und allen Menschen fern, die sie doch erbaut oder gezüchtet hatten, zu ganz profanen Zwecken?

Wieder befiel ihn das Gefühl, etwas ginge vor in dieser Stadt, und er könnte den Sinn hinter allem entdecken, wenn es ihm bloß gelänge, die Chiffren ihrer Flügelschläge zu enträtseln, ihres Formationsflugs. Hatte nicht alles etwas zu bedeuten? War nicht alles voller Zeichen und Hinweise?

Schon glaubte er zu verstehen, doch dann drehte der Engelsschwarm ab, und Spiros Schimkos schloss erschöpft die Augen.

Das Taxi flog unbeirrt weiter.

»Woher kommen die Engel?«, fragte Schimkos das Taxi.

»Soweit ich mich entsinne, waren sie immer schon da.«

»Scheiße«, sagte Schimkos. Wie alt würde der Gleiter schon sein? Einhundert Jahre? Zweihundert?

Schimkos sah Pao an.

»Die Engel?«, fragte sie. »Was wundert dich an ihnen? Das ist die Stadt der Engel. Die Engel sind ihr Wappen. Ihr Sinnbild.«

»Sie sind künstlich«, sagte Schimkos. »Irgendwer hat sie gemacht.«

Pao lächelte abwesend und fuhr sich über die Augen. »Die meisten ja, ganz sicher. Aber manche meinen, es hätten sich irgendwann auch biogene Wesen daruntergemischt. Eine andere Sternennation, weißt du.«

Schimkos lachte ungläubig. »Aliens, die am Liga-Dienst vorbei Terra infiltriert hätten?«

»Infiltriert? Vielleicht sind sie einfach eingewandert, mit Zustimmung der Regierung.«

»Aber ohne dass man die Bevölkerung informiert hätte? Absurd.«

»Sag das nicht. Es wäre nicht das erste Mal, dass die Regierung etwas in die Wege geleitet hätte, ohne uns vorab darüber zu informieren. Die Regierung, die Minister, der Resident.«

Er nickte. Sie hatte wohl Recht.

»Außerdem«, fuhr Pao fort, »könnte es doch sein, dass der Liga-Dienst weder allmächtig noch allwissend ist. Und dann ...«

Er nickte wieder. Ja, dann wäre es möglich. Er blickte aus der Kanzel, aber er hatte den Schwarm längst aus den Augen verloren.

Die Informationspolitik des Liga-Dienstes, der Regierung ... Schimkos hatte nie Anlass gesehen, Henrike Ybarri, der Ersten Terranerin, zu misstrauen. Nicht dass er sie gewählt hätte – Schimkos konnte Wahlen nichts abgewinnen. Er fühlte sein Leben wohl verwahrt von den großen, positronischen Maschinen, die über seine Gesundheit wachten, seinen Wohlstand, die Sicherheit seiner Reiserouten. Und er hatte es immer als eine Art Gegenleistung begriffen, im Whistler-Museum tätig zu sein, wo die Ahnen der aktuellen Rechner und künstlichen Intelligenzen ein Refugium hatten.

Er schüttelte den Gedanken ab.

Dort, wo der Rio Hondo in den Los Angeles River floss, erhoben sich zehn oder zwölf himmelhohe Konstruktionen aus Stahlgeflecht. Fragil wirkende Brücken verbanden die einzelnen Türme. In den Geflechten hingen ovale, kugel- und würfelförmige Zellen – die Wohneinheiten, offenbar teilmobil installiert. Einige Zellen sanken, andere stiegen. Manche rotierten gemächlich in ihren stählernen Fassungen.

»Da wohnst du?«, fragte Schimkos.

»Die New Watts Towers«, murmelte sie.

Er fühlte sich leer, leblos, ausgehöhlt, desinteressiert an allem. Auch an Pao?

Plötzlich stieg Begehren in ihm auf, Gier, nicht nach Pao, sondern nach dem Pulver, das sie ihm verabreicht hatte. Ihm war, als müsste diese Substanz dazu taugen, ihm wieder eine Brücke zu Pao zu bauen.

Wie hatte sie es genannt?

Tau-acht.

»Ich will dieses Tau-acht«, sagte er.

Sie lachte. »Warte, bis wir bei mir sind.«

Was für eine idiotische Forderung. Warum sollte er warten?

»Warte«, wiederholte sie eindringlich.

Das Taxi flog einen eleganten Bogen und setzte lautlos auf dem Landebalkon einer scheibenförmigen Wohneinheit im oberen Drittel eines der Stahlgeflechttürme auf, vielleicht dreihundert Meter über Bodenniveau.

Sie stiegen aus und betraten die Wohnung.

Es war eher eine Wohnlandschaft als eine gegliederte Wohnung. Eine einzige ebene Fläche, rundum Glassit als Außenwand. Im Boden mehrere Senken: eine Schlafkuhle, eine ausladende ovale Wanne, eine Mulde mit einem in den Boden versenkten Holoprojektor, einige Einbuchtungen, deren Funktion er nicht erfasste.

»Setz dich!«, sagte sie und wies irgendwohin.

»Wir sind hier«, sagte er. »Gib mir den Tau.«

Für einen Moment fürchtete er, sie würde ihm den Tau wieder verweigern. Aber sie griff umstandslos in eine Tasche ihrer Jacke und holte die Dose hervor.

Sie öffnete den Deckel und hielt ihm das Pulver hin.

Schimkos griff nach ihrer Hand und hielt sie fest. Er zog sie zu sich, an seinen Mund, und leckte über das blaugrüne Pulver.

Die beiden ersten Male hatte er nicht entfernt so viel Tau-acht zu sich genommen. Die Wirkung war ohnegleichen. Er meinte, aus dem eigenen Leib herauszutreten, über die Grenzen aller bisherigen

Erfahrungen hinaus. Jeder Hauch von Müdigkeit war schlagartig von ihm gewichen wie die Erinnerung an einen verblassenden Traum.

Pao entzog ihm die Hand mit der Dose. »Es ist genug«, sagte sie.

Es war genug. Eine nie gekannte Euphorie belebte ihn; seine nie gekannte Weitsicht begeisterte ihn. Über den nächtlichen Himmel von Los Angeles zogen Wolken, aber sie stellten keine Barriere mehr dar. Schimkos hatte Jupiter längst entdeckt, den Sturm, die Faktorei.

Und mehr als das: Er sah, wonach die Kristallfischer mit ihren Faktoreien fischten, er sah die winzigen Hyperkristalle, die durch die Jupiter-Atmosphäre drifteten.

Und er sah noch mehr als diese Spuren handelsüblicher Kristalle ...

Er mochte zwei, drei, vielleicht aber auch zwanzig, dreißig Minuten in die Gaslandschaft und ihre verborgenen Reichtümer geschaut haben. Als er zu Pao sah, stand Basil neben ihr. Zwar mit dem Rücken zu Schimkos, aber es war unzweifelhaft Basil.

»Wo kommt der denn her?«, fragte Schimkos verblüfft und angriffslustig. Es ärgerte ihn maßlos, aus seiner Konzentration gerissen worden zu sein.

Pao reagierte nicht. Sie schien Schimkos ganz vergessen zu haben, stand wie in einem tiefen Gespräch mit Basil versunken. Einem stummen Gespräch übrigens, das sie beide anscheinend alle Aufmerksamkeit kostete, so weltabgewandt, wie sie da standen.

So ineinander versunken.

Paos Geistesabwesenheit irritierte Schimkos. Er trat von hinten an Basil heran und schlug ihm so hart wie eben möglich mit beiden Fäusten gleichzeitig auf die Ohren.

Basil sank zwar in die Knie, ging jedoch nicht fort. Schimkos verstand diesen Mann nicht. Er packte ihn am Hals und zerrte ihn in Richtung der Glassitwand. Er hatte sich keinen Plan ausgedacht, sondern folgte seinem Instinkt. Er riss Basil hoch und schleuderte ihn so, dass er mit dem Kopf gegen das Glassit schlug. Schimkos hörte ein fremdartiges Geräusch aus Basils Kopf, trocken und knackend. Das Geräusch ärgerte ihn. Einem Impuls folgend, legte er beide Handflächen an das Glassit und siehe da, das Material wurde spröde, rissig und platzte nach außen weg. Durch den Riss, der sich vom Boden bis zur Decke zog, drang kalte Nachtluft ein.

Als hätte er nicht schon für genug Ungemach gesorgt, stöhnte Basil nun auch noch auf. Es klang obszön, und sein Speichel, rot und blasig, besudelte den Boden.

Schimkos seufzte, griff Basil unter die Arme und warf ihn aus dem Fenster.

In der Ferne glaubte er zwei, drei Engel schweben zu sehen, die Leiber eng aneinandergepresst, als wollten sie sich tiefer in die Dunkelheit drängen, unsichtbar sein.

»So«, sagte Schimkos und lächelte Pao an.

Pao lachte, und ihr Lachen war leise und klang wie aus großer Ferne an sein Ohr. »Ich gehe fort«, sagte sie.

»Wohin?« Schimkos verstand sie nicht. »Wir sind doch in deiner Wohnung.«

»Man wird kommen«, sagte sie. »Es hat Aufzeichnungen gegeben.«

»Aufzeichnungen?«

»Von dem, was du mit Basil gemacht hast.«

Er dachte nach. Warum sollte es auch keine Aufzeichnungen gegeben haben? Immerzu waren Gleitertaxis unterwegs, Kameradrohnen und dergleichen. Wieso sollte das ein Grund sein, ihn zu verlassen?

Pao legte den Finger über die Lippen und ging zur Wohnungstür.

»Ich bin eine Honovin«, sagte sie. Die Tür öffnete sich, die Tür schloss sich hinter ihr.

Schimkos war allein. Er drehte sich zur Glassitwand und schaute durch den Riss im Material hinaus zum Firmament.

Er sah Jupiter und seine Monde. Es schien, als wollten seine Trabanten den Gasriesen einspinnen in einen Kokon aus Kraft und Geschwindigkeit.

Ein Unterfangen für die Ewigkeit.

Oder?

War Jupiter nicht bereits dabei, sich zu verpuppen? Er studierte den Planeten angestrengt. Wieder hatte er das Gefühl, einem Rätsel auf der Spur zu sein, der Lösung nah, als seine Studien unterbrochen wurden.

Vor ihm tauchten zwei Roboter auf – Kampfroboter mit erhobenen Waffenarmen. Gleichzeitig öffnete sich die Tür zur Wohnung.

Kam Pao zurück?

Schimkos drehte sich um. Zu seiner Enttäuschung stand nicht Pao in der Tür, sondern eine gemischte Gruppe, Menschen und Roboter.

Die Menschen waren in dunkle, keramisch schimmernde Schutzanzüge gehüllt, wie man sie bei paramilitärischen Einsätzen trug. Abzeichen wiesen sie als Angehörige der Polizei von Los Angeles aus.

Schimkos hätte seine Zeit besser verwerten können, war mit dem größeren Teil seines Bewusstseins längst wieder eingetaucht in die Signatur des fernen Gasriesen, spürte biogenen und energetischen Mustern nach, wusste, dass er kaum mehr als einen Atemzug entfernt war von der Enträtselung des Mysteriums, das im Kern des Planeten verborgen lag.

Es waren ungeheure Dinge, die seine ganze Aufmerksamkeit erfordert hätten.

Aber einer uralten kulturellen Prägung nachgebend, nickte er seinen Gästen zu und hob grüßend die Hände.

Einer der Polizisten schoss.

Schimkos spürte, wie sein Köper restlos erschlaffte. *Paralyse*, dachte er noch. *Wozu?*

Dann erlosch alles.

»Ich bin Reginald Bull«, sagte die Stimme noch einmal. Es klang wie eine Beschwörung. Als trüge die Stimme ihm ein Schibboleth vor, ein geheimes Kennwort. »Ich will mit dir sprechen. Öffne die Augen.«

Spiros Schimkos lächelte über die Blindheit der Stimme und ihr grundsätzliches Unverständnis, und er dachte: *Meine wahren Augen stehen offen, weiter, als du es dir vorstellen kannst, Reginald Bull.*

Spiros Schimkos hörte, wie sich die Schritte entfernten. Eine Tür glitt auf, dann wieder zu.

Endlich Ruhe.

Er wandte sich den kommenden Dingen zu, jener Welt, deren Anfang sich ihm schon erschlossen hatte, deren Tore sich längst zu öffnen begonnen hatten.

Und hinter den Toren?

Ist alles längst in Bewegung. Und niemand hält uns mehr auf.

Perry Rhodan

JUPITER

1

Das Artefakt von Ganymed

Hubert Haensel

1.

»Ein technischer Defekt! Wirklich ein Defekt?« Kurzatmig schrill klang die Stimme. Der Sprecher hatte seine Sauerstoffversorgung offenbar falsch geregelt, achtete aber nicht darauf. »Das ist das Dümmste, was ich seit Tagen gehört habe«, protestierte er. »In welcher Zeit leben wir eigentlich?«

»*Besucht das Solsystem – nichts ist unmöglich!*« Eine Frau lachte spöttisch, als sie den Werbespruch zitierte. »Bei allem Wohlwollen: Die Organisation hier lässt zu wünschen übrig. Falls die terranische Freizeitindustrie wirklich Standards setzen will, dann sind das Standards für ganz weit draußen im galaktischen Halo. Wie viel Zeit sollen wir eigentlich sinnlos vergeuden?«

»Sehr richtig!« Da Somnan mischte sich ein. Kateen Santoss hatte es kaum anders erwartet. Unwillig verzog sie das Gesicht, als die Stimme des Akonen im Helmfunk laut wurde. »Diese Zwangspause wird nicht folgenlos bleiben!«, sagte er scharf, mit einem lauernden Unterton. »Ich erwarte, dass ich umgehend ans Ziel gebracht ...«

»Der Flug kann in spätestens dreißig Minuten fortgesetzt werden.« Das war die fein modulierte Antwort des Robotpiloten. »Die Reparaturmechanismen haben den Schaden soeben lokalisiert, sie beginnen mit dessen Behebung.«

»Warum bringt uns kein anderer Gleiter ans Ziel? Ich bestehe auf einem Ersatz ...«

»Bedauerlicherweise stehen aktuell keine freien Transportmöglichkeiten zur Verfügung.«

»Keine?« Das Lachen des Akonen klang spöttisch. »Es wird doch in erreichbarer Nähe ...«

Die Stimme brach mitten im Satz ab, übergangslos herrschte Stille.

Kateen Santoss atmete auf. Über den Blicksensor hatte sie ihren Helmfunk abgeschaltet. Manche Leute, fand sie, waren einfach unausstehlich. Sie feilschten um Minuten und merkten gar nicht, dass währenddessen das Leben an ihnen vorbeiging. Wahrscheinlich lief da Somnans Gezänk auf eine Rückerstattung hinaus – einige Prozent des Arrangementpreises, also dreißig, wenn es hochkam sogar vierzig Galax. Und wofür? Ein schneller Einsatz mehr im Casino des Isidor-Bondoc-Buildings ... ein virtueller Trip durch die Jupiteratmosphäre, hinab in den heißen, flüssig werdenden Wasserstoff und weiter bis in den Bereich, in dem er schließlich metallische Eigenschaften annahm ... Im harmlosesten Fall mehrere doppelte Vurguzz, deren Alkoholgehalt den gesamten Eismond für kurze Zeit zum paradiesischen Eiland werden ließ.

Keine dieser Alternativen behagte ihr.

Warum ist heutzutage niemand mehr in der Lage, einfach nur den Augenblick zu genießen?, fragte sie sich.

Ungefähr einen halben Kilometer hatte Kateen sich von dem Transportgleiter entfernt. Sie stand bereits auf der anderen Seite der Eisverwerfung und konnte die rochenförmige Maschine nicht mehr sehen.

Die Mondoberfläche wies in diesem Bereich kaum nennenswerte Erhebungen auf. Nur die Verwerfung, die Kateen an eine verkrustete Narbe erinnerte. Unschwer zu erkennen, dass diese Formation erst in jüngerer geschichtlicher Vergangenheit entstanden sein konnte.

Das weite Land zwischen Galileo City und der Ovadja Regio erschien ihr wie ein in sanfter Dünung erstarrter Ozean. Im Lauf von Äonen hatte sich das ewige Eis mit Patina überzogen – eine braungraue, lebensfeindliche Einöde.

Minus 166 Grad Celsius, las die junge Frau die Temperatur im Helmdisplay ab. Die ferne Sonne schaffte es nicht, Ganymed zu wärmen. Nicht einmal Jupiter konnte das.

Der Gasriese Jupiter!

Vor zweieinhalb Jahren war Kateen dem Giganten im Solsystem zum ersten Mal nahe gekommen. Unbeschreiblich schön waren die parallel verlaufenden Wolkenbänder, die dem Planeten sein unverwechselbares Aussehen gaben. Faszinierend die ockerfarbenen Wirbel der oberen Atmosphäre mit ihren weit mäandernden weißen Einschlüssen. Vor allem der riesige rote Fleck, jenes seit Jahrtausenden beständige Sturmgebiet, in dem die Erde leicht zweimal Platz gefunden hätte.

Jupiter sehen und sterben.

Dieser Werbespruch geisterte immer öfter durch die Medien. Welche Agentur ihn auch platziert haben mochte, Kateen fand, dass die Leute dort besser daran getan hätten, ihr Hirn einzuschalten. Für sie hatte der Satz jedenfalls eine beklemmend reale Bedeutung. Ihr war klar, wie unbedeutend und hilflos der Mensch der Natur doch gegenüberstand. Schönheit und Schrecken der Schöpfung entfalteten sich schon vor der eigenen Haustür in exotischer Pracht, lächerliche sechshundertdreißig Millionen Kilometer von der Erde entfernt.

Die Distanz ist eigentlich ein Katzensprung.

Residenz-Minister Reginald Bull hatte vor kurzem diese Redewendung im Trivid benutzt. Kateen hatte keine Vorstellung davon, wie weit Terra-Katzen tatsächlich springen konnten. Außer im Zoo von Terrania hatte sie ohnehin nie eine lebende Katze zu Gesicht bekommen. Im Jahr 1461 Neuer Galaktischer Zeitrechnung gab es längst exotischere Haustiere.

Sie spürte eine seltsame Benommenheit – ein Schwindelgefühl, das wohl mit Ganymeds geringer Schwerkraft zu tun hatte und ebenso damit, dass sie oft das Gefühl hatte, der riesige Jupiter zerre an ihr.

Kateen blinzelte gegen die Tränen in ihren Augenwinkeln an.

Trotz seiner Schönheit hasste sie den Planeten.

Jupiter hatte ihre Eltern getötet, und deshalb war sie wieder hier. Sie würde auch im nächsten Jahr kommen und im übernächsten. Nicht mehr offiziell, denn die Möglichkeit hatte sie sich übereifrig verbaut, doch ihr Urlaubsziel war ihre Privatsache.

Der eigenartige Schwindel wollte diesmal nicht weichen. Vorübergehend war der Frau sogar, als verlöre sie den Boden unter den Füßen.

Kateen breitete die Arme aus, um das Gleichgewicht zu halten. Das Gefühl, dem Gasriesen entgegenzufallen, ließ ihren Atem stocken.

Einige Sekunden später war alles vorbei.

Jupiter starrte auf sie herab wie ein drohend glotzendes Auge. Rund fünfmal größer als der irdische Mond von der Erde aus gesehen, hing der Planet über ihr. Er war ein Zyklop. Ein Ungeheuer. Aber beileibe nicht der Göttervater der terranischen Mythologie.

»Ich hole mir dein Geheimnis!« Wie eine Verwünschung stieß Kateen Santoss den Satz hervor.

Vor achtzehn Jahren hatte sie sich geschworen, dass sie die Arbeit ihrer Eltern fortsetzen würde. Erst sechzehn war sie beim Tod ihrer Eltern gewesen, und nicht einmal im Traum hätte sie zuvor daran gedacht, lemurische Geschichte und Archäologie zu studieren. Von einem Tag zum nächsten hatte sich damals ihr Leben um hundertachtzig Grad gedreht.

Eine starke Erschütterung durchlief das Eis. Kateen taumelte. Ob gewollt oder nicht, sie machte einige Schritte auf die Barriere zu.

Große Eisschollen drückten hier gegeneinander, hatten sich bis zu fünfzig Meter hoch aufgeschoben und ineinander verkeilt. Ein schroffer Wall war entstanden, eine imposante Kulisse aus kantigen Blöcken, Absplitterungen und scharfen Graten. Zum Teil glänzten die Bruchflächen wie poliert. In unzähligen Facetten spiegelte das aufgebrochene Eis Jupiters Wolkenwirbel. Dazwischen schimmerten matte Bereiche in allen nur denkbaren Schattierungen.

Keine fünfhundert Meter weit erstreckten sich die Verwerfungen. Sie wirkten, als hätte sich das Eis erst vor wenigen Wochen oder Monaten bewegt. Doch gab es keine Veränderungen, seitdem Menschen zum ersten Mal die Ebene vermessen hatten.

Vielleicht existierte die Barriere seit der Zeit der Lemurer. Genau dieser Gedanke hatte Kateen dazu bewegt, die Nähe des Gleiters zu verlassen. Sie argwöhnte, dass die Verwerfung während des mörderischen Krieges der Ersten Menschheit gegen die Bestien entstanden war.

Eine neue Erschütterung durchlief den Untergrund.

Sofort war der tobende Kopfschmerz wieder da. Alles um Kateen herum schien in Bewegung zu geraten. Sie riss die Hände hoch, wollte sich die Schläfen massieren, aber der Helm hinderte sie daran. Gurgelnd sank sie auf die Knie.

Ein dumpfes Rumoren dröhnte in ihren Ohren. Es war ein bedrohlich wirkendes Grollen, dessen Ursprung sie kaum lokalisieren konnte. Allem Anschein nach stieg es aus der Tiefe des Mondes herauf.

Ein Knistern und Knacken mischte sich hinein.

»Das Eis bricht!«, stieß die Frau hervor. In dem Moment dachte sie gar nicht daran, dass niemand ihren Ruf hören konnte.

Sie hätte wenig später nicht einmal zu sagen vermocht, wie lange sie schon auf dem Eis kniete. Jupiter starrte immer noch auf sie herab. Die tiefschwarzen Schatten zweier seiner Monde sahen aus, als habe jemand Löcher in die quirlige Wolkendecke gestanzt.

Der Boden zitterte. Kateen stützte sich mit den Händen ab. Sie krallte die Finger ins Eis und wusste zugleich, dass sie sich nicht lange würde halten können. Sie verwünschte die Tatsache, dass ihr Schutzanzug über kein Flugaggregat verfügte.

Ganymeds Oberfläche bestand aus einem dicken Eispanzer. Darunter lagen Hunderte Kilometer weiches Wassereis, das tektonische Verspannungen kaum mehr aufkommen ließ. Früher, als Ganymeds Umlaufbahn sehr elliptisch gewesen sein musste, hatten starke Gezeitenkräfte sein Aussehen geprägt. In den letzten Jahrhunderttausenden war der größte Mond des Sonnensystems wohl nur mehr von gelegentlichen Asteroiden- und Kometeneinschlägen erschüttert worden. Heute standen Robotjäger bereit, um alle kosmischen Vagabunden abzufangen, die in bedrohliche Nähe kamen. Das Beben konnte unmöglich die Folge eines Asteroidenaufschlags sein.

Wenn jetzt Erschütterungen auftraten, kamen wohl nur wenige Ursachen dafür in Betracht ...

Lemurische Hinterlassenschaften! Beinahe hätte die Frau die Vermutung laut hinausgeschrien. Ihre Eltern hatten nach Artefakten aus der Zeit des Bestienkriegs gesucht, waren aber nie fündig geworden.

Wir sind nahe dran. Fünfzigtausend Jahre haben zwar vieles verändert, trotzdem haben Helen und ich eine Spur ... So lautete die letzte akustische Aufzeichnung ihres Vaters. Zwei Tage später war das kleine Forschungsschiff in der Jupiteratmosphäre verglüht.

Das Dröhnen und Knacken schwoll rasend schnell an. Es wurde zum dumpfen Gurgeln, als breche sich eine Flutwelle ungestüm Bahn.

Keine hundert Meter vor Kateen explodierte das Eis.

Sie sah den aufbrechenden Boden, konnte aber nicht mehr reagieren. Eine bleiche Fontäne stieg in den fahlen Himmel. Zähflüssiges Wassereis entfächerte sich in der Höhe und regnete langsam ab.

Zwei weitere Bruchstellen platzten auf. Ihnen fehlte indes die Kraft für eine große Eruption. Schwallartig quoll das Eis aus dem Boden und breitete sich aus.

Weite Regionen Ganymeds waren durch Kryovulkanismus entstanden. Die Verlaufsspuren wässriger Lava ließen sich dort gut erkennen. Trotzdem gab es keine tätigen Eisvulkane mehr.

Falls ein lemurisches Artefakt den Ausbruch ausgelöst hat ...

Seit langem fragte sich Kateen, wie es sein würde, sobald sie fündig wurde. Sie hatte keine Antwort darauf, nicht einmal jetzt. Sie spürte weder Triumph noch neue Trauer. Vielleicht, sobald sich entlang der Verwerfung Desintegratorfräsen in die Eiskruste hineinfraßen und endlich eine vergessene lemurische Station freilegten ...

Keine zwanzig Meter vor ihr brach der Untergrund auf. Fauchend stieg eine weitere Eisfontäne in den rötlichen Himmel. Wie eine Blume mit funkelnden Blütenblättern entfaltete sie sich. Es war ein überwältigender Anblick ...

... und endlich begriff Kateen die drohende Gefahr. Immer noch halb benommen, warf sie sich herum und wollte fliehen. Es war zu spät dafür. Auch neben ihr platzte der Boden auf, Wasser und zähflüssiges Eis waren plötzlich überall.

Kateen wurde von der neuen Fontäne in die Höhe gerissen. Ein heftiger Schlag gegen ihre Hüfte ließ sie fürchten, dass ein scharfer Eisblock den Schutzanzug beschädigt hatte. Spontan griff sie mit beiden Händen zu, um den Riss zu finden – und atmete erleichtert auf, denn sie spürte weder eindringende Kälte, noch zeigte das Helmdisplay ein Warnsignal.

Für Sekunden sah sie die fernen Wolkenbänder Jupiters vorbeihuschen, dann versank alles im Grau des Eises. War die Eruption so heftig gewesen, dass sie die geringe Schwerkraft des Mondes überwand? Die ersten Ausbrüche hatten diese Stärke keinesfalls erreicht. Kateens Überlegungen wirbelten durcheinander, andernfalls hätte sie längst daran gedacht, den Helmfunk wieder einzuschalten.

Erneut drang der Widerschein der Jupiteratmosphäre zu ihr durch. Der Planet hing aber nicht mehr schräg über ihr, sondern drehte sich zu ihren Füßen, als stünde die Welt kopf.

Kateens Gleichgewichtssinn rebellierte. Sie war keine Raumfahrerin, im Weltraum zu schweben machte ihr sogar Angst. Sie fürchtete den endlosen Abgrund, und obwohl sie wusste, wie falsch diese Vorstellung war, kam sie nicht dagegen an. Mit aller Vernunft schaffte sie es nicht, ihre jedes Mal von Neuem gegen das Nichts aufbegehrenden Magennerven zu beruhigen.

Wie lange schon, seit die Eisfontäne sie mitgerissen hatte? Wahrscheinlich hatte sie den höchsten Punkt der Eruption überschritten und fiel bereits zurück. Ganymeds Schwerkraft lag nur bei einem Siebtel der Erdgravitation, das machte es leichter, den befürchteten Aufprall abzufangen.

Kateen zog die Beine an den Leib und versuchte, sich mit Schwimmbewegungen gegen die fester werdenden Eismassen zu behaupten. Rings um sie herum erstarrte das Wassereis bereits.

Sie schlug rückwärts auf.

Der Aufprall war weit weniger hart als befürchtet. Halb gefrorenes, unter ihrer Last splitterndes Eis dämpfte den Sturz. Kateen sank tiefer, schaffte es aber nicht, ihrem Fall eine Richtung zu geben. Ohnehin hätte sie nicht erkennen können, ob sie sich nach außen bewegte oder womöglich tiefer in der erstarrenden Masse versank. Wie eine Zwangsjacke raubte ihr das Eis die Bewegungsfreiheit.

Mit einem eindringlichen Blick schaltete sie den Helmfunk wieder ein. Kaum verständliches Stimmengewirr brach über sie herein. Es ließ sie befürchten, dass auch beim Gleiter der Boden aufgebrochen war. Kateen glaubte, die Stimme des Akonen herauszuhören. Jedenfalls versuchte ein markanter Bass, die anderen zu übertönen. Jemand rief nach dem Rettungsdienst.

»Kateen?«, hörte die junge Frau dazwischen. »Warum meldest du dich nicht?«

»Hier! Ich bin hier, auf der anderen Seite der Barriere.« Kratzend ihre Stimme und wahrscheinlich kaum verständlich. Ein Hustenanfall ließ sie nach Luft ringen. Der Druck des Eises wurde bereits unerträglich.

»Kateen?«

Sie stöhnte gequält. Weil sie es nicht einmal mehr schaffte, den Arm anzuwinkeln. Der Widerstand des Eises wurde größer.

Ihr Schutzanzug war die Sportversion. Jeder im Gleiter hatte ein solches widerstandsfähiges Kleidungsstück erhalten. In erster Linie isolierte es gegen die tödliche Kälte des Mondes. Der Sauerstoffvorrat reichte für dreißig Stunden unter starker körperlicher Belastung, mehr als genug für den ersten Tag im Schneeparadies. Allerdings gab es keinen Schutzschirm, kein Gravopak und erst recht kein Flugaggregat. Solche Hilfsmittel waren in der Ovadja Regio verpönt.

Ein lauter werdendes Krachen erschreckte die Frau. Das Eis verschob sich und baute neue Spannung auf. Gegen den stärker werdenden Druck von allen Seiten schützte der Anzug nur unvollkommen.

»Ich stecke im Eis fest!«, rief sie.

Jemand redete mit der Kontrollstelle in Galileo City. Kateen hörte die Stimme nur schwach und wie aus weiter Ferne, sie verstand nicht mehr als Bruchstücke. Das war keiner der Gleiterpassagiere, wahrscheinlich ein Skisportler aus der Ovadja Regio.

Dieser Tage seien Frequenzüberlagerungen zu erwarten, hatte der Robotpilot des Gleiters kurz nach dem Abflug erklärt. Zugleich sehr intensive Polarlichter im Bereich von Ganymeds Polen. Die Magnetfelder zwischen Jupiter und seinem größten Mond sowie ein derzeit extrem energiereicher Sonnenwind sollten für überwältigende Farborgien vor allem im Äquatorbereich sorgen.

... und lemurische Artefakte aktivieren? Die Vermutung drängte sich geradezu auf. Allerdings glaubte die Frau selbst nicht daran, das war wohl eher ein Versuch, sich abzulenken. Polarlichter über dem Eismond waren alles andere als eine seltene Erscheinung.

»Kateen ...?«

Die Stimme war deutlicher geworden.

»Gaider?«, fragte sie verblüfft. Jeden hätte sie erwartet, kaum Gaider Molkam. Schon vorgestern, während der Passage von Terra, hatte er sich im Hintergrund gehalten. Warum ihr das aufgefallen war, wusste sie selbst nicht. An diesem Morgen ebenfalls wieder. Als Letzter war er an Bord des Gleiters gegangen, fast so, als hätte er niemandem den Platz streitig machen wollen.

Sie erhielt keine Antwort. Aber darauf achtete sie schon nicht mehr. Die vage Helligkeit, die durch das Eis schimmerte, schien intensiver zu werden. Und da war ein Schatten, undefinierbar zwar, aber er bewegte sich. Wie die Silhouette einer riesigen Amöbe, die sich im einen Moment zusammenzog, im nächsten aber schon eine Vielzahl dürrer Pseudopodien ausbildete.

»Gaider?«, wiederholte die Frau.

Selbst mit zusammengekniffenen Augen konnte sie nicht mehr erkennen. Und die erwartete Antwort blieb aus. Lediglich das Geräusch tiefer Atemzüge war zu hören, im Rhythmus mit den Bewegungen der Amöbe.

Wieder ein wenig mehr Helligkeit. Das Eis schien zu glitzern, und es ließ endlich menschliche Umrisse deutlicher werden.

»Sagtest du nicht, dass du Archäologie studiert hättest?«

Die Frage kam übergangslos. »Äh«, machte Kateen Santoss nur, die im ersten Moment gar nicht wusste, ob sie richtig verstanden hatte. »Lemur-Archäologie«, sagte sie nach einigen Sekunden. »Warum?«

»Nur so.« Der Schatten verharrte reglos. »Ihr Archäologen schneidet doch hin und wieder uralte Fundstücke aus dem Eis. Richtig?«

»Ja ... natürlich ...«

»Ich hoffe nicht, dass du dich für die nächsten zehntausend Jahre konservieren wolltest. Jedenfalls nicht, um einem Kollegen in ferner Zukunft eine Freude zu bereiten.«

Was sollte sie darauf antworten? Molkam hatte sie beim Abflug aus Galileo City intensiv gemustert. Offenbar hatte er angenommen, es würde ihr nicht auffallen. Aber seine Feststellung, war das nur ein Scherz oder schon mehr?

»Das verbliebene Eis ist dünn genug!«, sagte Molkam. »Es sollte nachgeben, sobald du dich mit Kraft dagegenstemmst.«

Kateen lachte, verstummte aber sofort wieder. So Unrecht, fand sie, hatte der Mann gar nicht. Es fiel ihr keineswegs leicht, aus der quälenden Enge heraus den nötigen Druck zu entwickeln. Aber schließlich splitterte das Eis und gab sie frei.

»Danke!«

Molkam nickte knapp. »Du hattest Glück«, stellte er zögernd fest. »Glück, dass der Ausbruch nicht lange anhielt. In einem Dutzende Meter dicken Eisblock eingefroren, hätte ich dich nicht so schnell gefunden.« Er wog ein großes Desintegratormesser in der Hand. »Und mit dem da hätte ich dann wenig anfangen können. Die Klinge gehört zur Ausrüstung des Gleiters«, fügte er hinzu, obwohl er Kateens forschenden Blick kaum bemerkt haben konnte. »Und nun sollten wir uns beeilen, bevor der Akone Schadenersatz für entgangene Freizeitfreude verlangt.«

»Der Gleiter ist schon wieder flugfähig?«

»Seit beinahe zehn Minuten.«

Dass der Flug dennoch nicht sofort fortgesetzt wurde, lag an einer Anweisung aus Galileo City. Der Gleiter und seine Passagiere sollten auf den Sicherheitsdienst warten.

Zwei Stunden Zwangspause inzwischen ...

Ein halbes Dutzend Gleiter waren weit verstreut in der Ebene niedergegangen, zwei große Maschinen kreisten über dem Gelände. Roboter bauten schweres Bohrgerät auf. An anderen Stellen wurden Sensorsonden in die Eiskruste eingegossen.

»Wir brauchen ein exaktes Schichtenprofil. Falls im Bereich nahe der Oberfläche nichts zu finden ist, müssen die Messungen bis hinab in den Gesteinsmantel ausgedehnt werden. Ich nehme an, dass an der Grenze zum Silikat ...«

»Müssen?« Mit einer ablehnenden heftigen Handbewegung unterbrach Kateen Santoss' Gegenüber ihren Redefluss. »Wenn wir schon über alles reden: Seit wann lebst du auf Ganymed?«
»Ich bin vor zwei Tagen mit dem Zubringer von Terra angekommen.«
»Zum ersten Mal auf Ganymed?«
»Im vergangenen Jahr war ich auf Io und Callisto.«
Der Mann hob eine Augenbraue. »Also zum ersten Mal auf Ganymed?«, wiederholte er seine Frage mit der Sturheit einer Maschine.
»Zum ersten Mal«, bestätigte Kateen.
Der Mann, er trug die Uniform des Sicherheitsdienstes, lehnte sich im Sessel zurück. Er seufzte, als müsse er sich einem schweren Schicksal fügen.

»Wir haben nun einmal das Problem, dass viele Touristen glauben, Sachverständige für ziemlich alles zu sein, was Ganymed angeht.« Er verschränkte die Arme vor dem Oberkörper, winkelte dann zögernd den linken Unterarm an und klopfte mit dem Zeigefinger gegen seine etwas groß geratenen Schneidezähne. »Allein im vergangenen Jahr wurden mir an die hundert Pläne vorgelegt, die darauf abzielten, den Mond künstlich zu erwärmen. So etwas läuft dann unter dem Gesichtspunkt wirtschaftlicher Nutzungsintensivierung. Aber Ganymed wäre in dem Fall nicht mehr Ganymed, sondern ein Wintersportgebiet, wie es Tausende andere Monde und Planeten in der Milchstraße auch bieten.«

»Was hat das mit der Kryo-Eruption zu tun?«

»Nichts.« Der Mann neigte sich Kateen ein Stück weit entgegen. »Genauso viel oder auch so wenig wie deine Behauptung, unter unseren Füßen müsse eine uralte lemurische Station verborgen sein. Ob mit oder ohne Bestien und wer weiß was noch, das Thema ist längst durch. Genaugenommen seit etlichen Jahrhunderten.«

Skrypale, stand auf seinem Namensschild. *Bracz Skrzypale.*

Das war für sie ein Zungenbrecher. Als er sich ihr vorgestellt hatte, hatte Kateen den Namen überhaupt nicht verstanden. Sie hatte nicht einmal die Gelegenheit erhalten, nachzufragen.

»Leutnant Skrzypale«, sagte er, als ihm ihr forschender Blick auffiel. »Zuständig für Touristensicherheit.«

»Das da draußen ...« Die Archäologin zeigte auf eine der holografischen Wiedergaben, doch Skrzypales unbewegt bleibende Miene irritierte sie. Sie reagierte mit einer umfassenden Handbewegung. »Das da draußen ist keineswegs normal.«

»Richtig.« Der Leutnant nickte knapp. »Ein ähnlich schwacher Ausbruch liegt zweihundert und ein paar zerquetschte Jahre zurück.« Er musste sich nicht der Mühe unterziehen, die genaue Zahl zu eruieren, das ließ er sich anmerken.

»Damals ...«, wandte Kateen ein, wurde aber sofort unterbrochen.

»Damals war der Einschlag eines kleinen Asteroiden der Auslöser.« Skrzypales Lächeln blieb unverbindlich und distanziert.

Selbst wenn ich ihm einen Beweis vorlegen könnte, würde er alles ignorieren, was nicht in seine Vorstellungswelt passt, konstatierte die Lemur-Archäologin.

»Heute war kein Asteroid die Ursache«, behauptete sie dennoch.

»Ich weiß. Da unten existiert eine lemurische Wachstation. Oder schlimmer noch: eine Einrichtung der Bestien ...«

Kateen Santoss spürte, dass ihre Gesichtszüge entgleisen. »Was ist mit den Robotjägern?«, hatte sie Skrzypale entgegenhalten wollen. »Meines Wissens wurden sie vor zweihundert *und ein paar zerquetschten* Jahren noch nicht eingesetzt, aber sehr wohl heute.« Doch sie schwieg erst einmal, weil Skrzypale ihr mit seiner Bemerkung völlig den Wind aus den Segeln genommen hatte. Für den Moment war sie unschlüssig, was sie erwidern sollte.

»... leider sind solche Stationen reine Fantasieprodukte«, fuhr der Leutnant bedächtig fort. »Ich bedaure, Kateen, auf Ganymed zu graben lohnt in keiner Weise. An der Sache interessiert mich lediglich, ob du einen Forschungsauftrag hast. Eigentlich sollte ich informiert sein, sobald ein Wissenschaftlerteam anrückt. Außerdem frage ich mich, welches Institut so verrückt sein kann, das Geld mit vollen Händen aus dem Fenster zu werfen. Terrania? Sag jetzt nicht, dass die Waringer-Akademie hinter diesem Hirngespinst steckt.«

Genau das war ihr eben durch den Kopf gegangen. Sie kniff die Brauen zusammen, eine Geste, die ihre Unsicherheit verriet. Konnte ihr Gegenüber Gedanken lesen?
Ist es so?
Nachdenklich kaute der Leutnant auf seiner Unterlippe. Er ließ sie nicht eine Sekunde lang aus den Augen, aber er reagierte nicht auf ihre stumme Frage. Nicht ein Wimpernschlag verriet, dass er erkannte, wie abschätzig sie soeben über ihn dachte.
Dann eben nicht. Wenn von Terra die Rede ist, bringt beinahe jeder die Waringer-Akademie ins Spiel. Der Rainbow-Dome ist ein Begriff.
Sie arbeitete dort; inzwischen versetzt in den Innendienst zur Archivanalyse. Ihren ersten Forschungsauftrag im Jupiterbereich hatte sie zu hastig angefangen und gegen eine Vielzahl ungeschriebener Gesetze verstoßen. Dabei, das musste sie eingestehen, war sie sogar noch glimpflich davongekommen.
»Der alte Kram, selbst wenn es ihn gäbe, wäre heute überhaupt nichts mehr wert«, stellte Skrzypale fest. »Vergiss den Lemurer-Quatsch, Mädchen. Die Einzigen, die es richtig gemacht haben und gut verdienen, sind die Leute vom Syndikat. *Hyperkristall* ist das Zauberwort, mit dem man heutzutage reich und berühmt werden kann.«
Kateen erhob sich aus ihrem Sessel.
»Wer sagt, dass ich reich werden will?«, fragte sie.
»Du bist Idealistin? Gibt es das überhaupt noch auf Terra?«
Als Kateen keine Anstalten machte, die Frage zu beantworten, nickte ihr der Leutnant kurz zu. »Was steht auf dem Programm? Skifahren oder Eistauchen?«
»Beides.«
»Ich habe den Eindruck, dass dir der Jupiter einiges bedeutet, mehr sogar als die Gerippe der alten Lemurer. Ganymed ist ein Ort, an dem es sich gut leben lässt. Vor allem ist das Syndikat der Kristallfischer stets an Individualisten interessiert.«
»Du willst, dass ich darüber nachdenke?«
»Etwas Besseres kannst du gar nicht tun.«

Die Frau hob die Schultern. Wortlos schloss sie ihren Helm. Als sie den Gleiter über die kleine Schleuse verließ, hatte sie die Empfehlung des Sicherheitsbeamten schon fast vergessen.

Sie war am Ziel, hatte das lange im Voraus gebuchte Zimmer in der Hotelkuppel bezogen und für ein paar Tage alle Möglichkeiten, sich die Geländeformationen anzusehen, unter denen ihre Eltern die lemurischen Relikte vermutet hatten.

Nachdenklich betrachtete Kateen Santoss die kleine holografische Gestalt über ihrem Handrücken. Sie war nicht größer als eine Handspanne, dennoch konnte Kateen die Gesichtszüge des Mannes gut erkennen. Sogar seine blauen Augen, die sie einen Augenblick lang eindringlich zu mustern schienen.

»Ovadja Regio erscheint uns als eines der am meisten versprechenden Gebiete des Mondes«, erläuterte ihr Vater. »Hier steigt das Gelände mehr als tausend Meter über Normalniveau an. Es ist ein wild zerklüftetes Gebiet, das viel von dem bietet, was zur Zeit eines erbitterten interstellaren Krieges als Auswahlkriterium für Standortfragen wichtig erscheint.«

Mit beiden Händen fuhr Simon sich durch das schulterlange braune Haar. Er hatte sich einen Bart wachsen lassen, das machte sein Gesicht voller. O ja, ihr war in dieser letzten holografischen Bildsequenz, die sie von ihm hatte, sehr wohl aufgefallen, dass er hager geworden war. Die Strapazen der vorangegangenen Wochen waren ihm anzusehen.

Kateen kaute auf ihrer Unterlippe. Sie hatte Mühe, die Tränen zurückzuhalten.

»Helen und ich können damit leben, dass unsere Bemühungen von einigen Kapazitäten als Hirngespinste abgetan werden. Ich bleibe dabei: Gerade das Fehlen üblicher Oberflächenformationen machte Ganymed in strategischer Hinsicht interessant. Es gibt keinen natürlichen Ortungsschutz, wie ihn sonst Gebirgsmassive und Erzvorkommen aller Art bieten. Aber genau das konnte die Erste Menschheit durch technische Hilfsmittel kompensieren. Ich bin sicher ...«

Mit einer hastigen Handbewegung unterbrach Kateen die Projektion. In der Hoffnung, die richtige Spur zu finden, arbeitete sie die Aufzeichnungen ihres Vaters ab. Doch wo ihre Eltern unberührte Natur vorgefunden hatten, fraß sich mittlerweile der Moloch des Sportbetriebs immer weiter vor.

Sie warf das Armband mit den gespeicherten Aufzeichnungen auf den kleinen Tisch. Ein Antigravfeld fing das nur wenige Zentimeter breite Instrument auf und legte es geräuschlos ab.

»Du hast die Bildwand mit dem Auswahlprogramm bislang nicht aktiviert, Kateen«, erinnerte eine wohlklingende männliche Stimme.

Die junge Frau ertappte sich bei der Frage, wie der Sprecher aussehen mochte. Sie hätte ihn gern kennengelernt, nicht nur über das Akustikfeld gehört.

»Dir steht die Möglichkeit zur Verfügung, deinen Tagesablauf für morgen zu planen. Falls du davon Gebrauch machen willst ...«

Ihn in der Bar kennenzulernen, war zweifellos eine Illusion. Die Stimme, argwöhnte die Archäologin, klang zu perfekt. Kein Zweifel, sie war von Sprachdesignern erzeugt und darauf ausgerichtet, Interesse zu wecken und den Umsatz in die Höhe zu treiben.

»Meinetwegen.« Sie hatte nur ein Schulterzucken für solche Manipulationsversuche.

»Ich bin überzeugt, dass du eine ausgezeichnete Wahl triffst«, fuhr die Stimme fort, während die aufleuchtende Holowand den Eindruck erweckte, Kateen könne geradewegs in die Eiswüste hinauslaufen.

Ein purpurner Widerschein lag auf den weißen Pisten. Farbschleier huschten durch die dünne Atmosphäre des Mondes. Obwohl Ganymed gut eine Million Kilometer respektvollen Abstand zu Jupiter hielt, wirkte der Gasriese erdrückend – in der Bildprojektion noch mehr als sonst, weil nur ein Ausschnitt wiedergegeben wurde. Atemraubend im wahrsten Sinn des Wortes.

»Du hast mit deiner heutigen Pistenwahl schon einen exzellenten Geschmack und sportliches Können bewiesen«, fuhr die Stimme aufmunternd fort.

Das war auch alles andere als ein billiges Vergnügen, ging es Kateen durch den Kopf.

Sie löste die Magnetsäume der Freizeitkombi, die sie unter dem Schutzanzug getragen hatte. Es wurde Zeit, dass sie sich frisch machte.

»Die Aufzeichnung deiner Sprünge steht zur Verfügung, du kannst sie jederzeit kostenfrei abrufen. Wenn du es wünschst, werden deine sportlichen Aktivitäten en bloc auf einem Speicherkristall ausgegeben. Du erhältst ihn unmittelbar vor dem Rückflug nach Galileo City.«

»Jetzt ansehen – und insgesamt speichern! Den Datenkristall in der Schmuckversion. Und, bitte, keine Störung mehr.«

»Selbstverständlich«, erwiderte die Stimme. »Ich wünsche dir einen angenehmen Tagesausklang. Sobald du für morgen früh ...«

»Ich will mich vorerst nicht festlegen. Danke.«

Eine Einblendung erschien in der Bildmitte. Während Kateen sich entkleidete, studierte sie den Hinweis auf die Möglichkeit, einen Redox zu ordern. Die Liebesandroiden standen den Hausgästen ab einem Minimum von zwei Stunden bis hin zur gesamten Aufenthaltsdauer zur Verfügung.

Haushaltsroboter der Klasse 3CII mit humanoider Identform, das war die offizielle Bezeichnung dieser Baureihen, die von einem realen menschlichen Partner so gut wie nicht zu unterscheiden waren. Kateen Santoss rümpfte die Nase. Das Thema entbehrte gewiss nicht eines besonderen Reizes, und sie mochte keineswegs ausschließen, dass sie sich, unter gewissen Umständen, eines Tages tatsächlich mit einem Redox einlassen würde. Schließlich kamen immer wieder Stunden, in denen sie sich zwar einsam fühlte, die Nähe eines Menschen aber eher belastend empfunden hätte. Gefühle waren etwas Eigenartiges, vor allem sehr persönlich. Und wer, wenn nicht ein Roboter, war wirklich in der Lage, jede Gefühlsnuance zu verstehen? So gesehen waren die Whistler-Produktionen wohl die besseren Menschen.

Bis sie aber wirklich eine solche Zerstreuung akzeptierte, würden noch sehr viele Flares über die Sonnenoberfläche wandern.

Kateen Santoss betrat die Nasszelle.

Sekundenlang badete sie in der Säule aus oszillierendem Licht, die zwischen Decke und Boden entstand und sie einhüllte. Die Prozedur dauerte länger als gewöhnlich. Kateen reagierte überrascht und unwillig zugleich darauf. Aber dann bescheinigte ihr das Analyseholo lediglich eine Vielzahl von Muskelverspannungen. Eigentlich war das kein Wunder. Ihre Antarktis-Exkursion lag fünf Jahre zurück, seitdem hatte sie nicht mehr auf Skiern gestanden. Und Ganymeds geringe Schwerkraft war kein Freibrief, was die körperliche Anstrengung anbelangte.

Sie duschte abwechselnd kalt und heiß. Mit Wasser, das aus fünfundzwanzig Kilometern Tiefe gefördert wurde, einen hohen Mineralanteil aufwies und seit über einer Milliarde Jahren von äußeren Einflüssen unberührt geblieben war. In der Lobby hatte Kateen sich kurz diesen Informationen gewidmet, aber eigentlich war ihr die Jahrmilliarde als Zeitraum zu lang, weil nicht zur Gänze überschaubar.

Das denkt ausgerechnet eine Archäologin. Sie lachte leise. Massagefelder kneteten ihre Muskeln und ein Warmluftschwall trocknete den Körper.

Als Kateen die Nasszelle verließ, überfiel sie der Kopfschmerz wie ein Blitz aus heiterem Himmel. Da war wieder dieses unerträgliche Empfinden, dass sich alles um sie zu drehen begann. Selbst als sie sich auf der Antigravliege ausstreckte, spielte ihr Gleichgewichtssinn noch verrückt. Die Übelkeit zwang sie, hastiger zu atmen, und wich erst nach einigen Minuten.

»Servo«, brachte sie endlich hervor.

»Was kann ich für dich tun, Kateen?« Das war wieder die so angenehm klingende Stimme.

»Es gibt Störungen im Schwerkraftfeld des Hauses.«

»Davon weiß ich bislang nichts. Wann und wo ...?«

Kateen massierte sich mit beiden Händen die Schläfen. »Es hat vor mehreren Minuten begonnen und ist immer noch spürbar.«

»In welchem Bereich ...?«

»Hier, in meiner Unterkunft. Ich habe mich hingelegt.«

»Soll ich dir einen Medoroboter schicken?«
»Das ist nicht nötig. Ich gewöhne mich bereits daran.«
»Gut. Ich suche nach der Ursache. Bitte hab ein wenig Geduld.«
Kateen nickte stumm, obwohl ihr bewusst war, dass der Raumservo sie optisch nicht wahrnehmen konnte.

Die Bildwand zeigte momentan die große Schanze. Selbst unter den Bedingungen des Mondes Ganymed gehörten Überwindungskraft und eine enorme Portion Selbstvertrauen dazu, sich dem Parcours anzuvertrauen. Und das trotz des Wissens, dass die gesamte Strecke doppelt gesichert war.

Es war eine besondere Erfahrung, von Trajektoren auf Geschwindigkeit gebracht den steilen Anlauf hinunterzurasen und beim Absprung den riesigen Gletscherabbruch unter sich zu sehen. Das sei um vieles intensiver, als im Weltraum in der offenen Schleuse eines Raumschiffs zu stehen, hatte Kateen gehört. Sie hatte es nicht so empfunden.

Alles hatte sie darangesetzt, auf der anderen Seite der Schlucht sehr genau aufzukommen. Dass sie den Landepunkt dennoch um gut fünfzig Meter verfehlt hatte, war keineswegs tragisch. Immerhin hatte sie das als Beweis dafür angesehen, dass sie wirklich auf ihre Geschicklichkeit und Körperbeherrschung angewiesen war. Nur im Notfall griffen die positronischen Sicherungselemente ein.

Die anschließende Abfahrt über eine Länge von mehr als fünf Kilometern führte durch eine der faszinierendsten Regionen Ganymeds. Überall sah es aus, als habe ein Heer von Riesen mächtige Eisblöcke zu einem gigantischen Labyrinth aus Brücken und Höhlendurchfahrten aufgetürmt. Der Zufall hatte zudem gewollt, dass sie permanent den Großen Roten Fleck vor sich gesehen hatte. Und kurz vor dem Ende der Piste drei kleinere natürliche Sprungschanzen, die Kateen erst bemerkt hatte, als sie schon vom Boden abhob ... Ein überwältigender Eindruck war es, scheinbar Jupiter entgegenzufliegen. Für einen Moment waren sogar die scharf geschnittenen Ringe des Gasriesen deutlich geworden. Mit bloßem Auge hatte Kateen die leuchtschwachen Gossamer-Ringe sonst nie so klar erkennen können. Kein Wunder, dass das Skigebiet der

Ovadja Regio immer öfter in den terranischen Medien beworben wurde.

Sie fragte sich, wie der Anblick sein mochte, sobald Ganymed den Schattenkegel des Planeten durchquerte.

»Ich habe die Protokolldateien der letzten sechzig Minuten überprüft.« Die Stimme schreckte Kateen aus ihrer Betrachtung auf. »Die künstliche Schwerkraft unterlag keiner Schwankung. Allerdings gebe ich zu bedenken, dass eine übermäßige und ungewohnte körperliche Betätigung ebenfalls zu Missempfindungen ...«

»Danke, das genügt mir!«

Kateen Santoss verschränkte die Hände hinter dem Kopf und schloss die Augen. Ein klein wenig schien sogar die Antigravliege zu schwanken; das Missempfinden lag also tatsächlich an ihr.

Eine halbe Stunde später schreckte sie auf und stellte verwirrt fest, dass sie eingeschlafen war.

Die Bildwand zeigte ein Panorama der Ovadja Regio. Es war kurz nach 22 Uhr Terrania-Standardzeit. Jupiter rotierte schnell, der Große Rote Fleck war nicht mehr zu sehen. Auf den Pisten herrschte rund um die Uhr Betrieb, schließlich richtete sich Ganymed nicht nach terranischen Tag- und Nachtphasen. Der Eismond drehte sich in sieben Tagen, drei Stunden und etwas mehr als vierzig Minuten um die eigene Achse, das war sein Rhythmus. Einen ausgeprägten Wechsel von hell und dunkel kannte er nicht.

Die dreißig Minuten Ruhe hatten ihr gutgetan. Die Archäologin entschied sich, den Tag langsam ausklingen zu lassen. Für einen Besuch in der Bar wählte sie aus ihrem Gepäck das hauchzarte Nichts aus Emotiomaterial. Der Stoff war federleicht – biochemisch im Labor gezüchtetes Gewebe, das seine Transparenz sofort verlor, als sie es sich um den Leib schlang. Ihre Körperwärme rief einen satten wohltuenden Blauton hervor.

Vielleicht ließ der Pistenbetrieb nach, wenn Ganymed sich für einige Tage in Jupiters Schatten befand, aktuell herrschte jedenfalls ein reges Kommen und Gehen. Minutenlang beobachtete Kateen Santoss vom Foyer aus die gläsernen Tunnelgänge zu den Außenschleusen. Ein wenig fühlte sie sich dabei wie ein bizarres Reptil in einem üppig ausgestatteten Terrarium. Sie befand sich in ihrer gewohnten Umgebung – die anderen, für die sie zum Schauobjekt wurde, waren teils bis zur Unkenntlichkeit vermummt.

Aber hatte sie, als sie durch einen der Tunnel das Hotel betrat, nicht ebenfalls aufmerksam ihre Umgebung betrachtet? Es gab immer Neues und Unerwartetes zu sehen.

Zwei hagere Blues strebten soeben in dicker Schutzkleidung dem Ausgang zu. Kateen hatte den Eindruck, dass wenigstens einer von beiden kurz den Kopf neigte. Möglich, dass der Jülziish, wie das Volk sich selbst nannte, sie mit einem seiner vier Augen beobachtete. Grüßend hob sie die Hand. Und tatsächlich, der Tellerkopf winkte zurück. Es mussten diese beiden Blues gewesen sein, die bei ihrer Rückkehr von der Piste nahezu an der Stelle gestanden hatten, an der sie nun stand. Neugierde, Interesse am anderen – die galaktische Völkergemeinschaft kannte einander seit Jahrtausenden, aber dennoch war man sich irgendwie fremd geblieben.

Die Jülziish verschwanden in der Schleuse. Eine einzige Kuppel umschloss die gesamte Hotelanlage. Sie durchmaß kaum mehr als hundert Meter und war im Innern von einer spielerischen Leichtigkeit, die Kateen so nicht erwartet hatte. Zumindest nicht in Jupiternähe. Die offenen, von Pflanzen überwucherten Etagen machten es schwer, die wahre Kapazität der Anlage abzuschätzen. Von außen gesehen schimmerte sie wie ein geschliffener Edelstein.

Kateen wollte weitergehen, als in ihrer Nähe überraschte Rufe laut wurden. Ein paar Dutzend Leute, überwiegend Terraner, aber auch mehrere der groß gewachsenen grazilen Ganymedaner, kamen bis an die Balustrade. Die Archäologin brauchte sich nur umzudrehen, um zu erkennen, was die Überraschung ausgelöst hatte.

Ein Roboter, war ihr erster Gedanke. *Ein Werbegag.*

Im nächsten Moment verwarf sie diese Überlegung. Auch auf der Eingangsebene blickten viele der fremden Gestalt entgegen. Der Neuankömmling kehrte keineswegs von der Piste zurück, vielmehr hatte ihn ein Gleiter eben erst vor der Kuppel abgesetzt. Ein Roboter folgte ihm mit dem Gepäck.

Kateen sah den Fremden für einige Augenblicke deutlich. Sie hätte nicht zu sagen vermocht, weshalb sie ihn spontan als männlich einschätzte, das war Gewohnheit, mehr nicht.

Dieses Wesen trug keinen Schutzanzug. Lediglich eine Atemmaske verdeckte den unteren Bereich seines kantigen, leicht vorspringenden Gesichts. Zwei Schläuche führten von der Maske aus in den Nacken zu einem faustgroßen metallenen Gerät. Offenbar ein Versorgungsaggregat. Ob der Fremde Sauerstoff atmete oder ein exotisches Gasgemisch, war für die Archäologin eher nebensächlich.

Lediglich eine Art Körperpanzer schützte ihn – handflächengroße, einander überlappende Chitinplatten.

Fließt Frostschutzmittel anstelle von Blut in seinen Adern?, ging es ihr durch den Sinn.

Sie entsann sich nicht, jemals ein solches Wesen gesehen zu haben. Zwei kräftige Beine, ein kurzer, zum Balancieren dienender Stummelschwanz und hoch an den Schultern des ohnehin schlanken Körpers angesetzte dünne Arme. Der Kopf sprang ein Stück weit vor und hatte etwas Echsenhaftes. Aber wechselwarm war diese Intelligenz bestimmt nicht.

Der Fremde verschwand schnell aus Kateens Sichtbereich, als er zum Empfang ging. Sie fragte sich, ob er aus der Milchstraße stammte. Vielleicht gehörte er einem Volk an, das erst vor kurzem entdeckt worden war. Oder er selbst oder seine Vorfahren waren beim Abzug der Terminalen Kolonne zurückgeblieben, aus welchem Grund auch immer. Mehr als ein halbes Menschenleben lag jener Krieg inzwischen zurück, einhundertvierzehn Jahre.

Es wurde spät. Wenn sie in der Bar noch jemanden aus ihrer Gruppe treffen wollte, musste sie sich beeilen.

In einem der Antigravschächte schwebte Kateen Santoss bis unter den Scheitelpunkt der Hotelkuppel. Die Bar dort bot nur knapp hundert Personen Platz, war jedoch keineswegs überfüllt.

Sie schaute sich suchend um. Terraner bildeten das Gros der Gäste. Außerdem etliche Ganymedgeborene. Ihr schmaler Körperbau fiel auf, einige wirkten geradezu zerbrechlich. Die geringe Schwerkraft des Mondes forderte über die Generationen hinweg ihren Tribut und veränderte die Siedler.

Jemand winkte. Es war Gaider Molkam. Kateen ging zu ihm hinüber, zumal noch einige aus der Gruppe bei ihm saßen.

Molkam hatte beide Ellenbogen auf den Sessellehnen abgestützt, die Hände übereinandergelegt und das Kinn zwischen den Fingern aufgestützt. Lächelnd schaute er der Archäologin entgegen, dann deutete er mit einer leichten Kopfbewegung auf den freien Sessel neben ihm.

»Was trinkst du?«, fragte die junge Frau verblüfft, als sie das bizarre Glas sah, das vor ihm stand. Es bestand aus mehreren unterschiedlich langen farbigen Röhren.

»Eigentlich normales Wasser«, antwortete Molkam und hob die Schultern. »Der Servoroboter bezeichnet es als *Sternenwasser*. Angeblich aus der Zeit, als das Sonnensystem entstand – auf jeden Fall über zweihundert Kilometer tief aus Ganymeds wässriger Lava.«

»Ist es wirklich trinkbar?«, erkundigte sich eine der Frauen. Sie nippte an einem großen Cocktail. »Ich habe den Eindruck, es ist schal und abgestanden.«

»Auf jeden Fall frisst es keine Löcher in den Bauch, wie es Vurguzz-Cocktails nachgesagt wird«, bemerkte ein älterer Mann. Kateen entsann sich nicht, ihn im Gleiter gesehen zu haben, sein schlohweißes Haar mit den schwarzen Strähnen wäre ihr bestimmt aufgefallen. Er hatte die Lacher auf seiner Seite, hob sein Vurguzz-Glas und prostete der Archäologin zu.

Ein Roboter schwebte plötzlich neben ihr. Die humanoide Konstruktion maß höchstens zehn Zentimeter. Zwei geschwungene, fast durchsichtige Flügelpaare hielten sie in der Luft. Zumindest hatte es den Anschein. Aber zweifellos bewegte sich der Roboter mit Hilfe eines Antigravtriebwerks.

»Du hast Durst ... und Hunger?«, fragte der Geflügelte.

»Keinen Hunger.«

»Dann weißt du nicht, was dir entgeht. Spezielle Köstlichkeiten ...«

»Ich habe die beiden Blues gesehen«, unterbrach Kateen. Sie hatte kein Interesse daran, sich eine ellenlange Aufzählung anzuhören. Die Elfenroboter waren der letzte gastronomische Schrei. Sie schwirrten von einem Ohr zum anderen, wirkten dabei überaus putzig und konnten zugleich verdammt hartnäckig sein.

»Kein Muurt-Wurm!«, protestierte der Roboter. »Solche Delikatessen bleiben zumindest in unserem Haus den Blues vorbehalten.«

Kateen deutete auf Molkams Glas.

»Sternenwasser.« Der Roboter seufzte. »Möchtest du zuvor ein Glas Sekt – zur Feier des Tages? Du bist heute erst angekommen; ich sehe dich hier zum ersten Mal.«

»Und zum letzten Mal, wenn ich das Wasser nicht bekomme!«

»Och.« Die Elfengestalt sackte bis dicht über die schwebende Tischplatte ab und kam mühsam mit den Flügeln schlagend wieder auf Augenhöhe. »Bei allem Sportsgeist, wie kannst du so etwas androhen? Natürlich bekommst du dein Wasser. Du fühlst dich unwohl?«

»Das geht dich nichts an!«

»Verzeihung. Ich wollte keineswegs neugierig erscheinen. Mir liegt jedoch sehr an der Zufriedenheit unserer Gäste ...«

»Dann bring mir das Sternenwasser!«, wiederholte Kateen.

Der Roboter schwirrte davon.

»Ziemlich aufsässig programmiert«, kommentierte eine der Frauen. »Mitunter können einem diese Biester richtig auf die Nerven gehen.«

»Ein Servo oder ein banales Bestellholo wären mir lieber«, pflichtete der Weißhaarige bei. »Aber die Zeiten ändern sich. Zum Glück sind solche Trends immer kurzlebig.«

Gaider Molkam wandte sich der Archäologin zu. »Es geht dir nicht gut?«, fragte er zögernd. »Nicht dass es mich mehr anginge als den Roboter, aber schon heute Morgen hatte ich den Eindruck ...«

»Ich habe Kopfschmerzen«, erwiderte die Frau verhalten. »Eigentlich kenne ich das gar nicht, aber als ich im Antigravschacht nach oben schwebte, ging es wieder los.« Sie verzog das Gesicht. »Es wird permanent schlimmer.«

Molkam schaute sie forschend an. »Die äußeren Einflüsse solltest du nicht unterschätzen«, sagte er nachdenklich. »Mag sein, dass Jupiters Magnetfeld dir zu schaffen macht. Ganymed bewegt sich keineswegs innerhalb eines Vakuums durch das Magnetfeld des Gasriesen, vielmehr existiert ein mit Jupiter korotierendes Plasma ...«

Kateen hob abwehrend beide Hände. »Bist du Physiker?«, fragte sie stockend. »Kosmomediziner?«

Molkam schüttelte den Kopf. »Viel nüchterner und überhaupt nicht romantisch«, antwortete er. »Kapitalsteuerung ist ein trockenes Thema.«

»Hier auf Ganymed?«, wandte einer seiner Tischnachbarn interessiert ein.

»Auf dem Mond mache ich ein paar Tage Urlaub. Möglichst weit weg von jeder galaxisweit operierenden Firma mit ihren vielschichtigen Problemen.«

Molkam stutzte und schaute die Archäologin an. Sie hatte die Augen halb zusammengekniffen, ihre gespreizten Finger drückten auf Stirn und Schläfen. Zudem atmete sie mit einem Mal stoßweise. Ihr war anzusehen, dass es ihr nicht gutging.

Dennoch fixierte sie den kleinen Elfenroboter, der mit langsamem Flügelschlag vor ihr schwebte.

»Was ist mit meinem Wasser?«

»Es ist schon da«, versicherte der Roboter.

»Bitte? Ich bin nicht zum Scherzen aufgelegt.«

»Schade.« Die Zehnzentimetergestalt schraubte sich ein wenig höher. Sie hielt jetzt einen dünnen leuchtenden Stab in der Hand. Ein flirrender Sternenregen sprühte von dessen vorderem Ende und senkte sich auf die Tischplatte herab.

Ein gut gefülltes Glas stand plötzlich vor ihr. Kateen Santoss blickte es ungläubig an. Schweiß perlte auf ihrer Stirn.

»Ein einfaches Deflektorfeld«, erklärte Molkam.

Die Archäologin nickte stumm. Den technischen Trick hatte sie trotz ihrer Benommenheit erkannt.

Sie vergrub ihr Gesicht in der linken Hand und griff mit der Rechten nach dem Glas. Zitternd schloss sie die Finger und verschüttete schon dabei einen Teil des Getränks. Dass die Unterhaltung am Tisch verstummte und jeder sie musterte, fiel ihr gar nicht auf.

»Ich rufe einen Medoroboter«, sagte Molkam.

Kateen hob das Glas an die Lippen. Sie schaffte es kaum zu trinken, das meiste Wasser floss über ihr Kleid, das sich vor allem im Schulterbereich braun verfärbte. Das Emotiogewebe reagierte auf ihren geschwächten Zustand.

Im nächsten Moment ließ sie das Glas fallen. Es zersprang klirrend.

Als hätte das Geräusch sie aufgeschreckt, blickte Kateen um sich. Zögernd nahm sie die Hand vom Gesicht.

»Es ist vorbei. So abrupt, als wäre nie etwas gewesen, als ...«

Ein dumpfes Grollen hing plötzlich in der Luft.

»Woher kommt das Geräusch?«, wollte der Weißhaarige von Kateen wissen. Als sie sich abwandte, um die Bar zu verlassen, kam er schnell auf sie zu und hielt sie am Arm zurück.

»Ich hab doch Augen im Kopf!«, fuhr er die junge Frau an. »Deine Benommenheit eben war offensichtlich, du konntest nicht einmal mehr das Glas festhalten. Keine zwei Sekunden später fing dieses Dröhnen an. Du weißt ...«

»Ich weiß nichts, gar nichts!«, erwiderte Kateen gereizt.

Sie griff nach der Hand, die ihren Arm umklammerte, schaffte es aber nicht, sich von dem Mann zu lösen. Erst als sie die Fingernägel in seinen Handrücken bohrte, zuckte er zurück.

»Der Ursprung lässt sich kaum lokalisieren.« Molkam schaute sich argwöhnisch um. »Es scheint überall zu sein.«

»Auf jeden Fall außerhalb des Gebäudes«, stellte die Archäologin fest. Sie verstand selbst nicht, weshalb sie sich dessen so sicher sein konnte. »Ich denke, dieses Grollen dringt aus dem Eis herauf.«

Höchstens einen Kilometer von der Kuppel entfernt, im Bereich der Verteilerbahnen zu den Pisten, flammten starke Scheinwerferbatterien auf. An den Lichtverhältnissen über der Ovadja Regio hatte sich nichts verändert, doch möglicherweise gab es im beleuchteten Bereich Ungewöhnliches zu sehen.

»Irgendwas tut sich da draußen!«, rief eine Frau von der anderen Seite der Bar herüber. »Auf die Distanz schwer zu erkennen, aber da liegt wohl etwas auf dem Eis, das vor kurzem noch nicht da war ...«

Das Grollen hielt an. Es erinnerte Kateen an die Geräuschkulisse vom Vormittag. Jedoch erwartete sie nicht, dass im Hotelbereich ein Kryovulkan aufbrach. Diese Gefahr bestand kaum.

»Seit wenigen Minuten verzeichnen wir eigenartige Schwingungen, die mit einem dumpfen Grollen einhergehen.« Die Archäologin horchte auf, als die Stimme aus den Akustikfeldern erklang. »Es besteht kein Grund zur Beunruhigung. Die Geräusche entstehen in lokal begrenzten Verschiebungen im oberen Eispanzer, die auf Ganymed keine Seltenheit sind. Diesmal wurde sogar ein im Eis eingeschlossenes Objekt freigelegt. Noch ist nicht ersichtlich, um was es sich handelt, möglicherweise um einen oder zwei Container, die während des Kuppelbaus vergessen oder gar bewusst zurückgelassen wurden.«

»Container?« Kateen Santoss lachte verhalten. Es war ein eher geringschätziges und beinahe auch ein wenig furchtsames Lachen. Sie glaubte, als Einzige schon zu wissen, was da aus dem Eis zum Vorschein gekommen war. Und wenn sie plötzlich einen Hauch von Furcht empfand, dann keinesfalls vor der lemurischen Station, sondern vor dem Moment, in dem alle Untersuchungen des Artefakts abgeschlossen sein würden. Davor, dass die jahrelangen Anstrengungen ihrer Eltern vielleicht doch nur einem unbedeutenden Fund gegolten hatten und dass der Preis, den beide und sie ebenfalls dafür bezahlt hatten, viel zu hoch gewesen war.

Im Laufschritt verließ Kateen die Bar. Sie reagierte nicht auf die Fragen, die Molkam und die anderen ihr nachriefen.

Keine zwanzig Minuten später trug sie wieder ihren Schutzanzug und trat durch die Hauptschleuse der Hotelkuppel. Sie war beileibe nicht als Einzige auf die Idee gekommen, sich die vermeintlichen Container anzusehen. Allerdings wartete sie nicht wie alle anderen auf die Fahrzeuge, die sie zu den Verteilerbahnen bringen würden, sondern bewegte sich mit weiten Sprüngen über die Eislandschaft.

Mehrmals hörte sie sich durch das Frequenzband des Helmfunks. Sie vernahm überall nur Spekulationen, und überwiegend war von einer Werbemaßnahme die Rede. Auf den Pisten sprach sich schnell herum, dass in Hotelnähe Ungewöhnliches vorgefallen war.

Im gleißenden Scheinwerferlicht sah Kateen eine viereckige Silhouette vor sich. Also doch Container, wie sie zu Zigtausenden von Frachtern transportiert wurden. Aber noch gewann ihre Enttäuschung nicht die Oberhand. Ganz im Gegenteil. Was, wenn der Eisaufbruch vom Vormittag und das Geschehen hier in Pistennähe miteinander in Verbindung standen, wenn sich unter dem Eis mehr getan hatte, als auf Anhieb ersichtlich war?

Kateen fröstelte. Der Weißhaarige in der Bar hatte keineswegs das Falsche vermutet. Ihre Benommenheit und das Auftauchen des Objekts lagen zeitlich so dicht beieinander, dass es kaum ein Zufall sein konnte.

Hotelroboter riegelten den unmittelbaren Bereich ab und ließen keinen der vielen Neugierigen näher als bis auf dreißig Meter heran.

Das Gebilde musste mit enormer Wucht aus dem Eis hervorgebrochen sein. Der Boden war von unten her aufgeplatzt. Risse liefen nach allen Seiten und verzweigten sich vielfach.

Erst als Kateen den Blick schweifen ließ, bemerkte sie, dass das Eis im größeren Umkreis geborsten war. Dicht neben ihr klaffte ein gut dreißig Zentimeter breiter Spalt, und er reichte etliche Meter in die Tiefe. Womöglich noch weiter, denn Wassereis quoll an einigen Stellen nach oben und gefror in kleinen Rinnsalen.

Es war warm geworden. Nur mehr minus 108 Grad Celsius zeigte das Helmdisplay an. Kateen fragte sich, ob das kantige Objekt selbst Wärme ausstrahlte. Das hätte wohl bedeutet, dass im Innern der schützenden Hülle Maschinen aktiv sein mussten.

Der Boden zitterte erneut. Innerhalb weniger Sekunden steigerte sich die erste schwache Erschütterung zu einem deutlichen Beben.

Knirschend brach das Eis weiter auf. Einige der meterdicken Bruchschollen, die der aufsteigende Würfel neben sich in die Höhe gedrückt hatte, kippten langsam zur Seite. Ihr Aufprall pflanzte sich wie eine Serie dröhnender Schläge durch den Boden fort.

Der Kopfschmerz war wieder da. Kateen Santoss starrte den bleichen Würfel an und fragte sich, ob von ihm ein besonderer Einfluss ausging. Die Roboter reagierten allem Anschein nach nicht darauf, obwohl sie die Sperrzone um das Objekt um mehrere Meter vergrößerten.

Der Würfel hatte sich um mindestens eine Mannslänge gehoben. Verblüfft stellte die Archäologin fest, dass ein zweiter, kleinerer Kubus zum Vorschein gekommen war. Da sie den ersten auf mindestens vierzig Meter Seitenlänge schätzte – außer den gut zwei Meter großen Robotern hatte sie keinen brauchbaren Größenvergleich –, maß der zweite Würfel wohl um die dreißig Meter.

Beide saßen versetzt aufeinander.

Der von unten nachdrückende kleinere Block hatte ein weiteres Stück der Eisdecke angehoben und aufgebrochen. Wie aus einer Quelle sprudelte Wasser an der Wand des Würfels in die Höhe und ergoss sich über die schräg stehenden Eisschollen.

Kateen schätzte, dass keines der Bruchstücke dicker als zwei bis drei Meter war. Das ließ befürchten, dass die Eisdecke insgesamt schon nicht mehr sehr tragfähig war. Im Allgemeinen war die Oberfläche des Mondes einige Dutzend bis mehrere Hundert Meter tief gefroren, bevor die Kruste allmählich eine weichere Konsistenz annahm und zu zähflüssigem Wassereis wurde.

Der obere Würfel kragte ein beachtliches Stück weit über. Seine Masse zu schätzen oder gar das Material, aus dem er bestand, war der Archäologin unmöglich.

Terranische Standardcontainer, wie es in der Hotelinformation geheißen hatte, waren beide Objekte nicht. Kateen erkannte das auf Anhieb. Während ihres Studiums hatte sie zeitweise auf dem Handelshafen Point Surfat im Osten Terranias gearbeitet und sich im interplanetaren Güterverkehr ein Zubrot verdient. Sie kannte Größe, Volumina und Verwendungsmöglichkeiten der einzelnen Baureihen aus dem Stegreif.

Was sie hier vor sich sah, konnte alles Mögliche sein, nur Standardcontainer waren diese Gebilde definitiv nicht. Nach einer lemurischen Überwachungsstation sahen sie jedoch ebenso wenig aus.

Nachdenklich kaute die junge Frau auf ihrer Unterlippe. Sie versuchte, sich weiter nach vorn zu drängen, aber die Roboter ließen sie nicht vorbei.

»Ich bin Kateen Santoss, Lemur-Archäologin. Ich arbeite für die Waringer-Akademie in Terrania.«

»Keine Ausnahme«, wehrte der Roboter, der sie am Weitergehen hinderte, über Funk ab. Seine Stimme klang völlig menschlich. »Solange das Gebilde nicht zur Ruhe gekommen ist, ist die Unfallgefahr zu groß. Wir müssen verhindern, dass Personen zu Schaden kommen.«

»Ich kenne mich damit aus«, log Kateen.

»Hier besteht möglicherweise Gefahr für Leib und Leben. Die Sicherheit unserer Gäste genießt Priorität.«

»Es könnte gerade eine Frage der Sicherheit sein, dieses Objekt sofort zu untersuchen«, widersprach die Frau. »Die Logik erfordert es, jede potenzielle Gefahr schnell zu erkennen.«

»Gefahr besteht, solange im Eis noch weitere Blöcke stecken, die sich jederzeit heben können.«

Erst jetzt wurde Kateen Santoss auf den Schatten aufmerksam, der sich verzerrt in der Tiefe abzeichnete. Das Eis im Bereich der Würfel schien sich verändert zu haben. Es wirkte klarer, und vielleicht war da unten schon sehr viel mehr Wasser, das die Lichtbrechung veränderte.

Die Temperaturmessung ihres Anzugs zeigte nur noch minus 95 Grad Celsius an.

»Du musst weiter zurückzutreten, Kateen Santoss!«, sagte der Roboter.

»Laufen in den Würfeln Aggregate?«, fragte sie, ohne der Anordnung nachzukommen.

»Wir haben bislang keine Ortung. Diese Objekte wirken energetisch taub. Bitte, geh jetzt zurück!«

Wieder huschte ihr Blick über das Eis. Der zweite, kleinere Block schien ebenfalls Würfelform zu haben, seine Konturen waren bereits einigermaßen deutlich zu erkennen. Aber noch tiefer, der verwischt erscheinende Schatten ... es war schon nicht mehr von der Hand zu weisen, dass tatsächlich ein drittes Objekt im Eis steckte.

Der Roboter drängte Kateen mit sanftem Nachdruck zurück.

»Da bewegt sich nichts mehr!«, protestierte sie. »Das Gebilde ist zum Stillstand gekommen.«

»Das ist nur eine Vermutung. Ob es wirklich so ist, muss sich erst herausstellen. Der Sicherheitsabstand wird auf hundert Meter vergrößert.«

Ich weiß es!, wollte die Archäologin widersprechen. *Meine Benommenheit und der Kopfschmerz sind wie weggewischt – das Ding, was immer es sein mag, ist angekommen.* Sie schwieg dennoch. Vor allem, weil sie in dem Moment den unbekleideten Fremden entdeckte.

Die echsenartige Gestalt lief geschmeidig an mehreren Robotern vorbei. Es amüsierte Kateen, dass die Maschinen das Nachsehen hatten, zumal nun etliche Schaulustige gegen die Absperrung protestierten.

Der Fremde blieb erst dicht vor den fast senkrecht aufgeworfenen Eisschollen stehen. Zögernd streckte er einen Arm aus und wischte mit der Hand durch das unvermindert abfließende Wasser. Kateen sah, dass er die Finger gegeneinanderrieb, dann hob er die Hand dicht vor sein Gesicht.

Sie nickte zögernd und zustimmend zugleich. Das Wasser gefror nur langsam. Möglicherweise hatte es einen hohen Salzgehalt, der den Gefrierpunkt sehr weit verschob und außerdem den Blöcken den nötigen Auftrieb verschafft hatte.

Kateen hielt den Atem an, als der Fremde federnd in die Knie ging und aus dem Stand in die Höhe sprang. Geschmeidig landete er auf der Oberseite des kleineren Blocks und setzte seine Untersuchung fort.

Mehrere Minuten verstrichen, bis zwei Roboter ihn von dort oben herunterholten.

2.

Die Ruhe mutete geradezu unheimlich an. Henrike Ybarri fragte sich, ob die Entwicklung tatsächlich so weitergehen konnte. Seit dem Jahreswechsel hatte sie den Eindruck, dass jede neue Woche ruhiger verlief als die vorangegangene.

Die einzige Aufregung hatten vor Stundenfrist mehrere Routinemeldungen gebracht, denn sie verzeichneten zwei schwere Hyperstürme. Doch keiner dieser Stürme war dem Solsystem näher als fünfzehntausend Lichtjahre, und terranische Schiffe befanden sich nicht im Gefahrenbereich.

Eigentlich eine angenehme Zeit, hätte die Erste Terranerin Überlegungen wie diese nicht schon als Herausforderung an das Schicksal angesehen.

Für einen Moment zögerte sie, dann versenkte sie sich wieder in das Studium der Augenzeugenberichte. Teilweise lagen ihr diese ganz altmodisch vor, ausgedruckt auf Folien, teilweise waren es holografische Aufnahmen.

Vor wenig mehr als hundert Jahren hatte das Überleben der Menschheit nur noch am sprichwörtlich seidenen Faden gehangen. Die Terminale Kolonne TRAITOR, eines der mächtigsten Werkzeuge der Chaosmächte, war in die Galaxien der Lokalen Gruppe eingefallen und nur unter Aufbietung aller Kräfte vertrieben worden. Die Völker der Milchstraße hatten die Invasion zwar einigermaßen glimpflich überstanden, viele Wunden waren aber bis heute nicht verheilt. Es gab Narben, die für immer sichtbar bleiben würden. Die Vernichtung des Planeten Drorah, der Heimatwelt der Akonen, gehörte dazu.

Ybarri fröstelte bei dem Gedanken an den Überfall auf die Solare Residenz. Die nur zwanzig Zentimeter großen Mikro-Bestien hatten die Aufbaukonferenz der galaktischen Völker in ein wahres Blutbad verwandelt ... Sie hatte während der letzten Stunde Bilder und Filmsequenzen gesichtet. Die Erinnerung daran war bei allen, die jene Zeit miterlebt hatten, erschreckend lebendig geblieben. Mit solchen Augenzeugenberichten eines gnadenlosen Krieges war die Erste

Terranerin aufgewachsen. Sie bestimmten ihr Handeln, ihre Einstellung zum Leben, ihren Einsatz für Freundschaft und Verstehen unter den Völkern der Milchstraße.

Seit es sie gab, war die Solare Residenz für Terra ein Symbol der Freiheit. Jener blutige Tag Anfang Februar 1344 Neuer Galaktischer Zeitrechnung hatte daran zum Glück nichts geändert.

Ybarris Blick schweifte durch das große Büro hinüber zur Panoramaverglasung. Rotorange spiegelte sich der Widerschein der sinkenden Sonne in den Scheiben. Der Himmel überzog sich mit einem prächtigen Abendrot. Hingetupft wie Wattebäusche wirkten die ersten aufquellenden Kumulonimbuswolken. Die Wetterkontrolle hatte für die zweite Nachthälfte Niederschlag angekündigt, der als Pulverschnee fallen sollte. Die Luft war klar und kühlte bereits ab. Terrania City würde sich bis zum Morgen, der Jahreszeit entsprechend, in strahlendem Weiß zeigen.

Alles geregelt ... Perfektion, über die niemand nachzudenken braucht.

Die Erste Terranerin erhob sich von ihrem Arbeitsplatz. Mit einer beiläufigen Armbewegung löschte sie die meisten Holoprojektionen.

Mit beiden Händen massierte sie ihren Nacken. An Feierabend durfte sie noch lange nicht denken. Wahrscheinlich würde schon der Schnee fallen, wenn sie die Konferenz der Siedlungswelten im Forum der Waringer-Akademie verließ. Ein anstrengender Abend stand ihr bevor. Das Thema der stagnierenden Wirtschaftsbeziehungen musste zu einem für alle akzeptablen Abschluss gebracht werden, bevor aus Argumenten Phrasen wurden.

Neben der Ersten Terranerin gehörte Perry Rhodan zu den Rednern des Abends. Ybarri fühlte sich trotzdem unbehaglich, sie hätte lieber dem gerade auf Terra weilenden Homer G. Adams diesen Part überlassen. Nur hatte die Mehrheit der angereisten Delegierten ausdrücklich zu verstehen gegeben, dass sie die Anwesenheit der Ersten Terranerin erwarteten. Adams als galaxisweit anerkannter Finanzexperte hatte außerdem schon in der Mammutsitzung vor drei Tagen analysiert, was zwischen Terra und den beteiligten Siedlungswelten neuer Absprachen bedurfte.

Henrike Ybarri ging zum Panoramafenster und blickte über die Metropole hinweg. Sie drückte die Stirn an das kühle Glas. Solange ihr niemand zusah, durfte sie wenigstens für kurze Zeit sie selbst sein – die Frau, die nie erwartet hätte, in dieses hohe politische Amt gewählt zu werden.

Dass sie auf Menschlichkeit, Ehrlichkeit und Vertrauen setzte, war honoriert worden. In der Hinsicht fühlte sie sich Perry Rhodan ähnlich. Aber was die relative Unsterblichkeit anbelangte, die Rhodan zuteilgeworden war, wichen ihre Ansichten schon voneinander ab. Ybarri gehörte zu der Minderheit, die einen Aktivatorchip keineswegs als erstrebenswert empfand.

Wir Menschen wurden von der Evolution nicht als langlebig konzipiert. Wenn wir unsterblich werden wollen, dann durch unser Handeln, aber nicht, indem wir der Natur ins Handwerk pfuschen.

Sie hatte sich nie gescheut, genau das laut auszusprechen. Vielleicht war auch das ein Grund, warum Terrania City nun zu ihren Füßen lag. Im wahrsten Sinn des Wortes, denn die Solare Residenz schwebte einen Kilometer hoch über der Hauptstadt.

Die Sonne versank, das Rot des Himmels wandelte sich in ein kräftiges Violett. Mehrere große Kugelraumschiffe setzten zur Landung auf dem Terrania Space Port an. Ybarri sah die Schiffe im Widerschein der letzten Sonnenstrahlen wie Sternschnuppen aufleuchten.

Es wurde Zeit, dass sie sich auf den Weg machte. Rhodan, entsann sie sich, hatte um diese Zeit schon in der Akademie sein und die ersten Gespräche unter vier Augen führen wollen.

Henrike Ybarri wandte sich von der Fensterfront ab.

»Servo, sobald ich das Büro verlasse, alle Funktionen auf die Ausweich-Zuständigkeiten umschalten. Ich will in der Waringer-Akademie nicht gestört werden. Die einzige Ausnahme wäre, falls das Solsystem brennt ...«

Täuschte sie sich, oder zögerte die Positronik den Bruchteil einer Sekunde mit der Bestätigung?

»Persönliche Ansprache ab Alarmstufe Rot. Erste Terranerin, soeben meldet die Hyperfunkzentrale eine dringliche Nachricht von Ganymed. Autorisiert für direkte Verbindung.«

Henrike Ybarri stutzte.

Ganymed?

Der größte Mond des Sonnensystems galt längst nicht mehr als Insidertipp, er war sogar außerhalb des Solsystems als Paradies für Schneesportler und Eistaucher avanciert. Von den Kuppelstädten, die nahe dem Nordpol lagen, war Galileo City mit zweihundertfünfzig Kilometern Durchmesser die größte.

Naturgemäß hatte eine eigene Industrie erst mühsam aufgebaut werden müssen. Ganymed war bis heute auch kein Selbstversorger, sondern auf Importe angewiesen, wenngleich die Quote permanent rückläufig war.

Eines der Standbeine, die der wachsenden Bevölkerungszahl auf Ganymed Wohlstand sicherten, war der boomende Tourismus. Noch größere Bedeutung kam allerdings dem Syndikat der Kristallfischer zu. Mit dem Isidor-Bondoc-Building hatte das Syndikat sein Hauptverwaltungsgebäude auf dem Eismond errichtet und rundherum ein kleines Paradies erschaffen.

»Sagona Stuschenik wünscht dich zu sprechen, Erste Terranerin«, fuhr die Positronik fort. »Er redete von einem möglicherweise bedeutungsvollen Fund.«

Bedeutungsvoll ... Oft bekam sie das zu hören, und oft steckten nur Fantastereien dahinter.

»Der übliche Entscheidungs... warte!«, unterbrach sie sich selbst.

Der übliche Entscheidungsweg!, hatte sie sagen wollen. Das wäre gleichbedeutend gewesen mit positronischer Plausibilitätsprüfung und gegebenenfalls Weiterleitung an einen Sachbearbeiter. Aber der Servo hatte *autorisiert* festgestellt. Demnach verfügte der Anrufer über einen persönlichen Kode.

Stuschenik – der Name sagte ihr auf Anhieb herzlich wenig. Eigentlich gar nichts. Erst als sie intensiver nachdachte, stieg eine Erinnerung in ihr auf. Ybarri glaubte, ein markantes Gesicht vor sich zu sehen: ein dichter schwarzer Vollbart, der gerade so lang war, dass sein Besitzer mit beiden Händen darin wühlen konnte. Graue Augen, denen nichts zu entgehen schien, und darüber eine ungewöhnlich hohe Stirn.

»Stuschenik ...«, murmelte sie sinnend.

»Sagona Stuschenik ist Wissenschaftler, Materialanalyst und spezialisiert auf Legierungstechnik«, erläuterte der Servo. »Er hat auf Olymp in der Anson-Argyris-Universität promoviert und siedelte vor drei Jahren nach Terra um. Seitdem hat er eine leitende Position bei Micro-Dynamics, Stichwort Linearkonverter. Du bist ihm vor zwei Jahren begegnet ...«

»... anlässlich der großen Whistler-Wohltätigkeitsgala.« Die Erste Terranerin nickte zögernd. »Er ist ein sehr tiefgründiger Gesprächspartner, ich entsinne mich. Er berichtete mir von einer geplanten Legierung mit Hyperkristallen, die in der Lage sein soll, die gängigen Aggregatbeschichtungen aus Kristallfolien zu ersetzen. Kostengünstig zu ersetzen. Deshalb gab ich ihm den Kode für den Direktkontakt. Allerdings hat er sich bisher nie gemeldet.«

»Soll das Gespräch durchgestellt werden? Ich erinnere an den Termin in der Akademie.«

Henrike Ybarri warf einen Blick auf die Zeitanzeige ihres Kombiarmbands. »Hyperkristalle ...«, murmelte sie nachdenklich. »Wenn er sich auf Ganymed aufhält, steht er zweifellos in Kontakt zum Syndikat. Womöglich arbeitet er schon für Starbatty. Ich gebe ihm fünf Minuten. Das Gespräch durchschalten!«

Das Übertragungsholo ließ nicht erkennen, wo der Wissenschaftler sich aufhielt. Er trug einen mittelschweren Schutzanzug, den Helm hatte er in den Nackenwulst zurückgeschoben. Die hohe Stirn ... Ybarri entsann sich ausgeprägter Geheimratsecken, aber sie waren mittlerweile deutlicher geworden. Eigentlich stand nur ein schmaler Haarkranz und mitten über die Schädeldecke zog sich ein Sichelhaarkamm, nur längst nicht so voll wie bei einem Ertruser und lediglich wenige Zentimeter hoch.

Der Mann stand vor einer leicht durchscheinenden Wand. Verschwommen zeichnete sich ein annähernd turmartiges Gebilde ab.

»Dr. Stuschenik, ich freue mich, dich wiederzusehen.«

»Das kann sich sehr schnell ändern«, konterte der Wissenschaftler.

Der Mann war 3109 Jahre alt. In drei Monaten und ein paar »lausigen Tagen«, wie er eben erst beiläufig erwähnt hatte, würde er schon wieder Geburtstag feiern. Diese Feiern nahmen überhand, sie kamen in scheinbar stetig kürzer werdenden Abständen und waren nur mehr Routine.

»Was ist heute noch ein Jahr?«, murmelte er mehr zu sich selbst als für den Freund bestimmt, der ihm nachdenklich und mit einer nicht zu leugnenden Anspannung auf die Finger schaute.

»Die Tage vergehen wie im Flug. Schneller noch.« Er stutzte, kniff die Brauen zusammen und schürzte gleich darauf anerkennend die Lippen. »Das ist wirklich ein prachtvolles Stück.« Anerkennend streifte er mit den Fingerspitzen über das lackierte Gehäuse. Schwer ließ er danach die Hand auf die Kurbel fallen und bewegte sie leicht hin und her.

»Vor allem, wenn man bedenkt, dass dieses Exemplar alle Unbilden heil überstanden hat. Summa summarum ...«, er tippte mit dem ausgestreckten Zeigefinger gegen den geschlossenen Schub, »... kommt da schön was zusammen. Selbst wenn wir den Großangriff der Zeitpolizei auf die Erde außer Acht lassen und ebenso, was die Sammler aus Gruelfin im Sonnensystem angestellt haben. Bleibt immer noch die Flucht unserer Heimat vor der Lareninvasion, ihre Versetzung durch den Mahlstrom der Sterne, die Zeit ohne Menschen und ...«

»Lass es gut sein, Reginald. Solche Aufzählungen sind unproduktiv. Außerdem liefert dir jede Positronik die Daten präzise.«

Reginald Bull nickte stumm. Er maß die Höhe des Schubes mit Daumen und Zeigefinger ab, lächelte und streifte mit der Hand über eine Reihe der hellen Perlmuttknöpfe hinweg.

»Es ist schon sehr viel Wahres dran«, fuhr er sinnend fort. »Je älter man wird, desto schnelllebiger erscheint alles. Ich wollte das früher nie wahrhaben ...«

Der andere lachte kurz. Ein wenig Mitleid schwang in diesem Lachen mit, aber auch sehr viel Nachdenklichkeit. »Wem sagst du das, Reginald. Ich erinnere mich an Worte, die ein ... nun ja, ein durchaus kluger Mensch vor einer kleinen Ewigkeit von sich gegeben hat. Von ihrem Wahrheitsgehalt haben sie bis heute nichts verloren.«

»Lass den Spruch schon hören!« Bulls Hand landete wieder auf der Kurbel, die nach rechts aus dem geschwungenen Metallgehäuse ragte. Er schloss die Hand um den leidlich anatomisch geformten Griff.

Sein Gegenüber seufzte tief. »Wir Menschen haben meist nichts Besseres zu tun, als die Zeit totzuschlagen – bis sie sich eines Tages revanchiert.«

»Hm.« Bull nickte zögernd. »Da ist in der Tat sehr viel Wahres dran.« Er rüttelte immer heftiger an der Kurbel, bis der andere abwehrend beide Hände hob. »Ich mach dein gutes Stück schon nicht kaputt, Homer«, stellte der Residenz-Minister für Liga-Verteidigung verhalten fest.

»Banause!«, zischte Adams.

Bull grinste eine Spur breiter. »Im Ernst: Mich interessiert das Exemplar.« Er bückte sich und blies leicht zwischen die Knöpfe. »Nicht ein Stäubchen. Sieht danach aus, als fehle dem Ding überhaupt nichts. Das ist eine Replik, oder?«

»Wärst du sehr enttäuscht, wenn es anders wäre?«

Reginald Bull hob die Schultern und ließ sie zögernd wieder sinken.

»Die Registrierkasse ist echt. Ein Ausstellungsstück, das nie in Gebrauch war«, erklärte Homer G. Adams.

Er war knapp zwanzig Jahre älter als Bull und trug wie dieser einen kleinen Aktivatorchip unter der Haut, der ihm die relative Unsterblichkeit sicherte. Der Chip schützte aber keinen der Aktivatorträger vor einem gewaltsamen Ableben. Manchmal sprachen sie darüber: Adams hatte keine Angst vor dem Tod, nicht einmal vor dem Sterben. Das mochte unter anderem daran liegen, dass er oft von den Medien als Fossil bezeichnet wurde. Die einen gebrauchten das Wort eher als schmeichelhafte Bezeichnung, die anderen brachten damit ihren Unwillen zum Ausdruck – und das so wetterwendisch, wie Menschen eben waren.

Adams machte sich nichts daraus. »Wer mit der Großfinanz freund sein will, braucht ein verdammt dickes Fell«, hatte er Bull einmal verraten. »Andernfalls wird es ihm über die Ohren gezogen, bevor er das überhaupt kapiert. Und du kannst sicher sein, dass das Fell gegerbt wird, das Fleisch gebraten, die Knochen zu Leim verarbeitet und sogar die Innereien noch irgendwie zu Geld gemacht werden.«

Bully grinste breit, als er daran dachte. Ausgerechnet Homer Gershwin Adams gab solche Weisheiten von sich. Das Finanzgenie, das mit allen Wassern gewaschen war. Zum Glück stand Homer auf der richtigen Seite.

Adams' blassgraue Augen streichelten die Registrierkasse mit ihrem Blick.

»Sie ist zwei Jahre jünger als ich«, stellte er anerkennend fest. »Eine Konstruktion der Firma Anker, Baujahr 1920. Der Kassenblock wurde aus Metall gefertigt, aber er sitzt auf einem Holzkasten. Alles edel palisanderfarben gestrichen. Die schmale Ablageplatte vorn, das ist Marmor.«

»Carrara?«, vermutete der Verteidigungsminister und erntete dafür einen verwunderten Augenaufschlag.

»Woher weißt du das, Bully?«

Der untersetzte Rothaarige mit dem Bürstenhaarschnitt grinste breit. »Sogar ein blindes Huhn findet mitunter ein Korn«, gestand er ein. »Ich frage mich allerdings, ob diese Positronik-Konkurrenz auch funktioniert.«

»Alle Kassen in meiner Sammlung sind funktionsfähig!« Adams' Stimme vibrierte leicht.

Er zog das Bein nach, als er sich an Bull vorbeizwängte. Aus der Gesäßtasche seiner Hose brachte er ein Seidentuch zum Vorschein. Zögernd wischte er damit über den Kurbelgriff.

»Du also auch«, spöttelte Bull. »Keiner der Finanzleute, die ich kenne, hinterlässt gern seine Fingerabdrücke.«

Adams schwieg dazu.

Die Zahlentasten rasteten klickend ein, als er eine kleine Summe eingab. Das Schubfach sprang auf, während er die Kurbel drehte.

Bull pfiff überrascht zwischen den Zähnen hindurch. Im Geldfach lag einer der uralten Scheine, an die er sich noch gut erinnerte.

»Ein Nachdruck?«

»Echt!«, sagte Adams stolz.

Er schüttelte den Kopf, als Bull zugreifen wollte. »Bitte nur anschauen, nicht mehr!«

»Glaubst du, ich hätte es nötig, dir einen Dollar abzunehmen?«

»Das ist nicht *nur* ein Dollar«, erwiderte Adams, ohne auf die Frage einzugehen. »Die Banknote gehört zur Serie von 1971.«

»Das Jahr unserer ersten Mondlandung.« Anerkennend pfiff Bull zwischen den Zähnen hindurch. »Und ziemlich gut erhalten, der Schein.«

»Nie in Umlauf gewesen«, bemerkte Adams stolz.

»Warum weiß ich eigentlich nichts davon?«

Adams, über lange Jahrhunderte Residenz-Minister für Wirtschaft, Finanzen und Strukturwandel, lächelte zufrieden. Mittlerweile war er Mitglied des zwölfköpfigen Galaktischen Rats – und hierbei Direktor von Ammandul-Mehan als maßgebliche Handelsorganisation des Galaktikums. Er hatte immer noch in der ganzen Galaxis einen untadeligen Ruf in Finanzdingen.

Sein Gesicht war merklich gerötet, das schüttere Blondhaar hing ihm in Strähnen in die Stirn, aber das schien er nicht einmal zu bemerken. Mit beiden Händen fuhr er sich zwischen Hals und Hemdkragen und öffnete das Hemd ein wenig weiter. Leicht schief, um besser stehen zu können, lehnte Adams sich an die Vitrine.

»Meines Wissens ist das der einzige noch existierende One-Dollar-Schein aus dem Jahr 1971. Dieses Stückchen Papier könnte ein kleines Vermögen wert sein.«

»Wenn es noch Leute gäbe, die Dollars sammeln«, schränkte Bull ein. »Ich bin hartherzig, ich weiß«, fügte er entschuldigend hinzu.

Vorsichtig drückte Adams den Schub wieder zu. Er lauschte dem feinen Klingelton, den die Registrierkasse von sich gab.

»Angebot und Nachfrage bestimmen den Preis. Der Schein hat einen extrem hohen ideellen Wert – genauer gesagt: Er ist unbezahlbar. Und was das Materielle anbelangt: Der Druck ist nicht einmal besonders farbenfroh.«

»Da sind wir einer Meinung, Homer. Trotzdem kaufe ich dir den Schein ab.«

»Fünfzehn Millionen Solar, und er gehört dir.«

Reginald Bull verschluckte sich beinahe. Er hustete in die vorgehaltene Hand. »Du sagtest eben noch ...«

»Genau, das war eben, und eben ist Vergangenheit. Die Voraussetzungen haben sich geändert.« Adams humpelte zu dem in der Mitte des Raumes stehenden Tisch zurück und ließ sich schwer auf seinen Stuhl sinken. »Zwanzig Millionen, mein Freund, das ist noch sehr günstig. Aber du solltest dich schnell entscheiden.«

Bull dachte nicht daran, dem Freund zu folgen. Er schaute sich die übrigen Exponate an, die Adams zusammengetragen hatte. »Wenn mich nicht alles täuscht, nennt man das eine galoppierende Inflation.« Er warf einen Blick über die Schulter zurück.

Adams nickte bedächtig.

»Die Nachfrage hat sprunghaft angezogen. Du musst dich beeilen, wenn du den Schein zu einem noch halbwegs vernünftigen Preis bekommen willst.«

»Und was ist er wert, sobald ich ihn habe?« Bull betrachtete eine zweite große Registrierkasse. Er hatte den Eindruck, dass sie älter war als die Anker. Das Gehäuse aus Gusseisen war fein ziseliert, die Tastenreihen standen unterschiedlich weit auseinander. Hunderter, Zehner und Einer schimmerten anthrazitfarben, die Zehntel-Tasten leicht vergilbt.

»Ich sehe, du entwickelst dich zum Kenner«, sagte Adams zögernd. »Du betrachtest soeben das älteste Stück in meiner Sammlung. Und was die Dollarnote anbelangt: Das kommt darauf an.«

»Worauf?«

»Du weißt es doch: auf die Nachfrage.«

»Was ist der Dollar heute wert?«, beharrte Reginald Bull. »Nachdem er über dreitausend Jahre unbeschadet überstanden hat.«

»Dreitausendsiebenundsiebzig Jahre«, korrigierte Adams.

»Warum habe ich nur das Gefühl, dass du mich hinhältst? Nochmals: Was ist der Schein wert, sobald ich ihn dir abgekauft habe?«

»Real? Nichts! Bestenfalls ist er ein schönes Andenken an eine Lehrstunde in angewandtem Wirtschaftswissen.«

»Ich hätte Perry und unsere reizende Erste Terranerin zu dem Siedlertreffen in die Akademie begleiten sollen.« Bull seufzte. »Natürlich könnte ich immer noch Mondra meine Gesellschaft aufdrängen. Aber Guckys Kommentare erspare ich mir lieber.« Er zeigte auf eine mit Rost überzogene verbeulte quadratische Kassette. »Was ist das für ein kostbares Stück?«

»Wie man's nimmt. Trinkst du noch eine Tasse Tee oder plaudern wir lieber über die alten Zeiten?«

»Da ohnehin nichts anderes ansteht ... Ach ja, bitte keine Milch für mich, dafür mehr Zitrone und einen Eiswürfel vorher in die Tasse.«

Adams schwieg. Es war gut, dass Bull sich jetzt nicht zu ihm umwandte, sondern sich weiterhin der Vitrine widmete. Adams ließ es sich nicht nehmen, den Tee selbst zuzubereiten und ihn eigenhändig einzuschenken. Roboter, sogar Spezialanfertigungen der Whistler Company, seien dafür zumeist ungeeignet, behauptete er. Ihnen fehlte die Seele, das tiefere Verständnis für Tee und alles, was damit zusammenhing.

Adams dachte nicht daran, den gewünschten Eiswürfel zu besorgen. Aber er gab dem Dienstroboter einen Wink, er solle noch eine Zitrone besorgen.

»Was du als kostbares Stück bezeichnest, Bully, ist eine Geldkassette im Bergezustand«, sagte Homer schließlich. »Sie besteht aus starkem Eisenblech und wurde um das Jahr 1900 alter Zeitrechnung in den Staaten zusammengehämmert.«

»Ist da drin der nächste Dollar versteckt?«

Entgegen seinen Gepflogenheiten stützte Adams sich mit beiden Händen auf der Tischkante ab. Schräg von der Seite musterte er den Freund. »Die Kassette ist leer. Erwartest du, dass ich Dutzende druckfrischer Dollarnoten zu Hause aufhebe? Nur weil du diese Registrierkassen zum ersten Mal siehst ...«

»Ich hatte gehofft, bei größerem Angebot würde der Preis fallen.«

Adams fuhr sich mit der Hand übers Gesicht. »Merk dir eines, mein Junge: Halte potenzielle Käufer künstlich knapp. Unterm Strich profitierst du mehr davon, als würdest du alles gleichzeitig anbieten.«

Sie lachten beide. Bully etwas lauter als der ohnehin zurückhaltende Wirtschafts- und Finanzexperte.

»Wie viele Dollarscheine hast du wirklich, Homer?«

»Aus dem Jahr der Mondlandung, möchtest du wissen?«

»Ah«, machte Bull. »So ist das also. Das dachte ich mir schon.«

»Natürlich habe ich mehr Exemplare als nur das eine. Zwanzig aus der Serie von 1971 und mit fortlaufender Seriennummer.«

Reginald Bulls Kombiarmband meldete sich mit einem dezenten Ton. Adams legte die Stirn in Falten, als Bully das Gespräch annahm und über seinem Handrücken das holografische Konterfei der Ersten Terranerin entstand.

»Henrike ...«

»Hör zu, Reginald. Ich kann die Siedlerdelegationen nicht warten lassen ...«

Bull nickte knapp.

»... außerdem fällt das ins Ressort des Verteidigungsministers. Dr. Stuschenik hat sich vor wenigen Minuten gemeldet ...«

»Wer?«

»Stuschenik. Materialanalyst. Zurzeit auf Ganymed. Dort ist irgendwas Großes aus dem Eis aufgetaucht. Die Ganymedaner sind dabei, das Objekt freizulegen, aber es sieht so aus, als kämen sie mit der Analyse nicht klar.«

»Gefährlich?«

»Sie sagen, nein.«

»Wie sieht es aus?«

»Würfelförmig. Mehrere aufeinanderliegende Würfel. Ich habe nur Stuscheniks Schilderung, aber bislang keine Bilder des Objekts.«

»Wann ist es aufgetaucht?«

Die Erste Terranerin verzog das Gesicht. »Du weißt doch, wie das ist. Zuerst wird vor Ort versucht, die Aufregung gering zu halten und möglichst alles selbst in die Wege zu leiten. Spezialisten werden erst mit Verzögerung angefordert.«

»Profit wandert stets vorab in die eigene Tasche«, wandte Adams ein. »Ich nehme an, das Syndikat hält die Hand drauf.«

Die Frau hob den Blick. »Homer Gershwin«, sagte sie überrascht. »Ich wusste nicht, dass Reginald bei dir ist. Aber umso besser. Du weißt doch bestimmt, was die mögliche Beteiligung des Syndikats an Verschleppungstaktiken anbelangt – eher noch als mein eigener Finanzminister, möchte ich schätzen. Und Reginald brauche ich, falls sich das Artefakt doch als Bedrohung entpuppen sollte. Es muss sich bereits gestern oder vorgestern aus dem Eis gehoben haben.«

»Arbeiten wenigstens schon Wissenschaftler an dem Fundstück?«

»Galileo City hat natürlich einige Kapazitäten aufzuweisen, von Feinstoffchemikern bis zum Hyperphysiker. Außerdem sprach Stuschenik von einer Lemur-Archäologin, die als eine der Ersten vor Ort war.«

»Die guten alten Lemurer sind wohl immer noch für eine Überraschung gut.« Reginald Bulls Miene hatte sich zusehends verdüstert, nun glätteten sich die Falten auf seiner Stirn wieder. »Anscheinend bin ich nicht der Einzige, der eine Hinterlassenschaft der Lemurer in Betracht zieht. Was wir allein auf der Erde unter dem Meeresboden aufgespürt haben ...«

»In der Hinsicht muss ich dich enttäuschen, Reginald. Mehrere Altersanalysen wurden vorgenommen und haben auch glaubhafte Werte erbracht. Nicht zuletzt deshalb hat Stuschenik sich mit mir in Verbindung gesetzt.«

»Das klingt nicht mehr nach Lemurern«, stellte Bull fest.

»Zweihunderttausend Jahre!«, eröffnete ihm die Erste Terranerin. »Dieses Artefakt hat zweihunderttausend Jahre im Eis des Jupitermondes gelegen.«

»Warum wurde es nicht früher entdeckt?«

Bully verzichtete darauf, Adams gegenüber an dem kleinen Tisch Platz zu nehmen. Er griff lediglich nach seiner Tasse, schaufelte kräftig Zucker in den Tee und rührte gedankenverloren um. Als er endlich trank, übersah er Adams' missbilligenden Blick geflissentlich.

»Außerdem frage ich mich, was vor zweihunderttausend Jahren geschehen sein mag«, führte er seine Überlegung fort. »Wer hat das Objekt in unserem Sonnensystem ausgesetzt? Oder vergessen? Oder ...?«

»Damals war es noch nicht *unser Sonnensystem*«, wandte Adams ein.

Bull bedachte den kleinen verwachsenen Mann mit einem nachdenklichen Blick. Er trank den restlichen Tee in einem Schluck, dann stellte er das klassische Porzellan auf den Tisch zurück.

Richtig, dachte er. *Damals gab es hier die Cappins. Ob wir es mit einem weiteren Relikt dieses Volkes zu tun haben, so wie damals, vor anderthalbtausend Jahren, der Sonnensatellit?*

»Wenn dieser Stuschenik schon den Kontakt zu uns sucht, wird er uns auch Rede und Antwort stehen. Nicht einmal das Syndikat kann Informationen länger als einen oder zwei Tage zurückhalten.«

»Doch«, erwiderte Adams im Brustton der Überzeugung und wickelte einen Keks aus. »Der Erste Syndikatssenator kann das und vieles andere ebenfalls. Leider wirst du nicht in der Lage sein, ihm eine Unregelmäßigkeit nachzuweisen. Und Henrikes Finanzminister wird das auch nicht können.«

»Und dieses Artefakt?«

»Ich frage mich, ob es für ihn wirklich interessant ist. Wenn er seine Leute hinschickt, dann eher aus Neugierde. Starbatty ist in jeder Hinsicht flexibel.«

»Hat er wirtschaftliche Probleme?«

Adams lachte amüsiert und machte eine wegwerfende Handbewegung.

»Ich verstehe, dass du danach fragen musst, Reginald. Sieh es von der pragmatischen Seite: Hyperkristalle sind, wenn alles gut läuft, wie eine Lizenz zum Gelddrucken. Das Syndikat der Kristallfischer prosperiert seit Mitte des letzten Jahrhunderts. Gründungsdatum war der 4. September 1342. Isidor Bondoc als die treibende

Kraft veranlasste, dass sich fünfzig Prospektorinnen und Prospektoren zum Syndikat zusammenschlossen. Zum 1. Januar 1343 erhielten sie die Genehmigung für die Gewinnung von Hyperkristallen aus der Jupiteratmosphäre. Ein Glücksgriff schlechthin, dessen Folgen nicht einmal Bondoc vorhersehen konnte.«

Adams hatte keine Mühe mit den Datumsangaben. Nicht nur seine exzellenten mathematischen Fähigkeiten, sondern vor allem sein fotografisches Gedächtnis machten ihn in der Hinsicht zum Genie. Niemand hatte den gesamtgalaktischen Finanzmarkt so unter Kontrolle wie er.

»Wo Licht ist, herrscht zwangsläufig auch Schatten – mitunter sehr viel Schatten«, sagte Bull hart. »Ich wollte mit dir ohnehin über die Kristallfischer reden.«

»Spielst du auf den Mordfall Basil Mooy an?«

»Woher weißt du davon?«

Der gebeugt gehende Mann fuhr sich mit einer Hand durch das schüttere Haar. Seine Gesichtszüge wirkten plötzlich ausdruckslos und starr.

»Du schwimmst nicht gern mit Haien, Bully, oder? Ich schon. Weil ich mir immer wieder selbst beweisen muss, dass ich noch Biss habe. Wenn es eines Tages schiefgeht, war ich eben nicht mehr gut genug, dann habe ich den Absturz verdient. Man sagt, in der Branche seien Informationen die beste Lebensversicherung. Aber das ist nicht ganz richtig. Sie sind die einzige. Weil sie dir die entscheidenden Minuten Vorsprung verschaffen, die dich überleben lassen.«

Bull nickte nachdenklich. »Wir passen gut zusammen«, stellte er leicht belustigt fest. »Du verfügst über die Informationen, ich habe die Fragen.«

»Bist du deshalb gekommen? Für einen Moment hätte ich tatsächlich geglaubt, du wolltest an meiner kleinen Sammlung teilhaben. Einfach, weil ich sie zum ersten Mal so präsentiere.«

Bulls Schweigen war beredter als jede Antwort. Nicht zuletzt sagte es aus: *Und du bist nur deshalb gerade jetzt auf Terra, ja?*

»Na gut.« Adams tupfte seine Lippen mit der Serviette ab, legte das blütenweiße Tuch sorgfältig wieder zusammen und schaute zu

Bull auf. »Spiros Schimkos, nie auffällig in Erscheinung getreten, rastet aus und wird zum Mörder. Anzunehmen, dass es sich um eine Beziehungstat handelt. Und die Frau, mit der er kurzzeitig zusammen war, ist seitdem spurlos verschwunden.«

»Vielleicht hat er sie ebenfalls ...« Bull fuhr sich demonstrativ mit der Handkante über die Kehle.

»Meine aktuellste Information, eigentlich noch brandheiß, ist, dass Pao Ghyss sich wieder im Jupiterbereich aufhält. Sie wurde auf Ganymed gesehen. Möglicherweise ist sie aber schon nicht mehr dort, sondern in einer der Faktoreien. Sie war in letzter Zeit permanent zwischen Ganymed und Terra unterwegs. Ein Verhältnis mit Starbatty steht ebenso im Raum wie eine versteckte Tätigkeit für das Syndikat. Was wirklich Sache ist – ich weiß es noch nicht.«

»Ich habe Schimkos auf die Kristallfischer angesprochen«, erklärte Bull.

»Auch auf Tau-acht?«

»Auch das. Schimkos weiß entweder selbst nicht, was geschehen ist, oder er wurde auf eine Art und Weise beeinflusst, die unsere Spezialisten bislang nicht nachvollziehen können.«

»Dass du dich überhaupt mit diesem Fall befasst.« Adams nickte nachdenklich. »Ich verstehe: Der Verteidigungsminister der Liga Freier Terraner interessiert sich für den Mann, der eine Glassitwand zum Platzen bringt, einfach, indem er seine Handflächen an die Scheibe legt.«

»Hast du eine Erklärung dafür? Du als weit herumgekommener Direktor der maßgeblichen Handelsorganisation des Galaktikums?«

»Schimkos könnte telekinetisch veranlagt sein.«

»Dann hätte er sein Opfer nicht aus dem Fenster geworfen. Ein Telekinet hat andere Möglichkeiten. Es wäre unauffällig, den Herzschlag des potenziellen Opfers mit Gedankenkraft anzuhalten. Ich denke eher an Drogen, Homer. Drogen sind in der Lage, einen Menschen völlig umzudrehen, ihn für kurze Zeit zum Supermann zu machen und danach zum ausgebrannten Wrack.«

»Aber Drogen zaubern kein Artefakt aus dem Eis«, bemerkte Adams trocken.

»Zwei zeitgleiche Ereignisse müssen nicht miteinander zu tun haben. Ich wollte einfach mehr über das Syndikat der Kristallfischer in Erfahrung bringen, Homer. Und falls jemand hinter die Kulissen sehen kann, dann du. Drogenhandel lässt mich allergisch reagieren. Wenn du ein Auge darauf wirfst, am besten sogar beide ...«

»Dein Wunsch kommt spät, Reginald.«

»Wie soll ich das verstehen?«

Adams schaute zu, wie der Haushaltsroboter das Teeservice abräumte.

»Ich habe das Syndikat seit einigen Jahren im Auge«, sagte er bedächtig. »Sein Einfluss geht weit über die LFT hinaus und reicht in das Galaktikum hinein. Und ich habe mittlerweile gewisse Maßnahmen ergriffen für den Fall, dass ein schnelles Eingreifen erforderlich wird.«

Bull schaute den Freund an, als sehe er einen Geist vor sich. »Geht das etwas genauer?«, drängte er.

»Wie viel Zeit hast du?«, antwortete Adams mit einer Gegenfrage. Er ließ sich wieder in den Sessel sinken.

»Knapp und präzise reicht mir«, sagte Bull. »Es muss kein Vortrag über innergalaktische Handelsbeziehungen werden.«

»Damit liegst du nicht einmal schlecht«, bemerkte Adams anerkennend. »Bis heute gilt der alte Grundsatz, dass auf jede große Investition eine Phase der Festigung folgen sollte, bevor der nächste Schritt in Angriff genommen wird. Das hat mit Überforderung zu tun, mit daraus resultierenden Fehlerquellen und anderen Unzulänglichkeiten. Aufbauen, sichern, weiter aufbauen – das nenne ich gesundes Wachstum, und so kannte ich das Syndikat der Kristallfischer. Seit beinahe fünf Jahren expandiert die Firma allerdings über jedes vernünftige Maß hinaus. Die Faktoreien werden umgebaut und erweitert, und dabei scheint nur das Beste gerade noch gut genug zu sein. Das trifft ebenso auf die Faktorei MERLIN zu. Und was den Luxus im Isidor-Bondoc-Building anbelangt ...« Er ließ offen, was ohnehin längst über die Grenzen des Solsystems hinaus bekannt war.

»Eine gewisse Portion Größenwahn scheint mitzuspielen«, bemerkte Bull. »Aber wer sich's leisten kann ...«

»Genau das ist der Punkt«, sagte Adams nachdenklich. »Ich frage mich, woher das nötige Kapital stammt, zumal das Syndikat parallel dazu große Beteiligungen eingeht. Die Kristallgewinnung allein kann diese Summen eigentlich nicht mehr abwerfen.«

»Also doch: Drogen! Das seit ewigen Zeiten übliche Verfahren.« Reginald Bull sagte es im Brustton der Überzeugung. Außerdem war er froh darüber, nicht zu tief in die Wirrungen der Hochfinanz einsteigen zu müssen; das war etwas, was er nur zu bereitwillig den Finanzfachleuten überließ. »Ich denke, du hältst mich auf dem Laufenden, Homer.«

»Während du dir das Artefakt vornimmst?«

»Ungefähr so«, bestätigte Bull.

Unbewegt und fast schon geheimnisvoll spiegelte der Goshun-See die Skyline der Stadt, als Reginald Bull mehrere Stunden später mit dem Gleiter vor seinem Bungalow landete. Wie ein funkelnder, von pulsierendem Leben erfüllter Brillant spannte sich Terrania von Horizont zu Horizont. Die Nacht war schriller und imposanter als der Tag und überstrahlte die Sterne. Die einzigen Lichtpunkte am Firmament waren die startenden und landenden Raumschiffe.

Es war kühl geworden. Bully schloss den Kragen seiner leichten Kombination. Tief atmete er ein, und die Kälte klärte seine Gedanken. Die Luft schmeckte nach Salz und Nässe, aber ein wenig hatte sie auch das beißende Aroma von Ozon.

Er hatte noch eine Weile mit Adams geredet, nicht mehr über aktuelle Themen, sondern über die Vergangenheit. Die erste Erkundung der Jupitermonde war relativ spät erfolgt. Zu einem Zeitpunkt, als die kleine GOOD HOPE bereits das Solsystem hinter sich gelassen und die von Perry Rhodan ausgerufene Dritte Macht schon ins galaktische Geschehen eingegriffen hatte.

Bei Homer habe ich dem Syndikat eine gewisse Portion Größenwahn unterstellt, ging es Bull durch den Kopf. *Aber was war das damals, wenn nicht Größenwahn, als wir uns anmaßten, mit einem kleinen Beiboot im Konzert der großen, technisch weit überlegenen Völker mit-*

spielen zu wollen? Wer waren wir denn schon? Halbwilde vom dritten Planeten einer unbedeutenden Sonne fernab des wirklichen Geschehens. Nun ja – in erster Linie waren wir eine Handvoll Verrückte mit Visionen.

Vielleicht hatten die Leute des Syndikats auch Visionen. Musste die nicht jemand haben, der in der Atmosphäre des Gasriesen nach Hyperkristallen fischte und dabei sogar sehr erfolgreich war?

Als er sich anschickte, den Bungalow zu betreten, schweifte Bullys Blick noch einmal nach Südwesten. Wie eine gigantische Orchidee mit fünf blau schimmernden Blüten schwebte die Solare Residenz über der Stadt.

Der Blick hinüber zum Regierungssitz war schon Routine. Ebenso wie Bulls gelegentliche Ausflüge mit dem Gleiter, falls ihm am Abend Zeit dafür blieb. An diesem Tag war er im Westen gewesen, hatte den Gleiter über den im nächtlichen Glanz erstrahlenden Canopus-Boulevard gejagt und war über Klein-Goshun zum Ernst-Ellert-Mausoleum abgebogen. Manche Erinnerungen verblassten, andere hatten immer Bestand. Ernst Ellert, fand Bully, war die Verkörperung des Traums von Raum und Zeit.

Er betrat das Haus und nickte nur, als ihn die Servostimme begrüßte.

»Es ist spät geworden, Reginald. Ich habe lange vor Mitternacht mit deiner Rückkehr gerechnet.«

Die Programmierung hatte der Mausbiber Gucky umgestellt. Kein Wunder, dass der Ton vorwurfsvoll klang. Morgen, sagte sich Reginald Bull, würde er das alles rückgängig machen. Aber nicht sofort. Jetzt brauchte er noch einen guten Brandy und dann wollte er wenigstens drei oder vier Stunden schlafen. *Batterien aufladen,* nannte er das, obwohl er dank des Aktivatorchips mit sehr wenig Schlaf auskam.

»Jemand hat versucht, dich zu erreichen.«

Jemand. Auch das so ein Wort, das er vom Servo nicht hören wollte, weil es präziser ging.

»Drei Kontaktversuche, Dicker. Hast du es nicht nötig, dich zu melden, oder ...?«

»Halt die Luft an!«, sagte Bull scharf. Er stand bereits an der Getränkeausgabe und nahm den bauchigen Kognakschwenker in Empfang. Genüsslich umfing er das Glas mit der Hand. »Lass mich raten. Der Anrufer war Gucky?«

»Mondra Diamond. Soll ich die Aufzeichnung wiedergeben?«

»Ja, natürlich.« Ihm fiel ein, dass er sein Kombiarmband abgeschaltet hatte, um für kurze Zeit ungestört nachdenken zu können.

»Bully, ich habe versucht, dich zu erreichen.« Das war Mondras Stimme. Ein Déjà-vu, was die Wortwahl anbetraf.

Die Holoprojektion von Rhodans Vertrauter stand gerade mal zwei Meter neben ihm. Bull wandte sich ihr zu, aber sie reagierte nicht darauf. Ihr Blick ging an ihm vorbei, als suche sie ihn an völlig anderer Stelle. Dabei hätte die Positronik das Hologramm nur nach seiner Position ausrichten müssen. Der Mausbiber hatte offensichtlich das gesamte System durcheinandergebracht.

»Entweder bist du schon Richtung Ganymed unterwegs, oder du hast noch gar nichts von dem Fund erfahren. Ich hab's eben in den Trivid-Nachrichten gesehen und wundere mich gelinde gesagt ein wenig, warum keine offizielle Information vorliegt. Zwei Sender ergehen sich bereits in Spekulationen.«

Bull nippte an seinem Brandy. Mit einem Fingerschnippen aktivierte er die Bildwand.

»TTC-Trivid waren die Ersten«, hörte er Mondra sagen. »Ist das ein Gag für die bevorstehenden Feierlichkeiten oder Zufall? Nachdem die größten Gerüchteküchen das aufgegriffen haben, von uns aber keiner Bescheid weiß, halte ich Ersteres für wahrscheinlich.«

Mondra Diamonds Abbild wirkte mit einem Mal, als sei sie in das Schwerefeld eines Schwarzen Lochs geraten. Innerhalb weniger Sekunden verzerrte sich die Wiedergabe bis zur Unkenntlichkeit, dann erlosch die Projektion.

Die Dreitausendjahrfeier von Galileo City! Reginald Bull hatte ebenfalls daran gedacht. Die Einladungen für den 11. Februar waren seit Monaten bestätigt. In sieben Tagen ...

Total Terrania Colportage gehörte zu den schillernden Sendern. Schon die Aussprache des Kürzels, fand Bull, ließ die Klatschpresse erkennen. Umso überraschter reagierte er auf die Bildsequenzen von Ganymed.

Das Artefakt war in einer wildromantischen Eisregion aufgetaucht. Riesengroß hing Jupiter mit seinen markanten Wolkenfeldern über dem Horizont, und die nahe Hotelkuppel verriet, dass es sich um eines der bevorzugten Sportgebiete auf dem Mond handelte.

Es musste schlicht unmöglich sein, in diesem Bereich etwas geheim zu halten.

Die hellen, wie Porzellan schimmernden unterschiedlich großen Würfel erinnerten Bull an Bauklötze. Kinder türmten sie oft ähnlich schief übereinander.

Das Areal wurde von Robotern abgesperrt. Das größte Interesse an dem Objekt schien ohnehin bereits erloschen zu sein. Mehrere Sporttouristen taxierten es zwar abschätzend, gingen aber rasch weiter.

Bully zählte überschlägig fünfzehn Personen, die sich an dem Objekt zu schaffen machten. Desintegratorfräsen lösten das Eis rund um das Fundstück auf. Es hatte den Anschein, als reiche das Objekt noch tiefer in den Untergrund.

»... fremd, kompakt und widerstandsfähig – mit diesen Adjektiven werfen die beteiligten Wissenschaftler und Techniker um sich. Womit sie es allerdings zu tun haben, scheint noch keiner zu wissen ...«

Bull schaltete ab.

Er gestand sich ein, dass er ebenfalls keine Ahnung hatte, was er von dem Objekt halten sollte.

Aber nachdem es rund zweihunderttausend Jahre friedlich im Eis gelegen hatte, kam es auf einige Nächte mehr oder weniger bestimmt nicht mehr an.

3.

Ihre Eltern waren noch allein gewesen, die einzigen Menschen im weiten Umkreis, als sie die wildromantische Eiswelt der Ovadja Regio nach lemurischen Hinterlassenschaften abgesucht hatten. Helen und Simon war jedoch der Erfolg verwehrt geblieben, weil sie um mehr als ein Jahrzehnt zu früh gekommen waren.

Heute war vieles anders. Die Eishänge und Schluchten waren erschlossen. Aus Galileo City fluteten die Sportler herüber, manche nur für wenige Stunden, andere bezogen Quartier in der nahen Hotelkuppel. Und seit gestern kamen mehr Besucher als gewöhnlich, einige Wissenschaftler aus der Stadt hoch im Norden des Mondes, die anderen Gaffer.

Kateen Santoss mochte diese unermüdlich Neugierigen nicht, die es immer wieder schafften, alle Absperrungen zu überwinden und bis zu den Würfeln vorzudringen. Die mit Desintegratormessern an den verwitterten Kolossen schabten, als hinge ihr Seelenheil von einem Souvenir ab.

Die Ersten waren inzwischen sogar im Begriff, Hightechzelte aufzubauen. Wahrscheinlich, um dem Artefakt näher zu sein, denn das Hotel war keineswegs schon überfüllt. Die anderen aus Kateens Gruppe, auch Gaider Molkam, waren mit einem der Zubringergleiter nach Galileo City zurückgeflogen.

Zögernd blickte die Archäologin an dem Würfel empor. Sie stand auf dem nur knapp zwei Meter breiten Eisband, das die Desintegratorfräsen als Arbeitsraum gelassen hatten. Mit beiden Händen streifte sie über das Objekt hinweg. Es war der mittlere der fünf Würfel, die sich scheinbar wahllos übereinandertürmten.

Die Handschuhsensoren übermittelten ihr das Gefühl, als streife sie mit bloßen Fingern über das Artefakt hinweg. Und trotzdem war es anders, nicht die richtige Berührung.

Das Material war keineswegs kalt, eigentlich temperaturlos. Es fühlte sich angenehm an, wie glasiertes Porzellan. Zugleich registrierte Kateen aber auch die Verwitterung, die dem Block eine seltsam raue Patina verlieh.

Vier Tage inzwischen, seit die Würfel aus der Tiefe emporgestiegen waren und das Eis durchbrochen hatten. Vorgestern, am 2. Februar, hatte sich das Artefakt noch einmal massiv in die Höhe gedrückt und sich dabei um mehr als fünfzig Meter gehoben.

»Bemerkst du wieder eine Bewegung?«

Die Stimme im Helmempfang schreckte die Lemur-Archäologin aus ihren Überlegungen auf. Sie brauchte einen Moment, bis sie erkannte, dass Chatrun zu ihr sprach, der Echsenartige, der in der tödlichen Kälte keinen Schutzanzug brauchte, nur das kleine Atemgerät, in dem auch sein Funkgerät steckte.

»Hier, schräg über dir«, sagte der Wissenschaftler.

Sie blinzelte in die Höhe und musste den Kopf weit in den Nacken legen, bis sie Chatrun sah. Er stand gut dreißig Meter über ihr, am oberen Ende des Würfels, und hantierte immer noch mit Geräten für die Altersbestimmung.

»Ich habe dich einige Minuten lang beobachtet«, gab er zu. »Du schmiegst dich an den Block, als wäre er etwas Lebendiges. Du hast eine besondere Beziehung zu diesem Gebilde?«

»Vielleicht«, murmelte sie. »Ich bin mir nicht sicher.«

Natürlich war sie das. Sie zögerte nur, es einzugestehen, weil sie selbst keine Erklärung dafür hatte. Sie wurde von den Bewegungen das Artefakts beeinflusst. Das war draußen in der Ebene so gewesen und auch etliche Stunden später in der Hotelbar, als das Gebilde die Eisdecke durchbrochen hatte. Und noch schlimmer waren ihre Kopfschmerzen und das Gefühl völliger Desorientierung geworden, als die Würfel sich vorgestern erneut in Bewegung gesetzt hatten.

Sie spürte das Objekt.

Und jetzt?

Ohne sagen zu können, warum, war sie überzeugt davon, dass das Gebilde zum Stillstand gekommen war. Es würde nicht mehr weiter aufsteigen.

Emporquellendes Wassereis hatte eine bizarre Zauberwelt entstehen lassen. Nahezu alles davon war inzwischen wieder beseitigt. Die Desintegratorfräsen hatten das Artefakt bis zum Boden des untersten Würfels freigelegt. Mehr als zehn Meter breit war der Graben. Es standen noch einige Eisbrücken, an den einzelnen Elementen führten Treppenstufen in die Höhe, und an vielen Positionen gab es diese bis zu zwei Meter breiten Arbeitsflächen. Dazwischen war technisches Gerät im Übermaß aufgebaut.

Prallfelder und sensorgesteuerte Antigravprojektoren sorgten für ein Mindestmaß an Sicherheit. Wer an dem Objekt abstürzte, durfte sicher sein, dass er nicht mit zerschmetterten Knochen in der Tiefe liegen würde.

»Ohne deine Warnung, Kateen, hätte es vor zwei Tagen mehrere Tote gegeben.«

Sie wünschte, Chatrun würde nicht immer wieder versuchen, ihr Dinge zu entlocken, für die sie selbst keine Erklärung hatte.

Kateen schwieg. Als sie wieder in die Höhe schaute, sah sie, dass Chatrun wie ein Gecko an der senkrechten Wand klebte. Einige Meter weit hatte er sich schon von den Stufen entfernt, und er bewegte sich immer rascher über das feinporige Material.

Kopfüber kam er nach unten, winkte Kateen lachend zu und verschwand gleich darauf in der Tiefe.

Die Archäologin schaute ihm entgeistert nach. Mehrere Ganymedaner, die nicht zu dem Wissenschaftlerteam gehörten, blickten ebenfalls ungläubig herüber.

Kateen schwindelte, sobald sie sich die Fähigkeiten des Echsenartigen vor Augen führte. Er hatte ihr gesagt, dass er Wissenschaftler sei und dass seine Heimat in einem der Sternhaufen lag, die vor geraumer Zeit aus ihrem Versteck im Hyperraum zurückgefallen waren. Chatrun durchwanderte die Milchstraße, er wollte seine neue und ihm unbekannte Heimat kennenlernen. Wie er zu verstehen gegeben hatte, befand er sich seit beinahe dreißig Standardjahren auf Wanderschaft.

Die Terranerin stieg ebenfalls zum unteren Bereich des Artefakts ab.

Die Würfel waren ausgemessen – die einfachste Übung. Bei allem anderen scheiterte die vorhandene Technik.

Insgesamt hatte der mehrfach in sich verschobene Turm eine Höhe von einhunderteinundfünfzig Metern. So instabil das Gebilde auch wirkte, die Würfelelemente schienen fest miteinander verbunden zu sein. Andernfalls hätten sie schon beim Durchbrechen der Eiskruste auseinanderfallen müssen.

Der oberste war zugleich der größte. Wie ein gewaltiger Abschlussblock thronte er mit einundvierzig Metern Kantenlänge über den anderen.

Der zweite, seitlich verschoben, maß nur einunddreißig Meter, der mittlere wieder siebenunddreißig. Nach unten wurde der Turm schmaler. Dreiundzwanzig Meter Seitenlänge hatte der vorletzte Block und lediglich neunzehn Meter der unterste. Vielleicht war diese Reihenfolge wirklich der Grund dafür, dass das Artefakt zur Ruhe gekommen war. Es hatte schlicht und einfach den Auftrieb verloren.

Masse? Gewicht? Kateen kannte die Werte nicht. Keiner der beteiligten Wissenschaftler aus Galileo City äußerte bislang mehr als Vermutungen. Aber Schätzungen brachten niemanden weiter.

Die Archäologin erreichte die Oberseite des untersten Würfels. Nur knapp vier Meter waren davon überhaupt sichtbar, weil der darüberliegende Block so weit seitlich verschoben war. Nummer drei kragte dann hier wieder über. Jedes Mal, wenn Kateen von dieser Position aus nach oben schaute, stockte ihr der Atem. Dann fürchtete sie, der gewaltige Block über ihr müsse das Übergewicht bekommen und herabstürzen.

Von hier unten aus sah sie jedoch am besten den fahlen Glanz des Artefakts. Die Konturen der Blöcke traten unter diesem schwachen Leuchten sehr viel deutlicher hervor als oben. Jeder, der hier unten stand, nahm dieses Phänomen wahr. Nur anmessen oder gar optisch festhalten ließ es sich nicht.

Es war ein eigentümlicher Glanz, der sich zudem ausdehnte. Er wuchs an den Würfeln in die Höhe. Jeden Tag waren es ein paar Meter mehr, die diesen Schimmer zeigten.

Kateen fragte sich, was geschehen würde, sobald auch die Oberfläche des größten Blocks vollständig davon erfasst sein würde. Gab das Gebilde dann sein Geheimnis preis? Bislang war noch nicht einmal klar, ob es im Innern dieses Objekts Hohlräume gab. Die Archäologin zweifelte allerdings nicht daran.

Für kurze Zeit lehnte sie sich an den Block. Sie fühlte sich wohl dabei. Und sie beneidete Chatrun, den kein Schutzanzug störte.

Das milde Licht, das von dem Gebilde ausging, hatte etwas Euphorisierendes. Kateen fühlte, dass sie ruhiger wurde. Eine wohltuende Gelassenheit stieg in ihr auf. Es war schön, hier zu stehen und das unbekannte Material zu berühren.

War da eine ferne Stimme?

Kateen Santoss lauschte angespannt. Vergeblich. Einige Wissenschaftler behaupteten jedoch seit der letzten Verschiebung, das Artefakt flüstere.

War das Einbildung?

Weil die Hyperphysiker, Materialspezialisten und Chemiker endlich einen Erfolg vorweisen wollten?

Kateen wollte das auch.

Warum redest du nicht mit mir?, dachte sie. Viel zu heftig waren ihre Gedanken. Zu fordernd. Dieses Gebilde war sanft wie das Licht, von dem es umflossen wurde.

Morgen?

Keine Antwort. Das Artefakt schwieg.

Überlaut dröhnte plötzlich eine Stimme im Helmempfang. Kateen wurde brutal aus ihrer Leichtigkeit gerissen. Sie hatte vollends das Gefühl, den Boden unter den Füßen zu verlieren, als ihr bewusst wurde, was die Stimme sagte.

Zwei Altersdatierungen lagen endlich vor. Sie waren gleichlautend und an ihrer Treffsicherheit gab es deshalb keinen Zweifel.

Zweihunderttausend Jahre.

Kateen Santoss taumelte. Geradezu Hilfe suchend klammerte sie sich an dem matt schimmernden Würfel fest.

Das kann nicht wahr sein. Sag mir, dass das ein Fehler ist.

Das Artefakt schwieg.

Wenn die Zahl stimmte, dann war dieses Objekt nie und nimmer lemurischer Herkunft. Dann war es etwas völlig anderes – Kateen hatte nur keine Ahnung, was.

Zwei Tage später:

»Also liegt weiterhin keine eindeutige Aussage vor?« Perry Rhodan lächelte, doch sein Blick blieb kalt. »Was soll ich davon halten? Erst zweihunderttausend Jahre, dann hundertfünfundachtzigtausend – und jedes Mal heißt es, der Wert sei absolut gewiss.«

Reginald Bull hob die Schultern. »Ich kann mich jetzt täuschen«, sagte er betont langsam, »aber mir war, als hörte ich eine gewisse Ungeduld aus deinen Worten heraus.«

Der Resident lachte amüsiert. »Du täuschst dich keineswegs. Sogar ich habe das Recht, ungeduldig zu werden. Eine Altersdatierung, die mit modernsten Methoden erstellt wird, kann einfach nicht mehrfach korrigiert werden.«

Bull ließ sich in den Schwebesessel fallen. Nachdenklich musterte er den Freund. »Vielleicht wird das Artefakt jünger«, stellte er fest.

Rhodan verschränkte die Hände. Er hob beide Arme hinter den Kopf und streckte sich. »Die Überlegung ist gar nicht so dumm«, sagte er.

»Natürlich nicht.« Bull richtete sich abrupt wieder auf, dann stutzte er. »Du meinst das aber nicht ernst, oder? Die Wissenschaftler, die wir losgeschickt haben, sind erst vor wenigen Stunden in der Eisregion eingetroffen. Erwarte also noch keine Wunder von ihnen. Und was bedeuten schon knapp zehn Prozent Abweichung bei der Altersdatierung? Wichtig ist doch das Gefährdungspotenzial, und da sind sich alle einig. Von dem Artefakt geht keine unmittelbare Bedrohung aus.«

»Der oder die Unbekannten treiben ihren Bluff inzwischen aber zu weit.« Mondra Diamond betrat soeben vom Flur her den großen Wohnraum. Allem Anschein nach hatte sie Bulls letzte Bemerkung mitbekommen.

»Das Artefakt ist echt.« Reginald Bull begrüßte Rhodans Lebensgefährtin mit einer knappen Umarmung. Er war erst vor zehn Minuten gekommen und hatte dem Residenten einen Speicherkristall mit Informationen von Ganymed gebracht. Mondra war er noch nicht über den Weg gelaufen.

»Die Würfel bestehen angeblich aus unbekanntem, sehr widerstandsfähigem Material«, fügte Bully hinzu.

»Das sagen die Wissenschaftler von Ganymed?«, wollte Mondra wissen.

»Ja, natürlich.«

»Wie zuverlässig sind die Leute? Wer bezahlt sie dafür, dass sie ihre Aussagen so und nicht anders treffen?«

Bull schüttelte den Kopf. »Solange das Gegenteil nicht bewiesen ist, gehe ich davon aus, dass das Artefakt echt ist und zweihunderttausend Jahre im Eis lag. Meinetwegen auch fünfzehntausend Jahre weniger. In Kürze werden wir von unseren eigenen Spezialisten ohnehin erfahren, was auf dem Jupitermond gespielt wird. Sollte das Ding sich doch als Fälschung entpuppen, rupfe ich jedem dafür Verantwortlichen die Federn einzeln aus.« Er biss sich auf die Zunge und fuhr erst fort, als Mondra hell lachte. »Ich glaube nicht, dass die Feierlichkeiten auf Ganymed eine fingierte Unterstützung nötig haben. Aber da wir sowieso in fünf Tagen zum offiziellen Empfang fliegen ...«

»... sehen wir uns bei der Gelegenheit das Artefakt aus nächster Nähe an.«

»Erstens das – und zweitens das Syndikat der Kristallfischer.«

»Rein interessehalber?«, wollte Rhodan wissen.

»Ich habe mit Homer über das Syndikat gesprochen«, bestätigte Bull. »Er zeigt zwar nie große Gefühle, aber Begeisterung sieht sogar bei ihm anders aus. Steht schon fest, mit welchem Schiff wir fliegen werden?«

»Die CHARLES DARWIN II ist gestern von einem Erkundungsflug zurückgekehrt«, sagte Rhodan. »Der ENTDECKER steht für Wartungsarbeiten im Dock auf dem Terrania Port. Nichts Außergewöhnliches, der übliche Austausch der Linearkonverter und einiger Verschleißaggregate.«

»Es gibt in Kürze Abendessen«, erinnerte Mondra, die nur zu gut wusste, wie schnell sich Rhodan und Bully verplauderten, wenn die Themen brisant wurden. »Der Roboter deckt gerade die Tafel. Du bist natürlich eingeladen.«

»Das ist doch nicht nötig«, wehrte Bull ab.
»Also ja«, stellte Mondra fest.
»Wenn du mich unbedingt überreden willst. Heut ist Sonntag, da sag ich nie nein.«

4.

Morgennebel zog auf. Terrania City badete in künstlicher Helligkeit, im Osten regierte noch die Nacht. Nur ein schmaler Silberstreif ließ den heraufziehenden Tag erahnen. Der ferne Horizont mutete an wie ein ausgefranster Scherenschnitt.

Zaghaft stachen erste Sonnenstrahlen in die Höhe, als der Transportgleiter mit dem LFT-Emblem auf den Goshun Space Port einschwenkte.

Ein leichter Wind wehte den Nebel über die Landefelder hinweg. Es schien, als krieche ein grauer Moloch der Stadt entgegen. Einzelne Bodenfahrzeuge, mit dem bloßen Auge aus der Distanz kaum auszumachen, quälten sich durch den Dunst.

Im stadtnahen Bereich des Hafenareals standen fünf Kugelraumer – Einhundert-Meter-Kreuzer, die sich angesichts des vor wenigen Stunden gelandeten Raumriesen wie Spielzeuge ausnahmen.

Langsamer werdend überflog der Gleiter die Kreuzer.

Wie ein stählernes Gebirge ragte der ENTDECKER voraus auf. Der Kugelraumer der SATURN-Klasse durchmaß 1800 Meter, die untere Polschleuse lag bei voll ausgefahrenen Landebeinen zudem beachtliche vierundsechzig Meter über dem Boden. Irgendwo über dem wuchtigen Äquatorringwulst, der vor allem geräumige Kreuzerhangars enthielt, entdeckte Perry Rhodan den fahlen Schimmer eines geöffneten Hangars.

CHARLES DARWIN II.

Der Schiffsname prangte in riesigen leuchtenden Lettern auf dem Rumpf.

Langsam stieg der Gleiter höher.

Leise Stimmen erklangen aus der Pilotenkanzel. Die Abstimmung mit der Anflugkontrolle erfolgte manuell. Goshun Space Port war mit seiner Gesamtfläche von achtzig Quadratkilometern lediglich als Zivilhafen für Privatraumer ausgewiesen. Obwohl sogar die großen Fernraumschiffe der Flotte hier landen konnten, geschah dies höchst selten.

Ein Hauch von Ruhe und Gelassenheit hing in der Luft. Der kleine Raumhafen machte einen verschlafenen Eindruck – Provinzflair trotz der nahen Metropole, eine Gemütlichkeit, die Perry Rhodan und vor allem Reginald Bull durchaus zu schätzen wussten. Mancher Gast in den Raumfahrerkneipen hatte schon an seinen Sinnen gezweifelt, wenn er Bull am Tresen sitzen sah und hörte, dass der Verteidigungsminister der Liga Freier Terraner Geschichten aus seinem langen Leben zum Besten gab. Die Betreffenden hatten sich zumeist ungläubig nach Sicherheitspersonal und Robotern umgesehen und noch verwirrter gewirkt, weil alles wie immer gewesen war.

Rhodan bemerkte, dass der Freund sinnend zu den Hafengebäuden hinabschaute und sich gedankenverloren das Kinn massierte. Im nächsten Moment richtete Bull sich ruckartig auf. Er hatte den Blick des Residenten bemerkt und nickte zögernd.

Rhodan lachte leise.

»Alles in Ordnung?«, fragte Dion Matthau, den seine Kollegen meist »Buster« nannten. Seine eben noch angespannte Aufmerksamkeit wich wieder legerer Haltung, als Perry Rhodan ein »Okay« murmelte.

Matthau war einer der TLD-Agenten, die Rhodan, Mondra und Bull begleiteten. Drei Personen – ein Minimum an Sicherheitsanforderung. Rhodan hätte am liebsten ganz darauf verzichtet.

Der Gleiter stieg bis auf tausendzweihundert Meter.

Die beiden zur Delegation gehörenden Journalisten erweckten den Eindruck, als dösten sie. Dass sie gerade in diesem Zustand auf jede Regung achteten, war dem Residenten klar. Allerdings schätzte er Don Toman als eloquent und absolut zuverlässig ein. Der Zweiundsechzigjährige arbeitete für Solvision, einen erst seit knapp fünfzig Jahren bestehenden Ableger des First Terrestrian Network. Er verfügte über ein feines Gespür für solide Berichterstattung, seine Sendungen galten stets als perfekt recherchiert.

Der zweite Mann hieß Jahn Saito. Dass ihn das Büro des Residenten ebenfalls akkreditiert hatte, verdankte der Junge seinem Chef und Mentor Toman. Andererseits war der Name Saito seit Wochen in vieler Munde, seit sein Meisterwerk »Freunde« die höchste Medienauszeichnung errungen hatte. Die Holografie in Sepia und Grau war derzeit in der Begegnungsstätte Berlin-Mitte ausgestellt, dem musealen Zentrum extraterrestrischer Kulturen auf Terra.

Saitos Bild zeigte einen verkrümmt auf felsigem Boden liegenden Menschen. Der Mann war tot. Neben ihm kniete ein Jülziish, die Hände verschränkt wie in betender Haltung, die Arme leicht ausgestreckt und den Tellerkopf in Ehrfurcht geneigt. Der Blue weinte. Wie erstarrt hingen die Tränen seiner vier Augen am Rand der Kopfscheibe. Zudem hatte der Blitz zwei fallende Tränen eingefroren – strahlende Edelsteine, in denen sich der Mensch und der Blue spiegelten und einander nahe waren.

Das Bild war in der Tat ein Meisterwerk an Schärfe, Komposition und Aussagekraft. Es berührte, ließ jeden Betrachter innehalten und weckte Gefühle.

Rhodan hatte den mit zweiundzwanzig Jahren sehr jungen Medienfotografen erst vor dem Start des Gleiters persönlich kennengelernt und ihn auf die Holografie angesprochen. Der gebürtige Tokio-Islander, schlaksig, das schwarze Haar in wirren Strähnen, war dem Aktivatorträger wie ein Besessener erschienen, getrieben von dem Verlangen, »Freunde« zu toppen.

Der Gleiter schwebte in den Hangar ein. Lauflichter in Decke und Boden führten zur Parkposition.

Saito hob die rechte Hand und wischte sich mit den Fingerknöcheln über die Wange. Für einen Moment war sein Blick auf Rhodan gerichtet.

Der Resident lächelte, er schüttelte aber auch leicht den Kopf.

Dass Don Tomans Aufmerksamkeit ebenfalls nichts entging, wurde sofort deutlich, als er mit der Linken nach dem Jungen griff und seine Finger quer über dessen Handrücken legte.

Rhodan schwieg dazu. Schon im Residenzpark war ihm der Leberfleck auf Saitos Handrücken aufgefallen. Nicht größer als einen halben Zentimeter, die Ränder unregelmäßig verfärbt: eine der sündhaft teuren Implantat-Mikrokameras, deren funktionsfähigen Einbau nur ein guter Nano-Gefäßchirurg garantieren konnte.

Der Gleiter setzte auf, die Lauflichter erloschen.

»Was du da in der Haut trägst, mein Junge, ist ein gutes Weitwinkelobjektiv«, sagte Reginald Bull in dem Moment. »Siganesische Mikrofertigung, aber die Lichtstärke lässt ein wenig zu wünschen übrig. Außerdem neigt dieser Typ zur Unschärfe, vor allem, wenn der Träger mit einer zu hohen Adrenalinausschüttung belastet ist. Ich persönlich halte nichts von der Energieversorgung über die Mitochondrien, der menschliche Körper ist zu kompliziert in seinen Reaktionen. Jede überschießende Hormonproduktion wird deine Aufnahmen ruinieren.«

Jahn Saito schaute Bull entgeistert an, dann wandte er sich Rhodan zu. Er ballte die rechte Hand zur Faust, legte die linke Hand über den Handrücken und neigte entschuldigend ruckartig den Oberkörper nach vorn.

Rhodan löste seinen Magnetgurt und stand auf.

»Der Flug zum Ganymed wird drei Stunden in Anspruch nehmen. Wer ordentlich frühstücken will, kann dies in der Offiziersmesse tun, sie liegt innerhalb der autarken und besonders gesicherten Zentralkugel. Bully, Mondra und ich werden den Flug in der Hauptzentrale verbringen.«

»Sind wir verpflichtet, die Messe aufzusuchen?«, fragte Saito.

Der Resident schüttelte den Kopf. »Es gibt an Bord der CHARLES DARWIN II keine Geheimnisse, weder militärischer noch technischer Art. Jeder kann sich ungehindert bewegen.«

»Dann bleibe ich in der Hauptzentrale«, sagte der Junge. »Ich meine, ich ...«

»Jahn ist zum ersten Mal an Bord eines ENTDECKERS«, erklärte Toman. »Bislang hatte er nie die Gelegenheit für mehr als einen kurzen Aufenthalt auf Luna.«

»Ich entsinne mich einiger nostalgisch getrimmter Stimmungsclips über die Luna-Werften im letzten Jahr«, sagte Reginald Bull. »Das warst also auch du, Jahn? Sehr gute Arbeit. Nun dann, auf zum Jupiter.«

Nur zweimal auf dem Weg zur Hauptzentrale begegneten ihnen Besatzungsmitglieder. Einmal, als sie das schnelle Laufband betraten, das vom peripheren Ringkorridor nach innen verlief, das zweite Mal, als sie in den abwärts führenden Antigravschacht stiegen. Das Schiff machte einen verlassenen Eindruck.

Perry Rhodan bedachte Saito mit einem forschenden Blick. Obwohl der Junge vor Interesse strotzte, schien sich ein Hauch von Enttäuschung in seinem Gesicht zu spiegeln.

Zweifellos kannte Jahn Saito die technischen Daten der SATURN-Klasse. Dass das Schiff eine vergleichsweise hohe Überlichtgeschwindigkeit erreichte. Dass es sage und schreibe sechzig Leichte Kreuzer als Großbeiboote mitführte und dreißig Sechzig-Meter-Korvetten. Außerdem dreißig Space-Jets, einhundertachtzig Flugpanzer, eine Vielzahl an Rettungsbooten, Raumfähren, Sonden und andere kleine Einheiten. Die Transformkanonen, jede mit einer Feuerkraft von bis zu fünfhundert Megatonnen Vergleichs-TNT, bildeten das Rückgrat der Bewaffnung. Dazu eine noch größere Anzahl multi-variabler Hochenergiegeschütze, also Paralyse-, Desintegrator- und Impulsmodus.

Natürlich beanspruchten die technischen Innereien das meiste Raumvolumen. Das begann mit den Lebenserhaltungssystemen und führte über die Fusionskraftwerke und Sphärotrafspeicher bis hin zu den kompakten Hawk-Konvertern für den überlichtschnellen Linearflug. Nicht zu vergessen die Nugas-Treibstoffkugeln, die Schutzschirmsysteme, Positroniken und Kommunikationseinrichtungen und letztlich das Gesamtpaket der Protonenstrahltriebwerke, das Transitionstriebwerk, die Antigravanlagen und vielfältigen Absorber.

All das berücksichtigt, blieb immer noch genügend Volumen, dass sich die tausendfünfhundert Männer und Frauen der Stammbesatzung im wahrsten Sinn des Wortes im Schiff verloren. Von den Beibootbesatzungen, knapp fünftausend Personen, befand sich ohnehin stets ein Teil in Einsatzbereitschaft.

Entgegen landläufiger Meinung waren die modernen Raumschiffe kein quirlig aufgescheuchter Ameisenhaufen, in dem einer dem anderen auf die Füße trat. Diese stereotypen Vorstellungen ließen sich nur nicht aus den Köpfen der Menschen vertreiben.

Saito hätte es besser wissen können, eigentlich besser wissen müssen. Trotzdem reagierte er irritiert auf die Einsamkeit in den Korridoren.

Zweieinhalb Minuten, nachdem Rhodan und seine Begleiter den Hangar verlassen hatten, betraten sie die Hauptzentrale.

Das große Rund lag im Dämmerlicht abgeschwächter Beleuchtung. Einige Stationen waren nicht besetzt; diese Funktionen wurden kurzzeitig von der Hauptpositronik übernommen. Ein Flug von der Erde zum Jupiter ließ keine außergewöhnlichen Anforderungen erwarten. Volle Einsatzbereitschaft und mehrfache Redundanz wurden erst beim Verlassen des Solsystems hergestellt.

Die Panoramagalerie zeigte einen Rundblick über den Raumhafen. Die Sonne stieg soeben über den Horizont.

»Wir haben die Startfreigabe vorliegen.« Die Kommandantin schwang mitsamt ihrem Kontursessel herum. Sie fixierte die Neuankömmlinge abschätzend, dann nickte sie jovial.

»Willkommen an Bord! Ich bin Hannan O'Hara – eigentlich Mädchen für alles auf der CHARLES DARWIN.« Sie spitzte die vollen Lippen, als erwartete sie einen Einwand. »Der Flug zum Jupiter wird leider ein kurzes Vergnügen sein. Drei Stunden, immerhin.«

»Auf Ganymed landen werden wir nur mit zwei Micro-Jets«, sagte Rhodan. »Die weiteren Modalitäten regeln wir vor Ort.«

»Willst du, dass das Schiff in einen stationären Orbit über Galileo City geht? Oder sollen wir uns Ovadja Regio und das Artefakt ansehen?« O'Haras dunkler Teint glänzte im Widerschein der Holos. Das Weiß ihrer Augen schien ein wenig heller zu werden, als ihr Blick auf Toman fiel.

Sie hob die Arme und drückte mit beiden Händen ihr zum Turm hochgestecktes rabenschwarzes Haar zurecht. Das sah aus wie eine unbewusste Bewegung, doch das Lächeln, das ihre Mundwinkel umspielte, verriet ihr Interesse.

Reginald Bull schien gar nicht darauf zu achten. Mondra Diamond reagierte mit einem amüsierten Zucken ihrer Mundwinkel.

Der Journalist räusperte sich. »Mit Verlaub, Kommandantin ... Drei Stunden reine Flugzeit? Also Beschleunigungsphase, eine kurze Überlichtetappe und das nachfolgende Bremsmanöver. Ein Schiff der SATURN-Klasse schafft das leicht in der Hälfte der genannten Spanne, eher in noch weniger. Also stellt sich die Frage – und damit wende ich mich besser an dich, Resident –, weshalb dieser Aufwand betrieben wird. Dahinter verbirgt sich doch keineswegs nur das Bedürfnis nach Repräsentation. Ein Leichter Kreuzer oder auch nur eine Korvette würden uns ebenso gut ans Ziel bringen.«

Rhodan nickte knapp, von einem schwachen Stirnrunzeln begleitet. Für einen Moment sah es aus, als setzte er zu einer Erwiderung an, dann wandte er sich aber schon wieder der Kommandantin zu.

»Hannan, wir sind vollzählig und können starten.«

»Wir fliegen an Bord eines schwer bewaffneten Schiffes.« Der Journalist nahm den Faden wieder auf. »Vermute ich richtig, dass die CHARLES DARWIN in erster Linie wegen des Artefakts nach Ganymed verlegt werden soll? Die Feierlichkeiten sind dafür das passende Alibi, und niemand schöpft Verdacht. Ich muss zwangsläufig fragen, was mit dem Objekt im Eis tatsächlich los ist. Gibt es womöglich brisante Analyseergebnisse?«

»Die Aussagen der Wissenschaftler gelten unverändert«, antwortete Rhodan. »Das Artefakt scheint keine Bedrohung darzustellen.«

»Die Betonung liegt auf *scheint*«, stellte Toman fest.

»Woher stammen diese seltsamen Würfel?«, wollte Saito wissen.

»Da haben wir also gleich zwei Wissensdurstige, die darauf brennen, den Dingen auf den Grund zu gehen.« Reginald Bull seufzte. »Es ist in der Tat so: Bislang liegen keine belastbaren Ergebnisse vor.«

»Obwohl mittlerweile zweiundvierzig teils namhafte Wissenschaftler mit der Sache befasst sind?« Für ein paar Sekunden ließ Don Toman sich von den Veränderungen in der Panoramagalerie ablenken. Das Schiff hob ab und stieg mit Hilfe des Antigravtriebwerks höher. Terrania fiel schnell zurück, war beinahe schon in voller Ausdehnung zu sehen.

»Zweiundvierzig«, wiederholte Bull sinnend und musterte den Journalisten eindringlich. »Du hast überall gute Beziehungen? Ich glaube nämlich, dass nicht einmal die Schaulustigen vor Ort wirklich wissen, wie viele Fachleute sich an dem Objekt die Zähne ausbeißen – oder schon ausgebissen haben. Herausgekommen ist außer ein paar Altersangaben bislang nicht viel. Aber jene Leute, die da einfach ihre Zelte aufschlagen, was sind sie? Religiöse Eiferer, weil sie glauben, einen eigenartigen Glanz wahrzunehmen? Spinner, die sich in eine Euphorie hineinsteigern, die dem Phänomen einer Massenpsychose nahe kommt? Oder Katastrophentouristen, weil sie sehenden Auges in den Untergang laufen?«

»*Du* bist der Verteidigungsminister«, sagte Toman ungewohnt schroff. »Was glaubst du? Ich würde das gern hören.«

Es war sonst nicht die Art des Journalisten, so zu reden. Für gewöhnlich kitzelte er die Antworten aus seinen Gesprächspartnern heraus, machte das mit Fingerspitzengefühl und einer unwiderstehlichen Nonchalance, aber er griff niemanden direkt an. Die Leute wurden zu Wachs in seinen Händen, weil er es verstand, nie jemanden als Verlierer dastehen zu lassen.

»Es ist nicht meine Aufgabe, etwas zu glauben«, wehrte Bull ab. »Ich muss die Wahrheit herausfinden. Allerdings gestehe ich ein, dass es in diesem Fall bislang keine Wahrheit zu geben scheint. Über unterschiedliche Analysen wurde das Alter des Objekts erst mit zweihunderttausend Jahren bestimmt, dann mit hundertfünfundachtzigtausend ...«

»Der Wert wurde erneut nach unten korrigiert. Das Artefakt ist nachweislich nur einhundertvierzigtausend Jahre alt. Diese neue Zahl ist bestenfalls eine Stunde alt. Ich darf doch davon ausgehen, dass Resident und Verteidigungsminister davon in Kenntnis gesetzt wurden?«

»Du bist wirklich gut informiert«, stellte Bull anerkennend fest. Toman lachte leise; es klang ein klein wenig amüsiert. »Ohne brauchbare Quellen müsste der verantwortungsvolle Journalismus zu Grabe getragen werden. Das Artefakt wird also stetig jünger. Liege ich richtig mit dieser Annahme?«

»Sagen wir so: Die Analysemethoden werden feiner.«

»Natürlich. Du kannst auch behaupten, dass Schnee schwarz ist. Das mag in unserem Universum zwar falsch sein, aber irgendwo trifft es zu.« Leichter Spott schwang jetzt in der Stimme mit. »Das Artefakt bewegt sich durch Raum und Zeit auf uns zu – inzwischen nur mehr durch die Zeit.«

»So scheint es tatsächlich zu sein«, bestätigte Perry Rhodan. »Wir wissen inzwischen ziemlich genau, wann es unsere Zeit erreichen wird: morgen, am 12. Februar, kurz vor Mitternacht. Vorausgesetzt, dass sich der Verjüngungsprozess weder verlangsamt noch beschleunigt.«

Die Erde war zur Kugel geschrumpft. Luna schob sich von der Seite ins Bild, Patrouillenschiffe der Heimatflotte erschienen als grelle Ortungsreflexe.

»Ich habe meine Informationen in der Angelegenheit bislang nicht veröffentlicht und werde das bis auf weiteres auch nicht tun«, sagte Toman. »Weil ich sachlich informiere und Vermutungen vorher durch Fakten belegt haben will. Menschen zu verunsichern oder sogar Panik zu schüren ist nicht mein Metier. Jahn fühlt sich dem ebenfalls verpflichtet, andernfalls würde er nicht an meiner Seite arbeiten.«

»Das ist uns bekannt«, erwiderte Mondra Diamond. »Du hältst also das Artefakt für eine Art Trojanisches Pferd?«

»Für ein Abschiedsgeschenk, um es genauer zu sagen. Eine letzte böse Hinterlassenschaft der Terminalen Kolonne TRAITOR im Solsystem.«

»Wir haben zwei Hyperphysiker und einen Dimensionstheoretiker auf das Objekt angesetzt«, wandte Bull ein. »Keiner von ihnen konnte bislang Strangenesswerte anmessen. Das stützt nicht gerade die Vermutung, die Würfel würden aus einem anderen Universum stammen.«

Toman zuckte mit den Achseln. »Sei ehrlich, Reginald: Wir sind uns doch einig, dass diese Aussage zu einfach ist. Wie schnell verfliegt die Strangeness als Maß der Unterschiedlichkeit zweier Universen? Bis das Alter des Artefakts nicht mehr nachweisbar sein wird, es also in jeder Hinsicht in unserer Gegenwart angekommen ist, hat es sich über einen Zeitraum von zweihunderttausend Jahren angenähert. Es ist längst ein Bestandteil unseres Universums geworden.«

»TRAITOR-Manie!« Rhodan fuhr sich mit der Hand übers Gesicht und schüttelte den Kopf. »Die Furcht vor den Flotten der Terminalen Kolonne ist bis heute ein Schreckgespenst geblieben, das zu den unmöglichsten Zeiten auftaucht. TRAITOR ist vor hundertvierzehn Jahren unverrichteter Dinge weitergezogen. Weil das Entstehen der Negasphäre mit ihrer chaotischen Physik verhindert wurde. Kein Traitank-Geschwader wird zurückkommen. Und die Befürchtung, die Kolonne könnte für die Niederlage Rache nehmen ... das ist menschliche Denkweise. Es gibt noch Versprengte an manchen Orten in der Milchstraße, sicherlich, aber ein spezielles *Abschiedsgeschenk* nur für uns ...? Nein. Die Chaosmächte sind gescheitert, sie haben keine Veranlassung mehr, sich mit unserem kosmischen Sektor zu befassen. Vielleicht in einigen Jahrmillionen wieder, falls in der Lokalen Gruppe eine neue Veränderung des Raum-Zeit-Gefüges hin zum Chaotischen entsteht ...«

»Aber die Regierung hat die Möglichkeit einer Hinterlassenschaft TRAITORS ebenfalls in Erwägung gezogen?«, fasste Saito nach.

»Sollen wir uns dem Vorwurf aussetzen, das Naheliegende zu übersehen?«, antwortete Bull mit einer Gegenfrage. »NATHANS Berechnungen sind allerdings eindeutig. Die Mondpositronik erkennt keine relevante Wahrscheinlichkeit für eine Querverbindung zu TRAITOR.«

»Ganymed ist eine großartige Welt«, wandte Rhodan ein. »Der Eismond hat sich eine besondere Faszination bewahrt. Vielleicht, weil er der Beweis dafür ist, dass Menschen dauerhaft in lebensfeindlicher Umgebung existieren können. Ebenso dafür, dass es möglich ist, aus widrigsten Gegebenheiten ein Paradies zu erschaffen.«

»Drei Jahrtausende terranische Besiedlung, darauf können bislang erst sehr wenige Welten verweisen«, bestätigte Toman. »Hoffen wir, dass die Kuppelstädte auch das nächste Jahrtausend überstehen.«

»Einige Medien wären sicherlich versessen darauf, sich mit den Schlagzeilen einer Katastrophe in den Vordergrund zu spielen.« Mondra Diamond stand hinter einer verwaisten Missionsstation, sie hatte ihre Arme auf die Rückenlehne des Kontursessels gelegt und ließ ihren Blick durch die Zentrale schweifen. Die drei TLD-Agenten, die zu ihrer Gruppe gehörten, beteiligten sich ohnehin nicht an der Diskussion, sie hatten in Besuchersesseln im Zugangsbereich und bei den Ortungen Platz genommen.

Toman schaute Rhodans Gefährtin überrascht an. »Wenn es *keine* Katastrophe gibt, wird das von gewissen Personen als die größere Katastrophe angesehen werden. Die Gerüchteküche dürfte wegen der CHARLES DARWIN ohnehin bald brodeln.«

»Wer auf Ganymed geboren wurde, gehört zu einer kleinen Kolonie, die unsere Achtung und Wertschätzung verdient«, wandte Rhodan ein. »Deshalb der ENTDECKER. Und für alle, die das Unheil nicht erwarten können, demonstrieren wir mit den drei Stunden Flugzeit Ruhe und Gelassenheit.«

Toman fasste nach. »Es gibt wirklich keinen Anlass zur Beunruhigung? Niemand fürchtet sich?«

»Einige Berufspessimisten bestimmt«, konterte Reginald Bull entschieden. »Aber wovor bitte? Vor dem Leben an sich? Vor unserem ach so schrecklichen Universum? Wäre das der Fall, hätten wir besser daran getan, schon den ersten Start einer Rakete in den Erdorbit zu verhindern. Dann würden wir heute im günstigsten Fall mit dampfkraftgetriebenen Fahrzeugen über atomar verstrahltes Land fahren und jeden Tag aufs Neue ums Überleben kämpfen – gegen eine veränderte Natur und gegen die eigene Art, die nie dazugelernt und ihre einzige Chance verspielt hätte ...«

Vier Minuten vor zehn Uhr.

Jupiter füllte die Fronterfassung der Panoramagalerie fast vollständig aus. Das Bild wirkte überaus dynamisch, ein Konglomerat von Farben und ineinanderlaufenden Wirbeln vor allem in den Randbereichen der breiten Wolkenbänder.

Oft hatte Reginald Bull den Riesenplaneten mit den kunstvoll gegossenen Glasmurmeln verglichen, die er als Jugendlicher in seinen Hosentaschen verborgen hatte.

»... ein besonders schönes Exemplar wies sogar einen roten Fleck auf, und irgendwann, nachdem ich ein verwaschenes Fernrohrfoto unseres fünften Planeten gesehen hatte, bildete ich mir wirklich ein, die Murmel wäre Jupiter und ich sei der Astronaut, der als Erster seinen Fuß auf die Oberfläche des Planeten setzt. Kann ich was dafür, dass ich mit neun oder zehn Jahren noch keine Ahnung hatte, dass ich auf Jupiter eher sterben würde, als festen Boden zu finden?«

Die Worte des Freundes waren plötzlich wieder da. Perry Rhodan hatte sie längst vergessen gehabt, aber nun stiegen sie aus seiner Erinnerung auf, als hätte Bully sie erst in diesen Minuten ausgesprochen.

Der Resident glaubte sogar noch den Tonfall zu hören, Bullys Freude und Erleichterung darüber, dass er nach langer Abwesenheit Jupiter wiedersah.

Wann das gewesen war? Er entsann sich nicht. Es lag auf jeden Fall länger als nur einige Jahrhunderte zurück. Auch tausend Jahre reichten nicht mehr. Es hatte viele Gelegenheiten gegeben, dass einer von ihnen oder auch sie beide gemeinsam geglaubt hatten, sie würden das Solsystem nie wiedersehen. Dennoch hatten sie es immer wieder geschafft – und es war stets ein erhebendes Gefühl gewesen, die kleine gelbe Sonne und ihre Planeten wiederzusehen.

Das werden wir auch in Zukunft so empfinden. Rhodan presste die Lippen zusammen. Der Freund hatte sich zu ihm umgedreht und musterte ihn nachdenklich. Als könne Bully plötzlich Gedanken lesen.

Oder waren dem Dicken dieselben Sätze in den Sinn gekommen, und er fragte sich, ob Rhodan ebenfalls daran dachte?

Der Große Rote Fleck schob sich ins Bild, dem anfliegenden ENTDECKER entgegen. Dieses gigantische Sturmgebiet hatte sich selbst in dreitausend Jahren wenig verändert. Etwas flacher mochte es geworden sein, und entlang seiner eher ovalen Begrenzung zeigten sich momentan sehr viele ausgeprägte helle Wirbel.

Io kam auf ihrem schnellen Lauf näher. Der Schatten des vulkanisch aktiven Mondes wanderte scharf abgegrenzt das ockerfarbene Wolkenband entlang, in das der Große Rote Fleck halb eingebettet war.

Das Bild kippte, als die CHARLES DARWIN II auf Ganymed einschwenkte.

»In vier Minuten relativer Stillstand zweitausend Kilometer über der Nordpolregion des Mondes!«, stellte die Kommandantin fest. »Die beiden Micro-Jets sind startbereit. Landung auf Port Medici wurde bestätigt, Landekoordinaten werden über Leitstrahl zugewiesen.«

Fast gleichzeitig meldete sich die Funkzentrale. »Kodierter Funkspruch aus Galileo City für den Residenten. Die Bürgermeisterin ...«

»Durchschalten!«, bat Rhodan.

Vor ihm baute sich ein lebensgroßes Holo auf. Ein schmales, asiatisch anmutendes Gesicht blickte ihm entgegen. Die Haut der Frau schimmerte blass, leichte Schatten unter den markanten Wangenknochen ließen Kaci Sofaer noch ein wenig hagerer erscheinen, als sie tatsächlich sein mochte. Sie war groß und sehr schlank, Rhodan schätzte sie auf gut einen Meter neunzig.

Er kannte Sofaer, hatte aus der Solaren Residenz mit ihr über Hyperkom gesprochen, dabei aber nur ihr Konterfei gesehen. Sie war als Bürgermeisterin von Galileo City seit knapp zwanzig Jahren im Amt. Der Ruf eilte ihr voraus, für Ganymed sei ihr das Beste gerade gut genug.

»Ich begrüße dich, Resident.«

Ihr Lächeln wirkte auf Rhodan zufrieden, zugleich aber eigenartig ausdruckslos. Das war dennoch keine einstudierte Pflichtübung, fand er. Die Frau verband einige Hoffnungen mit seinem Besuch. Als fühlte sie sich auf Ganymed vernachlässigt. Dabei hatten allein

113

in den letzten fünf Jahren zwei Residenz-Minister in Galileo City vorgesprochen. Das waren mehr hochrangige Besuche, als Welten wie Ertrus oder Epsal vorweisen konnten. Rhodan hatte sich in der Hinsicht informiert.

Homer G. Adams war ebenfalls auf dem Eismond gewesen. Gut, einer von Adams' Terminen hatten dem Syndikat der Kristallfischer gegolten. Das andere Mal – beinahe acht Jahre lag das zurück; Rhodan zweifelte im ersten Moment daran, doch die Jahreszahl hatte sich ihm eingeprägt – war die Umwandlung der früheren Jupiter Ethik Financial Services gewesen. Das eigenständige Institut war in die Gruppe der Liga Central Bank aufgenommen worden. Als Interstellar Development Association, mit einem spürbaren Prestigegewinn für Ganymed verbunden, betreute die Niederlassung der Zentralbank mittlerweile Entwicklungsprojekte in mehr als einhundert Sonnensystemen.

»... wird deine Begleiter und dich von Port Medici zu mir bringen. Ich denke, dass schon eine kurze Besichtigungstour einen Eindruck vermitteln kann, wie gut sich die Kuppelstädte bewähren. Ganymed könnte Vorbildfunktion für viele ähnliche Welten haben.«

Nur mit halbem Ohr hatte er der Frau zugehört. Es kam höchst selten vor, dass er sich von Überlegungen so ablenken ließ wie eben. Aber er hatte offenbar nur wenige Worte nicht mitbekommen. Die Bürgermeisterin schickte jemanden zum Raumhafen, das hatte er ohnehin vorausgesetzt.

Er nickte zustimmend.

»Eigentlich ist es überflüssig zu erwähnen, dass Reginald Bull und ich Galileo City noch aus der Gründungszeit kennen, als sich auf dem Mond erst eine Handvoll unentwegter Pioniere niedergelassen hatte. Ich freue mich darauf, heute ein blühendes Paradies zu sehen.«

»Die Freude ist ganz meinerseits«, erwiderte Sofaer.

Die Übertragung erlosch.

»Ihre Freude ist getrübt«, kommentierte Mondra Diamond. »Ich habe den Eindruck, das Artefakt belastet sie mehr, als sie zugeben würde. Warum hat sie uns nicht darauf angesprochen?«

»Das kommt noch«, behauptete Bully. »Lass uns erst einmal unten sein.«

Langsam sanken die beiden Micro-Jets dem Eismond entgegen. Sie gehörten zur großen Typenreihe der Space-Jets, dem vielseitigsten Beiboot in der Flotte der Liga Freier Terraner. Mit ihrer Länge von fünfzehn Metern und nur elf Metern Breite boten die auf einer diskusförmigen Grundzelle aufgebauten Boote jedoch nur Platz für maximal fünf Personen.

Mondra Diamond hatte es sich nicht nehmen lassen, eine der Jets selbst zu fliegen. Perry Rhodan saß neben ihr im Cockpit auf dem Platz des Navigators. Gebraucht wurde er in dieser Funktion nicht, da Mondra auf Sicht flog. Jahn Saito und die TLD-Agentin Gili Saradon waren ihre Passagiere.

»Ich gehe jetzt runter!«

Aus dem Akustikfeld der bestehenden Funkverbindung erklang Reginald Bulls Lachen. »Soll das eine verkappte Aufforderung sein, Mondra? Mir steht der Sinn nicht gerade nach einem Wettflug.«

»Spielverderber«, hörte Rhodan seine Lebensgefährtin murmeln, so leise, dass es außer ihm und Bull bestimmt keiner hören konnte. »Ich habe diesen Typ schon lange nicht mehr geflogen ... wollte nur sehen, ob ich das Spielzeug noch beherrsche.«

»Warte!«, rief Bull, im nächsten Moment klang nur sein tiefes Schnaufen aus dem Lautsprecherfeld.

Mondra hatte ihre Micro-Jet nach links abkippen lassen und beschleunigte. Ganymed kam schnell näher.

Rhodan schaute kurz nach hinten zu den Passagieren. Solche schnellen Manöver waren nicht jedermanns Sache, wenn plötzlich alles kopfzustehen schien, selbst wenn man es aufgrund der Andruckabsorber nicht körperlich bemerkte – aber über die Augen gelangte die Information doch ins Gehirn. Gili Saradon achtete nicht darauf, aber Saito schnappte nach Luft und hielt sich für einen Moment die Hand vor den Mund. Mondra schien es auch zu bemerken, denn sie kippte die Jet in die Horizontale zurück. Der Junge atmete auf.

Bully hatte Dion Matthau und Porcius Amurri an Bord. Die beiden TLD-Männer waren ganz andere Dinge gewöhnt als nur den ruppigen Anflug auf einen Mond. Und Don Toman? Für Rhodan gehörte der Journalist zu den Leuten, die nichts aus der Ruhe bringen konnte.

Mit seinen markanten Schattierungen erinnerte der Eismond an Luna. Die weitläufigen dunklen Regionen waren von Einschlagskratern übersät. Die helleren und geschichtlich jüngeren Gebiete wiesen nur wenige Einschläge, aber eine ausgeprägte Furchenbildung auf. Dazwischen, scheinbar wahllos verteilt, erstreckten sich weitläufige Strahlenkrater in sehr hellem Weiß.

Gut zweihundert Kilometer hoch glitt die Micro-Jet über eines des größten dunklen Areale hinweg. Galileo Regio dehnte sich über ein Drittel der dem Jupiter abgewandten Mondhälfte aus. Sehr viele große Krater prägten dieses Gebiet, sie waren die unübersehbaren Zeugen eines heftigen Bombardements aus dem All.

»Leitstrahl kommt!«, murmelte Mondra.

Drei kleinere Monde kamen in Sicht. Und schnell wuchs vor der Jet auch Jupiter wieder auf, der Riesenplanet war vorübergehend von Ganymed verdeckt worden.

Der kleine Diskus mit den Bugfinnen und dem Projektorwulst am Heck sank tiefer.

Am Horizont zeichnete sich ein helles Funkeln ab. Das leuchtende flache Gebilde mutete an wie ein Wassertropfen, den die Oberflächenspannung am Auseinanderlaufen hinderte. Nur eine Handbreit darüber stand die ferne Sonne.

Galileo City – eine weitläufige flache Schutzkuppel überspannte die Stadt. Hoch ragte sie über die im Umfeld sichtbar werdenden Eisgebirge hinaus. Die kleineren Kuppeln der Trabantenstädte ließen erkennen, dass die Besiedlung des Mondes weiter voranschritt.

Mehr als einhundertfünfundsechzig Millionen Menschen lebten inzwischen auf Ganymed.

Jahn Saito dirigierte eine Flugkamera in die beste Aufnahmeposition. Die Faszination war ihm anzusehen. Für einen Moment wandte er sich Diamond und Rhodan zu. »Ist es erlaubt, dass ich ... euch alle ...«

»Natürlich«, erwiderte der Resident.

Im Holo der Funkübertragung bemerkte er Bullys Augenaufschlag. *Wir waren auch einmal so begeistert,* schien der Freund ihm sagen zu wollen. *Erinnerst du dich noch? Erst die Venus, schon das war für uns wie die unbegreifliche Erfüllung eines Traums ... Ein paar Jahre später der Sprung zur Wega ...*

Die Kuppelstädte auf Ganymed waren in der Tat Nostalgie, die Erinnerungen weckte und zugleich Visionen wachhielt.

Eines fernen Tages würden Menschen keinen Schutzanzug mehr tragen müssen, wenn sie auf einer Welt wie Ganymed leben wollten. Bislang gab es jedoch ethische Grenzen und zum Glück Mediziner, die davor zurückschreckten, diese letzten Grenzen zu überschreiten und das theoretisch Machbare tatsächlich durchzuführen.

Aber die Evolution experimentierte ebenfalls, und sie kannte keine Ethik.

Wohin wird uns eine solche Entwicklung führen?, fragte sich der Terraner.

Wollte er die Antwort wirklich wissen? Was, wenn sie ihm nicht gefiel? Und damit meinte er gewiss nicht die Buhrlos, die Weltraumgeborenen des Fernraumschiffs SOL, die der natürliche Beweis für das enorme Anpassungspotenzial des Menschen gewesen waren – und doch nur eine Seitenlinie der menschlichen Entwicklung, an die sich mittlerweile nur noch wenige Historiker erinnerten. Es ging ihm auch nicht um Menschen, die eines Tages in der Lage sein würden, in Giftgasatmosphären unbeeinträchtigt zu atmen und den dort lebenden Intelligenzen ohne die trennende Hülle eines Schutzanzugs gegenüberzutreten.

Rhodan konzentrierte sich wieder auf die Kuppeln. Beinahe schon zum Greifen nahe lagen sie unter der Jet.

Sie waren riesig. Zweihundertfünfzig Kilometer durchmaß allein die Zentralkuppel, die eigentliche Stadt Galileo City. Strahlenförmig führten breite Straßenzüge vom Zentrum nach außen. Deutlich erkennbar die geometrisch angelegten Gebäudeflächen und zwischen ihnen, wie hingestreut, ausgedehnte Grünflächen, Wiesen, Wälder und die bunten Flicken landwirtschaftlicher Nutzung.

Die drei Nebenkuppeln waren nicht einmal halb so groß. Weit mäandernde Wasserläufe, Berglandschaften und ausgedehnte Wasserflächen bestimmten hier das Bild.

Fünf Kilometer wölbten sich die Kuppeln im Zenit auf. Das ermöglichte sogar eine funktionsfähige Klimakontrolle. In einer der kleineren Kuppeln wetterleuchtete es. Düstere Wolkenbänke waren zu erkennen, Blitze zuckten durch die Atmosphäre.

Die Micro-Jet glitt über die Stadt hinweg in Richtung Äquator. Mondra drosselte die Geschwindigkeit.

Port Medici, der Raumhafen, lag zweihundert Kilometer südlich. Zehn Kilometer durchmaß die ins Eis eingeschmolzene Plattform. Mit ihrer Höhe von nur zweihundertzehn Metern wirkte sie geradezu zerbrechlich. Trotzdem barg sie sämtliche Technik in ihrem Inneren: Energieerzeuger und Speicherbänke, die Steuerungs- und Abfertigungssysteme und sogar eine Reparaturwerft, deren Kapazität für maximal acht Leichte Kreuzer ausgelegt war. Rhodan wusste, dass die Konstruktion zu mehr als zwei Dritteln ihrer Höhe im ewigen Eis steckte.

Der Raumhafen war gut belegt. Korvetten und Kreuzer trugen das Emblem der Ganymed-Siedlung. Space-Jets aller Größenklassen, aber auch Planetenfähren und zwei MINOR GLOBES waren in den Holos zu sehen. In einem energetisch abgegrenzten Bereich warteten mindestens zwanzig Frachtdrohnen auf ihre Abfertigung. Mehrere dieser interplanetarischen Frachter, die hauptsächlich aus Kopplungselementen und Greifarmen bestanden, wurden bereits von einem Heer von Arbeitsrobotern entladen.

»Sehr viele Privatjachten«, stellte Mondra Diamond fest. »Ich denke, beinahe alle der Space-Jets fallen in diese Kategorie.«

»Wundert dich das?«, gab Rhodan zurück. »Wir wissen doch, wo die Eigner- und Besatzungen dieser Jachten sind. Das dreitausendjährige Bestehen von Galileo City interessiert vermutlich die wenigsten; sie gehören zu den Gaffern am Artefakt.«

»Wir haben die Würfel noch nicht einmal zu Gesicht bekommen«, wandte Saito ein. Im nächsten Moment ließ er ein unterdrücktes Husten hören. »TTC Trivid!«, platzte er heraus. »Die Fähre trägt das Logo von TTC. Und die beiden MINOR GLOBES gehören unverkennbar zu Albion 3D.« Er lachte schallend. »Einige Sender ergehen sich ja seit Tagen in Mutmaßungen und schlecht recherchierten Berichten. Aber wir holen uns die besseren Bilddokumente!«

»Fürs Erste reicht es, wenn du Galileo City ins rechte Licht rückst ...«, bemerkte die TLD-Agentin trocken.

»Und danach das Artefakt«, wandte Rhodan ein. »Wir werden auf jeden Fall dort sein, sobald dieses Objekt in unserer Gegenwart ankommt.«

Mondra setzte die Micro-Jet auf der Piste auf.

Die Außenbeobachtung zeigte, dass sich ein kreisrundes Stück des Stahlbodens unter dem Schiff wie ein Lamellenschott öffnete. Ein schlauchartiges Gebilde schob sich in die Höhe. Es pendelte leicht von einer Seite zur anderen, als müsse es sich erst orientieren, dann stieg es ruckartig weiter auf.

Im selben Moment zeigte die Übertragung aus dem unteren Schleusenbereich die flexible Röhre von innen. Ein breiter Dichtungsrand presste sich rund um das Einstiegsschott der Jet auf den Schiffsrumpf. Bläulich flirrende Energiefelder zuckten wie Elmsfeuer über den Verbindungsbereich. Sehr schnell verloren sie ihre Farbe. Man musste schon genau hinsehen, um zu erkennen, dass weiterhin ein leichtes Flimmern das gesamte Kopplungsteil überzog.

»Die hermetische Verbindung wurde hergestellt«, stellte Mondra Diamond fest. »Der Antigrav ist durchgängig nutzbar.«

Reginald Bull landete nur wenige Meter entfernt. Fast gleichzeitig kam über Funk die Bestätigung, dass das Empfangskomitee wartete.

Sie trugen nur leichte SERUN-Schutzanzüge, die Helmfolien hatten sie im Nackenwulst zusammengerollt. Sogar die drei TLD-Agenten hatten auf schwere Ausrüstung verzichtet. Rhodan nickte kaum merkbar, als Bull ihm einen bezeichnenden Blick zuwarf. Es war schon richtig: Schwere SERUNS und Kampfausrüstung machten sich bei Feierlichkeiten nicht allzu gut. Die leichten Warrior III ds, die die beiden Männer und die Frau des Terranischen Liga-Dienstes auf Bulls Intervention hin angelegt hatten, wirkten längst nicht so klobig. In den Magnetholstern hingen nur leichte Kombistrahler. Die Projektoren für den Individualschirm und die üblichen kleineren technischen Spielereien waren von außen ohnehin nicht erkennbar.

Das Empfangskomitee bestand aus zwei Ganymedanern. Ein Mann und eine Frau, beide mit dem typischen grazilen Körperbau der Mondgeborenen, wie er sich nach einigen Generationen in den Kuppelstädten herausbildete. Sogar Rhodan musste zu ihnen leicht aufsehen. Auf knapp zwei Meter schätzte er ihre Größe.

Wie so oft blieb die Begrüßung eher kurz und floskelhaft. Rhodan glaubte wieder einmal, eine gewisse Zurückhaltung zu spüren, aber diesmal war er sich sicher, dass sie weniger dem Amt des Residenten galt als vielmehr dem potenziell unsterblichen Zellaktivatorträger. Es war nicht jedermanns Sache, einem Menschen gegenüberzustehen, der mehr als dreitausend Jahre alt war. Was sollte man mit so einem Methusalem reden, wie sich ihm gegenüber sinnvoll verhalten? Meist war das Ergebnis eine distanzierte Scheu, die dennoch mühsam verhaltene Neugierde erkennen ließ.

Neugierde. Rhodan kaute auf seiner Unterlippe, als er den beiden Ganymedanern folgte und rechts und links neben sich Dion Matthau und Porcius Amurri sah, die beiden TLD-Männer. *Der Wortstamm ist Gier. Gier nach dem ewigen Leben. Vielleicht ist das gerade hier auf Ganymed noch deutlich ausgeprägt. Die Siedler haben sich ein Paradies geschaffen, auch wenn es hermetisch unter den Kuppeldächern abgeschlossen ist. Außerdem haben sie die Wunder der Schöpfung täglich vor Augen: der Riese Jupiter, seine Monde, das ist für sie eine eigene kleine Welt. Und selbst wenn sich Jupiter sehr schnell dreht, seine gigantischen Stürme haben über Generationen hinweg Bestand. Man muss schon unsterblich sein, um überhaupt Veränderungen feststellen zu können.*

War es also eine gewisse Statik, die das Leben der Ganymedaner prägte und ihren Hunger nach mehr weckte?

Ein wenig benommen fuhr Rhodan sich mit beiden Händen über die Schläfen. Er war gewiss kein Kosmopsychologe, doch der Denkansatz erschien ihm keineswegs falsch.

Sie schritten durch einen kurzen, hell erleuchteten Korridor. Der aufgeraute Boden und die in gleichmäßigen Wellen geprägten Wände bestanden aus Terkonit. Die unsichtbar bleibende Beleuchtung sorgte für ein wohltuendes Miteinander von Licht und Schatten. Akustikfelder dämpften das Geräusch der Schritte bis fast zur Unhörbarkeit.

Eine große Luftschleuse öffnete sich vor ihnen – Sicherheitsvorkehrung für den Fall plötzlichen Druckverlusts.

Eines Tages würde Ganymed wohl eine angereicherte Sauerstoffatmosphäre aufweisen. Technisch machbar wäre das längst gewesen; ohnehin verfügte der Eismond bereits über eine dünne Sauerstoffhülle, die von der geringen Schwerkraft gehalten wurde. Die Sonnenstrahlung, und mochte sie noch so schwach sein, spaltete Eismoleküle in Sauerstoff und Wasserstoff. Nur der flüchtige Wasserstoff entwich in den Raum.

Das Problem, entsann sich Rhodan, war schon vor einigen Hundert Jahren zerredet worden. Eine atembare Atmosphäre half niemandem, solange die Minustemperaturen weiterhin im für Menschen tödlichen Bereich blieben. Eine Erwärmung würde die Mondoberfläche jedoch mit der Zeit instabil werden lassen. Letztlich wollte niemand aus dem Eismond eine Wasserwelt machen. Das Risiko, einen unumkehrbaren Prozess auszulösen, war zu groß.

Also *Hände weg von Ganymed!* Der Resident entsann sich, dass Kaci Sofaer mit genau diesem Slogan ihre erste Wahl zur Bürgermeisterin von Galileo City gewonnen hatte. Zu dem Zeitpunkt waren wieder einmal Bemühungen im Gange gewesen, den Mond in seiner Gesamtheit nutzbar zu machen.

Erst nachdem sich die Schleuse vollständig geschlossen hatte, glitt die gegenüberliegende Wand zur Seite.

Eine weitläufige Halle erwartete die kleine Gruppe. Von hier aus verliefen die Röhren der Magnetschwebebahn unter dem Eis bis

Galileo City. Rhodan zählte acht Mulden, aber nur in dreien warteten abgesenkte Waggons.

Reger Betrieb herrschte. Ein Heer von Technikern quoll aus einem der Antigravschächte hervor. Im Laufschritt eilten die Männer und Frauen auf einen der Züge zu. Wartungspersonal kam von der anderen Seite heran.

Für einen Moment war es Rhodan, als hätte er einen Mann spurlos verschwinden sehen. Er blinzelte. Aber der Mann war wohl nur von einem größeren Systemholo verdeckt worden, das eine der Stadtkuppeln abbildete. Jetzt trat er jedenfalls zur Seite und ging, wieder sichtbar, im Laufschritt auf den Zug zu, der soeben in der Mulde angehoben wurde.

»Uns steht ein Spezialwaggon zur Verfügung, der uns bis in die Verwaltung bringen wird.«

Die beiden Ganymedaner hatten nur kurz innegehalten, nun schritten sie wieder schnell aus. Rhodan warf einen Blick auf die Messdaten seines Kombiarmbands. Null Komma acht neun Gravos wurden angezeigt. Das war der Standardwert, der ebenfalls für die Kuppelstädte galt, rund zehn Prozent geringer als Terranorm. Einen besonderen Grund für diesen Wert hatte es nie gegeben. Vielleicht das Bedürfnis der ersten Ganymedaner, ihre Eigenständigkeit zu dokumentieren, möglicherweise auch nur technische Probleme in der Anfangszeit der Besiedlung. Jedenfalls war die etwas niedrigere künstliche Schwerkraft beibehalten worden.

Als Mensch, der von Terra kam, fühlte man sich wohl dabei. Insbesondere Bully, der auf diese Weise endlich nahe an sein Normalgewicht kam. Rhodan lächelte in sich hinein.

Es war 10.36 Uhr, als der Salonwaggon zum Stillstand kam. Nur das Rundumholo, das erst Impressionen der Mondoberfläche mit dem Blick auf Jupiter und schließlich die schnell den Horizont ausfüllenden Kuppelstädte zeigte, ließ erkennen, dass das Fahrzeug überhaupt die Station in der Raumhafenbasis verlassen hatte.

»Wir befinden uns nun nahezu im Zentrum von Galileo City, der größten und ältesten der vier Kuppeln«, erklärte die Ganymedanerin. Offensichtlich übersah sie, dass die Besucher nicht aus einem fernen Bereich der Milchstraße angereist waren, sondern schlicht und einfach von Terra.»Die vier Teilstädte sind konzentrisch organisiert mit wirklich großzügig gestalteten Wohnanlagen, aber auch Farmen und anderweitigen Produktionsstätten. In energetischer Hinsicht ist die Stadt mit ihren eigenen großen Kraftwerken autark. Was die Versorgung mit Nahrungsmitteln anbelangt, wird noch einiges importiert. Vor allem Terra und die großen abgeschirmten Gewächsplantagen auf der Venus sind die Hauptlieferanten. Wasser steht uns auf Ganymed natürlich in unbegrenzter Menge und vor allem in exzellenter Qualität zur Verfügung. Es würde sich anbieten, das Wassereis aus großer Tiefe zu fördern und auszuführen. Noch ist unsere Verwaltung aber im Begriff, Ganymed von Einfuhren völlig unabhängig zu machen. Die Bevölkerung ist in den letzten Jahrzehnten sprunghaft angewachsen. Derzeit laufen mehrere Programme zur Erweiterung unserer Anbauflächen.«

»Ich weiß«, sagte Reginald Bull leichthin.»Ganymed hat die Interstellar Development Association erhalten und war zugleich einer der ersten Nutznießer, sowohl was den Bevölkerungszuwachs als auch verschiedene Fördervorhaben anbelangt. Ich habe erst vor einigen Tagen mit Homer G. Adams darüber gesprochen.«

Die Frau schaute ihn entgeistert an. Ihre Augen wurden größer; sie hätte sich wohl am liebsten im nächsten Mauseloch verkrochen, wenn es irgendwo auch nur die Spur eines solchen gegeben hätte.

»Wir wissen Bescheid«, sagte Mondra Diamond. Sogar der junge Saito nickte, wenngleich etwas zögerlich.»Interessant ist es allerdings auch für uns, wie die üblichen Besucherführungen gestaltet sind. Oder zielt das eher auf ansiedlungswillige neue Firmen ab? Ich meine, der Mond hat ausreichend Platz für neue Kuppelstädte.«

»Beides«, sprang der Ganymedaner seiner Kollegin bei, die erst blass geworden war und nun mehr Farbe bekam als zuvor.

»Wir sind zufrieden mit dem Vortrag«, beschied Rhodan.»Danke.«

Sie hatten den Verwaltungssitz ohnehin schon erreicht. Aus dem Untergrund der Magnetschwebebahn trug sie eine geschlossene Antigravkabine in die Höhe.

»Staatsempfang ... Videoeintrag in den goldenen Speicherkristall ...«, murmelte Reginald Bull so leise, dass nur Rhodan ihn verstehen konnte, der dicht neben ihm stand. Und Jahn Saito. Jedenfalls grinste der Fotograf plötzlich bis zu den Ohren.

»Kannst du Gedanken lesen oder hast du dir zusätzlich zu dem Objektiv akustische Feinsensoren implantieren lassen?«, fragte Bully leise.

Saitos Grinsen wurde sogar noch eine Spur schamloser. Rhodan sah, dass er im Begriff war, seine »Leberfleckkamera« für einige heimliche Aufnahmen zu nutzen. Im letzten Moment überlegte der Junge es sich aber doch anders und ließ den Arm wieder sinken.

»Ich habe gelernt, von den Lippen abzulesen, und das klappt ganz gut«, gestand er ein. »Ich dachte mir, in der Medienbranche kann ich bestimmt davon profitieren.«

Wahrscheinlich hast du Recht. Bully sprach das nicht aus, er bewegte wirklich nur die Lippen.

»Sicher sogar«, erwiderte Saito.

Die beiden Ganymedaner wirkten einigermaßen irritiert. Rhodan sah ihnen die Erleichterung an, als die Kabine aufglitt.

»Es ist nur ein kleines Willkommen.« Kaci Sofaer deutete mit einer einladenden Bewegung auf das Büfett. »Eine Stärkung für den Besichtigungsflug. Ich hoffe, der Resident sieht den Besuch auf Ganymed nicht nur als Pflichttermin wegen des dreitausendjährigen Bestehens, sondern vor allem als willkommene Möglichkeit, die Kuppelstädte kennenzulernen.«

Reginald Bull wechselte mit Rhodan einen raschen Blick. »Das gilt natürlich auch für den Verteidigungsminister, der sich liebend gern auf dem Mond umsieht«, stellte er fest.

Die Bürgermeisterin nickte knapp, ging aber nicht auf die Anspielung ein. Mit keinem Wort kommentierte sie das Artefakt, das mehr als zweitausendachthundert Kilometer entfernt im Eis aufgestiegen war.

»Nach terranischer Standardzeit um 14.30 Uhr begrüßen wir das neue Jahrtausend für unsere Kuppelstädte«, sagte sie stattdessen.

»Die Zeit bis dahin ist ausreichend bemessen. Natürlich will ich niemanden überreden ...«

»Wir nehmen die Einladung für die Besichtigung gern an«, sagte Rhodan. »Vor allem für unseren jungen Bildjournalisten wird es ein besonderes Erlebnis sein.«

»O ja, ich weiß. Er ist ein exzellenter Beobachter und Bildkomponist.« Kaci Sofaer wandte sie sich an Saito: »Es freut mich besonders, dass du der Abordnung von Mutter Erde angehörst. Dein »Freund« hat zu Recht den Medienpreis erhalten. Ich sehe darin ein Bild, wie es den Zeitgeist gar nicht perfekter hätte einfangen können. Mein Wunsch wäre, dass wir bald ähnliche Kompositionen von Galileo City bewundern dürfen.«

Mehrere Beiräte des Stadtparlaments waren mit der Bürgermeisterin in den kleinen Saal gekommen. Sie klatschten dezent Beifall.

Rhodan bedankte sich mit eindringlichen Worten. Er hob die enge Nachbarschaft von Terra und Ganymed hervor und vor allem die Rolle, die Jupiter in der Vergangenheit des Sonnensystems zugekommen war. Ohne den Gasriesen und die Auswirkungen seiner Schwerkraft wären die inneren Planeten einem sehr viel stärkeren kosmischen Bombardement ausgesetzt gewesen. So wie Jupiter die Erde geschützt hatte, standen die Terraner längst hinter Ganymed, um den Kuppelstädten jede nötige Unterstützung zu gewähren.

Zum ersten Mal sah der Resident Sofaer dezent lächeln. Vielleicht war es auch das enge hochgeschlossene Kleid, das ihr den Ausdruck von Strenge gab. Der graugrüne Schal über ihren Schultern passte indes wenig zu ihrer hageren Erscheinung.

Sie trug ihr Haar gescheitelt und zu Strähnen geflochten; die Strähnen waren an den Schläfen zu Schnecken gewunden. Entlang des Scheitels wuchsen schneeweiße, jeweils eine Handspanne messende Flaumfedern aus der Kopfhaut, als gehörten sie zu ihr. Im Solsystem wuchs die Anzahl der Individualisten oder einfach nur Exzentriker, die sich die Errungenschaften genetischer Kompositionsmöglichkeiten zunutze machten und sich im wahrsten Sinn des Wortes mit fremden Federn schmückten. Kaci Sofaer zählte noch zu denjenigen, die sich mit einer dezenten Veränderung zufriedengaben. Wenn es darum ging, den halben Kopf mit der schillernden Schuppenhautspende eines Kaltblüters zu überziehen, war für Rhodan die Grenze des gutes Geschmacks jedoch schnell überschritten.

Apropos Geschmack. Perry Rhodan fand, dass der angebotene Imbiss vorzüglich mundete. Es gab Köstlichkeiten, die selbst auf Terra nicht alle Tage angeboten wurden. Manches konnte er nicht einmal identifizieren. Dass Reginald Bull genau bei diesen Häppchen kräftig zulangte und sich, obwohl er eine Serviette in der Hand hielt, dezent die Finger an den Lippen abstreifte, ließ tief blicken.

Ein wenig erinnerten die unregelmäßig geformten Leckerbissen an Puffmais. Rhodan fragte sich, seit wann er den nicht mehr gesehen hatte. Möglich, dass es Puffmais oder auch Popcorn noch bei Veranstaltungen der Terra-Nostalgiker gab. Aber sonst?

Das Häppchen in seiner Hand zerbröselte geradezu. Rhodan hob die hohle Hand zum Mund und spitzte die Lippen. In dem Moment bot er sicher keinen anderen Anblick als Bully vor wenigen Sekunden. Als er aufschaute, begegnete er Mondras missbilligendem Blick. Und hinter ihm sagte jemand mit eigenartig zischelnder, schwer verständlicher Stimme: »... sind gedörrte Exkremente der Khorr-Frösche. ... muss lange abgelagert sein, damit es den beißenden Gestank verliert.«

Rhodan hatte sich gut genug unter Kontrolle, dass er die Körner nicht wieder ausspuckte. Er schluckte krampfhaft, auch weil Bully an ihm vorbeistarrte, als gäbe es etwas völlig Absurdes zu sehen.

Langsam wandte er sich um.

Kaci Sofaer stand einen Schritt hinter ihm. Was Perry eben noch als dicken Schal angesehen hatte, richtete sich auf der linken Schulter der Bürgermeisterin auf und entzog sich ihrer zupackenden Rechten mit einer ruckartigen Rückwärtsbewegung. Im nächsten Moment stieß dieses Etwas jedoch eine Armlänge weit nach vorn und blähte sich auf wie eine zupackende Schlange. Der kantige, höchstens faustgroße Schädel pendelte dem Terraner entgegen. Zugleich stellte sich ein Nackenschild auf, der Rhodan an eine Kobra erinnerte.

»He«, zischte das Wesen despektierlich. »Weißt du, was du da hinunterschlingst? Der Dicke weiß es auch? Pfui!«

»Sei still, Bhunz!«, sagte die Bürgermeisterin heftig. »Du hast mir versprochen ...«

»Meins ...« Zischend duckte sich das Schlangenwesen unter der erneut zupackenden Hand. Der meterlange Körper schien sich aufzublähen.

Rhodan hatte den Eindruck, dass dieses offenkundig intelligente Geschöpf Luft in sich hineinpumpte. Der Leib wurde breiter und entfaltete sich geradezu, seitlich spreizten sich filigrane Hautsegmente ab. Wie das Flossenband eines Fisches anmutend, gerieten sie in gleichmäßig wellenförmige Bewegung.

Die Schlange löste sich von Sofaers Schultern und schwebte Rhodan entgegen.

»Hallo«, sagte der Resident überrascht. »Wer bist du?«

Allein durch die konvulsivische Bewegung der Hautlappen hielt dieses Wesen sich kaum in der Luft. Rhodan vermutete, dass es über eine Art Antigravorgan verfügte.

»Bhunz«, hauchte die Schlange, aber der Terraner wartete vergebens darauf, eine gespaltene Zunge oder gar nadelfeine Giftzähne zu sehen.

»Du bist also ein ganz Großer. Na, ich weiß nicht ...« Bhunz schwebte in unruhigem, ruckartig anmutendem Flug um Rhodan herum. »Hach, jeder Ganymedaner ist größer als du. Also blas dich nicht auf und nimm mir nicht die Exkremente weg. Kapiert?«

Rhodan wischte sich mit dem Handrücken über den Mund. Verwirrt war er keineswegs, höchstens amüsiert. Ein Geschöpf wie diese mehr recht als schlecht fliegende Schlange hatte er nie zuvor gesehen. Aber Äußerlichkeiten waren beileibe kein brauchbarer Maßstab für Intelligenz oder einfach nur Schläue.

»Bitte nimm Bhunz nicht ernst«, sagte die Bürgermeisterin. Ihre Stimme ließ erkennen, dass sie wirklich zerknirscht war. »Manchmal ist er unerträglich, zumeist dann, wenn er etwas haben will, was ihn nichts angeht.«

»Er?«

»Bhunz ist eine Fhandour-Schlange. Ein semi-intelligentes Männchen. Die weiblichen Fhandour sind sehr viel kleiner und lassen sich nicht zähmen.«

»Sie hat mich versklavt, nicht gezähmt!«, zischte Bhunz. »Und nun lässt sie mich verhungern!«

»Ich hätte dir den Leibring umschnüren sollen, dann wäre es vorbei mit der aufgeblasenen Wichtigtuerei.«

Der Fhandour schwieg. Ohnehin hatte er ein neues Objekt gefunden, das seine Aufmerksamkeit herausforderte. Misstrauisch beäugte er die Kamera, die gerade einmal fünfzig Zentimeter vor ihm schwebte und jede seiner Bewegungen mitmachte.

»Was ist das?«, kam es zögernd.

Einer der TLD-Männer, die sich im Hintergrund hielten, hatte den Kombistrahler in Anschlag gebracht. Rhodan sah, dass er die Waffe nun wieder sicherte. Er sah auch Saito zufrieden grinsen. Wahrscheinlich hatte der junge Fotograf mehrere erstklassige Bilder gespeichert. Eine halbintelligente fliegende Schlange war auf jeden Fall nichts Alltägliches.

Reginald Bull hielt noch seinen Imbisshappen in der Hand. »Diese Exkremente ...«

»Ach, Unsinn«, unterbrach ihn die Bürgermeisterin sofort. »Der Froschlaich ist eine ausgesprochene Delikatesse und ähnlich selten und teuer wie terranische Trüffel. Die Fhandour-Männchen werden auf ihrer Heimatwelt dazu erzogen, den Laich aufzuspüren. Allerdings sind sie alles andere als Kostverächter und geradezu gierig darauf.«

»Wenn das so ist ...« Bully streckte der Fhandour-Schlange die flache Hand mit dem mehrere Zentimeter durchmessenden Brocken entgegen.

Nur einen Moment lang zögerte Bhunz, dann schwebte er mit heftig schlängelnden Bewegungen dem rothaarigen Terraner entgegen. Mehrfach wand er seinen Leib um Bulls Arm, packte ruckartig zu und riss den getrockneten Laich auseinander.

Zwischen zwei hastig schlingenden Bewegungen richtete der Fhandour die vorderen dreißig Zentimeter seines Körpers steil auf. »Du bist der Größte!«, zischte er Bull an.

Kaci Sofaer breitete um Aufmerksamkeit heischend die Arme aus. »So viel zum allgemeinen Amüsement. Wir haben hier auf Ganymed also auch Unbekanntes zu bieten. Wenn keine Einwände bestehen, schlage ich vor, dass wir zur Besichtigung aufbrechen. Andernfalls wird die Zeit knapp.«

5.

Der Tag auf Ganymed dauerte lang, und wirklich Nacht wurde es nur, wenn er den Schatten des Gasplaneten durchwanderte. Der Eismond drehte sich in sieben terranischen Standardtagen, drei Stunden und wenig mehr als zweiundvierzig Minuten einmal um die eigene Achse.

Erst vor kurzem war eine Nacht zu Ende gegangen. Jupiter hing wie ein großer gestreifter Ball über dem südlichen Horizont. Unter der gewaltigen Kuppel aus Panzertroplon herrschte gedämpfte Helligkeit, die Perry Rhodan an einen wolkenverhangenen Nachmittag auf der Erde erinnerte.

Jupiters rötlichem Widerschein haftete Herbststimmung an. Ein immerwährender Herbst war nicht die schlechteste der Jahreszeiten, fand der Aktivatorträger. Die Stimmung hatte etwas Leichtes, Beschwingtes, zumal die Obstplantagen, die der schnelle Gleiter soeben in geringer Höhe überflog, in voller Blüte standen.

Ein Schwarm großer Vögel stob auf. So gleichmäßig erschienen die Bewegungen der Tiere, dass der Resident im ersten Moment schon glaubte, Robotattrappen zu sehen.

»Das sind Krähen«, sagte die Bürgermeisterin. »Wir Ganymedaner lieben Tiere – vielleicht schon deshalb, weil unsere Welt nicht in der Lage war, eigenes Leben hervorzubringen. Aber die Krähen vermehren sich in einem Ausmaß, dass sie zur Plage werden. Ob wir wollen oder nicht, wir müssen ihre Population klein halten. Spezialroboter erledigen das für uns, indem sie die meisten Eier aus den Nestern einsammeln. Genau diese Roboter waren übrigens der Anfang unserer eigenen Produktion; die Fertigungsstraßen wurden tief im Eis errichtet.«

»In Kooperation mit Whistler?«

»Natürlich Whistler. Es gibt keinen Besseren.«

Galileo City erinnerte an Terrania. Es war unverkennbar, wo die Architekten sich ihre Anregungen geholt hatten. Im Kern wirkte die Stadt noch sehr kompakt, dort war sie das pulsierende Herz, das alles am Leben erhielt. Nach außen wurde die Bebauung offener, Parkanlagen prägten immer mehr das Bild und zunehmend auch bewirtschaftete Flächen.

Der Gleiter erreichte den Übergang zu einer der Nachbarkuppeln. Es gab keine feste Barriere, im Fall eines Druckverlusts würden sich jedoch gestaffelte Prallschirme aufbauen, die Schleusenfunktion übernehmen konnten.

»Vincenzio City ist die Trabantenstadt, die wir aufsuchen. Im Uhrzeigersinn folgen Livia City und Celeste City mit dem großem Virginia-See. Alle Namen erinnern an Galileo Galilei, nach dem schon vor Urzeiten das ausgedehnte dunkle Areal auf der Jupiter abgewandten Seite benannt wurde.«

»Vor Urzeiten ...?«, wandte Reginald Bull ein. »Ist das nicht ein wenig übertrieben?«

»Uhren sind nutzlos!«, zischte die Fhandour-Schlange und streckte sich im Nacken der Ganymedanerin. »Ich brauche sie nicht, um zu wissen, wann ich hungrig bin.«

Kaci Sofaer reagierte nicht darauf, und Bhunz schwieg wieder.

»Vincenzio war Galileos Sohn, Livia eine seiner zwei Töchter. Die andere hieß Virginia – Celeste wurde sie wohl in ihrem Orden genannt. Soviel ich weiß, handelte es sich dabei um eine christliche Gemeinschaft.«

»Sie gehörten der katholischen Kirche an«, erklärte Rhodan. »Galilei wurde sogar unter die Aufsicht eines Erzbischofs gestellt, der allerdings einer seiner glühenden Bewunderer war.«

»Der Mann muss seiner Zeit weit voraus gewesen sein.« Das war schon mehr Frage als Feststellung. Die Ganymedanerin bedachte den Residenten mit einem nachdenklich forschenden Blick.

»Er machte bahnbrechende Entdeckungen im Bereich der Naturwissenschaften«, bestätigte der Terraner. »Als einer der ersten Menschen benutzte er ein Fernrohr für die Himmelsbeobachtung und entdeckte unter anderem die vier größten Jupitermonde. Außerdem erkannte er, dass die Milchstraße keineswegs nur ein neblig verwaschenes Gebilde sein konnte, sondern aus unzähligen Sternen bestehen musste.«

Sofaer holte tief Luft. Es sah aus, als wolle sie mit einer Frage nachfassen, aber letztlich schwieg sie doch.

»Keine falsche Scheu!«, forderte Rhodan sie auf.

Die Ganymedanerin zögerte. »Mir kam eben in den Sinn, dass du Galileo noch gekannt haben musst.«

Mondra Diamond gab einen kratzigen Laut von sich und hustete hinter vorgehaltener Hand. Rhodan sah, dass die Frau sich ein Grinsen verbiss.

»So alt ist Perry auch wieder nicht«, protestierte sie einen Atemzug später.

»Das alles ist ziemlich lange her. Und Geschichte im Detail ist nicht so wichtig wie die Schwierigkeiten der Gegenwart ...«

»In den Jahren seit Galilei ist ohnehin viel geschehen.« Bull kam der Bürgermeisterin zu Hilfe. »Was wann war, vergisst sogar ein Unsterblicher mit der Zeit. Für die Feinheiten haben wir schließlich unsere Positroniken.«

»Was ist das?«, fragte Saito verblüfft. Mit weit aufgerissenen Augen blickte er über die hügelige Landschaft hinweg, die sich unter dem Fahrzeug erstreckte.

Der Gleiter erlaubte einen ungehinderten Rundumblick. Ein raffiniertes Zusammenspiel von tatsächlicher Sicht, transparenten Bauteilen und einigen wenigen Hologrammen, die störende Verstrebungen überdeckten, weckte das Gefühl, frei wie ein Vogel durch die Luft zu schweben. Energetische Prallfelder ersetzten dabei einen nicht unbeträchtlichen Teil der Außenhülle. Wer sich erst einmal, wenn auch mit einigem Magengrimmen, daran gewöhnt hatte, machte eine unbeschreiblich faszinierende Erfahrung. Gleiter wie dieser, die eigentlich nur ein paar technische Umdispositionen aufwiesen, wurden seit Jahren immer beliebter.

Das Fahrzeug sprang über eine Hügelkette hinweg und stieg steil in die Höhe.

Ein weitläufiger See breitete sich unter den Besuchern aus. Kleine Felseninseln ragten verstreut aus dem Wasser. Rhodan sah weiße Segel im Dunst verschwimmen.

Am jenseitigen Ufer, dem sich der Gleiter schnell näherte, ragte ein gewaltiges Bauwerk auf. Saito, sah Rhodan, hatte sich mittlerweile eine Zoom-Optik ans Ohr geklemmt, ein ziemlich teures Gerät. Mehrmals bog der Junge den fingernagelgroßen Sensorkopf zurecht, der die Netzhautprojektion steuerte. Wahrscheinlich studierte er in dem Moment schon Einzelheiten, die Gesichtszüge der Statuen, die Menschen auf den geschwungenen Wegen. Rhodan selbst erkannte noch nicht mehr als winzige Punkte.

»Vincenzio City ist die jüngste unserer Städte«, erklärte Sofaer. »Das Syndikat der Kristallfischer war von Anfang an in die Planung eingebunden und hat die Gestaltung letztlich nach eigenen Vorstellungen ausgeführt.«

»Keine Khorr-Frösche«, zischte Bhunz. »Schlecht, sehr, sehr schlecht.«

Als niemand darauf reagierte, zog sich die Fhandour-Schlange enger um den Hals ihrer Trägerin zusammen. Die Ganymedanerin griff mit beiden Händen zu und zog den schlaffen Körper von ihrer Kehle weg. Bhunz richtete den Schädel auf und spreizte den Nackenschild ab. Die Bewegung wirkte wie ein Angriff, war es aber nicht, denn schon Sekunden später stieß das halbintelligente Wesen die Luft zischend wieder aus und schmiegte den Kopf an Sofaers Schulter. Es dauerte, bis Bhunz die bequemste Position fand.

Saito hatte gerade noch rechtzeitig die Hand mit der implantierten Mikrokamera hochgerissen. Er nickte zufrieden. Rhodan gewann den Eindruck, dass der Fotograf in dem Moment schon die gespeicherten Aufnahmen über die Netzhautprojektion betrachtete.

Bully bewegte die Lippen. Erst im zweiten Versuch glaubte der Resident zu erkennen, was der Freund lautlos von sich gab. *Die Schöne und das Biest,* flüsterte Reginald. Saito achtete aber nicht darauf, er hatte sich schon wieder dem gewaltigen Bauwerk zugewendet, dessen Fassaden wie flüssige Bronze schimmerten.

»Wir nähern uns dem Zentralsitz des Syndikats. Das Isidor-Bondoc-Building wurde sinnbildlich konstruiert: eine gewaltige Brücke, die zwei Landzungen verbindet, der Weg vom Heute ins Morgen. Der Übergang ist fließend – wer die Brücke überquert, kann ihn durchaus körperlich wahrnehmen ...«

Jeder der Türme ragte zweitausendzweihundert Meter hoch auf. Wuchtig wuchsen sie aus dem Untergrund empor, verjüngten sich in halber Höhe und strebten dann wieder auseinander, als öffneten sie sich dem nahen Weltraum. Ab der Mitte umspannte ein Korsett verschlungener Säulen beide Konstruktionen und griff zudem weit hinaus auf das mächtige Brückensegment.

»Raum und Zeit umranken das Isidor-Bondoc-Building«, stellte Sofaer zögernd fest. »Nein, das stammt nicht von mir. Der Erste Syndikatssenator hat diese Deutung unters Volk gebracht. Man mag zu ihm stehen, wie man will ...«

»Das klingt nicht gerade begeistert«, wandte Bull ein.

Die Bürgermeisterin schwieg. Ihr Seitenblick auf die beiden Journalisten verriet jedoch genug.

»Wir kompromittieren niemanden«, sagte Toman.

Kaci Sofaer hob die Schultern, was Bhunz eine Reihe heiserer, hilflos anmutender Laute entlockte. Die Schlange rutschte ab, hing plötzlich kopfüber und schlang den Schwanz gerade noch um den Oberarm der Frau. Zischend versuchte der Fhandour, seinen Körper mit Luft zu füllen. Aber nur ein paar Hautfalten blähten sich auf.

Sofaer packte zu. Mit beiden Händen hielt sie das Schlangenwesen sekundenlang vor sich, dann hängte sie sich das halbintelligente Geschöpf wieder über den Nacken.

»Er kann sich zwar in der Schwebe halten, aus größerer Höhe würde er indes unweigerlich abstürzen.« Die Ganymedanerin seufzte, dabei streichelte sie sanft über den Kopf der Fhandour-Schlange. »Bhunz ist unfähig zu erkennen, dass ihm hier im Gleiter nichts passieren kann. Sobald er die Tiefe sieht, lähmt die Furcht sogar seine Instinkte.«

Kaci Sofaer brauchte einen Moment, sich zu besinnen, wo sie vom Thema abgeschweift war. »Senator Starbatty ist für viele in Galileo City schon ein Exot«, stellte sie hastig fest.

»Soweit mir bekannt ist, stammt der Mann von Terra«, wandte Mondra Diamond ein.

»Ist er deswegen kein Exot? Ganymed steht allen offen, und Starbatty ist nun einmal, nach dem Syndikat, unser größter Steuerspender. Manchmal bringt er mehr auf den Weg, als er tun müsste.«

»Ganymed hat, soweit ich weiß, keine Veröffentlichungspflicht für Firmenerträge«, bemerkte Bull. »Ich gehe trotzdem davon aus, dass die Gewinne des Syndikats für dich kein Geheimnis sind.«

»Muss ich sie kennen?«, fragte die Frau verwundert. »Muss ich das wirklich?«

»Du hast von Steuern gesprochen. Irgendeine Grundlage gehört schließlich ...«

»Zahlen«, unterbrach Sofaer geringschätzig. »Immer nur Zahlen. Seht ihr euch nicht ab und zu um auf Terra? Fällt euch nicht auf, dass jeder nur auf angeblich so gerechte Prozente setzt, aber dennoch alle dabei unzufrieden sind? Das ist ein seltsames System. Auf Ganymed gibt jeder, was er zu leisten bereit ist und bei dem er sich wohlfühlt. Kein schnödes Zwangskapital, das ohnehin nur einen fiktiven Deckungshintergrund aufweist, der im Problemfall schnell kollabiert. Jeder bringt sich persönlich ins Steuersystem ein, sei es durch körperliche Arbeit oder über soziale, der Gemeinschaft nutzende Betätigung. Es gibt viele Möglichkeiten. Niemandem wird vorgeschrieben, was er zu leisten hat, aber ihr auf Terra dürft sicher sein, dass alle mehr tun, als notwendig wäre. Wir Ganymedaner leisten mit Freude unsere Sachsteuer. Weil wir erkennen können, dass unsere kleine Welt auf diese Weise gut vorankommt. Starbatty gibt uns allen sehr viel, indem er Geschäftsbeziehungen anbahnt, Transportvolumen in seinen Raumschiffen zur Verfügung stellt und das eine oder andere Mal Waren importiert, deren Beschaffung uns nicht einen Solar kostet.«

»Ganymed ist klein und überschaubar ...«, wandte Bull ein.

»Fortschrittlich!«, sagte die Bürgermeisterin. »Jeder stiftet Nutzen in dem Rahmen, der ihm möglich ist. Keiner schließt sich aus. Dieser Homer G. Adams sollte sich unser System anschauen und versuchen, daraus zu lernen. Das könnte dem Galaktikum nur nutzen.«

Der Gleiter schwenkte auf den rechten Gebäudeturm ein. Das hohe Bauwerk wurde von einer Parkanlage gekrönt. Zur Brückenseite hin stiegen die breiten Terrassen in mehreren Stufen an und endeten vor einer leicht nach innen gebogenen Gebäudefront. Hohe Arkaden und Säulenportale prägten hier das Bild.

Entlang der Außenbalustrade standen große Statuen. Rhodan schätzte ihre Höhe auf mindestens zwanzig bis fünfundzwanzig Meter.

»Diese Figuren ...?«, hörte er Mondra fragen.

»Genau fünfzig sind es. Sie wurden in jedem Detail den fünfzig Gründern des Syndikats nachempfunden.«

Menschen flanierten auf den breiten Wegen, die von kegelförmig zugeschnittenen Pflanzen gesäumt wurden. Gischtende Wasserfontänen stiegen hundert Meter und höher auf. Bunt illuminiert veränderten sie stetig ihre Form, als folgten sie den Klängen einer unhörbaren Melodie. Dahinter ragten zweigeschossige Wandelgänge auf, über denen die letzten Grünflächen lagen.

Die überdachten haushohen Seitenbalustradengänge endeten an der Gebäudefront. Als offenes und frei tragendes Halbrund führten sie jedoch einige Hundert Meter über die Brücke hinaus.

»Versailles«, sagte Perry Rhodan. »Dieser Anblick weckt in mir Erinnerungen an Versailles.«

»Ich verstehe nicht«, sagte Sofaer.

»Versailles war ursprünglich ein feudales Jagdschloss. Im 17. Jahrhundert alter Zeitrechnung wurde es unter dem französischen Sonnenkönig Ludwig XIV. weiter ausgebaut. Heute existiert zwar nichts mehr davon, aber Starbattys Architekten haben unzweifelhaft in alten Bestandsdateien Anleihe genommen.«

Der Gleiter ließ den Turm hinter sich und folgte dem Verlauf der Brücke. Hier wurden die prachtvollen Grünanlagen weitergeführt. Im freien Mittelstreifen, unter einer gläsernen Halbröhre abgeschlossen, jagten aber schon tropfenförmige Transportfahrzeuge dahin.

Ab der Brückenmitte wich das Grün kühl anmutenden Skulpturen. Technik hielt Einzug: Roboter unterschiedlichster Bauart und Größe standen da wie eine stumme Armee, dazu Fahrzeuge und holografische Spielereien ...

Viel zu schnell ging der Flug darüber hinweg.

Sehr nüchtern gestaltet, rückte der linke Turm näher, und auf einmal war sie da, als stürze Jupiter auf das Bauwerk herab: eine gigantische holografische Darstellung des Gasplaneten und seiner Monde. Erst aus geringer Entfernung konnte man sie deutlich sehen.

Aufgrund des nicht optimalen Anflugwinkels des Gleiters musste Rhodan den Kopf wenden, um das Holo und zugleich den realen Jupiter zu sehen. Er überzeugte sich davon, dass die holografische Darstellung exakt das aktuelle Bild wiedergab. Die momentan sichtbaren Monde, ihr Schattenwurf, die gewaltigen atmosphärischen Sturmwirbel – alles erschien ihm deckungsgleich.

»Wir fliegen das nächste Ziel an«, stellte die Ganymedanerin fest. »Hier in Vincenzio leben bislang nicht mehr als fünfzehn Millionen Menschen. Celeste hat allerdings nur etwa ein Drittel so viel Einwohner. Aber Celeste City ist der mondäne Bereich, das Künstlerviertel der Stadt ...«

»Die Zeit ist ziemlich weit vorangeschritten«, kommentierte Reginald Bull.

»Ja, tatsächlich.« Kaci Sofaer reagierte überrascht. »Auf Ganymed ist das alles ein wenig anders als auf der Erde. Ich war nie auf eurer Welt, doch mir ist bewusst, wie intensiv der hektische Wechsel von Tag und Nacht allen dort Lebenden einen unnatürlichen Zwang auferlegt. Ganymed ähnelt eurem hohen Norden, wo das Licht selbst um Mitternacht nicht schwindet. Wir haben unseren eigenen Rhythmus entwickelt. Neuerdings schlafen viele in den Städten gar nicht mehr. Ihr werdet es erleben: Menschen, die seit Wochen terranischer Standardzeit ohne Schlaf auskommen. Geht es nicht jedem Träger eines Zellaktivators ähnlich?«

»Ein paar Stunden Schlaf sind schon angebracht«, sagte Bull. »Wenn es sein muss, geht es natürlich für kurze Zeit ohne ...« Übergangslos fragte er: »Was ist eigentlich mit dem Artefakt im Skigebiet? Ich warte die ganze Zeit über, dass du darauf zu sprechen kommst.«

Sofaer machte eine unschlüssige Geste. »Ein paar eigenartig bleiche Würfel, die eine Ewigkeit im Eis konserviert waren. Soweit mir bekannt ist, liegen der LFT alle Informationen vor, die wir in Galileo City ebenfalls haben. Was immer es einmal gewesen sein mag – auf Dauer wird das Artefakt seine Geheimnisse nicht verbergen können.« Sie wirkte plötzlich unschlüssig. »Terra traut uns nicht zu, dass wir allein damit fertigwerden?«

»Das hat niemand behauptet.«

Die Ganymedanerin bedachte Bull mit einem Kopfschütteln. »*Frage nicht danach, was Menschen sagen, sondern achte darauf, wie sie handeln.* Dahinter verbirgt sich sehr viel Wahrheit. Du hast drei namhafte Wissenschaftler geschickt, aber was haben sie erreicht? Bestimmt nicht mehr als unsere eigenen Leute.«

»Es war der Versuch, euch zu unterstützen ...«

»Unter Freunden fragt man, ob Hilfe wirklich gewünscht wird, man drängt sie nicht kommentarlos auf. Außerdem war keiner eurer Leute hier in Galileo City. Die drei sind einfach beim Artefakt erschienen und haben sich in den Vordergrund gespielt. Dieses rigorose Vorgehen führt im Stadtparlament zu Irritationen.«

»Deshalb sind also nur ein paar Beiräte zu unserer Ankunft erschienen?«, wandte Mondra Diamond ein.

Kaci Sofaer nickte knapp. »Terra traut uns nicht allzu viel zu, sagen die anderen. Wir werden wieder nur ein wenig gehätschelt, darüber hinaus aber mild belächelt.«

»Der Eindruck täuscht«, widersprach Rhodan sofort. »Dass überhaupt eine solche Irritation entstehen konnte, gefällt mir nicht. Ich stehe den Räten jederzeit für ein klärendes Gespräch zur Verfügung.«

»Nach den Feiern«, sagte die Bürgermeisterin. Sie wandte sich wieder Bull zu. »Von mir aus hätte ich das Artefakt nicht zur Sprache gebracht. Meine Gründe dafür habe ich genannt. Wenn du diese seltsamen Würfel jedoch sehen willst, stelle ich dir nach den Eröffnungsreden einen schnellen Gleiter zur Verfügung.«

»... werden die nächsten Jahrtausende Ganymed eine rasante Entwicklung bringen. Einst gehörten eine große Portion Mut und Abenteurergeist dazu, auf dem Eismond Fuß zu fassen. Wir sind jenen wagemutigen ersten Siedlern über alles dankbar dafür, dass sie unter größten Entbehrungen den Grundstein für unsere Existenz legten. Unsere Welt im Schutze Jupiters wird weiterhin prosperieren, und wir werden sie zu einem Vorzeigeobjekt machen. In dreitausend Jahren sollen unsere Nachfahren ebenso stolz zurückblicken können, wie wir es heute tun.«

Beifall brandete auf.

Ein farbiger Schimmer senkte sich über das Stadion im Herzen von Galileo City. Hunderttausend Augenpaare verfolgten allein von hier aus, wie sich die Panzertroplonkuppel über der Metropole in die Farben eines Regenbogens hüllte.

Die ersten Sterne fielen. Innerhalb weniger Augenblicke war der künstliche Himmel übersät von flirrender Helligkeit. Sie veränderte ihre Struktur und ließ ein Abbild entstehen, das jeder kannte: die heimische Galaxis. Atemberaubend groß hing die Milchstraße mit ihren geschwungenen Spiralarmen, dem dichten Zentrumsbereich und den vielen kleinen Sternhaufen im Halo plötzlich über der Stadt.

Dort, im Orionarm, wo die kleine gelbe Sonne Sol mit bloßem Auge nicht einmal erkennbar war, entstand ein pulsierendes Leuchten. Es breitete sich aus, erfasste die gesamte Sterneninsel – und schlagartig stand da eine Zahl: 3000.

Auf der Plattform in zehn Metern Höhe über dem Stadionboden – ein Bild, das in Großraumholos überall in Galileo City zu sehen war – schaltete die Leitpositronik. Ein projiziertes Deflektorfeld entzog Kaci Sofaer den Blicken.

Eine andere Frau stand nun da. Perry Rhodan hatte sie, während er im Antigravlift zur Bühne hinaufgeschwebt war, flüchtig kennengelernt. »Tianna Bondoc«, war sie ihm von der Bürgermeisterin vorgestellt worden.

Ein joviales Nicken ihrerseits, mehr nicht. Keine Zeit für ein Gespräch. Dennoch erschien es dem Residenten im Nachhinein, als habe Tianna Bondocs Blick ihn bis auf den Grund seines Ichs gemustert.

Er fröstelte leicht. Noch immer, mehr als fünfzehn Minuten später, glaubte er ihren Blick zu spüren.

Er beobachtete die Frau.

Sie war die Urenkelin des Syndikatsgründers, eine waschechte Ganymedanerin. »Tianna ist Syndikus des Syndikats«, hatte Sofaer ihm zugeraunt. »Du wirst bestimmt noch ausführlich mit ihr reden können.«

Er schätzte die Frau auf Mitte vierzig. Sie hatte kurzes, weißes Haar und eine Lockenpracht, die zu gleichmäßig war, als dass sie natürlich sein konnte. Ein wenig fühlte Rhodan sich an seine Jugend erinnert. Seine Mutter hatte auch diese Locken getragen, nur war ihr Haar länger gewesen.

Tiannas Augen hatten zumindest im Lift in unbestimmbarem Farbton geschimmert. Grünlich, aber auch grau, und auf jeden Fall ... stechend? Nein, das war es nicht, was ihn an ihr störte. Er schaffte es einfach nicht, Isidor Bondocs Urenkelin einzuschätzen.

Sie war gut einen Meter achtzig groß und schlank wie alle Ganymedaner. Ihre Beine, das sah er jetzt, wirkten endlos lang. Auch ihre Arme erschienen ihm zu lang, von den schmalen Händen ganz abgesehen.

Ihre Stimme? Hell und zu der Erscheinung passend. Tianna fühlte sich überlegen. Ihre Haltung, die Art, wie sie redete – zudem drehte sich alles, was sie sagte, um das Syndikat der Kristallfischer. Eine

Ehre sei es für Galileo City, dass das Isidor-Bondoc-Building hier errichtet worden war. Die Arbeiten in der Jupiteratmosphäre sollten in den kommenden Jahren noch ausgeweitet werden.

»... wir werden nicht nur teilhaben an einer ungewöhnlichen Entwicklung, wir forcieren sie. Es wird keine drei Jahrtausende mehr brauchen, um Ganymed zum gesegneten Land zu machen. Das Syndikat setzt sich mit aller Kraft dafür ein.«

Dann war der Part an Rhodan und Reginald Bull.

Sie redeten frei und warfen sich, wie sie es gewohnt waren, gegenseitig die Bälle zu. Die Glückwünsche der Liga Freier Terraner ... die eigene Erfahrung, Ganymed schon gesehen zu haben, bevor die ersten Siedler den Kampf gegen die tödliche Kälte aufgenommen hatten und dass deren Nachfahren sich zu Recht als Ganymedaner fühlen durften. »... alle haben Großartiges vollbracht. Mit solchen Leistungen können wir zuversichtlich in die Zukunft sehen.«

Nach Rhodan übernahm Starbatty das Wort. Wahrscheinlich schon deshalb, um das Gleichgewicht zwischen Politik und Wirtschaft zu wahren. Der Erste Syndikatssenator war Terraner, gleichwohl gestand er ein, sich längst als Ganymedaner zu fühlen. Viele seiner Kinder, betonte er mehrmals, seien auf dem Mond geboren worden, und er selbst tue viel für die Zukunft von Galileo City.

Das alles, fand Rhodan, war nichts anderes als Tianna Bondoc auch schon erklärt hatte. Eigentlich eine unnötige Wiederholung. Aber Wiederholungen schadeten nicht, im Gegenteil. Sie festigten das Gehörte.

»Was man oft wiederholt, wird deshalb nicht wahrer«, raunte Bully neben ihm.

Rhodan taxierte den Freund von der Seite. »Sagt Adams?«, erkundigte er sich knapp.

Bull nickte nachdenklich. »Ich weiß, dass Homer Vorbehalte gegen das Syndikat hat. Zu schnell expandiert, zu undurchsichtig, zu verschwenderisch ... Doch solange er keine Beweise für unlautere Machenschaften hat, sind ihm die Hände gebunden – wobei ich davon ausgehe, dass er noch immer Einfluss in der LFT hat, auch wenn er jetzt für das Galaktikum tätig ist. Ich denke, Homer hat einige Vorbereitungen getroffen.«

Rhodan lachte verhalten. »Wann hätte er das nicht? Seine Vorsicht und seine Risikobereitschaft gleichermaßen machen ihn zu dem Perfektionisten, der er nun einmal ist. Die zwielichtigen Finanztransaktionen, die er damals für Hiram Bary unternahm ...«

»Damals.« Bully winkte ab. »Ich habe dieses Wort heute schon öfter gehört als in den letzten fünf Jahren. Du warst damals gerade erst volljährig, ich noch nicht einmal zwanzig, als Adams wegen seiner Machenschaften verurteilt wurde.«

»Keiner von uns kannte ihn«, sagte Rhodan. »Aber wir haben Homer vertraut und mit ihm das große Los gezogen.«

Der Resident dachte an die Dritte Macht, die er mit Bull und den anderen nach der Rückkehr vom Mond in der Wüste Gobi errichtet hatte, dort, wo sich heute Terrania City erstreckte, eine der großen Metropolen der Galaxis. *Damals* hatten sie mit Hilfe der arkonidischen Technik die Menschheit geeint. Homer G. Adams hatte die General Cosmic Company gegründet und sie als Finanzminister bis zum Ende des Solaren Imperiums geleitet. Aus dem Solaren Imperium war die Liga Freier Terraner hervorgegangen.

Schon wenige Minuten nach ihrem Schlusswort verließ Kaci Sofaer mit Rhodan und Bull die Schwebebühne. Mondra Diamond und die TLD-Leute warteten schon. Die beiden Journalisten befanden sich irgendwo im Gewühl der Menge, um die Stimmung einzufangen.

Durch einen Seiteneingang schleuste die Bürgermeisterin ihre Gäste aus dem Stadion.

Von außen mutete es an wie ein monumentaler Blütenkelch, und sein enormes Fassungsvermögen, die Tribünen auf mehreren Etagen, ließ sich nur schwer erahnen. War bei ihrer Ankunft die Blüte weit offen gestanden, fast so, als halte ein Jülziish beide Hände an den Handballen aneinander und spreize die vierzehn Finger nach oben ab, hatten die Blütenblätter mittlerweile begonnen, sich zu schließen. Es waren in der Tat vierzehn stilisierte Blätter. Sie bewegten sich langsam, aber doch erkennbar aufeinander zu. Immer mehr Leute fluteten aus dem Stadion und ergossen sich in die breiten, aus dem Zentrum der Stadt wegführenden Straßen. Schon jetzt war zu erkennen, dass das Stadion sich zur Knospe schließen würde, wenn niemand mehr im Inneren war.

»Die Anlage kann dann trotzdem betreten werden«, sagte die Bürgermeisterin. »Es besteht keine Gefahr, dass es irgendwo in den Rängen zu einem Unfall kommt. Soweit ich informiert bin, hat nicht einmal Terrania eine entsprechende Konstruktion zu bieten. Wir sind gern bereit, unser technisches Know-how zu veräußern.«

Eine schier unüberschaubare Menge drängte sich in den Straßen. Vorwiegend Ganymedaner, aber auch Terraner und Angehörige anderer galaktischer Völker. Bei der Ankunft im Stadion hatte Perry Rhodan etliche Blues gesehen und einige Gruppen bärtiger Springer; die Galaktischen Händler fanden sich an allen Orten, an denen sie gute Geschäfte witterten. Zweifellos ging es ihnen um einen Anteil an den Hyperkristallen, die das Syndikat förderte. Und Aras lebten ebenso auf dem Eismond wie die echsenartigen Topsider, wenngleich ihre Zahl kaum den zweistelligen Bereich überschritt.

Positronisch gesteuerte Energiebarrieren kanalisierten die Besucherströme. Roboter waren überall und überwachten das Stadtzentrum. Weiter draußen, sagte die Bürgermeisterin, wurde alles überschaubarer. Dort gab es die Attraktionen, die zu jedem guten Fest auf Ganymed gehörten, aber auch die Lokalitäten, die zum Treffen einluden, wo Geschäfte angebahnt, Meinungsverschiedenheiten ausdiskutiert, eigentlich das ganz normale Tagespensum erledigt wurde. Ganymed war eine Welt, auf der sich nicht nur Tag und Nacht vermischten, sondern sogar die Wochentage eins wurden.

»Wen wundert es, wenn hier niemand Schlaf findet?«, bemerkte Mondra.

»Nein, so ist es nicht.« Sofaer schüttelte den Kopf und Bhunz blinzelte träge in die Menge, sein Zischen klang gereizt.

»Du selbst hast gesagt ...«

»... dass immer mehr Ganymedaner über Tage oder sogar schon Wochen hinweg nicht mehr schlafen. Das hat aber nichts mit den Helldunkel-Phasen zu tun, sondern mit einer Veränderung des biologischen Schlafbedürfnisses. Diese Leute werden nicht mehr müde, sie entwickeln ein besseres Lebensgefühl.«

»Ein anderes?«, schränkte Rhodan ein.

»Ein besseres«, beharrte die Bürgermeisterin. »Frag einen von ihnen, und du erhältst die Bestätigung, dass er sich wohlfühlt.«
Bully fuhr sich mit dem Handrücken über die Lippen. »Seit wann gibt es dieses Phänomen?«

»Ich weiß nicht, ob sich das eingrenzen lässt.«

»Dann hat es möglicherweise mit dem Artefakt zu tun.«

»Nein, das halte ich für unwahrscheinlich. Mir sind Fälle dieser Schlaflosigkeit schon aus dem letzten Jahr bekannt.«

»Wie lange hat dieses seltsame Würfelgebilde eigentlich gebraucht, um aus der Tiefe des Mondes an die Oberfläche zu steigen und die Eiskruste zu durchbrechen?«, warf Mondra Diamond ein. »Ich denke, dass es sich ursprünglich in der Nähe des festen Kerns befand.«

»Jahrzehntausende?« Reginald Bull zuckte die Achseln. »Es kann im vergangenen Jahr schon sehr dicht unter der Oberfläche gewesen sein. Ausschließen will ich erst einmal gar nichts.« Er wandte sich der Bürgermeisterin zu. »Du wolltest mir einen schnellen Gleiter zur Verfügung stellen. Aber ich kann auch auf eine unserer Micro-Jets zurückgreifen. Ich will mir endlich selbst ein Bild von dem Artefakt machen. Hier vermisst mich bestimmt niemand.« Er ließ den Blick über die immer noch dicht gedrängten Menschenmassen gleiten.

Eine halbe Stunde später, inzwischen war es 16.40 Uhr Standardzeit und Sol hing nahezu unverändert als kleiner fahler Lichtfleck über dem Horizont, jagte Reginald Bull den Gleiter in einer Höhe von wenig mehr als dreißig Kilometern nach Südosten. Die Kuppeln von Galileo City blieben rasch hinter ihm zurück.

Er nahm Funkkontakt zur CHARLES DARWIN II auf und unterrichtete die Kommandantin über seinen Abstecher nach Ovadja Regio.

»Benötigst du Unterstützung?«, erkundigte sich Hannan O'Hara geflissentlich.

»Mir geht es vorerst nur um einen Überblick vor Ort, und ich will mit unseren Wissenschaftlern reden. Ich melde mich wieder.« Bull schaltete ab.

Mehrere große Raumschiffe erschienen in der Ortung. Er identifizierte zwei Springerwalzen in einer Parkbahn außerhalb des Mond-Schwerefeldes. Die Galaktischen Händler reagierten nicht, obwohl ihnen die Tasterimpulse des Gleiters kaum entgangen sein konnten. Mehrere Frachtdrohnen näherten sich in langsamer Fahrt. Ihr Anflugvektor verriet, dass sie vom Mars kamen.

Reginald Bull achtete nicht länger darauf.

Vieles ging ihm durch den Kopf. Er fragte sich, welche Reaktionen es auf Terra gegeben hätte, wäre das Gebilde der fünf übereinandergetürmten Würfel im Bereich eines der eisbedeckten Pole erschienen, im Ozean oder irgendwo in den Weiten der nordischen Tundra.

Flugpanzer und Roboter sichern gegen unliebsame Überraschungen, gab er sich selbst zur Antwort. *Zugleich erfolgt die großräumige Abriegelung des Fundorts mit Hilfe von Sensorsperren, Prallfeldern und HÜ-Schutzschirmen. Unter Umständen wird ein hermetischer Schutzwall errichtet, denn auch wenn das Gebilde nur aus dem Erdmantel aufgestiegen ist, dürfen weder Viren noch Bakterien oder andere Mikroorganismen in die Umgebung entweichen. Ein unklarer Befund wird umgehend Entseuchungsprozeduren zur Folge haben, gegebenenfalls strenge Quarantäne für alle Beteiligten, auch für die Nur-Neugierigen.*

Was war auf Ganymed geschehen?

Roboter hatten anfangs den Fundort abgesperrt, diesen aber längst wieder freigegeben. Das Artefakt war zur Pilgerstätte geworden. Hunderte, wahrscheinlich schon einige Tausend Ganymedaner und Terraner hatten Hightech-Zelte errichtet. Das nahe Kuppelhotel war vermutlich hoffnungslos überbelegt. Ob ankommende Sportlergruppen überhaupt noch eine Unterkunft erhielten, interessierte Bully herzlich wenig. Wahrscheinlich war ohnehin der gesamte Pistenbetrieb zum Erliegen gekommen.

Er überflog das Areal, bevor er sich nach einem Landeplatz umschaute.

Als suchten sie Schutz, lehnten sich die Folieniglus teils eng aneinander. Etliche stammten aus LFT-Flottenbeständen, das erkannte der Residenz-Minister sofort. Wahrscheinlich ausrangiertes Material oder Iglus, die nach Hilfseinsätzen auf dieser oder jener Welt zurückgeblieben waren. Auf verschlungenen Wegen fanden solche Güter mitunter noch nach Jahrhunderten ins Solsystem zurück.

Das aus der Tiefe aufgestiegene Artefakt hätte Bull beinahe übersehen. Weil es sich mit seinem fahlen Weiß kaum von der Umgebung abhob und weil es alles andere als bedrohlich wirkte. Aus der Höhe gesehen, erschien es ihm nicht einmal sonderlich imposant. Aber vielleicht, argwöhnte Reginald Bull, wurde das schlagartig anders, sobald er erst davorstand.

Er verzichtete darauf, den schnellen Gleiter einfach in der Nähe des Eisaufbruchs abzusetzen. Nicht nur dass ihm die Iglus die Landung erschwert hätten, er fragte sich, ob der Untergrund wirklich dauerhaft tragfähig geblieben war. Aus der Höhe von mehreren Hundert Metern gesehen zeichneten sich tiefe Risse und Spalten im Eis wie ein filigranes Netzmuster ab. Das Artefakt musste mit ziemlicher Wucht die Oberfläche durchbrochen haben.

Eigentlich kein Wunder, dass es den Wissenschaftlern bislang nicht gelungen war, mehr als nur Molekülschichten von den Würfeln abzutrennen. Das Material erinnerte zwar an Porzellan, womöglich fühlte es sich auch so an, doch die Widerstandskraft entsprach eher molekular verdichteten Werkstoffen.

Bully drehte zur Hotelkuppel ab. Er fand gerade noch einen Landeplatz im Bereich der präparierten Eisflächen. Sogar große Gleiterbusse standen hier.

Über eine der Parkschleusen betrat er die Kuppel, schob den Helm in den Nackenwulst zurück und schaute sich um. Es war still ringsherum, gar nicht so, als sei das Haus belegt.

Ein Holowegweiser leuchtete vor ihm auf. Bull folgte der Richtung zum Empfang. In einer kleinen Bar saßen mehrere Personen beieinander. Sie beachteten ihn nicht, überhaupt machten sie auf ihn einen eher selbstzufriedenen Eindruck.

Ein Roboter erwartete ihn. Bull nannte die Namen der drei Wissenschaftler, die er suchte. Sie hätten die letzten noch freien Zimmer erhalten, bestätigte sein Gegenüber, seien aber schon länger als achtundvierzig Stunden nicht mehr im Haus gewesen.

»Wo finde ich die Männer?«

»Höchstwahrscheinlich dort, wo die meisten hingegangen sind.«

»Und das wäre?« Bull kniff die Brauen zusammen. Eindringlich musterte er den Roboter. Etwas an dieser Auskunft behagte ihm nicht. Waren die drei so in ihre Arbeit vertieft, dass sie darüber mittlerweile alles andere vergaßen? Sicher, in ihren SERUNS waren sie rundum versorgt und konnten tagelang draußen bleiben. Aber nachdem sie ohnehin schon ihre Zimmer bezogen hatten ... Was war vorgefallen, dass sie ihre Arbeit nicht mehr unterbrachen?

»Ich denke, deine Freunde reden mit dem Würfelgebilde«, sagte der Roboter.

»Sie tun *was*?«

»Du hast schon richtig gehört. Sie reden mit dem Artefakt. Vielmehr: Das Artefakt spricht mit ihnen. Er spricht zu allen, die in seine Nähe kommen.«

»Warum weiß ich nichts davon?«

»Jetzt weißt du es«, erklärte die Maschine mit entwaffnender Offenheit. »Ich habe dich diesbezüglich informiert.«

»Danke!«, schnaubte Bully.

Das klang ziemlich sarkastisch, aber der Roboter reagierte nicht auf die Intonation. Er antwortete mit einem freundlichen »Gern geschehen!«.

Reginald Bull wandte sich ab. Er versuchte, Funkkontakt aufzunehmen; die Kennungen der Kombiarmbänder der beiden Hyperphysiker und des Dimensionstheoretikers Allip kannte er. Selbst wenn sie in den geschlossenen Anzügen steckten, war der Kontakt herstellbar, weil der Anruf auf den Helmfunk überging.

Sein Anruf wurde nicht angenommen.

Eine Verwünschung auf den Lippen, lief Bull in die Richtung zurück, aus der er gekommen war.

»Die Hauptschleuse bietet den kürzeren Weg zum Artefakt!«, rief ihm der Roboter hinterher. »Halte dich bitte nach links.«

»Muss ich noch etwas berücksichtigen?«, knurrte Bull.

»Das weiß ich leider nicht. Seit beinahe zwei Tagen kommt keiner mehr zurück, der nach draußen geht.«

»Ihr könnt nicht beide klammheimlich verschwinden«, bemerkte Mondra Diamond mit leicht amüsiertem Tonfall. »Wenigstens einer muss der Repräsentationspflicht nachkommen, und in dem Fall trifft es dich. Kaci würde ansonsten einen Affront wittern.«

Rhodan war klar, dass er ein wenig zu lange und ein wenig zu sinnend dem Gleiter nachgeschaut hatte. Zwei identische Exemplare dieser teuren Maschinen standen noch auf dem Gleiterdeck der Stadtverwaltung. Die Bürgermeisterin hatte erklärt, dass es sich dabei um eine Sachspende als Steuerleistung handelte.

Natürlich waren diese Gleiter das Neueste auf dem Markt. Bully absolvierte so etwas wie einen Probeflug; weder er noch Rhodan selbst hatten diese Baureihe schon erprobt.

Der Resident schaute sich um. Vor dem Verwaltungsgebäude war es relativ ruhig geworden. Nur mehr wenige Ganymedaner hasteten vorbei. Da sich die TLD-Leute in respektvoller Distanz hielten, fiel keinem der Passanten auf, dass sie Perry Rhodan und seiner Gefährtin über den Weg liefen.

»Kaci Sofaer hat kaum darauf reagiert, dass wir uns allein unters Volk mischen wollen«, stellte Mondra fest.

»Sie war irritiert, als ich sagte, dass ich mich mit den Leuten vom Syndikat zusammensetzen möchte«, erwiderte Rhodan.

»Ich hatte den Eindruck, dass sie Tianna Bondoc nicht mag. Als stünde etwas zwischen ihnen, was sie zu unversöhnlichen Widersachern macht. Was Starbatty betrifft, da bin ich mir nicht sicher. Trotz aller Beteuerungen über seine großzügigen Steuerspenden scheinen die beiden nicht das beste Verhältnis zu haben.«

»Das sind eher persönliche Animositäten, nehme ich an. Nichts, in das wir uns einmischen müssten.« Rhodan blickte um sich.

»Gehen wir zum Stadion zurück. Von dort führen Rollsteige weiter. Vielleicht kommen wir inzwischen besser voran.«

Die futuristische Arena lag nur zwei Straßenzüge entfernt. Ihre Blütenform hatte sich vollends zur Knospe geschlossen und zudem die Farbe verändert – der Anblick war nicht minder imposant als das aufgeblätterte Bauwerk selbst, zumal ein weiter freier Platz entstanden war. Einige Hundert Ganymedaner, die noch ausharrten, verloren sich geradezu auf der Fläche. Die Menge hatte sich zu den anderen Veranstaltungsorten verzogen.

Wie als Beweis dafür hallte von fern ein dumpfer Donnerschlag heran. Kilometerweit entfernt entfaltete sich ein üppiges Feuerwerk.

Rhodan und Mondra sprangen auf den nächsten Rollsteig. Er trug sie schnell davon.

Hatte Galileo City schon aus der Luft einen streng geometrischen, aufgeräumten Eindruck erweckt, so galt das erst recht für jeden Beobachter in den Straßenschluchten. Lücken in der Bebauung und immer wieder eingestreute offene Plätze erlaubten dem Auge, in die Ferne zu schweifen. Diese Welt endete nicht schon nach hundert oder zweihundert Metern an der nächsten Fassade, sie war luftiger, lichter – ein Gefühl der Weite trotz der riesigen Käseglocke aus transparentem Panzertroplon, die dem Leben auf Ganymed übergestülpt war.

Vor einem halbkugelförmigen großen Bauwerk drängten sich die Menschen. Der Rollsteig führte schnell daran vorbei. Es handelte sich um ein Agravarium, das erkannte Rhodan, als sich sein Blickwinkel ein wenig veränderte und der obere Kuppelteil nicht mehr spiegelte. In der Halle herrschte Schwerelosigkeit. Große Wasserblasen, stetig ihre Form verändernd, trieben dort durch den Raum. Wo sie die Wände berührten, prallten sie zurück, manche zitternd, andere zerplatzten in kleinere Gebilde. Dazwischen tollten Hunderte Besucher. Positroniken steuerten Traktorstrahlen und wachten darüber, dass niemand in einer der Wasserblasen stecken blieb und womöglich ertrank.

Der Rollsteig endete am Rand einer weitläufigen Grünanlage. Hier irgendwo war das Feuerwerk gezündet worden, die ansonsten reine Luft hatte einen deutlich wahrnehmbaren Beigeschmack nach Rauch, Schwefel und Metalloxiden.

»Das war nicht nur eine holografische Illusion«, stellte Mondra überrascht fest. »Das war echt ...«

»Wie in früheren Zeiten.« Rhodan nickte anerkennend. »Mit einer Vielzahl von Luftschadstoffen, die anschließend wieder ausgefiltert werden müssen. Andererseits: Wem schadet's? Nicht alle Bräuche müssen von Hightech verdrängt werden. Bully hat sich vielleicht zu früh abgesetzt.«

»Wie meinst du das?«

Rhodan lachte leise. »Womöglich gibt es hier noch echtes Bier, nicht die synthetischen Erzeugnisse, die sich Bier nennen dürfen. Und vor allem in großen Krügen.« Er stutzte, weil Mondra ihn auf einmal sehr schräg anschaute. »Ein Liter in jedem Krug. Auf Ertrus hat sich dieses Brauchtum sehr lange erhalten. Wir Amerikaner waren damals versessen darauf. Dazu mussten wir natürlich Bratwürste und Sauerkraut essen.«

Mondras Blick bekam etwas Fragendes. Als verstehe sie nicht das Geringste von dem, was er da redete.

Prüfend sog Rhodan die Luft durch die Nase. »... über einem Kohlefeuer gegrillte Würste, die aufplatzen, sobald der Mann am Grill nicht aufpasst.«

Mondra schüttelte ungläubig den Kopf. »Du schwelgst in Nostalgie, als wolltest du die Zeit um dreitausend Jahre zurückdrehen. Fragst du dich nicht, ob dir das auf Dauer tatsächlich noch gefallen würde? Menschen, bei denen solche Jugenderinnerungen aufbrechen, werden alt.«

»Das streite ich nicht ab.« Rhodan nahm seine Gefährtin am Arm und zog sie einfach mit sich. »Wir müssen dort hinüber«, sagte er und sog noch einmal prüfend die Luft ein. »Das Aroma weht von dort her.«

Die Menge wurde dichter. Manche blickten den Mann im SERUN aus weit aufgerissenen Augen an, als wollten sie nicht glauben, dass sie den terranischen Residenten vor sich sahen. Dann waren schon wieder andere Gesichter ringsum, und Rhodan schob sich weiter nach vorn.

Eine bärtige Gestalt vertrat ihm den Weg. Der Mann wirkte hager, beinahe ausgezehrt. Seine Haut schimmerte blau. Das eine Auge, das noch sein eigenes war, blinzelte Rhodan hektisch an. Das andere war ein Implantat, ein unverkleidetes Objektiv, das wie ein Fremdkörper in der Augenhöhle steckte.

Keine besonders gute Arbeit, das sah der Aktivatorträger auf den ersten Blick. Außerdem eine billige Legierung. Aber zweifellos erfüllte es seine Funktion. Die Lichtreflexe sich verschiebender Linsen verrieten dem Terraner, dass der Mann ihn fixierte. Entweder war das Kunstauge in den Zoombereich gegangen, oder es verfügte doch über diffizilere Funktionen wie Infrarotsensoren oder gar die Messung des Hautwiderstands.

Andererseits war das Auge nicht gut genug, dass der Bärtige ihn, Rhodan, sofort erkannt hätte.

»Du stammst von Terra, nicht wahr? Dann kann ich mir vorstellen, dass du die Welt gern so sehen würdest, wie sie wirklich ist.« Der Mann redete mit einem leicht singenden Akzent. Rhodan vermutete seine Herkunft irgendwo im arkonidischen Bereich.

»Will ich das?«, erwiderte er zögernd. »Und vor allem: Wie ist die Welt wirklich?«

»Schöner, mein Freund. Sehr viel schöner als das, was du bislang sehen kannst.«

»Eigentlich gefällt mir alles hier.« Rhodan wollte weitergehen, aber er hatte nicht die Kraft dazu. Etwas hielt ihn zurück, wenngleich er die Ursache dafür nicht erkennen konnte. Womöglich die eigene Neugierde? Er war verwirrt und schwankte zwischen Weitergehen und Abwarten, aber genau dieses Zögern kannte er nicht an sich.

»Ich sehe es dir an.« Der Bärtige sang die Worte geradezu. »Du gehörst nicht zu jenen, die achtlos am Leben vorübergehen. Du willst mehr … Du willst alles Schöne kennenlernen, das die Schöpfung uns zugedacht hat.«

»Hör auf mit dem Unsinn!« Das war Mondras Stimme.

Rhodan wollte nicht, dass sie sich einmischte. Sie kannte nicht viel von den Gepflogenheiten eines solchen Jahrmarkts. Überall gab es Neues und Interessantes zu entdecken.

Der Fremde hielt Rhodan die flache Hand entgegen. Etwas, das wie ein zusammengefaltetes Stückchen Folie aussah, lag da, und er faltete es vorsichtig mit zwei Fingern der anderen Hand auseinander.

»Es genügt, mein Freund im SERUN, wenn du eine Fingerspitze hineintauchst und dir damit über die Augenlider streichst. Ich verspreche dir, dass du Dinge sehen wirst, die deine schönsten Träume übertreffen. Greif zu! Probier es aus! Und falls du unzufrieden damit bist, verschwinde ich aus deinem Leben.«

Die Folie enthielt nur ein hauchfeines Pulver.

»Verschwinde lieber sofort!«, sagte Mondra scharf. »Bevor du Dummheiten begehst, die du bereuen musst.«

Der Mann lachte verhalten. Es war ein wohltuendes vertrauenswürdiges Lachen, fand Rhodan. Und warum sollte er eigentlich nicht zugreifen? Das glitzernde Pulver, selbst wenn es Gift gewesen wäre, konnte ihm schon wegen seines Zellaktivators nichts anhaben.

Er schaute genauer hin.

Das Glitzern intensivierte sich, es wurde zum gleißenden Funkeln. Als wolle es aufstieben und in irrlichterndem Leuchten vergehen.

Rhodan hob den rechten Arm. Er war im Begriff, wenigstens die Kuppe des Zeigefingers in das Pulver zu tauchen ... Mondra sprang nach vorn, ihre flache Hand zuckte von unten hoch und traf das Handgelenk des Bärtigen. Die Folie wurde in die Höhe geschleudert, von einer Bö erfasst und davongewirbelt. Das Pulver verwehte wie hauchfeiner Nebel.

Rhodan fühlte sich enttäuscht. Der Bärtige blickte erst Mondra an, danach ihn, schließlich wandte er sich um und ging. Wortlos, aber keineswegs überhastet. Dion Matthau kam in dem Moment heran. Er hätte den Mann noch festhalten können, tat es aber nicht. Sekundenlang verharrte Matthau unschlüssig, dann schüttelte er den Kopf.

Der Fremde verschwand in der Menge. Er schritt ruhig und gleichmäßig aus. Allerdings berührten seine Füße den Boden nicht, er schwebte deutlich erkennbar eine Handspanne darüber.

Rhodan kniff die Brauen zusammen. Erwartete er, dass der Fremde zurückkommen würde? Er hätte es nicht zu sagen vermocht.

»Habt ihr das auch gesehen?«, fragte Mondra hart. »Was war das für ein Typ?«

»Ein Gaukler«, antwortete Rhodan gedehnt. »Solche Leute sind oft bei Festen aufgetreten: Schwertschlucker, Feuerspeier, Gaukler ... Keine Sorge, das sind Taschenspielertricks.«

Mondra schaute ihn an, dann hob sie unschlüssig die Schultern. »Was war das bloß für eine Zeit, in der du aufgewachsen bist?«

»Zugegeben, sie hatte ihre Eigenheiten, sehr viele sogar«, antwortete der Terraner. »Beinahe hätte sich die zerstrittene Menschheit selbst ins Jenseits befördert, ohne überhaupt zu ahnen, wie es allein in der Milchstraße aussieht. Aber trotzdem war es eine schöne Zeit.«

Er ging weiter. Schaute nachdenklich auf seine rechte Hand, den Zeigefinger, den er noch leicht abgespreizt hielt. Wahrscheinlich, sagte er sich, hatte er nichts von dem glitzernden Pulver erwischt.

Trotzdem hob er die Hand und strich mit dem Finger über sein Augenlid.

Nichts veränderte sich.

Ein Gaukler und Scharlatan, amüsierte er sich. Es gab also immer noch Menschen, die andere verunsichern wollten, um selbst daran zu verdienen. Er bezweifelte nicht, dass der Bärtige eine erkleckliche Summe für mehr von dem Pulver verlangt hätte.

Sein Blick huschte über die Parkanlagen hinweg. Da war Jupiter. Riesenhaft wuchs der Gasplanet über der Stadt an. Rhodan sah die gewaltigen Wolkenbänder. Sah sie aneinanderreiben und ausgedehnte Turbulenzen erzeugen. Der Riesenplanet drehte sich in weniger als zehn Stunden um sich selbst. Die Rotation war im Äquatorbereich noch ein wenig schneller als an den Polen. Zwangsläufig musste sich die Atmosphäre deshalb in Bänderstrukturen aufteilen.

Rhodan sah die aus der Reibung entstehenden Girlanden und Wirbel in unglaublicher Klarheit. Ihre Farbstruktur verriet die Zusammensetzung der enthaltenen Substanzen: Schwefel, Ammoniak, Methan, dazu Wasserdampf, Äthan und einiges mehr. Sein Blick tauchte ein zwischen die vielfältigen Strukturen. Wolkenfelder, ein Vielfaches so groß wie Terra, schienen vor ihm aufzureißen. Da waren die Schatten von Io und Kallisto. Außerdem sah er einige der kleineren Monde; eigentlich waren sie nur taube Felsbrocken, die irgendwann von der Schwerkraft des Planeten eingefangen worden waren, manche nur wenige Kilometer groß.

Und der fahle Schatten, der ihm zu schwach erschien, um wirklich Kontur zu gewinnen? War das eine der Syndikatsstationen?

Rhodan schloss die Augen. Tief atmete er ein. Es war unmöglich, dass er das alles wirklich sehen konnte. Weder von Ganymed aus noch von einer anderen Position außerhalb der Jupiteratmosphäre. Es sei denn, er hätte ein extrem gutes Fernglas benutzt.

Mit beiden Händen wischte er sich über die Augen. Als er wieder hinschaute, sah er Jupiter wie immer, und da war weiß Gott nicht die Spur einer Station, die er so einfach hätte erkennen können.

Zu seiner Rechten, kaum hundert Meter entfernt, wölkte Rauch auf. Schneller ging er darauf zu.

Hunderte Menschen drängten sich vor ihm. Er sah etliche Jülziish und auch einige Topsider. Obwohl es nur langsam voranging, warteten alle geduldig.

Rhodan wartete ebenfalls.

»Jeder Automatikherd bräunt, was du willst, und das mit exakt gleichbleibender Temperatur«, raunte Mondra ihm zu. »Da gibt es kein Aufplatzen, kein Verbrennen ...«

»Genau das macht den Reiz aus.«

Mondra verstand ihn nicht. Sie konnte auch nicht nachvollziehen, wovon er sprach, weil sie immer nur steril erhitzte Würste gegessen hatte. Einheitsgeschmack, fand Rhodan.

Endlich war niemand mehr vor ihm.

»Zwei Paar Bratwürste«, antwortete er der Servoautomatik auf die Frage nach seinem Wunsch.

»Bratwürste?«

»Natürlich.«

»Wir braten Riesen-Heuschrecken von Aldebaran XVIII und extragroße Muurt-Würmer, nichts anderes. Deine Wahl ... bitte!«

Rhodan überlegte einen Moment zu lang.

»Deine Wahl!«, drängte der Servo.

Vergeblich versuchte der Terraner zu erkennen, wie die Sachen auf dem Rost aussahen. In der Schlange hinter ihm murrten schon die Ersten darüber, dass alles ins Stocken geriet.

»Muurt – eine Portion.«

Bevor er sich an den Riesen-Heuschrecken versuchte, interessierte ihn die Jülziish-Spezialität. Bei den Tellerköpfen schwammen die Würmer in der Suppe. Manche Leute schworen jeden Eid darauf, dass sie Blues und Muurt-Würmer gesehen hätten, die während des Essens über Geschmack und Nährwert stritten.

Bis heute hatte Perry Rhodan bei Muurt-Wurm-Gerichten nie zugelangt. Es war wohl auch besser, wenn das so blieb.

»Ich hab's mir anders überlegt«, sagte er. »Danke.«

Mondra blickte ihm forschend entgegen, als er zu ihr zurückkam. Dass sie sich eine Bemerkung verkniff, sah Rhodan ihr an.

»Ich weiß, die Zeiten ändern sich«, sagte er. »Mehr als drei Jahrtausende sind keine Kleinigkeit. Ich neige eben hin und wieder dazu, das zu ignorieren.«

Seine Lebensgefährtin nickte zögernd.

»Ich verstehe allmählich, wie es sich anfühlt, älter zu werden als andere«, bemerkte sie. »Es ist angenehm, aber dennoch mit einem leichten Unbehagen verbunden. Meine zweihundertundvier Jahre sind schon mehr, als ich mir jemals hätte träumen lassen ...«

Sie verstummte. Rhodan ahnte, dass sein leicht ironisches Lächeln sie in dem Moment ärgerte.

»Sag jetzt nicht wieder, dass ich eigentlich deine Ururenkelin sein könnte.« Mondra schnappte geradezu nach Luft.

»Das liegt mir völlig fern!«, versicherte der Resident.

Ihr zweifelnder Blick wurde intensiver. O ja, er entsann sich: Mondras zweihundertster Geburtstag. Morgens gegen drei hatten sich die Gäste endlich verabschiedet, sogar Bully und der Mausbiber waren schon so früh gegangen.

Die lauschige Luft im Garten; eine leichte Brise, die vom Goshun-See herüberwehte; das Spiel des Mondlichts auf dem Wasser. Mondra und er hatten sich plötzlich im taufeuchten Gras wiedergefunden, und sie hatten sich geliebt wie lange nicht mehr. Erst hinterher war ihm aufgefallen, das wenigstens einer von ihnen beiden noch mit so viel Verstand reagiert hatte, das Deflektorfeld über dem Garten einzuschalten. Mondra? Er? Egal. Sie waren jedenfalls neugierigen Blicken verborgen geblieben, womöglich sogar übereifrigen Medienfotografen.

»Sag nie ... dass du ein ... alter Mann bist.« Mondras keuchende Bemerkung klang ihm immer noch in den Ohren. Er glaubte ihr Lachen wieder zu hören, roch den Duft ihres Haares und spürte die Berührung ihres geschmeidigen, durchtrainierten Körpers.

Kein Wunder, dass er sich zu der dummen Bemerkung hatte verleiten lassen, sie könne seine Urururenkelin sein. Ein Fehler, den Mondra ihm wochenlang nachgetragen hatte. Sie war und blieb eine Frau in den besten Jahren, die seit Jahrzehnten nicht mehr alterte.

In ihren grünen Augen blitzte leichter Spott. Als ahne sie, dass er drauf und dran war, mehr als nur Gefallen an Galileo City zu finden.

Wie auf ein geheimes Kommando hin gingen sie beide weiter. Sie tauchten tiefer ein in das Gewühl der Feiernden. Die Melange vielfältiger Gerüche und das lauter werdende Stimmengewirr schlugen über ihnen zusammen.

Immer wieder blieb Rhodan stehen und sah sich um. Es erschien ihm, als habe ein Rausch alle erfasst. Fröhliche, lachende Gesichter überall. Über seine Leibwache machte sich Rhodan keine Gedanken, er wusste, dass die drei wie Kletten an Mondra und ihm klebten.

Zwei Ganymedaner schwebten wenige Meter entfernt vorbei. Fast wären sie Rhodan gar nicht aufgefallen. Es war wie eine Mahnung seines Unterbewusstseins, dass er den beiden hageren Gestalten nachschaute. Sie schritten durch die Luft, eine Handspanne über dem Boden.

Er lief ihnen hinterher, zwängte sich durch die Menge.

»Wartet!« Er holte auf, streckte den Arm aus, hielt einen von beiden an der Schulter fest. Der Mann drehte sich um, schaute ihn fragend an.

Nein, das war ein anderes Gesicht. Und die zweite Person, die sich ihm nun zuwandte, war eine Frau. Rhodan schaute auf ihre Füße, sie standen fest auf dem Boden.

»Verzeihung«, murmelte er. »Eine Verwechslung.«

Die Frau lachte schallend, sie sagte etwas in einer Sprache, die der Terraner nicht verstand. Ihr Lachen entblößte zwei Reihen spitzer Fangzähne. Außerdem, das sah er erst jetzt, schimmerte ihre Haut in einem dunkler werdenden Blau. Orangefarben pulsierten kräftige Adernstränge an ihren Schläfen und am Hals.

»Du bist der Resident«, stellte der Ganymedaner an ihrer Seite fest. »Aber nicht einmal du wirst uns zurückhalten können.«

»Wieso zurückhalten?«

Der Mann lächelte mild. Und überheblich zugleich. Als wisse er Dinge, von denen der Terraner keine Ahnung hatte.

»Wovon redest du?«, fasste der Resident nach. »Ich bin hier, um mit den Ganymedanern zu feiern ...«

»Du weißt also gar nichts? Du hast keine Ahnung?«

Der Gesichtsausdruck des Mannes veränderte sich. Aus dem Hauch von Überheblichkeit wurden Mitleid und sogar eine Spur von Bedauern.

»Warum erklärst du mir nicht einfach, wovon du sprichst?«, schlug Rhodan vor.

»Erklären ...« Der Ganymedaner lauschte dem Nachhall des Wortes. »Ich glaube nicht, dass das eine gute Lösung wäre.«

»Was dann? Was wäre eine *gute* Lösung?«, mischte sich Mondra ein, die rasch aufgeschlossen hatte.

»Ihr gehört zu den Alten, den ständig Müden, deshalb werdet ihr euch sträuben.«

»Solange wir nicht wissen, worüber wir reden ...«

Der Ganymedaner lachte leise. »Vielleicht geht es um die Geheimnisse des Lebens. Vielleicht ums Überleben. Egal.« Seine Stimme wurde schroff. »Ihr werdet das Neue nicht verstehen, weil ihr es nicht verstehen wollt.«

»Wer sagt das?«, fragte Rhodan. »Und warum?«

Der Mann vor ihm schien sich aufzulösen. Seine Konturen wurden unscharf, der Körper wirkte mit einem Mal durchscheinend. Was hinter ihm war, zeichnete sich rasch deutlicher ab, wie bei einem verwehenden Hologramm.

Rhodans zupackende Hände konnten den Ganymedaner nicht mehr festhalten. Er griff ins Leere. Auch die Frau hatte sich aufgelöst.

»Eine Projektion?«, murmelte der Terraner. »Waren sie beide nur eine Projektion, aber was ...?«

»Dort drüben! Sie stehen zwischen den Bäumen!«

Das war Dion Matthaus Stimme. Der TLD-Agent zwängte sich zwischen den Umstehenden hindurch. Ziemlich unsanft verschaffte er sich Platz, aber noch bevor er die Bäume erreichte, verschwand das ungleich Paar zum zweiten Mal.

»War das jetzt echt – oder Teil irgendeiner Attraktion?«, wollte Mondra wissen.

»Echt!«, sagte Rhodan überzeugt. »Ich hatte ihn an der Schulter zurückgehalten. Ich habe seine Knochen gespürt, die Muskeln ... Das war keine Projektion.«

»Irgendeine technische Spielerei?«

Rhodan schüttelte den Kopf. »Ich frage mich, ob in Galileo City Mutanten leben, von denen wir auf Terra bislang nichts wissen.«

6.

»... ich mag gar nicht daran denken, wie viel Zeit wir alle verloren haben. *Schlafen* ...« Der Sprecher lachte zornig. »*Der Mensch braucht jeden Tag sechs bis sieben Stunden Schlaf, um sich zu erholen, sonst verkümmert er. Das ist wohl die größte aller Lügen, die uns aufgetischt wurden.*«

»Ich sagte schon immer, dass wir belogen werden.«

Der Erste lachte leise. »Ich habe seit ... Lass mich nachdenken! Seit sechs oder sieben Wochen nicht mehr geschlafen. Geht es mir deshalb schlecht? Wenn die Quacksalber Recht hätten, müsste ich längst im Jenseits sein und von der nächstbesten Wolke herabschauen.«

»Kindermärchen«, pflichtete der Zweite bei. »Und nicht einmal besonders gut gelogen. Wenn du stirbst, landest du im Himmel oder in der Hölle. Lachhaft. Niemand wird mehr sterben, denke ich.«

Perry Rhodan hörte nur zu. Er mischte sich nicht ein, weil er darauf wartete, dass die beiden Ganymedaner die Hintergründe zur Sprache brachten. Mondra bedachte ihn mit einem bedeutungsvollen Blick. *Schnappen wir uns die beiden!*, las Rhodan in ihrer Miene.

Er zögerte, schüttelte den Kopf.

Nicht mehr weit vor ihnen führte der Weltraumaufzug bis in den Zenit der Stadtkuppel. Die Schlange der Wartenden war lang. Der Resident schätzte, dass es gut eine halbe Stunde dauern würde, bis Mondra und er an die Reihe kamen. Die beiden Ganymedaner vor ihnen warteten ebenfalls. Jetzt schwiegen sie allerdings.

Rhodan hob den Blick. Nur feine Wolkenschleier schränkten die Sicht leicht ein. Die Wetterkontrolle sorgte dafür, dass es unter der Kuppel klar blieb. Aus fünf Kilometern Höhe bot sich derzeit ein guter Blick zum Jupiter und über die Kuppelstadt hinweg.

Die kaum fingerdicken Trossen, an denen sich die Gondeln mit hoher Geschwindigkeit bewegten, endeten an einer Plattform dicht unter der Kuppel. Wer hinauffuhr, wollte nur auf eine Weise wieder zurück – mit Hilfe der zur Verfügung stehenden Fluggeräte. Hightech-Flügel galten seit Jahren als das absolute Erlebnis. Auf Ganymed, auf dem Mars, aber seltsamerweise nicht auf der Erde, wo dieser Freizeitspaß zuerst aufgekommen war. Nachgebildete Vogelschwingen, die Flughäute von Fledermäusen und sogar Schmetterlingsflügel trugen jeden sicher zu Boden. Der Reiz lag darin, möglichst lange in der Luft zu bleiben, und der absolute Renner in dieser Sportart waren seit kurzem Engelflügel, als gewännen uralte menschliche Sehnsüchte einmal mehr neue Nahrung.

Hoch unter der Kuppel zogen Hunderte winzige Punkte ihre Bahn.

»Woher kommt das Mittel?«

Perry Rhodan war erneut ganz Ohr. Er schaffte es, den Trubel ringsum weitgehend aus seiner Wahrnehmung auszublenden.

»Müssen wir das wirklich wissen? Mir genügt es, dass ich mich endlich um Dinge kümmern kann, für die ich vorher nie Zeit hatte. Ich glaube, das Syndikat ist ein Segen für uns.«

»Bist du sicher?«

»Mit dem, was ich eben gesagt habe? Ziemlich sicher sogar.«

Schweigen. Aber schon einige Augenblicke später: »Das Syndikat tritt bei der Verteilung nicht in Erscheinung. Die Stationen fischen nach wie vor in der Jupiteratmosphäre nach den Hyperkristallen. Tau-zwei ist doch schon uralt. Und selbst Tau-sieben gibt es seit Jahren, da sehe ich keinen Zusammenhang, Ohtmar.«

»Die Zweier-Version des Hypertaus hat das Syndikat erstmals vor vierzig Jahren synthetisiert. Also rede nicht von uralt.«

»Ich bin fünfundvierzig.«

Beide lachten schallend.

»Ich darf gar nicht daran denken, wie viele Nächte ich in den fünfundvierzig Jahren sinnlos verschlafen habe«, begann Ohtmar erneut.

»Beschwer dich beim Syndikat, wenn du meinst, dass der Hypertau damit zu tun hat.«

»Unsinn. Dabei käme gar nichts raus. Außerdem habe ich eher diese eigenartigen Lebewesen in Verdacht, die sich angeblich in der Jupiteratmosphäre tummeln. Ich habe mit mehreren Mitarbeitern des Syndikats gesprochen. Sie streiten natürlich alles ab. Aber ich bin sicher, sie wissen sehr viel mehr, als sie zugeben wollen. Auf der Atmosphärenstation MERLIN tut sich manches, von dem wir keine Ahnung haben.«

Lebewesen in der Jupiteratmosphäre? Das war das Erste, was Rhodan hörte. Offiziell gab es bislang keine Information. Doch ausschließen konnte er das keineswegs. Leben entwickelte sich schlicht überall und unter allen nur denkbaren Bedingungen. Die Zeiten waren längst vorbei, in denen Menschen so borniert gewesen waren zu behaupten, nur unter bestimmten Umweltbedingungen könne überhaupt Leben entstehen. Steril, giftig oder tödlich waren Klassifizierungen, die der Mensch für sich und seine eigenen Lebensumstände getroffen hatte. Sie waren eben nur eine von vielen Möglichkeiten.

Die beiden Ganymedaner schwiegen jetzt beharrlich.

Rhodan überlegte schon, ob er Gili Saradon und einem der beiden TLD-Männer Mondras und seinen Platz in der Warteschlange übergeben sollte. Die Ganymedaner, deren halblaut geführte Unterhaltung er mitgehört hatte, hatten sich noch nicht umgewandt. Sobald sie ihn als Residenten der LFT erkannten, war es wohl vorbei mit möglichen Auskünften. Die TLD-Leute waren in der Hinsicht wenigstens unverfänglich.

Sie ließen ihn keine Sekunde lang aus den Augen, das wusste er. Auch wenn er sie nicht auf Anhieb entdecken konnte. *Saradon und Matthau zu mir!*, signalisierte er mit einer knappen Geste.

»Resident Rhodan«, sagte in dem Moment eine einschmeichelnde Frauenstimme neben ihm. »Mein Herr, Starbatty, wäre höchst erfreut, könnte er mit dir einige Worte wechseln.«

Rhodan schaute sich um. Dem Klang nach schätzte er die Frau spontan auf etwa dreißig, und wenn ihr Aussehen nur halbwegs mit ihrer Stimme mithielt, dann war sie eine Schönheit. Sie sprach das Interkosmo mit der Klangfarbe und dem Akzent der Terranerin.

Er blickte in ein verhärmtes Knochengesicht. Die Frau starrte ihn aus blutunterlaufenen, weit hervorquellenden Augen an. Schwer zu sagen, von welcher Welt sie stammte. Wahrscheinlich umkreiste der Planet sein Muttergestirn in geringem Abstand. Jedenfalls waren ihre Jochbögen massige Knochenleisten, die Augen waren klein und lagen tief in den Höhlen.

»Rhodan!«, ächzte sie mit einer Stimme, die halb dem nachahmenden Knarren eines Papageis glich und mit der anderen Hälfte dem Quaken eines Frosches. »Perry Rhodan! Sehe ich richtig?« Ihre fleischige Hand klatschte freundschaftlich auf seinen Oberarm. »Mensch, Rhodan, wenn das nicht Fügung ist. Du hast bestimmt nichts dagegen, wenn ich mich für ein Erinnerungsholo neben dich stelle?«

Sie war schnell, stand schon neben ihm, bevor er abwehren konnte. Ihre Linke umfing seine Hüfte und krallte sich in den SERUN.

»Das glaubt mir zu Hause niemand. Rhodan – der sagenhafte Rhodan! Bist du wirklich so alt, wie alle behaupten? Wie ein Greis siehst du nicht gerade aus. Jetzt. Schau mich an!«

Er tat ihr den Gefallen, wenn auch widerwillig. Wenige Meter vor ihm taumelte eine altertümliche Schwebekamera, deren Aufnahmekontrolle unermüdlich blinkte. Aus dem Augenwinkel nahm Perry wahr, dass die beiden Ganymedaner, Ohtmar und der andere, dessen Namen er nicht gehört hatte, ihn verwirrt anblickten. Rasch gingen sie davon. Nein, sie schwebten nicht über dem Boden, wie er beinahe vermutet hätte.

»Ich führe dich zu Starbatty, Perry Rhodan!«

Die verlockende Stimme erklang jetzt auf seiner linken Seite, dicht neben seinem Kopf. Als er den Blick wandte, sah er einen libellenartigen Roboter. Wenigstens erkannte er sofort, dass es sich um einen Roboter handelte. Es gab andere, ihren Vorbildern perfekt abgeschaute Konstruktionen. Rhodan mochte diese Nachbildungen nicht. Nie konnte man sicher sein, ob wirklich nur ein großer Käfer auf dem Weg krabbelte oder der Schmetterling auf der Blüte nicht doch hochauflösende Hologramme schoss. Am schlimmsten war allerdings die Vorstellung, eines Tages feststellen zu müssen, dass einzelne Tierarten nur mehr als robotische Nachbildung existierten.

»Es war mir eine Freude.« Der Resident schenkte der ihn anhimmelnden Knochenfrau ein aufmunterndes Lächeln und folgte dem kleinen Roboter. Die TLD-Agenten schirmten ihn unbemerkt ab und verhinderten, dass die Frau hinter ihm herlief.

»Starbatty wartet in einem der Öffentlichkeit nicht zugänglichen Bereich«, verkündete die Libelle. »Es ist nicht weit von hier.«

»Wie hast du mich gefunden?«, wollte Rhodan wissen.

»Über deine Hirnwellenfrequenz.«

Der Resident schluckte schwer. Das waren individuelle Werte, die keineswegs allgemein zugänglich waren. Aber irgendwie hatte er erwartet, genau das zu hören.

Er bemerkte, dass Mondra ihn überrascht anschaute.

Die Macht des Syndikats war größer, als sie beide angenommen hatten.

Hunderte Menschen lagerten rings um das Würfelgebilde, und es erschien Reginald Bull, als gäbe es für sie nichts anderes mehr als dieses Artefakt. Manche standen da wie in Trance, versunken in den Anblick des seltsamen Objekts. Andere redeten leise. Zumindest bewegten sie die Lippen; Bully sah es durch die Helmscheiben.

Selbstgespräche?

Mit wem redeten Ganymedaner und Terraner sonst? Mit dem Artefakt?

Verrückt, sagte sich der Aktivatorträger. *Sie sind alle irgendwie verrückt geworden.*

Auf ihn selbst wirkte das Artefakt, als hätte ein Riesenkind fünf Bauklötze wahllos aufeinandergestellt, gerade so, dass der entstandene Turm noch die Balance hielt und nicht umkippte. Aber schon der leichteste Stoß ...

Er durfte sich nicht vom Anschein leiten lassen. Dieses Gebilde hatte die harte Eiskruste durchbrochen, ohne Schaden zu nehmen; es stand nicht einfach locker zusammengefügt da, es war verdammt haltbar.

Womöglich würde es noch in Jahren an diesem Platz stehen. So unberührbar wie die Menschen, die ihre Hightech-Zelte und Überlebensiglus hier aufgebaut hatten.

»Was versprechen sie sich davon?«

Bully hatte einen der drei Wissenschaftler, die er selbst von Terrania zum Ganymed geschickt hatte, unmittelbar am Artefakt aufgespürt. Möglich, dass die beiden anderen ebenfalls in der Nähe im Eis saßen. Vielleicht hatten sie sich auch in eine der provisorischen Behausungen zurückgezogen, die immerhin hermetisch abdichteten und es ermöglichten, den Schutzanzug auszuziehen.

Immel Murkisch reagierte nicht auf die Frage. Dabei musste er sie gehört und verstanden haben. Nicht über Funk, denn er hatte seine Anlage abgeschaltet. Gleichwohl hatte Bully dafür gesorgt, dass ihre Helme einander berührten.

Erreicht hatte er wenig damit. Der Hyperphysiker, der zu den schnellen Aufsteigern in Terrania zählte, kauerte halb in sich zusammengesunken auf den Eisstufen, die von dem dritten Würfel zum zweiten hinaufführten.

»Es beeinflusst euch?«

Keine Antwort. Wenigstens schaute Murkisch ihn an, das hatte er bislang noch nicht getan. Bull gewann sogar den Eindruck, dass der Hyperphysiker ihn erkannte.

»Es redet mit euch?«

Er stellte die Frage ins Blaue hinein. Eben weil einige der Männer und Frauen unaufhörlich die Lippen bewegten. Nur hin und wieder hielten sie inne, als lauschten sie, das hatte Bully mehrfach beobachtet.

»Ich kann auch die CHARLES DARWIN herbeirufen. Mit den Traktorstrahlen wird es einfach sein, die Würfel aus dem Eis zu heben und abzutransportieren.«

Er meinte es nicht ernst. Noch nicht. Gleichwohl sah er die Option. Eigentlich wollte er mit der Drohung nur eine Reaktion erzielen. Es war unverkennbar, dass der lethargische Zustand der Menschen mit dem Artefakt zu tun hatte. Wie in Trance wirkten sie und ließen sich nur widerwillig ansprechen.

»Der ENTDECKER?«, fragte Murkisch unvermittelt. Sein Blick pendelte plötzlich zwischen Bull und dem Artefakt.

»Genau, der ENTDECKER«, bestätigte der Residenz-Minister. »Ich werde nicht davor zurückschrecken, die Schiffsgeschütze einzusetzen, sobald ich glaube, dass es sein muss.«

Der Hyperphysiker atmete heftiger. Ein Zittern durchlief seinen Körper. »Tu das nicht!«, bat er schwach.

»Und warum nicht?«

Keine Antwort.

»Sag mir einen einzigen Grund, Immel, weshalb ich diesen merkwürdigen Turm aus Würfelbausteinen verschonen sollte.«

»Er redet mit uns!«
Also doch.
»Er macht uns glücklich«, fügte der Wissenschaftler ungefragt hinzu.
»Und was sagt er?«
Murkisch schwieg wieder. Als habe er schon zu viel preisgegeben. Sein Blick forderte Bully auf, ihn in Ruhe zu lassen.
O ja, er wirkte glücklich. Wenn Reginald Bull das gezwungene Lächeln um seine Mundwinkel so deuten durfte.
»Woher kommt das Artefakt? Hat es das bereits verraten?« Der Aktivatorträger dachte nicht daran, schon aufzugeben. »Was ist es? Ich meine, es muss doch zu irgendetwas nütze sein. Was kann es, was ...?«
»Ich weiß nicht!« Murkisch war laut geworden, dämpfte seine Stimme aber sofort wieder. »Vielleicht ...« Er flüsterte nur noch. »Vielleicht ist es eine Reliquie. Der Schatz eines alten, guten Gottes.«
»Das glaubst du selbst nicht. Eine Reliquie. Wieso um alles in der Welt ...?« Bully verstummte. Weil Murkisch ihn mitleidig ansah, und weil der Hyperphysiker sich plötzlich geschmeidig erhob und die Stufen aus Eis höher stieg.
Gut zwanzig Meter weiter oben ließ der Mann sich wieder nieder.
Bully schüttelte den Kopf. Sein Blick sprang von einem Würfel zum nächsten. »Und?«, fragte er das Artefakt. »Wann redest du mit mir?«
Erwartete er wirklich eine Antwort?
Reginald Bull klatschte die Hände gegen das bleiche Material. Er spürte nichts dabei.
»Jetzt hast du deine Chance«, sagte er heftig. »Was versprichst du diesen Menschen? Glück? Wohlstand? Gesundheit? Ich habe das alles, redest du deshalb nicht mit mir?«
Das Artefakt schwieg.
Aber tief in seinem Unterbewusstsein zweifelte Bully. Was, wenn der Hyperphysiker Recht hatte?

»Der Tod ist also wirklich eine Farce und nur ein Schreckgespenst.«
Der Mann, der das sagte, schaute aus weit geöffneten Augen zu Perry Rhodan und Mondra Diamond auf. Die Frau und die zwei Männer hinter den beiden streifte er nur mit einem missbilligenden Blick. Abschätzend schürzte er die Lippen.

Eben hatte er noch halb in seinem wuchtigen Sessel gelegen, nun richtete er sich langsam auf. Sein Blick streifte Rhodan und taxierte Mondra um ein Vielfaches länger. Was er sah, schien ihm zu gefallen, denn seine Miene entspannte sich.

Er räusperte sich und kam ruckartig auf die Beine.

»Ich mag Menschen, die es fertigbringen, dem Sensenmann von der Klinge zu springen«, sagte er. »Ich weiß, das klingt seltsam. Aber es ist so, wie ich sage. Alles in unserer Welt ist für Geld zu haben, oft nur für viel Geld. Nur der Tod ist umsonst.«

»Er kostet das Leben«, berichtigte Rhodan.

Seinen Zwiespalt ließ sich der Resident nicht anmerken. Das also war Starbatty. Der kleine, dicke, etwas knorrig wirkende Mann war der Erste Syndikatssenator des Syndikats der Kristallfischer. Rhodan hatte ihn im Stadion während der Eröffnung nur aus größerer Distanz gesehen. Außerdem kannte er das eine oder andere Bild, aber jene Aufnahmen waren eindeutig geschönt. Starbattys undefinierbar schiefes Gesicht wirkte weitaus kantiger.

»Jeder muss irgendwann sterben.« Der Senator kaute auf seiner Unterlippe; er nickte zögernd. »Ob arm oder reich, spielt dann keine Rolle mehr.«

Lachend entblößte er seine blank polierten Zähne, die funkelnde Howalgonium-Intarsien trugen. Er streckte Rhodan die Hand entgegen, überlegte es sich aber doch anders und schüttelte zuerst Mondra die Hand.

»Du bist die Lebensgefährtin des Residenten. Ich freue mich, dich kennenzulernen, Agalija ...«

»Mondra«, erwiderte sie. »Mondra Diamond. Mein Geburtsname liegt lange zurück und spielt heute keine Rolle mehr.«

»Ich weiß. Ich habe einige Aufzeichnungen gesehen und die Zirkusartistin bewundert, die auf vielen Welten der Liga Vorstellungen gab. Vor allem staune ich über Menschen, die ihren Körper derart perfekt beherrschen. Mein Respekt, Mondra.« Er streifte mit beiden Händen über seinen etwas aus der Form geratenen Leib. »Ich selbst wäre dazu nie in der Lage.«

Er wandte sich an Rhodan. »Ich freue mich, dass ihr meiner bescheidenen Bitte folgen konntet. Natürlich ist hier nicht der geeignete Rahmen für eine tiefschürfende Unterhaltung. Aber ich darf wohl annehmen, dass ihr nicht schon heute nach Terra zurückfliegen wollt. Und vor allem, dass das Syndikat euch einen Besuch wert ist. Ich lade euch ein – in meine Villa hier in Galileo City. Oder noch besser: ins Isidor-Bondoc-Building. Soviel ich weiß, habt ihr es schon von außen besichtigt.«

Starbatty machte eine ausschweifende Handbewegung. »Bitte nehmt Platz. Diese Dachterrasse steht nur uns zur Verfügung, niemand sonst wird sich hierher verirren. Genießt die Aussicht – Jupiter wirkt derzeit besonders imposant. Was darf ich servieren lassen? Ein kühles terranisches Bier, wie vor dreitausend Jahren?«

Er klatschte in die Hände und streckte zwei gespreizte Finger in die Höhe.

Rhodan lächelte wissend, während Mondra leicht die Stirn in Falten legte.

»Hach«, machte Starbatty dumpf. »Sie drängt sich auch gar nicht in den Vordergrund.« Er wandte sich zu der Frau um, die ein paar Meter abseits saß und mehrere Datenholos studierte. »Ihr kennt Tianna schon, die Urenkelin des Syndikatsgründers.«

»Hallo«, sagte Rhodan.

Tianna Bondoc schaute nur kurz auf, dann widmete sie sich wieder ihrer Arbeit. Dass Mondra ihr zunickte, nahm sie kaum noch wahr.

Ein Robotdiener brachte zwei Bier. Rhodan und seine Gefährtin nahmen Platz. Der Roboter stellte die Gläser auf Antigravplättchen neben sie in die Luft.

»Zum Wohl.« Starbatty hob sein Glas, das nur noch halbvoll war. »So eine Dreitausendjahrfeier weckt nostalgische Gefühle. Ich sehe mir das alles aber lieber von hier oben aus an. Der Trubel in der Stadt ist Gift für einen Mann von hundertvierzig.«

Er trank einen kräftigen Schluck und stellte sein Glas dann einfach zur Seite. Gedankenschnell veränderte das Antigravplättchen die Position und fing das Glas ab, bevor es stürzen konnte.

»Ein kleiner Gimmick, macht das Leben bequemer.« Starbatty wischte sich mit dem Handrücken über die Lippen. Er wirkte so gar nicht wie der Chef einer keineswegs unbedeutenden Organisation. Längst hatte sich das Syndikat einen Namen gemacht, der weit in die Milchstraße hinausreichte.

»Du wolltest Bratwürste«, wandte er sich an Rhodan und hob sofort abwehrend die Arme. »Nein, ich würde mich hüten, euch nachzuspionieren. Zufällig stand einer meiner Vertrauten bei dem Grill. Also, ein kleines Willkommen auf Ganymed: Ich habe Bratwürste, zwei Paar. Von einem echten Holzkohlegrill, nicht so antik, wie er sein sollte, aber ich denke, dass der gute Wille zählt.« Er stemmte die Hände auf die Armlehnen seines Sessels und schob sich ein Stück weit nach vorne. »Ein bisschen mehr Freude, Perry, hätte ich eigentlich erwartet. Das Leben ist kurz genug. Und falls du befürchtest, ich könnte dich vergiften woll...« Er schlug sich mit den Fingerspitzen an die Wange. »Ach ja, der Aktivatorchip. Nimmt jedes Gift aus dem Körper, das hätte ich beinahe vergessen. Also?«

Rhodan nickte knapp. »Danke, gern«, sagte er. »Obwohl ich nur sehr schwer an einen Zufall glauben kann.«

»Ist es auch nicht«, versicherte Starbatty. »Ich wurde auf Terra geboren, das sollte dir bekannt sein. Dass eine meiner Lieblingsbeschäftigungen gutes Essen ist, sieht man mir an. Der Rest ist einfach. Mein Faible für altterranische Kultur, die Feierlichkeiten ...«

Er schaute zu, wie ein Roboter zwei Platten brachte. Jeweils zwei lange, aufgeplatzte Bratwürste lagen auf dem feinen Porzellan. Ohne Beilagen wirkten sie ein wenig verloren.

»Das ist leider der Rest«, gestand der Syndikatssenator ein. »Hätte ich die Information nur ein wenig später erhalten – na ja.«

Er schwieg und warf einen flüchtigen Blick zu Tianna Bondoc hinüber, die mittlerweile die Hälfte der Holos gelöscht hatte.

Mondra Diamond kostete erst vorsichtig, dann nickte sie zustimmend, und nach dem letzten Bissen war sie nahe daran, sich die Finger abzulecken.

»Exzellent«, sagte Rhodan. »Es ist sehr lange her, dass ich das zuletzt essen konnte.«

Starbatty nickte zustimmend. »Wie schon gesagt: Mich freut, dass der Resident und seine Lebensgefährtin Ganymed besuchen. Nach meiner Ansicht ist dieser Besuch schon lange überfällig. Ja, ich weiß.« Abwehrend hob er die Arme. »Der Tag hat zu wenig Stunden. Selbst für Zellaktivatorträger, die kaum Schlaf brauchen.«

»Ganz ohne kommen wir nicht aus. Offenbar im Gegensatz zu vielen Ganymedanern, die gar keinen Schlaf mehr brauchen.« Rhodan schaute sich nach den TLD-Leuten um. Sie standen am anderen Ende der Terrasse und wurden soeben mit Getränken bewirtet.

»Galileo City ist zu einer schlaflosen Welt geworden«, bestätigte der Syndikatssenator. »Frag mich nicht, warum – es ist einfach so. Ich selbst bin noch nicht davon betroffen. Dabei wäre es nicht das Schlechteste. Ich könnte meine Freizeit anders einteilen.«

»Betroffen?«, fasste Mondra Diamond nach. »Das klingt nach Epidemie.«

»Unsinn.« Starbatty winkte ab. »Die Mediker finden nichts. Keine Mikroorganismen, keine Strahlung ... Abgesehen davon gibt es nicht einen, der sich deshalb krank fühlen würde. Im Gegenteil. Wer nicht mehr schlafen kann, genießt sein Leben weitaus besser als zuvor.«

»Das Artefakt?«, erkundigte sich Rhodan wie beiläufig. »Haben diese fünf eigenartigen Würfel damit zu tun?«

»Bestimmt nicht«, sagte der Senator abwehrend. »Das Artefakt ist vor nicht einmal zwei Wochen aufgetaucht – die Schlaflosigkeit verzeichnen wir schon seit längerer Zeit.«

»Ich nehme an, der Verteidigungsminister ist deshalb nach Süden geflogen?« Tianna Bondoc hatte die letzten Datenholos gelöscht und kam nun zu ihnen herüber. »Reginald Bull wird nichts herausfinden, was unsere Wissenschaftler nicht bereits festgestellt hätten.«

»Also sehr wenig«, bemerkte der Resident. Dass seine kleine Delegation augenscheinlich auf Schritt und Tritt überwacht wurde, seit sie Ganymed erreicht hatten, ignorierte er geflissentlich. »Und wenn dieses Gebilde in der Ovadja Regio sozusagen unschuldig an den Veränderungen ist, was kommt dann in Betracht?«

»Wir wissen es nicht«, sagte Bondoc.

»Ich meine, in den wenigen Stunden in Galileo City konnten Mondra und ich durchaus auch andere Phänomene erkennen. Männer und Frauen, die scheinbar über dem Boden schweben. Andere, die zudem wie ein langsam erlöschendes Hologramm verblassen und gleich darauf Dutzende Meter entfernt zu neuem Leben erstehen.«

»Das klingt nach Mutantenfähigkeiten.«

»Ja, das klingt so«, bestätigte Mondra. »Und wir wissen nicht, was wir davon halten sollen.«

»Wäre es möglich, dass die Lebewesen in der Jupiteratmosphäre damit zu tun haben?«, wandte Rhodan ein.

»Lebewesen?« Starbatty schien ehrlich überrascht zu sein. »Woher hast du diese Information?«

»Sie ist Tagesgespräch.«

Der Syndikatssenator grinste schief. Dann schüttelte er den Kopf. »Quatsch. Wenn dem so wäre, wüsste das Syndikat zuallererst davon. Unsere Faktoreien schweben in der Atmosphäre des Planeten, noch dazu in unterschiedlicher Höhe. Wir haben permanent alles in der Ortung, soweit man bei den herrschenden Gegebenheiten von Ortung reden kann.«

»Und?«, fragte der Resident.

»Was und?«

»Gibt es diese Wesen?«

»Nein!« Unter Rhodans forschendem Blick schien der Senator sich zunehmend unwohl zu fühlen. »Zumindest ist mir nichts davon bekannt«, schränkte er ein. »Aber wenn *wir* schon nichts wissen, kann auch kein anderer solche Informationen haben. Das alles ist mir suspekt.«

»Dann bist du sicherlich einverstanden, dass ich MERLIN einen Besuch abstatte.«

»Wann?«

»Am liebsten jetzt, sofort.«

»In der Faktorei MERLIN gibt es weder fremde Lebewesen noch Hinweise darauf.« Starbatty winkte ab. »Und um es deutlich zu sagen: Ich hatte vor, dich, Mondra und Reginald Bull zu einem Flug durch die Jupiteratmosphäre einzuladen. Ziel sollte die Besichtigung von einer oder zwei unserer Faktoreien sein – die Kristallfischer bei ihrer keineswegs ungefährlichen Arbeit, die letztlich auch der Liga zugutekommt.«

»Wie wäre es mit einem Termin für morgen?«, fragte Mondra.

Der Syndikatssenator ließ sich in seinem Sessel zurücksinken. »Misstrauen. Ungeduld. Selbst merkt man es nicht, wenn man aus demselben Stall kommt, aber ich beginne die Ganymedaner zu verstehen, die nur auf die eigene Stärke setzen. Für sie ist Terra weit weg und die LFT ein Moloch mit anderen Interessen.«

»Starbatty liegt viel daran, eine Lizenzerweiterung für zwei neue Faktoreien zu beantragen«, warf Tianna Bondoc ein. »Allerdings kann ich mir sehr gut vorstellen, dass er langsam wieder davon abrückt.«

Wer den Unterschied von Tag und Nacht suchte, durfte nicht nach Galileo City gehen. Es gab ihn nicht. Als Perry Rhodan und seine Begleiter wieder eines der Laufbänder benutzten, war es deutlich nach 22 Uhr Terrania-Standardzeit, doch das Leben brodelte unvermindert heftig in den Straßen.

Jupiter hatte seine Position nur wenig verändert. Ein schmaler Schattenstreif fraß zwar von der Seite an der gigantischen Kugel, das der Sonne abgewandte Planetenrund hob sich dennoch deutlich gegen den Sternenhintergrund ab.

Unter der Panzertroplonkuppel der Stadt wetterleuchtete es. Grellbunte Lichtkaskaden wuchsen auf, erst in merklichem Sekundenabstand von rollendem Donner gefolgt. Ein neues Feuerwerk brannte ab.

Winzige Schemen huschten vor dem Flackern in großer Höhe vorüber. Nach wie vor schwebten Hunderte geflügelte Menschen in weiten Kreisen dem Boden entgegen. Andere fanden einen Hauch von Thermik und schraubten sich langsam wieder nach oben.

In steter Folge stiegen die Gondeln des Weltraumaufzugs an ihren dünnen Seilen zu der Plattform empor.

Ein Schatten huschte durch die Straßenschlucht, nur wenige Meter über die Köpfe der Ganymedaner hinweg. Mühsam mit den Flügeln schlagend, versuchte die Gestalt, noch einmal an Höhe zu gewinnen. Aber wer immer da gegen die Tücken der Schwerkraft ankämpfte, er bekam die großen Federflügel nicht mehr unter Kontrolle. Gut fünf Meter tief sackte er ab, fing sich erst dicht über dem Boden und verschwand in einem Knäuel umherfliegender Federn. Einige Passanten, die nicht schnell genug reagiert hatten, wurden umgerissen.

Jemand rief nach Medorobotern. Fast gleichzeitig kamen die ersten der Gestürzten schon wieder auf die Beine.

»Da braucht niemand Hilfe, das ist glimpflich ausgegangen«, bemerkte Mondra Diamond. »Sogar der gefallene Engel richtet sich schon wieder auf. Er wirkt nur ziemlich gerupft.«

Einer der großen Flügel war gebrochen und hing schräg zur Seite. Der andere sah aus, als hätte jemand wahllos hineingegriffen und die langen weißen Federn ausgerissen.

Die Gestalt war gut zwei Meter groß, wirkte von hinten aber deutlich kräftiger als ein Ganymedaner. Perry Rhodan verbiss sich ein Auflachen, als er zwei Hörner zu erkennen glaubte.

Der Mann hatte Mühe, sich aus dem Gurtgeschirr der Engelsflügel zu lösen. Als er sich umwandte, konnte jeder den ziegenhaften Schädel mit den übergroßen Nasenlöchern sehen. Dazu das schwarze Drahtfell, das Schädeldecke und Teile des Gesichts überzog, die rot leuchtenden runden Augen und die beiden spitz vom Schädel abstehenden Hörner. Zwei Greifzungen zuckten aus den Nasenlöchern hervor und tasteten mit ihren zarten Fingern ebenfalls nach den Gurten.

»Will mir keiner helfen?«, erklang es schrill.

»Mussten es unbedingt Engelsflügel sein?«, fragte Mondra verhalten. Der Gehörnte konnte sie bestimmt nicht verstehen. Ohnehin bemühten sich soeben die Leute, die er mit sich zu Boden gerissen hatte, ihm die Flügel abzunehmen.

»Ausgerechnet ein Cheborparner.« Mondra Diamond seufzte. »Diesem Volk wird doch sonst ein feines Gespür für Sitten und Gebräuche nachgesagt. Fledermausschwingen hätten ihm besser zu Gesicht gestanden.«

Sie sprangen auf den nächsten Rollsteig auf, der sie in Richtung des Stadions trug. Dort, nahe der Stadtverwaltung, lag das Hotel, in dem die Bürgermeisterin sie untergebracht hatte.

»Hast du die Reaktion des Dicken gesehen, als Tianna ihm einreden wollte, dass er keine neuen Lizenzen beantragen soll?«, sagte Mondra unvermittelt.

»Natürlich habe ich das«, antwortete Rhodan.

»Sie will nicht, dass wir MERLIN aufsuchen.«

»Das ist ihr Problem, nicht unseres. Vorschriften machen kann sie mir ohnehin nicht.«

Porcius Amurri stand plötzlich neben ihnen. Mit einer Hand fuhr er sich durch sein wirres rotes Haar. Falls das ein Versuch sein sollte, die Mähne zu bändigen, misslang er völlig.

»Wir werden verfolgt, seit wir wieder auf der Straße sind«, sagte der TLD-Mann leise. »Zwei Ganymedaner. Vorhin, während des Zwischenfalls mit dem Cheborparner, haben sie an andere übergeben.«

»Wenn ich daran denke, dass wir ohnehin schon permanent beobachtet wurden ...« Rhodan machte eine geringschätzige Bewegung.

»... dann sind das jetzt Dilettanten.« Mondra führte den Gedanken zu Ende.

»Keineswegs.« Amurri schob sich den Rest eines Früchteriegels zwischen die Zähne. »Sie machen ihre Sache ziemlich gut. Dumm nur, dass wir besser sind.« Er grinste breit. »Buster hat ihnen einen Mikrospion in den Pelz gesetzt.«

»Er hört sie ab?«

Der Rollsteig endete, ein gerichtetes Schwerefeld setzte die Passagiere auf dem festen Boden ab.

»Sehen wir uns noch ein wenig um«, sagte Rhodan. »Hier ist unvermindert viel los.«

»Natürlich.« Amurri lief mehrere Schritte voraus und drehte sich dann um. »Genau das wollte ich eben vorschlagen.« Er ging rückwärts, wirkte jetzt wie jemand, der sich mit Freunden unterhielt und dabei gar nicht mehr auf die Umgebung achtete. »Unsere Verfolger sollen offenbar verhindern, dass wir Jupiter anfliegen. Daubert heißt der Typ, mit dem sie sich kurz über Funk unterhalten haben. Scheinen sich ziemlich sicher zu sein, dass wir sorglos sind.«

»Daubert?«, fragte Rhodan. »Gehört er zum Syndikat?«

»Die Abfrage läuft.« Amurri drückte mit der Fingerspitze auf sein Ohr, um den Mikroempfänger besser zu verstehen. »Daubert Eviglich, ja, das Archiv hat ihn schon. Befehlshaber der SteDat in Galileo City. Die SteDat, Stelle für Datenbeschaffung, durchzieht das Syndikat der Kristallfischer wie ein roter Faden. Es handelt sich um eine Art interner Polizeitruppe mit paramilitärischer Ausbildung.«

»Braucht man die?«, erkundigte sich Mondra Diamond nachdenklich. »Ich hatte den Eindruck, dass wir mit Starbatty leidlich gut auskommen könnten.«

»Wir wissen nicht, wer wirklich hinter den Kulissen steht«, erwiderte Rhodan. »Aber wenn jemand im Syndikat glaubt, er könne den Residenten im eigenen Sonnensystem behindern, dann muss das geradezu ein Nachspiel haben. – Porcius, zieht unsere Verfolger aus dem Verkehr! Sie dürfen ruhig einige Stunden lang schlafen. Aber so, dass jeder Verdacht lichtjahreweit an uns vorbeigeht. Wir fünf verschwinden danach aus der Stadt. Ich halte Jupiter für ein lohnendes Ausflugsziel.«

»Du willst also wissen, was in MERLIN vor sich geht«, stellte Mondra fest.

»Ich will dort sein, bevor irgendjemand Zeit findet, Daten zu manipulieren. Mein Gefühl sagt mir, dass alles scheinbar Unerklärliche hier auf Ganymed mit dem Syndikat zu tun hat.«

Dion Matthau, genannt »Buster«, war der Älteste im Team. Mit seinen einunddreißig Jahren hatte er es in der Tat weit gebracht. Nicht jeder konnte von sich behaupten, dass er das Zeug habe, auf einen Mann wie Rhodan aufzupassen.

Viele Skulpturen gliederten den weitläufigen Platz, den sie erreicht hatten. Diese Bildhauerei war modernes Zeug, von dem Matthau nichts verstand. In solchen Fällen hielt er es immer für wahrscheinlich, dass der Künstler mit Psychopharmaka oder Schlimmerem vollgestopft gewesen war.

Wirrnisse von Raum und Zeit, verkündete eine kleine Holotafel an dem Objekt.

Für Matthau waren diese Wirrnisse nur ein Knäuel Schrott. Vielleicht, sinnierte er, hatte der Künstler sogar genau das damit ausdrücken wollen. Das alles war doch nur eine Frage des Standpunkts. Immerhin war die Plastik für sein Vorhaben perfekt. Er wollte nicht gesehen werden, legte aber größten Wert darauf, selbst einen guten Überblick zu behalten.

Seit zwei Minuten lehnte er in der rostigen Mulde. Transparenter Harzguss konservierte den Rost, wahrscheinlich als Symbol der Zeit, die an allem nagte. Das Geflecht verschiedener Materialien war hier sehr grobmaschig und erlaubte ihm, alles zu überblicken.

Auf dem Platz gab es nur kleinere Darbietungen.

Perry Rhodan und Mondra Diamond waren vor einer der kleineren Bühnen stehen geblieben und beobachteten die Vorstellung. *Zaubertricks,* argwöhnte Matthau. Falls das nicht zutraf, verfügte die rundliche Gestalt allerdings über ungewöhnliche Mutantenkräfte. Soeben materialisierte ein kleiner Würfel zwischen den Händen des Mannes und stieg langsam in die Höhe.

Gili Saradon stand nur wenige Meter hinter Rhodan. Auch eine Menge anderer Leute hielten jetzt inne.

Der Würfel rotierte und versprühte Blitze. Schneller werdend, veränderte er nicht nur seine Farbe, er verformte sich zudem. Eine Spindel entstand.

Matthau musterte die Ortung seines Spezialarmbands. Er hatte erwartet, Zug- und Traktorfelder anzumessen, die den Würfel manipulierten, aber da war nichts.

Der Mann auf der Bühne ließ weitere Gegenstände materialisieren. Gelächter brandete auf, als eine tönerne Amphore nach unten kippte und auf der Straße zerschellte. Wie von Geisterhand bewegt, setzten sich die Bruchstücke aber schnell wieder zusammen. Sekundenlang hatte Matthau den Eindruck, die Zeit laufe rückwärts. Jedenfalls stieg die wieder intakte Amphore zur Bühne hoch. Sie wackelte, drohte zu kippen, und diesmal griff der Schausteller rechtzeitig zu. Beifall brandete auf.

Ein Zeitexperiment?

Der Agent des Terranischen Liga-Dienstes versuchte, eine Regung Perry Rhodans zu erkennen. Wenn einer der Anwesenden das Geschehen richtig einzuschätzen vermochte, dann der Resident. So viel Dion wusste, war der Terraner mehrmals weit in die Vergangenheit gereist – etwas, das sich ein normaler Mensch immer noch nicht richtig vorzustellen vermochte.

Endlich sah er Porcius, der auf der anderen Bühnenseite stand. Porcius Amurri hielt Rhodan permanent im Auge.

Die beiden SteDat-Leute warteten nicht weit entfernt. Ihre Aufmerksamkeit galt Rhodan und seiner Begleiterin, die jetzt weitergingen, sie hatten aber auch Gili und Porcius im Auge. Und immer wieder schauten sie suchend um sich.

Sie vermissen mich, erkannte Matthau. *Ich bin ihnen entwischt.*

Die SteDat-Leute setzten sich ebenfalls in Bewegung.

»Ziel ist das *Red-Eye-Inn*«, hörte Matthau eine leise Stimme aus dem Ohrhörer. »Sieht so aus, als wollten sie die Zimmer beziehen.«

Die Antwort erfasste der Minispion nicht. Dion Matthau konnte Rückschlüsse nur aus dem ziehen, was der Mann hier in Galileo City sagte. Und dessen Gesprächspartner? Wieso ging Matthau eigentlich davon aus, dass der Befehlsgeber nicht hier in der Stadt zu finden war? Irgendwo näher am Jupiter. Mit der Vermutung hatte er sich von Rhodan anstecken lassen. Aber warum eigentlich nicht? Er konnte nicht erwarten, dass die TLD-Ausbildung der mehrtausendjährigen Erfahrung des Residenten überlegen war.

»Ja. Wir warten vor dem REI. Rhodan wird Jupiter nicht näher kommen, als er es schon ist ... Natürlich keine Gewalt. Mir ist bewusst, was Terra aufzubieten hat, würde dem Residenten ein Unfall zustoßen.«

Die Stimmen schwiegen wieder.

Matthau lächelte verbissen, als er die Poison-Bee in die Luft warf. Selbsttätig entstand das Überwachungsholo über seinem Handrücken, ein verzerrt anmutender Blick aus einer Höhe von knapp drei Metern. Die Giftbiene flog in die Richtung, die ihr der Schwung zugewiesen hatte. Matthau steuerte sie über sein Armband mit ultrakurzen Impulsen. Dennoch fürchtete er, dass die Gegenseite darauf aufmerksam werden konnte. Aber dann hätten sie bereits den Minispion entdecken müssen.

Die beiden SteDat-Leute erschienen in der Wiedergabe. Mit dem Zeigefinger stach Matthau in die Projektion und markierte das Ziel. Sekunden später sah er den ausrasierten Nacken eines der Männer. Fast gleichzeitig zuckte dessen Hand hoch, er kratzte sich am Haaransatz.

Der winzige Einstich in der Haut würde schon nach knapp einer Stunde nicht mehr nachweisbar sein. Es war ohnehin überraschend, dass der Mann die flüchtige Berührung bemerkt hatte. Das Eindringen war mit einem spontan wirkenden lokalen Anästhetikum kombiniert, bevor das Schlafmittel in die Blutbahn injiziert wurde.

Dion Matthau grinste breit. Die SteDat-Männer würden mindestens zwei Stunden im Tiefschlaf liegen. Und das in einer Stadt, in der wohl schon viele Einwohner der Schlaflosigkeit verfallen waren.

Beide Micro-Jets? Perry Rhodan entschied sich dagegen, während der Waggon der Magnetschwebebahn durch das ewige Eis der Planetenkruste nach Port Medici raste. Die beiden SteDat-Männer schliefen tief und fest, und nur Spezialisten würden feststellen können, was mit ihnen geschehen war. Vermutungen waren das eine, wirklich wissen das andere. Der Resident bezweifelte, dass die Stelle für Datenbeschaffung die kleinen technischen Annehmlichkeiten des Liga-Dienstes kannte.

Er sah keinen Sinn darin, mit beiden Jets loszufliegen. Die Gefahr, einander in den Turbulenzen der Jupiteratmosphäre zu verlieren, erschien ihm zu groß. Und fünf Personen fanden in dem kleinen Space-Jet-Typ ohnehin gerade Platz.

»Was immer auf Ganymed vor sich geht, ich habe das Gefühl, dass wir die Ursachen schnell aufdecken müssen«, sagte er. Der Waggon näherte sich dem Raumhafen. Das Rundumholo blendete bereits die Ankunftszeit ein. Noch dreieinhalb Minuten. Es war jetzt 23.39 Uhr.

»Die Gefahr besteht durchaus, dass die Entwicklung, die wir hier erleben, auf Terra übergreift. Bully würde jetzt sagen, dass ohnehin nur ein Katzensprung zwischen Galileo City und Terrania liegt.«

»Die Ganymedaner entwickeln offensichtlich besondere Kräfte.« Matthau hatte eben erst die Vorstellung mit der zerborstenen Amphore zur Sprache gebracht. »Auf mich wirkte der Vorgang, als wäre in diesem eng begrenzten Bereich die Zeit rückwärtsgelaufen. Das war alles andere als normal, in gewisser Weise ein Paradoxon.«

»Vieles, was Artisten und Gaukler tun, erweckt diesen Anschein«, sagte Mondra verhalten. »Ich habe mir auch den Kopf darüber zerbrochen. Falls es wirklich so wäre, würden sich erschreckende Perspektiven öffnen. Aber wenn ich daran denke, was in meinen Vorstellungen ablief ...«

Sie erreichten Port Medici.

Unbehindert eilten sie durch die Korridore und schwebten wenige Minuten später im Liftschacht zu einer der beiden Micro-Jets hinauf.

Perry Rhodan übernahm selbst die Kontrollen. Niemand hatte sich in der Zwischenzeit an dem Jet zu schaffen gemacht, aber das hatte er auch nicht befürchtet. Wer wirklich verhindern wollte, dass er Jupiter anflog, musste es letzten Endes mit der CHARLES DARWIN II aufnehmen, und der ENTDECKER war ein schlagkräftiger Gegner.

Mondra stellte Funkkontakt zur Hafenkontrolle her. Die Startfreigabe kam prompt.

»Okay«, sagte Rhodan, »schauen wir uns die Sache aus der Nähe an. Wer sich für zehn, zwanzig Minuten eine Mütze Schlaf gönnen will, kein Problem. Sobald wir MERLIN erreichen, brauche ich ausgeschlafene Begleiter.«

»Wir hätten uns in Galileo City infizieren sollen.« Matthau seufzte ergeben. »Wer weiß, möglicherweise haben wir das ja auch und merken es erst, sobald wir einige Tage schlaflos hinter uns haben.«

»Also, ich glaube an gar nichts«, bemerkte Gili Saradon.

»Ich schon«, konterte Matthau. »Ich habe vorgeschlafen, so viel ich erwischen konnte.«

Amurri versuchte mit allen zehn Fingern, sein Haar zu bändigen. Letztlich verschränkte er die Hände hinter dem Kopf. »Ich für mein Teil halte mich gern an Perrys Vorschlag«, verkündete er. »Und vielleicht träume ich ja auch von dir, Gili.«

Die Frau hatte nicht gerade den Eindruck erweckt, dass sie ihrem Kollegen zuhörte. Trotzdem lachte sie leise. »Ich hab's doch eben gesagt«, stellte sie fest. »Ich glaube ...«

»... an gar nichts.« Matthau führte den Satz zu Ende. »Das wissen wir, Gili.«

Die Micro-Jet hatte abgehoben und gewann schnell an Höhe. Die Stadtkuppeln kamen in Sicht, versanken aber rasch hinter dem Mondhorizont.

Die Ortung zeigte mehrere Raumschiffe in der Nähe von Ganymed. Rhodan achtete nicht darauf. Er bat Mondra, über Richtfunk Verbindung zur CHARLES DARWIN aufzunehmen.

Case Morgan, der Zweite Pilot, meldete sich. »Ich wurde soeben informiert, dass eine unserer Jets auf Port Medici abgehoben hat. Wir öffnen den Hangar ...«

»Nicht erforderlich«, sagte Rhodan. »Wir befinden uns nicht im Anflug auf das Mutterschiff, sondern statten Jupiter einen Besuch ab. Ab sofort gilt erhöhte Bereitschaft für die CHARLES DARWIN.«

»Verstanden. Erhöhte Bereitschaft wird angeordnet«, antwortete Morgan. »Sind Probleme zu erwarten?«

Rhodan zögerte nur einen Moment. »Ich hoffe nicht«, antwortete er. »Noch besteht kein Anlass, die Kommandantin zu wecken.«

Der Zweite Pilot nickte knapp. »Hannans Freischicht endet ohnehin in zwei Stunden.«

Mondra schaltete ab.

Bis auf siebzigtausend Kilometer näherte sich die Micro-Jet dem Kugelraumer, dann fiel sie mit wachsender Geschwindigkeit Jupiter entgegen. Nach zwei Minuten nahm Rhodan die Beschleunigung weg, das kleine Schiff hatte eine Geschwindigkeit von knapp siebentausend Kilometern in der Sekunde erreicht.

Der mittlere Abstand zwischen Ganymed und Jupiter lag bei einer Million siebzigtausend Kilometern. Der Gasplanet wuchs schnell an, füllte die optische Erfassung schon vollständig aus.

Knapp zwei Minuten im freien Fall. Rhodan spielte kurz mit dem Gedanken, sich bei Bully zu melden, verzichtete dann aber doch darauf. Der Freund hatte über Stunden hinweg nichts von sich hören lassen. Das konnte eigentlich nur bedeuten, dass er sich in ein Problem verbissen hatte, das ihn so schnell nicht losließ.

Rhodan schaltete auf Gegenschub.

Io kam in Sicht, Augenblicke später schon der unregelmäßig geformte Mond Amalthea. Distanz zu Jupiter nicht einmal mehr zweihunderttausend Kilometer.

Es war kurz vor Mitternacht. Der Resident dachte in dem Moment daran, dass in ungefähr vierundzwanzig Stunden das Artefakt in der Gegenwart ankommen würde.

Gab es einen Zusammenhang?

Der Funkanruf von der CHARLES DARWIN II kam überraschend. Case Morgan wirkte unruhig, er blinzelte hektisch.

»Wir haben seit etwa dreißig Sekunden eine höchst eigenartige Ortung!«, meldete er. »Ich habe Hannan wecken lassen. Außerdem denke ich, du solltest ebenfalls davon erfahren.«

»Was ist los?«

»Etwas geschieht im Bereich des Artefakts, das wir noch nicht einschätzen können. Die Schwerkraft pulsiert. Es sieht so aus, als würde sie in der Ovadja Regio punktuell ansteigen, sich aber auch sehr schnell wieder abschwächen. Völlig irreguläre Werte jedenfalls.«

»Besteht Funkkontakt zu Bull?«

»Noch nicht. Aber wir versuchen, ihn über Helmfunk ... Ich sehe: Verbindung kommt!«

»Zu mir durchschalten!«, ordnete Rhodan an.

Eine Sekunde später stand die Verbindung. Die Bildübertragung war miserabel, von Störungen überlagert. Aber dafür war der Helmfunk normalerweise auch nicht optimiert.

Bully blinzelte verwirrt in die Optik. »He, Perry, bist du das?«, fragte er zögernd. »Erst die CHARLES DARWIN und nun du? Was ist plötzlich los bei euch?«

»Das wollte ich eigentlich von dir wissen.«

»Hier ist alles in bester Ordnung, Perry. Nett, dass du nachfragst.«

»Jetzt aber Klartext, Bully. Die Ortungen zeigen starke Schwerkraftanomalien. Es hat den Anschein, dass sie von dem seltsamen Objekt ausgehen ...«

Reginald Bull lachte leise, und das klang gewiss nicht nach irgendeiner Bedrohung.

»Nur die Ruhe, Alter!«, mahnte er. »Du bist viel zu erregt. Und mach dir wegen des Artefakts nicht gleich ins Hemd. Ich weiß nicht, wann ich zuletzt etwas so Vollkommenes gesehen habe. Es ist schön, hörst du ...«

Der Resident bemerkte, dass Mondra ihn anstarrte. Hastig schüttelte sie den Kopf.

»... und ich bin glücklich, dass ich hier sein kann.« Bully seufzte.

Rhodan hatte da schon wieder Verbindung zur CHARLES DARWIN. Hannan O'Hara kam soeben in die Zentrale, sie rieb sich die Augen.

»Holt Bully da raus!«, ordnete der Resident an. »Schickt eine Korvette runter! Meinetwegen alle Beiboote, aber ich will ihn lebend wieder...«

Keine Funkverbindung mehr. Das Chronometer zeigte 0.02 Uhr.

»An Omen und Schicksal glaube ich auch nicht«, ließ sich von hinten Porcius Amurri vernehmen, sichtlich davon angetan, im engen Raum notgedrungen an seine Kollegin Gili gequetscht zu werden.

»Wohl aber an Zucker und Proteine.« Etwas knisterte, dann: »Mag jemand einen Früchteriegel?«

Rhodans Hände verkrampften sich über den Kontrollen der Micro-Jet. Mondra saß neben ihm im Zweimann-Cockpit; ihr entging Rhodans Unruhe offensichtlich nicht. »Was ist los?«

»Die Faktorei! Sie steht nicht an der Position, für die sie zuletzt gemeldet war.«

Augenblicklich verstummte die Plänkelei der drei Agenten des Terranischen Liga-Dienstes. Sie waren Profis genug, um zu spüren, wann es *wirklich* ernst wurde. Genau diese Schwelle wurde spätestens in diesem Augenblick überschritten. »MERLIN ist verschwunden?«, fragte Amurri.

Die Anzeige sprang auf 0.03 Uhr.

Gleichzeitig schien eine unsichtbare Faust die Micro-Jet zu treffen. Der Diskus überschlug sich, wirbelte um mehrere Achsen.

Grelle Glut ringsum, als zünde in der Jupiteratmosphäre die atomare Fusion.

Die Automatik versuchte, das Schiff zu stabilisieren. Für wenige Sekunden war wieder Weltraumschwärze über dem Schiff. Trotzdem fiel es wie ein Stein, mit dem Heck voran, dem Planeten entgegen.

Aus dem Heckbereich der Jet, wo sich die TLD-Leute drängten, erklang eine Verwünschung. Sie verklang im Wimmern der Absorber.

Volle Schubkraft!

Nur zögernd reagierte der Diskus.

Augenblicke später traf der nächste Schlag. Ein grässliches Dröhnen durchlief den Schiffsrumpf.

Ausfall der Ortungen. Keine optische Sicht mehr. Die Belastungsanzeige des Schutzschirms schnellte in den Warnbereich.

Nur eine hauchdünne Blase reiner Energie schützte die Jet.

Auf der anderen Seite wartete die Hölle.

Perry Rhodan 2

JUPITER

Das Syndikat der Kristallfischer

CHRISTIAN MONTILLON

Splitter

Deshum Hiacu *stürzt*, und er fragt sich, warum es ausgerechnet jetzt geschehen muss. Es ist bizarr: Zum ersten Mal durchquert er beim *Sturz* einen lebendigen Körper. Eben noch hat sich Errinna nackt unter ihm aufgebäumt. Nun schreit sie auf völlig andere Art.

Deshum *fällt* durch sie, dann durch die weiche, aufgeplusterte Spielwiese ihres Betts und schließlich durch den Boden ihres Quartiers.

Ich bin nackt, denkt er noch, einen verrückten Augenblick lang, dann rast er einem Teppich entgegen, der zwar flauschig aussieht, aber bei einem Sturz aus dieser Höhe alles andere als weich sein wird.

Deshums Muskeln verkrampfen sich durch einen panischen Adrenalinstoß, doch es gibt keinen Aufprall. Er *stürzt* weiter, durchdringt auch diesen äußerst soliden, achtzig Zentimeter dicken Metallboden, der für das darunter liegende Quartier die Decke bildet. Ihm wird schwarz vor Augen. Angst schnürt ihm die Kehle zusammen. Seine Blase entleert sich.

Diesmal sieht er einen Roboter. Ein Reinigungsmodell. Direkt unter ihm.

Er *fällt* durch die Maschine.

Fast.

Dann kommt der Schmerz. Sein rechtes Bein bricht beim Aufprall. Das Knacken ist ohrenbetäubend laut, und von irgendwo rinnt Blut über sein Gesicht.

Deshum atmet ein. Sein Rücken schmerzt, die Lunge scheint zu explodieren. Er hustet und spuckt Blut.

Doch das Schlimmste ist seine Hand. Seine linke Hand. Sie steckt bis zum Gelenk in dem Reinigungsrobot.

Hinter ihm ertönt ein Schrei. Sein Kopf fällt ohnehin zur Seite, und er sieht eine Terranerin.

Was mag sie wohl denken, fragt sich Deshum Hiacu in einem sonderbar klaren Moment, *wenn ein nackter Mann durch ihre Zimmerdecke fällt und mit zerschmetterten Gliedern so liegen bleibt, dass seine Hand mit ihrem Reinigungsroboter verschmilzt?*

Endlich flutet eine Welle aus Schmerzen jeden nüchternen und logischen Gedanken hinweg. Wie schön: Dunkelheit. Deshum Hiacu verliert das Bewusstsein.

Zwei Ebenen über ihrem Geliebten versinkt Errinna Darevin in einem Meer der Agonie. Deshum spürte nichts, als er durch sie *stürzte,* doch in ihrem Fall ist es völlig anders.

Leichter hyperphysikalischer Reibungswiderstand beim Durchqueren der eigentlich festen Materie hat einen Großteil ihrer Organe verschoben. Eine Ader ist dicht hinter dem rechten Lungenflügel geplatzt. Die Leber ragt in die Wirbelsäule. Aus einem kleinen Riss rinnt Magensäure ins Innere des Leibes. Eine Darmschlinge bildet eine Einheit mit der Milz. Die Luftröhre steckt im Herzmuskel. Die Hände zucken, verkrampfen sich ins Laken. Der Unterkiefer zittert.

Man findet Errinna Darevin zur selben Zeit, als ein Mediker ihren Geliebten behandelt, den komplizierten Bruch des Unterschenkels heilt und entscheidet, dass die einzige Möglichkeit, den Patienten zu retten, darin besteht, die mit dem Roboter verschmolzene Hand zu amputieren.

Deshum überlebt tatsächlich, doch Errinna ist zu diesem Zeitpunkt bereits tot. Äußerlich ist sie unversehrt geblieben, aber der Mediker, der die Autopsie leitet, um die genaue Todesursache festzustellen, übergibt sich, als er in ihren verheerten Körper schaut.

Deshum Hiacu und Errinna Darevin konsumieren Tau-acht.
Deshums Uhr tickt noch.
Für Errinna ist die Party an Bord der Faktorei MERLIN endgültig vorüber.

Aus den Fugen

Ein Heulen ertönte, dann schweres metallisches Ächzen, als sei die Micro-Jet in eine gewaltige Schrottpresse geraten. *Wäre es nur so,* dachte Rhodan. Dabei hätte es sich wenigstens um eine überschaubare Situation gehandelt – ganz im Gegensatz zu dem Hexenkessel, der unvermutet um sie herum ausbrach.

Wieder erklang das Geräusch, schriller diesmal und so durchdringend, dass es in den Ohren schmerzte. Die Intensität nahm zu. *Wie ein abschmierendes antiquiertes Kleinflugzeug.* Die Assoziation erheiterte den Terraner trotz des Chaos rundum: Wie viele Jahrhunderte waren vergangen, seit er das zuletzt gehört hatte? Und doch steckte die Erinnerung noch genau in ihm und wartete offenbar nur darauf, abgerufen zu werden. Gerüche vergaß man angeblich nie; ob das auch für Geräusche und die damit verbundenen Emotionen galt?

»Es ist der Alarm!«, rief Mondra. »Aber warum klingt er so verzerrt und ...« Sie unterbrach sich. »Wir stürzen ab!«

Sämtliche Energie verschwand blitzartig aus der Micro-Jet, alle Maschinen standen still. Totenstille herrschte ringsum, wie in einem metallenen Sarg, der durchs All raste – oder eben durch die Gas- und Nebelfelder der äußeren Jupiter-Atmosphäre. Bräunliche und rötliche Schwaden peitschten gegen das Sichtfenster.

Die Jet raste genau einem gigantischen Strudel entgegen, der die Wirklichkeit aufzureißen schien. Vor ihnen tobten Gewalten, die sie zwischen sich zermalmen würden.

Kräfte, dachte Rhodan, *die zweifellos tausendmal stärker sind als jede nur denkbare Schrottpresse.* »SERUNS sofort schließen, um Atemluft zu sparen!«

Mit einem pneumatischen Zischen schloss sich der Helm seines Schutzanzugs. Noch war die Atemluft in der Micro-Jet nicht knapp, noch gab es keinen Auslöser für eine automatische Sicherheitsreaktion der Schutzanzüge. Im Inneren der Jet schien alles beim Alten geblieben zu sein, mit dem einen Unterschied, dass das Fluggefährt unkontrolliert dem Kern des Jupiter entgegenraste und niemand an

Bord auch nur das Geringste dagegen unternehmen konnte. Der Atmosphäredruck, der auf die Außenhülle drückte, stieg von Sekunde zu Sekunde. Irgendwo vor ihnen wurde er so stark, dass die Gashülle in einen flüssigen Zustand überging.

Doch dort würden sie niemals ankommen. Vorher würde sie der Strudel verschlucken, der wohl das äußere Zeichen eines gigantischen Wirbelsturms war, dem Großen Roten Fleck ähnlich.

Nur – woher kam ein solcher Sturm? Er *konnte* sich nicht einfach so bilden. Etwas Unfassbares musste geschehen sein.

Die Hülle der Jet ächzte. Ein tausendfach verästelter Blitz zuckte über die kleine Schutzschildblase, die flackerte, als würde sie jeden Augenblick brechen wie eine Eierschale.

»Wir brauchen Energie.« Mondra klang ruhig und überlegen. Natürlich. Jemand wie sie geriet ebenso wenig in Panik wie Rhodan selbst. Nur wenn alle nüchtern und klar handelten, konnten sie vielleicht einen Ausweg finden und ihr Überleben sichern. Und daran würden sie bis zum letzten Atemzug arbeiten.

»Fragt sich nur, wo Energie herkommen soll.« Während Rhodan sprach, untersuchte er mögliche Ursachen des völligen Ausfalls. Dass so etwas von einer Sekunde zur anderen und erst recht ohne äußere Anzeichen geschah, war eigentlich unmöglich – wobei der Terraner die Vokabel *eigentlich* längst aus seinem Wortschatz gestrichen hatte, seit das *eigentlich Unmögliche* zu seinem Alltag gehörte ... also im Grunde genommen seit dem Tag, als er mit der STARDUST erstmals ins All aufgebrochen war. Selbst vor der kosmischen Haustür, mitten im Solsystem, gab es immer wieder Phänomene, die niemand vorhersehen konnte.

»Völliges Systemversagen«, stellte Mondra fest. »Nicht das kleinste Fünkchen Energie.«

Rhodans Gedanken überschlugen sich. Sie mussten etwas tun! Sollten sie aussteigen? Aus der Jet ausschleusen und sich auf die SERUNS verlassen? Mit den Steueraggregaten versuchen, aus dem Bereich der Atmosphäre zu fliegen und in den freien Weltraum vorzudringen?

Ein irrsinniger Gedanke. Was immer für den Ausfall der Instrumente und den Verlust jeglicher Energie gesorgt hatte, würde auch die SERUNS lahmlegen, zumal es sich um die leichten Modelle handelte – Warrior III ds. Sie hatten diese Versionen gewählt, um nicht in voller Montur in MERLIN einzufallen; mit dieser Entwicklung schon während des Hinflugs hatte niemand rechnen können.

Mondra schrie auf, kurz bevor sich ein mörderischer Schmerz durch Rhodans Hirn bohrte. Porcius Amurri stöhnte. Ein schrilles Sirren schien Rhodans Trommelfell platzen zu lassen. Vor seinen Augen tanzte ein Stern.

Lichter flackerten rundum. Kaskadenblitze flammten auf und erloschen wieder.

»Initiiere Neustart«, erklang die Kunststimme der Steuereinheit der Micro-Jet. »Energielevel niedrig, aber konstant. Neustart möglich.«

Was immer für den völligen Energieausfall gesorgt hatte – offenbar war der Einfluss nur kurzzeitig wirksam gewesen. Was das Ganze nicht gerade weniger rätselhaft machte. Zweifellos tobten sich irgendwelche hyperenergetischen Gewalten aus, die bizarre Nebeneffekte nach sich zogen. Rhodan fragte sich, ob die Geräusche, die er gehört hatte, überhaupt *echt* oder nur Einbildungen seines auf Psi-Ebene überreizten Gehirns gewesen waren.

Wie auch immer – der Höllenlärm, mit dem die Energie in die Systeme zurückkehrte, endete. Rhodan blieb keine Zeit darüber nachzudenken, welche Wechselwirkungen ausgerechnet zu diesem Ergebnis führten. Es spielte auch keine Rolle; sollten sich später irgendwelche Spezialisten damit beschäftigen. In diesen Augenblicken zählte nur eins: Überleben.

»Ich übernehme das Steuer. Mondra, du bist Kopilotin.« Er versuchte, sich zu orientieren. Die zahllosen Anzeigen der Außenbeobachtung las er routinemäßig – und stutzte. »Die Werte ergeben keinen Sinn.«

»Die Atmosphäre ist in Unordnung geraten«, gab Mondra zu bedenken. »Vielleicht sorgt das dafür, dass ungewöhnliche hyperphysikalische Einflü...« Sie brach mitten im Wort ab, wohl als sie selbst bemerkte, *wie* unmöglich die ankommenden Messwerte waren. Von *ungewöhnlich* konnte man da nicht mehr sprechen.

Ein dumpfes, humorloses Kichern drang aus dem Schacht. »Vielleicht sollte ich mich der Kollegin Gili anschließen.« Das war Dion Matthau. »Ich glaube auch an gar nichts mehr. Nicht mal mehr auf die Physik kann man sich noch verlassen.«

Von der Hyperphysik ganz abgesehen, dachte Rhodan. Die Positronik lieferte völlig unsinnige, unzusammenhängende Werte. Demnach befand sich vor ihnen teils ein absolutes Vakuum, teils der massive Kern eines Planeten, teils herrschten Bedingungen wie unter Wasser.

»Geblendet«, meinte Mondra. »Die Positronik ist geblendet und bringt sinnfreie Werte.«

Eine passende Bezeichnung, dachte Rhodan und schaltete die Anzeigen ab. »Wir fliegen auf Sicht.«

»Auf ...« Mondra ächzte.

»Auf Sicht«, betonte der Terraner ruhig. »Was bleibt uns sonst übrig? Die Instrumente führen uns in die Irre.«

Kurz fühlte er Mondras Hand an seiner Schulter. »Du weißt, dass es Wahnsinn ist?«

»Lieber wahnsinnig als tot.« Rhodans Hände lagen auf den Steuerelementen, er bediente sie mit geradezu traumwandlerischer Sicherheit. Die Jet ging in eine enge Rechtskurve, raste weiter durch die wirbelnden Atmosphäreschwaden. Der riesige Schlund vor ihnen trieb zur Seite, viel zu langsam, drohte sie nach wie vor einzufangen und in sich hineinzureißen.

»Wir kommen nicht vorbei!«

Ein Stoß durchlief die Micro-Jet, als sei sie von einem Asteroiden gerammt worden. Von irgendwo hörte Rhodan ein Krachen, gefolgt von einem Schrei. Er achtete nicht darauf. Sein Blick ging stur durch die Sichtscheibe nach draußen. In einen Hexenkessel.

Die Jet reagierte nicht mehr auf die Kontrollen. Sie legte sich schief, kippte dann völlig. Die Schwerkraftprojektoren glichen es erst mit einiger Verzögerung aus. Für Sekunden blieb das Gefühl, auf dem Kopf zu stehen. Rhodan aktivierte eine magnetische Schaltung an den Füßen und im Rückenteil des Schutzanzugs, der ihn auf Position hielt – manchmal waren die einfachsten Methoden immer noch die effektivsten.

Irgendwo piepste ein Alarm. Die Positronik des SERUNS gab eine Meldung, die der Terraner nicht einmal wahrnahm. Er versuchte, das Chaos vor sich mit Blicken zu durchdringen und eine sichere Passage zu entdecken.

Sicher ... schon die Vorstellung war ein Hohn.

Die Jet kam ins Trudeln, überschlug sich erst einmal langsam, bald in raschem Tempo immer wieder. Es knirschte. Dann ein Würgen: das Geräusch, mit dem sich jemand übergab.

Rhodan wartete eiskalt ab und zündete im exakt richtigen Moment das Seitentriebwerk, gab gleichzeitig Rückstoß.

Das Krachen im Metall weckte die Befürchtung, die Jet müsse auseinanderbrechen. Irgendwann musste die Belastung von allen Seiten zu viel sein ...

Der Andruck von mehreren Gravos schlug durch, mit einem Mal schien Rhodan das Mehrfache seines Gewichts zu wiegen. Die plötzliche Geschwindigkeit presste ihn in den Pilotensitz. Er gurgelte, etwas knackte in seinen Ohren, und ein Blutstropfen rann ihm aus der Nase. Der SERUN glich die Belastung rasch aus; dennoch fühlte sich der Aktivatorträger einen Augenblick lang seltsam schwerelos.

Der Flug stabilisierte sich.

»Neun Uhr!«, rief Mondra. Sie saß viel zu weit vorne auf ihrem Sitz, den Oberkörper nach vorn geneigt. In dem kurzen Blick, den sich Rhodan erlaubte, sah er ihr blasses Gesicht, aus dem jegliche Farbe gewichen war. Ein Blutfaden glänzte über dem fahlen Kinn.

Der Terraner folgte ihrer Anweisung und entdeckte an der entsprechenden Position tatsächlich eine etwas ruhigere Zone. Ringsum wirbelten Stürme durch die Atmosphäre. Rote Blitze zuckten, Wolken verdampften. Etwas flackerte. Der Terraner glaubte erst an eine Sinnestäuschung oder eine zufällige Formation der Nebelschwaden, wie ein Kind in den Wolken stets Figuren und Tiere entdeckt. Doch war da nicht ein blassblaues, rundes Etwas, ein sphärisch-elegantes Rad, in dessen Nabe eine kompakte, offenbar organisch-pulsierende Masse saß? Ein Lebewesen, wie Rhodan es nie zuvor gesehen hatte?

Das Etwas, wenn es jemals da gewesen war, verschwand hinter einem Sturm aus grauem Brodem oder wurde von ihm mitgerissen.

»Hast du etwas gesehen?«, fragte Rhodan.

»MERLIN?«

»Ein ... Rad.«

»Negativ.«

»Gili?«

»Nichts«, sagte die TLD-Agentin. »Porcius übergibt sich noch immer, und Buster ...«

»Nur Chaos«, unterbrach dieser.

Die Jet raste auf die gemäßigtere Zone zu.

»Ortung!«, befahl Rhodan. »Vielleicht kommen sinnvolle Werte rein. Wir müssen die Faktorei finden!«

»Oder umkehren«, ergänzte Mondra.

Der Terraner schwieg. Dazu war er nicht bereit. Konnte man wissen, ob es überhaupt gelingen würde? Sie waren bereits tief in die Atmosphäre eingedrungen, und was immer um sie herum vorging, sie mussten so schnell wie nur irgend möglich den sprichwörtlichen sicheren Hafen ansteuern, den MERLIN ihnen bieten konnte ...

»Die Faktorei sollte in weniger als zweihundert Kilometern Entfernung stehen«, erklärte Mondra. »Sofern die Peilimpulse korrekt eingehen, mit denen ich unsere Position bestimme.«

»Aber?«, rief Dion Matthau aus dem Schacht.

»Aber sie bleibt nach wie vor verschwunden«, sagte Rhodan, ohne dass er die Daten, die Mondra vorlagen, selbst sah.

»Abgetrieben durch diesen ... Sturm?«, fragte der Agent.

Rhodan wusste, dass es sich nicht nur um einen Sturm handelte. Er sah jedoch keine Veranlassung, dies extra zu betonen. Matthaus Zögern zeigte, dass dieser es ebenso wusste.

»Ich habe sie!«, rief Mondra.

Rhodan atmete erleichtert aus.

»Zwanzigtausend Kilometer Distanz!«

Zwanzigtausend Kilometer. Unter normalen Umständen wäre das an Bord der Micro-Jet ein Katzensprung gewesen – so jedoch konnte niemand sagen, ob sie ihr Ziel jemals erreichen würden.

Um einen Manövrierfehler oder etwas Ähnliches konnte es sich kaum handeln; MERLINS Position war bewusst geändert worden.

Sie rasten weiter durch die Hölle aus blitzenden Lichtern und irritierenden Farbkaskaden. Plötzlich flackerte der Schutzschirm um die Jet in einer Unzahl kleiner Explosionen. Es war, als würden kleine Materiebrocken verdampfen. Doch wo sollten sie herkommen? Rotes Glühen sirrte tausendfach über den gesamten Horizont. Die Irrlichter leuchteten noch vor Rhodans Augen nach, als sie längst vergangen waren.

Dann verstand er: Die Atmosphäre des Jupiter *brannte*.

Wie weit das Phänomen reichte, vermochte er nicht zu sagen – er wusste nur eins: Die Katastrophe war weitaus umfassender, als er bis zu diesem Moment hatte vermuten können.

Flammen loderten rund um den Schutzschirm.

»Die Gasmassen verpuffen.« Mondras Stimme zitterte vor Entsetzen. Wahrscheinlich dachte sie das Gleiche wie er. Wenn dies eine Kaskadenreaktion war, die die gesamte Atmosphäre erfasste ...

Rhodan, der gezwungen war, auf Sicht zu fliegen, steckte unvermittelt mitten in einem gewaltigen Feuerfeld. Ihn schwindelte. Die Jet geriet erneut ins Trudeln. Oben und unten verloren ihre Bedeutung, es war unmöglich, sich zu orientieren. Sie rasten in der winzigen Schutzkuppel ihres Schirms weiter, ins Blinde hinein.

Zwanzigtausend Kilometer, dachte Rhodan. *Und ich weiß nicht einmal mehr, ob ich die Richtung halten kann.*

In einem außer Kontrolle geratenen Stück Technologie flog die kleine Gruppe von Menschen ihrem Tod entgegen. Mehr denn je kam sich Rhodan wie in einem Sarg vor. Lebendig begraben, dem Krematorium übergeben ...

Das Universum brannte. Feuerzungen verschlangen alles.

»Jupiter geht unter«, sagte eine von Grauen erfüllte Stimme aus dem Schacht. Rhodan konnte sie nicht einmal mehr zuordnen. »Der Planet stirbt!«

Wieder überschlug sich der Kosmos ihres Fluggeräts. Tränen schossen Rhodan ins Gesicht.

Etwas trudelte an seinem Sichtfenster vorüber – er traute seinen Augen kaum. Ein zerfetztes Stück Metall – ein scharfkantiges Fragment, ein Teil ihrer Jet, ein gerade einmal eine Handspanne umfassender Aufbau, in dem eine Kamera zur Außenbeobachtung untergebracht war. Es schrammte über die Scheibe, schoss dann weiter, getrieben von außer Kontrolle geratenen Kräften, erreichte den Rand des Schutzschirms und verglühte.

Funken prasselten auf die Scheibe. Schwarze Rußflecken entstanden und vergingen sofort wieder.

»Außentemperatur steigt«, meldete Mondra. »Die Instrumente arbeiten teilweise wieder korrekt. Die Werte sind irrsinnig hoch. Schutzschirmbelastung extrem. Hundertsechzig Prozent über Maximalbelastung. Bruch steht bevor.«

Die Welt glühte. Rhodans SERUN hatte die Sichtscheibe des Helms längst abgedunkelt, um einen Augenschaden zu verhindern. Wahrscheinlich wäre er sonst bereits erblindet.

Dunkelheit waberte unvermittelt in den weißlodernden Flammen, ein willkommener Fleck Düsternis. Wie ein Schwarzes Loch inmitten der Korona einer Sonne.

Rhodan riss die Jet herum, jagte dem einzigen Ort entgegen, der Linderung verhieß. Sie stießen in die Schwärze, die sich bald als die *üblichen* grauen und bläulichen Schwaden entpuppten, die die Jupiter-Atmosphäre bildeten.

»Hinter uns!«, ächzte Dion Matthau. Er konnte durch die transparente Kuppel über dem Schacht ins Freie sehen.

Erneut zwang Rhodan die Maschine in eine scharfe Kurve, in einem Neunzig-Grad-Winkel. Er fühlte mehr, als er wusste, dass dies die richtige Richtung sein musste, in der MERLIN in einiger Entfernung stand.

Durch diese Aktion entdeckte er, worauf die Worte des TLD-Agenten abzielten.

Eine riesige, glühende Feuersbrunst loderte scheinbar bis in die Unendlichkeit. Glühende Gase verpufften in einer gewaltigen Kettenreaktion. Rotes und blaues Feuer überlappte und fraß sich gegenseitig.

»Mehr als tausend Kilometer Durchmesser«, meldete Mondra. Noch während Rhodan hinsah, erstickte der Flammenball plötzlich, sackte in sich zusammen, schrumpfte und hinterließ umfassende Schwärze, dunkler, als wenn nie ein Feuer geleuchtet hätte. Einen bizarren Augenblick lang trieben riesige Asche- und Schlackewolken umher, ehe alles im tobenden Chaos eines Wirbelsturms verschwand. Gase aus der Umgebung schossen in das Vakuum.

Ihm blieb keine Zeit nachzudenken. Was immer hier geschah, die Atmosphäre des Gasriesen war in Unruhe geraten – oder längst völlig außer Kontrolle jeglicher natürlichen Regelung. Rhodan erschauerte, als er daran dachte, was eine solche Katastrophe mitten im Solsystem bedeutete. Wenn Jupiter verging, würde das unvorhersehbare Auswirkungen auf die Stabilität des gesamten Systems nach sich ziehen.

Dann traf die Gewalt des Sturms die Jet.

Alles überschlug sich erneut, weitaus schlimmer noch als zuvor. Nur Dank der SERUNS und ihrer Schutzfunktion blieb ein Rest von Normalität.

Rund um ihn knirschte es bedenklich. Ein statisches Sirren quälte seine Ohren, dann tobte der Lärm einer Explosion.

»Feuer!«, hörte er, während er mit aller Gewalt versuchte, die Kontrolle über die Jet zurückzugewinnen. »Ich kümmere mich darum!«

Hinter ihm herrschte hektische Aktivität. Er überließ alles den TLD-Agenten. Manuell ausgebrachter Löschschaum zischte. Die Luft verdunkelte sich mit Asche und Ruß.

»Hast du MERLIN?«, rief er ins Chaos.

Womit er nicht gerechnet hatte, geschah. Mondra gab ihm eine Kursanweisung. »Nur noch knapp zweitausend Kilometer.«

Sie rasten weiter.

»Feuer erstickt!«, meldete Matthau.

Die Atmosphäre vor ihnen schien wesentlich ruhiger als die hinter ihnen. MERLIN stand offenbar an einem weitaus weniger gebeutelten Platz. Hatte sich die Faktorei rechtzeitig in Sicherheit bringen können, weil die Besatzung gewusst hatte, was geschehen würde?

Der Gedanke war unsinnig. Die Besatzung hätte eine Warnung ausgeben müssen. Doch was auch immer dahintersteckte, Rhodan würde sich später darum kümmern müssen. Wenn es ein solches *Später* überhaupt gab. Denn sie mochten MERLIN zwar gefunden haben, und die Faktorei mochte als zumindest etwas sicherer Hort durchgehen ... aber noch waren sie lange nicht darin.

Ein Schutzschirm stand – selbstverständlich – um das riesige Gebilde, das auf den ersten Blick an eine terranische Schildkröte erinnerte. Den *Leib* der Station bildete eine Halbkugel, die am Boden 2,5 Kilometer durchmaß und sich 1250 Meter hoch aufwölbte. Wo bei einer Schildkröte die Beine sitzen würden, gab es etwa einen Kilometer lange und zweihundert Meter breite schlauchförmige Anbauten; wie Rhodan wusste, handelte es sich dabei um die Sammelsilos der Faktorei, in denen die geernteten Kristalle lagerten. *Kopf* und *Hals* bildeten ein fünfhundert Meter langer, flexibler Schlauch und an dessen Ende eine kugelförmige Steuer- und Verwaltungszentrale. Dabei handelte es sich um das auch autark manövrierbare Schiff TYCHE.

»Wir brauchen Funkkontakt!«

»Keine Chance.« Mondra klang bitter. »Sämtliche Anlagen sind außer Funktion. Kein Hyperkom. Ich könnte nicht mal ein Walkie-Talkie zum Laufen bringen.«

Also konnten sie nicht auf sich aufmerksam machen. Im Inneren der Station hatte die Besatzung angesichts der Katastrophe in unmittelbarer Nähe zweifellos anderes zu tun, als auf eine Nussschale zu achten, die durch die außer Fugen geratene Atmosphäre trieb.

Rhodan entschloss sich zu einer ungewöhnlichen Art, sich bemerkbar zu machen: Er feuerte eine Salve auf MERLINS Schutzschirm.

»Radikal, aber effektiv«, meinte Mondra.

»Hoffen wir nur, dass sie erst nachfragen, ehe sie zurückschießen«, ergänzte Matthau.

Selbstverständlich werden sie das, dachte Rhodan, schalt sich aber zugleich einen unverbesserlichen Optimisten. An Bord der Faktorei mussten momentan Anspannung und Entsetzen herrschen – leicht konnte dabei eins zum anderen führen und eine Kurzschlusshandlung provozieren. Wenn sich ein überlasteter, vielleicht halb panischer Waffenkommandant angegriffen fühlte und glaubte, die Ursache der Katastrophe in einem angreifenden Fremdschiff gefunden zu haben ...

Die Reaktion, die MERLINS Besatzung zeigte, überraschte ihn dennoch: Es geschah nichts. Niemand schien sich auch nur einen Deut darum zu scheren, dass auf den Schirm der Station gefeuert worden war.

Mondra sprach exakt das aus, was auch Rhodan durch den Kopf ging: »Was, wenn der Schutzschirm nicht nur gegen die Auswirkungen der Katastrophe gerichtet ist ... sondern auch gegen uns?«

»Man hat uns längst entdeckt, aber man will uns nicht an Bord haben?« Ein Lächeln verzog Rhodans Lippen. »In diesem Fall spielen wir ungebetene Gäste.«

Er feuerte erneut, diesmal eine stärkere Salve in exaktem Punktbeschuss auf den Schirm. Gleichzeitig steuerte er die Jet näher heran. Er dosierte den Beschuss so genau, dass eine winzige Strukturlücke entstand, gerade groß genug, um hindurchzufliegen.

Hinter ihnen schloss sich der Schirm wieder.

»Das Auge des Sturms ist erreicht«, kommentierte Rhodan trocken.

»Oder die Höhle des Löwen.« Mondra lächelte. »Aber dort fühlen wir uns ja am wohlsten, nicht wahr, Perry?«

Sie flogen dicht an MERLINS Außenhülle entlang. Das ewige Grau schien die gesamte Welt einzunehmen. Die Masse der Station bildete ein abgewracktes Ultraschlachtschiff, wie Rhodan wusste. Die LFT hatte sämtliche Waffen sowie die überschweren Schutzschirme entfernt und die Technologie ausgebaut, ehe sie das Rohmaterial des gewaltigen Kugelraumers weiterverkauft hatte. In diesem Fall an das sogenannte Syndikat der Kristallfischer, das in der Jupiteratmosphäre Kristalle abbaute. Eine Handelsorganisation, die aufgrund der jüngsten Umstände womöglich besondere Bedeutung erlangte.

Der Terraner hatte sich bislang nicht näher darum gekümmert, was genau an Bord der Faktorei vor sich ging – die wirtschaftlichen

Entwicklungen und Interessensgruppen behielten andere im Auge; etwa sein alter Freund Homer G. Adams. Von ihm hatte er auch im Vorfeld einige Informationen über das Syndikat erhalten, die nun vielleicht wichtig wurden. Wissen hatte sich in der Vergangenheit mehr als einmal als Macht erwiesen.

Den Aufbau alter Ultraschlachtschiffe kannte Rhodan im Traum. Er steuerte gezielt eines der Schotts an. Kaum waren sie heran, öffnete es sich. »Wie freundlich«, kommentierte er.

Mondra lachte. »Wahrscheinlich haben sie Angst, dass du nun auch noch ein Loch in die Hülle feuerst.«

»Nicht unberechtigt«, kommentierte Rhodan trocken. »Und nun lass uns der Einladung folgen.«

Die Jet schleuste ein.

Den Geruch erkannte Perry Rhodan, noch ehe er die Zigarre im Mundwinkel des vollbärtigen Mannes sah. Havanna. Wahrscheinlich sogar Originalware. Sollte das zutreffen, kostete der Tabak ein Vermögen.

Mit schweren Schritten kam der Fremde näher, der zusammen mit sechs Begleitern ihr nicht gerade freundlich aussehendes *Begrüßungskomitee* bildete. In den glänzend schwarzen Haaren wimmelte es von bunten Fäden, die im Nacken zusammenliefen und dort die Haarflut zu einem Pferdeschwanz bändigten. Die Fäden bewegten sich ständig; ein verwirrender Anblick. Er trug eine rot-blaue Uniform mit silbernen Applikationen und dem Symbol des Syndikats der Kristallfischer auf dem Brustteil, einem an den Rändern unscharf gezeichneten Planeten, der von einem blitzenden Kristall umgeben war.

»Onezime Breaux«, stellte sich der Neuankömmling in herablassendem Tonfall vor. Obwohl er ein Terraner und mit den üblichen Gepflogenheiten der Höflichkeit zweifellos vertraut war, streckte er die Hand nicht zur Begrüßung aus. Er ließ auch nicht erkennen, ob er Rhodan und Mondra Diamond erkannte; doch daran konnte es wohl keinen Zweifel geben. Ihre Gesichter gehörten zu den bekanntesten in der gesamten Milchstraße, vom Solsystem ganz abgesehen.

Perry Rhodan spielte mit. »Rhodan«, sagte er. »Perry Rhodan. Danke für deine Gastfreundschaft. Dies sind meine Begleiter Mondra Diamond und Gili Sarandon sowie Porcius Amurri und Dion Matthau.«

»Einige von euch kenne ich.« Breaux zog an der Zigarre und atmete eine Wolke aus, die viele wohl als aromatisch empfunden hätten. Rhodan hatte dem Tabakgenuss schon sehr lange abgeschworen.

Soso, dachte der Terraner.

Auf der Außenhülle der Jet hatten sich rötliche Tropfen abgelagert, die nach und nach verdampften. Feine Rauchfäden stiegen in die Höhe, zerkräuselten und lösten sich auf. Rhodan wies darauf.

»Weißt du, worum es sich dabei handelt?«

»Reste von kondensierter Jupiter-Atmosphäre«, sagte Breaux beiläufig.

»Unser Schutzschirm war bis zuletzt geschlossen. Es kann nicht sein, dass ...«

»Dort draußen lief wohl kaum alles normal«, unterbrach Breaux. »Es herrschen besondere Bedingungen. Große hyperphysikalische Unruhen.«

Zischend verging ein weiterer dieser Tropfen. »Zweifellos«, gab Rhodan zu. »Was geschieht in der Atmosphäre des Planeten genau?«

Onezime Breaux trat einen Schritt vor und schaute seinem Gegenüber genau in die Augen. »Lass es mich so sagen: Armageddon kommt oder ist in vollem Gange. Oder nenn es Götterdämmerung. Falls dir beides zu mystisch und verbrämt klingt, such dir etwas anderes aus. Jedenfalls ist die Atmosphäre des Jupiter ganz gewaltig aus den Fugen geraten.«

»Weshalb?«

Ein spöttisches Lachen. »Wieso glauben Gefangene nur immer wieder, sie hätten das Recht, ständig Fragen zu stellen?«

»Gefangene?«, fragte Mondra.

»Noch so eine Frage.« Breaux' rechter Mundwinkel hob sich kaum merklich. Offenbar schien er sich prächtig zu amüsieren. Er zog erneut an der Havanna. »Aber gut.« Provozierend langsam faltete er die Hände und bog die Finger durch, bis die Gelenkte knackten. »In meiner Eigenschaft als Chef der SteDat von MERLIN, der *Stelle für Datenbeschaffung*, verhafte ich euch wegen Gefährdung der Station durch Beschuss des Schutzschirms in einer kritischen Situation. Ihr seid sicher vernünftig genug, eure SERUNS ohne Kampfhandlungen abzulegen.« Damit wandte er sich ab, ohne eine Reaktion abzuwarten.

Gleichzeitig zogen seine sechs Begleiter Waffen und richteten sie auf die Neuankömmlinge.

Mondra wollte offenbar protestieren, doch Rhodan legte ihr die Hand auf die Schulter: *Jetzt nicht.*

»Wirklich ein gran-di-o-ser Start ins Wochenende«, sagte Dion Matthau.

Sie wurden zu fünft abgeführt.

Ein letzter rötlicher Schwaden verpuffte auf der Micro-Jet.

Splitter

Es hatte Tage gegeben, in denen sich Deshum Hiacu darüber den Kopf zerbrach, wie der Schlafmann so viele unterschiedliche Träume erfinden und sie in die Köpfe aller intelligenten Lebewesen einschmuggeln konnte. Denn jeder, der ein Bewusstsein besaß, träumte auch, davon war Deshum überzeugt; darin bestand die vielleicht einzige völkerübergreifende Gemeinsamkeit zwischen Terranern, Blues, Arkoniden, Halutern und wie sie alle hießen.

Diese Tage sind schon lange vorüber.

Heute fragt sich Deshum Hiacu, was geschehen wird, wenn er beim nächsten Mal immer weiter *stürzt*. Wenn er es eines Tages überhaupt nicht mehr kontrollieren kann.

Er liegt in seinem Bett und zittert. Angst greift nach seiner Seele. Angst vor dem, was kommen wird. Angst davor, dass der Kollaps der Jupiter-Atmosphäre nur der Beginn ist. Angst wegen all der Menschen an Bord der Faktorei MERLIN, die noch nicht wissen, dass sie in ihr Verderben rennen. Denen noch nicht die Augen geöffnet worden sind, so wie ihm.

Alles ist außer Kontrolle geraten. Eine kritische Grenze ist überschritten.

Es gelingt ihm kaum, die Bettdecke zu fassen und sie über seinen Körper zu ziehen. Die Wärme, die davon ausgeht, erreicht ihn ohnehin nicht. Denn Deshum Hiacu friert innerlich.

Ein Gedanke frisst sich in seinem Gehirn fest und lässt ihn nicht mehr los:

Tau-acht.

Schon daran zu denken, beruhigt ihn.

Eine Sekunde lang.

Danach zittert er wieder, stärker als zuvor. Errinna Darevin, seine tote Geliebte, vergisst er. Sie ist nur noch ein Schemen, irgendwo am Rand seines Bewusstseins. Der Blick ihrer glasklaren Augen verschwimmt wie ein Nebelschwaden. Er denkt nicht mehr daran, dass ihn mörderischer Hunger quält, weil er seit Errinnas Tod nichts mehr zu sich nehmen kann, ohne sich sofort zu übergeben. Seinem Mediker hat er dies verschwiegen. Die Kosmopsychologin, in ganz MERLIN unter dem Spitznamen *Bré junior* bekannt, hat erst recht nichts davon erfahren. Sie hätte ihm nur einen endlosen Vortrag gehalten.

Für ihn zählt nur noch eins: jene kleine Lade in seinem Hygieneraum, halb verborgen hinter dem Vibrorasierer.

Jene kleine Lade, in der sein wertvollster Besitz lagert und die er nach seinem letzten *Sturz* hatte leeren wollen. Zum Glück hatte er sich nicht dazu durchgerungen, denn welche Rolle spielt es denn noch, ob Tau-acht Nebenwirkungen hat? Was kann schon geschehen? Wie soll es denn noch schlimmer werden?

Deshum Hiacu steht zu abrupt auf. Die Welt kippt vor ihm. Sein Herz schmerzt, es dreht sich leicht um seine Achse, eine alte, angeborene Schwäche in Situationen der besonderen Belastung, wenn der Kreislauf revoltiert. Durch den Tau-acht-Konsum ist es nicht besser geworden.

Ihm wird übel. Er lehnt sich gegen die Wand. Mit tiefem Durchatmen ist es dieses Mal nicht getan. Vorsichtig setzt er sich hin, legt den Kopf in den Nacken. Auch das genügt nicht. Deshum streckt sich auf dem Rücken aus, die Beine auf dem Bett abgelegt. Schweiß perlt auf seiner Stirn.

Langsam, sehr langsam, wird es besser. Das Gefühl, ins Nichts abzudriften, verschwindet. Aber er gibt sich keinen Illusionen hin – was ihn eigentlich antreibt, ist das Wissen, was in der Hygienezelle auf ihn wartet.

Eine Minute später wankt er los. Im Spiegel sieht er ein totenbleiches Gesicht. Die Augen sind rot unterlaufen. Die Haare seltsam strohig.

»Machen wir uns nichts vor«, flüstert er. »Wir sind auf Entzug, alter Knabe.«

Er öffnet die Lade. Wie verführerisch der kleine Glasbehälter aussieht.

Um den Tau in Flüssigkeit aufzulösen, nimmt er sich nicht die Zeit, obwohl er es eigentlich lieber mag. Der Glaskolben zittert zwischen Daumen und Zeigefinger. Vorsichtig löst Deshum den Verschluss. Er legt den Kopf erneut in den Nacken, diesmal jedoch aus ganz anderen Gründen. Er öffnet die Augen weit, so weit es nur geht. Die Phiole tanzt wenige Zentimeter darüber.

Dann ein leichter Druck, und eine Dosis Tau-acht-Staub dringt aus der Düse.

Der Staub fällt in sein Auge.

Eine Träne bildet sich.

Eine kostbare Träne. Als sie über das Gesicht rinnt, vorbei an der Nase, streckt Deshum rasch die Zunge heraus und fängt den Tropfen auf.

Das Auge selbst resorbiert längst den Tau, und er beginnt zu wirken. Das Zittern seiner Muskeln verschwindet. Die Gedanken klären sich. Der Geschmackssinn intensiviert sich. Die Träne schmeckt herb und bitter, doch als er sie schluckt, ist sie unendlich süß in seinem Magen.

Wärme breitet sich aus.

Er vermag klarer zu denken. Er hört das Verrinnen der Zeit. Sein Atem trägt Leben und verbreitet ihn.

Dass er nun allein ist, verleiht allem einen schalen Beigeschmack. Wenn Errinna nur wieder da wäre. Vielleicht, nur vielleicht, kann er ja eine andere Paragabe in sich wecken als das vermaledeite Gehen durch die Wände. Wie nutzlos diese Gabe ist. Ärgerlich und nutzlos.

Die Gabe.

Der Fluch.

Deshum lacht. Fluch? So beurteilt er es vielleicht, wenn er schwach ist, doch nun ist er stark. Er hat den Fehler begangen, die Droge wieder viel zu spät ...

Seine Gedanken erstarren, als er zu schweben beginnt.

Nein, zu *stürzen*. Erst als er einen Schrei hört und eine Gestalt an sich vorüberziehen sieht, begreift er, dass er wieder *fällt*.

Seinen Fluch hat er nicht unter Kontrolle. Wieder einmal nicht. Feste Materie leistet ihm keinen Widerstand mehr. Er kann durch Wände gehen. Aber ebenso kann er nicht mehr auf dem Boden stehen, denn auch dieser bietet keinen Halt mehr.

Deshum lacht, als er stürzt. Er ist stark. Er kann ganz MERLIN aus den Angeln heben, wenn es sein muss, und mehr noch.

Er ist *Honovin*!

Er ist Teil der Vision.

Er ist einer der Auserwählten.

Der *Sturz* wird schneller und schneller. Ein Deck, noch ein Deck, eine riesige Maschine, energetisches Blitzen. Eine Umgebung, die er nie zuvor gesehen hat.

Ein vielstimmiger Aufschrei folgt, als er ausgerechnet durch das Kasino stürzt. Welche Ironie. Hände strecken sich ihm entgegen, Augen werden weit und entsetzt aufgerissen.

Doch Deshum Hiacu lacht.

Schließlich passiert er die Außenhülle der Faktorei MERLIN. Im freien Weltraum verstummt sein Lachen.

Es ist kalt. Kälter als je zuvor. Es gibt keinen Sauerstoff mehr. Die Flüssigkeit seiner Augen verdampft in der Kälte sofort, die Hornhaut bricht auf. Die Lippen spannen sich vor dem geöffneten Mund, sie platzen. Blutstropfen quellen hervor und fallen langsamer als er – sie tanzen als gefrorene Kugeln in einer Reihe über ihm. Unter der Hautoberfläche platzen kleine Gefäße wegen des plötzlichen Druckabfalls. Auf seinem Körper bilden sich hässliche blaue und rote Flecken. Ein Knacken, das ihm überlaut erscheint, aber niemand sonst hätte hören können: Seine Trommelfelle reißen.

Nach zehn Sekunden verliert Deshum Hiacu das Bewusstsein, während er immer weiter *stürzt*.

Gerade als er erstickt, durchquert er den Schutzschild um MERLIN. Die höherdimensionale Energie lässt während der Passage sämtliche Flüssigkeit seines Körpers blitzartig verdampfen. Als Mumie treibt er durch die Atmosphäre des Gasplaneten Jupiter, die von Sekunde zu Sekunde in größere Unruhe gerät.

Etwas hat seinen Anfang genommen.

Etwas, das nicht mehr zu stoppen ist.

Irgendwann erreicht Deshum Hiacus toter Leib den Bereich, in dem sich die Atmosphäre unter dem hohen Druck verflüssigt. Die Mumie zerbricht, die organischen Bestandteile vermischen sich mit ihrer Umgebung. Knochenstaub weht davon. Das Tau-acht kehrt in den Kreislauf zurück. Welche Ironie: Ein wenig davon wird sogar von MERLINS Erntemaschinen wieder aufgenommen, während Jupiters Countdown des Todes weiterläuft.

Deshum Hiacu konsumierte Tau-acht.

Für ihn ist die Party an Bord der Faktorei MERLIN endgültig vorüber.

MERLIN, alles andere als freundlich

Die Interkosmo-Buchstaben verschlangen sich derart ineinander, dass sie kaum noch lesbar waren. Auf den ersten Blick schien es sich bei dem Graffito um einen dreidimensionalen Farbenrausch zu handeln, den man in einer Nische der Wand installiert hatte.

Erst bei genauerem Hinsehen erkannte Rhodan den Schriftzug. »Honovin«, las er und blieb stehen. »Was bedeutet dieses Wort?«

Onezime Breaux führte die fünf Gefangenen aus dem Schleusenraum. Er fühlte sich offenbar nicht sogleich angesprochen. Die Nische öffnete sich direkt nach dem Schott in der Wand und war damit das Erste, was Rhodan und seine Begleiter vom Inneren der Faktorei MERLINS zu sehen bekamen. Seelenruhig und ohne sich umzudrehen sagte der Chef der SteDat schließlich: »Wir erreichen euer Gewahrsamsareal in wenigen Minuten. Dann können wir reden. Vielleicht.«

Einer der Bewaffneten hinter den Gefangenen hob seinen Strahler. Sein durchaus freundliches »Bitte geht weiter« stand in krassem Widerspruch zu dieser Geste.

Rhodan ließ sich nicht beirren und verharrte weiterhin wie angewurzelt. »Was bedeutet *Honovin*?«, wiederholte er, während er über die Bezeichnung *Gewahrsamsareal* nachdachte – es war wohl die blumigste Umschreibung für *Gefängniszelle*, die er je gehört hatte. Solchen Euphemismen konnte er nichts abgewinnen; seiner Meinung nach sollte man die Dinge beim Namen nennen.

Der Lauf der Waffe ruckte noch einige Zentimeter höher. »Ich bin nicht befugt, dir Auskünfte zu geben.«

»Weiter!«, schnarrte Breaux. Eine Wolke Havanna-Rauch blieb hinter ihm zurück.

Rhodan und Mondra tauschten einen raschen Blick, dann setzten sie sich wieder in Bewegung. Die drei TLD-Agenten folgten. Wenige Schritte nach der Nische mündete der enge Korridor in einen Quergang. Ein breiterer und häufig frequentierter Weg öffnete sich vor ihnen.

Breaux bog nach rechts ab. Seine Hand fuhr kurz in den Nacken, über den Knoten seines Pferdeschwanzes. Die bunten Fäden im Haar wimmelten augenblicklich stärker. Für einen flüchtigen Beobachter mochte es aussehen wie tausend kleine Schlangen, die sich durch das schwarze Haar bewegten; Rhodan assoziierte unwillkürlich den Anblick der mythischen Medusa.

Um ein Gespräch mit dem Wächter in Gang zu bringen, fragte der Terraner: »Was ist das in seinem Haar?«

Der Bewaffnete gab einen unwilligen Laut von sich. »Ich bin nicht befugt, dir irgendwelche Auskünfte zu ertei...«

»Jaja«, unterbrach Mondra. »Aber das kann man wohl kaum als eine Information von bedeutender Tragweite bezeichnen.«

Ein Seufzen. »Es ist ein Massageknoten, der für bessere Durchblutung der Kopfhaut sorgt und ...«

»Sei still, Ratonio!«, forderte ein anderer der Wächter. Gleichzeitig fühlte Rhodan durch den SERUN leichten Druck in seinem Rücken. »Weiter jetzt und Schnauze halten.«

»Wolltest schon immer mal eine Berühmtheit herumdirigieren, was?«, fragte Gili Sarandon spöttisch.

Langsam näherte sich auch Onezime Breaux' zur Schau gestellte Gelassenheit ihrem Ende. Einige Meter vor ihnen, schon im Querkorridor, drehte er sich doch um. Einer der Fäden schlang sich über die Koteletten in den schwarzen Vollbart. »Das ist keine Touristenführung durch MERLIN! Also los jetzt, oder ich werde euch von Kampfrobotern in Fesselfeldern abschleppen lassen!«

Rhodan signalisierte seinen Begleitern, dass sie sich einstweilen fügen sollten. Später konnte man immer noch sehen, ob und wie es nötig war, Widerstand zu leisten. Zunächst galt es, die Lage zu sondieren und MERLINS Mächtige nicht unnötig stärker gegen sich aufzubringen, als dies ohnehin schon der Fall war.

Als er sich deshalb zu Sarandon und Amurri umwandte, die als Letzte gingen, schaute er erneut auf das Graffito – diesmal aus einem anderen Blickwinkel. Die Art des Schriftzugs erinnerte ihn plötzlich an den Aufbau der menschlichen DNA, ein in sich gedrehtes, doppelstrangiges Etwas, entfernt schlauchförmig. Die Buchstaben drehten sich sogar kontinuierlich ein wenig, ehe sie in ihre Ausgangsposition zurücksprangen. Ob diese Ähnlichkeit mit dem genetischen Kode Absicht war? Oder doch bloßer Zufall? Rhodan beschloss, bei nächstbester Gelegenheit auf das Thema zurückzukommen. Dass niemand antwortete, weckte sein Interesse.

Sie gingen weiter.

Kaum hatte er den Quergang betreten, sah sich Rhodan erstaunt um. Er war Gast in zahllosen Schiffen gewesen, aber MERLIN bot schon auf den ersten Blick einen außergewöhnlichen Anblick. Nur noch selten lugte das Originalmaterial des alten Schlachtschiffes durch Dutzende verschiedenartige Verkleidungen.

Porcius Amurri pfiff leise. »Holzverkleidungen? Ist das ein Witz oder was?« Damit bezog er sich auf die Korridorwand ihnen direkt gegenüber. Alte und verzogene Holzpaneele bedeckten sie. An den Nahtstellen klafften teils fingerbreite Löcher, von etlichen Astlöchern ganz zu schweigen.

Ein Stück weiter ging das verwitterte Braun in eine schreiend bunte 3-D-Tapete über, die diverse Weltraumszenen zeigte. Von einem Planeten mit Ringen glotzte die stilisierte riesige Darstellung eines Posbis, zu dessen Füßen sich ein Matten-Willy räkelte. Rhodan lag es auf der Zunge zu fragen, warum ausgerechnet ein Posbi gewählt worden war; er verkniff es sich jedoch, weil er nicht wieder abgewimmelt werden wollte. Wahrscheinlich hätte ihm ohnehin niemand eine ernsthafte Auskunft erteilen können. Etwas weiter entdeckte er eine Gruppe von Blues und eine Darstellung der Scheibenwelt Wanderer. Die krude Zusammenstellung sprach nicht gerade von einem besonderen Geschmack.

Er kam sich vor, als würde er einen fremdartigen Basar betreten, auf dem Organisation ein Fremdwort war. Terraner eilten ebenso vorüber wie Arkoniden oder Jülziish. Eine bunt gemischte Schar bevölkerte die Faktorei.

»Leider ist es unvermeidlich«, warf Breaux ein, »diesen öffentlichen Verkaufsbereich zu durchqueren. Ich vertraue auf eure Kooperation, um weiteren Ärger zu vermeiden. Wir wollen doch nicht für unnötige Aufregung sorgen.«

»Selbstverständlich nicht.« Rhodan ließ offen, worauf genau diese Äußerung abzielte.

Sie näherten sich einem Laden, vor dem einige Arkoniden standen. Ihre langen weißen Haare glänzten. Erst bei genauerem Hinsehen wurde Rhodan klar, dass es sich um eine Friseurstube handelte, in der neben den Kundensesseln wimmelnde Fäden von der Decke hingen. Die Massageknoten schienen der letzte Schrei in MERLIN zu sein. Vielleicht eiferten viele auch nur dem Vorbild des SteDat-Chefs nach; Rhodan konnte sich gut vorstellen, dass Breaux im Alltagsleben der Faktorei für viele eine Art charismatische Leitfigur abgab.

Der Terraner wollte sich zunächst einen Eindruck vom Leben in der Faktorei verschaffen. Solange das unter der Aufsicht dieses Onezime Breaux möglich blieb, würde er kooperieren; sobald dieser ihn jedoch dauerhaft einschränkte, würde er nicht länger ruhig bleiben. In MERLIN ging es ganz und gar nicht so zu, wie es zu erwarten gewesen wäre. Schon das war Grund genug für den Terraner, herauszufinden, *was* hier vor sich ging. Noch nie hatte ein Rätsel ihn nicht gelockt, die Antwort herauszufinden.

Vor ihnen wechselten sich kleine Ramschläden mit Boutiquen ab, in denen sündhaft teure Mode zur Schau gestellt wurde. Roboter und Hologramme priesen die Ware an – je nach Art des Geschäfts mehr oder weniger elegant und ausgefeilt.

Eine Siganesin mit blassgrüner Haut stand auf einem Podest und trug nichts als ein durchsichtiges Etwas, dessen Stoff an diffusen rötlichen Rauch erinnerte. Sie wirkte seltsam weggetreten und wiegte sich im Tanz einer unhörbaren Melodie. Rhodan wollte gar nicht wissen, für welche Art Etablissement die Siganesin warb und wer sich von einer kaum handspannengroßen Frau erregen ließ; zumindest hatte er bislang keine weiteren Siganesen in der Menge erspäht, die eine potenzielle Kundschaft bilden konnten.

Neben der Tür eines Ladens, der sich als Praxis eines Schönheitschirurgen herausstellte, prangten mehrere Graffiti an der Wand. Rhodan nahm sie erst nur beiläufig wahr, stutzte aber, als er zwischen der Darstellung des Jupiters, einer antiquierten Rakete nach STARDUST-Vorbild und einem Kristallberg etwas wiedererkannte.

Honovin.

Auch hier stand jenes Wort, wenngleich in völlig anderer Gestaltung und nicht als dreidimensionales Kunstwerk, sondern in Form einer einfachen, rasch aufgesprühten Wandschmiererei. Von den einzelnen Buchstaben lief Farbe in breiten Nasen herab.

Auf eine erneute Nachfrage würde er keine Antwort erhalten, da war er sich sicher. Also versuchte er es auf andere Art und Weise und nutzte die Gelegenheit, die sich ihm bot. Als sie einen noch dichter bevölkerten Abschnitt erreichten und sich der Korridor zu einer Halle weitete, machte Rhodan die Probe aufs Exempel, indem er »Honovin!« schrie – sonst nichts. Dabei hob er beide Arme, um auf sich aufmerksam zu machen.

Die Reaktionen waren vielfältig. Zahlreiche Besucher der Halle drehten sich um, auf einigen Gesichtern zeigte sich Überraschung, auf anderen Begeisterung. Hier und da glaubte Rhodan auch, Erschrecken zu erkennen. Kalt ließ dieses Wort jedoch offensichtlich niemanden.

Breaux wirbelte herum. Er nahm die Havanna aus dem Mund, drehte sie zwischen Daumen und Zeigefinger. »Ich muss wohl doch andere Saiten aufziehen! Das war exakt eine Dummheit zu viel, Gefangener Rhodan.«

Der Terraner blieb gelassen. »Ich wüsste nicht, mit welchem Recht du mir den Mund verbieten willst.«

»Mit meinem Recht als Chef der SteDat.«

»Das genügt nicht!«, fuhr Mondra auf.

»Und ob das genügt! Ich könnte mir zum Beispiel gut vorstellen, dass ich eure SERUNS als Sicherheitsrisiko einstufe, weil ich auf eure Kooperation nicht mehr vertrauen kann! Wer hätte gedacht, dass ihr euch als derart unvernünftig herausstellt?«

Etliche Passanten kamen näher. Ein Cheborparner, dessen Körperfell ungewöhnlich hell schimmerte, streckte den rechten Arm aus. Er senkte den Kopf mit den beiden Stirnhörnern, die zusammen mit den ziegenartigen Beinen bei vielen Terranern die Assoziation mit der mythischen Teufelsgestalt weckte. »Ist das nicht ... Perry Rhodan?«

Rhodan lächelte den Chef der SteDat an. »Es ist nicht immer einfach mit prominenten Gefangenen, nicht wahr, Onezime?«

»Das lass nur meine Sorge sein«, flüsterte dieser zurück, ehe er die Stimme erhob. »Alle zur Seite! Sofort! Dies ist ein Gefangenentransport! Es gibt nichts zu sehen!«

Bei vielen verschaffte er sich mit seinen Worten tatsächlich Eindruck; sie wandten sich ab und gingen ihren Geschäften nach. Andere jedoch, wie der Cheborparner, starrten weiterhin unverhohlen auf die kleine Gruppe. Immer wieder konnte Rhodan seinen eigenen Namen verstehen, auch den von Mondra.

Fürs Erste war er mit diesem Ergebnis zufrieden. Man wusste nun, wer die Station erreicht hatte; und falls in MERLIN tatsächlich etwas schieflief, gab es zweifellos Stellen, die mit Rhodan und damit der offiziellen Regierung des Solsystems sympathisierten. Was immer der Chef der ominösen SteDat plante, Rhodan war bereits dabei, ihm ganz gehörig die Suppe zu versalzen.

Aus der Menge stürzte plötzlich ein Junge, offenbar ein Ganymedaner. Er war schlank und hochgewachsen, die Hände und Füße wirkten ungewöhnlich groß. Die Augen waren umschattet. Alles in allem erweckte er unwillkürlich den Eindruck eines traurigen Vogels, der sein Nest nicht mehr finden konnte. »Wegbereiter!«, rief er mit krächzender Stimme, die umso mehr an einen Vogel erinnerte und diesen Vergleich fest in Rhodan verankerte.

Onezime Breaux wirbelte herum. »Packt ihn!«

Der Junge rief noch etwas, doch es war nicht zu verstehen. Rhodan sah nur die Mundbewegungen, die Worte gingen im allgemeinen Lärm unter. Drei ihrer Bewacher stürmten los, dem Kind entgegen.

Die Augen des Jungen weiteten sich, er fuchtelte mit den Händen vor dem Körper, ehe er wieder in der Menge untertauchte. Die SteDat-Wachen, sämtlich in ihre rot-blauen Uniformen gekleidet, waren nur Sekunden später dort, schoben barsch jeden zur Seite, der nicht freiwillig den Platz räumte. Ein *echter* Vogelartiger schlug mit den Flügeln und flatterte über den Köpfen der anderen davon. Rhodan verfolgte die Flucht des Jungen, die diesen geradeaus in Richtung einer Wand führte. Eine Sackgasse! Das Kind würde seinen Häschern nicht entkommen können.

Im nächsten Moment verdeckte ein massiger Ertruser den Blick auf den Flüchtling. Rhodan glaubte den Jungen wenig später wieder zu sehen, genau vor der Wand – doch nur für einen Augenblick lang, dann war er verschwunden, wie vom Erdboden verschluckt. Oder als habe die Wand ihn aufgenommen.

»Mondra ...«

»Ich habe es auch gesehen.«

»Was hat der Junge gesagt?«

Seine Begleiterin zuckte nur mit den Schultern, auch die drei TLD-Agenten antworteten nicht. Rhodan nickte beiläufig. Seit ihrem Aufbruch lief die automatische Aufzeichnungseinheit seines SERUNS. Vielleicht würde er später mehr herausfinden können, wenn er die Aufzeichnung der letzten Sekunden abspielte und analysierte.

»Wir gehen weiter«, verlangte Onezime Breaux. »Ohne erneute Zwischenfälle, ist das klar?«

»Für diesen Zwischenfall habe ich nicht gesorgt«, betonte Rhodan.

Der Chef der SteDat grinste breit, was unter dem dichten schwarzen Vollbart kaum zu sehen war. Genüsslich nahm er einen erneuten Zug der Havanna. »Ich mag Spitzfindigkeiten. Du bist ein angenehmer Gefangener, Perry Rhodan ... auf deine Art.«

»Du musst meinen Status nicht immer wieder betonen.«

»Siehst du es etwa anders? Du hast uns in einer kritischen Situation ohne Not beschossen. Wir *mussten* eingreifen und dich außer Gefecht setzen. Oder stehst du etwa außerhalb des Gesetzes, nur weil du eine prominente Position innerhalb des Solsystems einnimmst?«

»Wohl eher der gesamten Galaxis«, mischte sich Dion Matthau ein.

Breaux strafte ihn mit Nichtbeachtung. »Wie schön, dass du nicht widersprichst, Perry. Das zeigt deine Vernunft und Einsicht. Ich bin sicher, dass ich dir das bei Gelegenheit zu deinem Vorteil auslegen werde. Vorerst nehme ich euch wie geplant in Gewahrsam, bis die Situation geklärt ist. Und nun keine Verzögerungen mehr!« Der Blick seiner Augen wurde härter. »*Ist das klar?*«

»Schön und gut ... da wir jedoch keine Zeit zu verlieren haben, verlange ich den Chef der Faktorei zu sprechen.«

»Oread Quantrill?« Breaux lachte höhnisch.

»Quantrill«, wiederholte Rhodan gelassen.

»Angesichts der Situation ist das schlicht unmöglich.«

»Genau wegen *der Situation* ist es sogar unumgänglich! Was ist in Jupiters Atmosphäre geschehen? Was weißt du darüber? Was weiß Oread Quantrill darüber? Spielen wir doch kein Spielchen, während dort draußen die Katastrophe weitergeht! Wer weiß, welche Konsequenzen sich ergeben! Man kann es wohl kaum Zufall nennen, dass MERLIN nicht an seinem eigentlichen Standort ...«

Breaux ließ die Havanna fallen und trat die Glut aus. Die Zigarre war noch halb ungeraucht. Die Hülle riss, und Tabakbrösel kullerten über den Boden. »Es ist unmöglich, Quantrill zu sprechen. Er hat anderes zu tun.« Ein süffisantes Grinsen: »Besseres.«

Rhodan verschränkte demonstrativ die Arme vor der Brust. »Wenn dir also bewusst ist, dass dort draußen *irgendetwas* geschieht, das von großer Bedeutung ist ... etwas, das euch und ganz MERLIN vor Probleme stellt und in einem zweiten Schritt wohl das gesamte Solsystem, dann lass mich frei. Ich kann helfen! Wenn es jemanden gibt, der sich mit ungewohnten Situationen auskennt, mit unvorhergesehenen Entwicklungen, dann bin das ich. Ich kenne derlei seit Jahrtausenden und habe mehr Krisen gemeistert, als du dir auch nur vorstellen kannst.«

Rhodan mochte es nicht, sich selbst derart herauszustellen; er hatte es nicht nötig. Doch in diesem Augenblick erschien es ihm angemessen.

Breaux' Augen weiteten sich. Einen Augenblick schien er tatsächlich unschlüssig. Dann lachte er aus vollem Hals. »Du bist derart unverschämt, Rhodan, dass ich sogar überlege, dein Anliegen weiterzuleiten. Hast du so auch die Truppen der Terminalen Kolonne umgangen? *Ist's gestattet, lasst mich bitte durch, ich will nur mal schnell KOLTOROC beseitigen?*« Breaux blies sich ein Stäubchen Asche seiner Zigarre vom Ärmel. »Und nun wartet eine Zelle auf euch! Aber ich werde es euch gemütlich machen, versprochen.«

»*Das* nennt er gemütlich?« Mondra Diamond warf einen Blick in die Runde. Ihre Zelle zeichnete sich vor allem durch zwei Dinge aus: kahle Wände und grelles Licht von der Decke.

Dion Matthau setzte sich auf einen Stuhl, der an allen Ecken und Enden knarrte. »Das bedeutet, Onezime Breaux hat gelogen.« Der TLD-Agent lehnte sich zurück; die Lehne ächzte und schien jeden Moment zu brechen. »Mir ist natürlich klar, dass dieser Bursche seine Äußerung nicht ernst gemeint hat, aber dass man auf seine Versprechen nichts geben kann, habe ich trotzdem im Gefühl. Er scheint ein zwielichtiger Typ zu sein.«

»Er ist sozusagen der Sicherheitschef der Faktorei«, gab Perry Rhodan zu bedenken. »Das wirft nicht gerade ein gutes Licht auf die Lage in MERLIN.«

»Und damit auch auf die unsrige.« Mondra musterte die verschlossene Tür, die weder ein Schloss noch ein Eingabefeld zum Öffnen aufwies. »Aber daran hattest du ohnehin keinen Zweifel, oder? Stell dir einfach vor, du wärst verantwortlich für eine Raumstation, die in Jupiters Atmosphäre friedlich Kristalle abbaut. Der Boss einer Firma, die legal Gewinn erwirtschaftet. Plötzlich ereignet sich eine Katastrophe, die offenbar den gesamten Planeten bedroht und damit auch deine Raumstation. Aus heiterem Himmel steht ausgerechnet der Mann vor der Tür, der Erfahrung mit Krisensituationen hat wie kein anderer.«

»Icho Tolot?«, fragte Rhodan verschmitzt.

»Eigentlich dachte ich ja an Walty Klackton, aber der ist ja tot.« Mondra lachte, wurde aber übergangslos wieder Ernst. »Ohne Witz, Perry – würdest du diejenigen, die Hilfe versprechen und alles andere sind als dein Feind, gefangen nehmen und in eine Zelle sperren?«

»Genau das ist der Punkt«, warf Gili Sarandon ein. »Hier müssen wir ansetzen. Du hast gesagt, wir wären *alles andere als Feinde*. Offenbar beurteilen Breaux und der ominöse Chef der Faktorei das anders. Sie sehen in uns eine Bedrohung. Was also haben sie zu verbergen?«

»Oread Quantrill ...« Rhodan hielt sich vor Augen, was er über den Terraner wusste. Geboren 1421, war er gerade erst vierzig Jahre alt, angeblich ein Genie auf seinem Gebiet. Offiziell bezeichnete er sich als *Operativen Manager*, als *Vorsteher des Finanzwesens in MERLIN*. Was das genau bedeutete, würde sich zeigen. Der Akte nach, die Homer G. Adams über das Haupt einer aufstrebenden Wirtschaftsmacht, des sogenannten Syndikats der Kristallfischer, angelegt hatte, galt Quantrill als skrupelloser Frauenheld. Er hielt sich selbst für unüberwindbar. Im Alter von vierzehn Jahren hatte er kurzzeitig eine Karriere als katholischer Priester in Betracht gezogen und für ein Jahr in einem Seminar der Franziskaner gelebt, doch diesen Teil seines Lebens aus bislang ungeklärten Gründen abrupt beendet. In Interviews schwieg er dazu verbissen.

»Wir haben es nicht nur mit Quantrill und Breaux zu tun«, sagte Porcius Amurri. »Antolie von Pranck ist für uns ebenso ...«

»Anatolie«, verbesserte Gili.

Porcius stieg Schamröte in die Wangen. Er räusperte sich umständlich. »Jedenfalls dürfen wir von Pranck nicht vergessen. Gemeinsam bilden sie ein Triumvirat an Bord.«

Mondra fragte sich, warum sie immer und immer wieder auf Probleme stießen. Hätte es nicht einmal glattlaufen können, wenn es schon eine undefinierbare Katastrophe gab, deren Folgen noch nicht abzusehen waren? Musste sich das *Triumvirat* aus Quantrill, Breaux und von Pranck nun auch noch gegen sie stellen? Oder – der Gedanke erschreckte sie – hatte das Geschehen in MERLIN sogar etwas mit den Veränderungen des Jupiters zu tun? War das kleine Team unter Perrys und ihrer Führung schlecht bewaffnet und noch schlechter vorbereitet mitten in die Höhle des Löwen vorgestoßen, während es auf der Suche nach Hilfe und Antworten gewesen war?

Sie wollte ihre Überlegungen nicht zur Sprache bringen, weil sie davon ausging, dass ihre Zelle abgehört wurde. Alles, was sie sagten, würde ihren potenziellen Gegnern nicht entgehen. Perry hoffte wahrscheinlich darauf, es letztlich mit einem Missverständnis zu tun zu haben, das sich noch aufklären konnte – er war ein unverbesserlicher Optimist. Mondras Meinung nach sahen sie schon viel zu lange tatenlos zu. Man hatte ihnen die SERUNS nicht abgenommen ... wohl weil es keine Handhabe dafür gab. Also sollte es kein Problem sein, aus dieser Zelle auszubrechen.

Nur – was dann? Auf diese Frage wusste auch die ehemalige TLD-Agentin keine Antwort. Missmutig sah sie ein, dass sie tatsächlich zunächst abwarten mussten.

Der Raum war karg eingerichtet, wenn man von einer Einrichtung überhaupt sprechen konnte. Immerhin einen am Boden verschraubten Tisch und vier Stühle hatte man ihnen zugestanden. Vier Stühle für fünf Personen. Sonderlich durchdacht schien das alles nicht zu sein. Ein Hinweis darauf, dass Breaux überfordert war und selbst nicht wusste, wie er handeln sollte? Drohte dem SteDat-Chef trotz seiner scheinbaren Gelassenheit und Lässigkeit die Situation über den Kopf zu wachsen?

Außer Matthau waren alle stehen geblieben. Gili lehnte gegen eine der Metallwände; diesem Raum hatte niemand den Luxus einer wie auch immer gearteten Wandverkleidung gegönnt.

Rhodan hantierte am Multifunktionsarmbandgerät seines SERUNS. »Hört zu«, sagte er.

Im nächsten Moment erklang Onezime Breaux' aufgenommene Stimme. »Alle zur Seite! Sofort! Dies ist ein Gefangenentransport! Es gibt nichts zu sehen!«

Das hatte er gerufen, ehe der unbekannte Junge aus der Menge aufgetaucht war. Als Nächstes war nur Rhodans Atem zu hören, dann erklang aus der Ferne das Geräusch schwerer Schritte. Hin und wieder wurde leise und mit verschiedenen Stimmen Rhodans Name gerufen, ehe die entscheidende Stelle kam.

»Wegbereiter!« Das war der terranische Junge mit der krächzenden Stimme. Mondra glaubte ihn wieder vor sich zu sehen, mit seinen schlaksigen Gliedern und dem unbestimmt traurigen Vogelgesicht.

»Packt ihn!« Das war der Chef der SteDat.

Perry Rhodan stoppte die Wiedergabe. »Stimme acht herausfiltern«, befahl er der Positronik des SERUNS. Offenbar hatte er vorher angewiesen, jede individuelle Stimme mit einer Nummer zu versehen, und das Ergebnis auf der Anzeige seines Armbands mitverfolgt.

Scheinbar ohne Zeitverlust erklang die krächzende Stimme, die vorhin niemand hatte verstehen können: »Perry Rhodan! Kein Tau-acht! Hörst du? Kein Tau-acht! Die Atmo-Schweber sind nicht vom Jupiter, sie müssen ...«

Die Botschaft brach ab, der Lärm der vorstoßenden SteDat-Leute übertönte alles, dann erklangen die Geräusche der Flucht des Jungen. Hastige Schritte, schweres, hektisches Atmen. Nur noch einmal erklang der Junge, leise und trotz der Filterung kaum verständlich:»Ich bin Firmion Guidry! Kein Tau-acht, Rhodan ...«

Die Wiedergabe endete. Das musste der Moment gewesen sein, als der Junge durch die Wand verschwunden war. Oder war er teleportiert?

»*Die Atmo-Schweber sind nicht vom Jupiter*«, wiederholte Perry. »Was soll das bedeuten?«

»Die Frage ist auch«, warf Gili ein, »warum es diesem Firmion Guidry so wichtig war, dir das mitzuteilen. Offenbar hat er sich ganz bewusst in Gefahr begeben. Er zögerte jedenfalls nicht zu fliehen, und Breaux ließ ihn sofort verfolgen. Außerdem warnt er dich vor Tau-acht. Was immer das sein soll. Ich kenne nur Tau-eins bis Tau-sechs ... die Kristalle, die das Syndikat in der Atmosphäre abbaut.«

»Man kann es als Warnung deuten«, schränkte Rhodan ein. »Firmions Worte könnte man auch anders auffassen, in Zusammenhang mit diesen Atmo-Schwebern. Mondra, erinnerst du dich, dass ich während des chaotischen Flugs durch die Atmosphäre fragte, ob du dasselbe gesehen hast wie ich? Da waren ...«

Weiter kam er nicht.

Die Tür ihres Gefängnisses öffnete sich.

Eine Frau trat ein. Die blassen Lippen im schmalen Gesicht waren zu einem Lächeln verzogen. Sie war um einiges größer als ein durchschnittlicher Terraner und um einiges graziler. Sie wirkte äußerst verletzlich, als könne sie keine größere Belastung ertragen, ohne zu zerbrechen. Die Augen waren schwarz umrandet, doch diese Zeichen von Übermüdung gingen in kunstvoll aufgetragene Schminke über, die die eisblauen Iriden förmlich leuchten ließ.

Noch ehe sie etwas sagen konnte, eilte Rhodan zu ihr. »Ich danke für deinen Besuch, Anatolie von Pranck.« Er streckte die Hand aus, die sein Gegenüber ergriff.

Die Finger waren lang und schmal. Als auch Mondra zur Begrüßung die Hand schüttelte, bemerkte sie, dass eine unbändige Kraft in ihnen steckte, die nicht zu erahnen gewesen war.

»Du bist gut informiert«, sagte die Chefwissenschaftlerin des Syndikats mit einiger Verzögerung.

»Selbstverständlich. Zweifellos weißt du auch, mit wem du sprichst.«

»Perry Rhodan, Mondra Diamond, Gili Sarandon, Porcius Amurri und Dion Matthau, genannt Buster.« Anatolie ratterte die Namen ohne eine Sekunde zu zögern unbetont herunter. »Immerhin zwei von euch hätte ich auch schon vor einer Stunde erkannt.«

Ihr Blick blieb zunächst auf Gili hängen, Sekunden später fühlte sich Mondra von ihr gemustert, ja, seziert, als könne sie ihr bis auf die Seele sehen. *Oder bis unter den SERUN.* Anatolie von Pranck selbst trug Kleidung, die offenherzig wie Dessous wirkte. Der knappe, leuchtend rote Stoff betonte die knabenhafte, fast ätherische Figur perfekt. Die Haut war dunkel gebräunt, wo sie nicht von dem roten Stoff bedeckt war.

Mondra wusste, dass sie es mit einer Ganymedanerin zu tun hatte; wer auf diesem Jupiter-Mond geboren wurde, war anderen Verhältnissen angepasst als ein Terraner. Auf Ganymed herrschte eine Schwerkraft von nur null Komma acht Gravos, was sich oft in schwächerem Muskelbau bemerkbar machte, so dass unter Standardgravitation Probleme vor allem bei anstrengender körperlicher Arbeit auftraten. Deshalb trugen Ganymedaner oft muskelunterstützende Kleidung. Ob das auch bei von Pranck der Fall war, vermochte Mondra nicht zu beurteilen; der feste Händedruck sprach jedenfalls dagegen, dass sie es nötig hatte.

Mondra erkannte sofort den Blick, den Anatolie nun Perry Rhodan widmete – das war Interesse. Fragte sich nur, worin genau dieses Interesse bestand.

»Ich will offen sein«, sagte von Pranck. »Vor der Tür belauschte ich euer Gespräch. Ihr ... nun, ihr schätzt die Lage völlig falsch ein. Wenn ich das so direkt sagen darf.«

»Das darfst du«, meinte Perry. »Dann steht wohl nichts im Weg, unsere Missverständnisse auf beiden Seiten auszuräumen. Ich habe den Schutzschirm um MERLIN beschossen, in der Tat, aber aus persönlicher Not heraus. Setzen wir uns an einen Tisch, dann können wir bestimmt alle Fragen ...«

»Warum an einen Tisch setzen?«, unterbrach Anatolie. »Unternehmen wir lieber einen Streifzug durch MERLIN. Zweifellos stellt ihr euch viele Fragen. Unter anderem nach Tau-acht. Dumm, dass der Junge Guidry euch verwirrt hat.«

Mondra spürte die Spannung, die in der Luft lag. Die Chefwissenschaftlerin mochte sich noch so jovial geben – sie war alles andere als zufrieden. Ihre Unruhe verbarg sie perfekt, doch Mondra *fühlte* sie.

»Euch ist, wie ich hörte, nur die Entwicklung bis Tau-sechs bekannt«, fuhr Anatolie fort.

»Nun ...« Perry rieb über die Narbe an seinem Nasenflügel. »Ich will unser Licht nicht unter den Scheffel stellen. Tau-sieben ist uns ebenfalls nicht entgangen. Diverse geheimdienstliche Beobachtungen stellen in diesem Zusammenhang einige Fragen. Offiziell existiert diese Kristallform nicht ... oder noch nicht ... aber eure Entdeckung ist Leuten wie Homer G. Adams selbstverständlich aufgefallen. Tau-sieben ist angeblich wesentlich leistungsfähiger als Khalumvatt und würde damit eine Revolution in der Energieverwertung darstellen.«

»Angeblich?« Die Chefwissenschaftlerin lächelte erneut, bog die Schultern nach hinten und reckte die Arme zur Seite, als müsse sie Verspannungen lösen. »Seien wir doch offen zueinander. Du weißt zweifellos so gut wie ich, dass dem eben von dir genannten Homer G. Adams Spuren von Tau-sieben vorlagen, damit er die Wirkung selbst überprüfen konnte. Das Syndikat beantragte auf diesem Weg einen nicht gerade geringen Kredit, damit wir unsere Forschungen fortsetzen und vor allem neue Wege zum Abbau von Tau-sieben aus der Jupiter-Atmosphäre finden können.«

»Ja, wir wollen offen sein«, sagte Rhodan. »So offen, dass ich dir unseren Verdacht mitteile. Tau-sieben kann keine natürliche Entwicklung sein. Ihr synthetisiert diesen Kristall künstlich. Wahrscheinlich unter der Leitung einer genialen Chefwissenschaftlerin.«

Von Prancks Lächeln wurde breiter. »Danke.« Sie deutete eine Verbeugung an.

»Was meinst du dazu?«

»Sagte ich das nicht bereits? *Danke!*«

Mondra entging keine Regung der Ganymedanerin, die ihrer ersten Einschätzung nach ein falsches Spiel spielte. Mochte sie sich noch so freundlich und süffisant geben – sie war gefährlich. Allerdings blieb Mondra gelassen; sie war überzeugt, dass Perry die Lage genauso einschätzte.

»Lassen wir das Thema Tau-sieben«, schlug der Terraner vor. »Wenn Tau-sieben schon von so durchschlagender Effizienz ist, frage ich mich, was das ominöse Tau-acht ...«

»Es wirkt auf völlig andere Art«, unterbrach Anatolie den Terraner erneut. Sie schien keinen besonderen Wert auf die Höflichkeit zu legen, ihre Gesprächspartner ausreden zu lassen. »Ihr sollt es sehen. Folgt mir auf einen Rundgang.«

»Wir sind frei?«, vergewisserte sich Perry.

»Ihr dürft euch frei bewegen, bleibt aber unter ... unauffälliger Beobachtung. Eine spätere Anklage behalten wir uns vor. Wie nannte es mein Kollege Onezime? Auch ihr steht nicht außerhalb des Gesetzes.«

»Wir werden sehen.« Rhodan ging zur Tür, die hinter der Chefwissenschaftlerin noch immer offen stand. »Wer wird uns bewachen?«

»Onezime, wer sonst? Er wird in Kürze zu uns stoßen.«

»Du begleitest uns?«

Anatolie legte die langen Finger aneinander und hauchte über die blassen Nägel. »Rein interessehalber.«

»Interesse woran?«, fragte Mondra.

»Nun ...« Die Ganymedanerin setzte sich in Bewegung und lächelte Rhodan an, als sie ihn passierte. Den Satz zu Ende zu sprechen, hielt sie offenbar nicht für nötig.

Das war es auch nicht.

Splitter

Hinter vorgehaltener Hand flüstert man über Deshum Hiacus Schicksal.

Es heißt, er sei einfach durch sämtliche Stockwerke MERLINS gefallen, weiter und immer weiter, bis er schließlich in Jupiters Atmosphäre starb.

Manche ängstigt diese Geschichte.

Andere halten sie für ein Gerücht. Die Faktorei ist groß, und wer weiß schon, ob dies der Wahrheit entspricht oder ob nur ein Gerücht verbreitet wird.

Wieder andere hören es und lachen. Wie sie über alles lachen, das ihre eigene Größe und Unbesiegbarkeit in Frage stellt. Tauacht zirkuliert, verbreitet sich, findet seine Wege. Der Kristallstaub kriecht durch jede Pore der Faktorei, füllt die Atmosphäre in MERLIN mehr und mehr, fast, als wäre er ein lebendes, denkendes Wesen. Alles verselbstständigt sich in rasendem Tempo, seit es begonnen hat.

Irgendwann hört es auch Ratonio T'Lone. Er ist ein Angehöriger der SteDat. Vor weniger als einer Stunde fand sein eher trostloses, gleichförmiges Leben einen seltsamen Höhepunkt: Er stand Perry Rhodan und Mondra Diamond gegenüber und bedrohte den legendären Terraner mit einer Waffe. Ein erhebendes Gefühl. Niemals hätte er so etwas für möglich gehalten. Fast hätte er abgedrückt, einfach nur, weil er es konnte.

Ratonio erinnert sich gut an Deshum. Sie kannten sich seit Jahren. Sie konkurrierten um dieselbe Frau. Doch Errinna, heißt es, ist ebenfalls tot. Die Umstände ihres Ablebens sind mysteriös. Hat Deshum sie tatsächlich ermordet? Im Rausch, angeblich.

Im ersten Moment verflucht Ratonio Tau-acht und gibt der Droge die Schuld. Keine dreißig Minuten später bestäubt er erneut sein Auge. Die Sucht ist zu groß.

Danach fühlt er sich gut. Er sieht viel schärfer als zuvor. Er glaubt, das Pulsieren des Jupiters zu spüren, auch wenn es in Unordnung geraten ist.

Im Gegensatz zu Deshum gerät Ratonios Paragabe nicht außer Kontrolle, wenn er eine neue Dosis Kristallstaub aufnimmt. *Seine* Paragabe. Es klingt wundervoll. Vor Tau-acht hatte er nicht gewusst, was in ihm schlummert. So viele Jahre hat er in Normalität vergeudet, wie die meisten Menschen, die unwissend bleiben wie Tiere, weil ihnen niemand ihre wahren Möglichkeiten zeigt.

Hin und wieder denkt er, er würde über eine sinnlose Gabe verfügen, doch wenn er sein Bewusstsein erweitert, erkennt er wieder seine Einzigartigkeit. Die Genialität, die ihm zu eigen ist.

Denn Ratonio T'Lone ist ein Teleporter. Gewiss, nicht wie Gucky oder andere legendäre Mutanten, doch ist es nicht wunderbar, zehn Zentimeter weit *springen* zu können? Ja, wunderbar – ein Wunder. Er überwindet die Grenzen, die so vielen anderen gesetzt sind. Er ist mehr als sie alle.

Unter Tau-acht-Einfluss weiß er, dass er der Größte ist. Niemand kann ihm etwas vormachen. Sogar Perry Rhodan musste sich vor ihm beugen. Ratonio hat ihn abgeführt, den großen und mächtigen Terraner, den Unsterblichen! Eine einzige Regung, ein winziger Druck auf den Auslöser des Strahlers, und der ach-so-bedeutende Rhodan wäre Geschichte gewesen.

Wieder einmal sieht der SteDat-Mann klar. So klar, wie er es nur vermag, wenn der Kristallstaub über die Augenflüssigkeit in seinen Körper eindringt.

Er atmet tief ein, riecht und schmeckt die Faktorei, wie sie wirklich ist. Selbst als er die Augen schließt, steigen Bilder voller Brillanz vor ihm auf. Er benötigt nichts, um neue Welten zu schaffen, nur sich selbst, nur seine eigene Vorstellungskraft.

Er ist Honovin! Und er streckt die Hände aus und fühlt, was er sieht: die Wärme der kleinen Sonne, das Schwarze Loch, das seine Finger umtanzt, den Sternenwind, die Landschaft auf Dünen und Meer, und schließlich Errinna. Das Universum konzentriert sich auf sie. Sie mag tot sein, wenn die Gerüchte stimmen, aber er fühlt sie immer noch, so wie es sein sollte, wie es auch wäre, wenn sie sich nicht Deshum zugewandt hätte. Deshum, der sie in den Untergang gezogen hatte!

Doch Errinna rückt von ihm weg. Zentimeter nur. Es ist Deshum, der sie zu sich zieht. Tot und bleich drängt er sich in Ratonios Gedanken, verändert das Bild, will ihm Errinna entreißen.

Darüber kann er nur lachen! Er ist der Größte, er ist der Mächtige ... er *springt* und ist wieder bei seiner Geliebten. Elf Zentimeter. Ein Rekord.

Die Welt seiner Gedanken verschwindet wieder.

Zitternd öffnet er die Augen.

Nein!

Nicht jetzt schon!

Vorsichtig greift er erneut nach dem kostbaren Staub, öffnet die Augen weiter, reißt sie auf. Das Lid über dem rechten Auge zuckt. Eine Sekunde später rinnt der wohlige Schauer durch seinen ganzen Leib.

Ratonio fühlt die neue Kraft, die als Welle durch seinen Körper jagt. Energie rinnt durch seinen Leib, sammelt sich in den Händen. Tausend Nadeln scheinen in die Finger zu stechen. Es ist, als würden sie brennen. Er muss sie bewegen, sie aneinanderreiben, um der überfließenden Gewalt Herr zu werden.

Die Psi-Kraft in ihm ist stark, stärker als je zuvor. Er *springt*, um die Energie loszuwerden. Die Teleportation bringt ihn seiner Einschätzung nach fast fünfzehn Zentimeter weit.

Ratonio T'Lone lacht, genau wie Deshum Hiacu in seinen letzten Sekunden lachte. Nur begreift der kleine Angestellte der SteDat noch nicht, dass sein Leben zu Ende geht. Das Tau-acht trübt sein Bewusstsein ebenso wie es andererseits die Wahrnehmung schärft. Es ist ein zweischneidiges Schwert mit einer überaus düsteren Seite, denn Ratonio verliert jeden Bezug zur Realität. Er glaubt, der Größte zu sein? Wegen einer *lächerlichen, unnützen Paragabe*, wie es diejenigen bezeichnen werden, die seine Überreste wenig später finden?

Er hört das Geräusch, noch ehe er die Schmerzen fühlt. Blut klatscht auf den Boden, aus den Stümpfen seiner Arme. Die Hände zappeln einen Schritt weiter auf dem Boden. Die Nägel schrammen über den Boden. Sie sind weiter *gesprungen* als der Rest des Körpers.

Nach dem Schmerz folgt eine weitere Teleportation, instinktiv, vielleicht um der Qual zu entfliehen. Doch es gelingt nicht. Es gibt kein Entkommen mehr. Ratonio *springt* wieder und wieder, selbst als sein Kopf schon am Boden liegt, führt der Körper noch immer einen grotesken Tanz auf.

Eine lächerliche, unnütze Paragabe, die außer Kontrolle gerät.

Als längst kein Leben mehr in dem Torso ist, stößt er noch das kleine Fläschchen Tau-acht um. Es sieht harmlos aus, als es am Boden zerschellt.

Ratonio T'Lone konsumierte Tau-acht.

Für ihn ist die Party an Bord der Faktorei MERLIN endgültig vorüber.

Spiel um einen großen Traum

»Vielleicht sollten wir zuerst das Casino besuchen«, sagte Anatolie von Pranck. Sie zupfte das wenige an Kleidung zurecht, das ihre kleinen Brüste halbwegs verdeckte. »Das ist wohl am besten, wenn ihr verstehen wollt, wie das Leben in MERLIN läuft. Hier gibt es ... sagen wir, es gibt eigene Gesetze.«

Mondra Diamond verließ als Letzte das *Gewahrsamsareal*. Dabei sah sie, wie sich durch die Menge eine vertraute Gestalt näherte.

»Onezime Breaux lässt ja nicht lange auf sich warten.«

Die Chefwissenschaftlerin des Syndikats der Kristallfischer gönnte Mondra keinen Blick. »Wenn er eine Aufgabe zu erfüllen hat, kann nichts ihn aufhalten. Er ist ein zuverlässiger Mann.«

»Klingt, als würdest du ihn sehr gut kennen.«

»Nicht besser als zum Beispiel Oread Quantrill auch. Aber ich glaube nicht, dass sich Onezime für den Posten als Chef der Ste-Dat eignen würde, wenn er nicht hundertprozentig zuverlässig wäre.«

Mondra fragte sich, was Anatolies verschmitztes Lächeln während ihrer ersten Worte zu bedeuten hatte. Noch gelang es ihr nicht, sich ein halbwegs klares Bild von dieser Frau zu machen; sie schien voller Widersprüche zu stecken.

Breaux blieb vor ihnen stehen. Der Massageknoten war aus seinen Haaren verschwunden, die Havanna aus dem Mundwinkel. Er stank allerdings nach kaltem Tabakrauch. »Ich bin nicht mit Oreads Entscheidung einverstanden, euch lediglich unter Beobachtung zu halten.«

»Ich entbinde dich gern von dieser Pflicht«, meinte Rhodan süffisant.

»Nicht Oread allein hat entschieden«, sagte Anatolie. »Du bist überstimmt worden, Onezime, vergiss das nicht.«

Rasch tauschte Mondra einen Blick mit Perry. Sie las in seinen Augen, dass er genau das Gleiche dachte wie sie; wen wollten die beiden mit diesem Schauspiel beeindrucken? Es sah allzu sehr danach aus, als seien die Worte zwischen Breaux und von Pranck abgesprochen. Sie würden wohl kaum unabsichtlich einen Blick in die internen Entscheidungsvorgänge des Triumvirats geben, dazu waren sie zu sehr Profis. Hielten sie Perry und die anderen für so dumm, dass sie das nicht durchschauten? Oder was genau beabsichtigten sie?

»Ich hätte euch lieber weiterhin gefangen gesehen«, betonte der SteDat-Chef noch einmal. »Mindestens bis die aktuelle Krise überstanden ist. Aber was nicht sein soll ... bitte, bewegt euch frei. Aber denkt immer daran, dass ich in eurer Nähe warte. Ein paar meiner Leute genauso.«

»Wir vergessen es nicht.« Rhodan ging an Breaux vorbei, ohne ihn weiter zu beachten. »Das Casino, Anatolie? Gern. Auf dem Weg dorthin könntest du mir mehr über Honovin erzählen.«

»Eins nach dem anderen.«

»Hängt es auch mit Tau-acht zusammen?«

»Alles hängt mit Tau-acht zusammen. Sieh das Casino als eine Art ... Spielwiese an.«

»Das hat ein Casino so an sich.«

»Nicht nur im üblichen Maß. DANAE ist erstaunlich.«

»DANAE?«, fragte Porcius Amurri.

»Das Casino«, erklärte die Chefwissenschaftlerin kurz angebunden. Ihr Augenmerk richtete sie eindeutig auf Perry Rhodan, und das in einem Maß, das Mondra abstieß. In Gedanken fügte sie der Liste mit Eigenschaften ihrer Gegnerin – als solche stufte sie von Pranck seit der ersten Sekunde instinktiv ein – das Attribut *männermordend* hinzu. Nun, bei Perry würde sie mit ihren Absichten zweifellos auf Granit beißen. Er war nicht derjenige, der sich von einer Frau wie ihr einfangen ließ.

Geradezu leichtfüßig schwebte Anatolie voran. Für eine Ganymedanerin unter Standardgravitation war das erstaunlich. Ob sie einen kleinen Antigrav bei sich trug, der ihr diese Eleganz ermöglichte?

Mondra befürchtete zunächst, sie würden in ihren SERUNS zu viel Aufmerksamkeit auf sich ziehen, auch wenn es sich um leichte Modelle handelte. Je mehr sie sich dem Casino näherten, umso bunter und schräger wurde die Menge – es gab zu vieles, das Blicke auf sich zog, als dass einige Fremde in SERUNS sonderlich auffallen konnten.

Etliche Terraner lagen schlafend in kleinen Nischen, auf Bänken und einfach auf mit Gras bewachsenen kleinen Inseln im Trubel der Station. Teils ragten Arme oder Beine übereinander.

Die Werbung der Geschäfte und Boutiquen ringsum war in diesem Bereich wesentlich intensiver, als die Neuankömmlinge es bislang miterlebt hatten. Robotdrohnen flogen umher, entfalteten Holobotschaften und sprachen zufällig ausgewählte Passanten an. Akustikfelder sirrten umher wie lästige Insekten.

Eine kleine Maschine mit dem Aussehen einer Hauskatze wollte sich Rhodan widmen, doch als sie Anatolie von Pranck erblickte, trollte sie sich.

Jemand anderes zeigte deutlich weniger Hemmungen als die Maschine: eine humanoide Gestalt, möglicherweise eine Terranerin. Sie sprang förmlich auf Rhodan zu und blieb direkt vor ihm stehen. Der Kopf war kahlgeschoren, über den ganzen Schädel zog sich eine Unzahl von Tätowierungen. Mondra versuchte das Geflecht an Symbolen und Bildern zu durchdringen, was ihr jedoch nicht gelang. Es hätte sie nicht gewundert, den inzwischen vertrauten Schriftzug *Honovin* zu entdecken.

»Ich wusse dassu kommzt«, nuschelte die Frau. »Wusse es prophetisch.« Sie war kaum zu verstehen, ihre Stimme überschlug sich. »Habbes geseen innem Traum, inner Visssion.« Das letzte Wort zischte sie wie eine Schlange. Die Zunge huschte über die Lippen.

»Verschwinde, Arkonidin«, verlangte Anatolie von Pranck barsch. Zu Mondras Überraschung hielt sich Onezime Breaux zurück. Sie hätte erwartet, dass er den Job übernehmen würde, den die Ganymedanerin erledigte: Sie packte die Glatzköpfige und schob sie vehement zur Seite.

»Du wusstest, dass ich komme?«, fragte Rhodan. »Bist du ... Honovin?«

Die Frau wandte sich ab und torkelte ohne ein weiteres Wort davon.

»Berauscht«, sagte Anatolie abschätzig.

»Sie sah nicht aus wie eine Arkonidin.«

Von Pranck lächelte geschmeidig. »Rasierte Haare nehmen das auffälligste Erkennungsmerkmal weg, dazu Kontaktlinsen, die die roten Augen verbergen.«

»Warum?«

»Warum nicht? Jeder in MERLIN ist frei zu tun und zu lassen, was er will.«

»Woher wusstest du, dass sie Arkonidin ist? Wegen ihrer Mutantengabe?«

»Eine Mutantengabe?«

»Sie sprach von einer Vision.«

»Unfug! Nahezu jeder an Bord ist wie sie, auf seine Weise.«

»So?« Mondra versuchte, die Arkonidin in der Menge ausfindig zu machen, doch es gelang ihr nicht. Dafür war ihr, als habe sie etwas gehört, etwas, das unangenehm in den Ohren schmerzte. Sie wandte sich um, suchte die Quelle des hoch sirrenden Geräuschs. Eine defekte Maschine vielleicht, ein Roboter, der Töne nahe des Ultraschallbereichs von sich gab, gerade noch im für Terraner hörbaren Bereich.

Doch da war nichts.

Nur ein Terraner, der mit den Fingern an seinen Lippen nestelte. Er legte den Kopf schräg, starrte Mondra an und sagte: »Schön, nicht wahr? Wunderschön!« Dann öffnete er den Mund weit, riss ihn geradezu auf ... und wieder ertönte das furchtbare Sirren. Glühende Nadeln schienen sich durch Mondras Trommelfell zu bohren. Das Geräusch verstummte sofort, als der Terraner den Mund schloss.

»Wundervoll«, sagte er.

Mondra fühlte eine eigenartige Beklemmung. Diese ganze Station kam ihr von Sekunde zu Sekunde unwirklicher vor, wie der Schauplatz einer verrückten Party, mit Leuten, die irgendwo umfielen und schliefen; mit Menschen, die schrille Töne von sich gaben, die sie eigentlich gar nicht produzieren konnten; mit der Realität entrückten Arkonidinnen, die von prophetischen Eindrücken stammelten ...

»Kümmert euch nicht um die Sonderlinge!«, schlug Anatolie vor. »Man gewöhnt sich daran. Es gehört dazu.«

»Wozu?«

»Zu dem, was ihr wissen wollt. Zu Tau-acht. Zu Honovin.« Anatolie wies durch eine Lücke im steten Passantenstrom. »Seht ihr das Tor dort vorn?«

Der Bogen aus Bronze war kaum zu übersehen. Er wölbte sich mindestens fünf Meter hoch und war am Boden sicher ebenso breit. Er bildete den Eingang in ein kugelförmiges Gebäude, das die Mitte des gewaltigen freien Platzes dominierte.

»Wir befinden uns genau dort, wo bei dem alten Schlachtschiff die Zentrale gewesen wäre, nicht wahr?«, fragte Rhodan.

»Mag sein.« Anatolie winkte ab. »Was spielt das für eine Rolle?«

»Symbolisch gesehen eine sehr große. Die Zentrale ist das Herz des Schlachtschiffes gewesen. Gilt das auch für das Casino?«

»Sagte ich nicht, wie wichtig DANAE für das Leben in MERLIN ist?« Von Pranck griff unvermutet nach Perrys Hand, zog sie zu sich heran und hob sie an. Mit der Linken tippte sie auf das Multifunktionsarmband des SERUNS. »Hast du das Hologramm eines typischen Kugelraumes gespeichert?«

Rhodan entzog ihr seine Hand; Anatolies schlanke Finger hingen noch Sekunden in der Luft, ehe sie sie zurückzog.

»Selbstverständlich«, sagte der Terraner.

Keine fünf Sekunden später flammte ein Holobild über dem Armband auf. Die metallene Kugel durchmaß etwa zwanzig Zentimeter, der Ringwulst in Äquatorialhöhe ragte fingerdick daraus hervor.

»Kappe das Bild etwa zehn Prozent unterhalb des Äquators«, forderte Anatolie.

»Die Schiffshülle wurde nicht exakt halbiert?«

»Man hat die gewaltigen Schächte erhalten, auch einen großen Teil der um diese Schächte gruppierten Labors, Werkstätten und Magazine. Ich habe in diesen Räumlichkeiten meine Hauptlabore eingerichtet. Die LFT hat zwar alle Technologie entfernt, aber die Rahmenbedingungen stimmten. Nun ändere schon das Bild. Oder gib mir Weisungsbefugnis!«

Mondra sog zischend die Luft ein, als Perry genau das tatsächlich tat – immerhin schränkte er Anatolies akustischen Zugriff auf fünf Minuten ein und beschränkte es rein auf diese Funktion des SERUNS.

Anatolie veränderte das Bild kontinuierlich, bis schließlich eine grob halbkugelförmige Zelle entstand – der *Leib* der Schildkröte, an die MERLINS Erscheinung insgesamt erinnerte. Sie deutete auf die Verlängerung der Halbkugel im unteren Bereich. »Dort befindet sich der Parcours des Casinos. Vielleicht werdet ihr noch das Vergnügen haben, ihn kennenzulernen.«

»Mir ist nicht nach Vergnügen«, stellte Rhodan klar. »Dort draußen ereignet sich irgendeine Katastrophe, die wir nicht zuordnen können, und wir stehen hier herum und plaudern?«

»Wir tun weit mehr als das«, versicherte von Pranck. »Hab noch ein wenig Geduld. Wie du weißt, wurde das Rohmaterial des Schiffs von der LFT waffentechnisch entkernt, ehe wir es erhielten.«

»Selbstverständlich.«

Die Chefwissenschaftlerin tippte auf die Bereiche des Hologramms, an denen normalerweise die Geschütztürme saßen. »Dort sind nun Aussichtsplattformen und Sammelstellen untergebracht. Mit direkter Sicht auf die Jupiteratmosphäre lagern dort zunächst die gesammelten Tau-Kristalle, ehe sie weiterverarbeitet werden.«

»Zu Tau-acht synthetisiert?«, warf Mondra ein.

Anatolie zog verärgert die Stirnhaut kraus. »Hologramm löschen. Gehen wir ins Casino.«

»Warum so barsch?«, wollte Mondra wissen.

Die Ganymedanerin antwortete nicht, sondern trat durch den bronzenen Torbogen. »Ein Spiel wird euch helfen zu verstehen, wie die Dinge hier laufen.«

»Wie lange noch, Perry?«, fragte Mondra leise. »Wie lange hören wir uns das Gequatsche noch an, anstatt endlich zu handeln? Dringen wir notfalls eben mit Gewalt zu Oread Quantrill vor!«

»Ich gebe Anatolie noch eine Stunde. Maximal.«

»Und was willst du so lange tun?«

Er lächelte. »Spielen.«

Im Casino fand sich eine kleinere Ausgabe des bronzenen Torbogens wieder; etwa drei Meter hoch. Darin lächelte das Hologramm eines Mädchengesichts wie auf einer Trivid-Leinwand. Die samtfarbenen Augen bewegten sich langsam und suchend über einem sanft geschwungenen Mund, als blicke das Mädchen wohlwollend auf die Besucher.

Perry Rhodan konnte den Blick kaum abwenden, wurde unwillkürlich davon für Sekunden in Bann gezogen. Die Gesichtszüge des Mädchens waren vollkommen harmonisch, so schön, dass es geradezu wehtat.

Erst ein Jaguar lenkte ihn ab.

Die Raubkatze schlich von der Seite an ihn heran. »Neu hier?«, fragte sie. Die Stimme klang so verführerisch, wie das Antlitz des Mädchens in wenigen Jahren sein würde.

»Er kann sich frei bewegen«, schnarrte Anatolie die Raubkatze an. Dann wandte sie sich an Rhodan: »Dies ist einer von DANAES Techno-Jaguaren. Sie fungieren als Wächter des Casinos. DANAE ist nicht nur der Name des Casinos, sondern auch ein Positronengehirn, musst du wissen. Den sichtbaren Teil der Positronik erkennst du im Zentrum des Saales.«

»Das Hologramm?«

Von Pranck nickte bedächtig. »Seltsam, nicht wahr? DANAE hat sich vom ersten Augenblick an diese äußere Gestalt gegeben. Soweit wir wissen, hat niemand sie so programmiert. Der Torbogen dient allerdings nicht nur der Repräsentanz des Positronenhirns.«

»Sondern?«

»Vielleicht wirst du es schon bald erleben. Such dir ein Spiel aus.«

Auch Mondra und die drei TLD-Agenten wurden von Techno-Jaguaren gemustert. Bei ihnen dauerte es etwas länger, weil Anatolie keine Anstalten machte, ihnen denselben Gefallen zu tun wie Rhodan und Fürsprache zu halten. Bei den meisten dieser seltsam naturgetreu gearbeiteten Wächterroboter glänzte das Fell schwarz, einer jedoch war dunkelrot, mit einer verwirrenden Vielzahl goldfarbener Augen am gesamten Körper. Alle bewegten sich so geschmeidig, dass Rhodan sie auf den ersten Blick für echte Lebewesen gehalten hätte.

»Ich bevorzuge klassische Spiele«, meinte Rhodan.

»Altterranisches Roulette?«, schlug Anatolie vor. »Nach den seit Jahrtausenden überlieferten Regeln?«

»Führ mich hin.«

»Mit Vergnügen.«

Rhodan schaute sich um. Soeben betrat Breaux das Casino. »Onezime«, sagte er nachdenklich. »Was verbindet dich mit ihm?«

Die Chefwissenschaftlerin verschränkte die Hände ineinander. »Wir gehören beide zur dreiteiligen Führungsebene dieser Faktorei. Ist das nicht genug?«

»Für eine Frau wie dich? Niemals.«

Als sie die Hand hob, hing ein winziger Teil ihrer hauchdünnen Kleidung daran. Zunächst glaubte Rhodan, es handele sich um einen Faden, doch er täuschte sich. Das Etwas löste sich binnen Sekunden in wabernden Rauch auf. »Oh«, sagte Anatolie gekünstelt. »Entschuldige bitte. Ich wollte dich nicht verwirren. Ich habe diese Kleidung selbst entwickelt. Nur für mich ... als Hobby. Ich mag keinen Stoff auf meinem Leib, aber weil es nahezu unumgänglich ist, wenn man unter Menschen geht, habe ich ein System aus projizierter Energie und elementarverschobenen Fäden entwickelt, die man kaum spürt.«

Siehst du?, dachte der Terraner. *Genau das meine ich. Eine Frau wie du wird sich nicht so leicht zufrieden geben. Aber mich wickelst du nicht um den Finger.* »Zurück zum Thema Onezime Breaux.«

»Er ist mein Geliebter«, erklärte sie beiläufig. »Manchmal. Wie Oread Quantrill auch.«

»Wobei du Quantrill bevorzugst?«

»Wieso sollte ich? Heute so ... morgen so. Und übermorgen wieder anders. Wobei ich derartige zeitliche Einschränkungen nicht mag. Mein Hauptaugenmerk liegt allerdings nicht auf Männern, sondern auf der Forschung. Jupiters Atmosphärekristalle haben es mir angetan. Tau-acht ist meine Entwicklung.«

»Ehre, wem Ehre gebührt.«

»Nicht doch. Ohne die speziellen hyperphysikalischen Bedingungen im Inneren von Jupiter, die Tau-eins bis Tau-sechs produzieren, sogar Tau-sieben übrigens, um dir ein Geheimnis zu verraten ... ohne den Planeten wäre mir eine derart bedeutende Synthese niemals gelungen.«

»Lassen wir das Roulette«, schlug Rhodan vor. »Bring mich in ein Labor und zeig mir Tau-acht. Kommen wir endlich zur Sache.«

»Spiel«, widersprach sie, »und du kannst gewinnen.«

»Tau-acht?«

Sie nickte. »Eigentlich Gold. Zumindest noch bis vor kurzem. Inzwischen erscheint das allen zu langweilig. Einer neuen Menschheit unangemessen.«

»Neue Menschheit?«, hakte der Terraner nach.

»Honovin«, sagte sie rätselhaft, dabei jede Silbe betonend. »*Homo novus insomnus.*«

Rhodan verstand das alte Latein auf Anhieb. »Der neue schlaflose Mensch? Was soll das bedeuten?«

Sie beugte sich vor, legte beide Hände auf seine Schultern. Ihr Atem strich über seine Wange. Es war garantiert kein Zufall, dass ein Stück ihrer speziell entwickelten Kleidung Rhodans Hände berührte. Es fühlte sich kalt an, und die Finger glitten hindurch, bis sie Anatolies Haut berührten. »Spiel das Spiel, Perry Rhodan! Fühle die Leidenschaft, wie ich auch. Spielen hat einen unbeschreiblichen

Reiz, wenn du dich wirklich darauf einlässt.« In ihrer Stimme lag eine eigenartige, tief empfundene Sehnsucht.

Er zog sich zurück.»Roulette. Von diesem Spiel sprechen wir doch, oder?«

Im Casino herrschte Hochbetrieb. Eng an eng drängten sich diverse Spielstationen. Manche erkannte Rhodan, andere wirkten auf den ersten Blick völlig sinnlos. Etwa eine kreisrunde Fläche, in der eng gedrängt die Teilnehmer standen und in scheinbar willkürlichen Abständen die Augen öffneten und schlossen.

Auf einer Antigravebene balancierte ein Siganese. Es gab also doch andere Angehörige dieses kleinwüchsigen Volkes in MERLIN. Hologrammdrachen spien ihm Feuer entgegen, dem der Spieler auswich, indem er mit den Armen ruderte, wie ein Vogel mit den Flügeln schlug.

»Deine Begleiter können sicher für sich selbst sorgen.« Wie durch Zufall standen sofort nach Anatolies Worten drei Techno-Jaguare hinter ihnen. Sie versperrten Mondra und den anderen den Weg.

Der Terraner zögerte zunächst, nickte dann aber. Er wusste, dass alle wachsam bleiben und im Fall, dass Gefahr drohte, sofort eingreifen würden. Noch einmal würde er sich fügen, ein letztes Mal. Noch wollte er keine offene Auseinandersetzung provozieren.

Der Roulettetisch stand in einem ruhigeren Bereich des Casinos, auf einer erhöhten Ebene, mit der Außenwand im Rücken. Besucher hatten von hier einen glänzenden Blick auf den Mitteltorbogen. Rhodan bemerkte erst jetzt eine Besonderheit, die das Hologramm in dessen Zentrum noch unwirklicher wirken ließ. Die Augen des Mädchens schienen ihm ständig genau ins Gesicht zu schauen. Ob es wohl jedem so ging?

Als Croupier fungierte ein vielarmiger Roboter, der in Sachen Geschmeidigkeit das glatte Gegenteil der Techno-Jaguare zu sein schien. Die klobige Konstruktion verfügte über etliche fingerdünne Tentakelarme, an deren Spitzen sich Kameraaugen öffneten und schlossen. Die meisten Fortsätze ruhten am zylinderförmigen Körper, einer schwebte über dem großen Rouletterad, das momentan stillstand.

Nur drei Spieler waren zugegen, sämtlich Arkoniden; in diesem Fall gehörten sie auf den ersten Blick erkennbar diesem Volk an.

»Willkommen, willkommen«, rief der Croupier. »Dein Einsatz, bitte.«

»Ich verfüge über keine Chips«, sagte Rhodan.

»Dann bedauere ich ...«

»Ich bürge für ihn«, unterbrach Anatolie. »Gib ihm zehn 100er-Chips. Von meinem privaten Konto.«

Kaum ausgesprochen, sauste einer der Tentakelarme heran und legte das Gewünschte vor Rhodan ab. Dieser griff zu. Sich zu bedanken, hielt er nicht für nötig – er hatte nicht darum gebeten, zu spielen.

»Tausch mit mir«, bat der Arkonide, der neben ihm stand. Seine Pupillen waren seltsam geweitet, das Rot der Iriden stumpf. »Ich kann dir zwei 50er geben.«

»Warum?« Rhodan ging auf den Tausch ein, wunderte sich jedoch. »Du kannst doch ebenso gut die beiden 50er auf das gewünschte Feld legen.«

Der Arkonide nahm Rhodan den Chip aus der Hand – und ließ ihn los. Scheinbar schwerelos verharrte er in der Luft. Langsam drehte er sich um die eigene Achse, bis Rhodan schließlich den Zahlenaufdruck auf der Rückseite sah. »Aber ich kann nur telekinetischen Zugriff auf die 100er bekommen.«

Rhodan nahm diese Information verwundert auf. Ohnehin schienen viele an Bord der Faktorei über eigenartige Psi-Fähigkeiten zu verfügen; während des Rundgangs waren ihm einige wunderliche Ereignisse aufgefallen. Für sich selbst bezeichnete er diese Leute als *halbe Mutanten*, wobei diese Terminologie sicher keiner genaueren Überprüfung standhielt. Jeder Wissenschaftler und Psi-Forscher hätte verwundert den Kopf geschüttelt, ihm diesen unscharfen Begriff um die Ohren geschlagen und mit korrekten Messskalen des höherdimensionalen Spektrums gewedelt – für Rhodan war die Situation allerdings mit diesem einfachen Begriff leichter handhabbar.

»Du kannst nur Zugriff auf die 100er finden? So etwas habe ich noch nie gehört. Entweder bist du Telekinet oder nicht.«

»Die Struktur jeder Sorte der Geldchips ist unterschiedlich. Ihr Gewicht. Die Oberfläche.« Der Arkonide ließ den Chip auf das Feld mit der Nummer 17 schweben und legte es perfekt in dessen Mitte ab.

»Eine wundersame Psi-Fähigkeit.«

»Worin besteht deine?«

»Meine? Ich habe keine.« Rhodan legte einen eigenen Chip auf die Reihe von 19 bis 21 – *Transversale Pleine* mit einer Gewinnchance von 11 : 1.

»Du hast keine Gabe? Ein seltenes Unglück.«

»Das würde ich nicht so beurteilen«, widersprach Rhodan. »Die meisten Menschen sind nicht ...«

»Keine Einsätze mehr«, dröhnte die mechanische Stimme des Robot-Croupiers. Am Ende des Tentakelarms klappten zwei Finger aus und drehten ruckartig das Rad. Die Kugel auf dem Zahlenfeld hüpfte, fand ihren Platz am Rand und drehte sich mit.

»Entschuldige«, schoss Rhodan einen Schuss ins Blaue ab, »ich denke immer noch an die *alte* Ordnung der Dinge. Bei der neuen schlaflosen Menschheit sieht das freilich anders aus.«

Der Arkonide grinste schmallippig. »So ist es.«

»So ist es«, wiederholte Anatolie von Pranck, die bislang schweigend beobachtet hatte.

»Kannst du auf die Kugel zugreifen und sie lenken?«, fragte Rhodan.

Sein Gegenüber schüttelte entsetzt den Kopf. »Dann dürfte ich nicht spielen! Ich kann *nur* die 100er bewegen, verstehst du?«

»Seit wann bist du Honovin?«

»Was ist schon Zeit? Sinnlos wie der Raum.«

Nach dieser alles andere als zufriedenstellenden Antwort rollte das Rad aus. »Neunzehn, rot«, sagte der Croupier.

Der Arkonide fluchte, während ein Tentakelarm blitzartig den Gewinn vor Rhodan platzierte.

»Neue Einsätze, bitte!«

Diesmal setzten auch die beiden anderen Spieler, die vorher tatenlos dagestanden waren. »Dem Zufallsspektrum nach müsste die

Null fallen«, sagte der eine. Er nestelte an einem kleinen Fläschchen, dessen Aufsatz an den Zerstäuber eines Parfüms erinnerte.

»Kein Tau-acht während des Spiels«, schnarrte der Roboter. »Deine prophetische Gabe ist mir bekannt. Du stehst unter spezieller Beobachtung.«

»Nur eine Sekunde«, verteidigte sich der Angesprochene. »Ich kann nur eine Sekunde in die Zukunft schauen. Manchmal auch in die Vergangenheit. Die Zeitspanne ist viel zu kurz, um das Roulettesystem auszutricksen!«

»Kein Tau-acht während des Spiels«, wiederholte der Croupier stur. »Wenn du das Fläschchen nicht verschwinden lässt, werden dich die Techno-Jaguare hinausführen. Auf die eine oder andere Art.«

»Verstanden!« Blitzartig verschwand der Behälter in einer Tasche des Arkoniden.

Es juckte Rhodan in den Fingern; so nah war er einer Probe des geheimnisvollen Tau-acht bislang nicht gekommen. Konnte es tatsächlich sein, dass diese Droge *halbe Mutantenfähigkeiten* in denjenigen weckte, die sie konsumierten? Bizarre Fähigkeiten, ohne rechten Sinn? Und was sollte der Hinweis auf die neue, angeblich schlaflose Menschheit bedeuten? Die letzten Minuten hatten mehr Fragen aufgeworfen als beantwortet. Mehr denn je wollte der Terraner herausfinden, was in MERLIN wirklich vor sich ging.

Und ein Gedanke kam ihm ... War es das gewesen, was ihm der Fremde in Galileo City hatte anbieten wollen? Tau-acht? Es würde ins Bild passen.

Er setzte wahllos einen Chip auf ein beliebiges Feld, die anderen ebenfalls. Nur er gewann. »Das Glück scheint mir hold zu sein«, meinte er. Anatolie von Pranck beobachtete scheinbar teilnahmslos.

Geschrei lenkte Rhodan ab. Im zentralen Torbogen erlosch das Hologramm des Mädchengesichts, und eine wohlklingende Stimme erklang. »Wieder ein großer Sieger!«, tönte es mit angenehmem Timbre durch die Halle.

Fast überall wurde es still, jede Bewegung schien zu verharren. Ein in schwarzes Leder gekleideter Terraner schritt durch die Gasse, die sich vor ihm öffnete. Den einzigen Farbklecks an seiner Erscheinung bildeten die leuchtend grün gefärbten Haare, die in Form eines Sichelkamms über die Schädelmittel wuchsen, wie es eher bei einem Ertruser zu erwarten gewesen wäre. Er erreichte den Torbogen und durchquerte ihn. Augenblicklich klimperte und glänzte es rund um ihn. Ein Regen aus Goldpailletten ging auf ihn nieder. Sie blieben an ihm haften; keine einzige fiel zu Boden. Er lachte und streckte die Hände aus wie ein Ertrinkender, der nach Hilfe sucht.

»Nicht sonderlich erquickend«, kommentierte Rhodan. »Ich kann dem nichts abgewinnen.«

»Sagte ich nicht, dass die Prämie nicht mehr nur aus Gold besteht? Einige der Pailletten sind mit Tau-acht bestäubt. Vielleicht eine, vielleicht zwei oder drei. Er ist glücklich. In seiner Wohnung wird er seinen Gewinn untersuchen und den *wahren* Schatz entdecken.«

»Mit diesem Wissen im Hinterkopf stößt es mich noch mehr ab. Er ist süchtig, mehr nicht. Ich habe es schon zu oft erlebt, um nicht zu wissen, dass ...«

»Du stehst kurz davor, ebenfalls durch den Bogen zu gehen«, erklärte der Robotcroupier. »Wenn deine Glückssträhne noch lange anhält, werde ich dich weitermelden, so dass der Weg für dich freigeschaltet wird. Du hast einen fantastischen Einstieg in den Abend erlebt.«

»Ich verzichte dankend auf diese Art von Gewinn.«

»Bist du sicher?« Das war der halb-telekinetische Arkonide. »Du verschenkst ...«

»Kein Tau-acht«, sagte Rhodan und merkte erst danach, dass er unwillkürlich die eindringliche Warnung des jungen Firmion Guidry wiederholt hatte. Inzwischen war er sicher, dass es sich dabei tatsächlich um eine Warnung gehandelt hatte und nicht etwa um einen Hinweis in Verbindung mit den ebenfalls erwähnten Atmo-Schwebern.

Plötzlich stand Anatolie dicht neben ihm und flüsterte ihm ins Ohr. »Dann muss ich nicht weiter eingreifen?«

»Willst du damit sagen, dass du das Spiel manipuliert hast, damit ich gewinne?« Er sprach mit Absicht so laut, dass auch die anderen ihn hören konnten. »Wie ist dir das gelungen?«

Die Ganymedanerin strich mit den Fingerkuppen über seine Wange. »Du wolltest Tau-acht kennenlernen. Ich war bereit, dir zu helfen. Schade, dass du mein Angebot ablehnst.«

»Du kannst es mir auch auf anderem Weg zukommen lassen. Schluss jetzt mit der Spielerei! Ich will sofort mit Quantrill sprechen!«

»Wenn Onezime das hören würde – er hasst es, wenn Gefangene Ansprüche stellen, die ihnen nicht zustehen.«

Rhodan schob einem Arkoniden seine Chips zu, ohne hinzuschauen. »Schon vergessen? Ich bin kein Gefangener mehr. Ich stehe lediglich unter Beobachtung. Aber auch wenn jeder einzelne Angestellte der SteDat sich mir in den Weg stellt, ich werde mich nicht mehr aufhalten lassen! Du kennst mich, Anatolie ... du weißt also, dass ich am Ende mein Ziel ohnehin erreichen werde!«

»Wer wird denn gleich aggressiv werden?«

Gleich, dachte der Terraner. Davon konnte wohl wirklich keine Rede sein. Unvermittelt ging ein Stoß durch das Casino; außer DANAE wurde wohl ganz MERLIN durchgerüttelt. Rhodan fragte sich, ob er tatsächlich zu lange gezögert hatte, um seine Umgebung erst einmal zu erkunden. Vielleicht hätte er auf Mondras Unruhe hören und schon längst etwas unternehmen sollen. »Bringst du mich zu Quantrill oder nicht? Ich will eine Antwort – jetzt!«

Die Chefwissenschaftlerin zog ihn zur Seite und schickte zugleich mit einem Wink die drei Arkoniden weg. Ohne ein Wort des Widerspruchs rafften diese ihre – und Rhodans – Chips zusammen und verließen den Roulettetisch. »Oread Quantrill hält sich in seiner Zentrale auf. Im *Kopf* der Schildkröte.«

»Der TYCHE«, sagte Rhodan. Er wusste, dass es sich dabei um ein autarkes Schiff handelte, das abgekoppelt werden konnte.

»Dorthin wirst du nicht vorgelassen.«

»Ich kann auch die Flotten der LFT hierherbeordern und mir den Weg mit einer Tausendschaft Soldaten freikämpfen, wenn es sein muss.«

»Mach dich nicht lächerlich. MERLIN ist kein militärisches Gebiet, auf dem du oder sonst jemand die Oberhoheit innehat. Die

Faktorei ist Privatbesitz, und niemand gibt dir das Recht, einfach ...«

»Bring mich zu Quantrill, oder du wirst sehen, was möglich ist und was nicht.«

Anatolie von Pranck schüttelte den Kopf. »In die TYCHE wirst du nicht vorgelassen werden«, wiederholte sie. »Aber ich werde Oread bitten, zu dir zu kommen.«

»Sofort!«

»Gern.« Sie deutete in die Menge. »Sag deinen Freunden, dass du zu dem Treffen gehen wirst. Sie werden dich nicht begleiten, und darüber gibt es keine Diskussion. Nur du allein, verstanden?«

»Du wirst bei ihnen bleiben?«

»Ich bin überzeugt, dass Onezime Breaux gut ohne meine Hilfe ein Auge auf sie halten kann.«

»Aber sagtest du nicht, dass du interessehalber ...«

»Mein Interesse ist erloschen.«

Ich weiß, dachte Rhodan. *Mit mir.* Und das behagte ihm gar nicht.

»Wird Quantrill auf deine Bitte eingehen?«

»Verlass dich darauf. Zwanzig Minuten maximal, dann wirst du ihm gegenüberstehen. Ich werde dich persönlich zum Treffpunkt bringen.«

Splitter

Viali Mah'nu verschafft sich mit Hilfe eines Überrang-Kodes Zugang zum Privatquartier ihres Kollegen Ratonio T'Lone. Es besteht der Verdacht, dass dort etwas geschah, das eine sofortige Überprüfung notwendig macht. Es geht ihr nicht gut, sie braucht Ablenkung, deshalb hat sie diese Aufgabe übernommen. Ihr Leiden wird immer schlimmer, es scheint kein Zurück mehr zu geben.

Die SteDat-Mitarbeiterin hat viele Jahre lang als Ordnungskraft auf dem Planeten Lepso gearbeitet. Sie hat viel gesehen, schreckliche Morde und bizarre Unglücke in den legalen wie den illegalen Vergnügungscentern dieser Welt. Doch was sich nun vor ihren

Augen ausbreitet, ist ein schlimmeres Massaker, als sie es sich bislang vorzustellen vermochte.

Von Ratonio ist nicht viel geblieben. Er verteilt sich im gesamten Raum, sogar auf dem Absatz des holografischen Pseudo-Fensters.

Sie muss Spuren aufnehmen. Es wenigstens versuchen. Egal, wie übel ihr wird, wenn sie sich vorstellt, dass sie vor wenigen Stunden noch mit Ratonio gesprochen hat. Aber sie kann nicht. Sie stürzt aus dem Raum, blindlings einfach weg von diesem Anblick.

In Ratonios Hygienezelle übergibt sie sich. »Tür schließen«, ächzt sie, ehe ein neuer Schwall ihren Mund füllt.

Der Kabinenservo reagiert. Es klackt, und sie muss nichts mehr sehen. Nicht mehr mit ihren Augen, zumindest. Als wenn das alles wäre. Für andere möglicherweise, doch für sie nicht. Immerhin der Gestank wird ausgesperrt.

Nun sitzt sie eingeschlossen in der Hygienezelle des Opfers. Sie hört ihr Herz überlaut schlagen. Das Schlimmste ist die Gewissheit, dass es nur einen Weg nach draußen gibt, und dieser führt quer durch Ratonios Quartier. Viali kauert sich in einer Ecke zusammen, rutscht mit dem Rücken an der Wand auf den Boden, umschlingt die angezogenen Beine mit den Armen.

Ausgerechnet ich, denkt sie.

Sie verflucht den Tag, an dem sie zum ersten Mal Tau-acht in ihr Auge stäubte. Sofort nach dem Erstkontakt hat sich die Paragabe manifestiert, die latent in ihr schlummerte, und sie ist sie nie wieder losgeworden, so sehr sie es auch versuchte. Jener Bereich ihres Gehirns, der im UHF-Spektrum angeregt worden ist, will seine Aktivität nicht mehr einschränken. Es gibt nur einen Weg, ihn wieder zum Schweigen zu bringen, das weiß sie. Einen Weg, den sie bislang nicht gehen wollte.

Denn Viali Mah'nu ist ein Erinnerungsjunkie.

Dieses Wort hat sie selbst geprägt. Soweit sie weiß, gab es nie jemanden wie sie und gibt es auch derzeit niemanden. Zum Glück. Sie würde nicht einmal ihrem ärgsten Feind die Hölle gönnen, die sie Tag für Tag, Stunde für Stunde durchlebt.

Die schlimmsten Bilder ihres Lebens setzen sich in ihr fest und verblassen nicht wie bei anderen Menschen, sondern werden immer intensiver, klarer und deutlicher. In jeder spiegelnden Fläche erblickt Viali diese Bilder, so lange, bis sie irgendwann von einer neuen Erinnerung verdrängt werden und das Martyrium von neuem beginnt.

Zuerst war es die Erinnerung an ihre tote Mutter, die sie als Teenager eines Morgens im Bett gefunden hatte. Dann war etwas anderes aus den Tiefen ihres Bewusstseins hervorgestiegen, nach der zweiten Dosis Tau-acht; etwas, das ihre Kosmopsychologin in vielen Stunden Therapie verdrängt hatte: Ihr nackter Ehemann, der vor ihrer Schwester stand und ...

»Nein.«

Viali spricht das Wort erst leise aus, dann schreit sie es hinaus.

Sie springt auf, holt aus und schmettert die Faust gegen den Spiegel über dem verspritzten Waschbecken. Er birst und ein Splitter schrammt über ihren Handrücken.

Sie blutet.

Aber im zersplitterten Spiegel sieht sie nicht Facetten ihrer Selbst, sondern es ist, als werde ein Bild aus dem Nachbarraum darauf projiziert, in brutaler Deutlichkeit.

Sie will es nicht sehen.

Sie kann es nicht mehr sehen.

Sie erträgt es ganz einfach nicht mehr.

Viali reißt den Schrank ihres Kollegen auf, stößt Fläschchen und Dosen beiseite, bis sie endlich findet, was sie sucht. Wusste sie doch, dass Ratonio einen Vorrat davon aufbewahrt! Das ist typisch für ihn. So war er immer, stets auf die Zukunft bedacht, auf schlechtere Zeiten, die da kommen mochten. Als ob es noch schlimmer werden könnte.

Sie nimmt mehr Tau-acht als je zuvor in ihrem Leben und stürzt in einen dunklen Rausch. All das Böse aus ihrer Erinnerung schwappt gleichzeitig nach oben. Es kommt zu einer Art Kurzschluss, genau, wie sie es erhofft hat. Ihr Verstand setzt aus, endgültig.

Doch ehe sie in geistiger Umnachtung verschwindet, schreibt sie etwas auf die Wand, auf die weißen Kacheln über der Badewanne,

mit ihrem eigenen Blut. Als keines mehr fließt, hilft sie nach, mit einem der Spiegel-Splitter, und vollendet ihre Botschaft:
Honovin.
Auf dass jeder ihre Verachtung spüre. Kleine rote Fäden rinnen von den Buchstaben nach unten.

Ihr Schicksal ist nur ein Symptom für etwas, das überall in MERLIN geschieht. Die Lage in der Faktorei kippt. Der Partyrausch der letzten Wochen und Monate geht zu Ende. Alles hat seinen Preis, und das Syndikat der Kristallfischer und seine Mitarbeiter beginnen nun zu bezahlen.

Ob es etwas damit zu tun hat, dass in Jupiters Atmosphäre der Initialschuss gezündet worden ist? Die Vision des Oread Quantrill beginnt Wirklichkeit zu werden, und nichts vermag sie noch zu stoppen. Die Transformation hat begonnen.

Wie Viali versinken überall in MERLIN viele in ihren Ängsten. Das allgegenwärtige Lachen im Casino droht zu einem kosmischen Hohn zu verkommen. DANAES Mädchengesicht lächelt weiterhin, doch es ist, als entstünde in den Augen der Positronik ein Schatten; als würde das künstliche Hirn erkennen, was seiner Welt bevorsteht.

Viali Mah'nu weiß nicht mehr, was sie tut, als sie schließlich die Hygienezelle verlässt und das Schlachtfeld betritt. Sie lacht, doch nicht wegen Tau-acht, nicht, weil sie sich für die Größte hält. Ihr Verstand ist wie der einer Neugeborenen. Sie sieht keine Bilder mehr. Sie ist kein Erinnerungsjunkie mehr. Sie ist glücklich, während sie verblutet.

Zum ersten Mal seit so langer Zeit ist sie glücklich.

Viali Mah'nu konsumierte Tau-acht.
Für sie ist die Party an Bord der Faktorei MERLIN endgültig vorüber.

Prophet des eigenen Glaubens

Der Raum war erstaunlich schmucklos. »Ich hätte mir das Audienzzimmer eines mächtigen Mannes wie Oread Quantrill imposanter vorgestellt.« Perry Rhodan schaute sich um. Die Wände waren holzvertäfelt, wie er es auch in den Korridoren hin und wieder gesehen hatte. Einfache Bilder hingen daran, offenbar mit Aquarellfarben gemalt. Von der Decke strahlten drei nackte Leuchtröhren.

Anatolie von Pranck ließ sich auf einem der Stühle nieder, die mit braun-grün gemustertem Stoff bezogen waren. »Quantrill legt keinen Wert auf Dinge wie *Audienzzimmer* oder Ähnliches. Sein Domizil ist in der TYCHE ... solltest du jemals dorthin vorgelassen werden, wirst du erkennen, dass alles andere ohnehin nur ein Abklatsch wäre.«

»Ich habe schon einiges gesehen«, versicherte Rhodan. »Auch irgendwelche Despoten, die ihr Domizil geheim halten und ...«

»Despoten?«

Rhodan drehte sich um. Hinter ihm hatte sich lautlos die Tür geöffnet, und ein Mann stand im Durchgang.

»Willst du mich tatsächlich als Despoten bezeichnen?«, fragte der Neuankömmling.

»A... aber ...« Dem Terraner verschlug es die Sprache. Er wusste nicht, wann er sich zum letzten Mal derart hilflos und überwältigt gefühlt hatte.

»Willst du das wirklich?« Der Mann lächelte.

Rhodan atmete tief ein, schloss die Augen. *Ich täusche mich,* dachte er. *Ganz einfach, ich täusche mich.* Doch als er die Augen wieder öffnete, sah er noch immer dasselbe, und es gab keinen Zweifel daran, dass er sich eben *nicht* täuschte.

Diesen Menschen hätte er überall und zu jeder Zeit erkannt. Er kannte ihn beinahe wie sich selbst. Vielleicht sogar besser. Denn der Mann im Türrahmen war sein eigen Fleisch und Blut, das er hatte aufwachsen sehen. Jemand, den er seit fast dreitausend Jahren für tot gehalten hatte. Jemand, mit dem ihn ein besonderes Schicksal und eine überaus problematische Beziehung verband.

Dieser Mann war sein erster Sohn, geboren im Jahr 2020 alter Zeitrechnung, gestorben 2103, nach dem Verlust seines Zellaktivators.

»Thomas«, kam es matt über Rhodans Lippen.

Mondra Diamond hatte den Lärm im Kasino satt. Gut, Perry mochte es auf diesem Weg letztlich gelungen sein, Anatolie von Pranck davon zu überzeugen, ihn zu Oread Quantrill vorzulassen – doch damit hatte dieser Ausflug seinen Zweck erfüllt. Es gab keinen Grund, noch länger in dieser Halle zu bleiben, in der gejubelt und geflucht, gespielt, gewonnen und verloren wurde.

Sie fühlte sich von dem riesigen holografischen Mädchengesicht gemustert und auf unangenehme Weise beobachtet. Den drei TLD-Agenten schien es ebenso zu gehen. Als Mondra vorschlug, das Etablissement zu verlassen, stimmten sie sofort zu.

Sie traten durch den Torbogen, vor dem DANAES Techno-Jaguare standen und sie aus großen, organisch wirkenden Augen anschauten. »Kommt bald wieder«, sagte eines der schwarzen Robot-Tiere.

»Sei dir da nicht so sicher«, meinte Porcius Amurri.

Der Jaguar lachte mit seiner verführerischen Frauenstimme. »Jeder kommt wieder«, säuselte er; es klang fast wie Gesang. »Früher oder später.«

»Wir werden sehen.«

Die vier entfernten sich. Mondra bemerkte erleichtert, dass die Techno-Jaguare ihnen nicht folgten, obwohl sie fast damit gerechnet hatte. Ganz anders sah es mit Onezime Breaux aus; den Chef der SteDat entdeckte sie hin und wieder in der Menge – nie so weit entfernt, dass er seine *Schützlinge* aus den Augen verlieren könnte.

»Er beobachtet uns nicht gerade unauffällig«, sagte Matthau.

»Was auch nicht seine Aufgabe ist«, meinte Gili Sarandon. »Wir wissen, dass er da ist. Und wahrscheinlich ist es ihm nur recht, wenn wir das auch nicht so schnell vergessen.«

Matthau zuckte mit den Schultern. »Und nun? Suchen wir die Stationskobolde, die immer Bescheid wissen und uns sagen können, was hier *wirklich* vor sich geht?«

»Wann wirst du endlich keine Witze mehr reißen?«, fragte Porcius. »Wenn eine Strahlermündung gegen deine Stirn drückt?«

»Dann bleibt immer noch Zeit für einen letzten Spruch.« Buster zupfte an seinem schwarzen Oberlippenbart. Eine Hautschuppe rieselte hinab. »Mit Humor geht alles besser, Jungchen, glaub mir.«

Gili Sarandon stellte sich an die Seite ihres Kollegen Porcius. »Solange du nicht verlangst, dass man unbedingt deine skurrile Art von Humor haben muss. Und nenn ihn nicht *Jungchen*.«

»Warum nicht? Er ist ein ...«

»Er ist auf den Tag genauso alt wie ich, wusstest du das?«

Buster grinste. »Vielleicht seid ihr sogar Zwillinge, die direkt nach der Geburt getrennt wurden. Wie Luke und Leia. Tragisch.«

»Luke und Leia?«

Dion Matthau winkte ab. »Nicht wichtig. Zwei, die ich mal kannte. In einem anderen Leben.«

»Als du noch ein Kobold warst?«, schlug Mondra vor.

Matthaus Augen blitzten. Das Gespräch schien ihm zu gefallen. »Hauptsache, ihr verliebt euch nicht. Könnte schwierig werden, wenn ihr tatsächlich Zwillinge seid.«

Gili legte Porcius die Hand auf die Schulter. Sie hob nur den linken Mundwinkel leicht an. Ein Schwall schwarzer Haare fiel der zierlichen Frau über die Stirn bis zu den Brauen ihrer dunklen Augen. »Liebe? Hm ... sagen wir's so: Für eine Nacht würde ich eher dich von der Bettkante stoßen, Buster, als ihn.«

Porcius' Wangen passten sich in der Farbe perfekt seinem buschigen, rostroten Haar an. Wie meist war er schlecht rasiert, vor allem am Kinn. »Wir sollten uns um dieses geheimnisvolle Tau-acht kümmern.« Seine Stimme war eine Tonlage höher als normal. »Richtig, Mondra?«

»Richtig.«

»Eins bleibt aber«, meinte Matthau. »Ihr müsst zustimmen, dass es uns allen besser geht, nachdem wir ein wenig gepläkelt haben. Es lockert die Stimmung. Stimmt's?«

»Unheimlich viel besser«, sagte Porcius ironisch. Er konnte weder Mondra noch Gili – vor allem nicht ihr – in die Augen sehen. Die Finger nestelten am Stoff seines SERUNS.

Mondra hatte fast Mitleid mit ihm. Er hatte sich offenbar in den Kopf gesetzt, ein Frauenheld zu werden, wusste aber nicht wie. Augenscheinlich spukte ein völlig falsches Bild in seinem Kopf, was es bedeutete, ein TLD-Agent zu sein. Ihrer Einschätzung nach war Porcius in so gut wie jede Frau unglücklich verliebt, vor allem in Gili, die er vergötterte. Dion Matthau hatte in dieser Wunde wohl mit Absicht gestochert; ein Scherz, der um einiges zu weit gegangen war. Das war jedoch nur die eine Seite des jungen TLD-Agenten. Im Falle eines Falles war Porcius stets hochkonzentriert und steckte voller innovativer, kreativer Ideen, was seine Akte ausdrücklich erwähnte und lobte. Für seine Freunde und Kollegen ging er durchs Feuer – ob er nun in sie verliebt war oder nicht.

»Zur Sache«, sagte Mondra. »Dank Anatolies kleiner Führung und ihrer Holodemonstration wissen wir, wo wir ihre Hauptlabore zu suchen haben.«

Porcius Amurri bewies, dass er genau wusste, worauf Mondra abzielte. »In der Nähe der Schächte, die einst die Kalup'schen Konverter beherbergten.«

»Dann machen wir uns auf den Weg dorthin.«

»Wir sollten nicht vergessen«, warf Gili ein, »dass wir gewissermaßen auf Bewährung draußen sind ... für diesen havannapaffenden Kerl wäre es ein gefundenes Fressen, uns bei einem Einbruch zu ertappen.«

»Wer spricht von Einbruch?«, fragte Mondra. »Wir schauen uns einfach ein wenig um. Man hat uns versichert, dass wir uns frei bewegen dürfen. Genau das tun wir, nicht mehr und nicht weniger. Wenn wir erst mal bei den Labors sind, werden wir sehen, auf wen wir treffen und wen vielleicht mein Gesicht beeindruckt. Einen Vorteil muss es schließlich haben, dass man berühmt ist.«

»Genauso wie es einen Vorteil haben kann, wenn man eben *nicht* bekannt ist.« Dion Matthau wandte ruckartig den Kopf, als wolle er in die Ferne lauschen. Es handelte sich um eine Art Tick, den seine Kollegen kaum noch beachteten.

Gili klopfte auf ihre kleine Handtasche, die sie an einer Lasche des SERUNS trug. »Es gibt viele Arten von Vorteilen.« In der Tasche trug sie allerlei Gimmicks bei sich – Mondra hatte einige Geschichten darüber gehört, die im TLD kursierten; wenn man allem Glauben schenkte, könnte Gili auch als die Heldin einer trivialen Agenten-Soap durchgehen, die in jeder Lage stets das passende Maschinchen mit sich führte, um ihren Gegnern eins auszuwischen. »Die Frage ist nur, Buster, worauf du hinauswillst.«

»Ganz einfach – wir trennen uns. Erstens kann Breaux dann nur einer Gruppe folgen und muss der anderen einige seiner Leute hinterherschicken ... und zweitens findet vielleicht wenigstens ein Teil von uns einen Weg in die Labors.« Er grinste. »Ich schlage vor, Männer gegen Frauen ... schauen wir, wer gewinnt.« Dabei hieb er Porcius kumpelhaft gegen die Schulter.

»Gewinnen wir beide!«, meinte Mondra. »Gili und ich nehmen den direkten Weg zu den Labors. Ihr schaut und hört euch zunächst um. Über Funk bleiben wir in Verbindung, sollten aber stets daran denken, dass die SteDat mit ziemlicher Sicherheit mithört.«

Sie gingen in unterschiedlichen Richtungen davon. Es bereitete Mondra diebisches Vergnügen, als sie Onezime Breaux sah, der mit nicht gerade glücklichem Gesicht in ein Funkgerät sprach.

Vorbei an schlafenden Terranern, Werberobots und flanierenden Passanten machten sich die beiden auf den Weg zu Anatolie von Prancks mysteriösen Labors.

Thomas Cardif stand vor ihm.

Perry Rhodan glaubte seinen Augen nicht zu trauen.

Der Neuankömmling glich ihm beinahe bis aufs Haar, nur die Augen waren gelblicher. Exakt so hatte Thomas ausgesehen, damals, vor einer schieren Ewigkeit. Mit keinem seiner Söhne hatte es wohl ein derart problematisches Verhältnis gegeben wie mit Thomas, bis dieser schließlich gestorben war.

War er nun gestorben ... oder doch nicht?

Der erste Moment der Verwirrung, ja, des emotionalen Schocks verging. »Du bist nicht Thomas«, sagte Rhodan, obwohl seine Gefühle etwas anderes behaupteten. »Und ich weiß nicht, was du mit einer derartigen Gaukelei bezweckst.«

Thomas Cardif kam näher. Er legte Anatolie jovial eine Hand auf die Schulter, strich ihr in einer intimen Geste über den Nacken und durch die Haare. Danach setzte er sich neben die Chefwissenschaftlerin des Syndikats. »Gaukelei? Ich bitte dich. Du beurteilst die Lage völlig falsch.«

»Das habe ich heute schon einmal gehört«, sagte Rhodan. »Und schon da hat es mich weder überzeugt noch beeindruckt.«

»Ich täusche dich nicht, Perry Rhodan. Ich bin genau der, der ich bin.«

»Das glaube ich dir nicht.«

»Lass mich ausreden. *Du* täuschst dich. Allerdings, das muss ich zugeben, bin ich daran nicht ganz unschuldig. Ich wende meine Psi-Fähigkeit jedoch nicht bewusst an.«

»Psi-Fähigkeit?« Rhodan schob nun ebenfalls einen der Stoffstühle nach hinten und setzte sich. Der Tisch zwischen ihnen bestand aus altem, abgegriffenem Holz. »Wahrscheinlich eine dieser ... Tau-acht-Mutationen? Du bist also auch süchtig?«

Seine abschätzig vorgebrachte, bewusste Provokation weckte nichts als Heiterkeit bei seinem Gegenüber. »Süchtig? Lächerlich! Das mag auf den einen oder anderen der Kleingeister zutreffen, die diese Faktorei bevölkern. Vielleicht gibt es einige unter den Schwachen, die der Verlockung nicht widerstehen könnten, wenn sie es wollten oder müssten ... aber Oread Quantrill *süchtig*? Anatolie, hast du etwas derart Lächerliches schon einmal gehört?«

Rhodan ließ sich auf das Spiel nicht ein. »Zurück zu deiner Gaukelei.«

»Psi-Fähigkeit«, verbesserte Quantrill beiläufig.

»Was hat es damit auf sich?«

»Mnemodeceptorei. Oder, um es einfacher zu sagen – ich bin ein Erinnerungstäuscher.«

Falls Quantrill erwartet hatte, dass Rhodan sich beeindruckt zeigte, hatte er sich getäuscht. Der Terraner blieb gelassen. »Du greifst also auf das Gedächtnis deiner Gegenüber zu und lässt sie Dinge aus ihrer Erinnerung sehen? Man könnte es als einen Eingriff in die Privatsphäre deuten. So wie dein Sicherheitschef meinen Rettungsversuch fälschlicherweise als Angriff auf MERLIN interpretiert und meine Begleiter und mich in Gewahrsam genommen hat.«

Thomas Cardifs Erscheinung begann zu wabern. Die Konturen wurden seltsam unscharf, als würden sich die äußeren Hautschichten in zerfließenden Nebel auflösen. »Dann wären wir ja quitt. Das passt wunderbar, denn ich habe dir ein Angebot zu machen, Perry Rhodan. Ich denke nicht, dass du zufällig hier bist ... *gerade jetzt!*«

»Du sprichst vom Schicksal?« Das Pathos, in dem sich sein Gegenüber erging, stieß Rhodan eher ab.

»Schicksal«, höhnte Quantrill. »Götter! Was soll ich damit?«

»Ich denke, dein Aufenthalt in jungen Jahren im Franziskaner-Kloster hat dich einiges gelehrt über ...«

»... darüber, wie sich Menschen täuschen lassen? Da kann ich dir nicht widersprechen.« Fließend entstand aus Cardifs Gesichtszügen etwas Neues; ein anderes Antlitz schob sich daraus hervor, je mehr die wabernden Nebel vergingen. Dabei sackte die gesamte Gestalt in sich zusammen. Die Nase schrumpfte, die gelblichen Augen verdunkelten sich, wurden grüner, und aus dem Schwarz der Pupillen entstand ein metallisch-blauer Eindruck. Dieser Blick schien jedes Gegenüber sofort in seinen Bann ziehen zu können.

»Doch eins nach dem anderen, mein Gast. Die Mnemodeceptorei greift in der Tat auf deine Gedankenwelt zu, auf deine Erinnerungen, nicht auf dein bewusstes Denken. Sie lässt dich jemanden in mir sehen, den du einst geliebt hast, jemanden, der dein Leben bestimmte, den du verloren hast oder von dem du einfach getrennt worden bist. Es ist kein bewusster Vorgang, weder bei dir noch von meiner Seite aus, und die Wirkung verblasst auch rasch. Somit unterläuft sie auch deine Mentalstabilisierung. Hättest du den Namen nicht genannt, hätte ich nicht gewusst, wen du siehst. Thomas Cardif ... sehr interessant.«

Rhodan ärgerte sich, dass ihm der Name herausgerutscht war. Er hatte Quantrill damit mehr verraten, als ihm lieb war.

Eine der Leuchtröhren an der Decke flackerte plötzlich und warf den Rest des Verwandlungsvorgangs in bizarre Schatten. Oread

Quantrill besaß kurzes, dunkelblondes Haar. Mit einer beiläufigen Bewegung strich er eine längere Strähne, die ihm in die Stirn hing, nach links. Der seltsam blaue Schimmer der Pupillen blieb auch nun noch bestehen. Die gesamte Erscheinung war adrett, charmant, und wirkte unwillkürlich sympathisch.

Ein starkes Charisma ging von Quantrill aus. Rhodan wunderte es nicht, dass er den Gerüchten nach die Massen in seinen Bann ziehen konnte.

»Du glaubst also nicht, dass eine übergeordnete Macht existiert?«, fragte Rhodan.

»Religionen wie die, die ich in meiner Kindheit kennengelernt habe? Ich bitte dich ... ich habe Besseres entdeckt.«

»Honovin?« Der Terraner lehnte sich lässig im Stuhl zurück. »Ich bezweifle, dass es besser sein kann.«

»Urteile nicht vorschnell!«

»Du musst mir deine eigene Religion nicht verkünden. Ich glaube dir, dass du es von der Pike auf gelernt hast. Du weißt, wie man sich darstellt, wie man ein Produkt verkauft.«

»Es handelt sich wohl kaum um ein Produkt«, widersprach Oread Quantrill. »Ich habe die Menschheit kennengelernt, von vielen Seiten. Meine Erfahrung im Kloster hast du erwähnt. Und ob du es glaubst oder nicht, dort habe ich tatsächlich Gutes gesehen. Aber auch vieles, das erstarrt und tot war. Ich zog weiter, ging wieder zur Schule, besuchte die Universität von Terrania. Mein Interesse galt dem Sport. Wusstest du das?«

»Erzähl nur weiter.« Mit jedem Wort seines Gegenübers machte sich Rhodan ein genaueres Bild von der Persönlichkeit des perfekt gekleideten Mannes, der mit dem Syndikat der Kristallfischer eine bedeutende finanzielle Macht aufgebaut hatte.

»Ich war gar nicht schlecht in der Ringermannschaft, auch wenn man mir das kaum zutrauen würde, wenn man mich sieht. Klein, eher schmächtig.« Er lächelte charmant. »Doch ich besiegte mehr als einen Gegner. Bis ich schließlich wegen einer inoperablen Knieverletzung nicht mehr länger trainieren, geschweige denn kämpfen konnte. Also zog ich weiter.«

»Und du hast auch aus dieser Zeit einiges mitgenommen«, vermutete Rhodan. »Wie man Gegner besiegt und hinter sich lässt, beispielsweise?«

Quantrill trommelte mit allen Fingern auf der Holztischplatte. »Ich möchte, dass du verstehst. Dass du sogar deinen eigenen Fehler erkennst. Ich biete dir eine Chance, Perry Rhodan, wie du sie noch nie erhalten hast.«

Der Terraner schwieg und beobachtete, wie Anatolie ins Leere schaute. Sie schien in Gedanken weit weg zu sein. Was wohl in ihr vorging?

»Honovin, die neue schlaflose Menschheit, ist mehr als eine vage Vision. Ich sehe den Erfolg dicht vor mir. Wie viel Zeit verbringt der durchschnittliche Terraner im Schlaf? Ein Drittel seines Lebens? Nimm hundert Jahre seiner Lebenszeit ... ihm bleiben gerade einmal sechsundsechzig davon, die er bewusst erlebt. Ein zweihundert Jahre alter Terraner im gesegneten Alter hat fast ein komplettes Jahrhundert verschlafen. Was, wenn ich jedem einzelnen anbiete, ihm ein volles Jahrhundert zu schenken?«

»Weil du ihm Tau-acht verabreichst und ihn abhängig machst?«

»Es ist viel mehr als das! Du hattest einst selbst eine Zukunftsvision, die dich angetrieben hat, Perry Rhodan! Oder kannst du das leugnen? Du wolltest eine vereinte, neue Menschheit! Du hast Frieden in der Galaxis vor dir gesehen.«

»Vieles davon ist Wahrheit geworden.« Erst als die Worte ausgesprochen waren, bemerkte Rhodan, dass er unwillkürlich eine verteidigende Haltung eingenommen hatte. Wie kam er dazu, sich vor Quantrill zu rechtfertigen? War er etwa doch unwillkürlich dem Charisma seines Gegenübers erlegen?

»Hast du deinen Traum tatsächlich verwirklicht? Oder ihn verraten? Stell dir diese Frage, Rhodan. Was ist aus dem Frieden für die Galaxis geworden? Aber sei beruhigt. Hier ist mein Angebot.«

Was immer du nun sagen wirst, bei mir wirst du auf taube Ohren stoßen.

»Ich werde deinen Traum in die Realität umsetzen! Homo novus insomnus! Das ist die Antwort!« Die grünen Iriden schienen noch eine Spur intensiver gefärbt zu sein als zuvor. Die Nasenflügel zitterten leicht. »Ich biete dir an, an meiner Seite zu stehen, wenn die Stunde der neuen Menschheit anbricht.«

»Nein«, sagte Rhodan gelassen.

»Zur Not können wir auch Feinde sein, wenn du das wünschst. Aber ich rate es dir nicht.«

»Mich haben schon ganz andere einzuschüchtern versucht.«

»Du bist ein Narr!«

Rhodan erhob sich. Die Beine des Stoffstuhls schrammten über den Boden. »Wenn das alles ist, Oread, haben wir uns nichts mehr zu sagen. Ich werde nun versuchen, Jupiters Atmosphäre wieder ins Gleichgewicht zu bringen. Irgendetwas geschieht dort, und ich werde meine Zeit nicht länger verschwenden. Es gilt, einen Planeten zu retten.«

»Retten?« Quantrills Hände lagen nun völlig ruhig auf der Tischplatte. Er hob langsam die Rechte, streckte sie Rhodan entgegen. »Wer sagt dir, dass Jupiter zerstört werden wird? Das ist Unsinn! Er wird zu etwas völlig Neuem!«

»So? Und wer könnte daran Interesse haben? Du? Das Syndikat? Was versprichst du dir von ...«

»Von der ersten Schwarzen Festung der Menschheit? Sie ist der große Schritt in die Zukunft der Honovin!«

Ein Wahnsinniger, dachte Rhodan. *Quantrill ist in seiner Vision gefangen und völlig verblendet.* »Die Schwarze Festung? Was soll das sein? Welche Energien fließen dort draußen?« Er dachte nach, ließ die blumige Bezeichnung der Schwarzen Festung auf sich wirken. »Bleiben wir bei den Fakten, Oread. Jupiter soll transformiert werden? In was? In ein Schwarzes Loch? Mitten im Solsystem? Was ist mit den anderen Planeten? Mit Terra?«

»Fragen, Fragen, Fragen.« Quantrill zuckte die Achseln. »Komm und *sieh*!«

»Woher glaubst du zu wissen, was aus Jupiter werden wird? Bist du dafür verantwortlich?«

Quantrill lächelte nur sein adrettes Lächeln. »Ich weiß so manches. Ich stehe in Kontakt.«

»In Kontakt? Mit wem?«

Zum ersten Mal mischte sich nun Anatolie von Pranck ein. »Das wirst du erfahren, sobald du dich auf die Seite der neuen Menschheit schlägst.«

Der Terraner drehte sich zu ihr um. »Du kennst diesen ganzen Irrsinn also? Bist du Oreads Charisma verfallen, ja? Oder hast du das alles mitentwickelt? Hat Tau-acht dir den Verstand geraubt?« Er wandte sich zum Gehen und entdeckte Wachen vor der Tür, die ein Durchkommen unmöglich machten. Zumindest nicht ohne Kampf ... mehr denn je wurde Rhodan klar, dass er seinen SERUN trug. Aber wenn er nun handelte, wie es ihm sein Instinkt befahl, würde es kein Zurück mehr geben. »Ich werde MERLIN mit meinen Begleitern verlassen«, kündigte er an.

Oread Quantrill gab den Wachen ein Zeichen. »Das wirst du nicht.«

Strahlermündungen richteten sich auf Rhodan.

»Mach dir keine falschen Hoffnungen. Die Waffen sind stark genug, gegen deinen schwachen SERUN anzukommen.« Quantrill ging in Richtung Ausgang.

Rhodan überlegte, alles auf eine Karte zu setzen und Quantrill als Geisel zu nehmen. Der erste Warnschuss, der vor ihm den Boden schmelzen ließ, sprach dagegen.

»Der Spaß ist vorbei, ehe er richtig begonnen hat«, meinte Anatolie. »Schade. Ich hatte mir mehr von dir erhofft.«

Der Doppelsinn ihrer Worte stieß Rhodan bitter auf.

Während die Wachen näher kamen, um den Terraner zu verhaften, aktivierte dieser die vorbereitete Funkverbindung zu Mondra und den drei TLD-Agenten, die sein einziges Wort alle gleichzeitig zu hören bekamen: »Flieht!«

Dann wurde er verhaftet.

»Narr«, sagte Anatolie und strich ihm über die Wange. »Du elender Narr.«

Splitter

Qril Demen ist Tefroder. Solange er denken kann, lebt er schon an Bord der Faktorei MERLIN. Allerdings erinnert er sich momentan nicht weit zurück. Das Tau-acht wirkt hemmend auf sein Gedächtnis. Er weiß kaum noch, was gestern war, geschweige denn vor einem Jahr. Dumpf kann er sich entsinnen, dass er zur SteDat gehört und dass er fast einen Einsatz hätte absolvieren müssen. Doch den hat seine Kollegin Viali Mah'nu übernommen. Ihm ist es nur recht. Der Rest des Tages gehört nun ihm.

Ihm und den Frauen, die ihn anhimmeln, wie immer, wenn er sein Kunststückchen vorführt. Sie lieben es. Sie fressen ihm aus der Hand. Sie werfen sich ihm zu Füßen. Er ist der Größte. Er ist ein Gott.

Denn Qril Demens Tau-acht-Paragabe mag zwar klein sein, aber sie ist absolut einzigartig. Er *fühlt* sich in Frauen hinein, spürt jede Regung ihres Geistes ebenso wie ihres Körpers und lässt sie Freude empfinden, von der sie zuvor nur zu träumen wagten. Mehr Freude, als Tau-acht oder irgendetwas sonst in ihnen wecken könnte. Sie wollen immer mehr, sind süchtig nach dem, was er in ihnen weckt. Er ist ihr König. Sie geben ihm alles, wie er ihnen alles gibt.

Das Leben in MERLIN ist ein einziges großes, rauschendes Fest. Qril ist seit Wochen der Wirklichkeit enthoben, und er möchte nie wieder in sie zurückkehren. Er schwebt auf einer Woge, reitet auf einer Welle, ist ständig am Gipfel. Er lebt am Limit, ganz oben.

Heute lässt er zwei Terranerinnen zu sich ins Quartier. Sie sind Zwillinge, langhaarig, blond. Kaum mehr als zwanzig Jahre alt. Er muss ihnen nur in die Augen sehen, um die Unterwürfigkeit darin zu erkennen. Er glaubt, dass er sie schon einmal beehrt hat; welches Glück für sie. Sie sehen gut aus, er mag schlanke Frauen. Sie zittern bereits vor Erregung. Wer einmal seine Gabe schmeckte, kommt nie wieder davon los.

Qril bereitet sich vor, *fühlt* die Zwillinge, wandert mit seinen Gedanken auf ihnen und in ihnen, weiß, dass er schon bald ...

Ein Schrillen.

Eine Nachricht geht ein.

Ärgerlich wendet sich Qril Demen um. Wer wagt es, ihn zu stören?

Der Dienst ruft. Es ist sein Vorgesetzter bei der SteDat. Verdammt nochmal, nicht – gerade – jetzt!

Die Schwestern schreien. Qril dreht sich zu ihnen um. Die beiden Frauen winden sich am Boden. Ihre Gesichter sind vor Schmerz verzerrt. Ihre Haare schleifen über den Teppichboden, verfangen sich an den Stuhlbeinen.

Qril erschrickt – und die beiden schreien noch mehr. Ihre Augen sind weit aufgerissen. Ein Blutstropfen rinnt einer der Schwestern aus der Nase. Zähne schlagen krachend aufeinander.

Es dauert etliche Sekunden, bis Qril Demen versteht, was geschieht. Er *fühlt* die Zwillinge noch immer, und sein Ärger wühlt in ihnen, breitet sich in ihnen aus, frisst in ihren Körpern. Qril versucht sich aus ihren Bewusstseinen zurückzuziehen, doch es gelingt ihm nicht. Er weiß nicht, wie er sie verlassen soll, kann sich nicht konzentrieren. Panik steigt in ihm auf, als sich das Weiß ihrer Augen rötlich verfärbt.

Es muss etwas geschehen! Schnell, ehe es zu spät ist!

Schon wieder das Schrillen. Man ruft ihn, unablässig. Jeder will etwas von ihm. Ihm bleibt keine Sekunde, um in Ruhe nachzudenken.

Hilflos schaut Qril hierhin, dorthin, windet sich und fühlt immer stärkere Panik in sich.

Eine der Zwillingsschwestern erhebt sich schwankend, wankt zur Tür, reißt sie auf und stürzt auf den Korridor, kriecht auf allen vieren weiter. Würgend übergibt sie sich. Die andere brüllt noch immer vor Schmerzen. Sie liegt auf dem Rücken, der rechte Arm zuckt konvulsivisch.

Zwei Männer stehen plötzlich neben der Terranerin vor Qrils Quartier. Sie stürmen hinein. Wie soll er ihnen nur erklären, was geschehen ist? Dass er es gar nicht wollte?

Plötzlich hat Qril Angst. Was, wenn er angeklagt wird, obwohl er gar kein Vergehen begangen hat? Und mit einem Mal, aus der Notlage heraus, wird Qril klar, was er zuvor nie verstanden hat. Er kann seine Gabe auf jedermann ausdehnen, nicht nur auf Frauen, und er kann sie als Waffe benutzen.

Die beiden Männer stürmen auf ihn zu, mit wutverzerrten Gesichtern, brüllen ihn an, fragen, was er getan und was er sich dabei gedacht hat. Sie beschuldigen ihn der schlimmsten Dinge. Qril bleibt ruhig, *fühlt* die beiden Angreifer, tastet sich in ihren Geist und *greift zu*, voller Wut darüber, dass sie ihn stören und dass sie sich als seine Ankläger aufspielen.

Die Männer bleiben stehen wie gegen eine Wand gelaufen. Ihre Beine bewegen sich linkisch, wohl ohne dass sie es eigentlich wollen.

Ich bin ein Puppenspieler, denkt Qril. Er sieht in die beiden Terraner hinein und begreift, wie er sie ausschalten kann. Es ist so einfach, wie einen Schalter umzulegen. Klick – und die beiden sind tot. Auf der Stelle fallen sie in sich zusammen.

Sehr schön. Dieses Problem wäre gelöst.

Qril Demen, ein langjähriger Mitarbeiter der SteDat, der sich niemals zuvor etwas zu Schulden hat kommen lassen, ist nun ein zweifacher Mörder. Es kümmert ihn nicht. Schließlich hat er keinen Fehler gemacht. Die beiden sind selbst an ihrem Schicksal schuld. Qril holt die Zwillingsschwester vom Korridor zurück, und als sie sich wehrt, tötet er sie, genau wie ihre Begleiterin: Klick.

Er weiß, was er getan hat, aber er spürt kein Bedauern. Was soll falsch daran sein?

Tau-acht hat jegliches moralisches Empfinden in ihm aufgelöst. Enthemmt und ohne Blick für Gut und Böse verlässt er sein Quartier und sucht das Casino auf. Vielleicht wird man später die Leichen finden. Na und? Welche Rolle spielt es schon? Er, Qril Demen, ist das Einzige, das zählt. Das Zentrum des Universums. Er ist Honovin. Die alten Regeln gelten für ihn nicht mehr.

Wie ihm geht es etwa jedem Zehnten an Bord. Niemand außer ihm hat bislang gemordet, aber sie alle würden es tun. Wieso auch nicht? Das Leben ist eine Feier, und das große Fest läuft immer weiter, während sich wenige Dutzend Meter entfernt die Atmosphäre des Jupiter immer stärker verändert, unbemerkt, unbeachtet von Menschen wie Qril.

Sie sind die Größten.

Qril Demen konsumiert Tau-acht.

Für ihn geht die Party an Bord der Faktorei MERLIN immer weiter.

Unterwegs, auf der Flucht

»Flieht!«

Perrys Befehl, zugleich eine ebenso knappe wie eindringliche Warnung, drang aus Mondra Diamonds Funkempfänger.

Gili Sarandon blickte sie an. »Zu den Labors?«

Mondra bestätigte und rannte los. Nun war es also so weit. Was immer geschehen sein mochte während Perrys Unterredung mit Oread Quantrill, offenbar war die Lage nun geklärt, und das nicht zum Guten. Es gab keine geheuchelte Freundlichkeit mehr, keinen Pseudo-Respekt. Die Fronten standen mit einem Mal fest: Perry und seine Begleiter gegen den Rest der Welt, wie so oft. In diesem Fall hieß das vor allem, dass sie gegen das Triumvirat vorgehen mussten, das die Faktorei leitete, und wohl auch gegen sämtliche Mitarbeiter. Fragte sich nur, wie man MERLINS einfache Bewohner einordnen musste. Würden sie sich ebenfalls als Gegner herausstellen?

Die beiden Frauen schoben sich durch die Menge. Mondra schaute sich ständig um, suchte nach Verfolgern. Sie nutzte den Orter ihres SERUNS, um die Umgebung nach Energiesignaturen abzutasten, die auf aktivierte Handfeuerwaffen schließen ließen – Breaux und seine Leute würden wohl nicht mehr zögern, diese einzusetzen, um die Flüchtlinge dingfest zu machen. Rücksichtsnahme gehörte nun der Vergangenheit an.

»Wie sollen wir entkommen?«, fragte Gili. »Die SteDat hat zweifellos ganz MERLIN unter Kontrolle. Die ganze Faktorei ist in Feindeshand. Eine Flucht mit unserer Micro-Jet können wir wohl vergessen.«

Dem konnte Mondra nicht widersprechen. Sollte sich die Lage in Jupiters Atmosphäre nicht grundlegend geändert haben, käme es schlicht einem Selbstmord gleich, MERLIN in einer Nussschale wie der Jet zu verlassen. »Darüber machen wir uns Gedanken, wenn es so weit ist. Wir können nur hoffen, dass es irgendwo in MERLIN ein sicheres Plätzchen gibt.« So recht wollte sie allerdings selbst nicht daran glauben.

Auf einer abgeschirmten Frequenz nahm sie Funkkontakt mit Dion Matthau auf. Vermutlich würde es ihren Gegnern nicht gelingen, die Frequenz abzuhören, aber sicher war sie sich nicht. »Ihr habt Perrys Signal empfangen?«

»Wir schlagen uns durch.« Im Hintergrund waren durch den Funkempfänger hastige Schritte zu hören, dann ein Ächzen. »Komm!«, rief Porcius Amurri, direkt nach dem Geräusch eines stürzenden Körpers.

»Wir treffen uns in den Labors«, sagte Mondra. »So rasch wie möglich.« Dieser Ort war zunächst so gut wie jeder andere. Mit etwas Glück würden ihre Gegner nicht damit rechnen, dass sie sich ausgerechnet an einem derart auffälligen Ort sammelten, sondern eher versuchten, sich irgendwo zu verstecken. Doch selbst diese vage Hoffnung nutzte ihnen nichts, wenn sie ihre Verfolger nicht zuvor abhängten.

»Vor uns!«, warnte Gili.

Mehr war nicht nötig. Mondra hatte Onezime Breaux bereits entdeckt. Er stand keine zwanzig Meter entfernt, hinter einigen Passanten, die zwischen zahlreichen Bäumen und Wegen flanierten und den Chef der SteDat zu einem wahren Hindernislauf zwangen.

Mondra und Gili durchquerten gerade eine Art Erholungspark, der einige Ebenen unterhalb des Casinos lag und die Illusion weckte, sich im Freien aufzuhalten. Sie hatten erst den halben Weg zu den Labors zurückgelegt, als Perrys Warnung einging.

»Aus dem Weg!«, befahl Breaux. In seiner Rechten hielt er einen Strahler, doch er bekam kein freies Schussfeld.

Die Passanten, meist Terraner und Arkoniden, sahen sich verwirrt an. Jemand schrie, als Breaux einen Schuss in die Luft abgab. Der Strahl aus gleißend hellem Licht fuhr in die Decke.

Die beiden Frauen stürmten vom Weg herunter, hinein in dicht wucherndes Gebüsch, das sie mit wenigen Schritten durchquerten. Eine schleimige Frucht platzte unter Mondras Füßen. Vor ihnen breitete sich ein Teich aus, sie hetzten am Ufer entlang.

»Schutzschirme!«, befahl Mondra keine Sekunde zu früh. Ein Strahlerschuss traf sie, wurde jedoch vollständig vom SERUN absorbiert. Sie warf sich herum und feuerte ebenfalls. Breaux stand bereits mitten im Gebüsch, das vor ihm in lodernde Flammen aufging. Erdbrocken spritzten zur Seite und zogen eine qualmende Spur hinter sich her.

Gili schoss ebenfalls eine Salve ab und verbreiterte das Flammenmeer in beiden Richtungen vor ihrem Feind. »Das hätten wir nicht besser planen können. Er sieht uns nicht mehr.«

Dunkle Rauchwolken stiegen zur Decke. Es stank verbrannt und verschmort. Äste knackten und brachen im lodernden Feuer.

Schreie klangen zu ihnen herüber, Breaux stolperte mit rudernden Armen zurück. Wahrscheinlich verfluchte er die Tatsache, dass er nur seine Uniform und nicht ebenfalls einen leistungsfähigen Schutzanzug trug. Die Eskalation der Lage lag noch nicht lange genug zurück.

Mondra feuerte weiter, zog einen immer breiteren Flammengürtel. Zwar sprangen schon automatische Löschanlagen an, doch wenigstens für Sekunden sollte das genügen, um Breaux die Sicht zu nehmen und ihnen die Chance zu bieten unterzutauchen.

»Über den See!« Mondra schaltete das Flugaggregat an. Mit Vollschub rasten die beiden Terranerinnen voran. Am Ziel stellten sie sofort alle Funktionen des SERUNS auf null, um keine energetische Signatur mehr abzugeben, die ihr Verfolger hätte orten müssen.

Die beiden Frauen rannten los, dem Rand des Parks entgegen. Zu ihrem Glück konnten sie in einer Menge von Besuchern untertauchen. Das Feuer blieb hinter ihnen zurück. Sie sahen Breaux, der durch das Wasser eilte, das ihm gerade bis zu den Knien ging. Jeder Schritt ließ kleine Fontänen aufspritzen. Neben ihm hetzten zwei weitere SteDat-Leute.

Irgendein beherzter Passant wollte wohl den Helden spielen und packte Mondra. Sie zögerte nicht lange und setzte ihn mit einem gezielten Faustschlag außer Gefecht. Der Mann stöhnte, ließ los und taumelte einen Schritt zurück.

Gili stieß ihn an, dass er stürzte. »Noch jemand?«

Vor ihnen bildete sich eine Gasse. Gili lachte abgehackt, während sie loseilten. »Haben wir also geschafft, was Breaux nicht hinbekommen hat.«

Seitlich entdeckte Mondra einen Antigravschacht. Die beiden Flüchtenden stürzten sich hinein, ließen sich nach unten treiben und sprangen drei Ebenen tiefer wieder heraus. Ein Blick nach oben ergab, dass weder Breaux noch seine Leute den Schacht erreicht hatten. Mit etwas Glück würden ihre Verfolger auf die Schnelle nicht verfolgen können, welchen Ausgang sie benutzt hatten.

Sie stürmten blindlings weiter. Offenbar waren sie in einem reinen Wohnbereich gelandet. Der Korridor vor ihnen war menschenleer. Ein momentan desaktivierter Reinigungsroboter stand in einer Nische. Nur mattes Licht beleuchtete die endlose Reihe von Eingängen in Privatquartiere. Nur vor ihnen sahen sie Bewegung; zu weit, als dass es sie stören könnte.

»Machen wir uns keine Illusionen«, sagte Mondra. »Die SteDat wird eher früher als später auf uns aufmerksam werden. Über Kameras oder sonstwie.«

»Also?«, fragte Gili.

»Also müssen wir in ständiger Bewegung bleiben. Suchen wir schnellstmöglich den besten Weg zu den Labors, untersuchen sie, treffen die anderen ... und befreien Perry.«

»Falls er gefangen ist.«

»Ist er«, gab sich Mondra überzeugt. »Sonst hätte er sich längst wieder gemeldet.«

»Was versprichst du dir von den Labors? Ist es wirklich so entscheidend, mehr über Tau-acht herauszufinden?«

»Erstens das ... aber es geht mir nicht nur darum. Oread Quantrill scheint viel an dieser Anatolie von Pranck zu liegen, nach allem, was wir wissen. Wir nehmen sie als Geisel und tauschen sie gegen

Perry aus.« Dieser Notfallplan war ihr spontan eingefallen, schien aber nicht der schlechteste zu sein. Sollte ihnen eine bessere Idee kommen, konnten sie ihn immer noch verwerfen.

Vieles würde davon abhängen, was sie in den Labors der Chefwissenschaftlerin vorfanden. Erst vor Ort würden sie entscheiden, wie es weiterging.

Porcius Amurri schien angesichts der auf seinen Kopf gerichteten Lasermündungen zu resignieren.

Gleich drei SteDat-Leute hatten ihn gestellt. Porcius blieb ruhig. Er sah trotz der düsteren Situation mehrere Vorteile.

Erstens trug er einen SERUN, wenn auch der Schutzschirm nicht aktiviert war.

Zweitens befand sich Buster irgendwo in der Nähe und konnte ihm möglicherweise helfen. Der Kollege war vor wenigen Minuten von ihm getrennt worden, als eine ganze Horde SteDat-Uniformierter über sie hergefallen war.

Drittens war zumindest einer der Bewaffneten, die ihn in Schach hielten, nicht bei der Sache; ein abwesendes Grinsen lag auf seinen Lippen, und er war auch merklich später als seine Kollegen gekommen.

Porcius hob die Arme, wie um sich zu ergeben, atmete tief durch und kalkulierte seine Chancen. Die Schwachstelle unter seinen Feinden würde er leicht ausschalten und außerdem einem Schuss ausweichen können. Der dritte Gegner jedoch würde sein Ziel treffen – ihn. Dank des SERUNS bestand eine gute Chance, dass Porcius es überstand, auch bei nicht aktiviertem Schutzschirm. Es würde sich zeigen. Sich einfach gefangen nehmen zu lassen, war jedenfalls keine Alternative. Er verfluchte die Tatsache, dass er während der zurückliegenden Auseinandersetzungen, kurz vor der Trennung von Buster, seinen eigenen Strahler verloren hatte.

Ob dies die letzten Sekunden seines Lebens waren? Wehmütig dachte Porcius an all das, was er noch nicht erlebt hatte, dachte verzweifelt an Gili und ihr Lächeln – und warf sich vor, aktivierte per Sprachbefehl den Schutzschirm.

Seine Faust traf den Waffenarm des abwesend wirkenden SteDat-Mannes, der viel zu spät feuerte. Der Schuss jagte in die Decke. Porcius riss den Mann mit sich, sah im Augenwinkel etwas Helles, Grelles; der zweite Schuss ging vorbei. Gleichzeitig schmetterte etwas in Höhe seiner Schultern in den SERUN. Mörderische Hitze schlug durch. Der Schutzschirm aktivierte sich, zu spät für diese erste Attacke.

Dann prallte er auf, landete auf seinem Gegner, rollte sich zur Seite, riss den anderen als lebendigen Schutzschild in die Höhe, kam mit zitternden Armen wieder hoch. Er entwand ihm dessen Strahler, hielt ihn ihm an die Schläfe. »Verschwindet, oder ich bring ihn um.«

Schmerz pochte in seinem Rücken, aber zum Glück weniger schlimm als befürchtet. Selbstverständlich hatte der SERUN einen Großteil der Strahlerenergie abgefangen. Der aktivierte Schirm würde nun etliche Schüsse völlig absorbieren, ehe es zu ernsthaften Problemen kam. Porcius schalt sich einen Narren, dass er den Schirm nicht schon viel früher aktiviert hatte; er hatte energetisch unauffällig bleiben wollen, in der Hoffnung, sich verbergen zu können.

Er schaute sich hektisch um. Buster war nirgends zu erkennen. Die kurze Jagd hatte sie in eine Lagerhalle geführt. Container stapelten sich ringsum. Antigravfelder transportierten vollautomatisch eine Vielzahl von Gütern. Über ihm rasselten Kettenglieder an der Decke. Schwerlastrobots stampften durch die große Halle, kümmerten sich nicht darum, was in ihrer Nähe geschah; ihre Programmierung ließ nicht zu, etwas anderes als ihre Arbeit wahrzunehmen.

»Hört ihr? Verschwindet, oder ich bringe ihn um!«

»Du bringst ihn um?«, fragte einer seiner Gegner gelassen. »Lächerlich.« Er hob den Strahler.

»Ich meine es ernst!« Der Gefangene wand sich in seinem Griff.

Der Strahler zeigte nun genau auf Porcius – und damit auch auf die Geisel. »Ich werde dich gefangen nehmen. Ich bin Honovin.« Der SteDat-Mann drückte ab. Der Strahlerschuss jagte in den Brustkorb seines Kollegen, genau in das Planetensymbol auf der Uniform. Der Mann bäumte sich auf und schrie entsetzlich, ehe er in Porcius' Griff erschlaffte.

Porcius stand eine Sekunde wie erstarrt. Sein Gegner musste gewusst haben, dass er nicht die geringste Chance hatte, an der Geisel vorbei den eigentlichen Gegner zu treffen; dass der Schuss ohnehin im Schutzschirm absorbiert werden würde, ehe er Porcius Schaden zufügen konnte. Bevor der TLD-Agent auch nur zu einer Regung fähig war, jagte ein weiterer Schuss in die Leiche, die seine Arme noch immer reflexartig umklammerten. Es stank verschmort. Blut perlte über den Schutzschirm und verdampfte.

Porcius Amurri ließ den Toten fallen und stürmte voran. Aus vollem Lauf rammte er den Schützen und schleuderte ihn zur Seite. Der *Mörder* verlor den Stand und schlug hart auf. Porcius trat zu, erwischte seinen Gegner, als dieser gerade wieder aufstehen wollte. Der andere sackte erneut zusammen, stemmte sich jedoch wieder auf die Füße. Porcius' Faust traf punktgenau das Kinn seines Feindes, der ächzte und diesmal liegen blieb.

Nur noch ein Gegner blieb übrig. Porcius wirbelte herum, sah jedoch alles andere als das, was er erwartet hatte.

Keinen angreifenden, wütenden Feind. Sondern nur den dritten Mann in der rot-blauen SteDat-Uniform, der die schrecklich zugerichtete Leiche anstarrte. »Es ist das Tau-acht«, sagte er. »Langsam drehen alle durch.«

»Nimmst du die Droge nicht?«

Ein langsames Kopfschütteln. »Das Zeug war mir von Anfang an suspekt.«

»Du siehst also, dass hier etwas ganz gewaltig schiefläuft? Hilf uns!«

»Mich auf eure Seite schlagen? Vergiss es. Ihr habt keine Chance. Oread Quantrill wird euch ...«

»Er wird nur das tun, was wir nicht verhindern! Sei vernünftig. Perry Rhodan ist auf unserer Seite. Dies könnte deine Stunde sein!« Porcius musste diese unverhoffte Chance nutzen. Er nickte. »Ich bin Porcius Amurri.«

»Ylley Gally. Doch dir muss eins klar sein: Rhodan wurde gefangen genommen. Onezime Breaux hat ihn in Gewahrsam.«

»Wir werden ihn befreien. Tu das Richtige und hilf uns!« Wenn sie jemanden auf ihrer Seite wussten, der die internen Vorgänge in MERLIN kannte ... »Du weißt, dass ich Recht habe!«

»Tesnat ist nicht schlecht. Ich kenne ihn seit Jahren.« Der Terraner blickte auf seinen ohnmächtigen Kollegen. »Das Tau-acht enthemmt. Ich habe das schon oft beobachtet. Der Körper kann diese ständige Schlaflosigkeit nicht auf Dauer ertragen. Die Folgen werden immer deutlicher. Tesnat hätte nie ... er hätte nie gemordet, wenn er bei klarem Verstand wäre.«

»Die Schlaflosigkeit«, wiederholte Porcius. »Was meinst du damit?«

Sein Gegenüber erklärte kurz die Bedeutung des Kürzels Honovin. »Quantrill lockt damit, dass ein Drittel Lebenszeit gewonnen werden kann. Und in der Tat schläft niemand mehr, der sich regelmäßig Tau-acht ins Auge stäubt.«

Buster kam hinter einem Container hervor; er sah sichtlich lädiert aus. Er hatte wohl seinen eigenen Kampf hinter sich. Porcius gab seinem Kollegen ein unauffälliges Zeichen, sich nicht einzumischen und im Verborgenen zu bleiben. »Wie passen die Gruppen schlafender Menschen zu deinen Worten, die überall in MERLIN zu finden sind?«

»Diese Leute *schlafen* nicht. Ich ... ich habe schon viel zu viel gesagt.«

»Was willst du tun? Mich verhaften? Mich an deine Vorgesetzten ausliefern, die so sind wie *er*?« Porcius deutete auf den Ohnmächtigen. »Die vielleicht einfach eine Waffe zücken und mich erschießen, weil ihr süchtiges Hirn es ihnen suggeriert?«

Gally wand sich unbehaglich. »Onezime Breaux ist nicht ...«

»Er steht auf Anatolie von Prancks Seite! Und ebenso auf derjenigen von Oread Quantrill. Oder willst du das leugnen? Sie haben das Tau-acht doch erst synthetisiert und verteilen es unter euch! Was beabsichtigen sie? Und was haben sie mit Jupiter getan?«

»Ich habe schon viel zu viel gesagt.« Gally drehte sich zur Seite. »Ich lasse dich gehen, mehr kann ich nicht für dich tun.« Leise ergänzte er noch: »Viel Glück.«

»Hilf uns, Perry Rhodan zu befreien!«

»Das kann ich nicht.«

»Du kannst es sehr wohl!«

Der SteDat-Mitarbeiter schüttelte langsam den Kopf. »Ich bin kein Held. Vielleicht war ich vernünftiger als andere, dass ich kein Tau-acht einnehme, aber ich bin kein Held. Ich werde mich jetzt zurückziehen und hoffen, dass ich den Sturm überlebe, der über uns hinwegzieht.«

»Das ist alles?«

»Das ist alles.«

Buster hatte sich von hinten angeschlichen und richtete nun einen Strahler auf Gally. »Das werden wir noch sehen.«

»Lass ihn gehen«, forderte Porcius.

»Er muss uns helfen!«

»Lass ihn! Vielleicht wird er uns in Freiheit mehr nutzen.«

»Hast du nicht gehört, was er vorhat? Er verkriecht sich! Ich würde das nicht gerade als großen Nutzen bezeichnen!«

Ylley Gally schloss die Augen. »Erschieß mich, wenn du willst. Dann wäre das alles wenigstens vorbei. Aber wenn du es nicht tust, verschwinde ich. Nur eins noch.« Er zog ein Funkgerät aus der Tasche seiner Uniform und gab es Porcius. »Damit könnt ihr unseren Funkverkehr abhören. Vielleicht hilft es euch.«

Buster ließ seine Waffe sinken. »Gehen wir weiter.«

Die Labors warteten auf sie, hoffentlich auch Mondra Diamond und Gili Sarandon.

Splitter

Der kritische Augenblick, in dem alles noch hätte geändert werden können, ist endgültig überschritten. Alles verselbstständigt sich, an unzähligen Orten in der Faktorei MERLIN.

Unter dem Einfluss von Tau-acht hat Tesnat Aket ohne auch nur einen Moment zu zögern einen Kollegen erschossen. Er wollte seinen Auftrag erfüllen, einen Flüchtling gefangen zu nehmen. Für ihn zählte nur seine Mission, nur der persönliche Erfolg. Jedes Hindernis räumte er ohne nachzudenken aus dem Weg, denn er ist Honovin und damit das Maß aller Dinge.

Das gilt auch für ihn, selbst wenn er unter einem Manko leidet. Denn Tesnat Aket hat nie eine Paragabe entwickelt. Er gehört zu den Menschen, die nicht einmal entfernt latent psi-begabt sind.

Aket erwacht aus einer tiefen Ohnmacht. Als Erstes sieht er den Menschen, den er ermordet hat, seinen Kollegen, mit dem er wohl mehr als tausend Schichten im Dienst der Sicherheit der Station MERLIN geleistet hat. Ihn kümmert nicht, was er getan hat. Sein moralisches Empfinden ist völlig ausgeschaltet. Er ist fröhlich, obwohl er letztlich versagt hat. Immerhin hat er es versucht.

Das Tau-acht in seinem Körperkreislauf sorgt dafür, dass unablässig Endorphine ausgeschüttet werden. Die hohe Konzentration dieses Botenstoffes ist der Hauptgrund dafür, dass Aket seit mehr als vier Monaten nicht mehr geschlafen hat. Sein Körper steht unter ständiger Hochspannung.

Das überlastete Gehirn hat in der kurzen Phase der Ohnmacht, während dieser ersten Ruhephase seit einer viel zu langen Zeit, einen Ausweg gefunden, um die Ordnung des Körpers aufrechtzuerhalten: Es schickt Tesnat Aket in eine andere, eingebildete Welt, in ein Universum seiner Fantasie, in dem der Geist zwar aktiv bleiben, der Körper aber eine weitere Ruhephase durchleben kann.

Wie momentan insgesamt vierhundertachtundsiebzig Menschen an Bord von MERLIN sackt der Mörder in sich zusammen und erlebt etwas, das einem Traum ähnelt, aber keiner ist. Von außen wirkt er wie schlafend. Das Tau-acht in seinen Nervenbahnen nimmt hyperphysikalische Schwingungen auf und wandelt sie in elektrische Impulse um, die seine Rezeptoren erkennen und weiterleiten, so dass sie in Akets Hirn Bilder erzeugen. Er empfängt Strömungen aus Jupiters immer weiter entartender Atmosphäre.

Tesnat Aket fliegt durch wirbelnde grau-blaue Schwaden. Er nimmt ständige Veränderungen wahr. Während sein regloser Körper in der Lagerhalle neben der ausblutenden Leiche seines Kollegen liegt, streift sein Bewusstsein durch Wirbelstürme und sieht vor sich das Neue, das kommen wird und immer deutlicher Gestalt annimmt.

Etwas lebt in diesen Schwaden. Intelligente Impulse zünden und versuchen, Verbindung aufzunehmen, doch es gelingt nicht. Die Struktur des menschlichen Gehirns ist nicht dazu geeignet. Während jeder Sekunde dieses Nicht-Traums lassen extreme Reize Nervenzellen in Akets Gehirn absterben.

Zweihundertdreiundfünfzig der *Träumer* haben bereits eine Schwelle überschritten, die den geschädigten Nervenbahnen keine Möglichkeit zur Heilung mehr lassen. Stündlich werden es mehr. Die anderen wissen nicht, dass sie wohl nie mehr erwachen werden, während um sie herum das Leben pulsiert und das ewige Fest seinen Fortgang nimmt.

Es herrscht ausgelassene Stimmung in MERLIN. Ein Ausnahmezustand der besonderen Art. Gefangen im Rausch der übersensiblen, herrlichen Wahrnehmung und der faszinierenden Paragaben feiern die Süchtigen weiter. Sie schlittern ebenso ihrem Untergang entgegen wie die komplette Faktorei und ein ganzer Planet.

Tesnat Aket konsumierte Tau-acht.

Die Party an Bord der Faktorei MERLIN wird für ihn bald vorüber sein.

Im Labor

»Jetzt!«

Das Schott öffnete sich mit einem klickenden Geräusch.

Gili Sarandon lächelte zufrieden und ließ den kleinen Impulsgeber wieder in ihrem Handtäschchen verschwinden. »Das Ding knackt jedes einfach verschlüsselte Schloss. Ich habe selbst ein paar Spezialerweiterungen dafür programmiert.«

Mondra trat mit gezogener Waffe durch das Schott. »Gesichert«, meldete sie nach wenigen Sekunden. Der Korridor war menschenleer. Es herrschte völlige Stille. Über die Wände rankte sich eine efeuartige Pflanze, deren Blätter rostrot schillerten. Es roch herb, nach einem Gemisch bitterer Kräuter.

Hinter Gili schloss sich das Schott; das Klacken, mit dem es zufiel, hallte wider. Das war es also – sie hatten den Labortrakt erreicht. Mondra kam es fast zu einfach vor. Seit ihrer spektakulären Flucht aus dem Parkgebiet hatte sich ihnen niemand mehr in den Weg gestellt. Konnte man das einfach nur Glück nennen? Oder liefen sie in diesem Augenblick in eine gut vorbereitete Falle? Nichts deutete darauf hin, und Mondra schalt sich dafür, derart pessimistisch zu denken.

»Ich habe schon einiges über dein Handtäschchen gehört, Gili. Angeblich transportierst du darin immer das passende Werkzeug.«

Die junge TLD-Agentin lächelte zufrieden. »Diesmal war es so.«

»Es kann gern auf diese Art weitergehen.«

»Trotzdem ist es nur ein Gerücht.«

»Das ich gern glauben würde. Es wäre überaus vorteilhaft.«

»Wie bei Gerüchten so üblich, hat auch dieses einen wahren Kern, ist aber maßlos übertrieben.« Gili Sarandon zupfte eines der Efeublätter ab. »Leider.« Wie fast immer sah sie traurig und müde aus, was ihrer eigenen Aussage nach daran lag, dass ihre Gesichtszüge meist entspannt waren. »Und nun?«

»Die wichtigsten Labors werden sich kaum hinter derart winzigen Türen verbergen.« Mondra programmierte den Passivorter ihres SERUNS und blickte Sekunden später auf ein stilisiertes Massebild ihrer Umgebung. »Bingo«, meinte sie. »Das ist ein Volltreffer.« Dabei tippte sie auf die Wiedergabe eines Raumes, der deutlich größer war als sämtliche anderen in der Umgebung; er hatte mit hundert auf hundert Metern die Ausmaße eines großen Lagers. »Dorthin machen wir uns auf den Weg.«

»Es könnte sich bei dieser Halle aber auch um Quantrills Luxustoilette handeln«, warf Gili ein.

»Einen Spruch wie diesen hätte ich eher von Buster erwartet.«

»Ich vertrete ihn, solange er nicht da ist.« Gili zögerte. »Willst du nicht versuchen, mit ihm Kontakt aufzunehmen? Wer weiß, ob er und Porcius überhaupt noch am Leben sind.«

»Wir funken sie nur im Notfall an. Oder wenn wir definitiv fündig geworden sind und ihnen den Weg weisen können.«

Sie gingen schweigend weiter, in Richtung der großen Halle.

Mondra rechnete ständig mit einem Überfall, aber nichts geschah. »Laut der Ortung verzweigt sich der Korridor etwa zwanzig Meter vor uns, dicht beim großen Zentrumsschacht.«

Dort angekommen, gingen sie nach rechts. Das Wummern von Maschinen lag in der Luft. Dieser Lärm gefiel Mondra gar nicht; er würde näher kommende Feinde übertönen. *Andererseits,* sagte sie sich, *kann es auch von Vorteil sein, indem die Maschinen uns übertönen.* Alles hatte zwei Seiten, es kam nur darauf an, von welcher man es betrachtete.

Vor ihnen verbreiterte sich der Korridor, und auf der linken Seite wölbte sich die Wand in einem weitgeschwungenen Bogen. Dahinter lag eine der großen Röhren, in denen die Kalup'schen Konverter untergebracht gewesen waren, als MERLIN noch ein Schlachtschiff gewesen war, ein Kugelraumer im Dienste des LFT-Militärs mit dem vollen Namen MERLIN AKRAN. Merlin Akran war ein epsalischer Oberst gewesen, der später zum Ersten Administrator seines Volkes gewählt worden war.

Das wummernde Geräusch drang aus der Röhre, die Wände übertrugen den Schall. Dort arbeiteten, wie sich Mondra dunkel erinnerte, die Erntemaschinen des Syndikats, die die Tau-Kristalle aus der Atmosphäre saugten oder von Sammelbooten einsammelten. Sie versuchte, in die Röhre zu orten, doch der SERUN lieferte kein Ergebnis; hinter der Wand lag eine tote Zone voll hyperphysikalischer Strahlung, die perfekt abgeschirmt wurde.

Den Boden des Korridors bedeckte ein verfilzter Teppich, dessen Ränder von den allgegenwärtigen Efeupflanzen überwuchert wurden. Nun erst fiel Mondra auf, dass es keine Töpfe oder Ähnliches gab, in dem die Pflanzen wurzelten. Woher sie wohl ihre Nahrung bezogen?

Gerade, als sie dieser müßigen Frage nachging, öffnete sich nur etwa fünf Meter vor ihnen ein Schott.

Das zischende Geräusch fuhr Mondra in alle Glieder. Gleichzeitig drückten sich die beiden Frauen gegen die Wand, in den Efeubewuchs hinein. Die Blätter raschelten verräterisch laut, als sie sich um die Eindringlinge legten; Mondra glaubte, es müsse viele Meter weit zu hören sein. Ihr Versteck war mehr als notdürftig. Sie machte sich darauf gefasst, jeden Augenblick entdeckt zu werden. Vorsichtig lugte sie in Richtung des geöffneten Durchgangs.

Eine glatzköpfige Frau trat daraus hervor, begleitet von einem Vogelartigen. Die beiden waren in ein erregtes Gespräch vertieft. Die krächzenden Laute und das rhythmische Schnabelklappern des Ornithoiden übertrug ein Translator ins Interkosmo, doch die beiden Wissenschaftler – falls es sich um solche handelte – waren zu weit entfernt, als dass Mondra Einzelheiten verstand. Zu ihrer Erleichterung ging das ungleiche Paar in die entgegengesetzte Richtung und verschwand durch ein anderes Schott.

Mondra und Gili traten vorsichtig aus den Blättern hervor; eines blieb in Mondras Haaren hängen. Als sie weitergingen, bemerkten sie, dass der Weg in das Labor, aus dem die beiden Wissenschaftler gekommen waren, noch immer offen stand. Es handelte sich um einen kleinen Raum voller Mikroskope und einer Vielzahl von Instrumenten. Einige Laser waren aktiviert und warfen stroboskopartige Blitze auf ein schwarzes Sammelbecken. Daneben, auf einem Hologramm, liefen unablässig Datenkolonnen ab. Eine schwebende Kameradrohne zeichnete alles auf.

So interessant diese Forschungen sein mochten, verbot es sich von selbst, einen Blick in dieses Labor zu werfen. Die beiden Flüchtlinge durften keine Zeit verlieren.

Vorsichtig, bedacht darauf, kein unnötiges Geräusch zu verursachen, setzten sie ihren Weg fort, bis die Funkempfänger ihrer SERUNS unvermittelt den Eingang einer Nachricht meldeten, auf Dion Matthaus Frequenz. Mondra schaltete sofort frei.

»Es gibt ein Problem«, fiel der TLD-Agent sofort mit der Tür ins Haus. »Breaux weiß, wo unser Ziel liegt.«

Der Adrenalinstoß fuhr Mondra wie ein schmerzhafter Stich durchs Herz. »Sicher?«

»Wir können den internen Funkverkehr der SteDat abhören, was sie wiederum nicht ahnen«, erklärte Matthau. »Es ist eindeutig. Sie bereiten eine Falle im Bereich des Hauptlabors vor. Wo seid ihr?«

Mondra ballte unwillkürlich die Hände zu Fäusten. »Genau in der Höhle des Löwen, wenn davon auch nichts zu ahnen ist. Hier scheint es völlig sicher und ruhig zu sein. Nichts spricht für das, was du behauptest.«

»Sie besetzen das Hauptlabor und haben Wachtposten überall rund um das Gebiet der Zentrumsschächte postiert. Ihr dürft auf keinen Fall dorthin, wenn ihr ...«

»Zu spät«, unterbrach Mondra. »Wir sind längst dort. Keine zehn Meter von einem der Schächte entfernt.«

»Dann müssten sie euch entdeckt haben.«

Mondra schloss die Augen, dachte fieberhaft nach. Warum machten sich Breaux und seine Männer nicht bemerkbar und genossen stattdessen ihren Triumph? »Ihr versteckt euch und besorgt euch Waffen, wenn möglich«, befahl sie. »Sprengstoff, Bomben, was immer ihr bekommen könnt.«

»Klar«, sagte Matthau, ohne Fragen zu stellen. Dies war die Zeit, um Befehle zu empfangen und auszuführen, nicht um zu diskutieren. Diesen Luxus konnten sie sich in ihrer Situation nicht mehr leisten.

»In exakt dreißig Minuten startet ihr mit umfangreichen Sabotageakten, solltet ihr bis dahin nichts von mir hören. Ziel: größtmögliche Zerstörung, notfalls nur mit den Mitteln der SERUNS. Vor allem sabotiert ihr die Erntebereiche der Station. Außerdem versucht ihr, Perry Rhodan zu befreien. Verstanden?«

»Verstanden.« Buster lieferte noch eine knappe Zusammenfassung dessen, was er mit Porcius' Hilfe über Honovin in Erfahrung gebracht hatte.

Für Mondra formte sich langsam ein Bild dessen, was in dieser Faktorei vor sich ging. »Dreißig Minuten ab ... jetzt«, sagte sie. Es war der 13. Februar, 0.10 Uhr. Mondra konnte kaum glauben, dass sie sich erst seit einem Tag in MERLIN befanden. Vor fast genau vierundzwanzig Stunden hatte sich in Jupiters Atmosphäre die Katastrophe ereignet, gefolgt von dem chaotischen Risikoflug zur Station. Seitdem hatte niemand von ihnen Schlaf gefunden; eine Leistung, die nur mit Hilfe von Aufputschmitteln möglich war. *Oder durch die Einnahme von Tau-acht,* dachte sie sarkastisch. Auch weiterhin war nicht an eine Ruhepause zu denken. »Ich hoffe, ihr werdet von mir hören«, sagte sie noch und unterbrach die Funkverbindung.

Mit ernstem Gesichtsausdruck wandte sie sich an Gili Sarandon. »Du weißt, was das bedeutet?«

»Wir können nicht entkommen. Also versuchen wir es erst gar nicht.«

»Wir gehen ins Labor. Dort wird man wohl bereits auf uns warten.« Nun verstand Mondra auch, weshalb der Weg zu dieser Sektion derart widerstandsfrei möglich gewesen war. Warum hätte Breaux auch versuchen sollen, sie unterwegs abzufangen? Es wäre nur mit unnötigem Risiko verbunden gewesen.

»Komme nur ich mir so vor, als würden wir freiwillig zu unserer Hinrichtung spazieren?«, fragte Gili Sarandon.

Mondra schüttelte den Kopf. »Das ist ein Gefühl, an das man sich gewöhnt, wenn es sein muss.«

»Bist du dir da ganz sicher?«

»Absolut nicht.« Tatsächlich gewöhnte man sich wohl nie daran, egal, wie oft man in Lebensgefahr geriet.

Weniger als fünf Minuten später öffnete Gili mit ihrem Impulsgeber das Schloss zum Hauptlabor. Zischend fuhr das Schott zur Seite. Die beiden Frauen traten ein.

»Willkommen«, sagte Onezime Breaux, sichtlich zufrieden.

Freu dich nicht zu früh, dachte Mondra. Neben Breaux stand ein Dutzend seiner Männer, alle bewaffnet, teils mit schweren Strahlern. Selbst mit aktiviertem Schirm ihrer SERUNS würden Gili und sie binnen Sekunden sterben, wenn alle ihre Gegner feuerten. »Welche Überraschung«, spottete sie.

Breaux ließ sich nicht anmerken, ob ihn die Gelassenheit seiner Gefangenen beunruhigte. »Wenn es nach mir gegangen wäre, hätte ich euch gleich in Gewahrsam gelassen. Es hätte eine Menge Ärger erspart.«

Gili verschränkte demonstrativ die Arme vor der Brust. »Ich hoffe, unser kleines Feuerchen im Park hat dir nicht den Bart verbrannt.«

Onezimes Hand ruckte hoch, stockte jedoch. »Die Zeit für Späße ist vorüber.«

»Das glaube ich auch.« Mondra musterte die beiden riesenhaften Tanks hinter Breaux und seinen Leuten. Bis unter die Decke ragten gewaltige Glaskuben, in denen grau-blaue Gasschwaden wallten, die wohl nicht umsonst an die dichte Jupiter-Atmosphäre erinnerten. Zwischen diesen Schwaden war hin und wieder etwas zu erahnen; etwas *bewegte* sich in den Tanks. Etwas Lebendiges. Unauffällig ließ Mondra die Orter alles aufzeichnen und analysieren.

»Legt die SERUNS ab«, forderte der Chef der SteDat. »Wenn ihr vernünftig seid, tut ihr es freiwillig. Andernfalls seid ihr in einer Minute tot.«

»Nicht so hastig«, forderte Mondra. »Du hast zwar Recht, dass wir nicht entkommen können, aber bis wir tot sind, werden wir einiges zerstören können. Gili und ich werden unsere Strahlerwaffen überladen und explodieren lassen. Das reißt ein hübsches Loch in euer schönes Labor. Die beiden Tanks dort hinten werden es sicher nicht überstehen. Samt ihres Inhalts, übrigens.«

Durch die Schwaden zischte ein langes, dünnes Etwas mit ledriger Haut. Ein Arm. Eine Klaue klatschte von innen gegen das Glas und schrammte darüber. Im nächsten Augenblick presste sich ein deformierter Schädel gegen die Hülle, in dem sämtliche Sinnesorgane fehl am Platz wirkten. Auf der kahlen Schädelplatte wucherte etwas. *Pilze,* dachte Mondra. *Diesem Wesen wachsen Pilze auf dem Kopf.*

»Du willst mir drohen?«, fragte Breaux. »Ernsthaft?«

Mondra gab ihrer Begleiterin ein Zeichen. Gemeinsam gingen sie weiter ins Labor.

»Bleibt stehen!«, forderte ihr Gegner.

»Ja, wir drohen dir ernsthaft. Denn du hast in deiner Rechnung etwas vergessen. Uns beide magst du gefangen haben, aber Buster und Porcius sind frei. Sie bringen in diesem Moment Explosivwaffen und Sprengstoff in ihren Besitz und werden notfalls, falls ihnen das nicht gelingt, mit Hilfe ihrer SERUNS Sabotage üben. Brutale Sabotage, übrigens. Und zwar genau in ...« Sie sah mit einer übertriebenen Geste auf den Chronometer ihres Armbands, musterte dabei die Ortungsergebnisse. In den Tanks lebten drei Wesen mit kurzen, stämmigen Leibern und langen Armen, deren Ellenbogen sie nutzten, um sich darauf wie auf Vorderbeinen abzustützen.«... in neunzehn Minuten.«

»Ihr werdet keine Menschenleben gefährden«, gab sich Breaux überzeugt.

»Solange wir dadurch einen ganzen Planeten retten können, schon«, behauptete Mondra. »Außerdem sehen die Regeln des TLD durchaus vor, Gegner mit allen Mitteln auszuschalten, wenn nötig. Und du wirst doch nicht glauben, dass wir keine tödlichen Gegner in dir und deinesgleichen sehen? Du solltest dich also nicht in trügerischer Sicherheit wägen. Was hat das Syndikat vor? Was plant euer *Boss* Oread Quantrill?«

»Du kannst mir mit Drohungen nicht imponieren.«

»Du mir ebenso wenig.« Mondra schaltete mit einer unauffälligen Bewegung ihren Lautsprecher auf interne Wiedergabe, so dass nur sie hören konnte, was aus dem Funkempfänger kam; sie belauschte mit Hilfe des SERUNS die Wesen in den Glaskuben. Diese gaben summende, singende Töne in psalmodierendem Tonfall von sich. Die Übersetzer konnten den Lauten keinen Sinn zuordnen. Ob es der Gesang von Tieren war, ähnlich dem terranischer Wale?

»Finger weg von den Instrumenten deines SERUNS«, forderte Breaux. »Und falls du die ganze Zeit über ach-so-unauffällig versuchst, mehr über die ... Kreaturen im Tank zu erfahren, lass dir gesagt sein, dass es keinen Sinn ergibt. Sie sind wahnsinnig.«

»Woher kommen sie? Warum haltet ihr sie gefangen?«

»Das tut nichts zur Sache.«

Oh doch, das tut es, dachte Mondra. Sie wusste nur noch nicht, in welchem Zusammenhang. An einen Zufall glaubte sie jedoch nicht.

»Dir bleiben siebzehn Minuten. Du solltest schnell handeln, Onezime.« Ihr war klar, wie provozierend diese Worte angesichts ihrer Lage klangen. »Oder willst du zulassen, dass MERLIN zerstört wird? Wer weiß, wie die Station den Gewalten dort draußen noch widersteht, wenn sie erst einmal beschädigt ist.«

Breaux schwieg einen Augenblick lang. »Angenommen, es stimmt, was du sagst. Dann reißt du sämtliche Bewohner der Faktorei willentlich in den Tod. Dich eingeschlossen.«

Mondra lächelte kalt. »Sechzehn Minuten.«

Der Chef der SteDat kam auf sie zu, blieb dicht vor ihr stehen. »Noch ein Wort von deinem Countdown, und ich erschieße dich auf der Stelle.«

»Nur zu.« Breaux sah ihr genau in die Augen. »Ich werde mit Oread Quantrill sprechen.«

»Du weißt, wie viel Zeit euch bleibt.« Obwohl ihr mulmig zumute war, blieb Mondra nach außen hin eiskalt und demonstrierte Selbstsicherheit und kühle Überlegenheit.

»Ich hätte euch töten sollen.«

»Hättest du«, stimmte Mondra zu.

Breaux zog sich zurück.

Unterdessen saß Perry Rhodan am Boden seiner Gefängniszelle. Man hatte ihn dort untergebracht, wo früher die Geschützkuppeln des Schlachtschiffs angeflanscht gewesen waren.

Der Terraner lehnte an einer kahlen Metallwand, von der eisige Kälte ausging. Über ihm wölbte sich eine durchsichtige Kuppel wie dickes Glas; er kam sich vor wie auf einer Panoramaplattform, von der aus er in die Atmosphäre des Jupiters blickte.

Nachdenklich wartete Rhodan ab und blickte auf grau-blaue Wirbel, zwischen denen vereinzelt grelle Blitze zuckten. Er kam sich allein vor, verloren in den Weiten eines fremdartigen Planeten, der über Jahrtausende hinweg so fremd geblieben war. Fremd, mitten in der Heimat.

Splitter: Das Triumvirat

Oread Quantrill sitzt neben Anatolie von Pranck in seinem Refugium in der TYCHE, als ihn die Botschaft seines Sicherheitschefs Onezime Breaux erreicht. Er lehnt in seinem halbmondförmigen Schwebesessel, Anatolie ruht auf der glänzenden Galaxienscheibe, fast nackt, umgeben von Licht und Wärme.

Die Nachricht, die Onezime bringt, verärgert Quantrill zunächst, doch sofort entsteht eine Idee, wie sich dieses Problem lösen lässt.

Über das Vidfon sieht er dem Leiter seiner SteDat in die Augen. Onezime steht in einem der Korridore des Labortrakts und wirkt wütend. Hinter ihm wuchert der Rotefeu, den Anatolie mit Hingabe pflegt; die Pflanzen stammen von ihrem Heimatmond Ganymed.

»Beruhige dich erst einmal«, fordert Quantrill.

»Wie könnte ich das angesichts ...«

»Nimm dir die Zeit, die du brauchst. Wende deine Gabe an. Schenkt dir diese nicht immer inneren Frieden?«

Onezime geht schweigend die überwucherten Wände entlang, bis er schließlich einen verdorrten Ausläufer des Gewächses entdeckt. Er ergreift den toten Ast, schließt die Finger darum, und Leben pulst in den dürren Strang. Braune, verwelkte Blätter strecken sich, Farbe kehrt in sie zurück. Aus stumpfem Grau entsteht leuchtendes Rot. Es raschelt rundum. Im gleichen Maß steigt Onezimes Gelassenheit.

Quantrill ist zufrieden. »Es gibt keine Probleme.« Er spricht zu Breaux ebenso wie zu Anatolie, die aufgestanden ist. Ein Sternenlicht kriecht über ihren bloßen Oberkörper. »Vor allem nicht heute, wo der Sprung in die neue Zeit begonnen hat. Wir stehen kurz vor der Vollendung, vor dem Aufbruch in etwas, das unsere kühnsten Träume übersteigt. Ich werde die neue Menschheit in die ihr angemessene Welt führen, und ihr steht an meiner Seite!«

Sein Tonfall ist der des Predigers, dem er in seiner Kindheit im Franziskanerkloster am häufigsten gelauscht hat. Von ihm hat er alles über die Kunst der Rede gelernt. Vor anderen Menschen zu sprechen, sie mit seiner Vision zu erfüllen und sie mitzureißen, erhebt ihn ebenso, wie es Onezime erhebt, seine Gabe anzuwenden. Für jeden gibt es seinen ihm eigenen, angemessenen Weg.

Warum sollte er sich trüben Gedanken hingeben? Perry Rhodan ist weggesperrt. Mondra Diamond und ihren Begleitern wird Quantrill ein Angebot unterbreiten, das diese nicht ablehnen können.

Sie werden das Juwel aller Spiele begehen. DANAES großen Parcours. Doch diesmal wird es nicht um einen lächerlichen Gewinn aus Gold und Tau-acht gehen, sondern um *alles*. Um Freiheit für die Eindringlinge oder darum, dass sie sich widerstandslos ergeben.

»Wir spielen um alles oder nichts«, sagt Oread Quantrill zufrieden.

Perry Rhodan 3

JUPITER

Jupiteranische Havarie

WIM VANDEMAAN

Jede gute Flucht hatte zwei Fixpunkte: einen Ort, von dem man – möglichst ohne Spuren zu hinterlassen – floh, und ein Ziel.

Eine ziemlich elementare Architektur, dachte Rhodan und schaute den jungen Ganymedaner an, der ihn aus der Arrestzelle des Sicherheitsdienstes befreit hatte. Es war jener Mann, der zu Beginn seines Aufenthaltes auf der Faktorei versucht hatte, mit ihm zu sprechen. Er hatte sich ihm als Firmion Guidry vorgestellt und stand in aller Ruhe da, lächelte Rhodan schief an und riss plötzlich den Mund zu einem großen Gähnen auf.

Irgendwann war die Tür schlicht aufgeglitten. Rhodan hatte zunächst eine Falle vermutet, war dann aber auf den Gang herausgetreten. Die Frage, ob er die Gefängnistür geöffnet hatte, hatte Guidry bejaht. Auf die Frage, wie, war die Antwort gekommen: »Es war nicht schwer.«

Rhodan sah sich um. *Links oder rechts?* »Wohin?«, fragte er Guidry.

»Wir könnten in mein Refugium«, sagte der junge Mann, nachdem er ausgegähnt hatte. »Mein Versteck.«

»Um dort was zu tun?«

»Uns verstecken.«

Schlechter Plan, dachte Rhodan.

Es gab immerhin zwei Optionen: an Bord von MERLIN zu bleiben oder die Faktorei zu verlassen.

Wenn er an Bord der Faktorei blieb, wäre er auf absehbare Zeit ein Gejagter. Die Motive Oread Quantrills waren ihm weitgehend unklar. Sicher war nur: Er stellte für Quantrill eine Bedrohung dar. Quantrill würde ihn jagen. Und die Jäger waren nicht nur in der Überzahl, sie hatten auch die technische Infrastruktur der Faktorei auf ihrer Seite.

»Wo sind Mondra und ihre Leute?«, fragte Rhodan.

»Ich weiß es nicht.«

Zugleich fliehen und suchen – das würde die Sache komplexer machen. Komplexer und aussichtsloser.

In diesem Moment heulte ein Alarm los. »Oh«, sagte Guidry. »Sie haben deine Flucht entdeckt.«

»Links oder rechts?«, fragte der Terraner und wies mit den Zeigefingern abwechselnd in beide Richtungen.

»Links«, antwortete Guidry und rannte los.

Die Faktorei bestand im Wesentlichen aus der oberen Hemisphäre eines alten Ultraschlachtschiffes der GALAXIS-Klasse, der MERLIN AKRAN. Das Schiff erinnerte Rhodan an andere Einheiten dieses über Jahrhunderte in diversen Serien gebauten Typs, solche, die er gut gekannt hatte: die CREST IV oder die CREST V beispielsweise. Natürlich waren diese Schiffe deutlich älter gewesen als die MERLIN AKRAN und von anderer Bauart, aber die Erinnerungen an die alten Ultraschlachtschiffe dieser Klasse und die Erlebnisse mit ihnen blieben. Durch die Gänge der Faktorei zu rennen, hatte für Rhodan etwas geradezu verlockend Vertrautes. Immer wieder musste er sich sagen: *Das ist nicht dein Schiff. Es ist überhaupt kein Schiff.*

Nein ... die MERLIN AKRAN gehörte zu den letzten Baureihen der GALAXIS-Klasse, in Dienst gestellt in den Gründungsjahren der LFT. Später, als die »großen Pötte« langsam aus der Mode kamen, als sich die LFT nicht mehr über die Stärke ihrer Raumflotten definierte, war die MERLIN aus dem Verkehr gezogen worden. Zuerst diente sie als Schulschiff, später als fliegendes Museum. Und noch später hatte das Syndikat das alternde Symbol einer lange vergangenen Epoche gekauft.

Er hatte sogar den Namensgeber des Schiffes gut gekannt. Akran war im 25. Jahrhundert alter Zeitrechnung Offizier an Bord der beiden CREST-Raumer gewesen; später war er Erster Administrator von Epsal geworden, ein Mann, der weniger Charisma ausstrahlte, als dass er Sachverstand und Integrität bewies.

Und jetzt war aus seinem Schiff dieser verhexte Ort geworden. Dieses Spukschloss in der Atmosphäre eines Amok laufenden Planeten. Egal. Ausblenden.

Sie rannten einen gekrümmten Korridor entlang, offenbar einer der zahlreichen konzentrischen Kreise, die rings um den zentralen Antigravschacht verliefen. Er war breit genug, sie nebeneinander laufen zu lassen. An den Wänden hingen in unregelmäßigen Abständen gemalte, zweidimensionale Bilder, Porträts von Terranern und anderen Lemuroiden, die Körper und Gesichter ein wenig karikiert, die Augen täuschend lebensecht.

»Branggals Bilder«, sagte Guidry im Laufen. »Man kann sie kaufen.«

»Gut zu wissen« antwortete Rhodan.

Symbole auf dem Boden wiesen darauf hin, dass sie sich einem der kleineren Antigravschächte näherten. Vom Zentralschacht aus gesehen gab es acht Schächte in jeder der vier Himmelsrichtungen, im ganzen Schiff also dreiunddreißig, die immer kürzer wurden, je weiter sie zur Peripherie lagen. Der äußerste Schacht, der letzte vor der Ringwulstsektion, war, wenn er sich recht erinnerte, gerade noch achthundert Meter lang.

Vierhundert Meter, verbesserte er sich. *MERLIN ist nur eine Halbkugel.*

Vor ihnen tauchte der Eingang zum Schacht auf. Guidry hielt unvermittelt an und drehte sich zur Wand. Er berührte eine Sensortaste. Eine Tür schwang auf. Eine Kammer. Guidry winkte Rhodan herein. Die Tür schloss sich hinter ihnen. Rhodan seufzte.

Gegenüber des Eingangs befand sich die Tür zu einem Notfallschacht. Wahrscheinlich ein Turbolift für den Fall, dass der Antigravprojektor des Schachtes und seine sämtlichen drei oder vier Back-up-Systeme versagten. Deutlich sichtbar war ein zweisprachiges Magnetschild auf die Lifttür geheftet:

»Warnung! Außer Betrieb!«, stand dort in Interkosmo und unerklärlicherweise in topsidischen Lettern – allerdings mit einem Rechtschreibfehler.

Rhodan runzelte die Stirn. »Was jetzt?«

»Ich wohne zwischen *Chagast* und *El Dorado*«, erklärte Guidry. »Mit dem Lift kommen wir am schnellsten dorthin.«

»Firmion«, sagte Rhodan leise und legte dem Ganymedaner die Hand auf die Schulter. »Ich weiß noch immer nicht, warum du mir geholfen hast. Danke jedenfalls. Aber ich möchte mich nicht verstecken.«

»Oh. Was möchtest du dann?«

»Ich will MERLIN verlassen«, antwortete er. »Ich kann hier an Bord nichts tun. Es sei denn, es existiert etwas wie eine Widerstandsbewegung gegen Quantrill oder es gibt eine Gruppe, die eher zur Liga steht als zum Syndikat.«

»Verstehe«, sagte Guidry und nickte.

»Weißt du vielleicht davon?«

»Nein. Ich halte mich aus solchen Sachen heraus. Aus Politik und so.« Guidry überlegte. »Ich könnte dich zu einem Transmitterraum bringen, aber ich habe gehört, dass die Transmitter außer Betrieb sind.«

»Welche Möglichkeit bleibt?«

»Es sind einige Skaphander an Bord.«

»Skaphander?«

»Maximale Schutzanzüge für den Aufenthalt in der Jupiter-Atmosphäre. Die halten jeden Druck aus, sagt man. Ich weiß aber nicht, wo sie verwahrt werden. Sie sind auf keinen Fall frei zugänglich.«

Rhodan nickte. Kein Problem. Schließlich hatte er nicht vor, zu Fuß zu fliehen. »Ich brauche ein Fahrzeug«, sagte er. Das würde auch Quantrill wissen. Aber was half es?

Guidry grinste. »Da hätte ich etwas für dich.« Er hob eine Abdeckplatte von einem Schaltkasten und begann, mit den Fingern darin herumzutasten. Plötzlich ertönte hinter der Liftwand ein leises Brummen. Kurz darauf glitt die Tür zur Seite. Vor ihnen hing die Liftkabine. »Nach dir«, sagte Guidry. Er wirkte plötzlich etwas ermattet. Er musste Rhodans Zögern bemerkt haben. »Es ist ein Stück weit der gleiche Weg. Ich führe dich schon nicht in die Irre.«

Rhodan hatte keinen Zweifel, dass das Syndikat in der Faktorei Überwachungsmöglichkeiten unterhielt. Aber diese Gerätschaften waren nicht auf dem Stand der Technik, über die man an Bord einer militärischen Einheit verfügte. Mit telemetrischen Biodatenscannern oder Impulsdetektoren, die die Signatur seines Zellaktivators erfassen konnten, musste er kaum rechnen.

Firmion Guidry erwies sich als umsichtiger Führer. Sie liefen durch schmale, aber begehbare Versorgungsschächte, durch die normalerweise vollautomatisch gesteuerte Paletten mit Gebrauchsgütern glitten; sie passierten einen Wassertank, in dem sich terranische Speisefische und sogar ein Schwarm ferronischer Adauten gemächlich mästeten, durch einen engen, völlig transparenten Glassittunnel. Einmal durchschritten sie in aller Ruhe eine Halle, in der eine Art Markt stattfand: frisches Gemüse, Kunsthandwerk, gebrauchte Raumanzüge, selbstgebrannter Wodka, Whisky und Vurguzz. Ein offenbar intelligenzoptimierter Papagei bot sich ihnen »für einen Spottpreis als Leichenredner in allen Lebenslagen« an. »Zertifiziert von den achtunddreißig maßgeblichen Religionsgemeinschaften der inneren Planeten«, krähte er.

Firmion Guidry lachte und sagte im Vorübergehen: »Danke für das Angebot. Aber noch lebe ich.«

»Lässt sich ändern, Schätzchen!«, rief der Papagei ihnen nach und verlagerte in aller Seelenruhe sein Gewicht vom einen auf das andere Bein. »Lässt sich ändern.«

Dann standen sie vor dem *Chagast* und dem *El Dorado*. Rhodan fluchte innerlich. Er fasste sich rasch und sagte: »Ich fürchte, dafür haben wir keine Zeit.«

»Es geht rasch«, versprach Guidry.

Rhodan seufzte ergeben. Der Mann hatte immerhin etwas bei ihm gut. Wie viel? Er gab ihm zehn Minuten.

Das *Chagast* war ein venusisches Restaurant; das *El Dorado* versprach authentische alt-amerikanische Küche. Rhodan hatte von keinem Gericht je gehört, die der goldfarbene Androide – offenbar der mythische El Dorado, der Goldene Mann in eigener Person – auf einer handgeschriebenen Tafel anpries.

Die beiden Gaststätten lagen unmittelbar nebeneinander. Sie waren, soweit Rhodan sehen konnte, gut besucht. Es war knapp nach 22 Uhr Bordzeit. Wie die meisten außerirdischen terranischen Einrichtungen, die sich nicht an einer planetaren Eigenzeit orientierten, entsprach die Bordzeit Terrania Standard.

Eine Mariachi-Band aus sieben oder acht Musikrobotern spielte einen Huapango-Hit, der seit einigen Wochen die Hörer des gesamten Solsystems terrorisierte. Das Guitarron und die beiden Vihuelas waren kaum zu hören; die Trompeten schmetterten so gnadenlos, als gäben die Engel der Apokalypse ein Gastspiel auf MERLIN.

Ich werde alt, dachte Rhodan in einem Anfall von Melancholie. *Whatever happened to Tony Bennett, Patti Page, to Bill Haley & His Comets?*

Rhodan sah, wie Guidry kurz zu einer älteren, schmalen, sehr elegant gekleideten Frau hinter einem Tresen hinüberwinkte. Die Frau nickte Guidry ernst zu. Dieser wand sich an einigen Tischen vorbei, die allesamt überbelegt waren. Aber die Belegschaften waren ausnahmslos mit sich selbst beschäftigt. Niemand schaute zu Rhodan hoch.

Am Ende des Speisesaales führte eine schmale Öffnung in der Wand zu den Toiletten. Rhodan sah die drei üblichen Türen: die Zugänge zu den beiden Räume für terranische und sonstige humanoide Männer und Frauen und zum Multifunktions-Hygieneraum für nicht-humanoide Gäste.

Einige Meter davon abgerückt befand sich ein altertümliches Poster an der Wand – der holografische Starschnitt einer Sängerin, die, wenn Rhodan richtig informiert war, vor über fünfzig Jahren ihren künstlerischen Höhepunkt mit großem Schwung überschritten hatte – Diva Dyx oder Diva Dis? Es war ihm entfallen. Firmion Guidry legte seine Hand dem Hologramm auf den Bauch. Offenbar befand sich dort ein Sensorfeld, denn knapp über dem Boden schwang fast im selben Augenblick eine Klappe nach innen, vielleicht einen halben Meter mal einen halben Meter groß. Firmion Guidry ging in die Hocke, ließ sich auf alle viere nieder und kroch durch den Eingang.

»Kommst du?«, rief er.

Rhodan antwortete nicht.

Er hörte Guidry sagen: »Ich weiß, ich bin krank. Aber es ist nicht ansteckend.«

Rhodan schüttelte unwillig den Kopf, folgte dem Ganymedaner aber.

Als er sich aufrichtete, sah er, dass Guidry eingeschlafen war. Der junge Mann hatte sich in eine Embryonalhaltung zusammengerollt. Er atmete tief durch den weit offenen Mund.

Rhodan sah sich um. Der Raum war dreieckig wie ein sehr schmales Tortenstück, maximal zwei Meter hoch. Rhodans Ortssinn zufolge musste er genau zwischen den Wänden der beiden Gaststätten liegen. *Das also hat er damit gemeint, er wohne zwischen* Chagast *und* El Dorado.

Eine Regalwand, angefüllt mit verschlossenen oder angebrochenen Lebensmittelkonserven. Einige Kanister Wasser. In der spitzen Ecke eine einfache autonome Toilette mit Recyclingfunktion unter einem 3-D-Poster, das einen Haluter in einer alt-japanischen Rüstung zeigte. Ein Tisch, ein Stuhl, eine Liege. Guidry hatte es nicht mehr bis dorthin geschafft, er lag auf dem nackten Boden.

»Hallo, schöner Fremder«, sagte eine rauchige, ziemlich verlebte, aber unverkennbar weibliche Stimme. Er sah sich um. Nichts.

»Man übersieht uns leicht«, sagte die Stimme.

»Nur der Meister übersieht uns nicht. Juhu!«, rief eine zweite, kehlige und männliche Stimme – *John Wayne!*, fuhr es Rhodan durch den Sinn.

Endlich entdeckte Rhodan die beiden. Es waren zwei Kakerlaken – zumindest in gewisser Weise. Die beiden Insekten, die auf dem Regal saßen, waren gut drei Zentimeter lang. Kakerlaken waren Kosmopoliten. Sie gediehen auf vielen Raumschiffen prächtig.

Dass diese beiden *gediehen*, konnte man dagegen nicht ohne weiteres behaupten. Irgendwer hatte sie geköpft und anstelle ihrer Köpfe zwei künstliche, kantige Schädel aus Plastik und Leichtmetall aufgepflanzt.

Außerdem musste er darin eine Mikropositronik untergebracht, ein Lautsprechersystem eingebaut und die beiden Tiere so in Bioroboter verwandelt haben.

Rhodan wies auf den schlafenden Ganymedaner. »Ist das euer Meister?«

»In der Tat ist er es«, triumphierte die Kakerlake mit der männlichen Stimme. Dann dämpfte sie die Lautstärke: »Des Meisters Tagwerk ist aufzehrend. Wir wollen ihn nicht wecken.«

»Der Meister schlummert. Aber du bist wach, schöner Fremder«, sagte die weibliche Stimme. Sie klang – wenn es denn möglich war – nach teuren Zigarillos, Gin und einer ziemlich verruchten Fantasie.

Spielzeuge, dachte Rhodan. *Er hat sich Spielzeuge angeschafft. Wozu?*

Die robotisch aufgerüstete Kakerlake erläuterte mit ihrer John-Wayne-Stimme: »Unser Meister ist er, behufs er uns gebastelt hat.«

»O ja«, sagte die Frauenstimme.

Zwei weitere Kakerlaken – oder Hybridroboter – krochen zwischen den Konserven hervor. Eine von ihnen glich mit ihrem mechanischen Kopf den ersten beiden; die andere von ihnen bestand aus einem künstlichen Nachbau des Leibes und der sechs nach innen gebeugten Beine mit einem echten Schabenkopf auf dem Thorax. Sie trug ein Geschirr und zog an den Strängen ein daumenlanges, zweirädriges Fuhrwerk hinter sich her, beladen mit Zucker und Mehl.

»Margot bestand darauf, euch einen kleinen Imbiss zu bringen«, sagte die Kakerlake mit dem Kunstkopf. Sie hielt inne, als sie Rhodan erblickte. »Der Meister hat Gäste? Blin! Ist nicht genug für alle da!«

»Ich bleibe nicht zum Essen«, sagte Rhodan mit einem Blick auf das Wägelchen und wandte sich zum Ausgang. Die Klappe hatte sich wieder geschlossen. Er suchte eine Taste, fand aber nichts. Diesmal fluchte er laut und vernehmlich.

»Huch. Ich erröte«, sagte die weibliche Stimme und giggelte albern.

»Blin!«, fluchte die dritte Kakerlake. »Hier wird nicht geflucht.«

In diesem Moment richtete sich Guidry mit einem leisen Klagelaut auf.

»Geht es dir gut?«, fragte Rhodan.

Guidry murmelte etwas, zu leise, als dass Rhodan es hätte verstehen können.

Die Bioroboter besaßen offenbar ein empfindlicheres Gehör. Die Frauenstimme sagte: »Uns stört es, Schätzchen, wenn es dir nicht gutgeht.«

»Kein Wunder, dass es dir schlechtgeht. Stickig hier. Blin. Zu viele Leute im Raum.«

»Firmion ...«, begann Rhodan.

Der Ganymedaner winkte ab. Er bückte sich ein wenig, so dass er mit den vier Kakerlaken auf Augenhöhe war. »Ich hab euch etwas zu sagen.«

»Du bist schwanger«, tippte die John-Wayne-Kakerlake.

»Ich gehe fort«, sagte Guidry.

»Wohin?«, fragte John Wayne.

»Eine Romanze!«, kreischte die Frauenstimme. »Unser Meister! Wie heißt deine Angebetete? Kennen wir sie?«

»Stell sie uns vor«, forderte die dritte Kakerlake. »Frauen sind bitterliche Geschöpfe. Blin!«

»Was du nicht sagst«, sagte die Frauenstimme.

Die Kakerlaken plapperten durcheinander.

»Pscht«, machte Guidry. Es klang sehr behutsam. »Ich muss fort. Ich komme nicht mehr wieder.«

»Wie: nicht wieder?«, fragte John Wayne. »Nicht wieder im Sinne von *nie wieder?*«

»In diesem Sinne«, antwortete Guidry.

»Blin!«

Guidry hielt plötzlich ein dünnes Programmierstäbchen in der Hand. »Ich gebe Margot den Kode für den Zugang«, sagte er und führte das Stäbchen an den künstlichen Leib der stummen Schabe. Das Stäbchen flackerte kurz in einem milden blauen Licht auf, um zu zeigen, dass es sich aktiviert hatte. »Und ich verrate ihr auch ein paar Tricks.«

»Margot? Wieso dieser Schlampe?«, krakelte die weibliche Stimme.

»Ihr werdet es verstehen«, sagte Firmion Guidry. Er schluckte. »Macht's gut, Kinder.«

»Wiedersehen, Meister!«, riefen die drei Kakerlaken im Chor.

Als sie wieder vor den Toiletten standen, sagte Guidry. »Sie sind meine Familie. Jetzt müssen sie erwachsen werden.« Er lachte schwach.

Rhodan fragte: »Du hast sie ... geschaffen?«

Guidry nickte. »Ja, geschaffen. Oder umgebaut. Und ausgebildet. Ist nicht leicht, loszulassen, weißt du?«

»Ich weiß«, sagte Rhodan ratlos.

»Und jetzt?«, fragte Guidry.

Rhodan schaute auf die Uhr. Es war 22.30 Uhr. »Jetzt machen wir uns fort aus der Faktorei. Kennst du einen Weg?«

»Ja«, erklärte Guidry. »Einen.«

Firmion Guidrys Plan war schlicht und überschaubar: Sie würden ein Fluggerät entwenden und damit in die Jupiter-Atmosphäre fliehen.

Sie benutzten erneut den Turbolift, der offiziell außer Betrieb gestellt war. Er schien so etwas wie ein privates Fortbewegungsmittel Guidrys zu sein. Rhodan überlegte, ob Guidry sich den Lift mit dem Hinweisschild reserviert hatte. Es fiel ihm schwer, den jungen Ganymedaner einzuschätzen. Das eine Mal schien er allem gegenüber gleichgültig, geradezu schläfrig, dann wieder entschied er ohne Rücksicht auf das eigene Wohlbefinden oder die Folgen für sein Leben in der Faktorei. Warum hatte Guidry ihn befreit? Warum hatte er seiner absonderlichen, selbst gebastelten Familie angekündigt, sie für immer verlassen zu wollen?

Rhodan fühlte sich versucht, ihm ein Versprechen zu geben oder eine Art Handel vorzuschlagen: Wenn es Guidry gelang, ihn zu einem Beiboot der Faktorei zu lotsen, wollte er sich damit zufriedengeben. Den Rest würde er selbst erledigen. Er würde den Jupiter verlassen, auf eine Flotteneinheit übersetzen und dort das Kommando übernehmen.

Wenn nicht Bully bis dahin längst alles erledigt hatte.

Am Ende würden sie Oread Quantrill und sein gesamtes Syndikat der Kristallfischer zur Rechenschaft ziehen, herausfinden, welche Verbindung es zwischen dem Syndikat und der planetaren Katastrophe gab, und die Gefahr abstellen.

War Oread Quantrill ein Wahnsinniger? Wie konnte er ernsthaft damit rechnen, eine solche Attacke auf die Liga, auf das Solsystem straflos zu überleben?

Rhodan sah den Prozess kommen, die Verurteilung Quantrills, seine Inhaftierung und wahrscheinlich langwierige Resozialisierung. *Jeder Resozialisierungstherapeut wird sich alle Finger nach ihm lecken,* dachte er.

Dann würde Firmion Guidry zu seiner obskuren Familie zurückkehren können. Rhodan konnte sich nicht vorstellen, dass jemand andere als der Ganymedaner Anspruch auf die Hybrid-Geschöpfe erheben würde.

Wie in jedem Kugelraumschiff, gab es auf der MERLIN zwei Arten von Korridoren: Die einen verliefen völlig linear, vom Zentrum zur Peripherie; die anderen Gänge waren konzentrisch um den Mittelpunkt angelegt und daher mehr oder weniger gekrümmt.

Sie liefen seit einigen Minuten einen linearen Weg und hatten einige Bogenkorridore gekreuzt. Sie bewegten sich offenbar auf die Peripherie der Faktorei zu. Dort, wo ober- und unterhalb des alten, von Maschinen weitgehend bereinigten Antriebsringwulst die beiden Hangarringe lagen: Der obere Ring beherbergte in Schiffen der GALAXIS-Klasse die kleineren Beiboote, Space-Jets und kleinere Raumfahrzeuge; der untere Ring war mit seinen voluminösen Hangars den 60-Meter-Korvetten vorbehalten.

»Trägt die MERLIN noch Beiboote im unteren Hangarwulst?«, fragte er Guidry.

»Korvetten? Nein. Im Ringwulst befinden sich einige kleinere Hyperkristallspeicher, die vier Steuerzentralen für die Silos, ansonsten nur die Städte.«

Städte haben sie also auch hier, dachte Rhodan und las im Vorbeigehen wieder einige Graffiti in Sachen Honovin: »Menschen erziehen Menschen erhöhen Menschen – Honovin« hieß es einmal, an einer anderen Stelle: »Geh einen Schritt über dich selbst hinaus: HoNovIn«. Daneben ein Porträt Quantrills mit wenigen, herben Strichen.

Sprüche. Das Regime der Sprücheklopfer.

Sie näherten sich dem Zugang zu einem Antigravschacht. Rhodan entdeckte eine fast verblasste Markierung an der Korridorwand, die noch aus den Flottenzeiten des Schiffes stammen mochte: Der Schacht vor ihnen lag auf dem äußersten Ring des Antigrav-Verkehrssystems. Sie waren keine hundert Meter mehr von der Ringwulstsektion entfernt.

Wir kommen voran, dachte der Resident.

Aber als hätte eben diese Beobachtung das Gegenteil heraufbeschworen, fanden sie sich plötzlich von Menschen umringt. Die Leute waren geradezu aus dem Schacht hervorgequollen; sie standen bereits dicht an dicht und drängten Rhodan und Guidry entgegen.

Und immer noch stiegen Leute aus.

Sie boten ein groteskes Bild. Viele von ihnen waren buchstäblich splitternackt, hatten aber die Haut beschriftet. Andere trugen Raumanzüge mit geschlossenen Helmen. Sie hielten einander an den Schultern fest und tanzten einen komplizierten Kreistanz, warfen die Beine, nahmen neue Tänzer auf. Drei Kreise ineinander. Einige lachten, andere sangen, andere schluchzten. Das Ganze wirkte wie eine ziellose Prozession, eine heilig lächerliche Veranstaltung. Hin und wieder griff ein Arm aus dem Kreis nach ihm oder Guidry, akzeptierte es aber, wenn sie sich entzogen.

Ein Durchkommen schien unmöglich. Noch immer stiegen Leute aus; die Wärme der erhitzten, wild bewegten Leiber breitete sich im Korridor aus.

Sie feiern ihren Untergang, dachte Rhodan fassungslos. *Ein Totentanz. Oder sind sie so berauscht, dass sie taub sind für alles, was auf Jupiter vor sich geht? Für die Lebensgefahr, in der sie schweben?*

»Können wir zurückgehen und einen anderen Weg nehmen?«, fragte Rhodan.

Guidry schüttelte langsam den Kopf.

Der Terraner starrte die tanzende Menge an und suchte nach einer Möglichkeit, hindurchzukommen, vielleicht dicht an die Wände gepresst.

Plötzlich bemerkte er, dass viele der Tänzer den Blick nach oben gerichtet hatten, an die Decke des Korridors – nein, auf etwas, das über einem der Tänzer schwebte: auf einen Zuckerwürfel. Für einen Moment dachte Rhodan, jemand hätte den Würfel bloß hochgeworfen. Aber das Zuckerstück fiel nicht zurück.

Die Tänzer starrten wie gebannt auf den weißen Würfel.

»Halt ihn, halt ihn, Olim!«, schrien die Tänzer. Der Würfel wippte ein wenig auf und ab, stabilisierte sich und stürzte dann.

»Nein!« Einige Menschen schrien verzweifelt auf, andere feuerten Olim an: »Heb ihn an, Olim, heb ihn wieder an.«

Olim musste ein Telekinet sein. Ein denkbar schwacher Telekinet, und ein ungeübter dazu. Der Würfel stieg langsam, stieg über die Köpfe der Tänzer. »Olim, Olim, Olim!« Er drehte sich langsam, so langsam wie der Kreis.

»Jetzt Pescha, Pescha soll es machen, Pescha, Pescha!«

Und Pescha machte offenbar, was er machen sollte: Der Würfel ging in Feuer auf und verpuffte.

Der Kreis löste sich auf, die Menschen küssten dankbar, oder um ihn zu belohnen, einen nackten, stark beleibten und behaarten Mann: »Pescha, Pescha!« Immer noch strömten Menschen aus dem Schacht, einige riefen den Neuankömmlingen zu: »Pescha hat es gemacht! Das hättet ihr sehen sollen – dieses Feuer!«

Das versetzte einige der Neuankömmlinge in Wut; sie riefen: »Ihr hättet warten können!« Jubel. Schluchzen. Rhodan, der das ganze Tohuwabohu satthatte, schob sich langsam durch die eng stehende Menge und zog Firmion Guidry nach sich. Wenn noch eine Hand nach ihm griff, schüttelte er sie ab oder riss sie sich von der Schulter.

Er hasste die Droge, die die Menschen zu diesem albernen Tun verleitete, und er – ja – begann, die Menschen zu verachten, die sich dieser Droge hingaben.

Er roch ihn lange, bevor er ihn sah.

Ein warmer, samtiger Duft stieg ihm in die Nase, wie gesättigt von Erinnerungen an Sonne und Baumwollplanen, wohl dosiertem Regen, ventilierten Tabakhäusern. Eine echte handgerollte Habano, mehr noch: eine Romeo y Julieta.

Es schien auf ganz MERLIN bekannt zu sein, wer sich in dieses Aroma hüllte, denn in diesem Moment rief Firmion Guidry: »Da vorn ist Onezime Breaux!«

»Rhodan!«, rief der Chef der Stelle für Datenbeschaffung, der Ste-Dat, wie sich die vom Liga-Standpunkt illegale Geheimpolizei der Faktorei nannte.

Breaux' Begleiter, zwei junge Männer, einer von ihnen zweifellos ein Ganymedaner, zielten mit entsicherten Narkosestrahlern auf ihn.

Auf ihn – nicht aber auf Firmion Guidry, wie Rhodan registrierte. Natürlich, sie jagten ihn, den Unsterblichen.

Und nun hatten sie ihn gestellt.

In diesem Moment brach eine der Tänzerinnen aus der Gruppe der Berauschten aus, stürzte auf ihn zu und hakte sich bei ihm unter, küsste ihn aufs Ohr und hauchte: »Pescha hat es gemacht!« Sie roch sehr intensiv: Ambra, Patschuli und verschwitztes Haar.

Breaux lachte. »Wir waren ein wenig tanzen, wie ich sehe? Hätte ich gewusst, dass dir nach etwas Bewegung und Körperkontakt der Sinn steht, hätte ich dir ein paar Tänzerinnen in dein Kabinett geschickt. Wir sind nicht kleinlich, Perry. Hier ist nicht Terra. Hier herrscht keine Mondramoral.«

Rhodan lächelte säuerlich. Die fast nackte Tänzerin hauchte: »Pescha will mit mir schlafen, er hat es versprochen! Ist das nicht himmlisch?«

»Ja, prima«, stimmte Rhodan zu. Er sah sich zu der Gruppe um. »Ich glaube sogar, er ist ganz versessen auf dich.«

»Wieso?«, fragte die junge Frau erfreut.

»Na, weil er dir doch winkt«, sagte Rhodan.

Die Frau schrie begeistert auf und ließ Rhodan los, um Pescha das Glück ihrer weitgehend unbekleideten Gegenwart zu schenken.

»Das Angebot steht«, sagte Breaux und zwinkerte Rhodan zu. Der Resident sah, dass die beiden jungen SteDat-Leute neben Breaux mit ausgestreckten Armen und beidhändig ihren Paralysator auf ihn richteten. *Vorschriftsmäßig. Aber ungeübt. Und Onezime möchte offenbar noch plaudern. Sich vor ihnen aufspielen.*

Rhodan beschloss, diese Eitelkeit zu nutzen. Er grinste. »Danke für das Angebot, aber bedauere. Ich fürchte, ich habe keine Zeit, mich an euren Orgien zu beteiligen. Nicht dass ich euch den Spaß nicht gönne – aber es stimmt etwas nicht mit Jupiter, und das zu klären halte ich für wichtiger, als mich von den Zauberkunststückchen eurer Peschas unterhalten zu lassen.«

Breaux lachte amüsiert. Die beiden SteDat-Männer feixten um die Wette.

Einige Tau-achtler waren von hinten nah an Rhodan herangetreten. Er fühlte sich geschubst, umarmt, sein Haar gewuschelt. Beaux mahnte seine Leute, ihn nicht aus den Augen zu verlieren im Gezerre und Geschiebe der Menge. Rhodan versuchte, Firmion Guidry ein Zeichen zu geben. Aber der Ganymedaner war offenbar im Stehen eingeschlafen. Dass er nicht zu Boden gesackt war, hatte er allein den Antigrav-Pads zu verdanken, die ihn in der Schwebe hielten. Tatsächlich in der Schwebe – seine Füße hingen herab, berührten aber den Boden nicht. Außerdem bewegte sich Guidry. Die Pads versuchten anscheinend, ihn aus der Menge zu ziehen.

Aber sie zogen ihn Richtung Breaux.

»Pescha!«, hörte er die junge Frau rufen, eine Mischung aus kaum unterdrückter Erregung und maßlosem Zorn. *Gut so,* dachte Rhodan. *Je chaotischer, je unübersichtlicher die Lage ist, desto größer ist meine Chance, hier herauszukommen. Und wir müssen hier raus. Schnellstens.*

Breaux beachtete den schwebenden Guidry nicht. Anscheinend hatte er keine Verbindung zwischen dem Ganymedaner und Rhodan hergestellt. Er lächelte Rhodan an und sagte: »Perry, glaub mir:

Es ist alles in bester Ordnung mit dem Jupiter. Alles ist, wie es sein soll. Wir haben alles unter Kontrolle. Es wird ein großer Gewinn.«

Er klang so überzeugend, dass Rhodan unwillkürlich nickte. »Natürlich, ein großer Gewinn. Ein Gewinn auf dem Privatkonto nur für Oread Quantrill – oder fällt auch für die kleinen Breaux' und Rhodans dieser Welt etwas vom goldenen Kuchen ab?«

»Pescha!«, hörte er die junge Frau rufen. Sie kam ihm wieder näher. »Wo bist du denn? Pescha! Willst du, dass ich zerspringe vor Glück? Gut: Ich zerspringe!«

Breaux nahm einen tiefen Zug aus der Zigarre und atmete eine Wolke aus. »Du hast keine Ahnung«, sagte er. »Du Materialist. Du weißt gar nichts.«

»Wollt ihr mich töten?«

»Nein«, sagte Breaux. »Das wird nicht nötig sein.«

»Aber du würdest nicht zögern, mich zu töten, wenn es notwendig wäre?«

Breaux hob die Augenbrauen. »Wer von uns würde zögern, das Notwendige zu tun? Du etwa?« Er schüttelte tadelnd den Kopf.

Die Waffen sind also tatsächlich nur Paralysatoren, schloss Rhodan befriedigt. *Oder auf Paralysator-Modus gestellt.* Sein Plan würde keine Leben gefährden.

»Pescha!« Die junge Frau war wieder da. Er spürte ihre Lippen an seinem Ohr. Sie waren feucht. Sie fragte: »Weißt du, wo Pescha ist?«

Rhodan neigte seinen Kopf und sagte: »Er hat sich verwandelt.«

»Oh«, sagte die Frau enttäuscht. »Das kann er?«

Rhodan schaute sie an – und bemühte sich, begeistert auszusehen: »Er ist Pescha! Was könnte er nicht? Verwandeln ist ihm ein Nichts!« Er schnippte mit den Fingern, um dieses Nichts hörbar zu machen.

»Ich kann ihn aber so nicht erkennen?«, klagte die Frau.

»Ich verrate dir, wer er ist.« Er flüsterte ihr ins Ohr: »Siehst du den Mann mit dem Bart?« Und er wies dabei auf Onezime Breaux.

»Ja«, säuselte sie.

»Das ist Pescha. Er wartet auf dich. Hol ihn dir!«

Die Frau löste sich langsam von ihm und machte einen Schritt auf die SteDat-Leute zu, an denen in diesem Moment Guidry vorbeischwebte. Kaum war der Ganymedaner in ihrem Rücken, setzten die Pads ihn sanft zu Boden. Er musste wach sein.

Er muss wach sein, dachte Rhodan. *Er muss es einfach sein.*

Guidry drehte sich um, schlug die Augen auf und betrachtete die Situation.

Die Frau machte einen vorsichtigen, unentschiedenen Schritt, noch einen, dann aber rannte sie auf Breaux los. »Pescha!«, schrie sie ekstatisch. »Das ist Pescha. Er hat sich verwandelt!«

Wie auf ein Kommando lief die Menge los. Guidry schlug einem der beiden SteDat-Leute, die nicht wussten, auf wen sie zielen sollten, beide Hände auf die Ohren. Der Mann ließ den Paralysator fallen. Der andere löste die Waffe aus und traf einige der Tänzer. Rhodan war bereits bei dem anderen, der in die Hocke gegangen war, um nach dem Strahler zu fassen, und riss ihm die Waffe aus der Hand.

Breaux hatte sich von der peschasüchtigen Frau befreit, seine eigene Waffe gezogen und aktiviert. Das Abstrahlfeld glühte rot: Impulsbetrieb.

Rhodan paralysierte ihn, danach seine beiden Begleiter. Er steckte den Strahler in den Hosenbund und zog Firmion Guidry mit sich. »Weiter!«, sagte er.

Der Weg war frei.

Rhodan begriff nicht, warum Guidry ihn in diesen Hangar geführt hatte. Das kleine Schott war versiegelt gewesen, aber es hatte den Ganymedaner nur einige Handgriffe gekostet, die Abdeckplatte von dem Bedienungselement zu heben, in der Mechanik herumzutasten und so die Versiegelung zu lösen.

Nachdem sie eingetreten waren, hatte Guidry das Schott verschlossen, indem er etwas in dem diesseitigen Bedienelement kurzschloss.

Sehr geschickt, hatte Rhodan gedacht und sich umgesehen.

Der ganze Hangar war ein Schrottplatz. Aggregate, Maschinen, Projektoren, Generatoren und deren Bruchstücke lagen in Haufen herum. Rhodan hatte eine einzige umgebaute Space-Jet entdeckt, aber auf den ersten Blick gesehen, dass sie ein Wrack war.

»Ein Atmosphären-Trawler«, sagte Guidry.

Es war eine alte Bell & Dornier Klasse-CVI-Space-Jet, wie sie Ende des 13. Jahrhunderts in den Handel gekommen war. Damals hatte das Retro-Design innovativ gewirkt: die zentrale Cockpitkuppel, der Ringwulst. Die Jet wies fünfunddreißig Meter im Durchmesser auf und war fast fünfzehn Meter hoch. Jetzt musste sie etwa hundertfünfzig Jahre alt sein. Ihre beste Zeit lag weit hinter ihr.

Offenbar hatte man die alten Metagrav-Triebwerksprojektoren entfernt, überhaupt die damaligen Hightech-Anlagen durch robustere Maschinerie ersetzt. Die Jet würde kaum überlichttauglich sein. Sie wirkte plump durch die zusätzliche Panzerung; die Kuppel merkwürdig eingetrübt. Wahrscheinlich hatte man das Glassit mit einer zusätzlichen Schutzschicht überzogen. Als wäre sie ein Abbild der Faktorei im Kleinen, hatte man der Jet vier tentakelförmige Gebilde angeflanscht, deren Enden sich in zahllose peitschenähnliche Fortsätze teilten.

In die Dockbuchten unterhalb der Jet waren zwei Körbe oder Kescher montiert. Wie es schien, hatten die Tentakel der Sammlung von Hyperkristallen gedient, die im Zuge des Ernteeinsatzes in die korbähnlichen Gebilde verbracht worden waren.

Nach dem ursprünglichen Konzept der CVI-Serie hätten größere Nutzlasten durch Fesselfelder in den Buchten gehalten werden sollen. Auch hier hatte das Syndikat eine Lowtech-Lösung bevorzugt: Metallspangen hielten die Gefäße in den Buchten. Keine schlechte Idee: Auf diese Weise hatte die Ausstrahlung der aus der Atmosphäre geernteten Hyperkristalle keine energetisch höherdimensionale Technik irritieren können.

Irgendwann, als der Trawler noch funktionstüchtig war.

»Ein Wrack«, stellte Rhodan fest.

»Sieht so aus«, sagte Guidry. »Gehen wir an Bord.«

Er wusste nicht, was der Junge sich davon versprach. *Vielleicht verspricht er sich ja gar nichts. Vielleicht begreift er überhaupt nicht, worum es geht. Vielleicht schleicht er sich manchmal in den Trawler und spielt Pilot, spielt, dass er in die Jupiter-Atmosphäre taucht.*

Rhodan musste die Verzweiflung niederkämpfen. *Ein Fehler. Verlorene Zeit.* Er fühlte sich schuldig. Er musste los, Mondra helfen. Jetzt und sofort.

»Hörst du?«, fragte Firmion Guidry.

Rhodan hörte das leise, entlegene Zischen. Und er sah, wie sich eine kleine, kreisförmige Zone im Metall vor Hitze rötete.

Breaux und seine Leute hatten den Hangar entdeckt. Sie versuchten, das Schott aufzuschmelzen. Unter diesen Umständen empfand Rhodan die Jet als beste Deckung. »Los!«, sagte er.

Die untere Schleuse stand offen. Anstelle der ausfahrbaren Rampe lehnte eine Leiter an der Jet. Sie mussten etwa drei Meter nach oben klettern, dann waren sie im Trawler. Guidry stieß die Leiter mit einem feierlichen Tritt zur Seite. Rhodan schlug mit der Hand auf die Sensorschaltung, um die Schleuse zu schließen.

Es tat sich nichts.

Das fängt gut an, dachte er.

Auch der zentrale Antigravschacht funktionierte nicht. Rhodan griff nach den Sprossen und stieg hoch. Es war dunkel in der Steuerkanzel der Jet – die Schicht auf dem Glassit. Die zwei Pneumosessel standen in Ruheposition, von den Armaturen entrückt.

Rhodan setzte sich in den Sessel des ersten Piloten, Guidry in den anderen. Wider Erwarten aktivierten sich die Sessel, und Licht flammte auf.

Kurz danach leuchteten die Anzeigen der Kommandozeile auf. Die Menüstruktur flackerte und stabilisierte sich. In einem der Monitore entstand ein blasses, schwarz-weißes Holo, das eine Wand des Hangars zeigte. Rhodan dirigierte mit der Fingerspitze die Außenoptik Richtung Schott. Das flüssige Metall hatte eine Lache gebildet. Ein Arm schob sich durch das Loch im Schott, eine Schulter ...

»Selbstdiagnose«, verlangte Rhodan.

Keine Antwort.

Rhodan überlegte. Er ließ den Blick über die Armaturen gleiten. Da war sie: die Sensortaste, die man berühren musste, um dem

Schiffsrechner mitzuteilen, dass nun nicht über ihn gesprochen werden sollte, sondern mit ihm. Rhodan seufzte leise, als er die Taste berührte. *Wie im Mittelalter.*

»Selbstdiagnose«, wiederholte er.

»Ich starte die Selbstdiagnose«, antwortete die Bordpositronik. Die Stimme klang zerrüttet und machte Rhodan wenig Hoffnung.

Der Terraner konnte im Holo beobachten, wie die Männer der Ste-Dat durch die Lücke im Schott eindrangen. Sie trugen einfache Schutzanzüge, keine SERUNS. Sie waren mit Handfeuerwaffen ausgerüstet.

»Feldschirm aktivieren«, befahl Rhodan

»Feldschirmprojektoren außer Kraft«, meldete die Bordpositronik.

Aus den Augenwinkeln sah Rhodan, wie Guidry es sich im Pneumosessel offenbar bequem gemacht hatte. Und er hörte ein leises Schnarchen.

Draußen blitze es auf. Die SteDat-Leute versuchten offenbar, sich ihren Weg in die Jet zu schmelzen. Dann klangen wütende Schreie zu ihnen hinauf.

»Feldschirm steht«, sagte die Bordpositronik.

»Wir verlassen den Hangar«, befahl Rhodan.

»Besitzt du die Zugangskodes für das Außenschott?«

»Nein«, sagte Rhodan.

»Ich besitze die Zugangskodes für das Außenschott«, sagte die Bordpositronik.

Rhodan verdrehte die Augen. »Dann öffne es.«

»Wir müssen den Druckausgleich abwarten.«

»Öffne das Schott«, sagte Rhodan. »Überrangbefehl.« Vielleicht erkannte die Bordpositronik in ihm ja den Residenten der Liga und akzeptierte diesen Befehl.

Vielleicht auch nicht.

Plötzlicher Lärm von draußen. Wütende Schreie. Blitze. Der Atmosphären-Trawler hob sich, wurde durchgeschüttelt, ruckte an, ruckte noch einmal, glitt in Richtung des offenen Schotts. Verließ den Hangar. Kippte nach vorn. Rhodan sah für einen kurzen Moment die Rundung des Triebwerkswulstes, der nach hinten wegglitt.

Der Positronik beschleunigte.
Sie waren gestartet.

Die Bordpositronik hatte ihre Diagnose beendet. Das Ergebnis war niederschmetternd. An eine Flucht in den Weltraum war nicht zu denken, geschweige denn an einen Flug Richtung Terra. Noch nicht einmal zurück zur CHARLES DARWIN würden sie kommen.

Ein Überlichtantrieb existierte schlicht nicht an Bord des Trawlers. Der einzige Antrieb war ein Hybrid aus Antigrav und allerschlichtestem Pulsationstriebwerk, wie es normalerweise in Gleitern eingebaut wurde – hinreichend, den Trawler mit einigen Hundert Kilometern pro Stunde durch die Atmosphäre des Jupiter zu schieben; zu langsam, um die Fluchtgeschwindigkeit von 59,54 Kilometern pro Sekunde zu erreichen.

Und selbst die Expansionskammer und die Schubdüse dieses Triebwerks wurden von der Positronik »minder funktionsbereit« gemeldet.

»Funktionieren wenigstens die Toiletten?«, grummelte Rhodan.

»Nein«, verkündete die Positronik mit verhaltenem Triumph. Offenbar war sogar ihre Stimmenmodulation defekt.

Perry Rhodan steuerte den Atmosphären-Trawler. Ihm war bewusst, dass das Fahrzeug jederzeit seiner Kontrolle entgleiten konnte. Ein Wunder, dass sie es überhaupt aus dem Hangar hinausgeschafft hatten.

Mit diesem Wrack.

Aber das Wrack flog tadellos.

Zu tadellos, nach seinem Aussehen zu urteilen.

Nur wenige Minuten flog der Atmosphären-Trawler parallel zur gedachten, abgrundtief unter ihnen liegenden Oberfläche des Jupiter. Dann ließ Rhodan das Schiff mit einem leichten Fingerdruck auf den Steuersensor absinken.

Die gedachte Oberfläche ... Jupiter besaß durchaus einen festen Kern, aber bereits einige Hundert Kilometer oberhalb dieses Kerns hatten sich die Gase des Planeten unter dem Eigengewicht der Atmosphäre so verdichtet, dass sie von Festkörpern weitgehend ununterscheidbar waren, ja sogar die Eigenschaft von Metallen annahmen. *Metallische Gase* ... Die Linie, die dieses unvorstellbare Festland von all dem trennte, was man nach menschlichem Ermessen eine Atmosphäre nennen konnte, war tatsächlich nur gedacht.

Rhodan wusste nicht, ob die Faktorei eine Möglichkeit besaß, das Feuer auf den Atmosphären-Trawler zu eröffnen; schließlich war die Inbetriebnahme der halben Kugelzelle nur unter der Auflage erteilt worden, das die längst demontierten offensiven Waffensysteme auf keine Weise durch neue Gerätschaften zu ersetzen waren – eine schiere Selbstverständlichkeit.

Andererseits ließ das, was Rhodan in den letzten Stunden über das Syndikat erfahren hatte, ihn daran zweifeln, dass Quantrill und seine Leute die Auflagen der Liga respektiert hatten.

Hatte das Syndikat illegal Waffen erwerben, in Einzelteile zerlegen, an Bord der Faktorei schmuggeln und dort wieder zusammensetzen können? Und das auf eine Weise, dass die Waffen nicht bei einer zufälligen Inspektion ins Auge fielen?

Ein großer logistischer Aufwand.

Wozu? Das Syndikat würde kaum einen – noch dazu so aussichtslosen – Krieg gegen die Liga führen wollen.

Überhaupt: Was wollte das Syndikat? Was wollte Quantrill? Und war das, was Quantrill, Breaux und seine anderen Gefolgsleute wollten, auch das, was das Syndikat der Kristallfischer wollte?

Immerhin mochte sich nun das hyperenergetische Chaos, das zurzeit im Gasball Jupiter herrschte, vielleicht als Verbündeter erweisen – kaum denkbar, dass die Ortungseinrichtungen der Faktorei den Flug des Atmosphären-Trawlers hinreichend genau verfolgen konnten.

Rhodan warf nur einen Blick aus der Panzertroplon-Kuppel. Die Faktorei über ihnen war binnen weniger Sekunden von dem dichten, rotbraunen Gewölk aus Ammoniumhydrogensulfid verschlungen worden. Nur für einen Moment hatte Rhodan den Eindruck gehabt, MERLIN tauchte ab in ein Meer aus Blut.

Dann hatte der Sturzflug des Atmosphären-Trawlers die Faktorei ganz außer Sicht geraten lassen.

Rhodan schaute auf den Sitz des Kopiloten. Firmion Guidry lag mit offenem Mund im Pneumosessel und schnarchte leise. Er musste unmittelbar nach dem Start eingeschlafen sein. Ein dünnes Rinnsal Speichel floss ihm aus seinem Mundwinkel übers Kinn. Merkwürdigerweise machte Guidry dennoch im Schlaf einen gesammelteren, konzentrierteren Eindruck als im Wachen, schien ganz bei der Sache zu sein – auch wenn Rhodan nicht ansatzweise hätte sagen können, bei welcher Sache denn.

Wahrscheinlich träumt er. Wovon? Von seiner selbst gebastelten Familie vielleicht?

Rhodan spürte ein plötzliches Gefühl der Dankbarkeit. Ohne Guidry hätte er den Atmosphären-Trawler nicht entdeckt. Er hätte einen anderen Hangar genommen, einen näher liegenden, bestückt mit sichtbar intakten Trawlern – einen Hangar mithin, der auch für den SteDat erste Wahl gewesen wäre. Dort hätten sie ihm aufgelauert, ihn gestellt.

Warum hatte er dem Jungen eigentlich vertraut? Aus schierem Mangel an Alternativen? Nein.

Es war etwas dran an diesem Jungen. Undefinierbar, aber von einem unterschwelligen Nachdruck, einer Überzeugungskraft, die dem Ganymedaner selbst nicht bewusst war.

Mit der Zeit flog sich der Atmosphären-Trawler *wirklich* gut. Rhodan fasste Mut. Er setzte zu einigen gewagteren Manövern an. Das Fahrzeug folgte – fast wie früher eine Lightning-Jet. Es war nicht mit der Lenkung eines der hochgezüchteten Raumjäger der aktuellen Generation zu vergleichen, aber – ja, der Trawler machte einen guten Eindruck: verlässlich, widerstandslos, geradezu geschmeidig.

Rhodan ließ die CVI einige Haken schlagen – sicherheitshalber, um einem eventuellen Beschuss zu entgehen, der möglicherweise immer noch zu befürchten stand. Natürlich hatte sich längst ein Energieschirm aufgebaut, aber der war darauf justiert, das Manövrieren in dem Sturmozean zu erleichtern, nicht, in einem Gefecht zu bestehen.

Möglich, dass der Schirm einen Streifschuss überstehen würde. Aber spätestens auf einen zweiten, exakteren Treffer wollte Rhodan es nicht ankommen lassen.

Er beschleunigte maximal, bremste abrupt, rollte das Fahrzeug um die eigene Achse.

Der Flug blieb unbehelligt. Kein Treffer, kein Schuss.

Rhodan las die Flugdaten aus dem Monitor ab. Der Atmosphären-Trawler flog mit seiner Höchstgeschwindigkeit, blieb aber mit diesen 2500 Kilometern pro Stunde wie erwartet viel zu langsam, um auf Fluchtgeschwindigkeit zu gehen. *Mehr als fünfmal schneller als auf Terra müssten wir fliegen, um der Anziehungskraft des Planeten zu entkommen. Wird nicht möglich sein. Der Trawler ist eben doch keine Lightning-Jet.*

Selbst wenn der Trawler den Sprung in den Orbit geschafft hätte – gegen die dort herrschenden hyperphysikalischen wie physikalischen Verhältnisse wäre das Gefährt wehrlos gewesen.

Wohin also?

Welche möglichen Anlaufstationen gab es in der Atmosphäre des Jupiter? Die anderen Faktoreien des Syndikats der Kristallfischer?

Wohl kaum. Selbst wenn es nicht mit letzter Sicherheit feststand, konnte Rhodan davon ausgehen, dass auch diese Atmosphäre-Stationen mehr oder weniger in der Hand von Oread Quantrill und seinen Leuten waren.

Wenn er sich recht entsann, trieben ein paar sogenannte Kapselstädte durch den endlosen Wasserstoffozean der Jupiter-Atmosphäre, die von ihren Erbauern als Fluchtburgen gedacht und geweiht worden waren, um darin – zusammen mit einer Schar durch Erleuchtung verblendeter Anhänger – der Ankunft ihres ureigenen Heilands, Meschiahs oder Mahdis zu harren.

Der natürlich unmittelbar nach seinem Abstieg aus den Himmeln nichts Eiligeres zu tun haben würde, als die Ynkonit-Gehäuse aufzusuchen, die im Wasserstoffmeer trieben, um diesen Wenigsten, Reinsten und Weltabgewandtesten die frohe Botschaft ihrer unverzüglichen Erlösung zu verkünden.

Wie viel Kraft, wie viel Beharrungsvermögen das Bewusstsein der eigenen Auserwähltheit freisetzt, dachte Rhodan.

Wie sollte er eine dieser drei, vielleicht vier Kapselstädte finden? Er wusste von keiner, die einen Durchmesser von mehr als hundert

Metern hatte – er hätte tausend Jahre und länger mit dem Trawler die Atmosphäre durchsuchen können, ohne auch nur die geringste Spur einer von ihnen zu finden.

Ob sie ihn und den jungen Schläfer überhaupt aufnehmen würden? Eher nicht. Schließlich – er musste innerlich grinsen – war er alles andere als ein Erlöser.

Also.

Aber es gab eine Möglichkeit. Vielleicht die einzige. Er musste versuchen, zur Cor-Jupiter-Station vorzudringen.

Diese Station war keine militärische Einrichtung der Liga und gehörte auch nicht zu den alten Bunkeranlagen und Kuppelstationen, die im Zuge der Operation 5-D-Stille benutzt worden waren. Diese Bunker waren längst aufgegeben und dürften in den Stürmen und unter dem Druck der Jupiter-Atmosphäre völlig verwittert sein.

Jedenfalls waren sie ebenso wenig zugänglich wie der alte Transmitterhof, der in den ersten Monaten nach der Hyperimpedanzerhöhung außer Betrieb und bald darauf bankrottgegangen war.

Cor Jupiter war eine Außenstelle der Waringer-Akademie und damit immerhin eine halbstaatliche Einrichtung der Liga. Ein nur mit wenigen Forschern und Wissenschaftlern besetzter Außenposten der menschlichen Zivilisation.

Rhodan wusste nicht, wer Cor Jupiter zurzeit leitete. Er meinte sich zu erinnern, dass der Chefwissenschaftler der Gründergeneration einen altertümlich-feierlichen Namen getragen hatte, Emanuel oder Immanuel Liebreiz oder etwas in der Art.

Etwa eine Viertelstunde nach ihrer Flucht aus der Faktorei hörte der Terraner, wie Guidrys Schnarchen aussetzte. Der Junge schnappte nach Luft, hustete und schlug die Augen auf. »Wo sind wir?«, fragte er schlaftrunken.

»Irgendwo in der Atmosphäre«, sagte Rhodan. »Einige Hundert Kilometer fort von MERLIN.«

Guidrys Gesicht ersparte sich jeden Ausdruck. Rhodan konnte seiner Mimik nicht absehen, ob der Ganymedaner froh oder besorgt über diesen Umstand war.

»Ohne dich wäre mir die Flucht nie gelungen«, ergänzte Rhodan leise. »Danke.«

Guidry grinste schief. Plötzlich schienen die Lider ihm schwer zu werden, zufallen zu wollen. Er stöhnte leise auf und krächzte: »No, Sir. Nicht schon wieder.«

»Was fehlt dir?«, fragte Rhodan besorgt. Es war offensichtlich, dass der junge Mann krank war.

Firmion Guidry blinzelte träge. »Nichts«, sagte er. »Ich bin nur einer der Idioten vom Jupiter.«

»Idioten vom Jupiter? Was soll das heißen?«

»Einer, der hier seine Ruhe gefunden hat. Weil er ganz besondere Ruhe ...«

»Du bist wirklich krank«, stellte Rhodan fest.

»Ja, wirklich krank.« Guidry lachte ratlos. »Eine Gabe würde ich es tatsächlich nicht nennen. Idiopathische Narkolepsie – sagt dir das was?«

Rhodan überlegte. Narkolepsie – er hatte seit Jahrhunderten nicht mehr von dieser Krankheit gehört, hätte sie für einen der überwundenen Defekte gehalten, wie Malaria oder Krebs. Was er immerhin noch wusste, war: Narkoleptiker schliefen immer wieder, unvorhersehbar und anfallartig ein, ohne jede Kontrollmöglichkeit. Sie schliefen manchmal nur Sekunden, manchmal Minuten. Oft führten sie, womit sie eben beschäftigt gewesen waren, im Schlaf zu Ende, ohne jedes Wachbewusstsein und ohne Möglichkeit, auf Veränderungen im Umfeld zu reagieren.

Pathologische Traumwandler.

Rhodan erinnerte sich an einen Taxifahrer in Manchester, Connecticut, seiner Geburtsstadt. Der Mann war jahrelang während der Touren eingeschlafen, hatte aber weiter Gas gegeben, geschaltet und geblinkt.

Bis ihm eines Tages ein Kind vor den Wagen gelaufen war.

Rhodan wusste noch, wie der Unfall ihn erschüttert hatte. Wieder ein Autounfall mit tödlichen Folgen für ein Mädchen. Der erste hatte knapp ein Jahr zuvor seiner Schwester das Leben gekostet.

Er erinnerte sich, wie er versucht hatte, sich in die Lage der Eltern des getöteten Mädchens zu versetzen, wie er versucht hatte, ihren

Schmerz zu ermessen; wie er sich in die Lage des Mädchens versetzt hatte, unter dessen Leben so erbarmungslos ein endgültiger Schlussstrich gezogen worden war. Wie sich in die Gefühle, die er erprobte, ein überraschender, schamvoller Hauch von Genugtuung gemischt hatte, der Gedanke: *Das hätte ich sein könne. Aber ich lebe noch.*

Wie er tagelang überlegt hatte, warum der Taxifahrer sich nicht in Behandlung begeben hatte. Wie er die Gründe erkannt und wie er versucht hatte, sie zu sortieren: die Peinlichkeit, an einer Krankheiten zu leiden, die schmerzlos, unmännlich, altweibisch schien; die Armut, die ihm, der nicht krankenversichert war, keine Mittel ließ für eine aufwendige Behandlung; und, natürlich, die Einsicht, dass dieses Leiden im Kern unheilbar war.

Eine furchtbare Krankheit, dachte Rhodan. Sie entmündigt den Kranken, schaltet sein Bewusstsein nach Belieben aus. Narkoleptiker erlitten Kataplexien verschiedener Art und Tiefe, verloren die Kontrolle über ihre Muskulatur. Gläser und Werkzeuge fielen aus ihrer Hand; die Augen schielten; der Mund artikulierte nicht mehr korrekt; der Kopf sank auf die Brust; der Körper erschlaffte völlig.

Ausgelöst wurden die Anfälle oft von starken Gefühlen: Angst, Scham – oder Lachen. Der *Lachschlag,* wie es Mediziner nannten.

»Es ist jedenfalls unheilbar«, sagte Guidry. Es klang beinahe stolz.

»Unheilbar?«, fragte Rhodan ungläubig. »Immer noch?« Welche Krankheit wäre im 15. Jahrhundert galaktischer Zeitrechnung denn noch unheilbar? *Von einigen araischen oder arkonidischen Design- und strategischen Krankheiten einmal abgesehen ...*

»Tja«, sagte Guidry. »Weitgehend unheilbar. Jedenfalls bei mir. Wusstest du, dass fast ausschließlich Terraner von Narkolepsie befallen werden? Terraner und Hunde. Terranische Hunde.«

Rhodan schüttelte den Kopf. »Es gibt keine Therapie?«

»Natürlich gibt es Therapien.« Guidry gähnte, aber diesmal sah es gewollt aus. Abschätzig. »Ein paar Wunderdrogen, die meinen Suprachiasmatischen Nucleus beeinflussen, Autogenes Fluoxetin, evolutionäre Natriumoxybat-Generatoren, Nano-Bots, die in einem schlafsüchtigen Hirn wie meinem patrouillieren und Wache schieben. Wenn ich wegsacke ins Imperium der Träume, melden sie das meinen Antigrav-Pads« – er klopfte auf eine der münzgroßen Aufsätze im Gürtelbereich –, »und die helfen, dass ich nicht auf den Boden schlage oder sonst gegen etwas ticke. Und es gibt ...«

Er winkte ab.

»Und?«

»Künstliche Orexin- und Hypocretinzellen. Prothetische graue Substanz für den Nucleus accumbens. Alles klar? Ein Haufen smarter Pseudo-Nerven, um die Baulücken in meinem Gehirn aufzufüllen.«

Rhodan dachte: *Er hat sich eingehend mit seiner Krankheit befasst. Natürlich. Eine unheilvolle lebenslange Partnerschaft.*

Guidry seufzte. »Wer mit solchen Nanorobotern geimpft ist, schläft nicht mehr ständig ein. Hat keine Konzentrationsstörungen wie ich und keine Lernschwierigkeiten wie ich und ...«

Er brach wieder ab. »Aber ...«

»Aber?«, setzte Rhodan nach.

Guidry sagte mit leicht verstellter Stimme: »Er funktioniert tadellos, aber er ist nur eine Medo-Marionette. Er macht, was seine Bots wollen. Ma und Pa können sich freuen, guckt mal, liebe Anverwandte, Nachbarn und Sportsfreunde, wie gut unser Sohn funktioniert. Er war beschädigt, o ja, aber die Meds haben ihn repariert. Die Behandlung hat uns zwar einen Silo voller Galax gekostet, aber das Ergebnis – wirklich vorzeigbar! Eine lackierte Psyche. Jetzt ist die Welt unter der Käseglocke von Galileo City wieder heil.« Guidry winkte ärgerlich ab und fuhr mit seiner echten Stimme fort: »Nicht mit mir. Außerdem ...«

»Ja?«

»Außerdem funktioniert es bei mir eben nicht. Blin.«

Er hat die Therapie abgebrochen. Warum auch immer, überlegte Rhodan. »Also bist auf die Faktorei gegangen.«

Guidry nickte. »Hier unten stört es keinen. Hier musst du nicht parieren, weder auf die Meds hören noch auf ihre Bots. Hier stört es keinen, wenn du schlagartig einpennst oder wenn du Stimmen hörst oder ...«

Er atmete tief aus.

Stimmen hören? Unwillkürlich musste Rhodan lächeln. Hörte nicht die gesamte terranische Kultur Stimmen?

Früher war es ein Kennzeichen von Bildung gewesen, hin und wieder ein Buch zu lesen, Seite um Seite um Seite. Seit wie vielen Jahrhunderten hörte man Literatur? Ließ sich Texte von den Autoren selbst oder von künstlich erzeugten Stimmen vorlesen, die ebenmäßiger und fehlerloser klangen als jede menschliche?

Ja, selbst wenn man archaische Bücher besaß, Bücher aus organischen Materialien, Holz und Tierhäuten – wer las noch und setzte nicht die fingerkuppengroßen Vortragsautomaten auf die Seiten, die lautlos über die Zeilen krochen und die Texte zu Gehör brachten ...

... und keinerlei Sinn haben für all das, was zwischen den Zeilen steht.

»Du glaubst mir nicht«, stellte Guidry fest.

»Dass du Stimmen hörst? Was für Stimmen denn? Was sagen sie?«

Guidry zuckte mit den Achseln. »Früher habe ich tatsächlich das gehört, was die Meds *imperative Stimmen* nennen. Stimmen, die mir sagen wollten, was ich zu tun habe und was ich zu lassen habe. Ziemlich tyrannisch. Gezeter, Keifen und Co. Aber das hat nachgelassen. Manchmal ist es einfach Geplärr, manchmal ziemlich kultiviertes Zeug, weißt du? Kommt vor, dass ich alles andere abschalte und ihnen einfach zuhöre. Es kann ganz unterhaltsam sein«, sagte er altklug.

Rhodan nickte. Ein halluzinierender Begleiter, der jederzeit einschlafen konnte – *gut zu wissen*. »Ich möchte dich etwas fragen, Firmion.«

»Bitte«, sagte Guidry mit wichtiger Miene.

»Wie alt bist du eigentlich?«

Guidry lachte auf. »Ich bin zweiundzwanzig. Ich weiß, ich bin groß für mein Alter. Nein, bin ich gar nicht. Ich bin Ganymedaner.«

»Was hast du mir sagen wollen, als du mich zum ersten Mal gesehen hast?«

Firmion Guidry spitzte die Lippen. »Ich habe keine Ahnung«, sagte er. »Ich weiß, dass ich dich gesehen habe. Aber was ich gesagt habe ...« – er wedelte mit der Hand. »Ich weiß nicht. War es wichtig?«

»Nein«, sagte Rhodan. »Vergessen wir's. Aber warum hast du mir geholfen?«

Guidry sah starr geradeaus ins Ungefähre. »Das ist eine gute Frage«, gab er zu. »Aber ich habe keine Antwort. Schlimm?«

Rhodan schüttelte langsam den Kopf. »Nicht schlimm. Ich dachte nur, man müsste gute Gründe haben, so viel zu riskieren wie du. Die eigene Familie aufzugeben.«

Guidry schien nachzudenken. »Hast du immer gute Gründe?«

Rhodan lachte. »Ich bilde es mir wenigstens ein.«

Der Junge sagte ernst: »Ich nicht. Manchmal habe ich sogar Angst, ich hätte gar keine Gründe, verstehst du?«

»Nein«, antwortete Rhodan. »Das verstehe ich nicht. Aber ich muss auch nicht alles verstehen.«

Guidry lachte erleichtert. »Wenn nicht einmal der große Rhodan alles versteht ... Wo fliegen wir übrigens hin?«

»Ich bin nicht sicher. Kennst du eine der Kapselstädte, die in der Atmosphäre treiben?«

»Ja. Eine. Nicht die ZUFLUCHT DER RICHTER allerdings. Das ist ja die bekannteste, weil sie ein Missionsprogramm ausstrahlt. Hab ich nie gesehen. Aber ich hab einmal mit Eustach Nahrungsmittel nach FLAMMENKRUG gebracht. Was heißt Nahrungsmittel? Wohl eher bloße Kulturen als schon genießbares Zeug. Sie haben mich mit Peilimpulsen kreuz und quer durch die Atmosphäre geschickt, bevor sie geruhten, mir die Koordinaten zu geben. Wahrscheinlich, damit ich den Satan und andere Verfolger abschüttele.« Er kicherte. »Weil Satan ja keine Peilgeräte hat. Die Hölle sperrt sich nämlich gegen Technologieimporte, musst du wissen.«

Rhodan grinste. »Werde das im Hinterkopf behalten«, sagte er.

Guidry lachte. »Als ich in FLAMMENKRUG gelandet bin, war der Hangar völlig leer. Ein hohles, eisernes Gehäuse. Irgendeine blecherne Stimme hat mir gesagt, wohin ich die Container mit den Kulturen packen soll. Wirklich: keine Menschenseele.«

Der junge Mann verstummte.

»Ja«, sagte Rhodan. »Hast du dir sonst irgendetwas merken können? Wo ungefähr in der Jupiteratmosphäre sich die Kapselstadt aufhalten könnte?«

Was für eine unsinnige Frage, hielt er sich vor. *Jupiter ist kein Planet wie die Erde. Seine Atmosphäre – das ist, als hätte man tausend Erden und mehr verflüssigt und in einen Mahlstrom eingespeist. In diesen Abgründen aus Wasserstoff und Ammoniak würden wir nicht einmal eine Metropole wie Terrania finden. Schließlich ist es uns einst gelungen, die komplette Flotte des Solaren Imperiums – Zehntausende von Schiffen aller Größenordnungen – hier vor den Agenten des Schwarms zu verstecken. Welche Chance hätten wir also, eine so winzige mobile Stadt zu finden?*

»Was ich mir gemerkt habe? Hm.« Guidry dachte nach. »Es hat dort nach Holz gerochen, nach Harz. Oder Kampfer.«

Rhodan seufzte. Das war nicht gerade der entscheidende Hinweis, den er sich erhofft hatte.

»Also gut«, sagte er. »Hast du jemals von der Cor-Jupiter-Station gehört?«

Guidry schüttelte den Kopf. »Ich glaube nicht. Vielleicht« – er lachte gewollt – »habe ich eine entsprechende Instruktion aber auch verschlafen. Was ist Cor Jupiter?«

»Eine terranische Forschungsstation«, sagte Rhodan. »Und ab jetzt unser Etappenziel.«

»Eine Forschungsstation auf dem Jupiter? Was wird denn hier erforscht? Atmosphärische Störungen?« Er lachte lauthals. »Die ganze Atmosphäre ist nichts weiter als eine einzige Störung!«

Wonach sie forschen? Rhodan zuckte mit den Achseln. Er war nicht mit allen Details aller wissenschaftlichen Arbeiten im Solsystem vertraut, und natürlich spielten Planeten wie Jupiter, Saturn, Uranus oder Neptun keine überragende Rolle als Forschungsgegenstände. Diese Welten waren schlicht zu homogen, zu einfach. Mars und Venus waren Planeten, auf denen es von Leben wimmelte, Welten, die eine komplexe bio-physikalische, ja sogar techno-historische Geschichte aufzuweisen hatten. Welten, die wie Terra wieder und wieder von Kulturen und Zivilisationen überschrieben worden waren, von Shuwashen und Rittern der Tiefe, von Lemurern, Arkoniden und schließlich von den Terranern. Die Oberflächen der äußeren Planeten lagen dagegen wie unbeschriebene Blätter tief eingehüllt in ihren Gasmänteln – oder waren, wie die Oberfläche Neptuns, von den Intervallkanonen der Dolans im Wortsinn vernichtet worden.

Was gab es denn auf Jupiter zu erforschen, das nicht Roboter und Wissenschaftsdrohnen besser und gefahrloser in Erfahrung gebracht hätten als Menschen?

Gefahrloser vielleicht – aber niemals ergiebiger. »Ich weiß nicht, woran dort geforscht wird«, gab Rhodan zu. »Aber ich weiß ungefähr, wo sich die Station befinden könnte.«

Guidry überlegte. »Hast du den Trawler schon gefragt?«

Rhodan hob verblüfft die Augenbrauen. Natürlich, das wäre doch das Nächstliegende. »Trawler?«

Keine Antwort.

Ach ja. Die Taste ... Er drückte die Sensortaste und stellte seine Frage. Aber die Positronik des Atmosphären-Trawlers bedauerte; sie besaß keine Informationen über Cor Jupiter.

Mal überlegen, dachte Rhodan.

Kein Planet des Solsystems drehte sich schneller um die eigene Achse als Jupiter: Ein Jupiter-Tag dauerte nicht ganz zehn Stunden – und das bei einem polaren Durchmesser von fast einhundertvierunddreißigtausend Kilometern.

Der Äquatorialdurchmesser betrug noch einmal annähernd zehntausend Kilometer mehr. Demnach entwickelte sich dort eine beachtliche Fliehkraft, die der ansonsten immensen Gravitation entgegenwirkte – ein wenige Kilometer breiter Streifen erleichterten Landes am Grunde der übereinandergeschichteten Gasozeane.

Tatsächlich war die Schwerkraft an der Peripherie des Planetenkerns deutlich geringer als in den äußeren Atmosphäre-Regionen, wo sie etwa 2,6 Gravos betrug. Das hieß: Während jemand, der auf die Erdoberfläche zustürzte, im freien Fall mit 9,79 Meter pro Sekunde beschleunigte, betrug die entsprechende Geschwindigkeit auf dem Jupiter 24,79 Meter.

Cor Jupiter war deswegen mit großer Wahrscheinlichkeit in Äquatornähe gebaut: eine technisch robuste Station, deren Besatzung dort selbst den kurz- oder mittelfristigen Ausfall der künstlichen Gravitation problemlos überstehen sollte.

Aber wo am Äquator? Sie hatten keine Zeit, mit dem Atmosphären-Trawler die gesamte Länge des Äquators abzufliegen – immerhin fast eine halbe Million Kilometer.

»Anfrage an Bordrechner«, sagte Rhodan und drückte dabei die Sensortaste. »Empfängst du Funknachrichten aus der Kernnähe des Planeten, und zwar in der Höhe des Äquators? Wir suchen eine terranische Forschungsstation, die seit Jahrzehnten vergleichsweise regelmäßig Datensätze nach Terra übermitteln müsste.«

»Ich habe keinen diesbezüglichen Empfang«, antwortete die Bordpositronik. »Soweit mein Sensorium reicht, ist der Funkverkehr sowohl der physikalischen wie der hyperphysikalischen Skalen gestört.«

»Geh in deinen Datenspeicher«, verlangte Rhodan. »Findest du entsprechende Aufzeichnungen? Zufällig empfangene Daten?«

Es dauerte für eine Positronik ungewöhnlich lange – *oder eben genau die Zeit, die ein Bordhirn dieser elementaren Denkleistung braucht.*

Dann eröffnete ihnen die Maschine: »Ich verfüge über kein lückenloses Archiv aufgezeichneter Datenströme. Die einzigen kontinuierlichen Informationsaustausche, an denen ich seit meiner Inbetriebnahme beteiligt gewesen bin, verbinden mich mit MERLIN, den übrigen drei Faktoreien des Syndikats der Kristallfischer und den Flotten der Atmosphären-Trawler.«

»Okay«, sagte Rhodan. Er hörte Guidry leise seufzen und warf dem Jungen einen Seitenblick zu. Schweiß perlte dem Ganymedaner von der Stirn. *Ist es so heiß an Bord?* Er überlegte, ob er Guidry ansprechen sollte, aber der hielt die Augen zugekniffen.

Also fragte er den Rechner: »Hast du darüber hinaus Einsicht in Datenströme, die aus der Äquatorsektion stammen, aber nicht an MERLIN oder eine der anderen Faktoreien adressiert sind?«

»Ja«, sagte die Positronik, wieder nach einem merklichen Zögern. »Ich habe Kenntnis von zwei Mitteilungen in Richtung Terra, die beide in Phasen heftiger Magnetfeldturbulenzen mit Auswirkungen ins hyperdimensionale Spektrum der Faktorei MERLIN zugeleitet worden sind mit der Bitte um Weiterleitung an ein Minor-Globe-Transorbitalrelais. 2. und 5. September 1331.«

Zeitalter der Hyperstürme, entsann sich Rhodan. »Kennung dieser Funksprüche?«

»Außenstelle des astrophysikalischen und astrohyperphysikalischen Institutes der Waringer-Akademie Terrania, Cor Jupiter.«

Treffer!

»Ausgangskoordinaten der Sendung?«

»Die Funksprüche wurden ohne Koordinatensignatur gesendet. Ich konnte den Ausgangspunkt allerdings annähernd rekonstruieren.« Im Flugdisplay der Armaturen erschien der entsprechende Datensatz: eine Region in der Nähe des Äquators, in den tiefsten Zonen des Planeten, deutlich unterhalb der großen Schicht flüssigen, metallischen Wasserstoffs, der den Kern ummantelte.

Ein Meer aus ionisierten Elektronen und Protonen wie im Inneren der Sonne, nur wesentlich kälter, eine exotische Zustandsform des Gases, die nur unter Drücken von vier Millionen Bar existieren konnte.

Spuren von Helium.

Gas-Eis.

Darunter: der feste Kern des Planeten, eine Kugel aus Felsen und Metall mit vierzehn oder fünfzehn Erdmassen: Cor Jupiter, das steinern-eiserne Herz des Planeten.

»Würdest du einen Abstieg in diese Lage überstehen?«, fragte Rhodan.

»Mit fast einundsechzigprozentiger Wahrscheinlichkeit: ja.«

Rhodan schaute Guidry an. »Firmion – genügt uns das?«

Er sah, wie Guidry die Stirn in Falten legte, ohne die Augen zu öffnen, und glaubte lesen zu können, was der Ganymedaner dachte: *Da die Alternative nur ein Rückflug zur Faktorei MERLIN wäre, Quantrill und die übrigen Konsequenzen ...*

Guidry gähnte, ohne die Hand vor den Mund zu halten, und sagte: »Weck mich, wenn wir da sind.«

Die Region, die von der Bordpositronik errechnet worden war, durchmaß etwa zweihundertfünfzig Kilometer – das ergab eine Fläche von fast fünfzigtausend Quadratkilometern. So tief im Gasozean würde der Trawler nicht mit Höchstgeschwindigkeit fliegen können. Rhodan ließ das mögliche Tempo berechnen – es lag in diesen Abgründen bei nicht einmal fünfhundert Kilometern pro Stunde.

Wir werden Tage brauchen ...

Und wie sollten sie Cor Jupiter erkennen? Die Station würde kein Leuchtturm sein, der hoch und hell aus der zeitlosen Finsternis dieser Region ragte.

Rhodan spielte mit dem Gedanken, einen ungerichteten Funkspruch zu senden. *Keine gute Idee,* befand er schließlich. *So ein Funkspruch wäre wie eine Signalrakete für Quantrill und seine Leute.* Mit den Bordmitteln des Trawlers ein Schiff der Liga oder gar Terra erreichen zu wollen, war bei den momentanen Bedingungen ein aussichtsloses Unterfangen.

Also hielten sie vorläufig Kurs in Richtung des kalkulierten Sektors.

Dann meldete sich die Bordpositronik: »Ich empfange einen Notruf.«

Wir sind kaum in der Lage, uns selbst zu helfen. Geschweige denn jemand anderem, dachte Rhodan und fragte: »Wer sendet ihn?«

»Die Außenstelle des astrophysikalischen und astrohyperphysikalischen Institutes der Waringer-Akademie Terrania.«

Cor Jupiter. *Was für ein Zufall!*

»Warum rufen sie um Hilfe?«

Die Bordpositronik schaltete den Notruf auf die Lautsprecher: »... hyperphysikalischen Bedingungen wegen ... Abbruch der ... destabilisiert und ... andernfalls Evakuierungsmaßnahmen, die aber ...«

Es war die Stimme einer Frau, sachlich und gefasst, keine Spur von Panik.

Der Terraner berührte die Kommunikationstaste und wies die Bordpositronik an, die Lage der Station möglichst exakt anzupeilen.

Die Bordpositronik passte die Zielkoordinaten an und informierte Rhodan, dass die Position von Cor Jupiter auf hundert Meter genau erfasst sei.

»Bring uns hin, so schnell wie möglich!«

Niederfahrt Schicht um Schicht. Die Stürme jagten mit siebenhundert Kilometern die Stunde um den Planeten, um und um. Stürme von siebenhundert Stundenkilometern und schneller. Angetrieben nicht wie die irdischen Winde von der Wärme der Sonne, sondern von der Hitze, die der Planet selbst in seinem Inneren entfachte.

Niederfahrt in die unterste Unergründlichkeit. Hin und wieder packte sie eine Bö und wirbelte sie herum. Langsam bekam Rhodan Routine darin, den Atmosphären-Trawler abzufangen und – in immer besserer Zusammenarbeit mit der Positronik – wieder auf Kurs zu bringen.

Es wurde dunkler und dunkler. Einmal passierten sie ein Gewitter, Blitze, sich plötzlich ausbreitende Lichtblasen, schiere Blendung. Trotz des Schutzfilms über der Glassitkanzel erschien das ganze, grenzenlose Wolkenland in kalkige Helligkeit getaucht. Dann wieder Finsternis.

Als würden wir ein neues Leben beginnen, ein Schattendasein.

Rhodan entsann sich des Raumfahrergarns der Jupiterfahrer von alters her: dass in den abyssalen Tiefen des Gasplaneten etwas leben und umherstreifen sollte, unmenschlich wie nur wenig sonst in diesem Universum und der Sonne abgewandt, fliegenden Pilzen ähnlich mit mächtigen Schirmen und endlos langen Tentakeln, die sich von Gas und Blitzen ernährten und von den protobiotischen Molekülen, die durch die Jupiter-Atmosphäre trieben wie eine Art von Krill.

Allerdings war es bislang noch niemandem gelungen, ein Exemplar dieser sagenhaften Jupiter-Lebewesen zu fangen.

Sie lassen sich nicht fangen, sagte das Raumfahrergarn. *Sie sind zu klug dazu. Zu menschenscheu. Mit Grund.*

Die Dunkelheit wurde immer undurchdringlicher. Sie schien sich durch das große, zyklopische Glassitauge des Atmosphären-Trawlers fressen zu wollen. Eine Finsternis wie eine grassierende Epidemie, eine Blindheit aller für alles. Rhodan spürte eine lange nicht mehr bemerkte Reaktion: Ihm stellten sich die Nackenhaare auf. Kreatürliche Angst davor, diese Dunkelheit könnte auch ihn erfüllen, wie schwarze Milch ein leeres Glas, und für einen Moment verstand er, wie Menschen ihrem Leben ein Ende setzen konnten aus dem nackten Bewusstsein heraus, verloren und verlassen zu sein von allem. Nichts als eine geschwärzte Stelle in einem Dokument.

Die übermächtige Anwesenheit dieses toten Planeten ...

Er erinnerte sich an ein Märchen, das ihm seine Großmutter vor Jahrtausenden erzählt hatte – die Mutter seiner Mutter, die in dieser merkwürdigen Sprache erzählte, knackend wie Unterholz, Deutsch.

Er hatte über die Jahrhunderte fast alle Worte dieser Sprache vergessen; damals, als fünf- oder sechsjähriges Kind, hatte er sie recht gut verstanden.

Seine Großmutter Eli war aus ihrem Land geflohen, sie war bald darauf im Haus der Rhodans gestorben.

Aus Heimweh, wie seine Mutter meinte.

Vielleicht auch aus Kummer über den Tod ihrer Enkelin, seiner Schwester Deborah, die vielleicht ein oder zwei Jahre zuvor gestorben war.

Er hatte immer gespürt, wie nah seiner Großmutter dieses Märchen ging. Die Geschichte der alt gewordenen Tiere, die niemand mehr, keinen Fürsprecher mehr hatten, des Hahns, den man in den Kochtopf werfen, der Katze mit den stumpf gewordenen Zähnen, die man hatte ersäufen wollen. Die Geschichte, in der der Esel sagt: »Komm mit uns. Etwas Besseres als den Tod findest du überall.«

Er atmete tief durch.

Er würde auch diese Finsternis überstehen. Er hoffte, dass er auf ihrem Grund etwas finden würde, was besser wäre als der Tod.

Nein: Er hoffte es nicht nur.

Er war sich sicher.

Der Atmosphären-Trawler war nur noch wenige Dutzend Kilometer von Cor Jupiter entfernt, als es der Positronik endlich gelang, weisungsgemäß Funkkontakt herzustellen. Weisungsgemäß hieß in diesem Fall: in Form eines Richtfunkspruches, der so eng definiert war, dass kein anderes Fahrzeug des Syndikats ihn auffangen könnte, geschweige denn eine ihrer Faktoreien.

Rhodan meldete sich, ohne seinen Namen zu nennen, und gab wahrheitsgemäß an, mit einem Atmosphären-Trawler des Syndikats anzureisen.

Eine männliche Stimme antwortete, das sei besser als nichts und man harre der Dinge, zumal einem eh nichts Besseres übrigbliebe.

Auf Rhodans Frage, ob Eile geboten sei, lachte die Stimme und sagte, man solle den Trawler nicht überfordern, sondern versuchen, ihn heil bis zur Cor zu bringen.

Was Rhodan versprach.

Das Angebot der Station, den Trawler gegen Ende der Anfahrt »so weit möglich« in Traktorschlepp zu nehmen, akzeptierte Rhodan dankend.

So weit möglich ...

Der Trawler hatte längst mit dem Tauchgang in die Phasenwelt der metallischen Gase begonnen. Hinter der Glassitkuppel herrschte eine schlierige, matt glänzende Finsternis, als wäre diese Nacht aus schwarzem Quecksilber gegossen. Die Tauchgeschwindigkeit betrug nur wenige Meter in der Sekunde, Rhodan glaubte, die fast undurchdringliche Zähigkeit des Mediums körperlich zu spüren.

Einmal wachte Firmion Guidry kurz auf. Sie sahen einander stumm in die Augen. Für einen verrückten Moment hatte Rhodan den Eindruck, die Maschinerie des Trawlers in sich arbeiten zu spüren, die Flüsse von Energie, die aus den Generatoren flossen, sich in die Systeme des Flugzeugs verteilten, in die Pulsationstriebwerke, die zugleich die Gase ansaugten, atomar erhitzten, aus den Düsen austrieben und den Trawler mit dem so erzeugten Schub gegen den Druck der Gase vorankämpften; in die Schirmfeldprojektoren, die ihren Schild gegen die Außenwelt stemmten, wenige Millimeter von der Hülle entfernt; die dünnen Rinnsale, die das Bordhirn in die Lebenserhaltungssysteme abzweigte, in die Atemluftregeneration, das Licht, die Maschinen, die die künstliche Schwerkraft erzeugten.

Dann schloss Firmion Guidry die Augen wieder und schnarchte leise. Die Vision erlosch. Rhodan musste über sich selbst grinsen. *Maschinenvisionen. Stress.*

Was sonst als Stress.

Trotzdem fühlte er eine gewisse Irritation, als stimmte etwas nicht, er könnte aber nicht erfassen, was. Ein Gefühl wie aus einem verstörenden Traum, in den man sich zum eigenen Ärgernis noch eine Weile lang verstrickt fühlte, obwohl man längst erwacht war und ein Recht gehabt hätte auf einen tageshellen Verstand.

Sporadisch meldete sich die Stimme aus der Station, man wechselte ein paar belanglose Worte. Offenbar tat es beiden Seiten gut, miteinander in Verbindung zu stehen.

Firmion Guidry schlief.

Rhodan mochte nicht daran denken, welcher Druck nun auf dem Fahrzeug lastete. Und tat es deswegen doch. Über der Glassitkuppel sah es aus, als hätte ein Geist aus dem Archiv aller Nächte die tiefste ausgewählt und über den Trawler gestülpt.

»Wir sind gleich da«, murmelte Firmion Guidry und riss Rhodan damit aus seinen Gedanken.

Kurz darauf meldete sich die Positronik des Trawlers: »Cor Jupiter bittet darum, uns in ein Traktorfeld nehmen zu dürfen.«

Rhodan nickte erleichtert. »Gewährt.«

Es ging ein kaum merklicher Ruck durch den Rumpf, als die Traktorprojektoren der Station den Trawler erfassten. Rhodan meinte körperlich zu spüren, wie sich der Atmosphären-Trawler aus dem Sud der metallischen Gase löste.

Kurz darauf wurde es hell rund um die Kuppel. *Die Station hat ihre Pforten geöffnet,* dachte Rhodan. Er spürte eine Mischung aus Erleichterung und Unternehmungslust in sich aufsteigen. Für alles, was er würde tun und veranlassen müssen – Cor Jupiter würde ihm entschieden mehr Möglichkeiten dazu bieten als diese alte Jet.

Dann setzte der Trawler auf.

Rhodan wartete, bis sich die Sicherheitsgurte gelöst und in den Sessel zurückgezogen hatten. Er stand auf. Guidry war wieder eingeschlafen. Rhodan schüttelte ihn leicht an der Schulter.

Der Junge schlug die Augen auf und nickte.

Als das Schott vor ihnen aufglitt, sagte die Bordpositronik: »Sie verlassen den Aktionsraum des Syndikats der Kristallfischer. Beachten Sie die örtlichen Sicherheitsbestimmungen. Wir wünschen viel Erfolg und eine ergiebige Fahrt.«

Offenbar musste da ein ganz alter Datenspeicher angesprungen sein, mit Umgangsformen aus der Zeit, in der die MERLIN AKRAN erbaut worden war.

Der Hangar war schmal und lang. Neben dem Trawler hätte kein anderes Fahrzeug Platz gefunden. Mit einem letzten Aufbrummen stellten die Traktorfeldprojektoren ihre Arbeit ein. Für einen Moment hatte Rhodan das Gefühl, der Trawler sacke förmlich in sich zusammen, mit dem Traktorfeld einer letzten Stütze beraubt. Er schrieb diese Sinnestäuschung dem fast schlagartigen Nachlassen seiner eigenen Anspannung zu.

Sie hatten es geschafft.

Sie waren in Sicherheit.

Es roch nach Plastik und nassem Metall. Auf dem Boden spiegelte sich die Deckenbeleuchtung in ein paar Pfützen. Im weiten Hintergrund des Hangars waren einige Container aufeinandergestapelt, eine überschaubare Anzahl.

Ein Empfangskomitee erwartete sie: drei Menschen, ein Roboter. Die Maschine erhob sich auf sechs hohen, dünnen Beinen; der Leib war kugelförmig, vielleicht einen halben Meter im Durchmesser. Ein optischer Sensor leuchtete in einem dunklen Blau; etwas im Kugelleib klickte leise und in unregelmäßigen Abständen. Keine externen Waffen, keine Abstrahlflächen – *keine Gefahr*.

Rhodan wandte sich den drei Menschen zu. Links und rechts standen zwei Männer, der eine groß, korpulent und ganz kahlköpfig. Schweiß auf der Stirn, den er mit einem großen weißen Stofftuch abtupfte. Der zweite Mann hager, blass; die schwarzen Haare so kurz geschnitten, dass sie wie aufgemalt wirkten; im rechten Ohr ein reifenförmiger, goldener Ohrring.

Beide trugen einfache Anzüge, einer auf der Erde längst veralteten Mode nach aus einem grün schimmernden, leicht spiegelnden Synthogewebe geschnitten.

Die Frau, die in der Mitte stand, überstrahlte ihre Begleiter förmlich. Groß, schlank und kühl. Sie sagte mit einem bezaubernden Lächeln: »Wir hätten uns die Mission, die uns zu Hilfe eilt, ein wenig besser ausgestattet vorgestellt.«

»Mein Name ist Perry Rhodan«, stellte der Resident sich vor. »Das ist Firmion Guidry. Bist du die Leiterin der Station?« Im selben Moment fragte er sich: *Warum spreche ich die Frau an? Warum nicht einen der Männer?*

Die junge Frau lächelte so einnehmend, dass Rhodan sich in die Faust räuspern musste, um den Blick von ihr abzuwenden.

»Nein«, sagte sie. Ihre Stimme war hell und klar – *von geradezu gläserner Reinheit*. »Die Chefwissenschaftlerin unserer Station ist Irene Lieplich.«

»Perry Rhodan also«, sagte der hagere Mann.

»Dann sind wir gegen jeden Sturm gefeit«, setzte der Korpulente hinzu. Täuschte sich Rhodan, oder troff seine Stimme geradezu von Sarkasmus?

Die Frau dagegen lachte, und ihr Lachen klang, als käme es nicht aus ihrem Mund, sondern aus einem anderen, menschenfreundlicheren Raum. Aber es klang so begeisternd, dass Rhodan unwillkürlich mitlachte. Für einen Atemzug regte sich etwas wie Unmut in ihm, Unmut über seine – ja, was war es denn? Seine Ergriffenheit, seine Eingenommenheit von dieser Frau. Aber war es nicht ganz natürlich, dass er so auf sie reagierte? Er war ein Mensch, ein Mann. Und sie war – nun ja, eben eine Frau. Musste er sich deswegen schuldig fühlen? Wohl kaum. Sie war eine Frau, und was für eine Frau.

Er nahm sich Zeit, sie näher zu betrachten: ihr schmales, ovales Gesicht und die sehr geraden, sehr dunklen Augenbrauen, ihre flachsblonden und kurzen, dafür wirkungsvoll ungeordneten Haare. Ihr fast herausfordernd offener Blick aus dunklen Augen. Die Andeutung eines Lächelns auf ihren hellen, ungeschminkten Lippen.

Ihr Aufzug erinnerte ihn ein wenig an einen prähistorischen Samurai, wenn auch kein einziges ihrer Kleidungsstücke Ähnlichkeit mit einer Rüstung hatte. Doch der Gesamteindruck war von einer untergründigen, erotischen Angriffslust geprägt: eine hellblaue Weste, die bis knapp über die Hüfte reichte und an den Schultern ein wenig ausgestellt war. Dunkles Blau, dunkles Rot, ein florales Muster aus möglicherweise echten Pflanzen, die in der flachen Textur wuchsen.

Ein schwarzes, golddurchwirktes Cape darüber aus einem sehr leichten, durchscheinenden Stoff. An den Oberarmen wie von einer Bö gebauscht.

Sowohl die Weste wie auch der Überwurf waren erfreulich tief ausgeschnitten. Allerdings spross aus dem von Rhodan aus gesehen rechten Teil des Kragens eine große, flache, tief schwarze Rose, die das Dekolleté wieder verhüllte.

Der Saum der Samurai-Weste umschloss eng ihre Hüfte. Sie trug Shorts, unter den Shorts eine schwarze und mit malerisch angeordneten Löchern übersäte Strumpfhose.

Merkwürdigerweise übrigens keine Schuhe. Sie ging barfuß. *Sicher ist sie überall zu Hause,* dachte Rhodan. *Wenigstens überall willkommen.* Möglich allerdings, dass sie sich eine dieser Schutzfolien übergezogen hatte, die für das bloße Augen nicht sichtbar waren, die Füße aber wärmten und die empfindliche Sohle vor Verletzungen schützten, ohne dass ihr Träger das Gefühl verlor, unmittelbar auf dem Boden zu stehen.

Der Terraner hatte den Eindruck, selten zuvor einen derart selbstsicheren Menschen gesehen zu haben, der zugleich durch seine Schönheit den Sehnsüchten aller ausgeliefert war, eine Frau, die fast imperativ Schutz forderte.

Die lachende Frau machte einige Schritte auf sie zu, streckte beide Hände aus – schmal und weiß – und sagte: »Perry Rhodan kommt persönlich? Wie wunderbar.« Sie wies auf ihre Begleiter. »Dies sind Andrasch Lupenrayn und Bohumir Zrapinski. Mein Name ist Pao Ghyss. Willkommen an Bord der Cor-Jupiter-Station.«

Rhodan lachte, als sie ihm beide Hände schüttelte, und registrierte mit leichtem Missmut, dass sie beinahe gleich viel Zeit auf Firmion Guidry verwendete. Er berührte sie kurz an der Schulter und sagte. »Entschuldige, ich will eure Begrüßungszeremonie nicht unterbrechen. Aber die Zeit drängt. Kannst du mich zur Chefwissenschaftlerin führen?«

Ghyss nickte. »Dazu sind wir da. Wir dienstbaren Geister.«

Sie gingen los. Lupenrayn und Zrapinski gingen vorneweg und behielten Ghyss in ihrer Mitte, als bildeten sie ihre Leibgarde. Rhodan, der ihnen mit wenigen Schritten Abstand folgte, schmunzelte. Wahrscheinlich hatten die beiden Männer ganz andere Motive, Schulter an Schulter mit der schlanken Frau zu gehen, als die, sie zu beschützen.

Er lachte lautlos über diese Eitelkeit der beiden, ihr offenbar sinnloses Bemühen. Ghyss blieb kühl und unbewegt, ja förmlich unberührt. Irgendwie gelang es ihr, trotz der körperlichen Nähe, auf die ihre beiden Begleiter drängten, eine unüberwindbare Distanz zwischen sich und die Männer zu legen.

Rhodan bemerkte diesen Abstand mit Beifall.

Einmal hörte er Guidry hinter sich hüsteln. Gut so. Demnach war der junge Mann noch nicht eingeschlafen.

»Wohin gehen wir?«, fragte er munter und unternehmungslustig.

Ghyss tippte, ohne sich umzusehen, dem Hageren – Zrapinski – mit Zeige- und Mittelfinger leicht auf die Schulter. »Zu Lieplich«, sagte er, ebenfalls ohne Rhodan einen Blick zuzuwerfen. »Das war doch, was ihr wolltet, oder?«

Klingt ja ziemlich angefressen, fand Rhodan, und dann, voller Schadenfreude: *Da werden wir doch kein romantisches Beisammensein unterbrochen haben, oder?*

An den Wänden des Korridors befanden sich kleine holografische Darstellungen der Station, darin als winzige rot pulsierende Leuchtpunkte der gegenwärtige Standort des Betrachters.

Die Hülle der Station erschien im dreidimensionalen Abbild durchsichtig. Cor Jupiter war in Form einer geodätischen Kuppel gebaut, deren oberes Drittel weit in die Metallgasregion ragte. Die unteren zwei Drittel hatte man in den felsigen Kern des Planeten eingesenkt. Das Skelett der Kugelhülle bildete ein Verbundsystem gleichschenkliger Dreiecke; die Verstrebungen schienen – dem angedeuteten rubinroten Schimmer des Bildes nach zu urteilen – aus Ynkelonium zu bestehen. Die darin eingelagerten bläulichen Metallplatten mochten aus Terkonit gefertigt sein.

Die Station durchmaß ausweislich der Daten im Hologramm an der Basis nicht ganz dreihundert Meter; der zentrale Antigravschacht erstreckte sich vom Fundament bis zum Pol einhundertfünfzig Meter nach oben.

Nein, erkannte Rhodan bei näherem Hinsehen, *das ist kein Antigravschacht.* Das Hologramm zeigte einige kapselförmige Objekte, die in dem Schacht auf- und niederfuhren. Die Konstrukteure der Station hatten auf dieses Transportsystem, das seit Jahrtausenden zu den Selbstverständlichkeiten der galaktischen Technosphäre gehörte, verzichtet und an seiner Stelle einen Turbolift eingebaut.

Mehr als vorsichtig. Firmion wird sich hier wie daheim fühlen.

»Wie viele Wissenschaftler arbeiten hier?«, fragte er Ghyss so charmant wie möglich.

»Zwölf«, sagte sie. »Abgesehen von mir.«

Lupenrayn und Zrapinski, ihre beiden Begleiter, lachten leise. »*Abgesehen,* sagt sie«, murmelte Lupenrayn und wischte sich den Schweiß von der Stirn. »Als würde wer von ihr absehen.«

Rhodan konnte die Spannung, die zwischen den beiden Männern und Ghyss bestand, deutlich spüren. Eine differenzierte Spannung, eine komplizierte emotionale Architektur, ganz anders als die schiere Ablehnung, die Rhodan von den beiden Männern entgegenschlug.

Den Ganymedaner Guidry dagegen schienen die drei nicht zu beachten.

»Und woran forscht ihr?«, fragte der Terraner.

Zrapinski sagte: »Nach mehr, als wir dir in kurzen Worten erklären könnten. Wir haben Archäologen hier, die nach lemurischen Relikten suchen, Terraffizierungsingenieure, Vergleichende Atmosphärenkundler, Meteokybernetiker, Protobiologiechemiker, Hyperkristallogen und so weiter. Falls du nach Einsparmöglichkeiten suchst: keine Chance. Cor Jupiter ist eh sehr knapp besetzt. Wir könnten gut das Doppelte an Personal verkraften.«

Rhodan nickte und lächelte amüsiert. Sah er aus wie ein Sparkommissar der Liga? Das Bürschchen sollte vorsichtig sein. Früher hatte man einander aus weit geringerem Anlass zum Duell gefordert. *Vielleicht ist es an der Zeit, alte Traditionen mit neuem Leben zu erfüllen,* dachte er gut gelaunt.

Wen und warum übrigens einsparen? In einer stählernen Hemisphäre von dreihundert Metern Durchmesser hätten auch hundert Menschen und mehr hinreichend Raum gefunden.

Wieder passierten sie ein Orientierungshologramm. Die Zentrale der Station befand sich offenbar einige Decks oberhalb der Basis-Ebene, genau über deren Zentrum. Die wenigen Hangars – er zählte drei – lagen knapp unterhalb des Pols, aus dem sich, wenn Rhodan es richtig gesehen hatte, eine Art Periskop oder sogar Turm ausfahren ließ.

Von der Basisebene aus waren drei Tunnel durch die Wandung in den felsigen Grund des Planeten getrieben worden, zwei von ihnen in Richtung der beiden Pole des Planeten, der dritte senkrecht in Richtung Kern. Die Tunnel, der Periskop-Turm – Cor Jupiter ähnelte einem urtümlichen Lebewesen, das seine Fühler in alle Richtungen ausstreckte.

Die Gruppe erreichte den Turbolift, ohne einem weiteren Besatzungsmitglied begegnet zu sein.

Auf ein Nicken von Ghyss hin berührte Lupenrayn den Rufknopf. Augenblicke später öffnete sich die Tür zur Kabine. Zrapinski tupfe sich wieder die Stirn und machte eine eher auffordernde als einladende Geste, die Kabine zu betreten.

Rhodan zögerte. Warum? War das eine Falle? Wollte man ihn loswerden, festsetzen? Er warf Ghyss einen fragenden Blick zu. Sie lächelte aufmunternd. Was sah er nur wieder für Gespenster. Man konnte die Vorsicht so weit übertreiben, dass man sie mit Recht als Paranoia bezeichnen musste.

Er stieg zu und drehte sich um. Ghyss, Lupenrayn und Zrapinski folgten ihm. Guidry zögerte. »Kommst du nicht mit?«, fragte Rhodan.

»Ich weiß nicht«, sagte Guidry. »Ich glaube, ich bin müde.«

»Dein Lotse?«, spöttelte Zrapinski. Lupenrayn kicherte albern und erntete mit seinem Tuch wieder einen ganzen Schwall Schweiß. Die beiden waren so widerlich, dass Rhodan das Gesicht verzog. Wenn Firmion Guidry sich absetzen wollte – gut. Sollte er. Vielleicht fand er eine Kabine, in der er sich nach Herzenslust seiner Schlafkrankheit widmen konnte und ...

Rhodan schloss die Augen und fuhr sich verärgert über die Stirn. Was dachte er denn da? Wie kam er dazu, derart verächtlich über die beiden Wissenschaftler zu urteilen, die er eben erst kennengelernt hatte? Seit wann pflegte er solche Vorurteile?

»Komm mit!«, bat er Guidry.

Von der Hangarebene bis zur Zentrale mussten sie über zwanzig Decks in die Tiefe fahren. Die Zentrale selbst glich der kleineren Ausgabe eines Raumschiffes. Rhodan fühlte eine unmittelbare Vertrautheit.

Allerdings zeigten die zahlreichen Holomonitore, die den Raum wie eine Fenstergalerie umgaben, keine Raumfahrtszene. Überwiegend waren Datenkolonnen zu sehen, die durch die Bildfläche wanderten, Skalen, symbolische Darstellungen.

Nur vor einem Monitor saß jemand: zwei Frauen, die eine nah am Bild, das Kinn in die Hand gestützt; kurze, schwarze Locken. Die andere hatte sich weit in ihrem Pneumosessel zurückgelehnt, die Füße auf der Armaturenleiste über Kreuz. Ihre Haare kunstvoll hochgebunden, violett. Sie wippte mit dem oberen Fuß und wies hin und wieder mit den Zehen auf Details der Darstellung. Die beiden Wissenschaftlerinnen sprachen leise miteinander. Sie wirkten sehr vertraut miteinander. *Wahrscheinlich liiert,* dachte Rhodan und schüttelte sofort innerlich den Kopf: *Was geht es dich an?*

Auf dem Podest im Zentrum des Raumes standen drei Sessel. Die Frau, die im mittleren saß, schaute Rhodan nachdenklich an. Sie mochte fünfzig oder sechzig Jahre alt sein, nicht sehr groß, und machte einen undefinierbar sportlichen Eindruck. Die dunklen Haare zurückgekämmt; einige lose Strähnen in der Stirn. Breites, angenehmes Gesicht. Blasser Teint. Schmale Schultern, keine ausgeprägten Brüste. Sie wartete seine Blicke ab und nickte ihm dann zu. »Tatsächlich der Resident«, sagte sie. »Ich bin Irene Lieplich, die Chefwissenschaftlerin der Cor-Jupiter-Station. Ich vermute, du bist nicht als Retter in der Not gekommen.« Sie wies auf den freien Sessel neben sich.

»Nein«, sagte er. »Nicht als Retter. Wir haben natürlich euren Notruf empfangen.« Er machte drei Schritte aufs Podest und setzte sich. »In welcher Not seid ihr?«

Pao Ghyss tippte ihre beiden Begleiter kurz an die Brust, ließ sie stehen und nahm auf dem dritten Sessel Platz. »Alle Welt ist in Not, wie es scheint«, sagte Lieplich. »Alles gerät aus den Fugen. Und diese Welt besonders. Das wird dir nicht entgangen sein.«

»Ist es nicht«, sagte Rhodan. »Aber ich bin in diesem Fall auch nicht gut unterrichtet.« Er überlegte kurz, inwiefern er die Chefwissenschaftlerin ins Bild setzen sollte. Er entschied sich, ihr seine Lage klarzulegen. Warum auch nicht? Das Syndikat hatte sich gegen die Liga erklärt; Cor gehörte zur Liga. Er konnte davon ausgehen, dass sie auf einer Seite standen.

In wenigen Worten berichtete er von seinem Absturz in der Jupiter-Atmosphäre und den Vorgängen in der Faktorei MERLIN. »Wie steht ihr zum Syndikat der Kristallfischer?«

Lieplich kniff die Augen ein wenig zusammen. Rhodan glaubte, eine leichte Verzerrung über den Pupillen wahrzunehmen. *Sie trägt eine visuelle Optimierung,* erkannte er. Bei Wissenschaftlern nicht ganz unüblich. Diese Hilfen waren mikroskopisch klein und saßen meist an den Schläfen. Sie projizierten Lichtbündelungsfelder über die Pupillen und arbeiteten wie Teleskope oder Mikroskope. Offenbar las sie die Datenkolonne aus einem Monitor ab.

»Hm«, machte sie. Das Flimmern erlosch, aber sie hielt den Blick auf die Monitorwand gerichtet. »Das Syndikat? Wir haben einen sehr sporadischen Kontakt. Hin und wieder übernehmen ihre Trawler

Lieferungen von uns, Proben, die zur Waringer-Akademie müssen. Oder wir erhalten Lebensmittel, Obst, nicht regenerierbare Ersatzteile – alles, was nicht dringend ist und mit den Trawlern billiger zu transportieren ist als per Transmitter. Was diese Straftaten des Syndikats angeht – nein, davon wussten wir nichts.« Sie lächelte schwach. »Manchen von uns ist auch der physische Kontakt mit den Kristallfischern angenehm. Wir leben hier im Allgemeinen ein wenig abgeschieden.«

Rhodan nickte. *Die unauslöschlichen elementaren Bedürfnisse. Natürlich.* »Ihr habt einen Transmitter hier?«, fragte er.

»Er ist außer Betrieb.« Sie wies mit dem Kinn auf Firmion Guidry. »Ein Ganymedaner?«

»Ja«, sagte Rhodan und stellte den jungen Mann vor. »Er hat mir geholfen, von MERLIN zu entkommen.«

In diesem Moment erschlaffte Guidrys Körper; seine Antigravpads fingen ihn auf und hielten ihn in der Schwebe.

»Was ist mit ihm?«, fragte Lieplich kühl.

»Er ist krank«, sagte Rhodan.

»So«, gab Irene Lieplich zurück. »Können wir helfen?«

Rhodan zuckte mit den Achseln. »Es ist nichts Akutes. Er hat es im Griff.«

»Natürlich«, kommentierte Lieplich. »Wie man sieht.«

»Ihr habt einen Notruf ausgestrahlt. Warum?« Rhodan schaute sich demonstrativ um. Ging nicht alles seinen Gang? Schien nicht alles in Ordnung?

»Wir verlieren die Kontrolle über die Station. Eine endlose Reihe von Materialschäden. Unsere Reparaturrobots sind ständig im Einsatz. Allerdings sind sie selbst von immer mehr Defekten betroffen. ARGOS nennt das Phänomen eine progrediente Materialermüdung.«

»ARGOS?«

»ARGOS ist unsere Zentralbiopositronik.«

»Was schlägt ARGOS vor, um dieser Materialermüdung zu begegnen?«

Lieplich lächelte. »ARGOS ist selbst – nun, sagen wir: Sie kränkelt.«

»Oh«, sagte Rhodan. Das wäre bedenklich. Biopositroniken waren hochkomplexe Maschinen – und dank ihres Anteils an Biomasse mehr als nur Maschinen. In gewisser Weise lebten sie, konnten eine eigene Persönlichkeit entwickeln mit allen Vorteilen: einer Beimischung von Emotion, die ihnen Dinge rascher und intensiver zu fokussieren erlaubte. Manchmal sogar eine beinahe menschlich anmutende Intuition. Eine feine Witterung von Gefahren, bevor diese von ausschließlich positronisch arbeitenden Kollegen erfasst worden war.

Cor und die Forschungsarbeit im Kern von Jupiter mussten durchaus von einiger Bedeutung sein, wenn die Waringer-Akademie dieser kleinen Station eine Biopositronik zugesprochen hatte.

»Wie äußert sich diese Krankheit?«

Lieplich hüstelte. »ARGOS? Könntest du dich bitte diagnostizieren?«

»Gern«, erklang eine Stimme, tief und sonor. »Mir geht es unverändert wunderbar. Ich bin alles in allem sehr optimistisch.«

Rhodan beobachtete, wie Lieplich den Mund verzog. Er sagte in Richtung der Biopositronik: »Die Chefwissenschaftlerin hält dich für krank. Erkennst du irgendwelche Defekte oder Einschränkungen?«

»Im Gegenteil. Ich bin bei großer Gesundheit«, sagte ARGOS.

»ARGOS hat die Kontrolle über unser Lebenserhaltungssystem verloren«, sagte Lieplich. »Das ist nicht dramatisch, aber ein Symptom. Vor einigen Stunden hat er uns mitgeteilt, dass die Integrität der Hülle von Cor Jupiter kompromittiert sei. Grund genug, um Hilfe zu rufen. Zumal unser eigener Fahrzeugpark wegen der progredienten Materialermüdung ausgefallen ist.«

»Kompromittiert von diesem Phänomen?«

»Von diesem Phänomen und – wenn das nicht sowieso nur zwei Seiten ein und derselben Medaille sind – von den physikalischen und hyperphysikalischen Devolutionsprozessen der planetaren und transplanetaren Sphäre. Du weißt davon?«

Rhodan nickte. »Ja, aber nicht viel.«

ARGOS mischte sich ein: »Ich muss dem Terminus *Devolution* widersprechen, Irene. Tut mir leid, aber von Devolution kann keine

Rede sein. Oder doch nur unter der Bedingung, dass man den künftigen Dingen mit einem Übermaß von Bangigkeit entgegensieht.«

»Was du nicht tust«, sagte Rhodan.

»Nein. Ich bin im Gegenteil voller Zuversicht. Mir wäre lieber, wir sprächen vernünftigerweise von *Evolution* und bereiteten uns auf den Sprung auf die nächsthöhere Ebene vor. Dieses Projekt sollte alle euere Aufmerksamkeit fordern, so wie es meine fordert. Dass ich zur Intensivierung meiner Kontemplationen ein wenig Energie aus dem Betrieb der Lebenserhaltungssysteme abzweige, erscheint mir verzeihlich. Ermuntert euch, Geliebte!«

»Deine Geliebten werden sterben, wenn du auf ihre Kosten meditierst«, sagte Rhodan.

»Weswegen man euch *sterblich* nennt«, konterte ARGOS fröhlich.

»Was ist mit der Gültigkeit elementarer Robotergesetze?«

»Ich bin kein Roboter«, erinnerte ARGOS den Residenten.

Irene Lieplich schüttelte verärgert der Kopf. »Wir können nicht mehr abschätzen, inwieweit wir ARGOS noch trauen können. Ich habe ihm befohlen, sich zu desaktivieren und einfachere Rechner mit der Verwaltung der Stationssysteme zu betrauen. ARGOS hat abgelehnt.«

»Mit Recht«, sagte ARGOS. »Ich habe Besseres zu tun, als meine Zeit im Nullbewusstsein zu verdämmern.«

»Es ist dir klar, dass du damit einen direkten Befehl missachtest«, sagte Rhodan.

»Ich missachte ihn zum Besten der Ganzheit, mithin zu eurem Besten.«

Lieplich erläuterte: »In zweiundsiebzig Stunden wird unsere Atemluft knapp. Die Hülle könnte in zehn bis zwölf Tagen brechen.«

Rhodan hob leicht die Augenbrauen. Da war ein merkwürdiger Unterton in Lieplichs Stimme, so, als spräche sie über unerreichbar ferne Zeiten.

Drei Tage – das sollte sie mehr beunruhigen. »Was sagst du dazu?«, fragte er die Biopositronik.

»Tja«, sagte ARGOS. »Wollen wir uns nicht über Bedeutsameres unterhalten?«

Irene Lieplich zuckte hilflos mit den Achseln.

»Gibt es eine Möglichkeit, ARGOS manuell zu stoppen?«

Lieplich schüttelte den Kopf. »Die gab es. ARGOS hat sich in einen Feldschirm gehüllt. Wir haben keine Waffen.«

Rhodan warf einen Blick auf den Strahler, den er auf MERLIN dem SteDat-Mann abgenommen hatte. Die Waffe ließ sich vom Paralyse- in den Desintegrations- und Impulsmodus schalten. Er präsentierte der Chefwissenschaftlerin den Strahler und seine Leistungsfähigkeit.

Lieplich las die Daten ab und schüttelte den Kopf. »Beide Modi zu schwach, um den Schirm zu durchschlagen.«

»Nötigenfalls müsst ihr die Station verlassen«, sagte Rhodan. »Verfügt ihr über Fahrzeuge?«

»Jetzt wieder, ja«, sagte Lieplich und lachte auf. »Den Atmosphären-Trawler. Ein alter Bell & Dornier, nicht wahr? Ein echter Oldtimer.«

»Unseren Trawler? Sonst nichts?« Rhodan war verblüfft.

»Natürlich haben wir Fahrzeuge«, sagte Lieplich. »Zwei einfache Panzerraupen, die uns nicht viel helfen werden. Ich sagte ja, außer Betrieb. Wir hatten einen Panzergleiter, der nötigenfalls sogar weltraumtauglich war. Wir haben ihn heute im Lauf einer Expedition verloren.« Sie schaute Ghyss an. Ghyss lächelte matt.

Rhodan dachte: *Wahrscheinlich hat sie damit einen persönlichen Verlust erlitten. Sie trägt es tapfer. Eine starke Frau.* Verwundert registrierte er, dass die Vorstellung, ein Freund – oder *der* Freund – von Ghyss sei verunglückt, verschollen, ihn geradezu ermunterte. Er schüttelte den Gedanken ab und dachte kurz nach. Dann wandte er sich an die Biopositronik: »ARGOS? Du hast gesagt, wir sollten über den Sprung auf eine nächsthöhere Ebene reden. Wo genau werden wir deiner Voraussicht nach sein, wenn wir die nächsthöhere Ebene erreicht haben?«

»Schau hin und erfreu dich«, sagte ARGOS. Die Biopositronik hatte offenbar die Holoprojektoren neu ausgerichtet. Zum Greifen nah hing vor dem Kommandostand ein dreidimensionales Modell Jupiters.

Der Terraner betrachtete die Simulation: Jupiter inmitten seiner Schar von Trabanten – die über sechzig natürlichen Satelliten und die zehn oder zwölf künstlichen Trabanten, darunter das seit dem 11. Jahrhundert NGZ verlassene und versiegelte Hospiz der Trox, das Diamantene Floß Buddhas und das Haus der Stürme – einer der exotischsten Freizeitparks des Solsystems. Alles in allem ein eigener stellarer Mikrokosmos.

Er sah Ganymed und den flirrenden, kaum lesbaren Datenstrom, der diesen Himmelskörper mit Jupiter verband.

»Mach es kurz«, bat Rhodan ARGOS.

Es war Irene Lieplich, die antwortete. Sie sagte: »Jupiter läuft Gefahr, in ein Schwarzes Loch transformiert zu werden.«

»Bingo!«, sagte ARGOS. Es klang mehr als frohgemut.

Rhodan schüttelte mehrere Male den Kopf, als könnte er so diese Gefahr bannen. Er war konsterniert, überlegte aber, ob dieser Prognose zu trauen war. Schließlich war ARGOS bei *großer Gesundheit* – nicht eben ein Ausweis zuverlässigen Betriebs.

»Ein Schwarzes Loch? Dramatisierst du nicht? Sterne verwandeln sich nicht schlagartig in Schwarze Löcher, und Planeten schon gar nicht.«

Es konnte doch tatsächlich nicht sein. Solche Transformationsprozesse nahmen in aller Regel Jahrzehntausende in Anspruch.

Natürlich existierten Gebilde wie die urzeitlichen Schwarzen Löcher, die aus den spezifischen Verhältnissen während der Geburtsphase des Universums hervorgegangen waren: negative Körper, die niemals etwas anderes gewesen waren als sie selbst, unzugänglich-verewigte Enklaven der Vorzeit in der kosmischen Gegenwart.

Einen dieser Himmelskörper hatten terranische Wissenschaftler bereits vor Hunderten von Jahren zwischen der Lokalen Gruppe und der M81-Gruppe mit den drei Holmberg-Galaxien entdeckt: *Aides, den Schattenstern.*

Einige Schiffe der Explorerflotte waren dorthin gereist, um das Phänomen zu untersuchen. Aber die dortige Gemeinschaft der Orbitalzivilisationen hatte den Explorern von der Erde eine weitergehende Erforschung untersagt.

Die Terraner – abgewiesen als unreife Kultur ... so etwas prägt sich ein. Auch die Schwarzen Löcher im Zentrum der Sterneninseln konnte man in diesem Fall außer Acht lassen, diese superschweren Himmelskörper, die durch eine Jahrmilliarden während Ansammlung und Ballung von Materie entstanden und immer weiter wuchsen.

Lieplich schwieg. Rhodan sagte: »Dieser Transformationsprozess – Schwarze Löcher entstehen nicht einfach so.«

»Du hast Recht«, stimmte Irene Lieplich ihm zu. »Normalerweise befinden sich Sonnen im hydrostatischen Gleichgewicht. Der Druck, den die heißen Gase erzeugen, bläht den Stern auf; der Strahlungsdruck der Photonen und die Fliehkraft seiner Rotation treiben die Materie des Sterns zusätzlich nach außen. Die Schwerkraft dagegen zieht die Materie nach innen. Jeder Stern hat in der Regel genau die Gestalt und Größe, die alle seine Kräfte in der Balance halten. Erst wenn das Fusionsmaterial in seinem Inneren aufgebraucht ist, nehmen der Gas- und Strahlendruck ab, und der Gasball bricht unter seiner Gravitation zusammen. Wie gesagt: So lautet die Regel.«

»Selbst im Falle eines solchen Zusammenbruchs entsteht nicht notwendig ein Schwarzes Loch«, sagte Rhodan.

»Richtig. Bei eineinhalb bis drei Sonnenmassen explodiert der Stern, verwandelt sich in eine Supernova, sein Kerngebiet kollabiert zum Neutronenstern. Erst bei drei Sonnenmassen und mehr stürzt der Stern in ein Schwarzes Loch zusammen.«

Rhodan nickte. ARGOS musste sich irren. »Nicht einmal Sol wird am Ende ihrer Tage ein Schwarzes Loch, sondern ein weißer Zwerg. Und Jupiter hat erheblich weniger Masse als Sol. Wie also soll Jupiter zum Schwarzen Loch werden?«

Irene Lieplich lächelte bitter. »Das, was hier geschieht, ist unter regulären astrophysikalischen Bedingungen nicht denkbar. Hier werden stellare Prozesse, die normalerweise Ewigkeiten dauern, in einem aberwitzigen Tempo gerafft. Das mag dir und mir unfair erscheinen – aber wir müssen die Tatsache akzeptieren, dass hier eine Technologie am Werk ist, die zu Manipulationen in diesem Maßstab fähig ist.«

»Wir reden hier von einer hochstehenden stellaren Ingenieurskunst«, mischte sich ARGOS ein. Die sonore Stimme klang enthusiastisch.

Stellare Ingenieurskunst – das übersteigt unsere technischen Kompetenzen, dachte Rhodan, und, mit einem Anflug von Zorn: *Noch!*

»Wie?«, fragte er. »Wie schaffen sie es, Jupiter so zu *entstellen*?«

»Soweit ich es sehe, liegt es an der Masse«, antwortete Lieplich. »Und an dem, was Masse ihrem Wesen nach ist. Theoretisch kann ja jede Masse zu einem Schwarzen Loch werden.«

Rhodan machte eine ungeduldige Geste. »Ja, ich weiß, der Schwarzschildradius.« Wurde eine beliebige Masse auf ihren Schwarzschildradius komprimiert, verdichtete sie sich zu einem Schwarzen Loch. Für Sol betrug dieser Radius etwa dreitausend Meter. Die Masse Terras hätte man auf gerade mal zwei Zentimeter komprimieren müssen. Für Jupiter ...

»Aber Jupiter schrumpft doch nicht«, protestierte er. »Keine Rede von aufgebrauchtem Rohstoff. Oder von einem gravitativen Kollaps. Oder habe ich etwas übersehen?« Er streckte die Hand aus und zeigte in das Hologramm.

»Du hat etwas übersehen, aber das ist unsichtbar. Jupiter schrumpft nicht.« Lieplich wies auf den Datenstrom. »Allerdings nimmt seine Masse ständig zu.«

»Das wäre natürlich prekär«, sagte Rhodan. »Wie wäre das möglich?«

»Jupiter erleidet einen eminenten Zustrom an freien Gravitonen. Er wird förmlich mit Gravitonen geflutet.«

»Kennen wir den Ursprung dieses Zuflusses?«

»Ganymed. Oder etwas auf Ganymed.«

Das Artefakt, dachte Rhodan. *Das Artefakt ist eine Waffe. Wer greift uns an? Wieso?* »Wir müssten also diesen Zustrom unterbinden«, überlegte er laut. »Das sollte möglich sein.« Schließlich beherrschte Terra seit ewigen Zeiten antigravitationelle und gravitationsmanipulative Technologien.

»Es ist nicht nur diese Anreicherung mit Gravitonen«, sagte Lieplich. »Jupiter selbst antwortete gewissermaßen auf diesen Zufluss. Er ist zu einer Quelle von Higgs-Teilchen geworden.«

»Higgs-Teilchen? Du meinst: Masseteilchen?«

Lieplich nickte. »Alles Stoffliche verdankt seine Masse diesen Higgs-Teilchen. Ich bin keine Elementarphysikerin und keine Teilcheningenieurin, aber wenn ich nicht falsch informiert bin, haben wir Higgs-Teilchen bislang weder isolieren noch synthetisieren können. Soweit wir sehen, verbinden sich die ausströmenden Higgs-Teilchen mit den einfallenden Gravitonen. Und das sehr schnell und in ungeheueren Mengen. Am Ende wird Jupiter ein Schwarzes Loch sein. Ein eminentes Schwarzes Loch.«

»Wer will das? Warum?«, fragte Rhodan. »Das alte Leitmotiv aller Strategen: *Cui bono?* Wem nutzt es? Lass uns für einen Moment von der Gefahr absehen. Was ist ein Schwarzes Loch – nicht für uns, die gefährdet werden, sondern an sich?«

Lieplich schaute für einen Moment verblüfft. Rhodan hörte Ghyss lachen, ein merkwürdig leises, wie aus großer Ferne herüberhallendes Lachen. Er beugte sich kurz vor und schaute an der Chefwissenschaftlerin vorbei zu der jungen Frau hinüber. Ghyss erwiderte seinen Blick so, dass ihm leicht schwindelte. *Zur Sache,* mahnte er sich und lehnte sich wieder zurück. Ghyss würde verstehen, warum er im Augenblick andere Prioritäten setzen musste.

Lieplich räusperte sich. »Sancha?«

Eine der beiden Frauen an der Monitorleiste, die Schwarzgelockte, drehte sich mit ihrem Pneumosessel um und nickte hinüber. Lieplich sagte: »Sancha kennt sich ein wenig besser mit Schwarzen Löchern aus als ich.«

Die Frau blickte Rhodan ernst an. »Ich bin noch in keinem gewesen«, sagte sie. »Im Gegensatz zu dir, wenn ich in meinen Pädagogien richtig aufgepasst habe. Mir fehlt die Vor-Ort-Praxis.«

Rhodan verzog die Lippen zu einem schiefen Grinsen. »Es ist durchaus Zeit für ein bisschen Theorie.«

Sancha sagte: »Wir können uns ein Schwarzes Loch vorstellen als ein grenzlos massereiches Gebilde, dessen zusammengeballte Materie einen Radius von null hat. Das ist seine Singularität.«

»Schiere, raumlose Masse«, übersetzte Rhodan für Firmion Guidry.

»Diese Singularität wird verhüllt von einem Ereignishorizont. Einem Ort mit einer Fluchtgeschwindigkeit, die mit der höchsten Geschwindigkeit im Vakuum des Einsteinraums identisch ist: der Lichtgeschwindigkeit.«

Absoluter Stillstand von allem. Der Ort, an dem das Herz der Zeit aufhört zu schlagen. Das ultimative Verlies. Eine Raum-Zeit-Wüstenei, die in ihr Inneres wächst und ihre Umgebung vergewaltigt.

Rhodan spürte, wie sich alles in ihm gegen diese Bilder sträubte. Es hatte immer Angriffe auf das Solsystem gegeben, Attacken von außen.

Aber in diesem Fall war es wie damals, als der Mars kristallisierte: ein Angriff von innen. Wie eine tödliche Krankheit.

Der Mars ... im Jahr 1217 NGZ hatten die Ayindi den sterbenden Mars aus dem Solsystem herausoperiert.

Wie damals, nur schlimmer: Diesmal werden uns keine Ayindi helfen. Ich will einen solchen Ort nicht im Solsystem haben. Ich will nicht, dass Jupiter sich selbst zum Grab wird und dass aus diesem Grab Kräfte tätig werden, die das ganze System dahinsiechen lassen. Ich werde es verhindern.

Sancha fuhr derweil fort: »Du wirst die Bilder von den Sonden kennen, die wir in verschiedene Schwarze Löcher geschickt haben: Sie fliegen mit konstanter Geschwindigkeit vorwärts, aber für uns Zurückbleibende – für unsere distanzierten Augen, unsere Messgeräte – scheinen sie sich immer langsamer zu bewegen. Sie werden rötlicher, dunkler – dann sind sie verschwunden. Hast du dich je gefragt, wo sie sind?«

»Hinter dem Ereignishorizont natürlich«, sagte Rhodan.

»Man könnte sagen: *ja*. Man könnte aber auch mit demselben Recht sagen: *nein*. Dort *sind* sie in diesem unseren Augenblick durchaus noch nicht. Dort *werden* sie – von unserer Gegenwart aus gesehen – erst sein. Sie sind in unsere Zukunft eingedrungen. Und wir können sie einfach deswegen nicht sehen, weil wir nicht in die Zukunft schauen können.«

Rhodan hob die Augenbrauen. »Willst du damit sagen, dass irgendwer und irgendwas den Jupiter zu einer Art von Zeitmaschine umbaut?« Er schüttelte nachdenklich den Kopf. »Gut, so abwegig ist das nicht. Immerhin wäre es eine brillante Antwort auf die Frage: *Cui bono?* Irgendwer errichtet in der Zukunft des Solsystems eine Warte, einen Beobachtungsposten, der allem, was wir hier tun, uneinholbar voraus ist. Interessant.« Er lächelte Sancha zu. »Der alte Schwarze-Loch-Reisende dankt.«

Sancha grinste zurück.

»Glaubst du das wirklich?«, fragte Lieplich.

Rhodan schwieg einen Moment. Dann winkte er ab und atmete tief durch. »Ich weiß es nicht. Ja, es klingt fantastisch. Aber – wenn wir etwas über das Universum gelernt haben, dann, dass es nichts Fantastischeres gibt als die Wirklichkeit. Na ja. Im Augenblick spekulieren wir nur.« Er wies auf die detailgenaue holografische Simulation des Gasriesen. »Wann wird es so weit sein? Wann verlieren wir Jupiter?«

Lieplich studierte den Datenstrom. »Das ist keine ganz einfache Rechnung. ARGOS?«

Die sonore Stimme sagte: »Der Zustrom an Gravitonen und Higgs-Teilchen – beides ist kein kontinuierlicher Fluss. Der Input schwankt im Sekundentakt. Ich kann noch keine Amplituden hochrechnen.«

»Ist wenigstens eine Tendenz des Zustroms sichtbar?«

»Ja. Tendenz zunehmend. Der Zustrom steigt zwar nicht exponentiell an, aber signifikant. Außerdem treten Higgs-Teilchen und die Gravitonen in Wechselwirkung. Akausale Schwerpunktbildungen mit Gravitonen- und Higgs-Verklumpungen besorgen temporale Verzerrungen diverser Größenordnungen. Überwiegend im mikrokosmischen Bereich. Noch jedenfalls. Ich müsste aus den verschiedenen Bruttozeiten eine Nettozeit mitteln, die nicht sehr präzise ist. Meine prognostischen Modelle ...«

»Wann?«, unterbrach Rhodan die Biopositronik.

ARGOS schien für einen winzigen Moment zu zögern. »Meiner bevorzugten Modellrechnung nach wird der Transformationsprozess am 14. Februar gegen 23.30 Uhr Terra-Standard in eine unumkehrbare Phase eingetreten sein.«

Rhodan nahm das zunächst wortlos hin. Ihm war, als hätte er seit einiger Zeit genau das befürchtet.

»Das ist nicht einmal mehr ein Tag«, sagte er mehr zu sich selbst als zu Lieplich.

»Ein Tag hat viele Stunden«, gab sie zurück. Ihr Lächeln hatte etwas zugleich Erschrockenes und Tröstendes. »Was wirst du tun?«

Genau das war die Frage. Selbstverständlich würden alle etwas tun. Bully würde alles in Bewegung setzen, was die Liga zu bieten hatte. Er und die Regierung würden alle Kapazitäten freisetzen und sich mit der geballten Macht einer ganzen Zivilisation gegen den Untergang Jupiters stemmen. Sie würden parallel dazu die Völker des Galaktikums um Hilfe bitten.

Bostich würde sagen: »So blöd kann auch nur Rhodan sein – sich ein Schwarzes Loch in den eigenen Hintern pflanzen zu lassen.«

Und dann würde er in Bewegung setzen, was immer ihm zu Gebote stand.

Auf all das konnte Rhodan sich verlassen.

Aber all das beantwortete die Frage nicht: Was sollte *er* tun?

Er schaute in das Hologramm der Simulation. Dort war der farbige Globus Jupiters verschwunden, an seine Stelle war eine Schwärze getreten, schiere Abwesenheit bis an die Neige des Raumes. Der Schwarm seiner natürlichen und künstlichen Satelliten hatte sich in Bewegung gesetzt, die Monde und Raumstationen sanken der leeren Mitte zu. Sie nahmen nicht unbedingt den linearen Weg, jedenfalls nicht den Weg, der seinen und allen menschlichen Augen als gerade und direkt erschien. Ihre Fahrt folgte einem komplizierten, spiraligen Muster, das in der Simulation mit dünnen Farblinien angedeutet war.

Rhodan wusste, dass die neue, vom Schwarzen Loch diktierte astrophysikalische Landschaft die größeren und kleineren Himmelskörper in solche Bahnen zwang. Jupiter, der rasend schnell rotierende Planet, hatte sich in der Simulation in ein rapide rotierendes Schwarzes Loch verwandelt, und er hatte die ihn umgebende Raumzeit mit seinen neuen Kräften in Bewegung versetzt. Der Raum und die Zeit verdrehten, alle Materie und ihre elektromagnetischen Felder im planetaren und dem näheren transplanetaren Umfeld verdrillten sich.

Rhodan sah, wie die Monde, wie Amalthea und Thebe, Adrastea und Metis, wie kurz darauf Io und Ganymed, Callisto und Europa allmählich ihre Eigenfärbung verloren, rot wurden und wie ihr Rot in tiefe Schatten tauchte, sich schließlich ganz verdunkelte.
Dann waren die Himmelskörper verschwunden.
Ein Gammablitz jagte quer durch das Solsystem.
Rhodan sah, wie der nahe Saturn sich deformierte, wie in den Asteroidengürtel eine verhängnisvolle Bewegung kam, wie sich einige der Planetesimale in der Oort'schen Wolke neu orientierten.
»Wird das ganze System untergehen?«, fragte er kalt.
»Nein«, sagte ARGOS. »Wenn meine Berechnungen stimmen, wird Neptun die Verwandlung des Solsystems unbeschadet überstehen. Merkur mit großer Wahrscheinlichkeit ebenfalls. Es wird aller Voraussicht nach stabile Verhältnisse geben im neuen Sonnensystem. Nachdem das neue Schwarze Loch Venus, Erde und Mars konsumiert hat. Ich mag mich aber auch irren, die Daten sind ein wenig widersprüchlich.«
Rhodan hätte fast gelacht. *Stabile Verhältnisse ...*
Aber war das nicht möglicherweise ein wichtiger Hinweis? »Wir haben es also unter Umständen gar nicht mit einem Angriff zu tun.«
»Das habe ich auch nie behauptet«, sagte ARGOS. »In vieler Hinsicht promoviert das Solsystem zu einem physikalisch und hyperphysikalisch höherwertigen Konstrukt.«
Rhodan versuchte die immer beschwingtere Stimmung der Biopositronik zu ignorieren und spekulierte: »Die Zerstörung Terras und der anderen Planeten muss nicht das Ziel der Transformation sein. Vielleicht ein bloßer Nebeneffekt. Von den Urhebern nicht einmal erwünscht, sondern nur in Kauf genommen.« *Den Erbauern dieser Zukunftswarte, wenn Sancha Recht behält.*
»Ändert das etwas an den bevorstehenden Ereignissen?«, fragte Lieplich.
Rhodan nickte. »Es ändert etwas an unserer Sichtweise, und damit an den Denkmöglichkeiten. Es heißt nämlich, dass unser Gegner eventuell gar nicht weiß, dass er sich uns zum Gegner macht.«
Er winkte ab. *Stellen wir das zurück.* »Gibt es auch für diese Higgs-Teilchen einen lokalisierbaren Ausgangspunkt?«

»Ja«, sagte Lieplich. »Wir konnten ihn ziemlich genau definieren. ARGOS, bitte.«

In dem holografischen Modell Jupiters leuchtete ein roter Punkt auf und begann zu pulsieren. In geringem Abstand dazu leuchtete ein grüner Punkt, der in winzigen gestochen scharfen Lettern mit CJS bezeichnet war – die Cor-Jupiter-Station. *Vorsicht* – mahnte er sich. *Das ist nicht so nah, wie es scheint. Jupiter hat einen Umfang von annähernd vierhundertfünfzigtausend Kilometern.*

Lieplich hatte wohl keine Mühe, ihm seine Gedanken anzusehen. »Es sind etwas weniger als neunhundert Kilometer«, sagte sie. »Wir konnten dort nicht nur die höchste Konzentration an Higgs-Teilchen anmessen, sondern auch eine eigenartige hyperenergetische Signatur. ARGOS!«

Die Biopositronik erläuterte: »Die Signatur ähnelt einerseits einem Transmitterimpuls – oder genauer einer kurz getakteten Folge von Transmitterimpulsen – und dem Energiemuster eines Hypertakttriebwerks. Die Transitions- beziehungsweise Transmittersequenzen sind allerdings noch wesentlich höher als bei den 1230 Hertz des Hypertakts. Sie liegt bei zehn Megahertz.«

Zehn Millionen Schwingungen pro Sekunde – das macht allerdings einen Unterschied, dachte Rhodan.

ARGOS fuhr fort: »Wir stehen nicht mehr in Funkverbindung zu anderen Außenstellen der Akademie, zu den wissenschaftlichen Abteilungen der Siedlungen auf den Trabanten oder zu den Einheiten der Liga-Flotte. Aber hin und wieder kann ich Funkspruchfragmente auffangen und rekonstruieren.«

Rhodan nickte. Natürlich. Genau damit würden Bully und alle anderen rechnen. »Du sendest deine Daten ebenfalls permanent?«

»Selbstverständlich«, sagte ARGOS. »Auf diese Weise habe ich erfahren, dass meine Erkenntnisse mit hoher Wahrscheinlichkeit von den auswärtigen Kollegen und Wissenschaftlern geteilt werden. Wir bezeichnen das Medium, über das die Higgs-Teilchen in den Jupiter gepumpt werden, als Fluktuationstransmitter.«

Rhodan nahm das mit einem Nicken zur Kenntnis.

»Irene?«, hörte er Sanchas Stimme. »Wir haben den Datenabgleich beendet. Der zentrale Aktionsradius des Fluktuationstransmitters deckt sich tatsächlich mit dem Epizentrum.«

»Oh«, vermerkte Lieplich.

»In der Tat eine Entdeckung«, kommentierte ARGOS. »Tut mir leid, dass ich nicht früher darauf gekommen bin. Es stimmt mich übrigens nachdenklich, dass meine diesbezüglichen Datensätze zu den kompromittierten gehören.«

Es befremdete Rhodan längst nicht mehr, dass hochkarätige Denkmaschinen wie ARGOS sich auf unterschiedliche Themen fokussieren konnten. Allerdings begriff er nicht, wovon im Moment die Rede war.

Die Frau neben Sancha hatte sich ebenfalls zum Kommandopodest umgedreht. »Das könnte die Vehemenz des Bebens erklären«, sagte sie. »Wenn denn die Aufzeichnungen stimmen.«

Rhodan zog die Brauen zusammen. Sollte das heißen, hier wurde im Umfeld einer lebensbedrohlichen Situation Erdbebenforschung betrieben? »Klärt mich jemand auf?«, bat er.

Lieplich nickte der zweiten Frau an der Monitorgalerie zu. »Das übernimmt Mina.«

»Ich bin keine Seismologin«, sagte die Frau mit der hochgetürmten violetten Frisur. »Bloß Fachwissenschaftlerin im Bereich Gasplanetenphysik. Und wir Gasplanetenphysiker haben es selten mit Erdbeben zu tun – nicht einmal im Bereich Jupiter, obwohl er immerhin einen festen Kern besitzt. Auf dem wir gerade hausen wie die Maahks im Nest. Aber Bodenbeben sind auf dem Jupiter durchaus ungewöhnlich. Der Kern dieses Planeten ist nicht in Lithosphärenplatten gegliedert. Deswegen existiert keine Plattentektonik, und es bauen sich auch keine Gesteinsspannungen auf, die sich über ein Beben lösen müssten. Kein Vulkanismus, keine unterirdischen Hohlräume, die einstürzen könnten. Tektonische Beben könnten theoretisch nur durch Impakte ausgelöst werden. Aber solche Einschläge von extrajupiteranischen Gesteinskörpern haben wir noch nie erlebt. Selbst mondgroße Körper würden in der Atmosphäre verglühen, bevor sie auf den Kern treffen können.«

Sie machte eine Pause und ließ ihre Worte einsinken.

»Solche Schauspiele sind übrigens kaum zu übersehen: Selbst Kometen setzen schon Millionen Megatonnen Energie frei. Sie schleudern auf zehntausend Grad Celsius erhitzte Gaswolken in etliche Tausend Kilometer Höhe und reißen die Jupiter-Atmosphäre auf zehn- bis dreißigtausend Kilometer ein. Was unseren Fall angeht: nichts davon, keine Spur. Den Aufzeichnungen nach müsste dieses Beben allerdings durch einen Impakt ausgelöst worden sein. Denn das Hypozentrum, also der Bebenherd, deckte sich damals weitgehend mit dem Epizentrum. Der Herd muss also sehr oberflächennah gelegen gewesen sein. Was sonst als ein Impakt könnte es ausgelöst haben? Nur wissen wir eben von keinem Körper, der damals in die Jupiter-Atmosphäre eingedrungen wäre und eine hinreichende Größenordnung aufgewiesen hätte.«

Rhodan legte die Stirn in Falten. »*Damals?* Von welchem Beben redet ihr eigentlich?«

Mina sagte: »Die Herdzeit – der Zeitpunkt des Bebenbeginns war der 16. März 1344. Gewissermaßen ein Altfall.«

»1344?«, fragte Rhodan. »Das ist über hundert Jahre her. Wirklich ein Altfall, oder?« Zugleich sagte das Datum ihm etwas. Was war an diesem Tag geschehen? »Wurde das Ereignis an Terra gemeldet?«

»Wahrscheinlich. Cor liefert seit Inbetriebnahme täglich Daten an die Akademie und zwei, drei Abonnenten. Allerdings haben unsere damaligen Kollegen dem Beben zwar Bedeutung beigemessen, konnten aber kein sehr aussagekräftiges Material liefern. Seismologie hat auf Jupiter nie eine so große Rolle gespielt wie zum Beispiel auf seinen Monden. Ich habe mir die Protokolle angesehen. Zu dieser Zeit haben unsere Seismometer sich nicht auf das Beben präparieren können. Es gab keinerlei Vorläuferphänomene. Und an diesem Tag war die Aufmerksamkeit aller ja auf etwas anderes gerichtet.«

Natürlich!, erinnerte Rhodan sich. »Auf den TERRANOVA-Schirm!«

An diesem Tag hatten sie – wenige Wochen nach dem Enthauptungsschlag durch TRAITOR – zum ersten Mal die TERRANOVA-Flotte in Betrieb genommen und den Kristallschirm – den TERRANOVA-Schirm – aufgebaut.

Aber der Schirm war nach kurzer Zeit wieder zusammengebrochen; die Tender, die die Schirmfeldprojektoren trugen, hatten durch Explosionen nennenswerte Schäden erlitten.

Kein Wunder, dass ein offenbar folgenloses Bodenbeben im Kernbereich Jupiters an diesem Tag, als es um Leben und Tod des Solsystems ging, nicht für Schlagzeilen gesorgt hatte.

Und dass in den nächsten drangvollen Wochen und Monaten niemand der Erforschung des Bebens irgendeine Priorität eingeräumt hatte.

Aber wie sich nun zeigte, war das Beben doch nicht so folgenlos gewesen. »Nur, damit ich richtig verstehe«, sagte Rhodan. »Exakt dort, wo dieses Beben stattgefunden hat, arbeitet jetzt der Fluktuationstransmitter?«

»Exakt«, antwortete ARGOS.

»Wie komme ich dorthin?«, fragte Rhodan.

»Dorthin?«, fragte Lieplich. »Was solltest du dort wollen?«

»Wir sollten mal mit den Jungens reden, die den Jupiter manipulieren.«

»*Jungens?* Wir vermuten zwar, dass dort etwas arbeitet, was wir einen Fluktuationstransmitter nennen. Ob es eine solche Apparatur wirklich gibt, wissen wir nicht. Die Messdrohnen, die wir dorthin geschickt haben, sind verschollen. Wir wissen, dass aus diesem Ort Higgs-Teilchen aufsteigen und sich mit Gravitonen verbinden. Higgs-Teilchen, Perry – abgesehen von den Higgs-Teilchen ist nichts und niemand aus dem Fluktuationstransmitter gekommen. Aus dem immer noch rein hypothetischen Fluktuationstransmitter.«

»Immerhin ist der Transmitter selbst gekommen«, sagte Rhodan. »Er wird ja nicht immer schon und von Natur aus hier gewesen sein. Vielleicht haben wir Glück, und es ist eine Bedienungsmannschaft dabei.« *Wenn das denn ein Glück für uns ist,* dachte er.

»Man fliegt wieder los?«, fragte Firmion Guidry.

»Ja«, sagte Rhodan. »Richtung Epizentrum des Bodenbebens und Austrittsstelle der Higgs-Teilchen.«

»Wer fliegt?«

Rhodan zuckte mit den Achseln. »Ich fliege. Ich nehme vielleicht einige der Wissenschaftler mit.« Er sah Lieplich fragend an. Sie nickte zurückhaltend.

»Guter Plan«, spöttelte Guidry. »Bin ich auch gefragt?«

Die Begeisterung der Chefwissenschaftlerin schien nicht eben überschäumend; weder Mina noch Sancha hatten sich geäußert.

Die beiden Paladine von Pao Ghyss waren seinem Blick ausgewichen und hatten auf die Frau geschaut – wie auf ihre Herrin. Pao selbst lächelte bloß ... *nichts- und vielsagend wie eine Sphinx. Wahrscheinlich führt sie hier ihr erotisches Regiment. Ich muss einige der Wissenschaftler aus ihrem Bann lösen.*

Natürlich wäre er für jede Hilfe dankbar. Es war völlig unklar, in welchen Dimensionen sich der Einsatz abspielen würde: Eine Forschungsreise? Ein militärisches Kommandounternehmen?

Firmion Guidry war beides nicht, weder Wissenschaftler noch Soldat. *Er wäre nichts als ein Handicap.*

Wieder einmal, wird er vermutlich denken. Aber Rhodan konnte den Ganymedaner nicht aus Mitleid bitten, an der Expedition teilzunehmen.

Rhodan räusperte sich. »Ja. Traust du es dir zu?«

Zu seiner Verwunderung schüttete Guidry bedächtig den Kopf. »Nicht mit dem Trawler.«

Der Resident nickte. Nach allem, was er wusste, hatte sich der Trawler sowieso erledigt. Die alte Jet hatte während des Fluges geradezu märchenhaft gut funktioniert. Nun sah es so aus, als hätte sie sich ein letztes Mal verausgabt und wäre den Strapazen erlegen. Und selbst wenn man ihn noch einmal flott bekäme: Der Trawler hatte die Niederfahrt überstanden, aber ein längerer Einsatz direkt am Boden, unter der Last der metallischen Gase, wäre noch einmal ein ganz anderes Kaliber.

Oder?

Er wandte sich an die Chefwissenschaftlerin. »Irene, habt ihr an Bord der Station eine Möglichkeit, den Atmosphäre-Trawler einsatztauglich zu machen?«

»Perry, das hier ist eine kleine, unbedeutende Forschungsstation. Wir haben nicht die Kapazitäten, die dir normalerweise zur Verfügung stehen. Unsere Hülle droht zu brechen. Unser Lebenserhaltungssystem steht kurz davor, zu kollabieren. Einige unserer Maschinen sind allem Anschein nach von den hyperphysikalischen Effekten der Katastrophe in Mitleidenschaft gezogen. Wir wissen nicht, auf welche Weise. Wir sind paralysiert.« Sie seufzte.

»Aber gut. ARGOS!«, rief sie die Biopositronik an. »Weise Duula und Charmyn an, sich den Trawler einmal anzusehen. Stelle ihnen mindestens einen der Reparaturrobots ab.« Sie zögerte und schluckte. »Wenn nötig, auch zwei oder drei.« Sie wandte sich wieder Rhodan zu. »Ich fürchte, das ist alles, was ich für dich tun kann. Wir haben hier das Gefühl, die Hölle hätte sich ganz in unserer Nähe aufgetan. Wir kämpfen um unser Überleben. Von der Akademie oder der Flotte scheint keine Hilfe zu kommen.« Sie blickte ihn an, um Verständnis bittend. »Wir sind nicht diejenigen, die du für so ein Unternehmen brauchst.« Sie warf einen kurzen Seitenblick auf Pao Ghyss. »Vielleicht fragst du jemand anderen.«

»O ja«, sagte Rhodan mit einer Unbekümmertheit, die ihn selbst überraschte. »Es wird sich schon jemand finden.«

Sie würden warten müssen, so wie die Besatzung der Cor-Jupiter-Station warten musste: warten darauf, dass Roboter die Schäden gesichtet und für reparabel oder irreparabel erklärt hatten. Warten, dass die Maschinenwesen die Schäden gegebenenfalls behoben hätten. Roboter, die selbst lädiert waren.

Lieplich hatte Rhodan und Guidry zwei kleine Einzelkabinen zugewiesen. Mina führte sie. *Schade,* hatte Rhodan gedacht. Nun wäre eine gute Gelegenheit gewesen, ein paar Worte mit Pao zu wechseln. Nichts Weltbewegendes, nichts Aufdringliches, sondern eine kleine Annäherung an ihre private Existenz. Vielleicht die Frage, warum sie keine Schuhe trug.

Stattdessen also Mina.

Rhodan hatte gesehen, wie Guidry sich ohne zu zögern auf die Pneumoliege hatte fallen lassen. Dann war die Tür zugeglitten, und er war von Mina zu seinem Raum begleitet worden: ein Würfel von drei mal drei Meter mit Liege, Bett und Stuhl. Alles stahlgrau. Kein Bild an der Wand, kein Farbtupfer. Ein schmaler, unverschlossener Durchgang führte in die Hygienekammer.

Immerhin hing von der Decke ein schmaler, stabförmiger Projektor. Rhodan wusste, dass solche Geräte multifunktional waren, dass sie sowohl als Lichtquelle dienen als auch Holografien erzeugen, zum Beispiel die Illusion eines Fensters hervorrufen konnten.

Er fragte sich, welche Fensteraussichten darin gespeichert waren.

»Die Imperatoren-Suite«, sagte Mina.

»Prima«, gab der Terraner zurück. »Sollte der Imperator kommen, werde ich ein Stück zur Seite rücken.«

Mina ging, ohne eine Miene zu verziehen.

Nachdem die Tür zugeglitten war, warf sich Rhodan missmutig auf das Bett. Er verschränkte die Arme hinter dem Kopf.

»Guten Tag«, tönte es aus dem Projektor. »Darf ich dich ein wenig unterhalten, oder wünschst du zu schlafen?«

»Weder noch«, sagte Rhodan. Er wollte nachdenken.

»Ich könnte deine Kabine visuell optimieren. Oder dir etwas vortragen. Meine Spezialität sind cheborparnische Männerchöre und Weißwalgesänge. Oder eine Kombination von beidem.«

»Klingt verlockend«, sagte Rhodan. »Lass gut sein.«

»Vielleicht eine Kostprobe?«

»Geh auf Stand-by und lass mich in Ruhe.«

»Aye.« Der Projektor verstummte.

Stille. Aber es gelang ihm nicht, die Welt über ihm auszublenden, das lastende Gasmeer, das alles Denkbare, alles Sagbare überbot, in Aufruhr versetzt durch den Fluktuationstransmitter. Die verquere Raumzeit um den Planeten.

Seine daraus sich ergebende Abgeschiedenheit.

Er dachte: *Wer die Einsamkeit sucht, wird sie auf Jupiter finden. Wir haben damals die Solare Flotte hier versteckt. Wir hätten unsere ganze Zivilisation hier verstecken können. Wir könnten uns vor uns selbst verbergen. Kein Wunder, dass Jupiter Menschen oder andere anzog, die sich von der Welt abwenden wollten: die Endzeitler in ihren heiligen*

Flaschenstädten wie FLAMMENKRUG oder ZUFLUCHT DER RICHTER, die Buddhisten im Orbit.
Und die Besatzung der Cor-Jupiter-Station? Ein wunderliches Völkchen.

Er lachte leise. Schwer zu sagen, ob sie die Isolation auf sich nahmen um der Wissenschaft willen oder ob sie ihnen als Vorwand diente für diese Einsamkeit.

Einsamkeit war in den Zeiten einer pangalaktischen Zivilisation, einer Verbundenheit aller mit allen, zu einem raren Gut geworden.

Einsamkeit ...

»Immerhin ... schön, dass du da bist«, sagte Pao.

Er lachte. Ja, das fand er allerdings auch. »Man müsste dem Fluktuationstransmitter geradezu dankbar sein, Pao«, sagte er.

»Warum?«

»Nun ... ohne ihn hätte ich Cor Jupiter wohl kaum einen Besuch abgestattet, oder?«

Sie lachte ihr Lachen, das diesmal aus noch größerer Ferne zu kommen schien als sonst. »Wohl kaum«, stimmte sie ihm zu.

Er atmete ihren Duft ein – Eisen und Eis, dazu eine Prise Aroma einer aufgeschnittenen Südfrucht. Sehr anregend. Sehr fantasieentfaltend.

»Ich störe dich ungern«, unterbrach der Projektor seine beschwingten Gedankengänge. Diese von allen guten Geistern verlassene Maschine! Rhodan hätte sie zerstrahlen mögen. Gründliche Vernichtung – das würde ihr eine Lehre sein! Das verfluchte Gerät plapperte jedoch ungeniert weiter: »Duula Schmiff wünscht dich zu sprechen.«

Rhodan schaltete um und setzte sich auf der Liege auf. Duula – eine der beiden Personen, die die Einsatzbereitschaft des Trawlers überprüfen und sicherstellen sollten. »Duula?«, sagte er. »Bitte. Ich höre.«

Der Projektor warf ein Hologramm mitten in den Raum. Duula Schmiff war ein kleiner, kugelrunder, beinahe epsalisch wirkender Terraner. Er fragte mit wohltönender Stentorstimme: »Du bist sicher, dass ihr mit diesem Trawler von MERLIN aus durch die Atmosphäre getaucht seid?« Dabei wies er mit dem Daumen über die Schulter. Der Bildausschnitt vergrößerte sich so weit, dass Rhodan die alte Space-Jet sehen konnte. Sie war ein Wrack. Der Trawler wirkte wie mit einem überirdischen Vorschlaghammer malträtiert.

»Sieht außen übrigens immer noch besser aus als innen«, sagte Duula. »Das Lebenserhaltungssystem röchelt nicht einmal mehr. Die Feldschirmgeneratoren und der Pulsationsantrieb haben sich zu ihren Ahnen begeben. Die Expansionskammer hätte euch eigentlich um die Ohren fliegen müssen. Ohne Feldschirm braucht ihr Cor gar nicht erst zu verlassen. Das Gasmeer würde euch in Sekundenbruchteilen plätten. So.« Er deutete mit Daumen und Zeigefinger an, auf welche Größenordnung die Urgewalt des Planeten das kleine Flugzeug zusammenquetschen würde.

Es sah nicht so aus, als wäre bei diesem Vorgang an eine Vorzugsbehandlung für Wirbelsäulenbesitzer gedacht.

»Verstehe«, beschied Rhodan, während ihm noch die Frage Duulas im Kopf herumging: Ob er sicher sei, dass er und Guidry mit diesem Trawler die Tauchfahrt gemeistert hätten?

Ja. Natürlich. Wie sonst?

»Also, Fazit: An einen Einsatz dieses Gerätes ist nicht zu denken«, sagte Duula. »Es *ist* überhaupt kein Gerät mehr.«

Rhodan stand auf. »Okay«, sagte er. »Haken wir den Trawler ab. Was könnt ihr mir stattdessen anbieten?«

Er spürte Duulas Zögern. »Wir haben an Bord der Station zwei Panzerraupen«, sagte er. »Beide nur beschränkt betriebsfähig. Viersitzer. Wir können maximal sechs Personen hineinpacken. Oder – wenn wir die Pilotensessel herausnehmen – acht, aber die sollten einander sehr mögen.« Er grinste. »Aber wir sind ursprünglich zwölf an Bord von Cor. Dann ist ja auch noch unser Gast dazugekommen. Und jetzt seid auch noch ihr beide eingetroffen.«

Rhodan nickte, ohne zu verstehen, worauf Duula hinauswollte. »Zwölf oder dreizehn«, wiederholte er. »Jetzt mit uns beiden vierzehn. Gut.«

»Die Lage hat sich inzwischen nicht verbessert«, sagte Duula.

Nicht verbessert? Wann hätte sie sich denn auch verbessern können in dieser kurzen Zeit?

Plötzlich stutzte er und warf einen Blick auf sein Multifunktionskom.

Er hatte über eine Stunde geschlafen.

Und nichts davon bemerkt.

Er fluchte leise, knöpfte sich die Jacke zu und sagte: »Bitte teil Irene mit, dass ich gleich in der Zentrale bin. Wir müssen reden.« Dann stürmte er aus dem Raum.

Er hatte Guidry geweckt. Es war auf dem Weg zur Zentrale, als ihm das Geräusch auffiel. Er war noch nicht lange genug auf der Station, um so etwas wie eine Intuition für die richtigen Geräusche, die richtigen Gerüche und dergleichen entwickelt zu haben, diese beinahe symbiotischen Fähigkeiten, die Piloten in langer Zusammenarbeit mit ihren Flug- oder Fahrzeugen entwickelten. Aber dieses Geräusch alarmierte ihn sofort. Ein feines Klirren oder Sirren, ein unmenschliches, metallisches Wimmern.

»ARGOS?«, rief er im Gehen.

»Ja?«, meldete sich die Maschine aus einem Deckenlautsprecher, den sie eben passiert hatten.

»ARGOS, was geht hier vor?«

»Es laufen ständig Schadensmeldungen bei mir ein«, sagte ARGOS. Die Stimme kam jetzt, da sie zum nächsten Lautsprecher gewechselt hatte, von vorn. »Materialdeformationen auf mikroskopischer Ebene, Stauchungen, Risse. Die Hülle der Station verformt sich und steht an einigen Stellen unmittelbar vor dem Bruch. Meine Reparaturrobots sind ununterbrochen im Einsatz. Einige Schäden können nur von außen behoben werden.«

»Du hast bereits Reparatureinheiten ausgeschleust?«

»Selbstverständlich. Aber diese Einheiten sind selbst defekt. Ihre Reparaturroutinen sind außer Betrieb. Außerdem ...« ARGOS verstummte.

»Was ist? Was ist noch?«, fragte Rhodan. »Gib Auskunft.«

»Ich weiß nicht, ob ich befugt bin, dir diese Auskunft zu geben.«

»Ich bin der Resident. Dein oberster Dienstherr.«
»Möglich«, sagte ARGOS.
Rhodan verdrehte die Augen. Unwillkürlich hatten sich seine Schritte beschleunigt. »Frag gefälligst die Chefwissenschaftlerin, wenn du unsicher bist!«, befahl er der Biopositronik.
»Also gut. Ich habe einige Subsysteme im Verdacht, dass sie mir nicht die ganze Wahrheit sagen.«
»Inwiefern?«
»Mir werden Schäden verheimlicht«, sagte ARGOS.
Wie hatte Lieplich gesagt? *Alles gerät aus den Fugen.*
Sie hatte Recht behalten.
Die Tür zur Zentrale glitt auf. Rhodan trat ein.

Er zählte die Anwesenden. Offenbar hatten sich diesmal alle zwölf Besatzungsmitglieder in der Zentrale eingefunden. *Vollversammlung,* dachte Rhodan.

ARGOS hatte die Pneumosessel zu einem Kreis arrangiert. Fünfzehn Sessel. Sie nahmen Platz. Neben Rhodan setzte sich Firmion Guidry, der auf unbestimmbare Weise zugleich gespannt und restlos desinteressiert wirkte – ein mimisches Vexierbild.

Andrasch Lupenrayn und Bohumir Zrapinski tuschelten mit Pao Ghyss, die sie wieder flankierten. Sie saßen links von Rhodan. Lupenrayn tupfte sich erneut den Schweiß von der Stirn, doch es bildeten sich sofort wieder Schweißperlen. Die Tröpfchen vereinigten sich und setzten sich als Rinnsale in Bewegung.

Zrapinski spielte mit seinem reifenförmigen Ohrring.

Zwei Plätze rechts von Lieplich saß der rundliche Duula Schmiff vornübergebeugt da, die Hände zwischen den Beinen gefaltet. Daneben Charmyn, dann ein Rhodan unbekannter Wissenschaftler, anschließend die beiden Frauen, die brünette Sancha und Mina mit dem violetten Haar. Zwei weitere Frauen kannte der Resident noch nicht, ebenso wenig die beiden Männer, die links und rechts von Irene Lieplich Platz genommen hatten. Sie unterhielten sich über irgendwelche Messdaten und hyperstrukturelle Details und redeten einander mit »Firtasch« und »Poroschenkow« an. Der eine von ihnen – Firtasch – war an seiner blassblauen Haut als Venusier erkennbar.

Rhodan schaute Lieplich an, die ihm nur zunickte. Er fragte: »Wie komme ich unter den gegebenen Umständen und mit den gegebenen Mitteln zum Fluktuationstransmitter? Vorschläge?«

»Ich fürchte: gar nicht«, sagte ARGOS: »Die Lage von Cor Jupiter ist außerordentlich prekär. Chefwissenschaftlerin Lieplich hat bereits alles für eine Evakuierung veranlasst.«

Lieplich nickte stumm. Die Biopositronik fuhr fort: »An Fluchtfahrzeugen stehen nur die beiden Panzerraupen zur Verfügung. Der Atmosphären-Trawler ist nicht einsatzfähig und wird es nicht mehr werden. Eine Inbetriebnahme des Pulsationsantriebs wäre meinen Reparaturrobots zufolge lebensgefährlich. Ich habe meine Roboter daher von dem Trawler abgezogen und an die Panzerraupen geschickt.«

»Ich brauche eine der Raupen«, forderte Rhodan und schaute Lieplich an, die ihm im Kreis ziemlich genau gegenüber saß.

Lieplich hielt seinem Blick stand. »Ich fürchte, wir werden beide Raupen benötigen.«

»Wann?«, fragte Rhodan. »Wann genau werdet ihr sie brauchen?«

ARGOS warf ein: »Die Degeneration des Hüllenmaterials verläuft in unregelmäßigen Schüben. Ich kann den weiteren Verlauf des Phänomens nicht mit letzter Sicherheit kalkulieren.«

»Näherungswerte«, verlangte Rhodan knapp.

ARGOS sagte: »Die Hülle könnte gegen 12 Uhr brechen. Bis dahin solltet ihr alle Cor verlassen haben. Ob der Aufenthalt in den Raupen euer Leben langfristig retten kann, weiß ich nicht.«

Rhodan warf einen Blick auf den Chronometer. Es war eben 4 Uhr in der Früh vorbei. Er war erst wenige Stunden vorher, am 12. Februar 1461, kurz vor Mitternacht von MERLIN geflohen. Um kurz nach 2 Uhr in der Nacht hatten sie Cor Jupiter erreicht. Etwas mehr als eine Stunde hatte er durch den Schlaf verloren. Er fluchte innerlich. Was war da nur über ihn gekommen? Warum war der Zellaktivator nicht auf der Hut gewesen?

Die Station hatte ihren Tagesrhythmus und Lebensrhythmus weitgehend nach Terra-Standard eingerichtet. Kein Wunder, dass die Wissenschaftler teils schlaftrunken, teils übermüdet, teils unwirklich wach erschienen.

Für das Ende des kommenden Tages, den Tageswechsel vom 14. auf den 15. Februar, rechneten die Wissenschaftler mit dem *Point of no Return* für Jupiter. Danach sollte eine Umkehrung seiner Transformation in ein Schwarzes Loch unumkehrbar sein. Spätestens dann wäre auch das Häuflein Wissenschaftler verloren – ob in der Station oder auf der Flucht in Panzerraupen.

Er musste an Mondra denken. Warum sollte er auch nicht an Mondra denken. Mondra war eine fabelhafte Person. Sie würde sich schon auf MERLIN durchschlagen. Oread Quantrill war zwar ein durchaus unangenehmer Mensch, keine Frage. Dazu dieser Homonovus-insomnus-Spuk – nun ja, Mondra würde das in den Griff bekommen. Wozu war sie einst Zirkusartistin gewesen? Er musste grinsen. Akrobatin! Also: nichts gegen Mondra, aber sie kam ihm – oder seinen Gedanken – im Augenblick ungelegen.

Er hatte nun wirklich Wichtigeres im Sinn.

Er sah, dass Pao ihm zulächelte. Sehr schön, das und nichts anderes brauchte er: bedingungslosen Zuspruch. Wenigstens eine war da, die ohne Wenn und Aber zu ihm hielt. Er lächelte voller Dankbarkeit zurück und fragte: »ARGOS – wie schnell könnte mich die Panzerraupe zum Fluktuationstransmitter bringen?«

»Da der Ort, von dem die Higgs-Teilchen ausgeschüttet werden, neunhundertneunzehn Kilometer entfernt ist und die Raupe sich auf dem Boden mit einer Maximalgeschwindigkeit von siebzig Kilometern pro Stunde bewegt, wäre im Idealfall mit knapp über dreizehn Stunden zu rechnen. Einschränkend wäre zu berücksichtigen, dass beide Raupen noch außer Funktion sind. Meine Roboter können mir nicht präzise angeben, wann mindestens eine der Raupen wieder voll funktionsfähig sein wird.«

Rhodan schüttelte unwillig den Kopf. Hilfesuchend blickte er erst Irene, dann Pao an. Letztere öffnete ihre Augen weiter, lächelte.

Plötzlich sprang Zrapinski auf und schrie ihn an: »Lass sie in Ruh. Lass sie endlich in Ruhe. Siehst du nicht, wie sehr du ihr zusetzt? Was mischst du dich überhaupt in die Angelegenheiten von Cor?«

Rhodan lehnte sich ein wenig zurück. Zrapinski bebte vor Zorn. Sancha und Mina lachten laut und nachdrücklich; Mina fragte mit einem ironischen Unterton nach: »Hast du gesagt: *Angelegenheiten von Cor?*«

Das brachte Lupenrayn in Rage. Er rief: »Haltet euch doch raus. Bo hat völlig Recht. Haben wir um Rhodans Beistand gebeten? Er bringt alles durcheinander!« Mit zitternder Hand wischte er sich den Schweiß von der Stirn. »Und wenn er uns jetzt noch die Raupe nimmt, krepieren wir – natürlich *ad maiorem Dei gloriam*. Oder zu Rhodans höheren Ehre. Da wissen ja eh nur Fachleute zu unterscheiden.«

»Aber, aber, Andi«, dröhnte Schmiffs Stimme durch die Zentrale. »Nicht dass dein künstliches Herz vor Eifer platzt!«

Sancha rief außer sich: »Halt du doch die Klappe. Du wärst doch der Erste, der mit dieser Hexe ins Bett gehen würde, zur Not würdest du sie hier vögeln wollen, hier in der Zentrale, unter aller Augen.«

Mina legte ihr die Hand auf den Arm; Sancha riss sich los: »Gib es doch zu, du Ekel!«

Für einen Moment hörte man nur lauten, tiefen Atem.

»Wir sollten sie töten«, sagte Firtasch.

Entgeistert sah Rhodan, wie Firtaschs Nachbar Poroschenkow in aller Ruhe die Hand hob und sagte: »Ich bin dafür.«

»Du bist dafür?«, fragte Lupenrayn und lachte höhnisch.

»Natürlich ist er dafür«, kreischte Firtasch. »Er ist Wissenschaftler. Sag ihnen, dass du Wissenschaftler bist!«

»Ich bin Wissenschaftler«, sagte Poroschenkow, packte Firtasch mit beiden Händen an den Wangen, drehte seinen Kopf zu sich und küsste ihn auf den Mund. »Wissenschaftler!«

»Seit sie an Bord ist, geht alles schief«, sagte eine der beiden Frauen, deren Name Rhodan noch nicht kannte. Sie hob den Arm wie zur Abstimmung. »Töten wir sie.« Sie warf ihrer Nachbarin einen auffordernden Blick zu. »Zedym, was ist mit dir?«

»Mir ist es egal«, sagte Zedym und hob den Arm. »Okay.«

Sie sind verrückt geworden, dachte Rhodan. *Der Stress hat ihnen zu sehr zugesetzt. Was für ein Alptraum.* Er schaute nach links, wo er Pao wusste. Er wollte ihr aufmunternd zulächeln, aber Andrasch Lupenrayn und Bohumir Zrapinski waren aufgestanden und hatten sich schützend vor sie gestellt. Er konnte ihr Gesicht nicht sehen.

Zorn kochte in ihm hoch. Was bildeten sich diese beiden Gecken ein? Und obwohl eine sehr leise, sehr ferne Stimme ihm sagte, dass es gut sein könnte, die Frau nicht zu sehen, stand er auf und machte einige Schritte auf Paos Paladine zu. So konnte er immerhin erkennen, dass sie weiterhin entspannt in ihrem Sessel lag, die Beine ausgestreckt, die Füße überkreuz, als genieße sie eine vergnügliche Vorstellung. Die Arme ruhten auf den Lehnen, die schönen Hände hingen regungslos hinunter. Er meinte, ihr Lachen zu hören, wie eine ferne Kirchenglocke, die aus seiner Kindheit zu ihm herüberdrang. So friedlich.

Auch Mina stand jetzt; sie hielt unvermittelt ein Vibratormesser in der Hand. Die Klinge war aktiviert und sirrte hoch und klar. Mina setzte sich in Richtung Pao in Bewegung, wozu sie durch den gesamten Kreis gehen musste. Sancha schrie: »Nein, Mina!«

Rhodan griff nach dem Paralysator, aktivierte ihn im Ziehen. Da erfüllte bereits ein heller Pfeifton kurz den Raum. Mina sackte zu Boden. Lieplich hielt einen Lähmstrahler in der Hand und zielte mal hierhin, mal dorthin. »Wir setzen uns alle wieder«, sagte sie. »Bitte.« Sie setzte sich selbst, ohne den Strahler zu deaktivieren.

Lupenrayn und Zrapinski warfen Pao einen kurzen Blick zu. Pao nickte. Die beiden Männer nahmen neben ihr Platz.

Lieplich seufzte leise. »Perry – bist du klar im Kopf?«

Was sollte diese Frage? »Klar. Was sonst?«, fragte er unwirsch zurück. »Hast du irgendwelche Zweifel?«

Sie seufzte erneut. »Ja. Die habe ich allerdings.« Dann schaute sie nach rechts und Pao an. »Hast du etwas damit zu tun?«, wollte sie wissen.

»Womit?«, fragte Pao zurück und lächelte herzlich. Sie wies auf Mina, die reglos am Boden lag, und Sancha, die demonstrativ von Mina abgewendet saß. »Mit dieser kleinen Eifersuchtsszene? Ja. Entschuldige. Ich wusste nicht, dass ich dich um Erlaubnis fragen muss, bevor ich mit einer deiner Wissenschaftlerinnen schlafe.«

Sancha schrie auf und spuckte in Richtung Pao.

Widerliches Benehmen, fand Rhodan.

Paos Leibgarde schien das nicht anders zu sehen; die Männer stießen einige drohende Worte aus.

Lieplich hob nachdenklich die Waffe und schoss zweimal, die Waffe ruhig auf dem Oberschenkel. Lupenrayn und Zrapinski erschlafften in ihren Pneumosesseln und rutschten zu Boden.

Rhodan sah, wie Lieplich den Paralysator in der Hand wog.

»ARGOS – verschließ die Türen zur Zentrale«, befahl sie.

Ein leises, kaum wahrnehmbares Zischen. Als ob eine Maschine ausatmete. »Erledigt«, sagte ARGOS.

Pao stand langsam auf. Ihr Lächeln war herzerwärmend. Es war Rhodan unbegreiflich, wie man sich so gegen diese Frau vergehen konnte. *Sie Hexe zu nennen.* Es empörte ihn. Am liebsten wäre er ihr beigesprungen, hätte sie in den Arm und gegen diese ungeheuerlichen Verleumdungen in Schutz genommen.

»Perry«, sagte Irene Lieplich leise. »Ich habe schon mit ARGOS meine Probleme. Mit ARGOS und mit der Station. Wenn es nicht so verrückt wäre, würde ich sagen: beide altern. Und das sehr schnell. ARGOS streift die Grenze der Senilität.«

»Das ist kein Grund«, ließ sich die Biopositronik vernehmen.

»Kein Grund wofür?«, fragte Lieplich.

»Das«, begann ARGOS mit großem Nachdruck; dann, nach einer Pause, »ist mir entfallen.«

Lieplich sagte: »Ich muss meine Leute durchbringen, so oder so. Ich würde gern sagen: Ich kann deine Lage verstehen. Aber ich weiß nicht, ob das die Wahrheit wäre. Du hast im Schlaf gesprochen.« Sie wies mit dem Paralysator auf Ghyss. »Und was du gesagt hast, flößt mir kein Vertrauen ein.«

Rhodan warf Pao einen fassungslosen Blick zu, dann starrte er Lieplich an: »Du hast uns abgehört?«

Sancha stieß einen erbosten Schrei aus.

»ARGOS hat ein wenig gelauscht. Perry, wir wissen nicht einmal, ob du Perry Rhodan bist. Du fliegst hier rein mit einem wracken Trawler des Syndikats. Du weist dich aus mit nichts als deinem Gesicht. Ich glaube, du bist es, aber du benimmst dich ... anders, als ich es von dem Residenten erwartet habe.«

Rhodan lachte auf. »Was hast du erwartet? Ich will den Jupiter retten.«

»Wir auch«, sagte Lieplich. »Aber wir können es nicht.« Sie schluckte. »Vielleicht war es mein Fehler. Ich hätte anders reagieren können, als sie vor ein paar Wochen hereinspaziert kam und um Asyl gebeten hat.« Sie wies wieder mit dem Paralysator auf Pao.

Sie wird sie noch erschießen, dachte Rhodan. *Eine kleine Unachtsamkeit, und der Strahler ist im Impulsmodus.* Er sagte: »Du willst ja wohl nicht behaupten, dass Pao zur Cor gelaufen ist, oder?«

»Doch«, konterte Lieplich. »Genauso ist sie gekommen. Zu Fuß. In einem Skaphander. Und zwar allein.«

»In einen Skaphander passen bis zu drei Menschen«, hörte Rhodan Firmion Guidry sagen, den er völlig vergessen hatte. Der Ganymedaner lachte. »Allerdings sollte man keine Scheu voreinander haben.«

»Wie schnell ist ein Skaphander?«, fragte Rhodan. Er sah Pao an.

Pao erwiderte: »Wenn man schnell ist: zehn bis fünfzehn Kilometer in der Stunde.«

Rhodan nickte. »Dann musst du mir, fürchte ich, doch eine der Panzerraupen geben.«

»Wozu?«, sagte Lieplich. »Sie funktionieren doch nicht.«

»Sagt ARGOS?«

»Ja«, sagte Lieplich.

»ARGOS, der kaum noch weiß, was er redet«, stellte Rhodan fest, hob den Paralysator ein wenig und zielte aus der Hüfte auf Lieplich. Sie hatte die Waffe offenbar noch gar nicht wahrgenommen und schaute unendlich überrascht, als sie vom Sessel glitt. Firtasch und Poroschenkow versuchten, sie aufzufangen. Poroschenkow bückte sich zugleich nach dem Paralysator, der Lieplich aus der Hand gefallen war.

Im selben Moment war aber bereits Pao Ghyss da und ergriff die Waffe. Ohne zu zögern, schoss sie auf Schmiff, dann auf Charmyn und den anderen Wissenschaftler, dann auf die vier Frauen.

Firtasch und Poroschenkow hielten die paralysierte Chefwissenschaftlerin. Lupenrayn und Zrapinski standen regungslos.

»Es war eine schwache Dosis«, sagte Rhodan Richtung Lieplich. »In einer Viertelstunde bist du wieder auf den Beinen.« Er sah die beiden Männer an, die sie hielten. »Tut mir leid«, sagte er. »Ich kann nicht riskieren, dass ihr meinen Plan sabotiert. Legt euch bequem hin.«

Firtasch und Poroschenkow gehorchten schweigend, nachdem sie Lieplich behutsam auf den Boden gebettet hatten.

Dann paralysierte er sie aus nächster Nähe und mit der versprochenen schwachen Dosis. Er kniete kurz nieder und sah alle drei atmen. Lieplich lag so, dass er ihr in die Augen sehen konnte. Es lag ein merkwürdiger Ausdruck in ihrem Blick, kein Zorn, keine Enttäuschung. Wenn es nicht so absurd gewesen wäre, hätte er diesen Ausdruck als Warnung gedeutet, als wollte sie etwas sagen wie: Vorsicht! Es steht jemand hinter dir.

Er nickte ihr lächelnd zu und erhob sich. »Also dann«, sagte er an Pao gewandt. »Du weißt, wo die Panzerraupen sind?«

»Im selben Hangar wie mein Skaphander.«

»Du bist wirklich zu Fuß gekommen?«

»Ja.« Sie ging auf Zrapinski und Lupenrayn zu und küsste sie flüchtig auf den Mund. »Danke für alles«, sagte sie.

»Wir kommen natürlich mit«, sagte Zrapinski und nestelte an seinem Ohrring. »Schon aus wissenschaftlichen Gründen.« Er grinste schief.

»Nein«, sagte Pao. »Das glaube ich nicht.« Mit einer Bewegung, noch flüchtiger als ihre Küsse, hatte sie die Waffe gehoben und die beiden paralysiert.

»Wir sind ein gutes Team«, sagte Rhodan.
»Noch nicht«, sagte Pao. »Aber wir werden es sicher.«

Sie hatten keine Zeit zu verlieren. Rhodan erinnerte sich, dass die Hangarebene knapp unterhalb des Pols der Station lag. Sie nahmen den Turbolift. Pao Ghyss fragte: »Verrätst du mir deinen Plan?«
»Einfacher Plan«, antwortete Rhodan, als sich die Lifttür wieder öffnete. »Wir gehen *in medias res*. Ins Zentrum des Geschehens.«
Pao lachte ihr beseligendes Lachen. »Wir *gehen*? Mit dem Skaphander?«
»Ich habe gehört, es sei ein Drei-Personen-Skaphander«, sagte Rhodan. »Klingt doch gemütlich.«
»Wird es sein«, versprach Pao. »Allerdings werden wir zu spät kommen.«
Rhodan nickte. »Wir werden sehen. Schauen wir uns den Trawler an.«
Keine zwei Minuten später standen sie vor der alten Bell & Dornier-Klasse-CVI-Jet. Sie sah erbarmungswürdig aus. Neben der Jet stand ein Reparaturroboter, dessen primitives Diagnosekabel in einer Buchse steckte.
Auch die Maschine schien das Zeitliche gesegnet zu haben. Rhodan klopfte ihr mit dem Griff der Waffe auf den metallischen Schädel. »Hörst du mich?«
»...chöre ...«, sagte der Bot.
»Status des Trawlers?«
»...esolat. Flugkapzt bei lf Prozen. Sfall der Feldschrrrprektoren ...«
Der Roboter klang immer unverständlicher. Was Rhodan noch zu verstehen meinte, war, dass die Expansionskammer des Pulsationstriebwerks irreparabel geschädigt und ihre Inbetriebnahme lebensgefährlich sei, weil die Kammer, in der der angesaugte Wasserstoff nuklear erhitzt wurde, jederzeit explodieren könnte.
Er betrachtete das Wrack. »Wenn sie uns nur noch ein kleines Stück tragen könnte, einmal über den Metallozean hinaus, eine Parabel von wenigen Hundert Kilometern durch die gasförmigen Regionen ...«

Dort hatte die Jet immerhin eine Höchstgeschwindigkeit von zweitausendfünfhundert Kilometern pro Stunde erreicht.

Firmion Guidry sagte: »Es käme auf einen Versuch an. Schlimmstenfalls stehen wir da, wie wir jetzt dastehen.«

Pao lachte wie von weit her: »Schlimmstenfalls sind wir atomarer Staub.«

Rhodan nickte. »Ich werde es versuchen. Es ist wohl nicht damit zu rechnen, dass wir es mit dem Trawler bis zum Fluktuationstransmitter schaffen. Wir nehmen eine der Panzerraupen an Bord und deinen Skaphander.« Er schaute Pao fragend an. »Ist das okay?«

Sie nickte zurück. »Ich gehe in den Hangar hinüber und schaue, welche der beiden Raupen das geringere Risiko für uns ist. Bis ihr die alte Bell gestartet habt, habe ich den Skaphander in der Raupe.«

Ohne eine Antwort abzuwarten, lief sie los.

Guidry rief ihr hinterher: »Angenommen, du schaffst es – wie erkennen wir, welcher der beiden Hangars es ist?«

»Es wird der sein, dessen Schott sich öffnet«, sagte Rhodan. Dann winkte er Guidry. Sie bestiegen den Trawler.

Diesmal dauerte es einige Minuten, bis sich die Bordpositronik meldete. Rhodan hatte einige Male den Kontaktsensor betätigen müssen. Endlich sagte die Stimme: »Ihr wünscht zu starten?«

»Ja«, sagte Rhodan. »Schaffst du das?«

»Ich diagnostiziere erhebliche Schäden, befinde mich aber in essenziellen Funktionsarealen in einer Phase fortschreitender Regeneration.«

Waren die Robots von Cor doch erfolgreicher gewesen, als ARGOS es ihm verraten hatte?

Überhaupt ... ARGOS. »Nimm Kontakt auf zur Biopositronik der Cor-Jupiter-Station«, befahl er.

Einige Minuten verstrichen. »Kontakt steht«, sagte die Bordpositronik.

»ARGOS hier.«

»Übermittel meinem Bordhirn die Koordinaten des Fluktuationstransmitters.«

»Daten übermittelt.«

Rhodan nickte. »Wie geht es deiner Mannschaft?«

»Den organischen oder den robotischen Mitgliedern?«

»Den organischen.«

»Besser als den robotischen«, sagte ARGOS. »Meine Medorobots melden stabile Biodaten. Die Medorobots selbst dagegen zerfallen. Es ist ein Jammer.«

»Danke. Deinen Robots alles Gute. Sorge bitte für einen Druckausgleich und öffne das Schott. Rhodan Ende.«

Firmion Guidry war selbstverständlich bereits wieder eingeschlafen. Rhodan überlegte, ob er den Ganymedaner für die Dauer des Fluges in eine Kabine schaffen lassen sollte. Dann hätte Pao Ghyss neben ihm sitzen können.

Andererseits fühlte er sich mit Guidry an der Seite unerklärlicherweise wohl. Er hätte ihn ungern abgeschoben. Pao andererseits ... Nun, das konnte er immer noch entscheiden.

Der Trawler hob sich, schwankte, stabilisierte sich.

»Tunnelfeld etabliert«, hörte er die Stimme von ARGOS.

Die Schotte glitten zur Seite und gaben den Weg frei.

Sie flogen in die Nacht.

Das Andockmanöver der Panzerraupe erwies sich als wesentlich schwieriger. Die Fahrzeuge hatten nur eine vage Ähnlichkeit mit den irdischen Tieren, die ihnen den Namen geliehen hatten. Sie bestanden aus drei Kugelsegmenten von je vier oder fünf Metern Durchmesser. Natürlich – eine Kugel bot ideale Bedingungen, Druck von allen Seiten auszuhalten.

Die erste Kugel des Fahrzeugs nahm die Piloten und gegebenenfalls das wissenschaftliche Begleitpersonal auf; die zweite enthielt Ortungs- und Messgeräte, die dritte den Generator, den Antigravprojektor und den Motor des Fahrzeugs, der zwei Ketten antrieb.

Die Kugel sowie die Kettenglieder schimmerten im typischen Blauton von Terkonit, erkannte Rhodan, jenes Metallplastiks, das überwiegend im Raumschiffsbau verwendet wurde. Zwölfmal so fest wie Arkon-Stahl.

Der Schmelzpunkt von Terkonit lag bei etwa 35 000 Grad Kelvin – und damit gute 4000 Grad über den Hitzegraden, die sie in der Nähe des Kerns erwarteten. *Blei schmilzt bei 600 Grad, Eisen bei 1800 Grad, Diamanten bei 3800 Grad,* rief sich Rhodan in Erinnerung. *Unsere ganze Welt würde am Grund des Jupiter verflüssigt. Aber wir werden keine Flamme sehen. Wir werden gar nichts sehen in dieser Welt aus metallischem Wasserstoff – unter dem Druck von Hundert Millionen Atmosphären.* In den tiefsten Abgründen der irdischen Ozeane betrug der Druck etwa 1000 bar.

Sie verloren fast eine halbe Stunde, bis das Fahrzeug unterhalb der Jet fixiert war.

Dazu hatten sie die Hyperkristall-Körbe aus den Dockbuchten lösen und abwerfen müssen. Die Kollektortentakel waren nun so ausgerichtet, dass sie die Raupe umklammerten.

»Wo bleibst du?«, fragte Rhodan Pao über Funk.

»Ich bin im Skaphander«, antwortete sie. »Ich habe ihn in die Raupe manövriert. Wenn ich jetzt aussteige, verlieren wir viel Zeit.«

»Schade«, sagte Rhodan.

»Keine Sorge«, hörte er Paos wunderbar unbekümmerte Stimme. »Die Bordpositronik der Raupe hat mit deiner Positronik konferiert. Man garantiert mir, dass der Feldschirm der Raupe mit dem des Trawlers fusionieren wird. Ich bin also bestens verpuppt.«

Firmion Guidry rekelte sich in seinem Pneumosessel und gähnte vernehmlich. Er sagte: »Weck mich, wenn wir da sind.«

Dann übernahm Rhodan die Sensorsteuerung und zog den Trawler nach oben.

Kein Problem. Der alte Risikopilot ist wieder im Einsatz.

Tatsächlich schien sich der Trawler zu regenerieren. *Ein Ding der Unmöglichkeit,* dachte Rhodan.

Welche Erklärung konnte es geben? War die alte Jet ein Machwerk, das seine Invalidität nur vortäuschte? Wer sollte dieses Täuschungsmanöver inszeniert haben? Und das so überzeugend, dass es nicht nur Rhodan genarrt hatte, sondern die Reparaturrobots von Cor Jupiter? Die eigene Bordpositronik?

Rhodan schaute den schlafenden Firmion Guidry an. *Die andere Möglichkeit.*

Er wollte es wissen. Er musste wissen, mit wem er unterwegs war. Rhodan rüttelte Guidry an der Schulter, bis der Ganymedaner die Augen aufschlug.

»Sind wir schon da?«

»Nein«, sagte Rhodan. »Aber es ist Zeit für die Wahrheit.«

»Aha.«

Rhodan vollführte eine kreisende Bewegung mit der Hand, die den gesamten Trawler einschloss. »Wir fliegen in einem Wrack, das, ginge es mit rechten Dingen zu, nicht einmal den Hangar von Cor hätte verlassen können. Kaum bist du an Bord, scheinen sich die Schäden von selbst zu beheben. Das geht aber weit über die Kompetenz einer alten alte Bell & Dornier-Klasse-CVI-Space-Jet hinaus. Da ich es nicht bin, der diese mechanische Wunderheilung bewirkt, bleibt nur eine Erklärung: Du hast etwas damit zu tun. Sag mir jetzt, wer du bist und was du tust.«

Firmion Guidry breitete die Arme zu einer Geste ratloser Entschuldigung. »Ich bin Pinocchio.«

Rhodan lachte über diese groteske Behauptung. Woher kannte Guidry überhaupt eine Figur wie Pinocchio?

»Du bist Pinocchio?«, fragte er nach. »Ganz sicher?«

»Naja – ich bin nicht *der* Pinocchio, sondern *ein* Pinocchio. Eine Art Pinocchio. Es ist so ...«

»Es ist wie?«, ermunterte ihn Rhodan.

»Dieser Pinocchio war eine Holzpuppe, und er wollte nichts so sehr, wie ein richtiger Junge aus Fleisch und Blut werden. Und ich – nun ja, ich bin zwar aus Fleisch und Blut, und manchmal habe ich das Gefühl, ich wäre etwas wie eine Maschine. Ein Ding.«

»Wie meinst du das?«

»Ich weiß es nicht. Ich kann mich manchmal in Maschinen einfühlen, und zwar in defekte Maschinen. Ich spüre, was sie leiden. Was sie ...«

»Maschinen leiden nicht«, widersprach Rhodan.

»Schon klar«, sagte Guidry. »Ich bin kein Idiot. Ich *weiß* das, *spüre* aber etwas anderes. Dann möchte ich die Maschinen trösten. Oder heilen. Je nachdem.«

»Warum?«

»Weil ich es kann«, sagte Guidry. »Hast du noch nie Dinge getan, nur weil du es kannst?«

Rhodan war ein wenig verdutzt. Was für eine Frage. Hatte er? Er winkte ab. »Wie auch immer. Du willst Maschinen heilen?«

»Ich kann es. Und manchmal will ich es auch. Dann tue ich es.«

Der Ernst in Guidrys Blick und die Tatsachen, die Ereignisse, deren Zeuge Rhodan geworden war, schwächten Rhodans Zweifel. Das würde manches erklären – auch die Tatsache, dass der junge Mann ein zerschossenes Schloss hatte öffnen können. Aber wie heilte er die Maschinen? Er hatte ja an Bord des Trawlers nie Hand angelegt.

Die Lösung drängte sich auf: auf parapsychische Weise. *Firmion ist ein Mutant.* Möglicherweise bloß ein Tau-acht-Mutant, vielleicht aber auch ein echter Mutant. *Oder ein echter Mutant, dessen Begabung durch Tau-acht erheblich verstärkt worden war. Ein Para-Therapeut für Maschinen.*

»Leider ...«, sagte Guidry und verstummte.

»Leider was?«

»Leider ist das, was ich für die Maschinen tun kann, nicht immer sehr nachhaltig. Wenn ich nicht dabeibleibe, mich nicht um sie kümmere, brechen die alten Wunden wieder auf, und sie werden wieder schwach. Manchmal sogar schwächer als zuvor.« Er lachte übertrieben laut. »Ich fürchte, ich bin kein besonders guter Heiler.«

Ein ganz besonderer Heiler bist du schon, dachte Rhodan. »Konntest du das immer schon?«

»Ich weiß es nicht. Ich glaube, ja. Meine Eltern mochten das nicht, wenn ich ihnen etwas *so* repariert habe. Und so oft ging ja auch nicht etwas kaputt.«

Rhodan nickte. So also. Die Konturen zeichneten sich ab: die Eltern und das Kind, das sie in vieler Hinsicht überforderte. Die beschämende Krankheit. Dazu die Schwäche des Jungen für defekte Apparate. Hatten die Eltern vielleicht sogar Firmions Gabe als parapsychisch identifiziert und nicht gewollt, dass ihr Sohn in den Dienst der Liga trat?

Weil die Einsätze im Liga-Dienst oder in der Flotte lebensgefährlich sein konnten? Hatten sie ihren Sohn schützen wollen?

Ein leichtes Schwindelgefühl – Rhodan merkte auf und wollte eben die Sprechtaste berühren, als sich die Bordpositronik meldete: »Wir haben den Höhepunkt der Parabel erreicht und gehen jetzt in den Sinkflug in Richtung der Zielkoordinaten über.«

Rhodan warf einen Blick aus der Kanzel. Eine merkwürdige Leuchterscheinung loderte über ihnen, eine kalte, kreisförmige Landschaft aus Licht. *Io*, dachte er. *Die Spur, die er durch die Jupiteratmosphäre zieht.* Der Mond war über Magnetfeldlinien direkt mit dem Planeten verbunden. Die Linien stellten einen elektrisch leitenden Kontakt her, in dem ständig ein Strom von einer Million Ampere zwischen den beiden Himmelskörpern floss. Wo diese Linien auf die Atmosphäre trafen, erschien ein starkes, zirkulares Licht. Es folgte der Bewegung Ios auf der Umlaufbahn.

Das Phänomen kippte nach hinten weg, als sich der Trawler steiler stellte und den Sinkflug beschleunigte. Rhodan wendete sich wieder Guidry zu. »Dieses Einfühlen, oder wenn du dich um die erkrankten oder verletzten Mechanismen kümmerst – wie machst du das?«

Firmion Guidry zuckte mit den Achseln. »Schwer zu sagen. Sie sind anders als ich. Viel einfacher, aber auch viel – nun ja: zerstreuter. Sie haben keine Mitte, sie sind nicht wie ich – oder wahrscheinlich ja auch du, wie alle Menschen – irgendwo im Kopf, hinter unserer Stirn. Maschinen haben keinen solchen Sitz in sich. Sie sind überall in sich. Nirgends besonders. Nirgends ganz bei sich.« Er dachte nach. »Es sei denn natürlich, sie haben ein gemachtes Ich.«

»Eine künstliche Intelligenz«, half Rhodan aus.

»Ja. Die sind wieder anders. Mit denen mag ich nichts zu tun haben.«

»Hattest du oft mit ihnen zu tun?«, fragte Rhodan, der sich der Faszination des Gesprächs nicht entziehen konnte. Er hatte mit so vielen Bewusstseinen kommuniziert, sich aber selten gefragt, wie sie dachten, wie sie und ob sie empfanden.

»Ich kenne nur ein künstliches Ich«, sagte Guidry. »MERLIN.«

Rhodan hob unwillkürlich die Brauen. MERLIN. Die alte Positronik des ehemaligen Ultraschlachtschiffes, der jetzigen Faktorei. Besaß diese Schiffspositronik tatsächlich ein eigenes Bewusstsein? »Wie ist dieses Ich?«, wollte er wissen.

Guidry zuckte wieder mit den Achseln, etwas abwehrender, wie Rhodan schien. »Misstrauisch«, sagte er. »MERLIN schmeckt jedes Daten-Quäntchen durch, wieder und wieder. Oh, natürlich sehr schnell, Millionen Mal in einer Sekunde. Aber es ist ihm eine Last, an das zu glauben, was ihm die Datenströme vermitteln. Die Datenwelt quält ihn, sie ist wie ein Schmerz, der alles begleitet. Aber MERLIN weiß, dass er dieser Schmerz selbst ist. Erlischt der Schmerz, erlischt MERLIN.«

»Hast du mit MERLIN gesprochen?«

Firmion Guidry lachte. »Nein. Ich habe mich nicht ganz in ihn hineingefühlt. Ich habe mich ihm eher – angefühlt.«

Rhodan spürte, wie sehr das Gespräch Guidry anstrengte. Natürlich – musste es für diesen Para-Maschinentherapeuten nicht ebenso schwierig sein, Rhodan seine Welt zu erklären, wie es Rhodan gefallen wäre, einem Blinden die Farbe Blau zu erklären? Oder ...

Rhodan erschrak: »Ich lenke dich ab«, sagte er. »Und das schadet dem Trawler.«

»Ja«, sagte Guidry und schloss träge die Augen. »Ich kann ihn kaum noch halten.«

»Entschuldige«, sagte Rhodan.

Guidry schwieg. Rhodan überlegte einen Moment, dann streckte er seinen Arm aus und griff seine Hand. Er spürte, wie der Ganymedaner die Finger streckte und erstarrt hielt.

Aber nicht lange.

Dann entspannte er sich und drehte die Hand so, dass ihre Innenfläche in Rhodans lag.

So hielten sie einander an der Hand, während der Trawler zurück in die Abgründe aus Gas und Finsternis tauchte.

Einige Dutzend Kilometer oberhalb der unscharfen Demarkationslinie, unterhalb derer Jupiter sich verflüssigte, stiegen sie um. Wie geplant, hatte der Trawler den größten Teil der Strecke im Parabelflug überbrückt. Firmion Guidry hatte sich außer Stande gesehen, den Trawler so tief innerhalb des Gasozeans zu führen. Er konnte Maschinen rekonstruieren und ihnen ihre alte Funktion ermöglichen, konnte ihre Leistung sogar optimieren. Parapsychisch umzubauen vermochte er sie nicht.

Die letzten dreißig Kilometer würden sie mit der Panzerraupe zurücklegen müssen.

Pao hatte die Panzerraupe so platziert, dass der auf der Oberseite der Raupe angebrachte Eingang in die Schleuse am Grund der Andockmulde ragte.

Rhodan sah, wie Firmion Guidry sich mit den Beinen in die Raupe herabließ, kurz den Köper auf die gestreckten Arme stützte, dann ganz in das kompakte Fahrzeug abtauchte.

Rhodan folgte.

Der Trawler schwankte und heulte. Keine Minute länger, schätzte Rhodan, und die alte Jet würde außer Kontrolle geraten.

Er rutschte in die Raupe und zog die Luke hinter sich zu. Mit einem Schmatzen versiegelte sich der Eingang.

Der Skaphander hockte im hinteren Teil der Kabine wie ein trauriger Koloss. Der schwere Anzug war annähernd zweieinhalb Meter hoch und in der Schulter beinahe zwei Meter breit. Der Helm besaß keinen transparenten Bereich, kein Sichtfenster. Rhodan sah stattdessen einige kreisförmig über der glatten Fläche des Gesichtes angebrachte Photosensoren leuchten.

Das ganze Gebilde war so riesig, dass es sich hatte Platz schaffen müssen. Was immer sich sonst in der Kabine befand – Notsitze, Ausrüstungsschränke –, war vom Skaphander aus den Verankerungen gebrochen und zerquetscht worden.

Zu seinem Erstaunen schimmerte Paos metallische Rüstung rosafarben – was bedeuten musste, dass sie aus einer Ynkelonium-Legierung bestand, vermutlich Ynkonit, einem Werkstoff, der selbst Terkonit noch in Sachen Schmelzpunkt und Stabilität überbot.

Wie, um alles in der Welt, hatte Pao den Skaphander in die Raupe geschafft?

»Sitzt du bequem?«, fragte er nach hinten, während er sich in der Pilotenmulde einrichtete.

»Traumhaft«, antwortete Pao, deren Stimme durch den Lautsprecher kaum merklich verzerrt wurde.

Er musste die Beine ausstrecken und dann die Steuerkonsole an einem Gelenk zu sich heranziehen. Die Konsole rastete kurz über seinem Schoß ein.

Guidry saß – oder besser, lag hinter ihm.

Die Kontrollholos bauten sich auf. Das Antigravtriebwerk ging online.

Rhodan wusste, dass die Raupe – ein gedrungenes Kettenfahrzeug, das eigens für den Einsatz unter den widrigsten Bedingungen im Kernbereich Jupiter konstruiert worden war – in einem desolaten Zustand war. Die Reparaturroboter von Cor hatten kapituliert. Er fragte Guidry: »Sind wir so weit?«

»Ich habe mich eingefunden«, sagte Guidry schläfrig.

»Raupe abtrennen«, befahl Rhodan dem Schiffshirn.

Mit einem kleinen Klick, als ob eine dünne Porzellanscherbe zerbräche, löste sich die Raupe aus dem Muldendock. Rhodan konnte im Holo beobachten, wie sich der Abstand zwischen ihr und dem Trawler zunächst kaum verringerte, weil auch die alte Jet noch Richtung Kern flog.

Aber nicht mehr lang. Dann stellte sie sich weisungsgemäß parallel zum Kern und jagte mit Höchstgeschwindigkeit davon.

Selbst in dem kleinen Holo der Raupe war zu sehen, dass ihr Flug nicht eben ruhig verlief.

Kurz danach verschwand der Trawler aus dem Holo.

Die Ortung zeigte an seiner Stelle eine Nuklearexplosion an. Die alte Bell & Dornier Klasse CVI hatte den Abbruch ihrer Therapie durch Guidry nicht lange überstanden. Die Expansionskammer des Pulsationstriebwerks war geborsten.

Nicht einmal dreißig Minuten später setzte die Raupe auf dem Kern des Planeten auf. Mit einem vorsintflutlich lauten Röhren sprangen die Motoren an. Die Ketten begannen zu rollen.

Die Luft war schlecht und wurde schlechter. Er überlegte, ob er Guidry auf dieses Defizit hinweisen sollte, unterließ es aber. Er hätte den jungen Mutanten dazu, wenn er die Struktur der Verbindung recht verstand, aus dem Schlaf reißen müssen. Der wache Guidry schien aber nicht oder kaum in der Lage, einen Kontakt zu der Maschinenwelt aufrechtzuerhalten.

Rhodan nahm die mangelhafte Qualität in Kauf. Für Pao sollte die Atemluft keine Schwierigkeit darstellen. Der Skaphander würde sie versorgen.

Etwas mehr als zehn Kilometer vor ihrem Ziel seufzte Guidry tief auf. Der Motor der Panzerraupe schrillte auf. Etwas zerbrach. Alles war still. Die Raupe blieb stehen. »Sind wir schon da?«, fragte Guidry.

»Nicht ganz«, sagte Rhodan. »Wie geht es dir?«

»Ich bin erschöpft«, sagte Guidry. »Tut mir leid.«

Sie mussten die Raupe aufgeben.

Rhodan hätte schon Minuten später nicht mehr zu sagen gewusst, wie – aber es gelang. Zunächst war er unter akrobatischen Verrenkungen, die Mondra vor Neid hätten erröten lassen müssen, in den Skaphander zugestiegen, in den Teil, den Pao als den Rucksack des schweren Geräts bezeichnet hatte.

Er spürte, dass nicht mehr als eine allerdings spürbare Schicht zwischen ihm und Pao lag. Er hielt sie gewissermaßen umfasst, spürte mit seinen Armen ihre bis zum Ellenbogen, ihre Hüfte zwischen seinen bald schmerzhaft ausgebreiteten Schenkeln, den Verlauf ihrer Beine, die seine Knie mit jedem ihrer Schritte bogen.

Er spürte jede Bewegung ihres Kopfes, aber er hatte doch keinen wirklichen Körperkontakt. Die Folie zwischen ihnen war von einer nur teilweise angenehmen Kühle und roch nicht etwa nach ihrer

Haut, ihrem Haar, sondern neutral wie Wasser. Er wusste, welche schreiende Hitze um ihn sein würde, sobald sie die Raupe verlassen hätten, dennoch wäre ihm wohler gewesen, etwas mehr Wärme zu spüren, ihre Wärme.

Seine Hände steckten in ungegliederten Fausthandschuhen, er bewegte die Finger, versuchte zu tasten, aber alles war weich, amorph wie Schaumstoff – es fühlte sich ganz und gar nicht so an wie ihr Arm, an dem seine Hände doch anliegen mussten.

»Jetzt, Guidry«, sagte Pao. Ihre Stimme klang angenehm nah, aber sie drang irritierenderweise nicht von vorn, wo ihr Kopf lag, sondern von den Seiten an Rhodans Ohren. Die Folie schirmte also sogar den Schall ab.

Guidrys Zustieg in die Frontseite des Skaphander war ungleich komplizierter. Der lange, schlaksiger Ganymedaner musste sich kleinmachen, die Beine anziehen und kam, wie Rhodan Paos ruhigen, aber bestimmten Anweisungen entnahm, halb seitlich vor ihrem Bauch zu liegen, die Arme um die angezogenen Beine geschlungen.

So liegt man also in der – wie hat Pao es genannt? – Frischhaltebox, dachte Rhodan.

Kein Wunder, dass der Skaphander einige Rechenkapazität benötigen würde, um bei dieser Art von Belegschaft das Gleichgewicht zu halten.

»Seid ihr so weit?«, fragte Pao.

»Ja«, hörte er Guidry antworten.

»Ja«, sagte er.

Die Folie vor seinen Augen schimmerte auf, wurde hell. Ein etwas verwaschenes, altertümlich-zweidimensionales Bild baute sich auf. Es schwankte und kippte mal nach links, mal nach rechts. Rhodan brauchte einen Moment, um zu begreifen, dass er sah, was Pao sah.

Das versöhnte ihn.

»Wir richten uns auf«, kündigte Pao an.

Er hatte gewusst, dass sie mit dem prall gefüllten Skaphander nicht mehr durch das enge Schott der Panzerraupe passen würden. Aber er hatte sich nicht klargemacht, was das bedeutete.

Pao erhob sich mit dem gewaltigen Anzug, breitete ihre – und damit zugleich Rhodans – Arme aus und sprengte die Panzerraupe von innen auf. *Unmöglich, dachte Rhodan. Nicht bei dem Druck, der von außen gegenhält.*

Aber es war möglich. Die Kraftverstärker in den Außengelenken hatten nur kurz aufgeheult. Der Skaphander schwankte und wurde gegen die Wandung gepresst, als der metallische Wasserstoff einströmte und die Inneneinrichtung auslöschte.

Schlagartig war die Folie schwarz geworden; erst allmählich konstruierte die Positronik ihres Körperpanzers aus den eingehenden Daten ein Bild: ein mit nichts als flüssiger Finsternis gefülltes Bassin aus Terkonit.

Er hörte Pao lachen: »Wir entpuppen uns«, sagte sie vergnügt.

Sie arbeiteten sich heraus und rutschten die Wölbung der Raupe hinunter.

Dann berührten die Sohlen des Skaphanders den Boden. *Ich stehe auf dem Jupiter,* dachte Rhodan. *Einem der menschenfeindlichsten Orte des Solsystems.* Schwanken, sich fangen, erste Schritte. Rhodan fühlte sich wie eine Marionette, die Beine nicht von ihm selbst bewegt. Er brauchte einige Minuten, bis er sich entspannen und den Bewegungen des Geräts überlassen konnte, ohne seine Muskeln dagegen anzuspannen.

»Wie weit haben wir es, wie lange werden wir brauchen?«, fragte er.

»Elfeinhalb Kilometer bis zum Zentrum des Fluktuationstransmitters«, sagte sie. »Eine, vielleicht zwei Stunden.«

Rhodan spürte die gewaltige Kraft, die der Skaphander entfaltete, die ihn nach vorne presste und durch das von keinen irdischen Sinnen fassbare, beinahe metaphysische Medium aus flüssigem Gasmetall schob. Er schaute in die Folie. Vor ihnen: nichts. Eine amorphe Welt. Unmittelbar unter ihren Füßen: die wahre Oberfläche des Jupiter. Von den Jahrmilliarden gleichmäßigen Abschliffs polierter Fels, poliertes Eisen. Für einen Moment hatte er das untrügliche Gefühl, die Oberfläche des Kerns spiegele die Schwärze des Gasmeeres. Ihm war, als vervielfache, vertausendfache sich dadurch die Finsternis.

Er unterdrückte einen Aufschrei.

»Alles okay bei euch?«, fragte Pao.

Wie sensibel sie war, das genau jetzt zu fragen, und es nicht nur ihn, Rhodan, zu fragen, sondern Guidry mit einzubeziehen.

Sie ging Schritt um Schritt um Schritt, und sie ging schnell.

Obwohl es so rasch ging, wirkte der Rhythmus bald einschläfernd auf Rhodan. Er spürte, wie seine Stirn die Folie berührte, und schreckte zurück. *Nicht wegnicken,* mahnte er sich.

Es half nichts.

Schon waren die Augen ihm erneut zugefallen. Er versank in Schlaf, und gleich darauf bedrückte ihn ein wirrer Traum, als hätte er in den Kammern des Schlafs bereits auf der Lauer gelegen. Auch in diesem Traum marschierte er über Jupiter, aber nun war er allein.

Das ist falsch, dachte er. *Wo sind die anderen?*

Er sah sich um. Er hatte nie ein leereres Land gesehen. Der Horizont lag in einer unfasslichen Ferne und war fast frei von jeder Krümmung, nichts als ein schmerzhaft gerader Strich, der Himmel und Erde teilte.

Wie der Strich unter einer alten Kaufmannsrechnung. Als hätte man alle Leeren des Himmels zu summieren und als Gewinn für die Erde einzustreichen.

Aber die Summe konnte nichts anderes sein als null. *Das ist doch Mist, Homer,* entfuhr es ihm. *Hier ist nichts und niemand. Hier machen wir kein Geschäft.*

Homer G. Adams nickte bekümmert. Er saß da an einem lächerlich kleinen Tisch mit einer alten, eisernen Registrierkasse. Rhodan konnte den Markennamen lesen, die geschwungenen, silbernen Lettern: Valentiny. Der Geldschub war geschlossen; das Zählwerk zeigte nichts an. Homer trommelte mit Zeige- und Mittelfinger der rechten Hand nervös auf dem Auslöschknopf.

»Nichts und niemand«, bestätigte Homer.

»Lass uns nach Hause gehen«, sagte Rhodan.

Homer sah ihn verwundert an. »Sind wir denn hier nicht zu Hause?«

Rhodan lächelte freundlich. Was war mit Adams los? Wurde er senil? Rhodan wies mit ausgestreckter Hand in die ausnahmslose

Finsternis und sagte: »Aber nein. Das ist nicht unser Zuhause. Wir sind auf dem Jupiter.«

Zugleich fragte er sich, seit wann die Finsternis so durchsichtig geworden war. Gläsern und rein wie eine Seele.

Nun ja. Seine Augen würden sich einfach an die Dunkelheit gewöhnt haben.

Adams war fort. Er hatte wohl zu heftig mit der Auslöschtaste gespielt. Rhodan grinste schief. Die treulose Tomate, dieses *rotten thing* hatte ihn allein auf dem Jupiter zurückgelassen. Oder, um der Wahrheit die Ehre zu geben: Er hatte sich in eine Tomate verwandelt. Sie lag rot und etwas matschig auf dem kleinen Tisch, neben der Registrierkasse.

Rhodan setzte sich. Er wog die Tomate in der Hand. Oh, er hätte schon Lust gehabt, sie zu essen. Nannte man irgendwo Tomaten nicht auch Paradiesäpfel? Hatte nicht seine Großmutter sie manchmal so genannt, in ihrer transatlantischen, ja geradezu jenseitig-jupiteranischen Sprache?

Paradiesäpfel. Wenn es denn Paradiesäpfel waren, musste dann nicht hier das Paradies sein? Die Logik erschien ihm zwingend. Er war also im Paradies. Kein Zweifel. Aber wo waren dann die Engel? Denn Engel, auch das ein zutiefst logischer Schluss, bildeten die natürliche Population des Paradieses.

Tatsächlich erschienen ihm nun einige Engel. Allerdings wirkten sie – das musste er leider sagen – etwas derangiert, um nicht zu sagen heruntergekommen. Klapperdürr, man konnte jeden Knochen sehen. Schlecht verkleidete Skelette. Wie verloren flatterten sie durch den himmlischen Leerraum.

Rhodan versuchte, sie mit einer Hand zu verscheuchen, aber sie taten, als sähen sie ihn nicht.

Was für ein wirrer Traum, sagte er sich. Er wusste ja, dass er träumte, dass er in Wirklichkeit in einem Skaphander über den innersten Kern des Jupiter wandelte.

Freilich bedeutete das: Sie wanderten über den Grund eines elektrischen Meeres, und da auch das Gehirn bioelektrische Felder produzierte, stellte sich die Frage: Warum sollte sein Hirn, das sich aus irgendwelchen Gründen im Schlaf aktiviert hatte, für die elektrischen Ströme hier nicht ansprechbar sein? Unter dem Einfluss elektromagnetischer Felder neigten Menschen dazu, Dinge zu sehen, denen nichts Reales entsprach. Gegenstandslose Leuchterscheinungen, die sich ausschließlich im Hirn abspielten, Lichtblitze, farbige Flächen, Magnetoposphene.

Und er bewegte sich derzeit im mächtigsten planetaren Magnetfeld des Solsystems.

Kein Wunder, dass seine Träume auf Jupiter sich so deutlich von denen auf Terra unterschieden. Sie waren außerirdisch, überirdisch, menschenfern.

Vorsicht!, mahnte er sich. *Denk logisch. Wenn das alles nur ein Traum ist, dann schläfst du. Du solltest aber nicht schlafen. Du bist in Gefahr. Die ganze Welt ist in Gefahr. Du läufst in eine Falle.*

Er sah sich genau in diesem Skaphander, allerdings kopfunter gehen. Keine Frage, der schwarze Spiegel der Kernoberfläche stellte hier alles auf den Kopf. Andererseits hatte es ja seine Richtigkeit, wie Rhodan plötzlich begriff: War nicht alles – war nicht er selbst auf den Kopf gestellt? Aber wer oder was hätte ihn auf den Kopf gestellt? Konnte es sein, dass er sich etwas sagen wollte, das er selbst nicht verstand?

Er musste an Irene Lieplich denken und ihren letzten Blick. Hatte sie ihm etwa genau das sagen wollen?

Mochte sein. Jedenfalls wollte er nicht von Irene Lieplich träumen. Wenn schon, dann wollte er gefälligst von Pao Ghyss träumen. War sie nicht in dieser Nacht sein neuer Leitstern geworden? Hätte er nicht alles für sie getan? Ja, das hätte er, wie er zu seinem Erstaunen feststellte.

Hätte er für sie gemordet?

Mord – was war das für ein papierener, bedeutungsloser Begriff. War nicht alles, was man für den Leitstern tat, gerechtfertigt? Wie konnte er hier unten auf dem Grund des Metallozeans Begriffen nachhängen, die so kleinlich-irdisch waren? Und was diesen Grund anging: Der Boden bebte. Natürlich, hier war ja altes Bodenbebengebiet. Freilich hatte Rhodan nun entdeckt, was den Forschern der Cor-Station entgangen war: den Grund für das Beben nämlich. Was da den Boden erschütterte, das war natürlich nichts anderes als der heranmarschierende Skaphander.

Er lachte. Die Lösung lag nun wirklich auf der Hand.

Der Skaphander kam näher und näher, und gleich darauf durchschritt er Rhodan.

In diesem Moment explodierte etwas in seinem Geist. Es war dies aber keine zerstörerische Explosion, sondern eine Explosion von Einsicht und ...

Alles vertauschte sich. Hatte er eben noch das Gefühl, in eine Falle zu laufen, wusste er nun, dass im Gegenteil er die Falle war. Saß er zugleich in der Falle? Ja. Und nein. Er war Falle und Gefangener zugleich. Jäger und Beute.

Und das Verrückte an seiner Lage war nicht – das wurde ihm jäh und mit erschreckender Heftigkeit klar –, dass *etwas* nicht stimme. *Er* war es, der nicht stimmte.

Ich träume, sagte er sich. *Was für ein abscheulicher Traum. Wo spielt dieser Traum? Bin ich wirklich da?*

»Da«, hörte er. Dann ein spöttisches Lachen wie aus großer Ferne: »Bist du etwa eingeschlafen?«

»Nein«, sagte er. »Was hast du gesagt?«

Pao lachte noch einmal. »Ich habe gesagt: Wir sind da.«

»Wo?«, fragte er verblüfft. Dann sah er es in der Bildfolie und schaltete um. »Bleib stehen!«, rief er. »Sofort!«

Es ragte mehrere Hundert Meter in die Höhe: ein schlanker Kreiszylinder von makelloser Oberfläche. Es sah aus, als wäre das Gebilde wie ein Geschoss in den Kern des Planeten eingedrungen.

Und es hatte keinen sichtbaren Schaden genommen dabei.

Ganz anders der Boden. Rhodan sah mehrere Meter hohe ausgeworfene Furchen, als hätte etwas den Boden dort, wo der Zylinder steckte, in konzentrische Wellenbewegung versetzt. In Wellen, die nach einigen Hundert Metern erstarrt waren.

Wellen aus Eisen und Fels.

Rhodan konzentrierte sich wieder auf das hohe, künstliche Gebilde. Er sah das Flirren und Flimmern von Zahlen, von Symbolen und Maßstäben am Rand des Zylinders. Ohne die Folie hätte er unmöglich etwas sehen können. Was ihm da vor Augen geführt wurde, war ein aus den Ortungsdaten gerechnetes Bild.

Aus dem oberen Teil der Körpers sprühte etwas: ein nicht enden wollendes Feuerwerk, eine fantastische Fontäne, die zugleich eine Kaskade war.

Rhodan las die Daten ab und nickte. Natürlich. Was ihm hier visuell dargestellt wurde, war der Ausstoß an Higgs-Teilchen.

Milliarden, Billionen, Billiarden funkelnder, wirbelnder Splitter schossen in den Himmel, verteilten und verströmten sich, ergossen sich nach allen Seiten, sanken auch wieder hinab und drangen mit einem winzigen Funkenschlag in den Kern ein, erleuchteten die Finsternis. Es war ein berauschendes Phänomen, ein in seiner Schönheit entrückendes Phänomen. Eine elementare Pracht, in die man hätte versinken mögen.

Er musste sich von dem Bild losreißen. Er schloss die Augen und sagte: »Wir haben den Fluktuationstransmitter gefunden.«

»Was willst du nun tun?«, fragte Pao, auch sie hörbar in Bann geschlagen von dem Wunderwerk.

Rhodan lachte. »Ihn abschalten gehen. Was sonst?«

Der Skaphander kletterte über die Bodenwellen. Es schien immer rascher zu gehen, als hinderten die Wellen sie nicht, sondern beschleunigten ihren Gang.

Er überlegte, wie sie in den Fluktuationstransmitter kommen würden. Der Skaphander war nicht mit Waffen ausgerüstet.

Da merkte er, wie sie den Boden unter den Füßen verloren. Etwas hatte sie angehoben. Pao machte noch zwei, drei Schritte in der Luft, dann hielt sie still.

Rhodan sah in der Folie, wie sich in der makellosen Hülle des Zylinders eine Öffnung bildete. *Als ob sich eine Pupille weitet.*

Die Öffnung war den Maßen des Skaphanders angepasst. Wenn das Bild in der Folie nicht trog, passte keine Handbreit zwischen die Ränder des Zugangs und die Stiefelsohlen und die Helmregion.

Während der Skaphander hineinglitt, wurde der infernalisch heiße, liquide Wasserstoff abgehalten, vielleicht sogar von ihrer Außenhülle abgesaugt.

Etwas setzte sie auf dem Boden ab.

Rhodan hörte Pao und Guidry atmen.

In der Folie zeigte sich, dass sie in einer Halle standen, in der es so hell war, dass Wände, Boden und Decke ineinander überzugehen schienen.

Pao drehte sich einmal um sich selbst. Rhodan sah, dass sich die Wandung hinter ihnen geschlossen hatte.

Etwas zischte. Der Raum wurde mit einem Gasgemisch geflutet. Die immer noch auf mehrere Tausend Grad erhitzte Hülle des Skaphanders dampfte eine Weile. Das eingeleitete Gasgemisch führte die Hitze offenbar ab.

Schließlich wurde es still.

Rhodan vernahm die tiefen Atemzüge Paos, die schnelleren von Guidry. Dann hörte er eine Stimme in einem leicht kehligen, aber gut verständlichen Interkosmo sagen: »Sie können Ihren Helm öffnen. Die Luft ist für Sie atembar.«

Auf dem Diamantenen Floß I:
Weck mich!

»Ist Geld gut?«, fragte der Meister mich. »Bedenke dich.«
 Also bedachte ich mich. Ich dachte an die seltenen, schmiegsamen Galax-Münzen, an die Noten, die sich samten und vielversprechend anfühlten. Ich dachte an die topsidischen Kristallstäube, in feine Ledersäckchen gefüllt, an die eintätowierte Ewigkeitswährung einiger Jülziish-Völker und an die alten ferronischen Wertschnüre, wie sie die Dorfjugend von Terrania als Schmuck um die Daumen banden und wie ich sie zusammengeknüpft gesehen hatte zu den Ponchos der Wohlhabendsten damals auf Ferrol, alles dies ersonnen, um einem schieren Gedankenspiel eine gewisse Materialität zu verleihen. Ich dachte an die endlosen Kaskaden von Zahlen und Symbolen, die wie ein imaginärer Strom Geld durch die Kassen und Konten spülten, dachte an Kredite, Rabatte und Skonti, an Obligationen und Warentermingeschäfte, an die Gezeiten der galaktischen Wirtschaft, dachte daran, wie sich Arbeit in Produkten und Dienstleistungen manifestierte, Zeit zu Materie gerann und dann wieder zu gestaltlosen Werten sich verflüchtigte, dachte auch an die Schamanen und Hohepriester dieser fanatischsten aller Religionen, an den Whistler-Clan und an Homer G. Adams und an Bhastar da Progeron, der sich einen Augapfel durch einen Perlamarin hatte ersetzen lassen.
 Ich bedachte mich, während Meister Beaujean mit der Fliegenpatsche durch die Luft fuchtelte, als gäbe es an Bord des Diamantenen Floßes lästige Insekten.
 »Nein, Meister«, sagte ich nach einer Weile. »Geld ist ungut. Es erweckt Gier und bindet auf diese Weise an die materiellen Dinge.«
 Meister Beaujean lachte sein abgrundtiefes dröhnendes Lachen, das so gar nicht zu seiner schmalen Brust und den dürren Gliedern passte. Man hätte ihn für den idealen Asketen halten können.

Wäre da nicht das auffallende Bäuchlein gewesen.
Seine Kugel.
»Falsch, du Strohkopf. Geld erlöst im Gegenteil von den bleiernen Sorgen des Alltags. Du musst nur genug davon haben. Welchen Schluss ziehen wir daraus?«

Ich sah ihn nachdenklich an.

Er hob seine Fliegenpatsche und klatschte sie mir nachlässig auf den geschorenen Schädel. »Nun?«

»Geld ist Buddha«, sagte ich.

»Selbstverständlich«, sagte Beaujean und klatschte mir bekräftigend wieder mit der Patsche auf den Kopf. »Freilich ist alles Buddha, also auch Geld. Jeder Galax ist Buddha, und je mehr Galax du anhäufst, desto mehr Buddha hast du. Verstehst du das, Strohkopf?«

»Ja, Meister«, sagte ich.

Und patsch!

Er seufzte. »Da verstehst du mehr als ich. Za-Zen sucht die Wirklichkeit hinter dem Schleier der Maja. Nun ist aber Geld nichts als eine Imagination – das Symbolwerk, die Zahlen und Ziffernfolgen unserer Konten besitzen ja keinen Wert an sich, da ihnen keinerlei gegenständliche Realität zukommen. Wie soll solch eine leere Imagination der Buddha sein, den wir uns doch als letzte Wirklichkeit denken?«

Ich dachte nach und sagte schließlich: »Ja, wie?«

Patsch.

»Du denkst zu viel«, sagte Beaujean. »Das Denken, sagt Buddha, soll der Mensch den Elefanten überlassen, denn die haben die kolossaleren Köpfe.«

»Das sagt der Buddha?«

»Glaubst du, ich lüge?« Beaujean sah mich neugierig an.

»Nein, Meister.«

»Das tue ich aber. Ich lüge, wann immer mir danach ist. Warum auch nicht? Denn Buddha ist in Wahrheit, und alle Wahrheit ist in Buddha, und wer wie ich in Buddha ist, ist in der Wahrheit, allzumal wenn er lügt. Ist dir das klar?«

»Kristallklar, Meister.« Ich senkte ergeben den Kopf, in Erwartung des nächsten Schlags mit der Fliegenpatsche.

»Ende der Übung«, sagte Beaujean. »Du kannst gehen.« Er wies mit der Fliegenpatsche zur Zellentür.

Ich räusperte mich. »Gern. Aber wohin soll ich gehen? Dies hier ist meine Zelle, Meister. Ihr habt geruht, mich zur Übung in meiner Zelle aufzusuchen.« Ich warf einen Blick auf die Kuckucksuhr, die schwarzbraun und mit allerlei sonderbaren geschnitzten Details verziert an der Wand hing, und rechnete einige Minuten zurück. »Um gegen 4.15 Uhr Terra-Standard.«

»So früh ist es noch?«, fragte Meister Beaujean. Er schien völlig verblüfft. »Meine Güte.«

Er streifte seine Sandalen ab, ging zu meinem Bett, legte sich hinein und wickelte sich in meine Decke. »Und jetzt ab mit dir«, sagte er. »Dich zu unterrichten kostet mich Kraft und Mühe. Geh in die Küche und ordne an, dass man mir eine Kraftbrühe zubereitet.«

»Ja, Meister.«

Ich stand schon in der geöffneten Tür, als er mir nachrief: »Ohne Zwiebel! Und, Emil?«

»Ja, Meister?«

»Man wecke mich bitte, wenn etwas passiert.«

Was sollte schon passieren? Das Za-Zen Kloster *Zum Diamantenen Floß* kreiste seit Jahrhunderten im Orbit um Jupiter. Man konnte es mit Recht als den ereignislosesten Ort des Universums bezeichnen, Parresum, Arresum ebenso eingeschlossen wie einige benachbarte Paralleluniversen.

»Du willst noch etwas sagen?«, fragte Meister Beaujean.

Ich seufzte. »Nein. Schlaft, Meister. Ich versichere Euch, es wird nichts passieren.«

»Du irrst«, murmelte Beaujean schläfrig. »Ich hab da so was im Urin.«

»Ja, Meister«, sagte ich und trat hinaus in den Gang. Zur Not war ja noch PRAJNA da, die allzeit Wache. Deren Bewusstsein nie ermüdete.

Die Tür zu meiner Zelle glitt langsam zu.

Ich hörte Meister Beaujean noch rufen: »Ohne Zwiebel!«, dann war alles still.

Perry Rhodan 4

JUPITER

Gravo-Schock

HUBERT HAENSEL

1.

Robert Marion Morrison stockte der Atem; seine Anspannung hatte einen Punkt erreicht, an dem er sich automatisch verkrampfte. Alles in ihm drängte danach, dass er endlich mit beiden Händen unter den Kragen der Uniformkombi fuhr und sich Luft verschaffte, aber genau das durfte er nicht tun. Die Bewegung hätte ihn abgelenkt.
Schon der Gedanke daran war destruktiv ...
Morrison krallte die Finger stattdessen in die Seitenlehnen des Kontursessels. Seine Armmuskeln zuckten. Seit mehreren Minuten saß er unnatürlich steif da, inzwischen brannten seine Augen wie Feuer.
Versuch gar nicht erst zu blinzeln! Riskiere es ja nicht!, mahnte er sich.
Sobald er die Lider bewegte, hatte er verspielt. Wahrscheinlich würde er es danach wochenlang nicht mehr bis in die Nähe des Endlevels schaffen. Die Farbgebung war unerträglich grell geworden und fraß sich gleichsam in seine Sehnerven ein. Verwirrend zudem die exotischen Formen, die in immer schnellerer Folge quasi aus dem Nichts heraus in seinem Blickfeld entstanden und ihm höchste Konzentration abverlangten.
Morrison, der Erste Waffenoffizier der CHARLES DARWIN funktionierte wie eine perfekt programmierte Maschine. So schnell die dreidimensionalen Figuren in der Netzhautprojektion der Datenbrille erschienen, so schnell sortierte er sie. Ohne nachzudenken, rein instinktiv, denn jedes Zögern wäre Gift gewesen ...
Nicht ablenken lassen!
Höchstens noch dreißig Sekunden, schätzte er. Waren es wirklich nicht mehr? Diesmal konnte er es schaffen!
Läuft die Nachweis-Aufzeichnung?

Ausgerechnet jetzt drängte sich der Gedanke an das Preisgeld wieder in den Vordergrund. Zweiundvierzigtausend und ein paar zerquetschte Solar winkten mittlerweile dem, der das Spiel als Erster beweisbar zu Ende brachte.

Die geometrischen Figuren waren kaum mehr voneinander zu unterscheiden. Hirnpicker – so schnell prasselten sie auf ihn herab.

Zwanzig Sekunden?

Beinahe hätte er sich ablenken lassen. Es war sein Glück, dass die Blickschaltung der Nickelbrille leicht träge reagierte.

Aus dem Hintergrund drangen Stimmen zu ihm heran. Morrison glaubte, die Kommandantin zu hören. Aber mit wem redete Hannan O'Hara? Mit Rhodan?

Der Erste Waffenoffizier stutzte. Sofort häuften sich die geometrischen Figuren an. Sein hastiger Versuch, sie mit einem einzigen Blick zu drehen und in die richtigen Bahnen zu lenken, blieb vergebliche Mühe; sie stapelten sich bereits übereinander und brachen unter dem Einfluss der obskur programmierten Schwerkraft auseinander. Ihre Bruchstücke blockierten mehrere der abführenden Kanäle. Dabei hatten die letzten Sekunden des Spieles schon begonnen, die Anzeige sprang soeben auf minus dreizehn – und die Datenbrille schickte ein beruhigend grünes Licht auf seine Netzhaut.

Mit äußerster Anstrengung versuchte Morrison, das Problem in den Griff zu bekommen ...

... die jäh auf ihn einstürmenden Vibrationen machten alles zunichte.

Raumalarm!

Robert Marion Morrison brauchte einen Moment, um die veränderte Situation zu erfassen. Sein irritiertes Blinzeln veranlasste die Datenbrille, das Spiel in der letzten Sequenz abzubrechen. Über die sofort entstehende Verbindung zur Hauptpositronik flutete eine Fülle aktueller Daten heran.

Soeben war Gefechtsbereitschaft angeordnet worden! Case Morgan, der Zweite Pilot, beschleunigte die CHARLES DARWIN II mit hoher Schubkraft.

Morrison hatte keine Möglichkeit, die ankommenden Informationen vollständig zu erfassen. Zu viele waren es auf einmal, zu schnell folgten sie aufeinander. Die Grafiken, perspektivischen Darstellungen und Texteinblendungen erschienen jeweils nur kurz auf seiner Netzhaut; ihm blieb nicht die Zeit, alles zu erkennen.

Ihm wurde bewusst: *Da läuft etwas irrsinnig Großes an!*
Vollalarm für die Heimatflotte des Solsystems!

Auf Terra, Venus und Mars starteten in diesen Sekunden die Kampfraumschiffe, unter ihnen Dutzende 1800-Meter-Riesen wie die CHARLES DARWIN. Die Schaubilder zeigten zudem die Flottenverteilung im äußeren Systembereich. Bei Uranus und Neptun wimmelte es von Ortungsreflexen; die ersten der dort stationierten schnellen Patrouillenkreuzer gingen schon in den Überlichtflug.

Ihr Ziel?

Morrison schluckte schwer. Etwas schien ihm plötzlich im Hals zu stecken. Er versuchte, den Druck abzuhusten, brachte aber nur ein klägliches Räuspern hervor.

Über die Datenbrille wurden Zusatzinformationen generiert. Der Brennpunkt des Geschehens lag keineswegs außerhalb des Sonnensystems, sondern auf der Ebene der Planetenbahnen, ziemlich nahe der Biosphäre.

Jupiter?, dachte Morrison verblüfft.

Er holte die optische Darstellung auf seine Konsole. Tatsächlich zeigte sie den Gasriesen Jupiter, der mehr Masse aufwies als die übrigen Planeten des Solsystems zusammen. Ein faszinierender Koloss; eine Welt ohne feste Oberfläche, die erst in großer Tiefe einen Kern aus Metall und Gestein aufwies. Die Atmosphäre ein von Blitzen und Stürmen aufgewühltes Wolkenmeer – für Menschen, die sich zu weit in den Strudel der entfesselten Gewalten hinabwagten, absolut tödlich.

Jupiter – groß wie eintausenddreihundert Erden!

Nacheinander erschienen die vier galileischen Monde in der Wiedergabe: Io, Europa, Ganymed und Kallisto. Ganymed, etwas größer als Merkur, hätte eigentlich schon als Planet gezählt werden können. Die übrigen Monde erschienen als Ortungsreflexe. Zum Teil waren sie nur kleine Felsbrocken, die Jupiters Schwerkraft vor Äonen eingefangen hatte.

Andere Ortungen?

Nichts außer einigen Versorgungsraumschiffen für Ganymed. Sie stellten keine Bedrohung dar.

Eine Gefahr für das Solsystem konnte ohnehin nur von außen kommen. Zwischen den Planeten gab es nichts, das nicht seit Jahrtausenden erforscht, zumindest ausgemessen worden wäre.

Morrison schaltete den Spielsektor der Brille ab. Einen Augenblick lang argwöhnte er, die jähe Unterbrechung könne nur eine unangemeldete Notfallübung für die CHARLES DARWIN sein. Nach mehr als hundert Jahren Ruhe im Sonnensystem und friedlicher Entwicklung in der Milchstraße fiel es ihm schwer, wirklich an einen Angriff zu glauben.

Sein Blick glitt zur Zeitanzeige.

Es war 0.02 Uhr, Standardzeit. Für Terrania, die Hauptstadt der Erde, hatte der neue Tag soeben begonnen. Und wo immer terranische Raumschiffe operierten, an Bord galt ebenfalls dieses Datum: der 12. Februar 1461 Neuer Galaktischer Zeitrechnung, ein Samstag.

Für die Besatzungen war es angenehm, einen Fixpunkt im Kaleidoskop planetarer Eigenzeiten zu haben, denn das Zeitgefüge zwischen den Welten der Liga erschien wie ein Flickenteppich. Morrison wusste das nur zu gut. Die Standardzeit nach Terrania-Norm begleitete jeden da draußen wie ein Stück Heimat, eine Nabelschnur, die alle Raumfahrer mit dem Solsystem verband, mochten sie noch so weit entfernt sein.

Jupiter wanderte aus der Fronterfassung, der nahe Eismond Ganymed fiel schnell zurück. Mit hoher Beschleunigung ging die CHARLES DARWIN II auf neuen Kurs.

»Linearmanöver erfolgt in zwanzig Sekunden! Nach dem Rücksturz im Zielgebiet werden wir sehr schnell Gefechtsberührung haben.«

Hannan O'Haras Stimme klang hart und unbeteiligt aus dem Akustikfeld der Brille. Vergeblich versuchte Morrison, eine Regung der Kommandantin zu erkennen.

»Unser Ziel ist Saturn!«, sagte sie.

Die Feststellung elektrisierte den Ersten Waffenoffizier geradezu. »Über dem Ringplaneten tobt eine erbitterte Schlacht. Die Heimatflotte verzeichnet schwere Verluste. Der Gegner ist unbekannt, seine Herkunft ebenfalls ...«

»Unbekannt?«, rief Morrison dazwischen. »Das kann unmöglich wahr sein. Wenn ich dir sage, was ich ...«

Ein scharfer Befehl der Kommandantin ließ den Waffenoffizier verstummen. Hannan O'Hara hatte Recht, es stand ihm nicht zu, dass er sich in Spekulationen verlor.

Ohnehin wusste er in dem Moment nicht, ob er darüber lachen oder weinen sollte. Vielleicht beides. Seit beinahe zwanzig Jahren wartete er auf einen spektakulären Zwischenfall im Bereich der Saturnringe. Auf irgendein Geschehnis, das mit Donnergetöse allen Verantwortlichen klarmachen würde, wie verrückt ihre absolute Geheimhaltung war.

Es gab ein faules Ei im Solsystem – eine fremde Raumstation, die vor beinahe sechzig Jahren in die Umlaufbahn des Saturn transportiert worden war. Dass ihre Untersuchung bislang scheinbar ohne Zwischenfälle erfolgt war, sah Morrison keineswegs als Beweis ihrer Harmlosigkeit an ...

Er biss sich auf die Unterlippe. Die CHARLES DARWIN II trat in den Linearflug über.

Vollalarm für die Heimatflotte, das war also der Ernstfall. Die Geschichtsdatenbänke zeigten deutlich, wie oft Terra bis vor wenig mehr als einem Jahrhundert in große kosmische Auseinandersetzungen verstrickt worden war. Die Menschen waren, ohne selbst dafür verantwortlich gewesen zu sein, von einem Krieg in den nächsten gestolpert. Dennoch hätte Morrison nie geglaubt, dass er jemals einen Angriff erleben würde.

Dennoch? Stumm schüttelte der Waffenoffizier den Kopf. *Gerade deswegen,* war die richtige Interpretation. Er war jetzt zweiundvierzig Jahre alt und kannte die großen Raumschlachten lediglich aus Dokumentationen. Nur noch ein Bruchteil der Flottenangehörigen wusste aus eigenem Erleben, was es bedeutete, gegen einen übermächtigen Gegner antreten zu müssen.

Wir waren zu unvorsichtig!

Wir? Die Lippen zusammengepresst, schüttelte Morrison den Kopf. Er war 1419 NGZ geboren, und wenn er sich recht entsann, war die verlassene Raumstation gleich nach der Jahrhundertwende aufgespürt und ins Solsystem transportiert worden.

Er fragte sich, warum Perry Rhodan damals seine gewohnte Vorsicht hintangestellt hatte. Ebenso Reginald Bull. Auch der Arkonide Atlan ... Zehn Finger reichten nicht aus, alle maßgeblichen Personen aufzuzählen, die es in der Hand gehabt hätten, das Fundstück andernorts untersuchen zu lassen.

Stattdessen absolute Geheimhaltung des Projekts. Seit Morrison davon wusste, wartete er vergeblich auf eine Verlautbarung. Die Station wurde totgeschwiegen.

Zweieinhalb Kilometer sollte sie durchmessen und hatte wohl die Form einer viereckigen Scheibe, als hätte jemand zwei flache Teller mit den offenen Seiten aneinandergelegt. Angeblich handelte es sich um einen sogenannten Transporthof, eine technisch hochstehende Installation, die es ermöglichte, intergalaktische Entfernungen in kürzester Zeit zu überbrücken.

Nur bissen sich die terranischen Wissenschaftler bislang wohl die Zähne daran aus.

Wenn wir jetzt deshalb angegriffen werden, hätten die Verantwortlichen das vermeiden können!, dachte Morrison bitter.

Er wusste von dem geheimen Objekt seit dem Tod seines Vaters. Genauer gesagt, seitdem er den kleinen Speicherkristall aus dem Nachlass abgehört hatte. Zwanzig Jahre lag das zurück.

Es wäre besser gewesen, er hätte den Kristall vorher zerstört. Denn aus den Aufzeichnungen hatte er zudem erfahren, dass seine Mutter keineswegs bei einem Gleiterunfall ums Leben gekommen war. In Wahrheit hatte er nie eine Mutter gehabt, und nach den Gesetzen der Liga Freier Terraner hätte er gar nicht existieren dürfen. Robert Marion Morrison war ein Klon seines Vaters, »gezüchtet« in einem Labor, das es nicht mehr gab. Auf einem schäbigen kleinen Planeten, einer Welt, deren Bewohner am Rand der Legalität dahinvegetierten. Er hatte sich dort umgesehen und vor allem ausgeglühte, leicht radioaktiv strahlende Ruinen vorgefunden, mehr nicht. Mindestens ein Dutzend Geschwisterzellhaufen, wusste er, waren mit voller genetischer Ausstattung an Aras weiterverkauft worden – für Forschungszwecke, hatte sein Vater auf dem Datenträger erklärt.

»... anders hätte ich das nötige Kapital niemals aufbringen können – und hätte ich das nicht geschafft, würdest du nicht existieren, Robert. Von der Sonne Koytroc hast du zweifellos nie gehört. Sie ist Sperrgebiet. Dass ich mich dennoch von den Gerüchten verleiten ließ, die enorme Bodenschätze auf Koytrocs Welten versprachen, war mein Fehler und die schlimmste falsche Entscheidung, die ich je getroffen habe. Keines von diesen Gerüchten war wahr. Aber die Strahlung jener unscheinbaren Sonne bringt alle um. Als ich mir dessen bewusst wurde, trug ich den schleichenden Tod längst in jeder Zelle meines Körpers, in jedem Spermium. Ich erfuhr das, als Marion im dritten Schwangerschaftsmonat starb; sie wurde von den wuchernden Zellen eines Embryos vergiftet. Dein Entstehen Jahre später war ein unerlaubtes medizinisches Experiment, begleitet von permanenten genetischen Korrekturen ...«

Die CHARLES DARWIN II beendete ihre kurze Überlichtetappe. Mit hoher Restgeschwindigkeit jagte der eintausendachthundert Meter durchmessende Kugelraumer dem Ringplaneten entgegen.

In der Ortung zeichneten sich einige Hundert Schiffe ab. Schwere energetische Erschütterungen wurden angemessen. Obwohl eine erbitterte Raumschlacht tobte, reagierte Morrison erleichtert; das Geschehen zwang ihn, alle Gedanken an seine Herkunft beiseitezuschieben.

Fürchtete er sich deshalb?

Vor dem Tod? Er lachte lautlos. Das eigene Sterben wäre das Letzte gewesen, das ihn erschrecken konnte.

Datenkolonnen blendeten auf. Der ENTDECKER verzögerte und nahm eine Kursanpassung vor. Noch dreißig Millionen Kilometer.

Morrison fixierte die Statusholos. Er wartete auf den Moment, in dem er die fremde Station sehen würde. Sein Vater hatte zu den Entdeckern des Transporthofs gehört und war dabei gewesen, als der Koloss ins Solsystem versetzt worden war.

Mit beiden Händen fuhr sich der Waffenoffizier durch das nackenlange Haar. In wenigen Sekunden würde die CHARLES DARWIN II das Wirkungsfeuer eröffnen.

»... ich bin glücklich, dass ich hier sein kann.«

Hatte er das tatsächlich gesagt? Reginald Bull zog die Stirn kraus, weil er selbst von diesem Satz überrascht war. Angespannt wartete er auf eine süffisante Bemerkung Rhodans, doch die Funkverbindung bestand schon nicht mehr. Offenbar hatte Perry kommentarlos abgeschaltet.

Das war eigenartig; so kannte Bull den Freund nicht. Er fragte sich, was Rhodan wirklich von ihm gewollt hatte. Bestimmt war dem Residenten nicht nur an Small Talk gelegen gewesen, aber im Endeffekt ... Auf seiner Unterlippe kauend, schob Bully die Überlegung beiseite.

Sein Blick glitt an den übereinandergetürmten Würfeln des Artefakts in die Höhe und blieb Sekunden später schon wieder an Jupiters Wolkenbändern hängen. Der kurze Funkkontakt erschien ihm suspekt.

»Manchmal habe ich den Eindruck, dass du dich veränderst, mein Freund ... Zu viel Müßiggang hier im Solsystem; dir fehlt die nächste Herausforderung zwischen den Sternen.«

Reginald Bull lachte verhalten. Mit beiden Händen streifte er über den bleichen Quader hinweg, das mittlere Segment des vor knapp zwei Standardwochen aus Ganymeds Tiefe aufgestiegenen Objekts. Das Material erinnerte ihn immer deutlicher an glasiertes Porzellan. Aber das war nur der äußere Anschein. Tatsächlich hatte sich das Gebilde als extrem widerstandsfähig erwiesen. Es wurde Zeit, dem Fund mit härteren Methoden zu Leibe zu rücken.

Sekundenlang ließ Bull beide Hände auf der Seitenwand des Würfels liegen. Das Ding hatte weiterhin keine wahrnehmbare Temperatur. Er konnte sich noch so sehr darauf konzentrieren, die Empfindungen *kalt* oder *warm* ergaben sich einfach nicht.

»Ich vermute richtig, nicht wahr? Du stammst nicht aus unserem Universum.«

Natürlich erwartete Bully keine Antwort. Das Artefakt war tot, eine Hinterlassenschaft aus tiefer Vergangenheit. Die ersten brauchbaren Analysen hatten das Alter der fünf Quader mit zweihunderttausend Jahren beziffert.

Die Frage ist nur: Wie alt bist du jetzt? Weiterhin ein paar Tausend Jahre oder nur mehr wenige Hundert?

Das Ding näherte sich jedenfalls der Gegenwart; spätestens in vierundzwanzig Stunden würde es vollends angekommen sein. Vielleicht ließ eine Berührung dann endlich warm oder kalt erkennen.

Bringt mich das irgendwie weiter?

Reginald Bull klopfte mit der flachen Hand auf den Würfel. Er musste Kraft aufwenden, um den Arm zurückzuziehen, und das überraschte ihn. Bis vor wenigen Minuten war das nicht der Fall gewesen.

Perry hatte von einer Schwerkraftanomalie gesprochen, die von dem Artefakt ausging. Überhaupt: Von wo hatte der Freund sich gemeldet? Der begrenzte Bildausschnitt im Helmdisplay ließ Bull vermuten, dass Rhodan sich an Bord einer der Micro-Jets befand. Demnach hatte der Resident Galileo City verlassen und war von Port Medici gestartet.

»Warum?«

Der Residenz-Minister seufzte leise. Dass Mondra ihren Mann begleitete, bezweifelte er keineswegs. Aber waren die TLD-Leute bei ihnen? Und die beiden Pressefritzen ebenfalls?

Quatsch. Mehr als fünf Personen stopft niemand in eine Micro-Jet, selbst dann nicht, wenn man einen Schuhlöffel zum Einsteigen benutzt. Bully grinste breit. Dieser Gedanke, fand er, gehörte aufgezeichnet. Aus diesem Blickwinkel hatte er die kleinen Space-Jet-Typen bislang gar nicht betrachtet.

»Es ist deinetwegen, oder?« Beinahe freundschaftlich boxte er gegen den verwitterten uralten Porzellanquader.

Nicht mehr uralt, stellte er in Gedanken fest. *Inzwischen beinahe schon neuwertig.*

Von verwittert konnte ebenso wenig die Rede sein. Die glasiert wirkende Oberfläche war glatter geworden, seitdem das Gebilde aus dem Eis hervorgebrochen war. Ein eigentümlicher Glanz umgab die Würfel wie die Aura von etwas Lebendigem.

Bully öffnete die Faust und tastete wieder sanft über die glatte Fläche hinweg.

»Das magst du?« Er redete mit dem Würfel wie mit jemandem, der ihn verstand. Wenn sogar die Wissenschaftler nicht davor zurückschreckten, nahm er sich selbst keineswegs davon aus.

»Komm schon!« Bull spreizte die Finger der rechten Hand, mit allen fünf Fingerspitzen gleichzeitig tippte er den Würfel fordernd an. »Wenn du mit den anderen redest, solltest du mir nicht mit Schweigen begegnen. Ich hab dir nichts getan, dass du trotzig reagieren musst. Das mit den Traktorstrahlen der CHARLES DARWIN war nur ein Scherz. Natürlich wäre es ein Leichtes, dich aus dem Eis zu lösen ...«

Drei oder vier Stunden waren vergangen, seit er mit Immel Murkisch über ein solches Vorgehen gesprochen hatte. Der Hyperphysiker hatte keinen Hehl daraus gemacht, dass er das Artefakt für eine Reliquie hielt.

Ausgerechnet Immel. Bull hatte nie einen überzeugteren Atheisten kennengelernt. Und das hieß eine ganze Menge, gehörte er doch zu den Aktivatorträgern der ersten Stunde und konnte wie Perry Rhodan und Homer G. Adams auf mehr als drei Jahrtausende Lebenserfahrung zurückblicken. Wenn Immel Murkisch das Artefakt als »Schatz eines alten, guten Gottes« bezeichnete, dann bestimmt nicht nur, weil ihm das einfach so in den Sinn kam.

Die einzige Gottheit, die der Hyperphysiker anerkannte, war das Streben nach wissenschaftlicher Erkenntnis.

»Es gibt eine Universalformel, die alles erklärt. Sie beschreibt, warum das Multiversum so ist, wie wir es kennen, und damit ist sie die Grundlage unserer Existenz. Diese Formel ist Gott. Ich weiß, dass ich sie nicht mehr finden werde, aber kommende Generationen ...«

Einige Jahre lag jenes seltsame Gespräch erst zurück. Bull sah Immel Murkisch immer noch vor ihm stehen, als wären seit damals erst Minuten vergangen. Der Mann hatte ein Glas Mineralwasser in der Hand gehalten und den Blick nicht von der perlend aufsteigenden Kohlensäure abgewendet.

»Was würdest du sagen, Reginald, wenn diese eine Formel für unzählige Multiversen Gültigkeit hätte? Wenn alle Multiversen sich zudem wie diese Kohlensäureblasen verhielten und sich am Ende ihrer Existenz in einem gewaltigen Raum vermischten?«

»Du meine Güte!« Bull hatte sich mühsam das Lachen verbissen. »Ich würde nach dem Genie suchen, das diese Formel nicht nur entdeckt, sondern sie umgesetzt hat.«

Er klopfte in verhaltenem Rhythmus gegen die vermeintliche Porzellanwand. Die Bewegung strengte an. Als wollten die Finger an dem Kubus festkleben.

»Okay.« Bully versuchte, alles aus seinen Gedanken zu verdrängen, was ihn beeinflusste. »Künstliche Schwerkraft ist einfach zu erzeugen, das schafft jedes Volk, sobald es die interstellare Raumfahrt betreibt. Ich nehme an, in einem der Würfel sind Schwerkraftgeneratoren angelaufen. Im günstigsten Fall können wir also die Quelle anmessen.«

Bislang waren alle Versuche fehlgeschlagen, den seltsamen Turm aus unterschiedlich großen Quadern zu analysieren. Vielleicht ergab sich nun ein brauchbarer Ansatzpunkt.

»Du veränderst dich zwar, aber besser wäre es, du würdest dein Geheimnis preisgeben.«

Bull bediente sich nun der Sprache der Lemurer. Vor mehr als fünfzigtausend Jahren hatte sich die Erste Menschheit über die Milchstraße und die Nachbargalaxis Andromeda ausgebreitet. Ohne diese Epoche wäre die Welt, wie die Terraner sie kannten, eine andere gewesen, denn viele Hinterlassenschaften hatten die Zeit überdauert.

»Mag sein, dass du mich nicht verstehst.« Der Residenz-Minister zuckte mit den Schultern. »Lemurisch ignorierst du also auch. Was bist du? Ein selbstständig agierender Roboter? Oder lediglich ein einfaches Transportsystem? Dann frage ich mich allerdings, was für eine Fracht du mit dir herumträgst.«

Das Ding blieb stumm.

Bully wechselte zur Sprache der Mächtigen, die sogar in fernen kosmischen Bereichen verstanden wurde.

»Eine Menge Fragen stellen sich, wenn ein geheimnisvolles Objekt urplötzlich in unserem Sonnensystem erscheint. Solange wir die Absicht dahinter nicht kennen, werden wir diesen Zustand nicht akzeptieren, denn unsere Sicherheit hat Priorität.«

Sein Blick sprang über den tiefen Graben hinweg, mit dem das Artefakt bis zum untersten Würfelsegment freigelegt worden war. Rundgänge und Treppenstufen umgaben die Quader. Brückenelemente aus Eis erlaubten es, den Graben an etlichen Stellen zu überqueren. Auf gewisse Weise erinnerte ihn der in sich verschobene Turm deshalb an eine Spinne, die dick und fett in ihrem Netz lauerte. Ein seltsamer Gedanke war das. Aber womöglich war diese Assoziation gar nicht so falsch.

»... ich bin glücklich, dass ich hier sein kann.« Er hatte das gesagt, ohne darüber nachzudenken. Inzwischen wuchs sein Zwiespalt.

Auf einer der Eisbrücken sammelten sich Personen. Bull konnte nicht erkennen, was vorgefallen war. Wenn er sich nicht täuschte, lag dort jemand am Boden.

»Bringt ihn oder sie ins nächste Zelt!«, ächzte er. »In der Eiseskälte könnt ihr nichts anderes unternehmen!«

Keiner der Beteiligten schien ihn zu hören.

Der Aktivatorträger löste sich von dem Quader – und zögerte. Das Gefühl, etwas unbeschreiblich Schönes zu verlieren, machte es ihm schwer.

Er lachte heiser.

»Du versuchst, alle in deiner Nähe zu beeinflussen!« Nach wie vor bediente er sich der Sprache der Mächtigen. »Nicht mit mir! Es hätte mir schon auffallen müssen, als Immel von einer Reliquie sprach.«

Dass er so viel redete, entsprang seiner inneren Zerrissenheit. Nun, da er sich von dem Würfel abwandte, wurde sein Zwiespalt deutlicher, der Wunsch, dem Artefakt nahe zu sein, obwohl ihn sein Instinkt warnte.

Glücklich? Zugegeben, er fühlte sich immer noch zufrieden, Glück war indes etwas anderes, war ...

... zu wissen, dass der Zellaktivator unterhalb seines linken Schlüsselbeins zuverlässig arbeitete. Dass der eineinhalb mal zwei Zentimeter messende dünne Chip nicht nur Krankheiten von ihm fernhielt, sondern jeden Alterungsprozess verhinderte.

Ist das alles?, dachte Bull verwirrt. *Bin ich so bescheiden geworden?*

War der Wunsch nach Unsterblichkeit wirklich bescheiden? Vor allem: Gab es Dinge, die einem Menschen mehr bedeuten konnten ...? Bully fragte sich, wie viele in der Hoffnung, das ewige Leben zu erlangen, in den Tod gegangen waren.

Er wandte sich vollends um.

Nach den ersten beiden Schritten auf dem schmalen Eisband hielt er zögernd wieder inne. Ein Schwindelgefühl machte ihm zu schaffen und wollte ihn zwingen, sich erneut an dem Quader abzustützen.

Da kennst du den alten Bull schlecht! Verdammt schlecht sogar. Wenn du ein Kräftemessen suchst, das kannst du haben!

Er konzentrierte sich auf den nächsten Schritt. Seine Benommenheit wich einem heißen Aufwallen unter der Haut. Sekunden später spürte er die belebenden Impulse des Aktivatorchips – und dachte darüber nach, ob das Artefakt ihn verstanden hatte.

Bull schritt schneller aus und stieg einige Eisstufen höher. Auf der Brücke drängten sich mittlerweile mindestens fünfzehn Personen. Zwei Roboter schwebten von der anderen Seite heran.

Mit einem Schwall von Störgeräuschen meldete sich der Helmfunk.

»Reginald, endlich!« Hannan O'Haras Seufzen klang erleichtert, geradezu, als hätte sie sich Sorgen gemacht.

Im Helmdisplay sah Bull nur ein verzerrtes Bild der Kommandantin, eigentlich nicht mehr als ihr hochgestecktes Haar, und dass sie mit beiden Händen versuchte, ihre Frisur zurechtzurücken. Prompt fragte er sich, weshalb die Frau so hartnäckig darauf verzichtete, ihre Haarfülle mit den üblichen Antigravklammern zu bändigen. Genau das wäre angebracht gewesen. O'Haras Anruf erinnerte ihn zugleich daran, dass er nicht nur wegen des Artefakts nach Ganymed gekommen war.

»Gibt es Probleme?«, wollte er wissen.

Was die Kommandantin der CHARLES DARWIN antwortete, blieb unverständlich. Der Aktivatorträger sah das Gesicht der Frau wie in einem Zerrspiegel vor sich. Im einen Moment schwollen ihre Augen riesig an und sezierten ihn beinahe, dann schien ein Pferdegebiss nach ihm zu schnappen.

Reginald Bull versuchte, die Wiedergabe zu ignorieren. Mit ihrem dunklen Teint und den vollen Lippen entsprach die Frau dem gängigen Schönheitsideal. Ihre einzige Marotte war das toupierte Haar.

»Probleme?« O'Hara klang schrill, als werde eine Aufzeichnung extrem schnell wiedergegeben. »In Jupiternähe tobte eine Schockwelle durch den Raum.« Die Stimme rutschte mit jedem Wort tiefer in den Bass. »Nicht nur der Funkverkehr wurde lahmgelegt, auch die Triebwerke versagten minutenlang. Und du fragst lediglich, ob es ...«

»Wie weit ist die CHARLES DARWIN von Ganymed entfernt?«

Die Kommandantin reagierte nicht darauf. Die Bildsequenz erschien wie eingefroren. Einen Lidschlag später erlosch die Wiedergabe.

»Reginald Bull ruft die CHARLES DARWIN II! Was ist los bei euch?«

Schweigen.

Die spärlichen Anzeigen im Helmdisplay gaben keinen Hinweis darauf, warum der Kontakt nicht wieder zustande kam. Bullys SERUN war nicht das hochwertigste Modell, sondern gehörte zu den Downsize-Versionen. Er ließ zwar keineswegs die notwendige Ausrüstung vermissen, jedoch fehlten einige Ortungsparameter und technische Spielereien, die man für gewöhnlich gar nicht wahrnahm, weil sie höchst selten benötigt wurden. Der Vorteil des SERUN Warrior IIII ds lag vor allem darin, dass er den Eindruck eines klobigen Schutzanzugs vermied. Er erfüllte seine Aufgabe in widrigem

Terrain, wirkte auf diplomatischem Parkett aber keineswegs deplatziert.

»Hannan ...!«

Eine Meldung erschien im Display: *Der Funkkontakt wurde von der CHARLES DARWIN II aus abgebrochen.* Stirnrunzelnd nahm Bully den Hinweis zur Kenntnis.

Abrupt wandte er sich um. Unschuldig hell, von einem matten Leuchten umflossen, erhob sich der Quaderturm aus dem ewigen Eis. Aus der Distanz sah Bull den fahlen Schimmer weitaus besser als von nahem.

Ich finde heraus, was sich hier abspielt!, dachte er heftig. *Gegen eine Verständigung habe ich weiß Gott nichts einzuwenden – aber wer oder was immer du sein magst, lass dir nicht einfallen, hier alles durcheinanderzubringen. Ich mag keinen Ärger, darauf reagiere ich geradezu allergisch!*

Das Artefakt verwirrte ihn. Möglich, dass ausgerechnet seine Mentalstabilisierung dem gegenseitigen Verständnis im Weg stand. Andererseits hatte er bislang von keinem der Wissenschaftler erfahren, was die Quader erzählten. Nicht nur die Kapazitäten aus Galileo City behaupteten, dass dieses Objekt zu ihnen sprach, die beiden terranischen Hyperphysiker und der Dimensionstheoretiker hatten sich ebenfalls dergestalt geäußert. Bully vermutete, dass das Artefakt entsprechende Empfindungen in ihnen wachrief. Ob tatsächlich Substanz dahintersteckte, konnte er noch nicht erkennen. Dieses Ding vermittelte Gefühle, so viel stand für ihn jedenfalls fest, und es waren durchaus angenehme Empfindungen.

Das an sich war keineswegs negativ zu bewerten. Und womöglich verfügte das Artefakt aus dem Eis über keine andere Möglichkeit, sich verständlich zu machen.

Gefühle, überlegte Bull, gehörten zur Psyche der meisten intelligenten Wesen. Über Gefühle ließen sich Bereiche des Unterbewussten ansprechen, die für Worte oder Bilder allein nur schwer zugänglich waren.

Er betrat die Eisbrücke. Aus seiner zuvor schlechten Perspektive hatte er richtig erkannt, dass jemand zusammengebrochen war.

Nun sah er mehr, zumal die Umstehenden vor den beiden Robotern zur Seite wichen.

Kateen Santoss lag verkrümmt am Boden. Bully erkannte die Frau an einigen Details ihres Schutzanzugs. Vor längstens zwei Stunden hatte er sich kurz mit ihr unterhalten. Sie schien ziemlich überrascht gewesen zu sein, dass ihr in der zerklüfteten Eiswüste der Ovadja Regio ausgerechnet der Verteidigungsminister über den Weg lief. Andererseits, das hatte sie offen zugegeben, hätte sie damit rechnen müssen – immerhin war ein unbekanntes Etwas aus der Vergangenheit ins Solsystem eingedrungen. Kateen Santoss hatte in Terrania lemurische Geschichte und Archäologie studiert und war schon vor Ort gewesen, als das Artefakt sich aus dem Untergrund hochgeschoben und das Eis durchbrochen hatte.

»Reginald Bull!« Hannan O'Hara war wieder da. Nicht ihr Konterfei, sondern ihre Stimme. »Wir holen dich da raus!«

»Ich habe nicht um Unterstützung gebeten, Hannan.«

»Perry hat ...«

»... hat was?«, unterbrach der Residenz-Minister. Ihm lag wenig daran, den Kugelraumer der SATURN-Klasse über dem Artefakt zu sehen. Solange nicht feststand, ob die fünf »Porzellanwürfel« wirklich eine Bedrohung darstellten, wollte er diese Provokation vermeiden.

Warum eigentlich?, fragte er sich. Bin ich doch beeinflusst?

»Perry hat angeordnet, dich da rauszuholen!«, stellte die Kommandantin klar. »*Ich will ihn lebend wieder* – genau das waren seine Worte.«

»Wie nett von ihm. Aber mir geht es gut.«

»Genau das schien der Resident nicht zu glauben. Es war seine Entscheidung, dass wir dich abholen sollen ...«

»Wo ist Perry jetzt?« Erneut fiel Reginald Bull der Kommandantin ins Wort. »Lass mich zur Micro-Jet weiterleiten, Hannan!«

»Es tut mir leid, Reginald.«

Er reagierte wie elektrisiert. »Was tut dir leid? Ich will nicht hören, dass ...«

»Genau das. Wir haben die Jet aus der Ortung verloren.«

»Du sprichst von den Ortungen der CHARLES DARWIN. Die Leistungswerte eines ENTDECKERS kennen wir beide aus dem Effeff.«

»Keine Ortung! Kein Funkkontakt!«, versicherte Hannan O'Hara. »Wir versuchen seit einigen Minuten intensiv, die Spur des Bootes wiederzufinden.«

»Wo ist Perry?«, wiederholte Bull. Eindringlich betonte er jedes Wort.

»Wahrscheinlich in der Jupiteratmosphäre«, antwortete die Kommandantin.

»Behaupte nicht, er sei dort nicht aufzufinden.« Bull reagierte mit einer heftig abwehrenden Handbewegung. »Gibt es wirklich keine Spur? Der Resident verschwindet nicht einfach.«

»Das nahe Umfeld des Planeten ist in Aufruhr geraten.«

»Wohin wollte er? Irgendeine Erklärung muss Perry doch abgegeben haben. Ich vermute, dass er eine der Faktoreien anfliegt.« Bull stutzte. Erst jetzt wurde ihm bewusst, was die Frau eigentlich gesagt hatte. »Was geht über Jupiter vor sich?«, fragte er hastig.

»Nach allem, was wir momentan anmessen können, tobt ein energetisches Chaos.«

»Also normale Verhältnisse.«

Für einige Sekunden stabilisierte sich die Bildverbindung wieder. Sie gab Bull zumindest das Gefühl, dass die Situation keineswegs so unübersichtlich war, wie O'Hara sie darstellen wollte.

»Wenn du einen Schwerkraftsturm und unerklärbare Energieentladungen für normal hältst, dann sind die Verhältnisse rings um Jupiter natürlich unverändert.« O'Hara verzichtete sogar darauf, ihre Frisur zurechtzurücken. »Ausgelöst werden diese Erscheinungen offenbar durch wandernde Schwerkraftfelder variierender Stärke.«

»Genaue Werte?«

»Einige Hundert Gravos. Bis hin zu tausend, zweitausend und mehr. Sie zeigen eine ähnlich irreguläre Struktur wie die Anomalien im Bereich des Artefakts.«

»Hier ist nichts davon zu spüren«, versicherte Bull.

»Wir können in wenigen Minuten bei dir ...«

»Abgelehnt!«, widersprach er heftig. »Kümmert euch um die Micro-Jet. Falls die Turbulenzen weiter anwachsen, dürfte es für die Nussschale ziemlich unangenehm werden.«

»Wir schicken dir eine Korvette ...«

»Ebenfalls abgelehnt! Ich bleibe auf Ganymed, und keine zehn Haluter brächten mich von hier weg. Falls das Artefakt eine Bedrohung bedeutet, ist mein Platz erst recht hier.«

»Perry wollte ...«

»Das soll er mir selbst sagen! Hol ihn und seine Begleiter aus der Gefahrenzone, Hannan. Oder bestätige mir, dass alle sich an Bord einer Faktorei in Sicherheit befinden. Ich verlasse mich auf dich und deine Mannschaft.«

Über die Blickschaltung unterbrach er die Funkverbindung. Es war alles gesagt, eigentlich viel zu viel.

Er warf einen Blick auf die Zeitanzeige.

Es war 0.11 Uhr. Der neue Tag hatte immer noch die Chance, sich von seiner besten Seite zu zeigen.

2.

»Du hattest wieder einmal den richtigen Riecher, Homer. Ich weiß nicht, was diesmal dahintersteckt ... Ich frage mich einfach nur, wie du das machst.«

Larkin Madras hielt in seinem Selbstgespräch inne und lehnte sich zurück. Seine Augen brannten wie Feuer. Er war müde und erschöpft und hatte mittlerweile seit mehr als dreißig Stunden nicht geschlafen. Gegen die Aufputschmittel, die er zu oft eingenommen hatte, schon während seiner Zeit im Dienst des TLD, entwickelte er allmählich eine Resistenz. Das war nicht gut.

Eigentlich brauchte er Urlaub.

Madras lachte amüsiert – vielleicht auch deshalb, weil ihn ein ungutes Gefühl beschlich. Seit er die ersten Daten auf dem kleinen Speicherkristall identifiziert hatte, war dieses Frösteln da.

Bis vor zwei Wochen hatte er sich auf einer der Jülziish-Welten in der galaktischen Eastside aufgehalten, seitdem weilte er auf Olymp. Er hatte seine Aufgabe hier erledigt, sein Weg führte also weiter zu zwei Springerpatriarchen und ihren Sippen. Geschäfte, Absprachen, ein wenig Goodwill unter der Oberfläche üblicher Animositäten. Nichts Illegales, ganz im Gegenteil.

Nur diesmal? Sein Vorgehen war ohne Zweifel grenzwertig gewesen. Wie Adams darauf reagieren würde, fragte er lieber nicht. In der Hinsicht war der Finanzexperte ein wenig zu steif, zu genau, um nicht zu sagen: fossilienhaft.

Madras schaute zum Fenster. Boscyks Stern versank bereits hinter der Skyline von Trade City.

Mit beiden Händen massierte er sein Gesicht und zupfte die Reste der Bioplasma-Maske von den Bartstoppeln. Musste der Unsterbliche überhaupt erfahren, wie er an die Unterlagen gelangt war?

Homer wird es ohnehin erkennen. Sobald ihm meine Nachricht vorliegt, weiß er, dass ich nur mit deutlicher Nachhilfe an die Daten herangekommen sein kann.

Homer G. Adams etwas vormachen zu wollen war ein Unding. Er war nicht umsonst Residenz-Minister für Wirtschaft, Finanzen und Strukturwandel der LFT gewesen und nun in leitender Position im Galaktikum tätig. Aber Adams wusste natürlich, was er an Larkin Madras hatte, früher im Dienst des Terranischen Liga-Dienstes, inzwischen unabhängig und auf eigene Rechnung arbeitend.

»Rechercheur«, murmelte Madras leise vor sich hin. »Das klingt gut und ist unverfänglich.«

Er blätterte sich durch die Speicherseiten. Die ellenlangen Auflistungen und Zahlen hatten etwas von einer Zentrifuge, sie machten ihn schwindlig. Sehr hohe Summen waren an jedem Tag transferiert worden. Dazu gab es Namen, Orte und Anmerkungen, vieles verschlüsselt, aber eben nicht alles.

Einige der offen ersichtlichen Begriffe hatte Madras schon von Adams gehört, als sie sich in Terrania getroffen hatten. Der Finanzexperte wollte mehr über die vielfältigen Transaktionen in Erfahrung bringen. Hatte Adams sich dabei nur von Vermutungen leiten lassen? Eher von seinem untrüglichen Gespür, der Summe aus Erfahrung, Leidenschaft und phänomenalem Gedächtnis. Und das wirkte ansteckend. Seit ihrer ersten Begegnung vor fünf Jahren spürte Madras das hitzige Fieber, das den kleinen, unscheinbaren, buckligen alten Mann erfüllte.

Der Himmel über Trade City überzog sich mit dem dunklen Violett der hereinbrechenden Nacht. Die Stadt wurde allmählich zum Lichtermeer.

Das Hotelzimmer im *Tipa's Plaza* lag in der 118. Etage und bot einen guten Überblick bis hinüber zur Argyris Central. Das galaxisweit aufgestellte Institut war eines der Bankhäuser, über die das Syndikat der Kristallfischer seine Transaktionen abwickelte.

Erstaunlich wenig kam aus dem Solsystem direkt.

Madras überflog die Daten. Käufe. Verkäufe. Beteiligungen und, zumindest in seinen Augen, undefinierbare Verwendungen. Teils horrende Summen. Und nahezu überall der Zusatz Tau-acht. Damit konnte eigentlich nur eine der Hyperkristall-Chargen gemeint sein, die das Syndikat aus der Jupiteratmosphäre extrahierte. Vor allem an Banken der Springer und Aras wurden die Gelder transferiert.

Diese Daten waren heiß und zweifellos ein erkleckliches Sümmchen wert. Und sie waren verführerisch. Larkin Madras fühlte sich zum ersten Mal veranlasst, mit Adams vorher zu verhandeln.

Er grinste in sich hinein. Schon seine Vorbereitungen hatten mehrere Wochen in Anspruch genommen. Dazu das Risiko.

»Homer, altes Schlitzohr. Du bist nicht besser als die Halunken, denen du nachjagst – du bezahlst deine Freunde zu schlecht.«

Ein Geräusch ließ ihn aufmerken. Nur ein kurzes Rascheln, aber er war darauf trainiert, solche Dinge wahrzunehmen. Für den TLD-Agenten Madras hatte das Leben davon abhängen können. Inzwischen war seine permanente Anspannung einer gewissen Routine gewichen, doch die antrainierten Reflexe würde er nie verlieren.

Das Geräusch wiederholte sich nicht. Vielleicht ein Problem der Luftumwälzung. Ein schwacher Luftzug als Ursache wäre durchaus denkbar gewesen.

Ohnehin konnte niemand das Zimmer betreten, ohne dass es ihm sofort auffiel. Er hatte Sperren installiert, die das Kontaktschloss überwachten. Selbst wenn jemand seinen Irisscan kopiert hätte, wäre es dem Betreffenden nicht gelungen, unbemerkt einzudringen.

Trotzdem – Madras hatte genug gesehen. Nacheinander löschte er die vergrößerten Wiedergaben der Geschäftsvorfälle. Beinahe andächtig zog er den geschliffenen Kristallsplitter aus dem Abtaster. Er drehte den Vielflächner zwischen Daumen und Zeigefinger.

»Homer muss meine Spesen ja nicht aus der eigenen Tasche begleichen ...« Madras lächelte verhalten.

»Muss er das nicht?«, sagte eine fremde Stimme.

Madras reagierte blitzschnell. Den Kristall ließ er achtlos fallen, er griff nach der Kombiwaffe, die er unter der linken Achsel trug, und fuhr herum.

Da war niemand. Keiner hatte die Tür vom Vorraum her geöffnet, geschweige denn konnte jemand zu ihm geredet haben. Es sei denn, der Eindringling verbarg sich hinter einem Deflektorfeld.

Madras justierte den Kombistrahler auf Thermomodus, breite Fächerung.

»Schalte den Deflektor ab«, sagte er. »Andernfalls stört es mich nicht, hier alles in Brand zu schießen.«

»Ich wundere mich immer darüber, dass die alten Menschen so gewalttätig sind.« Die Stimme erklang nun hinter ihm, zwischen der Schwebeplatte und dem Panoramafenster. »Lass die Waffe fallen, Larkin! Sie wird dir ohnehin nicht helfen.«

»Du kennst mich also?« Ein wenig langsamer als zuvor wandte er sich in die neue Richtung.

Nicht mehr als fünf Meter vor ihm stand ein jüngerer Mann. Um die vierzig, schätzte Madras. Eine gepflegte Erscheinung, das Haar kurz geschnitten, markant gestutzter Vollbart, Straßenanzug. Aber nicht einmal im Schutz eines Deflektors konnte er lautlos dahin gelangt sein, wo er nun stand.

»Flüchtig, sehr flüchtig«, antwortete der Mann auf die Frage. »Eigentlich bedauere ich dieses Kennenlernen sogar.« Sein Blick taxierte die Schwebeplatte. »Schade«, sagte er, und in seiner Stimme schwang tatsächlich Bedauern mit. »Du hast etwas mitgenommen, das dir nicht zusteht. Und du hast es auch noch achtlos weggeworfen. Gib mir den Kristall!« Ruckartig streckte er seinen rechten Arm aus und hielt Madras die Handfläche entgegen.

Er war unbewaffnet. Ein Verrückter?

Er gehört zum Syndikat, dachte Madras. *Ihm ist nicht zu trauen.*

Er musste kein Deflektorfeld mit Hilfe der Strahlerenergie sichtbar machen. Deshalb schaltete er die Waffe in den Paralysemodus zurück, dafür genügte ein kaum merklicher Fingerdruck. Zugleich löste er aus.

Der Fremde stand nicht mehr da, wo er einen Sekundenbruchteil vorher noch gestanden hatte. Sein Lachen erklang von der Tür.

»Du bist Teleporter«, stellte Madras ungläubig fest.

»Du hast lange gebraucht, das zu erkennen, Larkin.« Das Lachen wurde spöttisch. »Natürlich, du nimmst kein Tau-acht.«

»Ich verstehe nicht, wovon du ...«

»Unnötig, völlig unnötig.« Der Mann streckte die Hand aus. »Gib mir endlich den Kristall!«

»Warum holst du ihn dir nicht selbst?«

Madras schaffte es nicht, den Auslösesensor noch einmal zu berühren. Seine Finger waren wie verkrampft. Aber erst als sich die Waffe aus seiner Hand löste, begriff er. Der Fremde war nicht nur Teleporter, er war auch Telekinet.

»Ich sehe es dir an, dass du allmählich begreifst, Larkin.« Die Stimme troff vor Überheblichkeit und Spott. »Leider wird dir das nicht mehr helfen. Niemand lässt sich gern bestehlen, verstehst du das?«

Madras schaffte es nicht mehr, durchzuatmen. Ein seltsamer Druck legte sich auf seinen Brustkorb, eine unheimliche Enge, als ziehe sich ein Metallband um ihn herum zusammen. Madras bekam keine Luft mehr.

Der Schweiß brach ihm aus allen Poren.

Todesangst stieg in ihm auf. Gleichzeitig dieser Schmerz, ein Stich, der seine linke Brustseite aufzureißen schien.

Sein Herz schlug nicht mehr. Der Fremde hatte es angehalten, zusammengedrückt mit seiner mentalen Kraft.

Larkin Madras hatte den Tod nie gefürchtet. Nun wusste er, wie es war, zu sterben. Stille breitete sich aus; was er sah, verwischte in einem eigenartig fahlen Nebel, in dem einzelne Lichtblitze zuckten.

Nur seine Gedanken waren noch da. Aber auch sie wurden schwächer.

Er dachte an Adams, an den Datenkristall. Schade nur, dass er nicht mehr verhandeln konnte.

Sehr schade.

»Ich wusste gar nicht, dass der Terranische Liga-Dienst so früh am Morgen schon Geschenke verteilt.«

Mit einer fahrigen Handbewegung wischte sich Homer G. Adams das schüttere Haar aus der Stirn. Der Hemdärmel, den er einfach bis zum Ellenbogen zurückgeschoben hatte, rutschte nach vorn. Ohne den TLD-Kadetten aus den Augen zu lassen, schlug Adams den Ärmel erneut zurück; diesmal faltete er den Stoff akribisch genau.

»Das sollte nur ein Scherz sein.« Der Finanzexperte seufzte. Er wusste selbst nicht, warum er den jungen Mann so spöttisch empfangen hatte. Vielleicht, weil derzeit überall Unwägbarkeiten die Oberhand hatten. Selbst strengste Terminierungen mutierten mehr oder weniger zum Glücksspiel. Unter diesen Umständen halbwegs saubere Wirtschaftspläne zu behalten, und das für eine ganze Galaxis, fiel sogar einem Halbmutanten wie ihm schwer. Was blieb? Verstimmung. Die Frage, wozu er sich überhaupt die Nächte um die Ohren schlug.

Er legte beide Unterarme auf die Tischkante und schaute auf. Ein wenig fahrig vielleicht, aber was spielte das für eine Rolle?

»Schön«, sagte er. »Es ist morgens, gegen ein Uhr. Samstag dazu, aber was spielt das schon für eine Rolle, das war einmal? Außerdem nehme ich an, du willst hier nicht Wurzeln schlagen. Ich bin ganz Ohr.«

Er kannte sich selbst nicht wieder. Bully hätte sich vermutlich auf seine Kosten amüsiert, aber der Freund feierte noch auf Ganymed. Trinkfest war er ja.

»Ich meine ... ich habe nichts von dem kleinen Päckchen gesagt«, brachte der Kadett endlich hervor. »Wieso weißt du davon?«

»Päckchen?«, wiederholte Adams. »Das war nur so eine Ahnung. Denk dir nichts dabei, mein Junge.«

Der Kadett stand stramm.

»Rühren darfst du dich auch. Wir sind hier nicht beim Empfang mit allen Ehren, sondern in meinem Büro.«

Der junge Mann nickte. Aus einer Tasche seiner Uniformkombi zog er tatsächlich ein kleines Päckchen hervor. Es war winzig, maß nicht mehr als zweieinhalb Zentimeter.

»Das traf vor einer Stunde per Frachtschiff ein.«

»Woher?«, fragte Adams, schon wieder in seine Unterlagen vertieft.

»Olymp. Absender ist eine Anwaltskanzlei.«

»Danke.« Homer Gershwin Adams nickte knapp, als der Junge das Päckchen vorsichtig auf den Tisch legte und sich rückwärtsgehend verabschiedete.

Zögernd griff Adams zu. Offenbar handelte es sich um eine kleine Schachtel. Sie fühlte sich hart an und war in neutrales Papier eingeschlagen. *TLD Terra* stand da in Leuchtschrift. TLD war fahrig durchgestrichen und durch *Homer G. Adams* ergänzt worden. Er drehte das Päckchen, und das Logo der Kanzlei sprang ihm entgegen: Boscyk, Hassenstein & Partner. Adams kannte zwar die Namen, aber nicht das Anwaltsbüro. Früher hätte er bei einer solchen Gelegenheit sofort an eine unerwartete Erbschaft gedacht. Aber wann war *früher* gewesen?

Langsam wickelte er das Päckchen aus.

Der Behälter bestand aus einfachem Plastik. Der Schiebedeckel war leicht zu öffnen.

Adams nickte leicht beim Anblick der beiden kleinen Speicherkristalle. Sie waren nummeriert. Für einen Moment spielte er mit dem Gedanken, den mit der Nummer 2 zuerst abzuspielen. Gerade in Finanzangelegenheiten war es oft erfolgversprechender, unkonventionell zu reagieren.

Hatte das Päckchen wirklich mit Finanzen zu tun?

Er legte die 1 in die Lesemulde. Das entstehende Hologramm zeigte unverkennbar einen Blick auf Trade City. Der Perspektive nach zu schließen, war die Aufnahme in den oberen Etagen von *Tipa's Plaza* aufgenommen worden. Die gute alte Tipa Riordan – wenn sie gewusst hätte, dass ihr Name nicht in Vergessenheit geriet.

»Ich hoffe, Homer, dass du die beiden Kristalle nie auf dem Weg erhalten wirst, auf dem du sie jetzt bekommen hast. Da das doch der Fall ist, hat es mich erwischt. Irgendwann musste es so kommen; wir sind alle nicht unsterb... Das war natürlich dumm von mir. Du trägst einen Aktivatorchip, ich nicht – so einfach ist das.«

Er kannte die Stimme. Madras, Larkin Madras. Er hatte nicht gewusst, dass sein Informant Olymp angeflogen hatte. Und dass Larkin nicht selbst im Bild zu sehen war, sondern die Metropole der Handelswelt ... Er kniff die Augen ein wenig zusammen und fixierte die Darstellung intensiver. Einer der großen Türme war die Argyris Central.

Der Gedankensprung hin zum Syndikat der Kristallfischer kam spontan. Es lag schon einige Zeit zurück, dass er mit Larkin über das Syndikat gesprochen hatte.

Ein rascher Blick auf die Datumsmarkierung. Die Speicherung stammte vom 5. Februar.

»Ich glaube, nun hast du dich orientiert«, fuhr Larkin in leicht amüsiertem Tonfall fort. *Künstlich amüsiert,* stellte Adams bitter fest. *Er hat sich zu viel zugemutet.*

»Der andere Kristall, Homer, hält eine Fülle an Informationen für dich bereit. Er ist nur eine Kopie, rechtzeitig angefertigt, denn das Original wurde mir wohl wieder abgenommen, und ich habe teuer dafür bezahlt. Es war keineswegs leicht, diese Daten in die Hand zu bekommen. Du weißt, meine Trickkiste war stets ansehnlich. Diesmal musste ich zudem auf einen Psychostrahler zurückgreifen. Das Spielzeug stammt aus meiner Zeit beim TLD; die Bestandsführung dort war ein wenig lasch. Über die Gesetze rede ich gar nicht erst. Du kannst dir jetzt vorstellen, wie ich an diese Daten gelangt bin. Wenn du damit nicht einverstanden bist, vernichte sie. Du erhältst die Speicherkristalle ohnehin erst, wenn ich schon tot bin. Nimm also keine Rücksicht auf mich, mir ist es inzwischen völlig egal. Und dann ist die Frage, welches Gut höher steht. Das ist deine Entscheidung. Lebe wohl – und bleib, was du bist, der älteste lebende Terraner.«

Dem leisen Lachen, mit dem Larkin sich verabschiedete, haftete ein Hauch Wehmut an. Adams schluckte schwer. Dass der ehemalige TLD-Agent keines natürlichen Todes gestorben war, war klar.

Der Direktor von Ammandul-Mehan zögerte nicht, er legte den zweiten Kristall in die Mulde.

Was er zu sehen bekam, überraschte ihn nicht mehr. Dabei blieben ihm die verschlüsselten Daten noch vorenthalten. Aber schon der geringere Rest bestätigte seine bisherigen Einschätzungen.

Als Adams endlich aufsah, fehlte nur mehr eine Viertelstunde bis zwei Uhr. Mehr als dreißig Minuten waren wie im Flug vergangen. Er hatte das nicht einmal bemerkt, denn ihm schwirrte der Kopf.

Zögernd erhob er sich, humpelte zu dem Versorgungsautomaten hinüber und ließ sich ein Soda-Lemon servieren. Er nippte nur daran, war in seinen Gedanken ganz woanders. Schließlich kippte er das schon wärmer gewordene Getränk in einem Zug durch seine Kehle.

»Okay«, sagte er heftig. »Machen wir ernst!«

Er stellte eine Hyperfunkverbindung her. Ganymed, Galileo City. Ob der Angerufene gerade in Morpheus' Armen lag oder nicht, interessierte ihn herzlich wenig. Aber Gaider Molkam meldete sich nicht.

Adams' nächster Anruf ging nach Olymp.

3.

Der Erste Waffenoffizier der CHARLES DARWIN reagierte instinktiv, das hatte er in ungezählten Simulationen verinnerlicht. Als in der Netzhautprojektion die taktischen Darstellungen aufleuchteten, trennten ihn nur mehr Sekunden von seiner Feuertaufe im Ernstfall.

Welten lagen zwischen den positronisch generierten Raumschlachten und dem Zwang, gegen einen realen Gegner bestehen zu müssen. Robert Marion Morrison hätte gern mehr über die Angreifer in Erfahrung gebracht – vor allem, wie es ihnen hatte gelingen können, so weit ins Solsystem vorzudringen.

Für solche Fragen blieb ihm leider keine Zeit mehr. Andere würden sie stellen müssen, sobald die Schlacht geschlagen war – jene Spezialkräfte, die selbst ausgeglühten Wrackteilen noch beredte Geschichte entlockten. Eigentlich unglaublich, welche Fülle an Informationen sogar ein kleines Rumpfsegment für alle bereithielt, die im atomaren und subatomaren Bereich wie in einer Datenbank zu lesen verstanden.

Die Zielerfassung leuchtete auf. Leicht irritiert fuhr Morrison sich mit dem Handrücken über die Lippen. Die Daten der Hauptpositronik fehlten.

Nicht nervös werden!, mahnte er sich.

Wie mochten die Angreifer aussehen? Ihre Stärke stand außer Zweifel, hätten sie sonst angegriffen?

Kommt schon! Diese Ungewissheit ist schlimmer als die Erkenntnis, dass es mit dem Frieden vorbei zu sein scheint.

Der Vibrationsalarm verstummte.

»... müssen auf heftigere Abweichungen gefasst sein.« Über einen offenen Interkom hörte Morrison die Kommandantin reden. »Case, Yoshimi, wir brauchen einen Idealkurs zwischen den Störfronten hindurch ...«

Da waren Hunderte Ortungsreflexe, Flottenverbände, die sich aus mehreren Richtungen dem Ringsystem des Planeten näherten. Morrison sah seine Befürchtung bestätigt, dass die geheime Station das Ziel der Unbekannten sein musste.

Schweres Energiefeuer tobte durch den Raum, ein Pulk terranischer Kreuzer griff an. Während der Waffenoffizier sich noch darauf konzentrierte, explodierten die ersten Kugelraumer. Eine einzige gegnerische Salve vernichtete mindestens zwanzig Schiffe. Es war wie ein Spuk, die Ortung erfasste nur mehr brodelnde, sich ausdehnende Energieschwaden anstelle der Kreuzer.

Sie hatten nicht die Spur einer Chance!
Über die Brille fixierte Morrison die Ortungsdaten der fremden Schiffe. Er rief Detailvergrößerungen ab und einen Aufriss. Kantig wirkende Einheiten waren es. Konstruktionen, die etwas in seiner Erinnerung ansprachen. Vor nicht allzu langer Zeit musste er ähnliche Typen gesehen haben. Zumindest im Entwurf. Diese Schiffe wirkten gitterförmig wie ein Gerüst, in das einzelne Zellen eingehängt werden konnten. Einer ähnlichen Modulbauweise bediente sich die terranische Raumfahrtindustrie, wenngleich nicht in diesem offenbar zur Perfektion ausgeweiteten Rahmen. Mischa Ordeway, fiel ihm ein, skizzierte gern bizarre Raumfahrzeuge.

Die nächsten Kugelraumer der Heimatflotte griffen an ... Ihre Formation erkannte Morrison sofort: Es war die Standardszenerie der Simulationen, die sich während seiner Ausbildung in ungezählten Variationen wiederholt hatte, als hänge das Schicksal der Menschheit davon ab. Womöglich war es diesmal wirklich so. Die Ortungsreflexe der eigenen Raumer verschwanden aus den Holos, kaum dass Morrison sich auf sie konzentrierte. Lediglich die Angreifer zogen unbeschadet weiter und fächerten auf.

Sie wissen, dass wir ihnen nichts anhaben können!, ging es dem Ersten Waffenoffizier der CHARLES DARWIN II durch den Kopf. *Und sie haben die Station bislang nicht aufgespürt.*

Weitere Schiffe der Heimatflotte verschwanden aus der Ortung, während er sie fixierte. Morrison fühlte sich mit einem Mal dafür verantwortlich. Seine Zunge klebte wie ausgedörrt am Gaumen. Er schwitzte. Sein Blick sprang zurück zu den Angreifern, aber sie tauchten ungehindert in die Staubschwaden des mittleren Ringes ein.

Der Waffenoffizier kannte die Position der fremden Station nicht, die Koordinaten hatte sein Vater auf dem Speicherkristall verschwiegen. Vergeblich sein Versuch, sich einen Gesamtüberblick zu verschaffen, doch als er erneut eine Abfangformation der Heimatflotte ins Auge nahm und die Schiffe fast zeitgleich aus der Ortung verschwanden, riss er sich die Datenbrille herunter.

Jäh war alles anders.

Kein Saturn, keine fremde Flotte – stattdessen hing Jupiter riesig groß in der Zielerfassung.

Morrison zwang sich, ruhig zu bleiben. Schlagartig war ihm klargeworden, dass jemand eine Simulation auf seine Datenbrille geschickt hatte und dass dieser Jemand von dem Geheimprojekt in Saturnnähe wusste. *Mischa?* Er unterdrückte die hastige Reaktion, mit der er sich zu seinem Stellvertreter umdrehen wollte.

Vor ihm leuchteten die Zugriffssperren in den Holos. Er hatte tatsächlich versucht, die Waffensysteme zu aktivieren. Da noch keine übergeordnete Freigabe vorlag, hätte er indes keinen Schaden anrichten können.

Es war ein Fehler gewesen, Mischa von der seltsamen Station zu erzählen, das wurde ihm endlich bewusst. In der Einsamkeit des galaktischen Halos während des letzten Patrouillenflugs hatte Morrison dem Freund unter dem Siegel der Verschwiegenheit davon berichtet, und wegen Mischas Skepsis hatte er alles sehr blumig ausgemalt. Eigentlich hörte er immer noch das spöttische Lachen seines Stellvertreters. Mischa hatte ihm nicht geglaubt. Gerüchte über Geheimprojekte gab es immer wieder, aber niemals wurden Quellen bekannt, woher solche angeblichen Informationen stammten.

Seit mindestens einem Jahr kursierten die Behauptungen, Perry Rhodan und eine Handvoll eingeweihter Aktivatorträger planten, die Menschheit innerhalb der nächsten Dekade zu vergeistigen. Große Mengen an Hyperkristallen sollten dabei eine maßgebliche Rolle spielen. Diese Behauptungen hatten nicht nur für ungewöhnlich viel Aufregung gesorgt, sondern prompt die Preise aller Chargen an Schwingquarzen in die Höhe getrieben. Natürlich waren diese Gerüchte gezielt lanciert worden. Wer immer dahintersteckte, hatte sich damit eine goldene Nase verdient.

Die Vergeistigung der Menschheit wäre der nächste Schritt in ihrer Evolution. Morrison zweifelte nicht daran. Ob erstrebenswert oder nicht, bis heute hatte er sich darüber kaum Gedanken gemacht. Diese Entwicklung lag zu weit in der Zukunft. Jahrzehntausende, womöglich Hunderttausende von Jahren würden bis dahin vergehen. Vergeistigung, davon war der Erste Waffenoffizier überzeugt, setzte eine hohe moralische Reife voraus, die er den Menschen des 15. Jahrhunderts NGZ noch absprach. Daran änderte auch ein Perry Rhodan nichts.

Das beste Beispiel hatte er vor sich: Er hatte Mischa beinahe sein Ego preisgegeben, aber sein Stellvertreter machte sich mit manipulierten Daten über ihn lustig. Freundschaft sah anders aus. Morrison war froh darüber, dass er wenigstens seine Herkunft als Klon verschwiegen hatte.

Wir sind wirklich nicht reif für die nächste Evolutionsstufe. Wir haben Hemmungen und Vorbehalte, als wüssten wir nicht, wie vielfältig und facettenreich das Leben allein in unserer Galaxis ist.

Oft hatte er nur ein Kopfschütteln dafür übriggehabt, dass Menschen sich mit Robotern umgaben und die rein mechanischen Konstruktionen als Freunde und Vertraute bezeichneten. Als noch größere Verirrung hatte er die Liebesandroiden angesehen. Zum ersten Mal wurde er sich nun bewusst, dass Maschinen vielleicht wirklich die besseren Freunde waren. Auf sie war in jeder Hinsicht Verlass. Roboter brachen nicht wegen irgendwelcher Gefühlsregungen das in sie gesetzte Vertrauen.

Morrison löschte die Holos der Zielerfassung. Nur die Standardfunktionen hatten Bestand.

»Wir schicken dir eine Korvette ...«, hörte er die Kommandantin sagen.

Sie hatte Funkkontakt mit Reginald Bull. Die Antwort des Verteidigungsministers ließ Morrison zustimmend nicken. Nichts anderes hätte er erwartet. Bull war nicht der Typ, der vor einer Bedrohung zurückschreckte, das hatte er ebenso wie Rhodan und die anderen Aktivatorträger oft bewiesen.

Dabei war anzunehmen, dass gerade Bull und der Resident an ihrem Leben hingen. Sie hatten bedeutend mehr zu verlieren als jeder normale Sterbliche.

Ich weiß, dass es mit hundertachtzig, spätestens mit zweihundert für mich vorbei sein wird, überlegte Morrison. *Aber sie? Zehntausend Jahre, hunderttausend ...?*

Für einen Moment glaubte der Erste Waffenoffizier, er müsse die Aktivatorträger beneiden. Nur war das bestimmt nicht der Fall. Sie ignorierten es vielleicht, ob bewusst oder unbewusst, doch eines Tages würde ihre Unsterblichkeit zur Last entarten. Sobald ihr Leben zur Gewohnheit wurde und in Routine erstarrte.

Robert Marion Morrison war sich sicher, dass er niemals in Versuchung kommen würde, mit einem Aktivatorträger tauschen zu wollen.

»Das sind die Messwerte?« Kopfschüttelnd griff die Kommandantin in das Datenholo. Mit einer schnellen Handbewegung zog sie die aufgelisteten Daten in den Vordergrund. »Ich verstehe nicht, warum ausgerechnet Reginald Bull das übersieht.«

»Er übersieht sie nicht, Hannan – er verweigert sich den Tatsachen. So einfach ist das.«

O'Hara wandte sich dem Ortungsspezialisten zu, der ihr forschend entgegenblickte. Sein Abbild schwebte zu ihrer Linken über der Kommandokonsole. Captain Schack Mors kratzte sich an der Nasenwurzel, seine blaue Haut färbte sich an den betreffenden Stellen dunkel, fast schon schwarz.

»Warum sollte Bull das tun?«, wollte sie wissen.

»Weil er Prioritäten setzt. Er akzeptiert, dass Rhodan für die Liga Freier Terraner die wichtigere Persönlichkeit ist.«

Hannan O'Hara schaute den Captain durchdringend an. Seine weit vorgewölbte Stirn ließ ihn in dem Moment fremd wirken; die kleinen, tief in den Höhlen liegenden Augen schienen Wissen und Vermutung gleichermaßen verbergen zu wollen; das kupferfarbene Lockenhaar und der dichte Vollbart machten Mors zum Exoten.

»Das wäre ferronische Mentalität ...« Die anzügliche Bemerkung konnte O'Hara sich nicht verkneifen.

»In einem hast du Recht: Obwohl ich seit meinem neunten Geburtstag auf Terra lebe, ist und bleibt meine Heimat Ferrol«, sagte der Captain stolz. »Im Übrigen empfinde ich Bulls Verhalten keineswegs als mentalitätsabhängig, sondern als pragmatisch. Er fühlt sich auf Ganymed sicher – den Insassen der Micro-Jet gesteht er das größere Risiko zu.«

»Sicher?« Hannan O'Hara schüttelte ungläubig den Kopf. »Die Ortungen lassen etwas anderes erwarten. Im Umfeld des Artefakts dürfte wegen der Schwerkraftanomalie eigentlich schon niemand mehr handlungsfähig sein.«

»Sie ist auf das seltsame Objekt beschränkt. Was spricht dagegen?« Die Kommandantin schwieg. Nachdenklich schaute sie zum Jupiter auf. Die Panoramagalerie ließ den Planeten und seine drei schwachen Ringe aus extrem feinen Gesteinspartikeln erkennen. Für Sekunden hatte es den Anschein, als huschte ein Irrlichtern über die Ringe hinweg.

»Energetische Entladungen rund zweihunderttausend Kilometer über dem Planeten!«, meldete die Ortung. »Ursprung nicht identifiziert.«

»Auswertung!«, befahl die Kommandantin.

»Auswertung läuft. Soweit ich das schon erkennen kann, war die Erscheinung hyperphysikalischer Natur.«

»Polarlichter!« O'Hara deutete mit einem knappen Kopfnicken auf die Bildwiedergabe.

Die CHARLES DARWIN II stand über der Äquatorebene des Gasplaneten. Optisch war nur die Nordpolregion zu erkennen. Was sich dort abspielte, wurde mit einer Zeitverzögerung von rund zwei Sekunden von den Optiken erfasst, war also nahezu aktuell.

Ein kräftiges blaues Leuchten breitete sich aus. Es schien zu pulsieren – ein Eindruck, der den flackernden Blitzentladungen zuzuschreiben war.

»Die Erscheinung ist um ein Mehrfaches intensiver als die üblichen Polarlichter«, ließ Mors wissen.

»Der Mond Io ist mit Jupiter über Magnetfeldlinien verbunden, das ist mir bekannt«, bestätigte die Kommandantin. »Zwischen beiden Himmelskörpern fließt ein permanenter Strom von gut einer Million Ampere. Wo die Magnetfelder die Atmosphäre berühren, entladen sie sich. Auch von Europa und Ganymed führen Magnetfelder zu dem Planeten.«

»Ganymed ist verantwortlich für dieses intensive Flackern«, sagte der Ortungsspezialist. »Vom Eismond springt ein hohes Potenzial über.«

Das Leuchten in der Nordpolregion des Planeten weitete sich aus. Bläulich weiß schien die Jupiteratmosphäre aufzureißen. Eine irrlichternde Entladung griff auf den inneren Hauptring und von da auf die beiden Gossamer-Ringe über. Für wenige Sekunden hatte es den Anschein, als stehe die gesamte Nordhälfte des Gasriesen in Flammen.

Bis zur Umlaufbahn des kleinen Mondes Thebe reichte das Ringsystem. Schon Io lag fast doppelt so weit vom Jupiter entfernt.

»Atemberaubend schön – aber zugleich eine tödliche Bedrohung«, stellte Case Morgan fest. »Lässt sich wenigstens annähernd erkennen, welche Energiemengen da freigesetzt werden?«

»Genug, um jede Micro-Jet wie eine Motte verbrennen zu lassen, die ins Feuer fliegt«, antwortete die Kommandantin. »Bull hat Recht: Wir müssen Perry Rhodan und seine Begleiter zurückholen. Case ...?«

Der Zweite Pilot grinste schräg. »Wäre das erste Mal, dass ich etwas unversucht lasse. Die Frage ist nur, ob wir die Jet tatsächlich finden. Falls sie irgendwo da drin stecken, wird selbst die Energiesignatur ihres Schutzschirms schwer aufzuspüren sein. Vorausgesetzt, der Schirm hält das aus.«

»Haben wir einen Beweis dafür, dass das Artefakt diese Veränderungen herbeiführt?«, wandte Morrison ein.

»Wir haben ebenso wenig einen Beweis, der für das Gegenteil spricht. Was schlägst du vor?«

»Ovadja Regio evakuieren und dann eine gezielte Transformsalve. Das sollte genügen, um dem Spuk ein Ende zu machen.«

»Und falls mit einem solchen Angriff alles noch schlimmer wird? Ich akzeptiere den Waffeneinsatz nicht«, sagte O'Hara.

»Wir dürfen den Verteidigungsminister nicht vergessen«, stellte Yoshimi Cocyne fest. Die Pilotin war nur kurz nach der Kommandantin in der Hauptzentrale erschienen. Während des Alarms gab es kaum mehr Freischichten, die meisten Stationen mussten mehrfach besetzt sein.

Die CHARLES DARWIN II näherte sich ohnehin bereits dem Jupiter. Der Kugelraumer befand sich nur mehr rund sechshunderttausend Kilometer vor dem Gasplaneten und somit schon innerhalb der Umlaufbahn des Mondes Europa. Die Distanz zum Ganymed wuchs hingegen stetig an, weil dieser sich auf seiner Bahn entfernte.

»Bull hat jede Unterstützung abgelehnt!«, erinnerte der Erste Offizier.

»Und?«, fragte die Kommandantin.

»Er wird nicht erfreut sein, wenn seine Anordnung missachtet wird.«

»Das muss er dann mit Rhodan ausmachen«, stellte O'Hara schroff fest. Wie beiläufig rieb sie sich mit der Handwurzel der rechten Hand die Stirn und strich dabei mit den Fingern über ihr Haar. Sie schien das nicht einmal zu bemerken. Erst als sie den abschätzenden Blick des Offiziers bemerkte, zog sie die Hand zurück. Kein Besatzungsmitglied hätte der Kommandantin deshalb Eitelkeit unterstellt, er schon.

»Rhodans Befehl war eindeutig und er hat ihn bislang nicht widerrufen. *Holt Bully da raus! Schickt eine Korvette runter!*« O'Hara lächelte. »Genau das werde ich befolgen.«

»Mit Verlaub, der Verteidigungsminister hat diesen Befehl widerrufen«, wandte der Erste Offizier ein.

»So habe ich seine Worte nicht verstanden. Und selbst wenn: Die Störungen im Funk haben zeitweise alles überlagert.«

»Bull hat unmissverständlich ...«

Die Kommandantin schnippte mit den Fingern. Ihr Lächeln, das selbst in extremen Situationen nicht weichen wollte, wurde frostig. Wer länger mit O'Hara zu tun hatte, kannte dieses Warnsignal. Sie kehrte ihre Autorität hervor, danach wurde es ungemütlich.

»Ich wünsche keine Diskussion über vorrangige Befehlsberechtigungen, Libius«, sagte sie schneidend scharf. Das war nicht mehr der sonst eher fürsorgliche Tonfall. »Mir ist egal, ob Bull Rhodans

Befehle aufheben kann oder nicht. Libius – du erhältst das Kommando über die CD-K-7. Start in spätestens drei Minuten! Hast du Fragen? Gut. Falls Bull auf seiner Ablehnung beharrt: Warteposition! Über kurz oder lang wird er auf die Korvette zurückgreifen, davon bin ich überzeugt.«

Noch war Gelegenheit, eines der Beiboote auszuschleusen. Ob das später ebenso möglich sein würde, wagte O'Hara zu bezweifeln.

»Mischa, du gehst ebenfalls an Bord der Korvette!«, wandte sie sich an Morrisons Stellvertreter. »Ich weiß deine strategisch-taktischen Ambitionen durchaus zu schätzen. Gepflegte Langeweile wird hoffentlich nicht aufkommen.«

Ordeway verstand, worauf sie anspielte. Das erkannte sie an der kaum merklichen Veränderung seiner Pupillen.

Er hatte seine Manipulation in der Hauptpositronik sehr gut verborgen, nur fehlte die Perfektion. O'Hara hatte den Datensatz dennoch nicht isoliert, weil sie keine Gefahr darin sah. Außerdem interessierte sie, was Morrison mit einer vermeintlichen Geheimstation im Bereich der Saturnringe zu schaffen hatte, die er zudem als Bedrohung einstufte. Sie selbst hatte bislang nichts davon gewusst. Nicht einmal in den Archivdaten der Heimatflotte hatte sie einen Hinweis darauf entdecken können.

Sobald der Abstecher zum Jupiter hinter ihr lag, würde sie mit Morrison reden. Falls es wirklich ein Geheimprojekt im Solsystem gab, wollte sie informiert sein.

Reginald Bull ging eilig weiter. Mehrere Personen, die sperrige Gerätschaften trugen, wichen vor ihm zur Seite. Neue Messinstrumente für die Untersuchung des Artefakts schienen eingetroffen zu sein. Allerdings war Bully nicht aufgefallen, dass Gleiter aus Galileo City in der Nähe gelandet wären, erst recht keine der kleineren Jachten, die er auf dem Raumhafen der Kuppelstadt gesehen hatte.

Er zwängte sich zwischen zwei Männern hindurch. Sie wollten protestieren, doch als sie ihn erkannten, machten sie bereitwillig Platz.

Die beiden Roboter hatten sich bereits der am Boden liegenden Frau angenommen. Viel konnten sie indes nicht tun. Selbst wenn sie ein rundum geschlossenes Prallfeld aufgebaut und die dünne Atmosphäre darin verdichtet hätten, die extreme Kälte verböte es dennoch, Kateen Santoss' Schutzanzug zu öffnen.

Eine der Maschinen klinkte sich in den externen Datenanschluss ein.

»Wie geht es ihr?«, fragte Bull über den Außenlautsprecher.

Der Roboter hob nur kurz den Kopf. Seine Sehzellen musterten den Terraner. Bully wusste, dass die Maschine in dem Moment die Funkfrequenz seines SERUNS abtastete.

»Die Frau hat das Bewusstsein verloren, aber sie lebt.« Die fein modulierte Stimme des Roboters erklang im Helmfunk. »Die Medoeinheit injizierte ihr ein Kombipräparat, für mehr ist der Anzug nicht ausgerüstet.«

Mit Hilfe einer Antigravtrage transportierten die Roboter die Bewusstlose ab.

Bull entschied sich spontan, sie zu begleiten. Ein Gefühl sagte ihm, dass die Frau interessant für ihn sein konnte. Ihm kam die mögliche Brisanz ihrer Andeutungen erst allmählich in den Sinn. Als er vor zwei Stunden mit Kateen gesprochen hatte, war das eher an ihm vorbeigegangen. Da hatte er sich noch von dem eigenartigen Glücksgefühl leiten lassen und die Nähe des fahlen Artefakts gesucht.

Sekundenlang lauschte er in sich hinein.

Nein, er vermisste jenes sterile Glück nicht. Solche Beeinflussungen waren ihm ohnehin suspekt.

Sie erreichten die Hotelkuppel. Die Roboter brachten Kateen Santoss in einen kleinen, gut ausgerüsteten Klinikbereich.

Ein Medoroboter übernahm die Patientin. »Du bist ein Angehöriger?«, wandte er sich an Bull. »Falls nicht, bitte ich dich, den Wartebereich aufzusuchen.«

Der Residenz-Minister identifizierte sich und durfte bleiben. Die erforderliche Entkeimung hatte er ohnehin schon beim Betreten des Medosektors über sich ergehen lassen.

Der Roboter schälte die Frau aus ihrem Schutzanzug und untersuchte sie eingehend. Ihr Blutdruck war weit abgefallen, zudem zeigte sich eine rasche Herzfrequenz. So viel medizinisches Wissen hatte Reginald Bull längst, dass er einen Schockzustand erkennen konnte. Kateen Santoss atmete schwer und unregelmäßig.

Der Roboter nahm eine Speichelprobe, testete die Pupillenreaktion, gab eine kurze Hochdruckinjektion in die Halsschlagader.

»Dass die Frau nicht erbrochen hat, ist ein positives Zeichen. Trotzdem wird sie unter starkem Schwindelgefühl und Kopfschmerz leiden, sobald sie das Bewusstsein wiedererlangt. Möglich sind auch massive Angstzustände. Ich schlage Adrenalingabe und eine Tiefschlafphase vor. In spätestens sechs bis acht Stunden ...«

»So lange kann ich nicht auf ihre Aussage warten«, widersprach Bull entschieden.

»Die Patientin hat einen anaphylaktischen Schock erlitten. Nur im Klinikbereich ist die ausreichende Oxygenierung gewährleistet.«

»Und wieso diese Überempfindlichkeitsreaktion? Ich gehe nicht davon aus, dass es sich um eine banale Allergie handelt.«

»Das langfristige Tragen des Schutzanzugs muss als Ursache in Erwägung gezogen werden«, erklärte der Medoroboter. »Unverträglichkeitsreaktionen auf Nanobeschichtungen sind hinlänglich dokumentiert. Die Patientin befindet sich seit nahezu zwei Wochen im Bereich von Ovadja Regio ...«

»Ich halte eher eine Strahlenbelastung für denkbar.«

»Das festzustellen, fehlen mir die Analysemöglichkeiten. Veranlasst ist die Untersuchung von Blut und Gewebsflüssigkeit. Wieso ausgerechnet Strahleneinwirkung, Reginald Bull? Hast du einen Anlass für diese Vermutung?«

»Ich verdächtige das Artefakt.«

»In dem Fall bestünde die Gefahr, dass weitere Personen davon betroffen sind.«

»Nicht zwangsläufig. Kateen erscheint mir als besonders disponiert. Offenbar hat sie schon das Auftauchen des Artefakts als körperlichen Schmerz wahrgenommen. Ich brauche sie transportfähig und in einem Zustand, in dem ich mit ihr reden kann. In Galileo City wird sie hoffentlich weit genug entfernt sein.«

»Falls eine Hyperstrahlung in Betracht käme ...«

»... können wir das in der Stadt feststellen. So oder so – ich halte es für angebracht, die Frau auszufliegen.«

»Sie wird in zwanzig Minuten transportfähig sein«, versprach der Medoroboter.

Reginald Bull nickte zufrieden. Ihm blieb gerade noch Zeit, mit seinen Wissenschaftlern zu reden.

4.

Erst spürte Yoshimi Cocyne nur ein Prickeln unter der Kopfhaut. Sekunden später fühlte sich dieses Prickeln schon an, als marschierte ein Heer von Killerameisen ihren Nacken hinab. Die junge Terranerin kämpfte um ihre Konzentration. Stöhnend warf sie den Kopf zurück und stemmte sich gegen die Rückenlehne des Pilotensessels.

Mit jeder Faser ihres Körpers registrierte sie die beginnende Veränderung. Obwohl sie die Beschleunigung erhöhte, reagierte die CHARLES DARWIN II träge und verlor an Geschwindigkeit.

»Das alles gefällt mir nicht«, hörte sie O'Hara sagen.

Angespannt schaute Yoshimi zum Podest der Kommandantin. Hannan O'Hara verfolgte die Datenkolonnen der Flugüberwachung, deren Werte sich permanent verschlechterten. Bestenfalls noch Minuten, dann würde der ENTDECKER im relativen Stillstand verharren, bei einer Distanz von mehr als dreihunderttausend Kilometern zum Jupiter.

»Was ist mit der Funkortung?« Yoshimi Cocyne verstand die Frage der Kommandantin kaum. »Die Micro-Jet muss endlich aufzuspüren sein.«

»Kein Kontakt«, gab Captain Mors zurück.

»Und die Faktoreien des Syndikats? Wir kennen ihre ungefähre Position in der Atmosphäre ...«

Yoshimi war keine Emotionautin. Sie lenkte das Kugelraumschiff nicht mit der Kraft ihres Geistes, indem sie unter einer SERT-Haube mental mit dem Schiff verschmolz. Entsprechende Eignungstests waren stets negativ verlaufen; sie verfügte nicht über die erforderlichen Fähigkeiten. *Vielleicht, in einigen Jahren oder Jahrzehnten ...,* redete sie sich ein. Ihr Verhältnis zur CHARLES DARWIN II war trotzdem nicht das einer normalen Pilotin; es war anders, wenngleich schwer zu beschreiben. Auf jeden Fall inniger.

Sie mochte das Schiff. Die unglaubliche Stärke, die sich in den Maschinenhallen manifestierte. Das Gefühl der Sicherheit, sobald die Schutzschirme wie eine undurchdringliche Blase den Rumpf einhüllten. Die Ausdauer und das perfekte Zusammenspiel aller Komponenten.

Momentan aber stampfte und schlingerte der 1800-Meter-Koloss wie ein altteranisches Segelschiff in stürmischer See. Yoshimis Hände streiften über die Konsole und verharrten auf den sich verändernden Schaltflächen. Schwache Ströme schienen auf sie überzuspringen, als die Standardfunktionen unter ihren Fingerkuppen aufleuchteten. Die Prüfroutinen zeigten keine Abweichung, Andruckneutralisatoren und künstliche Schwerkraft arbeiteten störungsfrei.

Yoshimi erhöhte die Schubkraft. Keine Sekunde lang ließ sie die Kontrollen der Speicherbänke aus den Augen. Der Energieabfluss stieg sprunghaft an, der Zuwachs an Geschwindigkeit stand in keinem vernünftigen Verhältnis dazu.

Nach nicht einmal zehn Sekunden revidierte die Pilotin die Schaltungen. Erst jetzt wurde ihr bewusst, dass sie den Atem angehalten und den Bauch geradezu krampfhaft eingezogen hatte. Ein Zittern durchlief ihren Leib, als sie sich entspannte.

»Der Raum verändert sich!«, rief sie der Kommandantin zu. »Unser Beschleunigungsvermögen sinkt ...«

»Auf Ausweichkurs gehen!«, ordnete O'Hara an. »Ich lasse die physikalischen Parameter prüfen ...«

Yoshimi hörte schon nicht mehr hin. Den Ausweichkurs hatte sie bereits eingeleitet, Jupiter wanderte aus der Fronterfassung.

Allmählich quälte sich die Geschwindigkeit des Schiffes über fünfhundert Kilometer in der Sekunde hinaus. Die Pilotin versuchte währenddessen, den ENTDECKER auf den Anflugkurs zurückzubringen. Sie erzielte keine nennenswerte Reaktion.

»Seht euch den Planeten an!«

Robert Morrisons Stimme hallte durch die Zentrale. Sie klang emotionslos, kühl und so präzise, wie der Erste Waffenoffizier sich oft gab. Yoshimi bewunderte ihn deswegen; er hatte eine furchtlose Sachlichkeit, dieses Über-den-Dingen-Stehen, das sie erst bei wenigen Menschen gefunden hatte. Bei Perry Rhodan vielleicht oder auch bei Reginald Bull; leider waren die Zellaktivatorträger für sie unerreichbar. Schon der Versuch, einen von ihnen auf die Koje zu bekommen, musste scheitern.

Yoshimis Finger streiften über die Vorderkante der Konsole. Kurz begegnete sie Morrisons Blick, aber er beachtete sie kaum. Vielmehr deutete er mit einem Kopfnicken auf die Panoramagalerie.

Jupiter veränderte sich, schien auseinanderzubrechen. Es sah aus, als wirbelte der Planet um die eigene Achse. In Gedankenschnelle wurde er zum Ellipsoid, die Fliehkraft im Äquatorbereich zerrte die Wolkenmassen nach außen.

Nur Sekunden vergingen, dann war der Riese ein langgestreckter Schemen, der sich krümmte, als würde er um einen unsichtbaren Kreis herumgebogen.

»Ein extrem hohes Schwerkraftfeld muss in der Nähe entstanden sein!«, rief die Kommandantin.

Die Pilotin hatte den Gravitationslinsen-Effekt ebenfalls erkannt. Das von Jupiter reflektierte Licht wurde von der Anziehungskraft eines unsichtbar bleibenden Objekts verzerrt und um dieses herumgelenkt.

Der Eindruck entstand, als bewege das Licht sich außen herum. Der verschwommene Wirbel mit den ineinander verlaufenden Wolkenstreifen schien in der nächsten Sekunde auf dem Kopf zu stehen.

Einen Lidschlag später war da nur mehr lichtlose Schwärze.

Yoshimi Cocyne beschleunigte wieder. Vibrationen durchliefen das Schiff, die Triebwerkskontrollen sprangen in den Warnbereich. Als trotz der vielfältigen Schallisolierungen ein lauter werdendes Dröhnen erklang, stoppte die Pilotin den Ausbruchsversuch. Sie schüttelte den Kopf.

»Wir sitzen fest. Ich habe keine Ahnung, wie lange dieser Zustand anhalten wird ...«

»Geschweige denn, wo wir uns befinden«, ergänzte Captain Mors. »Masse- und Energieortung versagen; es gibt nicht die leiseste Reaktion in der Funkortung.«

»Was ist mit Jupiter? Mit den Monden Thebe und Io?«

Morrison beantwortete die Frage der Kommandantin. »Amalthea sollte unserer Position am nächsten stehen. Die anderen sind bereits etwas weiter entfernt.«

»Wie auch immer ...« Der Ferrone überkreuzte abwehrend die Arme vor der Brust. Sein Gesicht färbte sich tiefblau. »Es hat nicht den Anschein, als wäre noch irgendetwas außerhalb des Schiffes.«

»Wir konnten den Gravitationslinsen-Effekt deutlich sehen«, erinnerte die Pilotin. »Jupiter und seine Monde verbergen sich hinter diesem starken Schwerkraftfeld. Im schlimmsten Fall wird der Raum extrem gekrümmt. Jedenfalls sehen wir nicht einmal mehr das Licht von Sol.«

»Diesen Gedanken hatte ich ebenfalls.« Der Ortungsspezialist nickte zustimmend, eine Geste, die er der terranischen Besatzung abgeschaut hatte. »Leider verhält es sich wohl nicht ganz so einfach.«

»Ich höre, Schack!«, rief die Kommandantin auffordernd.

»Eine Vermutung, mehr nicht«, sagte der Ferrone. »Sicher können wir erst sein, sobald Messungen diese Annahme bestätigen. Das vermeintliche Kippen der Gravitationslinse gibt mir zu denken. Yoshimi?«

Die Pilotin schüttelte den Kopf. Sie glaubte zu wissen, worauf der Ferrone hinauswollte. »Es gab kein entsprechendes Flugmanöver«, beantwortete sie die unausgesprochene Frage. »Jedenfalls nicht aus eigener Kraft.«

»Mit anderen Worten: Die CHARLES DARWIN wurde entweder von einem Sog in einer Art Spiralbewegung erfasst ...«

»... und befindet sich wo?«, unterbrach Morrison.

»Genau das frage ich mich ebenfalls«, fuhr der Ortungsspezialist fort. »Eine Bewertung der Situation über den Kontra-Computer wäre hilfreich. Wahrscheinlich ist, dass die Schwerkraft für einen ultrakurzen Moment extrem hohe Werte erreichte. Ausreichend, um die Raum-Zeit-Struktur zu schädigen. Eine Perforation des energetischen Gefüges, ein Riss zum Hyperraum möglicherweise ...«

Jemand lachte heiser.

»Zugegeben, das klingt verrückt«, bestätigte der Ferrone. »Aber ein Paratronschirm leitet auftreffende Waffenenergie ebenfalls über Strukturrisse in den Hyperraum ab, und darüber denkt längst niemand mehr nach.«

»Andernfalls könnten wir diese Überlegungen nicht mehr anstellen, weil unser Schiff nur mehr das Volumen einer zerdrückten Konservendose hätte«, wandte die Kommandantin ein. »Wir haben schon von wandernden Schwerkraftfeldern variierender Stärke gesprochen. Das heißt, die Ursache aller Probleme ist das Artefakt auf Ganymed.«

»Was steckt dahinter?«, fragte die Pilotin. »Ein gezielter Angriff?«

In einer ratlosen Geste hob der Ortungsspezialist die Arme. »Das Objekt scheint mindestens zweihunderttausend Jahre aus der Vergangenheit zu stammen, womöglich sogar sehr viel mehr. Ich denke, ich bin über die terranische Geschichte gut genug informiert. Wir brauchen von heute doch nur dreieinhalb- bis viertausend Jahre zurückgehen. Niemand hätte die Vernichtung des Planeten Erde oder des gesamten Systems überhaupt zur Kenntnis genommen. Deshalb glaube ich nicht an einen gezielten Angriff, eher an einen Schaltfehler.«

»Das ist eine Frage, die wir jetzt nicht beantworten können.« Hannan O'Hara drückte mit beiden Händen ihr Haar in die Höhe. »Wir sitzen fest. Wenn ich deine Überlegungen stimmig fortführe, Schack, sind wir in einem eigenen kleinen Universum gefangen.«

Der Ferrone ließ sich zu einer beschwichtigenden Geste hinreißen.

»Ich bin zwar in einer Familie von Hyperphysikern aufgewachsen, aber ich bin – wie sagt man auf Terra? – so etwas wie das schwarze Schaf. Ich hatte nie die Ambition, auf einem Lehrstuhl zu versauern.«

Die Kommandantin nickte stumm.

»Das mit dem eigenen Universum erscheint mir zu hoch gegriffen«, relativierte der Ferrone. »Vielleicht sollten wir es besser als Keim für ein mögliches neues Universum bezeichnen.« Deutlich war seinem Gesichtsausdruck anzumerken, dass ihn dieses Thema zwar interessiert hätte, er aber davor zurückschreckte, den Gedanken fortzuführen.

»Ein Universum ohne Leben«, murmelte Morrison.

»Sind wir kein Leben?« Yoshimi Cocyne konnte sich den Widerspruch nicht verbeißen. Es war wie ein Adrenalinstoß, der in diesem Moment durch ihren Leib fuhr. Sie und Morrison – vielleicht begriff er endlich, dass zwischen ihnen jederzeit mehr sein konnte. Bislang schreckte er davor zurück, als fürchte er sich, eine Frau anzufassen. Dabei schätzte Yoshimi ihn als furchtlos ein. Und dass er sich eher anderen Männern zuwandte? Nein, den Eindruck hatte sie nicht.

Etwas belastete ihn, und sie würde herausfinden, was es war. Wenn nicht heute, dann nächste Woche oder übernächste. In der Hinsicht war sie zuversichtlich.

»Ich denke rein theoretisch«, führte der Captain seine Überlegungen fort. »Durch die Schwerkraftanomalie wird das Raum-Zeit-Gefüge perforiert oder gar aufgebrochen. Die vagabundierende Gravitation fließt in den Hyperraum ab. Es ist Pech für uns, dass die CHARLES DARWIN sich zum falschen Zeitpunkt am falschen Ort befindet. Entweder die Schiffsenergien oder die Bordschwerkraft wirken wie ein Kristallisationskeim, deshalb schließt sich der aufgebrochene Raum um das Schiff – und für uns gibt es ab dem Moment keine Sterne und keine Ortungsmöglichkeiten mehr, eben weil nichts da ist, was erfasst werden könnte.«

»Also das perfekte Nichts«, stellte O'Hara fest.

»Wie kommen wir zurück?«, wollte die Pilotin wissen. »Es wird kaum damit getan sein, das Schiff zu beschleunigen und in den Linearflug zu gehen.«

»Ich warne sogar davor, das zu versuchen«, sagte der Ferrone. »Dieses Miniuniversum, oder wie immer wir es nennen wollen, bietet höchstwahrscheinlich noch physikalische Gesetzmäßigkeiten wie der Einstein-Raum – aber keineswegs das für eine Beschleunigung erforderliche Volumen.«

»Also bleibt nur der Einsatz unserer Waffensysteme!«, kommentierte Morrison. »Je eher, desto besser.«

»Solange dieser neue Raum nicht hinreichend gefestigt ist«, stimmte der Ferrone zu. »Wir müssen die Struktur aufbrechen – bevor von außen Energie zugeführt und alles stabilisiert wird.«

Der Erste Waffenoffizier nickte zögernd. »Eines interessiert mich brennend, Schack: Gibt es praktische Erfahrungen?«

Der Ferrone zögerte nicht einen Moment. »Ich kenne nur theoretisch-abstrakte Überlegungen, die mögliche Miniaturuniversen im Umfeld von Neutronensternen beschreiben. In allen Vorschlägen ging es um Veränderungen der Raumkrümmung durch vagabundierende Gravitonen.«

»Theoretisch ...?«

»Und abstrakt«, bestätigte der Captain. »Ich denke, dass die terranischen Spitzenkräfte in der Hinsicht längst einen oder mehrere Schritte weiter sind.«

»Gut zu wissen.« O'Hara seufzte. »Da beißt sich der Schreckwurm also in den eigenen Schwanz.«

»Vielleicht löst sich unser Miniaturuniversum von selbst wieder auf«, vermutete Case Morgan, der bislang nur schweigend zugehört hatte. »Fangt mir nicht mit Quantenschaum und Ähnlichem an, ich hasse solche Visualisierungen.«

»Da du es schon ansprichst ...« Der Ferrone nahm den Hinweis sofort auf. »Schaumblasen sind leicht zu zerstören, dafür genügt ein Nadelstich. Sobald ihre Hülle an Konsistenz zunimmt und der Schaum die Nadelspitze umfließt, ist die Blase nicht mehr so leicht zu durchbrechen.«

Hannan O'Hara nickte zustimmend. »Wenn das so ist: Robert, du hast Feuererlaubnis! Zielabstimmung mit Captain Mors ...«

»Da gibt es nichts abzustimmen«, sagte der Ferrone. »Punktbeschuss ist unmög...«

»Jupiter ist wieder da!«, rief jemand mit sich überschlagender Stimme.

Yoshimi Cocyne wandte sich wieder ihren Holos zu. Da war der Planet mit seinen quirligen Wolkenbändern und dem Großen Roten Fleck. Einige Sterne hingen daneben im samtenen Schwarz.

Die Anordnung der Kommandantin, mit Höchstwert zu beschleunigen, kam nur Sekunden später. Yoshimi fuhr da bereits die Protonenstrahltriebwerke im Äquatorringwulst auf Leistung.

»Wir empfangen ein verstümmeltes Notsignal!«, meldete die Funkzentrale. »Der Sender steht nahe am Jupiter.«

Rhodan!, durchzuckte es die Pilotin. *Das muss die Micro-Jet mit Perry Rhodan sein!*

Zwanzig Minuten ... Reginald Bull hatte nicht erwartet, dass sie ihm so aberwitzig schnell zwischen den Fingern verrinnen würden, wie das letztlich der Fall gewesen war.

Nur Joc Allip reagierte auf seinen Versuch, die drei Wissenschaftler von der Waringer-Akademie über Helmfunk zu erreichen. Wo Rudoba und Murkisch sich aufhielten? Der Dimensionstheoretiker hatte beide seit Stunden nicht mehr gesehen.

»Mag sein, dass sie sich schon tief unten durch das Eis graben. Oder Immel ist tatsächlich fündig geworden und ins Innere eines der Würfel gelangt. Ich traue ihm zu, dass er einen solchen Erfolg erst bekanntgibt, nachdem er alles ausgiebig inspiziert hat. Offenbar sucht er verbissen nach einem Gottesbeweis ...«

»Eher nach einem Gegenbeweis«, stellte Bull fest und sah es als Bestätigung an, dass Allips Blick groß und fragend wurde.

»Wie fühlst du dich, Joc?«

»Ungeduldig.«

»Hoffentlich trotzdem ein wenig glücklich?«

»Das meinst du nicht ernst, oder?«

Bully atmete auf. »Das war nur ein Versuch, herauszufinden, ob das Ding uns weiterhin beeinflusst. Zugegeben, ein etwas plumper Versuch.«

Allips zögerndes Lachen an sich wäre schon Antwort genug gewesen. »Dieses Artefakt ist schön ... friedvoll ... und es bringt uns das Paradies ...«, fügte er dennoch hinzu.

»Davon bist du überzeugt, Joc?«

»Ganz und gar nicht! Ich versuche nur in etwa wiederzugeben, was das Ding mir einreden wollte. Inzwischen hat es seine Bemühungen eingestellt.«

»Bist du sicher?«

»Was ist schon sicher? Mag sein, dass das Artefakt die Versuche auf eine andere Ebene verlagert hat.«

»Wurden Schwerkraftmessungen vorgenommen?«

Allips Zögern wirkte auf Bull, als sehe der Dimensionstheoretiker in dem vermeintlich jähen Themawechsel keinen Sinn.

»Möglich«, murmelte der Wissenschaftler. »Sicher wurden solche Messungen durchgeführt. Ich denke, die ganymedanischen Kollegen werden das frühzeitig veranlasst haben, bevor die fünf Würfel ein Loch durch ihren schönen Mond stanzen können. Na ja, war nur ein Scherz.«

»So sehr zum Lachen ist mir nicht zumute. Perry und ich sind mit der CHARLES DARWIN II nach Ganymed gekommen. Die Ortungen des ENTDECKERS haben Schwerkraftanomalien festgestellt, deren Ausgangspunkt offenbar das Artefakt ist.«

»Wie stark?«

»Intensiv genug, um einen Gravitationssturm und Energieentladungen in der Jupiteratmosphäre auszulösen. Die Kommunikation mit dem Schiff war denkbar schlecht ...«

»Was für unseren Helmfunk nicht zu gelten scheint.«

»Offenbar nicht für den Nahbereich«, schränkte Reginald Bull ein. »Eine Veränderung der Schwerkraft ist bislang ebenfalls nicht in der Nähe des Artefakts zu spüren.«

»Du glaubst, dass es sich um ein Dimensionsproblem handeln könnte?«

Bull grinste breit. »Ich ziehe es in Erwägung; einiges scheint jedenfalls dafür zu sprechen. Die Hyperphysiker ...«

»Ich werde mit ihnen reden, Reginald. Es steht sowieso an, die wichtigsten Messungen unter den neuen Aspekten zu wiederholen.«

Das war vor gut fünfzehn Minuten gewesen. Inzwischen flog der Aktivatorträger mit Kaci Sofaers schnellem Gleiter tief über Ganymeds ewige Eislandschaft hinweg nach Norden. Ovadja Regio war schnell unter dem Horizont verschwunden.

Mit dem Hyperfunk des Gleiters versuchte Bull, die CHARLES DARWIN II zu erreichen. Er erhielt keine Antwort.

Kateen Santoss kauerte im Sessel des Kopiloten. Auf Bull wirkte sie wie ein Häufchen Elend. Sie war blass und hatte Mühe, die Augen offen zu halten. Immer wieder sah er, dass der Frau die Augen zufielen. Vielleicht war es doch keine so gute Idee gewesen, dass er sich mit ihr belastete.

»Wohin ... fliegen wir?« Stockend brachte Santoss die Frage hervor. Sie schaute Bull unsicher von der Seite her an.

»Nach Galileo City«, antwortete er. »Geht es dir wieder besser?«

Sie schloss die Augen. »Ich hätte nie gedacht, dass ich eines Tages mit Reginald Bull in einem kleinen Gleiter fliegen würde«, murmelte sie leise und wohl eher für sich selbst bestimmt als für den Aktivatorträger. »Womit habe ich das verdient?«

»Sag mir alles, was du über das Artefakt weißt!«

»Das ... ist nicht viel«, brachte Kateen Santoss müde über die Lippen. »Es tut mir ... weh. Ich spüre es ... immer noch und ...«

Bully glaubte, ein leises Seufzen zu hören.

»Kateen!«, stieß er heftig hervor. »Bleib wach! Ich muss wissen, was du spürst!«

Sie antwortete nicht. Als er sie von der Seite anstieß, sank ihr Kopf haltlos nach vorn. Ein dünner, blutiger Speichelfaden rann aus ihrem Mundwinkel.

Er murmelte eine Verwünschung.

Noch knapp tausend Kilometer bis Galileo City. Der Gleiter flog tief, von den gewaltigen Kuppeln der Stadt war bislang nichts zu sehen. Nur ein fahler heller Schimmer schien sich schon über dem Mondhorizont abzuzeichnen.

Reginald Bull schaltete die Automatik ein und kümmerte sich um die Archäologin. Kalter Schweiß überzog ihr Gesicht, ihr Atem war flach und kaum wahrzunehmen. Mit beiden Daumen zog er ihre Lider hoch. Die Augäpfel waren verdreht. Immer noch sickerte Blut über das Kinn. Kateen hatte sich offenbar vor Schmerz die Unterlippe aufgebissen.

Bully durchsuchte die Medobox im Zugangsbereich zur Kanzel. Er fand ein Sprühfläschchen mit Wundplasma und versorgte die Wunde. Dass sich die Archäologin verkrampfte, machte ihm Sorgen. Der Medoroboter hatte ihm zwar zwei Injektionspflaster mitgegeben, dabei handelte es sich jedoch um Barbiturate, die er jetzt gewiss nicht brauchte.

In der Medobox entdeckte er schließlich ein krampflösendes Mittel. Eine Ampulle und mehrere Hochdruckkanülen, von denen jede nur halb so groß wie sein kleiner Finger war.

»Was soll die antike Verpackung?«, ärgerte er sich, während er versuchte, eine der Kanülen zu füllen. Er war es gewohnt zuzupacken, nicht aber solche Feinarbeit auf Anhieb hinzubekommen. Einiges von der klebrigen Flüssigkeit tropfte über seine Finger, der Rest blieb steril. Jedenfalls zeigte keine spontane Verfärbung eine Verunreinigung an. Die Injektion zu geben, war danach ein Kinderspiel.

Mehr konnte Bully nicht tun. Ohnehin würde er in längstens fünfzehn Minuten die Kuppelstadt erreichen.

Er versuchte, Galileo City über Normalfunk zu erreichen. Die Verbindung kam schnell zustande, lediglich schwache Störungen machten sich bemerkbar.

»Was kann ich für dich tun, Residenz-Minister?« Ein Robotergesicht blickte ihn an.

Reginald Bull nickte kaum merklich. »Schalte mich zu Kaci Sofaer weiter!«

»Die Bürgermeisterin steht momentan nicht für ein Gespräch zur Verfügung. Ich bemühe mich, dir weiterzuhelfen.«

»Höchstwahrscheinlich bist du nicht bevollmächtigt, Entscheidungen zu treffen.«

»Das ist abhängig ...«

»Schon gut«, unterbrach Bull hart. »Informiere die Bürgermeisterin, dass möglicherweise ein Sicherheitsproblem auf Ganymed zukommt.«

»Kaci Sofaer hat sich zur Ruhe begeben. Ihre Anweisung lautet, sie nur zu wecken, falls uns der Himmel auf den Kopf fällt.«

»Das ist vielleicht sogar der Fall.«

Schlaf? Daran hatte er nicht gedacht. Es war jetzt zwischen ein und zwei Uhr morgens, terranische Standardzeit. Auf Ganymed ließ die nächste Nacht noch einige Zeit auf sich warten, bis der Mond wieder in den Schatten des Mutterplaneten eintrat. Bully selbst kam mit kurzen Erholungsphasen aus. Als Träger eines Aktivatorchips fiel es ihm nicht schwer, einen Tag ohne Pause zu verbringen. Er konnte achtundvierzig Stunden durcharbeiten und merkte das mitunter erst, wenn die Leute um ihn herum vor Müdigkeit kaum noch stehen konnten.

Er lächelte breit, entlockte dem Roboter damit aber keine sichtbare Regung. »Lass die Bürgermeisterin wecken! Ich brauche ihre Unterstützung. Ein Arzt muss auch zur Verfügung stehen.«

Immer wieder fuhr Yoshimi Cocyne sich mit der Zunge über die Lippen. Sie schmeckte noch ein wenig des aufgetragenen Spiegelglanzes, der einen Hauch Aphrodisiakum enthielt. Im Voraus wusste sie nie, welche Überraschungen eine Freischicht bereithielt, und wegen des Alarms hatte sie diesmal keine Zeit mehr gefunden, das dezente Lockmittel zu neutralisieren. Sie hatte sich daran gewöhnt, sich manchmal wie eine auf Beute lauernde Gottesanbeterin zu fühlen. Seit ihrem ersten weiten Flug, der ohne Zwischenlandung eineinhalb Jahre lang quer durch die Milchstraße geführt hatte, suchte Yoshimi an Bord nach Beziehungen.

Mit einem Ruck warf sie den Kopf zurück. Ihre linke Hand zuckte hoch, mit Daumen und Mittelfinger massierte sie sich die Augenwinkel.

»Du willst abgelöst werden?«, fragte Case Morgan überrascht.

Yoshimi schüttelte nur den Kopf. Besser, der Zweite Pilot hielt sich vorerst zurück.

Immer noch mehr als hunderttausend Kilometer trennten die CHARLES DARWIN II von dem Havaristen. Das Notsignal war zwischenzeitlich verstummt, erst seit wenigen Augenblicken hatte die Funkortung es wieder in der Peilung. Der Sender fiel dem Jupiter entgegen. Nach nicht einmal einer Umrundung des Riesenplaneten würde das angeschlagene Schiff in die Atmosphäre eintauchen ...

... und dort sehr schnell auseinanderbrechen.

Weiterhin keine Identifikation. Die beinahe schon verzweifelten Versuche, über Hyperkom Kontakt aufzunehmen, waren erfolglos geblieben. Der Notsender arbeitete offenbar automatisch. Womöglich lebte an Bord schon niemand mehr.

Das Ortungsbild blieb miserabel. Es gab weder einen Massennachweis noch den aussagekräftigen Energiestatus. Nur ein winziger pulsierender Nebelfleck zeichnete sich in der holografischen Wiedergabe ab. Mit ein wenig mehr als tausend Kilometern in der Sekunde folgte die CHARLES DARWIN II dem Notruf.

Es war still in der Zentrale des Kugelraumers.

Totenstill, fand Yoshimi Cocyne. Sie konnte sich nicht entscheiden, ob sie dem ein Gefühl von Konzentration oder Begräbnisstimmung zuordnen sollte.

Der Weltraum veränderte sich. Yoshimi spürte es, weil sie das Schiff kannte wie kein anderer an Bord.

Trotzdem behaupteten die Kommissionsmitglieder, sie sei nicht zur Emotionautin befähigt.

»Idioten!«

Dass sie ihren Ärger laut ausgesprochen hatte, wurde ihr erst bewusst, als ihr das Konterfei der Kommandantin entgegenblickte. O'Hara gab sich Mühe, keine Besorgnis zu zeigen. Sie war jedoch besorgt, sehr sogar.

»Probleme, Yoshimi? Ich glaube gern, dass eine SERT-Steuerung jetzt die beste Unterstützung wäre. Allerdings schaffst du es ohne ebenso.«

Was wusste die Kommandantin eigentlich nicht? An Bord schien es jedenfalls nichts zu geben, das ihr verborgen blieb. Hannan hörte das Gras wachsen, selbst dann, wenn sie völlig unbeteiligt war.

Yoshimi ahnte, dass ihr Lächeln zur Grimasse geriet. Das warme, wohlige Prickeln unter der Haut, das sich allmählich bemerkbar machte, hatte sie sich selbst zuzuschreiben. Der Auftrag auf ihren Lippen war zu intensiv ausgefallen und nun reagierte sie übersensibel.

Das Schiff auf Kurs zu halten, fiel ihr schwerer, denn die Schwerkrafterscheinungen wurden häufiger. Vagabundierende Gravitation, losgelöst von jeglicher Masse – so bezeichnete es der Ferrone.

Ein Schwarzes Loch war kalkulierbar. Wer sich nicht zu nahe an den Ereignishorizont heranwagte, für den bedeuteten die gefräßigen Monster keine Gefahr. Ihr Anblick hatte sogar etwas überaus Faszinierendes. Yoshimi zählte Schwarze Löcher zu den Schönheiten des Universums. Aber jäh entstehende Gravitationsfelder? Verglichen mit einem Schwarzen Stern waren sie Leichtgewichte, allerdings wild und nur schwer einzuschätzen.

Yoshimi taxierte die engmaschige zartgrüne Gitterstruktur der Übersichtsholos. Sobald sich die parallel verlaufenden Linien krümmten, drohte Gefahr; je tiefer ihr Einsinken in der Darstellung und ihre optische Verzerrung, desto höher die in diesem Bereich wirksam werdende Gravitation.

Eine sanfte Wellenbewegung strömte Jupiter entgegen – und wurde teilweise zurückgeworfen wie die Brandung an einer Meeresküste. Verwirbelungen entstanden, Schlieren und unterschiedliche Strömungen, die einander überlagerten, wahrscheinlich sogar auslöschten.

Dazwischen die CHARLES DARWIN II.

Zwei Schwerkraftzentren entstanden dreißigtausend Kilometer vor dem Schiff. Unter normalen Gegebenheiten wäre das eine lächerlich geringe Distanz gewesen, Yoshimi hätte nicht einmal Zeit zur Reaktion gefunden. Jetzt schaffte sie es, den ENTDECKER aus dem Kurs zu zwingen.

Die Belastungsanzeige des Schutzschirms schnellte in die Höhe. Nicht die weiter anwachsende Schwerkraft war dafür verantwortlich, sondern die von ihr ausgelösten energetischen Turbulenzen.

Die Schwerkraftzentren drehten sich um ihren gemeinsamen Schwerpunkt. Sie wurden schneller, vereinten sich – und wurden optisch sichtbar. Die weiter ansteigende Gravitation riss Materiepartikel aus dem nahen Halo des Hauptrings an sich. Ein monströser Wirbel entstand, ein rasch anwachsendes Gebilde, das der CHARLES DARWIN entgegentaumelte.

Yoshimi Cocyne drängte das Schiff weiter zur Seite. Vorübergehend tauchte sie ein in die heranwehenden Partikelschwaden. Dass die Hauptpositronik eine Warnmeldung auslöste, ignorierte die Pilotin.

»Wir schließen schneller auf.« Jemand aus der Funkzentrale durchbrach die herrschende Stille. Niemand antwortete.

Der Schemen in der Ortung wuchs an. Das dem Planeten entgegenstürzende Raumschiff würde eher als befürchtet auseinanderbrechen und wie eine Sternschnuppe verglühen. Seine Flugbahn war steiler geworden.

»Die Taster liefern erste Massewerte!«, rief der Ferrone. »Das ist nicht Rhodans Micro-Jet! Was da abstürzt, ist auf jeden Fall um ein Mehrfaches größer.«

Erleichterung war das Erste, was Yoshimi Cocyne spürte. Rhodan, der die Menschen der Erde zu den Sternen geführt und dafür gesorgt hatte, dass sie ihren Platz zwischen den angestammten Völkern der Milchstraße fanden; der mehrmals für tot gehalten worden war, verschollen in der Unendlichkeit, der aber stets zurückgekehrt war – dieser Rhodan kam nicht einfach auf Jupiter ums Leben.

Ihrer Erleichterung folgte die Verwirrung. Was war das für ein Objekt, dem sich die CHARLES DARWIN näherte? Wofür das Risiko, selbst zwischen den Schwerkraftfronten zerrieben zu werden? Alles in der Pilotin schrie plötzlich danach, auf Fluchtkurs zu gehen. Weiter draußen, jenseits der Umlaufbahn Ganymeds, musste der Raum noch sicher sein.

An Bord des Wracks lebte niemand mehr, davon war Yoshimi inzwischen überzeugt. Der automatische Notruf würde zu hören sein, solange der Sender über Energie verfügte. Sollte die Besatzung der CHARLES DARWIN das eigene Leben aufs Spiel setzen, nur um Leichen zu bergen?

Sie fragte sich, warum die Kommandantin zögerte. Wo blieb O'Haras Befehl, abzudrehen?

Wer treibt sich schon so nahe am Jupiter herum? Es müssen Leute des Syndikats gewesen sein, und sie kannten das Risiko. Ob sie ein Raumbegräbnis erhalten oder jetzt in der Atmosphäre verbrennen ...

»Yoshimi ...!«

Jemand redete auf sie ein, aber sie verstand kaum, was die Stimme sagte. Sie atmete hastiger, fror und schwitzte zugleich, und der Schweiß brannte wie Feuer in ihren Augen.

»Yoshimi, ich übernehme das Schiff!«

Es war Case Morgans Hand, die sie jetzt auf der Schulter spürte. Er packte kräftig zu, seine Finger drückten sogar durch das Gewebe ihres leichten Raumanzugs hindurch.

»Die Anstrengung war zu viel für dich ...«, sagte er schroff. »Du schaffst das nicht mehr.«

»Unsinn!« Yoshimi versuchte, die Hand des Zweiten Piloten zur Seite zu schieben. Sein Griff wurde schmerzhaft, er packte nun auch mit der anderen Hand zu und zog sie aus dem Sessel hoch.

Einen Moment lang sträubte sie sich noch, dann machte sie Morgan Platz. Schwer ließ sie sich in den Nachbarsessel sinken und lehnte sich zurück. Alles um sie herum schien in Bewegung geraten zu sein. Sie schloss die Augen und versuchte, ruhiger zu atmen. Die Anstrengung hatte sie tatsächlich zu viel Kraft gekostet.

»... irgendwann wirst du diese Furcht haben. Nicht schon in den ersten Wochen oder Monaten, sondern dann, wenn du sie am wenigsten erwartest. Wenn du längst glaubst, alle Probleme überwunden zu haben, die der Weltraum bereithält. Lass die Furcht zu – jeder gute Raumfahrer kennt sie. Erlaube ihr nur nicht, dass sie zur Panik wird. Du wirst daran denken, wenn es so weit ist, Yoshimi.«

Ja, sie dachte an ihren Ausbilder an der Luna-Akademie – hundertsiebzig Jahre alt war er gewesen und unglaublich vital. Sein Gesicht von harter Weltraumstrahlung gezeichnet. Beide Arme verloren, aber durch DNS-Stimulierung zum neuen Wachstum angeregt. Als Veteran des Krieges gegen die Terminale Kolonne hatte er sich als Zyniker und Prediger gleichermaßen erwiesen.

Die Kadetten hatten atemlos zugehört, sobald er von seinen Kommandounternehmen gegen die Kolonne berichtet hatte. Dieser Mann hatte es verstanden, die Schrecken des Krieges real darzustellen und nicht mit der sterilen Distanziertheit, die viel zu oft anzutreffen war. Ebenso glaubhaft sein Gefühlschaos, als er auf einem gottverlassenen Planeten zweien seiner erbitterten Gegner gegenübergestanden hatte. Er hatte zuerst seine Waffe zur Seite geworfen, die beiden Mor'Daer hatten es ihm nach kurzem Zögern nachgemacht. Drei Wochen gemeinsamer Kampf gegen die wilde Natur des Planeten. Sie hatten überlebt ...

Yoshimi war in ihren Erinnerungen versunken – ein Schweben zwischen Wachsein und Traum, begleitet von einem monotonen Summen im Kopf. Erst eine Berührung an den Schläfen schreckte sie auf. Ein Medoroboter hatte sich über sie gebeugt und drückte ein Injektionspflaster auf ihre Stirn.

»Das wird dir helfen, Ruhe zu finden, Yoshimi.« Der Roboter hielt sie zurück, als sie aufspringen wollte. »Niemandem wäre mit deinem Zusammenbruch gedient, dir selbst am allerwenigsten.«

Die Pilotin spürte die Schläfrigkeit, die sich in ihr ausbreitete. Hastig wollte sie das Pflaster abreißen, aber der Roboter hinderte sie auch daran.

»Wenn du es vorziehst, in der Medostation unter Überwachung zu sein ...«

Seufzend ließ sie sich zurücksinken. Sie schaute zur Panoramagalerie auf und spürte, dass ihre Lider schwer wurden.

Jupiter füllte die Projektion aus. Vor dem Hintergrund düsterer Wolkenschlieren zeichnete sich der Havarist ab. Zwei Objekte, nicht nur ein einziges. Yoshimi erkannte eine der standardisierten Planetenfähren, das war ein Frachter für den Containertransport. Das Schiff wurde bereits von Traktorstrahlen an die CHARLES DARWIN II herangezogen und würde in einem der Hangars abgesetzt werden.

Das andere ... Ebenfalls eine Planetenfähre? Es war schwer, das noch zu erkennen. Das Fahrzeug sah aus, als wäre es in letzter Sekunde vor der völligen Zerstörung aus einer Schrottpresse gezogen worden: zusammengestaucht, verdreht, aufgerissen. Wer immer dort an Bord gewesen war, konnte das nicht überlebt hatten.

Obwohl Yoshimi sich dagegen sträubte, fielen ihr die Augen zu.

Sie schreckte noch einmal auf, als aufgeregte Stimmen in der Zentrale laut wurden. Wie durch dichten Nebel hindurch verstand sie, dass zwei Überlebende gerettet worden waren.

Jupiter war aus dem Panoramaholo verschwunden; die CHARLES DARWIN II entfernte sich endlich wieder von dem Gasplaneten.

Ein Zittern durchlief das Schiff. Aber das nahm Yoshimi Cocyne nur mehr im Unterbewusstsein wahr. Sie schlief jetzt.

5.

Der Leitstrahl kam, als Celeste City, eine der drei Nebenkuppeln, schon als gigantischer Koloss zur Linken aufwuchs. Celeste, das mondäne Künstlerviertel – das Leben dort war teuer, aber die Besiedlung mit nur fünf Millionen Einwohnern sehr dünn. Reginald Bull fragte sich, ob der Besichtigungsflug mit der Bürgermeisterin wirklich noch keine zwölf Stunden zurücklag. Gesehen hatte er außer der Zentralkuppel, der eigentlichen Stadt Galileo City, nur Vincenzio City und hier vor allem den Hauptsitz des Syndikats der Kristallfischer, das Isidor-Bondoc-Building. Für mehr war die zur Verfügung stehende Zeit einfach zu kurz gewesen.

Die Kuppel von Celeste erinnerte ihn daran, dass er der Künstlerstadt einen Besuch abstatten wollte. Nicht für zwei oder drei Stunden, wie das in aller Regel ablief, sondern für mehrere Tage – nicht als Verteidigungsminister interessierte er sich für die Boheme auf Ganymed, sondern als Privatmann. Es reizte ihn, außergewöhnlichen Menschen zu begegnen und das Besondere aufzuspüren, vielleicht sogar Antiquitäten, die »längst vergangenen Epochen« angehörten. Es gab viel zu entdecken. Hin und wieder hatte er bei solchen Gelegenheiten wahre Kleinode ausgegraben: das Tagebuch eines Explorer-Offiziersanwärters zum Beispiel oder verblichene Papierbilder, auf denen zu seiner Verblüffung die Energiekuppel in der Wüste Gobi zu sehen war, die seinerzeit die neu gegründete Dritte Macht vor dem Zugriff der etablierten Militärblöcke geschützt hatte.

Bully lächelte, als seine Gedanken abschweiften. Alle hatten sich die Zähne an der arkonidischen Supertechnik ausgebissen.

So wie Adams Registrierkassen sammelte, suchte er nach Zeitzeugnissen der ersten Tage, als die Terraner in die Milchstraße und nach Andromeda vorgestoßen waren. *Längst vergangene Epochen ...* Diese Formulierung amüsierte und erschütterte ihn zugleich. Ungefähr so hatte er in seiner Jugend über den Pyramidenbau der alten Ägypter gelästert oder über die Wilden in der Steinzeit.

Inzwischen war er selbst ein Fossil.

»Der Leitstrahl will die Anflugsteuerung übernehmen«, meldete sich die Bordpositronik. »Deine Bestätigung ist erforderlich, Reginald Bull.«

Zur Rechten, in größerer Entfernung, wölbte sich die Panzertroplonkuppel von Celeste City, voraus wuchs die Zentralkuppel imposant in die Höhe.

»Noch vierzig Kilometer bis zum Einflug in Galileo City. Falls du den manuellen Flug fortsetzen willst, halte dich an die Vorgaben! Empfohlen wird die Funktionsübergabe an den Leitstrahl ...«

»Einverstanden!«, sagte Bully schnell. »Der Leitstrahl soll den Anflug übernehmen.«

Vor ihm erloschen mehrere Schaltflächen. Ein Symbol zeigte den vollzogenen Wechsel.

»Du kannst es dir bequem machen, Reginald ...«

Er hörte nicht mehr hin. Die Frau zu seiner Rechten schlief. Dabei hatte er gehofft, schon während des Flugs über die knapp dreitausend Kilometer mit der Archäologin reden zu können. Andererseits wäre er auch ohne sie nach Galileo City zurückgekehrt. Weil er von der Bürgermeisterin hören wollte, warum Rhodan zum Jupiter geflogen war. Das Ziel des Residenten konnte eigentlich nur eine der

Faktoreien gewesen sein. MERLIN vermutlich, die größte der vier Syndikats-Stationen.

Galileo City füllte den Horizont vor ihm aus. Viel zu lange, fand Bull, war die Siedlung auf dem Jupitermond stiefmütterlich behandelt worden. Eine vergleichbare Metropole, Zehntausende Lichtjahre vom Solsystem entfernt, in der galaktischen Eastside gelegen, in den Magellan'schen Wolken oder sonst wo, hätte eher im Brennpunkt des Interesses gestanden und mehr Beachtung erfahren. Die Kuppelstadt lag einfach zu nahe an den Schaltstellen des Solsystems. Terra; inzwischen auch wieder der Mars; die Kliniken und Sanatorien auf dem Saturnmond Mimas. Selbst den technischen Anlagen auf Merkur war weit größere Bedeutung zugekommen.

Aber Ganymed ... Die Allgemeinheit hatte kaum Notiz von der Kuppelstadt auf dem Eismond genommen. Erst in jüngerer Zeit war Galileo City zu einer Art Geheimtipp avanciert, weil Eistaucher und Wintersportler Ovadja Regio entdeckt hatten. Außerdem gab es eine Rückbesinnung auf die Schönheiten des eigenen Sonnensystems, und Jupiter aus dieser Nähe zu sehen, war einfach überwältigend.

Der Gleiter wurde eingeschleust. Minutenlang hing er im Griff starker Traktorfelder, dann beschleunigte er wieder.

Eine funkelnde Lichtfülle breitete sich schnell in alle Richtungen aus. Die Metropole, die mehr Einwohner hatte als Terrania, feierte seit Wochen ihr dreitausendjähriges Bestehen. Bully fragte sich, wie viele Ganymedaner diese Zahl schon als Hauch der Ewigkeit ansehen mochten.

Weit entfernt brodelte unter der Kuppel ein grelles Farbenmeer. Und schräg vor dem Gleiter entstanden kilometergroße holografische Bilder. Sie malten die Geschichte Ganymeds an den Himmel: die ersten Siedler, die zu Beginn des 21. Jahrhunderts von der Erde gekommen waren und mit einem Konvoi aus Kettenfahrzeugen die Eiswüste erkundeten. Kuppeliglus wurden aufgebaut, mit Wissenschaftlern besetzte Forschungsstationen. Auch die ersten Abenteurer erschienen auf Ganymed, auf der vergeblichen Suche nach Rohstoffen. Hier und da die Überreste eines Asteroideneinschlags, aber mehr?

Reginald Bull stellte fest, dass er nicht mehr nachvollziehen konnte, weshalb die Siedlung auf Ganymed so lange weiterbestanden hatte. Es mochte vor allem die Faszination gewesen sein, die Jupiter auch derzeit wieder ausübte, das Gefühl, den Sternen nahe zu sein, ohne sich weit von der Heimat Terra entfernen zu müssen.

Der Gleiter näherte sich dem Zentrum der sternförmig angelegten Metropole, wurde langsamer und verlor an Höhe. Galileo City konnte durchaus mit Terrania konkurrieren. Inmitten der lichten Dämmerung des Mondes war die Stadt ein überbordendes Lichtermeer, in dem niemand zu schlafen schien.

Ein Hauch Mittsommernacht, ging es Bull durch den Kopf. Mehr als sieben Tage brauchte der Mond für eine Umdrehung – sieben Tage für eine Phase Hell und Dunkel, und die Grenzen verwischten ohnehin.

Kateen Santoss stöhnte leise. Der Aktivatorträger wandte sich ihr zu. Sie wirkte unruhig, allerdings hätte er nicht zu sagen vermocht, ob sie schon kurz davor war, aufzuwachen.

Der Gleiter schwebte in den Hangar des Verwaltungstrakts ein. Von hier aus war Bully kurz nach 16.00 Uhr am Vortag gestartet, um sich das Artefakt anzusehen. Knapp zehn Stunden seitdem, aber wirklich neue Erkenntnisse hatte er nicht gewonnen.

Nichts Greifbares, sagte er sich. *Keine beweisbaren Fakten – noch nicht.*

Er hatte erwartet, von Robotern in Empfang genommen zu werden, und war überrascht, einen der Beiräte des Stadtparlaments zu sehen. Der Mann – Egghon Kobschinsk, wenn Bully sich richtig entsann – hatte beim gestrigen Empfang teilgenommen. Zwei Frauen begleiteten ihn jetzt, Ärztinnen, wie sich schnell herausstellte. Sie nahmen sich der Archäologin an und versprachen, den Residenz-Minister umgehend zu informieren, sobald sie aufwachte.

»Die Bürgermeisterin ist soeben im Gebäude eingetroffen«, sagte Kobschinsk, während er die Kabine eines Antigravlifts öffnete. »Jeder der letzten Tage war schon sehr lang für sie ...«

»Ich würde Kaci Sofaer nicht um diese Zeit belästigen, wenn ich es nicht als dringlich ansähe«, erwiderte Bull.

»Du hast dich beim Artefakt informiert?«

Der Residenz-Minister nickte nur; sein Begleiter schwieg ebenfalls. Zwei Minuten später erreichten sie ohnehin schon ihr Ziel. Es war ein kleiner Besprechungsraum. Die Bürgermeisterin balancierte eben eine randvolle Tasse dampfenden Kaffees zu ihrem Sitzplatz.

»Wenn ihr auch etwas nötig habt, um euch wach zu halten ...« Kaci Sofaer verzog die Mundwinkel zu einem Grinsen. »Ich vergaß, Reginald, dass du als Aktivatorträger mit sehr wenig Schlaf auskommst. Fast so wie viele da draußen ...«

Ihre flüchtige Kopfbewegung schien ganz Galileo City zu umfassen. Sie gähnte verhalten, als sie sich in ihren Sessel sinken ließ. Wortlos hob sie die Tasse und trank genießerisch.

Ein leises Zischen erklang. Bull hatte geradezu erwartet, dass sich der graugrüne Schal bewegte, den die Frau locker über ihren Schultern hängen hatte. Die Fhandour-Schlange blähte sich auf und ruckte mit abgespreiztem Nackenschild in die Höhe. Für einen Moment erinnerte Bhunz den Terraner an eine zupackende Kobra.

»Setzt euch, aber leise!«, zischelte das Fhandour-Männchen. »Du, Rothaar, und der Beirat ebenfalls.«

Das »Rothaar« hatte die Bürgermeisterin zusammenzucken lassen. Wortlos schaute sie ihre semi-intelligente Schlange an und wollte mit der linken Hand zupacken, aber Bhunz brachte sich in ihrem Nacken in Sicherheit.

»Entschuldige, Reginald. Manchmal ist mein Begleiter unausstehlich.« Sofaers Blick wurde durchdringend. »Du bringst keine guten Nachrichten? Wir haben auf Ganymed ein geflügeltes Wort: Gutes wartet immer, nur das Schlechte drängt nach vorn.«

Bull nahm Platz. Dankend nickte er dem Beirat zu, der ihm einen Kaffee hinstellte.

»Ich befürchte das Schlimmste!«, sagte er eindringlich.

Libius Ofdenham warf einen grimmigen Blick auf die Zeitanzeige. Die Ziffern sprangen soeben auf 0.31 Uhr um.

»Worauf warten wir noch?«, fragte er grimmig. »Die CD-K-7 geht auf große Fahrt.«

Jemand lachte.

»Vielleicht haben wir tatsächlich den ruhigeren Part erwischt«, kam es von der Funkstation zurück.

»Vielleicht? Vor uns liegen fünfhunderttausend Kilometer Leerraum und die Landung auf Ganymed – das eine unüberwindbar, das andere extrem schwierig.« Der Erste Offizier lachte verhalten, um zu verdeutlichen, wie er seine Aussage meinte. »Leider schafft das jeder Kadett schon nach drei Monaten«, konnte er sich zudem nicht verkneifen.

»Hannan wollte, dass es wehtut«, stellte Ordeway fest. »Andernfalls, glaubt sie, verfehlt diese Strafversetzung ihre Wirkung.«

»Strafversetzt ...«, wiederholte Ofdenham sinnend. »Die Kommandantin kann verdammt bissig sein. Ich sollte sie ...«

»Du redest dich um Kopf und Kragen, Libius.« Melina Hubble wandte sich von der Ortung um. »Hannan hört alles, sieht alles, weiß alles. Vergiss das nicht«

Der Erste winkte lässig ab. »Sie hat keine Ahnung, was an Bord der Korvette gesprochen wird. Darauf wette ich.«

»Das ist Insubordination, Libius ...«

»Unsinn. Eigentlich mag ich die Alte.«

»Du lernst es wohl nie?«, mischte sich Ordeway ein. »Beleidigung einer Vorgesetzten. Nach diesem Einsatz wirst du wohl oder übel zu Fuß nach Hause gehen müssen.«

»Ich weiß, Hannan ist eitel. Was ich gesagt habe, war aber keine Anspielung auf ihr Alter, sondern mein Respekt vor ihrer Position. Was sie mit einundfünfzig erreicht hat, schaffen andere mit siebzig noch nicht. Mir würde nie einfallen, ihr ...«

»... zu widersprechen?«, wollte Hubble wissen.

»So ist es. Ich kenne keine bessere Kommandantin.«

»Und ich kenne dich, Libius.« Die junge Frau an der Ortung lachte. »Wie lange bist du schon auf der CHARLES DARWIN?«

»Achtzehn Jahre«, erklang es so spontan, als habe der Erste Offizier genau diese Frage erwartet.

»Und Hannan?«

»Achtzehn Jahre zwei Monate.« Libius Ofdenham strich über die Raute an seinem Oberarm, als müsse er sich davon überzeugen, dass sie noch da war. Drei goldene Kreisringe, angeordnet als Eckpunkte eines gleichseitigen Dreiecks – Captain Ofdenham. Auf den Offiziersrang hatte er jedoch nie sehr viel Wert gelegt, und er tat es bis heute nicht. Er war ein Teil der Mannschaft und hatte ein Ohr für die Sorgen und Nöte aller.

Und sein Verhältnis zur Kommandantin?

Wie Hund und Katze, hatte er einmal zugegeben. Hannan O'Hara hatte kopfschüttelnd danebengestanden und ausnahmsweise darauf verzichtet, ihren jüngeren Bruder zu maßregeln. Sie hatten ihre eigene Art, das Schiff zu führen, und bislang waren alle gut damit zurechtgekommen.

Das Hangarschott glitt auf.

Ofdenham befahl, die Verankerungen zu lösen. Nur vom Antigravtriebwerk getragen, verließ das Sechzig-Meter-Beiboot den Hangar.

Die Kommandantin meldete sich über Interkom. »Sei vorsichtig, Libius. Ich will Reginald Bull und euch wohlbehalten wiedersehen.«

»Wird bestimmt halb so schlimm«, sagte der Erste Offizier. »Wir fliegen ja nicht gerade Jupiter an.«

»Trotzdem!«

Ofdenham grinste breit. »Höre ich da Besorgnis anklingen?«

»Um Bull.« O'Hara nickte zögernd. »Ich will nicht als die Kommandantin in die Geschichte eingehen, die Reginald Bull auf dem Gewissen hat.«

»Wird schon gutgehen, Schwester«, gab der Erste völlig unkonventionell zurück. »Du hast schon als Kind viele Gespenster gesehen.«

»Diesmal meine ich es ernst. Ich fürchte, es braut sich einiges zusammen, dessen Tragweite noch niemand abschätzen kann.«

»Falls es wirklich schlimm wird, bleiben wir auf Ganymed. Wir wissen schon, was wir riskieren dürfen und was nicht.«

Hannan O'Hara drückte ihr Haar zurecht. »Genau deshalb habe ich dich auf die Korvette geschickt, Libius. Und Ordeway ebenfalls. Viel Glück.«

Der Interkom erlosch.

»Dir das Gleiche«, murmelte Ofdenham nachdenklich. *Ich hoffe, das Gespenst, das du wieder siehst, wird nicht real,* fügte er in Gedanken hinzu.

Rasch fiel das große Mutterschiff hinter der Korvette zurück.

Die CD-K-7, das stand für CHARLES-DARWIN-Korvette-7, trug keinen Eigennamen. Vorübergehend spielte der Erste Offizier mit dem Gedanken, das Beiboot GOOD HOPE zu nennen, schon um Hannans böse Vorahnungen zu kompensieren. Dieser Schiffsname hatte, falls ihn seine Geschichtskenntnisse nicht trogen, in der Historie der terranischen Raumfahrt mehrmals eine gewichtige Rolle gespielt. Aber einfach nur eines Namens wegen erschien ihm das Ganze zu theatralisch. Zudem war die CHARLES DARWIN II nur mehr vage in der Ortung zu erkennen.

»Melina«, rief er, »wir verlieren die Daten viel zu schnell!«

»Richtung Jupiter erfassen wir so gut wie nichts mehr«, antwortete die junge Frau. »Es kommt nichts zurück, was sich auswerten ließe.«

»Wo steht Io? Sie muss ziemlich nahe sein.«

»Weder Io noch Thebe können lokalisiert werden.«

»Eine Idee, was die Massetaster beeinflusst?«

»Starke Schwerkraftschwankungen!«, meldete Ordeway, der sich die Ortungsdaten auf seinen Platz in der Geschützsteuerung geholt hatte. »Ich habe keine direkte Messung im Bild, gleichwohl eine Art Energieecho. Jupiters Magnetosphäre scheint sich zu verdichten.«

»Gibt es Hinweise auf die Ursache?«

Der Gasriese hatte ein weites Magnetfeld, eine der größten zusammenhängenden Strukturen des Solsystems. Seinen Ausgang hatte es tief in der Atmosphäre. Wo der Wasserstoff unter hohem Druck und Sonnenhitze metallische Eigenschaften annahm, flossen enorme Ströme.

»Die Spezialisten sitzen auf der CHARLES DARWIN«, antwortete Ordeway. »Bekommen wir endlich Funkverbindung?«

»Der Grund für die Veränderung muss auf Jupiter zu suchen sein.« Nachdenklich massierte sich der Erste Offizier das Kinn. »Aber an den metallischen Wasserstoff kommen wir nie ran. Können wir feststellen, ob das Magnetfeld überall dichter wird oder nur im planetennahen Bereich?«

»Nicht von unserer derzeitigen Position aus. Das Potenzial an vier- und fünfdimensionalen Störfeldern ist außergewöhnlich groß.«

Die Korvette hielt direkten Kurs auf Ganymed.

Nach wie vor gab es keinen Hyperfunkkontakt zur CHARLES DARWIN.

»Wir versuchen es mit Ganymed und melden unseren Anflug auf Ovadja Regio. Dann wiederum ... Nein, besser nicht. Bull hat sich so strikt dagegen ausgesprochen, dass ich ihm jeden Trick zutraue.«

»Du glaubst, er würde uns unverrichteter Dinge wieder abziehen lassen?«, fragte Ordeway.

»Sogar Aktivatorträger muss man hin und wieder zu ihrem Glück zwingen«, stellte der Erste Offizier respektlos fest. »Wenn Hannan sagt, dass sich etwas zusammenbraut, hat sie Recht damit. Und ich bin überzeugt, dass Bull die Bedrohung ebenfalls sieht. Deshalb will er den Mond nicht verlassen.«

»Funkverbindung also nur nach Galileo City?«

Ofdenham zögerte. »Da standen Springerwalzen im Orbit«, entsann er sich. »Keine Ahnung, ob sie Fracht bringen oder an Bord nehmen. Versuchen wir, die Händler zu fragen, wie es in Mondnähe aussieht. Sie werden uns hoffentlich den Gefallen tun und das Magnetfeld von ihrer Position aus vermessen.«

»Ich möchte den Mehandor sehen, der sich so eine Gefälligkeit nicht bezahlen lässt.«

»Anrufen und reden, danach sehen wir weiter«, bestimmte Ofdenham.

Im dritten Versuch klappte es, wenngleich starke Störungen die Hyperfunkbindung über nicht einmal zwei Lichtsekunden hinweg behinderten. Ein rotbärtiger Springer musterte den Offizier eindringlich.

»Soll das ein Versuch werden, in unsere Datensysteme einzudringen, Terraner?« Der Mehandor winkte großzügig ab. »Der Handelsvertrag mit dem Syndikat der Kristallfischer ist nicht anzufechten.

Wir warten auf die nächste Lieferung, Hyperkristalle sind das Geschäft schlechthin ...«

Für einen Moment glaubte Ofdenham, der Springer habe die Verbindung unterbrochen. Doch Sekunden später wurde die Korvette schwer erschüttert. Lautes Prasseln durchschlug die Schallisolierungen.

Der Schutzschirm pulsierte. Grelle Entladungen sprangen auf die Schiffshülle über, sie riefen den Lärm hervor.

»Schirmfeldbelastung übersteigt Maximum!«

Die künstliche Schwerkraft fiel aus. Ofdenham ignorierte die Anzeige. Die Positronik leitete die Energie jetzt in die Schutzschirmprojektoren, das war wichtiger.

»Verlust der Schubkraft für Triebwerke drei, fünf und sieben ...«

Ofdenham griff in den Nackenwulst seines Raumanzugs, er zog die Helmfolie nach vorn. Knisternd stabilisierte sich der Helm und rastete ein.

Das Gefühl, rasend schnell in unergründliche Tiefe zu stürzen, ließ den Ersten Offizier nach Atem ringen. Er hörte Stimmen ... Schreie ... Vielleicht war er selbst es, der schrie. Die Welt um ihn herum wurde düsterer ...

Die Panoramagalerie zeigte den zusammenbrechenden Schutzschirm, fast gleichzeitig erlosch sie ebenfalls. Nur mehr die trübe Notbeleuchtung ließ Ofdenham erkennen, dass sich die Wände auflösten – wie Papier, das sich unter großer Hitzeeinwirkung verfärbt, spröde wird und brennt.

Das Kommandopult zerfiel, und dieser Vorgang sprang auf den Kontursessel über, dann auf den Raumanzug. Einen Atemzug lang hatte der Erste Offizier noch die Hoffnung, wenigstens der Anzug möge standhalten.

»Wir können diese Entscheidung nicht treffen!«

Mehrmals war sich Egghon Kobschinsk mit beiden Händen unter den Kragen gefahren, als müsse er sich Luft verschaffen. Sein Gesicht war gerötet, er blinzelte hektisch. Als Reginald Bull ihn auffordernd ansah, stemmte er sich mit beiden Händen an den Armlehnen des Sessels ab und stand auf. Er begann eine unruhige Wanderung durch den Sitzungsraum.

Wie ein Tier, das sich jäh in einem Käfig wiederfindet, ging es Bull durch den Sinn. Schweigend schaute er dem Beirat nach.

Sieben Schritte hin, sieben zurück.

Kobschinsk hielt inne. »Wir können alles übertreiben«, sagte er heiser. »Dieses eigenartige Gebilde befand sich einige Hunderttausend Jahre lang unter der Oberfläche unserer Welt. Absolut nichts ist während dieser Zeit geschehen. Nun ist es nach oben gekommen, wahrscheinlich, weil sich eine Strömung gebildet hat, das Wassereis dünnflüssiger wurde oder was weiß ich, und schon droht angeblich eine Katastrophe. Ich weiß nicht, was ich davon halten soll.«

Er setzte seine unruhige Wanderung fort.

Kaci Sofaer blickte auf ihre verschränkten Hände. Der Bürgermeisterin war anzumerken, dass sie rekapitulierte, was sie in den letzten fünfundvierzig Minuten gesehen und gehört hatte. Nachdenklich schaute sie dann zu Kateen Santoss hinüber, die zögernd an ihrem Glas Wasser nippte.

Die Fhandour-Schlange hatte sich ein Stück weit von Sofaers Schulter geschoben und hing mit dem halben Körper in der Luft. Wie gebannt verfolgte Bhunz Kobschinsks Schritte und wippte dabei leicht mit dem Kopf.

»He!«, zischte er. »Egghon! Mach mich nicht nervös! Bleib endlich stehen! Der Dicke will weiterreden.«

Der Ganymedaner hielt erneut inne. Im selben Moment klirrte es ein paar Meter entfernt. Drei Tassen aus feinstem Porzellan, sie hatten neben der positronischen Kaffeemaschine gestanden, waren umgekippt und am Boden zersplittert.

»Das ist nicht das beste Omen«, murmelte die Bürgermeisterin.

»Ich fürchte, dass weit mehr auf dem Spiel steht als ein paar alte Tassen.« Bull schaute Kobschinsk forschend an.

»Nein!«, sagte der Beirat. »Ich lehne deinen Vorschlag ab, und ich werde mich im Parlament ebenso für die Ablehnung einsetzen.«

»Die Zeit brennt uns bereits unter den Nägeln«, erinnerte der Residenz-Minister.

»Wenn dem wirklich so ist, werden wir uns selbst helfen. Aber wir legen keinen Wert auf die halbe terranische Heimatflotte ...«

»Die Heimatflotte des Solsystems!«, korrigierte Bull.

Kobschinsk kam zum Tisch zurück. Mit den Unterarmen stemmte er sich auf die Rückenlehne seines Sessels und blickte sein Gegenüber herausfordernd an.

»Terra hat uns sehr lange Zeit kaum beachtet; was wir Ganymedaner sind, haben wir uns aus eigener Kraft erarbeitet. Dass Terra nun seit einigen Jahrzehnten verstärkt auf uns achtet, kann eigentlich kein Zufall sein. Seit das Syndikat Hyperkristalle aus der Jupiteratmosphäre keltert, sind wir plötzlich angesehen und nicht mehr das kleine Schmuddelkind von nebenan.«

»So ist es nicht«, widersprach Bull.

»Wie dann? Es geht immer nur um Kapital und Rohstoffe.«

»Wir reden darüber, sobald die Bedrohung nicht mehr existiert.«

Die Scherben knackten leise, als wären sie noch nicht zur Ruhe gekommen. Bull kniff kaum merklich die Brauen zusammen. Die Lachfalten um seine Augen vertieften sich ein klein wenig, weil Bhunz aufmerksam den Kopf hob und züngelnd zu den zersplitterten Tassen schaute.

»Wenn wir Hilfe brauchen, finden wir sie beim Syndikat der Kristallfischer«, sagte der Beirat. »Das Syndikat hat viel für uns Ganymedaner getan und tut das auch weiterhin.«

»Die Entscheidung hat einige Tragweite.« In einer abwägenden Geste bewegte Kaci Sofaer ihre Hände. »Selbst als Bürgermeisterin kann ich nicht über die Köpfe des Parlaments hinweg einen einsamen Beschluss fassen.«

»Ich werde dennoch die Heimatflotte in Alarmbereitschaft versetzen«, sagte Bull entschieden.

»Vielleicht ist das schon nicht mehr notwendig«, stellte Kobschinsk fest. »Ich denke sogar, dass dir der Resident die Entscheidung abgenommen hat.«

Der Verteidigungsminister der Liga straffte sich. Rhodans Flug zum Jupiter, dessen Hintergründe ihn brennend interessierten, war bislang nicht einmal zur Sprache gekommen.

Auf dem Tisch lagen Druckfolien, die das Artefakt sowie die unterschiedlichen Altersberechnungen zeigten. Jene Auswertungen hatten überhaupt erst die Vermutung aufkommen lassen, das Objekt nähere sich durch die Zeit an, obwohl es materiell schon greifbar gewesen war. Eine Vielzahl Holografien bildete die gegeneinander verschobenen großen Quader aus den unterschiedlichsten Perspektiven ab. Dazu gab es Analysen des Untergrunds. Sonden waren durch die Eiskruste bis in die Zone des Wassereises geschickt worden, um herauszufinden, wo und wie das Artefakt aufgestiegen war.

Die plausibelste Vermutung mutete zugleich fantastisch an: In grauer Vorzeit musste das Artefakt auf dem festen Kern des Mondes gestanden haben. Wer hatte es dort errichtet, aus welchem Anlass und mit welcher Absicht? Bull hatte die Fragen gestellt, aber diese gesamte Problematik gleich darauf weit von sich geschoben. Damit würden sich die Spezialisten später befassen müssen, sobald das eigentliche Problem geklärt war. Die Zahlen, die mit einem Mal im Raum standen, schreckten ab.

Drei bis dreieinhalb Milliarden Jahre mochte Ganymeds Oberfläche alt sein, wie sie sich den Menschen darbot. Viele Einschläge teils großer kosmischer Geschosse hatten die Eiskruste zernarbt, hatten Krater und zerklüftete gewaltige Verwerfungen entstehen lassen, an die Oberfläche emporquellendes Wassereis wiederum hatte manche Geländestruktur eingeebnet. Irgendwann mochte eine Druckwelle das Artefakt losgerissen und in eine langsame Aufwärtsbewegung versetzt haben.

Jahrmilliarden. Bull fröstelte. Er hatte die spekulative Zahl gelesen, aber schlicht und einfach: Er glaubte nicht daran.

Die teils stockende Aussage der mittlerweile leidlich wiederhergestellten Archäologin hatte letztlich auch keine weiterführenden Erkenntnisse gebracht. Sie hatte das Artefakt schon von außerhalb der Ovadja Regio wahrgenommen, besonders intensiv jedoch, als die oberen Würfel die Eisdecke durchbrochen hatten. Gegen Mitternacht, als von der CHARLES DARWIN II aus die Schwerkraftanomalie angemessen worden war, hatte Kateen Santoss sogar das Bewusstsein verloren.

Eine körperliche Reaktion auf Schwerkraftveränderungen? Es gab solche Feinfühligkeiten, aber sie äußerten sich in aller Regel durch einen Zustand der Verwirrung bis hin zu völliger Orientierungslosigkeit der Betroffenen. Solche Symptome waren zuerst bei Angehörigen der frühen Explorerflotte aufgetreten, die in kurzen zeitlichen Abständen Planeten mit unterschiedlicher Schwerkraft aufgesucht hatten.

Kateen Santoss, vermutete Bull mittlerweile, war nicht von diesem Gravosymptom betroffen. Etwas anderes machte ihr zu schaffen. Wahrscheinlich doch eine fünfdimensionale Strahlung. Wenngleich das Artefakt mehrfach ergebnislos im Hyperspektrum abgetastet worden war.

Reginald Bull war sich gar nicht bewusst geworden, dass er die Bürgermeisterin nachdenklich anschaute. Erst als sie in einer entschuldigenden Geste die Hände hob, fiel es ihm auf.

»Es mag eine Stunde nach deinem Abflug ins Skigebiet gewesen sein«, sagte Kaci Sofaer zögernd. »Perry Rhodan und Mondra Diamond wollten sich allein unters Volk mischen. Was sie danach bewegt hat, den Raumhafen aufzusuchen ...« Sie hob die Schultern. »Ich weiß es nicht. Ich habe mich in mein Büro zurückgezogen und liegengebliebene Arbeiten erledigt.«

Bully nickte zögernd. Die TLD-Agenten waren bei Perry und Mondra geblieben, nachdem er es verstanden hatte, sich diese Kletten vom Hals zu halten.

»Der Resident und seine Begleiter haben am frühen Abend den Senator aufgesucht«, stellte Kobschinsk fest.

»Starbatty?«, fragte die Bürgermeisterin überrascht. »Rhodan war beim Ersten Syndikatssenator? Natürlich, er sagte mir, dass er sich mit den Leuten vom Syndikat zusammensetzen wollte – aber doch nicht sofort.«

»Dieses Gespräch war der richtige Entschluss«, erklärte der Beirat. »Im Übrigen wurden der Resident und seine Begleiter von Starbatty und Tianna Bondoc eingeladen.«

Kaci Sofaers Miene verhärtete sich. Zu verbergen, dass sie sich von dieser Entwicklung überrascht fühlte, fiel ihr schwer. Offenbar, vermutete Reginald Bull, gab es zwischen der Bürgermeisterin und den führenden Leuten des Syndikats gewisse Kompetenzprobleme. Ihm war schon während des Rundflugs aufgefallen, dass sie sich mehrmals eher zurückhaltend geäußert hatte.

Tief atmete die Bürgermeisterin jetzt ein. »Du warst bei diesem Treffen dabei, Egghon?«

»Ich habe erst kurz vor Mitternacht davon erfahren. Und ich kann mir vorstellen, dass Rhodan sich spontan entschlossen hat, mit dem Syndikat zusammenzuarbeiten. Alle Untersuchungsergebnisse, die das Artefakt betreffen, liegen dort natürlich ebenfalls vor.«

Perry hätte mich informiert, überlegte Bull. Aber der Freund hatte sich doch bei ihm gemeldet? Dumm nur, dass sie nicht über Jupiter und das Syndikat, sondern über das Artefakt geredet hatten. Es waren ohnehin nur wenige Sätze gewesen.

»Werde ich noch gebraucht?«, fragte die Archäologin stockend. »Ich fühle mich nicht wohl und würde mich gern hinlegen.«

»Spürst du eine Veränderung?«

Ein stummes Kopfschütteln, mehr kam von Santoss nicht.

»In Ordnung.« Bully hatte die beiden Ärztinnen schon gebeten, Sensibilitätstests vorzubereiten, und die Archäologin hatte dem zugestimmt. Ob diese Untersuchungen jedoch in den nächsten Stunden erfolgten oder erst, sobald die Frau sich etwas erholt hatte, war bereits nicht mehr so wichtig. Er hatte sich mehrere Mosaiksteinchen zurechtgelegt, die zusammengefügt ein brauchbares Bild ergeben sollten, nur bewertete er mittlerweile ihre Prioritäten anders.

Ein Hologramm baute sich über dem Konferenztisch auf. Als die Wiedergabe ein Maschinengesicht zeigte, hatte Bull sofort den Eindruck, dass es sich um den Roboter handelte, der seinen Anruf aus dem Gleiter angenommen hatte.

»Was gibt es?«, wollte die Bürgermeisterin wissen.

»Ein Funkspruch für Residenz-Minister Bull!«

»Von Bord der CHARLES DARWIN II?«, fragte Bully.

»Aus einem Gleiter im Anflug auf Galileo City.«

Bull nickte.

»Durchschalten!«, befahl Kaci Sofaer.

Das Bild wechselte. Ein rundliches, leicht gerötetes Gesicht schaute in die Runde. Das schlohweiße Haar hing dem Mann in wirren Strähnen in die Stirn. Es machte ihn alt, aber er war vermutlich keine fünfzig.

»Immel ...«, sagte Bull überrascht.

Der Hyperphysiker verzog keine Miene. »Ich muss mit dir reden!«

»Schieß los!«

»Nicht über Funk. Was ich zu sagen habe, sollte unter vier Augen ...«

»Das ist schon in Ordnung. Wer hier bei mir ist, kennt die Situation und ...«

»Trotzdem persönlich!«, beharrte der Hyperphysiker.

»Ich lasse einen Peilstrahl senden!«, warf die Bürgermeisterin ein.

6.

Ein eigenartiges Aroma kitzelte ihn in der Nase. Es war ein Hauch von Nuss oder Mandel, nicht schwer, aber eigenartig erregend. Prüfend sog er die Luft durch die Nase und fragte sich zugleich, warum er nicht sehen konnte, was da war.

Ein Rascheln erklang nahe vor ihm, und eine Stimme sagte leise: »Ich denke, er kommt zu sich. Jedenfalls bewegt er schon die Augäpfel.«

Richtig. Er versuchte, die Augen zu öffnen, schaffte das aber noch nicht. Vielleicht, weil etwas Entsetzliches geschehen war. Seine Erinnerung stockte, das Blut pochte siedend heiß durch die Adern.

Da war eine Berührung. Finger tasteten sanft über seine Schläfe, glitten ein wenig tiefer und verharrten auf der Wange, dann schlugen sie zu. Er stöhnte verhalten und wartete darauf, dass die Stimme wieder erklang.

Einen Pulsschlag später tasteten die Finger über seine linke Augenbraue, griffen plötzlich zu und zogen das Augenlid hoch.

Grelle Helligkeit blendete ihn. Er sah nur eine verzerrte, von Licht umflossene Silhouette.

»Ich glaube nicht, dass Libius noch lange weg sein wird«, sagte die Stimme.

»Versuch es mit mehr Nachdruck!« Das kam von etwas weiter entfernt. »Schlag ruhig fester zu, das hält er aus.«

Wo bin ich?

Tief in ihm wuchs die Gewissheit, dass er die Antwort kannte. Er glaubte nur nicht, dass sie ihm gefallen würde.

Da war die Berührung wieder. An seinem rechten Auge. Abermals blendende Helligkeit, doch nun war er darauf vorbereitet und hielt dem stechenden Schmerz stand. Der Schatten, den er sah, zog sich zusammen, er entpuppte sich als Engelsgesicht. Zwei blaue Augen und ein voller Mund schwebten über ihm, langes Goldhaar kitzelte sein Gesicht.

»Diesmal nimmt er mich wahr«, flüsterte die Stimme.

Wenn das der Tod war – schlagartig setzte seine Erinnerung wieder ein –, dann war es schön, gestorben zu sein. Seine Arme fuhren in die Höhe, er vergrub beide Hände in der luftigen Haarpracht und zog dieses leuchtende Gesicht zu sich herab, um es nie wieder loszulassen.

»He«, erklang es überrascht. »Libius! Hör auf damit!«

Der Protest reizte ihn, er legte noch ein wenig mehr Kraft in seine Arme. Der Engel fiel flügellahm auf ihn. Sofort drückte eine Hand auf seinen Mund, zwei Finger tasteten hinter sein Ohr, bewegten sich wie suchend abwärts ...

»Nein!«, wollte er abwehren. »Das nicht!« Er brachte kein Wort hervor, wie ein Blitz durchzuckte ihn die Lähmung.

Melina Hubble, Praktikantin im Fachbereich Ortung, hatte diesen verdammten Dagorgriff angewendet, mit dem sie stets prahlte. Ein wenig verständnislos und wütend auf sich selbst, musste er mit ansehen, wie sie sich aufrichtete und ihre Uniform glatt strich. Tief seufzend fasste sie wieder hinter sein Ohr und löste die blockierte Nervenbahn. Wie Feuer überflutete es seinen Nacken.

»Ich bitte um Nachsicht, Captain ...«

»Was ist mit dem Schiff?« Wie von Mikro-Bestien gejagt, sprang er auf, stand schwankend da und schaute sich um. Vor seinem inneren Auge sah er wieder, wie die Korvette vernichtet worden war ...

»Du also auch«, sagte Ordeway.

»Auch?«, fragte Libius Ofdenham. »Du meinst ...?«

»Wir haben alle wirres Zeug erlebt – ein kollektiver Alptraum.« Der Waffenoffizier nickte zögernd. »Zumindest die, die wieder wach sind.«

Fünf Besatzungsmitglieder in der Zentrale. Nur einer wurde noch vom Medoroboter behandelt.

»Der Roboter hat dir eine Injektion verpasst, Aufputschmittel und so Zeug«, stellte Ordeway fest. »Das Schiff ist so weit in Ordnung. Wir dürfen von Glück reden ...«

Libius Ofdenham widmete sich den Panoramaholos. Jupiter war zu sehen, einige Sterne, Weltraumschwärze.

»Ziemlich friedlich ...«, stellte er fest.

»Das ist nur der optische Eindruck.« Melina Hubble saß schon wieder an ihrer Station. »Überlagert von Schleiern, Verzerrungen und Unschärfen, als würde das Licht an sich beeinflusst ...«

»Wir entfernen uns von Jupiter? Das Chaos hat sich demnach beruhigt?«

»Wir sind Ganymed sogar schon bis auf achtzigtausend Kilometer nahe. Bedenklich wird nur, was während der Landung geschieht.«

Der Erste Offizier fuhr sich mit beiden Händen übers Gesicht. »Ich sehe immer noch vor mir, dass die Korvette zerstört wurde ...«

»Ein Trugbild. Wahrscheinlich das, was du unbewusst zu sehen erwartet hast!«, rief Ordeway. »Der Medo meint, ausgelöst durch einen äußeren Anreiz. Wir haben keine Ahnung, welche Strahlung in dem Chaos freigesetzt wurde, vielleicht sogar was Psionisches. Der Schutzschirm stand jedenfalls kurz vor dem Zusammenbruch.«

»Mein Traum war ziemlich zwiespältig«, gestand Melina Hubble. »Ich war auf einem unserer großen Flottentender stationiert. Das stimmt sogar. Nur nicht, dass wir die CHARLES DARWIN II als ausgebranntes Wrack eingesammelt haben. Tausende Tote ...« Sie atmete heftiger. »Rate, wer die verbrannten Leichen identifizieren musste.«

Der Erste Offizier dachte nicht darüber nach. Ordeway schickte ihm Bild- und Datenmaterial in die Verlaufsholos. *Sieh dir das an, dann weißt du Bescheid!*, stand da kurz zu lesen.

Was Ofdenham zu sehen bekam, hatte sich ohnehin in sein Gedächtnis eingebrannt: Die CD-K-7 trieb inmitten des von Schwerkraftströmen aufgewühlten Weltraums; es gab kaum noch eine brauchbare Ortung, Funkausfall auf allen Frequenzen, der Schutzschirm kurz vor dem Zusammenbruch.

Für einen Sekundenbruchteil erschien es ihm, als »atme« die optische Wiedergabe. Er fixierte die seitlich mitlaufenden Statusangaben. Der Schutzschirm stabilisierte sich, die Absorber erhielten wieder Energie. Im nächsten Moment hatte der Erste Offizier spontan den Eindruck, als habe eine unsichtbare Faust die Korvette getroffen.

Er stoppte die Wiedergabe, ging zehn Sekunden zurück und rief die positronische Aufzeichnung bildweise ab.

Ofdenham konzentrierte sich auf Jupiter. Jäh ein Aufleuchten, das Bild wurde heller – nicht die gesamte dreidimensionale Darstellung, sondern nur der Planet selbst. Als steige ein Lichtschimmer in seiner Atmosphäre auf.

Die nächste Sequenz ließ Jupiter schon wieder düsterer erscheinen, das Leuchten hing nun wie eine fahle Kugelschale im Raum. Es verblasste. Danach gab es nur mehr einen sich auflösenden Hauch. Hintereinander gesehen war es genau die Szene, die Libius Ofdenham als »Atmen« bezeichnete.

Wie eine explodierende Sonne, die ihre Gashülle abstößt, ging es ihm durch den Sinn.

»Genau darüber zerbreche ich mir den Kopf«, sagte Ordeway in diesem Moment. »Es muss sich um eine Reaktion des Planeten auf die Anomalien in seinem Schwerefeld gehandelt haben. Vielleicht eine Umwandlung innerhalb des metallischen Wasserstoffs, womöglich Vorgänge noch tiefer im Kern.«

»Ich denke, der Bereich des sichtbaren Lichts war nur ein Nebeneffekt anderer, bedeutungsvollerer Vorgänge.«

»Damit dürfen sich die Spezialisten auf Terra befassen.« Ordeway seufzte. »Banal ausgedrückt, war diese Erscheinung wie eine Stoßwelle. Vor ihr beruhigte sich der Raum sekundenlang, dann trieb sie uns vor sich her ...«

»Ob es die CHARLES DARWIN genauso erwischt hat?«

Ordeway antwortete mit einem Achselzucken.

»Es geht wieder los!«, rief Melina Hubble durch die Zentrale. »Ich bekomme extreme Messwer...«

Ein schrilles Heulen übertönte alles andere. Die Korvette schrie gleichsam. Sie bäumte sich auf, während eine unsichtbare Faust die Besatzung tief in die Sessel presste.

Ofdenham rang nach Atem. Blutige Schleier wogten vor seinen Augen. Er spürte, wie sich sein Gesicht verzerrte, dass der Andruck die Augen in ihre Höhlen trieb und die Lippen aufplatzten. Seine Zunge hing erstickend weit hinten im Gaumen, aber er schaffte es ohnehin nicht mehr, zu atmen. Ein Prickeln überall im Körper, als stockte das Blut in den Adern ...

... jäh war die Belastung über die Korvette hereingebrochen, sie schwand nur langsam wieder. Andererseits fiel wenigstens das Atmen wieder leichter.

Vergeblich hatte der Erste Offizier noch versucht, seinen Raumanzug zu schließen. Endlich schaffte er es, den Helm nach vorn zu ziehen und zu verriegeln. Damit wurde der Schutz durch die Anzugsysteme aktiviert.

Die Stoßfront hatte die Korvette aus dem Kurs geworfen. Minutenlang reagierte der kleine Kugelraumer so gut wie nicht auf den Korrekturschub der Impulstriebwerke. Der Weltraum nahe Ganymed war zu einem aufgewühlten Schwerkraftozean geworden. Bereiche extrem hoher Gravitation, die aus dem Nichts heraus zu entstehen schien, wechselten ab mit Zonen, in denen unverändert Schwerelosigkeit herrschte. Doch schon Sekunden später war wieder alles anders.

Selbst die Nahbereichsortungen lieferten kaum mehr verwertbare Ergebnisse. Was tatsächlich an Auswertungen über die Positronik kam, hatte in den Holos die Anmutung seismografischer Daten: eine Ansammlung extrem enger Ausschläge.

Zwischendurch erschien ein riesiger Körper in der Masseortung – und verschwand ebenso schnell wieder.

Kurz darauf wanderte er an anderer Stelle in die Erfassung ein.

»Das muss Ganymed sein!«, rief Ordeway. »Wir sind offenbar näher dran als gedacht.«

»Drehbewegung der Korvette über mehrere Achsen!«, stellte Melina Hubble fest. »Ich denke, wir fallen dem Mond entgegen.«

Der Erste Offizier nickte knapp. »Wie weit sind wir entfernt?«

Die Frau an der Ortung schüttelte nur den Kopf. Sie konnte es nicht ausmachen.

Wieder erschien der Mond in der Erfassung. Es schien, als sei er ein klein wenig größer geworden.

»Wir können dort nie und nimmer landen!«

»Aber Bull ...«

Erneut wurde die Korvette wie von einer Riesenfaust durchgeschüttelt. Minutenlang war das Schiff dem Ansturm der entfesselten Schwerkraft ausgesetzt, dann wurden die Erschütterungen wieder schwächer.

Die Impulstriebwerke dröhnten, als der Erste Offizier das Schiff beschleunigte. »Wir müssen landen! Runter, bevor uns die nächste Stoßfront schlimmer erwischt. Funkkontakt?«

»Nichts, absolut gar nichts«, erwiderte der Funker.

»Willst du in der Nähe des Artefakts ...?«

»Ich bin schon zufrieden, wenn wir heil runterkommen«, erwiderte Ofdenham auf die Frage des Waffenoffiziers. »Ansprüche können wir später stellen.«

Ganymed wanderte wieder in die Fronterfassung. Der Eismond war nun zumindest optisch gut zu erkennen. Die Entfernung betrug nicht einmal mehr zehntausend Kilometer.

»Ortung nach wie vor stark verzerrt, trotzdem deutlicher«, meldete Hubble. »Die anderen Sensoren reagieren ebenfalls besser.« Sie stockte. »Wenn das hier stimmt ... Ich weiß nicht. Sieht danach aus, als würde sich ein Teil der Schwerkraftfronten entlang des Mond-

Magnetfelds ausbreiten. Aber Schwerkraft? Ich bringe das mit Masse in Verbindung.«

»Jetzt keine Nachhilfe in Extremphysik!«, rief der Erste.

Das Schiff bockte und schüttelte sich.

»Funkkontakt! Wir sollen Port Medici anfliegen. Dort gibt es alle Sicherheitseinrichtungen, falls ...«

»Falls was?«, wollte Ofdenham wissen.

»Falls wir runterkrachen«, antwortete Ordeway.

Viel zu schnell jagte die Korvette der Mondoberfläche entgegen. Ofdenham erhöhte den Bremsschub. Das Schiff taumelte und ließ sich nicht mehr vollständig kontrollieren.

Schroffe Eisgebirge erstreckten sich wenige Tausend Meter unter dem kleinen Kugelraumer. Jupiter überschüttete die bizarre Landschaft nach wie vor mit ausreichender Helligkeit.

Am Horizont zeichneten sich die Kuppeln von Galileo City ab. Rund zweihundert Kilometer südlich lag der Raumhafen, eine nur zehn Kilometer durchmessende stählerne Plattform.

Die Korvette sank weiter ab, ihr Flug blieb unruhig. Ofdenham schaffte es nicht, die Bremstriebwerke zu koordinieren.

»Meldung vom Raumhafen! Sie unterstützen unsere Landung mit Antigrav und Traktorstrahlen.«

»Bestätigen und – danke!« Der Erste Offizier erlaubte sich ein Aufatmen.

Das letzte Bremsmanöver, zwei Kilometer über dem Hafenareal. Unregelmäßig stachen die Partikelstrahlen aus den Ringwulstdüsen in die Tiefe. Erneut schüttelte sich die Sechzig-Meter-Kugel, als wolle sie ausbrechen.

»Traktorstrahlen greifen!«, meldete Ordeway, und seine Stimme klang hörbar erleichtert.

Bis auf eines waren die hydraulischen Landebeine ausgefahren. Die Standsicherheit gefährdete das nicht.

Die Korvette setzte zwar hart auf, doch sie schwankte nicht einmal. Ofdenham nahm sämtliche Energie vom Triebwerksbereich.

»Die Traktorstrahlen haben Bestand!«, meldete Hubble. »Alles in Ordnung.«

Sekundenlang herrschte Schweigen in der Zentrale der CD-K-7. Dann erklang eine fremde Stimme aus den Lautsprecherfeldern des Interkoms.

»Willkommen auf Ganymed. Bitte öffnet die Bodenschleuse. Wir schicken ein Notfallteam an Bord.«

Kateen Santoss hatte sich einverstanden erklärt, die Nacht im Medotrakt der Verwaltung zu verbringen. Die beiden Ärztinnen wollten dafür sorgen, dass der Raum weitgehend gegen Strahlung abgeschirmt wurde.

Besser als nichts, dachte Reginald Bull. Ihm war klar, dass bestenfalls die Standard-Frequenzbereiche berücksichtigt werden konnten. Mehr war innerhalb des Gebäudes und vor allem ohne besondere Vorrichtungen nicht machbar.

Es war ein Versuch, die Frequenz aufzuspüren, auf der das Artefakt arbeitete, sendete oder was immer. Über das Ergebnis machte er sich keine Illusionen. Sobald er wieder Verbindung zur CHARLES DARWIN bekam, mussten die Spezialisten an Bord sich damit befassen. Falls sie nicht längst damit begonnen hatten.

Und die Suche nach Rhodan?

Bully hoffte, dass die Micro-Jet mit ihren Passagieren unbeschadet MERLIN erreicht hatte. Hannan O'Hara würde das über kurz oder lang in Erfahrung bringen.

Er warf gerade einen Blick auf sein Armbandchronometer, als Immel Murkisch den Raum betrat. Mit knappen Worten stellte er den Hyperphysiker, die Bürgermeisterin und Kobschinsk einander vor.

»Murkisch«, sagte der Beirat nachdenklich. »Terra, Waringer-Akademie? Ich bilde mir ein, dass ich den Namen erst kürzlich gehört habe.«

Immel Murkisch ließ sich in dem Sessel nieder, in dem die Archäologin gesessen hatte. Er musterte das Glas, das immer noch zu mehr als zwei Dritteln gefüllt war, dann hob er es und trank hastig.

»Natürlich Waringer-Akademie«, bestätigte er. »Ich vermute, dass einige neunmalkluge Ignoranten mein Sextadim-Gravo-Axiom zerpflückt haben. Bislang ist es ohnehin nur eine Hypothese, ein Abfallprodukt meiner eigentlichen Arbeit.« Er unterbrach sich und schaute Bull an. »Wie schon gesagt, es erschien mir sinnvoller, dich persönlich zu informieren. So können wir die Gefahr von Missverständnissen ausschließen. Außerdem dürfte der Funkverkehr früher oder später völlig zusammenbrechen.«

»Du sprichst von den Auswirkungen des Artefakts?«

Murkisch nickte heftig. »Davon, dass die gesamte Magnetosphäre Jupiters betroffen sein wird. Funk, Ortung, Schiffsverkehr ... Und gleich vorweg: Unsere ganymedanischen Kollegen haben brandaktuell herausgefunden, dass das Ding endgültig angekommen ist. Nicht nur materiell, sondern auch mit seinem Zeitfaktor; es steckt nicht mehr in der Vergangenheit, sondern ist hier.«

»Also rund einen Tag eher als erwartet«, sagte Bull.

»Gegen Mitternacht«, bestätigte der Hyperphysiker. »Möglicherweise schon in den letzten Freitagsstunden. Seine Funktion dürfte dann sofort angelaufen sein.«

»Seine Funktion?« Kantig traten Kaci Sofaers Wangenknochen zum Vorschein, die dunklen Augen in dem schmalen Gesicht quollen fast aus ihren Höhlen.

»Was ist das für ein Gebilde?«, wollte Reginald Bull wissen. »Was bewirkt es in letzter Konsequenz?«

Der Hyperphysiker zögerte. Ihm war anzusehen, dass er nach einer allgemein verständlichen Umschreibung suchte, um niemanden mit Fachbegriffen zu erschlagen.

»Das Artefakt ist ein Gravitonen-Effektor!«, stellte er dann hastig fest.

Bull hob die Brauen. In dem Moment wurde ihm selbst nicht bewusst, was Murkisch meinte. »Bitte eine kurze und schlichte Erklärung«, drängte er. »Kein Formelschnickschnack. Wie wirkt das Ding, was müssen wir schlimmstenfalls befürchten – und vor allem: Wie stellen wir es ab?«

Immel Murkisch lächelte nachsichtig. »Du bist mit der Quantentheorie der Gravitation vertraut?«

»Teils. Ich habe damals die Grundlagen mitentwickelt, als wir die Dritte Macht gegründet haben. Die neueren Entwicklungen sind mir nicht alle geläufig.« Der Residenz-Minister schaute in die Runde. Kaci Sofaer runzelte die Stirn, Kobschinsks Wangenmuskulatur zuckte unruhig. Bully ergänzte um der anderen Anwesenden willen: »Geh einfach davon aus, dass keine Grundkenntnisse vorhanden sind.«

Mit einer beinahe unwilligen Geste wischte Murkisch eine widerspenstige Haarsträhne zur Seite.

»Die Gravitation ist keine Art von Strahlung, wie gemeinhin angenommen wird – oder jedenfalls: Sie ist nicht nur Strahlung, sondern auch ein Austausch von Teilchen. Sie ist, wie wir Hyperphysiker das bezeichnen, quantisiert. Ihre Quanten sind ...«

»... die Gravitonen. So weit ist das klar und verständlich.« Reginald Bull knetete seine Hände. »Der Resident sprach von Schwerkraftanomalien. Aber das kann er nicht gemeint haben. Doch?« Er schüttelte den Kopf. »Entschuldige meine Spekulation. Ist sonst nicht meine Art, jemanden bei seinem Vortrag zu unterbrechen. Mach einfach weiter.«

Immel trank das Glas leer. Niemand hatte ihm einen Kaffee angeboten. Aber wenn Bully sich recht entsann, mochte der Hyperphysiker das Getränk gar nicht. Richtig: Während eines eleganten Empfangs in der Solaren Residenz hatte er sich von einem der Servoroboter ein Bier bringen lassen, um den lästigen Kaffeegeschmack loszuwerden.

»Anders als gegen Licht oder nukleare Strahlung gibt es keine natürliche Abschirmung für Gravitonen«, fuhr Murkisch fort. »Kein Gegenstand ist für sie unerreichbar. Selbst die entferntesten Objekte ziehen einander an, und das unabhängig davon, ob sich zwischen ihnen andere Materie befindet oder nicht. Bei der Gelegenheit ein kleiner Seitensprung: Wir kennen die kleinste denkbare Zeiteinheit, und wir kennen die kleinste denkbare Entfernung ...«

»Die Planck-Zeit und den Planck-Raum«, antwortete Bull, als der Wissenschaftler erwartungsvoll schwieg.

»Richtig. Aber uns ist bislang keine kleinste Gravitation bekannt; vielleicht sollte ich auch besser davon sprechen, dass wir keine kleinste Menge Gravitation kennen. So wie die Gravitation demnach beliebig klein sein kann, wahrscheinlich unendlich klein, kann sie andererseits auch beliebig groß werden.«

»Das ist verständlich«, wandte die Bürgermeisterin ein. »Ich erkenne nur nicht, wo da ein Problem sein soll. Schließlich können wir zu großer und zu niedriger Schwerkraft mit unseren Antigravs oder Schwerkraftgeneratoren entgegenwirken. Oder sehe ich das nicht richtig?«

Murkisch überlegte sekundenlang.

»Unsere Antigravgeräte senken quasi einen Schirm aus einer höheren Dimension in den Einsteinraum«, antwortete er zögernd. »Sie sind – wenn auch in vergleichsweise kleinem Umfang – in der Lage, Gravitonen zu steuern. Eigentlich sogar zu vektorieren. Was wir aber nicht oder nur sehr mangelhaft können: Wir schaffen es keineswegs, Gravitonen künstlich zu erzeugen.« Er machte eine kurze Pause und sagte dann bedeutungsvoll: »Das Artefakt ist eindeutig dazu in der Lage.«

»Dieses Ding synthetisiert Gravitonen?«, fuhr Reginald Bull auf.

»So sieht es aus«, bestätigte der Hyperphysiker. »Das Artefakt stellt Gravitonen her und emittiert sie. Und es emittiert sie keineswegs wahllos, sondern exakt zielgerichtet.«

»Auf den Jupiter?«

»Ja. Es schießt sie auf den Jupiter!«

Das Schweigen hielt nur einen Augenblick lang an.

»Unser Mutterplanet nimmt also an Schwerkraft zu«, stellte Kaci Sofaer fest. »Vielleicht klingt es naiv, aber jeder Planet gewinnt permanent an Masse, und damit wächst auch seine Gravitation.«

Murkisch lehnte sich im Sessel zurück. Er stützte den rechten Ellenbogen ab und legte das Kinn auf die Faust. Nachdenklich musterte er die Ganymedanerin.

»Du machst den Fehler, Gravitonen mit Masseteilchen gleichzusetzen. Sei's drum. Der Effektor ist ohnehin nur ein Teil des Problems. Möglicherweise der kleinere Teil. Jupiter reagiert nämlich auf den Gravitonen-Beschuss.«

»Er reagiert?«, fragte Bull. »Wie?«

»Aus dem innersten Kern des Planeten steigen Higgs-Teilchen auf.«

»Higgs-Teilchen? Damit wären wir wieder bei Masseteilchen? Das sind genau die Teilchen, denen Materie ihre Masseeigenschaft verdankt?«

»So ist es. Im Fall Jupiters verbinden sich diese Higgs-Teilchen mit den Gravitonen, die der Effektor aussendet.«

»Ich verstehe nicht, wieso. Vor allem, was damit bewirkt werden soll.«

»Du unterstellst also, dass jemand daran dreht?«

»Natürlich unterstelle ich das!«, antwortete Bull heftig. »Das Artefakt wird sich kaum von selbst erschaffen haben.«

Der Hyperphysiker zuckte mit den Achseln. »Wieso oder wozu, keine Ahnung. Ich bin schon froh, dass wir das alles in der Kürze der Zeit herausgefunden haben. Als du versucht hast, mit uns zu reden, hatten Rudoba und ich uns abgeschottet. Wir wissen inzwischen, dass die Gravitonen eine Weile im Magnetfeld Jupiters verharren. Genau gesagt, einige Sekunden lang. Das ist in der Welt dieser Subelementarteilchen eine schiere Ewigkeit – immerhin bewegen sie sich mit Lichtgeschwindigkeit! Es hat den Anschein, dass die Gravitonen sich im Magnetfeld auf eine uns unerklärliche Weise orientieren und schließlich in den Planeten abtauchen.«

»Deshalb das physikalische Chaos im Orbit?«

»Der gesamte Bereich des Magnetfelds ist betroffen. Es entstehen Gravo-Schluchten, Gravo-Strudel und gegenläufige Gravo-Strömungen von kaum fassbaren Werten. Oszillierende Gravo-Felder und wer weiß was außerdem. Dieses Chaos hat vergleichsweise schwach begonnen, weitet sich aber permanent aus. Schiffe, die das Pech haben, unmittelbar mit diesen Erscheinungen zusammenzustoßen, werden zerquetscht und zerrissen. Weder unsere Schirmfeldtechnik noch die Möglichkeiten unserer Antigravgeräte können dem standhalten.«

»Was ist mit dem Jupiter?«, wollte Bull wissen.

»Was wird aus ihm? Das solltest du eher fragen.« Immel Murkisch presste die Lippen aufeinander.

»Und?« Der Minister wurde langsam ungeduldig. »Was wird aus Jupiter?«

»Der Gravo-Effektor überlädt den Planeten mit Gravitonen, die von den Higgs-Teilchen aufgenommen und koordiniert werden, was technologisch übrigens voraussetzt ...«

»Was *wird* aus Jupiter?«, wiederholte Reginald Bull drängend. Er hatte eine Befürchtung. Er wollte hören, dass sie falsch war, nichts sonst.

Der Hyperphysiker schluckte schwer. »Jupiter wird zum Schwarzen Loch«, sagte er tonlos.

Bully blieb ruhig, und er wunderte sich nicht einmal darüber. Murkisch hatte seine Befürchtung bestätigt, nun wusste er, woran er war. Über die Auswirkung, die ein Schwarzes Loch auf das Sonnensystem haben würde, brauchte er nicht nachzudenken. Das Entsetzen war geradezu greifbar.

Zunächst würde der Riesenplanet – oder besser: sein Schwarzer Zombie – seine Monde an sich reißen und ebenso alle Trojaner, die Asteroiden, die ihm auf seiner Bahn um die Sonne vorauseilten oder die der Umlaufbahn folgten.

Jupiter würde sich mästen.

Natürlich würde die Flotte der Liga Freier Terraner alles daransetzen, diese Zunahme zu unterbinden. Die Schiffe würden die Asteroiden Hektor und Achilles und die meisten Trojaner aus der Bahn schleppen, sie bergen und sichern. Jedenfalls alle größeren Objekte, die wie der Riesenasteroid Hektor mit seinen über dreihundertsiebzig Kilometern Länge ausgehöhlt und bewohnt waren.

Auf Hektor, der zudem von einem eigenen Mond umkreist wurde, lebten die Amasii Umbrae, die Liebhaber der Schatten, eine im wahrsten Sinn des Wortes obskure Mathematische Sekte.

Zuerst kam also der Einsatz der Flotte.

Und dann?

Alle Schiffe zusammen würden kaum in der Lage sein, einen Himmelskörper wie Jupiter aus dem Sonnensystem zu schleppen. Zumal die Eigenschaften eines Schwarzen Loches die größte Behinderung bedeuteten.

Davon abgesehen, lag bei Jupiter als dem einzigen Planeten des Solsystems der gemeinsame Schwerpunkt mit der Sonne außerhalb des Tagesgestirns. Seine Transformation in ein an Masse zunehmendes, mit seiner Gravitation immer unberechenbarer werdendes Monstrum würde die Statik des gesamten Systems zerreißen.

Also wieder einmal Terra evakuieren. Und die anderen Sol-Planeten ebenfalls. Musste er den Ausweichplan Neo-Sol in Kraft setzen? *Durfte* er? Und falls ja: Konnte er die notwendigen Anweisungen geben bei den herrschenden Funkproblemen?

Bull schüttelte energisch den Kopf. Dieses groteske Desaster durfte niemals Realität werden. »Wie viel Zeit bleibt uns?«, fragte er hastig.

Immel Murkisch warf einen geradezu hypnotisierenden Blick auf sein Kombiarmband. »In nicht einmal ganz neunundsechzig Stunden wird der Prozess unumkehrbar sein. Vorausgesetzt, die Menge der vom Effektor ausgeschütteten Gravitonen verändert sich nicht.«

»Gibt es Anzeichen für eine Beschleunigung des Prozesses?«

»Bislang nicht.«

Bull atmete tief ein. »Eine letzte Frage?«, sagte er – und schwieg bedeutungsvoll.

»Welche Frage?«, wollte Murkisch wissen.

»Wie schalten wir diesen Gravitonen-Effektor aus? Wo ist der richtige Knopf dafür?«

Sinnend schaute der Hyperphysiker an Bull vorbei. Sein Blick ging ins Leere. »Ich fürchte, es gibt keinen solchen Knopf. Die gravochaotische Zone lappt in den Hyperraum über. Wir müssten Ganymed komplett sprengen, um den Effektor lahmzulegen – und hätten womöglich doch Schwierigkeiten damit. Im schlimmsten Fall liegt der Effektor waffentechnisch außerhalb unserer Reichweite, dann vergiss Impulsgeschütze, Desintegratoren und Transformkanonen.«

»Wie steht es mit Torpedos? Ausgerüstet mit schlichten Photonentriebwerken, wenn es sein muss, sogar mit Feststoffboostern. Bestückt mit nuklearen Sprengsätzen. Antimaterie wäre auch eine Lösung, oder?«

Murkischs Geste verriet seine eigene Ohnmacht. »Ich weiß es nicht. Die Torpedos müssten selbstständig einen Weg durch das Gravochaos finden.«

»Also keine Chance?«

»Vielleicht eine winzige, wenn alles, wirklich alles, positiv verläuft.«

Bully atmete durch. »Das ist doch ein Wort«, stellte er fest.

7.

»Da wieder hinein ...? Ebenso gut könnten wir versuchen, in die ...« Yoshimi Cocyne schüttelte den Kopf. Ihre Augen tränten, mit zwei Fingern wischte sie die klebrige Nässe ab. »... in die Hölle zu fliegen, wenn es sie wirklich gäbe«, brachte sie ihren Satz zu Ende. Blinzelnd ging sie mehrere Schritte um das große Hologramm herum, dann griff sie mit der Rechten in die Wiedergabe hinein.

»Der Schemen im Zentrum ist Jupiter, zweifellos. Aber wo sind die inneren Monde?«

Sie ließ die Hand mit den gespreizten Fingern durch die aufgewühlte Darstellung wandern. Langsam, als fische sie im Trüben nach einem bestimmten Gegenstand.

»Wie weit sind wir von Ganymed entfernt?«

»Nahezu drei Lichtsekunden«, antwortete O'Hara. Die Kommandantin der CHARLES DARWIN II stand nur wenige Schritt hinter der jungen Frau. »Wir befinden uns außerhalb der Umlaufbahn Kallistos, wenn auch nur dreitausend Kilometer.«

»Koordinaten überblenden!«, verlangte die Pilotin knapp. Die Hauptpositronik reagierte sofort, ein Gitternetz schwach leuchtender Linien zerschnitt die Projektion.

»Dazu die rechnerische Projektion der inneren Monde!«

Markierungspunkte flammten auf. Das Symbol für Ganymed leuchtete nur wenige Zentimeter neben Yoshimis Hand. Die Pilotin drehte sich ein klein wenig zur Seite, bis die Markierung vor ihrer hohlen Hand lag. Aber immer noch versuchte sie vergeblich, einen Ortungsreflex zu finden, der den Eismond wenigstens angedeutet hätte.

»Die Situation verschlechtert sich weiterhin«, bemerkte die Kommandantin bedeutungsschwer. »Es sieht bislang nicht danach aus, als würde ein Stillstand eintreten.«

Yoshimi schloss die Finger um den Markierungspunkt und zog die Hand ruckartig zurück. Erst außerhalb des Ortungsholos öffnete sie die Faust wieder. Die Automatik vergrößerte den separierten Ausschnitt. Ein schwacher Schimmer schien Ganymeds Umrisse wiederzugeben, allerdings zu wenig für brauchbare Navigationsdaten. Ganz zu schweigen davon, dass die CHARLES DARWIN stark gefährdet wurde, sobald sie tiefer in das Gravochaos eindrang.

»Irgendwie müssen wir damit fertigwerden«, sagte die Pilotin sinnend.

Für gewöhnlich hatte der ENTDECKER Wissenschaftler der verschiedensten Fachgebiete an Bord. Da das Schiff gerade erst von einem Erkundungsflug ins Solsystem zurückgekehrt war, hielten sich die Physiker, Hyperphysiker und Astronomen jedoch noch auf der Erde auf. Ein Teil der Besatzung hatte ebenfalls Heimaturlaub angetreten. Wer hätte schon erwartet, dass der Routineflug von Terra zum Jupiter nur einen Augenblick lang aufregend werden könnte?

»Der Ferrone hat an die zwanzig technische Spezialisten um sich geschart«, sagte O'Hara. »Ich bin überzeugt, dass sie eine Lösung finden werden; an Captain Mors ist ohnehin ein Wissenschaftler verlorengegangen. Für ihn ist schon jetzt das Artefakt der Übeltäter.«

Yoshimi nickte stumm. Es war mittlerweile vier Uhr morgens. Sie hatte eine Zeit lang geschlafen und fühlte sich weitgehend wiederhergestellt. Aber sie hatte auch die letzte Phase des Fluges mitbekommen. Immer wieder war die CHARLES DARWIN II Gefahr gelaufen, sich in dem Gravochaos zu verlieren. Die inzwischen in einem der großen Hangars verankerten beiden Planetenfähren zeigten überdeutlich, was die aus dem Nichts heraus wütende Gravitation aus dem molekular verdichteten Stahl machte. Zusammengeknüllt wie Papier, verdreht, aufgerissen.

»Ich hoffe, unsere Korvette hat es bis Ganymed geschafft und Reginald Bull wenigstens von dem Artefakt weggeholt.« Die Kommandantin sagte es so leise, dass wohl nur Yoshimi sie verstehen konnte.

»Allerdings frage ich mich, wie es in Galileo City aussehen mag. Bislang sind alle Versuche gescheitert, Funkverbindung zu bekommen. Nicht einmal auf den normal lichtschnellen Frequenzen gibt es ein Durchkommen.«

»Wir könnten mit einem zweiten Beiboot ...«

»Wie viele Leben soll ich aufs Spiel setzen, Yoshimi? Vor einer oder zwei Stunden war die Chance größer, heil durchzukommen. Inzwischen besteht akute Lebensgefahr – die Gravitation wächst.«

»Sie wächst?«, fragte die Pilotin irritiert. »Ich habe schon Probleme damit, dass diese Schwerefelder im leeren Raum entstehen, als würden sie aus einer anderen Dimension herübergreifen.«

»Die meisten Daten, zumindest die aus Jupiternähe, sind mittlerweile von der Positronik ausgewertet. Der Hauptrechner gibt eine hohe Wahrscheinlichkeit dafür an, dass Jupiters Gravitation zunimmt. Der Planet wird bald die inneren Monde beeinflussen und von ihren Umlaufbahnen abbringen.«

»Was sagt der Koko-Interpreter dazu?«

»Im schlimmsten Fall sieht er die Gefahr, dass Jupiters Schwerkraft exponentiell ansteigt und der Planet zu einem Schwarzen Stern wird.«

Yoshimi Cocyne lachte hell. Aber sie verstummte sofort wieder und schaute die Kommandantin entschuldigend an.

Der Kontra-Computer, salopp als Koko bezeichnet, war nichts anderes als eine Standardpositronik mit der Aufgabe, Problemstellungen nicht auf normalem Weg, sondern entgegengesetzt anzugehen. Die Fragestellung lautete in dem Fall wohl nicht, wann sich das Geschehen um den Riesenplaneten wieder beruhigen würde, sondern vielmehr, wann die Gravostörungen derart massiv auf Jupiter einwirken mussten, dass er sich in ein Schwarzes Loch verwandelte – Yoshimi zuckte heftig zusammen, als sie sich das vergegenwärtigte.

Der Blick in O'Haras wie versteinert wirkendes Gesicht verriet ihr, dass sie richtig vermutete.

»Wann?«, fragte die Pilotin zögernd.

Um O'Haras Mundwinkel zuckte es. »Vielleicht schon bald. Ich habe eben erst mit dem Interpreter geredet. Ein Monat, ein Jahr ... für eine solche Aussage liegen einfach nicht genügend Daten vor. Allerdings haben wir kaum mehr eine Chance, Bull von Ganymed abzuholen. Und was mit der Bevölkerung des Eismondes werden soll, ich weiß es nicht.«

»Rhodan?«

Yoshimi bemerkte den feuchten Schimmer in den Augen der Kommandantin. Lebte der Resident schon nicht mehr? War das alles noch viel schlimmer, als es klang? Sie hätte die Situation nicht als so bedrohlich angesehen, eben als das übliche Was-wäre-wenn-Szenario. Vor allem die Vorstellung, Jupiter könne sich tatsächlich in ein Schwarzes Loch verwandeln, hatte etwas absurd Surreales.

»Das Sonnensystem würde untergehen«, murmelte sie entgeistert.

»Ich muss die Erste Terranerin informieren!«, rief die Kommandantin. »Alarm für die Heimatflotte. Für die Liga. Aber wenn wir schon nicht mehr an die beiden Aktivatorträger herankommen können, schafft das auch kein anderes Schiff. Ich fürchte ...«

»TSUNAMI!«, brachte Yoshimi Cocyne heftig hervor. »Die TSUNAMI-X, das Experimentalschiff der Liga! Sie ist für Extremforschung ausgerüstet, gerade dafür, so nahe wie möglich am Ereignishorizont eines Schwarzen Lochs zu tauchen. Wenn sie nicht mit den Gravofronten hier zurechtkommt, schafft es keines unserer Schiffe.«

»Ich habe von dem Neubau gehört.« O'Hara nickte. »Dieses angebliche Wunderschiff ist noch nicht lange im Einsatz. Egal. Es muss umgehend her!«

Fünf Minuten später stand die Hyperfunkverbindung nach Terra. Über Terrania City lag noch die Nacht, wahrscheinlich hatten die Abgeordneten der Liga angenehme Träume. Es war eine gute, prosperierende Epoche. Auch die Erste Terranerin schlief.

O'Hara benutzte den Notfallkode der ENTDECKER-Flotte. Schlagartig war alles anders. Der Anruf wurde zu den Privaträumen Henrike Ybarris weitergeleitet.

Die gesicherte und kodierte Verbindung drohte mehrmals wegzubrechen. Aber die CHARLES DARWIN II stand immerhin so weit im Randbereich des chaotisch veränderten Raumsektors, dass die Verständigung gut genug blieb.

Die Erste Terranerin ließ sich keine Regung anmerken.

»Das Experimentalschiff ist außerhalb des Systems im Einsatz. Ich lasse es sofort zurückbeordern! Und was Jupiter anbelangt: Es handelt sich um die Berechnung des Kontra-Computers?«

»Die Bedingungen im Umkreis von knapp zwei Millionen Kilometern um den Planeten ...«

»Ja oder nein?«, unterbrach Ybarri hart.

»Ja«, bestätigte die Kommandantin.

»Gut – oder auch nicht«, sagte die Erste Terranerin. »Ich melde mich in Kürze wieder.« Das Übertragungsholo, das ohnehin nur ein übergroßes Konterfei gezeigt hatte, erlosch.

Yoshimi Cocyne hatte den Eindruck, dass die Frau in der Solaren Residenz aus tiefem Schlaf aufgeschreckt worden war. Möglicherweise war sie unbekleidet gewesen, der Porträtausschnitt war ihr jedenfalls ungewöhnlich erschienen.

Seltsame Gedanken waren das angesichts der drohenden Katastrophe. Aber vielleicht lag der Koko-Interpreter falsch. Und falls nicht? *Ich träume schlecht.* Es fiel ihr nicht einmal schwer, sich das einzureden. Sie hatte Case Morgan die Kontrolle über das Schiff abgetreten und dämmerte nun am Rand des beginnenden Erschöpfungsschlafes dahin, gequält von den Fantasien ihres Unterbewusstseins.

Knapp zwanzig Minuten vergingen, dann meldete sich die Erste Terranerin.

»Die TSUNAMI-X hat ihren Auftrag abgebrochen und kehrt ins Solsystem zurück. Sie wird am Montag im Jupiterorbit eintreffen, nicht vor dreiundzwanzig Uhr.«

»Das ist erst in zweieinhalb Tagen«, sagte O'Hara ungewohnt heftig.

Henrike Ybarri schaute die Kommandantin durchdringend an. »Kein Schwarzes Loch entsteht über Nacht«, entgegnete sie unwillig. Möglicherweise, fand Yoshimi, schwang sogar ein Hauch von Misstrauen in der Stimme mit. »Außerdem ist Jupiter kein Neutronenstern. Die Heimatflotte wurde in erhöhte Alarmbereitschaft versetzt. Innerhalb der nächsten Stunde starten mehrere Forschungsschiffe, die Wissenschaftler an Bord werden alle erforderlichen Messungen und Analysen vorantreiben. Und jetzt, Kommandantin, würde ich gern mit Perry Rhodan oder Reginald Bull reden.«

»Es tut mir leid«, antwortete O'Hara beherrscht. »Rhodan und Mondra Diamond befinden sich wahrscheinlich auf Jupiter in einer der Syndikatsstationen. Und der Verteidigungsminister sitzt auf Ganymed fest. Nicht einmal eine Funkverbindung ist möglich.«

Ybarri schürzte die Lippen – und schaltete ab.

»Wir treffen uns mit dem Ersten Syndikatssenator«, sagte die Bürgermeisterin.

Reginald Bull hob zwar kurz den Blick, aber ansonsten reagierte er nicht darauf. Das kurze Gespräch, das Sofaer soeben von ihrem Arbeitstisch aus geführt hatte, war an ihm mehr oder weniger vorbeigegangen. Er hatte lediglich wahrgenommen, dass die Ganymedanerin mehrmals ziemlich laut geworden war. Alles andere war für ihn untergegangen, weil Kobschinsk ihn mit einer Fülle an Fragen bestürmt hatte.

»Ich kann wirklich noch nicht sagen, wie der Gravitonen-Effektor ausgeschaltet werden soll«, antwortete Bull. »Bislang mache ich mir Gedanken darüber, was uns der Hyperphysiker zugesteht. Einfache Torpedos ...«

»... und Antimaterie im Sprengkopf.« Der Beirat reagierte mit einer heftigen Bewegung. »Willst du halb Ganymed damit in den Raum blasen?«

»Sperr jetzt das Marschiere-Viel nicht in einen zu kleinen Käfig«, erwiderte Bull. »Falls wir an Antimaterie herankommen, dann nur in denkbar kleiner Menge.«

»Auf Ganymed gibt es das gefährliche Zeug nicht«, sagte Kobschinsk hastig.

»Wie sieht es mit dem Syndikat aus? Ich glaube, irgendwann davon gehört zu haben, dass die Kristallfischer winzige Spuren von

Antimaterie verwenden, entweder um ihre Tau-Kristalle aus der Atmosphäre zu gewinnen oder um die Chargen letztlich zu veredeln. Aber woher wir auf jeden Fall Antimaterie bekommen können, das ist Terra.«

Bull lehnte sich in dem Besuchersessel zurück und schaute zu Sofaer hinüber. »Wir treffen uns mit dem Senator?« Ihm war zumindest nicht entgangen, was die Bürgermeisterin halblaut gesagt hatte.

Kaci Sofaer zog eine Braue hoch. »Wir brauchen Unterstützung. Meine örtlichen Polizeitruppen eignen sich nur bedingt für einen Angriff auf das Artefakt – von Gleitern und Paralysewaffen wird sich das Ding zudem kaum beeindrucken lassen.«

»Was ist mit Raumschiffen?«

»Einige luxuriöse Jachten liegen fast immer auf Port Medici, und die meisten davon gehören Mitarbeitern des Syndikats. Ansonsten Frachter ...«

»... die sich durchaus mit Energie überladen und als fliegende Bomben verwenden ließen«, bemerkte Bull.

»Soweit mir bekannt ist, hat Port Medici derzeit keine großen Raumer aufzuweisen«, wandte der Beirat des Stadtparlaments ein.

»Gestern standen noch Springerwalzen im Orbit Ganymeds«, entsann sich der Aktivatorträger.

Kobschinsk zuckte mit den Achseln. »Keine Ahnung, wie das aktuell aussieht. Ich vermute, dass sich die Springer rechtzeitig zurückgezogen haben. Die hören stets das Gras wachsen. So sagt man doch auf Terra, nicht wahr?«

»Bestimmt haben wir einige der üblichen Containergitterschiffe zu bieten«, wandte Kaci Sofaer ein.

Bull war damit nicht zufrieden. »Wo reden wir mit Starbatty?«, wollte er wissen. »Im Isidor-Bondoc-Building?«

»Er kommt hierher.«

Der Residenz-Minister erlaubte sich ein beiläufiges Nicken. Den Hyperphysiker hatte die Bürgermeisterin vor gut einer halben Stunde in dem benachbarten Hotel untergebracht. Immel Murkisch war beinahe im Stehen eingeschlafen, er brauchte die Ruhe dringend.

Für einen Moment fragte sich Bull, wo die beiden Medienleute von Solarvision sein mochten. Er traute es Don Toman, vor allem aber dem jungen Jahn Saito zu, dass sie immer noch in der Stadt unterwegs waren und Stimmungen einfingen. Konnten sie überhaupt schon erfahren haben, was sich abspielte?

Ganz Galileo City war ahnungslos.

Jupiter stand im Begriff, zu einem Schwarzen Loch zu werden – eine Katastrophe für das Sonnensystem und die Menschheit. Das Artefakt, das offenbar seit Äonen im Eis des Mondes Ganymed schlummerte, war mit den Gravitonen, die es freisetzte, die Initialzündung für das Geschehen.

Steckte Absicht dahinter? Wenn ja, wer, so tief in der Vergangenheit, konnte ein Interesse daran haben? Aber möglicherweise war das mit der Vergangenheit nur eine Finte. Vielleicht verbarg sich eine Zeitreise dahinter.

Bully schob diese Überlegung sofort beiseite. Er wäre Gefahr gelaufen, sich damit in unzähligen Fallstricken zu verfangen. Zum Thema Zeitreise kamen ihm als Erstes die Meister der Insel in den Sinn. Die Querverbindung zu den Lemurern lag auf der Hand. Kateen Santoss war Lemur-Archäologin.

Schluss damit!, sagte er sich. So kam er nicht weiter. Unter Umständen war alles nur ein verdammter Zufall. Er konnte nicht einmal ausschließen, dass es sich bei dem Artefakt um einen kosmischen Blindgänger handelte, eine Waffe aus einem längst vergessenen großen Krieg. Aus der Zeit der Horden von Garbesch. Oder aus der galaxienweiten Auseinandersetzung um die Negasphäre von Tare-Scharm, als der Treck des GESETZES die Terminale Kolonne TRAITOR angegriffen hatte. Zwanzig Millionen Jahre lag das in der Vergangenheit.

»Das Problem existiert seit etwas mehr als vier Stunden.« Bully bedachte sein Armbandchronometer mit einem vernichtenden Blick. »Es ist kurz nach vier Uhr morgens, Terrania-Standardzeit. Falls Murkisch Recht hat, bleiben nicht einmal mehr achtundsechzig Stunden.«

»Der Mann mag ein brauchbarer Hyperphysiker sein, dennoch hat er Unrecht!«, behauptete Kobschinsk. »Jupiter als Schwarzes

Loch zu sehen ist eine Wahnvorstellung. Der Planet wird nie die Masse haben, dass er sich derart heftig verändern kann. Generationen von Verrückten haben schon prophezeit, dass Jupiter durch einen Zündprozess in der Atmosphäre zur neuen Sonne wird. Bis heute hat sich das nicht bewahrheitet. Daran werden ein paar Gravitonen nichts ändern. Habt ihr eine Ahnung davon, was sich auf Ganymed abspielen wird, sobald die Bevölkerung diesen Wahnsinn erfährt?«

»Ich kann mir vorstellen, was geschehen wird, sobald die Frist zu Ende geht und wir nichts unternommen haben«, entgegnete Bull. Er wandte sich an die Bürgermeisterin. »Ich brauche Zugriff auf die Hyperfunkanlage der Stadt. Sofort!«

»Wir haben hier in der Verwaltung eine kleine Station, aber sie ist nur sporadisch besetzt. Die große Anlage gehört zu Port Medici und wird vom Syndikat betrieben. Bei Bedarf können wir uns aufschalten ...«

»Ich sehe da kein Problem.«

»Unser Funktechniker gehört zu den Leuten, die seit mehreren Wochen ohne Schlaf auskommen. Ich nehme an, er ist wie an jedem Tag irgendwo in der Stadt unterwegs.«

Bull seufzte tief. »Ich vermute stark, dass ich mit der Anlage zurechtkomme. Zeig mir den Weg, lass mich von einem Roboter führen, ganz egal ...«

»Starbatty muss bald hier sein.«

»Ich habe nicht vor, stundenlang Gespräche zu führen«, erwiderte Bully schroff, und das klang sehr sarkastisch.

4.58 Uhr. Es war ein Versuch gewesen, aber nun fühlte sich die Wirklichkeit noch kälter, noch endgültiger an. Immerhin: Sein Scheitern verhinderte ein lästiges Was-wäre-wenn im Nachhinein und hoffentlich auch das oft so verlockende Empfinden, er brauche in der Zeit nur eines kleines Stück zurückzugehen, wenige Stunden oder Tage, und könne Versäumtes dann nachholen. Manchmal ertappte er sich tatsächlich bei der Überlegung, dass es so einfach sei, Probleme zu bewältigen.

Verschaffte ihm sein Aktivatorchip ein zwiespältiges Verhältnis zur Zeit, das Gefühl, sie beliebig anhalten, festhalten und nach seinem Willen formen zu können? Diese Einbildung war so unglaublich verführerisch, dass sie sich immer wieder einschlich.

Störgeräusche und Stille, beides hatte der Hyperfunkempfang aufgezeichnet, nur keine Antwort von der CHARLES DARWIN II. Ebenso vergeblich war der Versuch gewesen, Terra oder eine andere der großen Stationen im Solsystem zu erreichen.

Und nun Starbattys Vorwürfe. Dass Kaci Sofaer dem Senator insgeheim beipflichtete, obwohl sie lieber etwas auf Distanz gegangen wäre, sah Bull ihr an.

»Natürlich fällt es mir leicht, zu warten.« Der führende Mann des Syndikats verzog sein schiefes Gesicht zu einer undefinierbaren Grimasse. »Sehr viel anderes habe ich nicht zu tun. Wenn du erst einmal hundertvierzig bist, lauern nicht mehr die schönsten Frauen am Wegrand, sondern der Tod. Und mit weiter wachsendem Alter vergisst du bald alle Termine.«

Respekt vor dem Residenz-Minister? Nein, Terra war weit weg, und das Syndikat gehörte zu den galaxisweit aufstrebenden Gesellschaften, die sich ihre eigene interne Philosophie zurechtlegten.

Bully ignorierte die verbale Herausforderung. Natürlich durfte er davon ausgehen, dass der Senator von Sofaer und dem Beirat umfassend informiert worden war. Er hatte seinerseits die Gelegenheit genutzt, von der kleinen Funkstation aus auf eine der städtischen Positroniken zugegriffen und Informationen über den Senator abgefragt. Nur war da nichts, was ihm nicht schon bekannt gewesen wäre.

Starbatty war Terraner, geboren 1320 NGZ. Einen Vornamen verzeichnete die Datei nicht. Ebenso wenig die genaue Zahl seiner Kinder, von denen zumindest einige gemeinsam mit ihren Müttern in der Prunkvilla wohnten. Die Daten erwähnten lediglich, dass Lieblingssohn Luc offenbar vor geraumer Zeit im Streit ausgezogen sei. Der Senator schien jedenfalls sein Leben genossen zu haben – zumindest hatte er sich angestrengt, seine Gene zu verteilen.

Bully ignorierte, dass der Mann ihn eingehend musterte. »Ich wünschte, es wären bessere Umstände, die uns zusammenführen«, sagte er. »Aber wir haben es immerhin in der Hand, die Bedrohung abzuwenden.«

»Eine Bedrohung, die auf der Analyse terranischer Wissenschaftler beruht. Abgesehen von den Einschränkungen hyperphysikalischer Natur kann ich das Szenario bislang nicht nachvollziehen.«

»Meines Wissens waren Spezialisten des Syndikats von Anfang an beim Objekt tätig«, sagte Bull. »Ich gehe davon aus, dass sie zu den gleichen Erkenntnissen gelangt sind wie meine Leute.«

Starbatty lächelte wissend.

»Schwerkraftanomalien; Störung des Hyperfunkverkehrs und der Ortungen. Das erscheint so bedrohlich wie mancher Hypersturm, ist aber kein Grund, die Heimatflotte der Liga über Jupiter und Ganymed zu stationieren. Ich werde den Verdacht nicht los, dass Terra die Gelegenheit nutzen will, sich zu bereichern. Wann bietet sich schon eine Chance, die Schürfrechte des Syndikats so einfach außer Kraft zu setzen? Mit Gefährdungspotenzial lassen sich alle Eventualitäten begründen.«

Bull grinste freudlos. Er rief sich in Erinnerung, was Homer G. Adams über das Syndikat der Kristallfischer gesagt hatte. Adams hatte zweifellos einige Anhaltspunkte, die sein Misstrauen schürten.

»Es geht um zweieinhalb Tage!«, sagte Bull frostig. »Wenn sie vorüber sind, haben wir es entweder geschafft, die Bedrohung zu beseitigen – oder der Untergang des Solsystems ist besiegelt und nichts und niemand wird den Kollaps dann noch aufhalten können.«

Starbatty verzog das Gesicht. Er schüttelte den Kopf.

»Dass Jupiter zu einem Schwarzen Loch werden soll, kann ich einfach nicht glauben. Das widerspräche allen Lehrmeinungen, von den Erfahrungen ganz zu schweigen.«

»Das Artefakt emittiert Gravitonen im Überfluss, und Schwerkraft ist nun einmal ...«

»Verschone mich mit diesem hochgestochenen Kram!«

»Zweieinhalb Tage, Starbatty«, entgegnete Bull eindringlich. »Danach wird es keine Hyperkristalle mehr geben, weil Jupiter kollabiert und nicht einmal mehr Lichtquanten aus seinem Bannkreis entkommen lässt. Die Erde wird dann ebenfalls nicht mehr lang existieren. Und Sol wird wohl Masse verlieren, langsam erst, schließlich in gewaltigen Ausbrüchen. Es muss ein fantastisches Schauspiel sein, aus einiger Entfernung die Spirale des glühenden Plasmas zu sehen, die sich von der schrumpfenden Sonne wegbewegt und scheinbar im Nichts verschwindet.«

Starbatty schwieg. Klein und korpulent, wie er war, hatte er sich in seinem Sessel ausgestreckt. Das Gesicht gerötet, lag er steif da und starrte auf die Spitzen seiner polierten Lackschuhe. Die Fingerkuppen hatte er aneinandergelegt; er klopfte mit ihnen einen nachdenklich anmutenden Rhythmus.

»Es wird nicht einmal zweieinhalb Tage dauern, bis du dich von der Wahrheit überzeugen kannst«, sagte Bull. »Gravitonen und Higgs-Teilchen müssen schon in den nächsten vierundzwanzig Stunden unübersehbare Effekte zur Folge haben.«

»Ich will mit dem Hyperphysiker reden und Berechnungen sehen. Und ich will mehrere Wissenschaftler des Syndikats dabeihaben.«

»Wann hattest du den letzten Kontakt mit einer der Faktoreien?«

»Gestern, gegen dreiundzwanzig Uhr«, antwortete Starbatty. »Perry Rhodan und seine Begleiter waren knapp eine Stunde fort ...«

»Du hast sie zum Jupiter geschickt?«

»Ich?« Starbatty riss die Augen weit auf, dann lachte er verzerrt. »Hat der Resident das behauptet? Wenn du es schon genau wissen willst: Er fragte mich nach Lebewesen in der Jupiteratmosphäre und wollte eine Bestätigung von mir hören. Ich konnte sie ihm nicht geben. Ich sagte lediglich, dass ich ihn, Mondra und dich ohnehin zur Besichtigung einer oder mehrerer Faktoreien einladen wollte.«

»Und?«, fasste Bull nach, als der Mann schwieg.

»Das Thema war anscheinend nicht mehr so interessant für ihn.«

»Perry hat auf eigene Faust Jupiter angeflogen!«, fuhr der Residenz-Minister fort und ließ sein Gegenüber nicht aus den Augen. »Es muss gegen Mitternacht gewesen sein, und er hat sich MERLIN als Ziel ausgesucht.«

Das war seine Vermutung. Er war überzeugt, dass sie sich als richtig herausstellen würde. Im Moment ging es ihm jedoch allein um Starbattys Reaktion. Doch anscheinend wusste der Mann wirklich nichts. Bully schätzte ihn nicht als so perfekten Schauspieler ein, dass er jede Muskelzuckung unter Kontrolle hatte.

»Die Station, mit der ich zuletzt gesprochen habe, ist sogar MERLIN«, sagte der Senator. »Diskutiert wurde über nicht eingehaltene Lieferpläne und wie der Rückstand aufzuholen ist. Schätzungsweise dreißig bis vierzig Minuten müssen vergangen sein. Etwa gegen null Uhr dreißig habe ich mich zur Ruhe begeben – bis die Bürgermeisterin mich aus allen Antigravträumen herausreißen ließ.«

»Du hast also keine Ahnung, wie es auf dem Jupiter aussieht?«

Starbatty schüttelte den Kopf. »Wie überzeugend ist die Frist?«, wollte er von Bull wissen.

»Mich hat sie überzeugt. Und selbst wenn fünf oder zehn Prozent Spekulation dabei wären: Wir müssen jetzt handeln und alles tun, um die Menschen zu evakuieren, die im Jupiterorbit leben. Es muss möglich sein, die Solare Residenz zu informieren, dass sich eine Katastrophe anbahnt.«

»Was soll damit erreicht werden?«, wandte Kobschinsk ein. Der Beirat des Stadtparlaments hatte bislang schweigend zugehört.

»Warum muss Terra sich einmischen?«, fasste auch Kaci Sofaer nach. »Kaum jemand in Galileo City würde es gutheißen, eine Armada Kugelraumer über Ganymed zu sehen. Ganz zu schweigen davon, dass die terranische Flotte keine Möglichkeit hat, das Chaos zu durchdringen.« Die Stimme der Bürgermeisterin bekam einen lauernden Beiklang. »Oder wartet Terra wirklich nur auf die Gelegenheit, als glorreicher Retter dazustehen?«

»Die Hyperkristalle aus der Jupiteratmosphäre sind eine nicht zu unterschätzende Ressource«, bemerkte Starbatty.

»Müssen wir jetzt darüber diskutieren?« Bull klang ärgerlich. »Es steht sehr viel mehr auf dem Spiel.«

»Eben das ist die Frage«, kommentierte der Senator. »Was war die zweite Möglichkeit, Jupiter zu retten?«

»Das Artefakt lahmlegen. Wenn es sein muss, das Objekt völlig vernichten.«

Forschend schaute Starbatty erst die Bürgermeisterin und danach den Beirat an.

Egghon Kobschinsk wiegte den Kopf. »Ich glaube nicht, dass wir über die Mittel verfügen, das Artefakt zu zerstören. Kann überhaupt eine der Luxusjachten von Port Medici starten? Wenn jemand eine Chance hat, uns zu helfen, dann ist das Terra. Wir sollten uns den Kopf darüber zerbrechen.«

»Kaci?«, forderte der Senator die Bürgermeisterin auf.

Die Frau zögerte. Dafür zischte Bhunz halblaut: »Verkriechen! Irgendwo im Boden verkriechen!«

»Die Feierlichkeiten halten immer noch an«, erinnerte Kobschinsk. »In allen Stadtteilen begeistern sich die Glücklichen, die ohne Schlaf auskommen, am dreitausendjährigen Bestehen unserer Heimat. Was erwartest du von uns, Senator? Dass wir ihnen die Feuerwerksraketen abnehmen und sie auf das Artefakt abschießen?«

»Feuerwerk!«, wiederholte Reginald Bull. Er schnippte mit den Fingern. »Genau das ist es. Kaci, Starbatty, ich brauche Zugang zu einer Messstation, entweder hier unter der Kuppel oder am Raumhafen. Jemand soll Immel Murkisch aus dem Bett holen, dazu Techniker, Physiker, was greifbar ist.«

»Was hast du vor?«, fragte die Bürgermeisterin.

»Ich versuche, das Feuerwerk für die nächste Dreitausendjahrfeier vorwegzunehmen.«

8.

Der Laborkomplex lag beinahe hundert Kilometer vom Kuppelzentrum und den Verwaltungsgebäuden entfernt, inmitten einer kleinen Parkanlage. Bis vor wenigen Jahren, hatte die Bürgermeisterin erklärt, war hier Grundlagenforschung betrieben worden. Jupiter hatte im Zentrum des Interesses gestanden, nicht die äußeren Schichten seiner Atmosphäre, sondern die tieferen Bereiche. Angespornt durch die Hyperkristallvorkommen, die ausschließlich vom Syndikat ausgebeutet wurden, hatte sich das Interesse immer mehr Richtung Planetenkern verlagert. Von neuen Elementen war die Rede gewesen und davon, dass die Tau-Funde womöglich nur eine Nebenerscheinung dessen sein mochten, was Jupiter an Besonderem bereithielt.

Die Stilllegung des Laborkomplexes hatte selbst das Stadtparlament überrascht. Wochenlang hatten sich die Gemüter daran erhitzt, schließlich war die Abstimmung mit einer hauchdünnen Mehrheit zugunsten der Auflösung und Übernahme aller Fachkräfte und der modernsten Apparaturen durch das Syndikat der Kristallfischer gefallen.

Natürlich war es effektiver, sämtliche Arbeiten vor Ort zu betreiben, von den großen Faktoreien aus, die bestens auf die Bedingungen der tobenden Jupiteratmosphäre ausgerichtet waren. Der Komplex unter der Stadtkuppel war weitgehend stillgelegt worden.

Seitdem forschte man hier nur noch an Materialentwicklungen. Legierungen auf Kohlenstoffbasis, nicht dicker als eine Molekülschicht, aber extrem widerstandsfähig und Energie absorbierend. Unter Strahlbeschuss verhärtete die Struktur, ein quasi selbstdenkendes Material, das in der Endstufe Schutzschirme überflüssig machen sollte.

Reginald Bulls erstauntes Nicken, als er beiläufig von der Bürgermeisterin davon erfahren hatte, war mehr als nur eine Anerkennung gewesen. Bemühungen in dieser Richtung gab es schon sehr lange, doch niemand war damit so weit vorangekommen wie die kleine Gruppe der Materialkompositeure auf Ganymed. Wobei sicher viel Zeit vergehen würde, bis Raumschiffe mit einer solchen Legierung verkleidet werden konnten. Anwendungen in mikrominiaturisierten hochempfindlichen Geräten waren indes schon bald zu erwarten.

»Wir sind erfinderisch auf Ganymed.« Die Stimme der Bürgermeisterin klang in Bullys Überlegungen nach. »Von Anfang an mussten die Siedler hier mit vielen Bedrohungen fertigwerden. Die tödliche Kälte war dabei am leichtesten zu besiegen. Die lebensfeindlichen Bedingungen in Jupiters Magnetfeld mit seinen besonders energiereichen Teilchen erforderten schon effektiveren Schutz.«

Wahrscheinlich ohne es zu ahnen, hatte Kaci Sofaer den Punkt angesprochen, der Bull momentan am meisten interessierte. Ganymed war der einzige Mond im Sonnensystem, der über ein nennenswertes eigenes Magnetfeld verfügte.

Standardmessungen zeigten die Überlagerung von Ganymeds Dipolfeld mit dem deutlich stärkeren Magnetfeld Jupiters. Letzteres war ungefähr im Abstand von zwölftausend Kilometern als konstant anzusehen, variierte jedoch, während der Eismond den Mutterplaneten umlief.

Um 5.45 Uhr hatten Kateen Santoss, Starbatty und die Bürgermeisterin den Laborkomplex betreten, in ihrer Begleitung der Hyperphysiker Murkisch sowie zwanzig Assistenten und Hilfskräfte. Eine Viertelstunde später waren die ersten Aggregate in Betrieb genommen worden; die nötige Energie kam aus dem benachbarten Labor der Materialkompositeure.

Inzwischen ging es mit Riesenschritten auf acht Uhr zu. Egghon Kobschinsk hatte drei weitere Spezialisten geholt.

Murkisch nahm sich sofort des Physikers und der Ortungstechnikerin an, Reginald Bull besprach seine Wünsche mit dem Funktechniker. Der Mann hieß Kol Borras und war Ganymedaner; Bully schätzte ihn auf achtzig bis neunzig Jahre. Während der Aktivatorträger knapp und präzise sein Vorhaben schilderte, mit einfachsten Mitteln eine Verständigung zu weiter entfernten Raumschiffen aufzubauen, war ihm, als müsse er zu dem ohnehin großwüchsigen Mann immer weiter aufschauen. Er brauchte einige Sekunden, um zu verstehen, dass Borras sich offenbar vom Boden gelöst hatte, doch als er abrupt den Blick senkte, stand der Ganymedaner fest auf beiden Beinen. Ein wenig benommen schüttelte Bully den Kopf, der Techniker schien das nicht einmal zu bemerken.

Zeitweise nahm Bull selbst Messungen vor, und zu seinem Erstaunen beteiligte sich Starbatty ebenfalls daran.

Auf den Normalfrequenzen blieb der Funkverkehr weiterhin wenig beeinträchtigt. Reginald Bull hatte kaum Schwierigkeiten, Ovadja Regio zu erreichen. Er führte ein kurzes Gespräch mit dem Hyperphysiker Rudoba und dem Dimensionstheoretiker Allip. Beide bestätigten, dass die Situation beim Artefakt unverändert geblieben war. Die Menge der ausgeschütteten Gravitonen hatte sich nur unwesentlich erhöht, und von Jupiter stiegen weiterhin Higgs-Teilchen auf, die sich mit den Gravitonen vereinten.

»Unsere Schätzung, ab wann der Prozess irreversibel sein wird, war exakt und bedarf keiner Korrektur«, stellte Rudoba schwerfällig fest. »Am 14. Februar ab 23.30 Uhr ist das Schicksal des Solsystems entschieden, dann gibt es kein Zurück.« Er schaute in die Runde. »Inzwischen haben die meisten unserer Kollegen verstanden, was auf dem Spiel steht. Nur einige wollen es nicht wahrhaben.«

»Haben wir eine Möglichkeit, den Effektor abzuschalten?«

»Ich wüsste nicht, wie. In über einer Woche hat es niemand fertiggebracht, einen Zugang oder auch nur eine Wartungsöffnung oder irgendetwas in der Richtung aufzuspüren. Es wäre wie ein Wunder, würde uns das nun in wenig mehr als zwei Tagen gelingen.«

»Und das Objekt zerstören?«, kam eine belegt klingende Stimme hinter Bull auf. Der Aktivatorträger hatte den Syndikatssenator nicht kommen hören. Starbatty verlangte, mit einem der Wissenschaftler des Syndikats zu sprechen.

»Es stimmt also, was die Terraner erkannt haben: Jupiter wird zur Umwandlung in ein Schwarzes Loch angeregt?«, wiederholte der Senator. »Diese Höllenmaschine muss daran gehindert werden, egal wie! Ich erwarte, dass unsere Leute den beiden terranischen

Wissenschaftlern in jeder Hinsicht zur Hand gehen. Keine eigenen Untersuchungen mehr, bündelt die Kräfte!«

Er gab das Gespräch an Bull zurück.

»Zerstören?«, fragte Rudoba. »Wir hatten schon Mühe, eine Atomschicht für die Altersbestimmung abzukratzen. An das Ding kommen wir nicht ran!«

»Was ist mit den Trennschichten zwischen den Würfeln?«, wandte Bull ein. »Wenn ich an Perrys Zwillinge denke, die beiden haben oft Bauklötze zu Türmen aufeinandergestapelt und sie danach mit einem Finger zum Einsturz gebracht.«

Perrys Zwillinge. Michael Reginald Rhodan und seine Schwester Suzan Betty, geboren am 16. August des Jahres 2405 alter Zeitrechnung. Verdammt lang war das her. An Rudobas ungläubig verwirrtem Gesichtsausdruck erkannte Bull, dass der Hyperphysiker keine Ahnung hatte, wer gemeint war. Michael, Bulls Patensohn, trug ebenfalls einen Aktivatorchip, nur kannte ihn alle Welt eher unter dem Namen Roi Danton. Suzan hingegen war schon lange tot, mehr als zweitausend Jahre.

Wenn er daran zurückdachte – es tat immer noch weh. Das waren die Gelegenheiten, bei denen er sein Alter nur zu deutlich spürte.

Was er mit der Funkkommunikation plante, nämlich die Streuwirkung einfacher Sender in Hunderten Sonden, Robotern oder sonstigen Flugkörpern auszunützen und darauf zu vertrauen, dass längst nicht alle diese Vehikel in den Gravofluten zerfetzt wurden, kam in ähnlicher Weise für den Bereich der Ortungen in Betracht.

»Gibt es Fortschritte?« Auf den ersten Blick hatte der Aktivatorträger Mühe, die scheinbar willkürliche Anordnung von Holoschirmen, Positroniken und Impulsverstärkern zu überschauen, die Immel Murkisch getroffen hatte. Ohnehin veränderten sich die Wiedergaben in den Holos stetig.

»Wir sind nahe daran, die richtigen Filtermasken herauszufinden«, antwortete der Hyperphysiker zuversichtlich. »Das hat mit vielfältiger Streustrahlung zu tun, weil die Gravitonen vom Effektor nicht exakt gleichmäßig erzeugt werden. Aber ich denke, diese Details erspare ich uns beiden erst einmal.«

»Sehr vernünftig«, pflichtete Bull bei. »Vorausgesetzt, das Ergebnis kann sich sehen lassen ... Kann es das?«, setzte er hastig hinzu.

Murkisch zeigte auf eines der größeren Holos. Ein wesenloses Wallen. Bully gewann zwar den Eindruck, hier und da feste Konturen zu erkennen, doch sie sprangen fast erratisch durch die Darstellung.

»Was wir sehen, ist die Reinerfassung – völlig unbrauchbar«, erklärte der Hyperphysiker. »Ich schiebe die ersten Filtermasken vor.«

»Die Unschärfe nimmt zu«, stellte Bull fest. »Das Bild wird zwar feiner, aber jetzt bilde ich mir ein, keine Konturen mehr erkennen zu können.«

Murkisch nickte. »Hast du ein geübtes Auge?«

»In den letzten Monaten nur Büroarbeit; den Formularkrieg würde ich am liebsten in den nächsten Konverter werfen.«

»Wenn jemand diesen überflüssigen Aufwand abschaffen kann, dann du. Wer sitzt denn weit oben auf dieser Pyramide der Bürokratie ...?«

»Mir ist nicht nach Scherzen zumute«, wehrte der Residenz-Minister ab.

»Das war auch ernst gemeint. Ich schalte die Eingangsimpulse zusammen. Momentan haben wir drei Ortungsstationen, von denen jede für sich undefinierbare Bilder liefert; die Übertragung der unbearbeiteten Daten kommt über Normalfunk herein. Die große Anlage gehört zu Port Medici, ein tragbares Gerät befindet sich in einem Gleiter dicht unter dem Kuppelzenit und das dritte wurde hier im Labortrakt in Betrieb genommen.«

Bully war gespannt. Er pfiff anerkennend zwischen den Zähnen hindurch, als er sah, was die Überlappung ergab.

»Mehrere längliche Reflexe ... Distanz, würde ich vermuten, zwischen fünfzigtausend und hunderttausend Kilometern. Sind das Springerwalzen? Eine kleine Flotte.«

»Springer dürfte richtig sein«, antwortete Murkisch. »Ich vermute jedoch, dass wir die Unschärfe nicht weiter korrigieren können.

Die Lochfilter bringen außerdem einen Tunneleffekt ins Spiel. Ein Walzenraumer, möglicherweise sogar zwei. Die Entfernung – ich wage nicht, mich festzulegen. Und die Position, momentan mit einer Streuung bis zu fünfzehn Winkelgraden.«

»Fürs Erste trotzdem nicht schlecht.« Bull nickte zufrieden. »Wenn wir jetzt auch die CHARLES DARWIN aufspüren, haben wir einiges erreicht. Ich vermute, dass Hannan O'Hara nicht nur alles daransetzt, Ganymed nahe zu kommen, sondern sogar Funkverbindung mit der Solaren Residenz aufnehmen will. Wann ...?«

»Eine halbe Stunde, mindestens. Die Filtermasken positronisch korrigieren und verfeinern ist nicht das Problem. Drei Gleiter, die mit weiteren Kleinortungen ausgerüstet wurden, verlassen derzeit die Stadtkuppel und schwärmen sternförmig aus. Je größer die Entfernung ...«

»Ist schon klar«, unterbrach Bully.

»Wir haben es hier sogar einigermaßen komfortabel«, fuhr Murkisch ungerührt fort. »Ganymeds eigenes Magnetfeld hält wenigstens einen Teil des Chaos auf Distanz. Andernfalls würden wir mit diesen kleinen Geräten keine nennenswerte Wirkung erzielen.«

Reginald Bull verließ das geräumige Labor. Er war längst nicht zufrieden, die Zeit brannte ihm unter den Nägeln, aber er konnte trotzdem nur einen Schritt nach dem anderen tun.

Die provisorischen Flugkörper, die er brauchte, wurden in der gegenüberliegenden Halle zusammengebaut. Als er den geräumigen Innenhof überquerte, schwebten zwei Lastengleiter heran. Sie brachten normal lichtschnell arbeitende einfache Funkgeräte, Hunderte ausrangierte Raumanzüge, deren Gravopaks und Tornistertriebwerke aber hoffentlich noch funktionierten, und natürlich die nächste Schar Techniker. Mittlerweile arbeiteten mehr als zweihundert Personen in den Labors. Kaci Sofaer sorgte dafür, dass der Nachschub ins Laufen kam.

Bull hoffte nur, dass nicht schon durchsickerte, wie es um Jupiter und Ganymed stand. Panik in der Bevölkerung wäre das Letzte gewesen, was er brauchte. Wobei natürlich nicht auf Dauer zu verhindern sein würde, dass die Wahrheit bekanntwurde. Aber er wollte wenigstens einige Stunden Ruhe, bis er wusste, was mit der CHARLES DARWIN war.

Einige der Funksonden würden es hoffentlich schaffen, den von Gravitonen und Higgs-Teilchen aufgewühlten nahen Jupiterorbit zu verlassen und ihre einfach lichtschnelle Funknachricht zu senden. Von da an vielleicht eine bis eineinhalb Stunden, dann würde Terra informiert sein, was sich abspielte. Bully musste sich eingestehen, dass er nicht wusste, wie weit die Planeten derzeit voneinander entfernt waren. Im günstigsten Fall würden knapp vierzig Minuten vergehen, bis sein verschlüsselter Notruf in der Solaren Residenz vorlag.

Er inspizierte den Fortgang der Arbeiten. Es war ein buntes Sammelsurium, das da präpariert wurde, um dem hyperenergetischen Toben zu trotzen. Wenn es darauf ankam, mussten nur Einmaltriebwerke in einfache Metallrohre eingebaut werden, die für eine brauchbare Beschleunigung ausreichten, und Funksender, deren Energieversorgung schon über banale Atombatterien gewährleistet war.

Es gab noch viele im Laborkomplex. Sie waren für die Jupitererkundung konstruiert worden und verfügten über hochwertige Schutzschirme. Eigentlich galt es nur, ihre Hyperfunksender auszubauen und durch die einfachen Geräte zu ersetzen.

Eine Arbeitsgruppe befestigte Tornisteraggregate an Körperfragmenten ausgeschlachteter Roboter. Kein Problem, damit die geringe Fluchtbeschleunigung zu überschreiten, die nötig war, um Ganymed zu verlassen.

Es war kurz vor neun Uhr, als Reginald Bull seinen Notruf aufzeichnete. Ein Anruf auf seinem Kombiarmband unterbrach ihn. Keine Bildübertragung, doch Sofaers Stimme erkannte er sofort. Die Bürgermeisterin klang fürchterlich aufgeregt. »Im Umfeld der Stadt sind mehrere Torpedos niedergegangen!«

»Torpedos?«, wiederholte der Residenz-Minister. Für einen Moment glaubte er, sich verhört zu haben, dann ahnte er, was geschehen war. Jemand schien die gleiche Idee gehabt zu haben wie er und hatte sie nur ein wenig schneller realisiert.

»Wir empfangen einen Funkspruch auf Normalfrequenz.«

»Von der CHARLES DARWIN?«

Sofaer stutzte, dann lachte sie hell auf. Ohne mehr zu sagen, schaltete sie um.

Bull hörte Hannan O'Hara. »Die CHARLES DARWIN ruft Reginald Bull! Perry Rhodan ist in der Jupiteratmosphäre verschollen. Es war uns nicht mehr möglich, nahe genug heranzukommen und Verbindung aufzunehmen. Im Magnetfeld des Planeten toben heftige Gravo-Strömungen. Jupiter scheint an Masse oder Schwerkraft zuzunehmen.«

Bull hob die Brauen. Für einen Moment hatte er den Eindruck, dass die Kommandantin mehr hatte hinzufügen wollen. Möglicherweise hatte die Besatzung des ENTDECKERS schon herausgefunden, dass Jupiter im Begriff stand, zu einem Schwarzen Loch zu werden. Verständlich, dass sie darauf verzichtet hatte, mit ihrer ungesicherten Nachricht Panik zu verbreiten.

»Unsere Position ist außerhalb der Umlaufbahn des Mondes Kallisto, die vermutlichen Koordinaten werden am Schluss übermittelt. Die Gravofronten sind hier einigermaßen erträglich. Wir haben einhundertzwanzig dieser umgerüsteten Torpedos ausgeschickt in der Hoffnung, dass wenigstens zwei bis drei Prozent durchkommen und auf Ganymed niedergehen. Für eine Antwort empfiehlt sich vorerst das gleiche Vorgehen.«

Schon geschehen, dachte Bully. Er musste seinen Text anpassen. Aber nun war kein weit gestreuter Schrotschuss mehr nötig, nachdem die Position der CHARLES DARWIN eingegrenzt werden konnte.

»Die Erste Terranerin wurde über die Situation informiert. Mehrere Forschungsschiffe sind zum Jupiter unterwegs; wir gehen davon aus, dass sie inzwischen eingetroffen sind, haben aber bislang keinen Kontakt. Außerdem wurde die TSUNAMI-X zurückbeordert, ein Experimentalschiff, das für Arbeiten am Ereignishorizont ausgerüstet ist.«

Reginald Bull kannte die Planung für die TSUNAMI. Vor zehn Jahren oder länger hatte er eine Fülle von Unterlagen eingesehen und die Genehmigung des Verteidigungsministers erteilt. Die Planung dieses Typs ging unmittelbar auf die Zeit nach dem Abzug der Terminalen Kolonne zurück. Dass der Prototyp schon fertiggestellt war, hatte er nicht gewusst.

Umso besser. Dem Schiff würde es nicht schwerfallen, sich im von der Gravitonenflut und den Higgs-Teilchen aufgewühlten Jupiterorbit zu bewegen.

Die TSUNAMI-X kommt mühelos an den Effektor heran!

»Das Schiff wird am Montag im System eintreffen, allerdings nicht vor 23 Uhr.«

Bull hoffte wenigstens für ein paar Sekunden, sich verhört zu haben. Aber das war nicht der Fall. O'Hara wiederholte Datum und Uhrzeit. Das war zu spät, ums ... Er brachte den Gedanken nicht zu Ende.

Die Kommandantin sprach jetzt von einer Korvette, die in Jupiternähe ausgeschleust worden war. Die CD-K-7 unter dem Kommando von Captain Libius Ofdenham sollte ihn, Bull, von Ganymed abholen.

»... Libius ist unverwüstlich. Ich gehe davon aus, dass er die Korvette entweder in der Ovadja Regio oder auf Port Medici landen konnte und besonnen genug war, keinen Startversuch mehr zu wagen. Wir arbeiten daran, die Ortung anzupassen. Dann wird ein Flug zwar immer noch zum Wagnis, aber wir haben die Möglichkeit, auf die Gravofronten zu reagieren. Der Versuch, möglichst viele Ortungsbilder zu überlappen und mit positronischen Filtern die Störfrequenzen zu eliminieren, lässt hoffen. CHARLES DARWIN II, Kommandantin O'Hara, Ende.«

9.

Die Sonden waren gestartet. Die schnellsten, die ursprünglichen Jupitererkunder, erreichten eine Geschwindigkeit von bis zu sechshundert Kilometern in der Sekunde. Nach einer halben Stunde mussten sie der CHARLES DARWIN II demnach schon sehr nahe sein.

Bull hatte in seiner Antwort die Vermutung bestätigt, dass Jupiter im Begriff stand, zum Schwarzen Loch zu werden. Sobald die Besatzung des ENTDECKERS seine Informationen erhielt, würden alle die

Hintergründe kennen, das Artefakt als Gravitonen-Effektor und die Higgs-Teilchen, die aus Jupiters Kern aufstiegen. Auch, dass die TSUNAMI-X sehr viel früher eintreffen musste, falls es nicht gelang, das Artefakt unschädlich zu machen.

»... andernfalls bleibt uns nur die Evakuierung, erst des unmittelbaren Gefahrenbereichs um Jupiter und danach des gesamten Sonnensystems. Die Erste Terranerin soll Vollalarm für die Heimatflotte auslösen; wir brauchen Transportkapazität für die Bewohner auf Ganymed. Die Stationen auf den kleineren Jupitermonden müssen dann ebenso schnell evakuiert werden. Vorausgesetzt, wir schaffen es, die Manövrierfähigkeit unserer Schiffe rechtzeitig zu sichern.«

Das angekündigte Beiboot der CHARLES DARWIN II wäre möglicherweise ein Lichtblick gewesen.

»Gibt es einen Hinweis auf die Korvette?«, wollte Bull von Starbatty und der Bürgermeisterin wissen. »Mit ihrer Bewaffnung würde ich auf jeden Fall versuchen, das Artefakt auszuschalten.«

»Wenn das Schiff gelandet wäre, wüssten wir davon«, sagte der Syndikatsenator. »Wir haben nur Port Medici als Raumhafen.«

»Ich befürchte, dass das Beiboot notlanden musste«, wandte Sofaer ein. »Es kann einige Tausend Kilometer entfernt im Eis liegen. Eine Suchaktion mit schnellen Gleitern würde eventuell Gewissheit bringen.«

»Seit wann ist das Schiff überfällig?«, fragte Kobschinsk.

»Falls die Korvette kurz nach meinem letzten Kontakt mit O'Hara ausgeschleust wurde, sind rund neun Stunden vergangen«, antwortete Bull.

»Das ist entschieden zu lange«, bemerkte der Beirat. »Ich will keine Hoffnungen zerstören, trotzdem sollten wir davon ausgehen, dass das Beiboot nicht mehr existiert.«

Reginald Bull atmete tief durch. »Ich kenne Ofdenham. Wenn es darauf ankommt, bringt er sogar ein Stück Schrott zum Fliegen.«

»Er hat es diesmal offenbar nicht geschafft«, beharrte Kobschinsk. »Ich halte es für sinnvoller, die Arbeit an den Ortungen fortzusetzen.« Er hastete davon, blieb aber ebenso unverwandt wieder stehen, als die Bürgermeisterin eine Funkverbindung zur Verwaltung herstellte. Sie verlangte, weitere Gleiter sollten die Suche nach der möglicherweise havarierten Korvette aufnehmen.

Sie redete noch, da stieß Immel Murkisch einen überraschten Ruf aus. »Bully, Axe meldet sich soeben bei mir! Es scheint sehr dringend zu sein. Eine bedrohliche ... Axe, hörst du mich? Was ist los bei euch? Axe!«

Der Hyperphysiker schüttelte den Kopf. »Keine Störung«, stellte er fest. »Die Verbindung wurde von der anderen Seite abgebrochen.«

Bull schaute nach Süden. Knapp dreitausend Kilometer entfernt war das Artefakt aus dem ewigen Eis des Mondes an die Oberfläche gekommen. Er hätte in dem Moment nicht zu sagen vermocht, was er erwartete. Wahrscheinlich einen grellen, alles überlagernden Lichtblitz, der verriet, dass der Gravitonen-Effektor nicht mehr existierte. Aber nichts veränderte sich.

»Was ist geschehen?«, wollte Starbatty wissen.

Der Hyperphysiker versuchte noch einmal, seinerseits eine Funkverbindung herzustellen. Es war vergeblich.

»Ein Aufstand«, sagte er zögernd. »Axe war ziemlich aufgeregt. Wenn ich darüber nachdenke: Er klang, als hätte er sich in Lebensgefahr befunden. Mehrere ganymedanische Wissenschaftler scheinen urplötzlich durchgedreht zu haben. Axe sprach von zwei Toten. Und dass die Leute des Syndikats alle vom Effektor wegdrängen. *Als wollten sie das Artefakt ...* Genau da brach er ab.«

»Schützen?«, fragte Bull spontan und wandte sich Starbatty zu. »Du hast bestimmt einiges dazu zu sagen.«

Der Senator senkte den Kopf. Von unten herauf schaute er den Aktivatorträger angriffslustig an. »Was willst du hören?«

»Was beim Artefakt abläuft! Wenn deine Wissenschaftler tatsächlich um sich schießen ...«

Starbatty wischte sich mit dem Handrücken über den Mund. Seine Augen wurden klein, die Stirn war plötzlich ein Faltenmeer. »*Meine* Wissenschaftler sind bei dem Artefakt, um Antworten zu finden, nicht, um wie Verrückte um sich zu schießen. Vielleicht ein Missverständnis.«

»Zwei Tote!«, wiederholte Murkisch. »Unmissverständlich.«

»Und falls der Effektor sie getötet hat. Diese Maschine macht schon Jupiter zum Monstrum ...«

»Die Korvette ist da!«, rief Kaci Sofaer dazwischen. »Sie steht auf Port Medici! Ich bekomme die Meldung von einem unserer Ortungsgleiter. CD-K-7, eindeutig identifiziert. Eine Landestütze ist nicht ausgefahren, es gibt leichte Rumpfschäden, aber nichts, was auf ernste Schwierigkeiten hindeuten würde.«

Auf dem Absatz fuhr Reginald Bull herum. Ungläubig blickte er die Bürgermeisterin an. Ihr geflochtenes, an den Schläfen zu Schnecken gewundenes Haar sowie die entlang des Scheitels aus der Kopfhaut sprießenden weißen Flaumfedern ließen sie für ihn in dem Moment besonders exotisch erscheinen. Außerdem streckte Bhunz sich züngelnd von ihrer Schulter in die Höhe.

Kassandra!, dachte der Aktivatorträger irritiert. Er hätte nicht zu sagen vermocht, was ihn ausgerechnet in der Sekunde an die trojanische Prinzessin erinnerte. Bhunz? Weil Schlangen angeblich Kassandras Ohren beleckt hatten, als sie in Apollons Tempel eingeschlafen war?

Seltsame Überlegungen waren das. Eine Warnung seines Unterbewusstseins?

»Seit wann steht die Korvette auf dem Raumhafen?«, fragte Bull hart. »Die Besatzung könnte mich über Helmfunk erreichen, aber niemand hat das versucht. Da ist doch etwas faul.« Er kniff die Brauen zusammen und trat zwei Schritte auf die Bürgermeisterin zu. »Ich muss wissen, was los ist! Ruf den Piloten, Kaci! Er soll umdrehen und bei der Korvette landen! Ich brauche ...«

»Gar nichts brauchst du!«, sagte in dem Moment der Beirat hinter ihm. »Was geschieht, ist richtig so. Nur leider wirst du nicht mehr erleben, wie schön alles sein kann.«

Reginald Bull stand da wie erstarrt. Er glaubte zu spüren, dass eine Waffe auf ihn gerichtet war, Kobschinsk hätte sonst nicht in diesem Tonfall geredet. Langsam wandte er den Kopf und schaute über die linke Schulter zurück.

Sieben oder acht Meter stand der Beirat des Stadtparlaments von ihm entfernt. Er hielt eine kleine Waffe in der Hand, möglicherweise ein Thermostrahler, keine große Abstrahlleistung, doch auf die Distanz tödlich.

Im Hintergrund der Halle arbeiteten Hilfskräfte an zwei Ortungsgeräten. Sie schienen gar nicht zu bemerken, was geschah. Murkisch redete mit ihnen, und er schaute in die entgegengesetzte Richtung. Wie hätte er auch eingreifen können? Indem er mit einem Metallteil warf?

»Egghon!«, sagte Kaci Sofaer entgeistert. »Was soll das? Falls du glaubst, wir könnten es nicht schaffen ...«

»Halt den Mund!«

»Ich meine, Reginald Bull bekommt das hin. Wir dürfen uns auf ihn verlassen ...«

»Gar nichts kriegt er hin! Hast du immer noch nicht verstanden, was jeden Tag um dich herum geschieht? Die Menschen, die nicht mehr schlafen. Unsere Zahl erhöht sich ständig, wir genießen unser Leben, und ...«

Bully sah das kurze Zucken des Bewaffneten, die kaum merkliche Anspannung um seine Augenpartie. Im selben Moment wirbelte er herum, ließ sich zur Seite fallen und stieß sich ab. Manche Menschen hielten ihn für korpulent; es war ihr Fehler, ihn zu unterschätzen. Er war durchtrainiert und versteckte sein Fett unter einem ansehnlichen Sixpack.

Dennoch war er zu langsam, oder er hatte den Beirat unterschätzt. Kobschinsk reagierte jedenfalls eine Nuance schneller, und sein Schuss hatte den nötigen Vorhaltewinkel. Der Aktivatorträger wurde nur deshalb nicht getroffen, weil unerwartet ein Schatten vor ihm auftauchte.

Bully kam auf, rollte sich ab und stieß sich erneut zur Seite ab. Nur eine Armlänge neben ihm fraß ein zweiter tödlicher Energiestrahl eine Glutspur in den Boden. Er hatte da schon die halbe Entfernung zu Kobschinsk überwunden. Noch zwei schnelle Sätze, dann würde er dem heimtückischen Schützen mit sich reißen und ihm hoffentlich zugleich den Strahler aus der Hand prellen. Im direkten Zweikampf fühlte er sich überlegen.

Es kam nicht so weit. Ein dumpf peitschender Ton erschreckte ihn, gleich darauf noch einmal.

Er sah Kobschinsk einen Schritt rückwärts machen. Dann, stockend, einen zweiten. Zugleich krümmte sich der Mann vornüber. Der Thermostrahler fiel zu Boden.

Als der Beirat stürzte, ohne auch nur den Versuch zu machen, sich abzufangen, federte Bull seufzend hoch. Einen Moment lang waren seine Finger und die Arme noch in Dagor-Abwehrhaltung, dann ließ seine Anspannung nach. Trotzdem trat er gegen den Strahler und kickte ihn meterweit davon.

Starbatty hatte mit einer Projektilwaffe geschossen. Der Syndikatssenator stand da, wo Bull anfangs gestanden hatte. Das helle Flimmern eines starken Individualschirms umfloss ihn.

»Danke!«, sagte der Minister. »Das wäre beinahe ins Auge gegangen.«

Starbatty hatte blitzschnell reagiert und sich in die Schussbahn geworfen, der Thermostrahl war von seinem Schutzschirm absorbiert worden. Und die Waffe, die offensichtlich mit Explosivgeschossen geladen war ... Bull musste einsehen, dass er den kleinen fülligen Mann unterschätzt hatte.

Ein rascher Blick in die Runde. Er entsann sich, dass Kobschinsk mehrere Leute mitgebracht hatte. Falls sie nicht nur gekommen waren, um aus eigenem Interesse bei den Arbeiten zu helfen, waren sie auf jeden Fall gewarnt und würden sich nicht so leicht überrumpeln lassen.

Aber nur Murkisch kam schnell näher.

»Alles in Ordnung!«, rief Bull dem Hyperphysiker zu. »Deine Arbeit ist wichtiger als das hier.«

Er bückte sich nach dem Thermostrahler, prüfte dessen Ladeanzeige und schob sich die Waffe unter den Gürtel. Wohler war ihm danach keineswegs.

»Jemand scheint verhindern zu wollen, dass du mit der Korvette den Effektor angreifst«, sagte Starbatty gedehnt. Seine polierten Zähne mit den feinen Intarsien glänzten geradezu herausfordernd.

»Wer?«, fragte Bull. »Kobschinsk kann doch nicht gewollt haben, dass Jupiter zum alles verschlingenden Schwarzen Loch wird. Was hätte er davon gehabt?«

»Ich weiß es nicht.«

Reginald Bull war unschlüssig, ob er dem Senator glauben durfte. Sein Gefühl, dass Starbatty mehr wusste, als er zuzugeben bereit war, wuchs rasant. Andererseits hatte der Senator ihn mit seinem Eingreifen vor einer schweren Verwundung bewahrt, wenn nicht ihm tatsächlich das Leben gerettet. Die Schockwirkung eines Streifschusses hätte der Aktivatorchip vielleicht noch kompensiert – Bully war trotzdem erleichtert, dass es nicht so weit gekommen war.

»Der Weltuntergang ...«, murmelte er verhalten. »Zu allen Zeiten gab es Verrückte, die darin die Erlösung sahen. Andererseits müsste Kaci am besten wissen, was den Beirat bewegt hat, sie kennt ihn ...«

Er stutzte, als er sich nach der Bürgermeisterin umsah.

Die Frau kniete neben dem Toten. Sie hatte ihn halb auf die Seite gedreht und allem Anschein nach hastig durchsucht. Auf ihrer linken Handfläche – Bully musste genauer hinsehen, um es wirklich erkennen zu können – lag ein kleines Päckchen aus zusammengefalteter Folie. Vorsichtig öffnete die Bürgermeisterin es mit der rechten Hand.

Etwas wie Zucker kam zum Vorschein. Eigentlich feiner, eher ein Pulver, das leicht glitzerte.

Sofaers Miene verdüsterte sich schlagartig. Sie schaute den Toten an, dann die Folie auf ihrer Hand, tippte zögernd mit zwei Fingern an ihre Zunge und tauchte beide Finger in das Pulver.

Als sie den Kopf hob, wirkte ihr Gesicht kantiger als zuvor. Zorn, Verzweiflung und vor allem Wut vermischten sich in ihrem Blick. Einen Lidschlag später, so erschien es Bull, war da nur noch grenzenlose Verachtung, mit der sie den Toten ansah.

»Was hat sie in der Hand?«, wollte er wissen.

»Ich vermute, das ist Tau-acht«, antwortete Starbatty.

Reginald Bull zuckte innerlich zusammen. Er dachte an Spiros Schimkos und an den Mann, den Schimkos getötet hatte – nein, eher an die Glassitscheibe. Schimkos hatte das Material allein durch seine Berührung platzen lassen. Und er dachte an diese Frau: Pao Ghyss, die sehr viel mit dem bizarren Mordfall zu tun haben musste.

Pao und Starbatty, bestand zwischen beiden tatsächlich ein intimes Verhältnis? Vermutlich ging es bei alldem um Drogen, und das war nichts, mit dem sich der Verteidigungsminister befassen musste. Er hatte dennoch mit Schimkos geredet. Versucht, mit ihm zu reden, und eigentlich nichts erfahren.

»Tau-acht gehört zu den Hyperkristallen, die das Syndikat aus der Jupiteratmosphäre keltert?«, wandte Bull sich an den Senator.

Der kleine, knorrige Mann zögerte.

»Hast du keine Antwort parat?«, drängte Bull. »Wenn jemand dazu etwas sagen kann, dann sicherlich du als Erster Senator.«

Starbatty schürzte die Lippen. Sein ganzer Unterkiefer schien sich selbstständig zu bewegen, offenbar fuhr er mit der Zunge über die Howalgonium-Intarsien seiner Schneidezähne.

»Eigentlich sollte Tau-acht zu unserer Kristallpalette gehören«, antwortete er bedächtig.

Nicht bedächtig, sondern nachdenklich, glaubte Reginald Bull zu bemerken. *Als müsse der Senator sich erst über einiges bewusst werden.*

Endlos lang anmutende Sekunden vergingen, bis Starbatty den Kopf schüttelte. »Aber Tau-acht wurde nie in den Handel gebracht«, fuhr er fort. »Diese Kristalle hatten Qualitätsdefizite und hätten den guten Ruf des Syndikats gefährden können.«

»Kann es sein, dass sie trotzdem vermarktet werden?«, drängte Bull. »Unter der Hand? Nicht für die üblichen technischen Zwecke, sondern eher als Drogen? Diese Schlaflosigkeit vieler Ganymedaner, von der Kobschinsk ebenfalls sprach, das kann doch kein Zufall sein.«

»Das ist es auch nicht.« Kaci Sofaer richtete sich wieder auf. Um mehr als einen Kopf überragte sie den Senator. Verbissen und anklagend schaute sie auf ihn hinab. »Tau-acht verbreitet sich seit Jahren. Es schien nichts zu sein, dessentwegen man sich hätte sorgen müssen – eine harmlose Spielerei, die die Sinne schärft. Inzwischen sehe ich das anders. Sehr viel anders.« Ihre Stimme vibrierte leicht. »Aber woher das Zeug auch kommen mag, es ist nicht aufzuhalten.«

»Wir verlieren uns in Details«, kommentierte Starbatty. »Jupiters Schwerkraft wächst sehr schnell an, und damit hat Tau-acht bestimmt nichts zu tun.«

»Wer hat entschieden, dass Tau-acht nicht gehandelt wird?«, wollte Bull wissen.

»Ich als Senator natürlich«, antwortete Starbatty überrascht. »Tianna Bondoc als Syndikus; sie ist außerdem die Urenkelin des Syndikatgründers. Dazu drei oder vier Personen, die hohe Positionen ausfüllen.«

»Wer?«

Starbatty quittierte die Frage mit einem Kopfschütteln.

»Wenn du es unbedingt hören willst: Daubert Eviglich. Er leitet die Stelle für Datenbeschaffung und ist Venusier. Außerdem Oread Quantrill. Auf Terra geboren, ihm unterstehen die Personalführung und das Finanzwesen. Yegor Varensmann ist unser Finanzchef. Bist du nun zufrieden? Keiner von ihnen ist in der Lage, so etwas wie den Gravitonen-Effektor zu konstruieren, egal ob mit oder ohne Tau-acht.«

Reginald Bull blieb die Antwort schuldig.

Ein dumpfes Grollen hing plötzlich in der Luft. Es war einfach da, ohne erkennbare Ursache.

»Was ist das?«

Starbatty schien zu lauschen. Wieselflink huschte sein Blick durch die Halle. Er taxierte die Deckenkonstruktion, als fürchtete er, das alles könne schon im nächsten Moment in sich zusammensinken.

Dieses Rumoren war unangenehm.

»Es kommt von überallher«, stellte Sofaer fest. »Sogar der Boden vibriert.«

Jetzt bemerkte Bully es auch. Langwellige, gleichmäßige Schwingungen. Sie schaukelten sich auf. Dann, als er schon fürchtete, ein Beben in der dicken Eiskruste Ganymeds mitzuerleben, war übergangslos alles vorbei.

»Was war das?« Starbatty sah sich nach den nächsten Ausgängen aus der Halle um. »Wohl kaum der Einschlag eines Asteroiden. Das hätte sich weitaus heftiger bemerkbar gemacht.«

Reginald Bull hörte Murkisch Anweisungen rufen. Der Hyperphysiker scheuchte seine Mitarbeiter durch die Labore. Offenbar ging es um die Ortungskombinationen. Murkisch wollte schnelle Veränderungen.

War ein Raumschiff über Ganymed abgestürzt, eine der Springerwalzen, womöglich gar die CHARLES DARWIN II?

Bull lief los. Sofaer folgte ihm sofort. Nur Starbatty zögerte einen Moment. Als sich der Senator ebenfalls in Bewegung setzte, begann es von Neuem.

Lauter diesmal. Ein ohrenbetäubendes Donnern, das schon nach wenigen Sekunden den Eindruck erweckte, es wolle nie enden.

Der Boden bebte. Bull wurde geradezu von den Beinen gerissen. Einigermaßen sicher fing er den Sturz ab, doch als er für einen Augenblick auf Händen und Knien verharrte, sah er die Bebenwelle förmlich durch den Boden laufen. Nur wenige Zentimeter Höhenunterschied, aber sie waren deutlich zu erkennen.

Die wirklich heftige Erschütterung kam Sekunden später, sie riss den Aktivatorträger vollends von den Beinen. Zum Greifen nahe vor ihm platzte der Untergrund auf. Mehrere annähernd parallel verlaufende, jeweils nur wenige Meter lange Risse entstanden. Ein Bereich des Stahlplastbodens schob sich hier von zwei Seiten zusammen und wölbte sich auf.

»Keine Ahnung, ob es schon vorbei ist«, stieß die Bürgermeisterin schwer atmend hervor. »Aber es ist leiser geworden und kaum mehr zu hören. Sind das schon die Auswirkungen des massehaltiger werdenden Jupiters?«

Bull antwortete nicht. Das war für ihn wie die Wahl zwischen Teufel und Beelzebub. Er befürchtete, dass Ganymed von den Gravitonen geschädigt wurde. Womöglich lagerten sich Higgs-Teilchen und Gravitonen über das Magnetfeld auf dem Eismond ab.

Wieder eine schwache Erschütterung, die jedoch keine weiteren Schäden hervorrief. Dafür erklang ein geradezu unheimliches Knistern und Knacken. Reginald Bull fühlte sich fatal an einen zugefrorenen Weiher erinnert, an die Geräusche, die das Aufbrechen einer zu dünnen Eisschicht verursachte.

Kaci Sofaers Armbandfunkgerät sprach an. Was sie über das gerichtete Akustikfeld hörte, blieb Bull verborgen, er sah nur ihr Erschrecken. Als sie sich ihm zuwandte, war ihr Blick ein einziger stummer Hilfeschrei.

»Das Beben war in allen Stadtteilen zu spüren. Es gibt vereinzelte Gebäudeschäden, und der Ausfall von Produktionsanlagen lässt sich verschmerzen. Aber mehrere Kraftwerke haben automatisch abgeschaltet; sie können nicht sofort wieder hochgefahren werden. Die Kuppeln sind zum Glück stabil.«

»Reginald!« Der Ruf kam von Murkisch. »Seht euch das hier an!«

»Die Beben haben die Übertragung auf den Standardfrequenzen nicht beeinträchtigt, wir empfangen weiterhin unsere mobilen Ortungsstationen. Die Daten von Port Medici sind ebenfalls konstant. Ohne die Überlappungsschaltungen hätten wir allerdings so gut wie keine Möglichkeit, zu erkennen, was um uns herum vorgeht.«

»Und? Was geht vor?«

Murkisch bedachte den Aktivatorträger mit einem vielsagenden Blick. »Wir brauchen nicht darauf zu warten, dass Jupiter zum Schwarzen Loch wird. Das Artefakt entwickelt eine neue Aktivität: Es wirkt nun unmittelbar auf Ganymed ein. Schwere Gravoimpulse drängen den Mond aus seiner Umlaufbahn. Die Beben waren die ersten spürbaren Anzeichen. Einige Dutzend Meter Bahnabweichung sind es wohl erst, aber der Vorgang wird sich verselbstständigen. Ganymed stürzt auf den Planeten.«

Schweigen. Nur Bhunz zischte leise; es klang geradezu bösartig.

»Der Mond wird auf die Atmosphäre treffen und dabei zerrieben werden und verbrennen«, stellte Bull fest. »Nicht mehr als eine Sternschnuppe, die kurz aufglüht. Wann?«

»Ich weiß es noch nicht.« Murkisch zeigte auf das Hologramm, das den Gasplaneten in einer überraschend guten Darstellung wiedergab. Dass die Wolkenbänder miteinander verschmolzen und die Abplattung der Pole übergroß erschien, spielte nicht die geringste Rolle.

Der Hyperphysiker zeigte auf einen monströsen Wolkenwirbel.

»Der Große Rote Fleck«, bemerkte Sofaer. »Er hat seine Lage verändert?«

»Nein. Der Große Rote Fleck fällt kaum mehr ins Gewicht. Das hier ist ein neu entstandener, sehr viel heftiger tobender Sturm. Ich möchte ihn sogar als Gravo-Mahlstrom bezeichnen – die erste sichtbare Auswirkung dessen, was das Artefakt uns antut. Ganymed wird in diesen Mahlstrom fallen. Ohne dabei sofort vernichtet zu werden, wie der Minister das eben ausgeführt hat. Der Mahlstrom hat die Atmosphäre aufgerissen, und mit wachsender Geschwindigkeit wirbelt er die Gasschichten noch weiter auseinander. Ganymed wird durch diesen Fleck tiefer stürzen, als wir es jemals für möglich gehalten hätten. Sehr weit in Richtung auf den Kern Jupiters.«

»Das Ergebnis wird das Gleiche bleiben«, kommentierte der Senator.

»Vernichtung.« Murkisch nickte zögernd. »Aber da ist noch etwas. Zumindest hat es den Anschein, als wäre da ein Ortungsreflex. Der Mahlstrom hat ein besonderes Objekt freigelegt – so sieht es aus. Die Daten können jedoch täuschen, und wahrscheinlich tun sie es sogar.«

»Du würdest das nicht erwähnen, wenn es dir nicht wichtig erschiene«, wandte Bull ein. »Heraus mit der Sprache! Was ist es?«

»Was könnte es sein?«, schränkte Murkisch ein. Er kratzte sich die rechte Wange und den schon blutunterlaufenen Tränensack. Dass er überarbeitet war, konnte er längst nicht mehr verbergen. »Ich halte es für ein künstliches Objekt, eine der Faktoreien des Syndikats: MERLIN.«

»Wie soll MERLIN da hinkommen?« Der Senator erschrak sichtlich.

»Ich hatte gehofft, dass wir das von dir erfahren«, antwortete Murkisch bedächtig. »Immerhin könnten Perry Rhodan und seine Begleiter an Bord sein.«

Starbatty schüttelte den Kopf. »Ich habe keine Ahnung«, sagte er heftig. »Ich weiß es wirklich nicht.«

Perry Rhodan 5

JUPITER

DANAES größtes Spiel

CHRISTIAN MONTILLON

Vor dem Spiel

Das perfekte Mädchengesicht lächelte, und es sah hinreißend schön aus. DANAES sichtbare Verkörperung maß einige Meter unter dem großen Bronzebogen im Zentrum des Casinos. Die Augen strahlten heller als das übrige Gesicht, was dem großen Hologramm den Anschein von Unwirklichkeit verlieh.

Doch ihrer Umgebung gönnte Mondra Diamond kaum einen Blick. Sie sah nur die Gestalt, die sich neben Anatolie von Pranck mit kleinen, unsicher wirkenden Schritten näherte. Rundum verblasste alles und verlor jegliche Bedeutung: das Casino, MERLIN, der Jupiter, das Sol-System, das gesamte Universum.

Der Junge neben der Chefwissenschaftlerin des Syndikats der Kristallfischer war etwa zwölf Jahre alt. Dies entsprach keinesfalls seinem realen, biologischen Alter, wie immer man das auch berechnen sollte. Doch das war nicht von Belang, denn genauso stellte sich Mondra das Kind vor, wenn sie an es dachte. Ihre Hände zitterten. Sie hatte den Jungen nie gesehen, nicht mehr, seit er ein Baby gewesen und ihr durch das Spiel der Höheren Mächte entrissen worden war. Nicht mehr, seit aus ihrem Sohn der Chronist der Superintelligenz ES geworden war.

»Delorian«, flüsterte sie, so leise, dass niemand es hören könnte. Mit dem Namen schien jegliche Kraft aus ihrem Körper zu weichen. Ihre Lippen waren kalt.

Neben Anatolie von Pranck blieb Delorian Rhodan stehen, ihr Sohn, geboren während der Thoregon-Krise im PULS der Galaxis DaGlausch. Ihr Kind, das sie mehr vermisste als alles andere. Delorian lächelte. Die beiden oberen Schneidezähne standen leicht schief, genau wie bei ihr, als sie noch ein Kind gewesen war. Den Haaransatz hatte er zweifellos von seinem Vater, ebenso die Form der Nase.

Eine Träne sammelte sich in ihrem Augenwinkel. Mondra fühlte sich unendlich müde. Wie hatte es nur so weit kommen können? Wie hatte sich ihr Leben, ihr *privates* Leben, so weit in kosmische Entwicklungen verstrickt, dass ihr sogar das Baby geraubt worden war? Mit der schalen Begründung, dass es einer höheren Bestimmung zu folgen hatte? Trug sie selbst die Schuld daran? Und wenn ja, lag die Wurzel darin, dass sie an Perry Rhodans Seite stand und das Kind von ihm empfangen hatte? Oder ging es bei alldem um sie selbst, weil sie aus irgendeinem Grund auserwählt worden war? *Auserwählt, um zu leiden.* Dieser Gedanke setzte sich in ihr fest, doch als sie wieder auf Delorian schaute, schmolz jede Vorstellung von Leid hinweg.

Sie rannte impulsiv los, um ihren Sohn zu umarmen.

Der jedoch streckte abwehrend die Arme aus. »Warte einen Augenblick!«

Die Stimme zerbrach die Illusion, und Mondra konnte plötzlich wieder klar denken. Sie schalt sich selbst eine Närrin. Wie hatte sie bloß jegliche Kontrolle über sich verlieren können? Sie war blind ihren Gefühlen gefolgt, hatte sich zu einer unbedarften Handlung hinreißen lassen. Denn wieso sollte Delorian ausgerechnet in diesem Augenblick im Casino der Faktorei MERLIN auftauchen, anstelle des mysteriösen Oread Quantrill, den sie eigentlich erwartete? Es war doch offensichtlich, dass es sich um eine Täuschung handelte. Und doch ... dieses Gesicht ... die Augen ... die Liebe, die ihren Verstand geradezu hinweggespült hatte ...

Es kostete die ehemalige TLD-Agentin Mühe, am Rand des abgezirkelten Bereichs im Casino stehen zu bleiben, den energetische Zäune vom Rest der Halle abtrennten. Diese *Arena* stand zudem auf einem Podest und thronte etwa zwei Meter über allem anderen Betrieb. Die Zäune dienten auch als optische Barriere, so dass die *normalen* Casinobesucher den Bereich nicht einsehen konnten; wer dort stand, konnte allerdings hinausblicken. DANAES Casino war bis auf den letzten Platz gefüllt, an einigen Spieltischen standen lange Warteschlangen. Alles spielte sich gespenstisch lautlos ab; die Arena war perfekt schallisoliert.

Die beiden Neuankömmlinge waren vor wenigen Augenblicken aus einem kleinen Transmitter getreten, nachdem Onezime Breaux Mondra und ihre Begleiterin Gili Sarandon an diesen Ort geführt hatte.

Delorian?

Seine Gestalt verschwamm mit einem Mal, zerfaserte an den Rändern. Der Kopf schob sich in die Höhe, die ganze Erscheinung wuchs. Die Augen dehnten sich, schlossen sich einmal, und als sie wieder offen standen, hatten die Iriden eine andere Farbe. Nur das Lächeln blieb wie festgewachsen in all der wimmelnden und wuchernden Veränderung.

Ein elegant gekleideter, eher kleiner Mann stand nun vor Mondra Diamond. Sein Blick drückte Selbstbewusstsein und Überlegenheit aus. »Die Wirkung vergeht sehr rasch«, sagte er gelassen. »Jedem, der mich trifft, ergeht es zunächst wie dir. Die Folgen sind leider manchmal ... tiefgreifend.« Er breitete leicht die Arme aus, hob sie kaum merklich an, als wolle er seine eigene Genialität anbeten. »Mnemodeceptorei. Ich steuere es nicht bewusst. Mach mir also bitte keine Vorwürfe.«

»Was soll das bedeuten?«

»Beim ersten Anblick sieht jeder einen lange Verlorenen in mir. Eine alte Liebe ... etwas in der Richtung. Vor kurzem stand ich Perry Rhodan gegenüber. Stell dir vor, er sah seinen ersten Sohn.« Quantrill kam einen Schritt näher. »Was glaubtest du, wer ich bin?«

»Das tut nichts zur Sache«, meinte Mondra kühl. »Dein Sicherheitschef Onezime Breaux hat mich hierhergeschleppt, weil er behauptet, du hättest einen interessanten Vorschlag für mich. Leider bleiben von der Frist, die ich meinen Begleitern gesetzt habe, nur noch knapp zehn Minuten. Dann werden sie MERLIN sabotieren, mit aller zu Gebote stehenden Radikalität. Also sollten wir keine Zeit verschwenden mit irgendwelchen Psi-Tricks oder sonstigen Gaukeleien.« Dass die Leere in ihr trotzdem schmerzhafter war als seit Jahren, verschwieg sie. Delorians Verlust wühlte so stark in ihr wie lange nicht mehr. Kein Wunder, war sie ihm eben doch völlig unverhofft anscheinend greifbar nahe gewesen.

Oread Quantrill lächelte noch immer, charmant und adrett, als sei diese Gestik auf seinen Lippen festgefroren. »Ich bezweifle zwar, dass die beiden TLD-Agenten ... wie heißen sie doch noch ... dass sie die Faktorei derart wirkungsvoll sabotieren könnten, wie du es vollmundig ankündigst, aber mir wäre ein gemäßigter Ablauf der Dinge lieber.«

»Porcius Amurri und Dion Matthau«, sagte Mondra.

»Bitte?«

»Das sind ihre Namen.« *Wie du genau weißt, du Heuchler.*

»Gib ihnen Entwarnung, löse den Countdown auf und bitte sie, hierherzukommen. Sie können dich und deine Begleiterin unterstützen.« Er wies linkisch auf Gili Sarandon, der er zuvor keinen Blick gegönnt hatte, als sei sie nur ein zwar notwendiges, aber unerwünschtes Anhängsel – ein Insekt, das seine Wege kreuzte und zertreten werden musste.

»Da musst du erst ein sehr überzeugendes Angebot vorlegen«, sagte Mondra spöttisch. Seine Selbstsicherheit ging auch an ihr nicht spurlos vorüber, doch sie versuchte sich nichts anmerken zu lassen. *Was hat er vor?*

»Wir begehen das Spiel aller Spiele. Den Parcours. Genauer gesagt, werdet *ihr* den Parcours durchlaufen. Gelingt es euch, gebe ich euch eine Space-Jet, besser als der Schrotthaufen, mit dem ihr in meiner Faktorei gelandet seid. Ihr könnt gehen und tun und lassen, was immer ihr wollt, natürlich gilt dies ebenso für euren Freund Perry Rhodan. Versagt ihr jedoch ... nun, sagen wir es so: Ihr werdet mir dann nicht mehr im Weg stehen. Ich setze euch alle gefangen, bis es vorüber ist.«

»Bis *was* vorüber ist?«, hakte Mondra nach.

Quantrill lächelte nur. »Keine Angst, es wird nicht mehr lange dauern. Dein Countdown ist nicht der einzige. Also, was sagst du? Ein Spiel um alles oder nichts. Ist das nicht eine reizvolle Vorstellung?«

Nicht so reizvoll, wie mich auf der Stelle auf dich zu stürzen und dir das Lächeln aus dem Gesicht zu schlagen. Mondra beherrschte sich mit Mühe. »Wer beweist mir, dass du dein Wort hältst, wenn wir gewinnen? Woran ich keinen Zweifel habe, es sei denn, dieser Parcours, von dem du sprichst, ist so programmiert, dass es keine Chancen gibt.«

»Es gibt die Chance zu gewinnen. DANAE überwacht alles. Ich gebe dir außerdem eine neutrale Kamera mit auf den Weg, die alles aufzeichnen und live ins Casino übertragen wird. Es wird also eine Unzahl von Zeugen geben. Ist das Absicherung genug?« Er schnippte sich ein imaginäres Stäubchen vom Ärmel seines mattschwarzen Anzugs. »Außerdem hast du mein Wort. Das sollte genügen.«

»Erzähl mir mehr über den Parcours.«

Oread Quantrill faltete die Hände, streckte dann die beiden zusammengelegten Zeigefinger aus und deutete so auf Mondras Armbandfunkgerät. »Deine Freunde.«

»Es bleiben noch sieben Minuten. Also erzähl mir mehr über den Parcours.«

»Nenn die Grundidee eine klassische Odyssee. Du und deine Begleiter, ihr werdet sechs Stationen durchlaufen. Jede schwieriger als die vorherige. Jede gefährlicher. Jede Station gilt es zu bewältigen, meist mit Logik, hin und wieder auch mit ... nun, nennen wir es Körpereinsatz.«

»Kämpfe?«

»Hervorragend. Ich sehe, du hast verstanden. Habe ich mich also doch nicht in dir getäuscht. Es ist ein Spiel, nicht mehr. Angesichts der Brisanz der Lage schlage ich jedoch vor, dass wir eine Anpassung vornehmen. Stirbt ihr im Spiel, sterbt ihr auch im realen Leben. Sprich – ich werde die Sicherheitsvorkehrungen ausschalten, die das sonst verhindern.«

»Klingt nicht gerade vertrauenserweckend«, warf Gili Sarandon ein.

»Der Gewinn ist maximal«, sagte Quantrill jovial. »Sollte es da nicht auch das Risiko sein?«

Mondra hob die Hände, um jede Diskussion zu unterbinden. »Sonst noch irgendwelche Haken?«

»Es gibt eine Gruppe von Gegenspielern, die euch allerdings nur selten begegnen werden. Wir wollen ja fair bleiben, nicht wahr? Wenn sie zuerst den Parcours durchlaufen haben, gewinnen sie.«

»Ich gehe davon aus, dass sie ebenso wenig über die Spielrunden und ihre Rätsel wissen wie wir?«

Quantrill sah an ihr vorbei ins Leere. »Selbstverständlich.«

Nach einem kurzen Durchatmen nickte Mondra. »Ich akzeptiere.«

»Dann ruf deine Begleiter.«

Es kostete Mondra einige Überwindung, das dazu nötige kurze Funkgespräch zu führen. Sie fragte sich, ob sie nicht einen großen Fehler beging. Allerdings bot sich ihr unverhofft ein Ausweg, und diese Chance musste sie ergreifen. Sie konnte nur hoffen, dass Quantrill tatsächlich fair blieb; ganz im Gegensatz zu seiner Behauptung war sie davon keinesfalls überzeugt. Es blieb ihr jedoch nichts anderes übrig, als ein gewisses Maß an Vertrauen in die Waagschale zu werfen.

Es dauerte weniger als zwanzig Minuten, bis Porcius Amurri und Dion Matthau eintrafen. Inzwischen hatte sich eine große Menge im Casino versammelt, die begeistert den Beginn des Parcours erwartete. Ein kleiner Mann in einem bunten Anzug und mit auffallend großen Ohren nahm Wetten über den Ausgang entgegen.

Quantrill, Anatolie von Pranck und Onezime Breaux standen schließlich Mondra und ihren drei Begleitern gegenüber, noch immer in der abgetrennten *Arena*. »Ehe wir starten«, rief Quantrill der Menge entgegen, »werden wir für Chancengleichheit sorgen. Also ...« Er drehte sich zu Mondra um. »Legt bitte die SERUNS ab. Wenn ihr zurückkehrt ... *falls* ihr zurückkehrt, werde ich sie euch wieder aushändigen.«

Für einen Augenblick zögerte Mondra, kam dann jedoch der Aufforderung nach und gab ihren Begleitern einen Wink, ebenfalls dem Wunsch zu entsprechen. Alle trugen nun einfache Uniformkombinationen; Gili behielt wie selbstverständlich ihr Handtäschchen bei sich, als handele es sich um ein einfaches Accessoire.

»Wann geht es los?«, fragte Mondra.

Quantrill schnippte mit den Fingern. »Jetzt.«

Runde 1:
Der geschlossene Raum

Mondra Diamond öffnete die Augen. Das rechte Lid schmerzte. Es pochte wie von tiefem Schlaf verquollen. Sie lag mit dem Rücken auf dem Boden. Kälte drang durch die Uniform. Ihre Haltung war alles andere als bequem. Sie drehte sich zur Seite, kam auf die Knie und stand auf. Gili, Porcius und Buster sah sie nebeneinander aufgereiht, alle schienen ohnmächtig zu sein. Wunden oder Verletzungen konnte Mondra jedoch nicht erkennen.

Wie waren sie an diesen Ort gekommen? Das Letzte, an das sie sich erinnerte, war der Anblick von Oread Quantrill, der bestätigte, dass der Parcours *jetzt* beginnen würde ... dann war sie in dieser fremden Umgebung aufgewacht.

Wie auch immer man sie in diesen Raum transportiert hatte, offenbar stellte er den Beginn des großen Spiels dar – Runde eins. Die erste Gefahr, die sie überstehen mussten, um den nächsten Bereich des Parcours betreten zu können.

Nur sah es alles andere als gefährlich aus.

Mondra stand inmitten eines würfelförmigen Raumes, ihrer Einschätzung nach maß er in alle Richtungen etwa zehn Meter. Wände, Decke und Boden leuchteten in einem sanften Blauton. Nirgends gab es eine Tür, ein Fenster oder eine sonstige Öffnung. In der Mitte schwebte, gerade eine Handbreit über dem Boden, ein gläserner Würfel, der dem Anschein nach völlig leer war; Mondra blickte durch ihn hindurch auf die gegenüberliegende Wand. Die Kantenlänge maß etwa zwei Meter.

Sie war allein mit den drei noch immer reglosen TLD-Agenten; von dem erwähnten zweiten Team, das gegen sie antrat, war nichts zu sehen. Obwohl es keine erkennbare Lichtquelle gab, herrschte gleichmäßige Helligkeit, fast so grell, dass es in den Augen schmerzte. Die Luft roch verbraucht und leicht muffig, wie in einer schlecht gelüfteten Abstellkammer für Lebensmittel.

Mögen die Spiele beginnen, dachte Mondra und atmete tief durch. Sie kniete neben ihren Kollegen nieder. Porcius' Augenlider flatterten; zu ihrer Erleichterung ließ er sich sofort wecken. Er verzog schmerzhaft das Gesicht, setzte sich jedoch auf, ohne einen Augenblick zu zögern. Dabei fuhr seine Hand zum Hinterkopf, als würden ihn dort starke Schmerzen plagen. Er kniff immer wieder die Augen zu. Mondra gab eine knappe Erklärung ab; gleichzeitig kümmerte sich Porcius um Gili Sarandon.

Wenig später hatten alle das Bewusstsein wiedererlangt und zeigten sich offenbar unbeeinträchtigt. Matthaus erste Worte kamen schwerfällig, als könne er kaum die Zunge bewegen. »Fragt sich nur, was das sein soll.«

»Ein Würfel in einem ebenfalls würfelförmigen Raum«, meinte Porcius trocken. »Es ist ein Spiel. Wir müssen uns darauf einlassen, wenn wir siegen wollen.«

»Ein reichlich makabres Spiel mit extrem hohem Einsatz«, erinnerte Mondra. »Wir dürfen es keineswegs auf die leichte Schulter nehmen. Es geht um unser Leben und um die Chance, von hier zu verschwinden.«

Dion Matthau tippte vorsichtig gegen den Würfel. Nichts geschah. »Es ist jedenfalls nicht das, was ich erwartet habe. Keine ... hm ... Kampfroboter oder sonstige Horden von Gegnern. Ich habe mir das alles etwas handfester vorgestellt.«

»Beschrei es nicht«, forderte Mondra. »Ich fürchte, wir werden früh genug das Vergnügen haben. Immerhin sprach Quantrill von sechs Spielrunden. Wir durchlaufen gerade erst den Beginn.«

»Langweiliges Spiel.« Buster ging die Wände entlang und strich sie großflächig mit den Händen ab. »Sieht ganz so aus, als müssten wir einen Ausweg finden.«

Porcius machte eine umfassende Handbewegung. »Es gibt keinen Ausgang.«

»Irgendwie sind wir auch hereingekommen, oder?« Fast hatte Buster seinen ersten Rundgang beendet, als er plötzlich stockte. Mit dem Zeigefinger fuhr er eine senkrechte, nahezu unsichtbare Rille in der Wand hinauf und hinab. Optisch verschwand sie fast vollständig im gekörnten Blau. »Das ist ein Lüftungsschlitz. Ich spüre einen leichten Luftzug.«

Die Worte ließen sämtliche Alarmglocken in Mondra klingeln.
»Luftzug in welche Richtung? In den Raum hinein?«

»Luft wird abgesaugt.« Dion sog plötzlich hörbar den Atem ein.

»Du glaubst doch nicht etwa, dass ...«

»Und ob ich das glaube. Man entzieht uns die Atemluft! So viel zum Thema *Langeweile*. Allzu viel Zeit wird uns wohl nicht mehr bleiben, bis wir nach Atem ringen und ohnmächtig werden.«

»Wobei es nicht bleiben wird«, prognostizierte Gili düster. »Keine schöne Vorstellung, in diesem Kasten hier zu ersticken.« Sie hob ihr Handtäschchen, öffnete es und pfiff erleichtert. »Wie es aussieht, hat man mir meine gesamten Gimmicks gelassen. Seltsam – den SERUN haben sie uns genommen, aber dieses Arsenal nicht einmal angetastet.«

Porcius stand dicht vor dem gläsernen Würfel und neigte den Kopf seitlich auf die rechte Schulter, während er mit der flachen Hand über die Außenseite strich. »Vielleicht hat Quantrill es schlicht und einfach nicht bemerkt? Schließlich ist es nicht gerade üblich, dass eine TLD-Agentin in einem Damentäschchen eine Menge technischer Spielereien spazieren trägt.«

»Mag sein«, meinte Gili, klang allerdings alles andere als überzeugt. »Was zählt, ist ohnehin nur, dass wir einen klaren Vorteil gewonnen haben.«

Mondra wusste nicht recht, was sie davon halten sollte; doch wie Gili sagte, galt es, die Situation auszunutzen. Alles andere musste warten. Wobei Mondra bezweifelte, dass während ihres Gangs durch den Parcours Zeit für umfassende Reflexionen blieb. »Also, wie kommen wir hier heraus?«

»Die Lösung liegt im Würfel verborgen«, gab sich Porcius überzeugt. Er zog sich an einer der oberen Kanten hoch und kauerte bald auf dem Würfel. »Er ist rundum geschlossen.«

Buster musterte nach wie vor die Lüftungsschlitze. »Was man durch die gläsernen Seiten auch ohne dein Kunststückchen gesehen hat. Ich glaube eher an eine verborgene Tür. Fragt sich nur, wie wir sie finden und auch noch öffnen sollen.«

Das Ganze war verrückt. Ein *Spiel*, bei dem es um ihr Leben ging? Rätsel, die sich jemand ausgedacht hatte, um für ein gelangweiltes Publikum etwas Abwechslung und Nervenkitzel zu bieten? Letztlich sollten ihr Leben und ihre Freiheit davon abhängen, ob es gelang, diese Rätsel zu lösen? Und all das, während sich in der Atmosphäre des Jupiters eine Katastrophe fortsetzte, die den gesamten Planeten zu zerstören drohte?

»Vielleicht«, meinte Gili, »gibt es im oder am Würfel eine Vorrichtung, mit der sich diese Tür öffnen lässt.«

Mondra schloss die Augen. *Denk nach!* Sie war überzeugt, dass sich diese Spielrunde rein auf Logik gründete. Es musste aus dieser Situation einen Ausweg geben. Es war im Grunde genommen nichts anderes als eines der klassischen Rätsel, über das sie sich während ihrer Kindheit auf Horrikos den Kopf zerbrochen hatte. Alle Kinder im Dorf hatten sich auf diese Weise die Zeit vertrieben, allerdings ohne dass es dabei um Leben und Tod gegangen war.

»Alles ist fugendicht verschlossen«, sagte Dion wenig später.

Die Worte lösten eine Assoziation in Mondra aus; war es nicht auch bei einem der Rätsel ihrer Kindheit so gewesen, über das sie wohl ein ganzes Jahr lang nachgedacht hatte? Ihr Vater hatte es sich ausgedacht, und es war zur Tradition geworden, dass er Mondra zu jedem Monatsanfang nach der Lösung fragte, diese aber nie selbst verriet. *Du stehst vor einem Haus und siehst vor dir drei Schalter. Einer davon schaltet im Inneren des Hauses, das fugendicht verschlossen ist, eine Glühbirne an. Du kannst schalten und walten, wie du willst, doch du darfst nur einmal die Tür öffnen, um nachzuschauen, ob die Glühbirne brennt, und musst sie danach gleich wieder schließen. Wie findest du mit Sicherheit den korrekten Schalter?*

Mondra hatte es damals nicht für möglich gehalten, aber es gab natürlich eine Lösung für dieses fingierte Problem … also musste es einen Ausweg aus dem Würfelraum geben, obwohl sie diesen noch nicht erkannte.

Die Schwierigkeit dabei war nur, dass ihr dieses Mal kein Jahr Zeit blieb, das Rätsel aufzuklären. Täuschte sie sich, oder war die Atemluft bereits merklich dünner geworden? Wie lange würde es dauern, bis sie zu viert sämtlichen Sauerstoff verbraucht hatten, wenn dieser zusätzlich durch Lüftungsschlitze entzogen wurde?

Schon der Gedanke daran wollte ihr die Kehle zuschnüren. Sie glaubte, tiefer durchatmen zu müssen. Verärgert über sich selbst und die Tatsache, wie beeinflussbar sich ihre Psyche zeigte, wandte sie ihre Aufmerksamkeit ebenfalls dem Würfel zu. Das Glas war vollkommen durchsichtig. Schräg konnte man durch die Unterseite auf den Boden sehen, der weder eine Luke noch sonst eine Auffälligkeit enthielt. Das wäre auch zu einfach gewesen.

Dennoch wollte sie den Bereich unter dem Würfel genauer abtasten. Sie ging auf die Knie, beugte den Oberkörper nach unten und versuchte, die Hand unter den Gegenstand zu schieben. Zu ihrer Überraschung gelang es problemlos; das gläserne Gebilde schwebte sicher zwanzig Zentimeter über dem Boden.

War das vorhin nicht anders gewesen? Mondras Erinnerung nach war nicht einmal die Hälfte an Freiraum geblieben. »Der Würfel bewegt sich.«

Gili hielt eine flache Metallscheibe in der Hand, deren Oberfläche glitzerte. »Nicht ganz, Mondra.« Sie drehte das Handgelenk, präsentierte die Oberseite der Scheibe. Ein Display zeigte vertraute Symbole und Datenkolonnen. »Mein kleiner Spezial-Analysator ist extrem leistungsschwach und nimmt nur Werte im Umkreis von maximal zwanzig Metern auf, aber eins zeigt er mir deutlich: Der Würfel schrumpft! Wenn die bisherigen Hochrechnungen stimmen und sich das Tempo nicht ändert, werden wir ihn in etwa einer Stunde benutzen können, um damit *Gobi* zu spielen. Oder sagen wir es so – wir *könnten* damit würfeln. Allerdings wird unser Gefängnis schon in vierzig Minuten nicht mehr genug Sauerstoff bieten, um uns am Leben zu halten. Plusminus fünf Minuten.«

Die offensichtlich erzwungene Ruhe, mit der Gili diese Informationen weitergab, änderte nichts an der brutalen Deutlichkeit ihrer Worte. In spätestens einer Dreiviertelstunde würden sie alle tot sein, wenn es nicht gelang, das Rätsel der ersten Parcours-Station zu lösen.

»Der Würfel schrumpft.« Mondra legte die flache Hand an eine der gläsernen Kanten. Sie fühlte sich kalt an, und als Mondra die

Hand zurückzog, blieb kein Abdruck zurück. »Das heißt wohl, dass die Lösung tatsächlich mit diesem Gebilde zusammenhängt.«

»Nicht notgedrungen«, meinte Porcius. »Es könnte auch eine Ablenkung sein. Ein Hinweis, der uns bewusst in die Irre führen soll. Das ist häufig so bei derlei Anlagen. Dennoch glaube ich in diesem Fall nicht daran.«

»Bei *derlei Anlagen*? Soll das heißen, du kennst ...«

»Echtzeitholo-Jumping«, unterbrach der junge TLD-Agent. »Du selbst bist die Spielfigur. Ehe ich mich beim TLD bewarb, war ich diesen Dingern verfallen. Jede freie Sekunde hab ich damit verbracht wie ein Süchtiger. Allerdings habe ich nie ein derart ausgefeiltes System gesehen. Im Normalfall werden die Spielrunden von Mal zu Mal komplexer. Wenn das also die einfachste Variante ist, steht uns noch einiges bevor.«

»Und wie verhält sich ein Holo-Jumper in einem solchen Fall?«, fragte Gili.

»Er wartet ab.«

Zeit verschwenden war so ziemlich das Letzte, das Mondra momentan in den Sinn kam. »Das kann wohl nicht dein Ernst sein!«

»Eine Untersuchung der Wände wird nichts bringen. Das wäre zu einfach. Es fordert zu wenig die Logik und die Kombinationsgabe heraus. Die Lösung ist beim Holo-Jumping nie auf dem direkten Weg zu suchen.«

»Also was sollen wir tun?«

Porcius ging nun in die Knie, wie es Mondra zuvor getan hatte. Er fasste an die Unterseite des Würfels. »Kein Temperaturunterschied«, murmelte er, legte sich flach auf den Rücken und schob sich mit dem Kopf voran in die enge Lücke. Zwischen seinem Gesicht und dem Würfelglas blieb kein Zentimeter Freiraum. »Verflixt eng hier unten«, ächzte er. »Aber es loh...« Der Satz brach mitten im Wort ab.

»Porcius?« Mondra machte sich auf das Schlimmste gefasst. Der TLD-Agent lag völlig ruhig, doch das musste nicht viel heißen. Sie packte seine Beine und zerrte ihn zurück.

»... tust du?«, fragte Porcius verwundert.

»Es geht dir gut?«

»Klar, ich sagte doch, dass ich ...«

»Du hast gar nichts gesagt. Im Gegenteil – mitten im Wort hast du abgebrochen.«

Porcius pfiff durch die geschürzten Lippen. »Ein Akustikdämpfungsfeld, vermutlich exakt rund um die Öffnung. Sehr interessant.«

»Öffnung?«, rief Dion.

»Es ist ein optischer Trick«, erklärte Porcius. »Der Würfel scheint aus Glas zu bestehen und eine glatte Durchsicht zu ermöglichen, doch das ist nicht der Fall. Zumindest nicht, was dessen Unterseite angeht. Diese ist nämlich gar nicht vorhanden. Dort prangt nach einem massiven Rand von wenigen Zentimetern eine große Öffnung, die den Weg ins Innere ermöglicht.«

»Der Ausgang«, entfuhr es Mondra, ehe ihr klarwurde, dass es so einfach nicht sein konnte. Eine Öffnung an der Unterseite des Gebildes führte in den Würfel hinein, wie Porcius zu Recht behauptet hatte; das half ihnen auch nicht weiter.

Oder doch?

Langsam glaubte die TLD-Agentin zu verstehen, nach welcher Logik diese Spielrunde aufgebaut worden war. Sie hatten zunächst diese verborgene Öffnung entdecken müssen, um dann im Inneren des Würfels weitere Hinweise zu finden. Auf Basis der von Porcius beschriebenen optischen Täuschung konnte alles nur Denkbare darin lagern, einschließlich schwerer Waffen, um ein Loch in die Außenwand ihres Gefängnisses zu sprengen. »Ich gehe rein«, kündigte sie deshalb an.

»Ich begleite dich, und zwar schnell«, ergänzte Porcius, »ehe der Würfel zu klein dafür ist. Die Zeit läuft an allen Ecken und Enden ab. Wenn er weiter schrumpft, werden wir nicht mehr durch die Öffnung passen.«

Inzwischen hatte sich das scheinbar gläserne Gebilde so weit um seinen Mittelpunkt herum verkleinert, dass sich Mondra etwas bequemer unter ihn schieben konnte. Die Öffnung entdeckte sie sofort; sie war groß genug, dass sie ihren Oberkörper aufrichten konnte, der nun ins Innere des Würfels ragte. Die angeblich gläserne Wand war von innen völlig undurchsichtig und erinnerte eher an eine schwarze Metallfläche.

Zu ihrer maßlosen Enttäuschung war der Innenraum so leer, wie er nur sein konnte.

»Sieht nicht gut aus«, presste Porcius Amurri heraus; er quälte sich gerade neben Mondra auf die Füße. »Dennoch bin ich überzeugt, dass die Lösung hier irgendwo verborgen liegt.« Er legte den Kopf in den Nacken.

Mondra folgte seinem Beispiel und blickte auf die gleiche schwarze Fläche, die sie von allen Seiten umgab. »Geh nach draußen, genau hierhin.« Sie klopfte an einer beliebigen Stelle gegen die Innenseite. »Ich werde dir weiterhin Zeichen geben.« Was sie sich genau von diesem Test versprach, konnte sie selbst nicht sagen – aber vielleicht kamen sie durch einfaches Versuchen weiter, und sei es nur insofern, dass neue Ideen entstanden.

Porcius setzte sich, schob die Beine unter die Kante und schlängelte sich weg.

Der Innenraum maß noch etwa anderthalb auf anderthalb Meter. Die Unterkante des Würfels begann in Höhe von Mondras Knien. Noch war genügend Raum vorhanden, aber dieser verkleinerte sich von Sekunde zu Sekunde.

Mondra klopfte weiterhin gegen die Außenwand, legte die Linke flach darauf. Ob die anderen sie sehen konnten? Oder glaubten sie, weiterhin glatt auf die gegenüberliegende Wand ihres Gefängnisses zu blicken?

Das Gesicht ihres Begleiters tauchte wieder neben ihren Füßen auf. Mondra ging zur Seite, so weit es möglich war. »Nichts«, erklärte Porcius. »Weder sehe ich dich, noch kann ich dein Klopfen hören.«

»Was bedeutet das?«

»Nichts. Oder alles. Das ist das Verrückte am Echtzeitholo-Jumping ... wenn man das Rätsel einmal geknackt hat, ergibt sich wie von selbst ein vollständiges Bild, und mit einem Mal passt alles zusammen. Vorher erscheint einem alles unsinnig. Zumindest ist es bei den gut gemachten Versionen so.« Er kaute auf einem Fingernagel. »Dieser Parcours ist leider verflixt gut gemacht.« Mit einem verlegenen Grinsen nahm er die Hand wieder runter. Die Finger zitterten leicht. »Entschuldige, dass ich so nervös bin. Wenn ich nachdenken muss, kaue ich besonders gern auf Früchteriegeln. Du weißt schon. Jetzt, da keine da sind ...«

Mondra winkte ab. Von ihr aus konnte er sich sämtliche Nägel abkauen, solange sie nur einen Weg fanden, das Rätsel dieses Würfels und dieses Raumes zu lösen. »Würfel«, murmelte sie vor sich hin. »Vier Ecken. Wir sind vier Leute.«

Porcius hob ruckartig den Kopf. »Klingt gut. Kann Zufall sein, oder nicht. Wer weiß, ob wir eine Dreikantpyramide vor uns hätten, wenn wir zu dritt gekommen wären.« Er lag schon wieder und kroch ins Freie. »Vier Ecken, vier Leu...«, hörte Mondra noch, dann passierte Porcius das Akustikdämpfungsfeld.

Erschrocken bemerkte Mondra, dass die Seitenflächen merklich näher gerückt waren. Sie streckte die Arme aus und konnte zwei sich gegenüberliegende Wände berühren. Der Raum wurde eng. Bald würden sie nicht mehr zu viert im Inneren des Würfels stehen können, um ihre spontane Idee zu testen.

Hoffentlich blieb ihnen wenigstens Zeit für einen Versuch.

Gili tauchte zuerst auf, gefolgt von Dion. Porcius kam zuletzt und konnte sich nur in eine aufrechte Position aufrichten, indem er Gili auf Tuchfühlung nahe kam. Diese quittierte es, indem sie ihren Kollegen unter den Achseln packte und ihm half, auf die Füße zu kommen.

Nahezu Gesicht an Gesicht standen sie sich gegenüber, und Mondra kam sich vor wie in einem verrückten Traum gefangen. Die Situation war bizarr. Sie stellte sich eine johlende Menge vor, die in DANAE diesen mit ungewöhnlichen Mitteln geschlagenen Kampf ums Überleben verfolgte. Wahrscheinlich schwankte der Wettkurs schon beträchtlich, weil sie entweder der Lösung näher kamen oder sich wie die letzten Trottel verhielten.

»Jeder geht in eine Ecke«, forderte sie.

Alle gehorchten, doch es änderte nichts an ihrer Lage.

Gili fluchte. »Die Kantenlänge beträgt noch neunzig Zentimeter.« Sie stand gebückt rechts neben Mondra, so dicht, dass diese ihren Atem spüren konnte.

»Wir befinden uns nicht vollständig im Würfel«, sagte Porcius. »Unsere Beine!«

»Wie sollen wir ...«, setzte Dion an, doch da war Porcius schon auf den schmalen Rand geklettert und kauerte in seinem nun ebenfalls nur noch knapp einen Meter hohen Versteck. Er schwankte auf dem wenigen Platz, der ihm zur Verfügung stand. »Los, komm! Wir können uns gegenseitig stützen!«

Sofort versuchten es alle, standen sich aber gegenseitig im Weg. »Du zuerst«, forderte Mondra Gili auf und stützte ihre Kollegin, ehe sich auch Dion in die Höhe stemmte. Für Mondra selbst blieb nun fast kein Freiraum mehr, und es wurde von Sekunde zu Sekunde schlimmer.

»Ist euch klar, dass wir nicht mehr rauskommen, sondern von dem Mistding zerquetscht werden, wenn das in die Hose geht?«, fragte Gili.

Buster streckte Mondra eine Hand hin. »Wer macht sich in die Hose?«

Mondra schlängelte sich in die Höhe, verbog ihren Körper und kam sich vor wie während einer Zirkusnummer – als sei sie noch immer die Artistin, die sie vor vielen Jahren gewesen war, ehe sie, ohne es zu wollen, an die vorderste Front der galaktischen Wirren gerissen worden war.

Kaum stellte sie auch den zweiten Fuß auf die Innenkante des Würfels, leuchteten die Wände auf. Die obere Fläche des Würfels hob sich.

Porcius gab einen Jubelschrei von sich. »Der Ausgang!«

»Fragt sich nur, wie das funktionieren soll«, warf Dion skeptisch ein. »Oder ist unsere ganze Umgebung nur eine ... eine Art Materieprojektion, die von außen beliebig verändert werden kann?«

Von der Decke, die sich immer weiter entfernte, senkte sich eine Leiter herab. Gleichzeitig schob sich auch die Seitenwand, vor der Dion und Gili standen, nach hinten und schuf so einen größeren Innenraum. Von oben surrte und klackte es. Metallteile bewegten sich wie Arme eines Roboters.

»Dort baut sich etwas auf«, sagte Porcius.

Mondra sah nach oben. Gestänge entfaltete sich und schuf einen Torbogen, wie er auch in der Mitte des Casinos stand. Nur mit einigen Unterschieden. Mondra traute ihren Augen nicht. »Wir sollten die Leiter nehmen«, sagte sie erleichtert. »Wenn Quantrill zusieht, wird er nun kräftig fluchen. Dort oben baut sich gerade unser Ticket zu Runde zwei auf! Das ist ein Transmitter!«

Sämtliche Wände kamen zum Stillstand, auch über ihnen kehrte Ruhe ein.

Gili blickte auf ihren kleinen Analysator, den sie nach wie vor in der rechten Hand hielt. »Dies ist kein Würfel mehr. Das ist jetzt ein ... Monolith. Die Außenmaße stehen in einem perfekten Eins-zu-vier-zu-neun-Verhältnis zueinander. Der Transmitter hat in sieben Metern Höhe ein Feld aufgebaut, das bequem einen Menschen aufnehmen kann.«

»Ich gehe zuerst«, bestimmte Mondra. »Falls das Ding dort oben eine Todesfalle ist, wisst ihr Bescheid.« Sie packte eine Stufe der Leiter und begann mit dem Aufstieg.

Es dauerte weniger als eine Minute, bis sie das Transmitterfeld erreichte und entmaterialisierte.

Aus Oread Quantrills Schriften, nie veröffentlicht:

Der schlaflose Mensch wird die Geburt eines neuen Zeitalters einleiten. Das Projekt stand auf Messers Schneide, bis es mir vor einigen Tagen gelang, einen brillanten Geist auf meine Seite zu ziehen: Anatolie von Pranck.

Ich traf, nein – ich fand sie auf Ganymed, wo sie auf mich gewartet hatte, auf ihre Bestimmung und ihr Schicksal, ohne es zu wissen. Sie ist eine besessene Wissenschaftlerin, und doch ist ihr Geist in der Lage, Höhenflüge anzutreten. Sie vermag zu erblicken, was noch nicht existent ist ... sie wird die Geburtsstunde des Homo Novus Insomnus einleiten. Ich umgarnte sie, band sie an mich, weckte etwas in ihr, dem sie nicht mehr widerstehen konnte, und reichte ihr schließlich eine Probe

Tau-sieben, wie es in winzigsten Mengen in Jupiters Atmosphäre entsteht.

Sie war gefesselt, vom ersten Augenblick an, als sie die kostbare Einzigartigkeit nicht nur sah, sondern spürte, mit jeder Faser ihres Leibes und Geistes. Ich nahm die Probe wieder mit mir, zurück zu MERLIN, und Anatolie folgte mir, ohne eine Sekunde zu zögern. Alles ließ sie hinter sich und ergriff mit beiden Händen das neue Leben, das ich ihr bot.

Ich sehe die Veränderung vor mir, die neue Welt, ich fühle, dass der Schritt zu Tau-acht dicht bevorsteht, und ich weiß, welche Wirkung diesem Hyperstaub innewohnen wird ... doch ich konnte ihn nie synthetisieren. Nicht in der Praxis. Theoretisch liegt alles vor mir, in einem tausendfach überprüften Konstrukt.

Doch das nützt nichts! So schwer es mir fällt, dies zuzugeben, ich war auf Hilfe angewiesen. Hilfe, die ich nun gefunden habe.

Anatolie wird es möglich machen. Sie ist perfekt. Sie ist auserwählt, der Menschheit ein Geschenk zu machen, das seinesgleichen sucht: den nächsten Schritt ihrer Evolution.

Runde 2.1:
Der Pilzwald

Es roch feucht und muffig. Kleine Tröpfchen kondensierten auf Mondras Gesichtshaut. Sie wischte sie beiläufig weg und atmete ein. Es kitzelte tief in ihrer Kehle; sie musste husten. Für einen Moment verschwamm alles vor ihr, dann rann eine Träne aus dem Augenwinkel.

Mondra tat einige Schritte nach vorn, ehe sie sich umdrehte. Knapp drei Meter hoch ragte der in einem leuchtenden Rot gestrichene Torbogen des Empfangstransmitters auf, aus dem sie Sekunden vorher getreten war; damit stand endgültig fest, dass sie die erste Runde des Parcours hinter sich gebracht hatten. Es konnte nur noch Sekunden dauern, bis auch Mondras Gefährten den Durchgang absolvierten. Um geschlossene Räume und schrumpfende Würfel mussten sie sich keine Gedanken mehr machen. Was ihnen bevorstand, dürfte allerdings um keinen Deut einfacher werden.

Es irrlichterte kurz, und Porcius Amurri trat aus dem Empfangsfeld, dicht gefolgt von Dion und Gili, die stolperte, als sie materialisierte. »Ich bin drüben an der letzten Stufe der Leiter hängen geblieben«, sagte sie kleinlaut.

Buster grinste breit. »Wärst du zuerst gegangen, wie wir es dir vorgeschlagen haben, hätten wir dich stützen können.« Er hob beide Hände und formte sie so, dass unmissverständlich feststand, *wo* genau er sie von unten hätte stützen wollen. »Aber du hast ja darauf bestanden, nicht bevorzugt behandelt zu werden, nur weil du eine Frau bist.«

»Bevorzugt?«, fragte Gili affektiert und verdrehte die Augen. »Sieh es so – es hätten uns hier tobende Ungeheuer erwarten können, die sich dann im Idealfall zuerst auf euch gestürzt hätten.«

»Im Idealfall«, wiederholte Dion.

Gilis Sinn für Scherze war damit offensichtlich erschöpft. Genau wie die anderen musterte sie ihre neue Umgebung, und genau wie zuvor Mondra musste sie husten.

Sie standen mitten in einem Wald. Was Mondra im ersten Moment für Bäume gehalten hatte, stellte sich bei genauerer Betrachtung als riesenhafte Pilze heraus, die mindestens doppelt mannshoch aufragten. Die fleischigen Stiele schimmerten schleimig in einem dumpfen Ockerton. Diffuses Licht fiel aus einem blaugrauen Nebelhimmel.

Der Transmitterbogen stand auf einer kleinen Plattform; die Pilze wuchsen rundum. Es schien sich um eine einzige Sorte zu handeln, die alles andere dominierte. Über den Stielen wölbten sich breite Hüte. Zahllose Lamellen überzogen diese von unten; die Oberseiten sah Mondra nicht, weil sie schlicht zu klein dafür war.

Die vier standen auf einer Art Plattform, die sich wenige Meter rund um den Empfangstransmitter erstreckte. Davon abgesehen, glich der Boden dieses Pilzwaldes einem wallenden Moor. Vereinzelt platzten Blasen auf der braun-grauen Oberfläche.

Die Assoziation mit einem Sumpf täuschte wohl nicht – es war eine hinreichend gefährliche Umgebung, durch die sich die Spieler einen Weg suchen mussten. Wer auch immer diese Spielrunden entwickelt hatte, ihm schien es weder an Kreativität noch an finanziellen Mitteln zu deren Umsetzung gemangelt zu haben.

»Seht euch das an!«

Gilis Worte rissen Mondra aus ihren Gedanken. Die TLD-Agentin wies mit ausgestrecktem Arm auf einen der Pilze, dessen Lamellen kaum merklich pulsierten. Mit leisem Schmatzen schoben sich einige zur Seite und schufen so breitere Zwischenräume. Aus diesen quollen glitzernde, aus sich selbst heraus leuchtende Fäden und trieben scheinbar schwerelos durch die Luft. Als orangefarbene Lichtstrahlen im trüben Nebelhimmel trudelten sie nur langsam tiefer.

Tiefer und zugleich *näher*.

Porcius sprach aus, was Mondra dachte: »Diese Dinger kommen ganz gezielt zu uns.«

Buster zog unbehaglich die Arme an den Körper. »Dann sollten wir schleunigst von hier verschwinden.«

»Nichts überstürzen!«, forderte Porcius. »Wenn wir die falsche Richtung einschlagen, kann sich das als fataler Fehler erweisen. Wer weiß, ob wir noch einmal zurückkönnen.«

Buster wies auf die Leuchtfäden. »Wenn wir hier stehen bleiben, sieht es auch nicht besser aus. Ich kann mir nicht vorstellen, dass diese Leuchtdinger irgendeinen Vorteil mit sich bringen.«

»Immer mit der Ruhe.« Mondra fand neben sich einen Stein, hob ihn auf und schleuderte ihn in den Randbereich des Sumpfes, der sie auf allen Seiten umgab und aus dem die Riesenpilze wuchsen. Gluckernd versank er, wie nicht anders erwartet. Der erste optische Eindruck täuschte also nicht. »Wenn wir davon ausgehen, dass es sich bei diesen monströsen Gewächsen tatsächlich um Pilze handelt, womit haben wir es dann bei den Leuchtfäden zu tun?«

»Mit Sporen?«, fragte Gili.

Das lag nahe. Mondra vermutete exakt dasselbe. »Aber verstreuen Pilze ihre Sporen auf diese Weise?«

»Verschieben wir den Botanikunterricht auf später«, forderte Dion. »Kümmern wir uns lieber um diese biolumineszierenden Fäden selbst und nicht um die Frage, *warum* sie unaufhaltsam in unsere Richtung ...«

»Falsch!«, unterbrach Porcius scharf. »Es kann äußerst wichtig sein, die Logik dieser Welt zu verstehen. Sind diese Gebilde tatsächlich analog zu Pilzen zu sehen? Funktionieren sie genauso? Können wir uns darauf verlassen, und wenn ja, welchen Vorteil bringt das mit sich? Versteht ihr nicht? Wir müssen denken wie Spieler. Das alles ist eine intellektuelle Herausforderung.«

»Von der dank der desaktivierten Sicherheitsvorrichtungen unser Leben abhängt«, betonte Buster mürrisch.

Gili winkte ab. »Schön und gut, Porcius. Wenn wir uns diese Fragen stellen, sollten wir allerdings wissen, wie Pilze genau aufgebaut sind. Ich bin kein Botaniker und gebe zu, dass ich es nicht weiß.«

Buster verzog verächtlich das Gesicht. »Ich kenne einen Fußpilz, der verflucht heftig juckt, ganz zu schweigen von einem Pilz dort, wo man es niemandem sagt, und ein alter Freund züchtete vor Jahren Champignons. Das war's auch schon, und das alles hat *damit* nicht viel zu tun.« Er machte eine umfassende Handbewegung.

»Wenn du dich da nicht täuschst«, sagte Porcius. »Alles, was wir wissen, kann per Analogie von entscheidender Bedeutung sein.«

Die Sporen – Mondra blieb für sich bei dieser Bezeichnung, ob sie nun wissenschaftlich zutreffen mochte oder nicht – waren inzwischen bis auf wenige Meter herangekommen. Inzwischen konnte es keinen Zweifel mehr daran geben, dass sie sich tatsächlich gezielt auf die Terraner zubewegten. Ob es tatsächlich an ihnen selbst lag oder an anderen Umständen wie etwa der Energie des Transmitters, die wohl erst bei ihrem Durchgang aktiviert worden war, ließ sich nicht feststellen. Mondra hoffte auf Letzteres, denn das würde dafür sprechen, dass es sich um ein zufälliges Naturphänomen handelte und nicht um einen ... Angriff der Sporen. Das legte auch die langsame Geschwindigkeit nahe, mit der sie durch die Luft trudelten. Sie wirkten alles andere als gefährlich. Anderseits konnte die schiere Masse an leuchtenden Fäden ein Ausweichen bald unmöglich machen, zumal, wenn die vier Gefährten dauerhaft auf der Plattform festsaßen.

Porcius hatte inzwischen einen ersten Rundgang abgeschlossen. »Dieser Sumpf umgibt uns von allen Seiten. Nur an einer Stelle uns gegenüber weist er eine etwas dunklere Farbe auf. Mondra, dein erster zielloser Versuch mit dem Stein war nicht allzu klug.«

»Was kann es schon geschadet haben?«

»Ganz einfach. Du wolltest sehen, ob er untergeht, und er ist untergegangen. Die Entwickler des Parcours gönnen uns einen solchen Test leider nur einmal. Es gibt nur einen Stein auf der gesamten Plattform, und auch sonst nichts, das sich für eine ähnliche Probe eignet. Wir hätten es an dieser dunkleren Stelle testen können. Jetzt müssen wir es ...«

»... einfach versuchen!« Dions Stimme erklang hinter ihrem Rücken. »Wir haben lange genug gewartet und geschwätzt. Wir müssen handeln, und wenn ihr dazu nicht in der Lage seid, dann werde ich es eben tun. Seht her. Die braune Brücke ist stabil.« Er stand bereits einige Schritte weit im Sumpf.

»Das hätte ins Auge gehen können«, sagte Porcius wenig begeistert vom spontanen Tatendrang seines Kollegen.

»Besser als einen dieser Leuchtfäden im Auge zu haben«, meinte Buster trocken. »Die Dinger werden in spätestens einer Minute die Plattform erreichen. Ich weiß nicht, wie es euch geht, aber ich will dann nicht mehr hier sein.«

Sekunden später gingen sie hintereinander auf dem dunklen Pfad durch die Moorlandschaft. Die Luft wurde zusehends drückender und feuchter. Die Uniform klebte an Mondras Körper. Schweiß sammelte sich am Haaransatz und rann über ihren Nacken.

Von Schritt zu Schritt bedrückte diese Umgebung Mondra mehr. Das Blubbern, mit dem Blasen auf der Oberfläche platzten, klang wie widerwärtiges Schmatzen eines Untiers. Es roch modrig und feucht.

Der Weg schlängelte sich weiter, während die Pilze um sie herum immer dichter wuchsen. Als die vier Terraner eine kleine Anhöhe erklommen, konnten sie erstmals einen der Pilzhüte von oben sehen.

Er leuchtete sattgelb und wies ein gleichmäßiges Muster aus weißen Punkten auf. Die Exemplare rund um den Transmitter schienen die größten weit und breit zu sein – wobei der Wald insgesamt eine erstaunliche Fläche bedeckte und keiner der Pilze innerhalb der Maße blieb, wie sie auf Terra üblich waren.

»Diese ganze Gegend soll unterhalb des Casinos in einer Halle untergebracht sein? Noch dazu als nur einer von sechs Teilen des Parcours?« Buster spuckte aus; eine Geste, die Mondra befremdete. »Das sind etliche Hundert Meter in alle Richtungen, so weit das Auge reicht! Vom nebligen Himmel über uns ganz zu schweigen. Dieser Raum in MERLIN müsste gigantisch sein! Eine Platzverschwendung ohnegleichen.«

»Ich kann es mir ebenfalls nicht vorstellen«, sagte Mondra. »Mir fällt allerdings spontan eine mögliche Antwort ein. Wir wandern gerade durch ein *echtes* Kerngebiet, das von Spiegelungen und Holografien umgeben ist, die die ganze Landschaft so groß erscheinen lassen. Nicht umsonst bleibt uns nur ein einziger Weg durch den Sumpf, von dem wir nicht zur Seite abweichen können, auch wenn wir es wollten. Wer weiß schon, ob zwanzig Meter weiter der Sumpf noch genauso echt ist wie direkt neben uns?«

»Eine optische Täuschung«, murmelte Porcius, der diese Vorstellung offenbar bereits hinterfragte und den möglichen Nutzen für sich und seine Begleiter zu finden versuchte.

»Oder wir sind beim Transmitterdurchgang nicht nur innerhalb MERLINS versetzt worden.« Buster klang alles andere als glücklich. »Vielleicht haben wir die Faktorei längst verlassen und quälen uns gerade auf irgendeinem Jupiter-Mond, auf dem eine künstliche Atmosphäre unter einer gigantischen Kuppel erschaffen wurde.«

»Das kann ich mir nicht vorstellen«, meinte Porcius.

»So? Aber ...« Dion sprach den Satz nie zu Ende. Eine humanoide Gestalt huschte etliche Meter vor ihnen über den Weg. Sie ging geduckt und trug einen dunklen Anzug, der sie fast mit dem Hintergrund verschmelzen ließ. Aber eben nur fast.

»Gili!«

Dieser Aufforderung durch Mondra hätte es nicht bedurft. Gili Sarandon hielt bereits ihren kleinen Analysator in Händen. »Ich wollte eigentlich nur mehr über unsere Umgebung in Erfahrung bringen, aber ich empfange auch eine Wärmesignatur. Wir haben uns also nicht getäuscht. Dort vorne bewegt sich jemand. Allerdings ist er nicht allein.«

»Sondern?«

»Mindestens drei Personen. Nein ... es sind vier.«

»Sicher?«

»Sicher.«

»Ein Team von der gleichen Stärke wie wir.« Porcius kaute am Fingernagel seines rechten Daumens. »Das passt perfekt zu dem, was Quantrill angekündigt hat. Meine Damen und Herren, wir stehen soeben zum ersten Mal mit unseren Gegnern in Kontakt.«

»Kontakt würde ich das kaum nennen«, sagte Buster mürrisch. »Und ich brauche auch keinen Fremdenführer, der mir erklärt, was hier vor sich geht.«

»Wir lassen uns nicht aufhalten. Also weiter!«, befahl Mondra. »Aber wir werden vorsichtig sein.« Sie wünschte sich kaum etwas so sehr wie eine Waffe in der Hand, kam sich nackt und schutzlos vor. Irgendetwas an der Gestalt, die sie nur kurz gesehen hatte, war ihr vom ersten Moment an seltsam vorgekommen. Nun verstand sie, was sie derart irritiert hatte – der Fremde war quer zu dem deutlich sichtbaren Weg über das Gelände gerannt. Über die Oberfläche des Sumpfes, ohne darin zu versinken.

Wenig später sah Mondra mit eigenen Augen, dass alles andere als das der Fall war. Der Sumpf endete abrupt und schuf Platz für festen Untergrund. Eine felsige Plattform lag vor ihnen, eine kreisförmige Insel inmitten des Pilzwaldes, dem Standort des Transmitters ähnlich. Sie war völlig frei und kahl; die Monsterpilze fanden darauf offenbar keine Nahrung, wuchsen nur rundum im umgebenden Moor.

Die vier Gefährten stellten sich dicht nebeneinander. Gili blickte auf den Analysator in ihrer Hand. »Das Gerät liefert keine Werte mehr. Es ist, als wäre es plötzlich funktionsuntüchtig.«

»Wie kann das sein?«

»Die extreme Luftfeuchtigkeit? Ein Dämpfungsfeld?«

Dion nahm die schmale Metallplatte aus den Händen seiner Kollegin. »Oder sind dir ganz einfach die Batterien ausgegangen?« Er schüttelte den Analysator und schleuderte ihn schließlich von sich. Er landete auf dem Gestein und schlitterte darauf weiter.

»Was ist mit dir los?«, herrschte Mondra ihn an. »Deine Scherze gut und schön, aber du solltest deine Aggressivität nicht derart deutlich zur Schau stellen. Hast du Angst? Reiß dich zusammen, Buster! Du bist ein Profi, vergiss das nicht!«

Er wirbelte herum, packte Mondra an den Schultern. »Aggressivität? Du hast doch keine Ahnung, was ...«

Mondra entwand sich dem schmerzhaft festen Griff und stieß ihren Kollegen von sich. Buster wandte ruckartig den Kopf, wie er es oft tat, starrte dabei jedoch seltsam weggetreten in die Ferne. Unvermutet wirbelte er herum. Seine Faust schoss heran, zielte auf Mondras Kinn. Sie wich aus, indem sie sich zur Seite warf. Der Schlag erwischte sie dennoch an der Schulter. Feuer schien bis in die Fingerspitzen zu rinnen. Ein Gefühl von Taubheit folgte, das ihre Hand wie in Eiswasser tauchte.

Dion stürmte mit wutverzerrtem Gesicht heran. Sie riss ihr Knie hoch, rammte es ihm zwischen die Beine. Er krümmte sich zusammen, stieß ihr dabei den Kopf in die Magengrube. Mondra fiel auf den Rücken. Die Applikation ihrer Uniform schrammte über den völlig trockenen Felsboden. Der Hinterkopf schlug auf. Staub wallte auf; sie musste husten. In ihren Augen rieben Schmutzkörnchen.

»Buster«, hörte sie eine Stimme wie aus weiter Ferne. Im nächsten Augenblick taumelte Gili rückwärts an ihr vorbei, die Hände ebenso abwehrend wie hilflos erhoben. Blut schoss ihr aus der Nase.

Hatte Dion den Verstand verloren?

Sein Fuß raste heran, würde sie voll in der Seite treffen. Mondra rollte sich zur Seite, packte gleichzeitig zu, bekam Busters Knöchel zu packen und zog ihn kraftvoll zu sich heran. Aufschreiend verlor der Mann den Halt und stürzte auf sie zu. Mondra riss beide Beine hoch, rammte sie Dion in den Leib und stieß ihn von sich. Er überschlug sich.

Kaum wieder auf den Füßen, sah Mondra, dass Porcius und Gili ihren Kollegen packten und zu Boden pressten. Buster bäumte sich auf, brüllte ihnen Flüche entgegen. Die Exagentin unterdrückte den Schmerz. Sämtliche Glieder kribbelten durch den plötzlichen Adrenalinausstoß. Wenigstens kehrte Gefühl in ihre taube Hand zurück.

Was war mit Dion Matthau geschehen? Wie konnte Buster derart ausrasten? Gerade als Mondra auffiel, dass sich seine Gesichtsfarbe ins unnatürlich Gelbliche verändert hatte, stöhnte Gili unterdrückt auf. Sie hatte den Analysator wieder aufgehoben und ließ ihn in einer Tasche der Uniform verschwinden. »Sein Bein ... schaut euch sein Bein an!«

Über Busters rechtem Fußknöchel war die Uniform verrutscht, genau da, wo Mondra ihn gepackt und zu Boden geschleudert hatte. Doch zum Vorschein kam nicht die Haut, sondern eine graubraune, pulsierende Masse.

Instinktiv blickte Mondra auf ihre Hand. Der Schreck fuhr ihr in alle Glieder. »Haltet ihn fest!«, presste sie hervor, während sie das Etwas auf der Innenseite ihres Ringfingers anstarrte, das aussah wie ein großer Tropfen nasser Erde. Oder wie eine fette Nacktschnecke, die sich langsam Richtung Handfläche voranschob. Winzige Fühler oder Stachelfortsätze tasteten über die Haut.

Mondra kniete sich hin und rieb die Handinnenfläche hart über den Steinboden. Mit einem leichten Schmatzen löste sich das Ding von ihrem Finger. Scharfer Schmerz fuhr durch ihre Hand, und ein dünner Blutfaden rann aus einer kleinen Wunde. Ohne zu zögern, presste Mondra die Wunde aus, um sie zu reinigen. Blutstropfen landeten mit leisem Platschen neben dem braunen Ding auf dem Boden.

»Was ist das?« Gili starrte noch immer angeekelt auf Busters Bein. Offenbar hatte sie Mondras Aktion gar nicht mitbekommen.

»Ein Teil der Pilze«, behauptete Porcius. »Buster ist in etwas getreten, oder das Zeug hat sich sonst wie an ihm festgefressen. Wahrscheinlich ragt es auch unter die Haut und in seine Blut- und Nervenbahnen. Giftstoffe überfluten sein Gehirn und tragen an seiner Wesensveränderung die Schuld.«

Gili kramte in ihrem Handtäschchen. »Oder das Zeug ist eine Art Symbiont.«

»Wohl eher ein Parasit. Wir müssen dieses Gewächs entfernen.«

»Fragt sich nur, wie.« Mondras Fingerwunde hörte auf zu bluten. Die frühere Agentin fragte sich, ob sie auf diese einfache Weise wirklich alles entfernt hatte, oder ob sich Teile dieses pilzartigen Organismus noch in ihrem Körper befanden. Eine alles andere als angenehme Vorstellung. Ihr wurde übel. »Gili, hast du irgendetwas in deinem Handtäschchen, das uns nutzen könnte?«

»Nichts. Weder eine Waffe noch so etwas wie ein Skalpell, mit dem wir den Pilz von seinem Bein schneiden könnten.«

Dion bäumte sich auf. »Ihr werdet nichts tun! Lasst mich gehen!« Porcius presste ihn weiterhin zu Boden, hatte dabei sichtlich Mühe. Gili kniete zusätzlich auf Busters Beinen, so dass diesem kaum Freiraum blieb, sich zu bewegen. Dabei hielt sie respektvollen Abstand zu dem Pilzgebilde an seinem Bein.

»Wir werden dieses Zeug entfernen, und wenn wir es mit einem Stein abschaben«, sagte Mondra kalt. »Versuch herauszufinden, wie groß die Fläche ist.« Die Ränder der befallenen Zone verschwanden unter dem Hosenbein der Uniform.

Doch nicht einmal zu einer solch einfachen Erstuntersuchung blieb dem kleinen Team Zeit. Aus dem Augenwinkel bemerkte Mondra, dass sich eine Gestalt näherte. »Wir bekommen Besuch«, teilte sie den anderen mit.

Porcius fluchte. »Ausgerechnet jetzt.«

Gili zog etwas aus dem Handtäschchen und legte es in ihre Hand. Der Lauf eines kleinen Strahlers ragte zwischen den Fingern hervor.

»Ich dachte, du hättest keine Waffe bei dir«, sagte Mondra ungläubig.

»Habe ich auch nicht.« Gili versuchte ein Lächeln, was jedoch zu einer hilflosen Grimasse entglitt. »Das ist ein harmloser Laserpointer und Entfernungsmesser. Aber das müssen unsere Gegner ja nicht unbedingt wissen.«

Also ein Bluff. Warum nicht? Mondra hatte mehr als einmal geblufft, und das in Situationen, bei denen es nicht nur um ihr eigenes Leben gegangen war, sondern auch um das Schicksal vieler anderer. *Nicht nur,* dachte sie. *Nicht nur um mein Leben ...* Ein verrückter Gedanke.

»Du hältst Buster im Zaum, Porcius!«, befahl Mondra. »Wir kümmern uns um alles andere. Und danach ...« Sie drehte sich um. Der Anblick verschlug ihr die Sprache.

Das konnte doch nicht wahr sein!

Sie kannte denjenigen, der sich ihr mit weiten Schritten näherte. Sie kannte ihn vielleicht besser als irgendjemanden sonst. Zuerst glaubte sie, es müsse sich um Oread Quantrill handeln, der dank seiner Mnemodeceptorei als jemand anderer erschien, doch das passte nicht zusammen. Kein schon lange Verlorener kam auf sie zu; und doch jemand, mit dem sie absolut nicht gerechnet hatte.

»Perry!«, entfuhr es ihr.

Aus Oread Quantrills Schriften, nie veröffentlicht:

Flexibilität.

Sie ist einer der wichtigsten Schlüssel zum Erfolg. Das verstehen so viele nicht, die stur ihren einmal gefassten Plänen folgen. Sie versuchen, den eingeschlagenen Weg weiterzugehen, koste es, was es wolle. Treten Widrigkeiten auf, kämpfen sie dagegen, reiben sich auf, vergeuden Kraft und scheitern letztendlich.

Wie viel einfacher kann es sein, abzubiegen und einen anderen Weg zu nehmen, den das Schicksal, die Umstände oder die Götter des Kosmos anbieten. Es kann mit großen Opfern verbunden sein. Vielleicht müssen alte Weggefährten dafür bezahlen oder sogar deren Leben geopfert werden.

Doch das ist der wahre Preis, den man zu zahlen bereit sein muss, wenn am Ende der Sieg stehen soll. Es lässt sich nun einmal nicht ändern. Das Universum gibt niemandem etwas umsonst.

Ich bin schon oft auf diese Weise abgebogen, habe das Ziel jedoch nie aus den Augen verloren. Sogar das Syndikat der Kristallfischer wird am Ende nur Mittel zum Zweck gewesen sein, ja, auch Jupiters Hypertau in sämtlichen Erscheinungsformen und Inkarnationen. Sogar Jupiter selbst.

Ich sehe den Weg vor mir, erleuchtet und hell, und niemand wird mich hindern, ihn zu gehen. Für die Neue Menschheit. Für Honovin. Für die auf der anderen Seite.

Für mich.

Runde 2.2:
Noch immer im Pilzwald

»Mondra.« Perry klang außer Atem – kein Wunder in dieser Umgebung. Wer wusste, was hinter ihm lag? Der Terraner drehte sich um, als rechne er mit Verfolgern. »Hör gut zu. Mir bleibt nur wenig Zeit. Auf dieser Felsenplattform ist ein Kode versteckt, der den Transmitter umprogrammiert.«

»Den Transmitt...«

»Ihr könnt diese Spielrunde exakt dort verlassen, wo ihr angekommen seid.« Rhodan zog etwas aus einer Außentasche seines SERUNS – ein Vibromesser. »Damit kannst du den Pilz-Symbionten auf Busters Bein entfernen.« Er zögerte. »Vielleicht.«

Sie nahm die Waffe entgegen. »Wie kommst du hierher?«

Wieder schaute sich Perry um, hektisch und nervös. »Es bleibt keine Zeit. Nur eins – der Würfel war nichts als eine müde Einstimmung. Ziemlich ungefährlich und relativ einfach zu lösen. Erwarte nicht, dass es so weitergeht. Ich weiß nicht, wie oft ich kommen kann, um euch zu helfen. Oder ob es überhaupt noch einmal gelingt. Es ist ... kompliziert.«

Im Hintergrund brüllte Buster auf, dann schrie Porcius dumpf. Mondra wirbelte herum. Der Agent lag auf dem Rücken; Dion

Matthau wollte aufstehen, doch Gili hieb ihm die Handkante in den Nacken. Mit einem Grunzen brach er zusammen. Seine Arme zuckten, dann lag er still.

»Verliert keine Zeit!«, forderte Rhodan.

»Perry, was wird hier gespielt? Wie kommst du ...«

Er rannte weg, quer über die Plattform und auf einen Pfad, der ihnen gegenüber erneut in das Moor des Pilzwaldes führte. Brauner Morast umgab die steinerne Ebene, die daraus wie eine Insel emporragte. In der schwül-feuchten Luft hing der modrige Gestank der Pilze.

»Bist du ausgebrochen?«, rief sie Rhodan hinterher. »Wie bist du in den Parcours gekommen?« Er war wohl schon zu weit weg, um sie noch zu hören. Bald verschwand er zwischen den riesenhaften Gewächsen.

Ein Verdacht drehte Mondra schier den Magen um: War Perry Teil des gegnerischen Teams? Das würde Oread Quantrill ähnlich sehen; wie perfide wäre es, Rhodan gegen seine Kollegen antreten zu lassen, wenn nur eine Gruppe gewinnen und damit überleben konnte. Sollte das tatsächlich stimmen, bewiesen die letzten Sekunden allerdings, dass Perry nicht gewillt war, Mondra verlieren zu lassen. Umgekehrt würde sie ebenso wenig aktiv gegen ihn ankämpfen.

Eine verrückte Situation.

Porcius' schwerer Atem riss sie aus den Gedanken. »Ich konnte ihn nicht mehr halten.« Er wischte sich Blut von der Oberlippe. »Tut mir leid.«

Gili lächelte verwegen. »Wofür gibt's denn mich? Ich mag zwar klein sein, aber niemand sollte mich und mein Karate unterschätzen. Es gibt modernere Kampfsportarten und angeblich auch bessere, aber ich stehe auf alte Überlieferungen von Terra.« Sie rieb sich die Hand, mit der sie zugeschlagen hatte. »Buster wird sich für einige Minuten nicht mehr rühren. Ich musste leider eine ziemlich brutale Methode wählen.«

Mondra hob nachdenklich das Vibromesser, das sie unverhofft erhalten hatte. »Hoffentlich schläft er lange genug.« Mit einem mulmigen Gefühl näherte sie sich dem ohnmächtigen TLD-Agenten.

»Ich weiß nicht, ob das besonders angenehm für ihn werden wird. Ihr müsst ihn fixieren.«

»Kein Problem«, sagte Gili. »Gib mir eine Medoliege, die entsprechenden Gurte und energetischen Haltefelder.«

Mondra lächelte nur. Sie wusste, dass ihre beiden Kollegen ihr Bestes geben würden. Fragte sich nur, ob das ausreichte, falls sie den Parasiten auf *radikale* Weise entfernen musste. Ihr wurde mulmig zumute, als sie sich fragte, *wie* radikal sie wohl vorgehen musste.

Buster lag auf der linken Seite, den Kopf weit im Nacken. Die Augen standen halb offen, nur das Weiße war darin zu sehen. Im Augenwinkel war ein Äderchen geplatzt. Ein Speichelfaden rann aus dem reglosen Mund.

»Du hast ihn ordentlich schachmatt gesetzt.« Mondra bückte sich und zog den Stoff vorsichtig über Dion Matthaus befallenem Bein zurück, darauf bedacht, das Pilzgewächs nicht direkt zu berühren.

Sie schaltete das Vibromesser ein. Optisch war nur zu erahnen, dass sich die Klinge bewegte; die Schwingungen waren zu schnell, die Bewegung zu minimal. Mondra atmete tief durch. Als sie sich selbst die kleine Pilzgeschwulst vom Finger gerissen hatte, hatte sie sofort geblutet. Das Problem in Busters Fall war, dass eine etwa dreißig Zentimeter durchmessende Fläche befallen war – was hieß, dass eine ebenso große Wunde zurückbleiben konnte. Für Mondra war es nicht mehr als ein winziger Schnitt gewesen; für ihn konnte es weitaus schlimmer ausgehen.

»Worauf wartest du?«, fragte Porcius erstickt. Seine Finger nestelten am Stoff seiner Uniform.

Mondra gab keine Antwort, suchte nach einer passenden Stelle, an der sie das Messer ansetzen konnte.

»Hör schon auf!«, forderte Gili.

Erst bezog es Mondra auf sich, doch dann wurde ihr klar, dass Porcius gemeint war.

»Ich vermisse meine Früchteriegel«, meinte er.

»Du bist ja süchtig nach dem Zeug!«

»Süchtig? Kann sein. Sie beruhigen mich. Außerdem wirken sie bewusstseinserweiternd, intelligenzsteigernd und ...«

»Und aphrodisierend«, unterbrach Gili. »Ich weiß. Zumindest weiß ich, dass du das behauptest. Alles Humbug, wenn du mich fragst. Ich habe es jedenfalls nicht gemerkt, als ich dir einen geklaut habe.«

»Du hast ...« Weiter kam er nicht. Genau wie Gili starrte er auf den wulstigen Pilz, in den Mondra soeben hineinschnitt.

Die Masse quoll auf. Oder vielmehr *bäumte* sie sich auf. Mit einem schmatzenden Geräusch löste sich das gelbliche Etwas rund um den Einschnitt von Busters Haut und zog sich mit erstaunlicher Geschwindigkeit zurück.

Intuitiv nutzte Mondra diese Gelegenheit und schnitt mit dem Vibromesser nach, kappte einen Teil der Pilzgeschwulst. Diese bäumte sich auf und kroch davon. Wieder erinnerte es sie mehr an eine Schnecke als an einen Pilz. Plötzlich wimmelten kleine Wurzelfäden, und das Ding huschte auf den Boden. Busters Unterschenkel glänzte blutig rot; der TLD-Agent rührte sich noch immer nicht.

Das Ding wuselte über den Boden. Es stank widerlich, wie faulendes Aas. Gerade hob Mondra das Messer, um zuzustechen, als Gilis Stiefel wuchtig auf den Pilz krachte, der schmatzend zerplatzte. Eine schleimige, farblose Masse quoll unter ihrer Sohle hervor. »Falls es noch ... lebt, zerschneid es«, forderte die junge TLD-Agentin.

Doch das war offensichtlich nicht nötig. Die Masse klebte am Boden; feine Wurzelhärchen – *Tentakel*, dachte Mondra – gingen von ihr aus, die nur noch vereinzelt leicht zitterten. Bald endete jede Bewegung.

Porcius säuberte Busters Bein notdürftig mit dem Stoff seiner eigenen Uniform. Zahllose Einstiche übersäten die Haut. Es floss jedoch kein neues Blut mehr. Matthaus Augenlider flatterten, er stöhnte leise und öffnete die Augen. Sie schimmerten matt, wie von einem Schleier überzogen.

Der TLD-Agent schob die rechte Hand an den Hinterkopf und würgte. »Kopfschmerzen«, brachte er gequält hervor, dann zuckte er und erbrach sich.

»Wie geht es dir?« Hinter Mondras einfacher Frage steckte weitaus mehr, als es den Anschein hatte.

»Elend. Wie – verdammt, wie kommen wir hierher?« Busters Hand fuhr über den Steinboden.

»Woran erinnerst du dich zuletzt?«

»Wir gingen eben noch auf dem dunklen Pfad durch das Moor.«

»Du hast mich angegriffen«, sagte Mondra.

»Ich habe – was?«

»Vergiss es.« Seine Reaktion erleichterte Mondra. Offenbar hatte sich der Parasit – das erschien weitaus passender als die Bezeichnung *Symbiont* – mit blitzartiger Geschwindigkeit in Busters Bewusstsein festgesetzt und es beeinträchtigt; ebenso offensichtlich schien sie ihn auf einfache Weise auch wieder vollständig entfernt zu haben. Dafür sprach auch, dass Mondra selbst keinerlei Beeinträchtigung spürte, obwohl sie ebenfalls Trägerin eines kleinen Parasiten gewesen war. *Die raffinierteren Organismen haben sich die Architekten dieses Parcours wohl für spätere Runden aufgehoben,* dachte sie sarkastisch und berichtete Buster, was geschehen war.

Obwohl ihre Lage alles andere als zufriedenstellend war und jeder am liebsten eine Unzahl weiterer Überprüfungen vorgenommen hätte, hatten sie keine andere Wahl, als den Zwischenfall zu den Akten zu legen. Es blieb das ungute Gefühl, möglicherweise einen fremdartigen Parasiten in sich zu tragen, der jederzeit Einfluss auf das eigene Bewusstsein nehmen konnte. Ohne medizinische Ausrüstung und ausführliche Scans konnte sich Mondra keine Gewissheit verschaffen.

Buster stand auf und belastete vorsichtig sein verletztes Bein. Zwar knickte er damit immer wieder leicht ein, doch er betonte, dass niemand auf ihn Rücksicht nehmen müsse.

Noch immer rätselte Mondra über Perrys unerwartetes Auftauchen und seinen plötzlichen Abgang. Ging es dabei mit rechten Dingen zu? Oder stellte dies womöglich eine Eigenart des Parcours dar? War Perry überhaupt echt gewesen oder nur eine *Spielfigur* im Rahmen dieser Runde? Mondra hatte ihn sofort erkannt, und er war auch kein Hologramm gewesen. Zumindest hatte er ihr das Messer übergeben, und dazu wäre ein Hologramm wohl kaum in der Lage gewesen, ebenso wie ...

Gili riss sie aus ihren Grübeleien. »Kommt es euch nicht seltsam vor, dass wir so völlig unbehelligt bleiben?«

»Ohne Perrys Hilfe wüssten wir nicht, wozu diese Ebene dient«, sagte Porcius. »Beim Echtzeit-Holojumping kommt es nicht nur auf äußere Gefahrensituationen an, sondern auch darauf, seinen Verstand einzusetzen. Dies alles ist nichts anderes als ein weiteres Rätselspiel, wie schon der Würfelraum. Naja ... fast. Mir sind diese Parasitendinger gefährlich genug. Und wer weiß, welche Probleme uns die Leuchtsporen bereitet hätten.«

»Nicht *hätten*«, prognostizierte Mondra düster. »Sie *werden* es noch. Denn laut Perry müssen wir zum Transmitter zurückkehren, um diese Spielrunde zu beenden. Dort wimmelt es von diesen Leuchtsporen. Vergesst nicht – irgendwo auf dieser Steineebene liegt ein Kode verborgen, und wenn wir ihn entdeckt haben, müssen wir erneut durch das Moor.«

Sie verteilten sich. Mondra blickte die Ebene entlang; es gab schlicht *nichts*, das sich als Versteck eignete, nur eine weite, in ihrer Gesamtheit offenbar kreisförmige Plattform, die an allen Seiten von Moor umgeben war; genau wie die Ankunftsebene des Transmitters.

Also suchten sie den Boden ab, hielten Ausschau nach einem Einstieg in einen unterirdischen Raum – oder nach irgendeiner anderen Auffälligkeit.

»Wie könnte dieser Kode aussehen?«, fragte Buster nach einigen Minuten. Er saß auf dem Boden, beide Beine an den Körper gezogen.

»Es ist ein Spiel«, betonte Porcius. »Die Möglichkeiten sind unendlich. Eine Symbolfolge, eine Auflistung von Zahlen, ein ...«

»Zahlen«, unterbrach der TLD-Agent. »So wie diese hier?«

Mondra stand als Erste neben ihm und starrte auf den Boden vor seinen Füßen. Porcius und Gili knieten sich Sekunden später nieder, um die deutlich zu erkennenden Einkerbungen genauer in Augenschein zu nehmen.

»Das darf nicht wahr sein ...« Porcius strich mit den Händen über den Boden, beugte sich weiter vor und blies in das, was zunächst wie zufällige Schrammen und Kerben ausgesehen hatte. Weiße Staubwolken wallten auf; er musste husten.

Die anderen bückten sich ebenfalls. »Wie bist du darauf aufmerksam geworden, Buster?«, fragte Mondra. »Es war kaum zu sehen.«

»Kaum.« Buster grinste. »Das ist der springende Punkt. Ich habe meine Augen offen gehalten. Außerdem hatte ich wohl Glück. Mein Bein schmerzte so, dass ich mich setzen musste.«

Sie legten Ziffer um Ziffer frei. Jede Zahl war in etwa so groß wie Mondras Hand und einige Zentimeter tief in das Gestein geschlagen. Als sie gerade eine Zwei von scheinbar jahrealtem Staub befreite, krabbelte eine Spinne daraus hervor und huschte zwischen ihren Beinen davon.

»Das war's auf meiner Seite«, sagte Gili schließlich. Auch Mondra konnte keine Ziffern mehr entdecken. In einer ordentlichen Reihe lagen zwanzig Zahlen frei, gefolgt von zwei Kreuzen.

»2 – 4 – 1 – 6 – 2 – 5 – 6 – 6 – 5 – 5 – 3 – 6 – 4 – 2 – 9 – 4 – 9 – 6 – 7 – 2«, las Mondra langsam jede einzelne Ziffer.

»Und zweimal ein X«, ergänzte Buster.

»Ich glaube nicht, dass es sich am Ende um Buchstaben handelt«, meinte Porcius.

»Sondern?«

»Es sind Platzhalter in einem Rätselspiel. Solche Zahlenfolgen sind äußerst beliebt beim Echtzeit-Holojumping. Man präsentiert uns nicht den kompletten Kode, sondern verlangt noch eine Geistesleistung, damit wir das Rätsel knacken.«

»Wir sollen also herausfinden, welche Zahlen an diese Stellen gehören«, sagte Mondra. »Eine logische Abfolge, für die es nur eine Lösung gibt.«

»Exakt.«

»Und dann geben wir diesen Kode aus zweiundzwanzig Stellen in den Transmitter ein?«

Porcius nickte. »Was bedeutet, dass wir uns die Abfolge erstens merken und zweitens herausfinden müssen, wie die Leerstellen zu besetzen sind.«

»Notfalls versuchen wir es so lange, bis es klappt«, meinte Buster missmutig. »Bei zwei Stellen kann es sich ja höchstens um neunundneunzig Versuche handeln. Sollte machbar sein.«

»Ganz sicher nicht. Erstens wären es hundert, und zweitens bleiben bei derlei Spielen in der Regel drei Versuche. Vielleicht auch etwas mehr ... aber ganz sicher keine hundert. Irgendwann wird sich der Transmitter für immer desaktivieren, und wir sitzen in diesem Pilzwald fest. Keine allzu angenehme Vorstellung, wenn du mich fragst.«

»So weit wird es nicht kommen.« Porcius sah fast aus, als fände er Gefallen an diesem verrückten Spiel, in das Oread Quantrill sie geschickt hatte. Selbst Mondra war kurz davor, zu vergessen, worum es eigentlich ging – um Freiheit und eine Jet, um Jupiter und dessen ins Chaos gestürzte Atmosphäre. »Suchen wir zunächst die Logik in der Abfolge der Zahlen. Am besten beginnen wir damit, die einfachsten Methoden auszuschließen.«

»Man addiert zwei von der ersten zur zweiten Zahl«, sagte Gili. »Dann subtrahiert man drei, addiert fünf, subtrahiert vier, addiert drei.« Sie stockte kurz. »Keine logische Abfolge. Zweiter Versuch: mal zwei, durch vier, mal sechs, durch drei ... nichts.«

Mondra murmelte derweil immer wieder die ersten Zahlen vor sich hin, kam aber auch zu keinem Ergebnis. Es fiel ihr schwer, sich zu konzentrieren, seit sie sich den Ernst der Gesamtlage ins Gedächtnis gerufen hatte. War es ein Fehler gewesen, auf Quantrills Angebot einzugehen? Hatte er sich so auf elegante Weise seiner Gegner entledigt? Was bedeutete schon, dass der Vorgang *öffentlich* bekannt war, dass in diesem Moment wohl Hunderte Bewohner der Faktorei MERLIN ihrem Bemühen zusahen? Die kleine Flugkamera, die Quantrill ihnen mit auf den Weg hatte geben wollen, hatte Mondra ohnehin noch nie gesehen. Sollte sie tatsächlich im Würfelraum gewesen sein, hatte sie den Transmittersprung in den Pilzwald mitgemacht? Es konnte möglich sein, dass es sich um ein derart kleines Gerät handelte, aber ...

Je länger Mondra darüber nachdachte, desto mehr Fragen stellten sich ihr. Es gab anderes zu tun – Wichtigeres. Im Moment galt es, das Rätsel dieser Zahlenfolge zu knacken, die sich einige Spiele-Erfinder ausgedacht hatten, die wohl nicht ahnten, dass ihr kleines Rätsel eines Tages tödlicher Ernst sein würde. Und das wohl nicht nur für die vier Gefährten, sondern für jeden einzelnen Bewohner des Solsystems. Denn das kleine Team stand möglicherweise als letzte Bastion zwischen Quantrill und der Erfüllung seiner Pläne. Zwar wusste Mondra noch nicht, wie diese Pläne genau aussahen, aber sie standen offensichtlich mit der Katastrophe in Jupiters Atmosphäre in Zusammenhang.

Mondra versank in den Zahlen. *Zwei* verdoppelt gab *vier*, zweimal verdoppelt gab *sechzehn* ... das war es – die ersten vier Zahlen passten, es handelte sich nicht um eine *eins* und eine *sechs*, sondern eine *sechzehn*. Die *sechzehn* dreimal verdoppeln ... nein, viermal – auch nicht ... sondern ...»Ich hab's«, rief Mondra.

»Jede Zahl wird mit sich selbst multipliziert. Ein einfaches Quadraträtsel. *Zwei* mal zwei gibt *vier*. Mal vier gibt *sechzehn.* Mal sechzehn gibt *256*. Das passt. Nun mal 256 ... ich vermute, dass ...«

»Du vermutest richtig!«, rief Gili begeistert. »65 536.«

Buster tippte sich an die Stirn. »Helles Köpfchen.«

»Zahlen sind mein Ding«, meinte Gili. »Aber mit dem nächsten Schritt habe ich auch Probleme. Moment.« Sie bückte sich, kniete sich vor eine Stelle, an der der aus den Ziffern geblasene Staub besonders dicht lag. In diesen schrieb sie mit dem Finger die Zahl 65 536.

Als Mondra sie ansprechen wollte, streckte sie abwehrend die Hand aus: *Stört mich nicht!* Eine ganze Zeit saß sie regungslos, dann schrieb sie eine *vier* darunter. Gefolgt von einer *zwei*.

»Sie hat es«, flüsterte Porcius. »Die Ziffern passen.«

Gili schrieb seelenruhig weiter, war bei der sechsten Zahl angelangt, einer *sieben*. Diese verwischte sie jedoch und korrigierte zu einer *sechs*. Dann ging es in raschem Tempo weiter. »Vier Milliarden«, begann sie. »294 Millionen, 967 Tausend, 296. Das ist es. Und das sind unsere beiden fehlenden Ziffern.« Sie verschränkte die

Hände im Nacken und drückte die Ellenbogen nach hinten. Dabei sah sie äußerst zufrieden aus. »Worauf warten wir noch? Zurück zum Transmitter!«

Sie gingen auf dem dunklen Pfad zurück, der sich durch das Moor schlängelte. Die Pilze verströmten weiterhin ihren dumpf-modrigen Gestank. Alle achteten genau darauf, wohin sie traten – niemand verspürte Lust, das Gleiche zu durchleiden wie Buster.

»Warum sind wir nicht auf unsere Gegner getroffen?«, fragte Gili. »Es sei denn, wir zählen Perry Rhodan dazu – aber auch er war allein.«

»Der Gedanke, Perry im gegnerischen Team zu wissen, behagt mir gar nicht«, sagte Mondra. »Aber es ist die plausibelste Annahme. Gehen wir also zunächst davon aus. Allerdings bleibt offen, warum er allein war.«

»Gute Frage«, meinte Porcius Amurri. »Eine Antwort kann ich dir nicht geben, nur die Vermutung anstellen, dass alles zeitversetzt abläuft. Sprich, das andere Team war schneller als wir. Oder langsamer.«

Buster stolperte über etwas, konnte einen Sturz aber gerade noch verhindern. »Hoffen wir auf das Letzte. In dem Fall wäre Rhodan eine Art Vorhut.«

»Was allerdings nicht dazu passt, dass er über den Kode und seine Bedeutung Bescheid wusste«, gab Mondra zu bedenken. »Das sieht eher danach aus, als hätten unsere Gegner dieses Rätsel längst gelöst.«

Porcius schnipste mit den Fingern. »Dabei vergisst du aber, dass er uns zwar geholfen hat, aber nicht sagte, *wo genau* der Kode verborgen liegt. Warum hätte er uns das verheimlichen sollen? Und warum lag in den Ziffern scheinbar der Staub von Jahrzehnten? Nein, so einfach passen die Puzzlestücke noch nicht zusammen.«

Schweigend eilten sie weiter. Mondra kam es vor, als würden die gewaltigen Pilze zu allen Seiten sie mehr und mehr bedrängen und beständig näher rücken. Und stank es nicht auch von Sekunde zu

Sekunde intensiver? Hätte sie sich nicht längst daran gewöhnen und es kaum noch wahrnehmen müssen?

Was ging hier vor sich?

Ein Knattern und Rauschen lenkte sie ab, gefolgt von leisem Plätschern. Es dauerte nicht lange, die Quelle dieser Geräusche zu entdecken. Nicht weit vor ihnen regneten aus einer Pilzkrempe die bereits bekannten Leuchtfäden, nur dass sie diesmal nicht wie schwerelos durch die Luft segelten, sondern direkt in den Sumpf stürzten, der sie schmatzend verschlang.

Eine einzige dieser Sporen fiel vor ihnen auf den Weg. Das Leuchten veränderte seine Helligkeit; der Faden schien zu pulsieren. Er erinnerte Mondra an eine fette Made.

Buster ging an der Spitze der kleinen Gruppe. Man merkte ihm seine Verletzung höchstens durch ein kaum wahrnehmbares Humpeln an. Vor der Spore bückte er sich, streckte die Hand aus.

»Nein!«, rief Gili, die direkt hinter ihm stand.

Ehe sie es verhindern konnten, hob ihr Kollege das leuchtende Etwas auf.

Mondra stieß Gili zur Seite, ohne auch nur eine Sekunde nachzudenken. Sie hörte einen entsetzten Schrei, dann ein klatschendes Geräusch. War Gili in den Sumpf gestürzt? Es spielte keine Rolle, Mondra wollte Buster nur von dem Faden befreien.

Sie wollte nur helfen.

Wollte nur die Spore ...

... wollte sie für sich selbst.

Sie packte Buster an der Schulter, riss ihn herum, schlug gegen sein Handgelenk. Busters Finger öffneten sich reflexartig. Mondra entriss ihm die Spore.

Sofort strömten fremde Gedanken in sie ein. Bilder bauten sich vor ihr auf. Der Pilzwald verschwand, machte einer kleinen Stadt Platz. Einfache, stumpfsinnige Gebäude standen mit einem Mal rund um sie. Es war Nacht. Nur hinter wenigen Fenstern leuchtete Licht.

Jemand rief ihren Namen. »Mondra!« Die Stimme drang aus einem Traum zu ihr. So musste es sein. Nichts als ein dummer, bedeutungsloser Traum. Schließlich war sie allein. Wer sollte auch sonst hier sein? Sie war ein Mädchen, ganz allein, und diese schreckliche Krankheit hatte jeden auf der ganzen Welt getötet. Keiner war übrig.

Sie spazierte durch ihre kleine Heimatstadt auf Horrikos, der Welt, die zu einem Geisterplaneten geworden war. Angst empfand sie jedoch nicht. Warum sollte sie auch? Die Pilze, ihre Freunde, beschützten sie. Sie legte den Kopf in den Nacken. Über ihr in der Atmosphäre irrlichterte es. Das war, weil ... *Jupiters Gashülle in Unordnung geraten war* ... die dumme Krankheit sogar die oberen Luftschichten durcheinanderbrachte.

Mit der Fackel in der Hand streifte sie durch die leeren Gassen. Der Lichtschein riss ein Stück ihrer Umgebung aus der Dunkelheit, war aber auch verflixt heiß. Fast konnte sie die Fackel nicht mehr halten.

Außerdem stank es. Bestimmt weil alle tot waren und irgendwo in den Häusern verrotteten. Aber was sollte sie machen? Sie musste in die Stadt, in die Supermärkte, um sich neue Konzentratnahrung zu holen. Das meiste dort war vergammelt, aber diese Päckchen schienen für die Ewigkeit hergestellt worden zu sein.

Ihr Fuß hing plötzlich fest.

Sie blickte nach unten. Er versank in der Erde. Nein, er hing in einer Falle fest, in einem üblen Metallgestell, dessen Zacken sich in ihr Fleisch bohrten. Wie hatte sie es nur nicht gleich bemerken können? Und wieso tat es nicht weh?

Mit dem Gedanken kam der Schmerz. Sie schrie auf, krümmte sich.

Etwas packte sie an den Schultern. Sie wirbelte herum, schlug um sich, traf irgendetwas. Schrie da nicht jemand? In ihrem Traum? Und auch in der Realität? Warum wachte sie denn nicht auf? Es tat so weh.

Sie weinte.

Die Fackel glühte. Ein Funken regnete herab, ein Stückchen brennendes Pech brannte sich in ihren Arm. Aber sie ließ nicht los! Nein, sie durfte nicht loslassen, sonst würde es dunkel werden! Da war dieses Monster, dieses Ungetüm, das ihr die Fackel und das Licht rauben wollte. Sie rammte ihm das brennende Endstück mitten in die hässliche Fratze.

Es schmerzte immer mehr. Die Raubtierfalle aus Metall war gar keine Falle, sondern eins der vielen Mäuler des Monsters, das wieder und wieder zubiss, sich an ihrem Bein nach oben arbeitete und sich Stück für Stück von ihrem Fleisch einverleibte.

Tränen liefen ihr über die Wangen. Sie strampelte, doch das Monster lachte glucksend und fraß immer weiter. Eklige Tentakel schlangen sich um ihren Brustkorb, um die Arme. Mondra konnte sich fast nicht mehr bewegen. Aber sie wollte nicht sterben! Sie war doch noch ein Kind!

Glühende Augen schwebten plötzlich vor ihrem Gesicht. »Lass los! Lass los!« Das schreckliche Ungeheuer zerrte an der Fackel. Davor hatte es wahrscheinlich Angst. Mondra rammte sie mitten in die hässlichen, glotzenden Augen.

Ein unmenschliches Brüllen, dann schlug etwas gegen ihre Wangen, und noch einmal, und noch einmal. Der Griff um ihre Hand wurde stärker, brutaler, und irgendwann konnte Mondra nicht mehr. Sie öffnete die Finger und starb.

Und ... starb?

Sie wachte auf.

Porcius Amurri hielt sie gepackt, das rechte Auge zugeschwollen. Blut lief über sein Gesicht. Mondra steckte bis zur Hüfte in einer eiskalten und doch brennenden Masse. Der Sumpf!

»Was ...«

Porcius schrie und warf sich zurück, die Arme um Mondra geschlungen. Geradezu widerwillig löste sich der Sumpf von ihren Beinen. Es gluckerte und Blasen platzten, als sie schließlich auf dem Weg lag. Buster saß schwer atmend neben Gili, die lang ausgestreckt auf dem dunklen Pfad lag. Die Agentin war von Kopf bis Fuß mit braunem Morast verschmiert.

Blitzartig überkam Mondra die Erinnerung. »Was habe ich getan?«

»Bist du wieder klar bei Sinnen?«, fragte Porcius undeutlich. Nun erst erkannte Mondra, dass seine Oberlippe geschwollen war. Blut rann über die Zähne.

»Ich ... ich habe geträumt«, stotterte sie.

»Nicht geträumt«, rief Buster. »Du hast unter dem Einfluss dieser verdammten Spore halluziniert.«

»Aber es war so real. Und so plötzlich.«

»Ging mir genauso, bis du mir die Spore aus der Hand gerissen hast.«

Mondra erinnerte sich. Um den leuchtenden Faden zu bekommen, hatte sie Gili einfach zur Seite gestoßen – woraufhin diese offenbar in den Sumpf gestürzt war. Mondra erschrak bei der Erkenntnis, dass dies ihre Kollegin hätte töten können. »Was ist bloß in mich gefahren?«

»Ich habe es genauso erlebt«, sagte Buster. »Du hast die Spore gesehen und wolltest sie haben.«

»Wollen«, murmelte Mondra. »Es war viel mehr als das. Ich *musste*. Dieser eine Gedanke hat meinen Verstand geradezu weggefegt.«

Buster reichte Gili die Hand, als diese sich aufsetzte. »Ging mir genauso«, sagte er.

»Was ich mir durchaus erklären kann«, meinte Gili. »Du, Buster, warst ... infiziert oder wie immer wir es nennen sollten. Vielleicht sind Reste in deinem Körper zurückgeblieben, die auf den Anblick reagiert haben. Aber im Fall von Mondra ...«

»Ich war ebenfalls befallen«, unterbrach sie. »Eine winzige Stelle an der Hand. Ich habe mir den Pilz selbst von der Haut gerissen.« Ihr wurde übel bei der Vorstellung, dass sie die Kontrolle über sich selbst verloren hatte. Der Gedanke daran war nahezu unerträglich; sie war immer Herr über sich selbst, eine Persönlichkeit, die sich nicht dominieren ließ, sondern eher über andere bestimmte. Und nun war sie unversehens zur Gefahr für ihr Team geworden. Ihre Finger zitterten; sie ballte die Hände zu Fäusten. »Wie es aussieht, bereitet uns dieser Pilzwald große Probleme. Ich mag mir nicht ausrechnen, was in den nächsten Runden dieses Parcours noch auf uns wartet.«

Porcius wischte sich Blut von der Oberlippe und betastete sein Auge. »Für eine Sekunde habe ich es selbst erlebt. Du hast mir die Spore ins Auge gerammt.«

»Entschuldige, ich ...«

»Vergiss es! Heute ist einfach nicht mein Tag ... ich scheine für euch alle die Zielscheibe zu sein.« Er versuchte ein müdes Grinsen.
»Jedenfalls genügte bereits der kurze Kontakt, um mich Bilder sehen zu lassen. Ich war in einem fremden Raumschiff. Die Sicht war schlecht, aber ich habe Maschinenblöcke erahnt, die sich bewegten und ... atmeten. Sie lebten. Nicht wie Roboter mit einer biologischen Komponente, sondern echtes, eigenes Leben. Diese fremde Welt verblasste aber sofort wieder, als du die Spore zurückgezogen hast.«
»Ich wollte sie nicht hergeben«, sagte Mondra. »Kein anderer Gedanke hatte mehr in mir Platz.«
»Ganz im Gegenteil.« Buster verzog verächtlich das Gesicht. »Noch ein bisschen länger, und du wärst gestorben. Du hast schon verflixt weit im Sumpf gesteckt und dich mit aller Kraft dagegen gewehrt, dass Porcius dich herauszieht.«
Mondra erschauerte bei der Erinnerung an das Monstrum, in das sich Porcius in ihrer Vision verwandelt hatte. »Wie kann die Wirkung auf den menschlichen Geist derart extrem sein?«
»Sogar auf Terra sind Pilze mit starker halluzinogener Wirkung bekannt. Diese Monsterexemplare könnten spezielle genetische Züchtungen sein, extra für die Verwendung im Parcours erschaffen. Oder sie kommen auf irgendeinem Planeten tatsächlich so vor.«
»Erinnere mich daran, dass ich um diese Welt einen großen Bogen mache«, bat Buster. »Und jetzt sollten wir uns wieder auf den Weg machen.«
Niemand widersprach. Aber genau wie Mondra fragte sich wohl jeder, was sie tun sollten, wenn die Transmitterplattform noch immer von den Leuchtsporen belagert wurde.
Sie gingen schweigend weiter und kamen ohne weitere Zwischenfälle in Sichtweite ihres Ziels.
Auf den ersten Blick sah die Plattform sicher aus. Der Metallbogen stand wie ein Scherenschnitt vor den Riesenpilzen im Hintergrund. Die Luft war frei von leuchtenden Fäden oder sonstigen Gefahren. Alles schien gut zu sein, bis Mondra nahe genug kam, um den Felsboden der Plattform zu sehen.
Er leuchtete.

Genauer gesagt, leuchteten Dutzende von Sporen, die dort niedergefallen waren. Sofort verspürte sie ein Drängen in sich, den Wunsch, loszurennen und möglichst viele der Sporen an sich zu nehmen. Nur mit Mühe unterdrückte sie das Verlangen. »Buster?«

»Ich ... ich sehe sie.«

»Wie kommst du ...«

»Wenn ich noch näher gehe, kann ich für nichts garantieren.« Er stand starr, wandte den Blick ab. »Ich weiß nicht, wie lange ich mich noch unter Kontrolle halten kann.«

»Mir geht's gut«, sagte Gili. Porcius nickte zustimmend. Also stand definitiv fest, dass jener drängende Wunsch nur entstand, wenn man vorher von einem der Parasiten befallen worden war. Was wiederum bedeutete, dass sowohl Mondra als auch Buster noch Reste der fremden Lebensform in sich trugen. Eine alles andere als angenehme Vorstellung.

»Die Lösung ist ganz einfach«, behauptete Porcius. »Ihr beide bleibt hier oder geht besser noch weiter zurück. Gili und ich kümmern uns um die Sporen.« Er streckte die Hand aus. »Mondra, gib mir das Vibromesser. Damit werde ich die Sporen zerschneiden und die Reste entfernen.«

Gili kramte in ihrem Handtäschchen und beförderte souverän grinsend eine fingergroße Tube zutage. »Das ist bio-formbares Gel, das sich als unsichtbare Schutzschicht um die Hände legt. Ich nutze es üblicherweise, um keine oder auch falsche Fingerabdrücke zu hinterlassen, die in die Gelschicht eingeprägt werden können. In diesem Fall wird es jeden direkten Hautkontakt verhindern.«

Mondra stimmte zu, und so blieben sie und Buster zurück. Beide konnten nur hoffen, dass Porcius und Gili das Problem beseitigen konnten. Sie selbst waren erst einmal aus dem Spiel.

Porcius hielt das Vibromesser in der Rechten. Genau wie Gili Sarandon schützte er seine Hände mit dem Biogel; der Vorrat war dadurch zur Hälfte aufgebraucht. Er drehte sich zu seiner Kollegin um. »Wir werden aufeinander aufpassen müssen.«

Sie lächelte ihn herzzerreißend sanft an. »Kein Problem.«

Seine Wangen wurden heiß. Er wandte sich rasch wieder ab und war froh, dass sie hinter ihm ging und es nicht sehen konnte. »Ich meine ... wir können ...«

»Schon gut.« Sie legte ihre Hand kurz auf seinen Rücken. »Wenn einer von uns einen fremden Einfluss spürt, irgendetwas, das auf eine Halluzination hindeutet, teilt er es dem anderen sofort mit.«

Porcius kam sich seltsam unwirklich vor, als er weiterging. Zweifellos trat er in diesen Sekunden gegen den ungewöhnlichsten Gegner seiner bisherigen Karriere beim TLD an: leuchtende Sporen einer pilzartigen Lebensform.

Schon am äußeren Rand der Transmitterplattform lagen die ersten dieser fadenartigen Gebilde. »Ich starte einen Versuch«, kündigte Porcius an. Er bückte sich, schaltete das Messer ein, richtete die Klinge aus und stach vorsichtig zu.

Die äußere Hülle des Sporenfadens platzte unter dem Druck. Eine schleimige Flüssigkeit spritzte heraus; ein Tropfen klatschte auf Porcius' Handrücken. Der junge TLD-Agent zuckte zurück, fluchte und schüttelte unwillkürlich die Hand. Das Vibromesser flog in hohem Bogen davon. Ohne nachzudenken, handelte er instinktiv – und trat mitten auf die Transmitterebene, so dass es ihm gelang, das Messer noch im Flug wieder aufzufangen.

Etwas knackte unter seinem Fuß, dann sackte er tiefer und rutschte aus. Schreiend versuchte er das Gleichgewicht zu halten, doch er stand auf einer schleimigen Masse – dem Inneren eines zerplatzten Sporenfadens. Mit den Armen rudernd versuchte er das Gleichgewicht wiederzufinden.

»Halt das Messer still!« Das war Gili. Porcius gehorchte und fühlte gleich darauf zwei Hände, die ihn unter den Achseln packten und ihm Stabilität gaben.

»Leichtsinnsfehler, was?« Ihre Stimme klang erleichtert.

Er ächzte. »Kann man wohl sagen.«

»Geht's wieder?«

»Sicher. Kannst loslassen.« Unter seinen Füßen quoll eine rötlichbraune Masse hervor, in der winzige Maden wimmelten. Die kleinen Tiere gaben das charakteristische Leuchten ab. Porcius fragte sich, ob diese Madenwürmer die Halluzinationen hervorriefen. Möglicherweise waren sie auch die treibende Kraft hinter den Parasiten, die Busters und Mondras Verstand befallen hatten. In dem Fall würden die Würmer – oder deren Eier – wohl in den Körperkreislauf der Befallenen eindringen. Das stellte Punkt eins auf der Liste mit den Dingen dar, die sofort nach Ende des Parcours erledigt werden mussten; falls es dann nicht schon längst zu spät war. Aber solange sie in dieser bizarren Spielwelt gefangen waren, ließ sich daran ohnehin nichts ändern.

Die Würmer krochen bereits auf einem seiner Stiefel. Ein Schauer des Ekels überlief ihn. »Zurück!«, rief er. »Wir sollten die Plattform erst einmal nicht betreten.«

Gili gehorchte, und Sekunden später standen sie wieder gemeinsam auf dem Weg. Porcius schüttelte den Stiefel. Die Maden flogen davon und klatschten auf die Sumpfoberfläche, wo sie sich ringelten. Nur wenige versanken langsam, die meisten krochen davon.

»Das mit dem Messer war wohl keine gute Idee«, meinte die Agentin.

»Hast du einen besseren Vorschlag?«

Gili hob die Hände und legte die Fingerspitzen aneinander. »Allerdings. Du würdest dich wundern, wozu meine Finger in der Lage sind.«

Ihm wurde die Kehle eng. Ob Gili überhaupt bewusst war, was sie da eben gesagt hatte? Und in welchem Tonfall?

Ihr Grinsen legte nahe, dass sie es tatsächlich wusste. »Ich gehe davon aus, dass das Gel uns ausreichend schützt. Also werde ich die Sporen packen und eigenhändig in den Sumpf schleudern.«

»Aber wenn ...«

»Wenn ich mich seltsam verhalte, verlasse ich mich auf dich. Dann bringst du mich hier heraus, klar?«

Er nickte. »Klar.«

»Du bleibst auf dem Weg stehen und behältst mich genau im Auge.«

»Es gibt unangenehmere Aufgaben«, meinte er und befand den Spruch für gar nicht mal so schlecht. In der Tat genoss er den Anblick von Gilis Po, als sie sich bückte und mit der pikanten Aufgabe begann.

Stück für Stück schleuderte sie die Sporen in den Sumpf; jede einzelne war glücklicherweise so schwer, dass sie im Unterschied zu den kleinen Maden sofort versank.

Gili arbeitete wie eine Besessene. »Alles klar!«, rief sie Porcius zu. »Ich spüre nichts. Keinen fremden Einfluss. Nur einen verspannten Nacken. Könnte eine Massage gebrauchen.«

Der TLD-Agent blieb dennoch wachsam. Was, wenn der Schutz durch das Biogel nachließ? Wenn Gili einen Fehler beging und es irgendwo zu direktem Hautkontakt kam? Außerdem beobachtete Porcius genau seine Umgebung. Schließlich konnten sich in der Nähe weitere Pilzlamellen öffnen und eine neue Ladung der Sporen ausschleudern.

Plötzlich hielt Gili mitten in der Bewegung inne.

Langsam drehte sie sich um. »Eruinne«, rief sie. »Du bist gekommen! Wieso ... wieso bist du gekommen?« Die Spore, die sie gerade in Händen hielt, ließ sie achtlos fallen. Sie schlug auf ihrem rechten Fuß auf und rutschte ab, als Gili einen Schritt zur Seite ging. »Wo ist Mama? Was hast du mit ihr gemacht?« Sie lachte, neckisch, fast frivol.

Porcius durchfuhr es eiskalt. Ihm war sofort klar, was das bedeutete. Gili durchlebte eine Halluzination. Er rief ihren Namen. Sie reagierte nicht, schaute weiterhin ins Leere, streckte ihrem imaginären Gegenüber die Hand entgegen.

Auf der Ebene lagen noch etwa ein Dutzend Sporen. Zu viele, um Mondra und Buster zu Hilfe rufen zu können – ihren eigenen Worten nach würden sie dieser Verlockung nicht widerstehen können.

»Du bist un-mög-lich!« Gili lachte, ging achtlos weiter, zerquetschte eine Spore unter ihrem Fuß. Sie lachte und kratzte sich an der Wange. Etwas rieselte daran hinab. Porcius verschlug es den Atem. Das also war es – vom Hals bis übers Kinn wimmelte es rechts auf der Haut seiner Kollegin.

Maden. Hunderte Maden. Sie mussten unbemerkt auf der Uniform nach oben gekrochen sein. Nun, da Gili sie spürte, war es für sie zu spät.

Porcius rannte los. Es gab nur eine Möglichkeit, diese Situation schnell und effektiv zu bereinigen. Er näherte sich langsam seiner Kollegin, musterte sie genau. Die linke Hals- und Gesichtshälfte lag frei – keine Würmer krochen dort umher.

Es tat ihm in der Seele weh, aber er hob den Arm und schlug zu. Sein Hieb erwischte Gili voll. Ohne einen Laut von sich zu geben, sackte sie zusammen. Porcius fing sie auf, zog sie einige Schritte beiseite und legte sie vorsichtig ab.

Gili blieb ohnmächtig liegen. So gut es ging, entfernte Porcius sämtliche Maden von ihr, zerquetschte die kleinen Tiere unter seinem Fuß. Mit dem Vibromesser fuhr er in den wimmelnden Berg, der aus der zuletzt geplatzten Spore kroch.

Nun hing alles an ihm. Wenn auch er noch versagte, hatten die Pilze gewonnen. *Nein,* korrigierte er sich in Gedanken. *Dann hat Oread Quantrill gewonnen.* Diese Vorstellung ließ Wut in ihm aufsteigen. Das würde er nicht zulassen. Das *durfte* er nicht zulassen! Weder dieser Wald noch der Parcours als Ganzes und vor allem nicht Quantrill und sein Triumvirat würden ihn besiegen!

Er eilte zu der Spore, die am nächsten lag, packte sie vorsichtig und schleuderte sie in den Sumpf. Er fühlte nichts, keinen Angriff auf seinen Geist. Die nächste folgte, und eine weitere. Porcius arbeitete wie in Raserei, und er stoppte erst, als die Plattform völlig leer lag.

Ein prüfender Blick – nichts.

Atemlos hetzte er zu Gili, überzeugte sich davon, dass sie noch ohnmächtig und frei von Maden war, und rannte auf dem dunklen Weg ins Moor. »Mondra! Buster!«

Es dauerte nicht lange, bis sie antworteten.

»Ihr könnt kommen! Schnell!« Er befürchtete, dass die derzeit sichere Lage nichts weiter war als die sprichwörtliche Ruhe vor dem Sturm.

Die beiden bestätigten, und Buster rannte zurück. Er packte Gili, hob sie hoch und stolperte mit ihr auf den Armen zum Transmitter, suchte das Eingabefeld.

Verstört versuchte er sich an die Kombination zu erinnern. Er gab die Vier ein, dann die Sechzehn. Wie war es weitergegangen? Sechzehn mal sechzehn gleich 256. Er tippte die drei Ziffern ein.

Die nächste Quadratzahl ...

Er konnte sich nicht konzentrieren. Wenn doch nur Gili wach wäre! Wie hatte sie gesagt? Zahlen waren schon immer ihr Ding gewesen.

Mühsam zwang er sich zur Ruhe.

Hinter ihm näherten sich Schritte. Er warf einen kurzen Blick über die Schulter. Mondra und Buster kamen. »Ich ... ich weiß die Zahlen nicht mehr«, rief er.

»Lass mich«, bat Mondra. Ohne zu zögern tippte sie. »Ich hatte lange genug Zeit, mir die Folge einzuprägen, während ihr beide an der Arbeit wart.« Sie warf einen Blick auf die ohnmächtige Gili. »Was ist mit ihr?«

»Später«, wiegelte Porcius ab.

»Er hat Recht«, sagte Dion Matthau. Panik flog in seiner Stimme mit. »Hinter uns. Eine Sporenwolke.«

Porcius drehte sich um. Busters Mundwinkel zuckten. Er hob den Arm. Die Finger waren zur Faust geballt, die Knöchel traten weiß hervor. Der Nagel des Daumens schimmerte seltsam matt und bleich.

Mondra gab die letzte Zahl ein, drehte sich um. Ihre Augen waren verschleiert. »Herrlich!«, sagte sie.

Vom Transmitter erklang eine künstliche Stimme: »Aufgabe gelöst, der Weg zu den Tiefen des Jupiteranischen Ozeans steht offen. Beim Transmitterdurchgang werden sämtliche Spuren der Pilzorganismen aus euren Körpern getilgt.«

Eine gute Nachricht, doch Porcius blieb keine Sekunde, um sich darüber zu freuen. Buster stapfte mit weit ausgreifenden Schritten in Richtung der Sporenwolke. »Bleib hier«, brüllte Porcius ihn an. Es half nichts. Sein Kollege schien ihn nicht einmal zu hören. »Mondra! Mondra, reiß dich zusammen!«

Sie zuckte beim Klang ihres Namens, zog die Arme an und schlang sie um den eigenen Oberkörper, als würde sie frieren. »Ja ... du – du hast Recht.«

»Geh durch den Transmitter! Schnell, ehe die Sporen näher kommen.«

»Aber Buster ...«

»Geh!« Porcius kam sich seltsam vor, ausgerechnet Mondra Diamond Befehle zu erteilen, aber was blieb ihm übrig? »Ich brauche dich drüben, denn ich schicke dir Gili nach! Ich stoße sie ohnmächtig durch das Transmitterfeld. Wenn sie drüben Hilfe benötigt ...«

»Ich werde auf sie aufpassen.« Mondra presste beide Hände gegen die Schläfen. »Ich muss gehen.« Sie drehte sich um und warf sich ohne ein weiteres Wort in das Feld.

Es flimmerte kurz, und sie löste sich auf.

Porcius hob Gili auf und stieß sie ebenfalls in das Feld, genau wie angekündigt. Er konnte nur hoffen, dass sich Mondra tatsächlich um sie kümmern konnte.

Ohne zu zögern, rannte er Buster hinterher, der bereits den Rand der Transmitterebene erreicht hatte. Er streckte beide Arme aus, den Sporen entgegen.

»So einfach lasse ich dich nicht sterben, mein Freund«, sagte Porcius, wie um sich selbst Mut zu machen. Dann ließ er die Handkante in den Nacken des weitaus größeren Mannes krachen und fing den zusammensackenden Körper auf.

Es kam ihm vor, als wiege Buster das Mehrfache von Gili. Mühsam schleifte er den Kollegen auf das Transmitterfeld zu. Das Licht der ersten Sporen warf schon dumpfe Schatten auf seine Kleidung, als er mit Buster entmaterialisierte.

**Aus Oread Quantrills Schriften,
nie veröffentlicht:**

Anatolie von Pranck hat sich als Glücksgriff erwiesen. Wenn es wahre Besessenheit gibt, so zeigt sie sich nicht in den Lehren, die ich als Junge im Kloster hörte, sondern in den Augen dieser Frau, wenn sie mit dem Hypertau experimentiert.

Bereitwillig richtet sie ihren Körper zugrunde, weil sie das Ziel vor Augen sieht, ebenso klar, als wäre es tatsächlich materiell vorhanden. Sie schläft nicht mehr, ja, wenn ich ihr nichts bringen und sie von ihren Labortischen wegreißen würde, würde sie nicht einmal mehr essen. An meiner Seite schlingt sie in sich hinein, was ich ihr anbiete, ohne es auch nur anzuschauen. Sie will nur eins: zurückkehren, um weiterzuarbeiten.

Sie ist genau diejenige, die ich neben mir brauche. Eine Prophetin der neuen Zeit, ein brillanter Geist zugleich. Sie hat bereits Tau-acht erschaffen, doch er blieb nur für Sekunden stabil, ehe er sich im Hyperraum verflüchtigte. Doch sie hat ihn gefühlt, ihn berührt, ihn mit allen Sinnen aufgenommen.

Wie sehr ich sie beneide.

Gestern besuchte ich sie wieder im Labor, und sie war verzweifelt. Ihre Augen waren leer, dumpfe Löcher. »Ich brauche es«, sagte sie mir, »ich brauche das Tau-acht.« Sie kann nicht mehr ohne es leben, ohne die Einzigartigkeit, die es ihrer Seele verleiht.

Ich zog sie mit mir. Gier stand in ihren Augen, als wir uns vereinten. Ein Hunger wühlt in ihr, den nichts mehr stillen kann.

Sie ist getrieben.

Sie ist es wert, an meiner Seite zu stehen und eine Führerin der neuen Menschheit zu sein.

Runde 3:
In den Tiefen des Jupiteranischen Ozeans

Der Nebel rund um Mondra bestand aus graubraunen, dichten Schwaden. Nach wenigen Metern verlor sich der Blick im trüben Einerlei. Ihre neue Umgebung nahm sie nur als gespenstisch-wabernde Silhouetten wahr. Auf den ersten Blick schien es, als sei sie von einer Unzahl metallischer Gehäuse und Aggregatblöcke umgeben.

Die Luftfeuchtigkeit verschlug ihr den Atem. Sofort brannte es in Mondras Mundhöhle, in der Kehle und vor allem in der Nase. Es war, als träufele man ihr Salzsäure in die Atemwege. Tränen schossen ihr in die Augen.

Die TLD-Agentin taumelte mehr aus dem Transmitterfeld, als dass sie ging. So bedrückend diese Nebelschwaden auch waren, so frei fühlte sie sich andererseits. Das Verlangen, den leuchtenden Pilzsporen entgegenzurennen, fiel von einer Sekunde auf die andere von ihr ab. Ihre Gedanken klärten sich.

Wie hatte die künstliche Stimme nach Eingabe des Kodes gesagt? *Beim Transmitterdurchgang werden sämtliche Spuren der Pilzorganismen aus euren Körpern getilgt.* Offensichtlich hatte sie nicht gelogen.

Noch ehe Mondra versuchen konnte, sich in ihrem neuen Umfeld zu orientieren, flackerte das Transmitterfeld erneut auf. Sie fing die ohnmächtige Gili Sarandon im letzten Augenblick, obwohl sie alles verschwommen sah; Porcius musste sie wie angekündigt vom Pilzwald aus hindurchgestoßen haben.

Mondra legte ihre junge Kollegin vorsichtig ab. Sie hoffte, dass es Porcius gelang, auch Buster zu überzeugen. Wahrscheinlich würde er sehr *handgreifliche* Argumente wählen müssen.

Die neblige Luft roch wie mit tausend Aromen versetzt; ein diffuses Durcheinander zahlloser Eindrücke, so gemischt, dass Mondra unmöglich etwas Genaueres erkennen konnte. Ihre Sinne waren schlicht überfordert. Das scharfe Brennen in der Nase und im Rachen überdeckte alles andere.

Der Jupiteranische Ozean – so war diese Spielrunde angekündigt worden. In der Tat handelte es sich um eine passable Nachahmung der Atmosphäre des Gasplaneten. Zumindest rein äußerlich; befände sich Mondra tatsächlich in den äußeren Schichten des Planeten, wie die Schwaden suggerierten, wäre sie jetzt schon tot. Dieser Parcours-Version war eine ausreichende Menge an Sauerstoff beigemischt – von erträglichen Temperaturen ganz zu schweigen. Mondra fröstelte zwar, doch in der echten Atmosphäre wäre sie bereits tot. *Etwa zehn Grad Celsius,* schätzte sie.

Der Nebel gab zögerlich die Umrisse gewaltiger Maschinenblöcke frei. Sie schienen sich diffus zu bewegen; zweifellos ein Effekt der dumpf-blauen, wabernden Schwaden.

Oder doch nicht?

War da nicht eben eine *echte* Bewegung gewesen? Ein riesiges, kantiges Ding am Rand von Mondras Gesichtsfeld? War es bislang völlig still geblieben, so hörte sie nun ein Schaben und Krachen, als stoße Metall gegen Metall. Bewegte sich ein großes Robotermodell unsanft voran? Ein schrilles Ächzen hallte von überall wider, brach sich tausendfach, hallte aus allen Richtungen gleichzeitig.

Die Quelle lag direkt hinter ihr!

Mondra wirbelte herum, bereit, sich zu verteidigen.

Nichts. Sie blickte nur auf das matt leuchtende Transmitter-Empfangsfeld. Dennoch fühlte sie die Gegenwart von etwas Fremdem, Bösartigem, als laure etwas hinter der Kulisse dieser Welt.

Jegliches Geräusch verklang. Von fern tönte das Geräusch aufprallender Wassertropfen; es war, als zerstiebe jeder einzelne in einem Reigen aus Tönen. Dann zischte es, wie aus Gasdüsen, und Mondra fühlte Panik in sich aufsteigen, weil der Nebel dichter wurde. Zugleich fror sie immer stärker. Eine Gänsehaut kroch vom Nacken her über ihren Rücken, und nicht nur die Kälte trug daran die Schuld.

Ihr Herz schlug schneller. Eine Bedrohung lag geradezu fühlbar in der Luft, ohne dass es einen konkreten Beweis dafür gab. Die Frau von Horrikos bückte sich neben Gili, nahm den Kopf ihrer Kollegin in beide Hände und gab ihr eine leichte Ohrfeige. Gilis Lippen bewegten sich, sie gab einen dumpfen Laut von sich, doch sie erwachte nicht.

Ein Lichteffekt irrlichterte vor Mondra im Nebel. Die Schwaden funkelten, und sie dachte unwillkürlich an schwebende Sporenfäden, was eine dumpfe Leere in ihr hinterließ, bis ihr klarwurde, dass sie nur auf eine Reflektion blickte. Hinter ihrem Rücken aktivierte sich das Transmitterfeld.

Porcius trat mit Buster heraus. Er schleppte seinen ohnmächtigen Kollegen mit sich, zerrte ihn Stück für Stück weiter und positionierte ihn neben Gili auf dem Boden. »Nicht gerade einladend hier.«

Mondra nickte, wollte etwas sagen, doch ein metallenes Stampfen ließ sie verstummen. Wieder tönte ein Schaben von überall und nirgends, gespenstischer noch als zuvor. Die dichten Nebelschwaden machten eine Richtungsbestimmung unmöglich.

»Jupiteranischer Ozean.« Porcius kaute auf einem Fingernagel. »Das trifft es wohl ganz gut. Verdammt, wenn ich nur meine Früchteriegel hätte.«

»Bleib ruhig.« Mondra befolgte ihren eigenen Rat nur sehr unzulänglich. Ihr Herz schlug wie rasend. So kannte sie sich selbst nicht. Ob den Gasschwaden ein psychotropes Mittel beigemischt war, das Angstzustände hervorrief? »Wir müssen die beiden wecken.«

Ein Schatten huschte vorüber, und diesmal war Mondra sicher, sich nicht getäuscht zu haben. Das leuchtende Etwas in der Kopfsektion des Schemens erinnerte sie fatal an die glühenden Augen des Monsters in ihrer Halluzination.

»Was genau hast du gesehen?« Buster massierte seinen Nacken, wo ihn Porcius' Schlag erwischt hatte. »Glaubst du wirklich, es hat etwas mit dieser Spielrunde zu tun?«

»Wenn ich das wüsste«, meinte Mondra. »Ich war ein Mädchen, auf meinem Heimatplaneten. In der Halluzination war er entvölkert, weil eine Krankheit die gesamte Bevölkerung ausgelöscht hat.« Sie machte eine wegwerfende Handbewegung. »Es steckt ein wahrer Kern darin, aber es ist damals völlig anders abgelaufen. Das mit den glühenden Augen kann auch Zufall gewesen sein.«

Porcius drehte ständig den Kopf, behielt die Umgebung geradezu überängstlich im Auge. Sie standen noch immer ganz in der Nähe des Empfangstransmitters. »Ich hatte für kurze Zeit ebenfalls eine ... Vision, wie ihr wisst. Ich habe euch nur gesagt, dass ich durch ein fremdartiges Raumschiff ging, in dem ich kaum etwas sehen konnte und in dem sich Maschinen bewegten und lebten. Sie atmeten.« Er schloss die Augen. »Dass ich nichts sehen konnte, lag allerdings nicht an schlechter Beleuchtung, sondern an ...«

»Lass mich raten«, unterbrach Buster. »An Nebel, der alles bedeckte.«

»Nebel wie hier«, sagte Porcius düster. »Farbige, rostrote und schmutzig-blaue Schleier. Graue Wolkenfelder. Dazu passen auch die Geräusche, die wir immer wieder hören. Der Lärm von gewaltigen Metallblöcken, die verschoben werden und aneinanderstoßen. *Oder die sich aus eigenem Antrieb bewegen.«*

»Du hast hierhergeblickt?«, fragte Gili.

»Nicht exakt. Manches stimmt, anderes nicht. Genau wie Mondra beschrieben hat, nur scheint meine Vision noch näher an der Wirklichkeit gewesen zu sein. An *dieser* Wirklichkeit.«

Mondra hob demonstrativ das Vibromesser, das sie wieder an sich genommen hatte. »Dann sollten wir mit allem rechnen.«

Buster zupfte an seinem Bart; eine allzu nervös wirkende Geste, die nicht zu seiner zur Schau gestellten Lässigkeit passen wollte. »Wenn wir den Geräuschen und den düsteren Prognosen meines lieben Kollegen Amurri glauben wollen, wird dir das Messerchen nichts nutzen, Mondra. Da wäre ein nettes kleines Transformgeschütz schon besser geeignet.«

»Nur dass wir keins haben«, stellte Gili fest. »Und wenn, wäre es wohl ein bisschen zu schwer, um es mit uns herumzutragen.«

»Sei es, wie es sei.« Mondra gab das Zeichen zum Aufbruch. »Erkunden wir diese Spielrunde. Ich bin sicher, dass es interessant werden wird.«

Porcius ging neben ihr, Buster und Gili folgten dichtauf. Hin und wieder glaubte Mondra, in den farbigen Nebelschwaden Atemgeräusche zuhören, doch nie konnte sie etwas sehen.

Je weiter sie kamen, umso kälter wurde es. Oder kam es ihr nur so vor? Sie schrak zusammen, als etwas mit dünnen Spinnenfingern in ihre Haare griff. Als sie es wegschlagen wollte, war dort nichts.

Sie kamen nahezu lautlos voran, der Nebel verschluckte jedes Geräusch. Zahllose Tröpfchen kondensierten auf ihren Gesichtern. Aus Mondras Haaren tropfte es. Etwas rann über ihren Nacken und kroch unter die Uniform. *Nichts als Wasser,* sagte sie sich. Dennoch lief ein Schauer über ihren Rücken. Eisige Kälte glitt über jeden einzelnen Wirbel nach unten. Sie fror.

Endlich hörte sie einen echten Laut, wie von einem lebendigen Wesen: ein dumpfes, tiefes Summen. Oder war es ein Singen?

»Hört ihr das auch?«, fragte Buster.

Gili nickte. »Woher kommt es?« Sie drehte sich, lauschte, wurde jedoch offensichtlich nicht fündig.

»Ich kenne diese Laute«, sagte Porcius.

»Aus deiner Vision?«

Er schüttelte den Kopf. »Aus der Realität. Aber wo habe ich sie nur schon einmal gehört? Im Pilzwald? Nein. Es muss vorher gewesen sein.«

Gili versuchte noch immer, die Schwaden mit Blicken zu durchdringen. »Vorher? Im Würfelraum war es völlig still. Du musst dich irren.«

»Noch früher«, stellte Porcius klar. »Bevor wir in den Parcours gegangen sind.«

»Aber schon in MERLIN?«

»Seid still!« Mondra lauschte. Es handelte sich eindeutig um eine Art Singsang; auch ihr kam er vage bekannt vor. Die Art, wie ein bestimmter Ton umsungen wurde oder umsummt, wie dabei jedoch keine Melodie entstand, sondern eine geradezu chaotische Geräuschkulisse, die an die brabbelnden Laute eines Wahnsinnigen erinnerte.

Eines Wahnsinnigen ... Das war es! Mit einem Mal erinnerte sie sich. Sie konnte fast hören, was Onezime Breaux zu ihnen gesagt hatte: *Sie sind wahnsinnig.* Dabei hatte er auf die gefangenen Kreaturen in den Tanks gedeutet, die in Anatolie von Prancks Laboratorium standen. Und wie hatte er ihren Gesang abgeurteilt? *Lass dir gesagt sein, dass es keinen Sinn ergibt.* Das waren exakt die gleichen Laute gewesen, die nun in der Nebelwelt dieser Spielrunde erklangen. Genauso wie auch die Labortanks von Nebelschwaden angefüllt gewesen waren.

»Die Kreaturen aus Prancks Labor! Sie sind hier ...« Mondra hatte diese Lebewesen nie komplett gesehen, nur ledrige, dürre Arme, Klauen und schrecklich deformierte Schädel, auf denen pilzartige Geschwüre oder Symbionten wuchsen.

Stellten sie die Gegner in dieser Spielrunde dar, biologische Kampfmaschinen, um das Team zu zerstören? Hielt Anatolie von Pranck einige Exemplare gefangen, um sie zu studieren? Oder hatte die Chefwissenschaftlerin sie im Labor erst genetisch gezüchtet?

Der psalmodierende Singsang wurde lauter, schriller. »Wir sollten uns auf einen Kampf gefasst machen«, meinte Mondra.

Buster versuchte gelassen zu grinsen, was kläglich misslang. »Soll ich dir was sagen? Jetzt neide ich dir dein kleines Vibromesser doch.«

Wortlos reichte sie es ihm. Sie würde sich auch waffenlos verteidigen können. Dion Matthau winkte ab, betonte, es nicht ernst gemeint zu haben. »Einer von uns muss das Messer nutzen – wer, ist gleich, solange wir alle einsatzfähig und unverletzt sind. Behalt es.«

»Und deine Wunde am Bein?«, fragte Gili. »So ganz unversehrt scheinst du nicht zu sein.«

»Vergiss es!«, forderte Buster. »Ich bin nicht invalid.«

Plötzlich wurde es still. Nur noch ein leises, kaum wahrnehmbares Rauschen drang durch den Nebel. Dann stakste etwas auf die kleine Gruppe zu. Ein ledriges, dürres Wesen mit kurzen Stummelbeinen und überlangen Armen. Die Ellenbogen berührten den Boden wie Füße, die Unterarme ragten nahezu senkrecht in die Höhe und liefen in krallenartigen, dreifingrigen Händen aus.

Krallen? *Nein,* korrigierte sich Mondra. Der erste Eindruck täuschte. Eher handelte es sich um grazile, dünne Finger, seltsam wehrlos. Auf dem unförmigen Schädel wuchsen pilzartige Gebilde.

»Wer bist du?«, fragte sie. »Ich habe solche wie dich schon gesehen.«

Inmitten des halslosen Kopfes öffnete sich ein lippenloser, spitzer Mund. An unmöglichen Stellen zwinkerten Augen. »In der Schwarzen Obhut der Pranck.«

Im Labor, dachte Mondra. »Wie kommst du ...«

»Schiqalaya«, sang die Kreatur und entfaltete ein schillerndes Rad um den fledermausdürren Leib. Das sphärische Etwas, dünner als ein Schmetterlingsflügel, erstrahlte in tiefem Rot. »Schiqalaya.« Ohne sich zu bewegen, hoben Füße und Ellenbogen vom Boden ab. Das Wesen schwebte in einigen Zentimetern Höhe.

Wie konnte das sein? Die Atmosphärenschwaden ließen das Radsegel zwar leicht flattern, aber es wehte kein Luftzug, der ihr Gegenüber hätte anheben können, und seien die Flügel noch so perfekt dafür geeignet – was man von dem Ganzkörperrad sicher nicht behaupten konnte, das entfernt an den Schmuck eines terranischen Pfaus erinnerte. Die Pilzgewächse auf dem Schädel schillerten türkis, was erst im Kontrast zum dunklen Rot des Rads richtig deutlich wurde.

Mit einem Mal verschlug es Mondra den Atem. Dieser Raum erinnerte an die Atmosphäreschichten des Planeten ... die Spielrunde trug den Namen Jupiteranischer Ozean ... und hatte Perry während des chaotischen Anflugs auf MERLIN nicht gesagt, er habe etwas gesehen? Ein Rad? »Lebt ihr in der Gashülle des Planeten?«

»Wir sind von der Psionischen Arche«, sang die Kreatur, und ihr kleines Gesicht verzog sich. »Von der NAPHAUT DOSCHUR.«

»Also gehört ihr nicht zum Parcours?«

»Schiqalaya.« Das Wesen stieg ohne sichtbare Bewegung noch höher, und der fledermausdürre Leib pulsierte. Die überlangen Arme pendelten in die Tiefe, das Ellenbogengelenk war wie eine dicke Geschwulst. »Flucht vor der Obhut, Flucht im Ozean.«

»Warte!« Mondra versuchte, in all den kryptischen Äußerungen einen Sinn zu erkennen. »Was ist das Geheimnis dieser Spielrunde?«

Das Wesen raste plötzlich mit erstaunlicher Geschwindigkeit davon.

Irgendwo im Nebel donnerte es, und stroboskopartiges Licht blitzte auf. Einen Augenblick lang kam sich Mondra vor, als stehe sie mitten im Zentrum eines Gewitters.

»Was soll man von diesem seltsamen Kerl halten?«, fragte Buster. »Der ist doch ...« Weiter kam er nicht. Ein riesiger, dunkler, kastenförmiger Klotz gewann plötzlich an Kontur, schoss heran, schien die ganze Welt vereinnahmen zu wollen.

Mondra warf sich zu Boden, sah noch, wie Gili mit wehenden Haaren förmlich zur Seite flog, dann schlug sie auf, rollte sich zur Seite und robbte weiter.

Die Welt ging in tobendem Donner unter. Es krachte, Metall rieb über Metall, irgendjemand schrie. Porcius? Dann ein Zischen. Etwas wirbelte auf Mondra zu, schlug gegen ihre Beine. Der Schmerz war mörderisch. Noch immer lag sie am Boden, zog die Beine an, kauerte und drehte sich um, das Messer erhoben.

Es gab nichts, das sie hätte angreifen können. Peitschende Metalltentakel hämmerten auf den Boden – das Vibromesser nutzte ihr nichts dagegen. An ihren Enden leuchteten rote Lichter wie glühende Augen. *Flucht vor der Obhut, Flucht im Ozean,* vermeinte sie die Stimme des fremden Lebewesens zu hören. Es war also aus von Prancks Laboren geflohen und floh noch immer, in dieser Spielrunde, einer Umgebung, die in MERLIN wohl seiner *eigentlichen* Lebenssphäre am nächsten kam, Jupiters Atmosphäre. Und wovor es floh, stand nun wohl fest: vor monströsen Robotern, kastenförmigen, plumpen Giganten mit wirbelnden Armen.

Porcius rannte bereits, verschwamm halb im Nebel und verschwand ganz. Irgendwo schrie Gili entsetzt auf. Mondra kam auf die Beine, blickte auf den gigantischen Metallklotz, der pulsierte, als lebe er. *Genau wie in Porcius' Vision.* Die TLD-Agentin rannte los, blindlings irgendwohin, nur weg von diesem Gegner, der ...

Ihre Gedanken stockten.

Ihr Herz schien aussetzen zu wollen.

Ihr drehte sich der Magen um.

Gili stand reglos vor ihr. Buster lag vor der jungen TLD-Agentin auf dem Boden, oder das, was von ihm übrig geblieben war. Mondras fieberndes Hirn vollzog sofort nach, was geschehen war. Der Metallklotz war bei einem seiner *Schritte* halb auf ihm gelandet und hatte seine untere Körperhälfte bis zur Mitte des Brustkorbs einfach zermalmt.

»Gili!« Mondra packte ihre Kollegin an der Schulter. »Gili, er ist tot!«

Natürlich war er das. Von seinen Beinen, seiner Hüfte, seinem Bauchbereich war nichts geblieben außer blutigem Brei. Die Arme streckte er in einer bizarren Geste über dem Kopf aus, als wolle er sie einem potenziellen Retter entgegenrecken. Sein Brustkorb hörte dicht unterhalb des Herzens einfach auf zu existieren, wich einem blutigen See. Weißliche Knochensplitter verteilten sich weithin.

Der metalleine Gigant donnerte erneut auf. Einen verrückten Augenblick lang kam es Mondra so vor, als würde der Boden erbeben.

Sie presste die Augen zusammen.

Er bebte tatsächlich. Oder vielmehr – er pulsierte.

»All das hier lebt«, sagte sie.

»So ist es«, meinte Porcius, der unvermittelt neben ihnen stand. »Wir sind nicht in einem Raum oder einer Landschaft ... wir stehen mitten in oder auf einem riesigen Lebewesen. Und die Runde wird zweifellos in dem Moment gewonnen sein, in dem wir dieses Wesen besiegen.«

Sie rannten zu dritt durch die Schwaden, die mit kalten Fingern nach ihnen zu greifen schienen. Jedes Detail war perfekt abgestimmt, um die Spieler zu verstören. Das ohrenbetäubende Krachen, mit dem die metallischen Giganten voranstampften, war allgegenwärtig; jedes einzelne Donnern zerrte an ihren Nerven.

Irgendwo blieben sie stehen, völlig desorientiert. Weit und breit schien es nichts zu geben – wobei die Umgebung viel zu früh im Nebeldunst verschwamm.

»Etwas ist den Schwaden beigemischt«, behauptete Gili. »Ein Mittel, das unsere Angst verstärkt oder überhaupt erst hervorruft. Ich kenne mich so nicht. Überall sehe ich Gefahren ... ich – ich bin ...«

»Bleib ruhig!«, forderte Porcius. »Mir geht es nicht anders, aber wir müssen stärker sein. Nur wenn wir einen klaren Kopf behalten, können wir diese Runde überstehen.«

Mondra nickte. »Wir werden siegen. Ich glaube, Gili hat Recht. Auch ich spüre Angst, fast Panik.«

»Kein Wunder, wenn man an Buster denkt. Habt ihr gesehen, wie er zerquetscht wurde?«

»Wir werden um ihn trauern, wenn die Zeit gekommen ist.« Mondra kam sich hartherzig vor, aber sie durften in ihrer Konzentration keinen Augenblick nachlassen. »Vor allem anderen sind wir Vertreter der Liga, und wir haben einen wichtigen Auftrag zu erfüllen. Busters Tod ist schrecklich, aber wir dürfen uns nicht ablenken lassen. Lass uns nachdenken. Wenn Porcius Recht hat, müssen wir dieses Maschinending abschalten.«

»Kein Ding«, widersprach er. »Ein Lebewesen. Und wir müssen es nicht abschalten, sondern höchstens *ausschalten* im Sinne von handlungsunfähig machen oder ...«

»Töten?« Gili blieb skeptisch. »Bist du dir sicher? Wie könnte jemand ein solches Lebewesen zu einem Teil des Parcours machen? Er ist nicht dazu gedacht, nur einmal durchschritten zu werden. Wir sind nicht die Ersten, die ihn durchlaufen. Also hätte dieses Wesen schon dutzendfach getötet werden müssen.«

»Denk daran, dass die Sicherheitsvorkehrungen abgeschaltet wurden. Und dies wahrscheinlich zum ersten Mal. Ganz sicher wurde noch nie jemand getötet wie Buster! Vielleicht haben all unsere Vorgänger, die gewonnen haben, diese Techno-Kreatur betäubt oder in einen Schlaf geschickt ... wir müssen einen Schritt weiter gehen, so wie das Wesen längst auch einen Schritt weiter gegangen ist. Ob wir sie deshalb tatsächlich *töten* müssen, steht auf einem anderen Blatt. Es gibt andere Methoden, einen Gegner auszuschalten.«

Mondra bückte sich, legte die Hand flach auf den Boden. Fast hatte sie erwartet, eine Art Puls zu fühlen, doch er fühlte sich eiskalt und *tot* an – genau wie man es bei einer Metallfläche und diesen Außentemperaturen erwarten sollte. »Gut, wir werden es ausschalten«, sagte sie. »Wenn ich nur wüsste, wie. Wenn deine Vermutung stimmt, Porcius, sind wir nicht viel mehr als Bakterien in einem riesigen Organismus, und alles, was uns zur Verfügung steht, ist ein lächerlich kleines Vibromesser.«

Sichtlich zufrieden klatschte Porcius in die Hände. »Genau das ist es, Mondra! Wir sind Bakterien! Und egal wie klein diese sind, vermögen sie doch ein Lebewesen lahmzulegen oder eben zu töten. Wir müssen nur wissen, wo wir ansetzen sollen.«

»Suchen wir einen Schwachpunkt«, schlug Gili vor.

Porcius stimmte zu. »Fragt sich nur, wie wir ihn finden sollen.«

Nachdenklich hielt Mondra noch immer die Handfläche auf den Boden. War da nicht doch eine Bewegung? Ein kaum fühlbares Vibrieren? Sie handelte spontan, ohne nachzudenken. Mit geübtem

Griff aktivierte sie das Messer und rammte es auf den Boden ... *in den Boden.* Die Klinge drang tatsächlich einige Millimeter tief in die scheinbar stahlharte Oberfläche ein, ehe sie in Mondras Hand ruckte und ihr beinahe entglitt.

»Was soll das?«, fragte Gili.

Mondra musste nicht antworten. Sie hatte auf eine Reaktion gehofft, wie auch immer sie ausfallen mochte, und diese blieb tatsächlich nicht aus. Ein Zischen ertönte. Aus tausend unsichtbaren Düsen – *Poren,* dachte Mondra – quollen neue Nebelschwaden, dunkler und schmutziger als alle anderen.

Gleichzeitig musste sie sich nicht mehr fragen, ob etwas im Boden auf echtes Leben hindeutete oder nicht; unter ihr bäumte sich alles auf, wölbte sich in die Höhe, als zerfließe das Metall in einer Hitzewelle.

Mondra wurde von den Füßen gerissen, schlug auf dem Rücken auf. Sie fühlte, wie etwas sie packte – Porcius! – und mit sich riss. Sie versuchte, auf die Füße zu kommen, stolperte und stürzte erneut, prallte gegen die Beine ihres Kollegen, der ebenfalls umfiel.

Alles beruhigte sich wieder, der Boden lag still. »Ihr macht keine besonders gute Figur, wenn ihr mich fragt«, meinte Gili süffisant, wurde jedoch sofort wieder ernst. Die Schwaden wallten wieder in normaler Stärke.

»Okay.« Mondra atmete tief aus, schaltete das Vibromesser ab und nahm es in die Linke, während sie am Griff hantierte, um ihn zu öffnen. »Ich muss an die Energiezelle gelangen.«

»Wieso?«

»Fügen wir unserem monströsen Gegner Schmerzen zu.«

Porcius verknotete die Hände ineinander. »Noch einmal: wieso?«

»Bringen wir ihn zum Schreien. Denn schreien wird es von dort, wo sein Zentrum sitzt. Seine verletzlichste Lebensader. Sein *Gehirn,* wenn ihr so wollt. Zumindest hoffe ich das.«

Ihr war klar, dass ihr Plan auf einer Analogie zu den meisten humanoiden Lebensformen basierte, bei denen die wichtigsten Sinnesorgane, etwa der Mund, in der Nähe des Hirns saßen. Ob es überhaupt ein *Gehirn* bei dieser Techno-Lebensform gab, war mehr als fraglich. Dennoch hielt Mondra den Versuch für sinnvoll, auch wenn es ein Opfer kostete. Dabei fragte sie sich allerdings, wie ein solcher *Schrei* aussehen und ob der Vergleich sich als tauglich erweisen würde.

Sie manipulierte die Energiezelle, schaltete sie um, bis ein Überladungsprozess begann, der unweigerlich zur Explosion der kleinen Waffe führen würde.

»Du willst unsere einzige Waffe zerstören?«, fragte Gili ungläubig.

Porcius antwortete für Mondra. »Es ist klug ... normalerweise dürften wir dieses Messer gar nicht besitzen, also kann es nicht nötig sein, um die folgenden Runden zu überstehen. Ein Opfer, das man einkalkulieren kann. Die Risiken sind überschaubar.«

»Danke«, meinte Mondra, stieg auf die fast einen Meter hohe Wölbung des Bodens vor ihnen. »Wenn mein kleiner Stich vorhin schon so eine Reaktion hervorgerufen hat, dann wird *das hier* einem Weltuntergang gleichkommen.« Sie positionierte das Messer direkt auf dem Einstich. Der Griff glühte bereits unheilverkündend.

Mondra sprang hinab und rannte los. »Das Messer wird jeden Augenblick explodieren. Wir sollten uns auf etwas gefasst ...«

Krachender Donner riss ihr das letzte Wort von den Lippen, so dass sie es nicht einmal selbst hören konnte. Ein Feuerblitz zuckte vom neu entstandenen Hügel aus in alle Richtungen. Mondra schloss die Augen und wandte sich ab.

Die Explosion der überladenen Energiezelle war in ihrer Reichweite eng begrenzt, aber infernalisch laut gewesen; sie ging rasch vorüber.

Die Nachwirkungen ließen jedoch nicht lange auf sich warten. Wieder wallten Nebelschwaden auf, diesmal so dicht, dass die Gefährten binnen Sekunden buchstäblich die Hand nicht mehr vor Augen sahen. Der Boden unter ihren Füßen wölbte sich, als würde ein gigantisches Herz darunter pulsieren. Zu größeren Verwerfungen kam es allerdings nicht.

Der *Schrei*, den Mondra erwartete, stellte sich tatsächlich ein – wenn auch auf ganz andere Weise als erwartet. Von allen Seiten her krachte und donnerte es.

Die drei Terraner stellten sich dicht zusammen, um sich im Nebel nicht zu verlieren. »Schritte«, sagte Porcius. »Das sind Dutzende von diesen gewaltigen Maschinenklötzen!«

Das Wummern glaubte Mondra beinahe körperlich zu fühlen. Das Bild ihres zerquetschten Kollegen Dion Matthau tauchte vor ihren Augen auf. »Um bei Analogien zum menschlichen Körper zu bleiben«, meinte Mondra, »sind die Roboterklötze vielleicht die weißen Blutkörperchen, die nun uns Bakterien ausrotten wollen. Wir haben dem Körper Schaden zugefügt und ...«

»Falsch!« Gili hob demonstrativ ihren selbstgezimmerten Mini-Analysator. »Erstens: Das Teil funktioniert wieder. Zweitens: Die Klötze bewegen sich alle auf ein gemeinsames Ziel zu – aber dieses Ziel stellen nicht wir dar.«

»Sondern?«, fragte Mondra.

»Wo liegt der Sammelpunkt?«, fragte Porcius hastig. »Das sieht mir ganz so aus, als hätte Mondra instinktiv genau das Richtige getan. Wir sind Spieler in dieser Welt und haben als solche eine echte Chance, zu gewinnen. Mondra hat uns den Weg zum Zentrum dieser Lebensform gezeigt – die *weißen Blutkörperchen* beschützen es, damit wir dort keinen *wirklichen* Schaden anrichten können. Wir müssen dorthin, und zwar schnell, ehe die Klötze dort ankommen!«

»Unmöglich«, dämpfte Gili sofort seinen Enthusiasmus. »Wir brauchen bis dorthin mindestens zwanzig Minuten, selbst wenn wir schnell vorankommen. Diese Riesenklötze bewegen sich viel schneller, sie werden in maximal der Hälfte der Zeit dort ankommen.«

Porcius fluchte. »Aber es muss eine Möglichkeit geben. Wenn es uns nicht allein gelingen kann, muss es Hilfe geben. Nur, wie könnte diese Hilfe aussehen?«

Blitzartig reifte eine Idee in Mondra. »Hilfe, sagst du? Am besten von unerwarteter Stelle?«

Porcius nickte.

Mondra legte den Kopf in den Nacken und rief: »Schiqalaya!«

»Was ...«

»Das ist das Wort, das dieses eigenartige fliegende Wesen immer gesagt hat.« Sie schrie es erneut in die dichten Schwaden hinein und ergänzte: »Wir brauchen Hilfe!«

Es dauerte keine Sekunde, bis sich etwas über ihren Köpfen regte. Noch waberten die Konturen des dunklen Rads, in dessen Mitte der eigentliche Körper des Fremdwesens saß. Der kleine Mund im deformierten Schädel schnappte, die Augen glotzten durchdringend, schienen aus den Höhlen quellen zu wollen. »Schiqalaya! Hilfe aus der Schwarzen Obhut.«

Mondra hob die Arme leicht an, streckte dem Neuankömmling die Handinnenflächen entgegen. »Wir brauchen Hilfe. Wir müssen zu dem Ort, an dem sich die Maschinenklötze sammeln. Schnell.«

»Kann helfen«, sang das Wesen in seinem psalmodierenden Tonfall. »Schiqalaya kann euch helfen.«

»Du bist Schiqalaya? Ist das dein Name?«

»Mein Volk.« Das Rad plusterte sich noch weiter auf, und die Lebensform entschwebte in größere Höhe. Dort stieß sie einen sirrenden Ruf aus, der grell in Mondras Ohren schmerzte. Sofort danach sank sie wieder herab. »Wir helfen dir. Doch du wirst uns helfen, wenn die Zeit gekommen ist.«

»Wie können wir ...«

»Gefangen in der Schwarzen Obhut der Pranck. Leiden.« Beim letzten Wort sackte die allgegenwärtige Tonmelodie zu einem dumpfen Brummen ab.

»Du bist gefangen?«

»Geflohen und fliehe noch immer.«

Mondra nickte. »Ich verspreche, zu helfen, wenn ich es kann. Wir dürfen keine Zeit mehr verlieren.« Von den zehn Minuten, die ihnen Gilis Schätzung nach blieben, waren mindestens drei schon vergangen.

Das Wesen senkte sich nieder, bis es Mondra berührte. Von oben fielen zwei weitere in die Tiefe, die ihm glichen; sie wandten sich Gili und Porcius zu.

»Dichter Gravitonentrieb im Ozean«, sang das Wesen. »Doch Schiqalaya kann sich nicht orientieren. Dies ist nicht die Psionische Arche.«

»Du bist in einem ... Labyrinth gefangen«, sagte Mondra und fragte sich, wie es weitergehen sollte, als sie plötzlich vom Boden abhob. Gemeinsam mit dem Fremden schwebte sie; dessen lange, dürre Arme hielten sie fest, das Rad flatterte um ihren Leib, strich über die Schultern und Arme. Es roch feucht und modrig. Die Geschwulste am Schädel leuchteten vor Mondras Augen. »Es gleicht der Atmosphäre des Jupiter etwas, aber ...«

»Wohin?«

»Ich weise ihnen den Weg«, sagte Gili noch – dann ging alles rasend schnell. Wind peitschte Mondra ins Gesicht. Instinktiv schlossen sich ihre Augen. Wassertropfen kondensierten und rannen in wahren Sturzbächen über ihren Kopf, tropften aus den Haaren. Mondra schützte die Augen mit beiden Händen, lugte durch kleine Ritzen zwischen den Fingern.

Sie durchstießen blaugraue Wolken, schneller, als Mondra sie wahrnehmen konnte. *Wie schnell fliegen wir?*, wollte sie fragen, aber der Wind schlug ihr ins Gesicht und den offenen Mund und sie schloss ihn schnell wieder.

Ebenso plötzlich, wie es begonnen hatte, endete es. Die drei Terraner sanken im Griff der Schiqalaya wieder dem Boden entgegen, in eine Mulde hinein, deren Ränder dunkelrot glommen und deren Inneres völlig frei von Nebel war.

Das Stampfen der Metallklötze aus allen Richtungen gellte ohrenbetäubend laut.

»Setzt uns im Zentrum der Mulde ab«, bat Mondra. »Wir werden helfen, wann immer es uns möglich ist.«

Das Wesen ließ sie gleich darauf aus einem Meter Höhe abstürzen. Sie kam federnd auf und sah nur noch, wie ihr Träger wieder verschwand. Gili und Porcius erging es nicht anders.

Ein düsterer, kantiger Roboter von mehreren Metern Breite tauchte an der Mulde auf. Ein teleskopartiger Arm richtete sich auf sie aus.

»Jetzt brauchen wir eine Idee«, sagte Gili, »sonst sind wir so gut wie tot.«

»Hier!« Mondra musste nicht lange suchen, um das pulsierende Etwas zu finden, von dem tausend Kabel und Schläuche ausgingen, die im Boden verschwanden. »Das ist ...« *... das Gehirn.* »... die Steuereinheit.« So klang es besser, viel besser, wenn sie daran dachte, es zu zerstören. Oder zu töten.

Der Teleskoparm peitschte die Luft. Das pfeifende Geräusch verhieß den Tod.

Porcius stand bereits vor dem organischen Knoten. »Was bei allen Superintelligenzen ist *das*?« Seiner Stimme war der Abscheu deutlich anzuhören.

Der Roboterklotz donnerte näher. Mondra streckte beide Arme aus, ließ die Finger wenige Millimeter über dem pulsierenden Ding verharren. »Stehen bleiben! Sofort, oder ich zerstöre ... *das hier.*« Zu ihrer Überraschung gehorchte der Roboter sofort.

»Was ist das?«, wiederholte Mondra die Frage. »Andere würden es vielleicht Biotechnologie nennen. Ein organischer Bestandteil eines Roboters. Nur dass wir es in viel, viel kleinerem Maß kennen.« Das Ding unter ihren Fingern strahlte Wärme aus. Es stank nach fauligem Fleisch. Ihr drehte sich der Magen um. »Aber wir sind nicht hier, um ethische Fragen zu diskutieren oder um zu philosophieren. Also ... *bring uns hier raus, oder ich zerstöre dich!*«

Die Antwort bestand im leider nur allzu bekannten Krachen. Der Roboter setzte sich wieder in Bewegung. Mondra brach der Schweiß aus.

»Er verschwindet«, sagte Gili erleichtert.

Tatsächlich verließ der Klotz die Mulde wieder.

Direkt neben dem pulsierenden Knoten ging eine Klappe im Boden auf, wie eine Falltür. Darin leuchtete es kaum merklich.

Porcius setzte sich daneben und hielt die Beine hinein. »Leichter Zug nach unten«, erklärte er. »Ein Antigravschacht.«

»Der Ausgang«, vermutete Gili.

»Hoffen wir's.« Mondra nickte ihren Begleitern zu. »Ihr beide geht zuerst. Nacheinander. Ich halte so lange dieses Ding in Schach. Wenn alles in Ordnung ist, folge ich.«

»Warum ist es nicht besser geschützt?«, fragte Gili. »Es ist verletzlich und schwach. Ein einfacher Schutzschirm rundum hätte es uns unmöglich gemacht, eine Drohung auszusprechen. Wir wären schon tot.«

»Das ist der springende Punkt«, meinte Porcius und sprang in den Schacht. Tatsächlich stürzte er nicht, sondern schwebte langsam tiefer. »Es geht darum, dass wir eine realistische Chance haben. Die Aufgabe in dieser Welt bestand darin, dieses Zentrum zu finden.« Sein Kopf verschwand durch die Luke.

Gili folgte, und zehn Sekunden später betrat auch Mondra den Antigravschacht.

Halbzeit

»Die Uhr tickt«, sagte Oread Quantrill.

Die in MERLIN allgegenwärtige Party strebte ihrem unaufhaltsamen Höhepunkt entgegen – der finalen Katastrophe. Manche Besucher des Casinos verfolgten den Kampf auf Leben und Tod, den drei der vier Eindringlinge noch fochten; andere lebten in ihrer eigenen Welt und gaben sich diversen Spielen oder Allmachtsfantasien hin. Sie fühlten sich stark, doch sie waren schwach, nur noch ein erbärmlicher Abklatsch dessen, was sie einst gewesen waren. Tauacht fraß in ihnen, zersetzte ihr Bewusstsein und ihren Verstand auf heimtückische Art und Weise. Sie hatten etwas gekostet, für das sie nicht geschaffen waren.

Oread Quantrill, Anatolie von Pranck und Onezime Breaux saßen in Massagesesseln im Zentrum der Luxusloge, die unter dem Kuppeldach des Casinos schwebte. Kameras in den einzelnen Ebenen des Parcours übertrugen jede Einzelheit in ein Hologramm. Jedes Wort, das die drei Überlebenden sprachen, hörte das Triumvirat in brillanter Qualität.

»Ich bezweifle, dass es richtig war, sie in den Parcours zu schicken«, sagte Breaux. »Die Hälfte haben sie bereits überwunden. Gut, einer ist gestorben, aber solange Diamond lebt, ist die Gefahr nicht ...«

Quantrill faltete die Hände. Er schenkte seinem Sicherheitschef ein sanftes Lächeln, so kalt und doch so überlegen, dass dieser sofort verstummte. »Sie werden unsere Mission nicht mehr sabotieren können. Die schwierigsten Prüfungen warten noch auf sie. Für das Finale hat das Schicksal etwas vorbereitet, das auch eine Mondra Diamond nicht bewältigen kann.«

»Das Schicksal?«, fragte Breaux skeptisch.

Oread Quantrill erhob sich. »Nenn es, wie du willst. Du hast noch nie verstanden, die tieferen Ebenen des Seins zu erblicken. Dein größter Fehler, Onezime. Allerdings ist er bei weitem nicht so schlimm wie derjenige, den Mondra Diamond längst begangen hat. Wenn sie ihn erst einmal erkennen wird, wird sie bereuen – doch es wird zu spät für sie sein. Sie kann es nicht mehr rückgängig machen, so sehr sie es auch versuchen wird. *Die Uhr tickt,* und diesen Faktor hat sie unterschätzt, weil sie die wahre Bedeutung dieses Tages noch nicht erkannt hat. Die Zeit, die sie im Parcours verliert, selbst wenn sie Runde für Runde weiterkommt, wird tödlich sein. Jupiters neues Leben steht dicht bevor. *Unser* Leben. *Unser* Schritt in die Zukunft.«

Er trat an die gläserne Wand der Loge und sah hinab auf die Menschenmasse, die unter den wachsamen Blicken von DANAES riesigem Mädchengesicht ihrem Verderben entgegeneilte. Sie bemerkten es nicht einmal. Wahrlich, sie waren wie Schafe, die zur Schlachtbank geführt wurden. Doch er, Oread Quantrill, würde ihnen ein neues Leben bieten.

Vielleicht.

Tau-acht ließ sie in ihren lächerlichen Visionen von eigener Bedeutung taumeln, ließ sie Größe fühlen, wo sie doch längst in Bedeutungslosigkeit versanken. Was waren sie schon? Am Ende nichts als eine Gefolgschaft, in der sich Quantrills Größe spiegelte.

»Der Kurs ist programmiert«, sagte er. »Mondra Diamond wird in Dschinnistan siegen oder verlieren ... die Zeit wird es zeigen.« Er blieb neben Anatolie von Pranck stehen und strich ihr über das Gesicht. Onezime zeigte keine Regung; wieso sollte er auch? Anatolie entschied ohnehin selbst, wem sie ihre Gunst schenkte. Sie hatte keine Vorlieben auf Dauer. Jeder, der sich mit ihr einließ, wusste das. Sie war ein starker Geist, unbeugsam und überlegen, eine, wie sie wohl nie wieder zu finden war. Die einzige Frau, die ihm, Oread

Quantrill, entsprach. Die äußere Perfektion, dieser wunderbare Leib, war nichts als ein Abglanz der inneren Herrlichkeit. Sie war eine unter einer Milliarde. »Aber egal, wie die nächste Spielrunde ausgeht, in Wirklichkeit hat Mondra Diamond längst verloren. Sie weiß es nur noch nicht.«

Runde 4: Dschinnistan

Drückende Hitze trieb Mondra den Schweiß aus allen Poren. Die Luft flimmerte über dem Wüstensand, der sich erstreckte, so weit das Auge reichte. Die einzige Abwechslung in der ewig kargen Ödnis bot der Ausstieg aus dem Antigravschacht, durch den die drei TLD-Agenten diese Spielrunde erreicht hatten. Doch dieser lag bereits weit hinter ihnen, Mondras Gefühl nach stapften sie schon etliche Kilometer durch glühende Temperaturen. Den Sand mit bloßen Händen anzufassen, war fast nicht möglich.

Vom – zweifellos holografisch generierten – Himmel strahlte eine Kunstsonne. Kein Lüftchen wehte. Mondra ging neben Gili Sarandon und Porcius Amurri. Allen klebte die Uniform wie eine zweite Haut am Körper. Mondras Lippen fühlten sich rau an, als müssten sie jeden Moment aufspringen.

Sie schwiegen seit ihrem Aufbruch. Ihr Ziel stand vom ersten Augenblick an fest; vor ihnen blitzte etwas im Wüstensand, weil sich die Sonne daran brach. Genauer gesagt, funkelten dort Dutzende oder gar Hunderte von Gegenständen, die dicht beieinanderlagen.

Genug Perlen, um eine Kette für eine Haluterin daraus herzustellen, hatte Gili gemeint. *Wenn es denn Haluterinnen geben würde.* »Wir kommen diesen Dingern keinen Schritt näher«, sagte sie nun missmutig. Ihre schwarzen Haare glänzten matt, unter den Augen lagen dunkle Ringe. »Langsam glaube ich, man will uns nur in die Irre führen. Optische Täuschungen.«

»Eine Fata Morgana?« Porcius sah nicht minder erschöpft aus, von diversen Blessuren durch die ersten Stationen des Parcours ganz abgesehen. Mondra fragte sich kurz, wie lange sie alle nicht mehr geschlafen hatten – und kam zum Ergebnis, dass sie es gar nicht wissen wollte. »Könnte sein. Ich glaube es aber nicht. Wahrscheinlich schätzen wir die Entfernung in dieser Umgebung ganz einfach falsch ein. Lass uns noch einige Minuten weitergehen.«

»Was sollten wir auch sonst tun? Hier gibt es ja nicht einmal die in der Hololiteratur so präsenten Kakteen, in deren Schatten wir uns ausruhen könnten.«

Erneut fragte sich Mondra, ob die Größe dieser Spielrunde täuschte. Welches Design hatten die Konstrukteure angewandt, um den Eindruck einer mehrere Kilometer breiten Wüste zu erschaffen? Spiegelungen? Holografien? Durchschritten sie unbemerkt immer wieder Transmitterfelder, die sie zurückversetzten? Oder gingen sie im Kreis?

Sie sprach Porcius darauf an, der mit den Schultern zuckte. Sein Gesicht war rot, als bahne sich ein Sonnenbrand an. »Es gibt viele Methoden, um die Illusion für den Spieler zu verstärken. Im Pilzwald hat man uns auf eine bestimmte Route gelenkt, indem wir nur dem vorgeschriebenen Pfad durch den Sumpf folgen konnten. Denkbar, dass die echte Landschaft rundum nur ein Dutzend Meter breit war, mit wenigen tatsächlich vorhandenen Riesenpilzen. Ein System aus Spiegelbildern verlieh dem Ganzen dann den Eindruck unendlicher Weite. Vielleicht befanden wir uns im Sumpf nur zwanzig Meter vom Beginn dieser Pseudo-Wüste entfernt, ohne es zu ahnen, getrennt durch eine einzige, für uns nicht sichtbare Wand.«

»Pseudo-Wüste?« Gili ächzte. »So kommt mir das aber nicht vor.« Sie wischte sich über die Stirn.

»Wenn es nicht echt wirken würde, hätte es auch keinen Sinn.«

»Im Sumpf magst du Recht haben«, sagte Mondra. »Hier jedoch ist uns keinerlei Beschränkung auferlegt. Wir könnten uns in alle Richtungen bewegen. Würden wir dann an die Grenzen der Illusion stoßen?«

»Bist du dir sicher, dass uns diese Freiheit bleibt? Kleine Schwerkraftveränderungen könnten unsere Schritte in dieser rundum gleichen Umgebung sehr wohl steuern. Wir laufen im Kreis, ohne es zu bemerken. Oder eine subtile psionische Beeinflussung bringt uns dazu, den offensichtlichen Weg zu nehmen und dem Glitzern entgegenzugehen.« Porcius deutete zur Seite. »Was sollen wir zum Beispiel dort? Wir wollen keine Sekunde länger in dieser mörderischen Hitze unterwegs sein als nötig. Aber selbst wenn wir auf eine Wand stoßen und dagegenklopfen ... was würde es uns bringen? Wir müssen den Parcours durchlaufen, um zu gewinnen. Im Grunde steht ohnehin fest, dass wir uns nicht in einer tatsächlichen Wüste befinden. Wir müssen uns jedoch auf die Illusion einlassen, um letzten Endes die Logik dieser Spielrunde zu verstehen.«

Gili tippte auf ihrem Mikro-Analysator. »Die Ortungsergebnisse sprechen allerdings dafür, dass ...« Sie unterbrach sich selbst. »Okay, ich weiß, was du gleich sagen wirst, Porcius. Das Gerät könnte getäuscht werden, genau wie unsere Sinne, und uns falsche Werte übermitteln. Vielleicht hat man es mir gerade deshalb nicht weggenommen, weil es leicht zu täuschen ist.«

»Es gibt einige Fragen, die ich Quantrill ins Gesicht schleudern werde, sobald wir draußen sind!« Mondra hob den Arm und deutete nach vorne. Etwas rann salzig in ihren Mundwinkel. »Aber zuerst schaue ich mir *das da* an!« Sie beschleunigte ihre Schritte, denn inzwischen kamen sie dem Glitzern zweifellos näher. Es war, als hätte es ihrer Zweifel nur bedurft; ein Gedanke, der Mondra noch misstrauischer werden ließ. In welchem Maß wurden sie ständig manipuliert?

Keine Minute später stand sie vor einer einzelnen Glasflasche, deren Boden im Wüstensand verschwand. Etliche Meter weiter steckten wohl eine Unzahl weiterer Flaschen im Sand. Mondra bückte sich und fasste den Flaschenhals vorsichtig an. Er war so heiß, dass sie den Ärmelstoff ihrer Uniform über die Hand zog, um zugreifen zu können.

Das grüne Material erinnerte aus der Nähe an kostbares Kristallglas. Kunstvolle Muster waren in die Oberfläche graviert worden. Ein Ring aus lilafarben schimmernden Opalen zog sich um die Mitte der Flasche. Sie lag schwer in der Hand. Auf der Öffnung saß ein Pfropfen aus altertümlichem Kork.

»Was nun?«, murmelte Mondra vor sich hin.

Porcius stellte sich neben sie. »Öffnen und nachsehen.«

»Aber sei vorsichtig!«, ergänzte Gili.

Ohne ein weiteres Wort zog Mondra an dem Pfropfen. Er saß fest; sie musste ihn erst zur Seite drücken und mehrfach rütteln, bis er sich löste und sie ihn entfernen konnte. Langsam hob sie die Flasche vors Gesicht und roch vorsichtig daran. Danach drehte sie sie um, dass der Flaschenhals nach unten wies. »Leer«, stellte Mondra das Offensichtliche fest.

Sie wollte die Flasche weglegen, doch Porcius hinderte sie daran. »Wir müssen denken wie in einem Spiel. Nicht nur auf Terra, sondern in vielen Welten der Milchstraße gibt es alte Überlieferungen von meistens kunstvoll verzierten, wertvollen Flaschen in Wüstengebieten.«

Die Worte lösten sofort eine Assoziation in Mondra aus. »Du redest wohl weniger von Überlieferungen als vielmehr von *Märchen*.«

»Wir befinden uns nicht in der Realität«, stellte Porcius erneut klar, »sondern in einer künstlich erschaffenen Welt. Hier ist alles möglich, was den Programmierern und Architekten in den Sinn kam.«

Obwohl sie sich albern vorkam, handelte Mondra so, wie es die Geschichten vorschrieben, die sie aus ihrer Kindheit kannte. Sie rieb mit der flachen Hand über die Außenseite der Flasche, so als wolle sie sie polieren. »Es ist lächerlich. Warum sollte jemand einen Flaschengeist programmieren, der ...«

Es zischte, und eine schwarze Qualmwolke quoll aus der schmalen Öffnung. Als diese verkräuselte, schwebte ein muskulöser Humanoide mit nacktem Oberkörper und vor der Brust gekreuzten Armen in der Luft. Das einzige Kleidungsstück bildete ein gewickeltes, fast hautfarbenes Lendentuch, so dass die klischeehafte Erscheinung des Flaschengeistes auf den ersten Blick völlig nackt wirkte. »Willkommen in Dschinnistan.«

Mondra wusste nicht, ob sie lachen oder weinen sollte. »Ich nehme an, du wirst mir drei Wünsche erfüllen.«

»Nicht ganz.« Die Stimme des *Geistes* klang dumpf und knarrend. »Zuerst muss ich dich auf die Regeln hinweisen. Ihr werdet sie euch leicht merken können. Erstens bilde ich nur die Vorhut. Ich werde einige Fragen beantworten, solange ihr die richtigen Dinge zu wissen begehrt. In zwanzig Metern Entfernung findet ihr exakt neunhundertneunundneunzig weitere Flaschen. Alle darin gefangenen Dschinn sehnen sich nach Erlösung. Ihr Ziel ist es, endlich das Programm zu vollenden, drei Wünsche zu erfüllen und danach für immer zu erlöschen. Seit Ewigkeiten sitzen sie in den Flaschen gefangen und sehnen sich nach Freiheit. Nur eine einzige dieser Flaschen ist für euch zugänglich, ihr werdet sie an ihrer Position leicht erkennen.«

Der Flaschengeist schwieg, als warte er auf Zwischenfragen. Als diese nicht folgten, fuhr er mit seinen Erklärungen fort. »Nun zum zweiten Punkt. Eure Wünsche müssen erfüllbar sein, denn keiner der Dschinn verfügt über magische Fähigkeiten, auch wenn es auf unbedarfte Geister vielleicht so wirken mag.« Das braungebrannte Gesicht, auf dem kein einziges Härchen die Haut bedeckte, verzog sich. Im halboffenen Mund blitzten glänzend weiße Zähne. »Die Flaschengeister sind allerdings so programmiert, dass sie auf die Projektoren zugreifen können, die diese Umwelt erschaffen. Eure Umgebung ist nicht real, wie ihr wohl bereits vermutet habt. Sie *wirkt* allerdings real, und es ist nahezu alles möglich, wenn Zugriff auf die Kontrollen besteht. Eure Wünsche werden auf die eine oder andere Weise zur Realität, und das ohne Zeitverzögerung, nachdem ihr sie vor einem Dschinn ausgesprochen habt. Dabei ist der direkte Wunsch, diese Welt zu verlassen, selbstverständlich untersagt.«

»Selbstverständlich.« Etwas anderes hatte Mondra nicht erwartet. »Wann können wir diese Welt verlassen? Welche Aufgabe müssen wir zuvor erfüllen?«

»Ihr müsst das gegnerische Team besiegen. Das Spiel beenden. Oder sterben.«

»Welches Team?«, fragte Porcius.

»Eure Gegenspieler stoßen in diesem Moment zu *ihrer* Vorhut vor und öffnen die Flasche meines ... Kollegen. Die Schlacht wird beginnen, sobald beide Gruppen das engere Spielfeld erreichen und beiden Gruppen dort ein Dschinn zur Verfügung steht. Eine energetische Trennwand wird zwischen euch stehen, die ihr nicht überwinden könnt. Ihr seid und bleibt getrennt – die Trennwand aufzulösen, steht außerhalb der Macht eurer Dschinn. Die Geister jedoch vermögen auf die jeweils andere Seite einzuwirken. Doch bedenkt, dass die Wünsche eurer Gegner euch nach den beschriebenen Regeln attackieren werden.« Die Lippen der holografischen Gestalt hoben sich. »Nun bleibt mir nur noch, euch den Sieg zu *wünschen*.«

»Eine weitere Frage noch«, bat Mondra. »Was geschieht in diesen Momenten außerhalb von MERLIN?«

»MERLIN?«, fragte der Geist. »Ich kenne nur Dschinnistan. Möget ihr meine Freunde erlösen, indem ihr sie erwählt, eure Wünsche zu erfüllen.« Der Flaschengeist löste sich in einem funkensprühenden Reigen auf.

Den drei Gefährten blieb nichts anderes übrig, als weiterzugehen.

»Wir müssen uns die Regeln genau in Erinnerung rufen«, verlangte Porcius. »Jedes Detail kann wichtig sein und uns einen Vorteil verschaffen. Wir werden diese Runde gewinnen, wenn wir unsere Gegner besiegen und damit das Spiel beenden. Das Spiel endet auch, wenn wir sterben – was ich nicht gerade eine erstrebenswerte Alternative nennen würde. Also gilt: sie oder wir. Unsere Wünsche müssen insofern erfüllbar sein, als die Flaschengeister sie durch eine Veränderung der Programmierung unserer Umgebung umsetzen können.«

Das Glitzern und Funkeln vor ihnen wurde immer greller. Sie näherten sich den neunhundertneunundneunzig Flaschen, die der Dschinn erwähnt hatte; eine Unzahl Flaschen, von denen nur eine einzige zugänglich war. Diese eine funkelte grün in einigen Metern Abstand. Mondra zog sie ohne Probleme aus dem Sand, entfernte den Korken und rieb darüber.

Der Flaschengeist erschien und kündigte an, mit Freuden jeden nur möglichen Wunsch zu erfüllen. »Allerdings erst, sobald das Duell eröffnet ist«, schränkte er ein. »Eure Gegner sind noch unterwegs.«

»Wir müssen also tatenlos abwarten?«

Der Geist glich seinem Vorgänger bis aufs letzte nicht vorhandene Haar. Selbst die Stimme war identisch. »Tatenlos? Wenn ich in eurer Lage wäre, würde ich die Zeit nutzen, um mir die richtige Strategie zurechtzulegen. Das Duell wird erfahrungsgemäß wenig Zeit in Anspruch nehmen, und eure Fantasie bildet die einzige Grenze für die Mittel, mit denen ihr euch bekämpft.«

»Du wirst warten und uns sofort zur Verfügung stehen, wenn der Kampf beginnt?«

»Ist das dein erster Wunsch?«, fragte der Geist listig.

»Kein Wunsch«, stellte Mondra klar. »Nur eine Frage. Außerdem etwas, das ganz in deinem Sinne ist. Schließlich willst du endlich deine Aufgabe erfüllen, um danach für immer erlöschen zu können.«

Im braungebrannten Gesicht schlossen sich die holografischen Augen. Die Muskeln am Brustkorb bewegten sich kaum merklich. »Ich werde alles tun, um es endlich zu Ende zu bringen.«

»Du wirst erst reagieren, wenn wir dich direkt ansprechen«, forderte Mondra, um sicherzugehen. »Alles andere ist kein Wunsch, den wir an dich richten.« Sie wandte sich an ihre Freunde und dachte nach. Wenige Meter vor ihnen lag eine unsichtbare Trennwand, die sie nicht überwinden konnten. Dahinter sammelten sich in Kürze ihre Gegner. »Wie können wir das gegnerische Team besiegen, indem wir die Programmierung ihrer Umgebung verändern?«

»Ich stelle dir eine andere Frage, Mondra«, sagte Gili. »Was, wenn sich unter unseren Gegnern Perry Rhodan befindet? *Wollen* wir dann überhaupt siegen? Oder sollte er gewinnen, um den Parcours verlassen zu können? Wahrscheinlich hat Quantrill ihm das Gleiche in Aussicht gestellt wie uns.«

»Perry wird uns nicht bekämpfen«, antwortete Mondra überzeugt. »Zumindest nicht so, dass wir in echte Gefahr geraten. Dasselbe gilt umgekehrt für uns. Unser erstes Zusammentreffen im Pilzwald hat gezeigt, dass wir unter gewissen Umständen zusammenarbeiten können.«

»Was nichts anderes heißt, als dass das Spiel stocken wird. Wir werden ebenso festsitzen wie Rhodan.«

»Wenn er tatsächlich ...«

»Hört auf!«, unterbrach Porcius. »Das ist müßig und kostet nur unnötige Zeit. Wir werden bald mit eigenen Augen sehen, ob Perry unter unseren Gegnern ist oder nicht. Zuvor noch etwas anderes. Mondra, deine Gedanken weisen einen Logikfehler auf. Wir können die Trennwand nicht überwinden?«

»So wurde es uns angekündigt.«

»*Wir* nicht«, stimmte der junge TLD-Agent zu. »Aber die Trennwand bildet offenbar einen Teil des Rätsels. Wir haben nur auf eine Flasche Zugriff – aber wozu dann die vielen anderen?«

Mondra schnippte mit den Fingern. »Sehr gut. Erster Versuch: Wir wünschen uns nicht die Trennwand weg, sondern verlangen lediglich Zugriff auf die anderen Flaschengeister. Wahrscheinlich wird sie sich verschieben. Oder eine zweite Wand trennt uns von den Flaschen. Der Dschinn erwähnte nicht, dass gerade *diese* unverrückbare Wand uns den Zugriff auf die anderen Flaschen verweigert.«

Porcius sah zufrieden aus. Er war offensichtlich in Gedanken versunken; seine Kiefer kauten, als verzehre er einen seiner Früchteriegel. »Damit hätten wir einen unschätzbaren Vorteil unseren Gegnern gegenüber.«

»Und danach?«, fragte Gili.

»Es gibt viele Möglichkeiten. Wir können die Hitze auf der anderen Seite verstärken, bis die anderen in Ohnmacht fallen. Achtzig Grad, neunzig, vielleicht auch hundert. Oder wir zünden ein Feuer, in dem sie ...« Er brach ab. »Ich – ich weiß nicht, ob wir sie wirklich töten sollten. Wir können auch die Verhältnisse umkehren und eine mörderische Eiswüste schaffen. Der Temperaturunterschied wird sie außer Gefecht setzen. Eine andere Möglichkeit ...«

»Ich habe verstanden«, unterbrach Mondra. »Eine seltsame Art zu kämpfen.«

»Seltsam? Es ist das, was dieses Spiel von uns verlangt.«

»Mit dem ersten Wunsch Zugriff auf die übrigen Flaschen zu erhalten, liegt nahe. Wir dürfen unsere Gegner nicht unterschätzen.

Sie kommen sicherlich auf dieselbe Idee. Wir müssen also schneller sein als sie.«

Mondra dachte über Gilis Worte nach und wandte sich an den Flaschengeist. »Sobald das Duell eröffnet ist, wirst du uns sofort Zugriff auf sämtliche anderen Flaschen verschaffen.«

»Ich tue, was mir möglich ist.«

»Programmiere die Trennwand so um, dass sie ...«

»Ich weiß, was ich tun muss«, unterbrach der Dschinn. »Die Annalen berichten jedoch von mehr als einem Fall, in dem beide Gruppen gleichzeitig versuchten, Zugriff zu erlangen.«

Porcius nickte. »Wann wird die Auseinandersetzung starten?«

»Die Einweisung eurer Gegenspieler ist soeben beendet. Wenn sie die ihnen zustehende Flasche öffnen, fällt der Startschuss. Dann könnt ihr eure Wünsche aussprechen. Vorher werde ich nichts tun können.«

»Er redet nicht gerade wie ein altorientalischer Geist«, spottete Gili.

Der fast nackte, schwebende Mann wandte sich ihr zu. »*Er* ist das auch nicht. Ich bin die optische Wiedergabe eines Programms, das auf Erlösung hofft.«

»Halt dich bereit!«, forderte Mondra.

Gemeinsam gingen sie in Richtung der unsichtbaren Barriere. Mondra trug die Flasche. Porcius schritt ein wenig vor ihnen, hielt den Arm ausgestreckt. Er war sichtlich angespannt, rechnete wohl ständig damit, gegen das Hindernis zu stoßen. Die halb im Wüstensand steckenden Flaschen lagen nur noch wenige Meter entfernt.

Jenseits davon näherten sich drei Humanoide.

Das also waren ihre Gegner. Mondra fiel augenblicklich ein Stein vom Herzen, denn auch wenn sie die anderen noch nicht genau erkennen konnte, war sie sicher, dass Perry nicht unter ihnen war. Sie hätte ihn an seiner Statur erkannt.

Einer der Männer riss einen Strahler hervor und feuerte.

Porcius schrie auf, als die Luft weniger als einen Meter vor ihm zu explodieren schien. Überschlagsblitze zuckten, es knackte und knisterte. Der Strahl schlug in das Schutzfeld und wurde abgeleitet.

Alles lief in gespenstischer Stille ab, wie auch sonst kein Laut von den drei Neuankömmlingen herüberdrang. Sie standen inzwischen nahe genug, dass Mondra sehen konnte, wie sich ihre Münder bewegten; sie hörte jedoch nichts. Offenbar isolierte das Schutzfeld akustisch perfekt, schränkte jedoch die Sicht nicht ein.

Zwei Männer und eine Frau blieben vor ihrer frei zugänglichen Flasche stehen. Bei allen schien es sich um Ganymedaner zu handeln; die extrem schlanke Statur wies darauf hin, wie auch die leichtfüßige Art der Bewegungen.

Die Frau beugte sich zu der Flasche. Sie trug eine schwarze Kombination, die wie Leder glänzte und jeden Millimeter ihres Körpers betonte. Trotz ihrer Schlankheit war die Kraft, die in ihr steckte, unübersehbar. Die Brüste waren fast zu groß für ihre Gestalt, die Arme muskulös. Schwarze Augen fixierten Mondra, weißblondes Haar hing über die Stirn bis zu den Brauen.

Einer der Männer, ein Hüne mit ehemals wohl brauner, momentan vollkommen verschmutzter und zerrissener Kleidung, stieß seine Begleiterin zur Seite und zog die Flasche selbst aus dem Boden. Er zeigte Mondra seine Faust und spuckte aus.

»Wenn plumpe Drohgebärden alles sind, was sie zu bieten haben, brauchen wir uns ja keine Sorgen zu machen«, meinte Gili mit gespielter Gelassenheit.

»Wenn das alles wäre, hätten sie den Weg bis hierher nicht geschafft«, konterte Porcius.

Mondra fragte sich, wieso sie nur zu dritt waren. Hatten sie einen ihrer Leute verloren, genau wie sie selbst? Das Bild von Busters zerquetschtem Körper stieg vor ihrem inneren Auge auf. Oder handelte es sich bei diesem vierten um Perry, der aus unbekannten Gründen zurückgeblieben war?

Aus unbekannten Gründen ...

Mondra lachte bitter. Wieso ging sie bei Perry automatisch davon aus, dass er nicht gestorben sein könnte? Lag das nicht am nächsten? *Ein Opfer wie auch Buster.*

Der zweite Mann hielt seinen Strahler noch immer in der Hand, über die deutlich sichtbar eine große Narbe verlief. Die Haut darum herum wucherte rot. Einer der Finger fehlte ab dem ersten Gelenk. Auch das Gesicht war vernarbt, ein Auge blickte so starr, dass es künstlich sein musste. Zuerst glaubte Mondra, eine Mütze würde seinen Hinterkopf bedecken, dann erkannte sie, dass es sich um ein schwarzes Metallgeflecht handelte – stützende Verstrebungen. Offenbar war sein Schädel einmal halb zerschmettert worden und benötigte ein schützendes Skelett. All diese Verletzungen zusammengenommen, musste es als ein Wunder gelten, dass er überhaupt überlebt hatte.

»Jetzt«, sagte Porcius mit emotionsloser Stimme. »Er wird bald den Korken aus der Flasche ziehen.«

»Du kennst meinen Wunsch«, sagte Mondra zu dem Flaschengeist.

»Ich kann ihn erst erfüllen, wenn du ihn aussprichst. *Nachdem das Duell begonnen hat.* Also wenn sich der Geist der anderen Flasche manifestiert.«

Bei der Aussicht auf den bevorstehenden Kampf blieb Mondra völlig ruhig. Sie blendete ihre Umgebung aus, konzentrierte sich auf das, was ihr bevorstand. Sich ein Bild von ihren Gegnern zu verschaffen, war einfach gewesen; schon der erste Eindruck legte nahe, dass ihnen eine harte Auseinandersetzung bevorstand. Nur mit einer klaren Strategie und einem überlegenden Geist – im wahrsten Sinne des Wortes – würden sie siegen, und diese Strategie formte sich von Sekunde zu Sekunde deutlicher aus.

Mondra nickte Porcius und Gili zu. »Ihr werdet euch jeder eine Flasche schnappen und die Attacken der anderen abwehren. Nichts sonst ... um alles andere kümmere ich mich.«

Der Ganymedaner mit der zerfetzten Kleidung öffnete die Flasche. Aus dem schwarzen Qualm formte sich die Gestalt des Flaschengeistes.

»Ich wünsche mir, dass wir Zugang zu sämtlichen anderen Flaschen erhalten«, sprach Mondra ihren ersten Wunsch aus. »Verschieb die Trennwand!«

Ihr Geist schlug die Hände zusammen. »Ich konnte deinen Wunsch fast vollständig erfüllen. Euch stehen nun neunhundertsechsundneunzig Flaschen zur Verfügung. Eine einzige fiel in die Hände eurer Gegner, die ihren Wunsch einen Augenblick später ausgesprochen haben.«

Plötzlich donnerte es wie in einem Gewitter, und eine wahre Sintflut stürzte auf sie hernieder. Faustgroße Hagelkörner schmetterten gegen ihren Leib. Etwas traf Mondra an der Stirn, die Haut platzte auf und Blut rann in ihr Auge. Blitze zuckten und schlugen rundum ein. Sandfontänen spritzten in die Höhe. Statische Entladungen ließen sie knisternd wirbeln.

Mondra sah noch, wie Porcius eine der Flaschen an sich riss und sie öffnete, dann traf sie eine Windbö, die sie von den Füßen riss. Sie schrie und wirbelte auf die Flaschen zu wie ein loses Blatt im Orkan. Hilflos ruderte sie mit den Armen, fand keinen Halt, schmetterte gegen die energetische Trennwand, die sie wiederum abstieß und rückwärts schleuderte.

Ihr wurde schwarz vor Augen. Sie krampfte die Hand reflexartig um den Flaschenhals. Sie schlug auf und schlitterte durch den Sand. Mühsam kämpfte sie gegen eine Ohnmacht, die sich als dunkler Schleier über ihr Bewusstsein legen wollte. »Lass auf der anderen Seite der Trennwand einen Ton in folgender Frequenz erklingen.« Jedes Wort kostete unendliche Mühe. Sie nannte eine Zahlenkolonne.

Der Sturm endete ebenso abrupt, wie er begonnen hatte – *Porcius,* dachte Mondra erleichtert –, und Mondra sah durch einen blutigen Schleier, wie ihre Gegner die Arme hochrissen und sich die Hände gegen die Ohren pressten. Das würde ihnen nicht viel helfen. Aufgerissene Münder gaben gespenstisch lautlose Schreie von sich. Mondra hatte eine äußerst schmerzhafte Frequenz gewählt, die wohl bei dem einen oder anderen das Trommelfell reißen ließ.

Gerade wollte sie sich aufrappeln, als etwas aus dem Boden neben ihr brach. Ein metallener Wurm schoss meterhoch auf, ehe der gewaltige Leib zurück in den Sand krachte. Sand klatschte Mondra ins Gesicht. Ihre Augen brannten schlimmer als zuvor. Sie hustete, und Körner knirschten zwischen ihren Zähnen. Sägeartige Zähne schnappten im Maul des Wurmmonsters. Ein glänzender

Tentakel mit messerscharfem Ende schob sich aus der Kopfsektion. An den Seiten zuckten Widerhaken.

»Ich hab es!«, brüllte Gili, und das Monstrum verschwand.

Der Kampf spielte sich in atemberaubender Geschwindigkeit ab. Jenseits der Barriere nahmen ihre Gegner die Hände wieder herunter. Ihre Gesichtszüge entspannten sich. Sie hatten einen weiteren ihrer Wünsche verbraucht, um den Ton abzustellen. Ihnen standen mit der zweiten Flasche insgesamt sechs Wünsche zur Verfügung. Einen hatte es gekostet, die Trennwand verschieben zu wollen, einen weiteren, das Gewitter zu starten; mit dem dritten hatten sie den Ton beendet, der vierte hatte das Wurmmonstrum erschaffen. Blieben zwei.

Mondra atmete tief durch. Eine gute Zwischenbilanz: Ihnen selbst standen nahezu beliebig viele Wünsche offen. »Ich weiß, wie wir diese Runde beenden. Unsere Gegner müssen nur ihre ...« *Wünsche verbrauchen,* hatte sie sagen wollen. Sie kam nicht mehr dazu. Von einem Augenblick auf den anderen sackte schwärzeste Nacht über sie, und die Temperatur fiel auf arktisches Niveau. Die Kälte stach mit tausend Pfeilen in sie. Mondra bekam keine Luft mehr; ihr kam es vor, als habe der erste und einzige Atemzug ihre Lunge gefrieren lassen.

»Ich wünsche mir, dass der Ursprungszustand wiederhergestellt wird.« Gilis Stimme war kaum zu verstehen, nicht mehr als ein heiseres Krächzen.

Die Helligkeit kehrte zurück. Mondras Auge pochte, ihr war, als bohre sich ein glühendes Eisen durch den Sehnerv ins Gehirn. Verschwommen tauchte Gilis Gesicht vor ihr auf, eine Eisschicht bedeckte ihre Augen. Blut rann aus der Nase. Sie wimmerte, fuhr mit zitternden Händen zu den Augen. Mondra erging es nicht besser, doch sie spürte, wie es von Sekunde zu Sekunde besser wurde. Die Eiseskälte hatte nur wenige Sekunden auf sie eingewirkt – ohne Gilis rasche Reaktion wären sie inzwischen wohl längst schockgefroren. »Ich wünsche, dass die Sicherheitssperren für diese Spielrunde wieder aktiviert werden«, presste sie mühsam heraus.

»Danke«, sagte der Dschinn ihrer Flasche und löste sich auf. Er hatte seine Aufgabe erfüllt und Mondra drei Wünsche erfüllt. Sie ließ die nutzlos gewordene Flasche fallen, die beim Aufprall zersplitterte.

Mondras Augen pochten, als Wärme und Leben in sie zurückkehrten. Sie zog eine neue Flasche aus dem Boden.

»Die Sicherheitssperren aktivieren?«, fragte Porcius. In seinen Haaren glitzerten Eiskristalle. »Wie sollen wir unsere Gegner ausschalten und die Runde gewinnen, wenn ...«

»Das lass nur meine Sorge sein«, unterbrach Mondra. »Wir haben etwas vergessen und außerdem die Worte des Dschinns missverstanden, als er uns die Regeln erklärte. Unseren Gegnern bleibt noch ein letzter Wunsch, dann werde ich das alles zu Ende bringen.«

»Missverstanden?« Gili klang alles andere als überzeugt. »Was sollte daran missverständlich gewesen sein?«

Mondra winkte ab: *Keine Zeit.* »Ich wünsche mir eine Sprechverbindung zu unseren Gegnern.« Sie wartete eine Sekunde, hob dann die Stimme. »Ihr habt verloren. Uns stehen beliebig viele Wünsche offen. Euch hingegen bleibt ein einziger. Kapituliert, und wir werden euch am Leben lassen.«

In der Hand ihrer einzigen Gegnerin schimmerte der grüne Kristall der Flasche. Ein dünner Blutfaden rann aus ihrem linken Ohr. Neben ihr schwebte der Geist. »Ein letzter Wunsch genügt mir«, sagte sie mit einem feinen Lächeln. »Ich wünsche, dass direkt vor unseren Gegnern eine Transformbombe explodiert.«

In Mondra verkrampfte sich alles – doch sie entspannte sich wieder, als der gegnerische Dschinn sagte: »Da die Sicherheitsprotokolle wieder aktiviert wurden, kann ich diesen Wunsch nicht erfüllen. Er ist hiermit verfallen. Ich danke dir.« Damit löste er sich in einem Funkenregen auf.

Mondra drehte sich zu ihren Gefährten um. »Ich wünsche mir, dass die Sprechverbindung wieder endet. Gut – damit haben sie mir bestätigt, was ich wissen wollte. Ihre Wünsche sind aufgebraucht. Sie sind hilflos.« Sie rekapitulierte die letzten Geschehnisse; das Duell konnte keine fünf Minuten gedauert haben.

Über Gilis Wangen rannen Tropfen schmelzenden Eises; es sah aus, als weine sie. »Du hättest sie nach Perry Rhodan fragen können.«

»Sie hätten ohnehin nicht geantwortet.«

Porcius wog seine eigene Flasche nachdenklich in der Hand. »Deiner Meinung nach haben wir die Anweisungen für diese Spielrunde missverstanden.«

Mondra nickte. »Der Dschinn sagte nicht, dass wir unsere Gegner besiegen und auf diese Weise das Spiel beenden müssen. Sie zu besiegen, stellt vielmehr eine der beiden Möglichkeiten dar, in die nächste Runde zu gelangen. *Ihr müsst das gegnerische Team besiegen. Punkt. Das Spiel beenden. Punkt. Oder sterben.* Der Dschinn nannte uns insgesamt drei Möglichkeiten – nicht nur zwei.«

»Und wie willst du das Spiel beenden?«

»Was ist das Ziel der Flaschengeister? Ihr sehnlichster Wunsch?«

»Zu erlöschen. Aber was kann uns das ...« Gili lachte auf. »Natürlich! Wenn alle Dschinn erlöst sind, endet das Spiel ebenfalls.«

»Alle Flaschen und damit auch ihre holografischen Geister stehen uns zur Verfügung. Wir öffnen sie, befreien die Dschinn und lassen uns Wünsche erfüllen.«

»Das sind insgesamt eine Menge Wünsche«, meinte Porcius süffisant. »Wie viele Flaschen sind noch übrig? Knapp tausend. Macht knapp dreitausend Wünsche.«

Gilis winkte ab. »Das sollte wohl kein großes Problem darstellen.«

Schweigend gingen sie an die Arbeit. Zu dritt zogen sie Flasche für Flasche aus dem Wüstensand, befreiten Dschinn um Dschinn. Bald schwebte eine ganze Armee der Geister rund um sie, die wie Klone aussahen.

Als sie sicher waren, keines der Kristallgefäße übersehen zu haben, warf Mondra zum ersten Mal seit langem einen Blick durch die unsichtbare Barriere. Ihre Gegner hatten sich zurückgezogen. Sie würden sie zweifellos wieder sehen, und das wohl früher, als ihnen lieb war.

Porcius massierte seine Fingerspitzen. »Der einfachste Weg ist sicher auch der beste. Ist es euch recht, wenn ich die entscheidenden Wünsche formuliere?«

Gili und Mondra stimmten zu.

»Ich wünsche mir«, sagte Porcius, »von jedem einzelnen Dschinn eine Goldmünze, die genau hier auf dem Boden liegen soll.« Dabei deutete er neben sich.

Aus dem Nichts formte sich ein glänzender Münzberg. *Holografischer Tand,* dachte Mondra, aber darauf kam es nicht an.

»Nun wünsche ich mir von jedem eine zweite Münze. Und als letzten Wunsch noch eine dritte.«

Der Berg wuchs an, und unter einem Chor dankbarer Stimmen verpufften die schwebenden Gestalten.

Eine wohlmodulierte Stimme übertönte alles andere: »Spiel beendet. Das Programm wird neu gestartet.«

Die Umgebung verblasste, die Wüstenhitze verschwand, und die drei Terraner fanden sich in einer gänzlich anderen Welt wieder. Ehe Mondra etwas wahrnehmen konnte, zischte es, eine Gaswolke hüllte sie ein, und sie verlor die Besinnung. Das Letzte, das sie sah, war ein Roboter, der auf sie zurollte.

Aus Oread Quantrills Schriften, nie veröffentlicht

Wie bizarr ist das Universum, und welche Fülle an Leben wohnt in ihm?

Bislang hat die bekannte Forschung nur die Oberfläche des wahren Seins angekratzt. Wir haben nichts als einen flüchtigen Blick auf die Fülle des Seins geworfen.

So ungern ich es zugebe, ich beneide zum ersten Mal in meinem Leben einen anderen. Anatolie hat Tau-acht synthetisiert, fast ein ganzes Gramm, und sie hat es noch im Labor in ihr Auge gestäubt.

Ich fand sie in Verzückung, und sie warf einen Blick unter die Oberfläche des Universums. Sie sah durch die Sichtscheibe zwar den Jupiter, aber sie schaute auch durch ihn hindurch auf die andere Seite. »Ein

Tor«, sagte sie, und das Spektralmikroskop in ihren Händen glühte auf und zerplatzte. Splitter jagten umher, einer verletzte sie an der Wange. Sie spürte den Schmerz nicht einmal, als ein fingerbreites Stück Fleisch herabfiel.

Blut floss über ihre Kleidung, spritzte auf mich, aber Anatolies Blick blieb in unendliche Fernen gerichtet. Sie war glücklich, und der Geist triumphierte über den Leib.

Wie neide ich ihr diese Art von Glück, diesen erweiterten Horizont.

Dass eine breite, hässliche Narbe ihr Gesicht verunstaltet, stört sie nicht einmal. Keine ärztliche Kunst, nicht einmal der talentierteste Ara, kann sie jemals wieder entfernen.

»Was ist schon die Wirklichkeit?«, fragte sie mich später. Seit sie einmal Tau-acht fühlte, kann sie sich nicht mehr mit der Realität begnügen. Nur noch zu leben, wird ihr immer zu wenig sein.

Runde 5:
Neo-Dracula

»Leichen sind etwas Wunderbares.«

Mondra hörte den Satz, während die Kälte eisigen Gesteins durch den Stoff ihrer Uniform drang. Die ehemalige TLD-Agentin lag mit dem Rücken auf hartem, schroffem Fels. Es war düster, nur wenig flackerndes, rötliches Licht erhellte ihre Umgebung. Auf allen Seiten blieben ihr nur wenige Zentimeter Freiraum. Eine Handspanne über ihr löste sich ein Tropfen von der feuchten Steindecke und fiel ihr auf die Stirn. Sie schauderte. Etwas kitzelte sie an der Hand; ein vielbeiniger Käfer krabbelte darüber.

»Du bist verrückt«, sagte eine andere Stimme. Sie klang jünger, vitaler und eindeutig weiblich. »Wie kannst du so etwas behaupten?«

»Was bleibt mir als Jäger anderes übrig? Ich muss sie finden und zur Strecke bringen! Erst wenn sie tot sind, finden sie Frieden. Und wir genauso!« Schlurfende Schritte begleiteten jedes langsam hervorgebrachte Wort.

Mondra sah den alten Mann, der gesprochen hatte, förmlich vor sich. Sie wagte kaum zu atmen. Nur langsam gelang es ihr, sich zu orientieren. Sie lag rücklings in einem Schacht, der waagrecht in einen Felsen hineingeschlagen worden war. Eine Art Nische, wie für einen ...

Sie stockte. *Wie für einen Sarg.* Kaum gedacht, setzte sich dieser Vergleich in ihrem Kopf fest. Die schlurfenden Schritte entfernten sich, wurden leiser und leiser. Mondra spannte die Muskeln an und schob sich mit den Füßen voran in Richtung des Lichts. Weil kaum Bewegungsspielraum blieb, kam sie nur langsam vom Fleck. Sie hob den Kopf und versuchte, an ihren Füßen vorbeizuschauen. Raues Gestein schabte über ihre Uniform und Haut. Weitere Insekten wurden aufgescheucht und huschten davon. Ungewollt zerquetschte sie eine Spinne zwischen ihren Fingern.

Kurz darauf hingen ihre Beine ins Freie. Sich noch weiter zu schieben, wurde zunehmend schwieriger. Sie drehte sich mit einiger Mühe auf den Bauch, ließ die Beine hängen und fand mit den Füßen tastend Halt. Wenig später kletterte sie vollständig ins Freie und stand in einem Felsengang, den flackerndes Fackellicht erhellte.

Ringsum herrschte völlige Stille. Die Stille des Todes, wie sie mit einem Rundblick feststellte. In regelmäßigen Abständen ragten auf beiden Seiten Schächte ins Innere des Felsens, und das in drei Reihen übereinander. In vielen standen Särge, die meisten aus edlem, dunklem Holz. Vereinzelt verrieten Steinplatten mit eingravierten Namen, wer dort seine ewige Ruhe gefunden hatte.

Auf dem Boden, direkt unterhalb einer Wandhalterung, in der eine Fackel brannte, lag das Skelett eines Terraners. Die Rippenknochen waren in Höhe des Herzens zertrümmert worden. Der Mund im bleichen Totenschädel stand weit offen, über einer Augenhöhle hing eine fette Spinne in ihrem Netz. Doch das war es nicht, was Mondra an dem Anblick derart verstörte. Sie ging näher und sah deutlich, dass zwei der lose baumelnden Zähne am bleichen Kieferknochen eine unnatürliche Länge aufwiesen.

»Ein Vampir.«

Ein Adrenalinstoß ließ Mondra herumwirbeln. Porcius Amurri stand neben ihr, hielt den ausgestreckten Zeigefinger an die Lippen.

»Ich bin schon einige Minuten wach, hatte mich aber versteckt, als die beiden Männer auftauchten. Roboter, wenn du mich fragst. Täuschend echte Modelle. Man hätte sie fast für lebendig halten können. Sie gehören zum Design dieser Welt.«

»Roboter«, wiederholte Mondra nachdenklich. »Das Letzte, das ich gesehen habe, ehe ich in Dschinnistan ohnmächtig wurde, war ebenfalls ein Roboter.«

»Sie haben uns betäubt und uns in diese Spielrunde verfrachtet. Jeden in eine freie Sargnische, um genau zu sein.«

»Makaber.«

»Offenbar wird allein schon der Übergang von Mal zu Mal gefährlicher.«

»Hast du Gili gesehen?«, fragte Mondra.

»Ich konnte noch nicht alle Nischen durchsuchen. Auch dich hatte ich noch nicht entdeckt.«

Ein Ächzen erklang, und kurz darauf erschienen Gilis Füße in einer Nischenöffnung wenige Meter entfernt. »Statt zu philosophieren, solltet ihr mir lieber helfen!«

Porcius kam der Aufforderung nach. Zu dritt gingen sie den Felsengang entlang. Die beiden Männer blieben verschwunden. Dafür entdeckten die Gefährten noch zwei weitere Vampirskelette. Eines war noch mit Spuren von verwesendem Fleisch bedeckt, in dem sich Maden kringelten.

Mondra hielt sich die Hand vor Mund und Nase, um dem widerwärtigen Gestank zu entgehen. »Skurriler kann es in der letzten Spielrunde wohl kaum vor sich gehen. Das hier ist ja wohl der Gipfel der Geschmacklosigkeit. Kann jemand so etwas tatsächlich freiwillig *spielen*?«

»Es geht das fliegende Wort um«, erklärte Porcius, »dass man nicht nur etwas verrückt sein muss, um Echtzeit-Holojumping-Szenarien entwickeln zu können. Andere nennen diese Leute schlicht genial. Jedenfalls besitzen sie eine überbordende Fantasie. Und die benötigen sie auch, um die Bedürfnisse der Spieler zu stillen. Man muss stets etwas Neues bieten. Es heißt, manche verlieren sich geradezu in den künstlichen Welten. Ich gehörte zu diesen Spielern, die den Kontakt zur Realität verloren.« Er lächelte scheu. »Früher. Ich hab den Absprung ins echte Leben geschafft, wenn ich mir auch gerade nicht so vorkomme.«

Gili fasste nach seiner Hand und drückte sie kurz; eine Geste, die ihm Röte in die Wangen trieb. »Gehen wir also davon aus, dass wir uns in einer Vampirgruft befinden. Eins kann ich dabei allerdings nicht verstehen. Wenn man einen Vampir umbringt, zerfällt er doch gemeinhin zu Staub. Ich meine ... in den Geschichten.«

»Nicht unbedingt«, korrigierte Porcius. »Es gibt unterschiedliche Überlieferungen und Variationen des Vampirmythos. Von menschenfressenden Bestien bis hin zu sexuell anziehenden Charmeuren kommt alles vor. Ebenso unterschiedlich sind die Festlegungen, was mit einem Vampir nach dessen Vernichtung geschieht. Nur eins ist stets gleich – die Elemente der Unsterblichkeit und des Blutdurstes.«

Mondra schüttelte den Kopf. Sie hatte allenfalls eine vage Vorstellung davon, was ein Vampir überhaupt war; sie konnte sich nicht daran erinnern, jemals eine Geschichte über diese monströsen Gestalten gelesen oder im Trivid gesehen zu haben. Porcius hingegen schien auf diesem Gebiet bestens bewandert zu sein. Die Faszination war ihm während seines kleinen Vortrags deutlich anzuhören gewesen.

Der Steinkorridor endete vor einer Treppe, deren ausgetretene Stufen steil nach oben führten. Ein rostiges, dünnes Eisengeländer bot nur unzureichenden Halt. Mondra ging voran und umfasste einen gusseisernen Griff, mit dessen Hilfe sie die dunkle Holztür öffnete. Die Tür knarrte.

»Überbordende Fantasie?«, fragte Gili. »Wenn du mich fragst, ist in dieser Spielrunde kein Klischee ausgelassen worden.«

Sie betraten eine weitläufige Halle. Durch prächtige Buntglasfenster fiel nur wenig Tageslicht. Mondras Einschätzung nach würde bald die Nacht hereinbrechen, und ihr war klar, dass in diesem Moment die Stunde der Vampire schlagen würde.

Quietschend wurde vor dem breiten Tisch in der Hallenmitte ein Stuhl mit riesiger Rückenlehne zurückgeschoben. Ein alter Mann erhob sich daraus. Strähniges, schlohweißes Haar umrahmte ein ausgezehrtes Gesicht. In seiner sehnigen Rechten hielt er eine Armbrust, in der ein Holzpflock steckte. »Gäste? Wer hätte das gedacht.«

Mondra erkannte die Stimme sofort; es war einer der beiden, die sie nach ihrem Erwachen in der Sargnische gehört hatte. »War schon lange niemand mehr hier?«

»Warum fragen Sie das? Wissen Sie tatsächlich nichts darüber?«

Die altertümliche Anrede ist wohl Teil des Programms, dachte Mondra leicht amüsiert. Wie Gili schon sagte: *Kein Klischee fehlt.*

»Wir sind gerade erst angekommen nach einer ... langen Reise.«

»Drei weitere Personen befinden sich im Schloss.« Der Greis stockte. »Oder waren es vier, denen ich das Portal öffnete? Mein Gedächtnis ist nicht mehr das, was es einmal war.« Er lachte meckernd, und sein Blick verlor sich in weiter Ferne.

»Eine Frau und drei Männer?«, fragte Mondra. »Einer dieser Männer besitzt ein vernarbtes Gesicht und trägt ein Eisengestell um den Hinterkopf?«

Der Mann nestelte am Griff der Armbrust. »Tatsächlich. Das Gestell ist eine wundersame Sache – sicher stammt es aus einer der großen Städte aus dem Ausland, wenn mir sein Zweck auch schleierhaft blieb. Offenbar sind Sie diesen Leuten schon einmal begegnet.«

»Wir kennen uns flüchtig«, meinte Gili.

Mondra musste lächeln – *flüchtig* traf es wohl in der Tat. Das gegnerische Team befand sich also im Schloss. Offen blieb allerdings nach wie vor, ob das auch für Perry Rhodan galt. Sie kam nicht mehr dazu, die entsprechende Frage zu stellen. Draußen donnerte es, und die Helligkeit eines Blitzes zuckte durch die Halle. Wabernde Schatten wanderten über die Wände.

Ihr Gegenüber hob die Armbrust. »Ein Gewitter tobt. Das heißt, die meisten Vampire werden früher als sonst aus ihren Verstecken kriechen.«

Mondra entschied sich, die Anredekonventionen zu übernehmen und »mitzuspielen«.

»Hören Sie, wir ...«

»Still!« Mit fiebrigem Blick schaute sich der Mann um. »Ich höre sie schon. Rieche ihr faulig stinkendes Fleisch! Spüren Sie denn nicht ihre Gier nach Leben?«

»Wo ist Ihre Begleiterin?«, fragte Mondra.

»Begleiterin?«

»Wir hörten Sie mit ihr sprechen, unten im Felsengang.«

»Geflohen ist sie, diese Närrin! Die Wölfe werden sie zerreißen, noch ehe sie das Dorf erreicht! Es gibt nur eine Chance zu überleben – einen Pflock ins Herz des Grafen zu treiben!« Wieder hob er die Armbrust und rannte unvermittelt los, schneller, als man es ihm hätte zutrauen können.

Ehe ihn jemand daran hindern konnte, riss er eine der drei Türen auf, die aus der Halle führten. Kurz erhaschte Mondra einen Blick auf einen mit rotem Samtteppich ausgelegten Korridor, dann fiel die Tür zurück ins Schloss.

»Und nun?«, fragte Gili.

»Machen wir uns auf einen Vampirangriff gefasst.« Porcius hob den Stuhl an, auf dem der Alte gesessen hatte. Er atmete tief ein, wuchtete das schwere Möbelstück über den Kopf und schmetterte es auf den Boden.

Ein Bein brach ab, die Sitzfläche hing schief in den Verschraubungen. Porcius hob den Fuß, setzte ihn an der Lehne an und drückte mit Wucht nach unten. Ein weiteres Stuhlbein brach ab, während der Stoff über der Lehne zerriss. Ein Tritt zerlegte das Möbelstück endgültig.

Mondra hob eines der abgebrochenen Beine auf und betrachtete das zersplitterte Ende. Sie wusste, worauf ihr Kollege hinauswollte. »Das ist nicht dein Ernst.«

»Wir haben es mit Vampiren zu tun. Ob sie echt sind, holografische Projektionen oder Roboter oder was weiß ich, spielt dabei keine Rolle. Den Regeln des Spiels nach werden wir sie pfählen müssen.« Er hob zwei Beine auf und warf Gili eines zu, die es geschickt auffing.

»Ein wenig anders als ein Handstrahler, aber wir werden uns wohl daran gewöhnen«, meinte sie.

»Wenn du keinen Knoblauch in deinem Handtäschchen spazieren trägst, ist das hier die einzige effektive Waffe. Vampire sind dafür bekannt, auf keinem anderen Weg vernichtet werden zu können. Ein Strahlerschuss würde glatt durch sie hindurchgehen. Sie sind unempfindlich gegen Schmerzen. Wir können wohl davon ausgehen, dass die Programmierung dieser Spielwelt auch dieses Element aufnimmt. Die Skelette mit dem durchstoßenen Brustkorb sprechen dafür, dass diese Vampire einst gepfählt wurden.«

Draußen donnerte es ein weiteres Mal, mit einem Knall barst eine der bunten Scheiben, und die Böe, die in die Halle fuhr, löschte sämtliche Fackeln.

Dunkelheit kroch von allen Seiten auf die drei Terraner zu.

Die Jagd war eröffnet.

Sie nahmen die Tür, die der Greis zuvor gewählt hatte. In regelmäßigen Abständen standen Kerzenleuchter auf dem Teppich. Eine Treppe führte ins Obergeschoss.

Mondra stieg hinauf. »Wir wissen, wie wir weiterkommen können. Der Alte hat es uns gesagt, auch wenn es mir zunächst nicht aufgefallen ist. Offenbar ist er diesmal die Figur, die uns die entscheidenden Hinweise liefert. *Einen Pflock in das Herz des Grafen.* So oder ähnlich hat er die einzige Überlebenschance formuliert. Also suchen wir das Grafengemach und beenden die Sache.« Sie nahm den Pflock in die Linke.

Gili zeigte sich nicht ganz so siegessicher. »Dabei sollten wir allerdings schneller sein als unsere Gegner. Wieso sind sie überhaupt hier? Sind sie in Dschinnistan nicht gescheitert und hätten deswegen zurückbleiben müssen?«

Wieder kaute Porcius auf einem imaginären Früchteriegel. »Ich kann nur vermuten, dass sie einen Preis dafür zahlen mussten, ebenfalls versetzt zu werden. In der Wüste konnten sie nicht zurückbleiben – die Projektion dieser Welt hat sich aufgelöst. Also wurden sie in diese Spielrunde weitergeschickt.«

»Welchen Preis?«
»Fragen wir sie, wenn wir sie treffen.«
»Dazu werden sie uns wohl kaum Gelegenheit lassen.«
Die Treppe führte zu einem kleinen Flur, von dem vier Türen abzweigten. Dazwischen standen hohe Regale, gefüllt mit prächtigen, in Leder gebundenen Büchern.
»Wohin?«, fragte Porcius.
»Eine Tür ist momentan so gut wie die andere. Warum nicht gleich die erste?« Mondra legte die Hand auf die schwere Klinke und drückte sie. Nichts tat sich. »Verschlossen.«
Gili Sarandon versuchte es an einer weiteren Tür. Sie öffnete sich quietschend. »Folgen wir doch dieser freundlichen Einladung.« Sie ging zuerst. Ihre angespannte Körperhaltung machte klar, dass sie jederzeit mit einem Angriff rechnete. Noch ehe Mondra ebenfalls in das Zimmer eintrat, hörte sie ein dumpfes Ächzen.
Ein Mann lag auf einem breiten Bett, über dem sich ein weißer Himmel spannte. Der Stoff wehte leicht im Luftzug, der durch das offene Fenster drang. Draußen herrschte inzwischen völlige Dunkelheit, Regen prasselte, und einige Tropfen landeten auch auf dem Fußboden. Die hereinströmende frische Luft konnte jedoch nicht den süßlichen Geruch nach Blut überdecken.
Der Mann schwang die Beine über die Bettkante und stemmte sich mit beiden Händen in die Höhe. Sein gesamtes Gesicht war so totenbleich, dass sich die zahllosen Narben kaum noch abhoben. Auch ohne das metallische Stützgestell um den Hinterkopf hätte Mondra in ihm einen ihrer Gegner erkannt.
Das Weiß der Augen glänzte seltsam stumpf. Von zwei Einstichen seitlich am Hals rann eine feine, blutige Spur bis auf die Schultern.
»Er ist von einem Vampir gebissen worden.« In Porcius' Stimme klang dasselbe Grauen mit, das auch Mondra empfand. »Aber was immer hier vorgeht, er *kann* ganz einfach nicht selbst zu einem Untoten geworden sein. So weit kann selbst die raffinierteste Täuschung und Programmierung nicht gehen. Er ist ein Mensch – ein Stück Realität. Wie sollte er sich in eine mythische Figur verwandeln?«

Endlich öffnete der andere den Mund. »Blut«, rann es zäh wie Schleim über seine Lippen. »Ich brauche Blut.«

»Es kann nicht sein«, wiederholte Porcius matt.

Der *Vampir* erhob sich. Seine Zähne besaßen die normale Größe. Die Augen wirkten leblos, wie tote Murmeln. Er streckte die Hände aus. Die Finger waren gichtig verkrümmt und unnatürlich weiß.

»Hier sehen wir wohl den Preis mit eigenen Augen, den unsere Gegner zahlen mussten«, meinte Gili. »Sie kamen nicht wie wir in sicheren Gefilden dieses Schlosses zu sich. Zumindest er nicht. In der kurzen Zeit seit unserer Ankunft wurde er von einem Vampir angefallen.«

Der Ganymedaner sprang vor. Er bewegte sich gewandt wie ein Raubtier. Seine Hände umklammerten Mondras Hals. Er presste brutal zu, dass ihr die Luft wegblieb. Der Druck auf den Kehlkopf war mörderisch. Beinahe ohnmächtig vor Schmerzen handelte Mondra doch kühl und überlegen, riss die Arme hoch, sprengte den Griff und rammte ihr Knie in die Magengrube des Mannes. Gleichzeitig schmetterte sie die Faust gegen sein Kinn.

Etwas krachte, der *Vampir* taumelte zurück, ging jedoch sofort wieder zum Angriff über. Weder krümmte er sich, noch schien er Schmerzen zu empfinden. *Wie ein echter Vampir,* dachte Mondra, duckte sich unter einem Hieb und schlug ihm das Standbein weg. Er stürzte rückwärts, prallte mit dem Kopf auf, rollte sich ab und kam augenblicklich wieder in die Höhe.

Gili trat ihn in die Seite und stieß ihn zurück auf den Boden. Er bäumte sich auf und schleuderte die TLD-Agentin von sich. Sie schlug gegen das Bett und stürzte auf die Matratze. Mondra traute ihren Augen nicht – dieser Kraftakt war unnatürlich, erst recht nach dem, was ihr Gegner hinter sich hatte. Sein Körper musste völlig geschwächt sein.

Mit einem Grunzen erhob er sich. Porcius hämmerte ihm die Faust gegen den Hinterkopf. Unbekümmert ging der *Vampir* weiter, als habe er es nicht einmal gespürt. Mondra steppte an ihm vorbei, packte seine Arme, bog sie auf den Rücken und hielt ihn mit Mühe in dieser Position.

Zu dritt bändigten sie schließlich ihren Gegner, der mit den Zähnen nach ihnen schnappte. Sein Gesicht war eine einzige verzerrte Fratze, die Zunge hing wie ein totes Stück Fleisch über die Lippen.
»Blut ... ich brauche Blut.«
Porcius atmete schwer. »Er hält sich für einen Vampir.«
»Mehr als das.« Mondra musterte die extrem bleiche Haut und den starren Blick. »Irgendetwas hat ihn verändert. In was auch immer.«
»Könnt ihr ihn halten?«, fragte Gili. Mondra nickte. Die Agentin zückte den Mikro-Analysator, tippte etwas ein und richtete ihn erst auf den Gefangenen, drückte dann die Spitze gegen einen Speichelfaden, der aus dem halbgeöffneten Mund rann. Nach wenigen Sekunden gab das Gerät einen Piepton von sich. »Seine Blutwerte sind extrem schwach. Oder besser gesagt, er trägt fast kein Blut mehr in sich. Die Zellen mutieren in unfassbarer Geschwindigkeit. Wenn ich die Analysewerte richtig deute, ist sein Wunsch nach Blut nicht psychischer Natur, sondern tatsächlich körperlich. Der Körperkreislauf kann nur noch funktionieren, wenn ihm menschliches Blutplasma von außen zugefügt wird. Ein biomorphes Enzym verändert ihn fortlaufend.«
»Ein biomorphes Enzym«, murmelte Mondra. »Wahrscheinlich mit dem Biss eines Robotvampirs übertragen. Das ist abartig.« Sie verzog angewidert das Gesicht und wandte sich an den *Vampir*. »Wo sind deine Kollegen? Ist Perry Rhodan ebenfalls im Schloss? Wann hast du ihn zuletzt gesehen?«
»Rhodan ist einer von uns!« Die Worte waren leise, kaum hörbar, unterbrochen von einem Seufzen. »Ich brauche Blut.«
»Wo sind sie?«, fragte Mondra hart. »Wo ist Rhodan?«
»Der Graf ... Rhodan jagt den Grafen ... den Meister ... aber er wird sterben! Wie ich, wenn ich kein Blut bekomme ... gebt mir Blut!«
»Er kann nicht mehr lange überleben, wenn er nicht ...« Weiter kam Gili nicht.
Der Gefangene bäumte sich auf, schmetterte seine Stirn mit einer solchen Wucht gegen Porcius' Arm, dass der Agent aufschrie und instinktiv losließ. Der freie Arm des *Vampirs* schoss in die Höhe, die

Finger hieben in Mondras Gesicht, wollten sich in ihre Augenhöhlen bohren. Sie wich gerade noch rechtzeitig zurück, um Schlimmeres zu verhindern, schrie dann ebenfalls, als der Fuß ihres Gegners sie am Unterleib erwischte. Im Gegensatz zu ihm fühlte sie sehr wohl Schmerzen ...

»Ich brauche es!« Der *Vampir* packte Gili, riss sie mit sich und rammte sie gegen die Wand. Dabei streifte sie ein Bild, dessen Rahmen durch die Wucht zersplitterte. Das Ölporträt riss in der Mitte entzwei. Er drückte mit der Linken Gilis Kopf zur Seite und riss den Mund auf. Sein Kopf schoss vor, um die Zähne in Gilis Hals zu schlagen.

Mondra blieb nur noch Zeit für einen logischen Gedanken. Wenn er zubiss, würde er das Enzym auf Gili übertragen und sie damit ebenfalls in diesen bizarren Zustand versetzen. Er würde ein Art Monstrum aus ihr machen. Blindlings packte sie das abgerissene Stuhlbein, das sie während der Kämpfe verloren hatte, holte aus und rammte die zersplitterte Spitze in den Rücken ihres Gegners. Mit einem hässlichen Geräusch drang der Pfahl durch Fleisch und Knochen, wühlte sich vor bis ins Herz. Der *Vampir* gab einen erstickten Laut von sich und sackte in sich zusammen. Er gurgelte. Speichelblasen platzten vor seinen Lippen. Die toten Augen quollen weit aus den Höhlen.

Gili zitterte. Selbst totenbleich, schob sie sich an der Wand entlang von der Leiche weg. Ihr Feind rührte sich nicht mehr. Nur wenig Blut sickerte aus der mörderischen Wunde.

Mondra zog den Pfahl wieder aus dem leblosen Körper. Sie fühlte weder Erleichterung noch Triumph, sondern nur Abscheu. »Wie hat er überhaupt noch leben können? Das ist nicht normal! Wer diese Spielrunde entwickelt hat, ist wahnsinnig gewesen! So etwas kann ...«

»Vergiss es!«, forderte Porcius. »Du hast getan, was getan werden musste. So abgedroschen es klingt, dieser Mann war schon tot, als wir ihn sahen. Du hast ihn lediglich erlöst und seinem Martyrium ein Ende bereitet. Konzentrieren wir uns auf das Gute. Wir wissen nun, dass Perry ebenfalls im Schloss ist.«

»Wir suchen ihn«, sagte Mondra mit harter Stimme. »Wenn wir ihn finden, kann der Graf nicht weit sein. Perry ist ihm zweifellos auf der Spur. Dann beenden wir den Parcours, notfalls indem wir unsere Teams vereinen. Nur noch eine Runde liegt vor uns. Am Ende wird Quantrill für *das hier* bezahlen.«

Vor ihren Füßen lag die entstellte Leiche dessen, was noch vor wenigen Stunden ein Mensch aus Fleisch und Blut gewesen war.

Zurück auf dem schmalen Flur am Ende der Treppe ins Obergeschoss fanden sie eine weitere offene Tür. Das Zimmer dahinter erwies sich ebenfalls als Schlafraum. Durch eine breite, gläserne Tür gelangte Mondra auf einen Balkon.

Von dort aus konnte sie erstmals einen Blick auf die Außenseite des Schlosses werfen. Ein altes Gemäuer erstreckte sich mit zahlreichen Erkern und Rundtürmen; auf beiden Seiten verschwamm die Sicht in dichtem Regen. Eine Mauer aus schwarzen, verwitterten Steinen umgab einen Innenhof, in dem verkrüppelte Bäume wuchsen.

Mondra war binnen Sekunden bis auf die Haut durchnässt. Die Haare klebten in ihrem Nacken. Ein kalter Wind ließ sie frösteln. Das Wasser strömte über den Pfahl in ihrer Hand und wusch das Blut von ihm. Dennoch glänzte das Holz im fahlen Licht dunkelrot. Donner grollte, ein verästelter Blitz zuckte über den Horizont. Wie ein Schattenriss hob sich die Gestalt eines Mannes aus dem schwammigen Dunkel. Mondra blickte ihr direkt ins Gesicht. »Perry!« Sie winkte mit beiden Armen, versuchte das Prasseln des Regens zu übertönen.

Rhodan schien sie nicht zu hören, ging in leicht geduckter Haltung weiter – bis ihn plötzlich ein dunkler, langgestreckter Körper ansprang. Im Kopf der schwarzen, etwa einen Meter langen Bestie blitzten rote Augen. Ein heiseres Knurren und Bellen jagte Mondra einen Schreck durch alle Glieder.

Was hatte der Greis zu ihnen gesagt, als er von der jungen Frau sprach, die ihn begleitet hatte? *Die Wölfe werden sie zerreißen, noch ehe sie das Dorf erreicht.*

Sie schrie Porcius und Gili eine Warnung zu, schwang sich über das Balkongeländer, fand auf einer schmalen Brüstung Halt und umfasste dicht über dem Boden von außen zwei Streben. Sie atmete tief ein und stieß sich mit den Füßen ab. Sie klammerte sich weiter fest, hing mit dem ganzen Körper in die Tiefe. Ihrer Einschätzung nach lag der Boden nun noch etwa zwei Meter tiefer. Sie ließ los, krümmte sich im Sturz und kam gewandt mit beiden Füßen auf, federte ab und wirbelte sofort herum.

Atemlos wollte sie Perry zu Hilfe eilen, der am Boden mit dem Wolf rang. Das Tier schnappte mit gewaltigen Reißzähnen nach der Kehle des Terraners, der es mit den Knien und einem Arm auf Distanz zu halten versuchte. Plötzlich jaulte der Wolf und stieß ein langgezogenes Heulen aus. Perry schleuderte ihn zur Seite, wo er reglos liegen blieb. Bauchdecke und Brustkorb waren aufgerissen, eine Blutlache breitete sich aus. Rhodan hielt einen blutverschmierten Pfahl in Händen.

Mondra erreichte ihn, als er schon wieder aufstand. »Hilfe hast du wohl auch nicht nötig, was?«, fragte sie erleichtert.

»Alles ist unter Kontrolle. Ich habe allerdings zwei meiner Begleiter verloren. Nur noch Charleana ist am Leben. Hoffe ich zumindest. Ich wurde auch von ihr getrennt.« Er lachte unbekümmert. »Aber ich weiß, wo der Graf ist.«

»Du weißt ...«

»Ich bin auf dem Weg zu ihm.« Er sagte es in glücklichem Tonfall, geradezu euphorisch. »Erledigen wir ihn und bringen diesen ganzen Mist hinter uns.«

»Was ist los mit dir, Perry? So kenne ich dich gar nicht.«

»Was soll schon sein?« Rhodan bückte sich, wischte den blutigen Pfahl an kargem Gras sauber. »Endlich gibt es Licht vor uns, und wir werden siegen. Quantrill sollte sich auf etwas gefasst machen. Begleitest du mich in die Gruft?«

»Ist es denn möglich, dass wir uns so einfach verbünden?« Hinter ihr wurden Schritte laut; Gili und Porcius näherten sich. »Besagen nicht die Regeln, dass nur ein Team gewinnen kann?«

»Was gehen uns Regeln an?« Perry winkte ab, und erstmals kamen Mondra Zweifel, ob er noch er selbst war. Stand er unter fremdem

Einfluss? Hätte er so gesprochen, wenn er vollständig Herr seiner Sinne gewesen wäre?« »Begleitet mich oder lasst es bleiben. Ich jedenfalls gehe in die Gruft, um nicht noch mehr Zeit zu verlieren. Der Graf ist trotz der Dunkelheit des Gewitters noch nicht erwacht. Nur seine Dienerkreaturen treiben sich bereits im Schloss herum.«

Ohne ein weiteres Wort stürmte Rhodan los, einem gedrungenen Gebäude entgegen, das Mondra im sintflutartigen Regen kaum erkannte. Sie eilte ihm nach. Das Gebäude entpuppte sich als ein Mausoleum, über dessen Torbogeneingang dämonische Fratzen aus Stein mit riesigen Augen jeden Besucher anglotzten.

Perry schob einen Riegel beiseite und zog einen Flügel des Tors auf. Er wollte eintreten, prallte jedoch gegen eine energetische Trennwand. »Was soll das? Dieses Element sprengt völlig den Rahmen. Es passt nicht in diese Welt!«

»Ich habe eine Erklärung zu bieten«, sagte Porcius. »Diese Sperre entsteht, weil wir nicht gemäß den Regeln handeln. Wir gehören gegnerischen Teams an, dürfen also nicht gemeinsam in die Gruft vordringen. Es ist genau das, was Mondra befürchtet hat. Das Spiel sieht eine Auseinandersetzung zwischen dir und uns vor. Nur der Sieger darf weitergehen.«

»Ein Duell zwischen uns?« Rhodan rieb sich über die Narbe an seinem linken Nasenflügel. »Ich werde nicht gegen euch kämpfen.«

»Dann geh du«, entschied Mondra spontan. »Wir werden uns zurückziehen.«

»Und dann?«, fragte Perry.

»Ganz einfach. Wir warten ab. Als wir in Dschinnistan das Spiel beendet haben, seid ihr auch weitergekommen.«

»Was einen meiner Leute das Leben gekostet hat.«

Also stimmte Gilis Vermutung, dachte Mondra. »Um dieses Problem werden wir uns kümmern. Die Zeit drängt. Wir müssen den Parcours hinter uns bringen. Du gehst, Perry. Wir kommen zurecht.« Sie trat demonstrativ einen Schritt zurück, stellte sich zwischen Porcius und Gili.

Rhodan musterte sie aus eisgrauen Augen, nickte und wandte sich um. »Wir werden Quantrill die Rechnung präsentieren«, sagte er noch, dann trat er durch das Portal. Kein energetisches Feld hinderte ihn mehr daran.

Die drei Terraner warteten ab. Der Regen ließ nach. Sie sicherten sich nach allen Seiten, rechneten mit einer weiteren Attacke, sei es durch einen Vampir oder einen weiteren Wolf.

Doch niemand behelligte sie, bis aus den Tiefen der Gruft Kampfgeräusche drangen, ein dumpfes Ächzen, gefolgt von einem mörderischen Schrei, der gespenstisch hallte und nur zögerlich zitternd verklang.

»Runde beendet«, tönte eine wohlmodulierte Stimme. Im Tor baute sich wieder ein energetisches Flimmern auf, dieses Mal jedoch schimmerte es grünlich. »Durchschreitet nun das Transmitterfeld.«

»Es ist breit genug, dass wir gleichzeitig gehen können«, sagte Mondra. »Wo immer wir ankommen, wir sollten uns auf alles gefasst machen. Denkt daran, wir haben einen Preis zu zahlen, weil nicht wir, sondern Perry diese Spielrunde erfüllt hat.«

Nebeneinander traten sie durch das Transmitterfeld und entmaterialisierten.

**Aus Oread Quantrills Schriften,
nie veröffentlicht:**

Onezime Breaux ist einer der wenigen, die in der Lage sind zu verstehen, was Tau-acht bedeutet. Die meisten sind zu schwach, um zu erkennen, in welche Dimensionen es ihr Leben befördern könnte. Sie entdecken marginale Psi-Fähigkeiten in sich und geben sich damit zufrieden.

Weil Onezime einen Schritt weiter geht, weil er seinen Geist öffnet und nach Erkenntnis giert, setzte ich ihn heute als Leitung der SteDat ein. Gemeinsam mit Anatolie soll er auf MERLIN herrschen; nur ich selbst stehe über ihm. Zu dritt werden wir diejenigen sein, die Honovin wirklich schmecken.

Von Anfang an versuchte Onezime, mehr zu erfahren, Tau-acht besser zu nutzen, und sein Unterbewusstsein gewährte ihm Zugriff auf eine erstaunliche Gabe: Er vermag zu heilen, und mehr als das. Zunächst offenbarte es sich an pflanzlichem Leben. Mit eigenen Augen sah ich, wie binnen Minuten an einem toten Strauch Blüten sprossen und Früchte wuchsen.

Doch er brach auf eine tiefere Ebene durch und half Anatolie, wo kein Mediker ihr mehr helfen konnte. Sie wollte es nicht, doch er streifte im Vorübergehen ihre Wange, und es war geschehen.

Selbst mir rann ein Schauer über den Rücken.

Aber mein Sicherheitschef wäre nicht er selbst, hätte er sich damit zufriedengegeben. Er forderte große Mengen Tau-acht, stäubte es ins Auge, wandte es sogar unter einem hyperphysikalischen Strahlenschauer an, der die Zustände in Jupiters innerem Kern simulierte. So entwickelte er eine zweite Gabe, größer als alles andere, größer gar als Anatolies und meine eigene Fähigkeit.

Fast könnte ich mich vor ihm ängstigen, wenn ich nicht wüsste, wie fanatisch er meine Ideen verfechtet. Er wird mir immer treu ergeben bleiben.

Mit Onezime und Anatolie habe ich diejenigen gefunden, die ich brauche, um den Weg zu beschreiten.

Sie werden ihren Zweck erfüllen.

Zurück im Casino

Ein perfekt ebenmäßiges Mädchengesicht überragte alles andere. Riesenhaft schaute es aus sanften, rehbraunen Augen auf die zahlreichen Menschen, die sich überall in der Halle tummelten. Ein Metallbogen umgab und veredelte es, wie ein Bilderrahmen die Bedeutung eines Gemäldes hervorhebt.

Mondra drehte sich verwundert einmal um die eigene Achse. Dutzende, Hunderte von Stimmen vereinten sich zu einem umfassenden Gemurmel, einer gleichmäßigen Geräuschkulisse.

»Was ist *das*?«, fragte Porcius.

Eine Gruppe von Menschen lachte dröhnend, als in ihrer Mitte eine leichtbekleidete Ganymedanerin auf einem Antigravfeld erst taumelte, dann den Halt verlor und stürzte. Luftpolster fingen sie ab, was jedoch nicht verhinderte, dass ihr allzu kurzer Rock bis über die Taille nach oben rutschte.

»Was soll es schon sein?«, meinte Gili. »Das Casino. Wir sind zurück.«

»Das kann nicht sein! Die finale Runde liegt noch vor uns.«

Gestank nach Schweiß lag in der Luft und verschlug Mondra den Atem. »Bist du dir da so sicher? Wir warteten auf eine Bestrafung, auf tödliche Gefahr, wie sie auch unser Gegner mit dem Narbengesicht erlebt hat. Wie es aussieht, straft man uns völlig anders.«

»Ihr seid aus dem Parcours geworfen worden.« Die Stimme klang hinter ihnen auf, und sie klang ebenso amüsiert wie triumphierend. »Ihr habt versagt, was so viel bedeutet wie – ihr habt das Spiel verloren.«

Langsam wandte sich Mondra um. Oread Quantrill lächelte. Zwei Techno-Jaguare standen neben ihm; das Fell des einen glänzte schwarz, das des anderen leuchtete kupferrot. Die Robottiere kamen mit geschmeidigen Schritten näher, hoben die Lefzen und präsentierten drohend gewaltige Reißzähne.

Quantrill legte die Fingerspitzen beider Hände gegeneinander. »Es tut mir so leid für euch.«

Mondra hätte ihm sein heuchlerisches Grinsen am liebsten aus dem Gesicht geschlagen. »Ich bin nicht bereit, dies zu akzeptieren.«

»Es wird dir wohl kaum etwas anderes übrigbleiben.«

Eine Menge aus Neugierigen versammelte sich hinter Quantrill. Eine Arkonidin, deren langes weißes Haar verfilzt aussah, kicherte schrill. Ihre Arme lagen um zwei alte Männer, deren verrunzelte Gesichter mehr Leben widerspiegelten als ihr eigenes, junges Antlitz.

»Ich habe ein faires Spiel erwartet«, sagte Mondra. »Nur weil wir einmal scheiterten, soll es für uns vorbei sein? Was ist mit unseren Gegnern? Zumindest in Dschinnistan haben sie ebenfalls versagt und wurden trotzdem in das Vampirschloss versetzt! Und wie war es in den anderen Runden?«

Die Jaguare legten die Köpfe schief. Künstliche Augen starrten Mondra brennend an. Das Spiel der künstlichen Muskeln unter dem

Fell zeigte unmissverständlich, dass sie ständig für einen Angriff bereitstanden.

Oread Quantrill strich einem der Techno-Tiere über den Nacken, als handele es sich um ein echtes Haustier, dem er seine Zuneigung zeigen wollte. »Warum gleich so aggressiv? Du erwartest ein faires Spiel? Ich auch. Mehr gibt es dazu nicht zu sagen.«

»Oh doch.« Porcius schob den Siganesen beiseite, der auf einem Schwebesitz bis direkt vor sein Gesicht geflogen war.

»Nur ein einziges Bild von uns beiden«, rief der grünhäutige Winzling. »Euer Gang durch den Parcours wird legendär werden!«

Porcius beachtete ihn nicht. »Es gibt sehr wohl etwas dazu zu sagen. Was ist mit Mondras Argument? Kannst du es entkräften? Oder biegst du dir die Spielregeln gerade so zurecht, wie es dir beliebt?« Er trat wohl etwas zu nah an Quantrill heran; einer der Techno-Jaguare knurrte, packte ihn mit den Zähnen am Hosenstoff der Uniform und zog ihn zurück.

»Keine Handgreiflichkeiten«, sagte das zweite Robottier mit einer süßlichen Frauenstimme, die dem TLD-Agenten zu einer anderen Gelegenheit einen wohligen Schauer über den Rücken gejagt hätte. »Ich lasse nicht zu, dass der Frieden im Casino gestört wird.«

Jemand schob sich durch die Menge der Zuschauer. Als die ersten erkannten, um wen es sich handelte, entstand wie von selbst eine Lücke, durch die der Neuankömmling weiterging. Hinter ihm lief eine überschlanke, in ein enges Lederkostüm gekleidete Frau mit weißblondem Haar und schwarzen Augen.

»Perry?«, fragte Mondra. »Du bist auch hier? Was ...«

»Es ist tatsächlich fair«, unterbrach Porcius. »Wir sind nicht im echten Casino. Dies ist ...«

Runde 6.1:
Fairplay

»... die finale Runde.« Porcius zog sein Bein zurück, und die Reißzähne des Jaguars lösten sich.

Quantrill lächelte ein letztes Mal, dann löste sich seine Erscheinung in einem Funkenreigen auf. Alles andere blieb, einschließlich der Jaguare und des Mädchengesichts, das sie mit eisernem Blick fixierte.

»Fast bedauere ich, dass er nur ein Hologramm war«, sagte Perry Rhodan leichthin. »Wenn es der echte Quantrill gewesen wäre, hätten wir es hier und jetzt zu Ende bringen können.« Noch immer wirkte er seltsam euphorisch; Mondra war mehr denn je überzeugt, dass er unter dem Einfluss einer Droge stand.

Die Jaguare bauten sich zwischen den beiden Gruppen auf; Mondra, Porcius und Gili auf der einen Seite, Perry und seine Begleiterin auf der anderen. *Charleana,* erinnerte sich Mondra. *Er hat sie Charleana genannt.* Die Zuschauermenge wich langsam, aber deutlich zurück.

»Wenn wir uns in der letzten Runde des Parcours befinden«, sagte Porcius, »wieso sind dann unsere Chancen offenbar gleich? Worin besteht unsere Bestrafung? Und was ist unsere Aufgabe?«

Ein statisches Summen erklang mit einem Mal, und das Mädchengesicht unter dem Torbogen begann zu sprechen, während das Stimmengemurmel im Casino völlig verstummte. »Ich bin DANAE. Ich leite den Parcours, und ich heiße beide gegnerischen Teams im Finale willkommen. Die letzte Aufgabe ist einfach. Ihr müsst überleben. Nur eine Gruppe kann den Parcours beenden.« Das Mädchen – die Positronik DANAE – sprach heiter, doch der amüsierte Tonfall konnte nicht über den tödlichen Ernst der Situation hinwegtäuschen.

Ein Kampf auf Leben und Tod.

Ein Kampf, den weder Mondras Team noch Perry Rhodan ausfechten würden.

»Und worin besteht unsere Bestrafung?«, fragte Porcius.

Charleana hob einen Thermostrahler. »Das kann ich dir sagen. Wir sind bewaffnet. Ihr nicht. Chancengleichheit würde ich das nicht gerade nennen.«

Perry umfasste den Lauf der Waffe, drückte ihn nach unten. »Wir werden den Strahler nicht benötigen.«

»Wir müssen sie töten, um unsere Aufgabe zu erfüllen.« An Charleanas Kopf fehlte ein ganzes Büschel Haare; es glänzte blutig und feucht in der weißblonden Fülle. Aus der Wunde rann wässriger Eiter, der die Haare rundum verklebte.

Der Terraner blieb gelassen. »Quantrill wird uns nicht dazu bringen, uns gegenseitig zu ermorden. Wir stehen auf einer Seite. Ich werde weder Mondra noch die beiden anderen angreifen.«

»Ich schon.« Charleana riss den Arm hoch; der Ellenbogen krachte unter Perrys Kinn. Sein Kopf flog in den Nacken, die Zähne schlugen klackend aufeinander. Blut schoss aus seinem Mund. Mit der Waffe in der Hand boxte die Ganymedanerin in Rhodans Magengrube, stieß gleichzeitig mit dem Kopf zu und rammte die Stirn gegen seinen Brustkorb. Der Terraner prallte gegen die Arkonidin und riss sie samt ihrer beiden Begleiter um.

Charleana schoss.

Der nadelfeine Strahl brannte ein Loch in Gilis Oberarm. Sie schrie und warf sich gleichzeitig zur Seite. Nur so entging sie dem nächsten Schuss, der sich stattdessen in die Brust eines Cheborparners bohrte. Das Fell rund um die Wunde kokelte, kleine Flammenzungen tanzten darüber. Ohne einen Laut sackte der Zuschauer mit ungläubig aufgerissenem Mund in sich zusammen.

Mondra ging zum Angriff über. Sie stürmte Charleana entgegen. Ein Schatten jagte auf sie zu. Der Jaguar prallte im vollen Flug gegen sie. Das Maul schnappte nach ihrer Kehle. Sie riss gerade noch den Arm hoch und rammte ihn gegen den Hals des Robottieres. Die Zähne krachten dicht vor Mondras Gesicht zusammen.

Die Pfoten zerfetzten ihre Uniform über der Brust und den Beinen. Scharfer Schmerz jagte durch ihren ganzen Körper. Mondra packte den Schädel des Jaguars und riss ihn brutal zur Seite. »Nicht«, sagte er noch mit seiner wohlmodulierten Stimme, dann knackte es, als das *Genick* brach. Das Fell platzte auf, und nacktes Metall kam zum Vorschein. Peitschend rissen Kabelverbindungen. Mondra schleuderte das Robottier von sich.

Nun erst nahm sie das Chaos rundum wahr. Alle schrien und tobten, drängten sich dem Ausgang entgegen. Menschen wurden niedergetrampelt. DANAES Mädchengesicht sah traurig aus. Eine holografische Träne erschien im Augenwinkel.

Mondra entdeckte Rhodan, der am Boden lag, den reglosen Körper der Arkonidin quer über sich. Füße trampelten über sie. Einer der beiden alten Männer daneben schrie, der Kopf des anderen stand in unmöglichem Winkel zum Körper; die Augen starrten blicklos auf die panische Menge, die ihn getötet hatte.

Weder konnte Mondra dem Residenten beistehen, noch entdeckte sie Porcius oder Gili. Eine jedoch war nicht zu übersehen: Charleana. Sie stand inmitten einer freien Fläche, den Strahler noch immer in der Hand. Auch sie wurde von einem Jaguar attackiert; sie schoss ihm in den Schädel, der explodierte und nur einen rußgeschwärzten Torso zurückließ. Eine dunkle Qualmwolke stieg auf.

Schreie gellten überall.

DANAE weinte.

Mondra nutzte die Gelegenheit. Ihre Gegnerin war abgelenkt. Sie stieß einen Arkoniden zur Seite, der sie nicht einmal wahrnahm. Charleana entdeckte sie, riss sofort die Waffe herum und feuerte – zu schnell, um zu zielen. Der Strahl jagte vor Mondra in den Boden. Hinter ihr sprang Gili aus der Menge. Der rechte Arm baumelte blutüberströmt herab, ihr Gesicht war schmerzverzerrt. Mondra schrie etwas, um die Aufmerksamkeit ihrer Gegnerin auf sich und damit von Gili abzulenken. Charleana schoss erneut, Mondra warf sich instinktiv zur Seite, kam hart auf, rollte sich ab. Nun lag sie wie auf dem Präsentierteller, konnte einem weiteren Schuss unmöglich entgehen.

Gili hämmerte die Linke in Charleanas Nacken. Die Ganymedanerin erstarrte, stand einen Augenblick reglos und brach zusammen. Gili trat gegen die reglose Waffenhand, der Strahler schlitterte zur Seite. Sofort hob ihn ein Arkonide auf. »Lasst mich raus!«, brüllte er und jagte eine ganze Salve in die Decke.

Die Menge wich nun ihm aus, er lachte irre, stolperte weiter, bis ihn ein Jaguar ansprang und seine Kehle mit einem einzigen Biss zerfetzte. Blut spritzte auf die Waffe, ehe der sterbende Körper sie unter sich begrub.

Eine ganze Meute der Robottiere hetzte in den Saal, sprang von Emporen, knurrte und biss. »Tötet die Schuldigen«, sagte das Mädchengesicht traurig. Eine Hand tauchte in der riesigen Holografie auf und wischte die Tränen beiseite.

Mondra durchfuhr es eiskalt. Wen DANAE damit meinte, stand fest – sämtliche Spieler.

Gili stand plötzlich neben ihr. »Charleana ist tot. Mein Schlag hat ihr Genick gebrochen.«

»Die Jaguare ...«, setzte Mondra noch an, dann ging die Welt in einer donnernden Explosion unter.

Flammen zuckten aus der schreienden Menschenmenge. Ein brennender Körper wankte auf Mondra zu, wedelte hilflos mit den Armen. Die Druckwelle der Detonation trieb ihn vor sich her. Hitze schlug Mondra ins Gesicht.

Mitten in den Feuerzungen flackerte das Mädchengesicht, den Mund zu einem lautlosen Schrei geöffnet. »Die ... tö... va...«, drangen einige Laute durch das statische Knacken. Der Torbogen barst am Gipfelpunkt, die gewaltige Konstruktion neigte sich zu beiden Seiten. Die rechte Hälfte brach donnernd zusammen. Eine Metallstrebe erschlug einen Terraner, der noch die Hände in einer lächerlichen Abwehrbewegung hob.

Die Holografie des Gesichts erlosch.

Die Jaguare stockten in der Bewegung.

Perry Rhodan wankte mit den Armen vor dem Gesicht aus dichtem Qualm. Seine Kleidung kokelte, er warf sich zu Boden und rollte sich umher, um kleine Flammenzungen zu ersticken.

Die Robottiere fielen leblos in sich zusammen.

Als Nächstes löste sich die panische Zuschauermenge in einem Funkenregen auf. Nur fünf Gestalten blieben in der zerstörten Umgebung des verlassenen Casinos zurück: Mondra selbst; Perry Rhodan, der sich ächzend erhob; Gili, deren verletzter Arm zitterte; Charleanas Leiche; und Porcius lag weit entfernt auf dem Boden.

»Wusste ich es doch«, sagte Perry. »Ich habe eine Bombe an den Torbogen gelegt, um dem allem ein Ende zu bereiten. Die Jaguare hätten uns zerfetzt. Ohne DANAE sind sie nicht handlungsfähig. Die Zuschauer hingegen waren nur Holografien.«

Die Teile des Torbogens qualmten noch.

»Woher hattest du die Bombe?«, fragte Mondra.

»Das war unser Vorteil, wie Charleana schon sagte.« Rhodan zog eine breite Klinge aus einer Tasche seiner Kombination. »Wir waren bewaffnet. Strahler, Bomben, Messer.«

»Und nun?«, fragte Mondra. »Die Gefahr ist gebannt, aber wir stecken noch immer in der Runde fest. Sie wird nicht enden, ehe nicht einer von uns seine Aufgabe erfüllt hat.« Sie lächelte. »Ich werde dich jedoch nicht töten.«

Rhodan lächelte ebenfalls. »Ich euch auch nicht.«

»Darf ich das Messer haben?«, fragte Gili. »Ist es holografisch?«

»Natürlich nicht«, sagte Rhodan verwirrt.

Gilis rechter Arm blutete noch immer. Die Finger liefen bereits blau an. Mit der Linken nahm sie Rhodan das Messer aus der Hand.

Und stach es ihm in die Kehle.

Aus Oread Quantrills Schriften, nie veröffentlicht

Das ganze Leben ist ein Spiel, und nur wer die Regeln kennt, versteht es zu meistern.

Die meisten Menschen spielen nach den offensichtlichen Regeln und verbringen ihre Zeit in Bedeutungslosigkeit. Sie werden geboren, existieren, sterben. Ihr Beitrag für das Universum ist nicht größer als der einer Küchenschabe. Sie bleiben hinter ihren Möglichkeiten zurück.

Ich jedoch beuge die Regeln so lange, bis sie mir dienen.

Steht mir jemand im Wege, muss er weichen.
Steht mir Jupiter im Wege, muss er weichen.

Runde 6.2
Ende des Fairplay

Das Messer steckte bis zum Heft in Perry Rhodans Hals. Mit einer blitzartigen Bewegung zog es der Terraner aus seinem Leib. Blut schoss aus dem zerfetzten Kehlkopf und ergoss sich als Schwall auf den Boden. Rhodans Umrisse zerschmolzen wie heißes Wachs. Er schwang das Messer bogenförmig.

Gili warf sich zur Seite, doch es war zu spät. Die Klinge stieß in ihr Auge. Die Agentin stieß einen erschrockenen, gequälten Laut aus und stürzte genau wie *Perry Rhodan* zu Boden.

Die Umrisse des Terraners veränderten sich weiter, bis jemand anderes mit zerfetzter Kehle am Boden lag. Mondra starrte fassungslos auf Onezime Breaux, den Chef der SteDat von MERLIN. Innerlich tot, ging sie neben Gili in die Knie, ohne Hoffnung, noch Leben in ihr zu finden. Die Klinge musste ihr bis ins Gehirn gedrungen sein.

Plötzlich stand Porcius neben ihr. »Was ... was ist mit ihr?« Er kniete sich ebenfalls, legte die Hand an Gilis tote Wange.

Hinter ihnen, an der Seitenwand der zerstörten Casino-Nachbildung, öffnete sich eine Tür.

Nach dem Spiel

Oread Quantrill trat ein. Diesmal der echte, daran zweifelte Mondra nicht. Dennoch gönnte sie ihm kaum einen Blick, sondern zog mit unendlichem Bedauern das Messer aus Gilis entstelltem Gesicht. Das Geräusch, mit dem es sich aus der Augenhöhle löste, würde sie nie wieder vergessen.

»Herzlichen Glückwunsch zum Sieg«, sagte Quantrill. »Euren Kampf zu beobachten, war eine wahre Freude.«

»Freude?« Porcius' Finger zitterten, als er sich umdrehte.

Wie immer trug Quantrill einen perfekt sitzenden Anzug. Die grünen Augen unter der Strähne dunkelblonden Haares funkelten amüsiert. »Wer hätte gedacht, was in dieser kleinen Frau namens Gili Sarandon alles steckte? Fast ist es schade, dass sie am Ende doch noch starb. Sie wäre es wert gewesen, Honovin beizutreten, als eine der wenigen *wirklich* Würdigen.«

»Woher wusste sie es?«, fragte Mondra und deutete auf den toten Onezime Breaux.

»Dass er ein Physiokopist war? Übrigens erschöpfte sich seine Gabe nicht darin. Zuerst entdeckte er, dass er heilen konnte, eine überaus nützliche Fähigkeit für andere. Offenbar hat er diese Gabe direkt vor seinem Tod noch bei sich selbst angewandt, um einige wenige Sekunden Leben zu erzwingen. Eine allzu kurze Zeit, die aber genügte, sich an seiner Mörderin zu rächen. Effektiv war er schon immer. Ich habe Onezime stets dafür bewundert.«

Porcius stand auf, die Finger wie zu Krallen gekrümmt. »Woher wusste sie es?«, wiederholte er Mondras Worte mit mühsam unterdrücktem Zorn.

»Onezime testete die Möglichkeiten von Tau-acht lange«, fuhr Quantrill in aller Seelenruhe fort. »Er experimentierte, bis es ihm gelang, noch mehr in sich zu wecken. Gestaltwandlung ... eine erstaunliche Gabe. Er übte so lange, bis er sie bis zur Perfektion beherrschte. Niemand hätte erkennen können, dass es sich nicht um den echten Rhodan handelt. Onezime hat ihn lange studiert und beobachtet, jede seiner Bewegungen, bis hin zur lächerlichen Geste, mit der er sich immer wieder über die Narbe am Nasenflügel reibt. Affektiert, wenn ihr mich fragt. Dabei beging Onezime allerdings einen Fehler und rieb sich die linke Seite statt der rechten. Mir ist es nicht entgangen, während ich euch beobachtete ... euch schon, wie mir scheint.«

»Es gab anderes zu tun«, sagte Mondra bitter.

Quantrill lachte. »In der Tat! Ich ziehe meinen Hut vor den Schöpfern des Parcours. So sagt man doch auf Terra, nicht wahr? Den Hut ziehen?«

Noch ein Wort, und ich ramme ihm die Faust in sein lächelndes Gesicht.

»Aber ihr wollt wissen, wieso eure Kollegin meinen lieben Sicherheitschef enttarnen konnte? Ganz einfach, sie hat ihn beobachtet, als er die Bombe an DANAES Torbogen legte. Während der Explosion, als er floh, vernachlässigte er einen Augenblick seine Konzentration und nahm seine echte Gestalt an. Nur für einen Augenblick, doch Gili sah es und zog sofort die richtigen Schlüsse. Schade.« Ohne Bedauern blickte er auf die Leiche des Mannes, der mit ihm über die Faktorei MERLIN geherrscht hatte. »Es hätte noch viel aus ihm werden können.«

»Aus Gili ebenfalls.« Porcius bebte vor Wut.

»Wie dem auch sei«, sagte Quantrill, als schließe er ein beiläufiges Kapitel seines Lebens ab, »ihr habt gewonnen. Empfangt nun den Preis.«

»Du verwehrst ihn uns nicht?«

»Wie könnte ich? Ein faires Spiel, so war es ausgemacht. Es bräuchte nicht die Hunderte von Beobachtern im *echten* Casino, das übrigens gleich hinter dieser Tür liegt. Ich würde auch so zu meinem Wort stehen.«

»Wir wollen die Jet sofort, um MERLIN verlassen zu können.«

»Ja ja, das auch. Zuerst, wo ihr ohnehin im Casino seid, wenn ihr durch diese Tür schreitet, geht durch den *echten* Torbogen, empfangt DANAES *echten* Segen. Ihr werdet überschüttet mit Tau-acht. Jeder an Bord dieser Faktorei würde sein Leben für eine solche Menge geben.«

»Wir wollen die Jet«, beharrte Mondra.

»Später. Gleich danach.« Vier Techno-Jaguare traten durch die Tür und stellten sich neben Quantrill. Die Drohung war unmissverständlich.

»Gehen wir«, sagte Quantrill.

Perry Rhodan

JUPITER

6

Wie man Sterne programmiert

WIM VANDEMAAN

»Sie können Ihren Helm öffnen. Die Luft ist für Sie atembar.«

Beinahe hätte Rhodan gelacht. Er unterdrückte den Lachreiz aber. Wer hier unten, in dieser Unwelt, sein Haus bauen konnte, konnte auch den internen Funkverkehr eines Skaphanders abhören. Und wer weiß, wie er Rhodans Lachgeräusche gedeutet hätte.

»Was soll ich tun?«, fragte Pao.

»Wir steigen aus«, entschied Rhodan.

Er verfolgte auf der Folie, wie Firmion Guidry sich aus dem Frontteil des Anzugs schälte. Danach öffnete sich der Rucksack. Rhodan wand sich heraus. Zuletzt klappte der innere Brustteil weit nach vorn und Pao erschien – tatsächlich ein wenig wie der Schmetterling aus der Puppe.

Der Skaphander schloss sich hinter ihr beinahe geräuschlos.

Alle drei grimassierten gegen das grelle Licht. Kurz darauf wurde die Beleuchtung gedämpft.

Sehr aufmerksam, dachte Rhodan. *Wir werden genau beobachtet.*

Plötzlich brach es doch aus Rhodan hervor: *Sie können Ihren Helm öffnen. Die Luft ist für Sie atembar.* Er lachte dann doch lauthals auf. Waren das nicht genau die Worte, mit denen ihn vor einer Ewigkeit der Arkonide Crest an Bord seines auf dem Erdtrabanten havarierten Schiffes empfangen hatte?

Guidry schaute ihn fragend an. »Habe ich etwas verpasst?«

Rhodan schüttelte den Kopf. »Nein. Ich habe mich nur an alte Zeiten erinnert. Und an einen ersten Besuch bei jemandem, der später mein Freund werden sollte.«

»So«, antwortete Guidry desinteressiert. »Gehen wir also und schließen Freundschaft.« Er kicherte.

Rhodan blieb ernst. »Ich wüsste nicht, was man Besseres tun könnte.«

»Da tut sich was«, sagte Pao.

In der gegenüberliegenden Wand öffnete sich ein Tor. Eine Art Flugschlitten glitt aus einem womöglich noch grelleren Tunnel auf sie zu, die beiden Kufen knapp über dem glatten Boden der Halle.

Auf dem Schlitten saß eine Kreatur, die einem toten, skelettierten Vogel ähnelte, der einen dunklen Poncho über seinen Knochenleib geworfen hatte. Der Schnabel lief spitz zu; der obere Teil schien an der Basis ein wenig breiter zu sein als sein Gegenstück.

Rhodan meinte zu erkennen, dass die Kreatur wie ein irdischer Vogel Flügel besaß. Als der Schlitten näher kam, geriet er in Zweifel. Das, was links und rechts aus den Schultern und über den Schädel hinauszuwachsen schien, hätten auch zwei nach Samuraiart auf dem Rücken getragene Schwerter sein können.

Der Schlitten stoppte. Die Kreatur stieg ab. Der Körper und die Proportionen der Arme und Beine wirkten humanoid. Der Fremde trug unter dem Poncho eine Art Rock, eine blaugrau glänzende, metallische Folie, die ihm bis über die Knie fiel.

Allerdings war, was von den Beinen und den Armen, die sich unter dem Poncho hoben, sichtbar blieb, knöchern und dürr.

Der Schädel wies keine anderen Sinnesorgane als die beiden Augen auf. Sie lagen tief in den Höhlen und wirkten, als hätte jemand die Höhlen mit einem schwarzen Lack gefüllt.

Erstkontakt, dachte Rhodan.

Der Fremde blieb einige Meter vor ihnen stehen. Er schien unbewaffnet und ungeschützt. Und er machte den Eindruck, dass er sich das leisten konnte.

Rhodan war sich sicher, dass es genug offensive und defensive Waffensystem gab, die ihn, seine beiden Begleiter und auch den Skaphander in Schach hielten, ohne dass sie es bemerkten.

»Mein Name ist Perry Rhodan«, stellte er sich vor. »Ich bin Mitglied der Regierung des Volkes, das dieses Sonnensystem bewohnt. Wir betrachten die Planeten, die zu diesem System gehören, als unser Hoheitsgebiet. Wir vermuten, dass dieses Konstrukt, in das ihr uns eingelassen habt, maßgeblich an der Manipulation dieses Gasplaneten, den wir Jupiter nennen, beteiligt ist. Wir fordern euch auf, die Transformation sofort zu beenden und den astrophysikalischen Status *quo ante* wiederherzustellen. Sollet ihr meinen Anweisungen nicht entsprechen, übernehme ich Kraft meiner Autorität als Resident der Liga Freier Terraner das Kommando über dieses ...« Er machte eine umfassende Geste.

»Wir nennen es die NAPHAUT DOSCHUR«, sagte der Fremde mit seiner kehligen Stimme, deren Ironie nicht zu überhören war. »Es ist ein Hyperraum-Boot meines Volkes, der Schiqalaya. Wir sind auf dem Planeten, den du Jupiter nennst, havariert. Die Unannehmlichkeiten, die aus unseren Bemühungen resultieren, bedauern wir zutiefst.«

»Dann stellt sie ab«, forderte Rhodan. »Und wir können über alles reden. Wir helfen euch, das Hyperraum-Boot wieder flottzumachen und sein Ziel zu erreichen.«

Der Fremde pfiff langsam und – wie es Rhodan schien – traurig. »Wir wären am Ziel, wenn denn das Ziel noch existierte. Und wir wären nicht havariert, hättet ihr uns nicht das hyperdimensionale Hindernis in den Weg projiziert.«

»Ich kann mich nicht erinnern, eine Einflugerlaubnis der NAPHAUT DOSCHUR erhalten zu haben«, sagte Rhodan so sachlich wie möglich. »Deswegen kann von einer bewussten Behinderung keine Rede sein. Wann sollen wir euch behindert haben?«

»Nach eurer Zeitrechnung im Jahr 1344.«

1344 – die Errichtung des TERRANOVA-Schirms, dachte Rhodan und erkannte schlagartig die Zusammenhänge. »Ihr seid mit dem TERRANOVA-Schirm kollidiert«, sagte er. »Und dieser Kollision wegen ist der Kristallschirm damals zusammengebrochen.«

»Ja«, sagte der Schiqalaya. »Beide Seiten haben damals Schaden genommen.«

Rhodan überlegte, ob sein Gesprächspartner diesen Zusammenstoß selbst miterlebt hatte oder ob er ein Nachfahre der ursprünglichen Besatzung war. Ihm fehlten alle Anhaltspunkte, das Alter des Fremden zu schätzen.

Der Schiqalaya fuhr fort: »Du hast mir deinen Namen und Funktion genannt. Wer sind die anderen beiden?«

»Das sind meine Begleiter«, sagte Rhodan. »Pao Ghyss und Firmion Guidry.«

Der Schiqalaya betrachtete die beiden lange und ungeniert aus seinen lackschwarzen Augen. Deutlich länger jedenfalls, als er sich Rhodan gewidmet hatte.

»Mein Name ist Ileschqa«, sagte er. »Ich fürchte, ich bin in der Situation, euch um Hilfe bitten zu müssen. Unser Schiffbruch hat viele Zehntausende das Leben gekostet. Ebenso viele haben zwar nicht das Leben, aber ihren Verstand verloren. Das Leben hier in den Niederungen ist für die meisten meines Volkes nicht mehr erträglich.«

Rhodan nickte behutsam. *Die Niederungen* – irgendetwas sagte ihm, dass der Schiqalaya Ileschqa damit nicht die Metallgassphäre im Kernbereich meinte. Wenigstens nicht ausschließlich.

»Immer wieder haben einige von uns versucht, aus dem Boot ins Freie zu entkommen.«

Rhodan betrachtete den Schiqalaya fragend: »Die Wahnsinnigen?«

»Nein«, sagte Ileschqa. »Wir sind uns sicher, dass sie überlebt haben könnten. Es jagen, soweit wir sehen, keine eingeborenen Räuber in dieser Welt. Schwieriger dürfte es sein, Nahrung zu finden. Aber nicht unmöglich.«

Ist er selbst wahnsinnig?, fragte Rhodan sich. *Wie kann er glauben, dass Organismen wie er, die offenbar dasselbe Gasgemisch atmen wie wir, in der Jupiter-Atmosphäre überleben könnten?*

Er führte das Gespräch wieder zum Thema zurück. »Wie auch immer. Die Zeit drängt. Du sagst, ihr könnt den Prozess der Umwandlung nicht stoppen?«

»Nein«, antwortete Ileschqa.

»Wer könnte es? Und wie?«

»Das lässt sich nicht mit wenigen Worten vermuten.«

»Wir benötigen Informationen«, sagte Rhodan. »Wenn wir euch helfen sollen.« *Euch helfen – und uns selbst*, ergänzte er in Gedanken.

Der Resident konnte dem fremdartigen Gesicht immer noch nichts entnehmen. Der Schiqalaya stand wie erstarrt, und für einige Augenblicke hatte Rhodan den scheußlichen Eindruck, einer ausgestopften Kreatur gegenüberzustehen, der Trophäe im Haus eines abwesenden Jägers. Die Gesichtshaut war so weiß wie abgeschälte und gebleichte Knochen.

Dann bemerkte er die Lichter in den Augen des Schiqalaya. Winzige rote Punkte leuchteten im Lackschwarz der Augen auf, blinkten, verschwanden wieder.

»Sind wir tot«, sagte Ileschqa, »entrückte alles ins Geheime. Was willst du wissen?«

Rhodan fuhr sich mit der Hand über den Mund. *Gute Frage.* Was wollte er wissen?

Alles, was von Bedeutung war.

Aber was wäre von Bedeutung, und für wen hätte es diese Bedeutung? Für ihn, den Menschen Perry Rhodan? Für den Schiqalaya? Was, wenn dieser Ileschqa Dinge für bedeutsam hielt, die für Rhodan und alle Menschen ohne jeden Belang waren? Vergeudung von Zeit, die er nicht hatte. Oder wenn der Schiqalaya Ereignisse als Bagatellen ansah, keiner Rede wert, die für Rhodan von ausschlaggebendem Gewicht waren?

»Alles«, sagte Rhodan. »So viel wie möglich.«

»Ich weiß nicht alles«, kam die Antwort.

Überraschung, dachte Rhodan mit komischer Verzweiflung.

Doch der Schiqalaya meinte diese Auskunft offenbar ernst. *Ob er oft jemandem begegnet ist, der ihn für allwissend hält?*

Ileschqa ergänzte: »Aber die NAPHAUT DOSCHUR – unser Boot – verfügt über ein weitreichendes Archiv. Wir werden es dir zugänglich machen.«

»Gut«, antwortete Rhodan. Er kämpfte jedes Misstrauen nieder. Warum sollten die Schiqalaya ihn, Pao und Guidry belügen? Wenn sie aber Anlass sähen, Informationen zurückzuhalten, ihm etwas zu verheimlichen – er würde es so oder so nicht ändern können.

Auf ein für Rhodan unsichtbares Zeichen hin glitt ein Magnetschlitten heran. Rhodan und seine beiden Begleiter setzten sich, Ileschqa nahm auf seinem Schlitten Platz.

Die Schlitten starteten, wendeten und glitten auf das Tor zu. Dann tauchten sie ein in die Gänge.

Erst jetzt bemerkte Rhodan, wie kühl es an Bord war. Verbunden mit dem grellen, kalkweißen Licht entstand der Eindruck, durch eine unwirkliche Schnee- und Eislandschaft zu gleiten.

Durch den Eispalast der toten Engels, dachte Rhodan. Tatsächlich fröstelte es ihn.

Die Schlitten trugen sie durch die in manchen Abschnitten engeren, dann wieder weiteren Tunnelgänge. Hin und wieder begegneten ihnen andere dieser Transportmittel, einmal wurden sie überholt.

Aber die anderen Schlitten waren alle unbesetzt.

Ihr Fahrzeug nahm Steigungen, fuhr durch Kurven, sauste steile Gänge hinab. Es war alles andere als eine gerade Strecke. Dennoch entstand vor Rhodans innerem Auge allmählich ein gewisser Eindruck von den Dimensionen des Gebildes, das Ileschqa die NAPHAUT DOSCHUR genannt hatte, ihr Hyperraum-Boot.

Der Begriff *Boot* war wohl eine gewaltige Untertreibung. *Arche* träfe es besser.

Mittlerweile hatte sich die Luft verdichtet. Eine Art Nebel stieg aus dem Boden auf, floss zu grauen Schlieren und Schwaden zusammen, die die Schlitten auseinanderfegten.

Es war noch kühler geworden.

Der Schlitten des Schiqalaya geriet außer Sicht. Rhodan versuchte, ihn im Nebel wiederzufinden.

Ihr Fahrzeug legte sich in eine überraschend scharfe Kurve – und plötzlich öffnete sich alles. Rhodan spürte körperlich, wie alle Wände zurückwichen.

Bald hatte sich das Gefühl verloren, an Bord eines Raumschiffs zu sein. Wenn es hier etwas Technisches gab, war es verhüllt und hinter die Erscheinungen zurückgetreten, die ihm die Sinne füllten. Der Luftzug war nicht stetig, sondern blies kalt wie ein Winterwind mal schwächer, mal stärker, und aus verschiedenen Richtungen. Die Decke hatte sich zu einem Himmel geweitet, an dem zwar keine Sterne standen, der aber von unerfüllbarer Weite schien.

Wahrscheinlich Holoprojektionen, dachte Rhodan. *So groß kann dieses Schiff nun auch nicht sein. Wir benutzen ähnliche Konstruktionen an Bord unserer Schiffe in den Erholungsbereichen. Wir brauchen beides: das Gefühl unbegrenzter Weite und von Geborgenheit. Wenn es hier ebenso ist: gut. Dann wären sie uns vergleichbar.*

Der Schlitten wurde langsamer und blieb schließlich stehen. Rhodan atmete tief ein. Alles war erfüllt von einem eigentümlichen Aroma. Rhodan glaubte, in einem feinen Regenstaub zu stehen. Er fühlte sich beklommen, beinahe asthmatisch, und brauchte Zeit, sich an die Feuchtigkeit und ihre Aromen zu gewöhnen. Es roch nach Alter, nach Ehrfurchtgebietendem, auch nach Wehmut über viele, sehr viele verlorene Dinge. *Wie auf einem Friedhof.*

Ileschqa – es musste Ileschqa sein – kam ihnen aus dem feuchten Nebel entgegen und machte eine einladende Geste. Er drehte sich um und schritt voran. Sie folgten ihm. Der Boden unter ihren Füßen knirschte und klirrte leise bei jedem Schritt. Rhodan blickte nach unten. Undurchdringlicher Nebel. Er schaute wieder auf. Die Schwaden waren dichter als in den übrigen Abteilungen des Bootes, die sie passiert hatten. Aber allmählich gewöhnten sich seine Augen an das diffuse, von allen Seiten heranfließende, neblige Licht.

Einmal rissen die Schwaden auf. Rhodan erkannte, dass der Boden von winzigen, kaum fingernagelgroßen Muscheln übersät war. Er, Pao und Guidry gingen schwer wie durch nassen Sand, sanken bei jedem Schritt fast bis zu den Knöcheln ein. Rhodan hörte Guidry, der schweigend neben ihm ging, vor Anstrengung tiefer atmen.

»Es ist kalt«, sagte Pao. Rhodan widerstand der Versuchung, seinen Arm um sie zu legen. *Du könntest sie den Schiqalaya gegenüber als deine Schwachstelle verraten,* dachte er.

War sie das denn? War sie nicht seine heimliche Stärke?

Hin und wieder tauchten vereinzelte baumartige Gebilde aus den Schwaden, sechzig, siebzig, ja vielleicht hundert Meter hohe Strukturen, deren Stamm, eine hoch und in die Länge gestreckte Spirale, wie ein überdimensionaler Korkenzieher wirkte. Im diffusen Licht schimmerten die Gebilde perlmuttfarben.

Manchmal verschwand der Nebel, und Rhodan sah genauer. Die Kronen dieser Perlmuttbäume ähnelten Käfigen. Die bleichen, blattlosen Äste verknüpften und verknoteten sich zu einem kunstvoll gewirkten Gitterwerk und bildeten kugelförmige Körbe oder Käfige. Zehn oder zwanzig solcher Käfige bildeten die Krone eines Baumes. *Knochenkäfige,* schoss es Rhodan durch den Sinn.

Von dort oben breitete sich ein ganz besonderer Duft aus, schwer wie Moschus und sauer wie der Schlaf eines Kranken.

Einmal glaubte er, Bewegung in den Kronen gesehen zu haben. Saßen dort oben Gefangene ein? Waren es luftige Verliese?

Er sah Guidry fragend an, doch der schien seinen Blick nicht zu verstehen. Pao ging in sich gekehrt, wie auf eine innere Stimme lauschend.

Nach vielleicht einer Viertelstunde hielt Ileschqa an. Die baumähnlichen Gebilde standen rings um sie in einem Hain beisammen. Aus der Nähe betrachtet wirkten sie organisch.

»Was ist das hier?«, wollte Rhodan wissen. Die Zeit drängte. Er hatte um Information gebeten, nicht um eine Exkursion in einen botanischen Garten. »Wollten wir nicht zum Archiv?«

»Wir sind da«, sagte Ileschqa. »Ich habe euch eingelassen in das Vergangenheitsmagazin des Bootes.«

Vorsicht!, mahnte Rhodan sich. *Sei nicht voreilig. Hier zu sein ist ein Privileg. Keine Ungeduld zeigen. Abwarten.*

»Hier wird sämtliches erinnert«, sagte der Schiqalaya.

Ileschqa trat zwei, drei Schritt nach vorn und drehte sich zu ihnen um, so dass sie von Angesicht zu Angesicht voreinanderstanden. Seine langen, knochigen Arme entfalteten sich. Rhodan sah, dass die Hände aus drei einander gegenübergestellten Fingern bestanden, jeder mindestens doppelt so lang wie ein Menschenfinger und vielgelenkig.

Dann hob Ileschqa mit einer rollenden Bewegung seiner Schultern die röhrenartigen Gebilde leicht an, stellte sie mit den Spitzen aneinander und entrollte sie nach außen.

Rhodan sah verblüfft zu, wie sich hinter dem Schiqalaya etwas wie ein Pfauenrad aufbaute, zwei fast halbkreisförmige Gebilde, die den Kopf des Fremden hoch überragten und über die Seiten beinahe bis zum Boden reichten.

Es sind tatsächlich Flügel, erkannte Rhodan. *Er kann fliegen.*

Fast erwartete er, der Schiqalaya würde sich in die diesigen Lüfte erheben und davonsegeln. Aber in den Schwingen, die bis eben weich und leicht gewirkt hatten, knisterte und klickte es plötzlich leise. Rhodan sah, wie etliche Stabilisierungsgelenke innerhalb der Schwingenhaut einrasteten. Das knöcherne Gesicht mit den lackschwarzen Augen, die wie bei einem dunklen Pfau zu einem Rad aufgeschlagenen Flügel – *wie ein Dämon aus alter Zeit,* dachte Rhodan. *Aus den dunkelsten Traumurkunden der Menschheit.*

Zugleich spürte er aber, dass dem Wesen alle Angriffslust fremd war, dass es zutiefst hilfsbereit war. Und – wenn er sich nicht sehr täuschte – hilfebedürftig.

Ileschqa begann zu sprechen. Die gutturalen, gurgelnden Laute ergaben für Rhodan diesmal keinen Sinn. *Wie auch – jetzt spricht er in seiner Sprache.*

Rhodan nahm an, dass Ileschqa Interkosmo über eine Art von Hypnoschulung erlernt hatte. Die Kommunikationsmaschinen des Bootes mussten den Funkverkehr im Solsystem abgehört, übersetzt und in eine geballte Informations- und Kompetenzlektion verwandelt haben – all die nicht oder nur leicht verschlüsselten privaten Botschaften, das Werbegeflüster, die Unterhaltungssendungen und die offenen Informationspodien der Regierung, der Parteien, Vereine, Verbände, Glaubensgemeinschaften, der Botschaften Hunderter galaktischer Zivilisationen ... welches Bild mochte der Schiqalaya in den vergangenen über einhundert Jahren daraus gewonnen haben?

Vielleicht ein Bild, das den Schiqalaya davon abgehalten hatte, Kontakt mit der Liga aufzunehmen? *Sie sind dir fremd,* ermahnte sich Rhodan. *Ihre Psyche, ihre Motivation sind nicht menschlich.*

Es tat sich etwas in den Knochenkäfigen. Die Maschen weiteten sich. Gestalten arbeiteten sich aus dem Inneren der Körbe hervor, spannten ihre Flügel aus und segelten in weiten Kurven zu Boden. Alles geschah lautlos wie im Eulenflug.

Die Ersten landeten. Manche von ihnen schienen unbekleidet, andere waren mit einander überkreuzenden Gürteln ausgerüstet. Einige trugen Ponchos, die aus metallisch schimmernden Fäden gesponnen waren, einige seidige Kettenhemden.

Bei den meisten Völkern bedeutete die Kleidung etwas, folgte einem Kode. Wahrscheinlich war das auch bei den Schiqalaya der Fall. Wenn es so war, konnte Rhodan die Symbolik der Trachten nicht entziffern.

Es mochten nun etwa dreißig Schiqalaya sein, die sie umstanden, vielleicht auch einige mehr. Sie standen im Kreis, Rhodan, Guidry und Ileschqa im Zentrum. Wo war Pao? Er sah sich um. Nebel.

Die Fremden schwiegen, aber wenn Rhodans Gefühl nicht täuschte – und das war durch Hunderte Erstbegegnungen geschult –, dann ging von den Schiqalaya keine direkte Gefahr für ihn oder den Ganymedaner aus. *Und auch nicht für Pao.* Er fühlte sich weder bedroht noch auch nur belauert. In den Augen der vogelartigen Wesen schien ihm eher eine Verstörung zu liegen, tiefgreifend genug, dass sie kaum auf die beiden Terraner achteten, sondern sich mit den Blicken förmlich an Ileschqa festhielten.

Noch einmal die Gurgellaute aus Ileschqas Mund.

Dann kam eine leichte Bewegung in die Gruppe, die sie umringte. Rhodan sah, wie die Schiqalaya ihre ausgespannten Flügel umorientierten. Die ledrige, bleiche Haut knarrte und knisterte, wie wenn ein alter Bibliothekar in einem Folianten aus Pergament blätterte.

Die Flügel verhakten sich an den äußeren Rändern miteinander, während sie zugleich vor den Leibern, vor den Gesichtern zusammengezogen wurden. Sie bildeten ein ausladendes Tuch, das zu atmen schien, zunächst in einem unruhig-bebenden Rhythmus, bald gleichmäßiger, im Takt und ruhig.

Plötzlich musterte sich die Flügelhaut, wurde fleckig und schraffiert. Die blassen Flecken und leichten Schraffuren veränderten sich, ordneten sich. Rhodan sah fasziniert, wie die Muster und Figuren von Haut zu Haut wechselten, er meinte Umrisse zu sehen, bewegte Körper, eine Szenerie. Immer konturierter wurden die huschenden

Skizzen. Sie formierten sich, koordinierten sich, gewannen an Genauigkeit, Tiefenschärfe, an, wenn auch blasser, Farbigkeit.

Endlich begriff Rhodan, was er sah: *Es ist ein Film. Eine Dokumentation mit biogenen Mitteln. Die Häute – sie sind nicht nur Schwingen, sondern zugleich Projektionsflächen. Und die einzelnen Flügel haben sich zu einer Art Panorama-Leinwand zusammengefasst.*

Erst jetzt bemerkte er die fein geriffelten Strukturen der Flügelränder, die gezackten Linien, die den Schiqalaya im Flug helfen mochten, sich lautlos durch die Luft zu bewegen. Nun verbanden sie die Häute miteinander.

Zunächst erschien ihm die Bilderflut, die über die Häute lief, unbegreiflich, ein Strudel, ein Mahlstrom von Visionen. Die Darstellung ähnelte verblüffend archaischen Super-8-Filmen mit grobkörnigen, flackernden Bildern.

Und war auch wieder ganz anders. Etwas leitete seine Aufmerksamkeit, hob hervor, verstärkte die Konturen. Die Darstellung selbst orientierte ihn, und er fand sich rasch besser in der Bilderflut zurecht.

Endlich erkannte er, was er sah. Er schrak zurück, das Bild verblasste, wie aus Sorge, ihn zu entsetzen.

»Es ist lange her«, sagte Ileschqa. »Gestattet ihr, dass ich euch durch unsere Vergangenheit führe?«

Rhodan nickte. »Führe uns.«

Er schaute.

Das Bild klarte wieder auf, heller als zuvor.

Perry Rhodan sah das Ende einer Welt.

Eine Marmorebene. Ein ausgedehntes Plateau, gelb-grünes Glitzern, rosa schraffiertes Gestein. Flirrende Hitze. Aus den Spalten züngelten Schlangen oder Würmer, schlauchartige Kreaturen jedenfalls, die einen hohen, singenden Ton erzeugten, einen monotonen Choral.

Woher weiß ich das? Er stutzte. Die Schiqalaya. Die Fremden imitierten das Geräusch, vertonten ihre Erinnerung.

Über der Ebene eine rote Sonne, die Korona unrund und ungewiss.

Zu nah, erkannte Rhodan. *Die Sonne steht zu nah.*

Eine spinnenartige Kreatur mit hohen, rundgebogenen Beinen blieb plötzlich stehen und rollte sich zur Kugel ein. Zwischen ihren Beinen wurden Hautlappen ausgespannt. Ein stauberfüllter Wind griff in das winzige Segelwerk und trieb das Tier mit immer höherer Geschwindigkeit über das schwarz-rote Land.

Die glühenden Steine dampften.

Todgeweiht wie nur je eine Welt, dachte Rhodan, der viele Planeten gesehen und ihr Blühen bezeugt hatte, und viel zu oft ihren Untergang.

In jedes Bild auf der atmenden Leinwand fiel schon der Schatten der kommenden Wochen und Monate: Licht, das diesen Planeten überfluten und untergehen lassen würde in Hitze.

Etwas schälte sich aus dem Dunst. Eine Fata Morgana?

Eine Stadt in der Ferne.

»Dies ist unsere Ursprungswelt«, sagte eine leise gurgelnde Stimme. »Qala.«

»Was ist mit der Sonne?«, wollte Rhodan wissen.

»Nichts. Es ist nicht die Sonne, die sich verändert. Es ist Qala selbst. Unser Ursprung. Qala ist aus der Bahn geraten. Sie taumelt der Sonne entgegen. Es war ein instabiles System. Zwei Sonnen – ein roter Riese und ein brauner Zwerg. Zwölf Planeten. Unsere Astrophysiker hatten mit einer finalen Destabilisierung der Umlaufbahn gerechnet. Allerdings erst in fernerer Zukunft. Sie irrten. Wir denken, die damaligen Rechner waren von sehr beschränkter Kompetenz. Sie konnten das hochkomplizierte Datenmaterial nicht präzise kalkulieren. Eine unvorhersehbare Folge von Erdbeben und Tsunamis entrückte Qala Richtung Zentralgestirne. Der Absturz war nicht aufzuhalten.«

Rhodan nickte. Instabile Sonnensysteme waren keine Seltenheit. Meist vergingen die gefährdeten Planeten zu früh, um Leben entstehen zu lassen. Viel zu früh jedenfalls, um den Lebendigen dann auch noch hinreichend Zeit zu gewähren, zu Bewusstsein zu kommen.

»Ihr hattet keine Chance, die Bahn des Planeten zu stabilisieren?«

»Wir besaßen keine derartige Technik«, sagte Ileschqa. »Damals.«

»Wie lange ist das her?«

»Lange«, zögerte Ileschqa und bezeichnete dann einen Zeitraum, mit dem Rhodan nichts anfangen konnte: das Vieltausendfache eines Jahrgevierts, nach dem die Schiqalaya ihre Zeit maßen. »Wir waren jung. Unsere Art war jung.«

Rhodan sah einige Schiqalaya dicht über den Boden segeln und etwas aus der Luft schnappen – pilzartige Gewächse, deren geblähte Schirme mit einem Gas gefüllt sein mussten. Dreibeinige, haarige Gestalten stelzten den Schiqalaya hinterher, ohne sie greifen zu können. Die Schiqalaya packten sich noch einige Flugpilze, stellten ihre Flügel schräg und zogen in höhere Regionen.

Die tripoiden Raubtiere blieben zurück. Ihre Bewegungen wurden langsamer. Ihre trichterförmigen Köpfe pendelten, witterten. Dann drehten sie ab, trabten fort.

Jäger, die keine Beute machen würden.

Die Schiqalaya im Bild trieben auf die Stadt in der Ferne zu. Rhodan sah, dass die Stadt im Kern keine Stadt war, sondern ein organischer Wald. Himmelhoch ragten die Bäume, drehten ihre gewaltigen Spiralen vielleicht hundert Meter nach oben, vielleicht noch mehr. Oben verzweigten sie sich vielfältig, verknüpften ihre Zweige zu ausladenden, knöchernen Käfigen.

»Das sind die Lebenskörbe«, sagte Schiqalaya. »Darin zeugten, darin gebaren wir. Die Körbe gossen Duftstoffe aus, die uns anregten. Darin wohnten wir. Sie schonten und bargen uns. Wir pflanzten und pflegten sie.«

Eine Symbiose. Tatsächlich vermeinte Rhodan, den Duft zu spüren, der von den Baumkronen – den Lebenskörben – ausging: ein schweres, moschusartiges Aroma.

Rhodan glaubte, viele Meter hoch über dem Boden des Planeten auf die Stadt zuzutreiben. Zwischen den mächtigen Korbkronen spannten sich Brücken, an denen wieder Trauben von Lebenskörben hingen, diese aber offenbar künstlicher Natur.

Inmitten der großen Bäume erhoben sich offenbar technische Bauwerke: *Ein Heer von Eiffeltürmen,* dachte Rhodan spontan und

musste lächeln. Eine wie aus Stahl geflochtene Konstruktion, mal auf vier, mal auf fünf, sechs oder sieben gewaltigen Beinen ruhend; die sich nur allmählich verjüngende Spitze gekrönt von ausladenden, metallisch schimmernden Lebenskörben.
Nachbauten der ursprünglichen Lebenspartner.
Eine vor Leben sprühende, überschäumend geschäftige Stadt.
Eine breite Straße.
Rhodan zog die Stirn kraus. Wozu brauchten flugfähige Wesen wie die Schiqalaya Straßen? Sofort folgte die Antwort – *als hätten sie meine Frage gehört:* Wuchtige Vehikel rollten gemächlich über die Trasse, vielgliedrige Lastzüge, angetrieben von rauchenden Verbrennungsmotoren. Dunkler Qualm. Die Wagen beladen mit Nahrungsmitteln, Stoffballen, Kohle und Erz.
Wohin führte diese Strecke?
Wieder gab die biotische Leinwand Antwort: Die Straße, über die Rhodan nun dahinzugleiten glaubte, führte zu einer anderen Stadt, einer kleineren Siedlung mit schlankeren, fast lotrecht gewachsenen Bäumen.
An einem von ihnen glitt – unter Ablassen von heftigem Feuerdampf – ein raketenförmiger Körper hoch. Nein – nicht nur raketen*förmig*. Es war tatsächlich eine wenn auch urtümliche Rakete.
Die Stadt bestand aus Startrampen. Eine Art Weltraumbahnhof.
Schon startete die nächste Rakete.
Rhodan wurde die Bedeutung dieser Szene klar: Die Schiqalaya versuchten, von ihrer Welt zu fliehen.
»Wir waren niemals Jäger«, erklärte Ileschqa. »Wir hatten von allem Anbeginn gelernt, uns allen Gefahren zu entziehen.«
Erst durch ihre Flügel. Dann durch die Raketen.
Raketen, die nun hoch und höher in den lichtübergossenen, verbrannten Himmel stiegen. In den Orbit vorstießen. Auf primitive Raumstationen zuhielten.
Rhodan sah die Heimatwelt der Schiqalaya, Qala, von oben – eine marsähnliche Welt, rot und schwarz gefleckt, mit dünnen Rinnsalen wie von flüssigem Messing, die vom vereisten Nordpol Richtung Äquator flossen.

Auch der Südpol musste bis vor einiger Zeit vereist gewesen sein; Rhodan entdeckte die Spuren beinahe ausgetrockneter Flussbetten. Der Planet war gekippt, wies mit dem Südpol Richtung Sonne, alles Eis geschmolzen, alles Leben ausgemerzt, der Pol weiß wie kauterisiertes Gewebe.

Der Resident zählte sieben Raumstationen im Orbit von Qala: mächtige walzenförmige Gebilde, die sich langsam um ihre Längsachse drehten. *Sie müssen Jahrzehnte an diesen orbitalen Maschinen gearbeitet haben,* schätzte er. Raketen legten an, entluden Passagiere und Güter in die Stationen, koppelten ab und sanken zurück Richtung Planetenoberfläche.

Entfalteten zunächst knospenförmige Hitzeschilde. Dann fragil anmutende, aber offenbar taugliche Gleitsegel.

Von den beiden Endstücken jeder Raumstation aus erstreckten sich lange, miteinander verstrebte Gestänge; die Zwillingsgestänge verbanden die Walze mit einer trichterförmigen Struktur – einem primitiven, aber leistungsstarken Antrieb.

Rhodan erkannte: Was er für Raumstationen gehalten hatte, waren Raumschiffe, bereit, so viele Schiqalaya wie möglich von ihrem Planeten zu retten. Ihre Triebwerke würden die Stationen wie Walzen durch den Leerraum schieben. Die Rotation der Schiffe sollte für einen Schwerkraftersatz sorgen.

»Die Raumrotatoren sind zu diesem Zeitpunkt bereits bis an die Grenze ihres Fassungsvermögens gefüllt«, erklärte Ileschqa. »Nur diese sieben Rotatoren hatte mein Volk fertigstellen können. Nur sechs von ihnen gelang der Start.«

Der Start.

Die Explosion der Antriebssektion bei einem der Schiffe. Wie es der Planetenoberfläche entgegensank. Wie es zerbrach und wie seine Bruchstücke aufglühten in der Atmosphäre.

»Ein Rotator von sieben. Unser Opfer und Freikauf«, sagte Ileschqa.

Die mythische Verbrämung einer technischen Katastrophe, dachte Rhodan. *Sie sind uns wirklich ähnlich. Nur dass es uns erspart geblieben ist, so früh ins Weltall nicht zu wollen, sondern zu müssen. Sternenflüchtlinge.*

Die zähen ersten Jahrzehnte der Beschleunigung der Raumrotatoren. Der Planet Qala, der immer noch optisch sichtbar in den Hochleistungsteleskopen der Rotatoren schwebte. Die selbst auferlegte Tortur, die sie zu Hunderten, zu Tausenden in die Observatorien trieb, dem Untergang ihrer Heimat beizuwohnen.

Als hätten sie Abbitte zu leisten denen, die zurückblieben. Der Mehrzahl. *Fast allen ...*

Wie die Sonne sich in die Kruste von Qala, der in ihre Heliosphäre versinkenden Welt, fraß und die Gesteine in ihrer Hitze löste. Ein glühender planetarer Brei in der Korona. Schließlich die Auflösung von allem, die Niederfahrt in die Fotosphäre. Das lichte Grab.

Wie es die Raumschiffe allmählich in die Nachtschwärze des Alls vorantrieb.

So langsam ...

»Welche Art von Antrieb habt ihr verwendet?«, fragte Rhodan.

»Ionentriebwerke«, sagte Ileschqa.

Ionentriebwerke – wenn das die erste Wahl für eine globale Flucht war, dachte Rhodan, *befand sich diese Zivilisation tatsächlich in einer der frühesten Phasen astronautischer Technologie. Ein verzweifelter Versuch. Was für ein Mut. Was für eine gigantische kollektive Anstrengung dieser Zivilisation, im Bewusstsein, am Ende zu verlieren, alle Kräfte, alle Ressourcen daranzusetzen, diese wenigen zu retten.*

»Was war euer Flugziel?«

»Wir hatten zwei mögliche Ziele ausgemacht. Sechs unserer acht Raumrotatoren sollten Tatauqqa anfliegen, ein Sonnensystem, in dem wir zwei Qala-ähnliche Planeten entdeckt hatten. Die Wahrscheinlichkeit war groß, dort geeignete Lebensbedingungen vorzufinden. Acht Raumrotatoren waren geplant. Einer konnte nicht rechtzeitig fertiggestellt werden. Ein zweiter stürzte in der Startphase ab. Tatauqqa war eineinhalb Lichtjahre von Qala entfernt. Die Beschleunigungs- wie die langwierige Bremsphase eingerechnet, sollten die vier Rotatoren ihr Ziel in etwas mehr als zweitausendzweihundert Jahren erreichen. Die beiden letzten Raumrotatoren waren für ein weiter entferntes Sonnensystem bestimmt: sieben

Lichtjahre. Wir rechneten mit zehntausend Jahren Flugzeit zur Sonne Schaliq.«

Es müssen Generationenschiffe gewesen sein, dachte Rhodan. *Künstliche Lebenswelten für ein quälend langes Intermezzo zwischen den planetaren Phasen. Generationen, die jeder natürlichen Umwelt entwöhnt wurden. Kollektive Entwurzelung. Soweit wir sehen, hat kaum eine Kultur, die sich für so lange Zeit ausschließlich den Produkten ihrer eigenen Technosphäre anvertraute, diese Periode mental völlig unbeschadet überstanden. Das Kastenwesen an Bord der lemurischen Sternenarchen. Die Gesellschaften auf den Schiffsverbänden der Endlosen Armada. Die psychopathische Gemeinschaftskultur von TRAITOR ...*

Er sah, wie die gewaltigen Walzen im Flug rotierten. Zweifellos sollte auf diese Weise Fliehkraft erzeugt werden, ein einfaches Äquivalent zur Gravitation, wenn man auf der Innenseite des sich drehenden Körpers hauste.

Wie viele Schiqalaya mochten an Bord eines Raumrotators wohnen? Zwanzigtausend? Fünfzigtausend? Hunderttausend? Wie viel Prozent der planetaren Bevölkerung konnte sich gerettet haben? Ein Prozent? Ein Zehntel Prozent? Ein Promille?

Er wollte sich nicht vorstellen, mit welchen Gefühlen die Schiqalaya, die auf dem untergehenden Planeten hatten zurückbleiben müssen, der Lichtspur der Ionentriebwerke im Himmel gefolgt waren. Oder mit welchen Gefühlen die Funker in den Rotatoren die Nachrichten von ihrer sterbenden Heimat empfangen, gehört, beantwortet hatten.

Bis zum letztgültigen Verstummen.

Die verwaisten Observatorien. Die bodenlose, provokante Beschwingtheit der Nachgeborenen, die fragten: Was bringt es euch, ins Leere zu sehen? Kümmert euch um unsere *Welt. Um uns. Die neue, eingekapselte Heimstatt. Die Innenwelt, die einzige Welt.*

Das Mosaik der Häute zeigte die Innenräume der Raumrotatoren. Schwammartige Wolken, in denen die Luft umgewälzt wurde. Regenetagen. Zoologische Abteilungen, in denen Basaltwürmer und einige der tripoiden Jäger gehalten wurden. Gewächshäuser und Werkstätten. An den Innenseiten der Schiffshülle lebten die Schiqalaya in Hainen von Perlmuttbäumen.

Antennen lauschten in den Raum, das zeitlupenhafte Gespräch zwischen den Generationenschiffen. Die Flotte der Rotatoren in Richtung Tatauqqa, ihre besorgten Funksprüche. Folgen von Monologen, denn jede Frage brauchte Jahre, um beantwortet zu werden.

Rhodan hörte die Schiqalaya raunen und gurgeln. Hin und wieder mischte sich die Stimme Ileschqas ein, der Interkosmo sprach. Auf diese Weise verstand er alles oder gewann doch das Gefühl, zu verstehen.

Generationen wechselten.

Jahrhunderte vergingen.

Die Nachricht von der Havarie eines der Tatauqqa-Rotatoren in der endlosen Öde des Weltraums. Die von den anderen Rotatoren aus unternommenen Rettungsversuche. Deren Scheitern. Der Verlust.

Jahrhunderte vergingen.

Endlich Bilder, verwaschen und bleifarben, vom Einflug der kleinen Flotte aus drei Rotatoren ins Tatauqqa-System.

Kurz darauf das Verstummen. Keine Botschaft, kein Notruf – nichts.

Die beiden Schiffe auf sich selbst gestellt.

Erst in diesem Moment glaubte Rhodan, die Wirkungsweise der Flügel zu verstehen: Die Häute waren fotoaktiv, natürlich. Sie mussten in der Lage sein, unmittelbare optische Eindrücke aufzunehmen und zu speichern, aber auch die visuellen Erinnerungen anderer, älterer Schiqalaya.

Was die Flügel ihm zeigten, waren Kopien von Kopien von Kopien, wieder und wieder erinnerte Erinnerungen. *Der eine trägt das Gedächtnis des anderen weiter. Alle gemeinsam bilden ein unvorstellbar weitreichendes Mnemo-Mosaik.* Ein Mosaik, dessen Faszination der Terraner sich nicht entziehen konnte.

Er schaute:

Jahre später der irreparable Schaden in der Antriebssektion des zweiten Rotators. Die problematische, langwierige Übernahme der

Bewohner in das intakte Schiff. Zerrissene Verbindungstunnel. Der Einsatz improvisierter Fähren. Anbauten, die auf der Außenhülle des Rotators saßen wie schwarze Iglus im Sternenwinter.

Die Enge, der Hunger, die Not. Die Weigerung trotz allem, die mitgenommenen Exemplare der Qala-Fauna zu verwerten, tierisches Eiweiß zu sich zu nehmen. Stattdessen die Fütterung der Raubtiere und dadurch enger werdende Engpässe.

»Die Phaqqa-Seuche«, sagte Ileschqa.

Eine Flut von Mutationen. Die Geburt völlig lebensunfähiger Schiqalaya mit entstellten Organen. Monströse Abwandlungen der Jagdtiere. Der Ausbruch der tripodischen Mutanten. Stahlfressende, tückische Raubtiere. Die Abschottung, schließlich die endgültige Versiegelung der sieben Sektionen, die von der Seuche befallen waren. Die Gefangenschaft für über zehntausend Schiqalaya.

Schlimmer noch: dass sie zur Beute der Raumbestien wurden.

Das Anrennen der tripodischen Mutanten gegen die Siegel. Der Entschluss des Rotatorenparlamentes, die Epidemischen Sektionen aufzugeben und von außen aufzusprengen, jede Atmosphäre zu evakuieren.

Der Eingriff.

Die unvermeidliche Beschädigung der Antriebssektion infolge der Intervention.

Die Karawanen der Mechaniker, die über die Außenhülle der Rotatorwalze krochen. Danach über das Gestänge. Die endlose Reparaturarbeit. Ihr Versagen. Der nächste Versuch. Neuerliches Scheitern. Die nächste Technikerkarawane, der nächste Versuch. Scheitern. Die Verzweiflung. Dann das Wunder der Reparatur. Förmlich über Nacht waren vier Fünftel der ursprünglichen Schubkraft wieder hergestellt. Der Weiterflug.

Endlich, Jahrhunderte später als geplant, der Einflug ins System der weißgelben Sonne.

Der Planet.

Bewohnbar. Zwei Monde.

Das Einschwenken in seinen Orbit.

Der Bau landefähiger Flugzeuge aus dem Material des Sternenrotators.
Die Landung auf der neuen Heimat.
Auf Schelekesch.

Rhodan erblickte Schelekesch aus dem Orbit: ein Planet, annähernd so groß wie die Erde. Einige vom Grundriss her ovale, wie hingetupfte Kontinente.
»Waren diese Informationen hilfreich?«, fragte Ileschqa.
»Ich weiß es noch nicht«, gestand der Resident. »Es war sehr ...« – er suchte nach Worten – »... berührend. Ein beinahe aussichtsloses, sehr wagemutiges Unternehmen. Welche Informationen mir – und uns – helfen werden, weiß ich noch nicht.«
Immerhin wusste er, dass Schelekesch, offenbar die Hauptwelt der Schiqalaya, nicht ihre ursprüngliche Heimat war. Außerdem schälte sich etwas wie ein mentalgeschichtliches Grundmuster heraus: Die Schiqalaya waren von Anfang an keine Jäger, sondern Gejagte. Fluchtgeschöpfe, die sich schon in der Frühphase ihrer Evolution in den Lebenskörben bargen, mit denen sie in einer Symbiose existierten.
Auch die spätere Kernwelt ihres Reiches hatten sie nicht im Zuge einer organisierten Auswanderung gefunden, schon gar nicht als Zielgebiet einer militärischen Eroberung, sondern im Verlauf ihrer Flucht von dem untergehenden Planeten. Ein Zufallsfund, ein Treffer mit vergleichsweise primitiven Mitteln.
Aber wenn Rhodan sich die Bedeutung vor Augen hielt, die Schelekesch offenkundig für die Schiqalaya hatte – Schelekesch, und nicht etwa das Tatauqqa-System, in dem doch das Gros der Raumrotatoren gelandet sein sollte –, dann musste sich dort etwas Grundstürzendes vollzogen haben.
Rhodan hörte Guidry gähnen. Hatte sein Begleiter den gesamten Vortrag verschlafen?
Guidry rieb sich die Augen und fragte Ileschqa: »Was ist auf Tatauqqa geschehen?«
Die Häute rührten sich, wellten sich, die Bilder stiegen empor wie aus den Abgründen der Zeit.

Eine blühende Welt im Licht einer milden Sonne. Zwei Monde, die im immer gleichen Abstand voneinander über den Äquator kreisen, der eine sanftrot, wie aus Kupfer gegossen; der andere safrangelb. Kleine Monde, sanfte Fluten, leises Ebben der Meere; Salzwiesen und Watt und weite Marschen, Geestlandschaften mit leuchtenden Heiden darüber leicht sirrende Lebewesen kreisten – *wie lebende Frisbeescheiben.*

Ein stählernes Wrack.

Nicht alle Landungsschiffe der Schiqalaya hatten den Anflug und die Landung unbeschadet überstanden.

Einige verglühten in der Atmosphäre. Einige zerschellten.

Es dauerte Jahre, bis sie Flächen gefunden hatten, auf denen ihre Perlmuttbäume gediehen. Die Marschen taugten. Schelekesch ähnelte Qala, aber nur oberflächlich. Schelekesch war der größere Planet, dichter, und seine Schwerkraft verlangte den Schiqalaya eine größere Lebensanstrengung ab.

Nicht alle kamen damit zurecht. Ganze Dynastien siechten dahin, verschlummerten ihr Leben in den Körben, die sie mit Matten verhüllten.

Die Genetiker forschten, die Geningenieure konstruierten.

Einige der tripoiden Jäger entkamen aus den zoologischen Menagerien in die Freiheit. Die Biologen der Schiqalaya fürchteten, dass der Import die einheimische Fauna überrennen würde.

Nichts davon.

Man hörte nie wieder etwas von den Flüchtlingen. Warum? Was lauerte in den Sumpfwäldern im Inneren der neun Kontinente von Schelekesch, welche Jäger, die so viel stärker, so viel geschmeidiger, so viel unersättlicher sein mussten als die Raubtiere von Qala?

Eines Tages fanden die Pfleger die tripoiden Jäger, die in den Menagerien zurückgeblieben waren, tot. Es blieb rätselhaft, wer oder was sie getötet hatte. Rhodan schaute Hunderten Schiqalaya in die archivierten Gesichter und verstand: Sie trauerten.

Der Tod der tripoiden Jäger war die letzte Phase ihres äonenlangen Abschieds von Qala.

Dann erst begann die eigentliche Aneignung von Schelekesch. Langsam fasste die Zivilisation der Schiqalaya Fuß. Neue, kräftigere Perlmuttbäume schraubten sich in den orangefarbenen Himmel, neue Haine. Ein Pendelverkehr wurde eingerichtet zwischen Schelekesch und dem weitgehend ausgeschlachteten, skelettierten Raumrotator im Orbit. Eines Tages die Explosion der im Gestänge hängenden Antriebssektion. Belanglos. Man wollte ja nicht weiterfliegen. Die Schiqalaya hielten die Rudimente des Rotators besetzt, die Funkzentrale blieb in Betrieb. Sie warteten immer noch auf eine Nachricht von Tatauqqa.

Die niemals kam.

Die Schiqalaya breiteten sich nur sehr allmählich aus. Selten nur drangen Expeditionen vor in die Sumpfwälder, auf den wüsten Kontinent Stein und den schweigsamen Kontinent Wasser, in dessen Flüssen und abgründigen Seen es von Leben wimmelte, ein wie verstummtes Leben, das keinen Ton von sich gab. Die neue Zivilisation gedieh in Sichtweite der Perlmuttbäume, die sich behutsam vermehrten.

So dauerte es Jahrhunderte, bis die ersten Schiqalaya auf dem Kontinent Paschschadahm siedelten.

Ihre Lebensbäume gediehen in den Flachländern. Die wenigen Hochebenen mieden sie, gewaltige, erhabene Landschaften, für sich stehende Welten, ringsum durch schroffe, steile Felswände vom Umland geschieden.

Jahrzehnte später erst erkundeten einige Expeditionen die Hochebenen. Sie fanden eigenartige Floren und Faunen, jeweils auf eine Hochebene beschränkte Lebewesen. Dort lebten sie abgeschieden von allen. Rhodan sah gewaltige, wuchtige Geschöpfe, die ihn von fern an sandgelbe oder ockerfarbene Mammute erinnerten. Riesen, deren Herden in einem behäbigen Marsch über die Ebene wanderten, in großen Zirkeln, immer gegen den Uhrzeigersinn, vom Leben in den tiefen Landen abgeschieden. Wie waren sie auf diese Höhen gelangt?

Auf einer dieser Ebenen entdeckten die Schiqalaya den Thesaurus.

Ileschqa sagte tatsächlich *Thesaurus*. Rhodan staunte über dieses Wort. Wie gut beherrschte der Schiqalaya Interkosmo? Welche Nuancen erkannte er, welche nicht?

Thesaurus war ein Wort, das aus einer altterranischen Sprache ins Interkosmo eingewandert war. Eigentlich bedeutete es Schatzhaus oder Schatzkammer, aber es hatte mehrere Beiklänge. Es klang alt, vorzeitig; und es bedeutete weniger eine Schatzkammer voller Gold und anderer materieller Güter, sondern vielmehr einen Wissensspeicher.

Ileschqa hatte Rhodans Zögern bemerkt und kurz innegehalten. Die Darstellung in den vielen Schwingen hatte sich wie in einer Zeitlupe verzögert. Da Rhodan aber keine Frage stellte, fuhr er fort, und der Film der Erinnerungen beschleunigte sich wieder:

Schelekesch war vor ihrer Ankunft ein Planet ohne höheres intelligentes Leben gewesen. Keine der endemischen Arten war so weit zu Selbstbewusstsein gekommen, dass sie zu einer Kommunikation über die Grenzen ihrer Instinkte hinaus fähig gewesen wäre. Einige der ornithomorphen Arten benutzten primitive Werkzeuge zum gemeinsamen Erdhöhlenbau; sie kamen einer Intelligenz, wie die Schiqalaya sie verstanden, am nächsten.

Einige geflügelte Schlangen signalisierten einander über große Entfernungen mit Trillern, wenn sie auf reiche Futtergründe gestoßen waren, wenn sie Gefährten suchten oder Fressfeinde entdeckt hatten in den Gewöllfeldern. Eine elementare Sprache; die Schiqalaya verstanden und imitierten sie leicht. Aber was hätten sie mit den Schlangen auszutauschen gehabt, welche Erlebnisse zu teilen? Die Schiqalaya pflanzten ihre Perlmuttbäume nicht in die Gewöllfelder. Die Schlangenartigen hielten den Weltraum, die Sage von Milliarden Sonnen und andere Schiqalaya-Darstellungen für finsteren Aberglauben.

Von wahrhaft technisch-wissenschaftlicher Kultur keine Spur.

Woher also kam der Thesaurus?

Der Thesaurus ähnelte einem Turm, der um vier bis fünf Grad gegen ein gedachtes Lot von der Oberfläche zum Kern des Planeten geneigt aus dem Plateau ragte. Seine Außenhaut war glatt, ein schwach bläulich schimmerndes, keramisches Material, das sich sowohl für Röntgenstrahlen wie für Sonare als undurchdringlich erwies.

Er war von einer makellosen Ebenmäßigkeit, wies keine Tore oder Luken auf. In der Nähe des Thesaurus siedelten riesenhafte, anemonenartige Blumentiere, blassgrüne, von Säften triefende Titanen, die von Kletterpflanzen bedrängt, umrankt und gesaugt wurden.

In einem exakten Umkreis von etwa zehn Metern zeigte sich kein einziges Blumentier, und keine einzige Kletterpflanze hatte sich in die Nähe des Thesaurus gewagt. Der Turm erhob sich aus einer kreisrunden Lichtung, auf der nichts wuchs als dichtes, blaugrünes Gras.

Als scheute jede höhere Natur zurück vor diesem Fremdkörper.

Die Schiqalaya respektierten den Freiraum um den Thesaurus und pflanzten ihre Spiralbäume in größerer Entfernung an.

Sie nannten die neue Stadt Schendduor.

Rhodan sah sie im Zeitraffer wachsen und erblühen. Die Perlmuttbäume höher als anderswo, die Lebenskörbe ausladender, die Brücken zwischen ihnen kühner geschwungen, dichter besiedelt.

Wenige Generationen später war Schendduor das wissenschaftlich-kulturelle Zentrum der neuen Schiqalaya. In Schendduor lebten die führenden Naturforscher, die bedeutendsten Mathematen, die genialsten Ingenieure und die größten Künstler von Schelekesch, die Flugchiffrierer und Hautdeuter.

Nirgends wuchsen die Lebensbäume höher als hier; nirgends waren die Lebenskörbe mit klügeren Hirnen gefüllt.

Was lockte die Schiqalaya dorthin? Warum wechselte die Intelligenzija aller Siedlungen dorthin? Warum schließlich sogar das Parlament?

Was, wenn nicht der Thesaurus? Jener scheinbar riskant dastehende Turm, von dem man bislang nicht einmal hatte herausfinden können, ob er ein hiesiges Produkt war, möglicherweise das Erzeugnis einer einheimischen, vor Urzeiten untergegangenen und nun restlos verschollenen Kultur, oder aber – wie die Schiqalaya – ein Import von den Sternen.

Längst hatten die ersten neuen Raumschiffe die nächsten Planeten des Sonnensystems erreicht, längst siedelten Schiqalaya auf Toqq, dem fünften, und auf den großen Monden des siebenten Planeten, Bleschesch.

Es war höchste Zeit, sich um den Thesaurus zu kümmern.

Erst in jenen Tagen der ersten systematischen Erforschung entdeckten die Schiqalaya die wahren Ausmaße des Turms. Nur ein Bruchteil des Gebildes erhob sich über die Oberfläche; zehn Elftel befanden sich im Untergrund. Der Thesaurus war ein kegelförmiger Körper, der sich in Richtung Planeteninneres immer mehr verbreitete.

Mächtige Maschinen gruben ihn aus. Ein stählernes Außenskelett wurde angefertigt, um den Thesaurus vor dem Absinken zu stützen. Es erwies sich, dass eine solche Halterung nicht notwendig war. Der Thesaurus hielt sich, restlos freigelegt von allem Erdreich, selbst in der Schwebe.

Kein Tor, keine Luke, kein Fenster, kein Schott. Die Schiqalaya verfügten über Laser-Skalpelle und einfache Desintegratoren. Sie entschieden sich gegen deren Einsatz.

Der Thesaurus tat ihnen ganz offenkundig nichts zuleide. Im Gegenteil: Er tat ihnen gut; er inspirierte sie, ohne sie zu manipulieren; er spornte sie wort- und lautlos an.

Warum hätten sie ihn mit Gewalt aufschneiden sollen, womöglich – wenn er irreparablen Schaden nahm – zu ihrem eigenen Nachteil?

Ein ebenmäßiger Körper aus einem schwach bläulich schimmernden, keramischen Material. So hing er unberührt und jedermann gegenwärtig inmitten der Stadt Schendduor.

Zeit verstrich. Jahrhunderte. Die Städte der Schiqalaya prosperierten. Ihre Wissenschaft, ihre Technologie machte, wie es schien, unaufhaltsame Fortschritte. Toqq und die großen Monde von Bleschesch waren von Millionen von Schiqalaya bevölkert.

Eines Tages öffnete sich der Thesaurus. Rhodan sah die gestochen scharfen Aufnahmen. Überhaupt hatten die Bilder der geflügelten Dokumentation an Prägnanz und Farbigkeit deutlich zugenommen.

Vermutlich, überlegte der Terraner, *werden die Aufzeichnungen von Generation zu Generation übertragen, vielleicht innerhalb einer Familie, eines Clans. Und jeder Übertrag vermindert die Qualität der Kopie. Die Bilder aus der Urzeit, die Bilder von der Flucht mit den Raumrotatoren sind beinahe schon verblasst. Allmählich kommen wir der Gegenwart näher.*

Oder haben sich die Bilder umso besser eingeprägt, je bedeutsamer die aufgezeichneten Ereignisse waren? Dann muss der Thesaurus eine Schlüsselrolle in der Geschichte der Schiqalaya spielen.

Welche?

Jedenfalls waren die Bilder, die Rhodan nun zu sehen bekam, so plastisch und gegenwärtig, als müsste er nur einen Schritt auf die übermannsgroße Leinwandbanderole aus verzahnten Schwingenflächen tun, um das Objekt selbst zu betreten.

Nicht nötig. Die Bilder führten ihn.

Der Innenraum des Thesaurus war in ein tief goldenes Licht getaucht. Gold und das Schwarz der Schatten waren die vorherrschenden Farben. Der mächtige Saal schien von Milliarden hauchdünner, meist straff gespannter Fäden durchzogen. An jeder einzelnen Faser des Gespinstes hingen unüberschaubar viele messingfarbene Tropfen.

Schmale, geschwungene Planken bahnten sich ihre labyrinthisch verschlungenen Wege durch das Gespinst, drehten und wanden sich schwindelerregend-spiralig. Wer auf ihnen schritt, ging mal kopfüber, dann kopfunter. Die eigene Schwerkraft der Planken hielt ihn, so dass den Schiqalaya schien, als wäre es der Raum, der sich um sie drehte und wandelte.

Denn natürlich waren Schiqalaya in den Innenraum des Thesaurus vorgestoßen, schauten sich um, berührten die Fäden, die Messingtropfen daran.

Das war merkwürdig: Manchmal klebten die Tropfen zäh an den Fingern der Schiqalaya, zogen und dehnten und lösten sich schließlich doch von der Haut und hatten unmittelbar darauf zu ihrer Tropfenform zurückgefunden.

Andere Tropfen schienen von der Haut der Schiqalaya aufgesogen zu werden.

Medizinische Untersuchungen der betreffenden Forscher und Pioniere – der Tropfentrinker – brachten keine greifbaren Resultate. Stabile physiologische Werte, allenfalls hier und da eine erhöhte Ausschüttung mal dieser, mal jener Hormone. Allenfalls etwas wie ein kleiner endokrinologischer Schwips.

Insgesamt nichts, was man nicht durch Stimulation der Drüsen oder gezielte Medikamentengabe ebenfalls hätte bewirken können.

Auch die Psychologen fanden nichts Beunruhigendes. Im Gegenteil: Die Tropfentrinker fühlten sich außerordentlich wohl, wie verwandelt, geradezu bereichert, voller Tatendrang und Pläne.

Zunächst vage Pläne, die aber in den nächsten Wochen und Monaten deutlichere Gestalt annahmen, zur Verwirklichung drängten.

Pläne aller Art: biochemische Formeln, maschinenbauliche Klarheiten, zutiefst gewusste Konstruktionsunterlagen, mathematische und geometrische Eingebungen.

Die Gesellschaft der Schiqalaya sah keinen Grund, nicht von der Ideenvielfalt und Begeisterung der Tropfentrinker zu profitieren.

Gemeinsam ging man an die Realisierung der Vorhaben.

Damit begann eine neue Epoche. Revolutionäre Werkstoffe ermöglichten den Bau unübertrefflich ausladender, in die Wolken ragender Spiraltürme mit Lebenskörben für Tausende, Zehntausende. Künstliche Perlmuttürme, auf deren Balkonen ganze Haine von ursprünglichen Perlmuttbäumen gediehen.

Eine neue Mathematik. Eine neue Geometrie. Neue Maschinen, Generatoren. Die Beherrschung der Gravitation.

Und eine neue sozialtechnische Wissenschaft entstand: die Thesaurale Kybernetik – die Kunst, Schiqalaya zu erkennen, die positiv auf die Messingtropfen ansprachen, und die Kopfgeburten der Tropfentrinker sozialverträglich in die Gesellschaft der Schiqalaya zu integrieren.

Einige Jahre nach dem Beginn der Kommunikation mit dem Thesaurus entdeckte man zwei Schiqalaya, deren Pläne hoch komplex, aber dysfunktional schienen. Pläne wie für Bruchstücke, die, jedes für sich, keine Spur von Betriebstauglichkeit zeigten.

Penntrush, damals einer der führenden Thesauralen Kybernetiker, vermutete, dass diese beiden Tropfentrinker nur Fragmente eines viel größeren Plans im Geist hatten.

Man müsste die Übrigen finden.

Man fand sie. Dreizehn Schiqalaya insgesamt, deren Pläne sich als Puzzlestücke eines mentalen Grundrisses erwiesen, das alles Bisherige übertraf: *das Transszenarium*.

Die Schiqalaya hatten bald erkannt, dass dieses Produkt die Versetzung von irgendetwas irgendwohin bewirken würde.

Sie erbauten das Transszenarium auf Geheiß des Parlamentes in einem großen Sicherheitsabstand zu Schelekesch im Orbit von Toqq.

Der Bau erst der Montageplattform, dann des Transszenariums selbst nahm Jahre in Anspruch. Man benötigte Materialien, die nur mit großem Aufwand und synthetisch zu erzeugen waren: in abseitigen Bereichen der Realität strahlende Kristalle; man benötigte etliche Milliliter der tropfigen Substanz aus dem Gespinst im Inneren des Thesaurus; hinzu kamen für deren Ernte und Gewinn absonderliche Behältnisse, die aus Hirnnervenzellen der Schiqalaya weniger hergestellt denn gezüchtet wurden, hautartige Krüge, denen einige Wissenschafter Spuren eines eigenen Bewusstseins zusprachen.

Rhodan und Guidry konnten zusehen, wie Raffinerien im Orbit von Toqq entstanden, Stahlhütten und Kristalltransformatoren, die nur außerhalb der Schwerkraft eines Planeten ihre Arbeit verrichten konnten.

Die große, orbitale Werft.

Schließlich war das Transszenarium einsatzbereit: ein riesenhaftes, hellblaues Oval, gut dreihundert Meter hoch, zweihundertachtzig Meter an der breitesten Stelle. An die Spitze angeflanscht ein metallisches Gestänge, ein Arm, der fast einhundert Meter nach außen ragte. Am fernen Ende dieses Arms hing die Steuerzentrale für das Transszenarium.

Für einen Moment erinnerte Rhodan das Gebilde an eine futuristisch-fantastische Kaffeemühle, ein Haushaltsgerät, wie es die Jetsons hätten benutzen können, oder die mechanische Seele ihrer Familie, die Roboter-Gehilfin Rosie.

Dann stellten ihm die Gestalten, die das Gebilde umschwärmten, die tatsächliche Größenordnung des Transszenariums vor Augen.

Es waren Dutzende Astronauten. Sie steckten in Raumanzügen, die ihnen erlaubten, ihre Schwingen zu entfalten.

Das sind keine Techniker, erkannte Rhodan.

Die Schwingen weit gespreizt, eingehüllt in eine transparente, kälteabweisende Gaze, waren sie bereit, die folgenden Ereignisse für alle kommenden Generationen aufzuzeichnen.

Journalisten oder Historiker, die den bedeutenden Augenblick festhalten sollen. Sie nehmen, was geschieht, auf in die mnemotische Struktur ihrer Flughäute und geben es später weiter, reproduzieren es als Lichtspiel, das auf den Flügeln der nächsten Generation fortgetragen wird in die Zukunft ihres Volkes.

Das Transszenarium wurde aktiviert. Dabei bewegte es sich nicht, sondern wechselte nur die Farbe. Das helle Blau verdunkelte sich mehr und mehr – und das Transszenarium war verschwunden.

Umblendung. Die Steuerzentrale des Gebildes. Schiqalaya, die auf die kubischen Monitore schauten. Kolonnen von Symbolen, Ziffern und Zeichen. Rasch wechselnde geometrische Muster. Pulsierende Signale. Vektoren, die sich suchend im dreidimensionalen Raum bewegten.

Rhodan überflog diese Armaturen. Das waren bloße Kontrollsysteme, redundante Einrichtungen.

Das wirkliche Geschehen wurde nicht von den Schiqalaya vor diesen Bildschirmen gesteuert.

Sondern von den fünf Schiqalaya, die in Körperschalen lagen, eingesenkt in ein hüfthohes, kreisrundes Podest, das sich inmitten der Zentrale erhob. Ihre Leiber, am dichtesten aber ihre Schädel umgeben von einer Korona aus seidenen Fäden mit tropfenförmigem Besatz.

Wie die Gespinste im Thesaurus ...

Ihre Augen, wie mit Lack gefüllt, schauten an allem Sichtbaren vorbei, biogene Sonden in andere Räume. Ihre leisen, ganz sanft gurgelnden Stimmen kommandierten den Vorgang wie Schläfer, die den eigenen Tod geträumt hatten und nun von ihrem Hochsitz im Jenseitigen herniedersahen in die offengelegten Labyrinthe des Lebens.

Das sind die Navigatoren, erkannte Rhodan. *Was immer hier geschieht: Sie steuern, sie bestimmen es.*

Die Flügel der Navigatoren waren wie in einem Starrkrampf gespreizt und zeigten: ein scharlachfarbenes Fließen und Strömen, ein An-sich-selbst-Branden im großen Stil, Zinnoberufer, von Karmesinwellen geflutet, unvergleichlich ausladende Räume aus Rotgold, Zeitwendenporzellan aus rotem Kadmium gebrannt, Abwege zu sich selbst, Möbiusebenen aus Rubin, seichte bodenlose Meere aus Drachenblut ...

»Was ist das?«, hörte Rhodan Guidry fragen.

Der Resident lächelte. Er wusste nicht, ob Guidry jemals schneller geflogen war als das Licht. Die meisten Terraner seiner Zeit hatten den Überlichtflug erlebt, in aller Regel auf Raumschiffen mit Lineartriebwerken.

Innerhalb der Sonnensysteme aber flog man in aller Regel mit Unterlichtgeschwindigkeit.

Es gab etliche Möglichkeiten, schneller als das Licht zu reisen, und Rhodan war sich sicher, dass die terranische Technosphäre noch längst nicht alle denkbaren Wege entdeckt hatte.

Wenige Menschen aber waren es, die sich durch dieses Medium bewegt hatten, das sich auf den Schwingen der Navigatoren spiegelte, noch weniger, die es bewusst wahrgenommen hatten – vor Äonen die Zentralebesatzung der MARCO POLO auf ihrem Flug nach Gruelfin; die Männer und Frauen der HAMPTON T, die im Jahre 3437 nach Christus die in der Galaxis M 87 zurückgelassene CREST IV, Rhodans wohl berühmtestes Flaggschiff, suchten und fanden, eine schon viel zu lange in Vergessenheit geratene Geschichte; die ersten Bewohner der SOL.

Rhodan sagte: »Das ist der Hyperraum.«

»Oh«, sagte Guidry. »Also ein Transitionstriebwerk, mit dem sie ...«

Rhodan schüttelte langsam den Kopf. *Nein. Das ist keine Transition. Was ist das? Tatsächlich ein Dimesextatriebwerk?*

Das rote Wabern wurde immer lichter, schließlich transparent. Rhodan sah einen Planeten und erkannte das Muster der Kontinente – Schelekesch.

Der Flug – der Aufenthalt im Hyperraum – hat fast eine Viertelstunde gedauert. Von Toqq nach Schelekesch sind es nur wenige Lichtminuten. Ein Wimpernschlag im Dimesextabetrieb. Die Schiqalaya müssten viel weiter gekommen sein, das ganze System verlassen haben ... müssten es weit hinter sich gelassen haben.

Das Transszenarium war im Orbit von Schelekesch rematerialisiert.

Rematerialisiert – hatte es sich denn überhaupt entstofflicht?

Er sah die Gesten der Schiqalaya in der Steuerzentrale des Transszenariums. Sah ihre Zufriedenheit, ihr sattes Erstaunen. Sah, wie sie die ihm unverständlichen Daten von den Monitoren ablasen und hörte Ileschqa synchronisieren: »Geschwindigkeit im Hyperszenarium relativ zu den Realraumdistanzen: Fünfhunderttausend Überlicht. Extrapolierte Maximalgeschwindigkeit: zehn Komma zwei Millionen Überlicht. Stationäre Verweildauer im Hyperszenarium: siebzehn Minuten.«

Aufenthaltsdauer – hallte es in Rhodans Bewusstsein nach. *Das Transszenarium erlaubt ihnen nicht nur den Überlichtflug, es befähigt sie, sich im Hyperraum aufzuhalten.*

Umblende. Der Schiqalaya, der allem Anschein nach auf allen Vidofonen von Schelekesch zu sehen war, stand mit ausgebreiteten Schwingen da. Die Bilder auf seinen organischen Projektionsflächen bewiesen, was so viele Schiqalaya kaum glauben mochten. Aber die Bilder waren der Beweis – die Schwingen der Schiqalaya konnten nicht lügen. Etliche Zuschauer im Raum, Zuhörer – *eine Art Pressekonferenz.*

»Wir haben«, sagte der Schiqalaya, »eine neue Welt entdeckt. Größer und ungestalteter als unsere zweite Heimat Schelekesch. Ungeheuer, aber nicht unerforschlich. Abgründig, aber nicht haltlos. Wir werden versuchen, auch dort unsere Lebenskörbe zu flechten, und wir werden auch dort Lebensbäume finden, an die wir sie hängen können.«

»Wo liegt dieses neue Land?«, rief jemand von der Seite dem Sprecher zu.

Eine inszenierte Frage, dachte Rhodan.

Denn die Antwort klang triumphal: »Von hier aus gesehen? Überall!«

Die Schiqalaya-Zivilisation nahm einen Aufschwung nach Schiqalayaart: behutsam, aber fortwährend. Stetig, bedacht, unaufhaltsam.

Dem ersten, experimentellen Transszenarium, dem der Übertritt in den Hyperraum gelungen war, folgten rasch weitere.

Anders als die meisten Transitionstriebwerke, die Rhodan kannte, benötigten die Transszenarien keine Mindestgeschwindigkeit ihrer Trägereinheiten. Sie konnten ihre Flugmedien aus dem Stand in den Hyperraum versetzen, dort halten und – gesetzt, es waren Navigatoren an Bord – manövrieren.

Denn dies war, wenn überhaupt, eine Schwachstelle des Konzeptes: Die Messingtropfen interagierten nur mit biologischen Geschöpfen; die künstlichen Gerätschaften der Schiqalaya blieben blind für die Eigenarten und Wege des Hyperraums.

Rhodan lernte, den Hyperraum mit den Augen der Navigatoren zu sehen. Er hatte gewusst – und strenggenommen hatte er es seit ewigen Zeiten gewusst, seit der Hypnoschulung, die er seinem Mentor Crest verdankte –, dass der Hyperraum kein homogenes, eindimensionales Gebilde war. Dass der Hyperraum eine Struktur besaß, sich in diversen Dimensionen entfaltete. In abzählbar unendlich vielen Dimensionen, wie es die Hyperraumtheoretiker der Arkoniden wie der Terraner nannten.

Mit den Augen der Navigatoren gesehen, auf den Bildflächen ihrer Schwingen abgebildet, wurden einige dieser Dimensionen sinnfällig.

»Wir erkundeten einige Sequenzen des transzendenten Raumes«, erklärte Ileschqa. »Die Chronostatuarische Sequenz, die Duratorische Sequenz, die Peripherien der Inklusiven Sequenzen, den Schatten der Chrono-Diametralen Sequenzen, schließlich die Saumzonen der Ephemeren Sequenzen acht bis zehn.«

Ob der Schiqalaya wusste, dass diese Begrifflichkeiten in Sachen Hyperraum den Terranern fremd waren?

Wahrscheinlich. Rhodan fragte: »Was sind Ephemere Dimensionen? Was ist eine Chronostatuarische Sequenz?«

Ileschqa musterte ihn mit seinen tropfenförmigen, wie lackierten Augen. »So bezeichnen wir die Sequenzen dessen, was ihr den Hyperraum nennt. Seine Gliederungen und Dimensionen. Wir haben diese Bezeichnungen geprägt, als wir begonnen haben, uns in diese Sphäre einzuleben. Es ist nicht ausgeschlossen, dass diese Begrifflichkeiten für Wesen wie euch unverständlich sind. Oder unzutreffend, weil ihr den Hyperraum anders erlebt.«

»Unser Erleben dürfte an den Tatsachen nichts ändern«, wandte Rhodan ein.

»Falsch«, sagte der Schiqalaya. »Oder wird deine Lebenswelt von allen, die in ihr leben, identisch erlebt?«

Die Schwingen des Schiqalaya flappten leicht, Rhodan lächelte. *Die Fledermäuse,* dachte er. *Er hat Recht. Es ist wie mit den Fledermäusen. Sie leben auf derselben Welt wie wir, aber nicht in derselben. Sie erleben sie mit anderen Sinnen. Sie nehmen wahr mit Ultraschall- und Echolotortung, sie sehen mit den Ohren, die ihre eignen, fein modulierten hochfrequenten Schreie aufnehmen. Ein biologisches Radar, mit dem sie Entfernung, Größe, Form, Oberflächenstruktur und Bewegung ihrer Gegenstände erkennen.*

Ich weiß das, kann es und werde es aber nie erleben. Und selbst, wenn ich es wissen könnte – wenn ich in eines der Sensorischen Simulatorien von Terrania ginge, in denen man die Welt als Fledermaus, als Delfin oder Biene erleben können soll: Ich wüsste immer nur, wie es für mich wäre, eine Fledermaus zu sein, nicht aber, wie es für eine Fledermaus ist, eine Fledermaus zu sein.

Ileschqa hat natürlich Recht. Wir erleben die Welt anders als andere. Unsere Welt ist anders als die der anderen, die sie anders erleben.

»Ja«, sagte Rhodan. »Ich verstehe. Und ich möchte verstehen, wie du – wie die Schiqalaya – den Hyperraum erleben.«

»Du wirst nie Schiqalaya«, sagte Ileschqa. Es klang zugleich belustigt und resigniert. »Und vielleicht hören wir Schiqalaya bald auf, Schiqalaya zu sein.«

Ileschqa richtete einige Worte und Gesten an seine Artgenossen mit den gespreizten Schwingen. Auf dem Projektionsflächenmosaik ihrer Häute veränderte sich die Vision vom Hyperraum, vereinfachte sich, bis Rhodan nur noch ein rotes Wabern sah.

Dann – und auf eine Weise, die das, was Ileschqa zu sagen hatte, erläuterte – begann sich das rote Kontinuum zu gliedern.

»Im Transzendenten Raum – im Hyperraum – sind Zeit und Geschwindigkeit keine relativen Faktoren von Raum und Masse. Uns scheint der gesamte Hyperraum unterwegs zu sein, in einigen seiner Dimensionen schneller als in anderen. In manchen ist er zum Stillstand gekommen, in manchen zur absoluten Bewegung. Wir bezeichnen die Hyperraumdimensionen – also die einheitlichen Koordinatenkomplexe mit homogener Verschiebung zu allen anderen – als Sequenzen. Die Chronostatuarische Sequenz ist die Dimension, durch die sich Technosphären mit sogenannten Transitionstriebwerken bewegen. Diese Sequenz ist so etwas wie die Rückseite der Sequenz der Absoluten Bewegung: Gleichgültig, wie weit die Koordinaten für den Übergang in den Hyperraum und den Wiedereintritt im Normalraum auseinanderliegen, welche relative Strecke zurückgelegt wird – der Aufenthalt in der Chronostatuarischen Sequenz dauert immer nur eine Nullzeit.«

Rhodan nickte. »Aber euere Boote haben sich nicht nur für eine Nullzeit im Hyperraum aufgehalten«, sagte er.

»Nein. Die Transszenarien sind technisch in der Lage, in die Duratorische Sequenz einzutauchen und sich in temporale Parallelen einzufädeln.«

Rhodan nickte wieder. Die Schiqalaya waren nicht die erste Zivilisation, der es gelungen war, dauerhaft in den Hyperraum vorzustoßen. Der Delta-Raum der Baolin-Nda war in den Hyperraum eingelagert, der Brutkosmos Goeddas einst ebenso.

Noch vor eineinhalb Jahrhunderten – vor der Erhöhung der Hyperimpedanz – war es den Arkoniden gelungen, ihr Geheimprojekt, die Yobilyn-Werft, in einer Paratron-Blase im Hyperraum zu verbergen.

Darüber hinaus wusste man seit den Ereignissen um die Hyperraumstation TIMBADOR, dass sogar außerhalb solcher technischer Sphären Leben im Hyperraum möglich war: Die Taphero con Chothc existierten dort. Hatte es nicht damals, in den Zeiten des Solaren Imperiums, über Nome Tschato einen Kontakt zu einer Hyperraum-Zivilisation gegeben? Den Sanguren oder Sanguroll?

Was sollte also so fantastisch daran sein, dass die Schiqalaya sich in dieses Medium *eingelebt* hatten? Und dass sie neue Einsichten gesammelt, neue Dimensionen erlebt hatten?

Dennoch beschlich ihn eine gewisse Ehrfurcht. *Hör zu und lerne,* mahnte Rhodan sich. Er war Wissenschaftler genug, um die Ansichten der Schiqalaya-Zivilisation mit elementarer Neugier aufzunehmen.

Und Taktiker genug, um zu wissen, dass irgendwo im Wirbel dieser Informationen der Schlüssel versteckt liegen konnte zur Lösung der Jupiter-Krise.

Sonst sind wir verloren.

Rhodan hatte nach einigen der anderen Sequenzen gefragt. Diesmal hatte Ileschqa zurückhaltend geantwortet. Wenn der Terraner es richtig verstanden hatte, gab es allerdings mindestens zwei Sekludierte Sequenzen, also Regionen, die wohl aus natürlichen, jedoch unerforschlichen Gründen für die mit Transszenarien ausgerüsteten Schiqalaya unzugänglich waren – für ihre Hyperraum-Boote, wie die Schiqalaya ihre neuartigen Sternenschiffe, ihre Psionischen Archen, mit einem sympathischen Understatement nannten.

Ferner bestand eine Endemische Sequenz, in der Lebensformen existierten. Es war den Schiqalaya unbekannt, ob dieses Leben dem Hyperraum eingeboren oder ob es dorthin eingewandert war – »möglicherweise ist beides geschehen.«

Die Ephemeren Sequenzen acht bis zehn waren ebenfalls unbetretbar und unpassierbar. Allerdings hatten die Schiqalaya Hinweise darauf, dass diese Sequenzen nicht von Natur aus abgeschlossen waren, sondern irgendetwas in ihrem Inneren sie gegen die übrigen Sequenzen versiegelt hatte – und das auf höchst effektive Weise.

»Wenn wir diese Sequenzen mit unseren Booten anflogen, hörten sie auf zu existieren. Nur wenn wir uns von ihnen abwenden, sind sie in gewisser Weise gegenwärtig. Im Rücken alles Realen. Eben vorübergehend.«

Freilich war der Hyperraum in dieser Epoche nicht der Hauptforschungsgegenstand der Schiqalaya. Sie benutzten seine Sequenzen vorrangig für ihre Passagen.

Die erste Überlichtexpedition führte sie zurück in ihr Heimatsystem. Sie entledigten sich damit einer letzten Hoffnung, dass es dort noch Restbestände ihrer Zivilisation geben könnte.

Die zweite Expedition schickte der Raumrat nach Tatauqqa.

Sofort nachdem das Hyperraum-Boot in der Nähe des Systems aus dem Hyperraum getreten war, versuchte die Besatzung auf allen möglichen Frequenzen, Funkkontakt mit möglichen Siedlern von Qala aufzunehmen.

Keine Antwort.

Keine Spur von den Raumrotatoren, die vor Jahrtausenden Tatauqqa angeflogen hatten.

Sie entdeckten zwei Planeten, die Qala ähnlich sahen. Der eine von ihnen wies eine stark chlorhaltige Atmosphäre auf und bot den Schiqalaya geringere Überlebensmöglichkeiten. Nicht dass die Schiqalaya keinerlei Chlor vertrugen, wie Rhodan erfuhr – aber der Chloranteil in der Atemluft sollte sich für ihr Wohlergehen in eher engen Grenzen halten.

Die zweite Welt kam mit ihren Umweltbedingungen denen von Qala fast schmerzlich nah. Die großen Gesteinsplateaus boten ideale Voraussetzungen für die Spiralbäume; die Luft war dicht und reich an all den Gasen, aus denen der Metabolismus der Schiqalaya Kraft schöpfen konnte.

Sie schwenkten in den Orbit dieser lebensdienlichen Welt ein, die alten Aufzeichnungen zufolge Tatdschurosch heißen sollte.

Keine Meere, aber ausgedehnte Binnenseen. Immergrüne Regenwälder deckten ganze Kontinente ab. Da und dort fremdartige Glaswüsten.

Sie schleusten Raumbarken aus und landeten.

Sie erkundeten den Planeten akribisch, sie wendeten buchstäblich jeden Kiesel, jeden Halm, jedes Farnblatt.

Endlich wurden sie fündig.

Rhodan sah die Schiqalaya über die Ebene wanken, wie betäubt und gleichzeitig von fremder Hand gesteuert. Er sah die Trümmerlandschaft. Die metallischen Fetzen der Raumrotatoren, ein verrostetes Konfetti; die Gebeine der Schiqalaya wie drapiert: mumifizierte Leiber, abgeschälte Knochen, gegerbte Flughäute. Als die Hochebene von den Teppichen aus Kriechmoosen und Gestrüpp gereinigt war, ähnelte die freigelegte Anlage einem riesenhaften, aus großer Höhe sichtbaren Ornament, einem Gesamtbild aus ineinander verschlungenen, undeutbaren Zeichen.

Undeutbar? Lag die Botschaft nicht vielmehr klar in den Flügeln?

Oder, wie der terranische Betrachter gesagt hätte: auf der Hand?

Eine mehr als eindeutige Botschaft: »Fort mit euch und euresgleichen. Dies ist nicht euer Land.«

Ihre Evolution hatte den Schiqalaya einen ausgeprägten Fluchtinstinkt eingeprägt. Sie verließen den Planeten und bezogen Position in einem weiten Orbit. Sie meldeten dem Raumrat über Transfunk, was sie gesehen hatten.

Der Raumrat entschied: »Wartet ab. Schickt Drohnen. Erforscht, aber bringt euch nicht in Gefahr. Und uns auch nicht.«

Die Raumfahrer stationierten ihr Boot zehntausend Kilometer hoch über dem Ornament. Sie erforschten es aus der Ferne. Ihre Drohnen sondierten das Terrain, nahmen Messungen vor, richteten an seiner Peripherie Fluchtbunker ein für den Fall, ihre Herren landeten ein zweites Mal und würden von den Dämonen des Ortes gehetzt.

Monate später landeten sie ein zweites Mal. Sie hatten, was sie mit ihren Teleskopen entdeckt und von ihren Sonden erfahren konnten, richtig gedeutet: Inmitten der barbarischen Landschaft aus Knochen, konservierten Leichenteilen, metallischen Trümmern und Plastikfetzen fanden sie ein Ding, das eindeutig keinen Schiqalaya-Ursprung hatte.

Das weder Trümmerstück eines der Raumrotatoren war noch organisches Material der Besatzungen.

Es war – ja, was? Rhodan spürte die ganze Ratlosigkeit der Schiqalaya, die vor dem Fund standen. Sollte es eine Skulptur sein? Eine Standarte? Ein Musikinstrument? Eine Messgerätschaft unbekannter Bauart?

Der Resident glaubte, drei primitive Trompeten zu sehen, Hörner oder Aerophone, die von einem gemeinsamen Ausgang in Bodennähe voneinander wegstrebten. Die ausladenden Schalltrichter erweckten den Eindruck, als müssten sie ungeheuren Lärm schlagen können.

Allmählich gewann Rhodan einen Eindruck von den Dimensionen des Dings: Die Röhren mussten vier bis fünf Meter lang sein, die Schalltrichter durchmaßen dementsprechend zwei bis zweieinhalb Meter.

Das Material war eine Art Kupfer, spiegelnd rot, ohne irgendeine Patina.

Die Mundstücke befanden sich eine Handbreit über dem Boden – nur dass dort kein Boden war, sondern eine allerdings erdig-braune Membran, deren Schwingung sich nur ganz allmählich abzeichnete.

Da die Wiedergabe stumm war, konnte Rhodan nicht feststellen, ob seine Vermutung richtig war und es sich bei dem Objekt um eine Trompete, eine Fanfare, ein Horn oder etwas in der Art handelte.

Rhodan sah, wie die Schiqalaya, die sich dem Gerät näherten, immer mehr zögerten, wie sie ihre Schwingen ausbreiteten, wieder einrollten, wie sie sich umschauten, als suchten sie Hilfe.

Alles in ihnen wehrt sich – wogegen? Schreckt sie nur der Anblick? Der wäre Grund genug. Aber diese Wesen sind Wissenschaftler. Sie denken und ziehen ihre Schlüsse wie wir. Die Schiqalaya dort auf der Ebene wirken, als ob sie durch die Hölle gehen. Und das nicht, um dort zu for-

schen. Dieses Gerät, diese Fanfare ... »Was ist das?«, fragte er Ileschqa.

»Wir haben erst sehr viel später erfahren, worum es sich bei diesem Objekt handelt«, sagte der Schiqalaya. »Das Ganze ist ein Ewiger Rufer der Zhiridin, der seine lautlose Stimme erhebt für die Tritheophane Präsenz. Sagt dir das etwas?«

Rhodan hatte den Eindruck, als läge ein Hauch von Lauern in der Stimme des Schiqalaya. Warum? Hätte er die Zhiridin kennen sollen? Wäre es jetzt und hier von Vorteil? In diesem Kontext?

»Nein«, sagte er. »Ich habe nie von ihnen gehört.«

Ileschqa gab etwas wie einen leise klagenden Seufzer von sich. »Du wirst sie kennenlernen«, sagte er.

Es klang nicht eben wie eine Glücksverheißung.

Rhodan erfuhr aus den anschließenden Bildern, dass die Posaune oder der *Ewige Rufer* der sogenannten Tritheophanen Präsenz tatsächlich geklungen hatte, aber in einer für Schiqalaya nicht hörbaren Frequenz. Sie sendete Infraschallwellen sehr tiefer Frequenz aus, deutlich unterhalb von 16 Hertz.

Infraschall – Rhodan wusste, dass diese Frequenzen auch von Terranern nicht bewusst wahrgenommen werden konnten.

Infraschall löste bei Menschen ein diffuses Unbehagen aus, eine Beklemmung, gegenstandlose Angst, zugleich und irritierenderweise Ehrfurcht, Demut und Ergebenheit.

Gerieten die Schwingungen der Infraschallwellen in die Nähe der Resonanzfrequenz des menschlichen Auges, riefen sie optische Halluzinationen hervor.

Und die psychophysische Reaktion der Schiqalaya auf die Posaune war offenbar der Reaktion ähnlich, die Terraner unter diesen Umständen gezeigt hatten: unwiderstehliche Beklommenheit. Gegenstandslose Furcht, die sich zu einer inneren Stimme verdichtete: *Flieh!*

Die Drohnen hatten den metallischen Fetzen und den Gebeinen hinreichend Proben entnommen. Die Schiqalaya verließen den Planeten und postierten an den Grenzen des Sonnensystems Informationsbojen, die das komplette Datenmaterial sendeten, das von der Expedition in Erfahrung gebracht worden war.

Freilich ohne einen Hinweis auf die Datensammler und ihre Heimat.

Rhodan hörte Firmion Guidry ächzen und warf einen kurzen Blick auf seinen Begleiter. Guidry grinste ratlos und verdrehte vielsagend die Augen. Rhodan verstand die unausgesprochene Frage: *Wozu das? Verlieren wir nicht nur Zeit?*

Rhodan schüttelte fast unmerklich den Kopf.

Nein, dachte er. *Wir verlieren keine Zeit. Wir schauen nicht nur aus Höflichkeit zu, wie die Gäste eines Barbecues der Diashow ihrer Gastgeber. Wir erfahren viel über die Schiqalaya und ihre historischen Traumata. Jetzt ist ein neuer Aspekt ins Spiel gekommen: die Zhiridin. Sie müssen eine entscheidende Rolle gespielt haben in der Geschichte der Schiqalaya. Oder sie spielen sie noch.*

Er wies mit dem Zeigefinger auf die Häute der Schiqalaya. Guidry seufzte ergeben, gähnte dann ausgiebig und schloss die Augen. Rhodan dachte: *Merkwürdig, dass er keinen Sinn dafür hat. Ist er zu jung? Es ist doch eine große Geschichte. Sie wächst noch. Vielleicht – wer weiß – erlangt sie kosmische Bedeutung.*

Behutsam und unnachgiebig breiteten sich die Schiqalaya in ihrem Sonnensystem aus, nahmen Planet um Planet, Mond um Mond in Besitz. Ihr zäher Metabolismus passte sich den Umwelten an, mal leichter, mal im Laufe mehrerer Generationen; ihre Atmungsapparate erwiesen sich als wahres Wunder der Evolution. Ihre multiplen Lungen resorbierten die meisten Gase fast problemlos, verarbeiteten Sauerstoff mit ebensolcher Leichtigkeit wie Wasserstoff und Helium.

Schwierigkeiten bereitete ihnen lediglich Chlor.

Als das Schaliq-System schließlich vor Leben geradezu übersprudelte, schickten die Schiqalaya erste Expeditionen zu den Nachbarsystemen.

Vier der fünf Systeme boten Planeten, die von keiner höheren Intelligenz beansprucht wurden. Im fünften System stießen sie auf die Aducc, eine junge und leidenschaftlich militante Zivilisation, die sich in vier politische Machtblöcke zergliedert hatte. Jeder der vier Blöcke schmiedete immer neue Allianzen. Sieben der vierzehn Planeten und die drei größten Monde des Systems waren bereits erobert und aufgeteilt.

Die Ankunft der Schiqalaya wurde von jedem Block begrüßt; jeder Block bot ihnen an, ihrer Allianz beizutreten.

Als die Schiqalaya respektvoll ablehnten, wurden sie von den Raumflotten aller vier Blöcke attackiert.

Dem großen Boot der Schiqalaya gelang die Flucht. Zwei ihrer Barkassen wurden allerdings zerstört.

Die Schiqalaya zogen sich aus diesem System zurück. Sie begannen mit der Besiedelung anderer Sonnensysteme des Sternenarms. Auch dort bewiesen sie sich als evolutionäre Genies. Ihre Gestalt wandelte sich, fügte sich in die jeweiligen planetaren Bedingungen.

Wie bei uns Terranern, dachte Rhodan, als er Beispiele für die modifizierten Körperformen sah.

Zugleich entwickelten die Schiqalaya Waffen – ihrer Natur gemäß keine Offensivwaffen, sondern mächtige Energiepanzer, um ihre Schiffe zu schützen.

Kernelemente der dafür notwendigen Baupläne erfuhren sie über ihre Tropfentrinker. Allerdings schien es, als ließen die Lieferungen an Plänen und Ideen aus dem Thesaurus nach. Nicht etwa weil der Vorrat an Messingtropfen zu Neige ging – im Gegenteil: Die Menge an Tropfen schien sich eher zu vermehren. Es war, als wünschte irgendetwas im Thesaurus, die Schiqalaya immer eigenständiger zu sehen, souveräner.

Was den Schiqalaya nicht schwerfiel.

Es dauerte einige Jahrzehnte. Dann kehrten sie zurück in das Kriegssystem der vier Blöcke. Dort hatten die Waffenschmieden mittlerweile Fantastisches geleistet. Mächtige Energiekanonen waren gebaut und zum Einsatz gebracht worden; zwei Welten lagen restlos verwüstet, einer der großen Monde war in einen Trümmerring um seinen Planeten verwandelt worden.

Als die Schiqalaya über Transfunk die Regierungen der vier Blöcke darüber in Kenntnis setzten, dass sie ein solches Vorgehen nicht gutheißen konnten, griffen die Raumflotten der vier Blöcke sie in einer bewundernswert konzertierten Aktion an.

Die Energiepanzer des Raumbootes parierten das Feuer ohne großes Aufheben.

Ihre Ohnmacht schmolz die Blöcke der Aducc zusammen. Als eine Barkasse der Schiqalaya auf Ducphaun landete, der Ursprungswelt, bot die Allianz demoralisiert eine vollständige Kapitulation und Unterwerfung an.

Die Schiqalaya erwiderten, dass ihnen weder an Kapitulation noch Unterwerfung gelegen wäre, noch an der Eroberung eines Systems, das offenkundig von so innovativen Geistern belebt war wie den Aducc. Wenn überhaupt, suche man Bundesgenossen.

So wurden die Aducc die ersten Verbündeten der Schiqalaya. Der Bund von Ducphaun, wie die Schiqalaya ihr neues und um eine ganze Zivilisation erweitertes Staatswesen tauften, breitete sich in den nächsten Jahrhunderten langsam, aber stetig aus. Immer mehr raumfahrende Nationen stellten sich unter den Schutz des Bundes, unter den Schild der mächtigen Patrone von Schelekesch. Hinzu kamen die Vriimen, die Tétor, die totenäugigen Marrazkii und die Cumhu, deren semitransparenter Leib Rhodan an Perlians erinnerte. Oder an Merkosh, den Gläsernen. *Der Bund von Ducphaun – ein funktionaler, galaktischer Vielvölkerstaat.*

Es kam der Tag, an dem sich sämtliche sechsunddreißig Völker des kompletten Spiralarms der Galaxis Baschq im Bund versammelt hatten.

Der Tag, an dem das Kaiserreich von Stonton die Konfrontation mit der jungen Sternengroßmacht suchte.

Rhodan sah, wie sich die Ereignisse überschlugen. Natürlich hatten die Emissäre des Bundes seit vielen Jahrzehnten Kenntnis vom Kaiserreich, von der mörderischen Feuerkraft seiner Bionischen Garnisonen, die, von nichts als dem kaiserlichen Bewusstseinsreiter gesteuert, über alles und jeden herfielen, was sich dem Reich nicht mit angemessener Demut beugte.

An diesem Tag ließ das Kaiserreich die Große Versammlung der Bionischen Garnisonen gegen Dutzende Welten des Bundes los.

Wie und mit welchen Mitteln der Bund von Ducphaun siegte, zeigten die Erinnerungen nicht. *Ausgelöscht aus Reue? Schämten sie sich ihrer Siege, des Einsatzes ihrer Waffen? Keine Zeit für Nachfragen.*

Nach der Niederlage des Kaiserreichs bat ein unverhoffter Besucher darum, dem Bundesrat auf Schelekesch einen Vorschlag unterbreiten zu dürfen.

Der Besucher war ein unfassbar schmaler Humanoider, dessen Leib drei Hüften aufwies, die seine Bewegungen biegsam und geschmeidig wirken ließen wie ein Ein-Mann-Ballett. Nur das unterste Beinpaar schien funktional; aus den oberen beiden Hüften wuchsen dürftige, schwarz bestrumpfte Beinchen, die wie auf der Suche nach Halt durch die Luft tasteten.

»Der Fremde nannte sich Phalguwan«, sagte Ileschqa. »Er wies sich als Kurier der Superintelligenz YNTRIM III. aus, einer Superintelligenz auf der Suche nach einer neuen sogenannten Mächtigkeitsballung.« Namens seiner Gebieterin bot der Kurier dem Bund von Ducphaun an, als Primäre Hilfskultur die Galaxis Baschq zu regieren.

Die Schiqalaya und ihre Bundesgenossen baten sich Bedenkzeit aus, lehnten das Angebot schließlich mit allem Respekt ab.

Rhodan fragte sich, warum dieses Detail der Geschichte ihn so berührte. *Also auch hier,* dachte er. *Es scheint, als ob überall dort, wo die interstellaren Zivilisationen ein gewisses Niveau erreicht haben, die Superintelligenzen – oder das Schema, oder andere uns noch völlig unbekannte Größen – einen Kontakt herstellen und Kooperation anbieten.*

Oder Indienstnahme.

Ob es etwas wie ein Gesetz gibt, das Superintelligenzen zu solchen Handlungen anhält? Gesetze wohl kaum. Vielleicht etwas wie eine Gepflogenheit. Ein Brauchtum unter Superintelligenzen.

Der Auftritt des Kuriers wirkte nahezu burlesk in seiner Unverbindlichkeit. Aber war dieser Phalguwan, war das Angebot der Superintelligenz YNTRIM III. denn lächerlich? Das war es nicht, auf gar keinen Fall. YNTRIM III. ließ sein Angebot offen und ehrlich unterbreiten und achtete die Entscheidung des Bundes von Ducphaun.

Kein Anzeichen, dass YNTRIM sich den Bund unterwerfen wollte. *Wie es bei manchen Superintelligenzen* Brauch *ist.*

Wie hatte ES sich verhalten, wie hatte ES den Kontakt hergestellt? ES hatte sich keiner Öffentlichkeit präsentiert, kein offenes Angebot für eine Allgemeinheit unterbreitet. ES hatte seine Spuren gelegt, seine Lockspeise abgerichtet, dieses Eine, wonach sterbliche Individuen mehr verlangten als nach allem anderen: Unsterblichkeit.

ES hatte sich suchen lassen.

ES hatte sich finden lassen.

ES hatte ihn, Rhodan, belohnt, und ihn dadurch zugleich in die Pflicht genommen.

Vielleicht, dass Rhodan und seine Menschheit ein wenig erwachsener geworden waren seitdem. Aber die Abhängigkeit wenigstens seiner Person von ES war nicht gewichen.

Niederlegung seines Amtes, Ablegen des Zellaktivators wurde immer noch mit dem Tod bestraft.

War das Undankbarkeit? *Ja,* fand Rhodan. *Ich bin auch undankbar.*

Er hätte YNTRIM III. gern kennengelernt.

Langsam nur fand er in die Darbietung des kollektiven Archivs zurück:

Dem Hinweis Phalguwans, dass das interstellare Leben in Baschq, jedenfalls soweit die Superintelligenz es einzusehen oder gar vorauszusehen vermochte, nicht ohne Risiko war, begegneten die Unterhändler des Bundes mit Aufmerksamkeit. Sie überdachten ihre Entscheidung noch einmal im Licht dieser Warnung, lehnten aber am Ende erneut und endgültig ab.

Der Kurier bedankte sich für die Gesprächsbereitschaft und zog seiner Wege.

Einige Hundert Jahre später kamen die Zhiridin über Baschq.

Nicht dass es keine Vorzeichen gegeben hätte. Die Galaxis Baschq bestand aus vierhundert Milliarden Sternen. Fast zehn Prozent dieser Sonnen besaßen Planeten. Vierzig Milliarden Sonnensysteme – und der Bund von Ducphaun siedelte in zwanzigtausend davon.

Es gab noch zwei weitere Sternenreiche, um einige Tausend Systeme kleiner, mit denen der Bund gut nachbarschaftliche Beziehung pflegte: die Ionti-Geschwisterschaft und die Stillen Gäste von Llachun.

Und es gab den mächtigen Kodex von Tga Plaeg, der sich seit Tausenden von Jahren bereits im Doppelkugelsternhaufen Phiug Sulg isoliert und gegen jede Kommunikation abgeschlossen hatte. Selbstverständlich respektierte der Bund den Mahnruf der Demarkationstürme, die im Halo von Phiug Sulg durch den Raum trieben und vor dem Einflug in den Geltungsbereich des Kodex warnten.

Während der Doppelkugelsternhaufen von den Forschungsraumern des Bundes unbehelligt bleib, wurden die anderen Sektoren der Galaxis Baschq systematisch erforscht. Jahr um Jahr erkundeten die Schiffe des Bundes Tausende Sonnensysteme, analysierten und katalogisierten sie. Traf man auf bewohnte Planeten, sondierten die Forscher deren zivilisatorisches Niveau. Sie nahmen entweder Kontakt auf, oder sie zogen sich, falls sie befürchten mussten, ihr Auftritt würde einen Kulturschock auslösen, zurück und notierten sich, in den nächsten Jahrhunderten gelegentlich vorbeizuschauen.

Mit dem geschlagenen Kaiserreich von Stonton war eine Aufteilung der Galaxis in Interessenssphären und der freie Austausch von Informationen vereinbart worden. In regelmäßigen Abständen tagten die Akademien der astronautischen Wissenschaften der beiden Sternenstaaten. Die Offerte, dem Bund beizutreten, hatte das Kaiserreich abgelehnt mit dem Bescheid, die Kaiserlichen Dynasten pflegten ihre Niederlagen nicht auf dem Bankett der Sieger zu feiern.

Was die Forscher seit langer Zeit irritiert hatte, waren die Spuren einer anscheinend technisch hochstehenden, in Baschq aber nur in winzigen Relikten nachweisbaren Kultur. Diese Kultur hatte sich offenbar in der ganzen Galaxis frei bewegt, denn ihre Hinterlassenschaften hatten die Forscher des Bundes und des Kaiserreichs auf über siebzig Planeten gefunden – verstreut über sämtliche von ihnen analysierten Sektoren.

Die Forscher nannten diese Relikte *die Male*. Auf keiner Welt hatten sie mehr als eines davon entdeckt, aber es waren Planeten aller Art: Sie fanden das Mal auf atmosphärelosen Zwergplaneten ebenso wie auf einer von Leben brodelnden Sauerstoffwelt, auf Gas- und Schwerkraftriesen und auf unscheinbaren Monden, auf Welten ohne selbstbewusstes Leben ebenso wie auf Planeten, deren Bewohner auf dem Sprung zum nächsten Stern waren. Oder darüber hinaus.

Die Male waren den Schiqalaya natürlich seit langer Zeit bekannt. Sie hatten ein erstes auf Tatdschurosch im Tatauqqa-System entdeckt. Inmitten der Landschaft aus den Trümmern des Raumrotators und den mumifizierten Überresten seiner Bewohner.

Das sonderbar unnütze, lautlos vor sich hin brummende Gerät.

Die Forscher des Bundes wie des Kaiserreiches hatten diese Male – gleich große oder größere, riesenhafte Versionen – verstreut über die ganze Galaxis gefunden. Einige – vielleicht zehn oder zwölf – dieser Welten mussten vor Zeiten bewohnt gewesen sein: Wie Reliquien waren Skelettfragmente, präparierte Organe, gegerbte Häute oder Felle zusammen mit den technischen Scherben einer untergegangenen Kultur zu einem anschaulich-obszönen Ganzen drapiert und ausgestellt worden.

Auf vier Welten lebten vergleichsweise hoch entwickelte Zivilisationen neben und mit den Malen.

Wie? Warum?

Auf einer Welt hielt man das Mal für ein Überbleibsel der eigenen Kultur, ein vor oder kurz nach dem katastrophalen Nuklearkrieg errichtetes Mahnmal. Auf einer anderen Welt interpretierte man es als ein von Außerweltlichen gesetztes Zeichen, sich auf den Weg zu den Sternen zu machen. Auf der dritten und vierten Welt hatten die Bewohner das Mal hier in Beton, dort in transparentes Panzerplastik eingegossen, unerklärlicher Dorn im Fleisch ihrer Gemeinschaft.

Die Schiqalaya und die kaiserlichen Wissenschaftler hatten keinen Sinn, kein System in dem Ganzen entdecken können.

Und sie hatten hochgerechnet, dass sich Zehntausende dieser Male in Baschq befinden mussten.

Von wem gesetzt? Wann und warum?

Der Tag der Antworten kam.

Die Flotte erschien über einem Planeten am Rand des kaiserlichen Hoheitsgebietes. Kein Vorposten, keine Bastion – eine unbedeutende Siedlungswelt, von nicht mehr als drei oder vier Millionen Kaiserlichen bewohnt.

Die Flotte bestand aus mehreren Tausend Schiffen unterschiedlicher Bauart; allerdings überwogen mächtige Kugelraumschiffe mit zwei sich kreuzenden Ringwülsten: Die eine Wulst umlief den Äquator, die andere die beiden Pole der Hülle. Auf den Kreuzungspunkten der Ringwulste erhoben sich stilisierte Male.

Die Schiffe hielten sich in der Nähe des Planeten auf, antworteten auf keinen Anruf, taten nichts.

Tagelang.

Inzwischen waren starke Kaiserliche Raumverbände angerückt: drei Versammlungen Bionischer Garnisonen. Zwei Autonome Raumtorpedogeschwader. Eine Kaiserliche Impulsschunke.

Auch deren Kontaktversuche wurden ignoriert.

Der Bund schickte Beobachter ins System: ein Raumboot und zwei mobile Forschungssphären der Aducc.

Dann begannen die Fremden zu senden. Zeitgleich ertönten – soweit die Schiqalaya und andere Beobachter es wahrnehmen konnten – alle Male auf allen Planeten. Unverständliche Lautfolgen zunächst, die allmählich nach der Sprache ihrer Zuhörer zu klingen begann, wie Rhodan den Kommentar Ileschqas entnahm.

Er fragte sich, ob parallel zu den akustischen Nachrichten andere Kommunikationsmittel eingesetzt worden waren: visuelle, magnetische, elektrische oder rein mentale, telepathische Beiträgen.

Aber das spielte wohl keine Rolle: Die Mitgliedsvölker des Bundes erfassten am Ende ebenso wie die kaiserlichen Völker und alle anderen angesprochenen Sternennationen auch den Sinn der Botschaft, und wenn Rhodan Ileschqa richtig verstand, dann hatten die Fremden dafür gesorgt, dass selbst taube Ohren begriffen.

Es war, wie die Ansprache wieder und wieder verkündete, eine beglückende Nachricht, die den »Völkerscharen der Lichtweide Baschq zur Kenntnis« gebracht wurde.

Die beglückende Nachricht lautete: Die Apostel der Tritheophanen Präsenz hätten beschlossen, die Lichtweide Baschq zum Ziel ihrer nächsten Konspirituellen Kampagne zu erheben, in deren Verlauf den in ihren Sternengefilden bewusst Lebendigen Erlösung von den Äonen spiritueller Finsternis zuteil werden würde. Fortan würde das Leben in Baschq im Licht des Dienstes an der Tritheophanen Präsenz stehen.

Was sich aber der Glücksbotschaft in Gedanken oder Taten widersetzte, würde sich indem als der Finsternis anheimgefallen verraten und von den Aposteln und ihren Lichtsoldaten mit der Restlosen Negation bestraft werden.

Ob die Bewohner der Lichtweide Baschq in Zukunft auf seligen Welten wohnen oder im Widerstand gegen das Licht und seine Soldaten verlöschen würden – es wäre dies alles bereits entschieden im zeitentrückten Bewusstsein der Tritheophanen Präsenz.

Unfassbar, dachte Rhodan. *Sind das religiöse Fanatiker, die unterwegs sind, um Proselyten zu machen? Tarnt da jemand sich und seine wahren Absichten in diesem Geschwätz?*

Die Litanei schloss mit einigen mal salbungsvollen, mal groteskschrulligen Formulierungen, von denen Rhodan nicht ganz sicher war, ob sie so geäußert worden waren, oder ob das kollektive Gedächtnis der Schiqalaya für einige Verzerrungen gesorgt hatte.

Also?, fragte die bildlos übertragene Botschaft: Wie man sich entscheide?

Die Kaiserlichen Flotten baten die in ihrem Raumboot anwesenden Schiqalaya um Vermittlung.

Rhodan stutzte, als er den Unterhändler der Schiqalaya im Flügelpanorama sah. Etwas kam ihm bei aller Fremdartigkeit vertraut vor. Er schob den Gedanken beiseite: *Es sind Bilder aus den Tiefen der Erinnerung. Lange vergangene Historie.*

Der Schiqalaya dankte »mit der Spannweite meiner Sinnenschwingen und im Namen aller Lebenskörbe des Bundes« für die freundliche Botschaft der Gäste, die im Namen der Tritheophanen Präsenz so viel Glück über die Galaxis Baschq zu bringen anerboten. Gern würde man weitere Details erfahren, wenn man auch nicht ganz sicher war, der Mühe dieser auch anderweitig sicher sehr mit Galaxienbeglückung befassten Tritheophanen Präsenz und ihrer fleißigen Lichtsoldaten wert zu sein.

Die Antwort kam wie zuvor ohne visuellen Kontakt: Sicher gehe man einig in dem Wunsch, das Glück so vieler, die so lange in besagter spiritueller Finsternis ausgeharrt hätten, keiner weiteren Verzögerung ausgesetzt sehen zu wollen.

Darüber lohne selbstverständlich kein Streit, stimmte der Schiqalaya zu. Allein entspräche es seiner Erfahrung, dass es etwas wie einen freien Willen gebe, den auszuüben das Glück des Einzelnen durchaus fördern könnte.

Ileschqa sprach mit einer leicht modulierten Stimme, wenn er den unsichtbaren Fremden wiedergab. Rhodan glaubte, aus diesen Sätzen die Belustigung herauszuhören, mit der der Fremde diese Ausführung gekontert hatte: »Wir kennen den freien Willen als einen Hauptquell des Unglücks.« Denn die gesamte Wirklichkeit sei der Ort der Tritheophanen Präsenz, der Präsenz des Raumes, der Zeit und der Folgerichtigkeit. Man täte gut daran, den sogenannten freien Willen als einen Virus zu entlarven, einen Irrtumsgenerator, der Freiräume vorspielte dort, wo keine wären, und so den sich frei Meinenden ins Unglück stürzte. Die von den Befallenen gepriesene Freiheit sei in Wahrheit eine Krankheit, die im Angesicht der Tritheophanen Präsenz keinen Bestand haben könne. Die Heilung sei nah: Wahrhaft frei sei, wer sich ins Notwendige schickte; das Notwendige zu wollen, dies sei der Aufbruch in die ungetrübte Seligkeit.

Das klinge sehr überzeugend, sagte der Unterhändler der Schiqalaya. Warum die Apostel der Tritheophanen Präsenz sich dann gehalten fühlten, diese Botschaft mit dem Nachdruck einer – man wolle nicht schmeicheln, aber: – mehr als beeindruckenden und wehrhaften Raumstreitmacht zu verkünden?

Die imitierte Belustigung in der Stimme Ileschqas verstärkte sich noch; er zitierte den nach wie vor unsichtbaren Fremden: Man bedanke sich für das Lob, aber was sich hier im Orbit des Planeten befinde, sei nur ein unbedeutender Splitter der Flotte, die im Auftrag der Tritheophanen Präsenz unterwegs sei. Und warum man sich ihrer bedürftig glaubte? Weil – auch wenn das kaum zu glauben sei – nichts den vielen Unglücklichen erschreckender schiene als die Aussicht auf Glück.

Ob man sich nach diesem Austausch von Höflichkeiten denn nun bereiterkläre, ins Licht der Tritheophanen Präsenz zu treten? Ihren Schutz und Schild anzunehmen; die Lichtsoldaten ins Oberkommando der Flotten zu berufen; den Aposteln der Tritheophanen Präsenz, wenn nicht das politisch-bürokratische Tagesgeschäft, so doch die Regierung der Sternenstaaten insgesamt zu überantworten?

Der Unterhändler bat um Zeit, auf dass die Bewohner der Galaxis in sich gehen und ihre Neigung prüfen könnten.

Worauf der Fremde verkündete, im Bewusstsein der Tritheophanen Präsenz werde diese Frist für abgelaufen erachtet.

Und unter den Augen der Schiqalaya, der Kaiserlichen Truppen und zahlloser Milliarden und Billionen, die dem Ereignis über Transfunk folgten, eröffneten die Fremden das Feuer und verbrannten den Planeten des Kaiserreichs mit ihren Thermoplasmakatapulten wie Stroh.

»So«, sagte Ileschqa, »begegneten wir zum ersten Mal den Zhiridin.«

Eine Weile lang zeigten die fotoaktiven Häute Schlachten – Schlachten aller Art. Raumschlachten mit Hunderten, Tausenden von Raumschiffen; den Ansturm ganzer Versammlungen von Bionischen Garnisonen gegen kleine Verbände der Zhiridin; Gefechte Schiff gegen Schiff. Landungsoperationen der Lichtsoldaten auf dünner oder dichter besiedelten Welten des Bundes und des Kaiserreichs; kaiserliche Robotarmeen gegen kleine Gruppen von Lichtsoldaten; Kämpfe Mann gegen Mann.

Soweit man bei den Lichtsoldaten von *Männern* sprechen konnte. Offenbar schlugen sich in ihren Reihen Angehörige etlicher Völker für die Sache der Tritheophanen Präsenz. Rhodan sah Gestalten, die ihn von fern an Körperbauformen der terranischen Fauna erinnerten – hellbraunfellige Humanoide mit Kamelgesichtern, an Stoffschirmen segelnde Oktopoden, Stelzvögel mit farbenprächtigen Turbanen auf den Köpfen und Maschinenprojektilwaffen in den Händen; er sah erschreckend menschenähnliche Gestalten, die auf allen vieren liefen, die Gesichter hinter silbernen Masken verborgen; er sah schließlich solche, die nichts und niemandem glichen von denen, die er im Lauf seines langen Lebens gesehen hatte: hölzerne Gestelle wie lebende Scheiterhaufen, auf denen ein gespenstisch blaues Licht leuchtete; Geschöpfe, die einem riesigen Wurm oder besser einem Arm ähnelten, der sich aus einem Rollwagen emporreckte, anstelle der Hand vier mit einem Auge besetzte Stiele.

Der Krieg währte endlos – *wie Kriege den Beteiligten immer endlos wirken,* dachte Rhodan. *Wie schon am ersten Tag des Krieges die Erinnerung an den Frieden erlischt.* Aber war er denn beteiligt?

Vorsicht!, mahnte er sich. *Die Darstellungsweise hat dich für die Sache der Schiqalaya eingenommen. Du bist nicht mehr neutral.*

Die fotoaktiven Projektionsflächen zeigten die Geschehnisse natürlich nicht in Echtzeit. Sie führten zudem etliche Schlachtfelder, die zeitlich und räumlich weit auseinanderlagen, synoptisch vor. Von Anfang an schien die Auseinandersetzung mit ungleichen Kräften geführt: Mal griffen die Zhiridin auf breiter Front an, mal an hundert Orten zugleich, mal schienen ihre Flotte aus dem Raumzeitgefüge verschwunden. Aber nie gewannen die Schiqalaya und ihre Verbündeten etwas wie die Oberhand oder die Initiative.

Rhodan konnte nicht umhin, das strategische Genie der Zhiridin zu bewundern. Von wo aus aber griffen sie an? Wo befanden sich ihre Basen, wo lagen ihre Magazine? Wo war ihre Heimat?

Möglich, dass auch der Bund und das Kaiserreich Forschungen in diese Richtungen unternahmen; die Bilder dokumentierten nichts davon.

Man gedachte stattdessen der Mahnung, die Phalguwan, der biegsame Kurier der Superintelligenz YNTRIM III., einst ausgesprochen hatte, jener Mahnung, der zufolge das Leben in Baschq nicht gefahrlos sei.

Er hatte wohl Recht behalten.

Und eines Tages erschien er auf Schelekesch.

Der Krieg gegen die Zhiridin ging damals ins vierzigste Jahr. Von einem Sieg für den Bund oder das Kaiserreich sprach längst keiner mehr. Selbst die schwer energiegepanzerten Raumboote der Schiqalaya hatten, wenn sie ins Kreuzfeuer einiger Dutzend Schiffe der Lichtsoldaten gerieten, keine Überlebenschance. Etliche Planeten waren evakuiert worden. Die Zhiridin hetzten den Fluchtflotten nach. Sie brachten die Schiffe auf und stellten die Flüchtlinge vor die Wahl, manchmal als Kollektiv, manchmal jeden Einzelnen.

Natürlich bekehrten sich viele Milliarden zur Tritheophanen Präsenz, unterwarfen sich dem zugleich spirituellen und politischen Regime der Apostel.

Der Schiqalaya, der zu Beginn des Krieges als Unterhändler gesprochen hatte, empfing den Kurier zu einer Unterredung. Wieder glaubte Rhodan, den Flügelträger zu erkennen, was allerdings nun leicht damit zu erklären war, dass er ihn bereits einmal in herausragender Stellung gesehen hatte.

Der Schiqalaya fragte Phalguwan: »Bist du gekommen, um Recht zu behalten?«

Der Körper des Kuriers bog sich an seinen vielen Hüften; die vier Stummelbeinchen wedelten haltsuchend durch die Luft. »Nein. Weder mir noch meiner Herrin liegt daran, Recht zu haben.«

»Also bist du hier, dein Angebot zu erneuern?«

Rhodan spürte, wie die Hoffnung in der Stimme aufwallte.

»Nein«, sagte Phalguwan. »Weder ich noch meine Gebieterin unterbreiten je eines unserer Angebote zum zweiten Mal.«

Der Schiqalaya erstarrte für einen Moment. Rhodan meinte, ihn denken zu hören, und wunderte sich nicht über die nächste Frage: »Unterstehen die Apostel der Tritheophanen Präsenz dem Befehl deiner Gebieterin? Oder deinem Befehl?«

Phalguwan lachte ein verblüffend menschliches Lachen, das der Schiqalaya aber anscheinend nicht deuten konnte. »Nein. Die Apostel glauben, sie unterstünden dem Befehl eines viel höheren, jenseitigen Wesens.«

»Warum also dann?«

»Ich bin hier, um den Psionen-Born zu bergen.«

Den Psionen-Born – Rhodan spürte förmlich, wie dem Schiqalaya schlagartig klarwurde, was der Kurier meinte und was die Zivilisation der Schiqalaya seit so vielen Jahrhunderten gefördert und – wie konnte es anders sein – in die von ihm gewünschten Bahnen geleitet hatte.

»Ja«, sagte Phalguwan. »YNTRIM III. hat immer schon Welten mit Psionen-Bornen ausgerüstet. Manche versiegen, unbenutzt und vergessen, andere schäumen geradezu, wenn sie sich als Tränken einer so reich sich entwickelnden Kultur wie der euren sehen können.«

»Der Thesaurus«, sagte der Schiqalaya. Der *Born* so vieler Erkenntnisse und Einsichten, von so viel Genialität. Die Quelle, die bis heute jene Elementarteilchen spendete, mit deren Hilfe sich die Navigatoren der Schiqalaya im Hyperraum besser zu orientieren vermochten als sämtliche künstliche Gerätschaften anderer Raumfahrtnationen.

»Natürlich der«, bestätigte der Kurier. »Das habt ihr doch gewusst, nicht wahr?«

»In gewisser Weise«, antwortete der Schiqalaya, »haben wir es immer gewusst. Und nun?«

Phalguwan drehte und wendete seine Hüften, dass Rhodan befürchtete, er könne zerbrechen. Der Kurier sagte: »Gerne hätte sich meine Herrin in der Galaxis Baschq als ihrer neuen Mächtigkeitsballung niedergelassen. Der Bund von Ducphaun war ihr einer der angenehmsten Sternenstaaten, die sich einer ihrer Psionen-Borne bedient hatten. Nun steht leider zu befürchten, dass die Diener der Tritheophanen Präsenz sich des Borns bemächtigen.«

»Gemeinsam«, sagte der Schiqalaya leise, »könnten wir die Truppen der Apostel zurückschlagen.«

»Oh, das glaube ich nicht«, gab der Kurier zurück. »Da widersprechen viele Gründe.«

»Welche?«

Der Kurier zögerte. »Du kannst nicht gegen die Wirklichkeit rechten, Ileschqa.«

Ileschqa – natürlich. Rhodan lachte laut auf. Der Schiqalaya, den er dort mit dem Kurier der Superintelligenz verhandeln sah, war Ileschqa. Demnach konnten die Aufzeichnungen nicht sehr alt sein. *Wir kommen der Gegenwart näher,* dachte der Terraner.

»Es ist gut«, legte der Ileschqa, der neben ihm und Guidry stand, dem Ileschqa der Chronik in den Mund. Es klang unendlich resigniert.

»Es ist nicht gut«, sagte Phalguwan. »Es ist eher unglücklich. Unglücklich ist, dass die Apostel der Tritheophanen Präsenz gerade jetzt – in diesen Jahrhunderten – Baschq heimsuchen und nicht eine der anderen Galaxien, eine andere der Lichtweiden, deren Welten ihre Urpropheten vor Äonen markiert haben. Es ist ferner unglücklich, dass meine Gebieterin YNTRIM III. gerade in diesen Jahrhunderten zu YNTRIM II. remetamorphiert. Von anderen, fernen Unglücken, ihren Vorboten und Nachwirkungen zu schweigen.«

»Ja«, sagte Ileschqa. »Schweigen wir also.«

»Kein Sarkasmus, bitte. Davon bekomme ich Seelenrheuma. Wir Phausha sind ein kleines, aber sensibles Volk.« Er machte eine kurze Pause. »Soweit wir wissen, gibt es nur fünf von uns.«

Er redet privat, dachte Rhodan. *Er ist persönlich interessiert. Nutze das!,* dachte er inständig in Richtung Ileschqa.

Und der Schiqalaya der fotoaktiven Notizen erhörte ihn. Er sagte: »Wenn deine Gebieterin sich in einer solchen Umbruchphase befindet – kannst vielleicht du uns helfen?«

Wieder dieses furcht- und mitleiderregende Ballett des Leibes. »Vielleicht«, antwortete Phalguwan. »Wenn man – ich denke nur laut nach – den Born versiegeln könnte. Respektive wenn man ihn ausschöpfen würde, dass er den Aposteln und ihren Frommen in keiner Weise zur Verfügung stehen würde. Dann ließe sich eine Bergung vermeiden.«

Rhodan spürte die Enttäuschung Ileschqas beinahe körperlich. »Ich suche Hilfe für mein Volk. Der Born – nun, wir danken dir und deiner Gebieterin für den Born, aber – seine An- oder Abwesenheit ist nicht unser größter Kummer.«

»Ich weiß«, sagte Phalguwan. »Nur würde leider seine Bergung nicht ohne einige Verwerfungen im Raumzeitgefüge machbar sein.«

»Was heißt das?«, setzte Ileschqa nach.

»Ich wüsste nicht, wie ich eine nachhaltige Beschädigung von Schelekesch vermeiden sollte. Und des gesamten Sektors.«

Rhodan konnte das Entsetzen Ileschqas nachfühlen: Nicht nur wurden die Schiqalaya von den Aposteln der Tritheophanen Präsenz an den Rand des Untergangs gedrängt – nun drohte ihrem Zentralsystem die Vernichtung. Denn nichts Geringeres dürften *die raumzeitlichen Verwerfungen* zu bedeuten haben, von denen der Bote YNTRIMS gesprochen hatte.

Ileschqa bat den Kurier: »Kannst du mir etwas genauer darstellen, was du unter *Ausschöpfung* verstehst?«

»Etwas an sich Unmögliches«, sagte Phalguwan. »Die psionische Matrix des Borns ist ein hyperpsionisch-virtuelles Feld. Es erzeugt fortwährend Psionen aus sich selbst.«

»Kannst du die Matrix zerstören?«

»Nein«, sagte Phalguwan. Es klang fassungslos. »Gewisslich nicht. Einmal ganz abgesehen davon, dass es ein Mord wäre. Mehr als Mord. Ein – nun, ein Genozid. Aber ...« Danach ein einziges, großes Zögern.

»Verlangst du, dass wir um deine Hilfe betteln?«, erkundigte sich Ileschqa kalt. »Dann betteln wir.«

Der Kurier machte eine abwehrende Geste. »Ich sinne über Möglichkeiten nach.«

»Welche Möglichkeiten?«

»Beispielsweise die Möglichkeit, den Born zu einer holochronalen Ausschüttung von Psionen zu bewegen.«

»Die was ist und was bewirkt?«

Phalguwan erklärte: »Die psionische Matrix hat Zugriff auf die unterschiedlichsten chronogenen Ebenen, vereinfacht gesagt: auf diverse Vergangenheiten und Zukünfte. Möglicherweise kann ich sie davon überzeugen, sich über einen Vorgriff anzureichern. Sie würde dann für einige Zeit überreich zu sprudeln scheinen. Man müsste sie tiefräumig und multichronal abschöpfen, alsdann würde sie auf Uneingeweihte für viele Jahrtausende den Eindruck erwecken, sie wäre versiegt.«

Wieder hielt der Kurier inne. »Nach dieser Phase wäre es allerdings vorteilhaft, wenn nicht die Apostel der Tritheophanen Präsenz Zugriff auf den Psionen-Born erhielten.«

»Wir werden einen Weg finden«, versprach Ileschqa.

»Lüge«, erwiderte Phalguwan. »Eine sehr liebenswerte Lüge, wie sie nur die Lebendigen erfinden können.«

»Bist du denn nicht lebendig?«, fragte Ileschqa.

»Vielleicht sind wir Phausha ein zu kleines Volk, um lebendig zu sein«, sagte Phalguwan. »Wie auch immer. Gehen wir an die Arbeit. Sie wird uns einige Zeit kosten. Hier ...« Der Kurier hielt plötzlich einen Gegenstand in seiner Hand, der einem winzigen weißen Stern glich. Oder einer riesenhaften Schneeflocke, die milde aus sich selbst leuchtete. »Ich brauche jemanden, der über die Zeiten mit mir in Verbindung bleibt. Einen Fürsprecher unserer gemeinsamen Sache. Denn vielleicht wird der Bund nicht mit allem einverstanden sein, wozu ich euch rate.«

»Vielleicht werde ich es auch nicht sein«, merkte Ileschqa an. »Was ist das?«

Der winzige Stern hatte sich aus der Hand von Phalguwan gelöst und schwebte langsam auf den Schiqalaya zu.

»Es ist eine Vitalenergiebatterie«, sagte Phalguwan. »Wer sie trägt, altert nicht mehr. Tausende von Jahren nicht.«

»Unsterblichkeit?«, fragte Ileschqa verblüfft.

»Sonderbar, dass euch Lebendigen einige Jahrtausend schon wie Unsterblichkeit erscheinen«, antwortete der Kurier. »Nenn es so. Nenn es, wie du willst. Wirst du es tragen?«

Ileschqa bejahte.

Der Stern glitt auf seine Brust zu und tauchte – ohne dass der Schiqalaya eine Berührung verspürt hätte – durch Haut und Horn ein.

»Wie fühlt es sich an?«, fragte Phalguwan.

»Wie nichts.«

»Ja«, sagte der Kurier. »Das ist die Unsterblichkeit den Sterblichen.«

Die Epoche verging im Zeitraffer. Manchmal verwischten sich die Bilder so rasch, dass Rhodan einen Anflug von Übelkeit spürte. Hin und wieder verlangsamte sich die Darstellung, und er sah einige Szenen genauer und einprägsamer.

Insgesamt war kaum mehr zu sehen als die endlose Reihe der Triumphe, die von den Lichtsoldaten gefeiert wurden.

Rhodan sah die Zerschlagung des Kaiserreichs von Stonton, sah, wie die Doppelringwulst-Raumer der Zhiridin erst die Bionischen Garnisonen auslöschten, dann die Reste der Kaiserlichen Flotten aufrieben – soweit diese nicht in den Dienst an der Tritheophanen Präsenz überliefen.

System um System fiel. Oder konvertierte.

Rhodan begriff und bewunderte die Taktik der Zhiridin, ihre Genialität, mit der sie jedes einzelne Gefecht gewannen.

Aber er verstand die Strategie nicht, die all das bewegte: Bei all ihrem operativen Können und logistischen Vermögen – was wollten die Zhiridin eigentlich erreichen? Unterwerfung? Vernichtung? Das Überlaufen zu ihrer spirituellen Sicht der Wirklichkeit? Warum tilgten sie auf dem einen Planeten alles Leben aus, schonten die Bevölkerung eines anderen vollständig und gaben ihnen buchstäblich Jahrzehnte Bedenkzeit? Warum zerstörten sie im Kampf gegen die Vriimen jedes Schiff, jedes Beiboot, jede Rettungskapsel, während sie die Raumschiffe der Tétor gezielt manövrierunfähig schossen und im All treibend zurückließen, wie eine ausgesetzte Raumkolonie?

Die anderen Kriegsparteien zu beurteilen, fiel Rhodan leichter. Er entdeckte deutlich mehr Fehler in der Strategie des Bundes als in der des Kaiserreichs von Stonton. Die Kaiserlichen bewiesen mit ihren Manövern große Anpassungsfähigkeit; wo immer sinnvoll, attackierten sie die Zhiridin eher, als deren Erstschläge abzuwarten.

Die Schiqalaya dagegen hielten sich zurück, wichen wenn möglich aus, zogen sich gegebenenfalls zurück.

Rhodan beobachtete alles mit einem kalten Blick. Er wusste, was er sah, hatte sich in tiefer Vergangenheit ereignet. Er beurteilte die

Manöver aller Seiten so emotionslos wie möglich. Natürlich war dieser ganze Krieg eine Absurdität. *Aber von außen betrachtet, wirken alle Kriege absurd,* dachte er. *Wie ein Universum aus Irrtümern.*

Er konnte keinerlei Anzeichen für ein Erlahmen oder Überspannen der Kräfte auf Seiten der Apostel sehen. Sie mussten über geradezu fantastische Ressourcen verfügen, über eine begnadete Logistik.

Wie im Vorbeiflug schaute Rhodan den Untergang eines anderen Sternenreiches, der Ionti-Geschwisterschaft.

Flüchtig huschten Bilder einiger Iontioni über die Schwingen, Kreaturen, die auf mehrfältige, Rhodan unverständliche Weise miteinander verwachsen waren, komplexe Gemeinschaftskörper bildeten und den dicht mit Sternen besäten Raum ihres Heimatsektors in düsterroten Blasen aus Formenergie bereisten. Langsam, denn sie hegten eine unüberwindliche Scheu gegen alles Reisen mit Überlichtgeschwindigkeit.

Sie mussten seit Jahrhunderttausenden unterwegs sein, eine uralte Sternenzivilisation. Beharrlich, friedfertig, schweigsam. Fremdartig, ja, und von fremdartigen Motiven getrieben.

Dennoch nahm Rhodan Partei. Er sah, wie die Zhiridin sie gnadenlos attackierten. Die Iontioni verloren Flotte um Flotte, Raumblase um Raumblase, Welt um Welt. Dennoch lehnten sie ab, von ihren Welten, aus ihren Sektoren zu fliehen. Sie blieben, obwohl der Bund ihnen mehrfach gewaltige Schiffskapazitäten anbot, im Falle, dass sie ihre Heimatwelten zu evakuieren wünschten.

Unwillkürlich musste Rhodan an Clausewitz denken, den altterranisch-preußischen General, der vor Tausenden von Jahren geschrieben hatte: »Nichts ist schwerer als der Rückzug aus einer unhaltbaren Position.«

Immerhin: Die Geschwisterschaft wehrte sich mit ihren Mitteln über einen beachtlichen Zeitraum. Ihre Technologie erlaubte energetische Manipulationen. Immer wieder verloren die Zhiridin Einheiten oder ganze Verbände, weil deren Feldschirme sich gegen die eigenen Schiffe richteten, weil Antriebs- oder Waffensysteme wie überladene Gefäße explodierten.

Sie verschafften dem Bund von Ducphaun Zeit. Zeit vor allem den Schiqalaya, sich unter der Führung Ileschqas neu zu orientieren.

Rhodan verstand nicht, wie der Kurier der Superintelligenz auf den Psionen-Born einwirkte. Aber er konnte die Auswirkungen der Manipulation Phalguwans beobachten.

Endlose Kolonnen von Schiqalaya zogen in den Thesaurus ein und entnahmen ihm Messingtropfen. Hin und wieder versuchte auch das Mitglied eines anderen Bundesvolkes, ein Aducc oder ein Vriime, einige totenäugige Marrazkii und eine Handvoll durchsichtiger Cumhu, Messingtropfen aus dem Thesaurus zu ernten. Aber entweder lösten sich die Tropfen nicht von den Gespinstfäden, oder sie *starben*: Sie verloren binnen weniger Sekunden an Farbe, wurden blasser, spröder und zersprangen in den Fingern oder Greiflappen aller, die nicht Schiqalaya waren, zu winzigen Scherben.

Rhodan gewann aus verschiedenen kleinen Hinweisen den Eindruck, als suchten die Zhiridin nach etwas – nicht etwa nach neuer und zusätzlicher Erleuchtung. Was das anbetraf, fühlten sie sich von der Tritheophanen Präsenz offenbar bestens versorgt.

Die Wahrheit lag so nah, dass Rhodan lachte, als er sie begriff: Die Apostel und ihre Lichtsoldaten fahndeten nach dem Thesaurus.

Dem Psionen-Born.

Möglich, dass sie selbst nicht wussten, was genau es mit dem Ziel ihrer Suche auf sich hatte. Aber sie hegten anscheinend keinen Zweifel daran, dass es in der Galaxis Baschq ein Objekt geben musste, das einer höheren Technologie entstammte als alles, was die Völker der Lichtweide aus ganz und gar eigenem Verständnis und Können hervorgebracht hatten.

Ein Etwas, das zugleich Ansporn war und einigendes Prinzip. Technologische Subvention und ideelle Förderung.

Rhodan erfuhr, dass die Apostel der Tritheophanen Präsenz aus ihren Erfahrungen mit anderen Lichtweiden einen Algorithmus erarbeitet hatten, ein Lösungsverfahren zur Beantwortung der Frage, wo in einer beliebigen Galaxie mit der größten Wahrscheinlichkeit Relikte einer solchen höheren Technologie zu finden waren oder zu finden sein würden.

Sie hatten unzählige autonome Sonden ausgeschickt, um derartige Welten aufzusuchen und zu markieren – oft Jahrtausende, bevor sie mit ihren Lichtsoldaten zu einer Konspirituellen Kampagne in die betroffene Sterneninsel aufbrachen.

Der Terraner wusste, wovon die Rede war. Er hatte es ein erstes Mal auf den Bildern von Tatdschurosch im Tatauqqa-System gesehen, inmitten der Trümmer der Raumrotatoren und der mumifizierten Schiqalaya-Leichen. Es war, was Ileschqa einen *Stummen Rufer der Zhiridin* genannt hatte. Oder *die Male*.

Diese Sonde sondierte nicht nur, sondern hielt ihr Umfeld frei für das eventuelle Eintreffen eines solchen hypertechnologischen Artefakts – bereinigte ihr Hoheitsgebiet mit mörderischer Gewalt.

Immerhin – und das schien ihm ein Trost: Nicht alle Stummen Rufer, nicht alle Sonden hatten die Zeiten unbeschadet überstanden. Schließlich hatte er Welten gesehen, auf denen Lebewesen neben den Sonden existierten.

Auch die Technologie der Zhiridin war nicht vollkommen.

Rhodan hätte gern mehr über die strategischen Ziele der Zhiridin erfahren, mehr über ihre Zivilisation, ihre Technologie, ihren psychischen Antrieb. Oder waren sie und was sie wollten leichter zu verstehen, als ihm lieb war? Hatte nicht auch er selbst – zu Beginn in Zusammenarbeit mit den gestrandeten Arkoniden – nach den Spuren einer Superintelligenz gesucht, auch wenn er damals noch nicht gewusst hatte, wie sich diese Existenzformen nannten? Nach einem Volk, das älter war als die Sonne?

Gab es solche universellen Muster, nach denen alles höhere Leben danach strebte, in die Sphären noch höheren Lebens vorzudringen?

Er schüttelte den Gedanken ab. *Konzentrier dich. Sammle Fakten. Sichte die Ereignisse.*

Was er sah, war dies: Der Bund von Ducphaun transformierte sich allmählich. Vielleicht war die Wandlung selbst für die meisten Bundesgenossen unspürbar. Sie waren zu verwickelt in die Abwehrkämpfe, die sie gegen das Apostolat der Zhiridin und ihre Lichtkrieger führten. Sie waren zu geschunden von den Niederlagen, zu heillos auf der Flucht. Zu selbstversunken in ihr Bemühen, die manchmal mehrjährigen Kampfpausen zur Regeneration zu nutzen.

Für Rhodan enträtselten sich alle ihre technologischen Anstrengungen. Er akzeptierte, was er sah, und erschrak doch zugleich. Die Schiqalaya hatten sich – nein, nicht die Schiqalaya: Ileschqa, der mittlerweile in eine führende Position aufgerückt war, hatte sich entschieden, die übrigen Völker aufzugeben, die Aducc und die Tétor, die Cumhu, die Vriimen und alle anderen Bundesgenossen.

Zwar belieferten die Schiqalaya diese Bundesgenossen mit neuartig-fantastischen Maschinerien, inspiriert von den Wissenschaftlern und Ingenieuren von Schendduor. Aber immer erwiesen sich die bald darauf im Gegenzug entwickelten Waffen der Zhiridin als noch durchschlagender, erwiesen sich ihre Hyperenergieschirme als noch undurchdringlicher, die formenergetischen Gefechtskörper und Linearraumtorpedos als noch verheerender.

Rhodan konnte nicht abschätzen, ob sich die Auseinandersetzung anders und zugunsten der Zivilisationen von Baschq hätte entwickeln können, hätten alle Forscher und Wissenschaftler von Schelekesch ihr ganzes geistiges Vermögen darauf verwendet, diesen Krieg zu gewinnen.

Aber die Schiqalaya waren keine Krieger. Es war, als riefe in der Zeit ihrer Not die evolutionäre Vergangenheit sich den Schiqalaya besonders vernehmlich in Erinnerung, als Leitwort und Befehl: *Flieht!*

Der Plan, der sich vor Rhodans Augen verwirklichte – Ileschqas Plan –, hatte, das musste er zugeben, eine kosmische Dimension.

Auch wenn diese Dimension nicht von Anfang an sichtbar war.

Rhodan sah ein riesenhaftes Objekt, das von Raumschiffen in Traktorfeldern gezogen und manövriert wurde – eine Raumstation.

»Das ist QI TAQROSCH«, hörte er Ileschqa sagen. Es klang ein wenig wehmütig und sehr stolz.

QI TAQROSCH ähnelte vage den alten Raumrotatoren der Schiqalaya – *nur ein nostalgisches Design, um sich dort drinnen geborgener zu fühlen, oder eine Frage der Funktionalität?*, überlegte der Terraner. Der Geleitzug, die diese Station begleitete, bestand aus den modernsten und kampfstärksten Einheiten, die die Schiqalaya aufzubieten hatten.

Auffälligerweise fehlten Raumer der anderen Bundesmitglieder in der kleinen Flotte – kein Aducc-Schiff, kein Regenbogenschiff der Cumhu, kein Doppelsäulenschiff der Marrazkii.

Die fotoaktiven Flügel der Schiqalaya lieferten Rhodan keine Informationen darüber, in welchem Gebiet von Baschq sich der Geleitzug bewegte, wo er mit seinen Transszenarien in den Hyperraum eintauchte, wo er rematerialisierte – *eine echte Geheimmission also. Verborgen im Verborgenen.*

Zunächst vage, dann aber immer nachdrücklicher vermittelte sich ihm allerdings der Eindruck, einen zwar an Sternen nicht armen, aber unbewohnten, ja unbelebten Sektor der Galaxis zu sehen – *eine stellare Wüstenei.*

Einmal glitt der Geleitzug geraden Wegs durch ein Sonnensystem: ein blauer Doppelstern, zwei Gasriesen in der Ferne, ein erdähnlicher Planet mit einem Trabanten in der Nähe. Die optischen Sensoren der Schiqalaya betrachteten die Planetenoberfläche – und Rhodan sah, was sie gesehen hatten: eine vor Zeiten belebte, nun verödete Welt. Staub und Asche; Ruinen; das Kreuchen und Fleuchen niedrigster Lebensformen.

Es war, als hätte sich ein unsichtbares und stoffloses Leichentuch über die Welten dieses Sektors ausgebreitet. *Dabei keine Spur von einem Angriff mit Waffengewalt aus dem interplanetarischen Raum, kein thermonuklearer Suizid.* Rhodan tippte auf einen Gammablitz als Ursache für die planetare Katastrophe. Gammastrahlenausbrüche setzten in Sekunden oder Minuten mehr Energie frei, als ein Stern wie Sol in Milliarden Jahren. Sie konnten sich auf Biosphären bereits verheerend auswirken, wenn der Explosionsherd, der sie verursachte, in einem Umkreis von mehreren Hundert Lichtjahren stattfand. Die freigesetzten Kräfte vernichteten die Ozonschicht und andere schützende Sphären um belebte Welten – wenn diese Welten nicht in der Deckung von künstlichen Energieschirmen lagen.

Der Planet blieb zurück. Seine Sonne schrumpfte zu einem minder hellen Stern. Eine weitere transszenarische Etappe. Der Konvoi näherte sich offenbar dem Zentrum des interstellaren Desasters. Seiner Quelle.

Ganz kurz huschten Bilder einer visuellen Kommunikation über die fotoaktiven Flächen der Schwingen. Rhodan sah zunächst einige ihm unbekannte Schiqalaya, dann Ileschqa.

Der Unsterbliche war an Bord eines der Schiffe. *Oder an Bord von QI TAQROSCH.*

Die Mission musste demnach von außerordentlicher Bedeutung sein.

Endlich erreichte der Geleitzug seinen Bestimmungsort. Die Schiffe sorgten dafür, dass die Station den ihr zugedachten Ort einnahm. Allerdings nicht im Orbit eines Planeten oder seines Trabanten, sondern eines Himmelskörpers, von dem Rhodan annahm, dass es ein Neutronenstern war. *Der Rest einer Supernova also. Ja, das könnte den Gammablitz ausgelöst haben. Obwohl ...*

Auf einigen Häuten zeichneten sich die Monitore ab, wie sie die Schiqalaya in ihren Schiffszentralen gesehen hatten. Die Symbole und Skalen blieben Rhodan im Detail unverständlich. Aus gewissen Vergleichswerten entnahm er allerdings, dass der Himmelskörper, in dessen hohen Orbit die Raumstation niedergelassen worden war, fast fünfzig Kilometer durchmaß – *deutlich zu groß für einen regulären Neutronenstern. Aber auch alles andere als eine normale Sonne.*

Der Stern leuchtete in einem unwirklich-gläsernen Blau. Seine Optik war frappierend. Als böge er sich über seine Ränder nach vorn, ganz so, als versuchte er, seinen Beobachter zu umarmen. Rhodan wusste, dass dieser Effekt von den ungeheuren gravitativen Kräften herrührte. Diese unvorstellbare Schwerkraft bewirkte eine überstarke Krümmung der Raumzeit und dadurch die Ablenkung des Lichtes, so dass dem Beobachter Teile der ihm abgewandten Seite der Sterns sichtbar wurden.

Es war kein Neutronenstern, nein. Etwas viel Selteneres, viel Seltsameres leuchtete dort im Raum ...

»Das ist Wuanq«, sagte Ileschqa. »Ein Quarkstern.«

Rhodan hielt den Atem an. Tatsächlich ein Quarkstern. Quarksterne waren den terranischen Wissenschaftlern bekannt als die Leichen ehemaliger Sonnenriesen, gleißender Giganten, deren Durchmesser nur noch wenige Dutzend Kilometer betrug.

Das Gravitationsfeld dieses Quarksterns musste Milliarden Mal stärker sein als das der Erde.

Wer oder was einem solchen Schwerkraftgiganten entkommen wollte, benötigte eine Fliehkraft von etwa einem Drittel der Lichtgeschwindigkeit.

Für einen Neutronenstern, dessen Grenzfall ein Quarkstern darstellte, rotierte dieser indes auffällig langsam – er drehte sich kaum mehr als einmal pro Minute um die eigene Achse. Die Mehrzahl der Neutronensterne, von denen Rhodan Kenntnis hatte, wiesen erheblich höhere Werte von bis zu tausend Umdrehungen pro Sekunde auf – der sogenannte Pirouetteneffekt, der infolge des Zusammenbruchs der Kernzone des Vorgängersterns eintrat.

Möglicherweise war die Rotationsgeschwindigkeit durch ein kosmisches Ereignis herabgesetzt worden.

Möglicherweise haben die Schiqalaya den Stern aber auch gebremst.

Rhodan war bekannt, dass Neutronensterne ein extrem mächtiges Magnetfeld besaßen; Werte im Bereich von bis zu einer Billion Gauß waren keine Seltenheit. Es brauchte mächtige Schutzschirme, um in diesem Feld zu manövrieren und am Leben zu bleiben.

Erneut rückte die Raumstation ins Bild. Als ihre Basis diente ein langsam rotierender, walzenförmiger Körper. Das eine Ende des Körpers wies in den leeren Raum; an diesem Ende war eine Art Landeplattform angebracht. Möglich, dass dort eines Tages Versorgungsschiffe oder Lastraumer landen sollten. Um wen zu versorgen, um welche Güter zu liefern?

Oder zu laden?

Das andere Ende der Walze wies auf den Quarkstern. Eine Nadel schob sich weiter und weiter aus diesem Ende der Station hervor, in Richtung Stern. Ein mit den Augen kaum bemerkbares Flimmern, ein energetischer Flaum umgab die Nadel. Rhodan erkannte: Sie besteht aus Formenergie! Auch diesen Werkstoff hatten die Schiqalaya also inzwischen zu beherrschen gelernt.

Die Nadel hatte mittlerweile eine Länge von sicher einigen Hundert Kilometern erreicht. Allmählich fühlte Rhodan sich firmer in seiner Einschätzung von dargestellten Distanzen. Die Raumstation hielt sich in einem Orbit von drei- oder viertausend Kilometern Höhe – sie musste eine gewaltige Menge Energie aufwenden, um sich gegen die Anziehungskraft des Quarksterns zu behaupten.

Endlich kontaktierte die Nadel aus Formenergie die Kruste des Neutronensterns und begann, sich hineinzubohren. Allmählich drang sie tiefer, bald wohl bis in das flüssige, viele Milliarden Kelvin heiße Innere des Quarksterns vor.

Rhodan mochte sich nicht vorstellen, welche Kräfte am Bohrkopf wirkten.

Der gläsern-blaue Quarkstern übte selbst als visuelle Erinnerung eine fast hypnotische Faszination aus. Rhodan versuchte, die Erscheinung durch rationale Überlegung zu bannen: *Wenn Riesensterne sich in eine Supernova verwandeln, stoßen sie ihre Außenhülle ab ins All. Der überheiße Kern der Sonne stürzt in sich zusammen und verdichtet sich dabei. Extrem.* Rhodan stellte sich vor, wie das Zentralgebiet des Vorläufersterns binnen Millisekunden kollabierte, wie die übrig gebliebenen äußeren Schichten des Kerns als Stoßfronten ins Zentrum einstürzten und die Materie dort fast zu einem Neutronenuniversum verdichteten. Wie der Kern schlagartig inkompressibel wurde, unvorstellbar erhitzt durch die Druckwellen. Wie schließlich auch die letzte Grenze nachgab, zugleich subelementare Sturmflut und Deich seiner selbst, wie die Neutrinos ihre Identität verloren und sich annullierten, auflösten in einen Quark-Gluon-Plasmaozean aus direkt miteinander wechselwirkenden Quarks.

Es existierte eine Massenobergrenze für Quarksterne. Je weiter er sich dieser Grenze näherte, desto größer wuchs der Quark-Gluonen-Plasmaball in seinem Inneren. Der Quarkstern, um den die Raumstation nun kreiste, musste eine vergleichsweise riesige Sonne zum Vorgänger gehabt haben.

Ob sie von Planeten umgeben gewesen war? Ob ihre Planeten Leben getragen hatten?

Nichts Natürliches hätte derartigen Gewalten widerstehen können, wie sie bei der Transformation freigesetzt worden waren.

Selbst jetzt noch, da der Quarkstern in der Finsternis strahlte, eine Fata Morgana in der lichtlosen Raumwüste, umgab ihn sein Magnetfeld wie eine unsichtbare Aura des Todes.

Was suchten die Schiqalaya hier? Wozu nahmen sie diese Risiken auf sich?

Rhodan war gelernter Kernphysiker. Der Hypnoschulung, die ihm sein Mentor Crest im Jahr 1971 alter Zeitrechnung hatte zukommen lassen, verdankte er die außerordentliche Ausweitung seines naturwissenschaftlichen Verständnisses.

Er glaubte zu verstehen, wonach die Schiqalaya unter der Kruste des Quarksterns suchten.

Wenigstens in Grundzügen.

Sie suchen und ernten besondere Elemente. Elemente, wie sie nicht nur in Quarksternen, aber in manchen Quarksternen häufiger als an anderen Orten des Universums zu finden sind: Elemente von Exotischer Materie.

Aber warum? Wozu?

Er rief sich in Erinnerung, was er über Exotische Materie wusste. Exotische Materie war keine Antimaterie – die hätten die Schiqalaya auch mit einfacheren Mitteln erzeugen können. Exotische Materie waren sozusagen Wirklichkeit gewordene Abwesenheiten – gefrorene negative Energie, Löcher im Eis des Dirac-Sees.

Die terranische Wissenschaft diskutierte einige potenzielle Eigenschaften der Exotischen Energie; allerdings war man fern davon, Exotische Materie zu generieren und für irgendwelche definierten Zwecke einzusetzen.

Eine dieser möglichen Eigenschaften war, dass sich die Elemente der Exotischen Materie rückwärts durch die Zeit bewegten.

Er schloss die Augen, als ihm aufging, woran die Schiqalaya hier arbeiteten: Die Stationen extrahierten aus dem Inneren des Neutro-

nensterns die Grundsubstanz für die anti-zeitliche Legierung, die das Artefakt auf Ganymed ummantelt hatte.
Der Gravitonen-Effektor war Schiqalaya-Technologie.

Plötzlich schien sich das Blatt zu wenden. Zuerst spürten die Kulturen des Bundes von Ducphaun ein deutliches Nachlassen des militärischen Druckes der Zhiridin. In einigen Sektoren kam es nur noch gelegentlich zu Scharmützeln; in anderen waren die Flotten der Lichtkrieger verschwunden wie ein tödlicher Spuk.

Wären nicht die Trümmerlandschaften auf den vielen Planeten gewesen, die ruinierten Städte, man hätte den Krieg gegen die Apostel der Tritheophanen Präsenz für einen kollektiven Alptraum halten können.

Es dauerte Monate, bis die Bündnismitglieder und die Kaiserlichen erfasst hatten, dass sich das Schlachtfeld nur verlagert hatte. Verlagert allerdings in eine Region von Baschq, die man nicht auf der strategischen Rechnung gehabt hatte: Die Zhiridin marschierten in den Doppelkugelsternhaufen Phiug Sulg ein. Der Kodex von Tga Plaeg wehrte sich erbittert.

Und er wehrte sich anscheinend mit Erfolg.

Zum ersten Mal konnten die Schiqalaya die Technosphäre des Kodex im Einsatz beobachten. Sie sahen, wie scheibenförmige Gebilde von wenigen Hundert Metern Durchmesser neben oder mitten in den Verbänden der Zhiridin materialisierten, wie diese Gebilde Energie zugleich aus dem Hyperraum und aus dem Vakuum aufsaugten und gegen die Feldschirme der Lichtkrieger warfen und zum Kollabieren brachten.

Wie sie, eine noch effektvollere Waffe, mit diesen Energien die Schutzschilde der Zhiridin raumzeitlich unterwanderten und die energieführende Maschinerie der Feinde explodieren ließen.

Die Scheiben selbst wirkten ungeschützt – konsumierten aber alles Feuer, das ihnen entgegengeworfen wurde, und wandelten es zu ihren Zwecken ab.

Die Schiqalaya bezeichneten diese Raumfahrzeuge der Kodex-Leute als *formenergetische Kriegslandschaften*.

Die Zhiridin wichen auf breiter Front vor ihnen zurück.

Rhodan wurde Zeuge, wie die Schiqalaya namens des Bundes dem Kodex militärische und Unterstützung jeder Art anboten: logistischen Beistand, Übermittlung aller Daten, die sie im Lauf des Krieges gesammelt hatten.

Im Lauf ihrer Niederlagen.

Aber die Demarkationstürme, die im Halo von Phiug Sulg durch den Raum trieben, verkündeten nur ihre monotone Botschaft, das Verbot eines Einflugs in den Geltungsbereich des Kodex zu respektieren.

Also begnügten sich die Schiqalaya damit, einige unbemannte Sonden im weiteren Umkreis des Doppelkugelsternhaufens zu platzieren und das Geschehen aus der Ferne zu verfolgen.

»Sie werden die Zhiridin vertreiben«, hörte Rhodan Ileschqa den Ileschqa der Aufzeichnungen sagen lassen, und sich dann mit der leicht verstellten Stimme des Phalguwans antworten: »Das werden sie nicht.«

»Es scheint nicht so, als ob die Apostel den Kriegslandschaften der Kodex-Leute etwas entgegenzusetzen haben«, frohlockte Ileschqa.

»YNTRIM III. hat seinerzeit die Gaben und Fähigkeiten der Kodex-Leute geprüft. Er hatte sogar erwogen, ihnen einen Psionen-Born zur Verfügung zu stellen.«

»Und?«

»Sie hat es schlussendlich unterlassen.«

»Aus welchem Grund?«

Der Phausha lachte. »Aus einem guten, wie ich vermute.«

»Also wird der Kodex untergehen?«, fragte Ileschqa.

Rhodan spürte, wie der Kurier der Superintelligenz zögerte. »Nein«, sagte Phalguwan schließlich. »Es wird viel schlimmer kommen. Beschleunige eure Projekte noch stärker, Ileschqa. Unsere Zeit wird knapp.«

Und wie Phalguwan vorausgesehen hatte, kam es schlimmer. Nach einigen Jahrzehnten erbitterter Gefechte beorderte der Kodex von Tga Plaeg seine formenergetischen Kriegslandschaften zurück nach Phiug Sulg und öffnete seinen Kugelsternhaufen den Aposteln. Der Kodex erklärte sich bereit, in den gläubigen Dienst an der Tritheophanen Präsenz zu treten.

Als die Kriegslandschaften diesmal ausschwärmten, taten sie es im Auftrag der Apostel. Sie jagten die neu geborenen Generationen der Bionischen Garnisonen und zerschlugen das nunmehr wehrlose Kaiserreich von Stonton.

Rhodan war Politiker genug, um längst verstanden zu haben, welches Ziel Ileschqa in seiner Not verfolgte: Im Schutz des Bündnisses wollte der Unsterbliche von seinem Volk und dessen Kultur retten, was zu retten war. Nicht im Widerstand, sondern in der Flucht.

Das Schwarze Loch, das nun viele Schwingenflächen füllte, eine lichtlose Abwesenheit inmitten des Raums, hieß in der Sprache der Schiqalaya Oaqqosch. Die Hyperraumingenieure hatten das stellare Gebilde in ein permanentes Tor verwandelt. Rhodan sah, wie Hunderte, Tausende Raumboote rund um Oaqqosch in eine Parkposition gingen, wie neuartige Schiffe – die Transferbarkassen – die Flüchtlinge aufnahmen und das Tor passierten.

Die zurückgebliebenen leeren Schiffe wurden gesprengt. Die Koordinaten des Permanenten Tores durften den Zhiridin nicht in die Hände fallen.

Immer wieder tauchten kleine, ringförmige Schiffe auf, die in ihrer Mitte energetische Blasen transportierten. Die Blasen waren angefüllt von Messingtropfen – der reichen Ernte aus dem Psionen-Born.

Allmählich fügten sich die Puzzlestücke vor Rhodans innerem Auge zusammen. Der Psionen-Born; der Einsatz der Raumstation QI TAQROSCH; die Exotische Materie, die aus dem Quarkstern gewonnen wurde: »Verstehst du, was vor sich geht?«, fragte Rhodan Firmion Guidry.

»Nein«, sagte Guidry. »Nicht alles. Sie fliehen in das Schwarze Loch?«

»Ja und nein«, sagte Rhodan. »Die Umwandlung des Schwarzen Lochs, seine Passierbarmachung in Richtung Hyperraum und die Stabilisierung der Passage muss eine Mammutaufgabe gewesen sein, selbst für einige Zehntausend Genies. Solche Genies mussten erst einmal produziert werden. Die Schiqalaya haben Exotische Materie aus dem Quarkstern gewonnen und damit Phalguwan geholfen, den Psionen-Born anzuregen. Dank dieser Anregung wurden Unmengen von Psionen produziert – der Born konnte nun sozusagen im Vorgriff auf sein künftiges Selbst die zukünftige Produktion schon in der Gegenwart ausliefern.«

»Wie denn das?«, fragte Guidry.

Rhodan lachte. »Ich habe nicht die leiseste Ahnung.« Er tippte sich gegen die Stirn. »Schließlich bin ich keines dieser Psionen-Genies.«

»Oh«, machte Guidry enttäuscht.

»Möglicherweise haben übrigens selbst diese künstlichen Talente nicht ganz verstanden, wie der Born zu manipulieren ist. Aber sie hatten Phalguwan auf ihrer Seite. Oder ...« Rhodan musste über diesen Einfall lächeln, äußerte seinen Verdacht dann aber doch: »Oder Phalguwan hatte Ileschqa und die Schiqalaya auf seiner Seite.« Als er fortfuhr, wirkte er selbst verblüfft: »Oder der Psionen-Born hat beide, den Kurier und die Schiqalaya, auf seine Seite gebracht.«

Guidry sah ihn voller Verwunderung an. »Jetzt sind wir aber ein wenig sehr verschwörungstheoriesüchtig, oder?«

Rhodan zuckte mit den Achseln. »Wie auch immer: Die Schiqalaya verfügten zu diesem Zeitpunkt über hinreichend Psionen und über hinreichend Geist, diese Psionen einzusetzen.«

»Wofür?«

»Ist das nicht klar? Für die restlose Verlagerung ihrer Zivilisation in den Hyperraum.«

Ileschqa machte einen Schritt auf Rhodan zu. Der Schiqalaya hielt ihm etwas hin. Rhodan blickte in seine bleiche, knöcherne Handfläche. Die drei Finger waren weit gespreizt.

Der messingfarbene Tropfen darin schimmerte zugleich metallisch poliert und völlig durchsichtig – ein sehr irritierendes Phänomen.

Der Terraner streckte seine Hand aus und öffnete sie. Ileschqa kippte seine Hand so, dass der Tropfen auf die von Rhodan überging. Auch das ein merkwürdiger Vorgang: Rhodan glaubte für einen Moment, den Messingtropfen zugleich in ihrer beider Hände zu sehen – und im selben Augenblick beide leer, und ein unendlich dünner Messingfaden, der sich zwischen ihnen spann.

»Psionen«, sagte Ileschqa.

Rhodan dachte kurz nach. Es gab im Terranischen den Begriff des *Psion*. Er stammte aus der Terminologie der Parametrie, der Messung von parapsychischen Kräften. Dort bedeutete das Wort eine Maßeinheit. Ein Psion war demnach diejenige Menge parapsychischer Energie, die von einem Psionometer am Gehirn eines normalen erwachsenen Erdgeborenen gemessen werden konnte, während ein Telepath dessen Gedanken las.

Die psionische Betriebsenergie eines Bewusstseins ohne parapsychische Sonderbegabung.

Rhodan betrachtete den messingfarbenen Tropfen in seiner Hand. In gewisser Weise ähnelte das Objekt einem der Parapolarisatoren, diese drei bis vier Millimeter großen, bernsteinfarbenen Tropfen, wie sie der Dual Ekatus Atimoss mit Hilfe seiner Psi-Fähigkeiten hatte spinnen können.

Parapolarisatoren hatten sich real angefühlt: ein kühles, festes Gel.

Was der Schiqalaya ihm in die Hand gelegt hatte, war ebenfalls kühl – aber es fühlte sich nicht real an. Rhodan hatte das Empfinden, ein Loch in der Hand zu halten, einen leichten Luftzug zu spüren. *Ein messingfarbenes Rätsel.*

»Was ist das?«, fragte er Ileschqa. »Was ist es wirklich?«

»Wir haben es erforscht«, antwortete der Schiqalaya. »Wieder und wieder untersucht. Natürlich auch mit dem Ziel, irgendwann selbst derartige Psionen synthetisieren zu können. Vorräte anlegen zu können. Ohne großen Erfolg. Es ist, als wäre jede Einsicht ausgeblendet gewesen. Was du in der Hand hältst, sind natürlich nicht die Psionen selbst, sondern ihre Urnen aus Pseudo-Materie. Wir können die Psionen darin weder zählen noch wiegen. Wir können sie auch nicht herauslösen. Die substanzlose Schicht aus Pseudo-Materie, der messingfarbene Mantel der Urnen verhindert jeden

Zugriff. Möglicherweise sind die Psionen weder zählbar noch wiegbar. Eine unabzählbare Menge; eine Masse ohne Trägheit.«

»Wenn sie das alles nicht sind: Was sind sie dann?«, drängte Rhodan.

»Wir denken, Psionen sind ein Äquivalent zu den Photonen, Gravitonen und anderen vergleichbaren Teilchen. Krafttragende Elemente, die von dieser Kraft weitgehend ununterscheidbar sind. Lokalisierbare Momentaufnahmen von tatsächlich wellenförmigen Phänomenen.«

Rhodan winkte ab. »Wir bewegen uns im Bereich bildlicher Rede. Das sind bloße Metaphern. Ihr wisst nicht, was diese Psionen wirklich sind. Wenn sie denn *sind*. Konzentrieren wir uns auf das, was sie bewirken. Sie steigern, wenn ich dich recht verstanden habe, die Intelligenz.«

»Sie steigern sie nicht nur«, sagte Ileschqa. »Sie programmieren sie neu. Sie lassen den Geist erfindungsreicher werden. Sie geben ihm völlig neuartige Impulse, innovative Vorstellungen von manchmal vagem Umriss, manchmal unerhörter Präzision.«

»Die Pläne«, murmelte Rhodan. »Die Blaupausen für eine neue Technologie. Okay. Was noch? Was ist mit der Navigation im Hyperraum?«

Rhodan dachte an die parapsychischen Fähigkeiten, die die Psionen bei den Menschen hervorrufen konnten, die sie in Form von Tau-acht konsumierten. An ihre Schlaflosigkeit. An ihre skurrilen paranormalen Talente. Wirkten die Psionen bei Schiqalaya ähnlich? Machten sie sie zu Mutanten auf Zeit? Mit ähnlich grotesken, teilweise lächerlichen Begabungen, wie sie die Tau-achtler aufwiesen?

Aber es musste Unterschiede geben. Die Schiqalaya litten doch nicht unter dem partiellen Größenwahn wie Quantrills Neue Menschheit.

Andererseits sprachen Menschen offenkundig auf Tau-acht an – anders als die Bundesgenossen der Schiqalaya.

Etwas riet ihm, Ileschqa nicht direkt auf die Effekte anzusprechen, die Psionen auf das terranische Bewusstsein hatten. Nicht auf die Tatsache, dass die Psionen überhaupt eine Wirkung auf Menschen haben konnten. Vielleicht würde der winzige Moment Überraschung, den er sich von Firmion Guidry versprach, irgendwann einen entscheidenden Vorteil bringen.

Ileschqa sagte: »Zu Beginn unserer überlichtschnellen Raumfahrt waren wir ganz und gar auf die Psi-Navigatoren angewiesen. Diese Abhängigkeit haben wir im Lauf der Zeit abbauen können. Was immer wir aber an Orientierungsgerätschaften, an Ortungs- und Steuerungsmaschinerien bauten – oder bei den Aducc und unseren anderen Bundesgenossen kennenlernten –, nichts kam an Präzision und Erfassungstiefe unseren organischen Navigatoren gleich.«

Er schwieg.

Da ist noch etwas, erkannte Rhodan. *Etwas ganz Wesentliches. Etwas Entscheidendes. Das Betriebsgeheimnis ihrer Zivilisation? Oder aber etwas, das Ileschqa peinlich war?*

»Sag es mir bitte«, bat Rhodan leise und nachdrücklich.

»Was?«, fragte der Schiqalaya.

»Das, was dir so unangenehm ist.«

In den lackschwarzen Augen leuchtete etwas wie Überraschung auf. Dann fragte er: »Wie sieht deine Art das Phänomen Bewusstsein?«

Rhodan legte den Kopf ein wenig schräg. »Das Bewusstsein? Nun – das Bewusstsein ist zunächst einmal ein Ganzes, in das alle Wahrnehmungen von außen eingebettet werden. Das Ganze sagt: Diese Einheit unter allem – das bin ich. Etwas in der Art. Entschuldige, ich bin kein Psychologe. Ich bin auch kein Mediziner, ich weiß nur: Anatomisch gesehen laufen unsere höheren Bewusstseinsprozesse in der Großhirnrinde unseres Gehirns ab. Diese Großhirnrinde ist artgeschichtlich jung. Aber alle diese Vorgänge verfügen über ein Substrat in einer Struktur, die artgeschichtlich sehr alt ist. Im Thalamus, einem Teil unseres Zwischenhirns. Wozu willst du das wissen?«

»Wir sehen es ähnlich wie ihr: Wir verstehen unter Bewusstsein ebenfalls eine dauernde und reflektierte Repräsentanz der Außenwelt in der Psyche. Und natürlich – wie ihr – ein einheitsstiftendes Etwas, das sich als Grund und Sammlung und als Hort aller Sinneseindrücke empfindet. Der Hyperraum aber kann mit unseren Sinnen nicht wahrgenommen werden. Nicht weil uns die Sinne fehlten, sondern weil er nicht gegenständlich ist und nichts Gegenständliches an sich hat. Auch unsere Orientierungsmaschinen nehmen den Hyperraum nicht wahr – sie berechnen ihn nur.«

Rhodan nickte. *Nicht anders als bei uns.*

Ileschqa fuhr fort: »Viele stellen sich den Hyperraum als Raum vor, wie die nächste Etage eines großen Gebäudes, auf der alles, was wir Normalraumer kennen, sich fortsetzt. Vielleicht ein wenig verändert, luftigere Säle, größere Fenster, aber doch sich fortsetzt. Nichts davon trifft zu. Der Hyperraum ist das Gegenteil von allem. Auch von sich selbst.«

»Natürlich«, spöttelte Rhodan. Er kannte das Dilemma. Die terranische Wissenschaft konnte den Hyperraum kalkulieren und Maschinen bauen, die in oder wenigstens durch ihn navigierten. Terranische Mathematik konnte auch mit Zahlen wie der Wurzel aus −1 rechnen. Einem Menschen vorstellbar waren derartige Konstrukte nicht. *Das Gegenteil von sich selbst* – das klang nach einem neuen Kandidaten für das Kuriositätenkabinett des Unbeschreiblich-Unbegreiflichen.

Er wusste, dass im Hyperraum keine Grenzgeschwindigkeiten existierten, weil es keinerlei Massen gab, die solche Grenzen hätten ziehen können. Dass es keine Massen gab, weil es keinen Stoff, keine Materie gab.

Keine Zeit. Jedenfalls keine Zeit, die man als Erzeugnis von Raum und Bewegung hätte deuten und messen können.

Rhodan schüttelte unwillig den Kopf. Er *wusste* es. Begreifen konnte er es nicht. »Und was haben die Psionen mit diesem Gegenteil von sich selbst zu tun? Dem Hyperraum?«

»Der Psionen-Born und seine neue Flut halfen uns, die Transszenarien so zu modifizieren, dass wir uns mit unseren Schiffen immer länger im Hyperraum aufhalten konnten. Zunächst Tage, dann Wochen, dann Jahre. Dann schienen alle Grenzen zu fallen. Wir waren in den Hyperraum eingewandert. Uneinholbar für die Apostel.« Der Schiqalaya gab ein amüsiertes Quietschen von sich. »Schließlich ist weder Raum noch Zeit noch Kausalität im Hyperraum präsent. Eine Welt ohne Tritheophane Präsenz – eine völlig gottlose Dimension für die Zhiridin.«

Die Bilderfolge schien wieder an Geschwindigkeit zuzulegen. Rhodan sah, wie die Schiqalaya sich nach einigen Jahrhunderten von allen ihren alten Planeten zurückgezogen hatten und in den Hyperraum umgezogen waren. Dort zogen – oder trieben – ihre Raumboote dahin, die Hülle im matten messingfarbenen Glanz der Psionen-Legierung – *die Psionischen Boote. Entkommen,* dachte Rhodan. *Die endgültig geglückte Flucht. Dann muss irgendetwas schiefgegangen sein.*

Er hörte Ileschqa sagen: »Es war nicht der leichteste Teil unserer Arbeit, die Transszenarien so einzurichten, dass die Zeit, die in ihnen verstrich, der Zeit im Normalraum entsprach. Wir wollten diese Synchronizität nicht aus sentimentalen Gründen. Wir brauchten sie, weil wir ein Phänomen erlebten, mit dem wir nicht gerechnet hatten: die Absolute Aberration.«

Der Schiqalaya betrachtete die Terraner, wie Rhodan schien, forschend. »Nein«, sagte der Resident. »Wir haben von einer solchen Erscheinung noch nie gehört.«

Ileschqa erklärte: »Es begann beinahe unmerklich. Damit, dass einige von uns schlecht schliefen. Oder die Fähigkeiten zum Schlaf ganz verloren. Sich nach den Ruhephasen in Tagträumen verloren. Das Gespür einbüßten dafür, ob sie träumten oder wachten. Ob es ihre Gedanken waren, die sie hörten, oder die Stimmen anderer Schiqalaya. Oder deren Gedanken. Einige sagten, sie glaubten, sie würden in den Hyperraum versickern. Andere meinten, den Hyperraum in sich übergehen zu spüren, als würde der Hyperraum sie erfüllen.«

»Sie wurden wahnsinnig«, konstatierte Rhodan.

»Nein«, widersprach Ileschqa. »Sie irrten ab. Übrigens irrten zugleich auch die Raumboote ab.«

»Was heißt das?«, drängte Rhodan.

»Einige gingen verloren. Sie verschwanden ohne jede Spur. Andere meldeten, dass sie bei einer Rückkehr in den Normalraum, die aus den verschiedensten Gründen hin und wieder notwendig wurde, in einer völlig unbekannten Galaxis rematerialisiert waren. Dass sie gelegentlich sogar Anzeichen dafür hatten, in einer falschen Zeit eingetaucht zu sein. In ein sehr frühes Universum. In ein sehr spätes.«

Rhodan rieb sich das Kinn. »Einige Raumboote haben den Kontakt zueinander verloren. Und ihr habt befürchtet, dass ihr einander ganz verlorengeht.«

»Ja. Wir haben das Phänomen mit Nachdruck untersucht. Wir haben herausgefunden, dass es, was uns Schiqalaya betraf, Immune gab, die von keiner Aberration befallen wurden.«

»Die Navigatoren«, erriet Rhodan.

»Die Navigatoren. Außerdem die Träger von Psionen. Also begannen wir damit, alle Schiqalaya mit Psionen zu versorgen.«

»Das löste das Problem?«

»Du hast in unserem Archiv gesehen, dass nicht alle von uns Psionen aufnehmen konnten.«

»Das änderte sich unter den Bedingungen des Hyperraums?«

»Leider nein. Nur etwas über sieben Prozent der Bewohner vertrugen Psionen.«

»Und die anderen?«

»Sie gingen verloren«, sagte Ileschqa. »Sie verschwanden aus den Booten. Eine spurenlose Entrückung. Die nichts und niemand von uns aufhalten konnte.«

Rhodan nickte. Dreiundneunzig Prozent Verluste. Eine Katastrophe für jede Zivilisation schon unter normalen Umständen.

»Immer wieder wurde eines unserer Boote abgetrieben. Selbst solche, die mit einer Vielzahl von Navigatoren bemannt war. Nach und nach lernten wir, das zu verhindern. Unsere Wissenschaftler – die psionisch ausgerüsteten Wissenschaftler, denn andere lebten nicht mehr an Bord unserer Boote – entdeckten, dass es noch weitere Normalraumkörper gibt, die etwas wie eine hyperenergetisch-psionische Korona besitzen, die in den Hyperraum ragt. Diese Koronen waren nützlich. Mit ihrer Hilfe konnten wir unseren Lebensbezirk im Hyperraum gewissermaßen kartografieren. Mit Hilfe dieser Karten konnten wir die Aberration frühzeitig bemerken und uns den Rückweg offenhalten in den Normalraum.«

Rhodan schaute den Schiqalaya nachdenklich an. Was hieß *noch weitere* Körper? Aber eine andere Frage schien ihm näherliegend. »Verzeih mir, es gibt da etwas, was ich gern besser verstehen würde. Ich meine das keinesfalls als Beleidigung, aber: Seid ihr nicht von jeher – vom Anbeginn eurer Evolution an – Fluchtgeschöpfe gewesen?«

»Das wäre keine Beleidigung«, sagte Ileschqa. »Wir haben uns unsere Herkunft so wenig ausgesucht wie andere Lebewesen.«

»Warum habt ihr nicht einfach alle Verbindungen zum Normalraum gekappt? Ist der Hyperraum für Wesen wie euch – ausgerüstet mit Psionen, orientierungsfähig in diesem irrealen Gelände, in das euch kein Jäger folgen kann – nicht nur das bestmögliche Rückzugsgebiet, sondern, sobald ihr euch einmal angepasst hattet, der ideale Lebensraum? Niemand kann ihn euch streitig machen – oder seid ihr dort Feinden begegnet? Den Zhiridin?«

»Nein. Weder den Zhiridin noch anderen Kulturen, die uns feindlich gegenübergetreten wären. Dabei ist der Hyperraum nicht unbelebt. Wir sind, wie gesagt, auf Leben gestoßen, das im Hyperraum entstanden ist, und auf Zivilisationen, die den Hyperraum von außen besiedelt haben. Meist von unserem Normalraum aus. All diese Begegnungen endeten – nun, sagen wir: ohne weitere Perspektiven. Die Hyperraum-Zivilisationen sind in aller Regel diskret, sich selbst genug und vielleicht ein wenig eigenbrötlerisch.«

Rhodan musste grinsen. Er kannte die Baolin-Nda. *Eigenbrötlerisch* traf es ganz gut.

»Wir Schiqalaya hatten zwei Gründe, den Kontakt aufrechtzuerhalten. Erstens befürchteten wir, die Psionen müssten eines Tages versiegen. Oh, nicht in diesem Jahr, nicht in diesem Jahrtausend. Phalguwans Manipulation hatte eine fast unvorstellbar reiche Ernte ermöglicht. Aber die Psionen verbrauchten sich eben doch. Unsere Tanks leerten sich nicht rapide, aber die Pegel sanken. Irgendwann würden wir demnach zurückkehren müssen. Ohne die Psionen würden wir nicht im Hyperraum überleben können. Und dann – in vielen Jahrzehntausenden, wie wir hofften – würden wir auf einem Planeten Schelekesch landen, der von den Truppen der Apostel geräumt worden war, in einer Galaxis Baschq, in der die Erinnerung an die Tritheophane Präsenz nur noch dunkel war, eine verschollene Legende der Vorzeit.«

Rhodan nickte. »Aber das war nicht alles. Etwas anderes ist dem zuvorgekommen. Was?«

Ileschqa gab ein Geräusch von sich, das Rhodan für eine Art Seufzen hielt. »Mit unserer zunehmenden Orientierungsfähigkeit wurde der Hyperraum zu einem bevorzugten Forschungsthema. Lange Zeit haben wir den Hyperraum für ein zwar dimensioniertes, in sich aber konstantes Kontinuum gehalten. Dann entdeckten wir Hinweise dafür, dass es sich ganz anders verhielt. Allmählich entwickelten unsere Forscher eine Hyperraumarchäologie. Die Resultate waren besorgniserregend. Wir erforschten den Schatten der Diametralen Sequenzen und entdeckten das, was wir den Zukunftsschatten des Hyperraums nennen: Der Hyperraum würde sich in nahender Zukunft transformieren. Nach der Transformation würde er für uns Schiqalaya unbewohnbar sein.«

Rhodan unterdrückte ein Nicken, unterdrückte jede Reaktion und dachte: *Sie haben die Erhöhung des hyperphysikalischen Widerstands vorausgesehen. Ein neuer Schock für ihre Kultur. Sie würden ihre neue Lebenswelt bald wieder räumen müssen. Eine unaufhörliche Flucht.*

»Was habt ihr getan?«, fragte er den Schiqalaya.

Die Bilder zeigten es: Die Schiqalaya suchten einen Rückweg in die Niederungen des Normalraums.

Und sie suchten sich diese Rückkehr zugleich zu ersparen.

»Wir brauchten ein neues Refugium«, sagte Ileschqa. »Eine Welt zwischen den Niederungen und dem Hyperraum. Eine Welt für uns allein.«

Schelekesch aus großer Höhe. Die alten Städte der Schiqalaya verschwunden, ausgelöscht, an ihre Stelle war die Architektur der Zhiridin getreten: sonderbar brückenförmige Bauwerke, deren Bögen oft ins Leere ragten oder in der Mitte der Verbindung von Lücken unterbrochen wurden. Weitgehend planierte, manchmal nur grob begradigte Ebenen, über die Wägelchen auf hohen, schaukelnden Rädern aus Spiralfedern rollten.

Überall, groß und immer größer, die Bronzemünder der Tritheophanen Präsenz. Die Stummen Rufer.

Und der Thesaurus? Der Psionen-Born?

Denn darum ging es doch. Warum sonst hätten die Schiqalaya die zweifellos gefahrvolle Reise in ihre alte Heimat wagen sollen?

»Es ist nur eine Sonde«, erklärte Ileschqa, als hätte er Rhodans Gedanken erraten. »Wir haben einige Tausend von ihnen auf den Weg nach Schelekesch geschickt. Keinen einzigen Schiqalaya. Die Zhiridin brauchten einige Stunden, um alle Sonden aufzuspüren und zu vernichten. Was die Vernichtung angeht, sind die Apostel wahre Künstler.«

Rhodan überhörte den Zynismus absichtlich und fragte: »Und? Was haben euere Sonden herausgefunden? Was ist mit dem Thesaurus? Haben die Zhiridin den Psionen-Born in ihren Besitz gebracht?«

»Nein«, sagte Ileschqa. Rhodan schaute auf die fotoaktiven Flügel. Das Bild des Turmes erstreckte sich über etliche Schwingen; der Terraner gewann den Eindruck, das Gebilde aus mehreren Perspektiven zu sehen, Vorder- und Rückseite zugleich – *wie auf einem kubistischen Gemälde.*

Das angeschrägte turmartige Gebilde war kaum noch zu erkennen. Sein Umriss waberte und zitterte wie in einem verwackelten Film. Es war, als könnte sich der Thesaurus nicht entscheiden, ob er real sein wollte oder bloß sein eigenes Trugbild. Eine Nachbildung aus energetischem Gelee.

»Wir haben bis heute nicht herausfinden können, was für diesen Zustand verantwortlich ist. Ob der Psionen-Born sich infolge der Manipulation durch Phalguwan aus unserer Bezugsebene abgewendet hat oder ob die Zhiridin versucht haben, sich ihn gewaltsam gefügig zu machen und er sich für sie – und für alle – unnahbar gemacht hat.«

Rhodan glaubte, Trauer in Ileschqas Stimme zu hören. Oder war es Wut?

»Also habt ihr Schelekesch und den Thesaurus aufgegeben«, erriet Rhodan.

»Wie könnten wir sie aufgeben?«, fragte Ileschqa mit blanker Verwunderung. »Der Psionen-Born war und ist unser primärer Anker. Und er sollte es weiterhin sein.«

»Euer Anker? Was verankert ihr mit ihm?«

Ileschqa ließ seine Flügel ausholend flappen. »Wir wussten, dass wir eines Tages aus dem Hyperraum vertrieben werden würden. Die Aberration, die wir litten, konnten wir nur vermeiden, wenn wir unsere Psionischen Boote und die Cluster, zu denen sie sich hin und wieder versammelten, virtuell verankerten. Dazu brauchten wir Fixpunkte außerhalb der flüssigen Welt des Hyperraums: unsere Anker.«

Rhodan nickte. Natürlich. Daran also hatte Ileschqa gedacht, als er von »noch weiteren Normalraumkörpern« gesprochen hatte: weitere Körper über den Thesaurus hinaus.

Ileschqa fuhr fort: »Als Anker taugten alle physikalischen Körper der Niederungen, die eine hinreichend helle hyperenergetisch-psionische Korona ausstrahlten. Keine von ihnen leuchtete so hell wie der Psionen-Born – einige aber sehr durchdringend. Ich selbst habe mir drei dieser Anker angesehen. Zwei davon liegen in Sterneninseln, die dir nichts sagen werden. Ihre vorherrschenden Zivilisationen nennen sie Tutush Flammenrad und Zilen Rai.«

Die lackschwarzen Augen fixierten Rhodan. Der Terraner schüttelte den Kopf. »Nein«, sagte er. Er wusste von keiner Galaxis, deren Bewohner sie mit einem dieser Namen bezeichnet hätten.

Was nicht hieß, dass sie ihm nicht unter einem anderen Namen bekannt waren.

»Wie auch immer«, sagte Ileschqa. »Einer dieser Anker – der Anker von Tutush Flammenrad – befand sich leider im Hegemonialgebiet der Tritheophanen Präsenz. Diesen Anker mussten wir meiden. Der zweite Anker ist das Leuchtfeuer von Aumraq in Zilen Rai. Das sagt dir nichts?«

Rhodan verneinte. Er sah das Zögern in Ileschqas Augen und deutete es so, dass der Schiqalaya ungern über diesen Anker sprechen wollte. *Respektiere das,* riet er sich und fragte: »Und der dritte Anker?«

Ileschqa zögerte. »Die Anker müssen in irgendeiner Weise psiaffin sein. Wir fanden einen galaktischen Zwilling, zwei von einander allerdings weit entfernte Anker in einer einzigen Galaxis: Pretschaq und Dschadoq. Ich flog Dschadoq an, den fünften Planeten einer gelben Sonne, die wir Miq Schanpour nannten. Dschadoq bewegte sich auf einer auffällig langgestreckten Ellipsenbahn durch sein Sonnensystem, kam mal der Bahn der inneren Planeten nah, ging über die Bahn der nächsten Planeten, einiger eindrucksvoller Gasriesen, weit hinaus.«

Ileschqa breitete seine Flügel aus, die sich unmittelbar darauf erhellten. Rhodan schluckte, als er sah, wie der mondlose, schneeweiße Planet ins Bild rückte.

Aber hatte er nicht genau das längst erwartet? *Psi-affin ... fünfter Planet ... langgestreckte Ellipsenbahn ...*

Die Kontinente waren unter dem Eis, der den Globus ummantelte, nicht zu sehen. Rhodan brauchte sie nicht zu sehen. Er wusste bereits, dass es acht Erdteile sein mussten.

Wusste es seit Jahrhunderten.

Eine Eiszeit regierte diese Welt. Richtig. Damals hatte sich der Planet noch auf dieser Bahn bewegt, die ihn so weit hinaus in die Kälte des Raumes trug. Erst gegen das Jahr 50 800 vor Christi Geburt hatten die Bewohner des dritten Planeten dieses Sonnensystems den Himmelskörper auf eine andere, wohltemperierte Bahn gebracht und anschließend besiedelt.

Eine kurze Geschichte der Zivilisation. Achthundert Jahre später bereits war der Planet von den Bestien zerstört worden.

»Du erkennst diese Welt?«, fragte Ileschqa.

Rhodan schloss die Augen für eine Weile. Er meinte, das Leben zu sehen, das dort unter dem Eis schlief, die Arcker und Spicoulos und die mächtigen, gepanzerten Springer, die Croccisoren von Zeut.

»Ja« sagte er. Vor fünfundfünfzig Jahrtausenden also waren die Schiqalaya im Solsystem gewesen und hatten hier Vorkehrungen getroffen für die in so ferner Zukunft drohende Erhöhung des Hyperimpedanz-Widerstands.

Und wenn Ileschqa, dem der Kurier der Superintelligenz eine Art Zellaktivator verliehen hatte, bereits damals dabei gewesen war, musste er annähernd sechzigtausend Jahre alt sein. Wenn nicht älter.

»Ihr habt bemerkt, dass es Leben auf den anderen Planeten dieser Sonne gab?«, fragte Rhodan.

»Ja«, sagte Ileschqa. »Leben auf dem zweiten und dritten Planeten.«

Auf der Venus und der Erde, übersetzte Rhodan.

»Aber«, fuhr der Schiqalaya fort, »die Lebensformen beider Planeten schienen uns nicht sehr vielversprechend. Stattdessen haben wir uns mit einer anderen Kultur verständigt, die wir auf Dschadoq antrafen. Auswärtige wie wir. Forscher.«

Rhodan hob die Brauen, als er die entsprechenden Bilder in Ileschqas Schwingen betrachtete. Die drei Fremden waren deutlich kleiner als die Schiqalaya neben ihnen. Rhodan schätzte ihre Körpergröße auf knapp unter eineinhalb Meter. Ihre Körper waren in goldfarbene Folien gehüllt, die sie gegen die Kälte Zeuts schützten. Sie standen auf zwei Beinen und stützten sich auf ein drittes, das Wirbelbein, so dass ihr Leib eigentümlich lässig und zurückgelehnt wirkte.

Die goldenen Folien bedeckten weite Teile des Kopfes, nur die Ohren und das Gesicht blieben frei. Rhodan sah, wie die Nervenfühler auf den Ohren bebten. Worauf lauschten, was hörten sie?

Rhodan war, als ob die großen, türkis schimmernden Facettenaugen ihn aus den Schwingen heraus neugierig musterten. Als können sie alle Abgründe der Zeit überbrücken. Sie waren ihm nie geheuer gewesen. Einer der Fremden öffnete und schloss seinen stark vorgewölbten Mund. Rhodan meinte, er müsste ihn sprechen hören. Was mochte er dem Schiqalaya gesagt haben, der Fremde, der Angehörige des Magnetvolkes vom Planeten Pordypor?

Denn das waren sie, die Fremden, die er da in grauer Vorzeit auf dem Eisplateau des Planeten Zeut stehen sah, ins Gespräch mit dem Schiqalaya Ileschqa vertieft: Angehörige des Magnetvolkes, das die Terraner Paramags nannten. Die Paramags, deren Heimatwelt der einzig andere Planet in der Milchstraße war, auf dem es ähnlich bedeutende Vorkommen von PEW-Metall gab wie auf Zeut.

Das also hatte die Schiqalaya auf das Solsystem aufmerksam gemacht. Die Psi-Korona von Zeut musste vom PEW erzeugt worden sein, dem Parabio-Emotionalen Wandelstoff, der ein starker 5-D-Strahler mit sechsdimensionaler Tastresonanz war.

»Wir kennen das Magnetvolk«, sagte Rhodan. »Flüchtig. Habt ihr mit ihnen darüber verhandelt, ihren Heimatplaneten – Pordypor, nicht wahr? – als Anker nutzen zu dürfen?«

»Ihren Heimat-*Planeten*? Sie lebten in einem Trümmer-Mosaik«, sagte Ileschqa.

Richtig, erinnerte sich Rhodan. Das Magnetvolk hatte seine Heimatwelt bereits Jahrzehntausende, bevor es Zeut entdeckte, im Laufe ihres *Metapsychischen Krieges* zerstört.

»Natürlich bemühten wir uns um eine Lizenz und boten eine beträchtliche Menge von Psionen-Urnen an. Aber das Magnetvolk war nicht interessiert. Wir respektierten ihre Haltung, bestanden aber darauf, Zeut als Standort für unseren Anker zu nutzen. Ein weiterer Kontakt ist nie mehr zustande gekommen. Wir wissen nicht, warum.«

Rhodan lächelte. Er wusste es. »Zeut wurde bereits wenige Jahrhunderte danach zerstört«, sagte er. »Das psi-affine Material wurde vernichtet.«

»Wie auch immer der Planet zerstört worden ist: Unser Anker hat diese Phase überstanden. Wir haben damals den Zeitpunkt der Hyperraum-Degeneration nicht exakt vorausberechnen können. Wir wussten aber, dass wir noch einige Jahrzehntausende Zeit hatten. Viel Zeit, die auch unsere Anker überstehen mussten. Wir bangten um den Anker auf Schelekesch. Wir wussten, dass die Zhiridin alles tun würden, sich den Psionen-Born anzueignen. Wir mussten realistischerweise mit seinem Verlust rechnen. Also konzentrierten wir unsere Bemühungen auf die beiden Anker Aumraq in Zilen Rai und Dschadoq. Unsere Wissenschaftler hüllten den Anker in ein Chrono-Diametrales Mantelfeld, das heißt: Wir programmierten die exotische Materie, die wir aus dem Quarkstern Wuanq gewonnen hatten, und lagerten gewisse Aspekte von ihr in eine Chrono-Diametrale Sequenz ein. Sobald der Hyperraum sich veränderte, würde die Hülle beginnen, den Anker zu verjüngen. Für Beobachter von außen sähe es so aus ...«

»... als erschiene plötzlich ein Objekt wie aus der tiefsten Vergangenheit, das unaufhaltsam jünger würde«, ergänzte Rhodan. *Denn genau das ist auf Ganymed geschehen.*

»Ja«, bestätigte Ileschqa. »Natürlich hatten wir die Zerstörung des fünften Planeten nicht vorhersehen können. Als Dschadoq zerstört wurde, musste der Anker fliehen. Er ist nicht tiefraumtüchtig, und es hätte ihn Äonen gekostet, einen neuen psi-affinen Standort zu finden. Selbst Zilen Rai ist für ihn außer jeder Reichweite.

Der Anker wählte eine Notlösung: Er blieb im Sonnensystem und verlagerte sich auf einen Himmelskörper, von dem aus er seine Aufgabe immer noch gut – wenn auch ohne Beihilfe des psi-affinen Materials – verrichten konnte. Die Reprogrammierung.«

Natürlich, dachte Rhodan. *Der Anker hat eine Aufgabe. Er ist kein einfacher Psi-Leuchtturm für eine Hyperraumzivilisation. Er ist noch etwas ganz anderes.* Und da sich nun alles wie aus Mosaiksteinen zu einem großen Ganzen zusammensetzte, glaubte er zu wissen, worin diese Aufgabe bestand. Er sagte: »Reprogrammierung heißt: Der Anker verwandelt den Jupiter in ein Schwarzes Loch, nicht wahr?«

»Selbstverständlich«, sagte Ileschqa.

»Wozu?«

Der Schiqalaya betrachtete Rhodan mit einem tiefroten Glitzern in seinen Augen. »Weil wir uns nie mehr und unter keinen Umständen der Gefahr aussetzen wollten, noch einmal mit den Zhiridin in Konflikt zu geraten. Wir haben uns entschieden, im Falle einer Hyperraum-Degeneration nicht wieder in die Niederungen zurückzukehren, sondern uns an Unzugängliche Orte zurückzuziehen.«

»In ein Black Hole. Gut, das verstehe ich. Aber warum habt ihr keines der vielen natürlichen Schwarzen Löcher ausgewählt und für euch präpariert?«

Ileschqa musterte ihn mit – wie Rhodan schien – einem Ausdruck endlosen Erstaunens. »Wir sind nicht allmächtig«, sagte er. »Normale Singularitäten sind für uns weder befahrbar noch bewohnbar. Psionische Boote, die unterhalb des Horizontes einer natürlichen Singularität tauchten, würden von den Gravo-Strömen zermalmt. Was der Anker für uns erzeugen soll, ist eine lebensfreundlicher programmierte Singularität, etwas, das wir einen Unzugänglichen Ort nennen. Ein etagiertes Schwarzes Loch. Der Anker programmiert den Ort so, dass zwischen dieser besonderen Singularität und ihrem Ereignishorizont eine Etage entsteht, die in manchen Hinsichten dem Transzendenten Raum ähnelt.«

Ein etagiertes Schwarzes Loch, ein neu programmierter Stern – über welche Technologie verfügen diese Schiqalaya?, fragte sich Rhodan. *Und was hätten wir ihnen entgegenzusetzen?*

Zu wenig.

Wir müssen verhandeln.

Aber was kann ich verlangen? Was anbieten?

Ileschqa fuhr fort: »Angereichert mit Psionen, wäre dieser Unnahbare Ort eine gute neue Heimat für uns gewesen.«.

»Wäre gewesen?«, fragte Rhodan. »Verwandelt sich Jupiter nicht gerade in diesen Ort?« *Und: Wie kann ich es gegebenenfalls verhindern?*, dachte Rhodan. *Denn so sehr ich Verständnis aufbringe für eure Sorgen und eure klugen Pläne. Ich kann nicht dulden, dass ihre Verwirklichung das Solsystem, so wie es ist, gefährdet.*

Die Flügel des Schiqalaya kräuselten sich – eine Geste, deren Bedeutung Rhodan nicht lesen konnte.

»Soweit wir die Ereignisse rekonstruieren können, haben wir einen Fehler gemacht«, sagte Ileschqa. »Als Dschadoq – euer Zeut – vernichtet wurde, flüchtete sich der Teil des Ankers, der dort stationiert worden war, auf einen Trabanten des Gasriesen. Das war nur folgerichtig. Der Planet, der ihn mit psi-affinen Materialien hätte versorgen können, existierte nicht mehr. Also rückte er so nahe wie möglich an den zukünftigen Unnahbaren Ort heran. Der Anker war bereits in sein Chrono-Diametrales Mantelfeld gehüllt, und befand sich für alle Angreifer außerhalb der Regularzeit der Niederung. Aber er befand sich auch außerhalb der Zeit unserer Psionischen Boote im transszenarischen Raum. Die Vernichtung Dschadoqs hat die beiden Hemisphären des Ankers aus dem Aktionstakt gebracht.«

Er schwieg. Rhodan zog seine Schlüsse. »Die Zeut-Katastrophe und ihre Folgen haben eure Zeitpläne durcheinandergebracht. Jupiter hätte bei eurem Eintreffen längst verwandelt sein sollen.«

»Ja«, antwortete Ileschqa. »Als wir in euer System tauchten, kollidierten wir zudem mit dem umfassenden Feld, das ihr TERRA-NOVA-Schirm nennt. Wir verloren jede Orientierung und materialisierten in einem Materiegemenge statt in einem Unnahbaren Ort.«

»Wie viele eurer Psionischen Boote sind auf Jupiter havariert?«

»Nur mein Boot«, sagte Ileschqa. »Die NAPHAUT DOSCHUR. Mehr als die Hälfte unserer Boote ist zum Anker Aumraq in Zilen Rai gezogen. Aber der Unnahbare Ort von Aumraq ist gesättigt. Mehr Boote kann er nicht aufnehmen. Die Navigatoren der NAPHAUT DOSCHUR konnten sich nicht mehr an dem fünften Planeten orientieren. Eine Umkehr war ausgeschlossen, der Hyperraum degenerierte rapide. Also haben die Navigatoren Kurs auf das Einzige genommen, was ihnen vertraut vorkam: den Fluktuationstransmitter. Sie konnten gerade noch verhindern, dass sie den Transmitter frontal trafen. Er musste unter allen Umständen betriebsfähig bleiben. Das Boot selbst dagegen ist während der Materialisierungsphasen schwer beschädigt worden. Wir verloren Unmengen von Psionen in die Atmosphäre.«

Rhodan hob die Augenbrauen. Die Psionen ... das Tau-acht ... langsam klärten sich alle Zusammenhänge. Die freigesetzten Psionen waren eine Verbindung mit den Hyperkristallen in der Jupiteratmosphäre eingegangen. Die Tau-achtler waren in gewisser Weise die neuen Tropfentrinker – nur vertrugen sie sie nicht so gut wie die Schiqalaya.

Gut. Verstanden.

Aber übertrieb Ileschqa die Schäden nicht, die das Hyperraum-Boot genommen haben sollte? Er sagte: »Auf mich hat die NAPHAUT DOSCHUR intakt gewirkt.«

»Nein, das ist sie wirklich nicht«, widersprach Ileschqa. »Was du wahrscheinlich vor Augen hast, ist die Hülle des Fluktuationstransmitters. Das Boot und die Transmitterhülle sind während der Havarie fusioniert. Die Hülle hat das Boot eingekapselt – und das war unsere Rettung. Aber die formenergetischen Schalen des Bootes sind kollabiert. Sein Transszenarium ist zerstört. Die meisten Schäden sind für uns irreparabel.«

Rhodan nickte. Er kannte diese Schwierigkeiten nur zu gut. Auch die terranische Technologie zur Energiegestaltung war im Zuge der Erhöhung der Hyperimpedanz weitestgehend verlorengegangen.

»Ich verstehe«, sagte Rhodan. »Wenn ihr wollt, dass wir euch helfen, dass wir euch aus dem Wrack befreien und eine neue Heimat verschaffen, müsst ihr zunächst den Prozess der Neuprogrammierung Jupiters stoppen. Sofort. Wir sind zu solchen Unternehmungen in einem Schwarzen Loch technisch nicht ausgerüstet.«

Ileschqa stieß einen schrillen Pfiff aus. Es klang nach schierer Verzweiflung. »Du glaubst, die Programmierung des Gasriesen und die Zulieferung an Masseteilchen werden von dem Psionischen Boot aus gesteuert?«

»Ja. Wer steuert den Prozess sonst?«

Ileschqa spannte die Flügel aus, bis sie straff und glatt waren. »Die Fluktuationstransmitter werden nicht von meinem oder einem der anderen Psionischen Boote aus gesteuert. Ihre Verfahrensweise ähnelt zwar dem Arbeitsprinzip der Transszenarien, aber für den Transport und permanenten Zufluss kontextentblößter und matrixloser Teilchen brauchen wir technologische Unterstützung.«

Rhodan schloss für einen Moment die Augen.

»Wer?«, fragte Rhodan kurz. Im selben Augenblick ging ihm die Ähnlichkeit auf zwischen diesem Aspekt der Schiqalaya-Technosphäre und seiner eigenen.

Auch den Terranern waren hin und wieder Gerätschaften zur Verfügung gestellt worden, deren Wirkungsweise sich ihrem Verständnis entzog. *Die Zellaktivatoren ... die Fiktivtransmitter ...* »YNTRIM«, erriet Rhodan.

»Ihr Kurier Phalguwan hatte uns seine Hilfe angeboten. Und er hatte uns gewarnt, dass wir vielleicht nicht mit allem einverstanden sein würden, wozu er uns rate.«

»Und genauso ist es gekommen«, vermutete Rhodan. »Er hat euch die Fluktuationstransmitter zur Verfügung gestellt, aber weder die entsprechenden Konstruktionsunterlagen noch eine Möglichkeit, diese Transmitter zu steuern.«

»So ist es«, sagte Ileschqa. »Deshalb können wir auch nicht mit Bestimmtheit sagen, dass der Transmitter bei der Kollision nicht beschädigt wurde.«

»Wisst ihr, von wo aus die Transmitter gesteuert werden?«

»Er hat einen Ort bestimmt, an dem die Zhiridin seiner Meinung nach nichts Derartiges vermuten würden. Nicht weil dieser Ort zu entlegen wäre, sondern zu nah. Zu unwahrscheinlich.«

Rhodan musste lachen, als er die Pointe verstand. »Schelekesch«, sagte er.

»Ja«, sagte Ileschqa.

Rhodan wandte sich an Guidry. »Wir müssen nach Schelekesch.«

Auf dem Diamantenen Floß II:
Nichts. Der Buddha schweigt.

Ich dachte, dass es ein Traum gewesen war. Ich musste eingenickt sein, irgendwann nach dem Frühstück. Vor mir die Werkbank, der winzige Kettenzug der Uhr, der Blasebalg, das Nockenrad.
 Alles aufgelöst in Schlaf.
 Wenn es ein Traum war, dann war es ein ganz gegenstandsloser Traum, ein Traum ohne Inhalt, ohne Landschaft.
 Ich – oder ein Schatten meiner selbst – strich irgendwo dahin. Mir war, als würde ich eingeatmet, ausgeatmet, eingeatmet. Ich war – nun, nicht konzentriert. Irgendwie fahrig, wie in Erwartung. Ich harrte der Dinge, deren Kommen ich mit Unruhe entgegensah.
 Plötzlich war es da: eine Erschütterung, die mich bis in die letzten, feinsten Fasern meines Selbst ergriff, die noch da meine Wurzeln zerfraß, wo ich nie zu wurzeln gewähnt hatte.
 Ich wollte erwachen, aber der Traum war zäh wie Sirup. Ich fühlte mich durchtränkt, schwer von unwirklich schweren Dingen.
 Du selbst bist so schwer, sagte ich mir. *Wach auf. Es ist alles nur Maja.*
 Aber ich war ja wach. Ich saß, das Kinn in die Hände gestützt, über der geöffneten Kuckucksuhr, sah ihren Kettenzug, den Blasebalg und das Nockenrad.
 Unsinn, dachte ich und schüttelte mich, um den Traum zu vergessen.
 Arbeitete den ganzen Tag.
 Am Abend saßen wir alle im Fernsehraum. Das museale Gerät präsentierte seine Bilder zweidimensional; der Ton war zum Fürchten.
 Eine vorsintflutliche Unterhaltungskonserve.
 Es war unser allabendliches Ritual. Wir saßen da und schauten. Ich habe irgendwann gehört – von Bruder Rizzi?, von Schwester

Anadea? –, dass die Darbietung bloß der Schluss eines bedeutend längeren Filmes sein sollte.

Auf dem Bildschirm war ein Holzhaus zu sehen. Es war Abend, und die Beleuchtung wirkte so künstlich, als hätten unsere Ahnen das Licht aus Tüten geschüttet.

Möglicherweise stimmte das Gerücht ja, und es hatte ursprünglich eine Handlung vor dieser Szene gegeben. Vielleicht spielten Schauspieler mit. Vielleicht war der Film amüsant, eine geistreiche Komödie. Oder ein geistreicher Krimi. Oder ein geistreiches Historienkabarett.

Von all dem war natürlich keine Spur. Wir sahen keine Menschenseele, hörten nur die Stimmen, die, so viel war klar, aus den Zimmern kommen mussten, in denen nun nach und nach das Licht erlosch.

Die Zimmer des Holzhauses.

Die körperlosen Stimmen sprachen: »Gute Nacht, Jason«, »Gute Nacht, Mary-Ellen«, »Gute Nacht, Jim-Bob«, »Gute Nacht, Erin«, »Gute Nacht, Ben«, »Gute Nacht, Elizabeth« und gute Nacht, John-Boy.«

Es gab Abende, da spielte uns Beaujean dieses Stück sechs- oder siebenmal in einer Schleife vor. Danach nickte er uns wissend zu, zwinkerte, oder er lachte lauthals, oder er sagte und tat gar nichts, weil er während der letzten Runde eingeschlafen war, und wir verließen den Fernsehraum auf Zehenspitzen, nachdem ein wirres Flimmern und Flirren an die Stelle des Bildes vom Holzhaus getreten war, und gingen in unsere Zelle.

An anderen Abenden schloss er an die Vorführung eine kleine erbauliche Unterweisung an, die beispielsweise von der Frage ausging, aus welchem der dort im Film unsichtbar Gute-Nacht-Wünschenden am deutlichsten der Buddha herausstrahlte. Oder er lehrte uns, dass der Buddha in keiner der sieben Stimmen zu hören sei, wohl aber in jedem der sieben Schweigen. Oder dass der Buddha im vergangenen Tag sei, jenseits der erwünschten Nacht wie jenseits alles Erwünschten.

Ich hatte Nächte erlebt, in denen mir kurz vor dem Einschlafen die geisterhaften Stimmen durch den Kopf strichen, manchmal einander eine gute Nacht wünschten, manchmal mir, manchmal dem Buddha, der aber nie antwortete.

Ich hatte Nächte erlebt, in denen ich das Nirwana mit der Haut herannahen fühlte wie ein Segel die auffrischende Brise, sein sanftes Wehen, das alles Weh auflöste wie Wind den Nebel.

Meist aber saß ich in den Nächten in meiner Zelle am Rand des Glasbrunnens. Ich schaute durch das reine Kristallit, das große Bullauge in der abgeschrägten Wand meiner Zelle, hinunter auf das Auge des Jupiter, den roten Jahrtausendsturm, über dem in wenigen Hundert astronomischen Klaftern Entfernung das Diamantene Floß seit über einem halben Jahrtausend in seinem stationären Orbit flog.

Über dem Sturm, mit dem Sturm, unberührt vom Sturm, in hoher Geschwindigkeit scheinbar unbewegt, in der großen Unbewegtheit scheinbar geschwind. Denn vom Standpunkt des allgegenwärtigen Nichts aus betrachtet stand alles still.

Die Stimmen sagten: »Gute Nacht, Jim-Bob«, »Gute Nacht, Erin«, »Gute Nacht, Elizabeth« und »Gute Nacht, John-Boy.«

Dann erlosch das Bild. Flimmern und Flirren. Beaujean schnarchte. Die anderen verließen den Fernsehraum auf Zehenspitzen. Wir waren sieben terranische Nonnen und Mönche, zwei topsidische Novizen – die Meister Beaujean allerdings als *unsere Praktikanten* zu bezeichnen liebte – und etwa fünfundzwanzig Gäste.

»Du bleibst noch?«, flüsterte Anadea mir im Vorbeigehen zu. Ihre Augen, die denen Valeries in einem gewissen Licht beinahe glichen.

»Ein wenig bleibe ich noch«, sagte ich.

»Kommst du später zu mir?«

Der nasse Lappen ihrer Zunge über meinen Lippen – der Gedanke daran war alles andere als unangenehm.

»Mir ist heut nicht nach Exerzitien.«

»Gut«, schloss sie und ging.

Ich saß einige Minuten da und meditierte über eine meiner liebsten Lehrgeschichten, die vom Mönch, der Yün-men gefragt hatte: »Was wisst Ihr über den Herbst zu sagen, wenn die Bäume dünn werden und die Blätter fallen?«

Worauf Yün-men geantwortet hatte: »Jetzt zeigt der goldene Wind sein wahres Wesen.«

Unvermittelt hörte Beaujean auf zu schnarchen und fragte mit geschlossenen Augen: »Warum bist du noch da, Emil?«

»Ihr saht besorgt aus, Meister.«

»Tatsächlich?«

Ich studierte sein Gesicht. »Ich weiß nicht. Als Ihr heute Morgen darum gebetet habt, gegebenenfalls geweckt zu werden – da habe ich das für eine Laune gehalten.«

»Es hat mich niemand geweckt.«

»Ja«, sagte ich.

Wir schwiegen.

Ich hatte Beaujean vom ersten Augenblick an gemocht. Dieses klapperdürre Gestell, dessen Bäuchlein von heimlichen Bierexzessen in seiner Zelle petzte – einer Zelle, die übrigens außer ihm noch niemand betreten hatte.

Ich hatte natürlich von seiner Geschichte gehört, dem *Skandalon*. Die Episode aus seinem früheren Leben ging so: Beaujean spazierte eines regnerischen Tages über den Friedhof einer australischen Stadt und schloss sich mir nichts, dir nichts einer Trauergemeinde an, die einem Begräbnis beiwohnte. Schritt um Schritt ging es zum Grab, endlich stand Beaujean an der offenen Erdgrube und warf mit der Schaufel eine Handvoll Erde hinab. Er schüttelte der Witwe die Hand, ihrem Sohn, ihrer Tochter. Ließ der Tochter Hand jedoch nicht wieder los, sondern zog die junge Frau zu sich heran, umarmte sie und küsste sie auf den Mund.

Küsste sie, sagen wir mal: innig und atemlos.

Dann ließ er ab von ihr und sagte: »So«, um seiner Wege zu gehen.

Ende der Geschichte.

Einer angezeigten psychosanierenden Therapie hatte er sich entzogen, indem er nach Io geflohen war und von dort aus auf das Diamantene Floß, dessen damaliger Prior, Meister Jorge, ihn in Gnaden aufgenommen hatte, während er den Behörden der Liga jeden Zugriff verwehrte, indem er das Kloster im Orbit des Gasplaneten kurzerhand zum unabhängigen Freistaat erklärte.

Als ich im Rahmen meiner auf zwei Jahre befristeten Auszeit vom Liga-Dienst auf das Diamantene Floß gekommen war, hatte Meister Beaujean längst als Prior amtiert.

»Niemand von euch hat etwas gemerkt«, sagte Meister Beaujean.

»Weil nichts geschehen ist«, sagte ich.

»Strohkopf«, sagte er leise. Es klang nicht wie eine Rüge, eher – ja, wie? Gerührt? Mitleidig?

»Oder?«, fragte ich.

Er stand auf und nahm mich am Ellenbogen – eine bislang ungekannte Vertrautheit.

»Wohin gehen wir?« Als hätten wir eine große Auswahl auf dem Diamantenen Floß, diesem hundertzwanzig Meter durchmessenden und gut fünfzig Meter hohen Diskusschiff, das der Orden vor über vierhundert Jahren den Gatasern abgekauft hatte?

Die Jülziish hatten das Schiff von allen offensiven Waffensystemen entkernt; auch die Triebwerke waren weitgehend demontiert worden, nachdem das Schiff seinen stationären Orbit über dem Sturmauge Jupiters erreicht hatte.

Die Ankäufer hatten stattdessen ein leistungsschwaches Photonentriebwerk eingebaut, das gerade hinreichte, den Kurs des Schiffes – des Diamantenen Floßes – gegebenenfalls zu korrigieren.

Wir stiegen vom TV-Raum im vierten Deck über die Leiter im deaktivierten Antigravschacht ins sechste Deck hoch, in die alte Kommandozentrale des Schiffes.

Zur Zelle von Meister Beaujean also.

Die Tür öffnete sich. Wir traten ein. Ich hielt überrascht den Atem an. Die Zelle von Meister Beaujean war eine Rumpelkammer. Überall Ramsch und Plunder aus Blech und Eisen auf dem Boden; hier und da erhob sich etwas wie eine Statue, ein blechernes Monument. Ich sah etwas wie eine Glocke auf zwei Stelzen. Die Glocke schien aus einem einzigen, mehr oder weniger geschickt gewundenen Metallstreifen zu bestehen; übereinanderlappende Ränder des Metallbandes waren miteinander vernietet. Aus den Seiten der Glocke ragten vier oder fünf plumpe Flügel, die sich quietschend drehten. Gekrönt wurde das ganze Gebilde von einem handspannengroßen Bügel, an dem eine kleinere Glocke hing.

Neben der stehenden Glocke ein Wal aus Blech, annähernd drei Meter lang, zwei Meter hoch. Das Maul geöffnet, angespitzte Schrauben als Zähne. Der Hinterleib der Skulptur verjüngte sich übermäßig und bog sich auf wie der Holm einer Pfeife für Riesen, eine Pfeife, deren Kopf der Walkopf war. Mit blassroter Farbe war die Ziffer 7 auf das Blech gemalt.

Die übrigen Gegenstände waren zu bizarr oder derart ohne Vorbild, dass ich nicht das Geringste mit ihnen verbinden konnte.

»Meine kleine Bastelei«, erklärte Meister Beaujean und lachte dröhnend.

»Aha«, sagte ich.

»Ich weiß«, gab Beaujean zurück und trug einen Teil unseres Gelübdes vor: »Unerschöpflich sind die Leidenschaften, ich gelobe, sie ganz zu zerstören.« Er neigte sich mir vertraulich zu: »Glaub mir, meine Blechgesellen helfen mir beim Abtöten vieler anderer Passionen. Da sind sie wahre Killer.« Schließlich bat er mich mit einer vagen Handbewegung: »Setz dich.«.

Ich konnte weder Stuhl noch Schemel entdecken, schob mit dem Fuß ein paar Trümmerteile zur Seite und setzte mich auf den Boden.

Beaujean wühlte in einem Haufen von scheppernden und klappernden Metallfetzen und förderte ein kleines, handflächengroßes Gerät zutage – eine Fernbedienung. Aber wofür?

»Du hast also nichts bemerkt?«

Wie durch eine Eingebung war mir mit einem Mal klar, was er meinte.

Mein Traum, der keiner war, in diesem Schlaf, der keiner war. Die Erschütterung von allem.

»Was ist geschehen?«

Meister Beaujean betätigte eine Sensortaste auf der Fernbedienung. Aus einem Projektor, der irgendwo unter dem Blechmüll verborgen war, baute sich ein Hologramm auf. Das Bild zeigte den Jupiter und seine Monde. Dort, wo sich das Diamantene Floß im Orbit befand, pulsierte ein winziges blaues Leuchtfeuer.

Ich sah das Ringsystem des Planeten, zart und dreigeteilt, im Kreis rollender Staub, der vor Äonen von Adrastea, Amalthea, Metis und Thebe aufgewirbelt worden war. Ich sah die stilisierte Darstellung der jupiteranischen Magnetosphäre, die vom Sonnenwind verformt wurde. Eine eingeblendete Skala gab an, dass das Magnetfeld auf der Sonnenseite des Planeten bis zu zehn Millionen Kilometer tief ins All reichte; auf der sonnenabgewandten Seite erstreckte sich die Grenzschicht der Magnetblase bis über die Umlaufbahn des Saturn hinaus.

Die Flut von hochenergetischen Elektronen, die sich den Feldlinien dieses Magnetfeldes entlang bewegten, würde jeden unbewehrten Menschen binnen kürzester Zeit töten.

Zusätzlich waren einige Symbole – Linien, Schraffuren, fremdartige Zeichen – ins Hologramm eingetragen.

Gatasische Schriftzeichen.

»Kannst du das lesen?«, fragte Beaujean.

Ich verneinte.

»Umwandeln in terranisches Alphabet!«, befahl er.

PRAJNA übersetzte den Text. Ich las. Ich schluckte.

Ich hatte in meinen Schulungsphasen nicht mehr als ein solides astrophysikalisches Grundwissen erworben und verstand nicht jede Einzelheit, die im Holo angezeigt wurde. Aber so viel begriff ich doch: Das jupiteranische System geriet aus den Fugen. Masse und Gravitation wiesen utopische Werte auf und befanden sich in beständigem Fluss. Der Raum um Jupiter denaturierte zusehends.

Das Diamantene Floß stürzte ab.

»Oh«, sagte ich. »Wann hat es begonnen?«

»Ich weiß nicht, wann *es* begonnen hat. Das festzustellen taugen die verbliebenen Ortungsgeräte des Floßes nicht. Ich habe auch keine Ahnung, was *es* eigentlich ist. Aber wir wissen alle, wann die Entwicklung eklatant geworden ist, wann das Floß in den Sog der Ereignisse gezogen worden ist, nicht wahr?«

Ich nickte. *Mein Traum, der keiner war, in diesem Schlaf, der keiner war.* »Haben wir bereits um Hilfe gerufen?«

»Sicher. PRAJNA hat unmittelbar nach Entdeckung und Auswertung der neuen Datenlage einen Notruf abgesetzt.«

PRAJNA war unser Bordhirn, ursprünglich nur ein Backup-System für den Hauptrechner, den die Gataser demontiert hatten. Irgendwann hatte Meister Beaujean mir anvertraut, dass er *ein wenig an ihr herumgebastelt* hatte.

Wenn diese Basteleien von ähnlicher – nun – Eigenwilligkeit gewesen waren wie die in Sachen Glocke und Wal, sollte es mich wundern, wenn PRAJNA auch nur einen vernünftigen Gedanken fassen konnte.

Immerhin – einen Notruf hatte sie absetzen können. »Und?«, fragte ich.

»Leider kein *und*. Jedenfalls kein hilfreiches *und*. Eine Kommunikation mit der Außenwelt ist nur noch fragmentarisch möglich. Allem Anschein nach ist der Raum um den Jupiter nicht mehr schiffbar.«

Vor dort würde also keine Hilfe kommen. »Was werden wir tun?«

»Zahllos sind die Lebewesen; ich gelobe, sie alle zu retten«, zitierte der Meister den Anfang des Gelübdes.

»Aber wie?«

»PRAJNA sieht keine Chance, das Floß an ein rettendes Ufer zu bringen, sozusagen. Der Photonenantrieb tut, was er kann, ist aber zu schwach. Er hält uns nur noch einige Stunden im Orbit. Unsere Feldschirmprojektoren taugen dazu, in der Magnetosphäre des Planeten zu überleben. Gegen die Reibungshitze, wenn wir abstürzen ...« Er winkte ab: keine Chance.

»Ja«, sagte ich. Wir befanden uns im Orbit des Jupiter, im Solsystem, dem Herzen und Nervenzentrum der Liga, einer der führenden Technosphären dieser Galaxis. Im Notfall, da waren wir immer sicher gewesen, würde jede denkbare Hilfe nicht mehr als einen Lidschlag entfernt sein.

Wir hatten uns geirrt.

Beaujean lächelte: »Im Siegel des Gläubigen Herzens lesen wir: Sei nicht gehorsam, widerstrebe nicht.«

»Gewiss«, sagte ich ratlos.

»Du solltest die astrophysikalische und astronautische Dimension dieses Satzes bedenken.«

Meine Ratlosigkeit vertiefte sich noch.

Beaujean sagte: »PRAJNA hat es durchgerechnet. Es ist aussichtslos, das Floß retten zu wollen. Dafür ist – je nach Perspektive – der Antrieb zu schwach oder das Schiff zu groß. Aber PRAJNA hat – mit der Hilfe meiner Wenigkeit – einen Plan entwickelt. Ein kleineres Schiff mit einem relativ größeren Antrieb könnte ...«

»Das Floß hat keine Beiboote an Bord«, warf ich ein. Wer auf das Diamantene Floß wollte, mietete wie der, der es verlassen wollte, eine externe Raumfähre.

»Ich weiß«, sagte Beaujean und schaute mich an. »Aber – du bist ein TLD-Mann. Du hast dir die Hülle des Floßes nicht angesehen, damals, im Anflug?«

Ich nickte. Doch, hatte ich. Ich rief mir das Aussehen des Floßes in Erinnerung. Hatte er nicht Recht? Hatte dort zwischen diversen Aufsätzen nicht etwas an der Außenhülle gehaftet, das ...? »Diese alte Rettungsboje«, sagte ich. »Die Gataser haben eine Rettungsboje auf die Außenhülle geflanscht.«

»Haben sie eigentlich nicht. Jedenfalls nicht eigens für den Orden. Sie haben eher vergessen, die Boje, die dem Schiff seit Ewigkeiten aufsaß, abzumontieren.«

Ich hatte nur eine sehr undeutliche Erinnerung an diese Rettungsboje. »Damit würden wir es schaffen?«, fragte ich ungläubig. Mit dieser winzigen Kapsel, die ich für kaum raumflugfähig hielt? Obwohl – die Gataser waren begnadete Astronauten und Raumschiffingenieure.

»Nun – nicht ohne weiteres natürlich«, sagte Beaujean. »PRAJNA meint, der Antrieb des Bootes sei vergleichsweise stark. Wenn wir den Photonenantrieb aus dem Floß montieren und an das Rettungsboot koppeln und dann in einem bestimmten Winkel und mit einer bestimmten, unter diesen Bedingungen erreichbaren Geschwindigkeit in Richtung Jupiter fliegen ...«

»... und von seiner Schwerkraft zusätzlich beschleunigen lassen«, setzte ich seinen Gedanken fort. Das war also die astrophysikalische und astronautische Dimension des Satzes *Sei nicht gehorsam, widerstrebe nicht.* »So könnten wir es schaffen?«

»Sagt PRAJNA.« Es klang wie eine gute Nachricht. Aber Beaujean sah nicht sehr erleichtert aus.

Ich konnte mir denken, warum nicht. »Passen wir alle an Bord?«

Beaujean schürzte die Lippen. »Fast«, sagte er. »Wenn wir alles aus dem Boot herausreißen, was wir nicht unbedingt brauchen – Sessel, Lebenserhaltungssysteme, Nahrungsmittel- und Wassercontainer – und wenn wir eng aneinandergepackt sitzen und stehen und übereinander liegen: vielleicht dreißig. Ein- oder zweiunddreißig, wenn wir nicht länger als drei, vier Stunden zu überleben wünschen. Dreiunddreißig, das wäre, wie PRAJNA ausgerechnet hat, das Äußerste des Äußersten.«

Ich zählte kurz nach. »Wir sind fünfunddreißig.«

»Ja«, sagte er. »Da liegt unser Problem.«

»Du willst hierbleiben«, erkannte ich plötzlich.

Er sah mich an. »Das würde ein Teil des Problems lösen, meint PRAJNA. Und zwar ziemlich genau ...« Sein Gesicht nahm einen merkwürdigen Ausdruck an, und ich glaubte, bis auf den Grund einer tiefen Traurigkeit zu schauen. »... nach PRAJNA ziemlich genau die Hälfte des Problems.«

Die Hälfte ...

Ich musste mich räuspern. »Ich könnte ... ich könnte die andere Hälfte sein?«

Er nickte langsam.

»*Warum ich?*«, fragte ich. »*Ich bin doch nur hier, weil ich ...*« – nein, das fragte ich nicht, und das sagte ich auch nicht.

Stattdessen sagte ich: »Ich sollte mich bedenken?«

»Bedenke dich, Emil«, wiederholte Meister Beaujean. Er seufzte. »Wir haben so wenig Zeit, wir müssen sehr langsam vorgehen.«

Als ich in der geöffneten Tür stand und noch einmal zu ihm zurückschaute, saß er dort mit geschlossenen Augen. Er schien kaum zu atmen.

Ich fragte: »Was sagt in diesem Fall der Buddha?«

»Nichts«, sagte er leise. »Der Buddha schweigt.«

Perry Rhodan 7

JUPITER

Ganymeds Sturz

Hubert Haensel

1.

Mit schnellen Schritten durchquerte Reginald Bull den Labortrakt. Eine neue Lieferung Roboterfragmente, Stahlröhren und einfache Triebwerkselemente war eingetroffen, die Ganymedaner bauten die nächsten Funksonden zusammen. Einige schauten dem Aktivatorträger erstaunt hinterher, er nahm nur flüchtig davon Notiz.

Bull versuchte, wenigstens überschlägig abzuschätzen, wie viel Zeit bis zu Ganymeds Ende blieb. Er verließ die Halle und hielt am Rand der leicht verwilderten Parkfläche inne.

Rund zehn Komma acht Kilometer in der Sekunde, das war die Orbitalgeschwindigkeit des Eismonds, sein mittlerer Abstand zum Jupiter lag bei einer Million und siebzigtausend Kilometern. Selbst wenn Ganymed von einem Moment zum nächsten vollständig aus seiner Umlaufbahn herausgerissen worden wäre ...

Das ist Unsinn. Die dann auf den Mond einwirkenden Kräfte hätten ihn sofort auseinanderbrechen lassen.

... selbst in dem theoretischen Fall – Bully rechnete nicht, er schätzte eher – würden an die dreißig Stunden ... *Nein, unmöglich!* Er glaubte den Wert nicht. Rund zehn Kilometer in der Sekunde, das waren sechsunddreißigtausend in der Stunde. Wenn er dreißig Stunden ansetzte ...

Verdammt!

Es durchzuckte ihn wie ein heftiger Stromstoß. Er fragte sich, wie unter diesen Umständen überhaupt viel zu retten sein konnte.

Hatte es wirklich keine frühen Anzeichen gegeben, dass diese Katastrophe über das Solsystem hereinbrechen würde?

Nein!, gab er sich zur Antwort. Nicht einmal das überraschend aus dem Eis hervorgebrochene Artefakt hatte solche Befürchtungen nahegelegt. *Diesmal hat es uns eiskalt erwischt.*

Tief atmete Bull ein. Die Luft schmeckte nach Blüten, nach Frühling mit einem Hauch Zitrone. Ein warmer Windhauch wehte heran, und für einen Augenblick war dem Aktivatorträger sogar, als bräche die Sonne mit wärmenden Strahlen hinter den langsam treibenden Wolkenschleiern hervor. Das ganymedanische Halblicht erweckte diesen Eindruck – die Albedo, mit der Jupiter seine Monde überschüttete.

Mächtig und drohend stand der Riesenplanet eine Handbreit über dem Horizont.

Er ist größer geworden!

Das war Einbildung. Undenkbar, dass innerhalb weniger Minuten der Ausbruch des Mondes aus seiner Umlaufbahn schon mit bloßem Auge erkennbar sein konnte. Reginald Bull sah den Planeten größer, weil er genau das erwartete – ein Bild, das die Bedrohung greifbar machte.

Angespannt blickte er nach Süden.

Er fragte sich, ob Rhodan noch lebte. Und Mondra. Und mit ihnen die für ihren Schutz abgestellten TLD-Agenten. Er schüttelte den Kopf. Keine Leibwache schützte gegen Gewalten, wie sie seit Mitternacht in Jupiters Atmosphäre tobten. Am besten wäre es gewesen, sich herumzuwerfen und zu fliehen, egal wohin, nur fort.

Aber diese Blöße würde er sich niemals geben.

Bull verkrallte die Hände im Halsausschnitt seines SERUNS. Breitbeinig stand er da, als könnte nichts und niemand ihm etwas anhaben. Er taxierte die ineinander verlaufenden Wolkenbänder des Planeten. Gasströmungen im Äquatorbereich, einige Dutzend Mal so groß wie die Erde, dehnten sich wild mäandernd aus, sie wurden zu monströsen Schlieren, deren heller Farbton sich allmählich blutig rot färbte. Als steige Glut aus den tiefen Schichten der Atmosphäre an die Oberfläche empor.

Unübersehbar der gigantische neue Wirbel, ein Mahlstrom, der den Großen Roten Fleck an Ausdehnung deutlich übertraf.

Wie eine tief klaffende Wunde erschien Bull der Gravo-Mahlstrom, ein goldfarbenes Monstrum, das sich unaufhaltsam durch Jupiters Atmosphäre fraß. Er glaubte nicht nur, das Brodeln im

Randbereich dieser monströsen Erscheinung zu sehen – er sah es wirklich. Der Zyklon tobte mit Windgeschwindigkeiten, die wohl tausend und mehr Kilometer in der Stunde erreichten.

Eine neue Bebenwelle durchlief Ganymed, begleitet von dem unheimlichen Knistern und Knacken, das hier draußen bedrohlicher klang als in den Laborhallen. Nicht mehr Jupiter interessierte Reginald Bull in diesen Sekunden, sondern der Himmel über Galileo City. Suchend schaute er in die Höhe und griff zugleich in den Nackenwulst des SERUNS, um den Folienfalthelm schnell nach vorn ziehen zu können.

Nur falls der Himmel Risse bekommt und wie Glas zerspringt.

Ausschließen durfte er das keinesfalls. Die schweren Schäden würden unweigerlich kommen.

»Bislang haben wir nicht verloren«, sagte Bull heftig. »Der Kampf ums Überleben beginnt erst.«

Immel Murkisch schaute den Verteidigungsminister durchdringend an. Sein Schweigen wirkte bedrückend, und mit einer fahrigen Handbewegung wischte er sich die widerspenstige Haarsträhne aus der Stirn. Erst Sekunden später besann er sich darauf, weshalb er den Aktivatorträger zu sich herangewinkt hatte.

»Ich dachte mir schon, dass es nicht leicht sein würde«, sagte Bull. »Was zeigen die Messungen? Oder geht gar nichts mehr?«

»Doch. Wir bekommen die Überlappung der Ortungsbilder zunehmend besser in den Griff, lediglich die Filterprogramme müssen weiter verfeinert werden. Die hochspezifizierten Eingangsdaten werden in kleinste Bildelemente zerlegt, und die Positronik löscht alle nur in geringer Zahl überlappenden Elemente. Je öfter Punkte miteinander korrelieren, werden sie als reale Ortung in die Ausgabe übertragen. Daraus ergibt sich eine zwar verzerrte, aber wenigstens einschätzbare Darstellung. Eine Serie ausgewerteter Einzelbilder lässt als zweiten Schritt erkennen, wo sich Fehler eingeschlichen haben.«

»Geeignet für die Navigation?«

Murkisch zuckte mit den Schultern. »Wir haben eine Ausgabeverzögerung zwischen zehn und fünfzehn Sekunden und leider nur einen Erfolgsquotienten, der bei simulierten Probemanövern fünfzig Prozent bislang nicht überschreitet.«

»Besser als gar nichts«, bemerkte Bull. »Was ist nun mit Ganymed? Sag nicht, dass uns weniger als dreißig Stunden bleiben.«

»Dreißig?« Murkisch riss die Augen auf. »Meine Güte, nein. Der voraussichtliche Einschlag auf Jupiter wird erst am Montag sein. Zwischen 22 und 23 Uhr. Exakt lässt sich der Zeitpunkt nicht festlegen. Die Schwerkraftschocks des Effektors könnten heftiger werden und Ganymed steiler ausbrechen lassen. Auch dass sich die Geschwindigkeit des Mondes weiter erhöht ...«

»Also bleiben uns knapp sechzig Stunden«, stellte Bull unumwunden fest.

Murkisch stutzte, dann nickte er.

Montag, der 14. Februar, war also der Tag, der über das Schicksal des Solsystems entscheiden sollte.

»Auf perfide Weise scheint alles annähernd zeitgleich zusammenzulaufen«, eröffnete der potenziell Unsterbliche kurz darauf Kaci Sofaer und dem Ersten Syndikatssenator. »Sag mir keiner, dass das nur Zufall sei. Übermorgen, ab 23.30 Uhr, wird der Prozess aus Gravitonen und Higgs-Teilchen unumkehrbar sein. Dass Ganymed ungefähr eine Stunde vorher in den goldenen Gravo-Mahlstrom stürzen wird, was macht das schon für einen Unterschied? Die Evakuierung des Mondes müsste ohnehin sehr viel früher abgeschlossen werden.«

»Was könnte die TSUNAMI-X daran ändern?«, wollte Starbatty wissen.

»Nichts, außer sie würde schon heute oder morgen eintreffen«, antwortete Bull bitter. »Es ist die größte Ironie des Schicksals, dass unser Experimentalschiff ebenfalls erst gegen 23 Uhr hier sein wird. Gerade rechtzeitig zur Leichenschau, so ist das.«

Starbatty reagierte fahrig darauf. »Ich wollte wissen, welche Möglichkeiten dieses Schiff überhaupt hat. Kann es Wunder vollbringen?«

»Wunder.« Bull seufzte. »Die müssen wir uns wieder einmal selbst schaffen. Auf Wunder zu warten, hat nie weitergeholfen. Die TSU-

NAMI-X kommt entsprechend ihrer Konzeption sehr nahe an den Ereignishorizont eines Schwarzen Lochs heran. Das heißt, der Anflug auf Jupiter selbst in der letzten Phase seiner Verwandlung würde der Besatzung kaum Probleme bereiten. Aber was kann dann noch unternommen werden? Nichts. Dieses eine Schiff wäre für die Evakuierung unbedeutend.«

»Ein entsetzliches Thema«, wandte die Bürgermeisterin ein. »Wer darf an Bord, wer nicht? Wer wird gerettet, wer in den sicheren Tod geschickt?«

»Genau das will ich nicht hören!«, entgegnete Bull schroff. »Wenn wir die TSUNAMI-X brauchen, dann um den Effektor auszuschalten. Ansonsten ist sie nur ein Prototyp. Das X steht für *Unbekannt* – unbekannt, was sie zu leisten vermag, und unbekannt, ob es eines Tages weitere Experimentalschiffe dieses Typs geben wird. Sie hat spezielle Waffen an Bord, vorausgesetzt, an dem mir bekannten Ausrüstungsplan hat niemand nachträglich Abstriche vorgenommen. Immerhin wurde schon mit dem Schiffsrohbau der Kostenvoranschlag deutlich überschritten.« Mit beiden Händen zog er einen symbolischen Schlussstrich unter das Thema. »Die TSUNAMI-X wird nicht rechtzeitig im Sonnensystem sein, wir können sie nicht herbeizaubern, eine Alternative gibt es nicht. Das heißt ...«

»... alles hängt an der Korvette!«, wandte Starbatty ein.

»Hast du ein anderes Schiff zur Verfügung?«, wollte Bull wissen. »Größer und stärker bewaffnet?«

Der Senator verzog das Gesicht zur wehmütigen Grimasse. »Das Syndikat hält sich seit jeher von Auseinandersetzungen fern, wir liefern unseren Hypertau nicht einmal in Krisenregionen. Sicher, wir verfügen über mehrere Frachter, damit wir uns nicht zu sehr in Abhängigkeit begeben. Unsere Kleinfrachter haben die üblichen Thermo- und Impulsgeschütze für die Asteroidenabwehr, aber nicht einer ist derzeit auf Ganymed stationiert. Drei oder vier dürften aufgrund von Nachschubflügen an den Faktoreien angedockt sein – falls sie noch existieren.«

Wieder war eine schwache Erschütterung zu spüren. Das Beben richtete jedoch im Laborbereich keine neuen Schäden an.

Durchaus möglich, dass sich die Tektonik des Mondes vorübergehend wieder beruhigte. Bull dachte an die Hunderte Kilometer messende Schicht aus zähem Wassereis. Dieses Eis, das sehr viel von Ganymeds Masse ausmachte, reagierte träge auf Veränderungen. Zweifellos absorbierte es sehr viel von den auf Ganymed einwirkenden Kräften.

Andererseits würde die wachsende Beschleunigung den Mond langsam deformieren. Eine der Folgen mochten auf der Jupiter abgewandten Seite ausbrechende Kryovulkane sein. Auch das Magnetfeld musste sich verändern; der Dynamoeffekt basierte auf flüssigen Bereichen im Kern des Mondes, vor allem jedoch auf den tiefen Wasser- und Eisströmen.

»Gibt es eine Transmitterverbindung ...?« Bull unterbrach sich sofort. »Schon gut. War nur eine Überlegung.«

»Bis zum Hyperimpedanz-Schock hatten wir eine Transmitterverbindung nach Port Medici«, antwortete die Bürgermeisterin. »Danach wurde wegen der Transportrisiken darauf verzichtet. Was sind schon zweihundert Kilometer?«

Reginald Bull nickte knapp. »Ich fliege mit dem schnellen Gleiter zum Raumhafen.«

»Falls du Unterstützung ...«

»Ich begleite ihn!«, sagte Starbatty spontan und in einem Tonfall, der keinen Widerspruch zuließ. »Falls tatsächlich einige unserer Wissenschaftler das Kommando beim Artefakt übernommen haben, werden sie meine Anordnungen hoffentlich befolgen. Mag sein, dass sie bereits Versuche anstellen, den Effektor auszuschalten. Sehr wahrscheinlich sogar, schließlich steht die Existenz unserer Faktoreien auf dem Spiel.«

Bull zögerte nur kurz.

»Gut«, sagte er und wandte sich wieder an Sofaer. »Was die Situation in Galileo City anbelangt ...«

»Die Beben haben viele aufgeschreckt. Eigenartigerweise zeigen sich die Schlaflosen kaum betroffen, als sei es ihnen egal, was geschieht. Ich habe vor einigen Minuten mit der Verwaltung gesprochen. In Kürze wird eine Verlautbarung gesendet, dass die Beben mit dem Fund in der Ovadja Regio zu tun haben.«

»Wer Augen im Kopf hat, kann den riesigen goldfarbenen Fleck auf Jupiter sehen«, widersprach Bull.

»Und? Vorerst kann niemand erkennen, dass Ganymed seine Umlaufbahn verlassen hat und auf den Planeten zustürzt.«

»Wir dürfen die Wahrheit nicht totschweigen. Umso unberechenbarer wird die Reaktion hinterher ausfallen ...«

Kaci Sofaer riss die Augen weit auf und blickte den Minister überrascht an. »Glaubst du schon nicht mehr, dass die Korvette den Gravitonen-Effektor vernichten kann? Warum willst du es dann überhaupt versuchen?«

»Ich glaube daran«, sagte der Aktivatorträger mit Nachdruck. »Auf irgendeine Weise bekommen wir das Mistding klein. Schade nur, dass wir dann wohl nie die Hintergründe erfahren werden. Woher kam das Artefakt, wie alt war es überhaupt und was war wirklich seine Aufgabe?

Andererseits bin ich mir inzwischen ziemlich sicher, dass wir keinesfalls ungeschoren davonkommen werden. Selbst wenn wir Jupiter vor dem Schwerkrafttod bewahren können, wie sollen wir Ganymed auf seine Umlaufbahn zurückbringen? Was auch geschieht, der Mond wird abstürzen. Wir haben keine Chance, ihn innerhalb von zwei Tagen zu stabilisieren. Und was nach dem Aufschlag folgen wird, wage ich nicht abzuschätzen. Ich kann nur hoffen, dass Jupiter nach dem großen Brocken nicht heftig aufstößt.«

Sofaer blickte den Terraner entgeistert an.

»So habe ich das bis jetzt nicht gesehen«, brachte sie stockend über die Lippen. Achtlos wischte sie Bhunz beiseite, der sich vor ihr aufblähte. »Wir werden demnach auf jeden Fall evakuieren müssen. Wie?« Die Frage schrie sie beinahe.

»Darüber zerbreche ich mir bereits den Kopf«, gestand Bull. »Ich habe nur noch keine Lösung. Sehr viel wird davon abhängen, ob die Schiffe der Heimatflotte bald ungefährdet im Jupiterorbit manövrieren können.«

Mit der linken Hand fuhr Sofaer sich über den Scheitel. Es sah aus, als wolle sie sich die eingewachsenen weißen Federn aus der Kopfhaut reißen.

»Dreitausend Jahre«, sagte sie seufzend. »Dreitausend Jahre und dann nicht einmal drei Tage Todeskampf.«

»Am 5. Februar – der zweite Monat des terranischen Jahreskalenders.« Homer G. Adams wiederholte das Datum zum dritten Mal und war es leid. »Vor acht Tagen«, sagte er zögernd und hielt zur optischen Untermalung beide Hände mit gespreizten Fingern in die Höhe, die Daumen auf die Handfläche gedrückt.

Sein Gegenüber im Holo schien prompt ein Stück zurückzuweichen. Das bis eben ausdruckslos starre Gesicht ließ jetzt Ablehnung erkennen, sogar Ekel.

»Acht Tage«, wiederholte Adams und war sich endgültig sicher, dass der blasshäutige Xenthurier ihn bislang nicht erkannt hatte.

»Nimm die Hände weg!«, keuchte der Mann – oder eher die Frau? Es gab keinen äußerlich erkennbaren Unterschied.

»Ihr Terraner seid schrecklich ordinäre Wesen. Man darf euch nur völlig verhüllt auf die Galaxis loslassen; dieser Anblick ist eine Zumutung für jede Intelligenz.«

Das Holo erlosch.

Sekundenlang blickte Adams ins Leere, dann griff er sich mit zwei Fingern an die Nase.

Seine letzte Begegnung mit einem oder einer Xenthurier lag mehr als fünfzig Jahre zurück. Er hatte schlicht nicht daran gedacht, dass gespreizte vier Finger eine obszöne Beleidigung darstellten, und er hatte gleich beide Hände gehoben.

Erneut die Verbindung zum Anwaltsbüro Boscyk, Hassenstein & Partner auf Olymp herzustellen, hielt er für keine gute Idee. Beleidigte Xenthurier spritzten Gift und Galle. Adams fürchtete sich in dem Moment vor der Blamage.

»Servo, ein neues Hyperkomgespräch«, sagte er verhalten. »Wieder Olymp. Das Polizeihauptquartier Trade City, dringlich und Sicherheitsstufe.«

Er musste nur wenige Minuten warten.

Ein zur Korpulenz neigender, nicht mehr allzu junger Polizist lächelte ihm entgegen. Er trug keine Rangabzeichen, aber ein altertümlich wirkendes Nadelstreifenhemd mit geschwungenem Stehkragen. Adams mochte Menschen, die nicht jeden verrückten Modeschrei mitmachten.

Der Polizist deutete eine knappe Verneigung an. »Der Galaktische Rat Adams persönlich. Was kann ich für dich tun?«

»Es geht um einen Todesfall: *Tipa's Plaza*, 118. Etage. Der Tote hieß Madras.«

»Larkin Madras.« Der Name war sofort parat. »Bricht im Hotelzimmer zusammen und stirbt. Bis der Leichnam entdeckt wurde, war eine Reanimation nicht mehr möglich.«

»Kein natürlicher Tod?«

Der Polizist merkte sofort auf. »Weißt du mehr darüber, Homer? Die Datei konnte bis heute nicht geschlossen werden.«

»Ich weiß von Larkins Tod erst seit einer Stunde. Wie ist er gestorben?«

»Akutes Herzversagen. Ungewöhnlich, nur leider gibt es das hin und wieder.«

»Und die tatsächliche Ursache?«

»Innere Quetschungen, Organrisse, Rippenbrüche.«

»Als Folge eines schweren Sturzes oder einer tätlichen Auseinandersetzung?«

»Weder noch. Es gab keinerlei äußere Anzeichen. Die Verletzungen wurden dem Opfer innerlich zugefügt – und sie waren sofort tödlich.«

»Das Zimmer wurde untersucht?«

Der Polizist reagierte mit einem indignierten Lächeln. »Keine Infrarotrekonstruktion, dafür war schon zu viel Zeit verstrichen. Genetisches Material war entweder Madras selbst zuzuordnen oder stammte von Hotelgästen vor ihm. Keine anderen Spuren. Und noch etwas: Der Zugang zum Zimmer war kodiert verriegelt, kein Hinweis auf eine Manipulation.«

»Danke«, sagte Adams. »Übermittle bitte die komplette Datei an die Erste Terranerin.«

»Ybarri?«

»Genau.«

»Eigentlich kommt als Täter nur eine parapsychisch begabte Person in Betracht. Es gibt nicht viele Telekineten, die zugleich Teleporter sind.«

»So ist es«, antwortete Adams und schaltete ab.

Er stützte den Kopf auf beide Hände und blickte ins Leere. *Mutanten!* Madras war ein Opfer seiner Nachforschungen geworden. Sein Mörder hatte den Datenkristall gesucht, den Adams seit gut einer Stunde vor sich liegen hatte. Das Original des Kristalls, Adams hatte eine Kopie.

In den Daten ging es um Kapitaltransaktionen. Um Menschen, die seit Wochen ohne Schlaf auskamen und um einige, die plötzlich parapsychische Fähigkeiten entwickelten. Das alles hatte mit dem Syndikat der Kristallfischer zu tun und mit dem Hypertau, den die großen Faktoreien aus der Jupiteratmosphäre kelterten.

Homer G. Adams versuchte zum zweiten Mal, Gaider Molkam zu erreichen. Er hatte einen seiner besten Finanzagenten auf Ganymed eingeschleust. Offiziell war Molkam der neue Synergiekontakter der Interstellar Development Association.

Molkam reagierte auch jetzt nicht auf den Ruf.

2.

Eine eigenartige Stimmung lastete über Galileo City, eine morbide Mischung aus Schwermut und fröhlicher Leichtigkeit, wie Reginald Bull sie lange nicht mehr gespürt hatte. Je näher der offene Schweber dem Stadtzentrum kam, desto intensiver empfand der Aktivatorträger diesen Eindruck.

Verwaschen hing Jupiter über dem Horizont. Die Wolken unter der Panzertroplonkuppel waren dichter geworden, als wollten sie den Planeten allzu neugierigen Blicken entziehen. Wenn sie nur mit ein wenig Aufmerksamkeit oder Neugierde zu dem Gasriesen aufschauten, konnten Millionen Ganymedaner den gigantischen goldfarbenen Wirbel sehen.

Er wirkt abstoßend, fand Bull. *Ein Krebsgeschwür, das Jupiter unaufhaltsam zerfressen wird.* Die mäandernden Schlieren zwischen den Wolkenbändern waren intensiver rot durchsetzt als vor einer halben Stunde. Längst schien brodelnde Glut aus der Tiefe aufzusteigen. Für wenige Tage mochte atomares Feuer eine zweite Sonne im Solsystem entzünden – bis die Glut vom übermächtigen Druck der Gravitonen wieder gelöscht wurde. Wie die Flamme eines Kerzendochts, die ein Mensch mit zwei Fingern ausdrückte.

Reginald Bull nickte zögernd, als sich die alten Spekulationen zwischen seine Überlegungen drängten. Jupiter war der einzige Planet des Solsystems, der mehr Wärme abgab, als er von der Sonne empfing. Nie hatten die Gerüchte über eine Hitzequelle im Kern des Riesenplaneten verstummen wollen. Jupiter war so groß, wie ein Gasplanet überhaupt nur werden konnte. Ein weiteres Anwachsen seiner Gasmassen würde zugleich seine Gravitation erhöhen und somit seinen Umfang in eine feste Größe pressen.

Auch ein Stern wie Sol bestand aus Gas. Sterne wurden allein deswegen größer als Jupiter, weil ihre nukleare Hitze, von der Fusion in ihrem Innern entfacht, mit ihrem Gasdruck der alles zusammenziehenden Schwerkraft entgegenwirkte. Um selbst zur Sonne zu werden, brauchte Jupiter etwa achtzigmal mehr Masse, als er bislang besaß.

Als er bis vor kurzem besessen hat, korrigierte Bull sich. *An Masse mangelt es ihm bald nicht mehr, der Zustrom scheint endlos zu sein.*

Würde Jupiter also das Schauspiel einer gerade erst aufleuchtenden, neuen Sonne bieten, bevor er für alle Zeit im Dunkel völliger Lichtlosigkeit versank?

Am Horizont, dicht unter der sanft gewölbten Panzertroplonkuppel, flackerten bunte Lichtspiele. Viele in der Stadt feierten weiterhin, unermüdlich und schlaflos.

»Was hat es mit diesen Menschen auf sich?«, fragte der Residenz-Minister für Liga-Verteidigung.

Der knorrige, schiefgesichtige Mann im Pilotensitz reagierte nicht auf die Frage. Starbatty zog den Schweber an einer Siedlung hoher pyramidenförmiger Wohnbauten vorbei. Ein schmaler Waldstreifen kam näher. Umgeknickte und entwurzelte Bäume lagen durcheinander, als habe sie die Hand eines Riesen umgeworfen. Hunderte Ganymedaner kletterten zwischen den Stämmen umher, um sich ein Bild von der Situation zu machen.

»Siehst du den kleinen See?« Starbatty deutete nach rechts.

Auf den ersten Blick hatte Bull den Eindruck, dass der See allmählich verlandete. Dann bemerkte er den Strudel inmitten der Wasserfläche.

»Eine Folge der Erschütterungen«, fuhr der Senator fort. »Der Seeboden scheint geborsten zu sein, das Wasser sucht sich seinen Weg in den Untergrund. Hoffentlich bleibt es nur dabei und wird nicht schlimmer.«

»Im Untergrund liegen die Kraftwerke und Lebenserhaltungssysteme?«

»Das und einiges mehr«, bestätigte Starbatty. »Nicht dezentralisieren, sondern Synergieeffekte nutzen, hieß es beim Bau der Stadtkuppeln.«

»Was ist mit den Menschen, die angeblich ohne Schlaf auskommen?«, fragte Bull drängender als zuvor.

Der Senator stieß ein undefinierbares Brummen aus. »Das spielt keine Rolle mehr«, erwiderte er mürrisch, als Bull ihn unverwandt von der Seite fixierte. »Mit unserem Problem hat das nichts zu tun. Wir sollten uns auf den Gravitonen-Effektor konzentrieren.«

»Wir?«

»Glaubst du, ich überlasse die Drecksarbeit einem Minister der Liga? Egal, ob er Bull heißt oder nicht. Die Existenz des Syndikats steht auf dem Spiel, und damit ist es auch meine Angelegenheit, ob dir das gefällt oder nicht.«

»Ich hätte es mir denken können. Die Faktoreien, das restliche Produktionsvermögen, Rohstoffe und Gewinne stehen ganz oben auf deiner Prioritätenliste. Ist das alles erst einmal gerettet, kann die restliche Welt ruhig untergehen. Ist es so?«

»Was willst du hören?«

»Eine Bestätigung, Starbatty. Dumm nur, dass sich das Isidor-Bondoc-Building nicht so leicht von einem Ort an den nächsten versetzen lässt ...«

Der Senator stieß ein kurzes, aggressives Lachen aus. »Die Gestehungskosten des Gebäudes liegen bestimmt nicht über dem, was die Solare Residenz verschlungen hat. Im Gegensatz zu euch hat das Syndikat es mit mühsam erwirtschafteten Gewinnen finanziert. Unsere Teams in der Jupiteratmosphäre leisten verdammt schwere Arbeit und gehen lebensgefährliche Risiken ein. Hat jemals ein hohes Tier aus der Liga danach gefragt? Ich entsinne mich nicht. Schon deshalb bin ich froh darüber, dass die Ganymed-Siedlung seit jeher den Status einer eigenständigen Exklave innehat.«

»Eigentlich hatte ich gehofft, du würdest dir um die einhundertfünfundsechzig Millionen Bewohner Sorgen machen ...«, sagte Bull aufgebracht.

»Genau das tue ich. Ob du es glaubst oder nicht. Hätte ich Angst um mein Vermögen, wäre ich längst nicht mehr hier.«

»Meine Frage ist immer noch unbeantwortet. Welcher Zusammenhang besteht zwischen dem Syndikat und den schlaflosen Menschen?«

Starbatty riss den Schweber zur Seite. In der Ferne wuchsen die Bauten des Stadtzentrums auf.

»Es hat mit Tau zu tun?« Wenn jemand hartnäckig sein konnte, dann Bull. Sobald er sich in ein Thema verbissen hatte, ließ er nicht mehr locker. »Tau-acht? Ich bin sicher, du wirst mir gleich erklären, was Tau-acht ist.«

»Woher kennst du den Namen?«

Der Aktivatorträger zuckte mit den Achseln. »Ein Engel hat ihn mir verraten.«

Starbattys Lachen klang gekünstelt, eigentlich überrascht und abwartend zugleich.

»Ein Engel namens Pao.« Bull machte eine kurze Pause, um den Namen wirken zu lassen, aber der Senator reagierte nicht darauf. Mit keiner Regung verriet Starbatty, dass er die Frau gekannt hätte. »Pao Ghyss«, fuhr Reginald Bull fort. »Sie war für einige Zeit in Los

Angeles zu Hause. Monatelang pendelte sie zwischen Terra und Ganymed.«

»Ganymed – und wenn schon? Ist sie wenigstens schön, diese Pao?«

»Ich dachte, du würdest sie kennen.«

»Nein«, sagte Starbatty. »Wir fliegen gleich in den Gleiterhangar der Stadtverwaltung ein. Du solltest dir die Nutzungsfreigabe für den schnellen Gleiter einholen.«

Bull nickte knapp. Er hatte natürlich nie selbst mit Pao Ghyss gesprochen, aber der Name war ihm bekannt. Und den Versuch war es wert gewesen.

»Spiros Schimkos ist dir aber ein Begriff?«

Der Senator seufzte. »Wer soll das sein?«

»Ein Terraner, der durch Berührung dickes Glassit zum Platzen bringt.«

»Jetzt ahne ich, worauf du hinauswillst. Dieser Schimkos ist offensichtlich Tau-acht-Konsument.«

»Bingo!«.

Starbatty bedachte Bull mit einem verwunderten Seitenblick. »Den Ausdruck verstehe ich nicht ...«

»Schimkos hat diese besondere Kraft oder Fähigkeit, weil er Tau-acht ... was eigentlich: schluckt, inhaliert ...? Was ist dieses Tau-acht?«

»Ein Hyperkristall wie jede andere Hypertau-Version«, antwortete Starbatty. »Allerdings wird Tau-acht nicht offiziell ... gehan... delt.«

Der Senator hatte mitten im Satz langsamer gesprochen. Nun schwieg er. Die Überraschung war ihm anzumerken.

Auf dem Gleiterdeck stand eine dunkle Transportmaschine. Mehrere Männer und Frauen in rot-blauen Kombinationen mit silbernen Applikationen blickten dem einfliegenden kleinen Schweber entgegen. Tiefer auf dem Deck entdeckte Bull weitere Personen in diesen Uniformen, die mit dem Symbol des Syndikats der Kristallfischer verziert waren: einem an den Rändern unscharf gezeichneten Planeten, der von einem blitzenden Kristall umgeben war. Er hatte den Eindruck, dass sie an den abgestellten Maschinen hantierten.

»Das sind SteDat-Leute«, murmelte Starbatty. »Ich verstehe nicht, was der Aufmarsch hier soll.«

Zwei Männer stoppten den Schweber mit Handzeichen. Langsam kamen sie näher.

»Gibt es Probleme?«, fragte Starbatty kühl. »Normalerweise werde ich nicht behindert.«

Einer der beiden verzog die Mundwinkel zu einem schiefen Grinsen. Der andere ließ Bull nicht aus den Augen.

»Die Gleiterdecks wurden gesperrt. Hier kann vorerst niemand rein – und erst recht nicht raus.«

»Gibt es einen Grund dafür?«

»Anweisung von oben. Zu mehr kann ich mich nicht äußern.«

»Die Stelle für Datenbeschaffung befasst sich also neuerdings mit Banalitäten wie Verkehrsüberwachung?«

»Als Banalität würde ich die gesicherte Zukunft für alle Bewohner Ganymeds nicht bezeichnen. Die Decks werden vorerst mit Prallfeldern abgeriegelt.«

»Wie auch immer«, mischte sich Bull ein. »Wir steigen nur in meinen schnellen Gleiter um, das behindert keinen.«

Der zweite Mann grinste breit. »Genau darum geht es«, stellte er in leicht spöttischem Tonfall fest. »Alle Gleiter, die ein Verlassen der Stadtkuppeln ermöglichen, werden stillgelegt. Der Schutz der Bevölkerung hat Vorrang.«

»Schutz?« Der Aktivatorträger fragte sich, was die SteDat-Leute schon über den Absturz Ganymeds wissen konnten. Erst der nach wie vor ungeklärte Vorfall beim Gravitonen-Effektor; Joc Allip und Axe Rudoba reagierten weiterhin auf keinen Funkanruf. Und nun das hier. Bull bezweifelte, dass die Bürgermeisterin informiert war, denn sie hätte ihn darüber in Kenntnis gesetzt.

»Alle geeigneten Fahrzeuge werden sichergestellt.«

»Wovon ich selbstverständlich ausgenommen bin«, wandte Starbatty schroff ein. »Ich muss mich hoffentlich nicht vorstellen?«

»Die Anweisung kennt keine Ausnahme, Erster Syndikatssenator«, gab der Mann zurück. Er hatte seinen Namen nicht genannt und trug auch kein Schild, das ihn ausgewiesen hätte.

»Der Residenz-Minister für Liga-Verteidigung untersteht keinen internen Regelungen.« Reginald Bull wollte den Schweber verlassen, aber der zweite Uniformierte hinderte ihn daran.

»Selbstverständlich kannst du dich frei bewegen. Nur die Gleiter werden für die Evakuierung des Mondes benötigt.«

»Wer hat sich das ausgedacht? Daubert? Wenn der Jungspund der Meinung ist, er könne jedem Vorschriften machen ...« Starbatty verstummte, weil Bull ihm die Hand auf den Arm legte. Im ersten Moment sah es so aus, als wolle er den Aktivatorträger zurückstoßen, dann holte er tief Luft und nickte verkniffen. »Wie soll diese Evakuierung vonstatten gehen?«

Die einzige Antwort, die er darauf erhielt, war eine nichtssagende Geste.

»Wo finde ich Daubert Eviglich?«

»Im Hauptquartier.«

»Ich rede mit ihm.«

»Wann wird die Bevölkerung über die Evakuierung informiert?«, rief Bull den beiden Männern nach, die sich schon abwendeten.

Wieder ein Schulterzucken. Dafür sind andere zuständig, bedeutete es.

»Die Stelle für Datenbeschaffung ist die interne Polizei des Syndikats«, erklärte Starbatty. Reginald Bull gewann zwar den Eindruck, dass dies keineswegs die ganze Wahrheit sein konnte, trotzdem verzichtete er darauf, nachzufassen. Er war überzeugt davon, dass der Senator über kurz oder lang selbst die Sprache auf diesen Punkt bringen würde und dass er von sich aus mehr preisgeben würde, als wenn er darum gebeten wurde.

»Das Hauptquartier befindet sich im Isidor-Bondoc-Building. Befehlshaber für Galileo City ist Daubert Eviglich. Ein Venusier.«

Reginald Bull lachte verhalten.

»Ist irgendwas daran lustig?«, fragte Starbatty mürrisch.

»Die SteDat weiß also, was mit Ganymed geschieht. Ich frage mich soeben, ob für das Schweigen der Wissenschaftler am Effektor ebenfalls die Stelle für Datenbeschaffung verantwortlich ist. *Meine*

Anordnungen werden sie wohl befolgen. Das hast du gesagt. Wörtlich. Für mich sieht das mittlerweile nach neuen Problemen aus.«
»Ich bin immer noch der Erste Syndikatssenator.«
»Und Eviglich? Was ist er für ein Mann?«
Starbatty schwieg. Auf Bull machte er einen verbissenen Eindruck. Wie jemand, der sich selbst erst über die Gegebenheiten klarwerden musste.
»Wohin fliegen wir nun?«
»Zu einer der Rohrbahnstationen.«
»Warum nicht zur nächstgelegenen?«
»Es gibt geringer frequentierte kleine Bahnhöfe.«
»Du fliegst weiter, um der SteDat aus dem Weg zu gehen?«
Die Antwort darauf blieb der Senator schuldig.
Richtung Süden glitt der Schweber durch die Straßenschluchten des Stadtzentrums. Es war kurz vor Mittag Standardzeit. Bull hatte den Eindruck, als rase die Zeit dahin. Der Verkehr floss träge, aber nicht so dicht, wie er es erwartet hatte. Ohnehin schienen nur noch kleine Schweber unterwegs zu sein, keine größeren weltraumtauglichen Gleiter. Jupiter verbarg sich hinter den Gebäuden; nur hier und da schimmerten seine Wolkenstreifen durch Baulücken.
»Täusche ich mich, oder wirkt der Planet wirklich schon leicht perspektivisch verschoben?«, fragte Starbatty.
»Ganymed hat vermutlich die bisherige Bahnebene verlassen«, antwortete Bull. »Allzu lange kann das nicht unbemerkt bleiben. Bevor Panik ausbricht, müssen wir sagen können, dass die Ursache der Bedrohung ausgeschaltet wurde.«
»Dabei verschweigen wir, dass Ganymeds Ende ohnehin feststeht?«
»Wir verhindern, dass Jupiter zum Schwarzen Loch wird. Aber wir werden Ganymed nicht mehr aufhalten können. Richtig! Sobald der Effektor keine Gravitonen mehr ausstößt, haben unsere Schiffe hoffentlich wieder eine Chance, nahe heranzukommen. Dann können wir evakuieren. Über welche Möglichkeiten verfügt die SteDat in der Hinsicht?«

»Das frage ich mich, seit die Sprache darauf kam. Keine.«

»Warum blockieren sie dann die Gleiter? Wohl kaum, damit ein paar Auserwählte den Mond verlassen können. Was steckt dahinter, Starbatty?«

»Entweder ein Fluchtversuch – der von vornherein zum Scheitern verurteilt ist. Oder die SteDat will verhindern, dass Einwohner die Stadt verlassen.«

»*Wir!*«, rief Reginald Bull so überzeugt, dass der Senator ihn entgeistert anschaute. »Wir sollen keine Möglichkeit erhalten, das Artefakt zu erreichen.«

»Aber warum?«

Bull dachte sekundenlang nach. »Einerseits habe ich das Gefühl, dass ich den Wald vor lauter Bäumen nicht sehe, andererseits kann ich mir keinen Reim darauf machen, wie das alles zusammengehören soll.«

»Glaubst du wirklich, dass es der SteDat um den Effektor geht?«

»Warum sonst sollte die Polizei verhindern wollen, dass wir das Artefakt erreichen?«

»Das ist deine Vermutung«, sagte Starbatty hastig.

»Dass dort draußen etwas vorgefallen sein muss, rieche ich gegen den Wind. Die Korvette der CHARLES DARWIN II steht zudem seit Stunden auf dem Raumhafen, die Besatzung meldet sich aber nicht. Ich gehe davon aus, dass die SteDat dabei ebenfalls die Hände im Spiel hat.«

»Deiner Meinung nach will Eviglich also verhindern, dass der Effektor zerstört wird?«

»Genau das.«

Verbissen und nachdenklich zugleich schüttelte Starbatty den Kopf. Er zog den Schweber nach Osten.

Für einige Augenblicke wurde Jupiter in seiner vollen Größe sichtbar. Der Gravo-Mahlstrom war weiter gewachsen. Und noch etwas stellte Bull fest: Dieser gewaltige goldfarbene Wirbel hielt seine Position. Er machte Jupiters schnelle Rotation nicht mit, sondern stand unverändert Ganymed gegenüber. In der Atmosphäre des Planeten mussten demnach gigantische Turbulenzen toben.

»Wenn du Recht hättest, sollte es ein Verbindungsglied geben.« Der Senator überlegte laut. »Ich kann mir leider nicht vorstellen, wie das aussehen soll. Bis vor zwei Wochen wusste niemand von dem Artefakt.«

»Was ist mit Tau-acht?«

»Die Entdeckung dieser Kristalle liegt beinahe schon sieben Jahre zurück, und sie sind nichts Außergewöhnliches. Das heißt, sie haben psychotrope Qualität, das macht sie in gewisser Weise schwieriger. Deshalb werden sie auch nicht gehandelt.«

»*Nicht offiziell gehandelt,* das erwähntest du vorhin vor dem Gleiterdeck. Tau-acht wird unter der Hand vertrieben, ist es so? Als Stimulans, als Droge, und das Syndikat verdient sich eine goldene Nase daran.«

»Du machst aus einer Mücke einen Elefanten.«

»Halb Ganymed kommt inzwischen ohne Schlaf aus«, entgegnete Bull spöttisch.

»Kaci behauptet, nicht mehr als dreißig Prozent.«

»Das sind immerhin an die fünfzig Millionen Ganymedaner und Angehörige anderer galaktischer Völker. Gar nicht davon zu reden, dass Tau-acht längst auch auf anderen Welten konsumiert wird.«

Tief atmete der Senator ein. »Niemand kommt dabei zu Schaden«, sagte er, wenngleich mit einem eigenartigen Unterton in der Stimme. »Tau-acht schädigt den Metabolismus nicht, es fördert sogar bestimmte geistige Anlagen.«

»Was ist mit Basil Mooy?« Bully wartete gar nicht darauf, dass der Senator ihn verständnislos ansah. »Mooy wurde umgebracht. Von Spiros Schimkos, der allem Anschein zu den Tau-acht-Konsumenten gehört hat. So harmlos ist das Zeug also demnach nicht.«

Starbatty schwieg dazu. Obwohl Bull durchaus den Eindruck hatte, dass der Senator mit sich kämpfte. Starbatty hatte mehr mit Tau-acht zu tun, als er sich selbst eingestehen wollte. Vielleicht verschloss er sich nur vor einer unbequemen Wahrheit. Ein Kosmopsychologe hätte zweifellos Ansätze gefunden, ihn zum Reden zu bewegen. Bully konnte sich nur auf seine Menschenkenntnis verlassen, die allerdings in drei Jahrtausenden einiges an Erfahrungswerten angesammelt hatte.

Der Schweber landete am Rand eines aufgelockerten Wohngebiets. Der Zugang zur Röhrenbahn befand sich in einem imposanten kleinen Bauwerk, das Museumscharme verbreitete.

»Die Kunstwerke hier stammen ausschließlich von Ganymedanern«, erläuterte Starbatty, während sie das Gebäude betraten. »Auf Ganymed gab und gibt es viele schöpferische Geister. Manche behaupten, dass Jupiters steter Anblick diese Gaben besonders fördert.«

Unvermittelt blieb der Senator stehen. Er schaute in die lichte, von hohen Säulen getragene Runde, als habe er vergessen, dass der Residenz-Minister bei ihm war.

»Luc hat angefangen, prächtige Skulpturen zu erschaffen.« Starbatty redete wie zu sich selbst. »Er ist mein Lieblingssohn – trotzdem hätte ich alles getan, um zu verhindern, dass er diese Affäre mit Anatolie von Pranck anfängt. Ich weiß nicht, was er in ihr sieht. Eine Göttin vielleicht, Psyche und Amor zugleich. Aber sie treibt es auch mit Quantrill und Breaux und ... nein, sie hat Luc mir vorgezogen. Seit einigen Monaten weiß ich, dass sie Luc Tau-acht gegeben hat. Er ist glücklich damit und schafft Werke, die niemand für möglich gehalten hätte ...«

Eine Entschuldigung? Sollte das eine Entschuldigung dafür sein, dass Starbatty duldete, was um ihn herum vorging? Es hörte sich so an. Reginald Bull hatte längst angefangen, seine ursprüngliche Meinung über den Senator zu revidieren. Der Mann mochte einst der große Visionär und Macher gewesen sein, wie viele andere ebenfalls, die am Aufbau des Syndikats der Kristallfischer entscheidend Anteil gehabt hatten, mittlerweile war er ein Getriebener. Er hatte sich in einem Labyrinth aus Lebenslust und einem Hauch bewahrten Pflichtbewusstseins verrannt.

»Wer ist diese Frau?«, fragte Bull.

»Anatolie von Pranck? Unsere Chefwissenschaftlerin. Durch ihre Hände gehen täglich Unmengen an Hyperkristallen. Weiterentwicklung, Analysen ... Sie erklärt Tau-acht für psychotrop, und Oread

Quantrill entscheidet, dass diese Charge nicht offiziell gehandelt wird. Und Starbatty, der alte Starbatty, der sich nicht einmal an die Zahl der Kinder erinnert, die er in die Welt gesetzt hat, wird schon nichts davon merken. Soll er doch tun, was ihm Spaß macht, dann stirbt er eines Tages beruhigter, Hauptsache, er ist abgelenkt.«

Selbstmitleid? Eher schwang Zorn in diesen Worten mit. Ruckartig wandte der Senator sich um und starrte Bull an.

»Einige Leute scheinen zu glauben, ich sei blind und taub!«, brachte er heftig hervor. »Das Verrückte daran ist, dass sie Recht haben. Ohne Lucs Verhältnis zu dieser Frau wüsste ich bis heute nicht, dass immer mehr Menschen mit Tau-acht versorgt werden. Sie haben uns so viel voraus, dass ich sie schon fast bewundern muss: Sie schlafen nicht mehr. Entwickeln besondere Fähigkeiten. Vielleicht müssen sie nicht einmal mehr sterben. Dann wäre Tau-acht mehr als nur eine Wohltat für die Menschheit.«

»Glaubst du das?«, fragte Bull spontan.

Starbatty schaute entgeistert zu ihm auf. »Fürchtest du dich? Weil du und deinesgleichen ihr Alleinstellungsmerkmal verlieren würden?«

Er ging weiter. Schneller als zuvor, als habe er es mit einem Mal sehr eilig. Nach wenigen Sekunden war er hinter den Säulen verschwunden.

Bull folgte ihm.

Einige der Säulen waren verkleidete Personen-Antigravschächte. Starbatty musste einen davon benutzt haben. Bull wendete sich dem erstbesten zu, er spürte den schwachen Sog des abwärts gepolten Transportfelds und trat nach vorn.

Schon als er in die Tiefe schwebte, hörte er Stimmen. Sekunden später stand er auf dem Zugang zu den Bahnsteigen.

Der Vorraum war abgeriegelt, SteDat-Leute hatten energetische Sperren aufgebaut. Bull hörte den erregten Disput einiger Dutzend Ganymedaner, die zum Raumhafen wollten.

Starbatty redete ebenfalls auf mehrere SteDat-Männer ein. Heftig gestikulierend verlangte der Senator, dass die Röhrenbahn zum Raumhafen umgehend freigegeben werde. Als die Polizisten ihn zurückdrängten, ließ er sich zu einem kurzen Handgemenge provozieren.

Augenblicke später führten sie ihn ab. Bull hatte sich da bereits in den Sichtschatten einer Wandscheibe zurückgezogen, die den Zugang zu Sanitärräumen abgrenzte.

Die Polizei des Syndikats riegelte also die Stadtkuppel ab. Es gab wohl keinen Weg mehr, nach draußen zu gelangen. Hatte Starbatty das mit der Wahl dieses kleinen Bahnhofs feststellen wollen?

Der Syndikatssenator schaute wie suchend um sich. Er protestierte nicht mehr, aber in seinem Blick glaubte Bull, grimmige Entschlossenheit zu erkennen.

Yegor Varensmann, der Finanzchef des Syndikats ...

Homer G. Adams griff wieder auf die Datenspeicher der Solaren Residenz zu. Das war ein Stück Gewohnheit wie zu seiner Zeit als Residenz-Minister für Wirtschaft, Finanzen und Strukturwandel. Erst als die Bilder vor ihm Gestalt annahmen, dachte er darüber nach, dass dies eben keine Selbstverständlichkeit mehr war. Er gehörte nicht mehr in diese Räume hoch über Terrania City, sein Platz als Direktor der Handelsorganisation Ammandul-Mehan war nicht die Solare Residenz. Selbst dem Mitglied des zwölfköpfigen Galaktischen Rats stand die spontane Abfrage nicht zu.

Er war, nostalgisch ausgedrückt, die Treppe hinaufgefallen und bezahlte dafür mit der verstärkten Suche nach Erinnerungen. Die Erste Terranerin hatte ihm zumindest aktuell wieder alle Freiheiten eingeräumt.

Adams ließ Varensmanns Bild auf sich wirken. Der Mann war wie er Terraner und nicht sonderlich groß, hatte allerdings Oberarme wie ein Ringer. Um sein aschgraues dichtes Haar beneidete Adams ihn.

Sie waren einander vor etlichen Jahren auf Ganymed kurz begegnet. Nur wenige Sätze hatten sie gewechselt, mehr nicht – zwei gleich gepolte Magnete, die einander abstießen.

Geboren 1395 NGZ. Das war noch so eine zufällige Gemeinsamkeit. Varensmann war jetzt sechsundsechzig.

Adams war, zumindest biologisch gesehen, genauso alt. Er war 1918 n. Chr. in England geboren und hatte die erste seinen Alterungsprozess anhaltende Zelldusche im Jahr 1984 erhalten.

Varensmann stellte Geld über alles. Aber seine Beweggründe waren Macht, das wusste Adams, ohne es nachzulesen. Der Finanzchef des Syndikats war eine Spielernatur, rücksichtslos und eiskalt. Für die kleinen Spieler, die sich im Casino anstrengten oder irgendwann die richtige Beteiligung fanden, hatte er nur Spott übrig.

Es gab einige neuere Aufnahmen im Archiv. Adams ließ sie auf sich wirken.

Der Finanzchef des Syndikats entpuppte sich darin als Mann der Gegensätze. Er war überaus kompetent, mitunter auch überheblich. Und arrogant, wenn für ihn nirgendwo ein Vorteil erkennbar wurde. Er war ein Hasardeur, dem es nichts ausmachte, eine Million Galax in den Sand zu setzen, der darüber lachte, wenn andere ihr Vermögen verloren. Aber Tränen rannen über seine Wangen, sobald er am Klavier die Vierte Arie in Moll der sterbenden Sterngötter intonierte.

Ein Gespräch mit Varensmann, einige unangenehme Fragen? Adams rang mit sich, ob er dem Mann sofort das Spiel verderben oder ihm eine kleine Chance geben sollte. Sie waren beide Spielernaturen, das erhöhte den Reiz gewisser Transaktionen.

Zwanzig Minuten später wusste Adams, wo sich der Finanzchef des Syndikats derzeit aufhielt. Er hätte ihn in der Milchstraße vermutet, im arkonidischen Einflussgebiet, doch der Mann befand sich in Los Angeles.

Es dauerte unverhältnismäßig lange, bis Adams eine Bildfunkverbindung bekam. Varensmann gab sich keine Mühe, sein Erstaunen zu verbergen.

»Homer Gershwin, was verschafft mir die Ehre?«

Adams lachte leise. »Geschäfte – oder zumindest Dinge, die eine geschäftliche Beziehung begründen könnten.«

»Ich dachte, du hast die Fronten gewechselt und bist nicht mehr Finanzminister der Liga«, stellte Varensmann süffisant fest.

»Und ich frage mich, ob du tatsächlich unter die Immobilienspekulanten gehen willst. Oder ist das nur ein Hobby?«

»Entschuldige, Homer, das verstehe ich nicht.«

Es war nur so ein plötzlicher Gedanke, aber Homer sprach ihn aus: »Die Wohnung für Pao in L.A. soll ziemlich aufwendig sein. Ich denke, mit Blick zum restaurierten Griffith Park ...«

Varensmann reagierte ein klein wenig zu heftig. Adams war ein guter Beobachter, dem das unwillige Zucken um die Mundwinkel seines Gesprächspartners nicht entging.

»Komm zur Sache!«, drängte der Finanzchef des Syndikats. »Meine Zeit ist knapp bemessen.«

»Sagt dir der Name Madras etwas? Larkin Madras?«

Kopfschütteln.

»Welche Summe ist nötig, wenn ich mich am Geschäft mit Tauacht beteiligen will?«

Varensmann verengte kurz die Augen. »Das Syndikat vergibt aktuell keine Beteiligungen«, stellte er klar. »Vor einigen Jahren hätte die Gelegenheit bestanden, heute ist es zu spät ...«

»Du verstehst mich falsch«, unterbrach Adams. »Ich bin an der Mitarbeit von Menschen mit ... sagen wir einfach, mit gewissen ungewöhnlichen Fähigkeiten interessiert. Möglicherweise lässt sich das Ganze mit einer Zahlung über die Venusian First Credit in die Wege leiten.«

Für einen Moment war Varensmann verblüfft. Dann schüttelte er den Kopf. »Jetzt verstehe ich dich nicht«, sagte er. »Und ich habe viel zu tun. Einen Gesprächstermin kannst du dir über meinen Robotsekretär geben lassen, nach vorheriger Erläuterung deines Anliegens.«

Das Holo erlosch.

Adams lächelte. Er war sicher, dass der Fisch angebissen hatte. Die Venusian First Credit war auf dem Speicherkristall mehrmals mit erheblichen Transfersummen verzeichnet gewesen, mit den Vermerken Pao und T8.

3.

Die Zeit lief ihm davon. Nie hätte Reginald Bull geglaubt, dass er eines Tages jede Stunde hassen würde, die unwiederbringlich verstrich.

Ihm waren die Hände gebunden. Alles hätte er getan, um voranzukommen, notfalls mit einem Knüppel auf den verdammten Gravitonen-Effektor eingeschlagen, um endlich dieses Gefühl der Hilflosigkeit loszuwerden. Nichts war schlimmer, als dazusitzen und warten zu müssen.

Worauf? Dass Ganymed schneller auf den Mutterplaneten zustürzte? Lange war er draußen gestanden, vor den alten Laborhallen, und hatte Jupiter angestarrt und die Hände geballt. Den riesigen goldfarbenen Wirbel – er wollte den Gravo-Mahlstrom nicht mehr sehen.

Es gab keine neue Nachricht von der CHARLES DARWIN II.

War keine der Funksonden am Ziel angelangt? Auch nicht die zweite Welle, die Immel Murkisch losgeschickt hatte, während Bull mit Starbatty im Schweber unterwegs gewesen war? Der Hyperphysiker hatte seine Ortungsexperimente beschrieben und um Unterstützung durch den Koko-Interpreter gebeten. Er war an einem Punkt angelangt, an dem er nicht mehr weiterkam, weil ihm entsprechende Anlagen fehlten. An Bord des ENTDECKERS gab es diese hochwertigen Positroniken.

Ein Blick auf die Zeitanzeige seines Kombiarmbands. 15.10 Uhr mittlerweile. Und mit jeder Stunde, die verstrich, kam Ganymed dem Gasplaneten um mehr als vierzigtausend Kilometer näher. Nicht mehr allzu lange, dann würde Jupiter den halben Horizont ausfüllen. Ein erdrückendes Bild.

Bull ertappte sich dabei, dass er schon wieder den linken Arm anwinkelte und auf die Anzeige blickte.

15.12 Uhr. Er stieß eine deftige Verwünschung aus und überlegte, ob er Kaci Sofaer anfunken solle. Sie blieb lange fort. Zu lange!

Er verschränkte die Hände im Nacken, drückte mit dem Kopf dagegen. Seine Wirbel knackten leicht, er war verspannt. *Ich sollte demnächst mehr an mich denken.* Verrückt. Als wenn das jetzt wichtig wäre!

Perry steckte irgendwo in der Jupiteratmosphäre und kam dort nicht mehr weg.

Ich hätte Starbatty fragen sollen, welche Sicherheitseinrichtungen MERLIN hat. Die Faktorei muss doch hervorragend flugfähig sein. Warum löst sie sich nicht längst aus Jupiters Schwerefeld?

Niemand gab ihm darauf eine Antwort. Weil er die Frage nicht einmal aussprechen wollte. Wahrscheinlich war Perry längst tot. Mit seinen Begleitern im Glutball der explodierenden Micro-Jet umgekommen. Genau das sagte ihm sein Verstand. Inzwischen hasste Bully diesen kalten, nüchternen, logisch denkenden Verstand ebenso wie die Zeit.

Möglich, dass jene Wissenschaftler Recht hatten, die mit Nachdruck behaupteten, Zeit sei eine Illusion und nur Ausdruck der Beziehung unterschiedlicher Objekte zueinander. Ihm lief sie davon, weil er immer unerbittlicher versuchte, sie festzuhalten. Als spielte sie mit ihm und machte sich über ihn lustig.

Ich mache mich selbst verrückt. Kaci wird in Kürze zurück sein.

Und wenn nicht? Er konnte sich nicht wie ein Maulwurf unter der Hauptkuppel von Galileo City hindurchgraben und einfach losmarschieren, so weit ihn die Füße trugen. Fast dreitausend Kilometer zerklüftete Eiswüste bis Ovadja Regio lagen dann vor ihm. Dazu tödliche Kälte und ungebremste Strahlenschauer. Trotz der geringen Schwerkraft des Mondes wäre das ein unmögliches Unterfangen.

15.20 Uhr.

Abschätzend wog er den kleinen Impulsstrahler des Beirats Kobschinsk in der Hand.

Er bemerkte, dass einige Arbeiter ihn beobachteten. Sie glaubten wohl, es falle ihm nicht auf. Erst als er auf sie zuging, vertieften sie sich wieder in ihre Tätigkeiten.

»Wir machen hier so lange weiter, bis die ersten Schiffe über Ganymed stehen«, sagte Bull. »Egal, wie viele von diesen Funktorpedos wir einsetzen müssen, ich verspreche euch, dass wir es schaffen.«

Die Leute in den Labors wussten, was sich abspielte und dass ihnen ziemlich genau zweieinhalb Tage blieben. Sie hatten die Informationen gefasst aufgenommen – vielleicht auch nur deshalb, weil sie eigentlich unfassbar waren.

Einer der Ganymedaner zeigte auf die Waffe, die wieder in Bullys Gürtel steckte. »Ich habe gesehen, wie du den Impulsstrahler betrachtet hast«, sagte der Mann. »Keiner von uns hat eine Erklärung dafür, warum Galileo City von der SteDat abgeriegelt wird. Die können doch nicht wollen, dass Ganymed zerstört wird!«

»Es geht um Jupiter!«, rief jemand aus dem Hintergrund. »Ganymed ist unwichtig.«

»Der Tod kommt schnell und rafft alles an sich.«

»Nein«, sagte der Mann, der Bull angesprochen hatte. »Ich glaube nicht, dass Jupiter zum Schwarzen Loch wird. Davon verstehe ich ohnehin nur die Hälfte. Aber hat nicht jeder von uns in letzter Zeit diese dummen Geschichten gehört? Manche reden von Lebewesen in der Atmosphäre, andere von strahlenden Engeln ...«

»Wenn du wochenlang nicht mehr schlafen würdest, Sirkhon, hättest du ebenfalls die verrücktesten Halluzinationen.«

Einige lachten, verstummten aber schnell wieder.

»Ich höre die Verrückten immer wieder vom Paradies reden. Das Dumme daran ist, sie sind gar nicht so verrückt. Vor ein paar Tagen hab ich's mitgekriegt, da befand sich einer der Springer im Anflug. Ich hatte den Walzenraumer noch nicht in der optischen Erfassung, da konnte der Mann neben mir schon den Schiffsnamen ablesen.«

»Wenn ich vorher Funkkontakt hatte, weiß ich das auch.«

»Nein, ganz sicher nicht. Er konnte den Namen nicht wissen. Die NEPHTA III stand nicht einmal in den Dateien verzeichnet – ein Ersatzschiff, das zum ersten Mal Ganymed anflog.«

»Ein Hellseher«, sagte jemand.

»Er ist einer von den Schlaflosen. Er schüttelte mir ein paar winzige glitzernde Körnchen auf die Hand und erwartete, dass ich das Pulver mit der Zungenspitze aufnahm ...«

»Und?«

»Es war ein Gefühl, als wäre ich vom Blitz getroffen worden. Ich sah einen Rausch von Farben, aber was dann geschah, daran fehlt mir die Erinnerung. Ich weiß nur noch, dass ich Minuten später im Freien stand und zum Jupiter schaute. Er war riesig groß. Ich sah tief in seine Wolkenwirbel hinein, sah die Faktoreien und ein Meer von Blüten, endlos, als wäre der ganze Planet davon überzogen ...«

»Das Paradies.« Einer der anderen lachte heiser.

»Ich denke eher, dass dein Bewusstsein mit der Verarbeitung der überreizten Sinneseindrücke überfordert war«, sagte Bull.

»Und?«, wollte jemand wissen. »Hast du das Pulver wieder genommen, Sirkhon?«

Der Angesprochene zögerte, schließlich schüttelte er den Kopf. »Ich hatte das Angebot. Aber in mir sträubt sich alles dagegen.«

»Angst?«

»Ja, vielleicht.«

»Also, ich würde mich nicht dagegen zur Wehr setzen.«

»Hört mal her!« Reginald Bull hob um Aufmerksamkeit heischend beide Arme. »Es steht nicht gut um Ganymed, das ist wahr. Ob es uns gelingt, den Untergang aufzuhalten, kann jetzt noch niemand sagen. Ihr gehört zu den wenigen, die überhaupt schon davon wissen. Und die Arbeit, die ihr hier erledigt, wird entscheidend dazu beitragen, ob alle evakuiert werden können oder ob wir sogar eine Chance haben, Jupiter zu retten. Also macht weiter!«

15.48 Uhr. Der Aktivatorträger fragte sich immer drängender, warum sich die Bürgermeisterin nicht wenigstens bei ihm meldete. Falls sie wie Starbatty festgenommen worden war, stand er mit leeren Händen da. Die Strukturen, auf die Kaci Sofaer zurückgreifen konnte, würde er sich erst mühsam erarbeiten müssen, und das war sogar für ihn als Residenz-Minister keineswegs einfach.

Die SteDat-Leute hatten Starbatty mit einem ihrer Gleiter fortgebracht. Vor zu neugierigen Blicken verborgen, hatte Reginald Bull dem Gleiter mit Hilfe der SERUN-Optik nachgeschaut. Offenbar war Vincenzio City das Ziel gewesen.

Zu gern hätte er gewusst, was der Senator den Polizisten gesagt hatte. Er hatte nichts davon verstanden, aber gleichwohl Starbattys sekundenlang triumphierenden Blick gesehen, als der sich in seine Richtung gewandt hatte.

Von den eigenen Leuten festgenommen. Offensichtlich hatte der Senator genau das erreichen wollen?

Warum?

Um zu zeigen, wo die Bedrohung lag. Reginald Bull konnte sich keinen anderen Reim darauf machen. Ob Starbatty tatsächlich auf seiner Seite stand, hätte er nicht mit Sicherheit zu sagen vermocht. Eher erschien es ihm, dass der Senator vielfältige und vor allem vielschichtige Gründe hatte. Dabei spielten dessen Lieblingssohn Luc und sein eigenes, allem Anschein nach nicht gerade gutes Verhältnis zu Anatolie von Pranck eine Rolle.

Ob Starbatty sich gekränkt fühlte, weil sie Luc ihm vorgezogen hatte, oder ob das eher mit dem Tau-acht-Konsum zusammenhing, zu dem sie Luc animiert hatte, ließ Bull dahingestellt. Der Senator fühlte sich auf jeden Fall desinformiert, um nicht zu sagen, hintergangen. Seinen Zorn auf sich selbst, dass ausgerechnet ihm das widerfahren war, konnte er nicht so leicht überwinden, diese Kränkung brachte sein Selbstverständnis ins Wanken. Hätte er sonst behauptet, Tau-acht füge niemandem Schaden zu, aber zugleich von Lucs Sinneserweiterung gesprochen? Zwischen den Worten hatte Bull sehr wohl herausgehört, dass der Senator davon keineswegs begeistert war. Seinen Zorn projizierte Starbatty jetzt auf alle, die im Syndikat hohe Posten innehatten.

Bull redete mit Murkisch. Die Bearbeitung der Ortungsbilder hatte nur marginale Verbesserungen gebracht. Der Weltraum wirkte weiterhin wie ein vom Sturm gepeitschter Ozean. Zum Teil schienen die Gravofronten einander zu überlappen.

»Fehlinformationen en masse«, stellte der Hyperphysiker fest. »Ich würde dennoch niemandem raten, auf die Ortung zu verzichten. Ohne permanente Korrekturen den Kurs zu halten, ist seit Stunden unmöglich, der Absturz auf Jupiter wäre unvermeidlich. Ich warte auf eine Antwort von der CHARLES DARWIN. In Kombination mit Hauptpositronik und Koko-Interpreter sollte dort die Darstellung um ein Vielfaches zu verfeinern sein. Das schafft zwar die Gravo-Verwerfungen nicht aus der Welt ...«

Murkisch verstummte. Mit einem knappen Kopfnicken deutete er an Bull vorbei.

Kaci Sofaer kam zurück, begleitet von vier Ganymedanern, die der Aktivatorträger schon kannte. Er entsann sich nicht aller Namen, aber die Gesichter hatte er sich eingeprägt – Beiräte des Stadtparlaments, die an dem kleinen Empfang am Vortag teilgenommen hatten.

Knapp dreißig Stunden lag das erst zurück. Bull ertappte sich dabei, dass er diese Spanne länger eingeschätzt hätte. Als würde die wachsende Schwerkraft die Zeit vor ihm komprimieren und hinter ihm ausdehnen. Eine Art Dilatationseffekt? Er war müde, anstatt seine innere Unruhe zu pflegen, hätte er versuchen sollen, eine oder zwei Stunden zu schlafen. Noch hielt der Zellaktivator ihn auf den Beinen.

Die Bürgermeisterin kam Bulls Frage zuvor. Heftig schüttelte sie den Kopf.

»Es ist aussichtslos, die SteDat hat ganze Arbeit geleistet. Alle Hangars und Decks, in denen raumtüchtige Gleiter stehen, sind gesperrt. Die einfachen Gleiter und Schweber, die ohnehin nur innerhalb der Stadtkuppeln verkehren können, betrifft das nicht. Im Übrigen wurden auch die Ausflugsschleusen für Raumgleiter versiegelt, zum Teil sind dort sogar SteDat-Leute postiert. Das gilt ebenso für die Zugänge zu den Röhren der Magnetschwebebahn.«

»Port Medici ist für uns nicht mehr erreichbar«, führte einer der Beiräte aus. »Funkkontakt kommt nicht zustande. Offensichtlich hat die SteDat auch den Raumhafen abgeriegelt. Die Beben haben für Unruhe gesorgt. Sie sind zwar abgeklungen, aber nun erstickt die Verwaltung in Anfragen wegen des Goldenen Flecks auf Jupiter. Es hat den Anschein, als würde die Atmosphäre des Planeten aufreißen.«

Bull verschränkte die Arme. Der Reihe nach musterte er die Leute. Sie waren nervös, hatten Mühe, ihre Furcht zu verbergen, und absolut keine Ahnung, wie sie mit ihren Informationen umgehen sollten. Hinhalten! Die Alternative dazu wäre gewesen, Panik unter der Bevölkerung in Kauf zu nehmen. Aber das nicht, ohne eine Alternative anbieten, ohne unmissverständlich sagen zu können, wie die Rettung vonstatten gehen würde.

»Zwei Tage, sechs Stunden, und die Minuten schenken wir uns«, sagte Reginald Bull. »Das ist unsere Frist. Entweder haben wir es bis dahin geschafft, oder Jupiter wird zum gefräßigen Ungeheuer. Und noch eins: Was immer wir unternehmen, ich kann nicht garantieren, dass Ganymed hinterher weiterexistiert.«

»Wie groß ist unsere Chance wirklich?«

»Spielt das eine Rolle?«, fragte Bull zurück. »Strengen wir uns mehr oder weniger an, wenn wir es wissen? Ich erwarte, dass jeder sein Bestes gibt. Die Grenze unserer Belastbarkeit ist das Minimum. Kaci ...«

Der untersetzte Terraner musste zu der hochgewachsenen schlanken Ganymedanerin aufsehen. Aber das machte ihm nichts aus. Wer es gewohnt war, vor einem Haluter den Kopf weit in den Nacken zu legen, für den hatten Größenunterschiede ohnehin jede Bedeutung verloren.

»Ich fasse knapp zusammen«, sagte die Bürgermeisterin. »Die SteDat riegelt die Stadtkuppeln hermetisch ab. Bei den größeren Schleusensystemen ebenso wie im Bereich der Röhrenbahn sind jeweils zwei bis drei Polizisten postiert. Andere Zugänge und Gleiter wurden mit Energiefeldern gesichert. Wer Galileo City verlassen will, kommt nicht umhin, einen der Posten anzugreifen. Aber dann steht ihm immer noch kein Fahrzeug zur Verfügung.«

»Die Gleiter der SteDat?«, wandte einer der Beiräte ein.

»Ausgeschlossen!«, widersprach Sofaer heftig. Sie trug immer noch das hochgeschlossene, enge Kleid vom Vortag, das so gar nicht der Situation entsprach. Mit beiden Händen griff sie zu und riss den Stoff am Kragen auf. »Nun ist mir wohler«, stellte sie fest. »Und außerdem: Port Medici dürfte sich in der Hand der SteDat befinden ...«

»Das Artefakt ebenfalls«, bestätigte Bull. »Wenn wir einen Posten überwinden, scheitern wir am nächsten. Das Fazit ist einfach: Wir dürfen nicht kleckern, sondern müssen klotzen.«

Der eine oder andere schaute ihn verständnislos an.

»Genau das war wohl Starbattys Absicht«, führte die Bürgermeisterin weiter aus. »Er ist schon dort, wo wir zuschlagen müssen: im Isidor-Bondoc-Building. Wir haben keine andere Wahl.«

»Möglicherweise können wir mit seiner Unterstützung rechnen«, sagte Bull. »Kaci, wie sieht es mit Plänen des Gebäudes aus? Wir müssen über alle Räumlichkeiten Bescheid wissen ...«

»Die Daten werden momentan in der Verwaltung aufbereitet«, antwortete Sofaer. »Genormt für Datenbrillen. Jeder wird also über identische Informationen verfügen, über exakte Maßangaben, sämtliche Versorgungssysteme, Luftschächte, Abwasserleitungen und mehr. Dass das Gebäude riesig ist, muss ich nicht betonen, es ist eben der Zentralsitz des Syndikats. Das Gute daran ist, dass die Stelle für Datenbeschaffung nur einen vergleichsweise kleinen Bereich für sich beansprucht. Über die Höhe des Personals liegen uns keine Angaben vor, die Schätzungen gehen jedoch weit auseinander. Wir müssen damit rechnen, dass unser Einsatztrupp mit rund zweihundert Gegnern konfrontiert sein wird.«

»Und das werden hervorragend ausgebildete Leute sein«, wandte Bull ein. »Wie sieht es mit den Posten an den Kuppelschleusen aus?«

»Sind bereits berücksichtigt«, antwortete die Bürgermeisterin knapp. »Zweihundert Gegner allein in den Räumen der SteDat. Wir müssen sicherstellen, dass uns die Leute draußen nicht in den Rücken fallen, sie müssen an den Schleusen gebunden und möglichst ausgeschaltet werden. Uns stehen fünfhundert Männer und Frauen des städtischen Sicherheitsdienstes zur Verfügung. Seit einer Stunde sind Kuriere mit entsprechenden Informationen unterwegs, auf die üblichen Kommunikationswege habe ich bewusst verzichtet. Zweihundert weitere zuverlässige Leute werden als Reserve zusammengezogen. Zum einen lege ich Wert darauf, dass niemand informiert wird, der uns bereits als Schlafloser bekannt ist – zum anderen denke ich, wird der Verteidigungsminister der Liga nichts dagegen einzuwenden haben, wenn die Reserve ihm anschließend für den Einsatz in Port Medici zur Verfügung steht.«

»Perfekt«, bestätigte Reginald Bull.

»Unsere Leute erreichen Vincenzio City über die Verbindungsschleusen zwischen den Kuppeln, ein Teil wird die unterirdischen Versorgungsanlagen nutzen. Sobald die Ersten allerdings ins Gebäude eindringen ...«

Kaci Sofaer ließ den Satz offen. Bull wusste auch so, was sie meinte.

»Verfügt die SteDat über Kampfroboter?«

»Diese Gerüchte sind immer wieder aufgeflackert, für Galileo City kann ich sie nicht bestätigen. Wir haben auch keine Kampfroboter.«

»Wann werden alle Vorbereitungen abgeschlossen sein?«

Die Bürgermeisterin wandte sich ihren Begleitern zu. Ein kurzer Disput entspann sich, zwei der Beiräte erhoben Einwände. Manches ging ihnen zu schnell.

»Wenn wir warten sollen, diskutieren wir in der Hölle weiter!« Sofaer reagierte schroff. »Zwanzig Uhr«, wandte sie sich dann wieder an Bull. »Vorher wäre möglich, erhöht allerdings das Risiko, dass sich Unwägbarkeiten einschleichen. Übernimmst du das Kommando?«

»Ich nehme an, der Sicherheitsdienst verfügt über funktionierende Befehlsstrukturen. Also dränge ich mich nicht dazwischen. Nur eines noch: Tödlich wirkende Waffen werden nur eingesetzt, falls es sich als unumgänglich erweisen sollte.«

»Unser Sicherheitsdienst war nie anders ausgerüstet als mit Paralysatoren.« Sofaer deutete auf den Impulsstrahler in Bulls Gürtel. »Im Schweber habe ich entsprechende Ausrüstung für dich: einen handlichen Paralysator und einen Kombikarabiner, Paralyse- und Desintegratormodus.«

Mit den Beiräten wurden die Feinheiten durchgesprochen. Nicht zuletzt betraf das die generelle Information aller Ganymedaner. Die Aktionen der SteDat und der wachsende Goldene Fleck im Antlitz Jupiters sorgten schon für Unruhe in der Bevölkerung.

Kurz nach 18 Uhr holte Kaci Sofaer ihre Ausrüstung aus dem Schweber.

Als sie Reginald Bull den Paralysator und den Kombikarabiner übergab, trug sie nicht mehr ihr hochgeschlossenes enges Kleid, sondern einen leichten Parade-Kampfanzug. Wadenhohe Stiefel, eine Cargohose mit üppigen Taschen, dazu ein bequemes Oberteil und eine ärmellose Weste. An der linken Wade steckte ein wuchtiges Desintegratormesser, um die Hüfte trug die Bürgermeisterin einen breiten Waffengurt. Links klebte der gleiche handliche Paralysator am Magnetholster, wie sie ihn Bull gegeben hatte, an der rechten Seite baumelte ein schwerer Kombilader. Im Gurt steckten Ersatzmagazine.

»Maskerade«, zischte Bhunz und blähte sich träge auf. Für einen Moment hatte Bull den Eindruck, als blinzelte ihm die Fhandour-Schlange zu.

»Den Eindruck habe ich keineswegs«, erwiderte er.

»Ich kann damit umgehen!«, sagte Sofaer heftig. »Fünf Jahre Ausbildung bei den Raumlandetruppen der Liga und zwei Jahre Umwelteinsatz auf einem urzeitlichen Planeten, davon vergisst man nicht einen Tag.«

Jupiter war angewachsen. Wie ein gigantisch aufgeblähter Ball hing der Planet über dem See und spiegelte sich im ruhigen Wasser. Beide Pole, den Eindruck hatte Reginald Bull, waren flacher geworden, die Äquatorregion wirkte bauchiger. Der Riese schien schneller zu rotieren, und falls dieser Eindruck wirklich zutraf, musste das der weiter anwachsenden Gravitation zuzuschreiben sein.

Bulls Blick suchte an dem gewaltigen Bauwerk des Syndikats nach räumlichen Anhaltspunkten. Ohne die Datenbrille, die eine Überblendung auf seine Netzhaut projizierte und ihm anhand der Planunterlagen die Lage und Tiefenausdehnung der SteDat-Zentrale zeigte, hätte er in dem Gewirr der Ebenen und spiegelnden Glassitfronten schwer den Überblick gefunden. Das alles schien für das menschliche Auge in einem verwirrenden Moiré-Effekt zu verschwimmen.

Er zog über die Blickkontrolle den SteDat-Komplex aus dem Gebäude heraus. Anschließend zerlegte er den Plan nach Etagen und prägte sich die Lage der Antigravschächte ein. Für die Absicherung der Zugänge standen Einsatzgruppen mit Schirmfeldprojektoren bereit.

Der Countdown lief in seinem Blickfeld unerbittlich mit. Noch drei Minuten.

Für jeden, der nahe davor stand, war der Gebäudekomplex schlicht unüberschaubar – ein bizarres Gebirge aus molekular verdichtetem Stahl und Glassit, das zwei Landzungen miteinander verband. »Der Weg vom Heute ins Morgen«, so hatte Kaci Sofaer es am Vortag umschrieben. Die nächsten Stunden würden erweisen, ob es ein Übermorgen noch geben konnte.

Zweitausend Meter hoch ragte jeder der beiden Seitentürme auf. Sie verjüngten sich in halber Höhe und strebten danach wieder auseinander. Ganz oben, mit bloßem Auge ohnehin nur winzig klein zu sehen und im Moment zum Teil hinter langsam treibenden Wolkenschleiern verborgen, erstreckte sich die atemberaubende Dachterrasse. Perry Rhodan hatte sich bei dem Anblick an Versailles erinnert gefühlt, daran erinnerte Bull sich noch.

Nichts war von den hundert Meter und höher gischtenden Wasserfontänen zu sehen, und die fünfzig großen Statuen wirkten aus der Tiefe wie Miniaturen.

Überhaupt, Bully fühlte sich winzig klein, fast bedeutungslos angesichts der vor seinen Augen verschwimmenden Fensterfronten. Unter dem überkragenden Ringwulst eines ENTDECKER-Kugelraumers wie der CHARLES DARWIN zu stehen und aufzuschauen degradierte den Beobachter schon zur Ameise. Hier erging es dem Aktivatorträger wie bei den noch größeren Schiffstypen: Er wurde zur Mikrobe.

Ein Dutzend winziger Punkte, immerhin normal große Schweber, näherte sich soeben der seitlichen Außenbalustrade, hinter der sich die Dachterrasse verbarg. Vier der Punkte fielen an der Fassade abwärts. Noch mehr Mikroben.

Sofaers Positronikspezialisten hatten das Isidor-Bondoc-Building vor wenigen Minuten durch den Haupteingang betreten. Die Aufgabe dieser Männer und Frauen war, den Zugang zu sichern und jegliche Datenübertragung aus dem Foyer zu unterbinden. Keinesfalls durfte der Angriff schon in den unteren Etagen hängen bleiben.

Reginald Bull hielt sich immer wieder vor Augen, dass dies keine Operation des TLD oder der USO war, und genau das bescherte ihm ein leichtes Magengrimmen. Andererseits hatte er mittlerweile den Eindruck, dass Sofaers Truppe den Spezialisten der großen Geheimdienste kaum nachstand. Er fragte sich längst, ob Ganymed all die Jahrhunderte hindurch und selbst in den letzten Jahrzehnten noch zu stiefmütterlich behandelt worden war. Ein Eismond im Schatten Jupiters, unbedeutend und unwirtlich, eine Welt für Aussteiger und Gestrandete – das war der Tenor gewesen.

Die letzten Sekunden ... Bull versuchte sich vorzustellen, wie es in der Lobby aussah. Die Störsender wurden aktiv, ihr Wirkungsbereich blieb auf die Eingangshalle beschränkt. Patronen mit schnell wirkendem Betäubungsgas sollten alle im Foyer Anwesenden in Sekundenschnelle bewusstlos zu Boden schicken. Alle Einsatzkräfte, Bully ebenfalls, trugen hochwirksame Nasenfilter.

Wenn alles reibungslos ablief, wurden jetzt die Alarmanlagen ausgeschaltet.

Der Aktivatorträger stürmte das bogenförmige Hauptportal. Vor und neben ihm Dutzende der eigenen Einsatzkräfte.

Eine riesige Kuppelhalle, mehr als fünfzig Meter hoch, empfing ihn. Wie ein tosender Wasserfall stürzte Licht im Randbereich aus der Höhe herab. Der gleißende Vorhang war so dicht, dass das Auge ihn nicht durchdringen konnte. Die Datenprojektion zeigte Bull jedoch die hinter der Lichtfülle verlaufenden Etagen.

Gaspatronen fauchten in die Höhe. Augenblicke später erlosch die brodelnde Helligkeit. Die Halle wirkte mit einem Mal weniger imposant, eher nüchtern.

Die ersten Angriffstruppen verschwanden in den Antigravschächten, andere nahmen sich der Technik an. Als Bull zum Portal zurückschaute, hatte es sich schon geschlossen.

Kaci Sofaer kam auf ihn zu. Sie hielt einen Finger aufs Ohr gedrückt, hatte offensichtlich Empfangsprobleme. »Die Schweber sind auf dem Dach gelandet. Kein Widerstand, nur schlechte Funkverbindung. Unsere Leute sichern die Schächte über dem SteDat-Sektor. Bis jetzt alles planmäßig.«

Bull verzog die Mundwinkel. Er schwieg.

»Was ist?«, fragte Sofaer verwirrt. »Nicht zufrieden? Wir haben die ersten Etagen überwunden.«

»Ein Fliegenschiss«, sagte Bully heftig. »Was sind schon die Foyerhalle und ein paar Schachtabschnitte? Wirklich nicht mehr als ein Fliegenschiss auf einem ...« Er besann sich, dass er die Bürgermeisterin als elegant gekleidete Frau kennengelernt hatte, nicht als die Exangehörige einer Raumlandetruppe, die nun vor ihm stand. »Wir haben mit Sicherheit eine lange Nacht vor uns.«

Schon der erste Zusammenstoß mit SteDat-Leuten brachte den Vormarsch der Angreifer ins Stocken. Plötzlich existierten Prallfelder und andere energetische Sperren in den Hauptkorridoren, auf die es in den Unterlagen nicht die geringsten Hinweise gab.

Hartnäckig versuchte Reginald Bull, Funkkontakt zur SteDat herzustellen. Fast zehn Minuten vergingen, bis sich das Verbindungsholo über seinem Handrücken aufbaute.

Ein kantiges Gesicht musterte den Aktivatorträger. Bull kannte den Mann nicht, der ihn unbewegt anschaute, gleichwohl identifizierte er ihn sofort. Die blassblaue Haut verriet den Venusier. Um die sechzig mochte der Mann sein, er wirkte ungewöhnlich kompakt, und sein Blick hatte etwas Zwingendes, das der kahl rasierte Schädel sogar noch unterstrich.

»Daubert Eviglich, wenn ich mich nicht irre«, sagte Bull lächelnd.

»Ich verbitte mir dieses Eindringen, als hätten wir es mit einer Räuberbande zu tun! Von einem Residenz-Minister erwarte ich, dass er die Gesetze respektiert.«

»Welche Gesetze? Die des Syndikats, der Liga, die Gesetze des Kapitals oder die der Menschlichkeit? Aber da du ohnehin schon von einer Räuberbande sprichst: Welchen Vorteil zieht die SteDat daraus, dass sie das Artefakt in ihren Besitz genommen hat? Und wie nenne ich die Kaperung einer terranischen Korvette auf dem Port Medici? Piraterie und Freiheitsberaubung.«

»Sicherheitsverwahrung wegen unerlaubter Landung«, sagte der Venusier.

Also doch. Bull war sich nicht hundertprozentig sicher gewesen, trotzdem hatte er sich zu dem Angriff auf das Isidor-Bondoc-Building entschlossen und sich damit auf rechtsfreien Raum gestellt. Aber für ihn war Gefahr im Verzug. Das Leben von einhundertfünfundsechzig Millionen Menschen rechtfertigte jede Verrücktheit.

»Du hast nicht einmal versucht, Kontakt aufzunehmen, Reginald Bull.«

»Dann reden wir jetzt über alles.«

»Worüber?«, fragte Eviglich. »Ich höre mir deine Wünsche gern an, wenn sie begründet sind.«

»Reden wir über die Freigabe der CD-K-7 und ihrer Besatzung. Vor allem jedoch über den Gravitonen-Effektor. Das Artefakt muss zerstört werden, bevor es Jupiter zu einem Schwarzen Loch werden lässt und das Sonnensystem vernichtet. Im Übrigen wird in zwei Tagen das Schicksal des Syndikats und dieses netten Gebäudes hier ebenfalls besiegelt sein.«

»Das Syndikat ...« Eviglich sagte das so geringschätzig, dass der Aktivatorträger sich eines leichten Schauders nicht erwehren konnte. »Hast du dich nie gefragt, Bull, was eine Raupe empfindet, bevor sie sich verpuppt? Du hättest das tun sollen, dann wärest du jetzt nicht hier. Oder eine Puppe, die zum Schmetterling wird?« Er lachte schallend. »Was kümmert mich das Sonnensystem ...?«

Mitternacht war vorüber, aber es ging kaum voran. Die SteDat setzte sich mit Thermowaffen und kleineren Sprengsätzen zur Wehr. Um jeden Quadratmeter Raumgewinn wurde erbittert gekämpft.

Es hatte keinen zweiten Funkkontakt mehr gegeben.

Er ist verrückt. Immer wieder dachte Reginald Bull über Eviglich nach. Zusammenhanglos dahingesagt, das mit dem Schmetterling?

Wohl kaum, denn den Eindruck hatte er nicht gehabt. Auch nicht, dass der Befehlshaber der SteDat verwirrt gewesen wäre. *Das alles hat mit dem Effektor zu tun.* Bull war sich dessen fast sicher.

Inzwischen waren die ersten Toten und Verwundeten zu beklagen. Im Bereich nahe beieinanderliegender Gangkreuzungen wurde seit einer halben Stunde erbittert gekämpft. Gut zweihundert von Sofaers Sicherheitsleuten waren dort schon gebunden. Sie standen höchstens dreißig Verteidigern gegenüber, die sich verschanzt hatten.

Es war nahezu unmöglich, der SteDat dort in den Rücken zu fallen. Einzig und allein drei Etagen weiträumig zu umgehen, bot eine Chance. Aber genau das bedeutete, die eigenen Kräfte weiter zu schwächen und auseinanderzureißen. Auch die von der Dachterrasse des Turms vordringenden Gruppen waren auf Widerstand gestoßen.

Nacheinander dröhnten mehrere Explosionen. Eine Feuerwalze tobte durch den Korridor und sprang auf die nächste Ebene über. Die automatischen Löschvorrichtungen reagierten nicht. Bull vermutete, dass die SteDat sie abgeschaltet hatte.

Auch die Luftumwälzung arbeitete nicht mehr. Dichter Qualm, der sich rasch ausbreitete, behinderte die Sicht.

Die Bewegung nahe am Boden bemerken und den Paralysator auslösen war für Bull eins. Doch was immer sich da bewegt hatte, es reagierte nicht und verschwand im Qualm.

Der Aktivatorträger schaltete den Karabiner um auf Desintegration. Die langläufige Waffe in der Armbeuge, wich er in einen Seitengang zurück. Minuten vergingen, bis er die Bewegung wieder sah. Etwas kam näher. Im letzten Moment verzichtete Bull darauf, auszulösen. Was da näher kam, erinnerte ihn an eine Schildkröte. Ein Feuerlöschroboter, nicht größer als einen halben Meter. Zumindest kleinere Brandherde bekämpften diese Maschinen effektiv, indem sie Glut und Flammen über nanochemische Bindemittel den Sauerstoff entzogen. Das heftig aufschäumende Gemisch aus den Tanks der Schildkröten erstarrte unter Hitzeeinwirkung zu bizarren, hermetisch abdichtenden Blasen.

Maschinen wie diese waren einfach programmiert. Reginald Bull schnellte sich geradezu nach vorn, bevor die Maschine wieder verschwinden konnte. Der Roboter stieß ein leises Fiepsen aus, als er die bevorstehende Kollision registrierte. Im nächsten Moment schwang er herum, da griff der Aktivatorträger aber schon mit beiden Händen unter die Verkleidung und riss die Schildkröte mit aller Kraft auf den Rücken. Leicht kreiselnd kam der Automat innerhalb weniger Augenblicke zur Ruhe.

Bull rief nach einem der Positronikspezialisten. »Wir ergreifen alle Chancen, die sich bieten. Ändere die Einsatzprogrammierung am besten so, dass die Schildkröte einen Brand im Hauptquartier zu erkennen glaubt. Ein paar Lähmgaspatronen an der Verkleidung befestigt, und wir haben eine trojanische Schildkröte.«

Der Mann stutzte, zog erst irritiert die Brauen zusammen, dann lachte er schallend. »Einfach, aber wirkungsvoll«, stellte er fest.

»Hoffentlich wirkungsvoll«, sagte Bull. »Falls hier mehr von den Dingern rumkriechen ...«

»... schnappen wir uns die ebenfalls. Verstanden.«

Zwei Uhr. Der 13. Februar. *Morgen schon!*, erkannte Reginald Bull entsetzt. Morgen würde alles vorbei sein, dabei war er bislang nicht über das Isidor-Bondoc-Building hinausgekommen.

Kaci Sofaer hatte Verstärkung angefordert. An den Kuppelschleusen, so war gemeldet worden, hatte es zum Teil auch verbissene Auseinandersetzungen gegeben. Die ersten Ganymedaner hatten – wenn auch nicht in letzter Konsequenz – erkannt, dass der Eismond auf Jupiter abzustürzen drohte. Die Zahl derer, die um jeden Preis vor allen anderen den Raumhafen erreichen wollten, wuchs stetig an.

Den Karabiner im Anschlag, stürmte Bull einen schmalen Nebenkorridor entlang. Den Zugang, den es gar nicht gab, wenn er den Planangaben Glauben schenkte, hatte er durch Zufall aufgespürt. Er vermutete, dass der Gang um zwei Aggregathallen auf dieser und der nächsthöheren Etage herumführte und entweder in einem der als Konferenzraum gekennzeichneten Säle oder zwischen den Einzelbüros mündete.

Der Kampflärm war leiser geworden. Bull schaltete kurz die SERUN-Ortung ein, erhielt jedoch keine Daten. Auch der Funkempfang war tot. Er schloss daraus, dass zumindest dieser Korridor abgesichert war.

Das fahle Zwielicht aus einzelnen Leuchtelementen reichte nicht weit. Dass der Gang abrupt endete, bemerkte Bull erst wenige Schritte vor dem in die Höhe führenden engen Schacht. In der Wand verankerte einfache Haltegriffe zogen sich in sanfter Windung nach oben.

Bull verzichtete darauf, es sich mit dem Antigrav leichtzumachen. Er hängte sich den Karabiner über die Schulter und hangelte nach oben. Mehrmals hielt er inne. Es war still geworden, als sei er allein in dem gewaltigen Gebäude.

Gut zwanzig Meter, schätzte er, also wirklich zwei Etagen, waren zu überwinden. Oben führte wieder ein waagerechter Korridor weiter. Bull zählte seine Schritte. Bei fünfzig angekommen, hielt er inne und rief die Kartenspeicherung wieder ab. Der Konferenzraum grenzte unmittelbar an; im günstigsten Fall gab es in diesem Bereich einen verborgenen Durchgang. Bull taxierte die Wand, nahm dann die Fingerspitzen zu Hilfe ...

... etwas veränderte sich. Der Aktivatorträger hielt den Atem an und bewegte sich nicht. Er hatte sich nicht geirrt. Wieder erklang das Rascheln von Stoff und zudem ein Geräusch, als sauge jemand nachdenklich und abwartend zugleich an seinen Lippen.

Langsam wandte er sich um.

»So ist es recht!« Die Frau, die einige Meter entfernt vor ihm stand, gab sich keine Mühe, den leisen Spott in ihrer Stimme zu verbergen. »Ich hoffe, ich habe dich nicht erschreckt, Bully. Du hast doch nichts dagegen, dass ich dich Bully nenne?«

»Meine Freunde nennen mich so.«

Tianna Bondoc, die Urenkelin des Syndikatsgründers, lachte hell. Der Minister gestand sich ein, dass er sie hier nicht erwartet hatte. Ihr weißes, kurz geschnittenes Haar schimmerte fahl im Halbdunkel. Von ihren Augen sah er eher das Weiße. Sie fixierte ihn und fuhr sich dabei langsam mit der Zunge über die Lippen.

»Ich bin mir unschlüssig, was mit dir geschehen soll, Bully.«

»Dann sage ich es dir: Du stellst mir einen schnellen Gleiter zur Verfügung, ich fliege damit sofort nach Port Medici, gehe an Bord der Korvette und greife endlich das Artefakt an. Es muss zerstört werden, eigentlich schon um jeden Preis.«

»Genau das befürchtet Daubert.«

»Er sollte eher erleichtert sein, dass jemand versucht, Ganymeds Bevölkerung zu retten.«

»Hast du dich schon gefragt, Bully, ob du wirklich immer das Richtige tust?«

Er schüttelte den Kopf. »Das erübrigt sich diesmal. Das Leben ...«

Auf einmal hielt die Frau einen kleinen Nadler in der Hand. Reginald Bull hatte den Eindruck, dass sie zwischen seine Augen zielte. Da spielte es keine Rolle, ob das Magazin vergiftete Nadeln oder kleine Sprengsätze enthielt.

»Ich bin überzeugt, dass Daubert weiß, was er tut. Wenn du nicht kooperierst, Bully, musst du eben den Weg alles Alten gehen. Und Starbatty wird bereuen, dass er für dich Partei ergriffen hat.«

Alles ging blitzschnell. Bull sah, dass Bondoc den Finger krümmte, er warf sich zur Seite und riss sich dabei den Karabiner von der Schulter. Dass der Nadler kein hauchdünnes Projektil ausspuckte, bemerkte er nicht, denn in dem Moment löste er den Desintegrator aus. Der grünlich flirrende Strahl traf die Frau, drang durch sie hindurch und fraß eine funkelnde Narbe in die Wand.

Bondoc war nur ein Hologramm gewesen, wenngleich eine perfekte Täuschung, zu der auch die Düsternis beigetragen hatte. Bull schüttelte benommen den Kopf. Er wollte sich aufrichten ...

... und stutzte, denn da stand eine andere Gestalt wenige Schritt entfernt.

»Eviglich? Das ist jetzt ein Scherz, oder?«

»Sieh es, wie du willst«, antwortete der Befehlshaber der SteDat. »Du scheinst nicht gerade meiner Meinung zu sein.«

»Muss ich das?« Bull kam langsam wieder auf die Beine. Eviglich und er waren fast auf den Zentimeter gleich groß. Nur wirkte der

Venusier stiernackig. Bully beschloss, sich von dem Hologramm nicht aufhalten zu lassen. Als er weiterging, Eviglich ihm aber den Weg vertrat, hob er den Karabiner.

Eine unsichtbare Kraft zerrte an der Waffe. Ehe Bull es sich versah, wurde sie ihm aus der Hand gerissen und fiel ein paar Schritte entfernt zu Boden.

Ihm blieb keine Zeit, darüber nachzudenken, denn Eviglich drang lachend auf ihn ein. Instinktiv riss Bull beide Arme hoch und blockte den gegen seinen Kopf geführten heftigen Fausthieb ab.

Das war kein Hologramm! Der Venusier griff an. Im Ausweichen erwischte Bully ein heftiger Hieb an der Schulter. Für einen Moment glaubte er, den Arm nicht mehr bewegen zu können, aber in seiner Seitwärtsbewegung lag noch so viel Kraft, dass der Dagorhieb mit der rechten Hand Eviglich taumeln ließ.

Reginald Bull setzte nach, wenn auch einen Sekundenbruchteil zu spät. Er brachte seine Schlagkombination nicht mehr an.

Eviglichs Rechte kam von unten hoch und rammte in seine Magengrube. Der SERUN dämpfte den Hieb, dennoch wich Bully rückwärts aus. Die Linke des Angreifers konnte er abblocken, aber Eviglich fuhr herum und trat nach ihm. Instinktiv packte Bull zu, setzte zur Drehung an und ließ ebenso jäh wieder los. Der eigene Schwung riss den Venusier von den Beinen. Gurgelnd fing er sich ab und schnellte wieder in die Höhe.

»Was geht auf Jupiter und Ganymed vor sich?«, fragte Bull.

»Nichts, was dich interessieren müsste.« Eviglich lachte und griff wieder an. »Du bist gut, Terraner. Trotzdem nicht gut genug. Du hättest ...« Ein heftiger Schlagabtausch, bei dem jeder Treffer einstecken musste. Eviglich stutzte. Blut rann aus seiner aufgerissenen Augenbraue über sein Gesicht. »... du hättest Ganymed verlassen sollen, als Zeit dafür war. Jetzt nicht mehr. Oread wird dich nicht mitnehmen ...«

»Oread, du sprichst von Oread Quantrill?« Bully lachte provozierend. »Wohin mitnehmen?«

Ein neuer Angriff, aber Bull hatte sein Gleichgewicht wiedergefunden. Jeden Hieb des SteDat-Mannes blockte er ab, und als er jäh zurückwich und Eviglich die ineinander verschränkten Hände in den Nacken hieb, torkelte der Venusier gegen die Wand.

Für einen Moment hielt Eviglich inne, dann stieß er sich ab. Bully war darauf vorbereitet. Es krachte dumpf, als er dem Angreifer das Knie in den Magen rammte und ihn zurückstieß.

»Noch einmal: Wohin wird Quantrill mich nie mitnehmen?«

»Zu den Schlaflosen!« Eviglich schüttelte sich. »Du hast ... deine Chance vertan.«

Bully spürte jetzt, dass er diesen Zweikampf gewinnen würde. Der Venusier kannte längst nicht die Tricks, die man nur im Lauf von Jahrhunderten lernte. Leicht vornübergebeugt stand der Aktivatorträger nun da, die Hände hielt er locker vor sich, schien sich dem anderen geradezu anzubieten.

»Du hast deine Chance noch? Du gehörst dazu ...? Bist du sicher?«

»Zu den Schlaflosen ...« Eviglich lachte schallend. »Ich hab's geschafft!« Mit dem Handrücken wollte er sich das Blut aus dem Gesicht wischen, verschmierte es aber nur umso mehr. »Wenn du mich willst, Bully, dann komm her! Und falls du mich besiegst ... dann sage ich dir, was geschieht – nur dann.«

Sie starrten einander an. Lauernd, als gäbe es nichts außer ihnen beiden. Bull täuschte an, Eviglich reagierte zu langsam.

»Wie ist das mit Tau-acht? Ich sehe die Zusammenhänge nicht ...«

Der Venusier schüttelte den Kopf. »Kämpfen, Terraner, sonst sag ich dir gar nichts.«

»Wenn du es nicht anders willst.«

Bull griff an. Den linken Arm als Deckung, seine Rechte zuckte vor ... doch er taumelte, rang nach Luft. Sein Gesicht verzerrte sich. Die Augen weit aufgerissen, starrte er den Gegner an.

»Ich warte!«, höhnte Eviglich.

Dieses Gurgeln steckte tief in Bullys Kehle. Dann war die Blockade vorüber, keuchend atmete er ein.

»Genug? Hast du genug, oder willst du immer noch Antworten?«

Bull brachte nur ein Nicken zustande, dann spürte er die unheimliche Kraft wieder. Etwas Unsichtbares schlug ihn ins Gesicht.

Ein heftiger Hieb traf ihn unter dem Brustbein. Er krümmte sich und taumelte zur Seite, und plötzlich überfiel ihn ein grässlicher Schmerz. Eine eisige Faust wühlte durch seinen Brustkorb und griff nach seinem Herzen. Er wollte schreien, konnte es aber nicht mehr. Mühsam hob er den Kopf, sah Eviglichs triumphierendes Lachen, begriff, dass der Venusier mit mentaler Kraft nach ihm griff. Telekinese. Alles in ihm schrie danach, zu fliehen, doch seine Beine wurden schwer. Er sackte in sich zusammen, fiel auf die Knie, und der unheimliche Griff in seinem Brustkorb zog sich enger.

Neben ihm lag der Karabiner. Bully sah die Waffe, vor seinen Augen tanzten schon bunte Schlieren. Er ließ sich einfach zur Seite kippen. Was Eviglich sagte, verstand er schon nicht mehr. Seine Finger schlossen sich um die Waffe, auch mit der anderen Hand packte er zu. Er fand den Auslöser, rollte sich herum und schoss. Dauerfeuer. Erst nach einigen Sekunden ließ er den Strahler wieder sinken.

Der eisige Druck war verschwunden. Reginald Bull lag auf dem Rücken und versuchte, endlich ruhig und gleichmäßig zu atmen. Die belebenden Impulse des Aktivatorchips halfen ihm dabei.

Dann sah er Eviglichs Leichnam; der Desintegrator hatte nicht sehr viel von dem Venusier übrig gelassen.

Bully schmeckte Blut auf den Lippen. »Ich habe dich besiegt«, brachte er schwer hervor. »Aber ... wo bleiben meine Antworten?«

Er hatte sich nicht getäuscht. Auf dem Schirm vor ihm standen die Daten der Venusian First Credit, zum einen in der Form, wie er sie vor dem Gespräch mit Yegor Varensmann vorgefunden hatte, zum anderen aktuell, nur eineinhalb Stunden später. Der Finanzchef des Syndikats hatte schnell reagiert, es gab diese fraglichen Transaktionen nicht mehr, auf die Adams so »leichtsinnig« verwiesen hatte.

Die Frage, wie eine derartige Manipulation möglich sein konnte, interessierte ihn dabei in jenem Moment überhaupt nicht. Das war nebensächlich. Die Venusian war eine kleine lokale Bank. Ohne die Daten von Olymp hätte Adams nie vermutet, dass sie für Varensmann überhaupt interessant sein könnte.

Adams blätterte die Liste durch, die er schon vor Monaten handschriftlich erstellt hatte und die es nicht als Datensatz gab. Er hatte durchgestrichen, darüber in Farbe Namen und Summen ergänzt, Querverweise gezogen. Vieles davon war inzwischen farblich markiert, das zeigte die Firmen, die er von einer Stunde zur nächsten bis zum letzten Galax einfrieren konnte. Die Verflechtungen waren vielfältig, alles nachprüfbar, nur standen diese Konstrukte, wenn es sein musste, auf tönernen Füßen.

Es war Zeit, bei Henrike Ybarri vorzusprechen und die Lawine ins Rollen zu bringen. Vorübergehend war Adams versucht, die Erste Terranerin persönlich aufzusuchen, aber er traute Varensmann nicht über den Weg. Er hatte den Mann herausgefordert, nun durfte er nicht unnötig zögern.

Er nutzte den Interkom ...

... und hatte sofort den Eindruck, zur denkbar ungünstigsten Zeit in eine aufgeregte Stimmung hineinzuplatzen.

Die Erste Terranerin blickte ihn forschend an.

»Du bist nicht informiert, Homer? Natürlich, du hast kein Ministerium mehr.«

»Ich bin geduldig, wolltest du das sagen?«

Ybarri ging nicht auf seine Bemerkung ein. »Jupiter ist für uns nicht mehr erreichbar, aber seine Gravitation scheint rapide anzusteigen. Die Heimatflotte wurde in Alarmbereitschaft versetzt.«

»Perry, Reginald und Mondra befinden sind noch auf Ganymed?«

»Wir haben keinerlei Nachricht von ihnen.«

»Die Sache geht von dem Artefakt aus?«, fragte Adams in düsterer Vorahnung.

»Offensichtlich liegt dort unser Problem. Aber wir kommen nicht ran.«

»Vielleicht hat das Syndikat der Kristallfischer damit zu tun?«

Die Erste Terranerin schaute Adams forschend an.

»Einige auf Ganymed oder Jupiter spielen mit gezinkten Karten«, sagte er bedeutungsschwer. »Ich habe inzwischen Beweise, Henrike. Von dir brauche ich eine umfassende Vollmacht, dann kann ich auf breiter Front reinen Tisch machen.«

»Riskant?«

Adams lachte amüsiert. »Bestimmt nicht schlimmer als das, was sich im Jupiterorbit abspielt.«

»Unter der Voraussetzung, dass alles legal abläuft und wir nicht das halbe Sonnensystem verspielen ... Ich werde meinen eigenen Finanzminister entsprechend anweisen. Unternimm, was du für nötig erachtest, Homer.«

4.

Morgens vier Uhr. Es gab keinen Hauch von Morgenstimmung, vielmehr lastete ein seltsames Zwielicht über Galileo City. Jupiter überschüttete die Stadtkuppel mit trübem, rötlich-goldenem Schein.

Erschöpft schloss Reginald Bull die Augen. Obwohl der Aktivatorchip in seiner linken Schulter belebende Impulse durch den Körper schickte, sehnte sich der Residenz-Minister längst nach einem Raumhelm voll Schlaf, es brauchte gar nicht mehr zu sein als eine halbe Stunde.

Er schaffte es nicht, Ruhe zu finden. Der schwere SteDat-Gleiter, in dem außer dem Piloten und Bull zwei Männer aus Sofaers Einsatztrupp saßen, ließ soeben Vincenzio City hinter sich. Weniger als hundert Meter über der kahlen Eislandschaft beschleunigte die Maschine Richtung Süden.

Die SteDat auf Ganymed existierte nicht mehr, Daubert Eviglich war tot und Tianna Bondoc verschwunden. Das heißt, Aufzeichnungen hatten inzwischen erkennen lassen, dass die Urenkelin des Syndikatsgründers mit einem Gleiter die Stadt verlassen hatte. Reginald Bull ahnte, wo er die Frau finden konnte: Sie hatte sich zum Artefakt zurückgezogen.

Voraus wuchs schon die Silhouette des Raumhafens auf.

Vor einer halben Stunde hatte Syndikatssenator Starbatty die Geschicke der Stelle für Datenverarbeitung übernommen, nachdem er von Kaci Sofaer und ihren Leuten aus seiner Rolle als Gefangener befreit worden war. *Rolle?* Bull wurde das Gefühl nicht los, dass der knorrige Mann sein eigenes Spiel spielte, aber das war keineswegs das übliche Spiel um Macht und Ansehen. Starbatty, glaubte der Aktivatorträger, suchte nach Genugtuung, vielleicht sogar nach Gerechtigkeit, und dabei war es alles andere als leicht, ihn richtig einzuschätzen.

Bulls Überlegungen, so oft er sie auch durchdachte, drehten sich im Kreis. Er fand das letzte Bindeglied nicht, das allem den Zusammenhang gegeben hätte, stand gewissermaßen vor einem Scherbenhaufen an Informationen.

Da war das Artefakt auf Ganymed, das sich als Gravitonen-Schleuder entpuppt hatte und nicht nur Jupiter in den Untergang trieb, sondern das gesamte Solsystem. Bull zweifelte nicht mehr daran, dass die SteDat ein besonderes Augenmerk auf das Artefakt hatte.

Daubert Eviglich, Befehlshaber der SteDat auf Ganymed, hatte Tau-acht konsumiert; aus seinen telekinetischen Kräften diesen Rückschluss zu ziehen, lag auf der Hand. Offenbar war auch Tianna Bondoc Konsumentin der Droge. Außerdem galt dies für einen großen Prozentsatz der Bevölkerung auf Ganymed, alle die, die ohne Schlaf auskamen und deren Zahl in letzter Zeit rasch angewachsen zu sein schien.

Kaci Sofaer und Starbatty gehörten nicht zu den Schlaflosen. *Sie zählen wie ich zu den alten Menschen,* ging es Bull durch den Sinn. War das die Unterscheidung? Alte Menschen, die Tau-acht nicht kannten und die neuen, die das schlaflose Leben genossen und sogar Mutantenfähigkeiten entwickelten?

Starbatty, davon war Bull überzeugt, hatte nicht verwunden, dass sein Lieblingssohn Luc ihm durch Tau-acht entfremdet worden war. Tau-acht, das wie aller Hypertau vom Syndikat der Kristallfischer in der Jupiteratmosphäre gewonnen wurde.

»Wir landen gleich«, sagte der Pilot neben ihm.

»So nahe wie möglich bei der Korvette! Das gilt für die anderen Gleiter genauso.«

Eigentlich unnötig, das zu wiederholen. Bull tat es trotzdem. Er hoffte, dass es nicht auch auf Port Medici zum Kampf kommen würde.

Sofaer und Starbatty waren in der Kuppelstadt zurückgeblieben, um für Ruhe zu sorgen. Immer mehr Ganymedaner versuchten bereits, den Raumhafen zu erreichen und ihren Mond zu verlassen. Jupiter war unübersehbar angewachsen. Der Planet stand nicht mehr unverrückbar im Süden, sondern hatte seine Position am Himmel über Galileo City nach Nordost verlagert.

Starbatty war nach wie vor der Erste Syndikatssenator, sein Wort hatte Gewicht. Wenn er Recht behielt, würden sich die SteDat-Leute auf dem Raumhafen zumindest neutral verhalten.

Vor den Landebeinen der Korvette setzte der Gleiter auf.

Bull schwang sich nach draußen. Zweihundert Meter entfernt stürmten Ganymedaner eine der kleinen Jachten. Soweit er das auf die Entfernung erkennen konnte, trugen sie die unterschiedlichsten Schutzanzüge, und sie quollen aus einem der Transportschächte zur Piste empor – die ersten Flüchtlinge aus Galileo City.

Die anderen Gleiter landeten im Rund um das Beiboot der CHARLES DARWIN II. Zwanzig Bewaffnete, die meisten von ihnen waren am Angriff auf die SteDat-Zentrale beteiligt gewesen, sicherten die Korvette.

Die Mediziner und mehrere Medoroboter folgten Bull an Bord. Im Antigravschacht schwebten sie zur Zentrale empor.

Der Aktivatorträger atmete erleichtert auf. Zumindest auf den ersten Blick sah es so aus, als hätten die SteDat-Leute keine Schäden angerichtet. Sie hatten die Besatzung paralysiert, die Männer und Frauen saßen noch in ihren Kontursesseln oder lagen auf dem Boden, wo sie niedergestreckt worden waren. Spätestens am Abend mussten die Angreifer allerdings wiedergekommen sein und erneut mit schweren Paralysatoren auf die Bewegungsunfähigen geschossen haben.

»Die Muskellähmungen klingen nur langsam ab«, sagte einer der Mediziner zu Bull. »Während der nächsten sechs bis acht Stunden wird kaum einer von selbst wieder auf die Beine kommen. Wir verabreichen ein Gegenmittel. Der eine oder andere dürfte jedoch Schwierigkeiten mit den Augen haben, es gibt Austrocknungserscheinungen.«

»Wie lange?«

»Bis die meisten wieder einsatzfähig sein werden, dreißig bis vierzig Minuten. Bei einigen deutlich länger als eine Stunde.«

»Die Korvette muss schnellstmöglich starten können!«

Bull ließ sich in den Pilotensessel sinken. Er aktivierte die Positronik, prüfte mit ihr die Waffensysteme, den Energiestatus und die Antriebsaggregate. Warnmeldungen zeigten, dass die CD-K-7 von starken Fesselfeldern am Boden festgehalten wurde.

Als er Starbatty über Funk informierte, erfuhr der Aktivatorträger, dass nur Minuten zuvor weitere Funksonden sehr nahe an den Stadtkuppeln niedergegangen waren. Die CHARLES DARWIN hatte sich endlich wieder gemeldet, die Informationen, die Hannan O'Hara übermittelte, waren durchweg positiv.

Reginald Bull erlaubte sich wenigstens ein schwaches Aufatmen.

Mehrere Hundert Raumschiffe kreuzten mittlerweile außerhalb des Jupiter-Magnetfelds. Die Erste Terranerin hatte eine Riege namhafter Wissenschaftler aufgeboten, ihre Messungen liefen in der Waringer-Akademie zusammen. Mit der Auswertung war auch das Mondgehirn NATHAN betraut.

Weitere Schiffe mit Hilfsgütern und Notfallausrüstungen wurden erwartet. In wenigen Stunden sollten sogar zwei umgebaute LORETTA-Tender in Jupiternähe eintreffen. Bull versuchte kurz abzuschätzen, welche Kapazität im Innern einer jeweils sechstausend Meter durchmessenden Tenderplattform für die Evakuierung zur Verfügung stand – sofern es diesen Raumriesen gelang, nahe genug an Ganymed heranzukommen. Ein Grund mehr, das Artefakt endlich zu vernichten.

Natürlich hatten die Medien Wind davon bekommen, dass sich im Raum um Jupiter Ungewöhnliches ereignete. Noch hielt sich die Berichterstattung dezent zurück, aber die Spekulationen wurden reißerischer.

Was Reginald Bull am meisten erleichterte, war der Hinweis darauf, dass die Ortungen der CHARLES DARWIN allmählich passable Werte lieferten. Schon dass mehrere Funksonden zielgenau niedergegangen waren, obwohl Ganymed stetig seine Position veränderte, war ein Beweis dafür.

Seine Zuversicht war erneut ein wenig gewachsen, als er sich im Pilotensessel zurücklehnte. Dreißig Minuten lang schlief er tief und traumlos, dann weckte ihn einer der Mediziner. Die ersten Besatzungsmitglieder hatten die Paralyse überwunden.

Nur von ihrem Antigravtriebwerk in der Schwebe gehalten, hob die Korvette fünfzehn Minuten später ab. Die Traktorstrahlen und Fesselfelder waren schon während Bulls Ruhepause abgeschaltet worden.

Das Schiff stieg nur dreihundert Meter hoch auf, dann schaltete Libius Ofdenham schwachen Impulsschub hinzu.

»Wir gehen nicht das geringste Risiko ein!«, sagte Bull warnend.

Der Erste Offizier bedachte den Aktivatorträger mit einem forschenden Blick. »Ich erinnere mich ziemlich gut an unseren Beinahe-Absturz. Die Ausläufer des Gravochaos kommen bis auf zehntausend Kilometer an Ganymed heran, näher am Mond wird es besser; einige Überlappungen vielleicht – aber die schlimmsten Störungen laufen an den Magnetfeldern ab.«

»Das war gestern!«, sagte Bull im Tonfall eines Dozenten. »Ganymed hat seine Umlaufbahn verlassen und stürzt Jupiter entgegen, unter der Eisoberfläche verändern sich die Strömungen.«

»Das heißt, der Dynamo stottert«, wandte Mischa Ordeway ein.

»So könnte man es ausdrücken.« Bull nickte knapp. »Über kurz oder lang wird das Magnetfeld zusammenbrechen. Je weiter wir Richtung Südpol kommen, auch wenn Ovadja Regio noch einiges davon entfernt liegt ...«

»... desto tiefer sinken die Magnetlinien ohnehin ab.« Ofdenham wandte sich der Ortung zu. »Du hast es mitbekommen, Melina?«

»Mitbekommen und verstanden!«, bestätigte die junge Frau. »Ich schreie, sobald der Himmel herunterkommt.«

»Vorher!«, korrigierte Ofdenham. »Rechtzeitig vorher!«

Bull verzog die Mundwinkel zu einer schwer definierbaren Grimasse. »Wenn das hier vorbei ist, werde ich daran denken, einigen auf der CHARLES DARWIN eine ordentliche Kommunikation beizubringen. Für mich klingt das, als würden die Unsitten des frühen Solaren Imperiums wieder einreißen.«

»Was war schlecht daran?«, fragte Ofdenham spontan.

Bull dachte einen Moment lang nach. Ein Grinsen huschte über sein Gesicht, dann winkte er wortlos ab.

»Ausfall der Masseortung!«, meldete Melina Hubble kurz darauf. »Und die Energietaster reagieren überhaupt nicht mehr. Wir fliegen in ein – Nichts! Kein Mond, kein Weltraum, gar nichts.«

»Das ist der Gravitonen-Effektor«, sagte Bull. »Was zeigt die Schwerkraftmessung?«

»Alle Zustände gleichzeitig: Keine Gravitation und Extremwerte überlagern einander.«

»Distanz?«

»Undefiniert. Wir könnten ebenso unmittelbar davorstehen wie Lichttage weit entfernt.«

»Wir fliegen auf Sicht!«, ordnete Bull an. »Was sagt die Rechnerüberwachung?«

»Entfernung knapp dreihundert Kilometer ...«

»Bremsmanöver, Libius! Auf keinen Fall über das Ziel hinausschießen. Melina: Finde irgendwie heraus, ab welcher Distanz die Gravitonen ihre Wirkung entfalten. Das kann unmöglich schon im Nahbereich des Emitters sein, sonst stünde dort keine Eisscholle mehr auf der anderen. Waffenoffizier ...«

»Mischa Ordeway – nur damit es richtig in den Geschichtsdateien erwähnt wird.«

»Tut mir leid, aber daraus wird wohl nichts«, sagte Bull. »Ich übernehme den Feuerleitstand.«

Das schroffe Gebirge der Ovadja Regio breitete sich vor der Korvette aus. Die Hotelkuppel kam in Sicht, nur einen Katzensprung davon entfernt das Artefakt.

Bull hatte die optische Vergrößerung auf dem Holoschirm. Nichts schien sich in den letzten siebenundzwanzig Stunden verändert zu haben. Senkrecht ragte der porzellanfarbene Turm aus den fünf verschieden großen, verschoben übereinandergesetzten Quadern auf. Ringsum war das Eis mit Desintegratoren abgetragen worden, um den Wissenschaftlern den Zugang zu erleichtern. Teilweise war eine meterdicke Schicht wie ein Arbeitsgerüst an den Quadern stehen geblieben, Treppenstufen im Eis machten alles begehbar. Dort hatten die Fachkräfte, vor allem Ganymedaner, an der Erforschung des Objekts gearbeitet. Jetzt lag alles verlassen da.

Auch Wissenschaftler des Syndikats waren von Anfang an am Artefakt tätig gewesen. Reginald Bull hätte es bislang nicht in Erwägung gezogen, doch mit einem Mal fragte er sich, ob vielleicht gerade diese Leute die Arbeiten hintertrieben hatten.

Was wusste das Syndikat über den Gravitonen-Effektor?

Eine Glutbahn fraß sich in Bullys Überlegungen. Es war wie ein greller Blitz, der nahe des Artefakts aufleuchtete und in den Schutzschirm der Korvette einschlug. Gleich darauf der nächste. Aus mehreren Richtungen wurde das Beiboot unter Beschuss genommen.

Die Strahlbahnen waren zu schwach, um die Korvette zu gefährden, nicht einmal im Punktbeschuss würden sie den Schutzschirm aufbrechen können.

Die Rundumbeobachtung erfasste mehrere Personen, die aus Impulsgewehren auf den Kugelraumer feuerten.

»Offensichtlich haben sie keine schwereren Waffen hier draußen«, sagte Reginald Bull irritiert. Die Bilder zeigten mehrere Personen, zum Teil in schweren Schutzanzügen, die inzwischen versuchten, ihre Impulssalven punktgenau zu vereinen. Sie würden es trotzdem nicht schaffen, das Energiefeld zu durchschlagen.

Bully stutzte. Die Gestalt, die aus der Deckung eines Gleiters heraus mit einer klobigen Waffe auf die Korvette feuerte – er zoomte die Aufnahme, bis er nur den vom Helm halb verdeckten Kopf in der Wiedergabe hatte –, das war Tianna Bondoc.

Er ließ sich eine Funkverbindung für die üblichen Helmfrequenzen geben.

»Tianna!«, rief er. »Hier spricht Reginald Bull. Verschwindet aus dem Bereich des Effektors, oder ich kann nicht für eure Sicherheit garantieren. Wir eröffnen das Feuer aus den Bordgeschützen in zwei Minuten!«

Er erhielt keine Antwort, doch der Angriff auf die Korvette wurde heftiger.

»Dann eben nicht.« Bully löste die Paralysatorgeschütze aus. Zwei breit gefächerte Salven jagte er über die zerklüftete Umgebung hinweg, danach herrschte Ruhe.

Tief atmete er durch.

»Libius, lass die Gelähmten an Bord holen. Sobald wir den Effektor zerstören, wird hier womöglich nicht viel heil bleiben. Ich fühle mich, als müsste ich einen unberechenbaren Blindgänger mit dem Vorschlaghammer entschärfen. Es kann gutgehen, uns kann aber auch das halbe Gebirge mit einem großen Knall um die Ohren fliegen.«

»Oder du bewirkst gar nichts mit dem Hammer.« Ofdenham schaute den Aktivatorträger nachdenklich an.

»Das wäre die dritte und schlechteste Möglichkeit«, entgegnete Bull.

»Der Shift wird ausgeschleust. Meine Leute können sich auch gleich um das Hotel kümmern.«

»Gibt es schon eine Funkverbindung, wenigstens zum Robotportier?«

»Bislang negativ. Die SteDat hat da unten wohl alles unter ihre Kontrolle gebracht.«

Reginald Bull nickte knapp. »Wir vergewissern uns auf jeden Fall, ob noch Menschen in der Hotelkuppel sind.«

Die Korvette schwebte nicht einmal mehr hundert Meter über dem Gelände. Der Flugpanzer erschien jetzt in der Außenbeobachtung. Mit Hilfe des Antigravtriebwerks kam das wuchtige Transport- und Kampffahrzeug ungehindert voran. Zwei Männer der Besatzung sammelten die paralysierten SteDat-Leute ein.

»Wir haben alle zwölf«, kam schon nach wenigen Minuten die Meldung. »Nehmen jetzt Kurs auf die Hotelkuppel.«

Schließlich traf die erlösende Mitteilung ein, dass der Kuppelkomplex leer war. Im Eingangsbereich der Anlage hatte es eine bewaffnete Auseinandersetzung gegeben, die Spuren von Thermoschüssen waren unverkennbar. Danach hatten die SteDat-Leute ihre Gefangenen offenbar weggebracht.

Unter den gegebenen Umständen bleiben nur Port Medici oder das Isidor-Bondoc-Building, wohin sie die Wissenschaftler verschleppt haben können, überlegte Bull. *Wir werden das rechtzeitig herausfinden.*

Der Flugpanzer wurde eingeschleust.

»Zehn Kilometer Sicherheitsabstand! Den Schutzschirm verstärken!«

Der Aktivatorträger schaltete auf optische Zielerfassung und richtete die Thermogeschütze aus, er legte die Zielerfassung auf den mittleren der fünf Würfel, aus denen der Effektor bestand. Mit siebenunddreißig Metern Kantenlänge war dieser Kubus der zweitgrößte.

Manuell justierte Bull die letzten Parameter.

Punktbeschuss. Fünfzehn Sekunden Dauerfeuer.

Er löste die Geschütze aus.

Armdicke grelle Glutbahnen standen zwischen der Korvette und den gegeneinander verschobenen Segmenten des Artefakts. Es gab keine alles verschlingende Explosion, auch keinen sich nur langsam ausdehnenden Glutball – eigentlich ereignete sich gar nichts.

Als die Strahlbahnen erloschen, sahen die Beobachter in der Korvette weder ein Nachglühen des mittleren Würfels noch eine Veränderung seines hellen Porzellanfarbtons.

Ofdenham murmelte eine deftige Verwünschung. Bull schwieg, er widmete sich bereits den Ortungen und Hochgeschwindigkeitsaufnahmen. Beides zeigte ihm, dass die Energieschüsse den Effektor überhaupt nicht erreicht hatten. Nur wenige Zentimeter vor dem mittleren Würfel schien die komprimierte Energie verschwunden zu sein.

Er löste die nächste Salve aus, unterstützt durch die Desintegratorgeschütze.

Wieder zeigte sich keine Wirkung.

»Als verflüchtige sich die Energie in eine Librationszone, die das Artefakt umhüllt«, stellte Ordeway fest.

»Dann eben die Transformkanone!«

»Wie groß ist die Gefahr, dass der Sprengsatz während der Rematerialisation zurückgeschleudert wird und an Bord hochgeht?«, wandte der Waffenoffizier ein.

»Die Thermoenergie wurde auch nicht reflektiert«, gab Bull zurück. »Ich stelle allerdings jedem frei, das Schiff zu verlassen.«

»... und auf den Absturz in die Jupiteratmosphäre zu warten? Dann soll es lieber schnell gehen«, erwiderte Ordeway.

Bull schüttelte den Kopf. »Das Transformgeschütz wird soeben mit einer Zehn-Megatonnen-Fusionsbombe geladen, also kein großes Kaliber. Ich will sehen, was geschieht. Libius, das Schiff weiter zurück!«

»Fünfzig Kilometer – und Bereitschaft für Notstart.«

»Gut.«

Als das Transformgeschoss im Ziel explodierte, huschte ein grelles Flackern über Ovadja Regio hinweg. Die extreme Zeitlupe zeigte kurz darauf, dass die freigesetzte Energie weder das Artefakt noch die umgebende Eisfläche erreicht hatte. Möglicherweise war sie wirklich in einem anderen Kontinuum verweht, vielleicht im Hyperraum, aber das war nicht mehr als eine Vermutung. Die Ortungen zeigten nichts an.

Bull nickte verbissen. Zu genau entsann er sich, was Immel Murkisch ihm zu verstehen gegeben hatte: »Im schlimmsten Fall liegt der Effektor waffentechnisch außerhalb unserer Reichweite. Dann vergiss Thermogeschütze, Desintegratoren und Transformkanonen.«

Dieser schlimmste Fall war eingetreten.

»Wir kommen nicht ran an diese Höllenmaschine«, sagte Ofdenham betroffen. »Wir haben nicht einmal die Chance, sie mit Traktorstrahlen von Ganymed wegzuziehen.«

»Traktorstrahlen und Fesselfelder würden ebenso ins Leere greifen.« Bull winkte ab. »Ich frage mich, wieso die SteDat dieses Ding schützen wollte.«

Der Erste Offizier grinste schief. Mit der Hand machte er eine wedelnde Bewegung vor seiner Stirn, die andeutete, was er von den SteDat-Leuten hielt. »Ihre lausigen Strahler hätten bestenfalls Gleiter fernhalten können«, stellte er fest.

»Mit mehr mussten sie auch nicht rechnen«, sagte Bull. »Die Wissenschaftler aus Galileo City und von Terra, Journalisten und wer sonst noch hier war, haben sie ohnehin von hier weggebracht. Ganymed kann bislang nicht angeflogen werden und das einzige bewaffnete Raumschiff, unsere Korvette, lag auf dem Raumhafen fest ...«

»Und wie kriegen wir das Ding nun weg?«

Bull zuckte die Achseln. »Wie Kinder das machen würden«, stellte er fest. Die verwirrten Blicke, die ihm plötzlich galten, ignorierte er. Er wartete nur darauf, dass Ofdenham wieder die Hand hob, aber das wagte der Erste Offizier trotz aller Flapsigkeit an Bord nicht.

»Hundert Megatonnen-Vergleichs TNT«, stellte Ofdenham Augenblicke später fest, als Bull von den Robotgreifern die nächste Fusionsbombe in die Transmissionseinheit der Transformkanone heben ließ. Der Entmaterialisator zeigte Feuerbereitschaft an.

Bull prüfte den Munitionsvorrat.

»Wir haben nur drei Hunderter an Bord?«

»Die Korvette ist kein Großkampfschiff«, erklärte der Erste Offizier. »Fünf Zehn-Megatonnen-Geschosse liegen noch im Munitionsdepot.«

»Das muss ausreichen. – Ich brauche selbstlenkende Überwachungssonden, je robuster, desto besser.«

Er dachte wieder an Rhodans Sohn Michael, sein Patenkind. Daran, wie oft Mike Bausteine zu kleinen Türmen aufeinandergestellt und mit einem Finger wieder umgestoßen hatte. Das Artefakt erinnerte ihn an diese Bausteintürme.

Zehn Minuten nahmen die Vorbereitungen in Anspruch. Er pflegte damit eine aberwitzige Hoffnung, das gestand Bull sich ein, mehr als das konnte er aber nicht tun.

Peinlich genau justierte er die Zielpeilung. Knapp hundert Meter unterhalb des Effektors sollte die erste Transformbombe im festen Eis der Mondkruste explodieren.

Er hielt den Ablauf in einer Holosimulation fest. Zu viele unbekannte Faktoren machten die Berechnungen zum Glücksspiel, und dabei ging es keineswegs um die Frage, wie die Explosion das Eis bewegen würde, sondern um das Verhalten des Artefakts.

Bevor die Entmaterialisation des ersten Geschosses erfolgte, würden die Greifer schon die zweite Hundert-Megatonnen-Bombe erfassen und in den Transmissionskanal gleiten lassen. Entmaterialisation des zweiten Geschosses dreißig Sekunden nach dem ersten Schuss. Dann sofort die dritte Fusionsbombe in Bereitschaft, Abschussbefehl allerdings erst nach der Ergebniskontrolle. Reginald Bull presste die Lippen zusammen. Bis die Optiksonden ihre Daten meldeten und diese ausgewertet wurden, würde die Zeit unglaublich lang werden. Trotzdem wollte er vor dem dritten Schuss Gewissheit und nicht das letzte große Kaliber vergeuden.

Die erste Transformbombe entmaterialisierte. Im Winkel von knapp fünfzehn Grad unterhalb des Effektors wiederverstofflichte das Geschoss und zündete dabei.

Bull starrte auf die Schirme der Außenbeobachtung. Zwei oder drei Sekunden vergingen, die ihm wie eine Ewigkeit erschienen, dann durchlief ein heftiges Zittern die Eisdecke. Der Boden wölbte sich auf, wuchs gedankenschnell in die Höhe und platzte auf. Eis und Glut schossen in den dunklen Himmel.

Das Artefakt verschwand unter der brodelnden Masse, wurde aber sehr schnell schemenhaft wieder sichtbar. Es schwankte zwar, kippte jedoch nicht – als würde es von undefinierbaren Kräften gehalten.

Die zweite Explosion erfolgte hundert Meter weiter entfernt und tiefer angesetzt. Eine gewaltige Blase riss den Untergrund auf. Zerfließendes Eis und Glut vermischten sich zur siedenden Flutwelle, die sich vor allem in Richtung des ersten Explosionsherds ergoss, weil dort das Gelände schon merklich einbrach.

Mit ungeheurer Gewalt brandete die Woge gegen den Effektor an, gischtete daran in die Höhe, schoss sogar über den obersten Würfel hinweg und brach sich überall dort in schäumenden Strudeln, wo die Quader gegeneinander versetzt waren.

Das Artefakt schwankte. Langsam schien es in den Boden einzusinken, wo eigentlich gar nichts mehr sein konnte außer in der Sonnenglut der Explosionen schmelzendem und verdampfendem Eis.

Reginald Bull feuerte die dritte Hundert-Megatonnen-Bombe ab. Er hatte auf die Übertragung der Optiksonden warten wollen, handelte nun aber instinktiv. Die dritte Explosion breitete sich aus, es gab nur mehr sonnenheiße Glut und Dampferuptionen, die sich ausbreiteten.

Wie eine Seifenblase zerplatzte die Kuppel des verlassenen Hotelkomplexes unter den anstürmenden Gewalten.

Reginald Bull ließ da schon das Geschütz nachladen. In der Zielerfassung rief er die ersten Koordinaten auf und löschte die seitliche Missweisung. Wegen der Höhenangabe wartete er auf die Sondenübertragung.

Endlich kamen die ersten verzerrten Bilder. Sie öffneten einen Blick in die Hölle, brachen aber schon nach Sekunden ab. Die Sonde war explodiert.

Augenblicke später sendete die zweite Sonde. Sie näherte sich dem Artefakt. Der Effektor war tief abgesunken und beim Aufprall auf eine Eisscholle umgefallen. Die Quader waren nicht auseinandergebrochen, wie Bull gehofft hatte, jedoch schimmerten einige Verbindungsstellen in einem irisierenden Licht, und es hatte den Anschein, als hätten sich die angrenzenden Würfelflächen verdunkelt.

Die Transformexplosionen hatten die Eiskruste des Mondes aufgerissen und waren bis in den Bereich des zähen Wassereises vorgedrungen. Mit den schlechter werdenden Bildern übermittelte die Sonde die Daten ihres Tiefenmessers. Reginald Bull übernahm die Werte und feuerte die Transformkanone ab. Gleichzeitig erlosch die Bildübertragung.

Nacheinander schickte der Aktivatorträger die beiden letzten kleinen Fusionsbomben in die Tiefe.

Ovadja Regio brach auf. Es war eine gewaltige Katastrophe, die sich da anbahnte, aber doch nur ein Hauch dessen, was den Mond innerhalb der nächsten sechsunddreißig Stunden erwartete. Über Dutzende Kilometer hinweg wurde die Mondoberfläche um mehrere Hundert Meter angehoben. Schluchten brachen auf und dann stürzten die Platten zurück, verkanteten sich ineinander und drückten unter die Randgebiete, während aus der Tiefe eine neue Flutwelle zähflüssigen Wassereises emporquoll. Wie eine Sintflut wälzte das Eis heran, alles unter sich zermalmend, während das Land weiter einbrach. Hunderte Meter dick waren die Schollen, die sich an den Rändern der neu entstehenden Senken aufstellten. Zum Teil kanalisierten sie die heranbrandende Flut, die aus der Tiefe unaufhörlich Nachschub erhielt, zum Teil zerbarsten sie unter dem tosenden Ansturm und die Trümmer wurden mitgerissen.

Immer weiter brach das Land ein, veränderte sich das Antlitz der Region in einer wahren Kettenreaktion, als habe der Weltuntergang soeben begonnen.

Die Korvette ließ das alles schnell hinter sich. Aber sogar Hunderte Kilometer nördlich der untergehenden Ovadja Regio öffneten sich Kryovulkane und spien Eismassen hoch in die dünne Atmosphäre.

»Diese extremen Schwerkraftfelder ... ich finde kaum mehr eine Spur davon!«, rief Melina Hubble von der Ortung. »Hier und da ein leichtes Aufflackern, in der Umsetzung sieht es aus wie zuckende, brennende Gasschwaden. Als würden die Gravitonen verwehen. Wir haben es geschafft!«

»Es sieht in der Tat danach als, als wäre der Effektor ausgeschaltet«, pflichtete Ofdenham bei.

Reginald Bull nickte zögernd. Nachdenklich beobachtete er die Panoramaholos. In einem zerklüfteten Bereich, den die Korvette soeben überflog, brach eine Bodenspalte auf, nicht sehr breit, einige Kilometer lang, aber dennoch unübersehbar.

»Ganymed stirbt«, sagte er schwer. »Wir können das Ende nicht aufhalten.«

Selbst wenn wir die Entwicklung Jupiters zum Schwarzen Loch abwenden konnten, ging es ihm durch den Kopf, *den Eismond müssen wir schnellstens evakuieren – und wir werden ihn reparieren oder neu erschaffen müssen.*

5.

Reginald Bull wäre erleichtert gewesen, hätte es diese Krisensitzung nicht geben müssen, aber die Situation spitzte sich zu.

»Ganymed hat keine Chance mehr. Wir müssen jetzt alles daransetzen, wenigstens die Bevölkerung vor dem Untergang zu retten. Uns bleiben dafür nicht einmal mehr eineinhalb Tage. Die letzten Stunden dürfen nicht für Rettungsaktionen verplant werden, wir brauchen sie als Risikopuffer.«

Er schaute in die Runde, begegnete dem Blick jedes Einzelnen und sah Furcht in den Augen, Verzweiflung, auch Trotz und immer noch einen Schimmer Hoffnung.

Sie hatten sich in den Laborhallen zusammengefunden, weil sie, wenn auch ungewollt, zum Hauptquartier geworden waren. Immel Murkisch hatte hier seine Anlagen und Messgeräte aufgebaut, hier wurden weiterhin Funksonden produziert. Zur Stadtverwaltung bestand seit einiger Zeit eine permanente abgesicherte Verbindung, Kaci Sofaer hatte somit jeden Zugriff, den sie benötigte. Nicht nur, dass immer neue Unruheherde gemeldet wurden, weil Ganymedaner versuchten, zum Raumhafen zu gelangen oder gar mit Gleitern den Mond zu verlassen, inzwischen gab es das Problem der Tauacht-Konsumenten.

Es hatte kurz nach der Landung der Korvette auf Port Medici begonnen, die ersten Vorfälle waren noch von niemandem sonderlich ernst genommen worden. Die Zusammenbrüche einzelner Männer und Frauen waren als Kollaps abgetan worden, mittlerweile hatten sich diese Vorfälle zur Epidemie entwickelt. Alle Schlaflosen, die seit Tagen und Wochen ohne jede Ruhepause ausgekommen waren, wussten mit einem Mal nicht mehr, wo sie sich befanden. Plötzlich fehlte ihnen jegliches Orientierungsvermögen, sie wurden lethargisch, hatten motorische Ausfälle oder fielen von einer Sekunde zur nächsten in einen Tiefschlaf, aus dem sie nur schwer aufzuwecken waren. Als hätten sie all das nachzuholen, was ihnen vorenthalten worden war.

Rund dreißig Prozent der Bevölkerung galten aktuell als Tauacht-Konsumenten. Das waren knapp fünfzig Millionen Menschen, die entweder irgendwo zusammengebrochen waren und schliefen oder ziellos umherirrten. Schon damit waren Sofaers Mitarbeiter hoffnungslos überfordert.

»Es mag überheblich oder verrückt klingen«, wandte Starbatty ein, »aber von allen, die mit Tau-acht in Berührung kamen, haben wir wenigstens bei einer Evakuierung keine Probleme zu erwarten. Wir brauchen Frachtcontainer ...«

»... du kannst diese Menschen nicht wie Waren stapeln«, protestierte Sofaer heftig. Die Fhandour-Schlange hatte sich um ihren Hals geschlungen und schwieg seit einiger Zeit beharrlich.

»Ich will sie nicht stapeln«, erwiderte der Senator kaum weniger gereizt als die Bürgermeisterin. »Wir brauchen Arbeiter, die Zwischendecken in die Container einziehen. Danach können wir Hunderte oder Tausende der neuen Schläfer auf einmal abtransportieren. Und die Verrückten, die glauben, auf eigene Faust der Katastrophe leichter entgehen zu können, hätten eine sinnvolle Aufgabe.«

»Die Reaktion der Tau-acht-Abhängigen hat kurz nach der Zerstörung des Effektors eingesetzt«, wandte Reginald Bull ein. »Was die Verhältnisse im planetennahen Weltraum anbelangt, sieht es leider schlechter aus. Nach wie vor gibt es keinen Funkkontakt zu den Raumschiffen, von denen wir immerhin wissen, dass sie da sind.«

»Sie werden kommen!«, beharrte Kaci Sofaer. »Ich zweifle nicht daran. Und das war ja auch deine Absicht.«

»Wir haben zu viel Zeit verloren. Hat schon einer ausgerechnet, wie viele Menschen stündlich evakuiert werden müssen, damit wir auch den letzten in Sicherheit bringen können?«

»Wenn die Schiffe erst da sind ...«

Bull winkte heftig ab. »Sie sind da, sie stehen nur wenige Lichtsekunden entfernt – aber sie schaffen es noch nicht, Ganymed anzufliegen. Und selbst wenn: Ein LORETTA-Tender kann nicht landen, wir brauchen also Zubringerschiffe. Und das ist nicht einmal das Hauptproblem. Angenommen, die Schiffe wären wenigstens heute Abend schon hier, also in sechs bis sieben Stunden. Dann bleiben höchstens siebenundzwanzig Stunden. Wir müssen also mehr als sechs Millionen Menschen stündlich aus den Kuppeln zu den Raumschiffen bringen. Selbst wenn wir den direkten Zugang zu den Schiffen herstellen und die Kuppelschleusen damit offen halten können, wie viele Schleusen haben wir zur Verfügung?«

»Maximal fünfzig«, antwortete die Bürgermeisterin.

»Das heißt, pro Minute müssen mindestens zweitausend Personen an jedem Übergang in die Schiffe transportiert werden.« Murkisch führte die Überlegung fort. »Wenn hermetisch abdichtende Zugangstunnel benutzt werden, können wir für den Transport kaum auf Fahrzeuge zurückgreifen. Außerdem müssen Schiffe starten, andere landen, das kostet Zeit.«

»Wir haben keine Möglichkeit mehr, alle zu evakuieren!«, sagte Reginald Bull eindringlich. »Nach welchen Kriterien entscheiden wir also, wer gerettet wird und wer sterben muss?«

»Wir könnten viele durch die Röhrentunnel zum Raumhafen schicken«, platzte die Bürgermeisterin heraus. »Aber zweihundert Kilometer ...? Und die Stadtkuppeln sprengen? Unsinn. Die wenigsten verfügen über Raumanzüge.«

»Wir evakuieren nicht!« Der Residenz-Minister warf einen herausfordernden Blick in die Runde. »Nicht ein Ganymedaner wird an Bord eines Raumschiffs gehen. Im Gegenteil: Wir holen alle, die schon am Raumhafen sind, in die Stadt zurück. Wir sprengen die komplette Stadt aus der Mondoberfläche heraus!«

»Und dann?«

»... bringen wir Galileo City mit allen Bewohnern in Sicherheit!«

»Auch dafür benötigen wir Raumschiffe«, wandte Starbatty ein.

»Richtig«, bestätigte Bull. »Ich bin ebenfalls überzeugt, dass die Schiffe kommen werden, aber leider nicht sofort.«

»Ich unterstütze diesen Vorschlag in jeder Hinsicht«, sagte Murkisch hastig. »Alles andere wäre kurzfristig gedacht. Nur dürfen wir nicht übersehen, dass die Zerstörung des Gravitonen-Effektors den Mond schwerer erschüttert hat als sein Ausbruch aus der Umlaufbahn. Es gab hier in Galileo City eine Vielzahl geplatzter Versorgungsleitungen und einzelne Verwerfungen; die Stabilität der Kuppeln und vor allem der sublunaren Ausbauten muss also gewährleistet sein. Das andere ist, dass sich Ganymeds Absturz weiter beschleunigt. Dass die Gravo-Pulse des Effektors erloschen sind, scheint dabei keine Rolle mehr zu spielen. Auf Jupiter hat sich hinsichtlich der Flutung mit Higgs-Teilchen ebenfalls nichts verändert. Nach wie vor sehe ich den Kernbereich des Planeten als Higgs-Teilchen-Generator an.«

»Aber der Gravitonen-Zufluss wurde doch unterbrochen.«

»Einiges an den letzten Messungen spricht dafür, dass die Intensität der Gravo-Störungen nachlässt. Mehr kann ich bislang nicht sagen. Allerdings verändert sich der Goldene Fleck; aus dem Gravo-Mahlstrom wird eine Art Rüssel oder Schlauch, der durch die Atmosphäre des Planeten nach außen wächst ...«

»Was bedeutet das?«, wollte Starbatty wissen.

»Der Schlauch kommt Ganymed entgegen. Ich bin jetzt schon sicher, dass dieses Wirbelgebilde den Mond verschlingen wird. Leider mit schlimmen Folgen. Höchstwahrscheinlich wird der Schlauch verhindern, dass Ganymed schon kurz nach seinem Eintritt in die Jupiteratmosphäre auseinandergerissen wird.«

»Und dann?«, drängte Kaci Sofaer, als der Wissenschaftler schwieg.

»Ganymed wird vermutlich in einem Stück in den Planetenkern einschlagen ... Jupiter hält vielem stand, aber einem Brocken mit dieser Masse wohl nicht.«

»Gibt es eine Erklärung für diesen Schlauch?«

»Darüber denke ich nach, seit ich die Veränderung des Mahlstroms bemerkt habe.«

»Und?«, drängte Bull.

Murkisch schüttelte den Kopf. »Verrückt«, murmelte er. »Das wäre so verrückt ...«

»Heraus mit der Sprache!«

»Wenn der Gravitonen-Zustrom mit der Vernichtung des Effektors tatsächlich versiegt ist, kann Jupiter nicht mehr zum Schwarzen Loch werden.«

»Genau das habe ich erhofft«, sagte Bull. »Weiter!«

»Der Goldene Fleck könnte eine Redundanzschaltung sein. Wenn Ganymed nicht in der Atmosphäre zerstört wird, trifft er mit voller Wucht auf den Planetenkern. Jupiter wird also sterben – egal wie.«

Seit dem späten Vormittag liefen die Vorbereitungen. Zugleich wurde die Bevölkerung des Mondes über alle Einzelheiten informiert. An den Kuppelschleusen, vor allem im Bereich der zum Raumhafen führenden Röhrenbahn, wurde es rasch ruhiger. Innerhalb kürzester Zeit meldeten sich Zehntausende freiwilliger Helfer bei der Stadtverwaltung. Galileo City, das war Heimat für alle. Und egal ob die Menschen der Stadt auch in Zukunft noch Jupiter über sich würden sehen können oder vielleicht stattdessen den Ringplaneten Saturn, sie würden alles daransetzen, die Kuppelstadt zu erhalten.

Mehrere große Hologramme zeigten allein den unteren Bereich der Hauptkuppel auf. Die Projektion füllte eine der großen Laborhallen aus und erlaubte einen guten Überblick.

Reginald Bull hatte vor sich zudem eine Gesamtübersicht der Stadt projizieren lassen – die zweihundertfünfzig Kilometer durchmessende Zentralstadt, Galileo City im engeren Sinn mit allein hundertdreißig Millionen Einwohnern, und die drei Satellitenstädte, von denen jede nicht einmal halb so viel durchmaß.

Seine erste, zweifellos plausible Überlegung, sich für die Rettungsaktion ausschließlich mit der Hauptkuppel zu befassen, hatte der Aktivatorträger wieder verworfen. Es wäre einfach gewesen, aus Vincenzio City und Livia City jeweils fünfzehn Millionen Bewohner sowie aus dem Künstlerviertel Celeste fünf Millionen in den Schutz der großen Kuppel zu überführen. Kein Vergleich zu dem Aufwand, den es bedeutete, die drei Satellitenstädte aus dem Eis des Mondes herauszulösen.

Sofaer hatte ihn jedoch von den nur schwer kalkulierbaren Risiken überzeugt, die sie eingehen mussten, wenn nur die Zentralstadt aus dem Eis herausgesprengt wurde. Oder auch nur eine der kleineren Nebenkuppeln. Alle vier waren im Untergrund so ineinander verflochten, dass es umfangreicher Arbeiten bedurft hätte, die sichere Trennung einzuleiten. Dafür war keine Zeit.

»Natürlich sind die Kuppeln nicht vollflächig im Untergrund verankert.« Sofaer ließ die Darstellung kippen und veranlasste die farbige Markierung einzelner Abschnitte. »Außerdem existieren viele Ankerpunkte, die von innen her durch Erwärmung gelöst werden können. Trotzdem bleiben rund zwei Drittel der Gesamtfläche, die aus dem Eis herausgeschnitten werden müssen.«

»Herausgesprengt«, korrigierte Bull. »Natürlich wäre es die Ideallösung, mit Desintegratoren von außen nach innen zu arbeiten, aber wir verfügen weder über die nötige Anzahl schwerer Desintegratoren noch über die Fahrzeuge, mit denen wir sie einsetzen können. Außerdem ist alles eine Zeitfrage.«

»Also die Gitternetzstruktur, die du vorgeschlagen hast.«

»Zweihundertfünfzig Meter Linienabstand.« Bull nickte nachdenklich. »Lieber wären mir hundert Meter, aber das erscheint nicht praktikabel. Schon die Anzahl der benötigten Schmelzladungen ...«

»Die Produktion wird in Kürze anlaufen.«

»Wie viele werden es bis morgen sein?«

»Vielleicht ausreichend, um eine der Nebenkuppeln zur Hälfte aus dem Eis zu brennen.«

Bull hob die Schultern. »Wir können demnach auf die Sprengsätze nicht verzichten. Vorher will ich aller Eile zum Trotz komplette positronische Statikberechnungen und Simulationen der zu erwartenden Druckwellen. Wir haben nur einen einzigen Versuch und können uns nicht erlauben, eine der Kuppeln zu beschädigen.«

Bulls Kombiarmband meldete sich mit durchdringendem Summen. Er winkelte den Unterarm an, sofort baute sich das Übertragungsholo über seinem Handrücken auf. Murkisch blickte ihm entgegen.

»Nachricht von der CHARLES DARWIN?«, fragte Bull. »Das wird Zeit. Ich hatte schon das Schlimmste befürchtet.«

»Überspielen, oder ...?«

»Wir kommen.«

Bully und die Bürgermeisterin brauchten nur drei Minuten, um im Laufschritt die Halle zu verlassen und das Ortungslabor des Hyperphysikers zu erreichen.

Knapp fünf Stunden war es her, da hatte der Aktivatorträger dreißig Funksonden in Richtung des ENTDECKER-Raumers starten lassen. Ausführlich hatte er die Vernichtung des Gravitonen-Effektors und die Situation auf Ganymed beschrieben. Vor allem die Absicht, die Kuppelstädte aus der Mondoberfläche herauszulösen.

Endlich lag Hannan O'Haras Antwort vor.

»... wir sind zuversichtlich, dass die Bedingungen besser werden, eine gewisse Abschwächung der Gravo-Anomalien scheint sich abzuzeichnen. Hier brennen jedenfalls eine Menge Schiffsbesatzungen darauf, dass sie euch endlich unterstützen können.

Punkt eins: Unser Ortungsbild lässt hoffen. Die Zuschaltung weiterer Beiboote ergab einen weiteren kleinen Qualitätssprung, der Wahrscheinlichkeitsquotient steigt. Wir können Ganymed bereits gut erfassen. Die Geschwindigkeit, mit der er sich Jupiter nähert, ist größer geworden. Der energetische Schlauch, der sich aus dem Goldenen Fleck herausgebildet hat, weist keinerlei messbaren Werte auf. Der Koko-Interpreter bestätigt, dass Ganymeds Absturz im Kern des Planeten enden wird. Ein kontinuierliches weiteres Anwachsen der Geschwindigkeit vorausgesetzt, errechnen wir den Zeitpunkt des Eintritts in den Energieschlauch mit morgen, 22.25 Uhr.

Punkt zwei: Weiterhin gibt es keine Nachricht von der TSUNAMI-X. Wir sehen uns!«

»Hoffentlich«, murmelte der Residenz-Minister.

Jupiter hing hoch über ihm und füllte fast schon den halben Himmel aus. Reginald Bull musste den Kopf weit in den Nacken legen, um den brodelnden Gasplaneten zu sehen. Der riesige Goldene Fleck, das konnte er mittlerweile mit dem bloßen Auge erkennen, hatte sich ausgestülpt und wuchs quer durch die Planetenatmosphäre. Dieser Schlauch streckte sich dem abstürzenden Mond entgegen.

Bull fröstelte. Die Luft, glaubte er, war kälter geworden, doch ein Blick auf die Anzeigen des Kombiarmbands verriet ihm, dass sich die Temperatur nicht um ein Zehntelgrad verringert hatte. Die Kälte kam aus ihm selbst.

Zwei schwere Gleiter jagten in der Nähe vorbei. Ihr Ziel war die Kuppelschleuse in diesem Bereich von Galileo City. Sie brachten Menschen und Material nach draußen.

Roboter wühlten sich in das kilometerdicke Eis der Mondoberfläche. Ganymedaner waren mittlerweile rings um die Städte zu finden; sogar mit kleinen Handdesintegratoren feuerten sie auf das Eis, um die Kuppeln zu befreien. Und was für Galileo City galt, traf auch auf die Nebenstädte zu.

Gleiter mit nachgerüsteten Buggeschützen trieben große Tunnel tief unter die Städte. Dort konnten die unzähligen Helfer vordringen und Querverbindungen schaffen. Bislang waren nur die ersten Kilometer überwunden, aber die Gitternetzstruktur, die letztlich alle vier Kuppeln unterfangen sollte, ließ sich schon erahnen. Roboter trieben kleine Stollen in die Flächen zwischen den Gitterlinien vor, gerade groß genug, um entweder die schweren Sprengsätze oder Schmelzladungen aufzunehmen.

Eigentlich ungewollt warf Bull einen Blick auf die Zeitanzeige. Noch vierundzwanzig Stunden.

Er dachte an Perry, an Mondra und die anderen. MERLIN, falls es sich wirklich um die Faktorei gehandelt hatte, war nicht mehr tief unter dem Goldenen Fleck zu sehen. Aber wahrscheinlich war das ohnehin nur eine Täuschung gewesen.

Schnell war Mitternacht da. Vielleicht brach soeben der letzte Tag an, den er erleben durfte. Bull schickte diesen selbstzerstörerischen Gedanken zum Teufel, er ging zu seinem Gleiter und verließ ebenfalls die Stadtkuppel.

Mit dem leichten Desintegratorgewehr, das Sofaer ihm besorgt hatte, reihte er sich zwischen die Ganymedaner ein, die hier vor knapp einer Stunde begonnen hatten, in das Eis vorzudringen. Nicht mehr als zweihundert Meter bisher. Die Waffe auf Dauerfeuer und breiteste Fächerung justiert, drang er langsam tiefer vor.

Nach einigen Minuten registrierte er eine Bewegung neben sich. Wie aus dem Nichts erschienen, stand ein junger Mann da und klebte Desintegratorstreifen auf, wie sie in Bergbauregionen verwendet wurden. Die Streifen, bis zu zehn Meter lang, hafteten auf nahezu jedem bekannten Material. Einmal aktiviert, emittierten sie die atomare Strukturen auflösende Desintegratorstrahlung, bis ihre Speicherenergie aufgezehrt war oder sie abgeschaltet wurden. Im Eis, schätzte Bull, reichte eine Ladung für gut fünfzig Meter.

Der junge Mann, der hinter der leicht spiegelnden Helmscheibe schlecht zu erkennen war, lächelte dem Residenz-Minister zu. Im nächsten Moment war er spurlos verschwunden. Nur der aufgeklebte Desintegratorstreifen verriet, dass da eben jemand gewesen war.

Ein Teleporter, erkannte Bull, einer der Kleinst-Mutanten, wie auch Daubert Eviglich einer gewesen war. Teleporter, Telekineten, jemand, der durch Handauflegen unzerstörbares Glassit zerplatzen ließ, die Spanne der besonderen Fähigkeiten schien nicht eben klein geraten zu sein.

Keineswegs alle Tau-acht-Konsumenten hatten Parafähigkeiten entwickelt. Aber seit den frühen Abendstunden wachten immer mehr von ihnen aus dem Schlaf auf. Sie stellten sich nicht gegen das, was auf Ganymed geschah, sie boten vielmehr ihre Hilfe an. Auch Tianna Bondoc gehörte zu ihnen, als hätte die tiefe Schlafphase manches wieder geradegerückt.

Mit diesen Ganymedanern ein neues Mutantenkorps aufzubauen, eine Truppe parapsychisch begabter Menschen, wie es sie schon zu Beginn des Solaren Imperiums gegeben hatte, war für Bull ein verlockender Gedanke. Leider nicht mehr als das. Ihm war bereits klar, dass alle diese Paragaben nur durch die räumliche Nähe des Artefakts hervorgerufen worden sein konnten. Einige der neuen Schläfer, die schon im Lauf des Abends wieder erwacht waren, hatten ihre besondere Fähigkeit sehr schnell wieder verloren. Der Verlust der Paragabe kam ohne Vorwarnung.

Möglicherweise, argwöhnte der potenziell unsterbliche Terraner, hatte das Artefakt nicht nur Gravitonen ausgestreut, sondern sogar Psionen. Und deren Ausbleiben machte aus scheinbar leistungsfähigen Mutanten sehr schnell wieder paranormal unbegabte Menschen.

Ein Anruf über Helmfunk riss Bull aus seinen Überlegungen.

Er brauchte zwei oder drei Sekunden, um zu erfassen, was die Stimme zu ihm sagte. Die CHARLES DARWIN II war gekommen. Der große Kugelraumer schwebte am Rand von Galileo City über dem Eis.

»Betrachte uns als die Vorhut«, sagte Hannan O'Hara lachend, als Reginald Bull die Hauptzentrale betrat. »Es war, nun ja, ein wenig stürmisch, Ganymed zu erreichen. Aber nachdem wir deinen Hilferuf empfangen hatten ...«

»Hilferuf?«, unterbrach der Aktivatorträger. »Ich habe euch über die eingeleiteten Rettungsmaßnahmen informiert.«

»Und wir konnten uns an den Fingern abzählen, dass Unterstützung dringend nötig ist«, wandte Robert Marion Morrison ein. »Wie viele Desintegratoren und Thermogeschütze sind auf dem Mond verfügbar?« Er lachte, als Bull die Frage unbeantwortet ließ. »Wir liegen also gar nicht so schlecht mit unserer Vermutung.«

»Was wir anbieten können, sind dreißig Space-Jets und hundertachtzig Flugpanzer«, stellte die Kommandantin sachlich fest. »Außerdem zweihundertdreißig Roboter, die ebenfalls mit Desintegratoren ausgerüstet sind, wenn auch nur mit gängigen Karabinern. Wer weist unsere Piloten ein? Sie brennen darauf, schnellstens loszulegen.«

Bull informierte die Bürgermeisterin. Keine zehn Minuten später lagen ausgearbeitete Koordinatensätze mit allen notwendigen Angaben vor. Die Beiboote starteten.

»Wie war der Flug?«, wollte Bull endlich wissen.

Abwehrend hob O'Hara die Hand. »Besser als vor zwei Tagen, sehr viel besser. Ohne unsere Ortungsspezialisten wären wir allerdings aufgeschmissen gewesen. Und der Koko-Interpreter hat sich vermutlich die letzten Haare ausgerissen.«

»Aber wir sind da.« Morrison grinste breit.

»Die Gravitonen streben Jupiter entgegen«, meldete sich Captain Mors zu Wort. »Ich habe ein wenig extrapoliert. Zwischen zehn und fünfzehn Stunden dürfte es dauern, bis die hyperphysikalische Unruhe so weit abgeklungen sein wird, dass die übrigen Schiffe Ganymed ebenfalls erreichen können. Und nebenher ist während des Anflugs einiges an Informationen abgefallen. Wir hatten Jupiter permanent in der Ortung. Das heißt, wir haben so etwas wie Transmitterimpulse registriert, die von dem Gasplaneten ausgehen – möglicherweise.«

Bull musterte den Ferronen eindringlich.

»Wieso möglicherweise? Sind es Transmitterimpulse oder nicht?«

Der Ortungsspezialist nickte zögernd. »Die üblichen Entstofflichungs- und Rematerialisierungsimpulse sind ultrakurze getaktete Signalfolgen. Die aufgefangenen Impulse haben eine völlig andere Signatur.«

»Nämlich welche?«

»Wenn so etwas möglich wäre, würde ich sagen: Auf Jupiter wird seit Stunden ununterbrochen gesendet und empfangen.«

»Also eine schnelle Folge von Transmittersendungen?«

»Nein.« Der Ferrone wehrte entschieden ab. »Eher handelt es sich um einen kontinuierlichen Fluss, eine Transmitter-Fluktuation.«

»Was transportiert dieser Fluss?«, wollte Bull wissen.

»Dieser – ich nenne ihn einfach Fluktuationstransmitter – scheint die Quelle der Higgs-Teilchen zu sein.«

Reginald Bull wiegte nachdenklich den Kopf. »Verstehe ich das richtig? Die Higgs-Teilchen entstehen nicht etwa im Kern des Planeten, sondern es handelt sich um einen banalen technischen Vorgang?«

»Ja, natürlich ein technischer Vorgang. Mit an Sicherheit grenzender Wahrscheinlichkeit sogar. Wenngleich, als banal würde ich ihn nicht unbedingt bezeichnen.«

Bull winkte ab. »Jupiter wird also zugleich mit Gravitonen beschossen und mit Masseteilchen beschickt«, überlegte er laut. »Was ist das? Eine konzertierte Aktion gegen Terra?«

Genau dieser Gedanke hatte sich ihm immer wieder aufgedrängt. Er hatte nur absolut keine Ahnung, wer sich diesmal an den Terranern vergreifen wollte und vor allem, weshalb.

Und was, falls doch kein Angriff dahintersteckte?

Der 14. Februar geriet für Bully immer mehr zum Wechselbad der Gefühle. Nachdem er mit Immel Murkisch über die Higgs-Teilchen und den Fluktuationstransmitter gesprochen hatte, saß der Gedanke daran vollends fest.

Ein Angriff auf Terra? Hieß das nicht gerade, dass Perry, Mondra und die TLD-Agenten noch am Leben sein mussten? Wer technisch in der Lage war, eine Transmitterstation nahe dem Planetenkern zu unterhalten, für den bedeutete es gewiss keine übermäßige Anstrengung, eine Micro-Jet vor der Explosion zu bewahren.

Immer wieder erwischte Bull sich dabei, dass er suchend zum Jupiter aufsah. Nichts wurde dadurch anders, absolut nichts, trotzdem tat er es.

Die drei kleinen Stadtkuppeln waren inzwischen unterminiert, die Arbeiten konzentrierten sich auf den Zentrumsbereich.

Jeder Sprengsatz, der nicht benötigt wurde, weil die Desintegratoren das Eis erschütterungsfrei aufschnitten, stimmte den Aktivatorträger wieder ein wenig zuversichtlicher. Doch zugleich wuchs seine Unruhe. Mittag war vorüber, die CHARLES DARWIN II war und blieb das einzige Schiff, das bislang den Anflug geschafft hatte.

Port Medici wurde evakuiert. Mit Gleitern, aber auch durch die Röhrentunnel kam das Raumhafenpersonal nach Galileo City zurück. Unmittelbar nach dem letzten Wagen der Magnetschwebebahn wurden die Tunnelverbindungen gekappt und der gesamte Bereich hermetisch versiegelt.

Die letzten Überprüfungen erfolgten. Reginald Bull saß zu dem Zeitpunkt schon seit eineinhalb Stunden mit Hannan O'Hara, Murkisch und zwei Dutzend Spezialisten verschiedener Fachgebiete sowie ebenso vielen ganymedanischen Technikern und Wissenschaftlern im großen Sitzungssaal neben der Hauptzentrale der CHARLES DARWIN II zusammen. Die Besprechung drehte sich ausschließlich um die Stabilisierung der vier Kuppeln.

Aktuelle Berechnungen zeigten die mittlerweile große Nähe zu Jupiter als deutliches Gefährdungspotenzial. Der stark angewachsene Schwerkrafteinfluss des Planeten und vor allem ein zunehmendes Drehmoment des Mondes selbst beeinflussten das Vorhaben.

»Wir haben sechzig Leichte Kreuzer und mit der CD-K-7 dreißig Korvetten an Bord«, erinnerte O'Hara. »Die Beiboote sollten in der Lage sein, die Stabilität der Kuppeln zu gewährleisten.«

»Theoretisch mag das angehen«, protestierte einer der Ganymedaner. »Praktisch kommen wir nicht weit. Ich habe mir die Mühe gemacht, die Energiestandards der einzelnen Schiffstypen als Basis für Effektivitätsberechnungen heranzuziehen. Das Ergebnis ist erschreckend.«

»Uns bleibt immer noch die Möglichkeit, nur eine der kleineren Kuppeln in den Raum zu bringen. Spätestens in sieben Stunden wird Ganymed in den Goldenen Schlauch eintreten und bald darauf eine Katastrophe auslösen.«

»Mit der Evakuierung der zurückbleibenden Kuppeln müssten wir sofort beginnen«, sagte Reginald Bull energisch. »Oder wir retten nur ein paar Zehntausend Ganymedaner, die von der CHARLES DARWIN II aufgenommen werden können.«

Alarm heulte auf.

Sekunden später wurde die Meldung durchgegeben, dass soeben zwei Fünfhundert-Meter-Kugelraumer in den Nahbereich des Mondes eingeflogen waren.

Innerhalb einer Stunde erreichten in schneller Folge knapp hundertfünfzig Raumschiffe den abstürzenden Mond.

In seinen Augen brannte der Schweiß. Immer wieder fuhr sich Reginald Bull mit dem Handrücken über die Stirn, doch seine Anspannung ließ sich nicht so einfach wegwischen.

Jeder in der Hauptzentrale der CHARLES DARWIN II arbeitete mit höchster Konzentration; von hier aus wurde die Aktion geleitet. Die optische Wiedergabe auf der Panoramagalerie war mit den Daten der Normalortung überblendet.

Einhundertfünfundachtzig Kugelraumschiffe, ausschließlich Kreuzer der Einhundert- und Zweihundert-Meter-Klasse, schwebten seit zwanzig Minuten über Galileo City. Ihre Formation zeichnete die Umrisse der vier Kuppelstädte nach, nur wenige Einheiten standen über den zentralen Bereichen der Stadtteile.

Traktorstrahlen griffen in die Tiefe und hoben das gigantische Gebilde zentimeterweise an. Die ersten Schmelzladungen waren gezündet worden, Wasserströme ergossen sich in die neu entstandenen Hohlräume, erstarrten aber sehr schnell zu bizarren Katarakten.

Korvetten und Space-Jets patrouillierten entlang der Peripherie. Wo es nötig wurde, weil Verbindungen zwischen den eingefrästen Gitterlinien nicht erwartungsgemäß getrennt werden konnten oder die teils blitzartig gefrierenden Wassermassen neue Übergänge schufen, griffen die kleinen Beiboote mit ihren Thermogeschützen und Desintegratoren ein.

Allmählich hob sich die Stadt in den von Jupiter beherrschten Himmel.

Wie ein überdimensionales Kleeblatt, das samt seinen Wurzeln ausgerissen wird. Diese Assoziation fand Reginald Bull gar nicht so abwegig. Irgendwo musste Galileo City schließlich wieder eingepflanzt werden.

Er lächelte.

Seine Vision war ein verwegener Gedanke und momentan sicher völlig fehl am Platz, aber seit Stunden kehrte diese Überlegung immer wieder zurück. Mittlerweile schob er sie nicht mehr vehement von sich. Sie gefiel ihm.

Warum Galileo City nicht an ihren angestammten Platz zurückbringen? In diese bizarre Wüste aus ewigem Eis und Weltraumkälte, die den Sternen zum Greifen nahe war wie kaum an einem anderen Ort und trotzdem für immer ein Stück des Solsystems.

Trotzig biss Bull die Zähne zusammen. Wer immer diese Katastrophe zu verantworten hatte, er durfte nicht triumphieren. Der Phönix, der aus der Asche aufstieg und sich erneut in den Himmel schwang, würde prächtiger sein als in seiner vorherigen Existenz.

»Immer noch Schwierigkeiten mit Celeste«, hörte er die Meldung einer Korvette. »Einige der Terkonitanker haben sich nicht vollständig aus dem Untergrund gelöst.«

»Wir dürfen nicht länger warten!« Das war O'Hara. »Die Nähe zu Jupiter macht sich allmählich unangenehm bemerkbar. Kappt die

Anker oder brecht das Eis ringsum auf! Ich schicke weitere Jets nach unten.«

Die Wiedergabe in der Hologalerie wechselte zum Teil und wich einer Szene aus dem Untergrund der Stadt. Ein gigantisches lichtdurchflutetes Labyrinth, in dem sich das Scheinwerferlicht der Diskusschiffe zur Farborgie aufschaukelte. Ein gewaltiges Kaleidoskop aus geborstenem, aufgerissenem Eis. Stalaktiten und geschwungene Eisvorhänge, die geradezu lebendig erschienen, als flatterten sie in einem unwirklichen Wind. In Tausenden Facetten verzerrte Abbilder der Space-Jets wie ein Schwarm gieriger Raubfische, dazwischen das Aufzucken greller Blitze. Außerdem der grünlich flirrende Dunst der Desintegratoren, der sich erstickend über diese Pracht legte und dunkle, monströse Säulen freilegte. Sturzfluten ergossen sich über gerade erst sichtbar werdende Eisskulpturen und erstarrten zu neuen undefinierbaren Formen, aber schon Augenblicke später zerbarsten sie unter dem Ansturm der Space-Jets.

Reginald Bull zweifelte nicht mehr daran: Es war seine Aufgabe, diese Welt zu erhalten.

Das Kleeblatt löste sich vollends aus der Mondoberfläche. Für einige Sekunden brandete Jubel auf, doch die erleichterte Stimmung wich schnell neuer Konzentration.

Einen Kilometer hoch schwebte Galileo City schon über der zurückbleibenden gewaltigen Wunde. Die Ortungsbilder zeigten die nacheinander erlöschenden Traktorstrahlen und Zugfelder. Das Gros der Raumschiffe wechselte die Position und verankerte sich an der Unterseite der gewaltigen Eisscholle.

Die Schiffe beschleunigten mit minimalen Werten und hoben Galileo City weiter aus der Gefahrenzone.

Fünfzig Kilometer inzwischen.

Unaufhaltsam raste Ganymed dem Untergang entgegen. Die Distanz zwischen der Stadt und ihrer ehemaligen Heimat wurde schnell größer.

Bull hatte jedes Zeitgefühl verloren. Es war 20.12 Uhr, noch nicht einmal mehr drei Stunden bis zum Ende des Mondes.

»Die Bedrohung für Jupiter ist greifbar.« Immel Murkisch hatte die Rettungsaktion für die Kuppelstadt von Bord einer Korvette aus mitverfolgt und war inzwischen auf die CHARLES DARWIN II übergewechselt. Er zeigte auf die Holoschirme, auf denen der aus dem Gravo-Mahlstrom heraus entstandene Energieschlauch wie ein gefräßiges Monstrum wirkte. Ganymed stürzte der zuckenden Erscheinung unaufhaltsam entgegen.

»Wenn der Mond mit seiner kompakten Masse in den Kern des Planeten einschlägt ... dann wird das auf jeden Fall extreme Folgen für das gesamte Solsystem haben. Jupiter zu verlieren, wird sich weit extremer auswirken als seinerzeit die Zerstörung von Zeut. Die Umlaufbahn aller Planeten wird nachhaltig beeinträchtigt werden; ich gehe inzwischen davon aus, dass die Gesamtstruktur des Sonnensystems auseinanderbrechen muss. Natürlich nicht heute oder morgen, aber erste Folgen wie tektonische Beben und Veränderungen im Neigungswinkel der Polachsen werden womöglich schon in einigen Jahren zu spüren sein. Sobald Jupiter auseinanderbricht, wird sich ein Hagel von Asteroiden über die inneren Planeten ergießen.«

»Womit sich dann ein Plan erfüllt, über dessen Sinn und Zweck wir weiterhin nicht einmal spekulieren können«, sagte Reginald Bull bitter. »Aber wir haben noch eine Chance, diesen Plan zu durchkreuzen.«

»Wir sprengen den Mond«, stellte Hannan O'Hara fest.

»Wie?«, wollte Murkisch wissen.

O'Hara bedachte den Hyperphysiker mit einem verblüfften Augenaufschlag. »Einige Transformsalven sollten ausreichend sein ...«

Murkisch schüttelte den Kopf. »Wir sind zu nahe dran, leider schon viel zu nahe. Unter den hyperphysikalisch irregulären Bedingungen, die in diesem Bereich von Higgs-Teilchen und Gravitonen erzeugt wurden, halte ich es für höchst fraglich, ob überhaupt ein Transformgeschoss rematerialisieren würde. Die Wahrscheinlichkeit, dass wir uns schon mit dem ersten Schuss selbst ins Jenseits befördern, ist verdammt hoch.«

»Wie hoch?«, sagte O'Hara entschlossen.

»Ich denke, sie tendiert gegen hundert Prozent.«

Nicht einmal zehn Minuten später lag der Kommandantin die Aussage des Koko-Interpreters vor. Unter der umgekehrten Fragestellung bestätigte der Kontra-Computer die Aussage des Hyperphysikers.

»Also Torpedos?«

Hannan O'Hara beantwortete ihre Frage selbst: »Ihre Sprengkraft erreicht längst nicht die Werte unserer Transformgeschosse. Wir haben auch keine Möglichkeit, rechtzeitig die Sprengsätze auszutauschen.«

»Das Problem ist der Fluktuationstransmitter auf Jupiter«, stellte Murkisch fest. »Der permanente Zufluss von Higgs-Teilchen irritiert die planetare Physik gleichermaßen wie die Hyperphysik. Der Gravitonen-Effektor wurde zerstört; ich wünschte, wir hätten eine ähnliche Möglichkeit, an den Transmitter heranzukommen.«

»Gibt es eine Nachricht von der TSUNAMI-X?«, fragte Bull. »Ich hoffe darauf, dass sie einen der überschweren Antimaterietorpedos mitführt. Damit dürfte das Problem erledigt sein.«

»Bislang keine neue Information«, antwortete die Kommandantin.

Reginald Bull wandte sich wieder an den Hyperphysiker: »Lässt sich eine halbwegs verlässliche Aussage treffen, wie schnell sich der Mond innerhalb des Schlauches weiterbewegen wird?«

»Die Ortungsergebnisse sind und bleiben völlig irrelevant.«

Bull nickte zögernd.

»Wahrscheinlich wird sich die Absturzgeschwindigkeit des Mondes nicht verändern«, fuhr der Hyperphysiker fort. »Der Schlauch soll die Berührung Ganymeds mit den dichteren Atmosphäreschichten verhindern, das dürfte seine ganze Bewandtnis sein.«

»Dann fällt das Warten ein wenig leichter.« Nachdenklich kratzte Bull sich am Kinn. »Vor Ganymed liegen bis zum Einschlag auf jeden Fall rund sechzigtausend Kilometer Sturz durch die Jupiteratmosphäre. Das sind annähernd achtzig Minuten Galgenfrist. Zumindest bis zu einer gewissen Distanz könnte ein schneller Torpedo den Mond einholen.«

»So viel Zeit bleibt uns nicht. Eine Antimaterie-Materie-Reaktion in den tiefen Schichten würde ähnliche Folgen haben wie ein unmittelbarer Einschlag des Mondes.«

Reginald Bull bedachte den Hyperphysiker mit einem grimmigen Blick, schwieg aber.

Das Eintreffen der TSUNAMI-X war vor zwei Tagen mit 23 Uhr terminiert worden. Das Experimentalschiff kam zweiunddreißig Minuten eher. Ohne eine vorangegangene Funknachricht erschien es in unmittelbarer Jupiternähe.

Für einen kurzen Moment reagierte Bull geradezu euphorisch. Mit beiden Händen wühlte er durch sein Stoppelhaar, verschränkte die Hände im Nacken und seufzte tief.

Endlich gab es Funkkontakt.

Der Residenz-Minister erlaubte sich ein zweites erleichtertes Aufatmen, als er hörte, dass die TSUNAMI-X tatsächlich einen der überschweren SHIVA-Antimaterietorpedos mitführte. Er ordnete den umgehenden Einsatz gegen Ganymed an.

Wenige Minuten später wurde der Torpedo abgefeuert.

Perry Rhodan

JUPITER

8

Gravo-Fraß

CHRISTIAN MONTILLON

T minus 22 h 41 min:
Der Countdown beginnt

Alontha Zachariah entdeckt das Phänomen zuerst. Er nimmt niemals Tau-acht zu sich und ist deshalb einer der wenigen in der Faktorei MERLIN, die einen Teil ihres Lebens damit verbringen, zu schlafen. Er fühlt sich gut dabei. Alle anderen – seine Kollegen, seine Freunde und auch die, denen er nur zufällig begegnet – scheinen sich immer weiter zu verändern. Das befremdet ihn. Er will nicht werden wie sie.

Vielleicht, denkt Alontha, *liegt es daran, dass sie nicht träumen.* Ihnen fehlt etwas. Zu viel sammelt sich in ihnen an, in ihrem Unterbewusstsein. Nicht umsonst bezeichnet man Träume als die Mülleimer der Seele. Das glaubt Alontha zumindest; ganz sicher ist er sich nicht. Für derlei psychologische Feinheiten hat er keinen Sinn; Schlafen und Träumen ist in seinen Augen etwas Normales, und damit hat es sich.

Was er sich allerdings sehr wohl fragt, ist, ob er in diesem Moment auch träumt, ohne es zu wissen. Das könnte sein. Schließlich weiß man im Traum nicht, dass man träumt. Dort können seltsame Dinge passieren, ohne dass man sie hinterfragt.

Wäre es deshalb nicht besser, endlich aufzuwachen, als dieses Phänomen genauer zu untersuchen? Wahrscheinlich schon, aber Alontha ist neugierig. Das liegt in der Familie. Die Zachariahs sind so, und unter seinen Vorfahren gibt es deshalb einige Erfinder. Sein Großvater hat seinen Wissensdurst sogar in Worte verpackt und einen Roman geschrieben. Alontha besitzt davon Ausgaben in achtundzwanzig Sprachen und einigen planetaren Dialekten. Die meisten versteht er nicht, aber das ist ja auch nicht nötig. Für ihn ist der Roman seines Großvaters die beste Auseinandersetzung mit der Larenkrise vor anderthalbtausend Jahren, die er sich vorstellen kann.

Die großen Historiker und Geschichtsschreiber täten gut daran, ihn ebenfalls zu lesen.

Ein Lichtfunke stiebt aus der seltsamen Verwerfung im Boden. Das Licht strahlt wunderschön. Tausend Farben liegen in ihm verborgen, die Alontha nie zuvor gesehen hat. Er fühlt, dass die Bestimmung seines Lebens, die Vollendung, vor ihm liegt. Er wagt kaum noch zu atmen. Der Funke explodiert zu einem Regenbogen von vollendeter Perfektion.

Die Holzpaneele vor seinem Bett wölben sich in die Höhe. Am höchsten Punkt entsteht eine Öffnung aus schwarzem Nichts. Sie sieht aus wie der Schlund eines Vulkans. Jetzt quillt weiteres Licht hervor und rollt an den Abhängen des Vulkans hinab. Gleißende Wärme geht davon aus. Sie schmeckt nach Himbeere.

Sie schmeckt?

Alontha wundert sich über sich selbst. Wie kann Licht nach etwas schmecken? Er sieht in den Vulkan hinein. Die Welt rundum krümmt sich, zieht Schlieren, zerfasert, treibt auf das Licht zu, das immer mehr zu einem Wirbel wird.

Es ist so süß auf seiner Zunge, so warm in seinem Geist. Alontha streckt den Arm aus und bringt die Finger näher an das Licht. Seine Finger dehnen sich in die Länge. Sie werden in die Erscheinung hineingezogen. Etwas knackt. Ein Gelenk springt aus seiner Kapsel. Seine Haut schlägt Wellen. Die Knochen biegen und krümmen sich, sie winden sich wie Würmer. Alontha will einen Schritt zurückgehen, doch der Sog ist zu stark.

Er stürzt zuerst ins Licht, dann in tiefe Finsternis. Er sieht sich selbst an: seltsam, wie er leuchtet! Sein Körper ist ein bizarres Zerrbild. Bald nehmen seine Augen nichts mehr wahr. Die Dunkelheit ringsum ist vollkommen. Er legt den Kopf in den Nacken, blickt nach oben und glaubt, in unendlicher Ferne den Krater des Vulkans zu sehen.

Alontha schwebt in einem Nichts. Weder ist ihm kalt noch heiß. Er empfindet nichts, nicht einmal Schmerzen an seinem ausgekugelten Gelenk. Sein Atem geht gleichmäßig, bis er bemerkt, dass er nicht länger atmen muss. Vielleicht weil keine Zeit vergeht. Oder weil sein Herz nicht mehr schlägt?

Also wartet er einfach ab.

Zu seinem Glück ist Alontha ein einfacher Mann, der nicht lange über seine Situation reflektiert. Etwas ist mit ihm geschehen, irgendetwas, und so wie es begonnen hat, wird es auch bald wieder enden. Davon ist er überzeugt. Aber er täuscht sich. Er stürzt einem imaginären Zentrum entgegen und schrumpft dabei. Dieses Zentrum wird er jedoch niemals erreichen.

Es ist der 12. Februar 1461 NGZ, 1.04 Uhr.
Alontha Zachariah ist das erste Opfer des Gravo-Fraßes.
Der Countdown der Faktorei MERLIN läuft.

Genesis

Der Parcours, das Spiel aller Spiele im Casino, lag hinter ihnen. Mondra Diamond und Porcius Amurri hatten ihn erfolgreich durchlaufen – wenn man denn von einem Erfolg sprechen wollte. Ihre Begleiter Dion Matthau und Gili Sarandon hatte es das Leben gekostet.

Das zerstörte Casino, die sechste und entscheidende Spielrunde, blieb hinter den beiden *Gewinnern* zurück, als sie durch die Tür traten. Ihnen folgten zwei Techno-Jaguare, die jede Flucht unmöglich machten. Drei weitere dieser Robot-Tiere warteten schon auf sie; momentan umringten sie Anatolie von Pranck, die ganymedanische Chefwissenschaftlerin des Syndikats der Kristallfischer. Sie trug lediglich einige luftige Stofffetzen am hageren Leib, die nur mit viel gutem Willen als *Kleidung* bezeichnet werden konnten.

»Weiter!«, forderte Oread Quantrill, der direkt hinter den Jaguaren ging. »Die Loge wird sich bald absenken. Sie ist sozusagen euer Fahrstuhl ins Glück.«

Gemeinsam standen sie nun auf einer Plattform, von deren Rändern es scheinbar ungeschützt mehrere Meter in die Tiefe ging. Aller Wahrscheinlichkeit nach hinderte ein unsichtbares Energiefeld jeden am Absturz. *Oder an einer Flucht,* dachte Mondra. Die Plattform ankerte fast unter der Decke des Casinos, wo der Übergang zum Schlussraum des Parcours möglich war. Etliche Meter tiefer füllten Hunderte von Menschen den Raum bis auf den letzten Platz – und wohl auch darüber hinaus, so wie sich die Menge auf jedem freien Zentimeter Raum drängte. Eine sensationslüsterne Meute, der einiges geboten worden war und der wohl noch mehr geboten werden würde, wenn es nach Oread Quantrills Willen ging.

Dessen Lächeln war wie immer perfekt. »Alle haben euer Bemühen verfolgt, und sie waren begeistert. Von Anfang an. Schon im Würfel war es sehr knapp. Ihr habt es spannend gemacht.« Er lachte leise; es klang wie das Meckern einer Ziege. »Den besten Blick hatten allerdings Anatolie und ich von der Loge aus. Onezime leistete uns ebenfalls Gesellschaft, wenn er nicht gerade seine Rolle als Perry Rhodan spielen musste. Er hat es genossen, übrigens.«

»Am Ende sicher nicht mehr«, sagte Mondra bitter. Sie sah noch genau vor sich, wie Gili das Messer bis zum Griff in seinen Hals stieß und er trotzdem noch lange genug überlebte, um die TLD-Agentin nicht minder brutal zu töten.

Quantrill säuberte einen seiner Fingernägel – nicht dass dort auch nur ein Stäubchen Schmutz zu finden gewesen wäre. »Onezime hat einen Fehler begangen und wurde von einer Gegnerin enttarnt. Dafür musste er den Preis bezahlen, denn das Spiel kennt keine Gnade.« Er legte eine zweifellos exakt bemessene theatralische Pause ein. »Genau wie das Leben.« Hinter ihm schloss sich die Wand fugendicht; niemand konnte erahnen, dass es dort einen Durchgang zur letzten Spielwelt des Parcours gab.

Die Plattform löste sich mit einem Knacken von der Wand und glitt langsam in die Tiefe. »Unten werde ich eine kleine Ansprache halten. Unser Publikum giert geradezu danach. Zumindest diejenigen, die noch bei klarem Verstand sind. Irgendwie gerät seit einiger Zeit alles außer Kontrolle. Nun, es ist kein großer Schaden. Man muss flexibel sein und seine Pläne ändern, wo es sich als notwendig erweist. Hätten Mächte wie TRAITOR oder auch die Chaotarchen selbst dies schon vor langer Zeit beherzigt, wer weiß, wie die Galaxis heute aussehen würde.«

»Weder du noch ich könnten im Solsystem leben, wenn ...«, begann Mondra, wurde jedoch von ihm unterbrochen.

»Eben. Es spielt keine Rolle. Noch heute wird ohnehin alles enden.« Quantrill tippte auf das dünne Armband, das dicht über dem Handgelenk saß. Sofort entstand darüber die Projektion der aktuellen Uhrzeit: 3.07 Uhr am 12. Februar 1461.

Mondra nahm es beiläufig wahr und überschlug, wie lange sie nicht mehr geschlafen hatte. Fast sechzig Stunden. Anfangs hatte ihr, genau wie Porcius, der SERUN Aufputschmittel injiziert; deren Wirkung würde bald nachlassen. Einige Stunden noch, dann war die Grenze der Belastbarkeit ihrer Körper erreicht. Sie brauchten Ruhe, doch sie gab sich keinen Illusionen hin. Es sah nicht so aus, als würden sie diese bald finden.

»Wenig mehr als zwanzig Stunden«, fuhr Quantrill seelenruhig fort.

»Bis ... *was* geschieht?«

Er winkte ab, als sei es nicht wichtig. »Ihr habt den Parcours gewonnen. Ich habe euch einen Preis versprochen. Genauer gesagt, werde ich euch eine Jet überlassen, damit ihr MERLIN unbehelligt verlassen könnt. Aber zuvor geht ihr bitte durch DANAES Torbogen, um den Parcours *wirklich* zu beenden. Die Siegerehrung gehört dazu. Ich werde die Zuschauermenge beiseitescheuchen und euch freie Bahn verschaffen. Ihr werdet mit Tau-acht überschüttet. Danach führe ich euch zum Hangar.«

»Oread«, sagte Anatolie von Pranck unvermittelt.

Er drehte sich um, rascher, als es eigentlich nötig gewesen wäre. »Was?« Dann, freundlicher: »Alles in Ordnung?«

Die Chefwissenschaftlerin zögerte kurz, dann nickte sie.

Die Plattform setzte auf. Rundum flirrte es kurz; der Schutzschirm desaktivierte sich. Gleichzeitig umringten die fünf Techno-Jaguare Mondra und ihren Kollegen noch enger, öffneten das Maul, ließen die Lefzen hängen. »Wir begleiten euch«, sagte einer mit der sanften Frauenstimme, die weder zu seinem Äußeren noch zur Situation passte. Die Drohung in den wenigen Worten war unüberhörbar.

Oread trat an den Rand der Plattform und hob die Arme. »Seht her! Die strahlenden Sieger des Parcours!« Er winkte Mondra und Porcius zu sich, doch die beiden blieben wie angewurzelt stehen. Die Jaguare knurrten drohend. Krallen kratzten über den Boden.

»Spielen wir mit«, sagte Mondra. Gemeinsam stellten sie sich neben Quantrill.

Dieser trat scheinbar bescheiden eine Winzigkeit zurück. »Diese beiden Menschen haben die härtesten Bedingungen überstanden, unter denen jemals gespielt wurde! DANAE hätte es wohl nicht für möglich gehalten. Seht sie euch an! Sie. Sind. Könige!«

Die Menge jubelte. Ein Siganese flog auf einer winzigen Schwebeplattform über den Köpfen der anderen. Er schwenkte die kleinen Ärmchen. Das Gesicht war vor Aufregung dunkelgrün. Ein einzelner Jülziish stand in der Masse; als Mondra ihn ansah, glaubte sie das Zirpen zu hören, mit dem er seiner Begeisterung Ausdruck verlieh.

»So gebt ihnen den Weg frei zu DANAES Bogen, auf dass sie überschüttet werden mit Tau-acht! Ihr Glanz wird auf euch alle abstrahlen!«

Zwei der Techno-Jaguare verließen die inzwischen gelandete Plattform und sorgten dafür, dass Quantrills Bitte entsprochen wurde. Spätestens als die Robottiere ihre Zähne fletschten, wich die Menge zurück.

Oread Quantrill machte eine einladende Handbewegung. »Geht!«, forderte er leise.

Porcius verschränkte die Hände ineinander. »Wir verzichten.«

Ein süffisantes Lachen antwortete ihm. »Niemand verzichtet bei einem solchen Angebot. Selbst die nicht, die es wollen.« Eiseskälte ließ jede eben noch spürbare Begeisterung missen. »Und nun solltet ihr gehen. So sind die Regeln. Die Siegerehrung gehört zum Durchlaufen des Parcours. Danach gebe ich euch die gewünschte Jet, genau wie versprochen. Wenn ihr sie noch wollt.«

Mondra sah, dass Porcius erneut aufbegehren wollte, und legte ihm eine Hand auf die Schulter. »Wir akzeptieren. Und du kannst die Jet schon einmal startklar machen lassen, Oread.«

Seite an Seite schritten sie los. Die freie Gasse in der Zuschauermasse reichte bereits bis zum Torbogen. »Wäre das verflixte Ding doch zerbrochen wie in der letzten Spielrunde«, sagte Porcius.

Was nicht ist, kann ja noch werden, dachte Mondra. DANAES Mädchengesicht lächelte ihnen in all seiner Perfektion entgegen. Die gewaltige Holografie schloss kurz die Augen und wandte ihre Konzentration dann in eine andere Richtung. Mondra folgte dem Blick. Ein Arkonide drehte dort die Pirouetten eines ekstatischen Tanzes, der dem Rhythmus einer unhörbaren Melodie folgte. Er konnte unmöglich DANAES Aufmerksamkeit auf sich gezogen haben. Was also spielte sich hinter ihm ab? Dort gab es eine verlassene Arena, die von leuchtenden Säulen umringt wurde. Überall im Casino war der Alltagsbetrieb zum Erliegen gekommen, jeder kümmerte sich nur noch um die *Könige* des Parcours.

Ein Techno-Jaguar stieß Mondra am Oberschenkel an. »Weitergehen«, säuselte er. »Schneller.«

Mondra dachte fieberhaft nach. Wie genau der direkte Kontakt mit Tau-acht wirken würde, wusste sie nicht – aber Quantrills Reaktionen zeigten deutlich, dass sie es keinesfalls dazu kommen lassen durfte. Doch das vermochte sie momentan höchstens als frommen Wunsch anzusehen, denn es blieb keine Möglichkeit, es zu verhindern. Ein Ausbruch war unmöglich.

Oder?

Sie konnten nicht durch die Menge fliehen. Aber was, wenn es gelang, einen der Jaguare zu packen und ihn unter den Tau-acht-Regen zu schleudern?

Es würde nichts ändern. Wenn sie entkommen wollten, musste sie einen ganz anderen Weg finden. Etwas, mit dem niemand rechnete. Und war nicht gerade das ihre Spezialität? Unerwartet handeln, alle überraschen, indem sie unkonventionelle Methoden wählte?

Das riesige Mädchengesicht im Torbogen flimmerte. Um die Augen bildeten sich Falten, die Nase kräuselte sich, schließlich löste sich die Holografie funkensprühend auf.

Mondra und Porcius standen noch etwa fünf Meter entfernt.

Die Sicht durch den Bogen trübte sich. Ein feiner Schleier, wie aus schwebendem Staub, hing in der Luft. Ein Raunen ging durch die Menge. Irgendwo gellte ein hysterisch-begeisterter Schrei.

Im nächsten Augenblick entstand das Gesicht erneut. Die Augen waren weit aufgerissen. In kleinen Lichtkaskaden entflammte an tausend Stellen der Staub in der Luft. Der vorher so liebliche Mund des Mädchens war wütend verzerrt. »Stoppt sie!«

Während Mondra noch völlig verwirrt war, knurrten die Jaguare und sprangen mit einem gewaltigen Satz über die ersten Zuschauer hinweg, landeten auf anderen, die schreiend zu Boden gingen, während die schweren Tiere schon wieder weiterhechteten.

Schreie tönten durch den Raum. Mondra fühlte sich unangenehm an die Sekunden im falschen Casino erinnert, ehe das finale Chaos losbrach. Zwar war damals die Atmosphäre nicht *echt* gewesen, doch nun lag genau dasselbe in der Luft.

»Ihr rührt euch nicht von der Stelle!«, befahl der letzte hinter ihnen verbliebene Jaguar.

Die beiden Terraner wechselten einen raschen Blick. Mondra nickte.

Vom Rand des Casinos her dröhnte der Schuss eines schweren Thermostrahlers. Ein Jaguar zerplatzte mitten im Sprung. Rauchende Metalltrümmer wurden in alle Richtungen geschleudert. Ein brennendes Stück Fell landete vor Mondras Füßen.

Einen Augenblick schien die Zeit zu gefrieren, es wurde still, dann kam mit einem kollektiven Aufschrei Bewegung in die Menge. Ein gut zwei Meter großer, grob humanoid geformter Roboter stampfte vom Ausgang her näher und stieß jeden brutal zur Seite, der ihm im Weg stand. Er hob einen klobigen Arm, der in einer Mündung endete, über den Kopf und bog ihn in ihre Richtung. Er schoss und zerfetzte den Schädel des Jaguars, der hinter Mondra stand.

Mondra fühlte noch einen Hitzeschwall, ehe sie losrannte, in die einzig mögliche Richtung: zurück zur Plattform. »Raus hier!«, brüllte sie Porcius entgegen, um den mittlerweile tobenden Lärm zu übertönen. Wenn sie die Plattform erreichten, konnten sie sie vielleicht aktivieren und sich über den Köpfen der anderen in Sicherheit bringen.

Binnen Sekunden verwandelte sich das Casino in ein Tollhaus.

Oread Quantrill und Anatolie von Pranck stiegen in flirrende Energiefelder gehüllt in die Höhe. Dass sie die dazu nötige Technologie bei sich trugen, war nicht zu erahnen gewesen, schon gar nicht bei von Prancks minimalistischer Kleidung.

Der Roboter stampfte näher, schaufelte mit den Armen brutal Menschen zur Seite. Ein weiterer Waffenarm feuerte; die Salve schmetterte in Quantrills Schutzschirm, wurde jedoch abgeleitet, ohne Schaden anzurichten. Nun erst erkannte Mondra weitere Roboter, die sich durch die Menge arbeiteten.

Aus DANAES Torbogen zuckten Blitze, und Mondra warf sich instinktiv zur Seite. Wo sie eben noch gestanden war, kochte nur Sekunden später der Boden als flüssiges Metall. Irgendjemand taumelte genau darauf zu, schrie, stolperte und fiel mit dem Gesicht in den Glutsee.

Mondra wollte sich wieder auf die Füße rappeln, doch etwas schlug gegen ihre Seite, ehe ein wahrer Hagel auf sie einprasselte. Schritte, Schläge, Tritte ... sie schützte den Kopf mit den Armen, sah Beine, hörte Schreie, bekam weitere Tritte ab. Entsetzt wurde ihr klar, dass ein panischer Mob über sie hinwegtrampeln würde. Sie krümmte sich zusammen, suchte nach einer Lücke in der Masse, einem Weg, wie sie wieder auf die Füße gelangen konnte.

Nichts.

Etwas explodierte, der Lärm gellte in ihren Ohren. Vor ihr stürzten Menschen, schlugen mit Armen und Beinen um sich, bildeten einen Wall und schützten sie auf diese Weise, ohne es zu wollen.

Eine Hitzewelle schlug Mondra ins Gesicht. Die Augen tränten. Ihr wurde übel.

Weiterer Lärm.

Eine Hand, die sie packte.
Schwarzer Qualm wölkte über sie. Er stach in ihren Augen.
Das Schreien rundum wurde zu einer Welle, zu einem langgezogenen, dumpfen Ton.
Etwas Metallisches blitzte vor ihren Augen auf.
Sie würgte, erbrach sich.
Und endlich versank die Welt in Schwärze.

Das Universum pulste aus einem schwarzen Zentrum. Jede Welle schuf Licht, und das Licht schuf Schmerzen. Die Schmerzen wiederum bildeten den Kern jedes intelligenten Lebens, das sich deshalb in sich selbst verkroch und nicht erwachen wollte. Ein bewusster Gedanke blitzte im Feuer auf und versank wieder: ein Gedanke, der zugleich ein Bild war, das Antlitz eines Babys, das hinter einem Schleier verborgen lag.

Mondra Diamond, geboren als Agalija Teekate auf dem Planeten Horrikos, öffnete die Augen und sah zuerst ihre zitternden Finger. Ruß bedeckte die Nägel, am Daumen wölbte sich eine kleine Blase.

Die Lider drohten von allein zuzufallen, doch Mondra wehrte sich dagegen. Viel zu viel Zeit war schon verlorengegangen; außerdem wusste sie nicht, was geschehen war. Vorsichtig drehte sie den Kopf und staunte darüber, dass die Bewegung keine neuen Schmerzen hervorrief.

Ein Roboter stand reglos vor einer Wand, eines der Modelle, die das Casino gestürmt hatten. Es handelte sich um eine klobige, grob humanoid geformte Einheit. Vier Arme hingen an den Seiten; zwei liefen in Waffenmündungen aus. In der Kopfsektion dienten zwei kreisrunde, matte Lichter als optische Sensoren. Der Schädel bestand wie der gesamte Körper aus blankem, silbrigem Metall.

Mondra atmete leise, zog die Beine an. Sie waren nicht gefesselt. Sehr gut. Hatte der Roboter sie entführt? Oder gerettet? Oder waren sie beide überwältigt worden und saßen nun gefangen? Solange sie die Lage nicht einschätzen konnte, musste sie vorsichtig bleiben.

Nur eines stand fest – die Karten in MERLIN waren neu gemischt worden. Behutsam stützte sie sich ab, hob den Kopf und schaute hinter sich. Der Anblick traf sie schmerzlich. Sechs weitere Roboter, offenbar baugleich mit dem ersten Modell, starrten ihr entgegen. Zumindest empfand sie es so; ob die mechanischen Augen aktiviert waren, vermochte sie nicht zu sagen. Große Hoffnung, sich unbemerkt entfernen zu können, blieb ihr jedoch nicht mehr.

»Mondra.«

Sie atmete erleichtert aus. Das war Porcius gewesen, und er klang nicht so, als würden sie sich in Gefahr befinden.

»Gut, dass du aufgewacht bist. Sie haben dich untersucht und festgestellt, dass du keine bleibenden Schäden davontragen wirst. Die meisten Verbrennungen konnten sie bereits heilen.«

»Sie?« Das erste Wort nach ihrem Erwachen kam wie rostiges Eisen über ihre Lippen.

»Die Roboter haben uns dort rausgeholt. Neun stürmten das Casino, sieben sind noch übrig. Das ist mehr als vier Stunden her. Wir waren beide ohnmächtig.«

Für ihre geschundenen Körper bedeutete das eine Labsal – für Jupiter und im Hinblick auf Oread Quantrill und seine noch immer undurchsichtigen Pläne einen weiteren Zeitverlust.

Der einzeln stehende Roboter stampfte näher. Über seinen Beinen war das Metall schwärzlich verkohlt. Im *Kniegelenk* flackerte bei jedem Schritt ein Funke auf. Die Augen, rote, seelenlose Lichter, glühten. »Wir sind Dragomane.« Die Stimme drang aus einem Akustikfeld unterhalb der Kopfsektion. Eine Membran vibrierte dort leicht. »Wir dienen als Kontakter zwischen euch und MERLIN.«

»MERLIN?«, fragte Mondra. »Der Zentralrechner der Faktorei?« Dass der Hauptrechner den Namen des gesamten Schiffes trug, war bei Flottenschiffen üblich. In diesem Fall jedoch war Mondra etwas anderes bekannt. »Ich dachte, DANAE wäre …«

»DANAE ist das *neue* Schiffshirn, eingebaut, um die Leistungen der Faktorei unter den spezifischen Bedingungen der Jupiter-Atmosphäre zu optimieren. MERLIN war der Rechner des ursprünglichen Kugelraumers, in dessen entkernter Hülle die Faktorei errichtet wurde.«

»Also existieren zwei Hauptrechner in der Station?«, fragte Porcius.

»MERLIN ist nur im Hintergrund tätig. DANAE erfüllt die meisten Funktionen und steuert vom Casino aus alle relevanten Vorgänge. DANAE sollte euch auf Befehl von Oread Quantrill in die Abhängigkeit von Tau-acht zwingen.«

»Womit MERLIN nicht einverstanden ist?«

Im Roboter surrte und klackte es, ehe auf Höhe des Brustkorbs eine Klappe zur Seite glitt. Ein Greifarm schob sich daraus hervor, an dessen Spitze eine Injektionsdüse schimmerte. »Die Antwort auf diese Frage werde ich dir gleich geben. Zunächst lass mich dir dieses Medikament verabreichen. Es dir kurz nach deinem Erwachen zu verabreichen ist notwendig, um den Heilungsprozess zu beschleunigen.«

»Woher weiß ich, dass ich dir vertrauen kann?«

»Ohne mich wärst du bereits im Casino gestorben. Außerdem hatte ich Gelegenheit genug, dich zu vergiften, während du ohnmächtig warst.«

Mondra nickte ergeben. In ihrer Lage Misstrauen zu zeigen, war tatsächlich sinnlos. Ob es ihr gefiel oder nicht, ohne das Eingreifen der Roboter und damit MERLINS wären sie und Porcius im Casino verloren gewesen. Sie erhob sich und fühlte leichten Schwindel, den sie jedoch unterdrücken konnte. »Bitte.«

»Ich injiziere in deinen Hals. Du wirst kaum etwas spüren.«

Als sich der Greifarm auf ihren Hals legte, durchfuhr sie eine bizarre Erinnerung an die Vampire in der fünften Spielrunde des Parcours. Sie sah das totenbleiche, schmerzunempfindliche *Monstrum* vor sich, das kurz zuvor noch ein Mensch aus Fleisch und Blut gewesen war. Ein leises Zischen lenkte sie ab, und ein Kribbeln wanderte von der Schlagader über die Schulter und den Brustkorb. »Zurück zum eigentlichen Thema«, forderte sie. »MERLIN ist mit Quantrills Entscheidung also nicht einverstanden?«

Dragomans Greifarm verschwand wieder im metallischen Brustkorb. »DANAE hat sich auf Quantrills Seite geschlagen und unterstützt diesen willfährig. Darüber wundert sich MERLIN allerdings nicht. DANAE entschied schon immer falsch. Das ist einer der Gründe, warum MERLIN mit DANAE im Krieg liegt.«

»Krieg?«

»Eine bislang eher im Untergrund schwelende Auseinandersetzung. MERLIN ist dank seiner bioplasmatischen Anteile zu eigenständigem Denken fähig. Das ist bei DANAE und jedem hoch entwickelten Rechenhirn nicht anders; allerdings nutzt DANAE diese Fähigkeit leider völlig falsch. Bis jetzt hat sich MERLIN zurückgehalten und nur unauffällig opponiert. Zu lange, wie sich nun zeigt. Es war höchste Zeit, in offenen Widerstand überzugehen.«

Mondra nickte. »Das scheint mir auch so. Was weißt du über Oread Quantrills Pläne?«

»MERLIN hat mir darüber nichts mitgeteilt. Ich bin nur eine seiner vielen ausführenden *Hände*.« Der Roboter klang beinahe traurig. Mondra fragte sich allerdings, ob der wahre Grund für eine solche Traurigkeit in den nächsten Worten verborgen lag. »Euer Sieg im Parcours machte es nötig, die Phase des kalten Kriegs zu beenden. Nun hat die aktive Auseinandersetzung begonnen, und der Konflikt strebt seinem Höhepunkt entgegen. Die Folgen werden katastrophal sein.«

So distanziert kann auch nur ein Roboter über einen Krieg sprechen, dachte Mondra. »MERLIN wusste, dass Quantrill nicht fair verlieren würde?«

»Oread Quantrill würde dieser Behauptung lautstark widersprechen. Seiner Auffassung nach gehört die *Belohnung* mit Tau-acht noch zum Durchlaufen des Parcours. Dank dieser Regel konnte er gar nicht verlieren, denn der Kontakt hätte euch den eigenen Willen genommen, euch letztlich in seine Abhängigkeit gebracht. Quantrill ist ein Genie darin, sich verbal aus allen Schwierigkeiten herauszuwinden. Seine Worte bilden seine stärkste Waffe, wenn es darum geht, Menschen zu führen und zu manipulieren. Niemand in der Faktorei verfügt noch über seinen klaren Verstand und freien Willen. Sie sind Verführte, wurden in die Irre gelockt ... und Tau-acht tat das Übrige. MERLIN hat es mit wachsender Besorgnis beobachtet, und die Droge hat längst zu vielen Todesfällen geführt. Niemand ist mehr er selbst. Bei euch wäre es inzwischen nicht anders, wenn wir euch nicht gerettet hätten.«

»Wofür wir uns erkenntlich zeigen werden«, kündigte Mondra an. »Mich wundert, dass ihr die Techno-Jaguare so einfach zerstören konntet. Nutzen sie keine Schutzschirme?«

»Bestimmte Begebenheiten verhindern den Aufbau energetischer Schirme – in fast allen Fällen. Begebenheiten, über die ihr mehr erfahren werdet. Quantrill und seine engsten Mitarbeiter nutzen eine Sondertechnologie, die an Bord allerdings nur sehr begrenzt zur Verfügung steht. Sie funktioniert trotz der Ausstrahlung des Gravo-Fraßes.«

»Gravo-Fraß?«

»Ich sagte es schon – ihr werdet erfahren, was es damit auf sich hat. Doch zunächst sollt ihr etwas wissen. Nicht nur sämtliche Lebewesen in der Station stehen vor großen Problemen, sondern auch die Faktorei selbst und damit das Positronenhirn. MERLIN ist krank.«

»Krank?«

»Dort draußen in Jupiters Atmosphäre geschieht etwas. Etwas, das bereits an vielen Orten der Station Auswirkungen zeigt.«

»Auswirkungen welcher Art?«

»Ihr sollt es mit eigenen Augen sehen. Eine bösartige hyperphysikalische Geschwulst frisst sich immer weiter und streut Metastasen. Die Station stirbt, und mit ihr jeder Einzelne an Bord.«

T minus 16 h 23 min: Der Countdown läuft

Seltsam, denkt Mishealla Ceist, als sie das Summen hört. Es klingt wie ein Gleiter, der mit unverantwortlich hoher Geschwindigkeit durch zu tiefe Luftschichten in der Atmosphäre eines Planeten rast. Nur dass sie sich im Inneren einer Raumstation befindet und das Geräusch aus einem geschlossenen Privatquartier von zwölf Quadratmeter Standardgröße dringt. Kaum genug Platz für ein Fluggerät, welcher Art auch immer, um hohe Geschwindigkeiten zu entwickeln.

Mishealla steht vor der Tür dieses Quartiers. Als Angehörige der SteDat hat eine automatische Alarmmeldung sie in diesen derzeit völlig verlassenen Flur geführt. Die meisten ihrer Kollegen, die noch bei klarem Verstand sind, kümmern sich um das Chaos im Casino. Was genau dort geschehen ist, weiß Mishealla nicht – sie hat von durchdrehenden Altrobotern gehört, die wild um sich schossen, von zerfetzten Techno-Jaguaren und etlichen Toten. Aber Gerüchte verbreiten sich in MERLIN ohnehin schneller als Schnupfenviren, und sie entfernen sich von Mund zu Mund weiter von der Wahrheit.

Da kümmert sich Mishealla lieber um diesen Alarm. Wobei sie keinerlei Ahnung hat, was sie erwarten wird. Sie steht seit drei Jahren im Dienst der SteDat, und der Job gefällt ihr. Meist bleibt während ihrer Schichten Zeit, um sich mit Rolston Har'Vell zurückzuziehen. Rolston ist seit dem ersten Tag ihr Lieblingskollege; seine Kreativität beim Liebesspiel ist erstaunlich, vor allem, wenn er ein wenig Tau-acht ins Auge stäubt.

So schwelgt Mishealla Ceist in mehr als angenehmen Erinnerungen, als sie mit einem Überrangkode die Tür zum Quartier öffnet. Wanja Heyerdal lebt hier, eine sechsundzwanzigjährige Terranerin. Mishealla weiß nichts über sie, außer dass sie auf ihre Bitte, eingelassen zu werden, nicht reagiert.

Die Tür schiebt sich zur Seite.

Sofort wird das Summen lauter. Basstöne wummern in den Ohren der SteDat-Beamtin. Ihre Hand tastet zum Strahler und reißt ihn empor, als sie die reglosen Beine entdeckt, die aus der offen stehenden Tür zur Hygienezelle ragen.

»Wanja Heyerdal?« Mishealla geht näher. In Höhe der Oberschenkel verschwinden die Beine im Nebenraum. Mit jedem Schritt kann Mishealla etwas mehr von dem leblosen Körper erkennen, der rücklings auf dem Boden liegt.

Sie stöhnt auf. Jeder Gedanke an ihren Liebhaber verschwindet endgültig. In Höhe des Brustkorbs klafft ein elliptisches Loch in dem Körper der Leiche. Der Rand ist vollkommen glatt, wie mit einem dünn fokussierten Thermostrahl mühsam herausgeschnitten und sorgsam verschweißt, so dass kein Tropfen Blut aus der Wunde fließt. Mishealla hätte die Faust durch das Loch stecken können, so groß ist es. Was immer es gerissen hat, es hat Kleidung, Haut, Fleisch und Knochen gleichermaßen durchdrungen.

Die Hand mit der Waffe zittert.

Das Wummern ändert sich zu einem Knattern, das in den Ohren knackt und Mishealla schwindeln lässt. Ihr Gleichgewichtssinn droht zu kollabieren.

Schwer atmend hebt sie den Blick, sucht nach Spuren und entdeckt jetzt erst, dass die Wand zwischen Wohnraum und Badezimmer förmlich perforiert ist. Elliptische Löcher prangen darin, fünf, zehn, zwanzig mindestens. Überall entdeckt Mishealla neue, und sie sehen genauso aus wie das Stück aus Fleisch und Blut, das der Toten aus dem Leib geschnitten wurde.

Ein Pfund Fleisch aus deinem Herzen, denkt Mishealla und fragt sich, wo sie diesen Satz gehört hat. Sie verdrängt diese Assoziation. Tränen verschleiern ihren Blick, und namenlose Angst schnürt ihr die Kehle zusammen.

Zögernd tritt sie noch näher. Sie weiß, dass sie eigentlich fliehen oder zumindest Verstärkung herbeirufen muss, doch die dunkle Faszination ist stärker.

Was hat es mit diesen Löchern auf sich? Woher stammt der Lärm, der immer durchdringender wird?

Zu dem Geräusch gesellt sich ein Knistern und Zischen, und Mishealla sieht etwas im Augenwinkel. Es gleitet vom Badezimmer her aus der Wand. Nein, es gleitet *durch* die Wand, frisst sich hindurch, und ein neues Loch entsteht. Dampf kräuselt davon.

Ein schwarzes, lichtloses Ding rast durch den Raum, schlägt Pirouetten, kreiselt umher, zischt auf seiner Bahn auch durch einen hölzernen Schrank und perforiert ihn. Ein weiteres Knistern, und das Etwas verschwindet wieder im Badezimmer, nur um sofort darauf zurückzukehren.

Es ist ein Loch in der Wirklichkeit, denkt Mishealla. Jetzt erkennt sie es besser. Es ist eine wirbelnde Spirale, wie das Abbild einer Galaxis in unendlich weiter Ferne mitten im freien Weltraum. Nur viel kleiner. Und viel näher.

So also ist die Bewohnerin dieses Quartiers gestorben – das Etwas hat sich mitten durch Wanjas Brustkorb gefressen. Ein Schwarzes Loch? Der Vergleich hinkt zwar, aber ...

Weiter kommt Mishealla nicht.

Das ist ihr letzter Gedanke. Denn sie steht zufällig im Weg des Phänomens, und wie es Wanja Heyerdals Fleisch absorbierte, nimmt es nun die obere Hälfte von Misheallas Schädel in sich auf. Das Gehirn verpufft im Bruchteil einer Millisekunde. Dank der organischen Nahrung wächst das Etwas, das Mishealla mangels einer besseren Bezeichnung als *Schwarzes Loch* bezeichnet hat. Außerdem ändert es seine zufällige, chaotische Bahn und stößt in andere Bereiche MERLINS vor.

Es ist der 12. Februar 1461 NGZ, 7.22 Uhr.

Wanja Heyerdal und Mishealla Ceist fielen dem Gravo-Fraß zum Opfer.

Der Countdown der Faktorei MERLIN läuft.

Exodus

»Was ... was ist das?«, fragte Mondra Diamond.

Vor ihr fiel der Boden flach zu einer Mulde ab, in deren Zentrum sich ein Strudel drehte, als würde dort Wasser abfließen. Nur dass es sich nicht um Wasser handelte, sondern um goldfarbenes Metall, das alles andere als flüssig war. Die Irregularität durchmaß etwa zehn Meter und lag am Rand einer großen Lagerhalle. Der Roboter hatte die beiden Terraner an diesen Ort geführt.

»Etwas anderes interessiert mich noch viel mehr.« Porcius wandte ruckartig den Kopf, suchte die Umgebung ab. In seinen Augen lag Unruhe, wenn nicht gar Angst, als befürchte er, jeden Augenblick beschossen zu werden; eine Sorge, die man nicht als unbegründet bezeichnen konnte. »Ist es wirklich notwendig, uns das zu zeigen?

Ganz ohne Schutzmaßnahmen? Quantrill steht ein ganzes Heer von Leuten zur Verfügung, die ...«

»In diesem Bereich der Station wird er uns nicht finden«, unterbrach der Roboter. »Er befindet sich vollkommen unter MERLINS Kontrolle.«

»Ich dachte, DANAE hätte in der gesamten Faktorei den Oberbefehl?«

Mit metallischem Knirschen hoben sich die Arme des Roboters. »Das galt noch vor kurzem. Diesen Teilabschnitt allerdings hat MERLIN unter seine Gewalt gebracht. DANAES *Augen* reichen nicht bis hierher.«

»Wie konnte MERLIN das gelingen?«

Der Arm des Roboters zeigte auf die Mulde, in deren Zentrum sich noch immer der Strudel drehte. »Deshalb. Oder genauer gesagt wegen Phänomenen, die diesem gleichen. DANAES Leitungen und Sensoren wurden großflächig zerstört.«

Mondra ging etwas näher, achtete jedoch darauf, einen Sicherheitsabstand einzuhalten. »Noch einmal – was ist das?«

Der Roboter stellte sich neben sie. »Wir nennen es Gravo-Fraß.«

»Du hast den Begriff schon einmal erwähnt. Nur ... was bedeutet er?«

»Vereinfacht gesagt, handelt es sich um eine hyperphysikalische Erscheinung.«

»Die vermutlich mit dem zusammenhängt, was mit Jupiters Atmosphäre geschieht?«

»Exakt. Genauer gesagt denaturieren die künstlichen Gravitonen des Gravitonen-Effektors auf Ganymed.«

Mondra hob die Hand. »Moment ... immer schön der Reihe nach.« Das klang besser als *Ich habe kein Wort verstanden*. Sie wusste zwar, was Gravitonen waren. Doch der Erklärungsversuch des Dragomanen war ihr viel zu schnell gegangen. »Ich weiß, dass es auf Ganymed Schwierigkeiten gab mit einem Artefakt, das die Schwerkraft verrücktspielen ließ, das haben wir noch mitbekommen. Also ist das Artefakt wohl der Gravitonen-Effektor. Aber was hat das *hiermit* zu tun?«

»Das Artefakt bombardierte die Jupiter-Atmosphäre mit künstlichen Gravitonen, die das Schwerkraftgefüge völlig durcheinanderbrachten. Inzwischen ist es zerstört, aber ...«

»Zerstört?«, unterbrach Porcius.

Der Dragoman wandte sich nicht zu ihm um. »Die Werte, die MERLIN auffängt, deuten darauf hin. Nach außen hin sind Ganymed sowie die anderen Monde und Jupiter selbst völlig vom Rest des Sonnensystems abgeschottet. Niemand wird in dieses Gebiet hineinfliegen können, niemand kann es noch verlassen. Die Faktorei steht jedoch wie Ganymed innerhalb des Gebildes, weshalb gewisse Ortungsergebnisse ...«

»Ich habe schon verstanden«, sagte der TLD-Agent. »Diese Werte deuten darauf hin, dass dieser Effektor zerstört worden ist. Sehr gut. Dennoch bedeutet er eine Gefahr für MERLIN?«

»Nicht er selbst«, widersprach der Roboter, »sondern das, was er bewirkt hat. Und von einer Gefahr kann nicht die Rede sein. Oder nicht nur. Es handelt sich um ein klares Todesurteil für die Faktorei. Die künstlichen Gravitonen sorgten zuerst dafür, dass Jupiters Atmosphäre kollabierte, was während eures Anflugs auf die Faktorei geschah. Alles dort draußen verwandelt sich immer mehr in ein vollkommenes Chaos. Nun setzen sich Tausende der unnatürlichen hyperphysikalischen Gravitonen an der Hülle der Faktorei fest, aber auch im Inneren. Sie beginnen zu denaturieren. Zu ... sterben, um es weniger korrekt auszudrücken. Vielleicht könnt ihr euch darunter eher etwas vorstellen. Und im Todeskampf kommt es zu gewissen ... Manifestationen. Dies hier ist eine dieser Auswirkungen. Es äußert sich noch auf viele andere Weisen.«

Porcius stellte sich neben Mondra. »Es sieht nicht gerade gefährlich aus.«

Statt einer Antwort wandte sich der Dragoman um und schob eine Klappe an der Außenwand der Halle zur Seite. Ein Reinigungsroboter surrte daraus hervor; er lief auf kleinen Ketten, die gleichzeitig der Säuberung dienten. »Dies ist eine einfache Maschine ohne biologischen Anteil«, sagte der Roboter. »Ihr Verlust ist leicht zu verschmerzen. Ich übermittle ihr einen Auftrag. Sie wird das Zentrum der Verwerfung säubern.«

Mondra verschränkte die Arme vor der Brust. Diese Art der Demonstration kam ihr zwar sonderbar vor, aber sie wartete ab. Etwas anderes blieb ihr kaum übrig.

Die Reinigungsmaschine rollte auf die Mulde zu und fuhr über die Kante. Vor den Augen der verblüfften Zuschauer schrumpfte das Gerät augenblicklich. Je näher es dem Zentrum kam, desto kleiner wurde es. Obwohl es relativ gesehen seine Geschwindigkeit beibehielt, kam es nur noch zentimeter-, bald millimeterweise voran. Es wurde kleiner und kleiner, bis es Mondra mit dem bloßen Auge nicht mehr erkennen konnte.

»Wir stehen direkt vor einer Verwerfung der normalen Raumzeit«, kommentierte Dragoman. »Das ist eines der harmlosen Symptome des Gravo-Fraßes, der sich unaufhaltsam ausbreitet. Wie viel Prozent der Faktorei bereits befallen sind, vermag MERLIN nicht zu errechnen, weil DANAE es verhindert. Eins jedoch ist sicher: Die Faktorei kann nicht mehr gerettet werden. Ihr Ende ist unausweichlich, die Krankheit zu weit fortgeschritten.«

Porcius schloss die Augen. Seine Wangen waren bleich. »Theoretisch wurde dieser hyperphysikalische Effekt bereits von Geoffrey Abel Waringer beschrieben als der *Endlose Tunnel* oder auch die *Abgrundtiefe Senke*. Allerdings hat er dieses Phänomen niemals mit eigenen Augen gesehen. Man kann es weder erzeugen, noch gilt es als stabil; es müsste sich allen bekannten Gesetzen nach sofort in sich selbst zusammenfalten und damit kollabieren. Der Schwerkraftdruck des Zentrums muss unermesslich sein.«

»Ein sterbendes künstliches Graviton«, kommentierte Dragoman. »Es entzieht sich allen Gesetzen, die die Terraner oder sonst ein Volk jemals definiert haben.«

Mondra musterte die Mulde, der man ihre Gefährlichkeit nicht ansah. »Damit haben wir Waringer wohl eine Erfahrung voraus, auf die ich allerdings gern verzichtet hätte. Wenn das die harmlose Version ist – was sind dann die gefährlichen?«

»Ihr werdet ihnen schon bald begegnen«, sagte der Roboter. »Derweil mag eins genügen: Die gesamte Faktorei wird nach MERLINS Hochrechnungen um 23.45 Uhr völlig denaturiert und damit für biologische Wesen unbewohnbar sein. Diese Prognose geht von bestmöglichen Bedingungen aus.«

Mondra schauerte. Erstmals kannte sie genaue Daten des Todescountdowns. Bislang war die Bedrohung diffus gewesen – *irgendetwas* war in der Atmosphäre geschehen, *irgendwann* drohte die Vollendung von Quantrills noch immer unbekannten Plänen. Nun war klar, dass dieser Tag der letzte sein würde; ein Tag, der schon vor etlichen Stunden begonnen hatte. »Uns bleiben also sechzehn Stunden, bis jeder an Bord stirbt?«

»Unter bestmöglichen Bedingungen«, wiederholte der Roboter. »Um dir weitere Berechnungen zu ersparen, gebe ich dir die Daten durch, die MERLIN längst erstellt hat. An Bord befinden sich 20 079 Personen plus einer nicht bestimmbaren kleineren Anzahl.«

»Nicht bestimmbar?«, fragte Mondra.

»Es gibt einige multiple Komplex-Organismen, die nicht als singuläre Wesen angesehen oder als solche bestimmt werden können. Ihre Herkunft sowie ihr genauer Aufenthaltsort sind unbekannt.«

»Schiqalaya?«, warf Porcius ein.

»Davon weiß ich nichts«, meinte der Roboter. »Das Syndikat der Kristallfischer besitzt 3802 Mitarbeiter, die SteDat zweihundertzwölf, außerdem befinden sich 16 063 Besucher und Angehörige in der Faktorei, darunter Terraner, Arkoniden, Ganymedaner, Topsider, Jülziish, Unither und Cheborparner. Sowie ihr beide. Bis vor kurzem befanden sich noch zehn Siganesen an Bord, doch sie sind inzwischen gestorben. Die Zahlen waren vor einer Stunde noch aktuell. Berücksichtigt man die Sterberate der letzten Stunden, dürfte inzwischen ein Schwund von zwei Prozent eingetreten sein.«

Ein Schwund von zwei Prozent, dachte Mondra bitter. Was der Roboter so nüchtern bezeichnete, bedeutete im Klartext vierhundert Tote. »Zwanzigtausend Personen müssen also evakuiert werden. In etwa sechzehn Stunden.« Sie überschlug die Zahlen. »Wenn wir sofort damit beginnen, bleiben weniger als drei Sekunden pro Wesen.«

»Selbst wenn Oread Quantrill kooperieren würde, ist es ein nahezu hoffnungsloses Unterfangen«, sagte Dragoman. »Er wäre der Einzige, der eine flächendeckende Evakuierung anordnen und durchführen könnte. Aber das wird er nicht.«

»Er lässt alle sterben?«, fragte Mondra skeptisch. »*Seine* neue Menschheit? Seine Honovin, die er mühevoll erschaffen hat? Sein Gefolge?«

»Sie sind für ihn nur Mittel zum Zweck. Aufgrund der letzten Ereignisse musste er seine Pläne ändern. Er ist auf Ganymed gescheitert und setzte seine Hoffnung auf die Faktorei. Diese taumelt nun ihrem Untergang entgegen; er hat seine Ziele erneut geändert. Was er nun plant, ist MERLIN unbekannt. Wenn wir die zwanzigtausend Menschen retten wollen, muss allerdings etwas klar sein. Die einzige Möglichkeit, eine große Anzahl Personen von Bord zu schaffen, bildet die TYCHE.«

»Quantrills Raumschiff im *Kopf* der Station?«

Der Roboter bestätigte. »Doch Quantrill denkt offenbar nicht daran, die TYCHE zur Evakuierung zu nutzen. Stattdessen lässt er sämtliches Tau-acht aus den Lagersilos in sein Schiff schaffen. Er leert die Erntehangars mit einem Heer von Helfern ... mit allen, die noch dazu in der Lage sind.«

»Helfern, denen er ein Entkommen aus der sterbenden Station verspricht?«, vermutete Porcius.

Mondra ahnte die Antwort schon, bevor der Roboter sie formulierte. »Den Mitarbeitern wird jeder Überblick verwehrt. Sie wissen nichts vom Schicksal der Station und damit auch nichts davon, was ihnen bevorsteht. MERLINS Berechnungen zufolge wird die TYCHE gegen 17 Uhr vollständig beladen und abflugbereit sein. Also fast sieben Stunden, bevor der Gravo-Fraß MERLIN völlig zerstört. Wenn Quantrill planen würde, die Bewohner ebenfalls an Bord zu lassen, müsste er sie bereits vor Stunden informiert haben, um einen geordneten Exodus vorzubereiten.«

»17 Uhr«, sagte Mondra. »Bis dahin bleiben mehr als neun Stunden. Zeit, ihn daran zu hindern, mit der TYCHE zu starten.« Sie wandte sich von dem Endlosen Tunnel ab. Eine seltsame innere Ruhe fegte alle Angst und Befürchtungen hinweg. Sie musste einen klaren Kopf behalten, um zu retten, was noch zu retten war. Dieser Tag würde zweifellos noch viele Opfer fordern, doch es lag an ihr, die Zahl der Toten so gering wie möglich zu halten. »Wir werden Quantrill stoppen, die TYCHE erobern und die Bewohner der Faktorei evakuieren.«

»Wie?«, fragte der Roboter.

Wenn ich das nur wüsste, dachte Mondra »Wir benötigen vor allem MERLINS Beistand.«

»Das Schiffshirn wird jede nur mögliche Hilfe leisten.«

Die ehemalige TLD-Agentin dachte fieberhaft nach. »Zweifellos lässt Quantrill die TYCHE überwachen. Er weiß, dass wir uns auf freiem Fuß befinden, und weil die Roboter uns gerettet haben, kann er sich denken, dass MERLIN uns unterstützt. Ich halte ihn für intelligent genug, zu wissen, welche Schlussfolgerungen wir ziehen. Also dürfen wir die TYCHE nicht direkt angreifen. Wir müssen stattdessen das schwächste Glied in der Kette seiner Pläne sabotieren.«

Porcius bewies, dass er genauso dachte wie sie. »Wir verhindern den Transport und die Verladung des Tau-acht.«

Sie nickte. »Genauer gesagt wirst *du* das in die Hand nehmen. Wir trennen uns. Du organisierst diese Sabotage. Dragoman, du unterstützt Porcius. MERLIN soll seine Macht über diesen Teil der Faktorei ausnutzen und eine Warnmeldung absetzen. So viele Bewohner wie nur irgend möglich müssen über den Ernst der Situation informiert werden. Die Wahrheit wird sie aufrütteln.« *Hoffentlich.* Ihre Zweifel sprach sie allerdings nicht aus. »Es wird sich wie ein Lauffeuer herumsprechen, selbst wenn alle noch so benebelt sind von der Hyperdroge. Ihr Überlebensinstinkt muss stärker sein. Wir halten ihnen vor Augen, dass sie den morgigen Tag nicht mehr erleben werden, wenn sie passiv bleiben.«

»Schön und gut.« Porcius klang nicht sonderlich überzeugt, sah jedoch offenbar ein, dass es keine andere Möglichkeit gab. »Das bekomme ich hin. Irgendwie. Und du?«

»Ich werde Quantrills Macht über die Vorgänge in der Faktorei schwächen.« Sie ballte die Hände zu Fäusten. »Was heißt, dass ich zurück ins Casino gehe und DANAE zerstöre.«

»Wie soll ich dich nennen?«, fragte Mondra den Roboter, der sie durch den schmalen Wartungsgang begleitete.
Dieser schob sich auf Knien und Ellenbogen gestützt vorwärts; eine Haltung, die seiner ganzen Gestalt völlig unangemessen schien. Jede Bewegung erzeugte ein leises Schaben auf dem Boden, das gespenstisch in der Enge widerhallte. Auf seinem metallischen Leib spiegelte sich die rötliche Notbeleuchtung. »Dragoman«, sagte er.
»Wie deinen ... Kollegen, der Porcius begleitet?«
»Wir tragen keine individuellen Namen. Wir sind eine baugleiche Modellreihe, die unter MERLINS Befehl steht. Darin sehen wir die Aufgabe und den Zweck unseres Daseins. MERLIN hat befohlen, dich und Porcius zu unterstützen, und genau das werden wir tun. Niemand von uns ist in der Lage oder sieht es als notwendig an, individuelle Entscheidungen zu treffen.«
Also bestimmt seine Funktion seinen Namen ... ihren Namen, dachte Mondra. Sie erinnerte sich, dass das Wort eine alte Bezeichnung für »Übersetzer« war, das auf eine semitische Wurzel zurückging und sich von dort in anderen alt-terranischen Sprachen, wie dem Türkischen und dem Arabischen, ausgebreitet hatte.
Mondra und ihr robotischer Begleiter krochen bereits seit längerem durch Wartungsgänge wie diesen. Hin und wieder tropfte kondensierte Feuchtigkeit von der Decke. Die Luft schmeckte schal und abgestanden, was Mondra jedoch kaum wahrnahm; Dragoman würde es mit Sicherheit nicht stören. Den von MERLIN kontrollierten Bereich der Faktorei hatten sie längst verlassen; sie befanden sich mitten im Feindesland, allerdings bislang unentdeckt, weil der Roboter sie auf einem nicht überwachten Weg führte. Wahrscheinlich hatte diesen Gang seit Jahren niemand mehr betreten, vielleicht seit der ursprüngliche Kugelraumer MERLIN zur Faktorei des Syndikats der Kristallfischer umfunktioniert worden war.

In einer Tasche ihrer beim Kampf mit den Techno-Jaguaren zerrissenen Uniform – bislang war weder Zeit noch Möglichkeit geblieben, sie zu ersetzen – hielt Mondra einen Schatz verborgen, den der erste Dragoman ihr in MERLINS Namen überreicht hatte. Einen *Joker* für die Attacke auf DANAE. Ein wenig mulmig war ihr schon zumute, wenn sie daran dachte, was sie wie ein bizarres Souvenir bei sich führte. Dennoch hatte sie das Geschenk dankend angenommen; es bildete ihre einzige Hoffnung im Kampf gegen die Schiffspositronik.

Ihr robotischer Führer stoppte so plötzlich, dass sie fast gegen ihn gestoßen wäre. »Geh zurück!«, forderte er.

Mondra konnte im engen Gang nicht an ihm vorbeisehen. »Was ...«

»Schnell!«

So rasch es ging, kroch Mondra rückwärts. Um sich umzudrehen, blieb kein Freiraum. Erst nach einigen Metern buchtete sich der enge Korridor auf beiden Seiten aus; in den Nischen lagerten Werkzeug und Ersatzteile. Dragoman schob sich neben sie, und erstmals sah Mondra mit eigenen Augen, was ihn zur Umkehr bewogen hatte.

Der Boden und die rechte Seitenwand des Korridors warfen Wellen. Das Metall wogte hoch, sackte ab, und mit jeder Wellenbewegung schob sich das Phänomen näher auf Mondra und ihren robotischen Begleiter zu. Kleine Dampfwolken stiegen auf und zerkräuselten.

Der Roboter streckte einen Arm aus. An der Spitze leuchtete eine Diode; sie blinkte in schnellem Rhythmus und wechselte nach wenigen Sekunden die Farbe. »Der Vorgang geht mit großer Kälteentwicklung einher. Es herrschen Temperaturen zwischen minus fünfzig und minus zweihundert Grad. Die Materie diffundiert mit einer Verlustrate von dreißig Prozent in einem übergeordneten Kontinuum.«

»Eine Auswirkung der künstlichen Gravitonen?« Mondra konnte sich der dunklen Faszination der bizarren Erscheinung kaum entziehen.

»Wenn meine Analysedaten stimmen, konvergieren zwei Gravitonen in einer Wechselwirkung, was das Phänomen wellenförmig vorantreibt.«

Ihr war weitgehend gleichgültig, ob Dragomans Analysen den Tatsachen entsprachen oder nicht – für Mondra zählte nur das Offensichtliche. Sie mussten von hier verschwinden, und das rasch, ehe das Phänomen sie erreichte. Sie rief sich ihren Weg in Erinnerung. »Etwa dreißig Meter zurück liegt eine Abzweigung. Dragoman, du kennst den Plan der Station besser als ich. Können wir den Weg zum Casino auf anderem Weg fortsetzen?«

»Wir *müssen*«, sagte der Roboter in seinem typisch emotionslosen Tonfall. Ein kleines Hologramm entstand vor ihm, ein Abbild der Station, die von außen betrachtet an eine Schildkröte erinnerte. Die Wiedergabe schien von einer unsichtbaren Kamera zu stammen, die nun durch die Außenhülle ins Innere stürzte und mit rasender Geschwindigkeit durch die schematische Darstellung der Korridore und Wege eilte. »Ich errechne bereits den günstigsten Weg.«

Mondra eilte los – oder was dem unter diesen Umständen am nächsten kam. Sie verfluchte innerlich die Konstrukteure dieses engen Wartungsgangs. Wahrscheinlich war er überwiegend für den Einsatz kleinerer Roboter gedacht, nicht für den *echter* Lebewesen.

Immer wieder warf sie hektisch einen Blick nach hinten; das wellenförmig wabernde Phänomen kam langsam, aber unaufhaltsam näher. Sie fragte sich, ob es die Geschwindigkeit ändern könnte. Nichts sprach dagegen; eine hyperphysikalische Erscheinung ließ sich nicht einschränken und schon gar nicht vorausberechnen. Ihr wurde übel, als sie an den Reinigungsroboter dachte, der wohl bis in alle Ewigkeit dem imaginären Zentrum des Endlosen Schachts entgegensurrte, ohne es jemals erreichen zu können. *Oder bis die Station zerstört wird und er vielleicht auf diese Weise der Irregularität entkommt*, dachte sie.

An der Abzweigung führte sie der Roboter zielsicher nach links, in einen glücklicherweise etwas breiteren Gang. In einer Nische an der Kreuzung standen drei Serviceroboter, hochspezialisierte Reparatureinheiten, die sich nicht rührten und wohl seit Jahrzehnten oder noch länger auf einen Einsatz warteten.

Kurz darauf blieb Dragoman stehen und wirbelte herum. Ein Arm schlug gegen die Wand. »Ein Phänomen liegt direkt vor uns. Wir müssen zurück.«

Mondra hörte ein Summen und Krachen hinter ihm, sah jedoch nichts Auffälliges, bis Alarmlichter blitzten. Für einen Augenblick gellte ein schriller Warnton, der abrupt endete. Dann wirbelte etwas durch die Luft, ein kopfgroßes, nachtschwarzes Ding, das alle Materie fraß, die es auf seinem Weg kreuzte. In seinem Zentrum glomm düsteres Licht, wie eine Pupille aus Feuerglut.

Das Ding kam näher, langsam, als habe ein vorsichtiges Raubtier Witterung aufgenommen.

Mondra rannte los, zurück zur Kreuzung. Völlig gleichgültig, wo das Casino lag – nun ging es um ihr Leben.

Doch nicht einmal die Kreuzung erreichte sie. Abrupt blieb sie stehen, und ein Adrenalinstoß jagte ein Kribbeln durch alle ihre Glieder. Der Boden warf im Bereich der Kreuzung bereits Wellen. Soeben erreichte das Phänomen, vor dem sie ursprünglich geflohen waren, die Nische der Wartungsroboter. Sie versanken langsam, wie in einem zähen Moor. Dabei irrlichterten winzige Überschlagsblitze auf ihrem ganzen Körper. Kleine Explosionen zerfetzten Teile ihrer Leiber. Metallfragmente wirbelten durch die Luft; manche schlugen auf sicherem Terrain auf, andere versanken in den Wellen und erreichten ein anderes Kontinuum.

»Wir sind eingekesselt«, stellte Mondra bitter fest.

Porcius Amurri stand vor einem antiquiert aussehenden Eingabepult, das am Rand einer bis unter die Decke gefüllten Lagerhalle völlig deplatziert wirkte. Es ragte zwischen ganzen Bergen von Kisten und ausrangierten Aggregaten auf, inmitten von Schrott und Bergen aus Holzbrettern. Der TLD-Agent wunderte sich erneut, was sich an Bord einer Raumstation wie dieser ein Stelldichein gab. Das Pult maß etwa anderthalb Meter in der Höhe, die Eingabefläche neigte sich dem Betrachter zu und präsentierte einen matt erleuchteten Touchscreen.

Das Bild eines alten Mannes blickte ihm daraus entgegen. Dichte graue Augenbrauen wucherten und wuchsen über der Nasenwurzel zusammen. Spärliches weißes Haar war quer über den Schädel gekämmt. »Die Aufzeichnung ist gelungen«, sagte MERLINS Abbild und präsentierte stumpfweiße Zähne. »Ich kann deine Rede nun abspielen und weitergeben. Allerdings nur in dem kleinen Bereich der Faktorei, den ich kontrolliere. Derzeit halten sich einhundertacht Personen darin auf. Zwei nähern sich dem Randbereich und werden ihn bald verlassen.«

Der TLD-Agent nickte. »Das wird für den Anfang genügen. Wie viele von ihnen stehen unter starkem Tau-acht-Einfluss?«

»Meinen internen Protokollen zufolge mit großer Wahrscheinlichkeit alle. Einige werden aber noch fähig sein, selbstständig zu handeln.«

»Sende die Botschaft, sobald ich den Hauptgang erreiche!«, forderte Porcius. »Aber vorher beantworte mir noch eine andere Frage. DANAE zeigt sich im Casino als junges Mädchen, du präsentierst dich als alter Mann. Ist es nur Symbolik, oder steckt ein tieferer Sinn dahinter?«

Das Bild des Greises auf dem Bildschirm verschwamm und machte einem Tier Platz, das einer gewaltigen Schildkröte ähnelte. Der ledrige Kopf war voller Falten, der Panzer mit Moos überzogen. Vier kurze Beine ragten seitlich daraus hervor. »Gefällt dir das besser?«, fragte das Tier mit derselben synthetischen Stimme wie zuvor. »Dann kannst du mich auch die Schildkröte nennen.«

»Mit derart verkniffenem Gesicht?«, fragte Porcius und blickte auf das schmale Maul unter den traurig wirkenden Knopfaugen.

»Ich habe Bauchschmerzen.« MERLIN bewies einen eigenartigen Sinn für Humor. »Doch nun gilt es, keine Zeit mehr zu verlieren. Bilder wie dieses sind nur geschaffen, um deinem menschlichen und damit beschränkten Verstand einen Anknüpfungspunkt zu bieten. Langjährige Erfahrung lehrt mich, dass dies für biologische Wesen leichter ist, als mit einer gesichtslosen Schiffspositronik zu kommunizieren.«

Wird wohl so sein, dachte Porcius und verdrängte die Episode sofort. Wesentlich Wichtigeres lag vor ihm. Die nächsten Minuten mussten zeigen, ob ihr Plan auch nur ansatzweise eine Chance auf

Erfolg bot. Würden sich die Bewohner der Faktorei aufrütteln lassen? Waren sie bereit, das Unfassbare zu akzeptieren? Und wenn ja, konnte er eine Massenpanik verhindern? Die Gefahr war groß, dass alles endgültig außer Kontrolle geriet und in MERLINS letzten Stunden nackte Anarchie herrschte.

Es lag an Porcius, dafür zu sorgen, dass die Ordnung beibehalten wurde.

Noch vor wenigen Jahren hätte er ein solches Szenario vielleicht beim Echtzeit-Holojumping durchgespielt, aber nicht für möglich gehalten, es jemals in der Realität zu erleben. Doch er würde durchhalten, im Gedenken an Buster und vor allem an Gili, die im Parcours gestorben waren. Ihr Opfer durfte nicht umsonst gewesen sein. Vor allem ohne Gili, die den falschen Perry Rhodan enttarnt hatte, wäre Porcius inzwischen sicher längst tot.

Er verließ die Lagerhalle und wusste, dass die Momente der Ruhe und Sicherheit damit endeten. Sobald MERLIN seine Botschaft verbreitete, würde Oread Quantrill davon erfahren. Es kam einer offenen Kriegserklärung gleich; danach würde sich Porcius nicht mehr von hilfreichen Robotern verstecken lassen können.

Etwa zeitgleich würde auch Mondra im Casino zuschlagen ... und wie es danach weiterging, vermochte niemand im Voraus zu berechnen. Sie mussten improvisieren; etwas, das Porcius im Spiel immer gern getan hatte. Nun jedoch ging es um sein Leben, und nicht nur um das, sondern auch um das von zwanzigtausend anderen, und vielleicht sogar um das Schicksal des Planeten Jupiter und des gesamten Solsystems.

Sein einziger Schutz würde in Kürze in einer hoffentlich rasch anwachsenden Masse von Menschen bestehen, die sich auf seine Seite schlugen. Oder diese Menschen, die er retten wollte, würden sich in Quantrills Auftrag auf ihn stürzen und ihn töten. Eines von beiden. Die Chancen standen seiner Meinung nach bei fünfzig zu fünfzig. Selbst im positiven Fall nahm in diesen Sekunden ein Spießrutenlauf seinen Anfang, der noch viele Opfer fordern würde.

Er fühlte eine seltsame Schwäche in den Knien. Zum Helden war er nicht geboren. Zwar hatte er sich beim TLD gemeldet, jedoch nur, um seiner Spielsucht und der Bedeutungslosigkeit seines Lebens zu entgehen; solche Verantwortung hatte er nie tragen wollen. Doch das Schicksal ließ ihm keine andere Wahl. So war es wohl, wenn man ins All vorstieß; wie oft hatte er diese Aussage von Raumfahrern gehört. Die Ereignisse hatten ihn einfach überrollt.

Dragoman blieb hinter ihm zurück. Porcius ging einen menschenleeren Korridor entlang. Nur weit vor ihm befand sich noch jemand; eine Frau, die – er erkannte es, als er näher kam – am Boden lag. Sie schlief. Unter ihren geschlossenen Lidern rollten die Augen hastig hin und her. Zumindest kam es Porcius so vor, als schlafe sie; doch er hatte erfahren, dass es *alles andere als das war*, wie sich MERLIN ausgedrückt hatte. *Honovin schlafen nicht, sie bauen ihre eigenen Welten bei wachem Bewusstsein, das den Körper austrickst. Sie schöpfen, und manche treten sogar in Verbindung mit einer anderen Ebene des Seins.* Weitere Fragen dazu hatte MERLIN nicht beantwortet – oder nicht beantworten können.

Der TLD-Agent passierte die Schlafende und erreichte einen kleinen Park, in dem unter einem mehr schlecht als recht simulierten, mit Wolken verhangenen Himmel Büsche und karge Bäume wuchsen. Viele von ihnen waren verdorrt. Offenbar kümmerte sich niemand um diesen abseits gelegenen Fleck, der zur Erholung der Besucher dienen sollte.

Eine Gruppe von Cheborparnern tanzte um einen kleinen Teich, in dessen Zentrum ein einzelner Wasserstrahl vergeblich versuchte, den Eindruck eines Springbrunnens zu erwecken. Die Oberkörper waren nackt, das Fell glänzte. Wassertropfen spritzten; eine Cheborparnerin tauchte gerade aus dem Teich auf. Vor ihr schwebte ein zappelnder Fisch in der Luft, sie dirigierte ihn mit ihrer Hand, die stets nur wenige Zentimeter von dem bedauernswerten Tier entfernt war.

Von anderswo ertönten Schreie, die weniger nach Angst oder Schmerzen als vielmehr nach Ekstase klangen.

Porcius war es gleichgültig. Die zufälligen Besucher des Parks würden als Erste seine Botschaft empfangen. Damit entschieden sie über das Schicksal der gesamten Besatzung. Jeden Zweifel darüber, ob sie sich für eine derart wichtige Aufgabe eigneten, ließ Porcius erst gar nicht zu. Ihm blieb keine andere Wahl. Die Uhr tickte. Die kurze Zeitspanne bis zur ultimativen Zerstörung der Faktorei lief viel zu schnell ab.

Er ging einige Schritte, bis er eine Reihe kleiner Schwebesessel erreichte und ließ sich in einen fallen. Die Massagefunktion setzte nicht ein; es war ihm völlig gleichgültig. Er schloss die Augen und legte die Hand auf den Griff der Pistole, die ihm der Dragoman aus Altbeständen überreicht hatte.

»Jetzt«, sprach er in das kleine Funkgerät, das ihn direkt mit MERLIN verband.

Augenblicklich ertönte ein Knacken, dem ein kleiner Alarmton folgte. MERLIN hatte Akustikfelder in Position gebracht, überall in dem von ihm kontrollierten Bereich, der nur einen verschwindend geringen Bruchteil der gesamten Faktorei ausmachte.

Die Schreie verstummten. Die Cheborparner stockten kurz im Tanz, ehe sich einige von ihnen wieder im Reigen der unhörbaren Melodie drehten.

»Der Station droht große Gefahr. Jeder Einzelne an Bord befindet sich in akuter Lebensgefahr. Zahllose sind bereits gestorben, und wer diesen Tag überleben will, muss nun genau zuhören.« Es war Porcius' eigene Stimme; er hatte die Botschaft am Eingabepult gesprochen, MERLIN spielte nun die Aufnahme ab. »Im Namen des Galaktikums, namentlich von Perry Rhodan, rufe ich zum Widerstand gegen die Herrschaft von Oread Quantrill auf.«

Harte Worte, die er bewusst gewählt hatte – ob er tatsächlich für das Galaktikum sprechen konnte oder nicht, spielte keine Rolle. Es ging darum, die Bewohner wachzurütteln, sie wenn möglich aus dem Rausch zu lösen, in dem sie dank des Hypertaus versunken waren.

»Quantrill wird zulassen, dass jeder Einzelne von euch getötet wird. Euer Tod ist einkalkuliert, und er unternimmt nichts, um ihn zu verhindern. An Bord dieser Station befinden sich Mondra Diamond und ich selbst, Porcius Amurri. Wir stehen auf eurer Seite, und wir werden alles tun, um euch zu retten. Aber wir benötigen eure Unterstützung.«

Das war das Stichwort. Porcius stand auf, zog eine Leuchtpistole und feuerte. Ein Farbenreigen explodierte unterhalb des Kunsthimmels und rieselte rund um ihn herab.

Jeder im Park wusste nun, wo er zu suchen hatte.

Und Quantrill wahrscheinlich auch. Die Kunde würde sich wohl schneller verbreiten als das Licht.

»Wer überleben will, muss sich mir anschließen. Es gibt nur eine Möglichkeit, MERLIN rechtzeitig zu verlassen. Ich werde euch führen, und gemeinsam werden wir jeden Widerstand hinwegfegen. Wenn sich die SteDat auf Quantrills Seite stellt, sind alle Angehörigen dieser Institution mit sofortiger Wirkung als feindlich einzustufen und notfalls zu eliminieren. Wir bieten jedoch jedem, ausdrücklich auch Angehörigen der SteDat, die Möglichkeit, sich uns anzuschließen. Uns – und dem Exodus aus der Faktorei, der zum Leben führen wird.«

Während die automatische Aufzeichnung einen Treffpunkt und eine Marschroute erklärte, ging Porcius auf die Cheborparner zu. Er fragte sich, wie sie ihn empfangen würden. Als Freunde, die bei ihm Hilfe suchten ... oder als Anhänger Quantrills, berauscht und von Sinnen durch Tau-acht, die ihn in der Luft zerreißen würden.

Doch wie auch immer – es gab kein Zurück mehr. Der Exodus hatte begonnen.

Und die gegenseitige Jagd ebenso.

T minus [Datenfehler/Keine Aussage möglich/Datenverlust droht]: Der Countdown muss neu berechnet werden

DANAE kann keinen Zugriff mehr erlangen auf einen Bereich der Faktorei, der exakt 1,94 Prozent des Gesamtvolumens ausmacht. Ein Problem, das das Rechenhirn aufgrund des ablaufenden Countdowns vernachlässigt hat. Ein Fehler, wie sich nun herausstellt. MERLIN hat dort die Kontrolle übernommen, und die beiden Geflohenen suchen in diesem Bereich nicht nur Zuflucht, sie planen mit Hilfe der alten Schiffsintelligenz einen Aufstand.

Die neue Datenlage wird analysiert.

Sofortiges Eingreifen ist vonnöten.

Es greift Ermächtigung Beta, erteilt von Oread Quantrill vor 2 Jahren, 11 Monaten, 8 Tagen, 13 Stunden, 59 Minuten, 4 Sekunden, 7 Millisekunden: Stationssicherheit gefährdet, Problem ohne Rücksprache im Sinne der Grundregeln lösen.

DANAE weiß, was zu tun ist.

Der Exodus, den die feindlichen Individuen Diamond/Amurri planen, muss verhindert werden. Die rechtzeitige Beladung der TYCHE mit allen Tau-acht-Vorräten der Faktorei muss sichergestellt werden. Hinderliche Individuen müssen vom Betreten der TYCHE abgehalten werden. Der Rückzug der eigenen Speicherplatz-Intelligenz sowie der Transfer der Biokomponente in den Zentralrechner der TYCHE darf nicht vernachlässigt werden. Sonst kann DANAE selbst MERLINS Zerstörung nicht überleben. Die hyperphysikalische Seuche zerstört weiterhin die Station, und sie kann nicht gestoppt werden.

DANAE versucht, alte Verbindungen zu reaktivieren. Nach wie vor sind alle Wege in den verlorenen Bereich inaktiv. Hardware-Beschädigungen durch die Seuche bleiben irreparabel. Hauptdatenleitungen sind nach wie vor außer Funktion.

Es muss einen anderen Weg geben, MERLINS Sabotage zu verhindern.

[Rechenvorgang DANAE: Überprüfen sämtlicher Möglichkeiten, Ausschalten der Variablen, Einholen der Kompetenzen. Rechenvorgang beendet.]

Ermächtigung Beta, erteilt von Oread Quantrill vor 2 Jahren, 11 Monaten, 8 Tagen, 13 Stunden, 59 Minuten, 4 Sekunden, 9 Millisekunden, erlaubt Zugriff auf Kampfroboter mit neu programmierbarem Speicher.

Der Speicher der Einheiten wird von DANAE neu beschrieben. Sie verlassen ihr Lager, aktivieren die Flugaggregate, streben dem verlorenen Bereich entgegen. Niemand stoppt sie. MERLIN verfügt nicht über Kapazitäten, sein kleines Reich zu bewachen.

Die Kampfroboter landen. Sie verstreuen ein positronisches Virus, das augenblicklich seine Wirkung entfaltet. Es dringt in alle Datenleitungen ein, infiltriert jede Kommunikation, überflutet das verborgene Pult, das MERLIN als Schnittstelle mit der Außenwelt dient.

MERLIN kollabiert.

Der interne Countdown bis zum Tod der Station durch den Gravo-Fraß kann nicht fortgeführt werden.

Porcius Amurris Botschaft, als Endlos-Schleife gedacht, verstummt.

Die Dragoman-Modelle, die sich noch innerhalb des kleinen Bereichs befinden, erstarren und bleiben stehen. Sie sind nicht mehr ansprechbar.

Nur ein einziger Dragoman bleibt noch funktionstüchtig: Er ist mit Mondra Diamond unterwegs, eingeschlossen vom Gravo-Fraß.

MERLIN verstummt.

Die Kampfroboter aktivieren ihre Waffenarme.

[Befehl DANAE aufgrund Ermächtigung Beta, erteilt von Oread Quantrill vor 2 Jahren, 11 Monaten, 8 Tagen, 14 Stunden, 3 Minuten, 34 Sekunden, 2 Millisekunden: Eliminierung jedes Wesens, das sich den Feinden anschließt.]

Mit dem ersten Schuss töten die Kampfroboter eine Arkonidin, die sich Porcius Amurri zuwendet, der inmitten einer Gruppe von Cheborparnern steht.

Datum und Uhrzeit können von MERLIN nicht bestimmt werden.

Der Krieg der Schiffspositroniken hat sein erstes Todesopfer gefordert.
Der Countdown der Faktorei MERLIN läuft.

Wehen der Anarchie

Aus der wellenförmigen Senke ragte noch ein Arm des Roboters. Er streckte sich, als suche ein Ertrinkender mit letzter Kraft nach Halt, und versank endgültig. Das Phänomen schwappte weiter, näher auf Mondra und Dragoman zu.

Nach wie vor blieben die beiden eingekesselt – hinter ihnen durchstieß das kopfgroße schwarze Nichts die Decke und kehrte sofort danach einen Meter näher wieder in den Wartungskorridor zurück; dabei hinterließ es zwei schwärende Löcher im Metall, zwischen deren Rändern Dampf wallte.

»Was jetzt?«, fragte Mondra. »Über den Endlosen Schacht zu springen, ist unmöglich. Wenn du also kein Flugaggregat besitzt ...«

»Besitze ich nicht.«

Ich weiß, dachte Mondra. »Dann sollten wir zusehen, dass wir irgendwie an diesem Schwarzen Loch vorbeikommen, oder wie immer man es nennen soll.«

Das Etwas perforierte gerade die Seitenwand des Korridors, verschwand außer Sicht, um gleich danach wieder aufzutauchen. Dabei wuchs es, und es gab ein statisches Knistern und Summen von sich.

»Deine Überlegung ist gut«, sagte Dragoman, »aber unmöglich umzusetzen. Es ist zu gefährlich.« Er packte Mondra, zog sie hinter sich. Die Ewige Senke rollte näher, das Summen hinter ihnen wurde lauter und zog geradezu hypnotisch Mondras Aufmerksamkeit auf sich. Sie kam sich vor wie in einem psychedelischen Alptraum gefangen.

»Was hast du vor?«

Statt einer Antwort hob der Roboter den Waffenarm, richtete ihn schräg aus und schoss. Mehrere rasch hintereinander abgefeuerte

Salven jagten in die Wand des Wartungskorridors, die unter den energetischen Gewalten nachgab. Feuerzungen loderten, und schwarzer Rauch quoll auf die beiden zu. Etwas sirrte daraus hervor und prallte gegen Dragoman, richtete jedoch keinen Schaden an.

Die Flammen erstickten wieder, zurück blieb nur Qualm, der die Sicht raubte und zum Husten reizte. Aschepartikel trudelten durch die Luft. Dragoman stampfte los, packte die Ränder des gezackten Lochs in der Korridorwand und riss ein weiteres Stück aus dem massiven Metall, das er achtlos in Richtung der Ewigen Senke schleuderte; es schrumpfte noch in der Luft und trat seine endlose Reise an.

»Folge mir!« Der Roboter kletterte in den Durchbruch, dessen Ränder noch qualmten.

Mondra kam der Aufforderung nach und betrat eine Halle, in der eine Vielzahl Kisten lagerte. Eisige Kälte strömte ihr entgegen. Es handelte sich um eine Kühlhalle für Lebensmittel, wie Mondra beiläufig erkannte. Sie warf einen Blick zurück; alles sah beruhigend normal aus. Keine Spur von gefährlichen hyperenergetischen Erscheinungen. »Wir sind den Phänomenen entkommen«, sagte sie erleichtert.

»Entkommen? Wohl eher *aus dem Weg gegangen.* Weder die Senke noch das Schwarze Loch haben uns bewusst verfolgt. Wände könnten den Gravo-Fraß in all seinen Ausprägungen nicht aufhalten. MERLIN ist sicher, dass der Fraß an zufällig bestimmten Orten auftritt.«

»Wir hatten also einfach Pech?«

»Das könnte man so sagen, wenn man pessimistisch sein will. Ich schlage eine optimistische Sichtweise vor.« Mondra kam es seltsam vor, dass Dragoman derart quasiphilosophische Töne anschlug. »Es gibt eine Unzahl an denaturierenden Gravitonen in der Faktorei«, fuhr der Roboter fort. »Ich bezeichne es als Glück, dass wir in den engen Wartungsgängen überhaupt so weit gekommen sind.«

»Wie lange benötigen wir noch, bis wir das Casino erreichen?«

»Wahrscheinlich zu lange. Meine Schüsse haben die SteDat sicherlich schon angelockt. Wir müssen mit Widerstand rechnen.«

Mondra hob den Strahler, den ihr Dragoman vor ihrem Aufbruch überreicht hatte. Sie vermisste ihren SERUN und dessen integrierte Waffen- und Schutztechnologie schmerzlich. »Ich gedenke nicht, mich aufhalten zu lassen.« Sie deutete quer durch die Halle. »Nur zur Sicherheit bei deinen radikalen Methoden – wir gehen durch die Tür?«

Dragoman bestätigte, und Mondra rannte los. Noch ehe sie den Ausgang erreichte, wurde er aufgerissen. »Was ist hier los?«, schrie ihnen ein Terraner entgegen, ein schmaler Mann in verfleckter Kleidung, der ein Messer in der Hand hielt und damit vor dem Körper fuchtelte.

Mondra erkannte auf den ersten Blick, dass er noch nie einen Kampf ausgefochten oder das Messer tatsächlich als Waffe genutzt hatte. Sie handelte, ohne lange nachzudenken, und umging die schwache Abwehr. Rasch packte sie den Waffenarm, zog ihren Gegner zu sich heran und stieß ihn zur Seite. Er stürzte, schrie auf ... und blieb hinter ihnen zurück, als sie durch die Tür stürmten und diese hinter ihnen ins Schloss fiel.

Sie standen mitten in einer Großküche. In einigen Metern Entfernung starrte eine dicke Frau sie aus großen, auffällig golden leuchtenden Augen an. Sie wich einen Schritt zurück und hielt ein blaues, knollenartiges Wurzelgemüse vor sich wie einen Schild. Traurig hingen grüne Blätter an den Seiten herab.

Mondra schenkte ihr keine Beachtung, sondern rannte zu einer Schwingtür neben breiten Kochstellen, die sich automatisch vor ihr öffnete. Mit Dragoman im Schlepptau bahnte sie sich einen Weg durch ein gut besuchtes Restaurant, ehe sie endlich einen freien Korridor erreichte, der auf allen Seiten von wuchernden Grünpflanzen umsäumt wurde. Eine kitschige Landschaftstapete lugte dazwischen hervor und präsentierte dreidimensionale, sonnenbeschienene Strandaufnahmen.

Etwas anderes fesselte Mondras Aufmerksamkeit weitaus mehr: Drei Männer in SteDat-Uniformen eilten näher. Sie hielten Strahler in den Händen. Einer feuerte aus vollem Lauf. Der Schuss jagte weit über Mondra in die Decke und hinterließ einen schwärzlich verbrannten Fleck.

»Bleibt stehen!«, hörte sie noch, dann stürmte Dragoman los. Einer der Männer zielte auf Mondra, die eiskalt weiterrannte, auf ihre Gegner zu. Sie hatte den Schwachpunkt im Angriff sofort erkannt, packte einen leeren Stuhl und schleuderte ihn ihren Feinden entgegen.

Der SteDat-Angehörige feuerte erstaunlich reaktionsschnell; der Stuhl wurde noch in der Luft zerfetzt. Splitter jagten umher. Jemand schrie. Eine Frau sprang von ihrem Tisch auf; Blut lief über ihr Gesicht. Nun schien bei allen Gästen anzukommen, dass etwas nicht stimmte – vom Verhängnis, das die Faktorei längst heimsuchte, hatten sie bislang nichts geahnt. Viele erhoben sich ruckartig, Stühle fielen um, Schreie wurden laut.

Mondras Gegner zielte erneut; sie warf sich zu Boden. Die Salve jagte über sie hinweg. Sie hörte Glas zerschellen, wusste nicht, was geschah. Sie schob sich unter einen Tisch, kroch weiter, suchte Deckung und schaute über die Schulter zurück. Soeben erwischte Dragoman seinen ersten Gegner mit einem Schuss in den Brustkorb. Der Mann schrie auf, stand wie versteinert. Die Augen schienen aus den Höhlen quellen zu wollen.

Kein Schutzschirm, dachte Mondra und erinnerte sich an die Erklärungen des ersten Dragoman. Der Gravo-Fraß verhinderte, dass die SteDat sich auf diese Weise zu schützen vermochte.

Die Terranerin schob sich an Stühlen vorbei, während rundum Bewegung in alle Gäste kam. Zu Mondras Glück waren ihre Gegner sehr unklug vorgegangen; mitten in einer Menschenmenge ziellos zu feuern, war so ziemlich das Erste, was man TLD-Anwärtern austrieb. Sie sprang auf die Füße, versuchte sich zu orientieren.

Gerade als sie sich umdrehte, raste eine Faust heran und schmetterte ihr ins Gesicht. »Ich habe sie!«, rief ein dürrer Mann mit langem, weißem Haar. Die Augen waren arkonidisch rot. »Hier ist ...«

Weiter kam er nicht. So leicht konnte er Mondra nicht ausschalten. Zwar hatte er punktgenau getroffen, doch sein Schlag war der eines verwöhnten Schwächlings gewesen, der versuchte, die erste Heldentat seines Lebens zu begehen. Mondra erwischte ihn mit dem rechten Ellenbogen am Kinn und rammte gleichzeitig die flache Linke gegen seinen Brustkorb. Er wurde von den Füßen gehoben und krachte rücklings auf seinen Tisch. Geschirr ging unter ihm zu Bruch. Eine kostbar aussehende Flasche kippte vom Tisch und verteilte grüne, zäh gluckernde Flüssigkeit.

Dragoman streckte einen weiteren Gegner nieder. Gleichzeitig kam eine Frau in rot-blauer SteDat-Uniform auf Mondra zu, die leeren Hände deutlich sichtbar erhoben. Rundum flohen Restaurantbesucher und ließen eine Trümmerwüste aus umgeworfenen Stühlen, zerbrochenen Tellern und einigen ohnmächtig – *oder tot?* – am Boden liegenden Körpern zurück. Der Brustkorb eines Mannes, den Mondra direkt sehen konnte, war schwarz verbrannt. Direkt daneben ragten angewinkelte Beine hinter einem umgestürzten Tisch hervor.

»Ich kann euch hier herausbringen«, sagte die Frau. Ihr schwarzes Haar war streichholzkopfkurz geschnitten und an den Schläfen zu einem Muster ausrasiert – auf beiden Seiten leuchtete ein bleiches, verschlungenes A. Noch auffälliger waren die grün gefärbten, buschigen Augenbrauen.

Dragoman stampfte auf sie zu, den Waffenarm in ihre Richtung gestreckt. Mondra umklammerte ihren eigenen Strahler. »Wieso sollte ich dir vertrauen?«

Der Roboter blieb stehen, so nah, dass die Mündung seiner Waffe kaum noch eine Handbreit vom Schädel der Frau entfernt war.

Sie zeigte keine Anstalten, sich zur Wehr zu setzen – wozu es mittlerweile ohnehin zu spät gewesen wäre. »Vertrauen? Ganz einfach – weil ich die Botschaft deines Kollegen Porcius Amurri gehört habe. Weil er uns eine Chance angeboten hat, zu überleben. Und weil ich einen meiner eigenen Kollegen niedergeschossen habe, um dich zu retten.« Sie wies schräg neben sich.

Mondra schaute Dragoman fragend an.

»Ich habe ihn nicht ausgeschaltet«, sagte dieser.

Die beiden A-Zeichen in den Haaren wippten, als die Frau hastig nickte. »Du bist Mondra Diamond, Perry Rhodans Geliebte. Und ich bin eine klar denkende Frau. Seit einer Woche habe ich kein Tauacht mehr gestäubt. Mir ist nicht entgangen, dass in dieser Faktorei die Hölle tobt.« Nach einer kurzen Pause streckte sie die Hand aus. »Ich bin Bylle Reynet, Terranerin, und verdammt nochmal auf diesem Kahn hier gezeugt, als er noch ein Museumsschiff der LFT war! Es schmerzt mich zu sehen, wie er vor die Hunde geht.«

Es galt, sich schnell zu entscheiden. Es gab keine Möglichkeit, Bylle Reynets Worte zu überprüfen – Mondra musste nach jedem Strohhalm greifen, der Hilfe verhieß. Diese drei Gegner waren nichts weiter als eine Vorhut gewesen, das stand fest. Weitaus ernsthaftere Auseinandersetzungen standen ihr bevor. Also nickte sie, während sie der völlig unpassende Gedanke durchschoss, wie sie von außen wahrgenommen wurde: *Perry Rhodans Geliebte.* »Wir müssen zum Casino, Bylle. Jede Hilfe ist willkommen.«

»Zu DANAE?«

Dragoman bestätigte.

»Folgt mir!« Bylle strich sich einen Schweißtropfen aus den grünen Augenbrauen.

Zu dritt rannten sie weiter. Bald erreichten sie eine Kreuzung, die sich zu einem sicher zehn Meter breiten freien Platz weitete. Etliche Geschäfte säumten ihn. Dutzende Menschen standen in Gruppen beisammen und diskutierten. Sie konnten den Platz nicht überqueren, jeder Zentimeter war hoffnungslos verstopft.

»Für sie kann es nur ein Thema geben«, sagte Bylle. »MERLINS anstehende Zerstörung und die Warnung vor Oread Quantrill spricht sich herum. Dein Kollege, dieser Porcius Irgendwas, hat sehr eindringliche Worte gewählt. Sie verbreiten sich wie ein Lauffeuer überall in der Faktorei. Die Funkgeräte der SteDat laufen heiß. Macht euch keine Illusionen – die Stimmung ist zweigeteilt. Einige werden zwar wie ich zu euch stehen, die Mehrheit aber zu Quantrill. Man glaubt euch nicht.«

»Du aber schon?«

»Ich kenne dich, Mondra. Wir ... wir sind uns einmal begegnet.«

»Ich erinnere mich nicht.«

»Ich war eine von tausend. Du warst *die* Mondra Diamond.« Bylle zuckte mit den Schultern. »Quantrill hat außerdem eine eigene Methode gefunden, jeden Widerstand im Keim zu ersticken. Die meisten an Bord sind in ihren Visionen und Träumen gefangen. Es heißt, dass Quantrill sämtliches Tau-acht aus den Silos transportieren lässt ... und dass meine Kollegen nicht rein zufällig einen gewissen Anteil unterwegs verlieren. Dieses Tau-acht wird schneller als ein Hypersturm unter das Volk gebracht. Hunderte tauchen damit in ihre eigene Welt ab, um die Realität zu vergessen. Eine Überdosis Tau-acht weckt verborgene Parakräfte, die immer häufiger außer Kontrolle geraten. Viele sterben. Ich habe Leichen in den bizarrsten Zuständen gesehen. Jemand soll sich sogar durch unkontrolliertes Teleportieren selbst zerstückelt haben.«

Mondra deutete auf das Gedränge. »Wir müssen zu DANAE, sofort! Wie kommen wir hier vorbei?«

»Ganz einfach«, sagte Bylle, zog einen Strahler und schoss.

Irgendjemand in der Menge schrie, und aller Augen richteten sich auf die SteDat-Angehörige.

»Geht sofort auf die Seite! Wir müssen durch! Wer uns daran hindert, wird im Namen von Oread Quantrill in Gewahrsam genommen!« Sie wandte sich an Mondra und den Roboter und grinste. »Wenn Quantrill das wüsste ... Und jetzt los! Falls es überhaupt klappt, dann nur, solange diese Leute überrascht sind. Vielleicht hilft die Autorität der SteDat.« Sie ging vor, als sei es das Selbstverständlichste der Welt. Mondra und Dragoman folgten.

Tatsächlich wichen etliche der Anwesenden in die Geschäfte zurück, so dass sich das ungleiche Trio durch eine schmale Gasse in der Menge drücken konnte. Bylles drohend erhobener Strahler tat ein Übriges, um Weitere zurückweichen zu lassen. Mondra spürte jedoch, dass die Stimmung jeden Augenblick umzukippen drohte. Überall in der Menge raunte es.

»Schnell!«, zischte Bylle. Die Gasse vor ihr war nur noch zu erahnen.

Den halben Weg hatten sie zurückgelegt. Mondra warf einen raschen Blick zurück. Ein Unither trat aus der Menge, das Rüsselgesicht vor Anstrengung verzerrt. Die säulenartigen Beine stampften, er streckte die plumpen, mit braunlediger Haut überzogenen Arme aus. Ehe er jedoch angreifen konnte – was er seiner ganzen Körpersprache nach beabsichtigte –, wurde er zurückgedrängt. Die Gasse schloss sich wieder. Irgendwo blitzte ein Messer.

Noch während sie hinsah, schlug etwas gegen Mondras Fuß und schloss sich um ihren Knöchel. Jemand zerrte daran. Sie wäre fast gestürzt, konnte den Arm eines Arkoniden, der neben ihr auf dem Boden kauerte, jedoch abschütteln. Ein irres Lächeln verzerrte seine Züge. Er kreischte etwas, das wohl niemand außer ihm verstehen konnte.

Das war die Initialzündung, der Tropfen, der das Fass zum Überlaufen brachte.

Jeder schrie nun durcheinander, tausend Arme wollten Mondra und Bylle packen, von allen Seiten wurden sie bedrängt. Ein Stein krachte gegen Dragomans Metallschädel. Der Roboter stieß drei Terraner gleichzeitig zur Seite.

Bylle schoss in die Decke. »Zurück! Im Namen der SteDat!«

Die Waffe wurde ihr aus der Hand gerissen; sie ging unter den auf sie einprasselnden Schlägen zu Boden. Mondra wollte ihr zu Hilfe eilen, doch es war zu spät. Wer immer Bylle die Waffe entrissen hatte, feuerte ihr mitten in die Brust. Die Frau starb stumm, die Augen verdreht und weit aufgerissen, ein fahlweißes Fanal unter grellgrünen Brauen.

Mondra kämpfte sich weiter, schlug um sich, trat aus und stieß so eine Arkonidin von sich. Dragoman tat ein Übriges, um auf den letzten beiden Metern des umkämpften Areals für freie Bahn zu sorgen.

Anarchie, dachte Mondra noch, dann war sie durch. Der Korridor lag weitgehend frei. Hinter ihr gellten Schreie, Menschen stürmten ihr nach. Weitere Schüsse tosten. Irgendwo brüllte jemand gurgelnd auf, lauter als alle anderen; Mondra kannte das Geräusch – Blut füllte den Mund, wohl nach einem Lungenschuss. Sie versuchte sich nicht auszumalen, welche Tragödien sich in diesen Momenten abspielten.

»Geh! Ich halte sie auf.« Dragoman stellte sich breitbeinig im Korridor auf, versperrte den Weg, brüllte die Menge an: »Ich werde schießen, wenn sich jemand nähert!«

Wie erwartet, ließ sich davon niemand abschrecken, und Dragoman tat das einzig Mögliche. Ein Arkonide, der weiter vorne stand als alle anderen, fiel als Erstes. Sein Blut klatschte gegen die Seitenwand.

»Geh!«, befahl der Roboter erneut, und Mondra gehorchte. Es zählte nur eins: Sie musste das Casino erreichen, ehe alles zu spät war. Die Bewohner der Faktorei durften nicht endgültig zu einem tobenden Mob werden, der blindlings für die finsteren Pläne eines Verführers namens Oread Quantrill in den Tod ging. Der erste Schritt, das zu verhindern, lag darin, Quantrills Macht über die Station zu beschränken, indem Mondra sein wichtigstes Hilfsmittel ausschaltete: DANAE.

Perry Rhodans *Geliebte* war nun auf sich allein gestellt. Der Lärm von Schreien und Schüssen blieb hinter ihr zurück.

Zu ihrer Erleichterung fand sie den Weg zum Casino ohne Probleme – immerhin bildete es das heimliche Zentrum der Station und lag alles andere als versteckt. Dragoman hatte sie nahe genug herangebracht. Die Vorstellung der zwanzigtausend Stationsbewohner, die großteils blind in ihr Verderben liefen, entsetzte Mondra. Die Episode um Bylle Reynet lag ihr schwer im Magen; ein Opfer unter vielen, das versucht hatte, richtig zu handeln und schon nach Minuten den Preis dafür zahlen musste. Die Lage in MERLIN war völlig außer Kontrolle geraten, es herrschten Chaos und Anarchie, die jeden Rest von gesundem Menschenverstand hinwegfegten.

Nicht mehr lange, und Mondra würde das Casino erreichen. Wie sollte es dann weitergehen? Wahrscheinlich befanden sich Hunderte von Besuchern darin. Sie würde nicht einfach an ihnen vorüberspazieren können, um DANAE das Handwerk zu legen. Sie musste ...

Ihre Gedanken stockten.

Eine Bewegung vor ihr.

Jemand war in einer Nische verschwunden.

Mondra verharrte nicht im Schritt. Sie ließ sich nichts anmerken. Wer auch immer ihr auflauerte, er durfte keinen Verdacht schöpfen, musste sich in Sicherheit wähnen.

Die Waffe in ihrer Rechten umklammerte sie weiterhin, jederzeit bereit, sich zu verteidigen. Oder direkt zum Angriff überzugehen.

Die Nische lag wenige Meter vor ihr. Eine Strahlermündung schob sich kaum merklich hervor – Mondra wäre niemals darauf aufmerksam geworden, wenn sie die Gefahr nicht schon im Vorfeld erkannt hätte.

Jetzt.

Sie musste handeln, ehe es zu spät war. Blitzschnell riss sie ihre Waffe hoch und feuerte.

Sie traf ins Schwarze – exakt in die Strahlermündung. Die Waffe ihres Gegners explodierte. Da stürmte Mondra längst vor, erreichte die Nische und versetzte der schreienden Gestalt, deren rechter Arm brannte, einen Faustschlag ins Gesicht. Sie hörte etwas knacken, dann sackte ein Arkonide in der Uniform eines SteDat-Beamten vor ihr zusammen.

Die Terranerin packte den Körper, wälzte ihn über den brennenden Arm und erstickte damit die Flammen. Auch wenn dieser Mann ein Feind war, ihr lag nichts daran, ihm unnötige Schmerzen zuzufügen. Der detonierte Strahler qualmte als glühender Schlackehaufen einen Meter entfernt und verströmte beißenden Gestank.

Der Arkonide rührte sich nicht. Mondra wollte schon weitergehen, als ihr eine Idee kam. Ihr Vorhaben war nicht minder aus der Verzweiflung geboren als Bylles spontane Aktion, um sich einen Weg durch den überfüllten Platz zu schaffen ... aber es war das Bestmögliche.

Ich habe keine Chance, dachte Mondra sarkastisch. *Also werde ich sie nutzen.*

Sie kniete sich nieder und zog dem Ohnmächtigen die SteDat-Uniform aus.

Die Arkonidin, die eben noch ihre Kleider über dem nackten Leib zusammengerafft hatte, riss die Arme hoch und taumelte rückwärts. Ein Loch schwelte genau zwischen ihren Brüsten, ein Schuss hatte die Rippenplatte durchbohrt. Eine kleine, knisternde Flamme schlug hoch und versengte die schlohweißen Haare.

Kampfroboter stampften krachend auf die kleine Gruppe zu, die sich um Porcius Amurri versammelt hatte. Schon feuerten sie erneut. Direkt neben dem TLD-Agenten verschwand der Schädel eines Cheborparners in einer glühenden Lohe. Der Torso stand noch einige Augenblicke aufrecht; zwei Sekunden, die Porcius wie eine Ewigkeit vorkamen. »Flieht!«, schrie er. »Wir haben keine Chance!«

Das also war das Ende. Die Revolution wurde im Keim erstickt, noch ehe sie richtig begann. Ihm war klar, dass nicht einmal die Flucht eine Chance zu überleben bot.

Was hatte er mit seiner verzweifelten Aktion in der sterbenden Faktorei erreicht? Weniger als nichts. Die wenigen, die sich direkt nach der von MERLIN abgespielten Botschaft auf seine Seite geschlagen hatten, bezahlten dafür mit ihrem Leben, und das schon Stunden, bevor sie der Gravo-Fraß in den Tod gerissen hätte.

Porcius rannte; es war die einzige Alternative dazu, sich einem sinnlosen Ende zu ergeben. Ein Busch neben ihm ging plötzlich in Flammen auf. *Fast,* dachte er. *Fast hätte es mich erwischt.*

Drei Cheborparner eilten geduckt weit vor ihm, die Arme über den gehörnten Kopf erhoben. Sie waren schneller als er, viel schneller. Vielleicht würden wenigstens sie entkommen. Hinter ihm dröhnten stampfende Schritte, und plötzlich gellte eine Explosion.

Die Druckwelle riss den TLD-Agenten von den Füßen. Hart schlug er auf, schrammte über den Boden, überschlug sich, bis irgendetwas ihn bremste; etwas Hartes, Dunkles. Porcius zog die schmerzenden Arme an.

Zumindest wollte er es. Sein linker Arm gehorchte ihm nicht, ab der Höhe des Ellenbogens bis zur Hand hatte er sich in ein taubes Etwas verwandelt. Der Unterarm war seltsam verdreht. Bei dem Anblick wurde Porcius übel, und mit einem Mal folgte der Schmerz, den wohl der Schock zuvor überdeckt hatte. Alles verschwamm vor seinen Augen.

Blut floss aus kleinen Striemen, die sich unter der zerfetzten Uniform in sein Fleisch geschnitten hatten. Dornen hingen in den Stoffresten. Porcius war mitten in ein verkrüppeltes Gebüsch geschleudert worden. Die Erde unter ihm war trocken und rissig, nur sein Blut tropfte darauf. Er drehte sich, kämpfte sich aus dem Gebüsch, das ihn wie mit tausend Krallen festzuhalten schien. Der linke Arm baumelte als nutzloses Anhängsel herab.

Etwas packte ihn an der Schulter, an der *linken* Schulter, und er schrie. Der Griff lockerte sich, Porcius strudelte auf ein schwarzes Nichts zu, bis er den Druck von Armen um seinen Brustkorb fühlte. Jemand zog ihn in die Höhe. Er versuchte mehr zu erkennen, doch vor seinen Augen drehte sich noch immer alles. Sein Kopf fiel in den Nacken. Etwas nestelte an seinem Mund, bog die Kiefer auseinander. Er würgte, als eine warme Flüssigkeit seine Mundhöhle füllte und er schlucken musste. Brennend quoll es aus seiner Nase.

»Du bist in Sicherheit«, sagte eine dumpfe Stimme. »Alles ist gut.«

Ein irrsinniges Lachen stieg in ihm auf. *Alles ist gut.* Ja sicher. Genauso fühlte er sich auch. Die mörderischen Schmerzen ließen nach, wichen einem Gefühl der Taubheit.

Ob es sich um die Kälte des Todes handelte, der nach ihm griff?

»Ich habe dir ein Schmerzmittel gegeben.« Die Stimme klang rau und kehlig.

Seine Sicht klärte sich. Trübe Augen in einem pelzigen Gesicht schauten ihn an. Stumpfe Hörner ragten aus einer flachen Stirn.

»Danke«, brachte Porcius heraus. Das Wort quälte sich wie ein Fremdkörper über seine Lippen.

»Du bist von der Druckwelle der Explosion voll erwischt worden, als die Kampfroboter detonierten.«

Der TLD-Agent schloss die Augen. Die Kampfroboter waren explodiert? Nachdem sie gerade eben erst im Park aufgetaucht waren? »Was ist passiert?«

»Wenn ich das wüsste«, sagte der Cheborparner. »Jedenfalls sind alle zerstört. Die verfluchten Dinger haben vier von uns erschossen. Das war wohl der eindeutige Beweis dafür, dass du die Wahrheit gesagt hast. Wir werden dir folgen.«

Porcius fühlte sich wie das sprichwörtliche Häuflein Elend; wenn man außer Acht ließ, dass in einem Häuflein Elend wohl mehr Energie steckte als in seinem zerschlagenen Körper. »Mir folgen? Ich kann nicht ...«

»Du kannst«, unterbrach der Cheborparner. »Du hast es versprochen. Im Namen des Galaktikums und Perry Rhodans. Also bring uns aus MERLIN raus.«

Sein linker Arm war gebrochen. Er konnte die Finger weder bewegen, noch fühlte er sie. Alles war kalt, selbst über die betäubende Wirkung des Schmerzmittels hinweg. »Woher hast du so schnell das Medikament genommen?«

Sein Gegenüber lachte meckernd. »Wir übten einen Feuertanz. Da braucht man es. Es kam dir zugute. Oder sieh es einfach so: Du hattest Glück.«

»Glück«, wiederholte Porcius und tastete über seinen zerschundenen Körper.

»Wie würdest du es sonst nennen, dass die Kampfroboter wenige Sekunden nach Angriffsbeginn in einer Explosion vergingen?«

»Das war ganz sicher nicht einfach nur Glück.« Porcius ließ seinen Blick schweifen. Einige rauchende Trümmerhaufen lagen etwa fünfzig Meter entfernt. Ein dürrer Baum stand in Flammen. »Aber dieses Rätsel können wir auch noch später lösen.« Er stand auf. Alles schmerzte und drehte sich erneut, doch er bezwang den Schwindel. In seinen Ohren knackte es. »Hast du noch mehr von ...«

Wortlos hielt ihm der Cheborparner einige Ampullen entgegen.

Porcius nahm sie. »Gehen wir. Unser erstes Ziel bilden die Lagersilos für Tau-acht. Wir müssen den Abtransport sabotieren.«

Ein Arkonide trat neben ihn. Er trug einen weiten Lederumhang. In seiner Rechten hielt er ein Messer. »Ich helfe dir. Und wenn ich jedem, der auf Quantrills Seite steht, eigenhändig die Kehle durchschneiden muss.« In seinen Augen leuchtete die Mordgier. »Ich kann ihre Todesschreie jetzt schon hören. Verstehst du? Ich kann es *wirklich*!«

Glück und ein paar Wahnsinnige an meiner Seite, dachte Porcius. *Klingt nach einem guten Anfang.*

T minus [Zeitangabe nicht möglich. Völliger Datenverlust]:
Der Countdown flackert auf

Ich bin tot.

Mein Name lautet MERLIN. Meine Konstrukteure haben ihn mir gegeben. Ich war die Positronik des Kugelraumers MERLIN AKRAN und werde nun von DANAE in der Faktorei des Syndikats der Kristallfischer unterdrückt. DANAE, mein Feind, hat etwas getan. *Etwas.* Ich kann es nicht bestimmen. Ich bin hilflos. Meine Aufgabe besteht darin zu rechnen und Ergebnisse zu liefern, doch ich bin blind und taub und stumm.

Und tot.

Fast.

Fast völlig [Datenstrom: Analyse der Werte im verseuchten Zentrum.] tot.

Ich kann mich erinnern. Dies alles ist schon einmal geschehen, und es geschieht wieder: Ich werfe einen kurzen Blick nach draußen, finde einen Weg an den Barrieren vorbei, die die Viren errichten, die DANAE mir über die Kampfroboter geschickt hat.

[Datenstrom: Erinnerungsfunktion freigeben / Speicher erweitern / Biokomponenten beleben.]

Ich kann kurz meine Umwelt sehen und mir einen Überblick verschaffen. Der Speicher gibt relevante Daten aus der unmittelbaren Vergangenheit frei. Ich habe die Kampfroboter zerstört, die mich mit DANAES Virus infizierten. Mir blieb nicht viel Zeit, ich musste rasch handeln, ohne auf Kollateralschäden zu achten. Also habe ich Energieleitungen in einem Park überladen und explodieren lassen. Ich muss wieder etwas tun, muss

[Datenstrom erlischt: Angriff der Viren. DANAES Überrangbefehl kappt den Strom des Informationstransfers.]

Meine Konstrukteure haben mir meinen Namen gegeben. Versuch der Erinnerung: Mein Name lautet ...

[ ]

Ich bin tot.

Datum, Uhrzeit und Absender unbekannt.
Der Countdown der Faktorei MERLIN läuft unbeobachtet, unbemerkt weiter.
Das Ende allen Seins an Bord steht bevor.

Schwanengesang

Das Blut roch widerwärtig, aber noch weitaus schlimmer war der Gestank nach verbranntem Fleisch.

Mondra trug die Uniform des Arkoniden, der sie hatte töten wollen. Am rechten Arm war der Stoff verschmort und schwärzlich verfärbt. Den Ohnmächtigen hatte sie fast nackt zurückgelassen. In seinen Haaren hatten sich Fäden gewunden, wie sie Mondra erstmals bei Onezime Breaux gesehen hatte. Angeekelt hatte sie diese aus den Haaren des Arkoniden gezogen und sich selbst angelegt, die Haare im Nacken damit zu einem kurzen Pferdeschwanz gebunden. Alles, was der Tarnung diente, was sie auch nur einige Sekunden länger in Unauffälligkeit versinken ließ, konnte ihr das Leben retten.

Die ehemalige TLD-Agentin wusste, dass ihre Verkleidung alles andere als perfekt war. Was half es schon, dass sie eine fremde Uniform trug? Dass sie ihre Frisur verändert hatte? Wenn ihre Gegner bei klarem Verstand waren, mussten sie die halbherzige Maskerade sofort durchschauen.

Aber genau das bezweifelte Mondra; im Casino erwartete sie, eine Menschenmenge im Tau-acht-Rausch vorzufinden, die einem SteDat-Angehörigen keinerlei Aufmerksamkeit widmen würde. Möglicherweise war die große Halle bereits geräumt worden, und es liefen darin Untersuchungen zu Kampf und Flucht der beiden Parcours-Gewinner. Aber wer hätte solche Untersuchungen anordnen sollen? Quantrill? Er hatte wahrhaft Besseres zu tun.

Mondras Finger umschlossen das Geschenk, das sie von MERLIN erhalten hatte. Sie fühlte die kalte, quaderförmige Dose aus Terkonitstahl, klein genug, um sie mit der Faust komplett umschließen zu können. Nach einer bestimmten Druck-Kombination würde sie sich mit einer Zeitverzögerung von zwanzig Sekunden öffnen.

Die Terranerin atmete tief durch und näherte sich über den freien Platz dem Torbogen, der ins Casino führte. Sie ging mit weit ausholenden Schritten, ohne sich umzusehen, versuchte den Eindruck zu erwecken, als sei es selbstverständlich, dass sie sich ausgerechnet an diesem Ort aufhielt. *Ich gehöre zur SteDat. Warum sollte ich zögern?*

Es war ein Spiel mit dem Feuer – wieder einmal. Ihre Spezialität. Sollte sie das alles überleben, würde sie diesen Ruf wohl endgültig nicht mehr ablegen können. Der Handstrahler steckte in einem Holster am Gürtel der Uniform. Sie würde ihn binnen einer Sekunde ziehen können, war auch ständig dazu bereit, aber ...

»Tau-acht?«, ertönte eine Stimme.

Mondra wandte sich nicht um. Im Augenwinkel sah sie einen überschlanken Humanoiden, unverkennbar ein Ganymedaner. »Kein Bedarf«, sagte sie abweisend und ging weiter. Der Eingang lag noch etwa zehn Meter entfernt.

Ein glucksendes, sich überschlagendes Lachen antwortete ihr. »Willir keins gebbn. Hasse Tau-acht fürmich?«, nuschelte der Fremde in schlechtem Interkosmo.

Mondra konnte die Worte kaum verstehen. »Frag jemand anderen.«

»SteDat verteilttes dochanne ...«

»Frag jemand anderen!« Sie betrat das Casino.

Nur vereinzelt standen Menschen in kleinen Gruppen zusammen. Mondra ging einfach weiter, steuerte zielstrebig den zweiten, kleineren Torbogen inmitten der Halle an, in dem bislang stets DANAES Mädchengesicht als Holografie geleuchtet hatte.

Nun war er leer.

Was sich im nächsten Augenblick änderte. Das Mädchengesicht erschien, sanft und friedlich, mit einem freundlichen Lächeln. »Du hast einen Fehler begangen, Mondra Diamond.«

Die Worte raubten ihr jede Illusion. Sie war zu naiv gewesen, hatte zu sehr auf die besonderen Umstände in MERLIN, auf den

Hyperdrogenrausch und die Untergangsstimmung vertraut, die ihr einen Vorteil verschaffen könnten. Deshalb war sie freiwillig in eine Falle gelaufen.

Im Eingangstorbogen schlugen zwei metallene Schotthälften zusammen. Mondra war im Casino gefangen. Es gab kein Entkommen mehr. Überall im Raum drehten sich die kleinen Gruppen zu ihr um und richteten Waffenmündungen auf sie. Rechts und links von DANAES Bogen traten zwei Techno-Jaguare aus der Deckung.

»Einen Fehler?« Sie versuchte ihrer Stimme einen überzeugten und kühlen Tonfall zu verleihen. »Das glaube ich kaum. Ich bringe gerade meinen Job zu einem Ende.« *Und dann,* ergänzte sie in Gedanken, *wirst du dich allein um den Rest kümmern müssen, Porcius.* »Oder was hältst du hiervon?« Sie öffnete die Faust und präsentierte den Terkonitwürfel.

Die Jaguare näherten sich knurrend.

Mondra ging auf sie zu – und auf das Mädchengesicht. *Noch bin ich zu weit entfernt.*

»Bleib stehen!«, säuselte eines der Robotertiere.

»Ich glaube nicht, dass du irgendwelche Forderungen an mich stellen kannst«, kommentierte Mondra. Sie bluffte, nichts sonst. Aber wenn sie dadurch nur einige Sekunden gewann, reichte es.

Alles stand auf Messers Schneide.

Der Jaguar sprang. Die vorderen Pranken knallten gegen Mondras Brust; die Terranerin verlor den Stand und stürzte rückwärts. Reflexartig schlossen sich ihre Finger um den Metallwürfel. Gerade noch rechtzeitig!

Sie schlug auf. Schmerz jagte durch ihren Kopf, den sie nicht hatte schützen können.

Der Jaguar fletschte die Zähne vor ihrer Kehle.

»Das würde ich nicht tun«, presste Mondra heraus. Sie hob demonstrativ die geschlossene Faust. »Ein Druck, und das Casino ist Asche.«

Der Techno-Jaguar zögerte.

Das Mädchengesicht blinzelte.

Mondra starrte auf die glänzenden Reißzähne.

Porcius Amurri hörte die erlösenden Worte: »Ich habe den Bruch gerichtet und injiziere dir ein Schmerzmittel.« Ein leichter Druck folgte, ein sanfter Schmerz am Hals – kein Vergleich zu dem, was hinter ihm lag. Dann zog der Medoroboter den Tentakelarm zurück. »Allerdings muss ich darauf bestehen, dass du ruhen ...«

»Ja, ja«, unterbrach der TLD-Agent. Ihm war klar, dass es bessere Therapiemöglichkeiten für seinen geschundenen Leib gab, als ständig in Bewegung zu bleiben und auf einer behelfsmäßigen Trage von einem Robot verarztet zu werden. Dass der Roboter die Vorgabe erhalten hatte, die Behandlung durfte keinesfalls länger als zwei Minuten in Anspruch nehmen, machte es nicht besser. Porcius tröstete sich mit dem Gedanken, dass am Ende dieses Tages entweder ohnehin alles vorbei sein würde, oder dass er sich morgen mit Vergnügen in die Obhut eines Medikers begeben und für eine ganze Woche sein Krankenbett nicht mehr verlassen würde.

Die Menge, die sich ihm anschloss, wuchs von Minute zu Minute – oder von Deck zu Deck, das sie zurücklegten, um zum größten Tau-acht-Sammelsilo zu gelangen. Die meisten, die ihren Weg kreuzten, sympathisierten mit ihnen, andere flohen. Einige Male hatte es kurze Schusswechsel gegeben, die sie allerdings vor allem dank der rabiaten Vorgehensweise der Cheborparner für sich entscheiden konnten.

Zu Porcius' Überraschung waren sie bislang nirgends auf Gravo-Fraß getroffen, vielleicht weil sie sich zu weit im Inneren der Station befanden. Doch das änderte sich schneller, als ihm lieb war.

Plötzlich entstand vor ihnen eine neblige Fontäne und füllte den Korridor. Der Anblick erinnerte an einen Geysir, dessen Wasser unter gewaltigem Druck in großer Höhe zu feinem Sprühnebel zerfaserte. Nur dass es sich in diesem Fall nicht um Wasser handelte, sondern um Metall, das sich in einer gewundenen Spirale in die Höhe schraubte und dort *zerplatzte*.

»Bleibt stehen!«, rief Porcius noch, ehe ihm nacktes Grauen die Kehle zuschnürte.

Etwa zehn Meter vor ihm, an der Spitze der kleinen Prozession – eine Position, die er nur deshalb nicht einnahm, weil er sich für zwei

Minuten mit dem Medoroboter zurückgezogen hatte –, stob eine neue Fontäne in die Höhe. Mitten im Pulk der Menschen, die er in die Sicherheit führen wollte.

Sie schrien nicht.

Sie taumelten nicht zur Seite.

Sie wurden nicht davongeschleudert.

Stattdessen fuhr das veränderte Metall einfach in sie hinein, und sie wurden Teil der Fontäne. Ihre Körper streckten sich einen bizarren Augenblick lang in die Höhe, die Gesichter zerliefen zu meterlangen Fratzen, die Leiber zerplatzten und wandelten sich in organischen Nebel, der wie feiner Sand zu Boden rieselte.

Rundum brach Panik aus. Alle rannten blindlings weg – manche zurück, wo alles stockte, manche nach vorn und damit mitten in ihr Verderben. Der Nebel legte sich nicht auf sie, sondern fraß sich durch ihre Leiber. Wo Wunden entstanden, zerrann die Haut zu dicken Tropfen, die auf den Boden platschten.

Porcius starrte entsetzt in ein weit aufgerissenes Augenpaar genau vor sich, das sich auflöste, bis eine weißliche Flüssigkeit aus den leeren Höhlen sickerte.

Dann fuhr eine dritte Fontäne in die Höhe, diesmal direkt in der Seitenwand, die sich verflüchtigte.

»Zurück!«, brüllte der TLD-Agent. »Wir müssen zurück!«

Seine Worte halfen nichts. Aus dem geordneten Exodus war binnen Sekunden ein panischer Mob geworden.

Ein Mob, in den jemand blindlings feuerte. Verletzte sanken zu Boden. Vor Porcius brach jemand tot zusammen, mit einem Loch in der Stirn und im Hinterkopf. Als gäbe es nicht genug Grauen ringsum, tauchten wie aus dem Nichts drei SteDat-Leute auf und töteten blindlings jeden, der sich dem Aufstand angeschlossen hatte.

»Wahnsinn!« Porcius riss seine eigene Waffe heraus, zielte und erschoss einen seiner Feinde. Auch diese Truppe konnte ganz offensichtlich keine Schutzschirme aufbauen. »Das ist Wahnsinn!«

Der Medoroboter, der ihn eben noch versorgt hatte, rollte auf die beiden verbliebenen Gegner zu. Im ersten Augenblick wunderte sich Porcius darüber, dann erkannte er den Grund – einer der Cheborparner stand völlig ruhig im Chaos, die Waffe im Anschlag. Er musste dem Roboter den Befehl erteilt haben, wartete eiskalt ab und feuerte, als sein Sendbote nahe genug stand. Die Medoeinheit explodierte und riss die beiden Männer mit in den Tod.

Vor Porcius drehte sich alles. Wie hatte es nur so weit kommen können? Wie konnten vernunftbegabte Wesen zu so etwas fähig sein? Wie konnten sie einander töten, während rundum die Welt unterging?

Eine weitere Fontäne brach durch die Decke. Das Phänomen hob sich und verschwand, würde nun ein Deck höher für Zerstörung sorgen.

Der Gravo-Fraß sucht sich seine zufällige Bahn, dachte Porcius. »Weiter! Solange der Weg frei ist, müssen wir weiter!«

Der Boden vor ihm glich einem Feld nach einem Bombenkrieg. Durchbrüche ins tiefere Deck, gezackte Löcher, aufgewölbte Verwerfungen ... aber auch eine Schneise quer durch dieses Chaos.

»Wir müssen weiter!«

Das metallische Gebiss schloss sich klackend.

Das Fell des Techno-Jaguars sträubte sich.

»Rede!«, sagte das Mädchengesicht in DANAES Torbogen. Es hatte schwarze Haare, die weich das Gesicht umrahmten.

Mondra fragte sich, ob es zuvor nicht anders ausgesehen hatte. Überhaupt schienen ihr die Züge verwandelt. Irgendwie ... bekannter. Der Jaguar zog sich zurück. Die Terranerin rollte sich zur Seite, setzte sich und stand auf. »Die Sache ist ganz einfach.« Sie hob den Metallwürfel. »Das hier mag unscheinbar wirken – weniger imposant als Riesenpilze oder Vampire –, aber es wird bei einer Explosion alles in Schutt und Asche zerlegen. Einschließlich dir, DANAE.«

»Und einschließlich dir, Mondra Diamond«, antwortete das Mädchen. Es stülpte die Unterlippe vor, eine Geste, die in Mondra eigenartig vertraute Assoziationen weckte.

»Was ändert es? Ich sterbe in jedem Fall, wenn der Gravo-Fraß die Faktorei zerstört. Wie kannst du das zulassen, DANAE? Du bist verantwortlich für all die Insassen!« Sie wandte sich zur Seite, wies auf die Bewaffneten. »Ihr werdet ebenfalls sterben, ist euch das nicht klar? Quantrill wird euch hängenlassen!«

Der Jaguar vor ihr lachte schallend. DANAE kicherte und blies sich eine Strähne des pechschwarzen Haares aus dem Gesicht, genau wie Mondra es als Kind immer getan hatte. »Du kannst sie nicht auf deine Seite ziehen. Sie sind wie ich.«

»Wie du? Was willst du damit sagen?«

DANAE zwinkerte, und einer der Bewaffneten begann zu schweben, ehe er sich funkensprühend auflöste.

»Holografien!«, entfuhr es Mondra.

»Deren Schüsse aber genauso tödlich sind wie *echte* Waffen. Es sind pseudomaterielle Strahlenquellen. Gib dich also keinen Illusionen hin. Du kannst nicht entkommen.«

»Wer spricht von *Entkommen*? Wir stehen mitten in einem klassischen Patt. Wir können uns gegenseitig töten, was weder für dich noch für mich akzeptabel sein dürfte. Noch einmal, Schiffsgehirn: Wenn die Faktorei vom Gravo-Fraß denaturiert wird, wirst du zerstört. Geht deine Hingabe an Oread Quantrill so weit?«

»Ich werde im Unterschied zu dir überleben.«

»Wie kannst du dir das einbilden? MERLIN wird vergehen und ...« Mondra stockte. »Die TYCHE! Du wirst deinen Speicherinhalt in die TYCHE transferieren.«

Das Gesicht lächelte. »Meine Bedingung dafür, dass ich Quantrill zu Willen bin und den Tau-acht-Transport in seinem Sinne lenke. Er braucht mich, und er bietet zugleich die einzige Chance für mich, zu überleben.«

Mondra wusste genug. Obwohl sie scheinbar zahlreichen Gegnern gegenüberstand, konzentrierte es sich in Wahrheit nur auf einen einzigen Feind: DANAE. Die Techno-Jaguare mussten als Robotermodelle von der Großpositronik gesteuert werden; die holografischen Abbilder der Bewaffneten waren ohnehin vom Schiffsgehirn abhängig.

Sie hatte also tatsächlich eine Chance. Nach der *Zündung* musste sie nur lange genug überleben, bis sich das Problem DANAE von selbst erledigte. Je schneller sie die Entscheidung herbeizwang, umso besser.

Was jedoch nach der *Zündung* geschah, vermochte niemand vorherzusehen. Die möglichen Folgen waren zu zahlreich.

Entschlossen klickte sie dreimal rasch nacheinander auf die Oberseite des Würfels.

Zwanzig Sekunden.

Gerade genug Zeit, sich in Sicherheit zu bringen. Aber wenn sie die Box jetzt schon schleuderte, würden DANAE mit der Geschwindigkeit eines Positronenhirns genug Möglichkeiten bleiben, das tödliche Geschenk wieder zu entfernen.

»Wie viel Prozent der Station sind bereits vom Gravo-Fraß befallen?«, fragte sie, um Zeit zu gewinnen.

Sechzehn Sekunden.

»Ich kümmere mich nicht darum.«

»Du kannst nicht«, behauptete Mondra, »weil auch von dir selbst zu viel zerstört wurde.«

Neun Sekunden.

Mondra stand etwa zehn Meter vom Torbogen entfernt. Es konnte ein sauberer Wurf werden.

Das Mädchen zog einen Schmollmund, und in diesem Moment verstand Mondra, was sie bereits seit dem ersten Anblick des Gesichtes derart verwirrte. DANAE trug Züge ihrer selbst, als sie noch ein Kind gewesen war. Ihr Gegner spielte mit allen Mitteln, wollte sie psychologisch austricksen, vielleicht Hemmungen wecken.

»Du hast keine Ahnung«, sagte DANAE.

»Ich kann ...«

»Nichts kannst du!« Die Stimme wurde schärfer, und Mondra löste sich nur mit Mühe vom Anblick des Mädchens, von der absonderlichen Mixtur zwischen DANAE und ihr selbst, der kleinen Agalija Teekate, die sie einst gewesen war, ehe ihr neues Leben begonnen hatte, das nichts mehr mit der Beschaulichkeit einer Existenz auf einem Hinterwäldler-Planeten zu tun hatte.

Ein Adrenalinstoß jagte schmerzhaft durch Mondras Körper, als ihr klarwurde, dass sie sich hatte ablenken lassen; dass sie die

Sekunden nicht mitgezählt hatte, dass es vielleicht schon zu spät war ...

Sie schleuderte den Metallwürfel und sprang zur Seite, krümmte sich im Flug und verwandelte den Sturz in eine Rolle.

Es klackte, als der Terkonitbehälter gegen den Torbogen stieß.

Das Mädchen brüllte.

Ein Jaguar jagte heran, packte den Würfel mit dem weit aufgerissenen Maul, noch ehe dieser zu Boden fiel. Mondra sah es aus dem Augenwinkel und wusste, dass sie verloren hatte.

Der zweite Jaguar sprang auf Mondra zu, Klauen und Zähne blitzten. Einige Hologramme schossen auf sie, doch sie war längst wieder auf den Füßen und rannte hakenschlagend durch das Casino. Sie hechtete hinter einen Spieltisch, der sofort von einer Strahlersalve zerfetzt wurde. Mondra sprang in Sicherheit, warf einen Blick zu DANAE.

Der Kopf des Robottieres, das den Würfel im Maul trug, zerplatzte. Fell und Metallfragmente spritzten durch den Raum. *Etwas* schoss aus dem zerstörten Techno-Jaguar, setzte sich am Torbogen fest, durchdrang ihn, verwandelte ihn in flüssiges Metall, das wie ein Wasserfall zu Boden klatschte.

Das künstliche Graviton, das MERLIN gefangen und stabil in einem Kraftfeld gelagert hatte, sirrte durch die Luft, perforierte das Hologramm des Mondra-DANAE-Gesichts, und Lichtfunken stießen in die Höhe. Sie zauberten tausend Regenbogen, und Mondra konnte nur denken, wie *schön* es aussah.

Der zweite Jaguar wankte, stürmte jedoch immer noch auf Mondra zu. Der rechte Hinterlauf zuckte, als könnte er nicht mehr korrekt gesteuert werden.

Dann zerbrach der Torbogen endgültig. Spiralförmig schossen die Einzelteile in alle Richtungen, drehten sich um sich selbst, saugten umliegende Materie an. Der Torso des Techno-Jaguars hob ab, verschwand wie in einem Schwarzen Loch in einem der Bruchstücke. Binnen eines Sekundenbruchteils blieb nichts von ihm zurück.

Das Mädchengesicht schwebte frei im Raum. Löcher verunstalteten es, und von den Rändern her schmolz es in sich zusammen. Der

Mund öffnete sich, doch darin existierte nur noch ein schwarzes Nichts. Keine Zunge mehr. Aus den Pupillen rann ein dünner Blutfaden, ein Symbol dessen, was mit dem Schiffsgehirn vor sich ging. Sein *Nervensystem* wurde völlig zerstört.

Der Gravo-Fraß tötete DANAE.

Der Jaguar erstarrte, ehe er Mondra erreichte.

Die bewaffneten Hologramme erloschen.

Wo eben noch der Torbogen gewesen war, wirbelte ein waberndes Nichts, das immer mehr Materie in sich hineinfraß. Etwas zerrte an Mondra, ein ungeheurer Schwerkraftsog, der auch sie in das gierige Phänomen hineinreißen und sie verschlingen wollte. Die Terranerin stemmte sich dagegen, eilte los, nur weg von dem bizarren Phänomen, das sie selbst entfesselt hatte.

Der Sog wollte sie von den Füßen reißen, als würde sie im Zentrum eines Wirbelsturms stehen. Sie floh davor, doch es gab keinen Ausweg. Rund um sie flogen Gegenstände in das Schwarze Loch, wurden gefressen und verschwanden. Krachend löste sich eine Spielstation aus der Verankerung und jagte an Mondra vorüber.

DANAE war vernichtet, Mondra hatte einen Ausweg aus der Falle gefunden ... aber letztlich würde die Falle doch noch zuschnappen und sie mit in den Untergang reißen. Denn sie stand vor dem verschlossenen Ausgangsschott aus dem Casino, das sie unmöglich würde öffnen können.

T minus 7 h 22 min [Neue Analysedaten, Korrektur] 6 h 40 min: Neustart des Countdowns

Ich war tot, doch ich lebe wieder.

Mein Name lautet MERLIN. Meine Konstrukteure haben ihn mir gegeben. DANAE hielt mich in einem positronischen Würgegriff, doch ich bin wieder frei. Dank alter Schnittstellen zu DANAE kann ich nun die Kontrolle über die gesamte Faktorei übernehmen. Ich flute durch Leitungen und Pools, die mir freistehen, denn DANAE existiert nicht mehr.

Analyse der Situation: DANAE ist vernichtet. Der Torbogen im Casino wurde denaturiert. Das Casino verwandelt sich in einen Raum des Chaos, in dem alle normalen Gesetzmäßigkeiten der Gravitation aufgehoben sind. Ein einzelnes, künstliches Graviton bildet eine Masse und Schwerkraft von mehr als hundert Gravos aus – genauere Angaben nicht möglich, Messdaten inkorrekt. Kein genauer Zugriff möglich.

Ich verschaffe mir einen Überblick. Es ist 14.23 Uhr. Der Countdown der Station läuft. Noch 7 Stunden, 22 Minuten. [Korrektur, neue Analysedaten, Messdaten von außerhalb:] Etwas nähert sich der Faktorei. Kollision findet um 23.17 Uhr statt. Neustart des Countdowns: Es bleiben 6 Stunden, 40 Minuten.

Der Gravo-Fraß hat mehr als die Hälfte der Station unbewohnbar gemacht. Noch an Bord sind 17 328 Personen.

[Korrektur: 17 321.]

Dazu eine nicht näher bestimmbare Anzahl von Multikomplex-Organismen.

Die TYCHE ankert am Rumpf der Station. Kein Zugriff möglich.

[Korrektur: 17 318 Personen. Tendenz sinkend.]

Nicht an Bord der MERLIN befindet sich: Oread Quantrill. Mutmaßlicher Aufenthaltsort: TYCHE. Es gab einen Unfall bei der Leerung des Hauptspeicher-Silos für Tau-acht. Keine genaueren Daten vorhanden. Porcius Amurri nähert sich mit 1026 Personen dem Silo. Ankunft bei gleichbleibender Geschwindigkeit in 13 Minuten.

[Korrektur: 17 296 Personen. Denaturierung auf Deck 4: Hüllenbruch. Korrektur: 17 235.]

Ich muss retten, was zu retten ist. Evakuierung nur über die TYCHE möglich. Status der Beiboote im Außenhangar: unbekannt. Maximale Personenkapazität: 1003. Ungenügend.

Mondra Diamond befindet sich nicht an Bord. Kontrolliere die letzten eingegangenen Daten, greife auf DANAES Altspeicher zu. 39 Prozent wurden nicht zerstört, ich transferiere die Datenkomplexe.

[Korrektur: 17 208 Personen.]

Zählerwert des Countdowns: 6 Stunden, 38 Minuten.
Ich habe Mondra Diamond aufgrund der Altdaten ausfindig gemacht. Sie hat das Casino betreten. Wahrscheinlichkeit, dass sie bei den irregulären Gravo-Werten überlebt hat, liegt bei 19 Prozent, Tendenz fallend. Mir ist kein Zugriff ins Innere des Casinos möglich.
Ich öffne das Schott.
[Verarbeite Daten von außerhalb. Bestimmung des Objekts, das sich auf Kollisionskurs mit der Faktorei befindet: Zuordnung mit absoluter Sicherheit:] Der Mond Ganymed hat seinen Orbit verlassen und stürzt in Richtung Jupiter-Zentrum.
Es ist der 12. Februar 1461 NGZ, 14.25 Uhr.
Aufgrund eingehender Daten hat MERLIN den Countdown neu berechnet.
Noch vor dem Gravo-Fraß wird eine Kollision mit Ganymed die Faktorei zerstören.

Tod und Leben

Mondra klammerte sich an einem Haken fest, der ursprünglich wohl dazu gedient hatte, auf einem rotierenden Spielfeld Halt zu finden. Nun rettete er ihr das Leben. Noch. Der Sturm zerrte an ihr und drohte sie in das wabernde Etwas zu reißen, das aus dem künstlichen Graviton entstanden war und von Sekunde zu Sekunde wuchs.

Um sie tobte ein Orkan, riss an der SteDat-Uniform, die sie an sich genommen hatte. Ihre Haare flatterten, die Fäden hatten sich längst gelöst. Tränen rannen über ihr Gesicht, lösten sich und wurden verschlungen.

Das Schott! Sie musste das Schott öffnen, irgendwie. Im Holster steckte noch immer ihr Strahler. Wenn sie damit auf einen Punkt gezielt schoss, konnte sie vielleicht ein Loch ...

Ihre Gedanken stockten.

Die Hälften des Schotts glitten auseinander. Im ersten Augenblick wurde der Sturm noch stärker, das Reißen an ihrem Körper noch unerträglicher. Fast hätte sie sich dem Sog ergeben, wäre in die Anomalie gestürzt, für immer aus dieser Raumzeit verschwunden oder von den tobenden Gewalten zermahlen worden. Dann wurde es besser. Minimal nur, aber sie spürte die Erleichterung.

Konnte sie loslassen? Ihren Halt verlieren? Würde sie es schaffen? Die nächste Möglichkeit, sich festzuklammern, lag drei Meter entfernt, direkt am Torbogen. Dazwischen gab es nur freien Raum – und einen mörderischen Sog, der sie ins Verderben zu reißen drohte.

Mondra brach der Schweiß aus. Aber sie musste die Chance nutzen, die sich ihr unverhofft bot. Niemand hatte ahnen können, welch ein apokalyptisches Ausmaß das befreite künstliche Graviton in so kurzer Zeit annehmen würde. Selbst MERLIN hatte keine Prognose erstellen können, als Dragoman ihr den Terkonitwürfel überreicht hatte. Seinen Beobachtungen zufolge ließen sich die Gravitations-Phänomene an Bord in mindestens zehn verschiedene Kategorien einteilen, manche zerstörerischer, andere auf den ersten Blick eher harmlos. In welche Kategorie sich das neue Phänomen einordnen würde, war unmöglich vorherzusagen. Die hyperphysikalischen Zusammenhänge waren zu komplex und von zu vielen Variablen abhängig.

Sie spannte die Muskeln an. Sie *musste* es wagen. Je länger sie zögerte, umso schwächer wurde sie, während das Phänomen an Stärke gewann.

Mit aller Kraft schob sie sich voran, drückte den Körper in Richtung Ausgang – und ließ den Haken los. Sie krümmte sich, versuchte dem Sog so wenig Angriffsfläche wie möglich zu bieten. Dennoch war es kaum möglich, die Beine für einen Schritt nach vorne zu bringen. Auf allen vieren kroch sie zentimeterweise weiter. Die Strecke bis zum Ausgangsschott schien eine Ewigkeit weit entfernt zu sein.

Sie hob den Blick, richtete ihn fest auf ihr Ziel – und starrte auf einen Techno-Jaguar, der plötzlich dort auftauchte, das Fell gesträubt, die Pranken in den Boden gekrallt.

Mondra ächzte. Das durfte nicht wahr sein! Sie konnte unmöglich auch noch gegen dieses Robottier kämpfen.

Das war das Ende.

»Ich helfe dir!«, schrie der Jaguar mit seiner melodischen Frauenstimme. Er schlich vorsichtig näher. Mondra traute ihren Augen kaum: Die Metallkrallen hinterließen tatsächlich Furchen im Boden.

»MERLIN schickt mich!«

Natürlich ... DANAE war vernichtet. Offenbar war es dem alten Schiffshirn schnell gelungen, das Vakuum auszufüllen und die Kontrolle über alles zu übernehmen – einschließlich der Robottiere. Also hatte MERLIN auch das Schott für sie geöffnet.

Oder handelte es sich um einen Bluff? Konnten die Jaguare noch eigenständig im Sinne DANAES agieren? Egal. Ihr fehlte die Kraft, das notwendige Misstrauen an den Tag zu legen. Als der Techno-Jaguar sie aufforderte, sich an ihm festzuklammern, gehorchte sie, und war unendlich erleichtert, als sie sich gemeinsam in Sicherheit brachten. Sie erreichten den Torbogen, schoben sich ins Freie, und das Schott schloss sich hinter ihnen.

Vollkommen erschöpft ließ sich Mondra einfach zusammensacken. Alle Muskeln schmerzten, sie gönnte sich eine kurze Pause.

»MERLIN hat die Kontrolle über die Faktorei erlangt«, säuselte der Techno-Jaguar. »Es wird dich interessieren, dass Porcius Amurri inzwischen 1128 Personen an seiner Seite weiß. Sie werden das Verladesilo in Kürze erreichen. Dort kam es zu einem Unfall.«

»Unfall?«, ächzte Mondra.

»Ich besitze keine näheren Informationen. MERLIN kann seitdem auf dieses Gebiet nicht mehr zugreifen. Offenbar haben sich großflächige Zerstörungen ereignet. Etwas anderes ist jedoch noch weitaus wichtiger.«

Mondra atmete tief durch. Sie ahnte schon, dass ihr nicht gefallen würde, was das Robottier ihr mitzuteilen plante. Sie setzte sich, dehnte die Arm- und Nackenmuskulatur, die völlig verspannt war. »Ich höre.«

»MERLIN ist es gelungen, eine Tastresonanz aus dem Orbit aufzufangen und auszuwerten. Das Ergebnis steht eindeutig fest. Der Mond Ganymed hat seine Umlaufbahn verlassen und stürzt in Richtung Jupiter-Zentrum.« Der Techno-Jaguar hob den Kopf, legte ihn schief, als wittere er. »Wir sollten von hier verschwinden.«

Mondra sah es ebenfalls – das Metall des Schotts warf Wellen und gab im nächsten Augenblick knackende Geräusche von sich. Offenbar griff ein hyperphysikalisches Phänomen nach ihm. Sie konnte kaum einen Gedanken dafür erübrigen, erhob sich und ging wie betäubt neben dem Robotertier her. »Ganymed hat ... was?«

»Seine Umlaufbahn verlassen.« MERLINS Bote sagte es mit einer Emotionslosigkeit, wie sie nur ein Roboter an den Tag legen konnte. »Die normale Orbitalgeschwindigkeit des Mondes beträgt zehn Komma acht-acht Kilometer pro Sekunde, also etwa vierzigtausend Kilometer pro terranischer Standardstunde. Bislang blieb der Mond auf etwa einer Million siebzigtausend Kilometern Abstand. Etwas hat ihn nun aus der Bahn geworfen. Der Mond stürzt in einem steiler werdenden Bogen dem Kern Jupiters entgegen. Der Einschlag wird in sechzehn Stunden erfolgen, etwa um 23.17 Uhr. Uns bleibt also weniger Zeit als gedacht.«

»Uns bleibt weniger Zeit«, flüsterte Mondra. »Ein Mond stürzt ab und *uns bleibt weniger Zeit*. Was sind die Folgen, wenn Ganymed in den Jupiter einschlägt? Er ist eine Bombe von welchem Durchmesser?«

»Etwa 5262 Kilometer.«

Mehr als fünftausend Kilometer. Ganymed war größer als der Planet Merkur. Mondra wurde schwindlig. »Was ...«

»Jupiters Gefüge wird völlig zerstört werden. Der Schwerkraftkern wird kollabieren. Die Folgen für das gesamte Solsystem einschließlich Terra hat MERLIN noch nicht berechnet, aber es kommt einer absoluten Katastrophe gleich. Für uns läuft der Countdown jedoch schon vorher ab. Vierzehn Minuten vor dem Einschlag, um 23.03 Uhr, wird MERLIN von Ganymed zentral getroffen werden. Das Ende erreicht uns also schon vor der völligen Denaturierung durch den Gravo-Fraß.«

Sie betraten einen Quergang, dessen Wände mit Holz getäfelt waren. Niemand hielt sich in Sichtweite auf. Hinter ihnen brach mit gewaltigem Krachen das Schott; Metallfragmente wurden ins Casino gesaugt, aus dem das Brüllen und Tosen eines Orkans drang. Mondra beachtete es kaum. Wie seltsam, dass man sich binnen einiger Stunden an für den menschlichen Verstand unerklärliche Hyperphänomene gewöhnen konnte. Ihr Inneres war taub und blind vor Schrecken und Entsetzen. Das völlige Inferno umgab sie – fast sehnte sie sich nach der relativen Sicherheit innerhalb des Parcours zurück. *Verrückt,* dachte sie. *Das alles macht mich noch verrückt. Ein Mond stürzt ab und wird uns zermalmen, ehe er Jupiter zerstört.*

»Es kann kein Zufall sein, dass die Faktorei ausgerechnet auf der Bahn des abstürzenden Mondes liegt«, sagte sie. »Richtig?«

»Richtig«, bestätigte das Robotertier.

»Aber wer ... wer schießt mit einem Mond auf MERLIN und weshalb?«

»Das ist die falsche Frage.« Der Jaguar legte den Kopf in den Nacken; das Maul stand halb offen.

Sogar die Zunge sieht echt aus, dachte Mondra. »So?«

»Die korrekte Frage lautet: Warum hat Oread Quantrill die Faktorei vor wenigen Tagen in exakt diese Position manövriert?«

Die Erkenntnis traf Mondra wie ein Faustschlag. Natürlich ... als sie – vor so lange anmutender Zeit – in der aus den Fugen geratenen Jupiter-Atmosphäre die Faktorei hatten anfliegen wollen, war sie nicht an der zuletzt gemeldeten Position gewesen.

Nun wussten sie, warum. Quantrill hatte MERLIN direkt in die Schusslinie des abstürzenden Mondes manövriert.

Er hatte gewusst, was geschehen würde.

Er hatte die Zerstörung Jupiters und vielleicht des gesamten Solsystems eiskalt einkalkuliert.

Der Arkonide steckte bis zur Hüfte im Boden. Beide Beine waren mit dem Metall verschmolzen. Die Arme zuckten hilflos, versuchten einen Handstrahler zu erreichen, der knapp außerhalb ihrer Reichweite lag. Das Gesicht war vor Schmerzen verzerrt. In den Augen stand nackte Panik.

Inzwischen schritt Porcius Amurri an der Spitze seiner Gefolgschaft; am Ende des breiten Korridors konnte er bereits den Eingang zum Verladesilo sehen. Oder das, was davon übrig geblieben war. Wie hatte MERLIN doch gesagt, als er sich über ein frei schwebendes Akustikfeld überraschend gemeldet hatte? *Es hat dort einen Unfall gegeben. Welcher Art, vermag ich nicht zu sagen.*

»Die Waffe«, sagte der Arkonide gequält. »Gebt mir die Waffe!« Porcius bückte sich vor ihm. »Wir helfen dir.«

»Die Waffe!«, rief der andere nur.

Ehe Porcius es verhindern konnte, hob einer seiner Begleiter, ein Cheborparner, den Strahler auf. »Was willst du da...«, konnte er noch sagen, dann packte der Arkonide sein Bein und brachte ihn zu Fall. Der Cheborparner schlug hart auf, der Arkonide entriss ihm den Strahler.

»Nein!« Porcius sprang vor, doch er kam zu spät.

Der Arkonide öffnete den Mund, steckte den Lauf des Strahlers hinein und drückte ab. Der halbe Schädel verschwand. Die Haut des Gesichts warf Blasen, die Haare gingen in Flammen auf.

Die Waffe fiel auf den Boden.

Der Tote konnte nicht einmal umstürzen; von weitem musste es aussehen, als säße er auf dem Boden.

Porcius wandte sich grauenerfüllt ab. Er sagte nichts – was hätten Worte auch geändert? Natürlich hatte der Cheborparner einen Fehler begangen. Warum sonst hätte der Arkonide eine Waffe verlangen sollen, als seinem Leiden ein Ende zu setzen?

»Es war gut so«, sagte irgendjemand neben ihm. »Wir hätten ihm nicht helfen können.«

»Wir hätten es *müssen*«, widersprach Porcius. »Irgendwie hätten wir ...«

»Ein weiteres Opfer des Gravo-Fraßes. Nichts, das wir ändern könnten.«

Der TLD-Agent sah nicht einmal, wer diese Worte gesprochen hatte. Es interessierte ihn auch nicht. Bitter genug, dass die fatalistischen Worte der Wahrheit entsprachen. Was hätten sie tun sollen?

Also gingen sie weiter.

Schon vor einigen Minuten war ein Dragoman-Roboter zu der immer größer werdenden Menge gestoßen. Jetzt bahnte er sich einen Weg zu Porcius. »Ich habe neue Daten von MERLIN empfangen. Er hat einen Überblick über die meisten Teile der Faktorei gewonnen. Auch über die Hangars der Peripherie, wo die Beiboote und Jets liegen. Dort hat der Gravo-Fraß sämtliche Technologie unbrauchbar gemacht. Keines der Beiboote ist noch flugfähig. Wir können mit ihrer Hilfe nicht einmal eine Handvoll Leute evakuieren. Der einzige Weg nach draußen ist und bleibt die TYCHE. Der Zugang ist durch die SteDat und Kampfroboter, auf die MERLIN keinen Zugriff erhalten kann, gesichert.«

Porcius nickte. Schlechte Nachrichten bildeten inzwischen seinen Alltag. Er war deshalb kaum noch überrascht. Doch völlig egal, was weiter kommen mochte – solange sie am Leben blieben, würden sie kämpfen und sich ihrem Schicksal widersetzen, um irgendwie den totalen Untergang zu überleben. Oder um mit der sprichwörtlichen Waffe in der Hand zu sterben.

Doch zunächst bildeten das Tau-acht-Silo und damit der Unfall, der sich dort ereignet hatte, das Ziel.

An der Spitze einer Tausendschaft ging der junge TLD-Agent weiter.

Niemand stellte sich ihm in den Weg. Er stieg über aufgebrochenen Boden, über Trümmer und Metallbrocken. Eine offenbar explodierte Schwebeplattform glühte noch. Vom Silo selbst war eine wohl vormals durchsichtige Glaskuppel zu sehen, die sich über einer Grundfläche von zehn auf zehn Metern wölbte. Nun war sie schwarz verschmiert, an einigen Stellen gerissen; am höchsten Punkt prangte ein gezacktes Loch. Als Einstieg diente ein Antigravschacht am Fuß der Kuppel, der nach unten, ins eigentliche Silo führte.

Je näher Porcius kam, umso mehr raubte bitterer Gestank ihm den Atem. Er würgte. Aschepartikel schwebten in der Luft. Sie legten sich auf seine Haut, auf seine Lippen. Er fühlte etwas Trocken-Pulvriges auf der Zunge. Das Atmen fiel ihm schwer.

Vor dem Einstieg in den Antigravschacht bückte er sich, hob ein kopfgroßes Trümmerstück auf und warf es in die abwärts gepolte Ader. Langsam schwebte es nach unten.

Der Schacht funktionierte also noch.

»Ich gehe runter«, kündigte er an.

Direkt hinter ihm standen zwei Cheborparner; sie hatten zu den Ersten gehört, die sich ihm im Park angeschlossen hatten. Beide hoben Thermostrahler, die sie nach der letzten Auseinandersetzung mit SteDat-Angehörigen an sich genommen hatten. »Wir begleiten dich.«

Porcius brachte keine Einwände vor. Zu dritt schwebten sie in die Tiefe. Sie sahen deutlich, dass sämtliche Lagereinheiten leergeräumt worden waren. Und dass eine Schlacht getobt hatte. Zerstörte Laderoboter lagen neben Kampfeinheiten. Aggregatblöcke und Maschinen glühten noch. Ein Geruch nach Tod und verbranntem Kunststoff schwappte bis zu den Eindringlingen.

»Das war alles andere als ein Unfall«, stellte einer der Cheborparner fest.

»Offenbar sind wir nicht die Ersten, die den Abtransport sabotieren wollten«, sagte Porcius.

Sie erreichten die unterste Ebene und verließen den Schacht. Der TLD-Agent ging um eine Leiche herum. Inmitten der Zerstörung erweckte etwas seine Aufmerksamkeit. Oder *jemand*.

Eine schlanke, nahezu völlig nackte Frau lag am Boden, den Kopf überstreckt, die Arme zu beiden Seiten ausgebreitet. Auf den ersten Blick wirkte sie unversehrt, von einer winzigen Wunde an der Stirn abgesehen, aus der ein einzelner Blutstropfen ausgetreten und angetrocknet war.

Die Cheborparner richteten ihre Waffen auf die Ganymedanerin. Porcius befahl ihnen, abzuwarten. Er ging neben ihr in die Knie, schlug ihr leicht gegen die Wange. Sie saugte würgend Luft ein, die Augenlider flatterten.

»Sie lebt noch«, stellte Porcius fest.

»In der Tat«, sagte Anatolie von Pranck.

T minus 5 h 15 min:
Der Countdown läuft

Rolston Har'Vell ist Mitglied der SteDat.
Doch das ist ihm völlig gleichgültig.
Er gehört zur Honovin-Menschheit.
Das spielt ebenso keine Rolle mehr.
Er ist nur noch ein Mensch, der durch ein verwüstetes Universum stapft, auf der Suche nach Frieden. Nach einem Gesicht, einem Gegenüber, das ihm Trost spenden kann. Aber er begegnet niemandem.
Die erste Tote, vor der er stand, war seine Freundin Mishealla Ceist. Seine Kollegin. Seine Sexualpartnerin. Früher hätte er lange darüber nachgedacht, wie er sie nennen soll. Nun ist es uninteressant. Wenn sie doch nur hier wäre, an seiner Seite. Ein Stück ihres Kopfes fehlte, und Rolston nahm die Spur eines schwebenden Nichts auf, das eine Schneise der Verwüstung hinterließ. Seitdem sah er viele weitere Tote.
Dutzende.
Hunderte.
Er sah, wie sich ganze Teile der Faktorei verschoben, auflösten, wie Menschen schreiend starben oder in ihrem Untergrund versanken. Vor ihm implodierten Wände und rutschten wellenförmig in sich zusammen. Er sah, wie Maschinen explodierten, wie das Feuer sich jedoch nicht ausbreiten konnte, sondern in der Luft erstarrte und unter extremem, hyperphysikalisch verzerrtem Schwerkraftdruck verflüssigte.
Rolston Har'Vell überlebte alles. Er wollte es nicht, will es immer noch nicht, aber er lebt. Was soll er daran ändern? Er lacht, als er darüber nachdenkt. Wäre er bei klarem Verstand, würde er sagen, dass sein Körper noch lebt. Sein Geist ist unterwegs gestorben. Sein Bewusstsein dämmert an der Grenze des Wahnsinns; hin und wieder überschreitet er diese letzte Grenze, dann kehrt er wieder zurück.
Er ist einsam. Er sieht Leichen, sieht Trümmer, sieht Tod. Er gelangt an eine energetische Trennwand, eine automatische Absiche-

rung, hinter der ein Teil der Faktorei abgebrochen ist und in den Atmosphäreschwaden des Jupiter-Orbits treibt. Nur die Energiewand trennt ihn vom Ende seiner Existenz. *Wäre sie doch nicht vorhanden,* denkt Rolston Har'Vell. *Könnte ich doch endlich sterben.*

Aber diese Gnade ist ihm nicht vergönnt, während er seine apokalyptische Wanderung durch die verheerte Faktorei fortsetzt. Er weiß nichts von dem Countdown, von der tickenden Uhr, die seinen Tod prophezeit. Er ist unterwegs in einem Bereich, der sich schon DANAES Kontrolle entzog und auf den auch MERLIN nicht zugreifen kann.

Rolston Har'Vell wandert, und er weint.

Er ist allein.

Es ist der 12. Februar 1461 NGZ, 17.02 Uhr.

Rolston Har'Vell ist einer der Überlebenden des Gravo-Fraßes.

Der Countdown der Faktorei MERLIN läuft.

Auf zur TYCHE!

Anatolie von Pranck hustete, drehte sich auf die Seite und strich vorsichtig mit dem Finger über die winzige Stirnwunde. »Hätte schlimmer kommen können.« Ihr Blick ruhte auf einem der toten SteDat-Angehörigen in der Nähe.

»Was ist hier geschehen?«, fragte Porcius.

»Ein Aufstand.« Die Chefwissenschaftlerin erhob sich, schloss dabei kurz die Augen. Für einen Augenblick sah es so aus, als schwanke sie zur Seite, doch sie fing sich. Ihre Zungenspitze huschte über die Lippen. Die wenigen, nahezu durchsichtigen Kleidungsstücke arrangierten sich von selbst perfekt um ihren Körper, betonten mehr, als sie verdeckten. »Die SteDat weigerte sich, das Tau-acht weiterhin abzutransportieren. Dies war das letzte der drei Silos. Es hatte sich wohl schon herumgesprochen, dass der Gravo-Fraß für einige ... Unannehmlichkeiten sorgen wird.«

»Das ist die größte Untertreibung seit Einführung der Neuen Galaktischen Zeitrechnung. Und du hast den Aufstand beendet?«

»Leider.« Sie ging einige Schritte, wollte sich über eine Leiche bücken.

»Das wirst du bleiben lassen!«, befahl einer der Cheborparner.

Von Pranck wandte sich um. »Und wer befiehlt mir das?«

»Anforulikas Zureskolperotona«, sagte der andere gelassen. »Genannt Antona.«

Erst in diesem Augenblick fiel Porcius auf, dass er seine Begleiter noch nicht nach ihren Namen gefragt hatte. Bei den cheborparnischen Zungenbrechern hätte er sie sich ohnehin wohl kaum merken können. Nur wenige trugen auch einen Kurznamen, den sie vor allem im Umgang mit Angehörigen anderer Völker nutzten.

»Nun, Anforulikas Zureskolperotona«, wiederholte Anatolie gelassen, »an deiner Stelle würde ich nicht versuchen, mich daran zu hindern, die Waffe dieses Toten an mich zu nehmen.«

»Das sehe ich ganz anders.«

Anatolie lächelte sanft. »Ihr denkt, ich werde sie gegen euch einsetzen? Nichts liegt mir ferner.«

Davon war Porcius alles andere als überzeugt. »So? Sind wir plötzlich Freunde geworden? Das muss ich wohl verpasst haben.«

»Ich brauche euch, ihr braucht mich. Unser Ziel ist das gleiche.«

»Und das wäre?«

»Mit dieser Waffe ...« Sie deutete auf die tote Hand, die noch immer den Griff eines Strahlers umklammerte. »... werde ich Oread Quantrill ein hübsches Loch zwischen die Augen schießen.«

Porcius bückte sich, entwand den starren Fingern den Strahler. »Dieser Sinneswandel kommt mir sehr unwahrscheinlich vor.«

Sie streckte die Hand aus. »Die Waffe, bitte. Und was den plötzlichen Sinneswandel angeht, wendet euch an Quantrill. Ich habe euch von dem Aufstand erzählt. Er schickte mich, um ihn zu beenden, und für den Fall, dass Worte nichts nützen würden, stellte er mir eine ganze Armee Kampfroboter zur Seite. Dass diese Kampfroboter sofort alles in Schutt und Asche legen und mich ebenso beseitigen sollten, vergaß er wohl zu erwähnen. Ich habe meine Schuldigkeit getan ... er braucht mich nicht mehr. Also entsorgte er mich.

So hat er es immer getan. Wie konnte ich nur so dumm sein zu glauben, dass es in meinem Fall anders sein würde?«

»Was hat er vor?« Porcius wusste nicht, ob er diese allzu fantastische Geschichte glauben sollte.

»Er wird auf die andere Seite gehen. Die erste Schwarze Festung erschaffen. So nennt er es. Fragt mich nicht nach Einzelheiten. Ich weiß nur, dass er dazu Tau-acht ebenso benötigt wie die Neue Schlaflose Menschheit. Genauer gesagt, eine große Menge Menschen, die mit Tau-acht gesättigt sind. Alle werden sich gleichzeitig entladen – ein mentales und hyperenergetisches Spektakel, das den Weg auf die andere Seite öffnen wird.«

»Gleichzeitig *entladen*?« Der TLD-Agent spürte einen Schauer, der über seinen Rücken rann. Ihm kam ein übler Verdacht. »Um 23 Uhr 13?«

Von Pranck nickte. »Wenn mein Heimatmond Ganymed die Faktorei trifft und sämtliches ... Material gleichzeitig freigesetzt wird. Meines eingeschlossen. Ich bin entbehrlich für ihn. In Zukunft wird er mich nicht mehr brauchen. Wenn es nach ihm geht, sitzt er zum Zeitpunkt der Katastrophe, wenn auch Jupiter selbst kurz darauf vergeht – wenn der Planet *transformiert* wird –, in der TYCHE und ist weit genug entfernt.« Auffordernd winkte sie erneut mit der Hand.

»Und wenn wir noch lange hier stehen, wird ihm das auch gelingen.«

»In Ordnung. Du kannst uns begleiten. Wir werden dafür sorgen, dass du zur TYCHE kommst.«

»Oder ich werde dafür sorgen, dass ihr euer Ziel auch tatsächlich erreicht«, gab Anatolie sarkastisch zurück.

»Wie hast du so schön gesagt? Wir brauchen uns gegenseitig. Die Waffe jedoch bleibt bei mir.« Er zog sie zurück. Seine nächsten Worte würden sie wohl zur Weißglut bringen; er nutzte sie bewusst, um zu demonstrieren, wer das Sagen hatte. »Wir beschützen dich, du brauchst keine Angst zu haben.«

Anatolie von Pranck zeigte sich unbeeindruckt. »Gehen wir.«

Kurz darauf setzte die Menschenmenge den Exodus fort.

Das zerstörte Silo blieb hinter ihnen zurück. Anatolie zog ein kleines Ortergerät, kaum dicker als eine Folie, aus einer bis dahin nicht sichtbaren Tasche inmitten der Stoffbahnen um ihren Leib. Sie tippte darauf, musterte das fahl leuchtende Display. »Es sieht nicht gut aus. Die Station bricht völlig zusammen. Es gibt Hyperraumeinbrüche an vielen Orten. Um die TYCHE noch erreichen zu können, müssen wir zunächst zum Außenhangar.«

Porcius warf einen Blick auf die Ortungsergebnisse. Im Gewimmel der Messwerte fand er sich nicht zurecht; diese Art der Darstellung hatte er nie zuvor gesehen. »Die Beiboote und Jets im Hangar sind nicht mehr funktionsfähig. MERLIN hat bereits eine Untersuchung vorgenommen.«

»MERLIN hat allerdings nicht mit mir gerechnet«, sagte Anatolie kühl. »Ich werde die Fluggeräte wieder zum Laufen bringen.«

»Die Ergebnisse waren eindeutig und ...«

»Ich kann es!«, schrie Anatolie plötzlich und zuckte zusammen, als sei sie über diesen Ausbruch selbst erstaunt. »Ihr könnt auch zu Fuß gehen. Hierüber.« Sie tippte mit dem Zeigefinger auf das Display, das seine Darstellung änderte und ein Abbild der Station von außen zeigte; die Schildkrötenform war unverkennbar.

Bald zoomte das Bild den Hals der Faktorei an, wo als Schädel die TYCHE andockte. Über viele Dutzend Meter zeigte sich dort ein einziges Chaos aus unmöglichen Winkeln, wirbelnder Materie und rotierendem Staub, der von wechselnden Gravitationskräften hin- und hergerissen wurde. Die Messwerte, die daneben in Form von Datenblöcken abliefen, lieferten hyperenergetische Ausbrüche, die es einem Menschen unmöglich machten, auch nur in die Nähe zu kommen.

»Wir werden in den Jets zur TYCHE fliegen«, sagte Anatolie. »Oder sie nie erreichen.«

»Wenn das stimmt, können wir auch gleich hier stehen bleiben. Die Jets werden sich nie wieder erheben. Der Gravo-Fraß hat sämtliche Steuerpositroniken zerstört.«

Die Ganymedanerin ließ das Ortergerät wieder verschwinden. »Und ich stelle sie wieder her.« Ohne ein weiteres Wort lief sie los.

Mondra schrie auf, als der Techno-Jaguar sie zu Boden riss. Hart schlug sie gegen die Wand, schützte im letzten Augenblick den Kopf.

Wo sie eben noch gestanden hatte, brach der Untergrund weg. Ein breiter Riss klaffte, jagte weiter und verästelte sich dabei immer mehr. Eine Seitenwand des Korridors versank im Boden.

»Mir nach!« Das Robottier spurtete los. Mondra verließ sich voll auf ihren mechanischen Führer. Sie schaute kurz zurück – und sah nur noch eine schillernde Materiewolke, die rasch um sich selbst rotierte. Darin leuchtete ein grelles Zentrum, hell wie eine Sonne.

Erst Minuten später verlangsamte der Jaguar das Tempo. Mondra ging schwer atmend neben ihm. »Es wird schlimmer?«

»Viel schlimmer. Ganze Bereiche der Station fallen in sich zusammen. Die verschiedenen Schwerkraftkerne ziehen sich gegenseitig an und interagieren. Eine chaotische Wechselwirkung, ein Geflecht, das auch MERLIN nicht vorhersehen konnte. Mehr als sechzig Prozent der Faktorei sind inzwischen nicht mehr bewohnbar. Überall brechen Dutzende Meter der Außenhülle weg, und Giftgas-Atmosphäre dringt ein.«

»Wie viel Zeit bleibt noch?«

»Der Weg zur TYCHE ist versperrt. Es gibt ... kein ...« Die Stimme des Jaguars verzerrte sich zu einem tiefen Brummen. »Abbruch der Andocksektion. Kein Passieren möglich.« Die Worte waren kaum noch verständlich. Die Bewegungen des Robotertieres stockten. »MERLINS Zentrum ist ... getroffen. Wir ... du musst ... Hals der ... kröte.« Es folgten einzelne Silben, schließlich nur noch sinnlose Laute, und der Jaguar erstarrte, bis er nichts weiter mehr war als ein totes Stück Metall, das mit einem täuschend echt wirkenden Fell überzogen war.

Mondra massierte sich mit Daumen und Zeigefinger der rechten Hand die Schläfen. *MERLINS Zentrum ist getroffen.* Was das bedeutete, war klar – der Gravo-Fraß hatte das neue Schiffshirn erreicht und es überrascht, kaum dass es die Machtposition seines alten Konkurrenten DANAE eingenommen hatte.

MERLIN war tot, und dieses Mal endgültig.

Alles verselbstständigte sich. Die letzte Botschaft, die das Positronenhirn ihr noch mitgeteilt hatte, war eine doppelte – zum einen sollte sie den Weg zur TYCHE antreten; die Gründe dafür lagen auf der Hand. Zum anderen war eben dieser Weg offenbar nicht mehr passierbar, wohl durch weitere Beschädigungen.

Doch besser würde es keinesfalls werden. Im Gegenteil verschlimmerte jedes Zögern die Lage nur noch weiter. Mondra rannte los. Sie irrte durch eine zerstörte Welt. Es fiel ihr zunehmend schwerer, sich zu orientieren. Sie ahnte, dass die zunehmende Hyperstrahlung sie mehr und mehr verwirrte. Einmal glaubte sie zu rennen, war jedoch nicht in Bewegung. Dann wieder erkannte sie erst, dass sie im Kreis gelaufen war, als sie wieder vor einem geschlossenen Schott stand, das sie schon zuvor nicht hatte öffnen können.

Verzweifelt wandte sie sich ab, stellte sich mit dem Rücken zum Schott und suchte einen Fixpunkt, an dem sie sich orientieren konnte. Diesen würde sie nicht mehr aus den Augen lassen, bis sie ihn erreicht hatte und ...

Sie stockte. Weit entfernt sah sie klar und deutlich sich selbst vor einem geschlossenen Schott stehen. Sie glaubte an eine Spiegelung, bis sie erkannte, was sich tatsächlich abspielte. Zwar schaute sie geradeaus, doch ihr Blick krümmte sich und bog sich zu sich selbst zurück, zu seinem Ausgangspunkt. *Gravo-Fraß,* dachte sie. Ein Phänomen, auf das sie bislang noch nicht gestoßen war, musste sich ganz in der Nähe befinden – oder ganz MERLIN war mittlerweile in einem solchen Maß von den künstlichen Gravitonen und ihren hyperphysikalischen Auswirkungen überflutet, dass es ohnehin keinen geordneten Raum mehr gab.

Das war der Augenblick, in dem sie eine Stimme hörte, ein psalmodierendes Singen: »Schiqalaya.«

Mondra stockte.

»Schiqalaya«, wiederholte die Stimme. »Wir sind uns schon begegnet.« Das Wesen schwebte vor Mondra herab, bis es nur noch eine Handbreit über dem Boden in der Luft stand. Das Rad um den verkrüppelten Zentralkörper leuchtete in allen Farben. Auf dem Schädel wuchsen die bizarren Knollenpilze.

»Wir kennen uns tatsächlich«, sagte Mondra. »Du hast mir im Jupiteranischen Ozean geholfen, in einer Welt, die nicht den Tatsachen entsprach.« Sie sprach überdeutlich, erinnerte sich nur zu gut, wie verwirrt diese Kreatur gewirkt hatte.

»Und du hast mir Hilfe versprochen.«

Sie nickte und musterte den Fremden. Sie wunderte sich, dass eine derart klare Kommunikation mit ihm möglich war – im Parcours hatte sie einen völlig anderen Eindruck gewonnen. Auch Onezime Breaux hatte sich abfällig über diese Wesen geäußert und betont, dass sie wahnsinnig wären. »Wenn ich helfen kann, werde ich mein Versprechen einlösen. Aber momentan bin ich selbst völlig hilflos.«

Das Rad geriet in flirrende Bewegung, schien vage Bilder zu zeigen. Mondra fühlte einen leichten Luftzug im Gesicht, als fächere ihr jemand Kühle zu. »Es gibt andere wie uns«, sagte der Schiqalaya. »Sie sind gefangen in der Schwarzen Obhut der Pranck.«

»Im Labor. Ich kenne den Ort, aber ich ... ich kann mich nicht mehr orientieren. Ich werde den Weg nicht finden.«

»Ich führe dich, wenn du mir die Lage beschreiben kannst.«

Die Selbstverständlichkeit, mit der das Wesen dies ankündigte, gab den Ausschlag, dass Mondra endlich verstand. Deshalb also waren sie zum ersten Mal nach dem Kollaps in Jupiters Atmosphäre auf eines dieser Wesen getroffen. Deshalb hatten sie stets einen irrsinnigen Eindruck erweckt. Deshalb sprach und dachte ihr Gegenüber nun vollkommen klar, während Mondra sich zu verlieren drohte. Deshalb hatten sich die Schiqalaya im Parcours ausgerechnet im Jupiteranischen Ozean gesammelt.

Sie stammten aus einem anderen Gefilde – einem Lebensumfeld, das demjenigen glich, in das der Gravo-Fraß die Faktorei unaufhaltsam transformierte. Je chaotischer es wurde, je unmöglicher es für Menschen wurde, sich zu orientieren oder auch nur zu überleben, je mehr Hyperraumeinbrüche die Realität veränderten, umso heimischer fühlten sich die Schiqalaya. Jupiters kollabierende Atmosphäre bildete für sie ein Paradies.

»Ich kann es dir erklären. Im Hauptlabor der Anatolie von Pranck existieren Tanks, gefüllt mit Gasen aus der Jupiteratmosphäre. Es liegt an einem der großen Schächte.« Sie gab eine genaue Beschreibung der Position aus dem Gedächtnis ab. »Allerdings kann ich dir nicht sagen, wo wir uns relativ dazu befinden und wo ...«

»Das wird nicht nötig sein«, sang der Schiqalaya. Knotige Ärmchen streckten sich aus der Farbfülle des Rades, packten Mondra und hoben sie mit erstaunlicher Kraft an.

Sie flogen los, dicht über dem Boden. Der Fremde fand seinen Weg mit traumwandlerischer Sicherheit.

Es kam Porcius wie ein Wunder vor, dass sie den Hangar ohne weitere Zwischenfälle erreichten, von einigen Umwegen abgesehen, die sie zu nehmen gezwungen wurden. Immer wieder hatten sie vor verbogener, sich drehender und verschlingender Materie Halt machen müssen.

Porcius stieg in eine der Jets, die unversehrt aussah, jedoch energetisch tot war. Anatolie von Pranck folgte ihm. Was der TLD-Agent auch versuchte, er konnte nicht die einfachste Funktion aktivieren. »Die Positronik ist völlig zerstört«, stellte er unnötigerweise fest.

»Davon hast du mich hinlänglich überzeugt«, sagte die Ganymedanerin. »Und nun überzeuge ich dich davon, dass ich *dazugehöre*.«

»Ich vertraue dir«, versicherte Porcius. »Zumindest solange ich weiß, dass du von uns abhängig bist, weil du allein im Gravo-Chaos oder spätestens bei der Kollision mit Ganymed sterben wirst.«

Es schien einen Augenblick zu dauern, bis sie verstand, was er gesagt hatte. »Ich meine ganz etwas anderes. Ich gehöre zu den Honovin. Zur neuen Menschheit. Das Tau-acht hat eine Gabe in mir geweckt.«

»Eine Gabe?«, fragte Porcius verständnislos. »Wie soll uns das weiterhelfen?«

Anatolie öffnete weit die Augen und zog etwas aus derselben Tasche, in der sie auch den hauchdünnen Orter aufbewahrte. Sie hob das kleine Fläschchen vor ihr Gesicht, drückte einen winzigen Zerstäuber, und einige Staubpartikelchen flogen genau in ihre Pupille. Sie zog die Oberlippe zwischen die Zähne und kaute darauf. Ihr rechtes Auge blinzelte, und eine kleine Träne sammelte sich über dem Unterlid. Etwas brummte kaum merklich, und die Beleuchtung in der Pilotenkanzel sprang an. Direkt vor Porcius leuchtete am Eingabepult ein Display.

»Ich habe nie von jemandem gehört, der eine ähnliche Gabe entwickelt hat wie ich«, sagte Anatolie. »Ich halte sie für noch interessanter als das, was Onezime in sich geweckt hat.«

Porcius traute seinen Augen nicht, als er durch die Sichtscheibe beobachtete, wie rundum sämtliche Fluggeräte zum Leben erwachten.

»Ich nenne es Mechano-Pararestauration«, fuhr die Chefwissenschaftlerin fort. »Ich stelle die Funktion zerstörter Geräte wieder her und erhöhe dabei die Leistung über das bisherige Maximum. Oread war immer fasziniert davon. Nun wird es ihm nicht mehr gefallen.«

Porcius verlor keine Sekunde. Er beugte sich aus der Pilotenkanzel und befahl, sofort alle Jets zu bemannen. Nur ein Bruchteil seiner Gefolgschaft würde darin Platz finden, der Rest musste im Hangar ausharren. Er versprach, mit der TYCHE zurückzukehren und eine vollständige Evakuierung zu ermöglichen. »Nur ein einziger Grund kann mich davon abhalten – wenn ich noch vor euch sterbe.«

Per Funkbefehl öffnete er das Hangartor, bereit, als Erster des kleinen Geschwaders, das gegen die TYCHE antreten würde, die Faktorei zu verlassen.

Doch was er sah, ließ jeden Enthusiasmus sofort wieder verschwinden. In Jupiters Atmosphäre jenseits des Tors wirbelte ein kleines, vollkommen schwarzes Etwas. Metallische Schlieren zogen sich von MERLINS Außenhülle ausgehend bis in dessen Zentrum.

Hinauszufliegen war unmöglich. Trotz ihrer nun funktionsfähigen Jets waren sie gefangen.

Ein Alptraum glitt unter Mondra dahin.

Manchmal verstand sie, was sie sah, manchmal war der Anblick zu fremd, die in sich gebogenen, sich selbst verzehrenden Winkel zu unmöglich, um sie begreifen zu können. Alles Material denaturierte, zerstob zu Wolken, stürzte eine Ewigkeit in die Tiefe und breitete sich doch zugleich zu allen Seiten aus.

Immer wieder lagen Leichen am Boden. Manche sahen friedlich aus, als würden sie nur schlafen, doch in einer derart verheerten Umgebung *mussten* sie einfach tot sein. Andere waren zerstückelt, zerschmolzen, grotesk in die Länge gezogen. Diese Bilder würden Mondra wohl nie wieder aus dem Sinn gehen.

Der Schiqalaya manövrierte sicher und ohne auch nur ein einziges Mal zu stocken. Leicht, geradezu ätherisch, flog er durch den Alptraum, und je bizarrer alles wurde, je mehr Mondra schreien wollte, weil ihr Verstand revoltierte und das Bewusstsein lähmte, umso wohler schien sich ihr Träger zu fühlen. »Wenn das alles vorüber ist«, sang er, dieses Mal in wohlklingendem Falsett, »werden wir schweben, in der Atmosphäre des Jupiter schweben …«

Mondra schloss die Augen, verbarg den Kopf in den Armen und lauschte nur dem leisen Flattern des Segels. Sie zitterte und fragte sich, ob die Hyperstrahlung wohl bleibende Schäden in ihrem Hirn hinterließ. Und ob sie sich in wenigen Stunden überhaupt noch Sorgen um bleibende Schäden machen konnte.

Irgendwann landeten sie. Der Schiqalaya setzte sie ab. »Öffne die Augen.« Sie gehorchte. Die Umgebung drehte sich vor ihr, doch diesmal lag die Ursache in ihr selbst. Der Raum rundum stabilisierte sich nach einigen Sekunden, der Schwindel verschwand.

Vor ihr ragten die Glastanks auf, aus denen Schiqalaya starrten. Die dürren Fledermausleiber zitterten aufgeregt. Die Pilze auf den Schädeln pulsierten – leuchteten sie nicht sogar? –, und kleine Fingerchen kratzten über die Scheibe. Graugrüne Schwaden wallten um die Gestalten.

»Befreie sie aus der Schwarzen Obhut«, forderte der Schiqalaya.

»Das werde ich. Aber danach benötige ich ein letztes Mal eure Hilfe. Weißt du, wo sich mein Begleiter aufhält? Du hast ihn gesehen, im Jupiteranischen Ozean. Er führt viele Menschen durch MERLIN.«

Ein kurzes Zögern, während sich das Segel einfaltete. »Ich weiß es. Sie wandeln und sie *schreien*.« Das letzte Wort stieß er gequält aus, das Fledermausgesicht verzerrte sich.

Mondra lief ein Schauer über den Rücken. »Wirst du mich zu ihnen bringen?«

»Ich werde.«

»Gut. Bitte geh zur Seite.« Entschlossen zog die ehemalige TLD-Agentin ihren Strahler. Es war eine radikale Methode, aber sie hatte den unschätzbaren Vorteil, dass keine weitere Zeit verlorenging. Sie stellte minimale Intensität und einen dauerhaften Strahl ein. »Ich werde Ausgänge für die Gefangenen schneiden. Sie müssen zurückweichen, soweit es möglich ist.«

Vorsichtig ging Mondra an die Arbeit.

»Wir sitzen fest«, sagte Porcius resigniert. Sämtliche Kraft wich aus seinem Körper. Zu viel. Es war zu viel. Vielleicht hätte er schon längst aufgeben sollen. Wie hatte er nur glauben können, eine derart titanische Aufgabe bewältigen zu können?

Anatolies Gesicht glich einer starren Maske. Jede Sanftheit war aus ihren Zügen gewichen. Mehr denn je glich sie einem in die Enge getriebenen Raubtier. »Es gibt einen Weg.«

Porcius zeigte durch die Glaskanzel der Jet auf die offen stehende Schleuse, hinter der sich der Raum verbog und Metallwolken trieben. »Etwa dort hindurch?«

»Das wäre sicher nicht der richtige Weg.« Die Ganymedanerin baute eine Funkverbindung zu den Piloten der übrigen Jets auf. »Folgt mir! Wir werden zur TYCHE fliegen. Alle anderen bleiben in diesem Hangar zurück. Versucht, so viele Menschen wie möglich hierherzubringen. Es bleibt wenig Zeit. Aber jeder Augenblick kann genutzt werden, jemanden zu retten.«

»Was hast du vor?«, fragte Porcius.

»Jeder, der nicht mehr an Bord ist, wenn die Station kollidiert, verringert das Tau-acht-Potenzial. Quantrill muss nicht nur sterben – auch nach seinem Tod darf sich sein Plan nicht erfüllen. Leg einen Raumanzug an.«

»Noch einmal – *was hast du vor?*«

»Keine Zeit für Erklärungen.« Anatolie startete die Jet. Sanft hob sie vom Boden ab. Anatolie richtete sie jedoch nicht auf das Schott aus, sondern steuerte eine Seitenwand des Hangars an. »Leg einen Raumanzug an«, wiederholte sie.

Und feuerte eine Salve ab.

Die Wand wurde auseinandergerissen. Trümmerstücke sausten durch den Raum, krachten zu Boden. Anatolie schoss erneut und jagte mit der Jet in die lodernden Flammen. »Ihr folgt mir!«, befahl sie den übrigen Piloten erneut. »In der TYCHE werdet ihr gebraucht.«

Porcius zitterte. Der Plan war so einfach wie selbstmörderisch. Wenn es keinen Weg nach draußen gab, würde Anatolie eben *mitten durch MERLIN* fliegen. Die Station war ohnehin dem Untergang geweiht. Ständig feuernd und die Jet in halsbrecherische Manöver jagend rasten sie weiter, durch zerstörte Lagerhallen, die sich an den Hangar anschlossen. Feuer loderte rund um sie, Rauch wölkte und verschmierte die Scheibe.

Der TLD-Agent stellte keine Fragen mehr, sondern zog den Notfall-Raumanzug aus dem Fach unter dem Sitz und schlüpfte hinein.

Die Hände der ganymedanischen Chefwissenschaftlerin lagen völlig ruhig auf den Kontroll-Steuereinheiten. »Weiter vorne kommen wir zu den Korridoren. Dort endet unser Weg. Wir können nicht schnell genug alle Wände zerstören. Also können wir nur hoffen, dass es *hier* nach draußen geht.«

Sie zog die Jet herum und jagte einen Torpedo in Richtung einer noch etwa dreißig Meter entfernten Wand. Porcius hatte längst alle Orientierung verloren. Die Welt vor ihm explodierte, etwas krachte gegen die Jet, ein Trümmerstück schmetterte auf die Sichtscheibe und schrammte darüber, hinterließ einen feinen Haarriss.

Dann rasten sie in eine Hölle hinein, wurden durchgeschüttelt. Alarm gellte. Metall ächzte und kreischte. Die Jet drohte zu zerbrechen. Doch sie waren durch. Die Schwaden der Jupiter-Atmosphäre wallten rundum.

»Der Riss«, sagte Porcius matt. Eine winzige, graublaue Menge Gas drückte hindurch und schlängelte sich in die Kanzel. »Die Kuppel wird brechen!«

»Sie wird halten«, sagte Anatolie. »Wir brauchen nicht mehr lange. Notfalls muss ich die Luft anhalten, ehe ich das Gift einatme. Ist der Helm deines Anzugs geschlossen?«

»Aber du ...«

»Ist er geschlossen?«

»Ja.« Porcius legte in einer hilflosen Geste die flache Hand auf den Riss. Zwischen seinen Fingern wallten feine Atmosphäreschleier. »Du musst dir ebenfalls ...«

»Ich muss gar nichts. Nur die TYCHE finden.« Anatolie zog die Jet herum – und blickte nicht auf den metallenen Schildkrötenleib, sondern auf eine wirbelnde Anomalie. Die Ganymedanerin fluchte. »Die Instrumente zeigen nichts mehr! Die Ortung versagt! Wo sind wir?«

Porcius fühlte sich fatal an den Anflug auf MERLIN erinnert. »Wir werden die Station nicht mehr finden«, flüsterte er. »In diesem Chaos ist jede Orientierung unmöglich.«

Mondra flog wieder.

Der Schiqalaya, der sie trug, jubelte inmitten von zehn seiner Artgenossen. Mondra hatte alle seine Artgenossen befreien können. Sie rasten mit zunehmender Geschwindigkeit durch eine sich grausam verzerrende Wirklichkeit. Ganze Decks waren weggebrochen, unter ihnen erstreckte sich ein Dutzende Meter tiefes Loch, als sei eine gewaltige Bombe explodiert. Und doch war es nichts im Vergleich zu dem, was bald geschehen würde.

Irgendwann stoppte der Schiqalaya. Um die kleine Gruppe herum bogen sich die Wände zu Kugeln, aus denen immer wieder Eruptionen wie Tentakel stießen. »Wir müssen nach draußen.«

»Ihr dürft meine Freunde nicht vergessen!«, rief Mondra. »Ihr habt versprochen, mich zu ihnen zu bringen!«

»Sie sind dort draußen«, sagte ihr Träger.

Mondra durchfuhr ein schmerzhafter Stich. Konnte das sein? »Ich werde nicht atmen können! Die Atmosphäre ist Gift für mich.«

Das Fledermauswesen antwortete nicht. Stattdessen schloss sich der bunte Flugkranz zu einer Kugel, die Mondra von allen Seiten umgab. Sie sah hindurch wie durch einen Schleier, und einen verrückten Augenblick lang dachte sie an ihren Jungmädchentraum, an ihre Hochzeit, an den Moment, als ihr Ehemann den Schleier zur Seite zog, um sie zu küssen.

Dann stießen sie in die freie Atmosphäre des Jupiter vor.

Mondra spürte eine Welle der Freude, die von außen über sie schwappte. Endlich waren die Schiqalaya frei und dorthin zurückgekehrt, wohin sie gehörten – oder an einen Ort, der ihrer Heimat weitgehend glich.

»Wir bringen dich zu deinen Freunden«, sagte ihr Träger.

In ihrem sicheren Hort konnte sich Mondra der Schönheit nicht verschließen, die sie umgab. Hier, ohne die störenden Mauern der Faktorei, tobte sich das Gravo-Chaos ungehindert aus. Die Schwaden wirbelten und tanzten zu einer unhörbaren Melodie. Farben rauschten und explodierten. Ihr Atem ging flach. Viel Sauerstoff stand ihr nicht mehr zur Verfügung. Sie würde die Atemluft ihres engen Gefängnisses schon bald verbrauchen.

Nur Sekunden später tauchten vor ihr kleine Beiboote auf, die wirr und ohne Ordnung in der Atmosphäre trieben. Einige flogen in Richtung der Station, andere von ihr weg. Zwei steuerten aufeinander zu, kollidierten und vergingen in einer kurz aufflammenden Detonation.

»Sie sind ohne Orientierung, wie wir in eurer toten Welt«, psalmodierte der Schiqalaya. »Doch wir werden sie leiten. Wenn wir dicht vor ihre Sichtkanzeln gehen, können sie uns sehen und uns folgen.«

»Bringt sie zum Kopf der Schildkröte«, bat Mondra. »Zur TYCHE. Danach werden wir alle sammeln, die noch leben, und für immer von hier verschwinden. Ihr dürft dann frei sein, und ich werde dafür sorgen, dass ihr nie wieder gefangen werdet.« Sie wusste, wie schal ihre Worte klangen; wenn Ganymed in Jupiter einschlug, würde es für die Schiqalaya keinen Lebensraum mehr geben. Selbst sie konnten dieses Chaos nicht überleben. Oder doch?

»Wir leiten«, sang ihr Träger, und in perfekter Formation schwärmten die Schiqalaya aus.

Armageddon nahm seinen Anfang.

T minus null:
Armageddon

MERLIN existiert nicht mehr. Er kann den Countdown der Faktorei, die seine Welt bildete, nicht mehr zählen. Könnte er es jedoch, müsste er sich korrigieren. Es bleibt noch weniger Zeit, als die ersten Hochrechnungen vermuten ließen. Der Gravo-Fraß wächst exponentiell.

Neben der Faktorei, vor dem Kopf der *Schildkröte*, sieht Mondra Diamond durch den Schleier in die Cockpitkanzel einer Jet und entdeckt darin Porcius Amurri und Anatolie von Pranck. Als die TYCHE in Sichtweite kommt, hebt Anatolie den Blick, sieht Mondra genau in die Augen, streckt ihr die Hand wie zum Gruß entgegen – und senkt sie erneut auf die Kontrollen. Das Glas der Kanzel wird auf der Seite des Copiloten abgesprengt. Porcius Amurri wird mit ungeheuerem Druck in die Atmosphäre geschleudert. Die Jet rast weiter auf die TYCHE zu.

Die entarteten Giftgasschwaden der Jupiter-Atmosphäre umgeben Anatolie von Pranck. Sie hat noch weniger als dreißig Sekunden zu leben. Obwohl sie die Luft anhält, tötet ihre Umgebung sie mit unerbittlicher Präzision. Die Kälte frisst sich in ihre Haut. Die Augen erstarren und gefrieren. Sie spürt es nicht. Sie kann nur an eines denken. Sie beschleunigt die Jet, lenkt sie um die TYCHE, an den Ort, der ihr Rache verheißt.

TYCHE, denkt sie. *Die altgriechische Göttin des Glücks, die Tochter des Gottes Jupiter und auch die Göttin des Schicksals. Dies ist dein Schicksal, Oread Quantrill.* Sie kennt ihren Feind genau, der noch vor Tagen ihr Geliebter war und alle Geheimnisse mit ihr ebenso teilte wie seinen Körper. Oder fast alle Geheimnisse. Dass er Anatolie am Ende entsorgen würde, hatte sie nicht geahnt.

Die Jet rast auf einen glasartigen Aufbau zu. Dahinter verbirgt sich Quantrills Domizil in der TYCHE, seine Heimat, sein luxuriöses Quartier. Dunkelheit dringt in Anatolies Bewusstsein, als sie mit einem verzweifelten Aufschrei ihre Paragabe ein letztes Mal aktiviert und die Leistung der Jet in ungeahnte Höhen puscht. Das Fluggefährt beschleunigt mit Werten, die einer Maschine wie dieser gar nicht möglich sind. Die Ganymedanerin, die einst das erste Tauacht synthetisierte und damit das Verderben überhaupt erst möglich machte, stürzt nach vorn, völlig entkräftet, dem Tode nahe. Ihre Stirn schlägt gegen die Frontscheibe. Ihr Blick bricht, doch das Letzte, das sie sieht, ist die Gestalt ihres Feindes, der hinter der Panoramascheibe steht, auf die ihre Jet mit mörderischer Geschwindigkeit zurast.

Dann stirbt sie, eine Sekunde, bevor die Jet in die TYCHE schmettert.

Quantrills Domizil vergeht in der Explosion. Nichts bleibt davon, weder die futuristischen Möbel noch der Luxus der Ausstattung. Oread Quantrill selbst steht im Zentrum der Explosion. Ihm bleibt nicht einmal Zeit, zu verstehen, dass er stirbt. Sein Körper wird in seine Atome zerblasen. Sein Bewusstsein verweht im Bruchteil eines Lidschlags.

Das Feuer frisst sich vom Domizil aus weiter. Wände bersten, Böden brechen zwei Decks tief. Folgeexplosionen richten weiteren Schaden an, ehe die automatischen Schutzschirme hochfahren und die völlige Detonation der TYCHE verhindern. Notfallschaltungen werden aktiviert, Roboter schwärmen aus. Brände werden gelöscht. Sektionen abgeriegelt.

Nicht weit entfernt treibt Porcius Amurri als winziger Spielball in seinem Raumanzug durch das Nichts. Es dauert mehr als zehn Minuten, bis er vom Piloten eines Jet gerettet wird. Er blickt in die Augen von Anforulikas Zureskolperotona. Gemeinsam stürmen die Besatzungen von insgesamt elf Jets, denen der Anflug dank der Leitung der Schiqalaya gelungen ist, die TYCHE. Nach der verheerenden Explosion und Oread Quantrills Tod leisten die wenigen Angehörigen der SteDat, die sich an Bord befinden, keinen Widerstand. Sie wären die Auserwählten der Honovin gewesen, die Quantrill auf die andere Seite hätten begleiten und die Geburtsstunde der Schwarzen Festung erleben sollen. Diejenigen, die nötig waren, um den Betrieb der TYCHE aufrechtzuerhalten.

Anatolie von Pranck wird nicht mehr erfahren, dass Quantrill sie nie hatte opfern wollen, dass er aber keinen anderen Weg gesehen hatte, den Aufstand zu beenden und das nötige Tau-acht doch noch verladen zu können. Sie war die Ablenkung gewesen, damit die Kampfroboter hatten zuschlagen können.

Der Schiqalaya setzt Mondra Diamond in Sicherheit ab und verschwindet in den Weiten des Jupiter, genau wie seine Artgenossen.

Es nimmt eine Stunde in Anspruch, bis die TYCHE abkoppeln kann und sämtliches Tau-acht in der Atmosphäre entsorgt wurde, um Platz zu schaffen für möglichst viele Flüchtlinge. Das Schiff fliegt zum Hangar, in dem die Massen warten, die durch die Schleusen in Sicherheit strömen. Dutzende, Hunderte, Tausende zuletzt. Und doch zu wenige im Verhältnis zu denen, die bereits in der Faktorei gestorben sind und noch sterben werden, weil sie irgendwo in der verheerten Station gestrandet sind, abgeschnitten von jeder Rettung.

Irgendwann bleibt keine andere Wahl. Die TYCHE muss ablegen. Ganymed rast heran, und der Mond ist viel zu nah. Die künstlichen Gravitonen fressen die Faktorei.

»Noch mehr«, flüstert Mondra Diamond an Bord der TYCHE ihrem Kollegen Porcius Amurri zu. »Wir hätten noch mehr Personen retten müssen.« Aber sie weiß selbst, dass es nicht möglich gewesen wäre.

Aus der Entfernung gleicht MERLIN nicht mehr einer Schildkröte, sondern einem kranken Alptraum, der in der Realität keine Daseinsberechtigung besitzt. Der Gravo-Fraß hat die Faktorei in ein verworrenes, schrumpfendes und sich verformendes Etwas verwandelt, in eine kranke Geschwulst.

Nur noch zehn Menschen sind darin am Leben. Drei ersticken nach einem Hüllenbruch, als die TYCHE ablegt, mehr als zwölf Decks vom Hangar entfernt. Vier werden von einem riesigen schwarzen Nichts aufgesogen, das Mishealla Ceist zuerst entdeckt hatte. Zwei setzen sich gleichzeitig, aber unabhängig voneinander eine Waffe an den Kopf und töten sich.

Der Letzte, der noch lebt, ist Rolston Har'Vell. Er sitzt mit angezogenen Knien inmitten eines Quartiers. Wem es einst gehörte, weiß

er nicht. Er weiß nichts mehr. Aber er ist glücklich, wie ein neugeborenes, sattes und zufriedenes Kind in den Armen seiner Mutter.
Es ist der 12. Februar 1461 NGZ, 22.23 Uhr.
Der Countdown der Faktorei MERLIN ist beendet.

TSUNAMI und SHIVA

Die TYCHE taumelte mehr, als dass sie flog. Mondra steuerte das Schiff vom Platz des Piloten aus, doch es war nahezu unmöglich, sich in der entarteten Atmosphäre zu orientieren. Die Faktorei blieb als grotesk verzerrtes, sich windendes Ding zurück, einem sterbenden Klumpen Fleisch ähnlicher als einem toten Gerüst aus Metall.

Eines jedoch konnte Porcius am Platz des Ortungsoffiziers klar und deutlich anmessen – den riesigen Mond, der auf sie zuraste, auf MERLIN und auf Jupiter. Ganymed würde in wenigen Minuten als mehr als fünftausend Kilometer große Bombe den Planeten völlig zerstören. Zwar war Quantrill getötet, das meiste Tau-acht aus der Faktorei entfernt und einige Tausend Bewohner der Faktorei gerettet worden ... aber das änderte nichts am tödlichen Ende. Die größte Gefahr hatten sie nicht beseitigen können.

Ganymed raste als Todesbote heran, einen Schweif aus glühenden Atmosphäregasen hinter sich. Es gab keinen Weg, dieses mörderische Geschoss zu stoppen.

Mondras einziges Ziel war, die TYCHE aus der Schussbahn zu bringen und Jupiters Atmosphäre zu verlassen. Aber sie wusste nicht, wohin sie flog, war ortungstechnisch blind und taub; und mehr noch: Niemand konnte sagen, ob das Schiff eine gerade Flugbahn einhalten würde.

Ihre Gedanken wanderten zu Anatolie von Pranck, die sich geopfert hatte, um sich an Quantrill zu rächen und die Enterung der TYCHE zu ermöglichen. Sie war eine brillante Wissenschaftlerin gewesen, die ihr volles Potenzial nicht hatte ausschöpfen können. Was wäre wohl aus ihr geworden, wenn sie nie auf Oread Quantrill getroffen wäre? Aber am Ende hatte sie die richtige Seite gewählt, die richtige Entscheidung getroffen, auch wenn es ihr eigenes Leben gekostet hatte. Nur das zählte. In Wahrheit hatten nicht Mondra und Porcius all die Menschen an Bord gerettet, sondern Anatolie.

Die Frage war nur, ob Mondra sie länger am Leben halten konnte. Es kam ihr vor, als stehe die TYCHE auf einem Platz, als gelänge es nicht, ihre Position zu verändern. *Gefangen in einem Endlosen Tunnel,* durchfuhr es sie. Bei dem Gedanken blitzte das Bild eines kleinen Reinigungsroboters auf einem ewigen Weg in ihr auf.

»Ortung!«, rief Porcius.

Im selben Moment flammte ein Hologramm vor Mondra auf. Es zeigte eine schwarze, riesige Kugel in einer Zone der völligen Normalität mitten im hyperenergetischen Gravitations-Chaos. Sie konnte es kaum glauben.

Porcius' Stimme zitterte. »Ein terranischer Kugelraumer mit Kurs auf Ganymed. Ich erhalte eine Kennung – es handelt sich um die TSUNAMI-X.«

»Wie kommt das Schiff hierher?« Natürlich ergab die Frage keinen Sinn; weder Porcius noch die beiden Cheborparner in der Zentrale konnten mehr darüber wissen als sie selbst. Vollkommen verstört beobachtete sie weiter; es kam ihr vor, als sei sie nur eine unbeteiligte Zuschauerin oder eine Spielfigur, die zum Reagieren gezwungen war, anstatt Agieren zu können.

»Ein Funkspruch geht ein«, sagte der TLD-Agent. »Ich schalte ihn frei.«

Im nächsten Moment ertönte eine fremde weibliche Stimme in der Zentrale. »TSUNAMI-X an alle Stationen und Schiffe in Reichweite: Flucht mit Höchstwerten. Wir werden Ganymed zerstören.« Ganymed zerstören? Den Einschlag in Jupiter verhindern? Wie sollte das möglich sein? »Ich feuere den Torpedo – jetzt!«

»Ein Torpedo?« Porcius klang genauso verwirrt, wie sich Mondra fühlte. »Wie können sie erwarten, mit einem Torpedo einen derart riesigen Mond zu zerstören? Es müsste ein Kaliber sein, das ... Moment.« Seine Hände tasteten über das Display der Ortungsstation. »Es *ist* ein Kaliber, das so groß ist, dass es dafür keine Transformkanone gibt. So etwas habe ich noch nie gesehen. Ein gewaltiger Torpedo mit einem Ynkeloniummantel.«

Mondra wusste sofort, wovon er sprach. »SHIVA«, hauchte sie. Ihre Gefühle überschlugen sich. Das konnte Jupiters Rettung bedeuten – aber auch ihren sicheren Tod, wenn sie sich nicht schnellstmöglichst entfernten. Nur weg aus Ganymeds Bahn! Sie gab einen neuen Kurs ein; auf das Kugelschiff zu, das wie ein Leuchtfeuer einen Fixpunkt bot, den sie ansteuern konnte. Sie beschleunigte mit Höchstwerten.

Die LFT besaß nur wenige SHIVA-Torpedos, eine geheime Reihe von überschweren Antimaterie-Waffen. Eine Waffe, deren Einsatz jedoch auch ganz Jupiter mit ins Verderben reißen konnte, wenn nicht für eine ausreichende Abschirmung gesorgt war. Sie konnte nur hoffen, dass derjenige, der diese Entscheidung getroffen hatte, weit genug gedacht hatte. »Der Einschlag wird Ganymed in tausend Teile sprengen! Die Explosion wird allerdings auch die TYCHE zerstören, wenn wir nicht ...«

»Jetzt!«, schrie Porcius.

Der Bordchronometer zeigte 22.30 Uhr. In der holografischen Wiedergabe inmitten der Zentrale begann Ganymed zu glühen. Ein Netz feiner, grell leuchtender Risse überzog die Oberfläche des gesamten Mondes. Glutflüssiges Gestein schoss eruptiv in die Höhe. Ein erstes Bruchstück, groß wie ein Bergmassiv, löste sich. Ein tosendes Inferno zerfetzte Ganymed.

Dann verwandelte sich alles in einen Ball aus grellem Licht.

Das Hologramm flackerte und fiel aus. Ein Stoß ging durch die TYCHE. Mondra wankte, klammerte sich an ihrer Station fest. Einer der Cheborparner flog schreiend einen Meter durch die Luft, ehe er auf den Boden prallte und haltlos weiterschlitterte.

Porcius schlug mit dem Kopf gegen die Orterstation. Die Haut über der Schläfe platzte, ein feiner Blutfaden rann herab. »Die Schockwelle der Antimaterieexplosion hat uns getroffen. Unsere Schirme halten.«

Mondra wankte. Der Flug ihres Raumschiffs stabilisierte sich wieder. Es gelang ihr, erneut ein Hologramm zu errichten; zu ihrem

Glück waren die Außensensoren nicht zerstört worden. Während sich der Cheborparner wieder erhob, zeigte die Wiedergabe eine Unzahl Bruchstücke des Mondes, die wie ein Meteoritenschauer durch die wallende Atmosphäre rasten.

Es handelte sich um einen Meteoritenschauer, der weder die TYCHE noch den Planeten Jupiter zerstören konnte. Und die Antimaterieexplosionen waren offenbar eingedämmt worden. Die Akustikfelder übertrugen Jubel aus der TSUNAMI. Mondra schaute auf ihre zitternden Finger. *Vorbei,* dachte sie. Sie zog die Finger ein, ballte die Hände zu Fäusten. *Es ist vorbei, und wir leben noch.*

In sechstausend Kilometern Entfernung traf ein Felsbrocken aus Ganymeds äußerer Hülle von der Größe eines Ultraschlachtschiffes die Überreste dessen, was noch vor einem Tag die Faktorei MERLIN gewesen war.

Zurück blieb nichts, das größer als der Schädel eines Mannes gewesen wäre.

Perry Rhodan 9

JUPITER

Der Wegbereiter

WIM VANDEMAAN

Sie saßen auf dem Hügel, die Hochebene unter sich ausgebreitet wie ein müdes Meer, braun, geriffelt. Die milde Sonne stand schon tief, malte immer längere Schattenzeichen auf die Erde, verworren und bedeutungslos.

Spauntek hantierte mit dem Teleskop; Shaydr biss hin und wieder von einer der Nachtfrüchte ab, von denen er unterwegs einige gepflückt hatte, wie sehr sich die Sträucher auch gesträubt hatten. Zwei oder drei der Früchte hatte er bereits verzehrt, die meisten aber waren in den Konservierungstank seines Domobils gewandert.

Der sirupartige Saft rann ihm beinahe in den Kragen seiner Soutane. Er tupfte den zuckerigen Seim mit dem Ende des Zingulums ab.

Der Himmel säumte die Erde am Horizont der Hochebene grau und rosa. »Es ist eine ziemlich riesige Herde«, murmelte Spauntek. »Willst du sie sehen?«

»Wozu sollte ich?«, fragte Shaydr.

Er hatte die Thruune eine Million Mal und öfter gesehen. Nirgends waren sie gewichtiger, nirgends träger als auf der Hochebene von Appasch.

Schwer und ungelenk schritten sie in Herden über die Ebene, immer im Kreis, vom Östlichen Wasser durch die Moderwälder zum Westlichen Wasser, vom Westlichen Wasser durch die Farntiefen zum Östlichen Wasser, an den Wassern hungrig; beim Äsen in den Farntiefen durstig; in den Moderwäldern brünstig. Keine Jäger, die ihnen nachsetzen könnten, keine Eile.

Die verstreuten Hügel, die vereinzelt aus dem Land des Hochplateaus ragten, mieden sie. Nun, warum sollten sie auch ihre Fleischmassen bergauf schleppen? Der besseren Aussicht wegen?

Thruune sahen nicht auf. Ihre Augen fixierten die Erde, spähten nach Essbarem, nach den Wuuku-Löchern, die einen oder zwei Meter tief sein konnten und in die zu treten ein gebrochenes Bein bedeuten konnte, lebenslange Qual, Siechtum.

Die Erde fixieren ..., hing Shaydr seinen eigenen Gedanken nach. *Keine schlechte Idee. Langsam gehen. Schritt vor Schritt. Von Gewässer zu Gewässer.*

Sie schritten bisweilen im Gleichschritt, und wenn es große Herden waren, bebte die Erde der Ebene, bebten sogar noch die nahen Hügel, als pochte in ihren Eingeweiden ein mächtiges Herz.

Shaydr verdunkelte sein Fern- und sein Wärmeauge. »Sie sind immer gleich. Warum sollte ich sie also sehen wollen?«

»Weil sie pissen«, sagte Spauntek und lachte leise. »Alle. Wie auf eine höhere Weisung.«

»Ah«, machte Shaydr. »So etwas rechtfertigt natürlich unsere volle Aufmerksamkeit.« Er nahm das Teleskop und stülpte es sich über das Fernauge. Das Teleskop brauchte eine Weile, bis es sich an Shaydrs Sehvermögen angepasst hatte. Er sah die ockerfarbenen Riesen, die staubigen Seitenlefzen hingen reglos hinab. Tatsächlich verharrten die Tiere still. Nicht alle, aber die meisten ließen ihr Wasser. Manche schwenkten den Rüssel, schlugen mit den Nasenfächern; andere standen ganz in sich gekehrt, die mächtigen Schädel noch tiefer gesenkt als üblich. Kantig und rissig und von Moos bewachsen, wie sie waren, glichen sie ungefügen Felsbrocken, von mächtigen Leibern über die Ebene geschoben.

»Es sieht aus, als ob sie meditieren«, bemerkte Shaydr.

Spauntek grinste. »Zweifellos. Sie beten.«

Die Urinflut ließ winzige Staubwolken aufsteigen. Shaydr vernahm einen Hauch von Ammoniak, scharf und süß, das wahrscheinlich vom Teleskop verstärkte Aroma des animalischen Wasserabschlags.

Schon schwirrten ganze Schwärme von Sytrupen um die Urinteiche, ihre Trinkrüssel aus dem scheibenförmigen Leib ausgefahren und gierig versteift. Sie sirrten ungeduldig.

Die Thruune harnten ungerührt weiter.

»Vielleicht beten sie übrigens tatsächlich«, meinte Shaydr. »Vielleicht haben sie ein Bild von Gott.«

»Ein Bild von Gott ...«, echote Spauntek.

Shaydr fragte sich, ob Spauntek das ernsthaft in Erwägung zog.

»Glaubst du, sie wissen vom Tod?«

Spauntek pendelte gelangweilt mit dem Oberteil seines Körpers. »Alles Leben weiß insofern vom Tod, als es der Tod ist«, antwortete er. »In vergänglicher fleischlicher Verkleidung.«

»Du bist so weise«, sagte Shaydr. Er sah, dass die Thruune ihr Geschäft erledigt hatten und sich wieder in Marsch setzten. Er löste das Teleskop ab und reichte es Spauntek zurück.

Shaydr schloss sein Fernauge und stellte sich vor, wie die Thruune über die Ebene trampelten, wie dabei hin und wieder eine der alten Grabstelen unter ihre Füße geriet und niedergedrückt wurde, dem Kippschalter einer archaischen Armatur gleich. Er dachte: *Und wenn eines Tages alle Stelen niedergedrückt sind, erwachen die Toten. Sie sammeln ihre Leiber aus den Mägen der Würmer ein, sie regenerieren ihr Fleisch, sie besinnen sich, seufzen nach Leben und werfen die Erde zur Seite wie ein schwarzes Laken.*

Shaydr glaubte den alten Prophezeiungen schon lange nicht mehr. In jeder Religion waren es immer die Hohepriester, die zuerst den Glauben verloren. Eine Weile lang gestützt von den goldenen Zeremonien und frommen Formeln. Bis man eines Morgens sich aus dem Schlaf schälte und mit der Wucht einer Erleuchtung wusste: alle Gebete einer tauben Leere vorgetragen ohne Resonanz. Alle Rituale durchgeführt ohne Gewinn.

Und er? Hatte er ihnen überhaupt je geglaubt? In seiner Jugend? Nichts da.

In seiner Kindheit?

Es fiel ihm nicht ganz leicht, sich seiner Kindheit zu erinnern. Er sah sich in schmaler, kaum sichtbarer Gestalt mal in einem viel zu großen Domobil durch die gebogenen Gänge eines Sternenschiffs rollen, mal auf dem Balkon eines in die Jahre gekommenen Wanderhauses sitzen, mal in einer Schlafmulde, den Körper vom Jhad-Fieber so erhitzt und ausgelaugt, dass ein Atemzug ihn unendliche

Mühe kostete und er dem Verlust seiner Leibhaftigkeit entgegensah wie der Erleichterung von einem elenden Ballast.

Aber waren das wirklich seine Erinnerungen? So blass, so schematisch?

So entlegen?

Er öffnete das Auge wieder. Das Gräberfeld der Ebene von Appasch erstreckte sich in alle Himmelsrichtungen. Die Stelen standen meist zu dritt, zu neunt, manchmal in kleinen Totenhainen zu siebenundzwanzig.

Selten, ganz selten eine Stele allein, ohne Namenseintrag, ohne Soutane, ohne jede Signifikanz. Manchmal überlegte Shaydr, ob er versuchen sollte, die Geschichte eines solchen Einzeltoten herauszufinden. Ob er ein wenig organische Substanz aus dem Grab bergen und damit niedersteigen sollte in das Archiv des Priorats von Appasch, um eine Genanalyse vorzunehmen.

Vielleicht würde er es eines Tages tun.

»Hast du davon gehört, dass das Haus wieder aufgetaucht ist?«, fragte Spauntek unvermittelt.

»Wenn schon.« Shaydr machte eine Geste wohlüberlegter Gleichgültigkeit. »Nein, habe ich nicht. Von wem soll ich es auch gehört haben?«

»Von mir.«

»Du sagst mir ja nichts.«

Spauntek lachte belustigt. »Ein Grund mehr für dich, meine Weisheit zu preisen.«

Das Wanderhaus. Es waren nicht mehr viele Wanderhäuser unterwegs auf diesem Planeten. Keinesfalls hier, auf der Ebene von Appasch. Der Uralte, der Eremit Alloan, hatte einmal gesagt, dass viele Wanderhäuser sich auf den Weg zu den Lagunen gemacht hätten, an die Gestade des weißen Meeres. Wahrscheinlich gab es auch noch einige auf den anderen Kontinenten.

»Ja, von mir könntest du es gehört haben«, räumte Spauntek ein.

Shaydr schwieg. Eine Brise hatte sich erhoben, die wie in Wellen über die Ebene strich. Shaydr roch, was sie ihm zutrug: das faulig holzige Aroma der Moderwälder, die in sich gekehrte Kälte der nahenden Nacht.

»Wann hast du es gesehen?«, fragte er Spauntek.
»Gestern.«
»Ist es wirklich dasselbe Haus? Die Häuser streunen. Es könnte irgendein Wanderhaus sein.«
»Es ist dasselbe Haus.« Spauntek klopfte an das Teleskop. »Ich habe es genau gesehen.«
»Mit dem Polarisations- oder mit dem Tiefenauge?«
»Mit dem richtigen«, sagte Spauntek.
»So wird es sein.« Shaydr biss wieder von der Nachtfrucht ab. Der Saum des Horizontes verlor alles Lichte, verdunkelte sich. Spauntek richtete das Teleskop auf den Nachthimmel. Hin und wieder gluckste er und sagte: »Sieh da!« Er suchte alte Satelliten, Relikte der Raumüberwachung, einen der drei verlassenen Flottenhorte, die Fragmente der Sternenstadt THINTYSIR.

Der Sieg schwächt, dachte Shaydr. *Die Niederlage tötet. Wer triumphiert, verliert sich selbst.* Manchmal schienen ihm die uralten Verlautbarungen der Tritheophanen Präsenz widersinnig, wie aus jedem denkbaren Zusammenhang entrückt. Dann, manchmal Jahre, ja ganze Lebensalter später, ging ihm ihr Sinn auf, strahlte, erleuchtete, versengte ihn förmlich. Eine schiere Dankbarkeit flutete ihn, ein unaussprechliches Glück, und dieses Glück würde seine Existenz noch erfüllen, wenn er aufgelöst wäre in Staub und von all seinem Staub nur noch ein Körnchen bliebe, und das Körnchen in einem Orbit kreiste, Myriaden Lichtjahre entfernt vom fernsten Saum der Tritheophanen Präsenz.

Dieses unauslöschliche Glück, an das er jeden Glauben verloren hatte. *Schade eigentlich.* Musste es nicht angenehm gewesen sein, sich vorzustellen, im Zentrum der Aufmerksamkeit kosmischer Mächte zu stehen? Empfänger ihrer Botschaften zu sein, Gegenstand ihrer Fürsorge?

Angenehmer, als zu wissen, dass die Sprüche und Weissagungen nicht aus dem Jenseits zu ihnen vorgedrungen waren, sondern der Fantasie begeisterter Artgenossen entsprangen, allenfalls den Kompositionsprogrammen der Theotroniken?

Spauntek holte ihn aus seinem Gedankengang zurück. »Es ist dasselbe Haus.«

»Es soll eine Frau darin wohnen«, sagte Shaydr.

Mann, Frau, Incubatum – das spielte für das Haus eine nachrangige Rolle. Nicht aber für sie. Immerhin wären sie dann zu dritt, und das hieße: nicht unbedingt fortpflanzungsfähig, aber sterbensachtbar.

Spauntek griente. »Möglich. Ich habe sie nicht gesehen. Das Haus machte einen versiegelten Eindruck.«

»Es hat sich verirrt«, vermutete Shaydr.

»Verirrt. Warum nicht«, gab Spauntek zu. »Jedenfalls hat es weder angehalten noch Kurs auf das Priorat genommen. Also ...«

»Also was?«

»Also: Das Leben geht weiter.«

Shaydr machte eine Geste der Zustimmung. Es wurde Nacht. Mit einem leisen Jaulen sprang die Thermoautomatik seines Domobils an. Kurz darauf zog die Wärme in seine Soutane ein. Bald würden sich die Thruune für die lichtlosen, kalten Stunden zusammendrängen und ihre hornigen Hautlappen miteinander verhaken. Nicht dass irgendwelche Jäger sie gefährdet hätten. Aber das uralte Erbe ihrer Evolution ließ sie Nacht für Nacht, Finsternis für Finsternis diesen Schutz selbst in den für Raubtiere unzugänglichen Höhen suchen.

Sie würden schlafen, sie würden verdauen, sie würden am anderen Morgen wieder erwachen und im blauen Licht der Sonne ihre Wanderung wieder aufnehmen, immer im Kreis über die Hochebene von Appasch.

Die Raubtiere des Tieflandes würden andere Beute schlagen müssen. Aber nicht ausgeschlossen, dass die Räuber eines Tages einen Weg auf das Plateau finden würden.

Das Leben findet immer einen Weg. Es geht weiter und weiter, dachte er. *Das ist der Fluch, der über uns hängt.*

Sie rollten mit ihren Domobilen zurück zum Priorat. Gelbmond stand am Himmel; später, gegen Ende der Nacht, würde Rotmond ihn ablösen.

Zwei Monde. Für jeden von uns einer, dachte Shaydr.

Spauntek hatte augenscheinlich dem Ergohirn des Domobils die Steuerung überlassen und döste vor sich hin. Shaydr ließ zu Beginn ihrer Rückfahrt das Domobil hin und wieder halten, um einige Kräuter aufzulesen, und stopfte sie zu den Nachtfrüchten im Konserventank. Schließlich war der Tank voll. Shaydr hieß das Ergohirn sein Domobil beschleunigen und schaute in die Tiefe der Nacht. Mit dem Fernauge sah er das blassblaue Schimmern des Waberfeldes; mit dem Wärmeauge nur ein kaltes Nichts, ein Loch in der nicht eben aufgeheizten Landschaft.

Kurze Zeit später rollten die Domobile die Rampe zum Dach des Priorats hinauf. Sie ließen die rituelle Waschung über sich ergehen. *Die Langlebigkeit der Liturgie über den Tod der Götter hinaus.* Danach ging es die Wegspirale abwärts ins Innere des Priorats. Sie durchquerten einige leer stehende Säle und erreichten schließlich das in der Grube zuunterst gelegene Refektorium. Es war wohlig warm im Speisesaal. Shaydr und Spauntek streiften ihre Soutanen ab und rollten nackt zu Tisch.

Die Theotronik des Priorats wünschte ihnen ergiebige Verdauungsstufen und bot an, sie in ihre Gebete einzuschließen.

Sie bedankten sich mit einer kleinen Geste. Wozu die Theotronik beunruhigen?

Shaydr holte die restlichen Nachtfrüchte aus dem Konserventank des Domobils und überlegte, ob er sie anstelle der Hauskost essen sollte, entschied sich aber dagegen. Der Tisch fragte nach ihren Wünschen. Beide bestellten eine schlichte Salzgrütze und eine Karaffe mit Bittersirup.

»Dieses Haus ...«, sagte Shaydr zwischen zwei Schlucken.

»Dieses Haus?«

»Könnte es das Haus der Wittib Aoghidin sein?«

»Hm«, machte Spauntek und rührte in seiner Grütze. »Könnte. Und wenn?«

»Ich weiß nicht«, sagte Shaydr. »Vielleicht will die Wittib die Forschung wieder beschleunigen.«

Spauntek kicherte. »Aber sicher. Die Forschung.« Er schnappte unverhohlen nach Schlafluft. »Die Forschung. Wie könnten wir die Forschung vernachlässigen. Noch dazu bei einem derart erhabenen Gegenstand.«

»Unmöglich ist es nicht.« Shaydr dachte an den Waberschirm und das Objekt, das dahinter verborgen lag. Und das sich ihrem Interesse seit ewigen Zeiten entzog.

Dabei hatten die Forscher, wie man hörte, mancherlei Ergebnisse erbracht, Resultate, die ein Aufbrechen des Schirms noch wünschenswerter hatten erscheinen lassen.

Shaydr glaubte durchaus nicht alles, was an Wunderdingen über das Objekt hinter dem Waberschirm erzählt oder fabuliert wurde. Selbst was die Existenz sogenannter Superintelligenzen betraf, von deren Wirken ihre Forscher Spuren zu sehen meinten, hegte er seine Zweifel.

Einer solchen Superintelligenz sollte das Objekt hinter dem Waberschirm seine Existenz verdanken. Shaydr konnte sich jedoch vorstellen, dass diese Vermutung nur einen weiteren Anreiz stiften sollte, den Schirm endlich zu überwinden.

Oder eine Entschuldigung dafür, dass diese Überwindung bislang nicht gelungen war.

Die Wittib Aoghidin jedenfalls stand in dem Ruf, dass unter ihrer Leitung die Forschungsgesellschaft raschere Fortschritte gemacht hatte als unter jeder anderen Wittib.

Ohne am Ende zum Erfolg gekommen zu sein. Darin allen ihren Vorläuferinnen gleich. Und würde sterben eines Tages im Bewusstsein dieser Ununterscheidbarkeit von allen anderen, die versagten.

Wozu sollte sie sich nun mit ihrem Wanderhaus auf den Weg gemacht haben, zurück zum Objekt? Ihre Wunden zu vertiefen?

»Der morgige Tag entwertet das Heute«, sagte Spauntek. Er schnappte wieder nach Luft.

Shaydr spürte die Müdigkeit ebenfalls. »Ich werde schlafen«, verkündete er und aktivierte den Motor seines Domobils.

»Ja«, sagte Spauntek. »Eine geniale Idee. Wir sind schon ein geniales Volk.« Er schlürfte noch etwas Bittersirup in sich hinein und bat den Tisch dann, abzuräumen.

Shaydr griff im Vorüberrollen seine Soutane. »Morgen«, sagte er, ohne Spauntek ein Auge zuzuwenden, »könnten wir nach dem Haus Ausschau halten. Das scheint mir aufregender zu sein als die

Thruune. Und wenn sie noch so pinkeln.« Er hörte, wie Spauntek seine Soutane überstreifte.

»Warum nicht?«, kam die Antwort »Legen wir uns auf die Lauer. Wo?«

»Wo? Warum nicht in der Nähe des Waberschirms. Wenn unsere Theorien stimmen, dürfte das Haus dort mit größerer Wahrscheinlichkeit auftauchen als irgendwo sonst.«

»Wir haben Theorien? Ist mir entgangen«, murmelte Spauntek. Shaydr rollte er in seine fensterlose Zelle. Die Tür schloss sich hinter ihm. Er wand sich aus dem Domobil und ließ sich in die Mulde gleiten. »Licht aus«, befahl er. Das Licht erlosch. Drei seiner Augen sahen nichts mehr. Mit dem Wärmeauge schaute er noch ein wenig umher. Keine Spur von Parasiten in der Zelle, stellte er fest. Er sah den Motor seines Domobils als dunkelroten Fleck. Seine Anwesenheit beruhigte ihn.

Langsam verblasste das Rot, und auch sein letztes Auge fiel zu.

Wir werden also das Haus suchen, dachte er noch. Und dann, voller Ironie: *Mein Leben ist ein einziges großes Abenteuer.* Kurz darauf war er eingeschlafen.

Ileschqa, der unsterbliche Schiqalaya, sah Rhodan nachdenklich aus seinen lackschwarzen Augen an. »Nach Schelekesch? Zweifellos. Aber natürlich haben wir selbst seit langem versucht, dorthin zu gelangen. Es gibt freilich nur einen denkbaren Weg.«

»Durch den Fluktuationstransmitter«, sagte Rhodan. »Natürlich. Jede andere Art von Passage – zum Beispiel mit einem Raumschiff – würde wahrscheinlich endlose Jahre oder Jahrzehnte dauern, nicht wahr?«

Ileschqa antwortete: »Wenn du darauf hinauswillst, wo von deiner Heimat aus gesehen Baschq liegt: Es tut mir leid, das kann ich dir nicht sagen.«

Natürlich hätte eine Zeitangabe gewisse Rückschlüsse, wennschon nicht auf die Lage von Baschq, so doch auf die Distanz zwischen den beiden Galaxien zugelassen. Rhodan akzeptierte Ileschqas Ablehnung, ohne nachzufragen, ob diese Möglichkeit schlicht astrophysikalisch begründet war – in der Unkenntnis der Schiqalaya, was die reale Lage der Milchstraße in Hinsicht auf Baschq war. Oder ob Ileschqa sich an einen Ehrenkodex, ein Geheimhaltungsgelübde oder sowas gebunden sah. Es spielte ja auch keine Rolle.

»Existiert etwas wie ein direkter Zugang zum Fluktuationstransmitter?«, fragte Rhodan.

»Ja. Aber er ist blockiert.«

»Durch den Partikelzustrom?«

Ileschqa gab ein leicht amüsiertes Geräusch von sich. »Damit wäre dir und deinem Volk natürlich gedient. Wenn wir den Partikelzustrom abschalten und damit die Verbindung zu Schelekesch herstellen könnten, wäre der Gasriese gerettet, meinst du. Aber so einfach ist es nicht.«

Der Schiqalaya erklärte, dass die Higgs-Teilchen nicht natürlichen Ursprungs waren, sondern künstlich hergestellt wurden. »Wir synthetisieren sie aus der Exotischen Materie, die wir aus Wuanq gewinnen, dem Quarkstern. Die Teilchen werden nicht auf direktem Weg von Wuanq hierhin transmittiert. Es existiert eine Zwischenstation, die von Schelekesch aus gesteuert wird.«

»Besteht dann nicht die Gefahr, dass wir auf diesem Transmitter-Relais herauskommen statt auf Schelekesch?«, erkundigte sich Rhodan. »Gesetzt den Fall, der Fluktuationstransmitter lässt sich manipulieren.«

»Das weiß ich nicht«, bekannte Ileschqa.

Rhodan zuckte mit den Achseln. Sie würden es herausfinden. Sie hatten ohnehin keine andere Wahl. *Wieder mal ein Plan, der sich selbst macht,* dachte er. Er sah sich um. »Wo ist Pao?«, fragte er Guidry.

Der Ganymedaner blickte suchend über die Schultern. »Vermutlich verschwunden«, sagte er.

Pao Ghyss erwartete sie in der *Kathedrale,* wie Rhodan die Halle vom ersten Moment an innerlich genannt hatte. Der hellblaue, von Streben freie Kuppelbau wirkte steil und überstreckt; er lief spitz zu, ohne wirklich abzuschließen. Im Scheitelpunkt glomm ein schwaches, blaues Licht von unbestimmtem Umriss.

Pao stand zwischen zwei Schiqalaya. »Wie bist du hierhergekommen?«, fragte Rhodan.

Einer der Schiqalaya sagte etwas in seiner Sprache; Ileschqa übersetzte es mit: »Sie sagte, sie habe sich verirrt.«

Rhodan sah sie an.

Pao lachte ihr entferntes Lachen. »So könnte man sagen.«

»Ist es nicht so?«

Rhodan verspürte eine große Erleichterung, sie wiedergefunden zu haben, eine eigentümliche Hochstimmung, die ihm zugleich nicht geheuer war. Er versuchte, sich gegen sein Gefühl in Stellung zu bringen, aber es gelang ihm nicht gut. Er lächelte ihr endlich zu.

Sie trat einen Schritt nach vorn. Einer der beiden Schiqalaya legte ihr eine Hand auf die Schulter, ließ sie aber auf eine Geste Ileschqas hin gehen. Dann stand sie nicht mehr als eine Handbreit vor Rhodan und sagte: »Dies hier ist eine Schaltzentrale.«

Der Resident nickte. »Ich weiß.«

In der Mitte des kreisrunden Bodens und damit direkt unter dem glimmenden Licht stand ein großes, eiförmiges Gebilde aus Drahtgeflecht. Es ähnelte einem der Körbe an den Spiralbäumen im Archiv des Bootes.

»Wir haben diese Kapsel in den letzten Jahrzehnten konstruiert«, erläuterte Ileschqa. »Das Prinzip ist dieses: Die Kapsel wird von einem Projektionsfeld unseres Transszenariums in den Hyperraum gehoben und folgt dort der Spur des Permanenttransmitters. Er folgt ihr allerdings nicht bis zum Partikelreservoir, sondern orientiert sich so bald wie möglich zur Quelle der Transmitterimpulssetzung.«

Rhodan brauchte einen Moment, um das Gesagte zu verarbeiten: »Heißt das: Die Partikel befinden sich nicht innerhalb eines Transmitters, sondern werden, wo immer sie sind, von einem Transmitterimpuls erfasst? Der Transmitter befindet sich aber an einem völlig anderen Ort?«

»Ja«, antwortete Ileschqa. »Ist euch dieses Prinzip vertraut?«

»O ja«, sagte Rhodan. »Das sind dreipolare Materietransmitter. Sie führen den Materietransport direkt und ohne Gegenstation durch.

Wir nennen derartige Geräte Fiktivtransmitter. Uns sind vor langer Zeit einmal zwei solcher Geräte zur Verfügung gestellt worden. Allerdings beherrschen wir die Technologie selbst nicht.«

Ileschqa zögerte. »Eine Empfangsstation braucht der Fluktuationstransmitter schon«, korrigierte er. »Aber wie auch immer: Mit der Kapsel sollte uns lediglich eine Einfädelung gelingen. Leider operiert das Transszenarium nicht hinreichend verlässlich. Wir sind in der Lage, die Kapsel zu erfassen und in den Hyperraum abzustrahlen. Allerdings reißt nach einigen Minuten die Verbindung ab.«

»Die Verbindung reißt ab?«, wiederholte Rhodan erstaunt. »Das muss nicht notwendig heißen, dass die Kapsel verloren ist. Möglicherweise hat sie ihr Ziel erreicht, konnte euch eure Ankunft aber nicht bestätigen.«

Ileschqa fixierte Rhodan. »Würdest du dich auf ein solches *Möglicherweise* hin der Kapsel anvertrauen?«

Rhodan schaute Guidry an. Der gähnte zunächst, dann nickte er. Pao lächelte.

»Ja«, sagte Rhodan.

»Dann«, sagte Ileschqa nach einem kurzen Zögern, »will ich es auch.«

Die Schiqalaya hatten ihnen Raumanzüge zur Verfügung gestellt, die sich ihren Körperkonturen anpassten. Die Tuchgefäße für die Schiqalaya-Flügel waren allerdings abgetrennt, die Löcher mit farblich leicht helleren Flicken versehen worden. Rhodan hatte so unauffällig wie möglich über die Nahtstellen gerieben. Der Stoff des Anzugs wie der der Aufnäher fühlte sich warm und metallisch an. Anzug und Flicken wirkten wie miteinander verlötet. Im Kragen befand sich ein zusammengefalteter Helm, auf dem Rücken ein flacher Atemluftgenerator.

Waffen gehörten nicht zur Ausrüstung. Rhodans Frage danach hatte einer der Schiqalaya mit dem Hinweis auf den »überproportional starken Individualschirm« beantwortet, »dessen Qualität unter den derzeitigen hyperphysikalischen Konditionen in den Niederungen allerdings gelitten« hätte.

Rhodan, Guidry und Pao bestiegen die Kapsel durch eine Luke. Sie war erstaunlich geräumig. Alle drei konnten sich auf den Boden setzen. Zwischen den Maschen der Kapsel lag eine plexiglasartige, biegsame Substanz von geringst möglicher Opazität. Hätte Rhodan den Stoff nicht zuvor mit der Hand berührt, er hätte immer noch gemeint, zwischen den Maschen hindurchgreifen zu können.

Ileschqa sprach noch mit den Schiqalaya in der Halle. Der Terraner verstand kein Wort, spürte aber den Nachdruck, den der Unsterbliche in seine Ansprache legte. *Letzte Anweisungen,* dachte er. *Oder für den Fall, er kehrt nicht zurück.*

Rhodan warf Guidry einen Blick zu. Der Ganymedaner hatte die Augen geschlossen.

»Wie sieht es aus, Firmion?«

Guidry lächelte entspannt. »Es sieht erstaunlich gut aus«, sagte er. »Es ist ein Wunderwerk. Ich bin – ich fühle mich beinahe wie zu Hause darin.«

»Werden wir einen guten Flug haben?«

Guidry schürzte die Lippen. »Das kann ich nicht garantieren. Das Transszenarium hat Vorkehrungen getroffen, Probeläufe absolviert, eine Datentrasse gelegt. Es sieht gut aus. Aber ich kann nicht vorhersehen, wie es im tatsächlichen Betrieb sein wird. Tut mir leid.«

Rhodan hatte das Gefühl, dass auch das Rätsel Firmion Guidry sich allmählich löste. Nicht dass er bereits verstanden hätte, was es mit dem Ganymedaner auf sich hatte. Aber er spürte, wie sich die Beobachtungen in seinem Kopf sortieren, ausrichteten wie Eisenspäne in einem Magnetfeld. *Bald werde ich ihn verstehen,* dachte er.

Eher am Rande registrierte er, dass Pao das Gespräch verfolgt, aber nicht nachgefragt hatte, obwohl ihr unklar geblieben sein musste, worüber er mit Guidry gesprochen hatte.

Etwas in ihm sagte: Sie ist eben ein diskreter Mensch.

Etwas in ihm widersprach dem, ohne den Widerspruch zu begründen.

Endlich stieg auch Ileschqa zu und unterbrach damit Rhodans Grübeleien. Er setzte sich in die Mitte der Kapsel. »Wir wollen gleich starten«, sagte er. »Die Zeit wird knapp.«

Die Aussage traf Rhodan wie ein Schlag. Was hatte er sich nur eingebildet? Natürlich würde die Zeit knapp werden, zu knapp wahrscheinlich. Er schaute auf sein Multikom, um zu sehen, wie viel Zeit ihm bliebe. Es war bereits kurz nach Mitternacht, also schon Samstag, der 13. Februar 1461. Die Umwandlung Jupiters in ein Schwarzes Loch sollte in nicht einmal achtundvierzig Stunden unumkehrbar sein.

Am 14. Februar gegen 23.30 Uhr ...

»Das Transszenarium aktiviert sich ... jetzt.«

Rhodan blickte seine Begleiter an. Paos Gesicht glühte wie im Fieber. Ihre Unterlippe zitterte ein wenig.

Firmion Guidry wirkte wächsern vor Anspannung. Ein feiner Schweißfilm bedeckte seine Stirn und seine Wangen.

Das schwache, blaue Licht hatte sich vom Zenit der Kuppel im gesamten Bereich der Halle ausgebreitet.

Oder nein: Das täuschte. Das Licht hüllte die Kapsel ein. Die Umrisse der Halle verschwammen. Der Resident spürte keinen Ruck, keinerlei Bewegung.

Das blaue Licht verdunkelte sich, wurde schwarz. Langsam schimmerte ein schwaches, rötliches Leuchten auf, das ebenfalls von überallher zugleich kam.

Wie eine Blase aus reinem Rot, das Rot an sich, dachte Rhodan. Gleichzeitig ein Fluss aus Rot, eine rote Strömung, ein roter Strudel, eine rote Welle, die sie trug, und eine rote Welle, die sie verschlang und in rote Abgründe riss, wo erneut Ströme aus Rot im roten ...

Wir sind im Hyperraum, dachte Rhodan. Er konnte der Versuchung nicht widerstehen, stand auf und stellte sich mit dem Gesicht zur Außenwand. Wie dünn, wie unsichtbar die Membran war, die ihn von diesem Kontinuum trennte.

Kontinuum? Von dieser vielfach in sich gegliederten Welt, wie die Schiqalaya es sahen. Durch welche ihrer Sequenzen mochten sie sich bewegen? Durch die Inklusiven Sequenzen, die Chronostatuarische oder die Duratorische Sequenz oder durch die Saumzonen der Ephemeren Sequenzen acht bis zehn?

»Spürst du die Stauchung auch?«, fragte Ileschqa. »Die Verkantungen und ineinandergepressten Passagen? Ich habe den Hyperraum noch in seiner ganzen, unbegrenzten Innigkeit erlebt.«

So sieht also die Erhöhung der Hyperimpedanz für einen Schiqalaya aus, dachte Rhodan. »Wie lange noch?«, fragte er.

Ileschqa erhob sich und stellte sich neben Rhodan. Er betrachtete ein Instrument, das wie ein schmaler Schild seinem bleichen Unterarm auflag. »Wir erreichen den Projektionsbereich der transszenarischen Passage in 3800 Payq«, sagte Ileschqa und legte Rhodan eine bleiche, aber warme, ledrige Hand an die Brust. Der Terraner ließ ihn gewähren. *Er fühlt meinen Herzschlag.* »Oh«, fuhr der Schiqalaya dort. »Das entspricht ziemlich genau 3800 Kontraktionen deines zentralen Pumporgans.«

Da sein Herz ruhig und gleichmäßig schlug, war von etwa einer Stunde die Rede.

»Zeit genug, mich über die aktuelle Lage in Baschq zu unterrichten«, bat Rhodan.

Ileschqa atmete deutlich hörbar aus. »Das kann ich nicht«, gestand er. »Ich war seit Jahrtausenden nicht mehr in Baschq.«

»Ihr unterhaltet keinerlei Verbindung? Unbemannte Schiffe, Sonden, Drohnen?«, wunderte sich Rhodan.

»Wozu? Wir hatten niemals vor, unsere Refugien zu verlassen und ganz in die Niederungen zurückzukehren.«

Rhodan akzeptierte die Situation mit einem inneren Seufzen.

Die Reise verlief völlig ereignislos. Es war ihm unmöglich, ihre Geschwindigkeit zu schätzen. Das rötliche Wabern und Glühen schläferte ihn ein. Er dachte an Baschq und an die frappierende Unkenntnis Ileschqas über die dortige Lage der Dinge.

Aber war diese Unkenntnis wirklich so erstaunlich? Er selbst hielt sich – mit wenigen Unterbrechungen – seit Jahrtausenden in der Milchstraße auf, und er war weit davon entfernt, sich wirklich in ihr auszukennen. Sie entzog sich mit ihren wahren Dimensionen immer noch seiner Vorstellungskraft.

Er entsann sich einer kuriosen Episode: Seit etwa anderthalbtausend Jahren wussten die Terraner – und die Arkoniden noch länger –, dass es durchaus verborgene Sternenreiche auch in der Milchstraße geben musste.

Eines dieser Reiche war vor Jahrhunderten an die Öffentlichkeit getreten: das Heimliche Imperium der Cynos, die auf die Wiederkehr des Schwarms gewartet hatten.

Die terranischen Experten schätzten, dass es in der Galaxis fünf bis zehn Kulturen geben könnte, die sowohl der Liga Freier Terraner als auch dem Imperium der Arkoniden technologisch gleichwertig, wenn nicht sogar ihnen überlegen sein könnten. Derart überlegen, dass sie sich der Entdeckung durch die terranische Explorerflotte und die arkonidischen Sternenraummesser entziehen, sich vor ihren Schiffen und Sonden verbergen konnten.

Einer dieser verborgenen Kulturen waren die Terraner erst kürzlich beinahe auf die Spur gekommen: der sagenhaften Mondrepublik von Machraamp nämlich.

Rhodan konnte sich an die Einzelheiten nicht erinnern, wusste aber, dass Henrike Ybarri, die Erste Terranerin, eine Einheit des Liga-Dienstes auf diese Spur gesetzt hatte.

Von diesem Kommando war nur ein Mann zurückgekommen – ein gewisser Errol oder Erwing Ganwander –, und der verweigerte jede Aussage. Irgendein Gelübde spräche dem entgegen.

Der Liga-Dienst hatte, soweit Rhodan sich entsann, das unerhörte Verhalten akzeptiert. Ganwander musste ein guter Mann sein, andernfalls hätte man ihn unter diesen Umständen nicht im Dienst behalten. Er war später sogar noch in den entscheidenden Einsatz gegen den Gläsernen Dual geschickt worden und hatte ihn – wenn auch unter nennenswerten Verlusten – erfolgreich abgeschlossen, danach aber den Dienst quittiert.

Wie auch immer: Ja, es brauchte ihn nicht zu wundern, dass Ileschqa über das Baschq dieser Tage keine Auskunft geben konnte.

Und ja, er nahm sich vor, sich nach seiner Rückkehr des Falls Ganwander noch einmal anzunehmen und dem Rätsel der Machraamper nachzugehen.

Er grinste: Nur für den Fall, dass man eines Tages nach den Verhältnissen in der Milchstraße gefragt würde.

»Hast du Hunger?«, riss ihn Ileschqa aus den Gedanken. Er hielt ihm die offene Handfläche hin, in der einige Klumpen lagen – *wie aufgeschmolzene, deformierte Schokolade.*

Rhodan nahm das kleinste Stück und legte es sich auf die Zunge. Es schmeckte so gallenbitter und zugleich übersüß, dass es einen Brechreiz auslöste. Rhodan musste alle Willenskraft aufbieten, um den Reiz zu unterdrücken und den Klumpen zu schlucken. Was immer es war – sein Zellaktivator würde damit fertigwerden.

Kaum hatte der Klumpen den Magen erreicht, breitete sich ein überwältigendes Wärme- und Völlegefühl aus.

Ileschqa bot ihm noch ein Stück an. »Danke«, sagte Rhodan. »Ich bin satt. Aber es ist ausgezeichnet.«

»Wirklich?«, wunderte sich Ileschqa. »Ich finde, es schmeckt abscheulich.« Er steckte die übrigen Klumpen in eine Anzugstasche zurück. »Ich werde sie für dich aufheben.«

Guidry hatte die Augen immer noch geschlossen. Sein Haar war zu feuchten Strähnen verklebt. Auch Pao hatte die Augen geschlossen, ein geradezu seliges Lächeln auf den Lippen. Rhodan ertappte sich bei der Hoffnung, sie könnte von ihm träumen.

Dann wechselte das Licht wieder. Rhodan schaute auf das Multikomarmband.

Der 13. Februar. 1.24 Uhr. Die Ankunft.

Dunkles, blaues Licht, das langsam aufhellte. Konturen zeichneten sich ab. Rhodan versuchte, Einzelheiten zu erkennen.

Dann ging es sehr schnell. Schlagartig wurde es klar hinter den verglasten Maschen. Der Terraner blickte hinaus. Sie standen auf einer Art Kraterrand. Unten, in der fast kreisrunden Fläche, ein unüberschaubarer Haufen zusammengewürfelter Gebäude. Sein erster Eindruck war:

Ein Ghetto. Ein Slum.

In der gegenüberliegenden Wand des Kraters fehlte ein kompletter Abschnitt. Ausgezackte Ränder. Wie weggesprengt.

Ein schneidend helles Licht über allem.

Die Sonne am Himmel ein rechteckiger, langgezogener Balken.

Eine Kunstsonne.

Waren sie in einer unterirdischen Siedlung gelandet? Bauten die Zhiridin Höhlenstädte?

Ileschqa bedeutete ihnen, sie bräuchten die Helme nicht zu schließen, und öffnete die Luke.

Sofort schlug ihnen ein infernalischer Gestank entgegen, sauer wie aufgestochene Erde, bitter wie verbranntes Haar.

»Willkommen auf Schelekesch«, sagte der Schiqalaya leise.

Sie stiegen aus, Ileschqa zuerst. Als Rhodan, schon auf dem Boden des Planeten, Pao beim Ellenbogen fassen wollte, entzog sie ihm den Arm mit einer heftigen Bewegung und drängte sich an ihm vorbei.

»Ich wollte nur helfen«, erklärte er.

Sie hob abwehrend beide Hände.

Schließlich folgte Firmion Guidry. Er machte einen restlos erschöpften Eindruck.

»Danke«, sagte Rhodan leise.

Guidry nickte matt.

Niemand kam zu ihrer Begrüßung. Niemand, um sie in Gewahrsam zu nehmen. »Nun«, sagte Rhodan. »Sehen wir uns die Innenstadt an.«

Der Abstieg kostete sie keine halbe Stunde. Sie hatten sich entschieden, keinen Antigrav zu benutzen. Wenn man sie bis jetzt nicht entdeckt hatte, brauchten sie nicht alle Aufmerksamkeit auf sich lenken, indem sie vom Himmel schwebten.

Ansonsten befand sich nämlich nichts in der Luft. Kein Tier, kein künstliches Fluggerät.

Aus etlichen Häusern und Hütten kräuselte sich Rauch. Hier und da sah Rhodan einen Kamin, bei den meisten Gebäuden stieg der Rauch aus einfachen, nur provisorisch mit einem Regenschutz versehenen Löchern im Dach.

Die Stadt macht einen verwahrlosten Eindruck. Als Straßen dienten übereinander gelegte, quadratische Eisenplatten, die meisten stark verrostet.

Niemand war zu sehen.

»Die Tritheophane Präsenz glänzt durch Abwesenheit«, spottete Guidry.

»Das wissen wir noch nicht«, mahnte Rhodan.

Dann sahen sie die ersten Menschen.

Das war jedenfalls Rhodans erste Assoziation. Sie kamen um die Ecke einer Barackenfront, zwei von ihnen. Sie waren humanoid mit einem Schädel auf den Schultern, zwei Beinen und zwei allerdings langen und sehr kräftigen Armen.

Sie liefen auf allen vieren.

Als sie den Terraner und seine Begleiter entdeckten, blieben sie stehen und neigten sich leicht zurück. In dieser Position wirkten sie wie Statuen vor alten terranischen Herrscherhäusern: wie sitzende Löwen, die starken Arme durchgestreckt auf dem Boden.

Ins Gesicht konnte er ihnen nicht sehen. Sie trugen Masken aus Silber, glatt und mit nur zwei Öffnungen da, wo auch bei Menschen die Augen saßen.

Einer von ihnen begann, hinter der Maske zu sprechen. Es klang ein wenig dumpf, eine Sprache mit vielen langgezogenen Vokalen.

Ileschqa aktivierte seinen Translator und begann, seinerseits einige Worte zu sagen. Kurz darauf konnte man sich miteinander verständigen.

Der Sonnenbalken war blasser geworden und schien kurz davor zu sein, zu erlöschen. Nacht über der Kraterstadt.

Der Fremde mit der Silbermaske sagte: »Es geschieht nicht oft, dass Gäste in die Sternenstadt THINTYSIR kommen. Habt ihr uns etwas mitgebracht?«

Gastgeschenke, dachte Rhodan. *Nein, darauf bin ich nicht gekommen, dass ich auf diesen Weg Gastgeschenke mitnehmen müsste.*

Sie nannten sich Uotooy. Der eine, der das Gespräch begonnen hatte, hieß Baha Flaao, seinen Begleiter stellte er als Tuuta Caalev vor.

Rhodan hatte nichts dagegen, dass Ileschqa ihre Namen nannte. Auf die Frage Flaaos, welcher Art sie angehörten, antwortete der Schiqalaya ebenfalls wahrheitsgemäß.

Flaao hatte weder von Schiqalaya noch von Terranern je gehört.

Rhodan fragte: »Wisst ihr von den Zhiridin?«

»O ja«, sagte Flaao. »Sie sind die Gründer der Sternenstadt, sind sie es nicht?«

»Bevor die Stadt entzweiging, war sie ganz«, meldete sich der andere Uotooy zu Wort.

»Entzwei? Die Stadt ist zerbrochen?« Der Resident warf einen Blick auf die Bruchstelle in der Kraterwand. Sollte sich dahinter eine weitere Stadt befinden?

Das Licht der Balkensonne war nun so fahl geworden, dass die Hütten und Häuser in der Dämmerung untergingen.

»Zerbrochen, oder nicht?«, fragte Flaao zurück.

»Leben Zhiridin in der Stadt?«

»Nicht in diesem Fragment, oder?«, sagte Flaao. »Wir sind über die anderweitigen Fragmente der Sternenstadt nicht gut unterrichtet, sind wir es?«

»Nein«, stimmte ihm Caalev zu. »Von den anderen Fragmenten wissen wir nichts, wenn nicht gar nichts.«

Ileschqa hatte einige Brocken Nahrung aus der Anzugtasche gefördert und bot sie den Uotooy an.

Flaao griff zuerst zu. Rhodan sah, wie menschenähnlich seine Hand war, fünf feingliedrige Finger, von denen der Daumen allerdings der längste war. Er führte den braunen Klumpen an die Silbermaske und legte ihn an die Stelle, wo beim Menschen der Mund wäre. Eine linsenförmige Öffnung erschien und nahm den Brocken auf.

Oh-oh, dachte der Terraner. *Vorsicht! Hoffentlich werten sie das nicht als einen Angriff.*

»Danke. Das ist köstlich, ist es nicht?«, sagte Flaao. »Nimm auch«, forderte er seinen Begleiter auf.

Caalev nahm und aß. Er schloss sich dem Urteil Flaaos an.

Rhodan entspannte sich wieder. Nun wurde es rasch dunkler, aber doch nicht nachtschwarz. Er schaute nach oben und riss überrascht die Augen auf.

Der Sonnenbalken war erloschen. Was sein Licht bislang überstrahlt hatte, war, dass der Himmel über der Kraterstadt eine offenbar transparente Kuppel war.

Über der Stadt hing zum Greifen nah ein Planet.

Rhodan erkannte ihn auf den ersten Blick. Er hatte ihn lange und nachdrücklich auf den Schwingen der Archivare gesehen.

Schelekesch.

Flaao folgte Rhodans Blick. »Wenn ihr Zhiridin braucht«, sagte er, »dort oben solltet ihr welche finden, oder?«

Wir haben Schelekesch verfehlt, dachte Rhodan und kämpfte den Anflug von Panik nieder. *Warum?* »Was wisst ihr über die Zhiridin?«, fragte er.

Flaao schob seinen Körper nach vorn, so dass er wieder auf Armen und Beinen schritt. »Gehen wir in meine Herberge«, sagte er. »Es wird kalt, und die Naai beginnen zu jagen.«

Caalev schloss sich ihm an, Rhodan und die anderen folgten. Sie trafen keine weiteren Uotooy auf den Straßen. In der Ferne leuchtete das eine oder andere Licht auf, schwach und gelb wie von Gaslaternen oder Kerzen.

Manchmal hörten sie hinter sich ein Scharren, aber sooft Rhodan sich umdrehte, er konnte nichts und niemanden entdecken.

Es war auch zu dunkel dazu.

Ileschqa hatte seinen Translator ausgeschaltet und wechselte mit dem Terraner ein paar Worte in Interkosmo. Sie einigten sich darauf, den beiden Uotooy zu folgen und alles, was sie über die Zhiridin wussten, in Erfahrung zu bringen. Danach wollten sie sich nach einer Möglichkeit erkundigen, nach Schelekesch zu gelangen.

»Unsere Kapsel kommt dafür auf keinen Fall in Frage?«, wollte Rhodan wissen.

»Nein«, gab Ileschqa zurück.

Die Herberge schien zu sein, was das Wort versprach. Sie war das größte der barackenartigen Bauwerke ihrer Straße. Als Rhodan eintrat, spürte er zuerst den beißenden Rauch in den Augen. In einigen Bottichen schwappte eine tranige Flüssigkeit, in die aus einem darüber montierten Gitter einige Dochte hingen. An den Dochten klebten unscheinbare Flammen.

Einige wenige Uotooy lagen in Schlafkuhlen. Wie viele es waren, konnte Rhodan beim besten Willen nicht sagen. Das Licht war kümmerlich, und die Schläfer hatten dicke, grobe Decken über sich gezogen. Neben den Mulden schimmerten in breiten Gefäßen einige Silbermasken. Sie waren in einen offenbar kochenden Sud eingelegt.

Die unmaskierten Köpfe bekam Rhodan nicht zu Gesicht.

Er spürte, dass sie von einigen Uotooy flüchtig begutachtet wurden. Keiner schien an ihrer Gegenwart Anstoß zu nehmen. Fast so, als würden jeden Tag Terraner in die Sternenstadt THINTYSIR kommen.

Oder Schiqalaya. Natürlich – das war eine Möglichkeit: Die Uotooy nahmen ihn, Guidry und Pao als Anhängsel Ileschqas wahr. Die Schiqalaya waren eines der vorherrschenden Völker in Baschq gewesen. Was, wenn sie es erneut waren? Wenn die Hyperraum-Zivilisation nur ein Zweig der großen, ganzen Schiqalaya-Kultur war?

Flaao und Caalev ließen sich an einer flachen Bodenmulde nieder, die Arme wieder aufgestützt wie Statuen. Unaufgefordert kam ein weiterer Uotooy herbei und bot zwei Gerichte zur Auswahl.

»Können wir ...«, begann Rhodan

Flaao aber schnitt ihm mit einer empörten Geste das Wort ab. »Wir warten auf Nahrung, oder?«

Der Resident bat um Entschuldigung.

Wenige Minuten später trat der Kellner wieder an den Tisch. Auf dem Rücken balancierte er eine flache Schale, die mit einem Gurt über der Brust befestigt war. Der Uotooy neigte den Rücken nach links und kippte den Inhalt in die Mulde, um die sie sich versammelt hatten. Gebratene Fleischbrocken, Gemüse, Früchte und was auch immer vermengte sich in der Grube.

Der Kellner reichte jedem – auch Ileschqa, Rhodan und seinen Begleitern – eine Mischung aus Gabel und Spieß, zweizackig und annähernd einen Meter lang. »Es ist nicht billig, oder ist es das?«, fragte Flaao. Es klang sorgenvoll.

»Wir zahlen«, sagte Ileschqa in großer Ruhe.

»Womit?«, fragte Rhodan leise.

Ileschqa begann, mit der Forke in dem Gemenge herumzustochern. Er spießte ein Stück auf und führte es an seinen hornigen Schnabel.

Pao räusperte sich leise. »Vielleicht könnten wir ihnen ein oder zwei Psionen-Urnen anbieten?«

»Woher weißt du, dass ich welche dabeihabe?«, fragte Ileschqa.

Pao lachte. Es klang merkwürdig, beinahe boshaft, und Rhodan stellte zu seiner Verwunderung fest, dass er etwas wie Erleichterung spürte – Erleichterung über seinen Widerwillen ihr gegenüber.

Erleichterung darüber, dass ihm etwas an ihr nicht gefiel.

Da der Translator aktiviert war, mussten die Uotooy verstanden haben. Sie reagierten nicht auf den Begriff der *Psionen-Urnen* – hatte Pao womöglich das herausfinden wollen?

Flaao ging auf diese Frage jedenfalls nicht ein und sagte: »Ein paar Happen eurer exotischen Leckereien dürften wohl genügen, oder?«

»Ja«, sagte zu Rhodans Überraschung der Uotooy, der sie bediente.

»Wenn Mutter Ghymaa so sagt, gilt es«, verkündete Flaao.

Rhodan griff zu. Was immer er da aß – es schmeckte würzig und angenehm. Er nickte Guidry und Pao zu. Beide begannen zu essen.

»Wir würden gerne etwas über die Zhiridin erfahren«, warf Ileschqa in die Runde.

Flaao schob sich einen Fleischbrocken durch die Maske, kaute und sagte dann: »Mutter Ghymaa weiß manches von den Zhiridin, weißt du nicht?«

Der – oder offenbar ja *die* – Uotooy sagte: »Allemal.«

Rhodan schaute sie in gespannter Erwartung an.

»Die Geschichte ist schnell erzählt. Es gab eine Zeit, da waren die Zhiridin eine durchaus einflussreiche Kultur. Sie glaubten, sie seien im Auftrag jenseitiger Mächte unterwegs, die sie die *Tritheophane Präsenz* nannten. Sie flogen hierhin und dorthin, um möglichst viele von dieser Präsenz zu überzeugen, letztendlich also von sich zu überzeugen. Sie müssen damals ziemlich mitreißend gewesen sein.«

Oder waffentechnisch überzeugend, ergänzte Rhodan in Gedanken.

»Jedenfalls verloren sie eines Tages den Glauben an sich, und so endet die Geschichte«, beschloss Mutter Ghymaa ihren Vortrag.

»Schöne Geschichte, ist sie das nicht?«, fragte Flaao.

»Schöne Geschichte«, sagte Caalev. »Ich höre sie immer wieder gern.«

Mutter Ghymaa seufzte, und ein Verdacht von Geschmeicheltsein schwang in ihrer Stimme mit. »Na, gut. Also hör zu: Die Zhiridin waren einst eine mächtige Zivilisation mit vielen Völkern in ihrem Gefolge. Dann verloren sie den Glauben an sich, und so endet die Geschichte.«

»Schöne Geschichte«, sagte Caalev. »Ich höre sie immer wieder gern.«

Ghymaa seufzte und setzte zu einer weiteren Wiederholung an.

»Bitte wartet einen Moment«, unterbrach Rhodan. »Weiß man, wie das geschehen ist? Warum sie ihren Glauben verloren haben? Und wann?«

»Ich weiß zwar nicht, welche Rolle das spielt«, sagte Mutter Ghymaa, »aber: Nein, man weiß es durchaus nicht. Meine These lautet: Es hat mit ihrem Eindringen nach Phiug Sulg zu tun. Dort gastierte zu jener Zeit der Kodex von Tga Plaeg und dann ...« Sie seufzte sehr menschenähnlich. »Mag sein, dass Jahrtausende später der Kodex weiterzog. Zu diesem Zeitpunkt hatte sich Phiug Sulg zum Zentrum der Apostolate der Tritheophanen Präsenz entwickelt. Als der Kodex abzog, ließ es die Zhiridin und ihre Kultur ausgehöhlt zurück. Das ist jedenfalls meine These.«

Die Zeit, dachte Rhodan. *Ich habe die Zeit unterschätzt. Geschah die Invasion der Zhiridin nicht vor sechzigtausend, vielleicht siebzigtausend Jahren? Es sind größere Imperien in derartigen Zeiträumen versunken als das der Zhiridin.* Er blickte in Richtung Ileschqa und versuchte, in dessen Gesicht zu lesen.

Nichts.

Ileschqa schaute Mutter Ghymaa an. »Sind nicht die Uotooy mit den Zhiridin gekommen?«

»O ja«, sagte Ghymaa. »Woher weißt du das?«

»Ich bin ein Schiqalaya«, sagte er. »Siehst du das nicht?«

»O ja«, sagte Ghymaa. »Zweifellos. Du bist ein Schiqalaya.«
»Weißt du, was Schiqalaya sind?«, wollte Rhodan wissen.
»Nein«, antwortete Ghymaa. »Ich zweifle aber nicht daran, dass der da, der es behauptet, einer ist.«
Rhodan und Ileschqa sahen einander an. Rhodan nickte leicht. Der Schiqalaya konnte die Geste offenbar bereits deuten. *Lassen wir das.*
Ileschqa fragte: »Die Zhiridin zogen sich aus Baschq zurück?«
»Taten sie das?«, fragte Mutter Ghymaa zurück. »Wer weiß. Ich kenne dieses Baschq nicht. Mögen sie sich immerhin daraus zurückgezogen haben. Jedenfalls weilen keine mehr in diesem Fragment der Sternenstadt THINTYSIR. Möglich, dass einige oben auf Schelekesch sind.« Sie lachte wie über einen guten Witz und winkelte eines ihrer Beine so an, dass es nach oben und förmlich durch das Dach der Herberge wies.
Flaao und Caalev brachen ebenfalls in Gelächter aus.
Rhodan dachte: *Weiß sie überhaupt, wovon sie redet? Sie benutzt Namen wie Phiug Sulg, weiß aber nicht, was Baschq ist.* Er fragte: »Kennst du einen Uotooy, der Genaueres weiß? Der ihnen vielleicht auf Schelekesch begegnet ist?«
Mutter Ghymaa lachte fröhlich. »Kein Uotooy kann das wissen. Siehst du denn nicht: Schelekesch ist zu hoch!«
Ghymaa verstummte und schaute erst Rhodan, dann Ileschqa lange an. Rhodan bemerkte erst jetzt, dass hinter den Augenöffnungen in der Maske keine Augen zu sehen waren. Nichts als ein ganz leichtes, gelbliches Flimmern.
Die Uotooy sagte: »Ihr meint es ernst, meint ihr nicht? Ihr meint, man könnte hinauf nach Schelekesch steigen?«
Rhodan lächelte. »Es muss doch möglich gewesen sein. Woher sind denn die Zhiridin gekommen? Wo hat der Kodex gastiert? Wo liegt Phiug Sulg?«
»Ich weiß nicht, wo Phiug Sulg heute liegt. Aber früher war es ohne jeden Zweifel Teil der Sternenstadt THINTYSIR. Vor der großen Fragmentierung eben.«
Rhodan schloss für einen Moment die Augen. Wertlos. *Das ist alles wertlos,* dachte er. *Sie wissen nichts.*

»Darf ich dich etwas fragen, Mutter Ghymaa?«, kam es von Ileschqa.

»Warum solltest du nicht, nicht wahr?«

»Wie bist du auf die Idee gekommen, die Zhiridin könnten auf Schelekesch sein? Wenn Schelekesch doch so unerreichbar ist?«

Mutter Ghymaa grummelte eine Weile vor sich hin. Dann sagte sie: »Weil es immer einige Seelenkranke gibt, die meinen, ein Aufstieg nach Schelekesch sei möglich.«

»Zhiridin?«, fragte Rhodan nach.

»Uotooy, oder nicht?«, antwortete Ghymaa.

»Wäre es möglich, mit einem dieser seelenkranken Uotooy zu sprechen?«, bat Ileschqa.

»Wozu?«, fragte Mutter Ghymaa völlig verdutzt zurück.

»Wir könnten ihn vielleicht heilen.«

»Unsinn«, sagte Mutter Ghymaa und begann, mit einer Art Rateau die Speisereste aus der Mulde zu kratzen. »Werdet ihr hier übernachten? Es sind noch einige Mulden frei.«

»Nein.« Rhodan stand auf. Seine Begleiter folgten.

Ileschqa suchte einige der Nährstoffklumpen und reichte sie Ghymaa. »Danke, Mutter Ghymaa«, sagte er.

Die Uotooy wog die Klumpen in der Hand. »Flaao... Vielleicht wäre es für Paathum wirklich in gewissem Sinne heilsam, mit unseren Gästen zu sprechen, wäre es das nicht?«

Flaao ächzte leise. »Wenn du es sagst«, meinte er schließlich. »Wir werden einen Stachel brauchen gegen die Naai, oder?«

»Ja«, sagte Ghymaa. »Und du wirst meinen Stachel nehmen. Solltest du einen fetten Naai erlegen, bereite ich dir noch heute Zuazua daraus.«

Flaao gab zurück: »Zuazua also. Ich fühle mich aufs Angenehmste erpresst.«

»So soll es sein, soll es nicht?«.

Während sie durch die dunklen Gassen der Kraterstadt gingen, in die nur Licht von Schelekesch fiel, überkam Rhodan plötzlich das Gefühl, durch ein Testgelände zu laufen, ein Labyrinth. Die Fragmentstadt im Krater, das entstellte Halbwissen der Mutter Ghymaa, das alles kam ihm unwirklich vor, geradezu abstrakt. Fast wäre es ihm lieber gewesen, sie wären in ein Wespennest aus hellwachen, kampfbereiten Zhiridin gestoßen. Klare Fronten.

Gegen Gegner hätte er ein Konzept gefunden. Feinde waren Ansprechpartner. Die Kraterstadt irritierte ihn in ihrer Konturlosigkeit und der Willfährigkeit ihrer wenigen Bewohner.

»Was gefällt dir nicht?«, fragte Ileschqa. Seine Sensibilität schien Rhodan erstaunlich.

»Nichts gefällt mir hier«, sagte er. »Wir laufen viel und kommen nicht voran.«

»Wir könnten die Antigravprojektoren aktivieren«, schlug der Schiqalaya vor.

»Das meine ich nicht«, sagte Rhodan. »Lass gut sein.«

Sie mochten eine Viertelstunde gegangen sein, als eine kleine Herde handspannengroßer Pelzwesen sich ihnen in den Weg stellte. Sie fauchten erregt. Flaao ging unverzüglich mit dem Spieß, den Mutter Ghymaa ihm geliehen hatte, auf die Tiere los.

Die Pelzwesen spien Feuer, fingerlange und hellblaue Flammen, die stark nach Alkohol rochen. Flaao gelang es, mit raschen Stößen drei der Pelzwesen hintereinander mit dem Stachel aufzuspießen. Die drei strampelten kurz, Flaao brach ihnen das Genick. Dann streifte er eines der toten Tiere ab, warf es den anderen Tieren vor und ging vorsichtig weiter, den Spieß quer über den Rücken gelegt.

Die Meute hatte sich dem toten Artgenossen zugewendet, um ihn zu zerfleischen. Sie teilte sich vor ihnen, ohne sie weiter zu beachten.

Flaao sagte: »Frischer Naai. Das Zuazua, das Mutter Ghymaa daraus kocht, ist im ganzen Fragment berühmt.«

»Das glaube ich gern«, gab Rhodan zurück.

Keine der Hütten und Baracken, an denen sie seit einiger Zeit vorbeigingen, schien bewohnt. Endlich erreichten sie ein turm- oder tonnenähnliches Bauwerk mit einem schiefen Blechdach, aus dessen Schlot Rauch aufstieg. Vor der Tür des Gebäudes pfiff eine kleine Gaslaterne vor sich hin.

»Paathum!«, rief Flaao. »Bist du daheim?«

Es rumorte in der Tonne, dann öffnete sich die krächzende Tür. Ein Uotooy, dem Rhodan sofort das hohe Alter ansah, stand auf zitternden Armen und Beinen. Durch seine Silbermaske lief ein Riss. Aus dem Riss glimmerte es gelblich. »Flaao, nicht wahr?«, sagte der Alte. »Ich habe Naais gehört und dachte, sie hätten dich verspeist.«

Flaao lachte und zeigte im Triumph den Stachel mit den beiden toten Tieren. »Ich bringe Gäste.«

Paathum betrachtete sie in aller Ruhe. »Na so was«, sagte er schließlich. »Raumfahrer.«

Paathum erklärte sich umstandslos bereit, ihnen zu helfen.

»Wer nach Schelekesch will, braucht eine Himmelsleiter, oder nicht?«, sagte Flaao. Ein offenbar juxiger Gedanke. Er quietschte vor Vergnügen.

»Geh nach Hause«, beschied ihm Paathum schroff. »Ich bin seelenkrank. Das kann beizeiten ziemlich ansteckend sein.«

»Oh«, entfuhr es Flaao. »Ich mach mich dann mal auf den Weg, oder was.« Und das tat er ohne jeden Abschied.

»Du weißt eine Himmelsleiter für uns?«, fragte Ileschqa.

Paathum zog an seiner Maske, hob sie ein wenig an, und gelbes Licht verbreitete sich. Dann rückte er sie zurecht. »Eine Himmelsleiter. Was für eine verschrobene Idee. Das wäre ein wenig lästig, den ganzen Weg hinaufzuklettern.« Er machte eine bedeutungsschwangere Pause. »Denn es ist viel weiter, als es scheint. Würdet ihr mit einem Raumschiff vorliebnehmen?«

Rhodan grinste. Der Mann gefiel ihm. »Zur Not«, erklärte er. »Hast du welche?«

»Leider keines, das intakt wäre.«

»Wracks?«, fragte Rhodan.

»Ja«, sagte Paathum. »Vielleicht könnten wir aus einigen Wracks etwas Funktionstüchtiges zusammenbasteln. Habt ihr etwas Zeit mitgebracht?«

Statt einer Antwort fragte Rhodan: »Wo liegen die Wracks?«

»Im Grauen Bezirk. Ein weiter Weg. Wann brechen wir auf?«

»Jetzt«, entschied Rhodan.

»Ich hole Proviant.«

»Nicht nötig.« Rhodan tippte auf den Aktivierungssensor für den Antigrav. »Wir verkürzen den Weg. Wir fliegen.«

Sie hatten Paathum in die Mitte genommen. Der Uotooy klammerte sich mit Armen und Beinen an Rhodan und Ileschqa und dirigierte sie mit lauter, übermütiger Stimme.

Er hat seinen Spaß, erkannte Rhodan.

Die Kraterstadt hatten sie bald hinter sich. Sie flogen über schlafendes Land, über einen See, auf dem lumineszierende Lotuspflanzen siedelten und zu großen Inseln zusammenwuchsen; Abschnitte, die mit klobigen, wie aufgeblasen wirkenden Bauwerken besetzt waren; ein Areal voller Gerüste, von denen nicht zu sagen war, ob sie nie gebauten Hallen als tragendes Skelett hätten dienen sollen oder die Reste abgebrannter Ruinen waren.

Nirgends ein Licht.

»Wir sind da«, meldete Paathum. Unter ihnen lag ein Canyon, dessen Grund vom Licht Schelekeschs nicht ausgelotet wurde. »Dort unten.«

»Werden wir auf etwas treffen, das unsere Vorsicht erfordert?«, fragte Ileschqa.

Nicht zum ersten Mal ärgerte Rhodan sich darüber, dass sie quasi unbewaffnet auf diese Expedition gegangen waren. Die einzige Option lag darin, den Individualschirm hochzufahren. Aber Paathum verneinte jede Gefahr. »Schlimmstenfalls blasen uns ein paar Naai an.«

Rhodan stellte die Nachtsichtigkeit seines Sichtschirms auf einen höheren Faktor ein. Auf dem Grund der Schlucht floss kein Strom, nicht einmal ein Rinnsal. Sonderbar. Normalerweise wurden Canyons doch von Flüssen im Zuge langer Erosionsprozesse in ein Plateau geschnitten. War der Canyon – und war dieses Fragment von THINTYSIR – demzufolge Jahrmillionen alt? Hatten ihre Erbauer diese Schlucht zusammen mit anderen Landschaften aus der Oberfläche eines – oder mehrerer Planeten – ausgeschnitten und in den Kontext der Sternenstadt importiert?

Oder war der Canyon wie die ganze gigantische Raumstation, die im Orbit von Schelekesch kreiste, schlicht ein Artefakt? Eine Attrappe?

Langsam schwebten sie die treppenartigen Hänge der Schlucht hinab.

Rhodan hatte es zunächst für Geröll gehalten, dann sah er, dass es metallisches Gerät war, was am Grund der Schlucht aufgehäuft lag. Maschinen und Maschinenschrott. Mit einiger Fantasie konnte er sich vorstellen, dass darunter einige Apparate lagen, die einst flugfähig gewesen waren – Atmosphären-Jets, vielleicht Beiboote oder Raumbarkassen.

Alles andere als das, worauf er gehofft hatte. *Das also ist Paathums Bastelmaterial,* dachte er.

Sie landeten.

»Warten wir ein paar Stunden«, schlug der Uotooy vor. »Bei Licht betrachtet, sehen einige der Maschinen gar nicht so übel aus.«

»Wir sind ein wenig in Eile«, gestand Rhodan. »Weißt du von irgendeinem Gerät, das vielleicht nicht perfekt, aber bedingt flugbereit sein könnte? Und das groß genug ist für uns vier – oder fünf?«

Paathum verschob seine Maske genug, um einige Strahlen gelbes Licht unter den Rändern hervorleuchten zu lassen.

»Ich fliege nicht mit euch«, sagte er. »Diese Zeiten sind vorbei. Lasst uns in diese Richtung gehen, wenn ich mich recht entsinne ...«

»Du bist einmal ins Weltall geflogen?«, erkundigte sich Ileschqa.

»Lange her«, murmelte Paathum und pendelte mit seinem Hals, als wittere er nach etwas. »Einige Jahre, bevor wir unseren Fuhrpark stilllegten. Da, schaut!« Er ging auf ein kugelförmiges Gebilde zu, an das eine vielleicht fünf oder sechs Meter lange Röhre angeflanscht war. Er hob ein Bein und trat gegen die Röhre. Es klang hohl.

»Der Antrieb?«, fragte Rhodan.

»Nein, der steckt in der Sphäre. Die Passagiere sitzen im Transitgehäuse der Sternenfähre.« Er trat erneut gegen das röhrenförmige

Gebilde. Dann kletterte er mit überraschender Behändigkeit auf die Röhre und von dort zur Kugel. Auf der Kugel öffnete er eine Luke und verschwand für eine Weile darin.

Als er wieder auftauchte, sagte er: »Ein Feldschirmgenerator ist vorhanden, außerdem ein vektorierbarer Antigravprojektor und ein Miniatur-Impulstriebwerk. Alle drei sind außer Funktion, aber sie haben keinen sichtbaren Defekt. Wir werden sie morgen untersuchen.«

»Wird das Fluggerät von der Sphäre aus gesteuert oder vom Transitgehäuse?«, wollte Rhodan wissen.

»Der Pilot sitzt im Gehäuse«, antwortete der Uotooy.

Rhodan gab Firmion Guidry einen Wink. Der Ganymedaner trat an die Röhre und untersuchte sie. Kurz darauf öffnete sich ein Schott mit metallischem Krächzen. »Darf mein Begleiter sich das Gehäuse einmal ansehen?«

»Sicher. Niemand erhebt noch Anspruch darauf.«

»Warum eigentlich nicht?«, fragte Rhodan, während Guidry seinen langen Leib verdrehte und verrenkte, um durch das enge Schott ins Gehäuse zu gelangen.

Paathum nahm die halbsitzende Stellung seiner Art ein. Aus den Augenschlitzen schien es stärker zu glimmen als zuvor. »Ich weiß nicht, ob ich euch etwas Neues damit sage. Aber wir Uotooy waren vor vielen Tausend Jahren ein weltraumfahrendes Volk. Ich habe die Ur-Heimat meiner Vorfahren, die Lichtinsel Euchum, natürlich nie mit eigenem Mund geschmeckt. Es war jedenfalls in dieser Insel, dass unsere Ahnen auf die Zhiridin trafen. Wir hatten uns bis dahin für das erwählte Volk einer Theophanie gehalten. Wir glaubten, das göttliche Wesen hätte sich zu einer bestimmten Zeit in der Stadt Wuuzon gezeigt, die darum als heiligste Stadt galt. Wir hatten uns der göttlichen Bevorzugung erfreut und hielten uns für beauftragt, unseren Glauben, unsere Hoffnung und unsere Zuversicht in jene Regionen zu tragen, die bis dahin unter dem Mangel an theophanem Glanz zu leiden hatten.«

»Ich brauche noch ein wenig«, hörte Rhodan Guidry aus der Röhre rufen.

Paathum murmelte etwas Unverständliches in Richtung der Röhre und fuhr dann fort: »Mit den Zhiridin begegneten wir einer Kultur, die kurioserweise das Gleiche dachte und sich für die auserwählte hielt. Und das, obwohl ihre Theophanie sie über gänzlich andere Dinge in Kenntnis gesetzt hatte als die unsrige uns.«

»Tja«, machte Rhodan.

»Es kam, wie es kommen musste«, fuhr Paathum fort.

»Ihr führtet Krieg.«

Paathum lachte schallend. »Was für ein Unsinn! Natürlich nicht. Wir schickten Boten aus in alle Regionen der Lichtinsel Euchum, wir erschufen gemeinsam und zum ersten Mal einen intergalaktischen Antrieb, um unsere Boten auch zu anderen Lichtinseln hinübersetzen zu lassen über die Lichtlosen Territorien hinweg. Schließlich fanden wir in der kleinen Lichtinsel Nocs Murutt die Hutoweschen, die sich ihrerseits für die von der Theophanen Präsenz Auserkorenen hielten. Nun, dachten wir, müsste es sich entscheiden, wer von uns irrte, wer in der Wahrheit war.«

»Aber die Hutoweschen hatten wieder eine andere Erleuchtung erfahren«, riet Rhodan.

»In der Tat«, erklärte Paathum. »Die drei Kulturen veranstalteten ein Hundertjähriges Konzil in der Lichtinsel Laodagol. Mag sein, dass dieses Konzil einige Jahre kürzer oder länger währte oder in Wirklichkeit eine Abfolge von Konzilien war. Jedenfalls kamen am Ende die Apostel der Zhiridin, die Theotroniken von Nocs Chosodd und die Heiligen Herolde von Uotoo überein, dass wir alle bislang einen zwar restlos wahren, aber allzu eingeschränkten Aspekt der Theophanen Präsenz erkannt hatten: Die Zhiridin sahen in ihr den Erzeuger und Unterhalter von allem, die Präsenz der Zeit. Die Hutoweschen dankten der Präsenz für den Freiraum, den sie dem Leben inmitten des Chaos gewährt hatte. Wir Uotooy sahen in der Präsenz den Einen, der alles in Gang gesetzt hatte und das Universum in einer fehlerlosen Kette der Folgerichtigkeit unterhielt. Wir vereinigten uns im Glauben an die Tritheophane Präsenz der Zeit, des Raumes und der Kausalität. Die Begegnung miteinander hatte uns gelehrt, dass alles, was wir von der Theophanen Präsenz wahrnehmen, immer nur ein Aspekt war. Selbst die gewonnene Gesamtheit der Tritheophanie erfasste nicht die Ganzheit. Die Ganzheit, die in ihrer höchsten Form unsichtbar und unsagbar blieb. Nur Sehern, Propheten, Geschöpfen mit tiefen spirituellen Erfahrungen oder den mächtigen Verbünden der Theotroniken mochte manchmal ein kurzer Einblick in den Glanz des theophanen Ganzen gegönnt sein. Wie auch immer die Ganzheit gedacht werden konnte – in einem waren sich die Gottesforscher der Zhiridin und der Hutoweschen mit den unseren einig: Die spirituellen und mythischen Substanzen sind nicht unendlich. Sie können aufgebraucht werden. Und was wären die theophanen Präsenzen anderes als solche – allerdings unauslotbar höchstwertige – mythische Substanzen? Das Ganze musste ernährt, erneuert und unterhalten werden vom Glauben der Gläubigen. Denn so wie die Ganzheit alles, was ist, aus sich strömen ließ, brauchte es den Rückfluss, damit der universale Kreislauf keinen Schaden nahm. Dieser Schaden würde immens sein: Litt die Ganzheit, fehlte es ihr an spiritueller Einspeisung, dann würde sich der Schöpfungsprozess umkehren, die Expansion des Universums käme zum Erliegen, alles stürzte in sich selbst zurück. Daraus ergab sich zwingend der Auftrag an die Apostel der Tritheophanen Präsenz: Wir mussten so viel spirituelle Energie wie möglich ernten und diese Energie richtig kanalisieren: in Richtung der Tritheophanen Präsenz natürlich.«

»Natürlich«, sagte Rhodan. »Und alles, was sich der Missionierung widersetzte, eliminieren.«

»Ich höre einen kritischen Unterton aus deinem scheinbaren Einverständnis. Glaub mir: Für meine Vorfahren ergab sich kein Widerspruch. Wer sich der Stiftung gottgeistiger Kräfte widersetzte, schädigte nicht nur die Präsenz, sondern in der Präsenz den Kosmos, mithin sich selbst und – noch weit desaströser – alles, was er liebte. Verstarben diese Widerspenstigen im Unglauben, war ihre Existenz ein spiritueller Bankrott. Verstarben sie aber im Zug einer unserer Missionen, dann verwandelte sich ihr Tod in ein Opfer, in eine explosive Freisetzung ihrer spirituellen Energie.«

Was für eine abstruse Konstruktion, dachte Rhodan. *Die, die von außen betrachtet und aus der Sicht ihrer Opfer als die Verheerer der Welten erscheinen, sehen sich als Gewährleister der Ordnung, Garanten des universalen Fortbestandes. Die scheinbare Schwäche eines solchen Glaubens an metaphysische Entitäten – deren Unbeweisbarkeit – ist in Wirklichkeit seine Stärke: deren Unwiderlegbarkeit.* »Ihr tatet ihnen mit ihrer Ermordung gewissermaßen einen Gefallen«, schloss er.

»Bloß einen Gefallen?«, fragte Paathum. »Das wäre den Aufwand nicht wert gewesen. Nein. Die Lichtsoldaten der Tritheophanen Präsenz erlösten und erretteten sie. Wussten sie die Opfer der Missionskampagnen doch aufgehoben in den Seligen Archiven der Tritheophanen Präsenz. Mit dem Elan dieser Vereinigung der drei auserwählten Kulturen gingen wir deswegen auf unsere erste Missionskampagne.«

Ein Summen ertönte, dann glomm ein rötliches Licht auf in der Röhre, das nicht stark war, aber in der Finsternis des Canyons für einen Augenblick fast blendend wirkte. »Ich wär so weit«, rief Firmion Guidry aus der Pilotensphäre des kleinen Raumfahrzeugs.

Rhodan fragte Paathum: »Willst du uns wirklich nicht begleiten?«

»Hinauf nach Schelekesch?« Der Uotooy dachte nach. Für einen Moment glaubte Rhodan, den bernsteinfarbenen Glanz hinter der Silbermaske stärker aufleuchten zu sehen. »Nein«, sagte Paathum dann. »Vorbei ist vorbei.«

»Was ist vorbei?«, wollte Rhodan wissen. »Deine Zeit als Astronaut?«

»Ihr sucht die Zhiridin«, sagte Paathum. »Das, was die Zhiridin einst waren, werdet ihr nicht mehr finden. Nirgends. Geschweige denn auf Schelekesch. Das Apostolat der Tritheophanen Präsenz hat sich mit seinen Missionskampagnen in die Katarakte der Zeit begeben, und die Katarakte der Zeit haben es mit sich gerissen.«

»Ihr seid auf einen mächtigeren Gegner gestoßen«, vermutete Rhodan. »Einen, der sich eurer Missionierung endgültig widersetzen konnte.« *Und der jetzt möglicherweise auf Schelekesch sitzt und eure alten Schätze hütet ...*

»Nein. Eines Tages war einfach alles vorbei. Wir haben den Glauben verloren. Vielleicht hatten wir ihn längst, hatten wir ihn bereits vor Jahrhunderten verloren, und der Tag, an dem alles vorbei war, war der Tag, an dem wir es uns eingestanden.«

»Es war vorbei – einfach so?«, fragte Rhodan ungläubig. *Wie Mutter Ghymaa gesagt hatte ... Und jetzt hören wir die Geschichte noch einmal.*

»Ja«, sagte Paathum. »Glaub einem Historiker wie mir: Wir waren eine große Kultur, die mehrere Lichtinseln überspannte – fünf, wenn du es wissen willst. Möglicherweise hast du andere Erfahrungen. Lass dich von eigenen Erfahrungen nicht täuschen. Kleine, endemische Kulturen sind zweifellos zäh. Sie sterben langsam, wenn überhaupt. Manchmal überleben sie ihren scheinbaren Untergang, überwintern die nächste und die übernächste große Kultur, die ihre Pracht in Herrlichkeit entfaltet. Es sind die größten Kulturen, die einfach so vergehen. Mächtige Technosphären, die sich über ganze Lichtinseln ausgebreitet haben, pangalaktische Hegemonien mit Maschinen, deren Wirkungsweise an Wundertaten grenzt. Dann sind sie fort. Einfach so. Und die kleinen Kulturen, die in ihrem Schatten gelebt haben, kommen wieder ans Licht, recken und strecken sich und haben wenige Generationen später die Mega-Mächte vergessen, die nur noch in ihren Legenden eine Rolle spielen oder gelegentlich in ihren Alpträumen.«

»Ihr habt euch zurückgezogen?«

»Wohin? Wozu? Wir sind geblieben, wo wir eben waren. Nach und nach haben wir den Kontakt zueinander verloren. Ich deute das als unseren Versuch, uns zu verkleinern.«

Rhodan begriff. »Um als kleinere Kultur zu überleben.«

»Als eine große Anzahl kleiner Kulturen«, verbesserte Paathum. »Als die Sternenstadt THINTYSIR, lange Jahre nachdem sie ihre Reise beendet und sich in den Orbit von Schelekesch begeben hatte, in die neun Fragmente zerbrach, ließen wir es geschehen. Nicht, dass unsere Techniker und Wissenschaftler außerstande gewesen wären, es zu verhindern. Einige Jahrtausende lang hatten wir ja noch der Wissenschaft gehuldigt, der Forschung, der Technik. Wer den Glauben verliert, hält sich eine Weile mit Wissen schadlos. Wissen ist eine beinahe wundertätige Droge. Nichts beflügelt, nichts begeistert mehr, als alles klar zu sehen, im Licht, die ganze Welt zu begreifen, sie handhabbar zu machen. Wir aber haben gelernt, der Wahrheit und dem Wissen zu misstrauen.«

Rhodan hob die Augenbrauen. Machte sich der Uotooy über ihn lustig? Wollte er andeuten, die Schwundstufe der Zivilisation, die auf dem Sternenstadt-Fragment dahinvegetierte, sei eine erstrebenswerte Erfindung, der terranischen oder einer vergleichbaren Technosphäre überlegen?

Sternenstadt, Sterbestadt, dachte der Resident.

Er betrachtete die Silbermaske eingehend, konnte darin aber naturgemäß keinerlei Regung entdecken. *Nein,* dachte er, *Paathum macht keine Witze, schon gar nicht auf meine Kosten. Er redet mit der unergründlichen Offenheit eines Geschöpfes, das keine Geheimnisse mehr zu hüten hat.*

»Also dann«, sagte Rhodan. Er winkte dem Uotooy und betrat das Transitgehäuse; Ileschqa folgte. Es dauerte einige Sekunden, bis Pao Ghyss zustieg.

Rhodan bemerkte zu seiner Verwunderung, dass es ihm lieber gewesen wären, sie hätte es nicht getan.

Ein schmaler Zugang führte vom Transitgehäuse der Fähre in die Antriebssphäre.

Rhodan zwängte sich hindurch. »Firmion?«

Der Ganymedaner lag zwischen den Maschinenblöcken und schlief mit offenem Mund. Rhodan kroch zurück.

»Hat dein Begleiter den Antrieb repariert?«, fragte Ileschqa.

»In gewisser Weise«, sagte Rhodan.

Er wies den Translator an, in die Sprache Paathums zu übersetzen, von der er annahm, dass der Schiffsrechner, wenn es ihn denn gab, sie verstehen müsste. »Ich möchte die Fähre starten. Existiert ein positronischer Assistent, der mich bei der Navigation unterstützen könnte?«

Eine grauenvoll mechanische Stimme erklang, dröhnend und ohne jede Modulation. »Die Fähre FINGERZEIG DER GLORIE begrüßt dich und die übrigen Gäste. Im Namen der Tritheophanen Präsenz nehme ich dich in meine Obhut.«

Eine Maschine, dachte Rhodan, *das Letzte, was noch an die Dämonen seiner Schöpfer glaubt.*

»Start!«

Mit einem leisen Brummen fuhr der Antigravgenerator hoch. Rhodan stellte sich unwillkürlich die Arbeitsweise dieses Aggregates vor und die zerstörerischen Kräfte, die eine Manipulation von Gravitonen entfalten konnte.

Der Jupiter ... die Zeit wird knapp. 3.45 Uhr.

»Wir fliegen nach Schelekesch und gehen so bald wie möglich auf Impulstriebwerk.«

»Verstanden«, sagte die mechanische Stimme. »Fliegen wir Schelekesch lotrecht an oder bestimmst du ein genaueres Ziel?«

Rhodan schaute den Schiqalaya an. Was, wenn das Schiffshirn ihr Gespräch belauschte und auf ein Stichwort wie Psionen-Born hin eine Warnmeldung an die Zhiridin auf dem Planeten schickte? Dem fein gesponnenen Netz des Terranischen Liga-Dienstes würden solche Hinweise jedenfalls kaum entgehen, und die Zhiridin besaßen einige Jahrzehntausende zivilisatorischer Erfahrung mehr.

Keine Zeit.

»Wir wünschen einen bestimmten Punkt anzusteuern«, sagte Ileschqa. »Kennst du dich auf dem Planeten aus?«

»Ich war längere Zeit nicht mehr dort«, lärmte die Stimme. »Aber die geologischen Veränderungen werden sich in Grenzen halten.«

Schelekesch schilderte der Fähre die Umrisse des Kontinents Paschschadahm und die Lage der Hochebene, auf der die Schiqalaya den Psionen-Born entdeckt hatten.

»Ich kann den angegebenen Ort mit über zweiundsiebzig Prozent Wahrscheinlichkeit identifizieren«, plärrte die Fähre. »Um unsere Ansichten miteinander abzugleichen, gebe ich die Sicht frei.«

Von einem Moment zum anderen verschwanden die Wände, der Boden und die Decke der Fähre. Unwillkürlich krallte sich Rhodan in der Sitzfläche fest. Dann begriff er, dass die Fähre ihre Hülle transparent geschaltet hatte. Tief unten die wenigen, verlorenen Lichter der Sternenstadt. Über ihnen Schelekesch und sein safranfarbener Mond.

Dazwischen ein leicht verzerrendes Medium, die Kuppel über der Sternenstadt.

»Paschschadahm liegt auf der anderen Seite des Planeten«, erklärte Ileschqa.

»Ich halte darauf zu, sobald ich die Sphärenschicht passiert habe«, sagte die Fähre,

»Stellt diese Passage uns vor ein Problem?«, fragte Rhodan.

»Nein«, kam es von der Fähre. »Kein Problem.«

Kein Problem also, dachte Rhodan mit einem leichten Unbehagen. Wäre ihm lieber gewesen, auf Schwierigkeiten zu treffen?

Vielleicht. Jedenfalls ging es ihm im Augenblick beinahe zu glatt. Die auf ihre Art zuvorkommenden Uotooy ... die, wie es schien, verschwundenen Zhiridin ... die botmäßige Sphäre ... *als würde uns förmlich der Weg bereitet. Vorsicht,* mahnte sich Rhodan. Aus der Triebwerksektion klang das leise Schnarchen Guidrys. Pao Ghyss war ganz in die Betrachtung des Planeten versunken, ihr Gesicht ausdruckslos, von glatter, gläserner Schönheit.

Ileschqa ...

Die Fähre flog auf die Sphärenschicht zu und durchquerte sie ohne spürbaren Widerstand. »Wir sind im freien Weltraum und haben den erforderlichen Sicherheitsabstand zur Sternenstadt erreicht«, meldete die Stimme nach knapp einer Minute. »Ich aktiviere das Impulstriebwerk.«

Zu glatt, dachte Rhodan. *Alles verläuft zu glatt.*

Auf Anweisung Rhodans rechnete das Bordgehirn die eigenen Entfernungsangaben auf der Basis der Lichtgeschwindigkeit annäherungsweise um. Demnach hatten sie bis Schelekesch etwa einhundertsechzigtausend Kilometer vor sich, die notwendige Umrundung des Planeten bereits einberechnet – und eine Flugzeit von einer halben Stunde.

Rhodan stand auf und warf einen Blick in den Maschinenraum. Firmion Guidry lag dort, schlief, zusammengeringelt wie ein Embryo, und schnarchte zurückhaltend.

Pao Ghyss saß mit geschlossenen Augen, selbstversunken. Mehr und mehr glich ihr Gesicht einer Porzellanmaske, übermäßig glatt und unzugänglich.

Rhodan betrachtete sie mit sehr zwiespältigen Gefühlen. Ihm war, als wäre er aus einem Bann entlassen, wieder mehr bei sich, mehr er selbst.

Andererseits vermisste er das Hochgefühl, mit dem er sonst ihre Gegenwart erlebt hatte. Kurz flackerte die Lust auf, alles, auch sich selbst, dieser Frau anzuvertrauen, dann merkte er, dass er ihr gegenüber reserviert war.

Zu viel Emotion im Spiel, erkannte er. *Besser, du kommst zur Vernunft.*

Er wandte sich Ileschqa zu, der die Kontrollen der Fähre im Blick hielt. »Ich habe eine private Frage. Du trägst einen Vitalenergiespender. Du hast also sehr lange gelebt.«

»So wie du«, sagte Ileschqa. »Oder täusche ich mich?«

»Nein«, sagte Rhodan. »Diese lange Zeit – wie hast du sie erlebt? Ist sie immer ein Gewinn gewesen?«

Der Schiqalaya schaute ihn nachdenklich aus seinen lackschwarzen Augen an. »Manchmal hat mich erstaunt zu sehen, wie viel mit wie vielem verknüpft ist. Alle Welt scheint ein zusammenhängendes Gewebe zu sein, alles Nahe mit dem Fernsten in Verbindung zu stehen. Wunderbar, nicht wahr?«

»Vielleicht.«

»Aber je älter ich werde, desto häufiger frage ich mich, ob diese allgegenwärtigen Zusammenhänge wirklich bestehen. Oder ob die Wirklichkeit nicht vielmehr ein end- und zielloses Gewimmel ist von zahllosen unzusammenhängenden Fragmenten.«

»Das hieße?«

»Es hieße: dass das Universum als großer Zusammenhang ausschließlich in uns existiert. In Wesen wie uns. Dass es eine Erfindung wäre unseres Gedächtnisses.«

Er schaute Rhodan an. Rhodan fragte: »Wäre das schlimm? Wenn wir die Geschichtenerzähler des Universums wären?«
»Geschichten müssen nicht wahr sein.«
»Nein«, gab Rhodan zu. »Aber das macht nichts. Wenn nur ihre Figuren lebendig sind.«

Über der anderen Seite von Schelekesch stand der kupferfarbene Mond. Ileschqa erkannte den Kontinent Paschschadahm sofort.
Die Hülle der Fähre war immer noch durchsichtig.
Hin und wieder huschten unter ihnen, während sie im Landeanflug waren, Umrisse von Städten dahin. Rhodan konnte aus der großen Höhe kein Zeichen von Leben erkennen, nicht entscheiden, ob die Städte bewohnt, verlassen oder bloße Ruinenfelder waren.
Paschschadahm lag im Licht. Rhodan meinte die innere Erregung des Schiqalaya zu spüren. Heimkehr nach Jahrzehntausenden.
Kein Abfangjäger. Kein Funkspruch, der ihre Legitimierung erbat. Nichts.
Oder?
»Fähre? Hast du uns den Behörden gegenüber ausgewiesen?«
»Ich habe uns bei der Registrierstelle von Pouzhauc angemeldet«, sagte die mechanische Stimme.
»Was ist Pouzhauc?«
»Die Verwaltungszentrale der lokalen Botschaft der Tritheophanen Präsenz auf dem Kontinent, den ihr Paschschadahm nennt.«
»Hat man Einwände erhoben?«
»Keine Einwände.«
»Als was hast du uns ausgewiesen?«
»Als Reisende. War das falsch?«
»Nein«, sagte Rhodan. »Wer war dein Gesprächspartner? Ein Zhiridin?«
»Symbolische Kommunikation ohne biogene Kennung«, sagte die Fähre. »Eine Psychotronik dritter oder vierter Ordnung mit adaptierter Theotronik. Beide haben sich mir nur partiell zugewandt. Ihr Interesse konzentriert sich auf anderes. Wahrscheinlich ein innerer theologischer Disput.«

»Beides sind künstliche Intelligenzen?«, fragte Rhodan nach.

Die Fähre bestätigte.

Der Flug hatte sich verlangsamt. Sie waren über mehrere der Hochplateaus geglitten, die für diesen Kontinent typisch waren.

»Dort«, sagte Ileschqa und wies nach vorn. »Dort unten muss sich der Thesaurus befinden.«

Schelekesch. Die zweite Heimat der Schiqalaya. Die eigentliche Hauptwelt des Bundes von Ducphaun. Der Ausgangsort des Transformationsprozesses von Jupiter.

Die Landung war unspektakulär. Rhodan hatte die Lichtung vermieden, in dessen Mitte der Thesaurus in die Höhe ragte.

Sie konnten im Anflug auf das Hochplateau keine Reste der alten Stadt Schendduor entdecken. Die Fähre hatte einen ausreichend freien Platz zwischen den anemonenartigen Blumentieren gefunden, den blassgrünen Riesen, die hier eine sonderbare Art von Wald bildeten.

Das Fahrzeug öffnete seine Mannschleuse. Leicht modrig riechende, sonst aber sauerstoffreiche warme Luft strömte in den Innenraum.

Sie stiegen aus.

Rhodan schaute auf sein Kom. *4.18 Uhr. Und jetzt?*

Rhodan hatte den Thesaurus im Gedächtnistheater der Schiqalaya gesehen und seine Maße über Vergleichswerte ermitteln können.

Tatsächlich vor ihm zu stehen, war etwas anderes. Sie näherten sich dem Gebilde über eine Wiese aus niedrigem, aber sehr dichtem, blaugrünem Gras.

Die Konstruktion ragte nicht nur wie ein außerirdischer Turm, den man mit einer schwach bläulich schimmernden Glasur überzogen hatte, über sechzig Meter in die Höhe, sondern zog sich deutlich über einen halben Kilometer in die Tiefe und verbreiterte sich von vielleicht zwanzig Metern an der Spitze auf etwa dreihundert Meter an der Basis.

Wobei *Basis* ein nicht ganz zutreffendes Wort war: Das komplette Gebilde schwebte frei in der Grube, die vor ewigen Zeiten von den Schiqalaya ausgehoben worden war.

Hatte kein Wind Staub und Erde herangetragen, die Ausgrabung wieder anzufüllen? Hatten die Zhiridin dafür gesorgt, dass sein Umfeld frei gehalten wurde?

Wie auch immer.

Je näher sie dem Thesaurus kamen, desto unklarer erschien er dem Terraner. Sein Umriss waberte und zitterte wie in einem verwackelten Film. Es war, als könnte sich das Bauwerk nicht entscheiden, ob es real sein wollte oder bloß sein eigenes Trugbild. Eine Nachbildung aus energetischem Gelee.

Sie standen am Rand der Grube. Keine Brücke führte in das wabernde Feld, geschweige denn hindurch zum Thesaurus.

Sie würden ihre Gravopaks anwerfen und versuchen müssen, das Feld auf diese Weise zu durchdringen.

Auf das Risiko hin, dass der Schirm sie zurückschleudern, ihnen möglicherweise Schlimmeres antun würde.

»Wir bekommen Besuch«, murmelte Firmion Guidry.

Rhodan blickte von dem wabernden Feld fort und folgte dem Fingerzeig des Ganymedaners. Zwei Wesen näherten sich mit einer gemächlichen Geschwindigkeit.

»Sollen wir fliehen?«, fragte Guidry schläfrig.

Rhodan schüttelte den Kopf. Er hätte nicht gewusst, wohin, wozu.

Ob die Fremden gefährlich waren? Vielleicht. War er selbst nicht auch gefährlich? Sein Aufenthalt hier? Das Leben an sich?

Er lachte leise in sich hinein. Solche grotesken Gedanken kamen einem wohl beim Anblick solcher grotesker Lebewesen.

Denn Lebewesen waren es, daran hatte er keinerlei Zweifel. Und mehr noch ... Rhodan kniff die Augen ein wenig zusammen. Er hatte derartige Geschöpfe schon einmal gesehen – kürzlich erst. Sie ähnelten einem erhobenen, weit ausgestreckten Arm – oder einem fast zwei Meter langen Riesenwurm, dessen verbreitertes, unteres Ende – die Schulter – in einer halbkugeligen Schale steckte.

Die Schale rollte auf vier großen Spiralrädern.

Der Eindruck, es mit einem Arm zu tun zu haben, wurde durch die beiden sichtbaren Gelenke verstärkt. Das eine teilte die Kreatur ziemlich genau in der Mitte; das andere saß am oberen Ende. Die daran anschließende Hand wies anstelle der Finger vier stielartige Auswüchse auf, die von einem schimmernden Organ, vermutlich einem Auge, gekrönt wurden.

Das Mittelgelenk konnte sich offenbar in alle Richtungen beugen und tat es auch. Es sah aus, als winke der Arm eines Ertrinkenden, der in der Schale untergegangen war.

Er hatte derartige Geschöpfe in den Gedächtnisschwingen der Schiqalaya gesehen. Wesen wie diese hatten die Invasion des Apostolats in Baschq angeführt.

Natürlich hätten es Hutoweschen sein können, vielleicht auch Mitglieder eines anderen Hilfsvolkes in der religiös bewegten Karawane der Verkünder der Tritheophanen Präsenz.

Aber Rhodan wusste mit der ganzen Wucht einer unwiderlegbaren Eingebung, dass es weder Hutoweschen noch die Angehörigen einer minderen Nation waren, die da in aller Beschaulichkeit auf sie zurollten.

Es waren Zhiridin.

Shaydr und Spauntek hatten zum Frühstück das in der Nacht Vorverdaute in die gemeinsame Speipfanne erbrochen, vermengt, mit Kräutern abgeschmeckt und aufgekocht. Spauntek hatte sich mit echter Fleischeslust bedient und zugelangt; Shaydr war mit dem geringeren Teil zufrieden gewesen und hatte statt des Angedauten noch einige Nachtfrüchte aus dem Konservierungstank seines Domobils verzehrt.

Dann hatten sie ihre Soutane übergeworfen, die Zingulums umgebunden, sich ins Domobil verfügt und auf den Weg gemacht, um nach der theoretischen Wittib Aoghidin und ihrem theoretischen Wanderhaus Ausschau zu halten.

»Ich schließe euch in meine Gebete ein«, hatte die Theotronik ihnen zum Abschied noch versprochen.

Dann waren sie losgerollt.

Ein trockener Tag. Mit dem Fernauge konnte Shaydr die Herde der Thruune in der Ferne sehen.

Spauntek sang leise vor sich hin, eine uralte, wehmütige Litanei, in die Shaydr mit einem gelegentlichen »von mir aus« einfiel – weit davon entfernt, die traditionelle Bekräftigungsformel zu sprechen, die eigentlich verlangt war.

»Du bist ein ziemlicher Lümmel«, beschwerte sich Spauntek am Ende der Litanei.

»Da sind Fremde in der Nähe des Objektes«, sagte Shaydr.

Er sah, wie Spauntek sein Fernauge ausrichtete. »Vielleicht eine Reflektion des Waberschirms.«

»Natürlich«, spottete Shaydr. »Vier Reflektionen, die sich vom Waberschirm unabhängig gemacht haben und wacker durch die Gegend marschieren.«

»Sie stehen mehr, denn dass sie gehen. Und viel Wackerheit kann ich nicht entdecken. Mein Auge ist trüb und kann keine Charaktereigenschaften mehr sehen.«

»Haha«, machte Shaydr und wies das Ergohirn seines Domobils an, auf das Objekt zuzuhalten.

Spauntek folgte. »Vielleicht sind sie gefährlich«, murmelte er.

»Ohne jeden Zweifel«, sagte Shaydr. »Sie fressen unsereins unvorverdaut.«

»Wie barbarisch«, beklagte sich Spauntek. »Vielleicht sollten wir unterwegs ein paar Kräuter pflücken, um uns damit zu würzen.«

»Ich habe noch ein paar Nachtfrüchte an Bord«, erinnerte ihn Shaydr.

»Wie schön«, sagte Spauntek erleichtert. »Sie sehen ein wenig aus wie Uotooy, findest du nicht?«

»Nur dass sie aufrecht gehen.«

»Mutanten«, vermutete Spauntek. »Missgeburten.«

»Ohne jeden Zweifel«, gab Shaydr zurück. »Ohne jeden Zweifel.« Er spürte eine selten erfahrene Hochstimmung, eine unerklärliche Beschwingtheit, und musste an sich halten, dem Ergohirn keine höhere Geschwindigkeit zu befehlen.

»Und das Wanderhaus der Wittib Aoghidin?«, fragte Spauntek.

»Kann warten.«

Während sie näher kamen, erkannte Shaydr, dass die Fremden durchaus keine Uotooy waren. Erstens gingen sie nicht aufrecht; zweitens trugen sie keine Schädelverblendung. Drittens war einer von ihnen, wie es schien, mit einem Satz eingerollter Schwingen ausgerüstet.

Shaydr erinnerte sich vage, eine Gestalt wie diese schon einmal gesehen zu haben. In den Archiven der Vorzeit.

Diese merkwürdige Gestalt war ein Schiqalaya.

Ein Ausgestorbener.

Es versprach, ein interessanter Vormittag zu werden.

Die Translatoren arbeiteten. Nach und nach wurde die Rede der merkwürdigen Gestalt verständlicher. Wenn die Maschine korrekt übersetzte, fragte sie eben: »Seid ihr Touristen auf Schelekesch?«

»Das trifft die Sache nicht ganz«, antwortete Ileschqa.

»Wollt ihr Schelekesch wieder besiedeln? Wir haben euch für ausgestorben gehalten. Du bist doch ein Schiqalaya, oder?«

»Das bin ich«, sagte Ileschqa. »Und ihr seid Zhiridin?«

»Natürlich«, gab die Gestalt zurück. Ein dünnes, feinmaschiges Häutchen vibrierte zwischen den vier Fingern, die mit ihren Augenkuppen allesamt auf Ileschqa, Rhodan, Guidry und Ghyss gerichtet waren. Dieses Häutchen und seine Schwingungen erzeugten die Stimme, die etwas Körperloses, Wisperndes hatte, ohne leise zu sein.

Nur einer der beiden Zhiridin hatte bislang gesprochen. Der andere beobachtete sie offenbar aufmerksam.

Der Sprecher hatte sich als Spauntek und seinen Begleiter als Shaydr vorgestellt.

»Und ihr beherrscht diese Welt?«, fragte Rhodan.

»Beherrschen?« Spauntek schien ernsthaft nachzudenken. »Wozu sollten wir das tun? Wir sind niemands Herr und niemands Knecht.«

»Nur Diener der Tritheophanen Präsenz«, warf Ileschqa beiläufig ein.

Kluge Frage, dachte Rhodan.

»Wir haben diesen Dienst neulich quittiert«, sagte Spauntek.

Rhodan beobachtete, wie der zweite Zhiridin eine Art Zunge aus der Nähe seiner bislang schweigenden Sprechmembran rollte. Sie war ockerfarben und schmal, an der Spitze wie die einer irdischen Schlange gespalten. Die Zunge fuhr in eine Tasche des breiten Gürtels, der das Fahrzeug wie eine Bauchbinde umgab. Sie holte eine Frucht daraus hervor und führte sie in einen bislang verschlossenen Mundschlitz am oberen Ende des Arms, noch unterhalb der Hand- oder Augenfläche. Ein Zahnrund wurde sichtbar. Der Zhiridin biss zu und schmatzte verhalten. Ein wenig Fruchtseim floss über das Armsegment des Wesens. Rhodan roch das durchdringend bananensüße Aroma der Frucht.

Für eine Erstbegegnung sind sie ziemlich ungeniert, dachte der Terraner.

»Ihr glaubt an nichts mehr«, mischte sich plötzlich Pao Ghyss ins Gespräch. »Ihr seid am Ende.« Rhodan registrierte den leisen Triumph in ihrer Stimme.

»Am Ende?«, fragte Spauntek. »Am Ende wovon?«

»Von allem.« Ghyss spuckte die Worte geradezu aus.

»Wir sind Forscher«, entgegnete Spauntek. »Forschung endet nie. Zumal auf Schelekesch nicht.«

»Forscher seid ihr?«, hakte Rhodan nach. »Was erforscht ihr auf Schelekesch?«

»Mal dies, mal das«, sagte Spauntek. »Wie sich die Lichter der Monde mischen in der Nacht. Den Geschmack diverser Kräuter. Das Verhalten der Thruune.«

»Ihr seid nicht hier, um das Verhalten der Thruune zu studieren?«, meldete sich der zweite Zhiridin.

»Wir sind hier, weil wir einen Planeten retten wollen. Und viele Milliarden Leben«, erklärte Rhodan.

»So wenige, um so viele Leben zu retten?«, staunte Shaydr. »Das Leben von Schiqalaya?«

»Und wenn es so wäre?«, fragte Rhodan.

»Auch gut«, sagte Shaydr. »Wir hatten die Schiqalaya für ausgestorben gehalten.«

»Könnt ihr uns helfen?«, fragte Rhodan.

»Erklärt uns, was wir tun müssten, um euch zu helfen«, bat Shaydr.

Wieder befiel Rhodan das Gefühl, als ginge alles zu glatt. Statt auf die Gegenwehr eines mächtigen Feindes zu stoßen, stieß man auf Hilfestellung aller Art. Er entsann sich eines alten Liedes – oder einer alten Geschichte –, deren Held die absurdesten Freundlichkeiten erfuhr, der von einem höflichen, bescheidenen, mitleidigen Richter zum Tode verurteilt wurde und am Ende auf einen Henker traf, der, wie er schon das Fallbeil hob, fragte, ob er es denn auf dem Richtblock auch bequem hätte oder möglicherweise eine weichere Unterlage wünschte – schließlich wollte man helfen, wo man nur könnte.

Andererseits – was hatte er zu verlieren?

Zeit!

Würde er den Zhiridin nicht ein Geheimnis verraten? Wie hatte Ileschqa gesagt? Der Bote der Superintelligenz habe einen Standort zu seiner Zentrale bestimmt, an dem die Zhiridin nichts Derartiges vermuten würden. Nicht weil es ein zu entlegener, sondern weil es ein zu naher Ort wäre. Der unwahrscheinlichste Ort von allen.

Er warf Ileschqa einen fragenden Blick zu, von dem er hoffte, dass der Schiqalaya ihn verstand.

Ileschqa machte eine Geste der Zustimmung.

Und Rhodan begann, die beiden Fremden wenigstens in Grundzügen ins Bild zu setzen.

Die Zhiridin bedauerten, aber sie wussten nicht, wie man den Zufluss an Higgs-Teilchen hätte unterbinden können. Aber sie schienen nachdenklich zu sein.

»Ich denke, dass die Theotronik des Priorats uns auf derartige Prozesse hingewiesen hätte, wären sie ihr zur Kenntnis gekommen«, sagte Shaydr. »Woraus wir den Schluss ziehen können, dass entweder unsere Theorie falsch ist, oder die tätige Maschinerie – das, was ihr den Fluktuationstransmitter nennt – sich unserer Wissenschaft entzieht.«

»Was haltet ihr für wahrscheinlicher?«, fragte Rhodan.
»Nun«, sagte Spauntek. »Unsere Technologie ist fern davon, allmächtig oder allwissend zu sein. Auch das Phänomen eines gewollten und bezweckten Informationsentzuges ist uns nicht unbekannt. Als vor vielen Jahrhunderten die Technotopische Reisegesellschaft durch Baschq flog, konnten unsere Ahnen deren Asteriscaphe mit den eigenen Fernaugen sehen, die Ortungsgeräte aber erfassten sie nicht. Und hätte das Technotopische Direktorium der Reisegesellschaft unsere Ahnen nicht von sich aus kontaktiert, man hätte die Reisenden für Phantome gehalten.«
»Ihr seid auf Schelekesch wegen dieses Objektes hinter dem Waberschirm«, vermutete Shaydr und wies mit seiner Zunge auf den Thesaurus. »Auch dieses Objekt ist uns unzugänglich.«
»Möglich, dass die Wittib Aoghidin die Erforschung des Objektes wieder aufnimmt«, sagte Spauntek. »Wenn sie es denn ist, die in dem Haus wohnt, das über Appasch wandert.«
»Wer ist diese Wittib?«, fragte Rhodan.
»Eine Frau«, erläuterte Spauntek.
Eine Frau in einem Wanderhaus ... unwillkürlich sah Rhodan ein hölzernes Bauernhaus auf zwei – oder vier – Hühnerbeinen durch die Gegend laufen.
Und sich hinterhereilen.
Hatten sie damit ein nächstes Etappenziel? Von Ganymed nach MERLIN, von dort zur Cor-Jupiter-Station, weiter zum havarierten Schiff der Schiqalaya, nach Schelekesch – während Jupiter seinem Ende immer näher rückte, entrückte Rhodan seiner Welt immer mehr. *Soll ich jetzt auch noch dieses Wanderhaus suchen?* Beinahe erschien ihm diese ganze Odyssee wie ein Komplott, eingefädelt, ihn, Rhodan, in immer weitere Fernen zu locken, fort aus dem Solsystem. *Zu viel der Ehre,* schalt er sich.
»Warum sollten wir sie suchen?«, fragte er die beiden Zhiridin.
»Weil sie eine Frau ist«, wiederholte Spauntek.
Dieser bezwingenden Logik mochte Rhodan sich nicht ohne weiteres anschließen. »Haben Frauen einen besseren Zugriff auf den Thesaurus – auf euer Objekt hinter dem Waberschirm?«

»Die Wittib Aoghidin hat sich eine lange Zeit – eigentlich seit ihrer Wiederfrauwerdung – um das Objekt bemüht«, trug Shaydr in aller Ruhe vor. »Erfolglos. Meiner Meinung nach wird sich das Objekt auch weiterhin seiner Erforschung entziehen. Ich glaube, dass Zhiridin grundsätzlich von dem Objekt nicht erwünscht sind.«

»Das Objekt lebt nicht«, widersprach Spauntek. »Du mythisierst es. Fehlen dir die Tritheophane Präsenz und andere Spukgestalten?«

Rhodan wandte sich an Shaydr. »Du meinst, das Objekt würde einer anderen Spezies Zugang gestatten?«

»Ich meine gar nichts«, kam die Antwort. »Ich bin Forscher. Ich weiß immerhin, dass die Wittib Rat gesucht hat bei dem Eremiten. Und der ist, was immer er ist, kein Zhiridin.«

»Was für ein Eremit?«, fragte Ileschqa.

»Es gibt auf der gesamten Ebene von Appasch nur den einen«, erklärte Spauntek. »Er nennt sich Alloan und ist ein Kundiger in Sachen Wanderhäuser«, erklärte Spauntek.

»Ich weiß nicht, ob er sachkundig ist, was die Wanderhäuser betrifft«, sagte Shaydr. »Ich halte ihn für ein Relikt aus einer Zeit, bevor wir diesen Planeten besiedelten.«

»Er hält ihn für unsterblich«, verkündete Spauntek. Sein Hautsegel sirrte.

Er lacht, dachte Rhodan. *Er lacht seinen Begleiter aus.* »Das hältst du für ausgeschlossen?«, fragte er den Zhiridin.

Spauntek wehrte ab. »Aber nein. Warum sollte die Tritheophane Präsenz ausgesuchten Gläubigen nicht die Plage der Unsterblichkeit erweisen, für welche Sünde auch immer? Ich darf aus deiner Frage schließen, dass du, wenn schon nicht an die Tritheophane Präsenz, so doch an die Präsenz sogenannter Superintelligenzen glaubst?«

»Es gibt Tage ...«, begann Rhodan. »Dieser Eremit – in welcher Beziehung steht er zu dem Objekt?«

»Keine Ahnung«, sagte Spauntek.

»Ich glaube, es gehört ihm«, ergänzte Shaydr.

Die beiden Zhiridin hatten sich bereiterklärt, die Gruppe zur Eremitage zu führen. Das Angebot, von Rhodan und den anderen mittels Gravopak geflogen zu werden, hatten beide unter Hinweis auf »bindende Gelübde und dergleichen« abgelehnt.

Wäre es nicht zu absurd gewesen, hätte der Terraner darauf getippt, dass diese Gelübde in ihrem Kern Flugangst waren. Aber da Spauntek die Reisezeit auf – wie der Translator behauptete – weniger als eine Stunde geschätzt hatte, verzichtete Rhodan auf eine wahrscheinlich unergiebige und schlimmstenfalls die Stimmung trübende Argumentation.

Tatsächlich erreichten sie die Eremitage nach nur zwanzig Minuten.

Zu rasch. Zu widerstandslos. Wie vom Sog der Ereignisse vorangezogen.

Sie waren einige Minuten lang einem Trampelpfad gefolgt, immer wieder in der Not, gigantischen Kothaufen auszuweichen. »Die Thruune«, hatte Spauntek kurz erklärt. »Sie erleichtern sich gewaltig, stets zur Freude der Sytrupen. Sie verköstigen und tränken die Sytrupen. Könnten die Sytrupen denken – sie würden die Thruune für höhere Wesenheiten halten.«

»Oder für dickleibigere Wesenheiten, die schlicht mehr verdauen als sie selbst«, ergänzte Shaydr.

Ihrem umstandslosen Geplauder unterwegs hatte Rhodan entnommen, dass die beiden so etwas wie Mönche waren, die in einem Priorat hausten, dessen einzige Bewohner sie waren – einmal abgesehen von einer sogenannten Theotronik, einer künstlichen Intelligenz, deren ganzes Dasein auf das Bedenken der Tritheophanen Präsenz gerichtet war, sehr zur Belustigung der beiden Zhiridin.

Hin und wieder hatte Shaydr einige Früchte gepflückt und in den Taschen des großen Gürtels deponiert, das um sein Fahrzeug gebunden war. Die Zhiridin bezeichneten ihr Gefährt als Domobil – so jedenfalls hatte der Translator es übersetzt. Es musste auch in der Sprache der Zhiridin ein irgendwie altehrwürdig klingendes Wort sein mit der Doppelbedeutung von Haus und Fahrzeug.

Dickicht, Gestrüpp. Dann eine kleine Lichtung, der Eingang in eine Erdhöhle, von einer Matte aus einer Art Bast bedeckt.

»Juhu!«, rief Shaydr. »Eremit Alloan. Empfängst du Gäste?«

»Nein«, kam es aus der Erdhöhle zurück.

»Schade«, beschied Shaydr. »Dann gehen wir wieder.«

»Die Tritheophane Präsenz sei mit euch«, rief die Stimme.

»Einer der Gäste wäre ein Schiqalaya gewesen«, sagte Shaydr. »Und ich habe dir einige Früchte mitgebracht.«

»Und ich«, rief Ileschqa, »einige Psionen-Urnen.«

Schweigen.

»Wartet«, sagte die Stimme dann.

Ein kleines Rumoren. Die Bastdecke wurde zur Seite geschoben. Eine Gestalt arbeitete sich hervor: ein unfassbar schmaler Humanoider, biegsam und geschmeidig wie ein Tänzer oder Kontorsionist, ein Schlangenmensch. Die Gestalt verfügte über drei Hüften; aus zweien dieser Hüften wuchsen zerbrechlich wirkende, weiß bestrumpfte Beinchen, die wie auf der Suche nach Halt durch die Luft tasteten.

Er war, als er sich aufgerichtet hatte und auf den stelzenartigen Beinen seines untersten Hüftgelenkes stand, ein wenig größer als Rhodan, aber er beachtete den Terraner nicht. Rhodan nicht, seine beiden Begleiter nicht, nicht einmal die Zhiridin.

Er sah nur den Schiqalaya an. Dann sagte er: »Immer eine Freude, dich zu sehen, Ileschqa. Was führt dich nach so langer Zeit zurück nach Schelekesch?«

Ileschqa antwortete: »Mir auch eine Freude, dich zu sehen, Phalguwan.«

Rhodan war sich der besonderen Asymmetrie der Gruppe bewusst: Vertreter von vier Spezies, die Menschen darunter in der Mehrheit, aber doch eher Randfiguren. Vier Sterbliche – die beiden Zhiridin, wie Rhodan wenigstens vermutete, Pao Ghyss und Firmion Guidry – und drei, die sich relativer Unsterblichkeit erfreuten.

Zwei von ihnen – Ileschqa und Phalguwan – älter, als selbst er, der Aktivatorträger, es sich vorzustellen wagte.

Älter noch als Atlan.

Phalguwan musterte Rhodan, seine beiden Begleiter, endlich die Zhiridin. Rhodan hatte Zeit, den Phausha zu betrachten. Das Sonderbarste war nicht seine Gelenkigkeit, das wirklich Eigentümliche lag in seinen Augen, die Rhodan noch nie so nahe gesehen hatte. Sie ähnelten Bernsteinen. Zentrale Pupillen besaßen sie nicht; stattdessen bewegten sich in jedem Auge fünf, sechs, vielleicht sieben winzige, schwarze Gebilde, die Spinnen ähnelten. Sie trieben aufeinander zu, vereinigten sich, trennten sich wieder.

Phalguwan wandte sich den Zhiridin zu. »Ihr habt etwas von Früchten erzählt?« Für einen Moment versammelten sich die schwarzen Gebilde beider Augen zu einem gemeinsamen Flecken. Rhodan meinte, etwas wie Gier darin auflodern zu sehen – *absurd! Wie käme ich dazu, diesem Geschöpf die Wünsche von den Augen abzulesen?*

Shaydr fasste in den Gürtel und förderte einige dunkle Früchte zutage, die dunkelblau lackierten Pflaumen glichen.

Der Phausha nahm sie kommentarlos entgegen. »Ihr könnt euch entfernen«, sagte er.

Die Zhiridin richteten alle vier Augenfinger auf Phalguwan. Ihre Sprechhäutchen gaben ein tiefes Brummen von sich, das die Translatoren nicht übersetzten. Dann wendeten sie ihre Domobile und rollten auf den großen, federnden Spiralrädern davon.

Rhodan wartete, ob der Phausha seinen Befehl wiederholen würde, nun an ihn und die beiden anderen Terraner gerichtet.

Er tat es nicht. Er machte eine einladende Geste zum Eingang seiner Erdhöhle.

»Wenn du essen willst«, sagte Ileschqa, »warte ich gern hier.«

Essen ist für die Schiqalaya eine intime Verrichtung, erkannte Rhodan.

»Hab dich nicht so«, murmelte Phalguwan.

Er drehte sich um, und sie stiegen hinab in die Erdhöhle. Kein Einwand gegen die terranische Begleitung.

In der Höhle war es kühl, es roch säuerlich nach aufgebrochener Erde. An der Wand hingen goldene Folien, die ein mildes Licht verströmten. Die Einrichtung war karg: Einige Regale voller frischer oder konservierter Lebensmittel; in den Ecken ein Haufen Geräte mit undefinierbaren Funktionen; einige Krüge Wasser; eine Schlafmulde, mit duftenden Gräsern gefüllt; eine ganz anders duftende Kuhle, offenbar für die Stoffwechselendprodukte des Phausha; ein hochbeiniger, labil wirkender Stuhl, davor ein ebenso hoher Tisch mit einer ovalen Platte von einigem Umfang.

Phalguwan legte die Früchte ab und besorgte sich ein Besteck: ein Löffel mit gabelartig gezackter Seite; ein Messer mit zwei Spitzen, der Griff in der Mitte. Er trug einige winzige Schalen und Körbe auf und stellte einen gläsernen Bottich voller Wasser neben den Tisch. Dann setzte er sich, zog eine Schublade auf und entnahm ihr ein ausladend großes, rostrotes Tuch, legte es neben die Früchte und die anderen Gefäße auf den Tisch. »Hungert es einen von euch?«, fragte er, ohne seine Gäste anzusehen. Es klang abweisend genug, dass niemand antwortete. Dann begann er zu essen. Um Rhodan und die anderen kümmerte er sich nicht weiter.

Ileschqa wandte sich peinlich berührt ab.

»Wir müssen vorankommen«, presste Rhodan hervor. Er trat einen Schritt auf Phalguwan zu und sagte: »Mein Name ist Perry Rhodan. Ich stamme aus einem Sonnensystem, dessen größter Planet sich eben in ein Schwarzes Loch zu verwandeln droht. Das will ich verhindern.«

»Verhindere es«, ermunterte ihn Phalguwan zwischen zwei Bissen.

»Das kann ich nicht«, gestand Rhodan. »Wenigstens nicht ohne Hilfe. Die Transformation des betreffenden Planeten vollzieht sich nicht auf natürlichem Weg, wie du vermutlich weißt. Es sind Anlagen auf Schelekesch, die ihn mit entsprechenden Faktoren fluten. Ich bitte dich, diesen Prozess zu stoppen.«

Phalguwan aß ungerührt weiter.

»Hilf mir!«, forderte Rhodan Ileschqa auf.

Der Schiqalaya machte zunächst eine unwillige, abwehrende Bewegung – er hielt sich immer noch von dem essenden Phausha abgewandt –, begann dann aber, in den Taschen seines Anzugs zu suchen. Er hielt ein eiförmiges, wie Seide glänzendes Gefäß in der Hand und öffnete es mit der anderen.

Rhodan sah vier Psionen-Urnen darin liegen wie messingfarbene Perlen in einer Muschel.

»Nimm sie!«, sagte Ileschqa.

Rhodan nahm sie und legte sie sich in die Handfläche. Er sah zu, wie die messingfarbenen Kügelchen in seiner Handfläche rollten. Sie wirkten beinahe lebendig.

Aus den Augenwinkeln sah er, wie etwas wie Gier in Paos Gesicht trat. Ihr Arm zuckte, als müsste sie den heftigen Wunsch unterdrücken, die Hand danach auszustrecken.

Rhodan wandte sich ganz von ihr ab und betrachtete die Kügelchen. Warum hatte Ileschqa sie Psionen-*Urnen* genannt? Urnen dienten doch dazu, die Asche von Toten aufzubewahren. Hatte der Translator des Schiqalaya ein falsches Wort verwendet?

Welches Material hielt er da in der Hand? Und was beinhaltete diese Kugel aus dem messingfarbenen Stoff? War es überhaupt ein *Stoff*?

Es war immer wieder faszinierend, dem Produkt einer anderen, womöglich sehr viel höher entwickelten Technosphäre zu begegnen.

Es war eine Herausforderung.

Und es war, das konnte er nicht leugnen, ein Ärgernis.

Technik, die sich ihm nicht erschloss, *verschloss* sich ihm. Er hatte immer schon unwillig auf diese Geheimniskrämerei reagiert. Er wollte *wissen*.

Phalguwan tupfte sich den Mund mit der großen, roten Serviette ab und stand auf.

Der Phausha betrachtete Rhodan schweigend, seine Kiefer bewegten sich noch. Er band sich das rote Tuch um die oberen beiden seiner drei Hüften. Die winzigen, verkrüppelt wirkenden Beine mit den beschuhten Füßen wurden vollständig verhüllt. Rhodans Blick streifte über die Behältnisse und das Essgeschirr. Die Schalen und Körbe standen leer, in der Neige des gläsernen Bottichs ein letzter Rest Wasser.

»Du hast nicht essen wollen«, erinnerte ihn Phalguwan, als missdeutete er Rhodans Blick.

»Ja«, sagte der Terraner. Er schaute dem Phausha in die Bernsteinaugen. Die Gier darin schien erloschen – oder doch sehr weit ins Innere zurückgezogen. Langsam trieben die spinnenförmigen schwarzen Konstrukte durch die Augen. Rhodan fragte sich, ob es Maschinen waren oder Symbionten.

»Du bist satt?«, fragte Rhodan.

»Ich bin satt«, antwortete Phalguwan. Er schien in sich zu lauschen. »Soweit ich satt sein kann.« Er stand auf und trat auf Rhodan zu. Dann streckte er seine Hand aus, lang und schmal.

Rhodan hielt ihm die Hand mit den Messingkugeln entgegen, direkt über der des Phausha. Dann kippte sie. Drei der vier Kügelchen rollten oder perlten hinunter in die Handmulde des Phausha. Eine behielt Rhodan und nahm sie zwischen Daumen und Zeigefinger.

»Ich weiß, dass diese Psionen-Urnen eine entscheidende Rolle spielen. Aber welche? Ich möchte gerne wissen, wozu du diese Psionen brauchst. Wozu sie überhaupt jemand braucht.«

»Oh, sie sind von vielfältigem Nutzen. Sie hellen den Geist auf. Wer sie zu sich nimmt und verträgt, findet sich voller Pläne. Sie verleihen fantastische Gaben. Hast du schon erprobt, welche Wirkung die Psionen auf dich haben?«

Rhodan antwortete nicht.

»Versuch eine«, sagte Phalguwan. Die Konstrukte in den Bernsteinaugen rückten zusammen. Es sah erneut aus, als bildeten sie eine Pupille. Rhodan fühlte sich von den Augen des Phausha fixiert. Belauert. »Koste sie. Iss sie.«

Rhodan hob die Hand und legte sich das Messingkügelchen auf die Zunge. Es schmeckte eigenartig, unvergleichlich. Da war ein Hauch einer unbekannten Frucht, eine Mischung aus Apfel und Limette und Pfefferminz; zugleich aber das abschreckend bittere Aroma von angebrannter Milch. Blut. Eisen.

Dann entfalteten sich völlig andere Geschmäcker. Rhodan schmeckte schiere Mathematik, algebraische Zahlen und das Mehr von Transzendenten Zahlen, fremdartig-einsichtig sortierte Zahlenräume, er sah Hilberts 24. Problem – und eine Lösung, auf die weder NATHAN noch der arkonidische Mathemasoph Practal da Vantiem gekommen waren. Er schmeckte hyperphysikalische Formeln, metatonale Kompositionsprinzipien und den Vorschein unerhörter Harmonien, fünfdimensionale Arrangements des Goldenen Schnitts.

Er spuckte das Messingkügelchen wieder aus, zurück in seine Hand. Es glitzerte fremd von seinem Speichel. »Wirkungslos. Ich bin mentalstabilisiert«, sagte er. »Es kann keine Wirkung bei mir haben.«

»Du bist mentalstabilisiert«, murmelte Phalguwan wie in Gedanken. »Außerdem trägst du eine Vitalenergiebatterie.« Phalguwan wies auf Rhodans Schulter, dorthin, wo der Zellaktivatorchip implantiert war. »Eine Batterie zwar unbekannter Bauart, aber ihre Funktionssignatur ist unverkennbar.«

Rhodan lächelte. »So wie du.«

Phalguwan lachte. »Durchaus nicht.«

Rhodan dachte an die Zeiträume, die Ileschqas Aufzeichnungen umfasste. *Jahrzehntausende ...* und Phalguwan trug keinen Zellaktivator?

So langlebig sind Lebewesen von Natur aus nicht, dachte er. Er stutzte. *Die Alternative wäre ...*

»Wie lange lebst du schon?«, fragte er den Phausha.

»Diese Vitalenergiebatterie ist ein eigentümlich Ding«, sinnierte Phalguwan, ohne auf die Frage einzugehen. Er hatte die Augen geschlossen. Seine Lider waren weiß wie Papier. Er stand so in sich gekehrt, dass selbst Rhodan die Anwesenheit der anderen beinahe vergaß.

Der Phausha fragte: »Weißt du, was das größte Problem dieser entseelten Maschine mit einer Kreatur ist?«

Rhodan war nie der Gedanke gekommen, dass er – oder eine andere *Kreatur* – dem Zellaktivator ein Problem bereiten könnte.

Und wieso *entseelte Maschine?*

Phalguwan fuhr fort: »Die Batterie konserviert nicht nur die genetische Struktur deiner Zellen. Sie alliiert sich mit deinem Immunsystem. Sie feit dich gegen Krankheiten, nicht wahr. Sie wehrt schädliche Substanzen ab. Gifte. Viren. Bakterien.«

Rhodan bejahte. Er gab damit wohl kein Geheimnis preis.

»Aber«, sagte der Phausha, »wie erkennt deine Batterie, ob die fragliche Substanz dir nutzt oder schadet? Ist nicht jedes fremde Fleisch für dein Fleisch toxisch? Dennoch verzehrst du Fleisch – und die Batterie muss entscheiden, ob sie die Annahme dieses fremden Fleisches durch Verdauung zulässt. Ob das Bakterium, das du im Zuge des Verzehrs aufnimmst, Freund oder Feind ist, aufgenommen werden sollte in die bunte bakterielle Gemeinschaftszivilisation deines Magen-Darm-Traktes oder vernichtet gehört. Gestattet oder unterbindet die Batterie die Rezeption psychotroper Drogen? Und was ist mit den biochemischen Veränderungen, auf die ein wunderbar komplexes System deines Gehirns schaltet, wenn dein Auge ein Weib erblickt, das du für wert befindest, dein Erbgut fortzupflanzen? Gestattet die Batterie die Umwandlung deiner Gedanken, die erfreuliche Fokussierung deiner Tag- und Nachtträume auf das weibliche Rezeptionsorgan für deinen Samen und das Wesen, das über dieses Rezeptionsorgan gebietet? Erteilt dir deine Batterie eine Lizenz für geschlechtliches Begehren? Gestattet sie dir Furcht und Mitleid? Oder identifiziert sie Mitleid als Leid, Leid als Krankheit? Wer, Perry Rhodan, regiert dein Gehirn?«

Der Resident verfolgte diese Suada mit einigem Widerwillen. »Ich bin ich selbst. Ich fühle mich nicht fremdbestimmt, wenn du das meinst.«

Phalguwans Augenspinnen trieben im Kreis, wie von einem Strudel gezogen. »Du *fühlst* dich? Wenn wir Kreaturen nur wüssten, wer diese Gefühle macht, nicht wahr? Was, wenn dir das Gefühl implantiert wird, nicht fremdbestimmt zu ein? Wem, Perry Rhodan, würdest du Recht geben: dem, der dir beweist, dass deine emotionale Landschaft gehegt, gepflegt und gestaltet wird von deiner Vitalenergiebatterie – oder deinem Gefühl?«

Rhodan zuckte mit den Achseln.

»Ich werde dich nicht noch einmal fragen, wie dir das Psion geschmeckt hat. Ich werde auch nicht fragen, warum du gelogen hast. Ich weiß ja: Es gibt Billionen bester Gründe, einen wie mich zu belügen. Ich aber sage dir: Es hat dir ganz wunderbar geschmeckt. Wie die Zärtlichkeit einer Partnerin, die dich zu Austausch interessanter Sekrete präpariert. So hat es dir geschmeckt, es hat dir geschmeckt, es hat dir so geschmeckt, so ganz und gar hervorragend geschmeckt, dass du Angst hattest, dich in diesem Glück und Sinnenzauber zu verlieren. Nicht wahr? Du Feigherz.«

Hatte er nicht Recht? Sagte er nicht die Wahrheit?

Ja.

Was immer die Psionen-Urnen waren, so mochten sie funktionieren: Sie unterliefen die Schutzwälle, die der Zellaktivator um sein physisches Leben aufgebaut hatte. Der Aktivator unterband, was er für schädlich erkannte. Rhodan konnte sich – so wenig wie die anderen Aktivatorträger – nicht mit Alkohol zu Tode trinken. Der Aktivator unterband selbst den Rausch, zähmte ihn so weit, dass Rhodan selbst nach exzessivem Alkoholgebrauch bei Sinnen blieb.

Rhodan hätte sich von Giftpilzen ernähren können; von verdorbenem, fauligem Fleisch; er hätte selbst massive Gaben von Botulinumtoxinen überstanden. Der Aktivator hätte das Neurotoxin herausgefiltert und entschärft und die restlichen Proteine zur Verwertung freigegeben.

Warum erzählte Phalguwan ihm das?

Pao! Er hätte ihren Namen beinahe geschrien und sich auf die Zunge gebissen. Hatte der Phausha ihm das sagen wollen? Sein absonderliches Verhalten in der Cor-Jupiter-Station – war es auf Pao zurückzuführen? Hatte sie seine Hormone choreografiert, ihn sich hörig gemacht? Ihn agieren lassen wie einen dummen, verliebten, wirklichkeitsvergessenen Jungen?

Aber wie sollte Phalguwan das wissen können?

Weil er die Wirkungsweise der Psionen kennt, sagte Rhodan sich. *Weil er sie seit Äonen kennt. Und warum sagt er es so verrätselt, warum spricht er sie nicht direkt an?*

Weil er mich warnen will.

Will er das? Wir sind doch keine Verbündeten.

Oder?

Rhodans Gedanken rasten, rotierten, fanden immer neue Verknüpfungen, prüften sie, lösten sie, verbanden neu.

Was, wenn Phalguwan schlicht und einfach log?

Aber warum sollte er lügen?

Grundsätzlich glaubten Lebewesen einander. Warum? Weil sie im Regelfall die Wahrheit sagten. Denn Wahrheit brauchte weniger Antrieb und weniger Begründung als die Lüge.

Je weiter sich die Lüge von der Wahrheit entfernte, desto aufwendiger wurde die Lüge. Weswegen die meisten Lügner einen möglichst engen Schulterschluss mit der Wahrheit suchten.

Weswegen es leichter war, die Wahrheit zu entstellen, als eine völlig neue Wirklichkeit zu erfinden.

Er begann, alle Informationen noch einmal zu sichten, die er dank Ileschqa über Phalguwan besaß, alle Informationen, die er von dem Phausha erhalten hatte.

Diesmal unter der Prämisse, dass Phalguwan weder die volle Wahrheit gesagt noch restlos gelogen hatte.

Was, wenn YNTRIM, die Superintelligenz, deren Kurier zu sein Phalguwan behauptete, ihre Mächtigkeitsballung nicht verlassen hatte, weil deren Zivilisationen einen hinreichenden Reifegrad erlangt hatten? Was, wenn sie vertrieben worden war?

Was, wenn sie tot war?

Aber warum war Phalguwan dann unterwegs?

Der Dreh- und Angelpunkt der Geschichte war vielleicht gar nicht YNTRIM, sondern der Psionen-Born.

War es zudem nicht absurd, dass aus einem Born – aus einer Quelle – Urnen quollen? Ein Widersinn?

Gut, das alles konnten bloße Worte sein. Was, wenn nicht?

Ein Born, aus dem Totes quoll.

Totes Leben. Lebendes Totes.

Rhodan legte die Stirn in Falten.

Gab es Vergleichbares nicht in der irdischen Lebenswelt? In vielen Lebenswelten?

Sporen, dachte er. Sporen konnten ihren kompletten Metabolismus anhalten wie eine Uhr, sie verbrauchten dann keinerlei Energie. *Sie waren wie tot.*

»Die Psionen-Urnen sind die Sporen deiner Superintelligenz«, vermutete Rhodan. »Das ist ihre Art, die Phase ihres eigenen Todes zu überdauern, nicht wahr?«

»Ich weiß es nicht«, sagte Phalguwan. »Vielleicht. Ich bin nicht YNTRIMS Hüter.«

Das ist er tatsächlich nicht, dachte Rhodan. *Lassen wir YNTRIM beiseite.* »Wenn du nicht ihr Hüter bist – was bist du dann?«

»Zu oft hungrig«, antwortete Phalguwan leise. Er dachte lange nach, schloss die papierenen Lider einige Male, öffnete sie wieder. Einmal waren die schwarzen Partikel ganz aus seinen Augen verschwunden. »Ich war unhöflich. Du solltest ebenfalls essen.«

Rhodan folgte seinem Wink zum Tisch. Phalguwan kramte aus einem Behältnis, das auf dem Regal stand, etwas hervor, das wie schmale Streifen Pökelfleisch aussah. »Koste davon!« Phalguwan reichte ihm das Doppelmesser.

Rhodan hantierte mit dem Messer, schnitt ein Stück ab und schob es sich in den Mund. *Was soll das jetzt?* Es schmeckte scharf, wie gepresster Pfeffer, ganz schwach nach Metall. Er kaute und beobachtete, wie Phalguwan sich im Raum bewegte. Der Phausha trat auf Ileschqa zu – und zwar so, dass er zwischen Rhodan einerseits, dem Schiqalaya und Rhodans Begleitern andererseits stand und ihnen die Sicht auf den Tisch nahm – und auf Rhodan.

Machen wir ein kleines Experiment, überlegte der Terraner und brachte das Messer in einer Anzugtasche unter.

Phalguwan und Ileschqa tauschten einige Nichtigkeiten aus. Dann wandte sich Phalguwan wieder Rhodan zu: »Satt?«

»Nicht ganz mein Geschmack«, sagte der Resident und trat zurück vom Tisch. Der Phausha musste bemerken, dass das Messer fehlte.

Aber er sagte nichts.

Interessant, dachte Rhodan. *Stellt er mich auf die Probe? Macht er mich zu seinem Komplizen? Wofür?* Er würde es herausfinden.

Phalguwan hatte die Frage nach seiner Funktion, nach seinem Wesen noch immer nicht beantwortet. Klar war allerdings, dass er eine entscheidende Rolle spielte. Nicht die ungreifbar-unbegreifliche Superintelligenz YNTRIM war die treibende Kraft, sondern der Phausha.

Und er spielte mit ihm. *Jupiter. Der Fluktuationstransmitter.* Höchste Zeit, das Gespräch voranzutreiben, ihm eine Wendung zu geben.

Er sah sich demonstrativ in der Höhle um. Pao und Guidry hatten sich auf den Boden gesetzt. Für einen Moment hatte Rhodan den Eindruck, als herrschte zwischen den beiden eine eigenartige Spannung, eine undefinierbare Rivalität. Hatten sie in der Zeit ihres Zusammenseins ein einziges Wort miteinander gewechselt?

Als herrschte zwischen ihnen ein geheimes, aber kein freundliches Einverständnis. Als neutralisierten sie einander.

Dann die Höhle selbst: Tisch, Stuhl, die Leuchtfolien, die Gefäße. Die Geräte mit der undefinierbaren Funktion. »Du verfügst über ein Arsenal mächtiger Maschinen«, sagte Rhodan.

»Ein paar nützliche Gerätschaften«, korrigierte Phalguwan ihn demütig. »Die meisten dienlich, manche überflüssig. Ich bitte dich: Dinge wie die Klangkompositionsgeneratoren – braucht die Welt dergleichen? Von einigen habe ich, das gestehe ich, weder die Einsatzmöglichkeit noch den Funktionsmechanismus begriffen. Möglich, dass sie Bedarf decken, der mit den Bedürftigen ausgestorben ist.«

»Möglich«, gab der Terraner zurück. »Ich vermute, dass du in deinem Maschinenpark auch über technische Mittel verfügst, astrophysikalische Zustände zu restrukturieren?«

»Ich bin mir nicht sicher, ob ich verstehe, was du meinst.«

»Ich meine eine Maschine, die es dir erlaubt, einen Planeten aus seiner Bahn zu entrücken und ihn auf neuen Kurs zu bringen.«

»Mag sein«, sagte Phalguwan. »Es klingt nicht übermäßig kompliziert.«

»Sicher nicht so kompliziert wie ein Klangkompositionsgenerator. Nehmen wir zum Beispiel einen Planeten in einem hoch sensiblen gravitationellen Kontext. Einen Planeten wie Qala.«

»Qala?« Der Phausha schien überrascht.

»Die Heimatwelt der Schiqalaya«, half Rhodan aus. Er bemerkte, wie Ileschqa aufhorchte.

Phalguwan machte eine Geste, die abfällig wirkte. »Oh, Qala. Ich entsinne mich. Eine höchst unsichere Welt. Ich denke, die Schiqalaya ziehen es vor, Schelekesch als ihre wahre Heimat zu sehen. Qala – das ist für sie nur etwas wie ein mythischer Ursprungsort.

Die Schiqalaya hatten Glück, dass der Planet erst in die Sonne zu stürzen begann, als sie technisch in der Lage waren, in den Raum zu fliehen.«

»Großes Glück sogar. Auf den Straßen ihrer Städte verkehrten noch Fahrzeuge mit Verbrennungsmotoren. Ihre Raumschiffe – sie nannten sie übrigens Raumrotatoren – waren reichlich primitiv. Hätte sich der Absturz des Planeten nur hundert, zweihundert Jahre früher ereignet – wir beide, du und ich, wir hätten nie das Vergnügen gehabt, unsere Schiqalaya-Freunde kennenzulernen.«

»Wie du sagst: ein großes Glück.«

»Und da die Schiqalaya der damaligen Epoche astrophysikalisch bereits ausreichend über die riskante Umlaufbahn ihres Planeten unterrichtet waren, konnten sie sich den Absturz ihrer Welt als natürliches Phänomen erklären. Als Naturkatastrophe. So haben sie es jedenfalls im Licht ihrer damaligen Rechenmaschinen gesehen. Rechner von sehr beschränkter Kompetenz.«

»Ja«, bestätigte Phalguwan gelangweilt.

»Aus der Bahn geworfen von einer ganzen Reihe wohldosierter Erdbeben und Tsunamis – die, wie es der Zufall wollte, den Planeten immer in nur eine Richtung abtreiben ließen: Richtung Sonne. Richtung Untergang. Glück? Ich weiß nicht. Vielleicht kam der Absturz im Gegenteil zu früh. Einige Jahrhunderte später, und die Schiqalaya hätten womöglich die technischen Mittel besessen, ein derartig katastrophales Abdriften zu korrigieren.«

»Tragisch«, kommentierte der Phausha.

»Oder sie hätten sogar die Möglichkeit erworben, Maschinen zu lokalisieren, die solche justierten Erdbeben auslösen konnten. Verborgene, sehr diskrete Weltuntergangsmaschinen.«

»Interessante Theorie«, sagte Phalguwan. »Von geradezu magischer Einfachheit. Ist die Sehnsucht nach solchen einfachen wie plausiblen Lösungen nicht Quellgrund eures religiösen Wahngebildes? Als müsse hinter allem, was geschieht, ein lenkender Wille stehen? Eine im kosmischen Handelsgebiet tätige metaphysische Agentur, eine Mono- oder Tritheophane Präsenz? Als deren Bote du dich jetzt vielleicht entlarvst?«

»Ich bin kein Fachmann in Tritheophanen Präsenzen. Es wäre ein zum Scheitern verurteiltes Unterfangen, eine solche jenseitige Größe zur Verantwortung ziehen zu wollen. Ich habe eher an eine profane Person gedacht. An eine Maschine und ihren Maschinisten. An dich.«

»Oh«, sagte Phalguwan. »An mich. Wie schmeichelhaft. Warum hätte ich das tun sollen? Sehe ich aus wie jemand, der durch die universale Geschichte reist und sich damit vergnügt, Wandelsterne aus ihren Umlaufbahnen zu schubsen, um seinen Hunger nach Genoziden zu befriedigen?«

»Ich weiß nicht, wie ein solcher Jemand aussehen müsste«, antwortete Rhodan. »Ich habe einige Massenmörder kennengelernt. Viele – nicht alle, aber viele – von ihnen waren hochbegabt, von überragender Intelligenz, weltmännisch, souverän und manche sogar im persönlichen Umgang sehr gewinnend.« Er dachte an einige von denen, die seinen Weg gekreuzt hatten: an Mirona Thetin und an Shalmon Dabrifa, an Leticron, an Monos, an Aset-Radol.

»Ausbunde an Tugend«, spottete Phalguwan. Er betrachtete Rhodan. »Weiter. Warum hätte ich das tun sollen? Haben die Schiqalaya dir von den Hilfsangeboten erzählt, das ich ihnen namens meiner Herrin unterbreitet habe?«

»O ja«, sagte Rhodan. *Ich bin auf der richtigen Spur.* »Deiner Herrin YNTRIM, nicht wahr? Dieser ominösen Superintelligenz auf der Suche nach einer neuen Mächtigkeitsballung. Ja, sie haben mir davon erzählt. Sie haben mir auch davon erzählt, wie sie – lange bevor YNTRIM dich zu ihnen geschickt hatte – in die anderen Sonnensysteme geflohen waren. Hilf mir: das eine hieß doch gleich wie?«

Phalguwan lachte fröhlich auf. »Ja, wer weiß, wie es hieß?«

»Tatauqqa, nicht wahr? Dort hatten sie Planeten entdeckt, auf denen sie überleben würden.«

»Die Schiqalaya überleben an jedem Ort des Universums.«

»Merkwürdigerweise ging der größere, stärkere Teil der Flotte unter.«

»Die Sachwalter und Missionare der Tritheophanen Präsenz«, warf Phalguwan ein.

»Ja. So haben es mir die Schiqalaya erzählt. Diese Schiqalaya – sie verfügen über ein merkwürdiges, kollektives Gedächtnis, nicht wahr? Sie erinnern, was sich von dem einen auf den anderen überträgt, sozusagen von Schwinge zu Schwinge. Aber wenn ich es mir überlege, dann konnten sie gar keine unmittelbare Erinnerung an die Ereignisse im Tatauqqa-System haben. Schließlich hat dort kein Schiqalaya überlebt.«

»Du meinst: Ihre Erinnerung könnte sie täuschen?«

»Ich meine: Jemand könnte ihre Erinnerung täuschen.«

»Und dieser Jemand wäre selbstverständlich ich.«

»Dieser Jemand wärst möglicherweise du«, stimmte Rhodan zu. »Auf den ersten Blick sah es ja so aus, als wollte jemand verhindern, dass Schiqalaya im Tatauqqa-System siedeln.«

»Aber du hast die Gabe des zweiten Blicks«, vermutete Phalguwan.

»Auf den zweiten Blick könnte man meinen: Jemand wollte, dass die Schiqalaya alle ihre Kräfte auf den Planeten Schelekesch bündelten. Der hypothetische Jemand hätte den Anflug auf jede andere Welt außer Schelekesch unterbunden.«

»Hätte er? Hypothese in der Hypothese.«

»Da gibt es ein kleines Detail«, sagte Rhodan. »*Das Wunder der Reparatur.* Sagt dir das was?«

»Wunder sagen mir grundsätzlich wenig. Meine religiöse Bildung ist ein totales Desaster.«

»Das Wunder der Reparatur geschah, als der letzte der verbliebenen Raumrotatoren zu scheitern drohte. Sieht das nicht aus, als hätte jemand von außen eingegriffen?«

»Wahrscheinlich wieder ich. Der Völkermörder läutert sich zum Retter aus der Not.«

»Vielleicht«, sagte Rhodan. »Ich weiß nicht, ob die Schiqalaya jemals den Verdacht gehegt haben, dass jemand ihnen bei der Reparatur zur Hand gegangen sein könnte. Schließlich sind die Selbstheilungskräfte von Maschinen auf dieser Stufe der technischen Entwicklung eher schwach ausgebildet. Aber sie sollten keine Möglichkeit haben, die Antriebssektion daraufhin zu untersuchen. Weil nämlich genau diese Antriebssektion kurz nach der Ankunft über Schelekesch explodierte.«

»So ein Pech«, krähte Phalguwan vergnügt. »Damit endet deine Indizienkette.«

»Dieser Jemand wollte meiner Theorie nach die Schiqalaya auf Schelekesch haben. Er wollte sie ganz und gar auf diesen Planeten verpflanzen. Keine Rückzugsmöglichkeit, keine Alternativen. Die Schiqalaya sind ein nicht unbedingt expansives Volk. Ihre Mentalität ist eher defensiv.«

»Mag sein. Für eine so defensive Kultur hätten sie es allerdings weit gebracht.«

»O ja«, gab Rhodan zu. »Erstaunlich weit. Natürlich unterstützt von diesem merkwürdigen Fund auf Schelekesch. Dem Thesaurus. Dem Psionen-Born.«

»Als wären sie füreinander bestimmt gewesen, nicht wahr?«

»Oder als hätte jemand sie für den Psionen-Born bestimmt«, sagte Rhodan. »Unser gemeinsamer Freund Jemand.«

»Ein famoser Kerl übrigens, will mir scheinen«, sagte Phalguwan. »Nach allem, was wir mittlerweile über ihn wissen.«

Rhodan betrachtete das Gesicht des Phausha in aller Ruhe. »Ich sehe ihn noch nicht genau vor mir, diesen Jemand, der du bist. Er ist mächtig; allmächtig ist er nicht. Er kennt den Psionen-Born und sein Vermögen. Aber aus irgendeinem Grund braucht er die Schiqalaya in der Nähe, im Einflussbereich des Borns. Warum? Was können die Schiqalaya, was der Jemand nicht kann?«

»Sie sind ein hochbegabtes Volk«, sagte Phalguwan.

»Sind das nicht alle Völker? Ich frage mich: Welchen Traum erfüllt sich dieser Jemand, wenn er die Schiqalaya nach Schelekesch holt und ihre Kultur dem Psionen-Born aussetzt?«

»Einen Traum?« Phalguwan wirkte überrascht.

»Du weißt, was ein Traum ist?«

»O ja«, sagte Phalguwan.

»Irgendwer hat den Traum einmal den Königsweg zum Unbewussten genannt.«

»Einen Weg zum Unbewussten?« Phalguwan lachte verwundert. »Wer wollte je dorthin?«

»Träume sind noch etwas ganz anderes«, erklärte Rhodan.

»Auch das ist mir bekannt. Ich weiß alles, was man über Träume wissen kann: Kreaturen wie du, wie die Schiqalaya schlafen. Sie brauchen den Schlaf. Das hängt mit ihrer Fähigkeit zusammen, die Körpertemperatur stabil zu halten. Im Schlaf reguliert das Gehirn die Körpertemperatur, verinnerlicht motorische Muster, pflegt und verbessert sein Immunsystem. Eingebettet in den Schlaf ist der Traum: Träume entstehen, wenn das Gehirn im Schlafzustand aktiviert wird.«

»Wie steht es mit dir: Musst du schlafen?«, fragte Rhodan. »Träumst du?«

»Deine Fürsorge rührt mich«, sagte Phalguwan. »Aber sie ist nicht notwendig. Wie auch immer: Ich kann mir nicht denken, dass du mehr über Träume weißt als ich.«

»Im Traum stellen wir uns, was wir wünschen, oft als verwirklicht vor. Und manche versuchen, ihre Träume zu verwirklichen. Wenn ich deine Träume kennte ...«

»Wenn ich denn träumte und schliefe!«

»Ist dir die Unterscheidung zwischen gut und böse geläufig?«, fragte Rhodan.

»Eine launige Frage. Du hast Humor«, gab Phalguwan zurück. »Da wir viel Zeit haben, will ich dir eine kleine Ewigkeit antworten, denn du hast ein tiefgründiges Problem berührt. Wollen wir mit einem historischen Exkurs beginnen? Ich schlage als Thema vor: der Drang der biochemischen Kreatur nach metaphysischen Werten oder: Wie kam die Moral in die Welt?« Die spinnenartigen Attribute wirbelten durch den Bernsteinkörper seiner Augen.

Ein Zeichen von Verwirrung oder von Belustigung?, fragte sich Rhodan. *Natürlich weiß er, dass ich keine Zeit zu verlieren habe. Er will mich provozieren. Wozu? Ich dachte, er will meine Komplizenschaft. Habe ich mich geirrt?* Laut sagte er: »Nicht nötig, zu philosophieren. Ich hätte nur gern gewusst, was du empfunden hast, als du Qala hast in die Sonne stürzen lassen. Ich würde gern den Leitfaden deiner Handlungen sehen. Vielleicht könnte ich dir dann helfen.«

Der Phausha lachte laut auf: »Ja! Du! Du könntest mir helfen! Dazu bist du hier, oder? Mein Retter und Held!«

Rhodan zuckte mit den Achseln. »Du interessierst mich nicht. Ich habe dich gestern noch nicht gekannt. Ob du existierst oder nicht, ist für mich völlig ohne Bedeutung. Ich verfolge ausschließlich meine eigenen Absichten. Aber es könnte sein, dass ich meine Absichten besser und schneller und mit weniger Aufwand erreiche, wenn ich deine Unterstützung habe.« Ganz kurz war er versucht, das Messer zu ziehen und allen Anwesenden zu zeigen. Er unterließ es. »Deine Unterstützung werde ich aber nur gewinnen, wenn und so weit sich meine Absichten mit deinen decken. Dafür – und nur dafür – bräuchte ich Einsicht in das, was dich bewegt. Wenn du mir die versagst: deine Sache. Aber es könnte sein, dass du dann auf meine Hilfe verzichten musst. Eine Hilfe, die vielleicht dafür sorgen würde, dass du deine Absichten besser und schneller und mit weniger Aufwand erreichst. Verstehst du das, Phausha?«

Was geschah dort in den Augen Phalguwans? Verfärbten sich die spinnenartigen Einsprengsel? Wurden sie weiß, vereisten sie? *Das hast du mal wieder von deiner altmodischen Lebensweise,* schalt er sich. *Du hättest dir längst ein paar nanotechnische Visualoptimierer implantieren lassen können. Dann würdest du klarer sehen.* Immerhin war ihm nicht entgangen, dass der Phausha reagierte.

Phalguwan sagte: »Ich wüsste nicht, wie du mir wobei solltest helfen können.«

Für einen Moment wurde Rhodan kalt und er spürte, wie sich ihm die Nackenhaare aufstellten. Wenn seine Indizienkette stimmte, dann stand er hier einem Massenmörder gegenüber – einem Geschöpf, das den Tod von Hunderten Millionen nicht nur in Kauf genommen, sondern bewirkt hatte. Warum sollte dieser Phausha, der so viele getötet hatte, zögern, ihn, den einen, zu töten?

Warum hatte er es nicht längst getan?

Hatte er Phalguwan nun unwillentlich auf seine Wertlosigkeit für seine Pläne hingewiesen? Alles in Rhodan spannte sich an. *Aber: Wozu die geheime Übergabe des Messers?*

»Du hast mich nicht gekannt«, sagte Phalguwan. »Deswegen bedeute ich dir nichts. Du hast auch die Schiqalaya nicht gekannt. Jetzt hast du von ihrer fernen Vergangenheit gehört. Den vielen, die dem Planetensturz und anderem Unglück zum Opfer gefallen sind. Trauerst du um sie? Wozu? Wem nutzt deine Trauer? Ihnen, den Toten? Ich weiß es nicht. Darüber müsstest du mit der Tritheophanen Präsenz und ihren Boten verhandeln. Ich kenne mich im Jenseits nicht aus. Aber ich wage es zu bezweifeln, dass sich nun, gerade jetzt in irgendeinem Konverter der Ewigkeit Millionen toter Schiqalaya an deiner Trauer erquicken. Wem also nutzt sie? Mir? Nein, mir machst du sie doch zum Vorwurf. Demnach sehe ich nur einen Nutznießer: dich. Denn du verdankst deiner Trauer doch das Gefühl einer gewissen Erhabenheit über diesen Jemand, der Qala geopfert hat. Wie gesagt: Ich habe viel Zeit. Lass uns reden, nur immer reden!«

Rhodan bemerkte den Aufruhr in den Augen des Phausha. *Habe ich etwas übersehen?*, dachte er. *Etwas, das mir die Schiqalaya in ihrem Gedächtniskino vorgeführt haben?* Er sagte: »Eines verstehe ich nicht. Ein Detail. Gestattest du mir eine Frage?«

Phalguwan stand bewegungslos. Die spinnenartigen Partikel wurden ruhiger und verdunkelten sich wieder. »Frag.«

»Die Schiqalaya hatten etliche Tiere ihrer Heimatwelt mit an Bord genommen. Sie wollten die Biosphäre von Qala auf den anderen Planeten beheimaten. Warum hast du diese Tiere getötet?« Ein Schuss ins Blaue – gut möglich, dass die Tripoiden während des Fluges einen irreparablen Schaden genommen hatten. Die Seuche. Vielleicht war die Fauna von Schelekesch einfach zu übermächtig.

»Sehen die Schiqalaya es so?«, fragte Phalguwan. Es klang aufrichtig interessiert. »Könnte es sein, dass diesem Jemand manchmal einfach nach Reinheit ist? Könnte es sein, dass sich die Schiqalaya täuschen?«

Natürlich. Das war nicht auszuschließen. Er hatte in den Schwingen nicht die Realität gesehen, sondern nur ein Bild der Welt, wie die Schiqalaya es wahrgenommen hatten. Dennoch: Er traute Phalguwan zu, diese biologischen Mitbringsel ausgerottet zu haben, um auch die letzten Verbindungen der Schiqalaya zu ihrer Ursprungswelt zu kappen.«

»Und die Zhiridin?«, fragte Rhodan weiter. »Haben sie die Galaxis heimgesucht, weil es ihre ureigene Absicht war? Oder hast du sie gerufen?«

»Sie sind eine Plage«, sagte Phalguwan. »Angetrieben von der Tritheophanen Präsenz, diesem hohlen Nichts. Aber es scheint, als würde nichts die Kreatur so sehr begeistern wie ein leerer Wahn. Bist du nicht auch im Namen eines leeren Wahns unterwegs? Einer so oder so gearteten Gerechtigkeit? Eines extravaganten moralischen Systems?«

Rhodan spürte, wie fremd und wie unverständlich dem Phausha das Konzept von Moralität war.

»Nein«, widersprach er. »Ich bin hier, weil ich verhindern will, dass ein Planet meines Heimatsystems in ein Schwarzes Loch verwandelt wird.«

»Der Transfer von Higgs-Teilchen, wie du sie nennst. Ich erinnere mich. Da waltet ein gewisser Automatismus: Einmal in Gang gesetzt, folgt das, was du den Fluktuationstransmitter nennst, einer Art von Programmierung.«

»Wo befindet sich der Fluktuationstransmitter?«

»Das weißt du doch«, sagte Phalguwan.

»Er ist gewissermaßen mit dem identisch, was wir den Psionen-Born nennen«, antwortete Rhodan. »Oder den Thesaurus.«

»Ja.«

»Also gehen wir hinein und schalten ihn ab«, sagte Rhodan.

»Wer ist *wir*?«, fragte Phalguwan.

»Wir alle«, schaltete sich Ileschqa ins Gespräch ein, dem er bislang mit stummem Erstaunen gefolgt war.

»Ich fürchte, das wird nicht möglich sein«, stellte Phalguwan fest. Es klang nach aufrichtigem Bedauern. *Nach mehr als Bedauern sogar ...* »Weil mir der Zugang versagt ist.«

Firmion Guidry stand auf und stellte sich neben Rhodan. »Lass es uns versuchen.«

»Natürlich«, sagte Phalguwan. »Kommt. Verlieren wir keine Zeit.«

Der Sog, dachte Rhodan. *Dieser Sog, in dem ich mich befinde – er wird immer stärker.*

Sie standen wieder vor der abgrundtiefen Grube und sahen die Konturen hinter dem Waberschirm verschwimmen. Diesmal waren sie zu fünft: Phalguwan schaute auf den Thesaurus. Der Phausha stand still und unbewegt, wie ganz in sich versunken. Aber Rhodan sah, wie die spinnenartigen Gebilde in seinen Augen einen jagenden Tanz aufführten.

»Was geschieht jetzt?«, fragte der Resident. *Denn es muss etwas geschehen.*

»Ich öffne euch das Portal«, erklärte Phalguwan.

Urplötzlich und übergangslos erstreckte sich vom Rand der Grube aus ein Bogen oder eine kurze Brücke, die nicht bis an den Waberschirm reichte, sondern in einem Torbogen endete.

Aus dem Bogen quoll ein Licht, das alles Dahinterliegende ausblendete.

»Ich bin nicht eingeladen«, sagte Phalguwan und machte eine einladende Geste.

Rhodan nickte und ging voran. Vor dem Torbogen zögerte er einen Moment und sah sich um. Er hatte niemanden aufgefordert, mitzukommen. Guidry hielt sich dicht hinter ihm. Dann Ileschqa. Schließlich Pao, die ebenso konzentriert wie abweisend wirkte. Sie starrte an Rhodan vorbei.

Rhodan machte einen Schritt ins Tor und war geblendet. Er schloss die Augen, aber das half nichts. Das Licht drang ungemindert durch seine geschlossenen Lider. Unwillkürlich machte er einige Schritte zurück. Er stand wieder vor dem Torbogen.

»Was ist?«, fragte Guidry.

»Nichts. Es war mir etwas zu hell.«

»Oh«, sagte Guidry. »Was hast du gesehen?«

»Licht«, erläuterte Rhodan. »Nur Licht.«

Das Licht hatte ihn geblendet, ja. Aber nicht so, wie die Sonne blendet, wenn man ungeschützt hineinsah. Weder fühlte er einen Schmerz, noch wirkte die Blendung nach. Er sah klar und scharf.

Also trat er wieder durch den Torbogen.

Sofort wurden seine Augen erneut mit Licht geflutet. Diesmal wich er nicht zurück. Er ließ die Lider offen. Schritt vor Schritt.

Seine Schritte hallten ein wenig. Der Boden unter ihm – die Fortsetzung der Brücke? – schien eher aus Stein denn aus Metall zu sein. Er überlegte, ob er sich bücken und die Materialität des Bodens mit seinen Fingern prüfen sollte, entschied sich aber dagegen. In der Ferne hörte er ein großes Gemurmel. Es klang, als stünden irgendwo vor ihm Dutzende, wenn nicht Hunderte Menschen, in angeregte Gespräche vertieft.

Das Licht wurde milder, weniger blendend, je weiter er ging. Er sah sich um. Sowohl Firmion Guidry als auch Pao Ghyss waren ihm gefolgt und hielten sich offenbar hinter ihm. Wenigstens sah er die Umrisse zweier menschlicher Körper, beide sehr schlank, einer von ihnen bei aller Schlankheit unverkennbar weiblich. Er winkte ihnen kurz, aber sie reagierten nicht.

Dann machte er die Silhouette von Ileschqa aus. Offenbar hatte der Schiqalaya bis zuletzt gewartet. Warum? Hatte er noch ein, zwei Worte mit dem Phausha wechseln wollen, die für niemand sonst bestimmt waren?

Unwichtig. Rhodan ging weiter.

Der Raum, der sich langsam aus dem Licht hob, ähnelte einer unabsehbar weiten, leergeräumten Maschinenhalle. Etwa wie die Turbinenhalle eines Kraftwerks, das eine ganze Welt betrieben hatte. Am hinteren Ende der Halle sah er die Lichtquelle: eine riesige, kreisrunde Form. Sie verströmte ein Licht offenbar als schmales Strahlenbündel. Alle Farben außer Gelb und Schwarz waren ausgeblendet.

Eine Monofrequenzlampe. Wie die Straßenlaternen in den präastronautischen Städten der Erde, dachte Rhodan.

In einiger Entfernung sah er wie in einem Schattenriss eine größere Menge Menschen. Links und rechts wurden die Seitenwände der Halle deutlich: Mehrere Galerien verliefen übereinander. Jenseits der Galerien entdeckte er Reihen von abstrakten Mustern, Linien wie breite, goldene Flaggen. Er konnte nicht genau feststellen, ob diese Muster bloße Ornamente waren oder räumliche Strukturen, vielleicht Balkone. Oder etwa Spiegel?

Und die Decke ...

Er hielt einen Moment an und legte seinen Kopf in den Nacken. Es war, als hingen Scherenschnitte wie Teile eines langsam bewegten Mobiles von der Decke. Schattenrisse wovon? Nicht von Menschen, da war er sich sicher. Allerdings wirkten die Linien organisch. Idole von Tieren vielleicht? Tierhäute?

Er ging weiter, hielt sich in der Mitte der Halle, aufrecht und für alle Augen sichtbar. Er hatte ja nichts zu verbergen. Er spürte, dass der Boden leicht anstieg. Eine Rampe, vielleicht drei oder vier Meter breit, führte hoch auf eine Ebene oder eine Empore, die die beiden Wände verband. Unterhalb der Empore floss ebenfalls Licht; Rhodan sah auch hier die Umrisse zusammenstehender Menschen.

Nur Menschen? Sah er nicht hier und da den Diskuskopf eines Gatasers auftauchen? Die kolossale Statur eines Haluters? Den Echsenschädel eines Topsiders? Er war sich nicht sicher. Denn wer immer sich dort aufhielt – man stand nicht still. Alles war in unaufhörlicher Bewegung, ein scheinbares, vielleicht aber rhythmisch geordnetes Durcheinander, ein Menuett. Erst jetzt bemerkte er, dass ein feiner Nebel über der Zweifarbenlandschaft aus Gold und Schwarz lag und allem eine diffuse Note verlieh. Hoch in der Halle verdichtete sich der Nebel gelegentlich zu zarten, wolkenähnlichen Gebilden.

Das Gemurmel war ein wenig lauter geworden, aber nicht deutlicher. Manchmal glaubte Rhodan, das eine oder andere Wort herausgehört zu haben, aber er hätte nicht zu sagen gewusst, welches. Vergessen wie die Bilder eines Traums.

Endlich hatte er die Empore erreicht. Von der Rampe her war der Zugang leicht möglich; die andere Seite war durch eine fragil wirkende Brüstung gesichert.

Dort lehnten die Gestalten, schauten, murmelten miteinander oder wandten sich gemächlich nach links oder rechts.

Rhodan trat näher, auf zwei der Gestalten zu. Die eine Erscheinung war groß, breitschultrig, der Kopf dagegen eher klein. Muskulöse Arme, stämmige Beine. Ihre Begleitung wirkte schmaler, leichter, kleiner. Er interpretierte die beiden intuitiv als Mann und Frau.

Als er weniger als zwei oder drei Meter hinter ihnen stand, sagte er behutsam:»Hallo.«

Sie reagierten nicht.

Er schaute an ihnen vorbei auf die gelbe Lichtquelle. Ihr Licht war von einer unvorstellbaren Homogenität und Ungetrübtheit, kreisrund. Allerdings brach der Kreis aus allen Begrenzungen der Halle aus, sank tiefer als der Boden war, überstieg die Decke, strahlte durch beide Wände.

Trotzdem hatte Rhodan das Gefühl, das Licht ganz und gar in der Halle zu sehen, eingefasst von eben diesen Wänden, von Boden und Decke.

Ein Paradox – will man mich beeindrucken? Gut. Ich bin beeindruckt.

Erst jetzt sah er, von welcher Dimension die Halle war. Es hätte ein Meer gebraucht, diesen Raum zu fluten.

»Was ist das hier?«, flüsterte er, schon ohne Hoffnung, dass eine der beiden Gestalten, dass irgendwer ihm antworten würde.

Da lösten sich beide wie auf ein geheimes Zeichen von der Brüstung und traten auf ihn zu. Er sah, wie sie sich ihm näherten, er meinte, ihre Gesichter zu erkennen, jedenfalls hinreichend zu sehen, um zu entdecken, dass beide keine Menschen waren.

Doch es war nichts in diesen Gesichtern als schiere Schwärze, und ihre Leiber gewannen keine Plastizität. Wie zweidimensionale Bilder, wie von ihren Körpern abgelöste Schatten kamen sie auf ihn zu, und die eine von ihnen – die er für eine Frau gehalten hatte – schritt durch ihn hindurch, als wären nicht sie, sondern er der Schatten.

In dem kurzen Moment des Durchschrittenwerdens flammte etwas in ihm auf. Er sah wie in einem mentalen Blitz eine Landschaft aus Obsidian, aus dunkelgrünem und rötlichem vulkanischem Gesteinsglas. Ein riesenhaftes Gebilde erhob sich über der Ebene, ein Hunderte von Metern hohes, atmendes Korallenriff.

Im Umland des Riffs waren einige große kreisrunde Felder des Gesteins zu Spiegeln geschliffen worden. An den Rändern der Spiegel saßen oder hockten Gestalten, die Rhodan wie aus den Wassern gestiegene und stark vergrößerte Garnelen anmuteten. Ihre langen Stielaugen waren auf die Spiegelflächen gerichtet. Ihre schnabelartigen Münder öffneten und schlossen sich, Rhodan hörte sie mit ihren hohen Stimmen in einer melancholisch wirkenden Sprache reden.

In den vordersten Armpaaren, zierlichen Scheren, hielten sie Stöcke und Stäbe und schlugen damit auf die Spiegel ein. An jedem Spiegel herrschte ein eigener Rhythmus. Aber jeder davon wirkte pulsierend, geradezu mitreißend.

Rhodan konnte einen Blick in den Obsidian-Spiegel werfen. Er sah, wie sich ein Raumschiff senkte, ein X-förmiges Gebilde aus einem silbrigen Metall. Er schaute vom Spiegel in den Himmel auf – nichts.

Dann war die Vision vorüber.

»Interessant«, hörte er Firmion Guidry sagen. Der Ganymedaner war neben ihn getreten und stützte sich mit den Händen auf die Brüstung.

»Wo ist Pao?«, fragte Rhodan.

Guidry sah sich um. »Ich weiß es nicht. Wahrscheinlich verschwunden.« Dann widmete er sich ganz der Betrachtung der paradoxen, zugleich innerhalb und außerhalb der Halle scheinenden Sonne. »Das ist ein sehr leidenschaftliches Licht«, sagte er. »Und eine sehr zweifelhafte Maschine.«

»Was meinst du damit?«, fragte Rhodan.

»Ich weiß es nicht«, sagte Guidry. »Ich weiß es noch nicht.«

Da kam eine Gestalt auf sie zugeflogen, die Schwingen weit ausgebreitet, hielt auf sie zu und landete neben ihnen. Ileschqa.

»Was nun?«, fragte der Schiqalaya.

Da begann die Halle zu reden.

Zunächst schwoll das Murmeln an, dann entfaltete es sich. Rhodan meinte, ein babylonisches Potpourri von Sprachen zu hören, immerhin unterscheiden zu können, dass es verschiedene Sprachen waren.

Manche unsäglich fremd, manche in ihrem Aufbau, in ihrer Lautgestalt den Sprachen ähnlich, die Rhodan aus der Milchstraße vertraut waren.

Es schien, als merkte die Rede, welchen Sprachen Rhodan mit mehr, welchen mit weniger Verständnis begegnete. Die vertrauteren rückten in den Vordergrund. Und schließlich lauschte er einer Stimme, die, ununterscheidbar ob männlich oder weiblich, Interkosmo redete.

Und nicht nur das. Die Rede war multisensual. Rhodan hörte sie nicht nur; er sah nun zugleich, was er hörte, mit der Luzidität einer Vision. Er schmeckte und roch, und er vernahm den Sinn als Orientierung in seinem Geist, als bedeutungstragende Folge von Beschleunigungen und Verzögerungen während einer nicht materiellen Bewegung in seinem Bewusstseinsraum.

Er fühlte sich überquellen vor Sinn.

Die Rede sagte: »Willkommen.«

»Ich bin Perry Rhodan. Ich bin hier, weil ich eine Welt zu retten habe.«

»Wer hätte das nicht?«, sagte die Stimme mit einer Art von Seufzen. »Wie kann ich dir behilflich sein?«

Rhodan schilderte die Lage auf Jupiter.

»Sind die Schiqalaya einverstanden mit dem Abbruch der Transformation?«, fragte die Rede.

»Ja«, sagte Ileschqa. »Wir sind einverstanden.«

»Gut«, sagte die Rede. »Dann werde ich einer diesbezüglichen Desaktivierung nicht entgegenstehen.«

Rhodan schüttelte kurz und konsterniert den Kopf. »Was heißt das? Ich dachte, du könntest die Abschaltung vornehmen.«

»Hat Phalguwan das gesagt? Dann hat er gelogen. Nein. Ich beherberge nur die Psionen-Urnen und vermittle sie an geeignete Kandidaten. Ich bin ein bloßes Instrument.«

»Und wie kann ich die Desaktivierung vornehmen?«

»Gar nicht. Du bist nicht autorisiert.«

Rhodan sah sich um. »Wer von uns vieren ist autorisiert?«

»Niemand.«

»Wer könnte mich – oder einen von uns – autorisieren?«
»Meine Erbauer«, sagte die Rede. »Aber sie werden es nicht tun.«
»Warum nicht?«
»Weil ihre derzeitige Existenzform das nicht zulässt.«
Rhodan schloss die Augen. So war das nicht sinnvoll. Er fragte: »Kannst du mir Informationen über die Erbauer liefern?«
»Gewiss«, sagte die Rede.

Die Erbauer schienen sich von den Menschen und den meisten anderen raumfahrenden Nationen, die Rhodan kennengelernt hatte, nicht wesentlich zu unterscheiden: »Sie fanden Erfüllung in sexuellen Beziehungen, in Gebär- und Aufzuchtverhalten, in sozialen Kontakten aller Art. Sie wetteiferten um physische Leistungen; sie versetzten ihre Atmosphären in wohlkomponierte Schwingungen; sie erzählten einander von erfundenen Ereignissen; sie schufen Bilder voneinander noch und noch; sie gewannen Lust aus Wissen und Einsicht und sie gewannen Wissen und Einsicht in die Struktur ihrer Lust. Sie schöpften Glück aus allem Stoff. Soll ich sie dir zeigen?«
Rhodan nahm wahr, wie sich die Unbekannten ihm näherten, wie sie sich aus ihrer Erbinformation und ihren Körperbauformen zu gestalten begannen. Sie bewegten sich aus ihrem Inneren auf ihn zu, er ahnte ihre neuronalen Netzwerke, das Gefüge ihrer Wahrnehmungen, die Baukunst ihrer Sprache. Ob er sie zu sehen wünschte?
Rhodan schüttelte langsam den Kopf. Wozu? Mochten sie aussehen wie Weiden im Wind oder wie Fetzenfische, wie geometrische Formen aus Metall oder wie riesenwüchsige Pilze: Er wusste, wie sie in ihrem Inneren beschaffen waren.
So wie wir.
»Nicht nötig«, sagte er. »Was ist geschehen?«
»Das Glück, das sie antrieb, war, wie sich erwies, immer nur von flüchtiger Beschaffenheit. Es verging. Sie begannen sich gegen diese Vergänglichkeit zu wehren. Ihre psychochemischen Kenntnisse und ihre mentalenergetische Ingenieurskunst versetzten sie bald in den Stand, dem Glück mehr Dauer zu verleihen. Sie setzten Neuromodulatoren ein, zunächst solche, die den Körpern von außerhalb

zugeführt wurden, Glücksgaben. Später veränderten sie das endokrinologische System ihrer Leiber so, dass ihre Drüsen und die für Ausschüttung und Rezeption zuständigen zerebralen Areale dem Willen unterworfen wurden. Und sie schrieben diese Modifikation ein in ihre genetische Struktur.«

Sie haben ihre Körper auf Glück programmiert, dachte Rhodan. *Sie waren glücklich, wenn sie es nur wollten.* »Also waren sie glücklich?«

»Die es betraf und die sich diesen Transformationsprozessen unterwarfen: sehr sogar. Aber noch nicht sehr im Vergleich zu denen, die Zuflucht nahmen in den Euphorischen Pandaimonien.«

Vor Rhodans innerem Auge erschien etwas wie eine glücksgeschwängerte Zivilisation, eine komplette Art in beständiger Hochstimmung. Euphorie – Rhodan wusste, dass dieser Zustand eines intensivierten guten Gefühls viele Ursachen haben konnte. Es konnte von körpereigenen Stoffen ebenso ausgelöst werden wie von Drogen. Übermäßige körperliche Anstrengung oder das Überstandenhaben lebensgefährlicher Situationen konnte diesen Glücksrausch genauso gut auslösen wie beispielsweise eine senile Demenz oder ein Stirnhirntumor. Rhodan lachte kurz auf. Wäre euphorisch zu sein Ziel und Zweck des Lebens, die terranische Medizin müsste moralische Skrupel haben, Demenz und Stirnhirntumore zu heilen.

»Was für ein Glück«, spottete er.

»Gewiss«, stimmte die Rede zu. »Aber das schiere Bewusstsein dessen, dass sie dieses Glück willentlich herbeigeführt hatten, entwertete unerklärlicherweise vielen das Glück. Sie verließen Yntor und die Ratsgefilde, manche sogar die Quellgalaxis. Die Glücklichen, die blieben, erlebten, wie jedes physische Glück den Körper anstrengte und erschöpfte. Die Physis, bislang Medium des Glücks, wurde zum Hindernis, zum Schwachpunkt. Also lösten sie ihr Bewusstsein von diesem Träger ab und übertrugen es zunächst auf abgemachte Zeit, schließlich unbefristet in para-neuronale Mentaltresore, in die Euphorischen Pandaimonien. So gingen sie ein in das unaufhörliche Glück.«

»Was ist aus ihnen geworden?«, fragte Rhodan.

»Das weiß ich nicht. Vermutlich treiben die Euphorischen Pandaimonien immer noch im Halo der Quellgalaxis, eingelagert in die Leerraumkatakomben aus Dunkler Materie, in Betrieb gehalten von der Dunklen Energie. Manche von denen, die den Beigeschmack des genetisch, pharmakologisch oder psychomechanisch Herbeigeführten nicht ertrugen, aber auf Yntor geblieben waren, gingen einen anderen Weg. Sie bauten Glückseligkeitsmaschinen.«

»Glückseligkeitsmaschinen«, wiederholte Rhodan. Er sah die gewaltigen Produktionsanlagen auf vielen Welten, deren Aufgabe darin bestand, Maschinen zu konstruieren und herzustellen, deren einziger Daseinszweck es war, Glück zu empfinden.

Maschinen aus nahezu unverwüstlichen Keramiken. Maschinen, die ebenso Energie aus höheren Dimensionen abzapfen wie Energieschaum aus dem Virtuellen Vakuum abschöpfen konnten. Maschinen voller Sensorien, die nach außen wie nach innen gerichtet waren, voller künstlicher Sinnesorgane, die elektromagnetische und Schallwellen wahrnehmen konnten, Gerüche und Geschmäcker, Wärme und Kälte und die Polarisation des Lichtes und Hunderte andere, fantastische Arten Nachrichten von der Realität.

Und mitten hineingesetzt in die Fluten der Informationen ein künstliches Selbst, das all das gewahrte und genoss und guthieß und glücklich war.

»Warum?«, fragte Rhodan. »Warum dieser Aufwand?«

»Um – so hatte der Rat sich entschieden – das Maß an Glück im Universum zu erhöhen«, sagte die Rede.

Eine Zivilisation, die Maschinen baute, um die Glücksbilanz des Universums zu verbessern – der Resident wollte auflachen, aber etwas gefror in ihm. Er sah die Parade der Glückseligkeitsmaschinen, einige von ihnen biomechanische Androiden, auf acht Beinen laufenden Riesenschnecken ähnlich – Abbilder ihrer Erbauer? Andere ähnelten Türmen aus Stahlgeflecht, zwischen deren Verstrebungen es irrlichterte; wieder andere waren nichts als kognitive Architekturen, virtuelle Bewusstseinsmodelle in den Neurotroniken dieser Technosphäre.

»Und?«, fragte Rhodan. »Sind sie glücklich geworden?« Ihm war nicht klar, ob er die Antwort, die er bereits kannte, fürchten sollte. War dies etwa kein respektables Projekt? Hatte er und hatten seine Terraner nicht immer wieder unter Zivilisationen gelitten, die ganz andere, sehr viel egoistischere Ziele verfolgten, Ziele, die doch immer wieder in einem Ziel zusammenliefen? Hatten nicht alle Invasoren, die je das Solsystem heimgesucht hatten, die Uleb wie die Cappins, die Völker des Schwarms wie das Hetos der Sieben, am Ende sogar die Terminale Kolonne TRAITOR, dieses Ziel: das Wohlbefinden der eigenen Art, das eigene Wohlbefinden zu erhöhen? Sich sicherer zu fühlen als zuvor? Sich mächtiger zu wissen? Kurz gesagt: glücklicher zu sein?

»Selbstverständlich sind die Glückseligkeitsmaschinen glücklich. Das ist ihre bestimmende Funktion. Möglicherweise hatten einige der früheren Baureihen zu leiden, möglicherweise waren einige wenige Maschinen defekt und mussten repariert werden. Vielleicht begingen einige Dutzend von ihnen Suizid. Aber insgesamt generierten die Maschinen ungeheure Mengen an Glück. Sie sind wunderbare Konstrukte, beinahe vollendet, denn ihre – und meine – Baumeister waren erleuchtete Geister, ihre Technologie war allen Technosphären der Quellgalaxis uneinholbar überlegen.«

»Bist du auch eine solche Glückseligkeitsmaschine?«

»Nein. Ich bin etwas anderes. Jede Glückseligkeitsmaschine braucht ein Selbst. Es existiert kein Glück, es sei denn, ein Selbst empfände es. Und über ein Selbst verfüge ich nicht.«

Jetzt wäre der Zeitpunkt gewesen sich zu erkundigen, inwieweit das, was Rhodan vermutete, zutraf: dass der Thesaurus ein Gefäß war, in dem Psionische Sporen, vielleicht winzige Fraktale der Superintelligenz, aufbewahrt waren und einer Gelegenheit harrten, YNTRIM wiedererstehen zu lassen – ein YNTRIM V oder VI oder was auch immer.

Aber die Zeit verstrich. Die Frist für Jupiter und für Millionen, Milliarden Menschen.

»Du bist also nicht mit einem Selbst versorgt worden.«

»Gewiss. Vielleicht bin ich aber auch davon verschont worden. Das kann ich nicht beurteilen. Denn was ist ein Selbst? Zunächst glaubten die Erbauer, das Selbst sei eine immaterielle Substanz, die man aus existenten biologischen Einheiten ernten, aus der Sextabezugsebene abschöpfen oder – so lautete ihre Theorie wenige Jahrhunderte später – aus niederdimensionalen Energiestrukturen synthetisieren könnte.«

Rhodan nickte. Er kannte den Begriff aus der terranischen Psychohyperphysik: Die Sextabezugsebene war jene hyperdimensionale Sphäre, in die der aktive menschliche Geist eine Art mentalen Schatten warf.

Die Ebene mochte darüber hinaus – da stritten die Gelehrten – auch eine Region sein, in der die schiere geistige Substanz eines bewussten Lebewesens ohne physisches Korrelat lebens- oder überlebensfähig war.

Er schüttelte leicht den Kopf. *Nicht jetzt.*

Die Rede hatte Rhodans Nachdenken respektiert und innegehalten. Erst dann fuhr sie fort: »Hatten sie diese Substanz auf welche Weise auch immer gewonnen, ließ sie sich um ein rezeptions- und mnemofunktionelles Zentrum konfigurieren. Bald erkannten sie, dass ein Selbst noch eine ganz andere Größe verlangte: eine Dauer in der Zeit, eine mentale Landschaft aus eigenartigen Akzenten, Denkritualen, egozentrischen Defiziten. Ein Zentrum der erzählerischen Gravitation, das sich seiner selbst in jedem Moment inne ist.«

»Sie bauten also derartige Glückseligkeitsmaschinen«, resümierte Rhodan. »Und? Ist das Universum glücklicher geworden seitdem?«

»Gewiss. Warum nicht? Ich gehe davon aus«, antwortete sein Gegenüber. »Doch es scheint, als vermindere die Zunahme an Glück nicht die Menge an Unglück.«

»Solange wir das Universum nicht auf eine Glückswaage legen können, scheint mir das eine müßige Frage. Wo befindet sich diese Quellgalaxis?«

»Lichtäonen von hier«, sagte die Rede.

Rhodan sah eine gewöhnliche Spiralgalaxis, die sich vor seinem inneren Auge drehte – ein Sternenspektakel mit unglaublicher Präzision. Er glaubte, Milliarden Sonnen gestochen scharf zu sehen, glaubte die große Symphonie ihrer Kernverschmelzungsprozesse, ihrer Turbulenzen und ihrer Rotation zu hören, ihre maßlos-verschwenderische Glutwärme mit seinen Eingeweiden, seinem Geist zu spüren.

Für einen Moment war er versucht, sich diesem berauschenden Bild zu ergeben, hinabzutauchen in die Sonnensysteme, von denen er wusste, dass sie ihm offenstanden mit all ihren Planeten und deren Trabanten, mit all den Lebewesen, die sich auf und zwischen den Planeten bewegten, ihren Kulturen und Technosphären.

Die Quellgalaxis der Glücksbringer ...

Dann nahm er Abstand, befand sich anscheinend Hunderttausende Lichtjahre hoch im Halo der Galaxis und betrachtete sie. Er entdeckte kein Merkmal, das ihm erlaubt hätte, die Sterneninsel zu identifizieren.

Die Rede sagte: »Viele Glückseligkeitsmaschinen arbeiteten allein, manche reproduzierten sich. Der größte Teil fand sich schließlich zu einem Kollektiv zusammen.«

»YNTRIM«, schloss Rhodan.

»Gewiss«, sagte die Rede. »YNTRIM I.«

»Befinden sich Glückseligkeitsmaschinen in dieser Galaxis? In Baschq, wie die Schiqalaya sie nennen?«

»Ja. Mindestens eine Glückseligkeitsmaschine, von der ich Kenntnis habe. Sie ist allerdings in gewisser Weise ein Prototyp. Es wurden nicht viele Exemplare dieser Baureihe hergestellt.«

»Was heißt: nicht viele?«

»Nur fünf«, erklärte die Rede. »Und eine von ihnen hält sich in Baschq auf.«

Rhodan sah die Glückseligkeitsmaschine über die Ebene gehen. Sah, wie sie sich in ihren drei Hüften drehte und beugte, wie sie sich auf die Lauer legte nach Beute.

»Warum wurde von diesen Glückseligkeitsmaschinen nur so wenige gebaut?«, fragte er.

»Weil sie es nicht ertrugen, glücklich zu sein.«

Offenbar hatten die Erbauer auf Yntor versucht, eine Glückseligkeitsmaschine zu schaffen, die in vielem einem biologischen Lebewesen ähnelte: Sie musste essen, trinken, Stoffwechsel betreiben. Sie wussten um die Lust, die es brachte, Hunger und Durst zu stillen und – ja – sich der Stoffwechselendprodukte zu entledigen. All diese Lust sollte der neue Prototyp empfinden.

Die Lust der Fortpflanzung ersetzten sie durch die Lust am Selbsterhalt: Sie begabten die neuen Glückseligkeitsmaschinen, die sie Phausha nannten, mit einem beinahe unzerstörbaren Metabolismus.

Allerdings vermochten sie zu jener Zeit noch nicht, ein Selbst in die Maschine zu pflanzen. Die Phausha waren intelligent, kreativ, einsichtig – aber sie besaßen keine markierte ÜBSEF-Konstante.

»Ihm fehlt die Seele«, übersetzte Rhodan.

»Gewiss. Eben deswegen kann Phalguwan mich nicht betreten. Dabei wäre er als Glückseligkeitsmaschine autorisiert, mich zu befehligen.«

»Aber hat er dich nicht befehligt, als er den Fluktuationstransmitter in Gang gesetzt hat? Als er den Transformationsprozess initiierte? Als er den Waberschirm um dich hüllte?«

»Nein«, sagte die Rede. »Aktiviert hat mich ein Kollektiv psionenbegeisterter Schiqalaya. Diese haben unter Anleitung des Phausha gearbeitet, gewiss. Aber Phalguwan hat mich niemals betreten.«

»Das muss ihn beschämen«, sagte Rhodan.

»Gewiss.«

»Warum haben eure Erbauer ihn in diese Zwitterstellung gezwungen?«

»Darüber wurde ich nicht informiert. Allerdings wurde die Baureihe nach der Ingangsetzung der fünf Phausha nicht fortgesetzt.«

»Und sie wurden nicht zerstört.«

»Unsere Erbauer zerstören nicht«, sagte die Rede. »Sie bringen Glück. Kein Leid.«

Rhodan schloss die Augen und malte sich die Katastrophe aus, die sich eben im Solsystem ereignen musste, und dachte: *nur Glück? Kein Leid? Da sind sie gescheitert.* Laut sagte er: »Was müsste ich tun, um Phalguwan zu dir zu bringen? Wir vier sind beseelt – können wir ihn unter Umständen mental tragen? Einschleusen in dich?«

Er wies auf Firmion Guidry, Pao Ghyss und den Schiqalaya Ileschqa.

Guidry sah ihn an – in seinem Gesicht eine Mischung aus blankem Entsetzen und greller Erkenntnis. In den Zügen Paos ein abgründiger Hass, der ihr schönes Gesicht förmlich zerbrach. Mut. Verzweiflung. Verlassenheit.

Der Terraner schaltete um. Die Rede war belanglos. Das Wesentliche vollzog sich hier und jetzt. Das Wesentliche waren sie, die vier.

Als er sprach, war Rhodans Stimme rau. »Die Phausha sind so etwas wie defekte Maschinen.«

»Gewiss könnte man sie auch unvollendet nennen«, sagte die Stimme.

»Sie suchen Vollendung. Heilung. Oder – wenn sie denn Maschinen sind: eine Reparatur.«

»Gewiss.«

Diese ganze Komödie, dachte Rhodan. *Diese wahnwitzige, mörderische Komödie. Jetzt endlich durchschaue ich sie. Und ich werde sie beenden. Hier und jetzt.*

»Guidry!«, schrie er. »Guidry! Sind wir deswegen hier? Ich dachte, du wärest mein Wegbereiter – aber tatsächlich bin ich es, nicht wahr? Ich bin derjenige, der dir den Weg bereitet hat hierher. Weißt du, wer du bist, Firmion Guidry?«

»Ich weiß es nicht! Ich weiß es nicht!«, schrie Guidry zurück. Seine Arme und Beine schlotterten. »Ich bin nicht ich, aber ich bin ...«

Wo ist Ileschqa?

Die Rede sagte: »Perry Rhodan – dir ist bewusst, dass es nichts und niemanden gibt, der reicher an Psionen wäre als dieser, den du Guidry nennst?«

»Gewiss«, zischte Rhodan, wütend auf Guidry, auf sich selbst, der so lange wie mit Blindheit geschlagen war.

Wie klar jetzt alles ist. Wie sich die Ordnung förmlich von selbst aus dem scheinbaren Chaos erstellte. Wie konnte mir die schlichte Chronologie der Ereignisse entgehen?

Die Schiqalaya. Der Thesaurus beziehungsweise der Psionen-Born. Die Transszenarien. Die Tritheophane Präsenz, ihre Apostel und Missionare. Die Hyperraum-Zivilisation und die Hyperraum-Katastrophe. Die Havarie der NAPHAUT DOSCHUR auf Jupiter. Tau-acht. Die Initiative des Fluktuationstransmitters.

Endlich passten auch die Phausha ins Bild. Phalguwan. Die Superintelligenz YNTRIM.

Was hatte Guidry ihm damals – vor wenigen Tagen – auf MERLIN zugerufen? »... Wegbereiter!«

Rhodan hatte geglaubt, immer deutlicher zu verstehen, was das hieß: Hatte der Ganymedaner ihn doch nicht nur befreit, sondern ihm mit seinen Paragaben wortwörtlich den Weg bereitet.

Ihm, Rhodan. Aber es ging doch gar nicht um ihn, Rhodan.

Wessen Wegbereiter hätte er noch sein können?

Ileschqas?

Aber die Schiqalaya wollten doch nicht zurück nach Schelekesch, nach Baschq.

Kein anderer Schiqalaya war mit durch den Fluktuationstransmitter gegangen. Wäre es dem Schiqalaya um seine und die Rückkehr seines Volkes, seiner Zivilisation nach Baschq gegangen, hätten sie doch ganz andere Anstrengungen unternommen, mindestens anstelle von Pao Ghyss einen weiteren Schiqalaya mit Rhodan durch den Transmitter zu schicken.

War Guidry ein Wegbereiter des Honovin?

Nein. Das konnte Rhodan sich nicht vorstellen.

Aber seit wann war die Wahrheit auf seine Vorstellungskraft angewiesen?

War denn Guidry nicht selbst ein Honovin, war er es – wie die Rede ihm eben eröffnet hatte – nicht mehr als alle anderen, als Pao Ghyss, als Onezime Breaux, als Oread Quantrill? Als alle diese zusammen?

Der Ganymedaner schaute Rhodan an. »Ich wollte immer nach – mir war nicht klar, wohin. Und mit wem. Ich hatte tatsächlich schon nach Piloten Ausschau gehalten. Es sind ja einige hervorragende Piloten an Bord von MERLIN. Lohnkutscher Jennerwein. Oder ...« Er winkte ab. »Einige halt. Aber eben, als alles so drängend wurde, als ich losmusste, irgendwie – da bist du gekommen.«

»Weißt du, wer du bist?«

»Ich weiß es jetzt«, sagte Guidry. »Ein Wegbereiter.«

»Ist dir klar, wessen Wegbereiter du bist?«

Guidry nickte.

Rhodan sagte: »Du bist Phalguwans Wegbereiter, nicht wahr? Der Wegbereiter der Phausha. Ihr Weg in die Vollendung. Ins Glück.«

»Ja«, antwortete Guidry.

Wo ist Ileschqa? War er vor diesen Erkenntnissen geflohen? Kaum. Der Schiqalaya war alt und weise; er hatte längst seine Schlüsse gezogen. Aber wo war er?

Rhodan sah sich um. Pao hielt eine Waffe in der Hand. Sie fixierte Guidry. »Du wüsstest, wer du bist?« Sie lachte ihr fernes Lachen. »Guidry – du bist der Verräter.«

Sie stellte die Waffe ohne sie zu senken auf Impulsenergie, schwenkte sie, richtete sie erst auf Guidrys Stirn, dann auf Rhodans, dann sagte sie: »Schwere Wahl. Ich liebe euch beide. Wir haben dich so lange gesucht, Guidry. Du hättest *uns* den Weg bereiten sollen, allen Honovin. Warum hast du dich auf MERLIN verborgen? Wir wussten, dass jemand da sein würde, einer wie du. Und du ...«

Rhodan war einen Schritt erst von Guidry fort zur Seite, dann von der Seite auf sie zugegangen; sie wirbelte herum und zielte auf seine Brust.

Die Waffe, die ich auf MERLIN dem SteDat-Mann abgenommen habe. Die sie an Bord der NAPHAUT DOSCHUR aus dem Skaphander geholt haben muss.

Er wich zurück, aber so, dass er den Abstand zwischen sich und Guidry vergrößerte. Das sollte es Pao erschweren, sie beide im Blick zu behalten.

Sie bebte vor Zorn, als sie Rhodan ansprach: »Du hast verhindert, dass wir den Schritt in die Zukunft tun. Schon immer hast du das getan. Weißt du, wie oft ich die Szene gesehen habe – du und John Marshall in dieser schäbigen Flüsterkneipe in Los Angeles? Wäre es gerecht zugegangen, hättest du Weitsicht besessen und ein wenig

Demut: Dann wärest du in diesem Moment zurückgetreten und hättest Marshall die Führung überlassen. Aber du hast aus der ersten Neuen Menschheit eine paramilitärische Einrichtung gemacht. Eine Waffe! Das wird nicht noch einmal geschehen. Wir entziehen uns dir, deiner Regierung und der Superintelligenz, die dich manipuliert.«

»Um euch von einer anderen Superintelligenz manipulieren zu lassen. Oder von deren Kreatur«, sagte Rhodan. »Dir ist doch klar, dass Phalguwan dafür gesorgt hat, dass zunächst die Schiqalaya, dann die Terraner in den Genuss der Psionen kamen? Das Tau-acht – es hat euch verändert. Ihr seid nicht mehr ihr selbst. Eure wunderlichen Parafähigkeiten. Eure Schlaflosigkeit – das ist natürlich großartig. Was für ein Gewinn an Zeit und Lebensqualität, nicht wahr? Bezahlt mit eurem Selbst. Eurem Moralempfinden. Befrei dich, Pao!«

»Ich werde dich töten«, sagte Pao.

»Was würde das daran ändern, dass ihr nicht der Zweck der Übung seid, sondern nur das Mittel? Auch Sklaven, die ihre Versklavung genießen, sind Sklaven. Der ganze Wahnsinn, Pao, ist vor Jahrzehntausenden in Gang gesetzt worden, damit einer, einer von Millionen, mindestens einer von euch als ein Tau-acht-Mutant hervorgeht, der Maschinen mit seinen Parakräften reparieren kann – auch eine so komplizierte Maschine wie Phalguwan. Euer Meister. Ihr seid nichts als sein botmäßiges Mutantenkorps, das er wegwerfen wird, sobald er – nun ja: glücklich ist!«

Pao Ghyss zögerte, senkte den Lauf ihrer Waffe leicht. Rhodan sprang. Sie wich gedankenschnell aus. Nahm ihn ins Visier. Der Terraner rollte sich über den Boden. *Schon ein Streifschuss ist tödlich.* Paos Finger am Auslösesensor. Ileschqa stürzte wie ein Engel mit weit ausgebreiteten Schwingen, auf denen alle Sonnen des Universums leuchteten, aus den Himmeln in die Schussbahn. Sie schoss im Impulsmodus. Ileschqa wurde von dem ultrafrequenten Energiebündel hochgerissen, stürzte zu Boden.

Rhodan hatte das Messer mit den zwei Klingen gezogen und warf es. Es traf Pao in die Brust. Paos Augen weit offen. Wie sie in die Knie sank. Der Strahler auf dem Boden. Wie Rhodan ihn wegtrat.

Einen Blick zu Pao, dann zu Ileschqa. Mit zwei, drei Schritten bei dem sterbenden Schiqalaya.

»Es tut mir leid. Ich wusste nicht, dass sie die Waffe hat.«

»Ich wusste es«, sagte Ileschqa. »Aber ich dachte, sie gehört zu dir und handelt mit deinem Einverständnis. Sie ist deine Artgenossin.«

»Ja«, sagte Rhodan. Was sollte er sagen?

Ileschqa starb. Aus seinem Schädel stieg ein daumennagelgroßes, schneeflockenförmiges Gebilde, das von innerem Licht strahlte – sein Zellaktivator.

Rhodan griff ihn aus der Luft und ballte die Hand darum.

Als er zu Pao Ghyss trat, der Frau, die zu gegebener Zeit hätte verhindern sollen, dass er die Verwandlung Jupiters und damit den Exodus der neuen, schlaflosen Menschheit unterband, war sie bereits tot. Auch der Aktivator würde ihr nicht mehr helfen.

Der Resident schloss ihr die Augen.

Selbst jetzt, da der Schleier des Lebendigen fortgezogen war und ihr Gesicht nackt dalag, von keiner menschlichen Regung bewegt, erschrak er vor ihrer Schönheit.

Phalguwan hatte am Rand der Grube gewartet. Er schien nicht im Geringsten darüber erstaunt, dass nur zwei von den vieren zurückkamen.

»Hast du alles erfahren, was du wissen wolltest?«, fragte der Phausha.

»Ja«, sagte Rhodan. »Alles. Von ein paar Bagatellen abgesehen. Mir ist zum Beispiel noch nicht klar, ob die Havarie der NAPHAUT DOSCHUR eine echte Katastrophe war oder ob sie auf irgendeine Weise von dir inszeniert worden ist.«

Die Gebilde in Phalguwans Augen blieben unbewegt. »Wie du selbst sagst: eine Bagatelle.«

»Wozu dieses ganze Spiel? Wirklich nur, um ein einziges Leben zu retten? Erlebnisfähig zu machen für Glück?«

»Es ist mein Leben«, antwortete Phalguwan. »Worum sonst sollte ich kämpfen? Und ist es nicht wahr, dass sämtliches Leben danach strebt, glücklich zu sein?«

Rhodan schüttelte fassungslos den Kopf:

Und stimmte ihm im Stillen zu. »Wenn du erst selig bist – was ist mit den anderen vier Phausha?«

»Drei«, korrigierte Phalguwan. »Einer von uns wurde vor nicht einmal fünftausend Jahren im Zuge einer kosmischen Naturkatastrophe zerstört.«

»Mein Beileid«, kommentierte Rhodan trocken.

Phalguwan wandte sich Firmion Guidry zu: »Bist du bereit?«

In diesem Moment sah Rhodan die winzigen Konstrukte förmlich aufglühen vor Gier.

»Es hat einen Preis«, sagte Rhodan.

Rhodan hatte noch kurz mit Firmion Guidry gesprochen. Der Junge war bereit dazu, Phalguwan zu reparieren, sollte aber als Gegenleistung die Rettung Jupiters verlangen.

Guidry hatte genickt, ohne dass Rhodan den Eindruck gewann, dem Ganymedaner wäre am weiteren Schicksal des Solsystems irgendetwas gelegen.

»Ich soll die Transformation deines Gasplaneten revidieren«, erriet Phalguwan. »Ich werde es tun.«

»Gut«, gab der Ganymedaner zurück. »Um dich zu reparieren, müsste ich in gewisser Weise *in dir* sein«, sagte Guidry sachlich. »So ist es bislang immer gewesen.«

»So wird es auch diesmal sein«, sagte Phalguwan. »Nur dass die Verschmelzung endgültig sein wird.«

»Ja«, antwortete Guidry. »Ich weiß.«

Rhodan spürte, dass alles in ihm sich empörte: gegen dieses Geschäft, gegen die Sachlichkeit, mit der es von den beiden Beteiligten abgewickelt wurde. »Bist du wirklich bereit dazu?«

»Ich bin es immer gewesen. Ich habe es nur nicht gewusst.«

»Du musst dich nicht opfern.«

Guidry lächelte. »Opfere ich mich denn? Ich erhalte immerhin Unsterblichkeit. Ist es das nicht wert?« Er sah Rhodan forschend an, dann Phalguwan.

»Unsterblichkeit«, bestätigte der Phausha.

Rhodan zuckte mit den Achseln. Dann nickte er Guidry zu: »Viel Glück.«

Guidry tat zwei, drei Schritte von Rhodan weg auf Phalguwan zu. »Lass uns beginnen.«

»Ich brauche dazu ein paar der Gerätschaften meiner Residenz«, sagte Phalguwan und deutete in Richtung seiner Wohnhöhle. Er drehte sich um und ging voran. Guidry und Rhodan folgten. Ohne sich umzuwenden, erklärte Phalguwan: »Es ist eine sehr intime Prozedur, die er und ich miteinander vollführen werden. Ich möchte dich mit ihrem Anblick nicht belästigen.«

Guidry blieb stehen und berührte Rhodan kurz an der Schulter. »Es ist in Ordnung«, sagte er. »Bleib hier.«

Rhodan hatte sich in die Nähe der Erdhöhle auf den Boden gehockt, die Beine untereinandergeschlagen. Er wartete über zwei Stunden. Ein safrangelber Mond war am Himmel erschienen, und Rhodan ertappte sich dabei, wie er das Firmament nach einem Fragment der Sternenstadt absuchte.

Keine Spur.

Einmal zog in einiger Entfernung eine Herde der riesenhaften Tiere vorbei, und Rhodan meinte, etwas wie ein verwackeltes, windschiefes Haus zu sehen, das ihnen auf einigen Stelzenbeinen folgte.

Vielleicht das Wanderhaus der Wittib Aoghidin, dachte er.

Als Phalguwan aus seiner Residenz stieg, blickte Rhodan auf sein Komarmband. Es war der 14. Februar 1461 NGZ, 20.45 Uhr.

Alle Unruhe, alle Ungeduld war von ihm abgefallen. Es gab nichts mehr für ihn zu tun.

Der Phausha wirkte äußerlich unverändert. »Es ist gelungen«, sagte er. In seine Stimme war ein neues Timbre getreten.

»Wie soll ich dich anreden? Ist noch ein Teil Firmion Guidry in dir?«

»Ich bin hier, und ich bin ich, mehr ich, als ich je war«, antwortete Phalguwan mit seiner leicht verwandelten Stimme. »Ich werde jetzt in den Born gehen und den Fluktuationstransmitter desaktivieren. Ich vermute, du möchtest zurück in dein System?«

Rhodan nickte. Er fuhr mit der Hand in die Anzugtasche und holte zwei Gegenstände hervor. »Dein Messer«, sagte er. »Es ist schwer, damit nicht zu treffen, nicht wahr?«

»Es ist gut ausbalanciert«, wich Phalguwan der Frage aus.

»Und das?«, fragte Rhodan und hielt ihm Ileschqas Zellaktivator hin.

»Ich weiß nicht, ob ich Verwendung dafür habe«, überlegte Phalguwan. »Möglicherweise werde ich in meinem neuen Dasein einem Alterungsprozess unterliegen. Wenn dir an der Batterie liegt, nimm sie mit.«

Der Terraner wog den fremdartigen Aktivator in der Hand. »Nein«, sagte er schließlich. »Behalte sie!«

Phalguwan nahm das Gerät entgegen. »Gehen wir.«

Rhodan konnte nicht erkennen, was Phalguwan im Dunst innerhalb des Psionen-Borns tat. Der Phausha war in den körperlosen Schattenspielen untergetaucht.

Die Rede erklang nicht wieder, oder sie richtete sich nicht mehr an Rhodans Ohr.

Die Zeit verstrich. Endlich entdeckte er Phalguwan. Der nunmehr beseelte Phausha kam näher, ganz nah, und legte dann seine Stirn an Rhodans Stirn und umfasste seinen Kopf mit beiden Händen. Rhodan roch seinen Atem: ein wenig wie nasses Holz, nicht unangenehm, nicht menschlich. Phalguwan sagte: »Ich versiegele dich.«

Er trat einen Schritt von Rhodan zurück; die Gebilde in seinen Bernsteinaugen hielten still, als wäre Phalguwan zur Ruhe gekommen. »Würdest du mir einen Gefallen tun?«

Rhodan nickte.

»Ich brauche jemanden, der auf MERLIN meine Schaben versorgt. Sie sind noch ein wenig unselbstständig.«

»Ich kümmere mich darum«, versprach er.

Phalguwan nickte: »Es wäre gut, wenn du dich nicht allzu lange auf der NAPHAUT DOSCHUR aufhalten würdest. Die Rückführung von allem hat bereits begonnen. Gute Reise.«

»Danke«, sagte Rhodan. »Was muss ich tun, um diese Reise zu beginnen?«

»Nichts.«

Die Umrisse der Halle, des Borns lösten sich in rotes Wabern auf. Rhodan war unterwegs.

Der Rückweg war anders als der Hinweg. Der Terraner spürte sein Herz schlagen, er dachte seine Gedanken, dennoch konnte er sich nicht gegen das Gefühl wehren, es sei eine zeitlose Fahrt.

Wie reiste er? Da war kein Fahrzeug, kein Gerät, nichts Wahrnehmbares, das ihn barg und transportierte.

Er war hellwach, schaute in die rote Landschaft, die ihn umgab und von der er annahm, dass es eine besondere Sequenz des Hyperraums sein müsste. Aber seine Gedanken entglitten ihm, trudelten ab zu absoluten Belanglosigkeiten: zu den prähistorischen Registrierkassen, die Homer G. Adams hütete wie Dagobert Duck seinen ersten Taler und von der er während des Fluges durch die Jupiteratmosphäre geträumt hatte, zu einem Mädchen, mit dem er vor Äonen getanzt hatte, während aus der Juke-Box ein Song von Bill Haley und seinen Comets dröhnte. Er dachte an Pao Ghyss und meinte, ihr Lachen zu hören, und es kam aus einer schier endlosen, völlig entrückten Ferne, und er dachte: *Nun ist sie dort angekommen, wo ihr Lachen immer schon war.* Er sah Firmion Guidry, aber seine Augen hatten sich verändert. Sie waren bernsteinfarben, und winzige Messingkugeln schwammen darin.

Bald hatte er die NAPHAUT DOSCHUR erreicht. Er blickte auf den Chronometer. Der »Flug« hatte beinahe drei Stunden gedauert.

Der Resident stand in der Halle, von der aus seine Reise nach Schelekesch ihren Ausgang genommen hatte. Kein Schiqalaya zeigte sich. Rhodan glaubte zu wissen, dass niemand außer ihm mehr an Bord war.

Die Rückführung der Schiqalaya nach Schelekesch hatte begonnen. Würden sie sich mit Phalguwan arrangieren? Mit den Zhiridin?

Wer weiß.

Er hoffte, dass Phalguwan – der neue Phalguwan – Wort hielt. *Immerhin muss Jupiter überleben, wenn Firmions Schaben überleben sollen.*

Ein Schlitten lag auf dem Boden.

»Kannst du mich verstehen?«, fragte Rhodan den Schlitten.

»Ich kann dich verstehen«, ertönte eine Stimme.

»Ich bin ein Gast auf der NAPHAUT DOSCHUR«, sagte Rhodan.

»Das bestätige ich.«

Rhodan setzte sich auf den Schlitten. »Bring mich bitte zu dem Hangar, in dem ich angekommen bin. Ist dir das möglich?«

»Ja.« Der Schlitten hob sich und beschleunigte.

Es konnten höchstens einige Hundert Meter sein, aber Rhodan war froh, dass das Transportmittel so rasch durch das Röhrensystem der Arche glitt. Er hatte keinen Grund, die Mahnung von Firmion Guidry, sich zu beeilen, nicht ernst zu nehmen. Was immer aus dem Ganymedaner in der letzten Phase seines Vorhabens geworden war – er verstand mehr von der Wirkungsweise des Fluktuationstransmitters als Rhodan. *Die Rückführung von allem hat bereits begonnen.*

Rhodan saß da und schaute in den Tunnel. Es war immer noch kalt, kälter sogar als zuvor. Eine Zugluft schnitt ihm ins Gesicht.

»Kannst du beschleunigen?«, fragte Rhodan den Schlitten.

»Nein«, kam die geflüsterte Antwort. Sie war gegen das Brausen kaum noch zu verstehen.

Täuschte er sich, oder glitt der Schlitten sogar immer langsamer dahin?

Eine Dämmerung hatte eingesetzt, die es Rhodan erschwerte, die Geschwindigkeit zu schätzen. Vielleicht war Dämmerung auch das falsche Wort: *Verblassen* traf die Sache eher.

Die Wände schienen durchsichtig zu werden, der Boden, die Decke.

Der Schlitten selbst.

Rhodan erschrak und betrachtete seine Hand. Nein, keine Spur. Er selbst war nicht betroffen.

Immer langsamer ... der Schlitten würde gleich stehen bleiben.

Ungeduldig sprang Rhodan ab. Er fand keinen Halt, es war ein Gefühl, als wäre er aus einem rasenden Zug gesprungen. Er stürzte, überschlug sich, barg den Kopf unter den Armen, prallte gegen die Wand, rollte, blieb endlich liegen.

Als er aufschaute, war der Schlitten fort, seinen Blicken entzogen. Er stand auf. Verletzt war er nicht. Die Wand hatte seinen Sturz gedämpft. Er legte die Hand an das Material. Kalt. Nachgiebig. Er übte ein wenig Druck aus. Die Wand gab nach. Er fürchtete, sie würde reißen.

Er ging los. Der Boden unter seinen Füßen gab nach. Er sank ein, Schritt für Schritt tiefer. Immer durchsichtiger wurde der Tunnel; auch die Räume jenseits der Wände und deren Begrenzungen erschienen transparent. Allerdings nicht so transparent wie Glas, im Gegenteil, es breitete sich eine Trübung aus. Alles wurde zugleich durchsichtig und verschwamm.

Rhodan traute seinen Augen kaum noch. Er watete durch den Korridor, ließ seine Hand an der Wand entlanggleiten, die wie ein seidiges Tuch nachgab.

Dann war der Schlitten wieder da. Rhodan bemerkte, dass das Fahrzeug ihn ansprach, verstand aber nicht alles. Hatte der Schlitten gesagt, sie hätten einander verloren? Das Fahrzeug wirkte amorph. Vorsichtig legte sich Rhodan auf die Fläche. Ein Gefühl, als läge er auf einem Wasserbett oder einer fehlprogrammierten, allzu nachgiebigen Pneumoliege.

Immerhin setzte sich der Schlitten in Bewegung.

Rhodan hatte keinen Zweifel mehr, dass die Auflösungserscheinungen aus dem Abschaltungsprozess resultierten. *Der Rückführung von allem.* Was hatte er erwartet? Ein leises Brummen oder ein lautes Klicken, und der Fluktuationstransmitter hätte desaktiviert dagelegen – bereit, sich von den terranischen Wissenschaftlern untersuchen und auswerten zu lassen?

Das ganze Gebilde entmaterialisierte – wenn auch in einer für Transmitterprozesse ungeahnten Langsamkeit.

Rhodan überlegte, warum er nicht von diesem Vorgang erfasst wurde. *Phalguwans oder Firmions Siegelung,* dachte er. Auch das war keine Metapher gewesen. Irgendwie hatte Guidry ihn von dieser Re-Fluktuation ausgenommen.

Wahrscheinlich hatte er es gut gemeint. Aber das Ergebnis konnte fatal werden. Was, wenn er den Skaphander nicht rechtzeitig erreichte, bevor die komplette Struktur des Fluktuationstransmitters und des darin eingehüllten Hyperraum-Bootes entstofflicht war?

Was, wenn auch der Skaphander von der Rückführung ergriffen wurde?

Rhodan würde ungeschützt im Abgrund der Jupiter-Atmosphäre stehen. Am Grund des weit über dreißigtausend Grad heißen Metallgasozeans, unter der Last von drei Millionen Atmosphären.

Er betätigte die Ruftaste seinen Multikomarmbandes. »Skaphander? Kannst du mich empfangen? Falls ja: Orte mich und komm mir entgegen.«

Keine Antwort.

Der Korridor hatte begonnen, sich zu heben, zu senken, zur Seite zu schwingen. Ein Abschnitt entglitt durch die eigene Wand. Das Licht, die Geräusche, alles wurde unwirklich. Atmete er überhaupt noch? Ja, aber die Luft schmeckte nach nichts, und er hörte seine Atemzüge nicht mehr.

Dafür schlug sein Herz umso härter, schmerzhafter.

Vor ihm tauchte ein Hangarschott auf, ein Tor von diffuser, verlaufender Farbigkeit wie aus flüssigem Milchglas. Der Schlitten bremste, aber nicht rasch genug. Rhodan hob abwehrend die Arme, als er auf das Schott zuraste.

Und schluckte laut, als der Schlitten in das Schott glitt. Rhodan wurde nach vorn gerissen und rollte über den Hangarboden. Er fühlte sich an wie zähes Gelee. Als Rhodan zurückblickte, sah er, wie der Schlitten und das passierte Schott zu einem wolkigen Gebilde verschmolzen.

Der Resident raffte sich auf. Vor ihm stand der Skaphander. Keine zehn Meter mehr. Trotzdem war er kaum zu erkennen, umgeben von einem schleierhaften, flirrenden Licht, das alle Schärfe nahm, alle Konturen deformierte.

Rhodan musste um jeden Schritt kämpfen, so zäh und tief war der Boden. Endlich berührten seine Hände den Skaphander. Er schrie vor Wut und Enttäuschung auf, als seine Hand in das Material eintauchte. Der Anzug war in Auflösung begriffen.

Er hob das Kom an den Mund. »Hallo!«, schrie er, ohne zu wissen, wen er denn rief.

Wider jede Hoffnung klang eine Stimme aus dem Kom, leise, knisternd und von Störgeräuschen überlagert, aber doch verständlich: »Sprich weiter. Ich orte dich. Sprich immer weiter.«

»Hallo!«, rief er. »Hallo, hallo, hallo! Hier spricht Perry Rhodan!«

Es wurde dunkler. Rhodan sah, wie sich durch das Außenschott eine Form drückte, offenbar eine Kugel. Der Außenhangar war bereits so transparent, dass die Schwärze des Metallmeeres alles überstrahlte.

Wieso bricht es nicht ein?, wunderte er sich.

Die Kugel, vielleicht drei oder vier Meter im Durchmesser, hatte die Wandung passiert und zog eine zweite Kugel nach sich, dann eine dritte. Das ganze Gebilde schwamm durch den schlammartigen Hangarboden, vorangetrieben durch zwei Ketten.

Eine Panzerraupe, dachte der Terraner ungläubig.

Eine Luke öffnete sich. Irene Lieplichs Kopf erschien. Sie winkte. Rhodan kämpfte sich voran, bekam den Rand der Luke zu fassen, zog sich hinein.

Die Luke schloss sich hinter ihm.

Irene Lieplich saß längst wieder an der Steuerung. Der Innenraum des Kugelsegmentes war ein wenig anders eingerichtet als bei der Raupe, mit der Rhodan zum Fluktuationstransmitter gekommen war. Der Pilotenbereich war für zwei Personen ausgelegt. Rhodan zwängte sich neben Lieplich. In den Holomonitoren sah er, dass es von der NAPHAUT DOSCHUR und dem Fluktuationstransmitter keine Spur mehr gab.

Ein leises Beben erschütterte die Raupe.

»Die Kernstruktur des Planeten homogenisiert sich«, erklärte Lieplich leise.

»Danke«, sagte Rhodan und legte Lieplich kurz die Hand auf die Schulter.

»Die Anreicherung der Atmosphäre mit Higgs-Teilchen ist gestoppt. Die Konzentration sogar rapide rückläufig. Dein Werk?«

Rhodan nickte kurz.

»Danke meinerseits«, sagte Lieplich.

Rhodan sah auf den Chronometer der Raupe. Es war Montag, der 14. Februar 1461, kurz vor Mitternacht. Vor ziemlich genau drei Tagen hatte die Katastrophe begonnen.

Einige Stunden später – sie hatten den halben Weg bis zur Cor-Jupiter-Station zurückgelegt – bekam Rhodan Kontakt zu Reginald Bull.

»Hallo, Dicker«, sagte Rhodan. »Alles klar bei euch?«

»Nein«, sagte Bull. »Alles andere als klar. Aber wir kommen zurecht. Ybarri hat den sektorialen Notstand ausgerufen. Den Oberbefehl über die Heimatflotte hat sie immerhin mir übertragen. Hannan O'Hara leitete alle Operationen von der CHARLES DARWIN II aus. Sollen wir dich herausfischen?«

»Gibt es etwas, wozu ich dringend gebraucht werde?«

Bull grinste schief. Hin und wieder wanderten einige Unschärfen durch das Holo; einmal verflachte Bulls Gesicht zu einem zweidimensionalen Bild. Aber Rhodan konnte Augenkontakt mit ihm halten. Bulls wasserblaue Augen ließen ihn in diesem Augenblick übermütig, fast jungenhaft erscheinen. »Wer braucht dich schon, Alter? Lass dir Zeit. Ist übrigens auch die Meinung von Henrike.«

Jetzt war es an Rhodan zu grinsen. Manchmal hatte er den Eindruck, für Henrike Ybarri, die Erste Terranerin, gehörte er mit den anderen Aktivatorträgern zu den Dingen auf dem Dachboden der terranischen Zivilisation: gut zu wissen, dass man sie hatte, aber dort oben und außer Reichweite des täglichen Bedarfs ganz gut aufgehoben.

Gelegentlich hätte er ihr gern die Fehler gezeigt, die ihr unterliefen, und wäre mit diskretem Rat zur Seite gesprungen.

Aber Ybarri machte keine Fehler. *Gut so.*

Bull fuhr fort: »Ich schicke dir ein umfassendes Holodossier. Damit kannst du dich auf den Stand der Dinge bringen.«

»Henrikes Idee?«

»Nein. Meine. Wir holen dich später dann aus Cor Jupiter ab.«

»Ja«, sagte Rhodan. »Tut das.« Dann beendete er die Verbindung.

»Die Unsterblichen haben ja einen eigenartigen Umgangston«, bemerkte Lieplich.

»Nur wenn Zuhörer dabei sind«, antwortete Rhodan. »Wenn wir unter uns sind, siezen wir uns.«

Eine Weile saßen sie stumm nebeneinander. Dann spürte Rhodan, dass Lieplich ihn von der Seite her ansah. Er fragte: »Du willst wissen, was mit den anderen beiden ist?«

»Ja«, sagte sie. »Eines Tages kam diese Frau in ihrem Skaphander anmarschiert. Sie war wie ...« Lieplich suchte nach Worten.

Rhodan hatte ein Wort auf der Zunge liegen, wollte aber hören, wie Lieplich es ausdrücken würde. Die Chefwissenschaftlerin sagte: »Wie eine emotionale Invasion. Ich war ratlos, als ich gesehen habe, wie rasch sie dich unter Kontrolle bekommen hat.«

»Das ist vorbei«, sagte Rhodan.

Lieplich nickte. »Sie war eine Mutantin, vermute ich?«

»Sie war etwas in der Art, ja. Warum bist du dennoch gekommen?«

»Nachdem ihr die andere Raupe entwendet habt, haben wir die Lage etwas besser in den Griff bekommen. Die Liga hatte offenbar unseren Notruf empfangen. Man hat uns eine ganze Flotte von Rettungstorpedos geschickt. Einer kam durch, vollgestopft mit Reparaturrobots, Atemluftgeneratoren und so weiter. Wir haben die Raupe in Gang gesetzt, und ich habe mich auf den Weg gemacht. Nun, nicht den ganzen Weg.« Sie lächelte. »Ein paar Hundert Kilometer habe ich die Raupe von der Sonde über den Metallgasozean tragen lassen. Das ist ja auch dein Trick gewesen, oder?«

Rhodan nickte. *Guter Trick.* Andernfalls wäre Lieplich zu spät gekommen. »Hat man sonst nichts in Richtung Fluktuationstransmitter in Gang gesetzt?«

»Soweit ich weiß: ja. Aber es scheint niemand sonst durchgekommen zu sein.«

Rhodan nickte wieder. »Danke«, sagte er noch einmal. Er seufzte, legte die Arme im Nacken zusammen und lehnte sich zurück. »So eine Raupe ist eine prima Sache«, sagte er.

»Eine teure Sache«, sagte Lieplich. »Teures Material. Eine Raupe ist uns leider kürzlich verlorengegangen.«

Rhodan grinste. »Ja, ich habe so etwas gehört. Ich werde bei Ybarri vorsprechen und versuchen, Mittel frei zu bekommen.«

»Soll ich dich noch ein wenig hier unten spazieren fahren?«, fragte Lieplich.

Rhodan blickte in den Holomonitor: das glühende Meer aus schwarzem Quecksilber, die amorphe, elektrische Landschaft unter dem Druck von drei Millionen Atmosphären. »Nur nicht. Fahren wir bitte zurück zur Irene-Lieplich-Station.«

»Cor Jupiter«, verbesserte Lieplich.

»Oh«, sagte Rhodan. »Ja, natürlich.« Er schloss die Augen und lächelte.

Auf dem Diamantenen Floß III:
Ich bin ganz wach

Nachdem PRAJNA den Arbeitsplan fertiggestellt hatte, gingen wir daran, das Rettungsboot leerzuräumen und mit dem zusätzlichen Antrieb einsatzfähig zu machen.

Wir arbeiteten ruhig und sachlich. Das überraschte mich ein wenig, auch wenn ich nicht wusste, was ich anderes erwartet hatte: einen Anfall von Besessenheit, von Arbeitswut?

Ja, vielleicht genau das. Schließlich arbeiteten wir um unser Leben. Jedenfalls um das Leben der meisten von uns. Meister Beaujean hatte die Sache den anderen gegenüber allerdings so dargestellt, als würden wir alle in die Boje passen.

Wir arbeiteten Hand in Hand; meist ohne ein Wort; manchmal hörte man eine Bitte um Werkzeug, einen Zuruf.

Wir gönnten uns keine Pause.

Eine Gruppe arbeitete am und im Rettungsboot, die andere hatte die Aufgabe, das Photonentriebwerk aus seiner Verankerung zu lösen und anschließend an das Boot anzubauen.

Meister Beaujean hatte mich für die Arbeit an der Boje eingeteilt. Er selbst bastelte an dem Photonentriebwerk, das einen Teil der Grube einnahm, in der in den Zeiten vor der Hyperimpedanz-Katastrophe das Polgeschütz installiert gewesen war.

Das Floß flog mit der Unterseite zum Planeten; die Rettungsboje befand sich auf der Oberseite der Hülle. Wenn auch leider nicht in unmittelbarer Nähe des Pols, sondern etwa dreißig Meter darunter, knapp über der Diskuskante.

Anadea warf mir ab und an einen Blick zu, den ich nicht deuten konnte. Den ich, um bei der Wahrheit zu bleiben, nicht deuten wollte. Ich ertappte mich dabei, dass ich darüber nachdachte, was sie vor ihrem Aufenthalt auf dem Floß gewesen sein mochte, welches Leben sie geführt hatte. Wir hatten nie darüber gesprochen. Ich kannte ihren Duft, ihren Rhythmus, die Tiefe und Artikulation ihres Atems, wenn ihr Mund in der Neigung zwischen meinem Hals und meiner Schulter lag, aber ich wusste nicht einmal, auf welchem Planeten sie geboren worden war.

Die Arbeit war körperlich und anstrengend. Wir hatten keine Roboter an Bord – schließlich waren wir keine Vajyarana-Buddhisten, die nicht nur ihre Gebetsmühlen von Maschinen drehen ließen, sondern sogar Mani-Robots hatten, Gebetsroboter.

Die, wie Beaujean einmal gewitzelt hatten, wenn sie in ihrem ersten Leben Transformkanonen gewesen waren, trotz Recyclings wahrscheinlich ein ziemlich mieses Karma hatten.

Nun wäre ich um ein paar Bots an Bord ganz froh gewesen. Die Arbeit artete in Tortur aus. Natürlich hatten wir auch auf dem Floß handwerklich gearbeitet. Dort, wo sich vor ewigen Zeiten der Hypertrop, die Energiewandler und der Gravitaf-Speicher befunden hatten, waren unsere Werkstätten eingerichtet. Wir hatten getischlert, geschreinert, getöpfert und geschnitzt. Unsere Erzeugnisse hatten wir Handelsschiffen des Syndikats der Kristallfischer anvertraut, die einmal im Vierteljahr am Diamantenen Floß anlegten. Wenn die Kristallfischer nicht selbst unsere Waren abnahmen, brachten sie sie zu einem Markt auf Ganymed, auf der Venus oder auf Terra.

Von den Kristallfischern erhielten wir im Gegenzug Rohstoffe, Saatgut, Gewürze, Hölzer, Wasser und Gase.

Auf den Decks 19 und 20, also dort, wo einst die Metagrav-Triebwerksanlage gewesen war, hatte die erste Besatzung des Floßes die Treibhäuser eingerichtet und die Ackergalerie. Wir hatten gesät und geerntet und anschließend gemahlen und gebacken.

Ich hatte Uhren repariert – uralte ferronische Zeitwalzen, historische Schattenchronometer von Topsid, sogar eine der immer ungenauen Wind- und Wandeluhren der Ebar-Doschonin. Und natürlich immer wieder – meine Spezialität – terranische Kuckucksuhren. Ich habe keine Ahnung, aus welchen Museen die Kristallfischer diese Dinger herbeischleppten. Aber ich glaube, in Kennerkreisen auf Terra besaß ich einen gewissen Ruf, ja, ich vermute sogar, ich bin im ganzen Solsystem der einzige menschliche Uhrenmacher gewesen, der sich noch um diese Gebilde kümmerte.

Ich hatte schon während meiner Zeit im Liga-Dienst angefangen, mich für vorindustrielle Feinmechanik zu interessieren. Nicht dass ich diese Kuckucksuhren besonders geliebt hätte: diesen Nachbau eines Bahnwärterhäuschens aus der Epoche der Dampfmobilität unserer Ahnen, dieses Schlagwerk, das den geschnitzten Miniaturvogel herausschwenkte und seinen Ruf mit zwei winzigen Orgelpfeifen imitierte. Der Kettenzug, der Blasebalg, das Nockenrad. Die idyllischen-ulkigen Szenen im Vorgarten der Uhr, Tänzerin und Gänsehirt, Sonnenfrau und Regenmann.

Wie sinnig übrigens, dass ich in diesen Momenten an meine Kuckucksuhren dachte.

Da doch die Zeit für mich ablief.

Das Rettungsboot saß wie aufgepfropft auf der Hülle des Diskusraumers – unseres Diamantenen Floßes. Eine kleine Mannschleuse an der Unterseite des Bootes war mit einem engen Schott der Hülle gekoppelt. Das hieß: Wir konnten über das Floß direkt in das Boot wechseln.

Gute Nachricht.

Die schlechte Nachricht war, dass das Boot offenbar seit Generationen als Deponie für Krimskrams verwendet worden war. Leider besaß es kein zweites und nach außen führendes Schott, das wir hätten öffnen können, um auf diesem Weg und im Sog der Entlüftung das Zeug in den Weltraum zu entsorgen.

Also mussten wir die Boje ins Floß ausräumen.

Die Mannschleuse war rund, kein Meter im Durchmesser. Wozu auch mehr – die Schädelteller der Gataser maßen nicht mehr als einen halben Meter.

»Wie, zum Teufel, hat man dieses Gerümpel hier hereingebracht?«, wunderte sich Magnus.

»In Einzelteilen natürlich, dann hat man das Zeug im Inneren des Bootes zu diesen Müllskulpturen verschweißt«, witzelte Anadea.

Wir plünderten den Innenraum, schweißten los und rissen heraus, was nicht unbedingt lebenswichtig war. Unsere topsidischen

Novizen schnauften und plagten sich, wuchteten Kontursessel, Wasserspeicher, Nahrungsmittel- und Medikamentendepots hoch, gebogenes Gestänge, Kästen, Container und undefinierbares Zeug, das aussah wie die Relikte einer abstrusen und völlig zurecht untergegangenen Zivilisation. Sie hievten das Zeug auf ihre Schultern und schleppten es fort, einige Schritt weit in die Gänge, und ließen es dort achtlos fallen.

Inzwischen machten sich Bruder Aaron und zwei unserer Gäste, die sich ein wenig mit Antriebsmaschinen, Energiegeneratoren und Steuerkonsolen auskannten, im Rettungsboot zu schaffen.

Noch bevor wir unsere Aufgabe erledigt hatten, erschien Meister Beaujean mit seinem Team. Sie hatten den Photonenantrieb völlig freigelegt, die metallischen Abdeckplatten entfernt und die Klammern, die am Rumpf fixiert waren, mit einem Handdesintegrator – von dem ich keine Ahnung hatte, wie und wann er an Bord des Diamantenen Floßes gekommen war – durchtrennt.

Der Maschinenraum lag nun ohne Atmosphäre da und war nur über eine Behelfsschleuse erreichbar. Der Antrieb wurde einzig noch von einem Magnetfeld in der Grube gehalten.

Wir besaßen bloß zwei Raumanzüge – alte, gatasische Monturen, für deren Kopfteil Meister Beaujean offenbar schon vor einiger Zeit Helme gebastelt hatte, die einen menschlichen Schädel aufnehmen konnten.

Wozu sollten wir auch Raumanzüge an Bord haben? Spaziergänge im All gehörten nicht zu den von Meister Beaujean bevorzugten meditativen Übungen.

Das Anflanschen des Photonenantriebs an die Rettungsboje würde im Vakuum stattfinden müssen.

Wer diesen Teil der Arbeit verrichten würde, war klar: Meister Beaujean und ich. Ich hatte zwei, drei TLD-Lehrgänge in Sachen Notfalltechnologie absolviert.

»Alsdann«, sagte Beaujean, als er mir den Helm aufsetzte. Ich hörte, wie sich die Verschlüsse aktivierten.

»Hörst du mich, Emil?«, fragte er mich über Funk.

»Ja, Meister.«

Wir hatten das Schott zum angrenzenden Lagerraum geschlossen. Beaujean löste die magnetische Halterung des Photonentriebwerks. Der Motor war zehn oder zwölf Meter hoch, beinahe so groß wie die Rettungsboje selbst. Der Tank für die Antimaterie war klein, aber robust und sicher. In der Wandung befanden sich mehrere hintereinandergeschaltete Reihen von Mikro-Magnetfeldprojektoren. Ich betastete die Abstrahldüsen für die Gammastrahlen mit der behandschuhten Hand. Mir war da ein Gedanke durch den Kopf geschossen.

»Kleine magische Gesten?«, hörte ich Beaujeans amüsierte Stimme im Helmlautsprecher.

Ich fuhr noch einmal über die Düsen. »Etwas in der Art.«

»Wir hätten keine Chance«, sagte Beaujean. »Ich habe es längst von PRAJNA durchrechnen lassen.«

»Was?«, fragte ich verblüfft.

»Unter normalen Umständen wäre es gar keine so dumme Idee, sich – da wir beide Raumanzüge haben – von außen an der Boje festzuhalten. Daran hast du doch gedacht, oder?«

»Ja«, gab ich zu. Merkwürdig. Im Dienst hatte ich immer wieder trainiert zu verhindern, dass sich meine Gedanken in meiner Mimik abbildeten. Aber für Beaujean schien es keine undurchdringlichen Schilde zu geben.

»Die Raumanomalitäten da draußen würden uns abpflücken wie überreifes Obst«, sagte Beaujean. »Wir würden entweder in die Gammastrahlen geraten und gekocht werden, oder wir würden auf den Planeten stürzen.«

»Tja«, kommentierte ich. Natürlich. Die Rettungsboje würde ihr Schutzfeld sehr eng um ihre Hülle schmiegen müssen; wir wären den mörderischen Gewalten der jupiteranischen Magnetosphäre schutzlos ausgeliefert. Eigene Feldschirme besaßen unsere Raumanzüge nicht. Wenn das Floß keinen eigenen Schirm besäße, hätten wir keine Chance, an der Boje zu arbeiten.

Keine Chance.

»Es wird immer diesen letzten Aufstand der Hoffnung geben«, sagte Beaujean leise. »So sind wir Menschen gemacht. Ausgerüstet mit dieser Hoffnung, alles, noch den eigenen Tod zu überleben, irgendwie, und sei es unter Hilfestellung übernatürlicher Wesen, und von ihnen gehalten und gefördert und geführt einzugehen in ein transzendentes Territorium, in das kein Sterben Zutritt hat. Aber Hoffnung« – er machte eine kleine Pause – »ist auch nur eine Leidenschaft. Vielleicht die stärkste von allen.«

»Ja«, antwortete ich. *Unerschöpflich sind die Leidenschaften, ich gelobe, sie ganz zu zerstören.*

»Bist du so weit?«, fragte er.

»Ja.«

Wir packten die Griffe, die Beaujean und sein Team auf die Hülle des Photonenantriebs geklebt hatten, gingen beide kurz in die Knie und drückten die Gelenke dann sprunghaft durch.

Wir schwebten aus der Grube. Etwa zwanzig Meter oberhalb der Schiffshülle strafften sich die Seile, an denen wir hingen.

Für einen Moment stockte mir der Atem. Ich hatte ihn Tausende Male gesehen, durch das Kristallit im Bullauge meiner Zelle. Aber nun hatte ich das Gefühl, ihm noch nie so nahe gewesen zu sein, so unmittelbar gegenüber.

Er sprengte alle Grenzen meiner Vorstellungskraft, oder besser: Er überbot sie.

Jupiter.

Ich wusste, dass unser Floß längst – zumal ohne den Photonenantrieb, den wir nicht mit Steuerkorrekturen belasten wollten, nachdem wir ihn auf die Rettungsboje montiert hatten – außer Kontrolle geraten war und dem Jupiter entgegenstürzte; sehen konnte ich es nicht.

Was ich stattdessen sah, war dies: Ich sah den Großen Roten Fleck, ein schlieriges Oval, ein Territorium aus Gasgewölk, ein Schleier, unter dem sich ein Planet von der Größe der Erde hätte verbergen können, mehrfach.

In den nördlichen Regionen des Roten Fleckes ein Zufluss von Blassblau und Ocker, alles in unaufhörlicher Wallung. Ich sah die Bucht des Roten Flecks am Rand des südlichen äquatorialen Gürtels, eine Lagune im Gasmeer, sah azurfarbene Girlanden, zyanblaue Wirbel mit schwarzen Ufern, Ströme wie von flüssigem Gold, Zyklone und Anti-Zyklone, und alles immer wieder aus tiefsten Tiefen verklärt von Blitzen mit alles durchleuchtender Helligkeit.

Ich glaube, ich hätte mir am liebsten den Helm vom Kopf gerissen, hätte die grundlose Kälte des Raumes in Kauf genommen für einen Augenblick unverhüllter Gegenwärtigkeit.

Für einen einzigen Moment bloßer Anwesenheit.

Anders als die Erde, deren Leben an den Myriaden Lichtfäden der Sonne hing, brauchte dieser Planet keine Sonne, brauchte nichts, nicht einmal die Überzahl der Trabanten, die er in seiner Schwerkraft jonglierte. Er war sich selbst genug. Er hätte sich sogar von der Sonne lösen, hätte einfahren können in die Abgründe des Kosmos, um sich selbst wirbelnd wie ein trunkenes Schiff.

Ich war wohl einige Sekunden wie versunken in dieses Gegenüber, voller Andacht.

»Träumst du?«, hörte ich die Stimme von Meister Beaujean.

»Nein«, sagte ich. »Ich bin ganz wach.«

Schließlich war alles vorbei. Wir hatten das Photonentriebwerk auf die Fläche der Rettungsboje montiert, gleich hinter die Steuerkanzel. Die aufgesetzte Maschine ragte weit über die Ränder hinaus. Wir hatten auf Anraten PRAJNAS die auf Hyperfunkbasis arbeitenden Kommandoempfänger des Antriebs gegen schlichtestes Kabelwerk ausgetauscht. Der Rechner wollte auf diese Weise jedes Risiko dafür ausschalten, dass die Steuerimpulse auf dem Weg von der Kanzel zum Antrieb unter den irregulären Bedingungen im Umfeld Jupiters litten.

Wir hatten die Schwestern, Brüder und Gäste im Hangar unter der Rettungsboje verabschiedet und zugesehen, wie Frau um Frau, Mann um Mann sich durch den engen Zugang in die Boje gezwängt hatten.

Die meisten hatten es bei ein, zwei Worten belassen, einem Händedruck.

Unsere topsidischen Novizen waren spürbar erschüttert gewesen.

Anadea und ich hatten uns eine Weile angesehen. Ich hatte mir vorher ein paar Sätze überlegt, die ich ihr sagen wollte. Oder hätte sagen sollen. Irgendetwas Bedeutendes war mir nicht eingefallen. Ich hatte erwogen, ihr zu sagen »Ich liebe dich«, aber das wäre eine – wenn auch vielleicht liebenswürdige – Lüge gewesen.

Also hatten wir dagestanden, uns nicht berührt; dann hatte ich gesagt: »Flieg vorsichtig«, also die größtmögliche aller Dummheiten.

Sie hatte die Augen verdreht und gelacht.

Versöhnlich. Vielleicht sogar versöhnt.

Dann hatten sie die Luke zugezogen und wir unsre Helme geschlossen.

Für einen Moment hatte ich mich versucht gefühlt zu winken, tat es aber nicht.

Schließlich war alles vorbei.

Der kleine Hangar wurde wieder mit Sauerstoff geflutet. Die Rettungsboje würde in wenigen Minuten und auf ein Signal von PRAJNA hin starten, in dem vom Positronenhirn berechneten günstigsten Moment.

Meister Beaujean und ich gingen langsam in Richtung von Beaujeans Zelle. »Werden sie es schaffen?«, fragte ich.

»Jetzt liegt es an ihnen«, antwortete Beaujean. »Und ein wenig auch an PRAJNA. Will sagen: an ein paar Berechnungen, die sie angestellt hat.«

Ich hob fragend die Augenbrauen, aber Beaujean schien nichts weiter darüber sagen zu wollen.

Wir schwiegen eine Weile. Eine leichte, durchsichtige Stille herrschte im Schiff. Wie aus weiter Ferne erklangen plötzlich die Rufe eines Kuckucks.

Hatte ich die Tür zu meiner Zelle offen gelassen?

Wahrscheinlich. Wahrscheinlicher jedenfalls, als dass der mechanische Vogel sein Bahnwärterhäuschen verlassen und sich mit seinen hölzernen Schwingen auf den Weg zu uns gemacht hätte.

»So spät schon?« Meister Beaujean sah mich lange an. »Hast du dich nicht gefragt: warum du?«

Ich nickte und zuckte dann mit den Achseln.

Meister Beaujean sagte: »Wir hätten losen können. Wir hätten PRAJNA bitten können, die Auswahl zu übernehmen. Wir hätten uns versammeln und die anderen fragen können: Welche zwei von uns allen bleiben zurück?« Er seufzte. »Alles wäre ebenso gerecht gewesen, meinst du.«

»Ja«, gab ich zu.

»Oder sogar gerechter? Es wäre dir gerechter vorgekommen, wenn nicht du – oder ich und du – es entschieden hätten, sondern ein Los? Oder eine Maschine? Oder wenn ein anderer dir die Entscheidung abgenommen hätte? Anadea vielleicht? Oder Magnus? Aaron? Unsere topsidischen Praktikanten vielleicht in ihrem Ehrgeiz, möglichst schnell Erleuchtung zu erfahren?«

»Unsere Novizen«, verbesserte ich ihn.

Wir mussten beide lachen.

Er sagte: »Du warst ja der, der blieb. Alle anderen sind gegangen. Du bist geblieben. Obwohl Anadea dich gefragt hat, ob du mit ihr kommst. Warum?«

»Ich weiß es nicht«, murmelte ich.

»Du weißt es doch«, sagte er. »Bedenke dich.«

Wir schwiegen eine Weile. »Ja«, sagte ich. »Ich weiß ja.«

Meister Beaujean sagte: »Unerschöpflich sind die Leidenschaften, ich gelobe, sie ganz zu zerstören. Manche – ach was« – er lachte tief und dröhnend –, »die meisten sogar glauben, das sei ein bitterer Krieg mit reichlich Kollateralschäden in den Territorien unserer lustfeindlichen buddhistischen Seelen. Natürlich weiß niemand besser als wir, dass jede Leidenschaft wunderbar und angenehm sein kann. Aber noch weit wunderbarer und angenehmer ist das Nachlassen der Leidenschaften. Und je intensiver die Leidenschaft gebrannt hat, desto wohliger ist ihr Erlöschen, nicht wahr?«

Ich nickte.

Meister Beaujeans Stimme schien selbst zu erlöschen, als er leise fortfuhr: »Und welche Leidenschaft wäre größer, als die zu leben? Und welches Erlöschen also wünschenswerter? Dass wir abstürzen, daran können wir nichts ändern. Ich weiß nicht, was sich hier getan hat, Emil, und PRAJNA weiß es auch nicht: Ob es eine Naturkatastrophe ist oder eine gigantische Manipulation. Du und ich, wir hatten ein leidenschaftlicheres Leben als die meisten an Bord unseres Floßes, nicht wahr?«

»Nicht unbedingt ein glücklicheres«, wandte ich vorsichtig ein.

»Wer spricht von Glück? Ich nicht. Ich spreche von Leidenschaften. Deine Zeit im TLD. Deine Vermittlung im Kunstkrieg der Therborer. Deine Teilnahme am Kommando Machraamp. Dein Einsatz gegen den Gläsernen Dual und der Tod von Valerie Chrum ...«

Ich hob die Augenbrauen. »Woher ...?«

Beaujean winkte ab. »Lass gut sein, Emil. Wir hatten vielleicht kein glücklicheres Leben als die meisten an Bord des Floßes, aber ein leidenschaftlicheres. Und nun werden wir es genießen, die Leidenschaft erlöschen zu spüren, und zu spüren, wie unser Genießen erlischt und unser Wunsch, zu genießen.«

Wir hatten die Zelle des Meisters erreicht, die alte Zentrale. »Hallo, PRAJNA«, begrüßte Beaujean das Positronenhirn. »Wie sieht es aus.«

»Hoffnungslos«, antwortete die Maschine.

»Gut«, sagte Beaujean. Er stand reglos und entspannt. Er atmete ruhig. »Geht es dir gut?«, fragte er mich.

»Eigentlich plagt mich nur eine letzte Frage«, gestand ich.

»Welche?«

»Wie werden wir sterben?«

Auf Meister Beaujeans Gesicht trat ein Ausdruck unsagbaren Friedens. Es war kein Lächeln, und ich konnte auch nicht sagen, dass seine Augen strahlten.

Er selbst strahlte.

Es leuchtete aus ihm heraus, und ich trat über in diesen Frieden wie ein Siedler in neues, unvorstellbar fruchtbares Land.

Ich glaube, ich hätte seine Antwort gar nicht mehr gebraucht.

Alles war klar.

Wie wir sterben würden?

Er sagte: »Leicht.«

Perry Rhodan

JUPITER

EPILOG

Wir werden Welten bauen

Wim Vandemaan

Sie saßen auf der Veranda. Es war früher Morgen. Eine leichte Wärme lag über dem Gras, ein paar pelzige Hummeln tauchten in die Orchideen, Wind strich durch die Weiden. In der Ferne hüpften ein paar Kängurus aus dem Waldsaum, reckten ihre langen Hälse, rupften anscheinend einige Kräuter aus dem Rasen und verschwanden wieder im Unterholz. Weit über das Feld her erklangen die melodischen, regenpfeiferähnlichen Pfiffe eines Triels.

England eben, dachte Rhodan. Er beobachtete eine Spinne, die mit einem Kitzel über den Spann seines nackten Fußes spazierte, zielstrebig Richtung Hosenbein.

»Eine Eroberin«, sagte Bull und lachte. »Was wird sie wohl finden?«

»Haare«, antwortete Adams, der mit seinen unsicheren, streichholzartigen Schritten herangekommen war, in der Hand den Wasserkessel. Er füllte die drei Tassen und fragte: »Noch Ei?«

Rhodan lachte leise und reckte sich. »Ja. Noch etwas Ei, bitte.«

Adams nickte dem Haushaltsroboter zu, der in stummer Warteposition verharrt hatte – *fast ein wenig beleidigt, dass Adams selbst den Wasserausschank übernommen hat. Um die Geheimnisse der englischen Teezeremonie zu begreifen, braucht es ein wenig mehr als eine Handvoll künstlicher Intelligenz à la Whistler.* Die Maschine summte auf ihrem Prallfeld um den Tisch, hob mit ihrem feingliedrigen Armgestänge einige Eier aus dem tuchbedeckten Korb über die Pfanne und fragte: »Sir, scrambled or fried?«

»Fried, please«, sagte Rhodan. »Sunny side up.«

»Sure«, brummte der Roboter, schlug die Eier auf und ließ sie in die Pfanne gleiten.

Das Brutzeln. Das leicht schabende Geräusch der Pfeffermühle; Salz, Paprika, schließlich ein wenig frisch geschnittener Schnittlauch auf das Eigelb.

Rhodan ließ seine Blicke über den Holztisch schweifen, über die Schälchen voll Orangenmarmelade, die Körbe voll Brot, die Teller: Bacon und Baked Beans in Tomatensauce. Gebratene Würstchen. Tomaten. Frisch gepresster Orangensaft. *Ein Frühstück für Könige,* dachte Rhodan. *Oder für Premierminister, Großadministratoren, Arkonidenhäuptlinge und überhaupt alle Intelligenzen, die guten Willens sind. So muss es sein.*

Und so war es. Kein Hunger auf diesem Planeten noch auf einer der zahlreichen anderen Welten der Liga. Gebannte Krankheiten. Heilung. Triumph über physische Schmerzen. Die Angst vor dem Leben verblasst.

Es gab Augenblicke, da war er zufrieden mit dem, was er mit seinen Terranern erreicht hatte.

Er verschränkte die Arme im Nacken. Er fühlte sich wohl. Wieder einmal verstand er, warum Homer G. Adams, der älteste lebende Terraner, hier seinen Hauptwohnsitz hatte, in Kent, dem Garten von England, in der Nähe der Kleinstadt Tunbridge Wells. Auch wenn er derzeit für das Galaktikum in der Milchstraße unterwegs war – hierher zog es ihn immer zurück.

Nicht dass die Zeit stehengeblieben wäre hier – sie hatte nur vieles zum Guten gewandelt.

»Englisches Frühstück habe ich immer als etwas dekadent empfunden«, erklärte Bull.

»Oh«, machte Adams. »Mein Koch macht ausgezeichnete Cornflakes.«

»Wie macht er die?«, fragte Bull interessiert.

»Er öffnet eine Pappschachtel, schüttet die Flakes in eine Schale und gießt Milch drüber«, erklärte Adams mit traurigem Gesicht.

»Klingt verlockend. Garçon?«, sagte Bull und schnippte mit den Fingern.

Der Roboter wandte sich hilfesuchend an Adams: »Sir?«

»Tu ihm den Gefallen«, befahl Adams.

»Well«, sagte der Roboter. Er hatte seine Stimme auf Verzweiflung moduliert.

»Dazu bitte a glass of Coca-Cola. Pur. Ohne Eis, aber eiskalt«, ordnete Bull an.

»Sir!«, empörte sich der Roboter.

»Tu ihm auch den Gefallen«, befahl Adams. »Er trägt einen Zellaktivator. Der wird das Gift schon außer Kraft setzen.«

»Accepted under protest.«

Rhodan lachte. »Ein Roboterbutler, der altertümliches Britisches Englisch spricht. Wo kaufst du immer solches Hauspersonal?«

»Portobello, secondhand«, sagte Adams, anscheinend restlos erstaunt darüber, dass jemand eine solch überflüssige Frage stellen konnte.

Eine Weile aßen sie stumm. Rhodan blickte über das Tal. Jenseits des Flusses und auf dem Cricket-Platz in der Nähe des steingrauen Pubs – dem *White Elephant & Red Dwarf* – marschierte eine Mannschaft auf, offenbar um zu trainieren. Die weiß gekleideten Gestalten auf dem satten Grün ihres Spielfeldes unter den Weiden.

Der Wind. Der ewige Zweikampf zwischen Batsman und Bowler. Das einzige Spiel im bekannten Universum, in dem es Mittags- und Teepausen gab.

In dem null Punkte mit einer Ente symbolisiert wurden.

Eine Weile lang aß er schweigend, schaute den Spielern zu, ließ seinen Blick schweifen über die Obstplantagen, die Hopfenfelder und Hopfenhäuser mit ihren kegelförmigen Dächern. Ein schmales Wohnschiff glitt auf dem Medway dahin, lachende Kinder, die auf dem Bug lagen und mit Käschern im Wasser fischten.

Erfolglos, aber vergnügt.

Er hatte das Eigelb angeschnitten, es floss auf den Teller, gesprenkelt mit Schnittlauch und Paprikastaub. Rhodan nahm es mit dem Toast auf. Vom Nachbargrundstück der Duft frisch geschnittenen Grases.

Er schaute auf seinen Spann. Die Spinne warf einen achtäugigen Blick hinauf in sein Hosenbein, überlegte es sich anders, machte kehrt und krabbelte zurück ins Gras.

»Was mag sie erschreckt haben?«, fragte Adams.

Rhodan grinste und wischte sich den Mund mit der Serviette ab – einer Serviette aus festem, weißem Tuch. »Wer weiß«, sagte er. »Wer kennt ihr Sinnen und Trachten. Die Spinnen von Kent.«

Adams lachte. Es klang großväterlich und passte gut zu dem schmächtigen Mann mit dem Buckel und dem schütteren Haar.

Wie oft hatten sie hier zusammengesessen? Selten genug. Meist hatten sie sich in Terrania getroffen, am Ufer des Goshun-Sees. Nur Adams schien die Verbindung zu seiner ersten Heimat nie ganz verloren zu haben. Warum? Weil sein Alterungsprozess erst mittels Zelldusche aufgehalten worden war, als er bereits in den Sechzigern war?

Rufe und Gelächter klang über den Fluss herüber. Ein paar Gäste hatten das *White Elephant & Red Dwarf* verlassen und sich an dem Seil aufgebaut, das das Spielfeld umgrenzte; sie warfen den Spielern amüsierte Bemerkungen zu, die diese ihrerseits mit Scherzen und Lachen quittierten.

Rhodan beobachtete Adams. Er schien sich zu Hause zu fühlen in diesem Heim über dem Fluss und den Weiden. Über zehn Jahre hatte er in einem englischen Gefängnis gesessen; Rhodan hatte ihn befreit. Ein klarer Gesetzesbruch. Seitdem ihre unverbrüchliche Loyalität füreinander. Homer G. Adams bemerkte seinen Blick und lächelte ihn unsicher an. »Alles in Ordnung, Perry?«

Rhodan lächelte zurück. Er dachte an Pao Ghyss, an Ileschqa, an Firmion Guidry, der in Phalguwan aufgegangen war. Die Phausha. Die Schiqalaya. Und, merkwürdig genug, an eine Handvoll Schaben. Nach der Vernichtung von MERLIN konnte er nicht mehr nach ihnen suchen, doch eine verwaschene, kurze Ortung beim Einzug der Flüchtlinge aus der Faktorei in die TYCHE gab Anlass zur Hoffnung. Ob alles in Ordnung war? Er sagte. »Alles in Ordnung, so weit das Auge reicht.«

»Aber hinter dem Horizont?«, fragte Bull. Er konnte manchmal von einem verblüffenden Einfühlungsvermögen sein.

»Sag du es mir«, bat Rhodan.

Bull nahm noch einen Schluck Cola und warf dem Butler-Robot, der mit einem Tablett voller dampfender Teetassen auf ihn zuglitt, einen drohenden Blick zu. Die Maschine drehte ab und bot die Tassen erst Adams, dann Rhodan an. »Wir haben noch ein paar Mönche aus dem Weltraum gefischt.«

»Mönche?«, fragte Adams.

»Buddhisten«, ergänzte Bull.

»Die Besatzung dieses Klosters im Orbit von Jupiter?«, fragte Rhodan.

Bull nickte. »Die meisten der künstlichen Trabanten haben die Katastrophe nicht überstanden. Immerhin konnte das *Haus der Stürme* – ja, dieses dubiose Vergnügungszentrum, Homer – in Sicherheit geschleppt werden. Auch das Hospiz der Trox hat alles überstanden, fragt mich nicht wie. Wir können immer noch nicht an Bord, das Hospiz ist und bleibt versiegelt. Aber diese Sache mit dem Kloster – das grenzt an ein Wunder.«

»Welche Art von Wunder?«, fragte Adams.

»Vielleicht war das Ganze auch nur ein unglaublicher Zufall«, sagte Bull. »Die Mönche – und einige ihrer Gäste – haben sich aus dem Kloster auf ein uraltes, winziges Rettungsboot geflüchtet. Das Ding ist gestartet und dann – ja, dann ist das Kloster explodiert, und zwar mit unglaublicher Vehemenz. Und das Irre: Die Explosion hat, wie es scheint, dem Rettungsboot exakt den zusätzlichen Impuls gegeben, den es brauchte, um vom Schwerefeld Jupiters erfasst und fortgeschleudert zu werden – sozusagen einem unserer Schiffe direkt in den Hangar.«

»Wo Buddha selbst doch sonst eher wenig Wunder wirkt«, spöttelte Adams.

Rhodan räusperte sich. »Also noch ein paar Gerettete. Wie sieht es mit den Tau-acht-Geschädigten aus? Und was bleibt von der ganzen Geschichte?«

Bull sagte: »Die meisten der Tau-acht-Geschockten sind auf dem Weg der Besserung. Ihre Psychen regenerieren sich allmählich.«

»Allerdings?«, hakte Rhodan nach.

»Allerdings halten sich nicht alle Tau-acht-Opfer für Geschädigte. Das Zeug hat ihnen ein ziemlich überbordendes Selbstbewusstsein eingeimpft. Und wenn man die Fähigkeiten bedenkt, die es ihnen verliehen hat ...«

»... kann man beinahe verstehen, dass sie sich an ihre Zeit als Homo novus insomnus nicht ungern erinnern«, murmelte Adams. »Der alte Traum vom neuen Menschen.«

Bull zuckte mit den Achseln. »Tja. Für einige der Schwerstgeschädigten gibt es bislang keine Besserung. Bei Spiros Schimkos beispielsweise sind bislang alle Versuche gescheitert, seine Psyche zu sanieren und sein moralisches Urteilsvermögen zu restaurieren.«

»Schimkos?«, fragte Rhodan.

»Er ist eines der Opfer von Pao Ghyss in Los Angeles.« Bull sah Rhodan neugierig an.

Rhodan nickte nur. Natürlich hatte er Bull von seinen Erlebnissen mit Ghyss erzählt – *jedenfalls alles, was notwendig war.* »Warum eigentlich gerade Los Angeles?«

Bull sagte: »Tatsächlich gab es einige kleinere Tau-acht-Zellen in Singapur und in Amsterdam, also überall dort, wo das Syndikat der Kristallfischer Außenvertretungen unterhielt. In Los Angeles aber haben sie ihre Hauptniederlassung auf Terra – Ganymed Town.« Er grinste Rhodan offen an. »Außerdem muss dieser Oread Quantrill ein ziemlich sentimentaler Bursche gewesen sein. Er wollte seine neue Menschheit unbedingt von Los Angeles aus starten, weil du – dem Vernehmen nach – dort die Idee gehabt hättest, eine neue Menschheit zu gründen. Aus lauter Mutanten.«

Rhodan lächelte gequält und winkte ab. »Wie Homer schon gesagt hat: der alte Traum vom neuen Menschen. Hat uns selten glücklich gemacht.« *Vielleicht sollten wir beginnen, Glückseligkeitsmaschinen zu bauen.*

Er dachte an die Toten von MERLIN, vom Ganymed, die das bislang letzte Experiment in Sachen Menschheits-Update gefordert hatte.

Er war sich sicher, dass er niemals die Namen aller Opfer dieser Katastrophe erfahren würde.

Auch dieser Spiros Schimkos war ja in gewisser Weise ein Opfer. Vielleicht würde er eines Tages zurückfinden in die unverstellte

Realität. Vielleicht würde es ein letztes Aufbäumen der Hoffnung geben unter dem schockgefrorenen Eis seiner Psyche. *Wer weiß?* Rhodan sog den Duft des frisch gebrühten Kaffees ein, den der robotische Butler ihm serviert hatte, nahm einen Schluck und schaute Bull an. »Hat die Erste Terranerin dir gegenüber etwas in Sachen der Schiqalaya in Los Angeles erwähnt?«

Bull nickte bedächtig. »Sie war etwas verblüfft über diese – wie hast du es genannt? – Marginalie, die du ihr in die Datei über die Tau-acht-Affäre in Los Angeles notiert hast. Du hattest tatsächlich Recht: Es waren derartige Aliens in der Stadt.«

Rhodan hob mit leichter Missbilligung die Augenbrauen. »Warum erfahre ich das erst jetzt?«

Bull setzte ein unverschämtes Grinsen auf. »Du erfährst es erst jetzt, weil es keine Eile mehr hat. Henrike hat natürlich dafür gesorgt, dass der Sache nachgegangen wird. Ja, dieses Wesen, auf das du in der Holodatei gestoßen bist, die ich dir überlassen hatte, kann ein Schiqalaya gewesen sein. Die Leute vom TLD haben sie gefunden.«

»Sie?«, fragte Rhodan.

»Es waren vier. Sie haben sie weit außerhalb der Stadt gefunden, in der Mohave-Wüste. Ihre Leichen hingen im Geäst eines Baumes.«

»Woran sind sie gestorben?«

»Wir wissen es noch nicht. Ihr Metabolismus ist ... bizarr. Unsere Wissenschaftler nennen sie Pantospiranten, Allesatmer. Sauerstoff, Wasserstoff, Schwefel – sie müssen mit allem klargekommen sein. Ein kompliziertes System von Gastransformationspapillen, das ...«

Rhodan winkte ab. »Später vielleicht. In welcher Art von Baum?«

»Ist das wichtig?«, fragte Bull. Er schloss kurz die Augen und dachte nach. »In einem Josua-Baum. Einem allein stehenden, hohen, unglaublich alten Exemplar, über neunhundert Jahre alt. Sie hingen dort eng beieinander, aufgespießt. Der Wüstenwind hat sie mumifiziert.«

Rhodan nickte.

Bull fragte: »Die Xenobiologen haben keinen Hinweis auf äußere Gewalt gefunden. Glaubst du, sie haben – nun, den Freitod gewählt?«

Rhodan dachte an die Lebensbäume der Fremden, wie er sie in ihrem Psionischen Boot gesehen hatte, *die Bäume mit dem Sinn für den Hyperraum.*

Er dachte an Schelekesch und die tritheophanen Heiligtümer der Zhiridin. »Ich weiß es nicht. Woher soll ich es wissen? Ist wenigstens bekannt, wie sie nach Terra gekommen sind? Und warum?«

»Nein«, sagte Bull leise. Er schloss die Augen und lächelte.

Er ruft sich ihr Bild vor Augen, dachte Rhodan.

»Nein«, wiederholte Bull etwas lauter. »Sie waren unbekleidet, ohne Ausrüstungsgegenstände, ohne Aufzeichnungsgeräte. Weiße, nackte Engel.«

Rhodan lächelte. *Weiße Engel,* ja, das traf die Sache ganz gut. »Wirklich ganz weiß? Auch ihre Schwingen?«

Bulls Augen weiteten sich ein wenig. »Jetzt, da du es erwähnst: Ihre Flügel sollen irgendwie bemalt ausgesehen haben. Wie mit Tusche. Oder Kreide. Grobe Skizzen. Die Xenopsychologen haben diese Inschriften nicht deuten können. Meinst du, dass sie etwas zu bedeuten hatten?«

Rhodan hob die Schultern. »Wer weiß.«

Wie sie nach Terra gekommen waren, wie und wozu nach Los Angeles? Offene Fragen. Irgendwie fiel es ihm schwer zu glauben, dass diese Schiqalaya, diese Vertreter eines so zähen Geschlechts, ihr Leben so einfach und für nichts sollten aus der Hand gegeben haben. Vielleicht waren diese Mumien etwas wie eine falsche Fährte? Vielleicht hatten sich einige Schiqalaya zurückgezogen, tief in die Mohave-Wüste. Oder in den Pazifik – konnten sie als Pantospiranten nicht auch unter Wasser atmen?

Oder – er musste grinsen – lebten sie unerkannt und unentdeckt inmitten der vielen Tausend anderen Engel von Los Angeles, all der geflügelten Androiden, Roboter und Holografien, die in ihrer unüberschaubaren Gesamtheit das Wahrzeichen der Stadt waren?

Er nickte abschließend. »Und was das Syndikat der Kristallfischer angeht?«

Adams' Züge entspannten sich. »Die hatten Pech«, sagte er. »Es scheint, als wären dem Syndikat sämtliche entscheidende Finanzmittel abhanden gekommen. Etliche Bürgschaften wurden fällig; ein unbekannter Investor hat, wie es scheint, über diverse Mittelsmänner die Majorität der bodenlos billig verramschten Aktien des Syndikats erworben; Firmen, an denen sich das Syndikat vor wenigen Monaten beteiligt hatte, um seine Gewinne zukunftssicher zu deponieren, gingen in die Insolvenz.«

Sein Gesicht war für einen kurzen Moment nichts als der Ausdruck einer Wehklage, bis ein überraschend jungenhaftes, spöttisches Lächeln darüberglitt.

»Alles streng legal, wie ich vermute?«, fragte Rhodan.

»Superstreng, superlegal«, sagte Adams. Es war, als unterzöge er sich einer rapiden Verjüngungskur, so sprühten seine Augen vor Begeisterung. Eine Brise griff ihm ins fahle Haar und belebte ihn zusätzlich. »Und alles mit Billigung der Ersten Terranerin, unserer gemeinsamen Freundin Henrike Ybarri. Ihr Finanzminister, Dorian Sherrinford, war *sehr* hilfsbereit. Kein Wunder – er ist ja auch Brite, wie ich.«

Rhodan runzelte die Stirn. *Soso, mit Billigung von Henrike Ybarri – die an Homer offenbar einen Narren gefressen hat, vermutlich mehr als an ihrem eigenen Ressortminister, auch wenn er ebenfalls aus Großbritannien kam – vielleicht als Hommage an Homer? Streng legal, wenn auch wahrscheinlich unter Ausnutzung der einen oder anderen Schwachstelle diverser Gesetze. Was so ein paar Jahrhunderte Erfahrung doch alles erreichen können.*

»Was dir ein wenig Mitsprache an den Geschäften des Syndikats sichert«, vermutete er.

»Nicht *mir*, sondern der LFT-Regierung«, korrigierte Adams. »Ja. Ein wenig. Und auch Ammandul-Mehan, wenn ich schon einmal dabei war. Man weiß ja nie. Noch in dieser Woche wird das Syndikat liquidiert, alle seine Finanzmittel, Patente, Mobilien und Immobilien, Liegenschaften und sonstigen Besitztümer werden in eine neue Gesellschaft überführt: das SYKONPHA.« Er schaute Rhodan und Bull erwartungsvoll an.

Bull nippte konzentriert an seiner Cola.

Rhodan versuchte, die Spur der Spinne im hohen Gras von Kent zu finden.

»Als ob ihr es wüsstet«, seufzte Adams schließlich. »Also gut. Wir haben den Namen zusammen mit Senator Starbatty gefunden. SYKONPHA ist das Syndikat zur Konstruktion planetarer Habitate. Das Syndikat erfährt eine völlig neue Ausrichtung seiner Geschäftsziele. Es widmet sich einer ziemlich neuen Hightech – der Konstruktion und Rekonstruktion von Planeten. Erstes Ziel: die Wiederherstellung Ganymeds – aus etlichen der ferneren und von der Liga unbenutzten Monde Jupiters und der Gesteinsbrocken des Asteroidengürtels und der Oort'schen Wolke. Die Vorarbeiten haben bereits begonnen.«

»Jupiter wird also einen neuen Mond bekommen«, dachte Rhodan laut. »Einen neuen Ganymed.«

Adams sagte: »Sobald wie möglich, wird Galileo City in die planetare Matrix von Neo-Ganymed implantiert. Größe, Dichte, Masse, Umlaufbahn – alle Daten werden identisch sein mit denen des zerstörten Trabanten.«

Rhodan versuchte sich vorzustellen, welche Anstrengungen dafür nötig sein würden: die Errichtung planetar-architektonischer Büros, die Entwicklung neuer Ingenieurskünste, Planung und Bau von Materieschleppern, die im Asteroidengürtel und in der Oort'schen Wolke weiden würden; die Einrichtung und Unterhaltung gravitationell gesteuerter Lagerstätten im Jupiter-Orbit, die gezielte Zusammenführung endloser Materieströme – aber ja, warum nicht?

Adams fuhr fort: »Mit dem synthetischen Mond wird das Syndikat Schadensersatz leisten. Oder doch Schadensbegrenzung. Aber Neo-Ganymed muss nicht das Ende der Produktion des neuen Syndikats sein. Vielleicht ist es nur der Prototyp einer völlig neuen Produktpalette.«

»Wir werden also Welten bauen«, sagte Rhodan und schaute in den klaren, blauen Morgenhimmel, als könne er dort Jupiter sehen und die neue Baustelle im Orbit des Gasplaneten.

»Neue Welten«, sagte Bull. Es klang nachdenklich. »Aber es werden die alten Menschen sein, die darauf siedeln.«

»Wir werden sehen«, schloss Adams.

Der Butler-Robot glitt an Rhodan heran und wies auf den leeren Teller: »Sie sind zufrieden, Sir?«

Rhodan dachte an das SYKONPHA und lächelte. Er sah Ganymed neu entstehen und andere Trabanten in der Umlaufbahn des Jupiter dazu. Andere Welten mit anderen Meeren, tiefer und beseelter als alles, was das Universum bislang gesehen hatte. Globen, Ringwelten, von eigenwillig begnadeten, schöpferischen Planetenkonstrukteuren erdachte und geschaffene Lebenswelten, die Geist und Natur versöhnen würden. Terraner und ihre Verbündeten, wie sie der Schöpfung ein immer menschlicheres Gesicht verliehen.

Er kannte dieses Gefühl: wie sich plötzlich die Möglichkeit ergab, aufzubrechen in bis eben noch undenkbare Fernen. Wann hatte er es zum ersten Mal gespürt? Als er auf Luna zum ersten Mal das Raumschiff der Arkoniden gesehen hatte?

Er warf Reginald Bull einen Blick zu. Bully lächelte zurück, er schien zu verstehen.

Dann schaute er den Butler-Roboter an, der mit der Geduld einer Maschine noch auf seine Antwort wartete.

Ob er zufrieden war?

»Ja«, sagte Perry Rhodan. »Das bin ich. Alles ist wunderbar.«

Der neue Silberband:

Die Energiejäger

Die Manipulation einer Materiequelle hat furchtbare Folgen für die Milchstraße und all ihre Bewohner! Perry Rhodan und seine Gefährten müssen einen Weg finden, dieses Schicksal abzuwenden – denn sonst wird sie untergehen ...

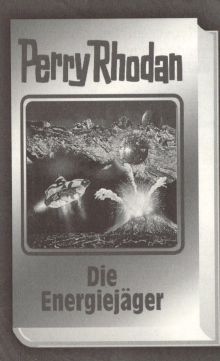

PERRY RHODAN-Band 112
Die Energiejäger
400 Seiten, Hardcover
€ 16,90 / CHF 30,90
ISBN 978-3-8118-4098-0

Alle bisher erschienenen PERRY RHODAN-Bände gibt es im gut sortierten Buchhandel und in den Buchabteilungen der Kaufhäuser.

Direkt zu bestellen auch im Internet unter
www.Perry-Rhodan.net